वि. शं. ठकार यांच्या पर्याय शब्दकोशात एकेका शब्दाला पर्याय म्हणून वापरता येणारे सारे शब्द देण्यात आले आहेत. कोशात एका शब्दाच्या विविध अर्थच्छटा असलेले शब्द दिले आहेत. त्याचबरोबर त्या शब्दाशी संबंधित शब्दही दिले आहेत. कोणत्याही भाषेतून मराठीत अनुवाद करणाऱ्यांना हा कोश उपयुक्त ठरणारा आहे. असे कोश म्हणजे केवळ ग्रंथ नव्हेत; तर ग्रंथसंपदा होय.

— महाराष्ट्र टाइम्स

वि. शं. ठकार यांच्या कोशात मराठीतील ३५ टक्के ते ५० टक्के शब्दांचा समावेश आहे. याचा अर्थ मराठी शब्दभांडारापैकी बराच मोठा भाग ठकारांच्या कोशात समाविष्ट आहे. ठकारांच्या कोशातील शब्दसंख्या बऱ्यापैकी समावेशक आहे. पाहिजे तो किंवा त्या प्रकाराचा शब्द ठकारांच्या कोशात सापडण्याची शक्यता अधिक आहे.

— दैनिक लोकमत

मराठी भाषेतला अमरकोश

— केसरी, सांगली, ३-४-२००२

असाही कोष असावा

— लोकमत, पुणे, ३१-१०-२०००

ग्रंथजगत समृद्ध करणारा ग्रंथ

— महाराष्ट्र टाइम्स, १९ नोव्हेंबर २०००

फो:
24072197

मुंबई
२६.५-२००५

प्रिय श्री. वि. शं. ठकार,

स. न.

पत्र मिळाले. आनंद झाला. तुमचा शब्दकोश माझ्या लेखनाच्या टेबलावर माझ्या मदतीसाठी सदैव हजर असतो. कृतज्ञ आहे.

आपला

मंगेश पाडगांवकर

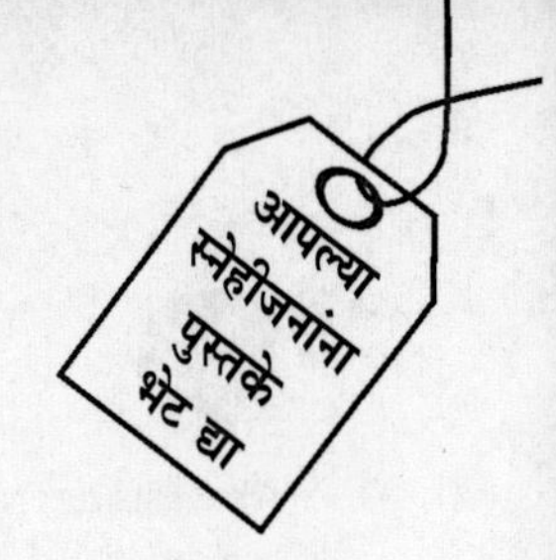

अभिनव

मराठी-मराठी-इंग्रजी

पर्याय शब्दकोश

शब्द, वाक्प्रचार आणि म्हणी यांचे अर्थानुसार संकलन

वि. शं. ठकार

मेहता पब्लिशिंग हाऊस

Please contact us at **Mehta Publishing House,** Pune 411030.
✆ +91 020-24476924 / 24460313 / Mob. No. 9545000513
Email : production@mehtapublishinghouse.com
Website : www.mehtapublishinghouse.com

◆ *या पुस्तकातील लेखकाची मते, घटना, वर्णने ही त्या लेखकाची असून त्याच्याशी प्रकाशक सहमत असतीलच असे नाही.*

MODERN MARATHI-MARATHI-ENGLISH THEASURUS
by V. S. THAKAR

अभिनव मराठी-मराठी-इंग्रजी पर्याय शब्दकोश : वि.शं. ठकार / शब्दकोश

Email : author@mehtapublishinghouse.com

प्रकाशक : सुनील अनिल मेहता, मेहता पब्लिशिंग हाऊस,
१९४१, सदाशिव पेठ, माडीवाले कॉलनी, पुणे - ४११०३०.

मुद्रक : ट्रिनिटी ॲकॅडमी फॉर कॉर्पोरेट ट्रेनिंग लिमिटेड

मुखपृष्ठ : मेहता पब्लिशिंग हाऊस

प्रकाशनकाल : जानेवारी, २००० / जानेवारी, २००१ / एप्रिल, २००२ / जानेवारी, २००८ / पुनर्मुद्रण : डिसेंबर, २०१८

किंमत : ₹ ६३०

P Book ISBN 9788177663051
E Book ISBN 9789353171469
E Books available on : 

ती. नानांस...

आता कदाचित
तुमच्यापर्यंत पोचतील
फक्त हे शब्दच.

निवेदन

एखादा लेख लिहिणे असो, साधे पत्र लिहिणे असो, किंवा करमणुकीखातर शब्दकोडे सोडवणे असो, कित्येकदा आपण एखाद्या शब्दासाठी अडून बसतो. आपल्याला काय म्हणायचे आहे, ते माहीत असते, त्या सर्वसाधारण अर्थाचा एखाददुसरा शब्द मनात घोळतही असतो; पण पाहिजे तो समर्पक शब्द सुचत नाही, आठवत नाही. शब्दांचे नेमके, जणू व्याख्या केल्यासारखे अर्थ सांगणाऱ्या 'शब्दकोशा'चा ('dictionary'चा) अशा वेळी फारसा उपयोग होत नाही. 'प्रगती' म्हणजे सुधारणा, उत्कर्ष एवढेच शब्दकोशावरून समजते; पण 'आगेकूच', 'घौडदौड', 'पाऊल पुढे पडणे', अशांसारखे त्या त्या संदर्भात चपखल बसणारे शब्द आणि वाक्प्रचार कुठून मिळणार? जवळजवळच्या विविध अर्थच्छटांचे शब्द, शब्दसमूह, वाक्प्रचार, म्हणी, इत्यादी 'पर्याय-शब्द' एकत्रितपणे देणाऱ्या कोशाची ('thesaurus'ची) येथे गरज असते. आपण शोधत असलेला विशिष्ट शब्द, वाक्प्रचार, इत्यादी या संग्रहात सापडणे शक्य असते.

एक मूळ शब्द, त्यासमोर त्याचे समानार्थी, तसेच, जवळच्या अर्थच्छटांचे शब्द व शब्दसमूह, आणि शक्य तेथे वाक्प्रचार व म्हणी, अशी या कोशाची सर्वसाधारण मांडणी आहे. मनात घोळत असलेला मूळ शब्द कोशात काढून पाहिला, की त्याचे अनेक पर्यायशब्द समोर येतील; त्यांतून हवा तो समर्पक शब्द निवडता येईल. उदाहरणार्थ, आपला मित्र मोकळेपणाने व भरपूर बोलणारा आहे, असे आपल्याला म्हणायचे आहे. 'अघळपघळ' हा शब्द मनात आला, तरी त्याला असणारी सैलपणाची छटा नकोशी वाटते. पण या कोशात हाच शब्द काढून पाहिला, तर जवळच्या अर्थच्छटांचे अनेक पर्यायशब्द सापडतील: मोकळाढाकळा, वेल्हाळ, बोलका, बोलघेवडा, मनमोकळा, खुला... कदाचित यांपैकी एखाद्या शब्दाने मित्राच्या स्वभावाचे व बोलण्याचे वर्णन अधिक समर्पकपणे होईल!

कोशाची रचना अशी आहे, की यांतील कोणताही शब्द प्रथम सुचला, तरी या सर्व शब्दांपर्यंत पोचता येईल; शिवाय आणखीही पर्यायशब्द समोर येतील.

कोशात म्हणी व वाक्प्रचार, त्यांनी व्यक्त होणाऱ्या अर्थांच्या दृष्टीने सुसंगत जागी घेतले आहेत. जसे, 'पाऊल पुढे पडणे' हा वाक्प्रचार 'प्रगती' समोर सापडेल, 'पाऊल' समोर नव्हे. (एरवीच्या शब्दकोशात हा 'पाऊल' पुढे दिलेला असतो.) क्रियापदांमध्ये 'दाखविणे' अशा इडागमयुक्त रूपांऐवजी हल्ली रूढ असलेली 'दाखवणे' अशी रूपे घेतली आहेत. प्रयोजक क्रियापदे क्वचितच घेतली आहेत. मराठी शुद्धलेखनाचे प्रचलित नियम पाळले आहेत.

कोशाची रचना वर्णानुक्रमे आहे; त्यामुळे पर्यायशब्द शोधणे सुकर होईल. कोणताही शब्द काढून पाहिला, की एकतर त्यासमोर लगेच त्याचे पर्यायशब्द मिळतील; किंवा ते जेथे आढळतील, त्या एक अगर अनेक शब्दांकडे (मूळ शब्दाच्या त्या त्या अर्थच्छटांनुरूप) निर्देश दिसतील. काही ठिकाणी, पर्यायशब्दांबरोबरच मूळ शब्दाच्या विषयाशी संबंधित शब्दही एकत्रित केले आहेत.

इंग्रजी ही आंतरभारतीय व आंतरराष्ट्रीय व्यवहारातील एक महत्त्वाची भाषा आहे. इंग्रजीतून लिखाण करू इच्छिणाऱ्या मराठी भाषकांना, तसेच मराठीशी बेताचाच परिचय असणाऱ्या अथवा नव्याने मराठी शिकणाऱ्या, परंतु इंग्रजी जाणणाऱ्या, अभ्यासूंना उपयुक्त होण्याच्या दृष्टीने या कोशात मराठी शब्दांचे इंग्रजी पर्यायशब्दही दिले आहेत. मराठीचा इंग्रजीत अनुवाद करू इच्छिणाऱ्यांनाही हे शब्द साह्यकर होतील.

मूळ शब्द नाम (पुंलिंगी, स्त्रीलिंगी, नपुसकलिंगी), सर्वनाम, विशेषण, क्रियापद, क्रियाविशेषण, अव्यय असेल त्याप्रमाणे त्यापुढे (पुं),(स्त्री), (न), (स), (वि), (क्रि), (क्रिवि), (अ) असे दर्शवले आहे. मूळ शब्दाच्या अर्थच्छटांशी समांतर, परंतु व्याकरणदृष्ट्या अलग, असे पर्यायशब्द देताना प्रथम संबंधित चिन्ह [ ] असे वापरले आहे. म्हणी व वाक्प्रचार [वा] अशा चिन्हाने दर्शवले आहेत. इंग्रजीसाठी (masculine, feminine, neuter, pronoun, adjective, verb, adverb, indeclinable, idiom) अनुक्रमे (m, f, n, pro, adj, v, adv, ind, i) अशी चिन्हे वापरली आहेत.

कोश सिद्ध करताना अनेक मराठी व इंग्रजी कोशांचा, तसेच आधुनिक वाङ्मय, वृत्तपत्रे, यांचा उपयोग केला आहे. कोशात एकंदर सुमारे एकोणीस हजार मूळ शब्द आहेत. आजच्या सुसंस्कृत मराठी जनांच्या सर्वसाधारण वापरातील भाषेचे पुरेसे प्रतिबिंब यात दिसेल, असा विश्वास आहे.

कोश तयार होत असताना माझी पत्नी सौ. अंजली हिच्या व इतर अनेक सुहृदांच्या सद्भावना व प्रोत्साहन लाभले. सुप्रसिद्ध मराठी लेखक व प्राध्यापक

डॉ. आनंद यादव यांनी तो वेळोवेळी पाहून लवकर पूर्ण करण्याचा प्रेमळ आग्रह केला, त्यामुळे माझा उत्साह दुणावला. विख्यात समाजसेवक व माझे ज्येष्ठ स्नेही डॉ. अ. शं. आपटे यांचे, स्वतःच्या शारीरिक अस्वास्थ्यातही, कोशाच्या प्रगतीकडे सतत लक्ष होते. त्यांच्या संग्रहीच्या कोशसाहित्याचा मला फार उपयोग झाला. 'मेहता पब्लिशिंग हाऊस'चे श्री. अनिल व श्री. सुनील मेहता आणि मोहन वेल्हाळ यांची कोशकार्याविषयीची आस्था व तत्परता यांमुळेच हा कोश प्रसिद्ध होत आहे.

या सर्वांचा मी ऋणी आहे.

सर्व मराठीप्रेमींना कोश उपयोगी होईल अशी आशा आहे.

– वि. शं. ठकार

कोशातील शब्दांचा क्रम

१. कोशाच्या रचनेत वापरलेला वर्णानुक्रम (अनुस्वार व विसर्ग वगळून) खाली दिला आहे.

स्वर :	अ	आ	इ	ई	उ	ऊ
	ऋ	लृ	ए	ऐ	ओ	औ
व्यंजने :	क	ख	ग	घ	ङ	
	च	छ	ज	झ	ञ	
	ट	ठ	ड	ढ	ण	
	त	थ	द	ध	न	
	प	फ	ब	भ	म	
	य	र	ल	व	श	
	ष	स	ह	ळ	क्ष	ज्ञ
बाराखडी :	क	का	कि	की	कु	कू
	कृ	क्लृ	के	कै	को	कौ

२. अनुस्वार किंवा विसर्ग असलेल्या शब्दांचा क्रम लावताना, अनुस्वार किंवा विसर्ग नसता, तर अशा शब्दांची जी स्थाने असती, त्या स्थानी हे शब्द घेतले आहेत. उदाहरणार्थ, 'अंश' शब्द 'अश' च्या स्थानी, 'संत' शब्द 'सत'च्या स्थानी, तर 'नि:संशय' हा शब्द 'निसंशय'च्या स्थानी घेतला आहे. दोन शब्दांत केवळ अनुस्वाराचाच फरक असेल, तर अनुस्वार नसलेला शब्द आधी घेतला आहे. उदाहरणार्थ, प्रथम 'पथ' व नंतर 'पंथ' असा क्रम आहे.

कोशाचा उपयोग

नेहमीच्या शब्दकोशात आपल्याला शब्दांचे अर्थ मिळतात, तर या पर्यायकोशात अर्थाच्या विविध छटांसाठी समर्पक शब्द, वाक्प्रचार आणि म्हणीी यांच्या रूपाने अनेक समानार्थी तसेच विरुद्धार्थी पर्याय आपल्यासमोर येतात. त्यांच्यातून गरजेनुसार योग्य तो पर्याय आपल्याला निवडता येतो.

मूळ शब्द

ज्या शब्दासाठी पर्याय हवे आहेत, त्याला मूळ शब्द म्हणू. हे जाड ठशात वर्णानुक्रमे दिले आहेत. या क्रमाविषयी अधिक माहिती सोबत आहे.

समानार्थी आणि विरुद्धार्थी पर्याय

मूळ शब्दानंतर, त्याचे एकतर सविस्तरपणे मराठी आणि इंग्रजी पर्याय दिले आहेत; किंवा, पुनरुक्ती टाळण्याच्या उद्देशाने, तसे पर्याय देणाऱ्या इतर मूळ शब्दांकडे निर्देश केलेला आहे. सविस्तर पर्यायांच्या अखेरीस केलेल्या निर्देशांतून आणखी समानार्थी तसेच विरुद्धार्थी पर्याय मिळतात.

संबंधित शब्द

क्वचित ठिकाणी समानार्थी-विरुद्धार्थी पर्यायांखेरीज, मूळ शब्दाच्या विषयाशी संबंधित असलेले शब्दही दिले आहेत.

संक्षेप

कोशात वापरलेल्या संक्षेपांची यादीही सोबत आहे.

कोशात शब्द कसा पाहावा

मराठीतील वर्ण, बाराखडी, अनुस्वार व विसर्ग यांच्या अनुरोधाने कोशातील शब्दांचा क्रम कसा ठेवला आहे, ते लक्षात घेऊन इच्छित शब्द शोधता येईल. हे काम आणखीही सोपे व्हावे व कमीतकमी श्रमांत तो शब्द सापडावा, या उद्देशाने कोशातील मूळ (**जाड** ठशातील) शब्दांच्या आद्याक्षरांची अनुक्रमणिका सोबत दिलेली आहे. तिचा उपयोग कसा करावा, हे दोन उदाहरणांवरून पाहू.

समजा, आपल्याला **लढाई** या मूळ शब्दाचे पर्यायशब्द हवे आहेत. आद्याक्षरांच्या अनुक्रमणिकेवरून **ल** हे अक्षर प्र. ७७७ वर सुरू होते, हे समजते. प्रत्येक पृष्ठाच्या तळाशी, पृष्ठसंख्येशेजारी, त्या त्या पृष्ठावरील पहिला व शेवटचा असे दोन मूळ शब्द दर्शवलेले आहेत. पृ. ७७७ पासूनची पुढील काही पृष्ठे पाहत गेल्यास पुढील चित्र दिसते :

७७७ / लक्कन - लंगोटीयार

लगोलग - लज्जाशील / ७७७

७७८ / लज्जाहीन - लढत

लढवय्या - लफंगा / ७७९

पृ. ७८० वर आपण थांबतो, कारण **लढाई** हा शब्द **लढवय्या** व **लफंगा** या दोन शब्दांच्या मध्ये असला पाहिजे. या पृष्ठातील मूळ शब्दांवरून नजर फिरवल्यास आपल्याला **लढाई** हा मूळ शब्द लगेच आढळतो व त्यापुढे दिलेले त्याचे मराठी व इंग्रजी पर्यायशब्द हाती येतात.

दुसरे उदाहरण **आरोग्यदायक** शब्दाचे घेऊ. आद्याक्षरांच्या अनुक्रमणिकेवरून समजते, की **आरोग्यदायक** हा शब्द पृ. १२४ ते पृ. १२९ यांमधील एका पृष्ठावर असेल. वरील पद्धतीने पाहत गेल्यास आपण पृ. १२८ वर थांबतो, कारण त्यावरील **आरिसा**पासून **आरोळी**पर्यंत पोचण्यापूर्वीच **आरोग्यदायक**ची प्राप्ती होणार.

आद्याक्षरांची अनुक्रमणिका

सूचना :

१. अ, आ आणि स या अक्षरांनी सुरू होणारे शब्द इतरांच्या मानाने जास्त आहेत. हे शब्द पुरेसे सुटे व्हावेत, म्हणून त्यांच्या बाबतीत दोन आद्याक्षरे वापरली आहेत.

२. जोडाक्षरे : क, का, कि, की, कु, कू, कृ, क्लृ, के, कै, को, कौ या अक्षरांनी सुरू होणारे शब्द संपल्यानंतर क्र, क्ल आणि क्व या जोडाक्षरांनी सुरू होणारे शब्द येतात. इतर जोडाक्षरांच्या बाबतीतही अशीच पद्धत अवलंबली आहे.

३. आकडे पृष्ठांचे आहेत.

अ

अंक (पु) आकडा; पूर्णांक, अपूर्णांक, व्यवहारी अपूर्णांक, दशांश अपूर्णांक; संख्या; शून्य, पूज्य; जोडी, दुक्कल, द्वय, युग्म, जुळे; त्रिकूट, त्रयी, त्रिपुटी, तिळे; चौकडी, चौकार, चतुष्टय; पंच, पंचक, पंचकडी, पाचुंदा, पाचोत्रा; षट्क, षट्कार; सप्तक, अष्टक; दशक; शतक, शेकडा, शंभरी; द्विशतक, इत्यादी; सहस्रक पाहा : **दशांश स्थाने, खूण, मांडी, अध्याय, गणणे**

[वि] एक, एकटा, एकमेव, पहिला, प्रथम, आद्य, आदिम, प्राथमिक; दोन, दो, दुसरा, द्वितीय, दुजा, दुय्यम, द्विविध; तीन, तिसरा, तृतीय, तिजा, तिय्यम, त्रिविध, त्रिधा; चार, चौथा, चतुर्थ, चतुर्विध, तुरीय; पाच, पाचवा, पंच, पंचम, पंचविध; सहा, सहावा, षष्ठ; सात, सातवा, सप्तम; आठ, आठवा, अष्टम; नऊ, नव, नववा, नवम, नवविध; दहा, दहावा, दशम; अकरा, अकरावा, एकादश, इत्यादी; शंभर, शत, शे; हजार, सहस्र; द्विसहस्र, दशसहस्र; लक्ष, लाख; कोटी, अब्ज, इत्यादी

[वा] भोपळा, ढम्म भोपळा, पैकीच्या पैकी (n) number, numeral, digit, integer, fraction, figure; zero, cipher, one, unity; two, duality, couple, duplicate; three, trinity, triplet, triad, trio, triplicate; four, tetrad, quartet, quadruplicate; five, pentad, qintet; six, sextet; seven, septet; eight, octet; nine, ennead; ten, decade; hundred, century; thousand, million, billion, trillion, etc; millenium *पाहा :* **दशांश स्थाने, खूण, मांडी, अध्याय, गणणे**

[adj] one, first, single, unique; two, second, double, dual, binary; three, third, triple, threefold; four, fourth, quadruple; five, fifth, quintuple; six, sixth, sextuple, etc.

[i] duck, love, hat trick, runner up

अंकगणित (न) *पाहा :* **गणित**

अकटोविकट (वि) अवाढव्य, अक्राळविक्राळ, अजस्र, पर्वतप्राय, भीमकाय, अगडबंब, प्रचंड, अचाट, अफाट, जंगी, विशाल, विराट, जगड्व्याळ, भव्य; बेढब, आडमाप

[वा] अकटोपासून विकटोपर्यंत

[adj] Huge, gigantic, leviathan, mammoth, elephantine, colossal, enormous, monstrous; unsightly,

[i] cyclopean, gargantuan

अंकमोजणी (स्त्री) *पाहा* : **अंतरिक्षप्रवास**

अकरणीय (वि) अविहित, निषिद्ध, त्याज्य, अयोग्य, बेकायदेशीर, मनाई/बंदी असलेला, असमंत *पाहा* : (विरु) **विहित**

[adj] forbidden, prohibited, inadmissible, illegal, banned *पाहा* : (विरु) **विहित**

अकरमाशा (वि) *पाहा* : **पुत्र**

अकरुण (वि) अदय, द्वाड, कृपाहीन, हृदयशून्य, उग्र, कर्कश, कठोर, निष्ठुर, निर्दय, क्रूर, करुणाविहीन; *पाहा* : (विरु) **दयावंत**

[adj] unkind, inclement, heartless, harsh, merciless, ruthless, cruel *पाहा* : (विरु) **दयावंत**

अकर्म (न) *पाहा* : **अपराध**

अकल्पित (वि) अनपेक्षित, आकस्मिक, आगंतुक, अनाहूत, धक्कास्पद *पाहा* : **अकस्मात**

[वा] दत्त म्हणून उभे राहणे

[adj] unexpected, unforeseen, sudden, abrupt, startling *पाहा* : **अकस्मात**

अकल्याण (न) अहित, अनहित, हानी, नुकसान, अपाय, अपकार, अशुभ, अमंगल, अनिष्ट *पाहा* : (विरु) **कल्याण, हित**

[वा] (एखाद्याचे) घोडे मारणे

(n) impairment, detriment, injury, harm, damage, wrong, ruin *पाहा* : (विरु) **कल्याण, हित**

अकल्याणकारक (वि) *पाहा* : **अशुभ**

अकस्मात (क्रिवि) अकल्पितपणे, अचानक, अवचित, एकाएकी, सहसा, अपघाताने, दैववशात्, कर्मधर्मसंयोगाने, योगायोगाने, अनपेक्षितपणे, अभावितपणे, ध्यानीमनी नसताना

[वा] धूमकेतूसारखा येणे, राजापुरी गंगा अवतरणे, शेंडेनक्षत्र उगवणे

[adv] unexpectedly, suddenly, abruptly, accidentally

[i] out of the blue, to catch someone napping

अकांचन (वि) *पाहा* : **अकिंचन**

अकांडतांडव (न) *पाहा* : **संताप, बडबड, अगाजा**

अकारण (वि, क्रिवि) विनाकारण, निष्कारण, निर्निमित्त, निरुद्देश, अहेतुक, व्यर्थ, फुकट, नाहक, निरर्थक, *पाहा* : **उगाच,** (विरु) **मुद्दाम**

[वा] साप साप म्हणून भुई धोपटणे, शेंडाबुडखा नसणे

[adj, adv] purposeless, pointless, unprovoked, needless, futile, unintentional; *पाहा* : **उगाच,** (विरु) **मुद्दाम**

[i] without rhyme or reason

अकार्यक्षम (वि) *पाहा* : **नालायक**

अकाल (पु) अवेळ, कुवेळ, दुर्दिन, कुदिन, कुयोग, घातवार, घातवेळ,

अनिष्टग्रह; दुष्काळ, दुकाळ, अवर्षण, अनावृष्टी, कोरडा दुष्काळ; अतिवृष्टी, ओला दुष्काळ; दुर्भिक्ष, वाण, चणचण

[वा] पावसाने डोळे वटारणे, पावसाने ओढ देणे, आकाश फाटणे

(n) untimeliness; famine, drought, aridness, scarcity, shortage

अकालवृष्टी (स्त्री) *पाहा :* **पाऊस**

अकिंचन (वि) अकांचन, निष्कांचन, निर्धन, द्रव्यहीन, कंगाल, कफल्लक, रंक, खंक, खल्लक, दरिद्री (दळिद्री), जन्मदरिद्री, गरीब, दारिद्र्यरेषेच्या खालचा, फकीर, नंगा, भिकारडा, भणंग (भिकारी), नष्टैश्वर्य, फटिंग, फाकेकंगाल, भुकेकंगाल (बंगाल), अन्नान्नगत, अन्नाला महाग/मोताद, नादार, दिवाळखोर, विपन्नावस्थेतला; *पाहा :* **गरिबी, अभाव,** (विरु) **श्रीमंत**

[वा] खरखरमुंडा, ठणठणपाळ, लंकेची पार्वती, एक फुटकी कवडी हाती नसणे, दातावर मारायला पैसा नसणे, उलट्या अंबारीत बसणे, काप गेले भोके राहिली, एकादशीच्या घरी शिवरात्र, काळीवर शेत नाही-पांढरीवर घर नाही, अंगावर फुटका मणी नसणे, चूल अडणे, धूळ फुंकणे, उकिरडा फुंकणे, अन्नान्नदशेस जाणे, पोटाला न मिळणे, देशोधडीस लागणे, भिकेला लागणे, हाती नरोटी/भोपळा येणे, भिकेचे डोहाळे लागणे

[adj] impecunious, penniless, indigent, poor, poverty-stricken, beggarly, destitute, insolvent, bankrupt; *पाहा :* **गरिबी, अभाव** (विरु) **श्रीमंत**

[i] not have a penny in one's name, beg one's bread, unable to make both ends meet, live from hand to mouth, go to the dogs, be on the rocks, be badly off

अंकित (वि) चिन्हित, भूषित, विभूषित (मानांकित, गौरवांकित, इत्यादी); *पाहा :* **अनुचर, परतंत्र, मुद्रांकित, अलंकृत**

[adj] marked, adorned; *पाहा :* **अनुचर, परतंत्र, मुद्रांकित, अलंकृत**

अकुंठित (वि) *पाहा :* **अखंड** (वि)

अकुतोभय (वि) *पाहा :* **निर्भय**

अंकुर (पु) कोंब, कोंभ, मोड, डिरी, धुमारा, तुरा, फुटवा, फूट, फाटा, बोखा, पल्लव, पासंबा, पोंगा, पोटरी, रुजवण; *पाहा :* **संतती, अंकुरणे**

(n) Sprout, shoot, bud; *पाहा :* **संतती, अंकुरणे**

अंकुरणे (क्रि) अंकुर फुटणे (*पाहा :* **अंकुर**), प्रकटणे, जन्मणे, उपजणे, उद्‌भवणे, उगम पावणे, उगवणे, उगवणूक होणे, उदयणे, प्रादुर्भाव होणे, पालवणे, अकुंठित पल्लवित होणे, मूळ धरणे, रुजणे, लागणे,

वाढणे, विरूढणे; *पाहा :* **आरंभ**
(v) sprout, shoot, bud, burgeon, develop, germinate, spring up, appear, emerge, come up, rise, begin, originate; *पाहा :* **अंकुर, आरंभ**

अंकुश (पु) ताबा, हुकमत, दाब, लगाम, नियंत्रण, निर्बंध, धरबंध, संयमन, मर्यादा, नजर; *पाहा :* **तगादा, अणकुची**
(n) restraint, control, constraint, curb, rein, check, brake, tab; *पाहा :* **तगादा, अणकुची**

अकुशल (वि) *पाहा :* **अजागळ, सामान्य**

अकृत्य (न) *पाहा :* **अपराध**

अकृत्रिम (वि) सहज, स्वाभाविक, नैसर्गिक, निसर्गदत्त, स्वयंभू, उपजत, स्वयंस्फूर्त; शुद्ध, अस्सल, खरा; निष्पाप, निष्कपट, अव्याज, निर्व्याज, निरागस, अल्लड, निर्भर, निर्हेतुक; साधाभोळा; सरळ, ऋजू, भाबडा, सीधासाधा, प्रांजळ; *पाहा :* (विरु) **कृत्रिम**
[adj] unsophisticated, artless, unaffected, simple, guileless, pure, austere, naive, natural, genuine, spontaneous, innocent, ingenuous, childlike, unassuming *पाहा :* (विरु) **कृत्रिम**

अक्कड (स्त्री) *पाहा :* **तोरा**

अक्कडबाज (वि) नखरेबाज, नटवा, नटमोगरा, पोशाखी, ऐटबाज, फाकडा, छाकटा, छानछोकी, छकडा, छेलछबीला, अलबेला
[adj] Dandyish, foppish, prim
(n) dandy, fop, beau, coxcomb

अक्कल (स्त्री) शहाणपण, हुशारी, बुद्धी, तर्कबुद्धी, चातुर्य, चतुराई, समज, जाण, सुज्ञपणा, उमज, चलाखी, व्यवहारज्ञान, तारतम्यबुद्धी, विवेक, चाणाक्षपणा, धूर्तपणा, धोरणीपणा, आकलनशक्ती, ग्रहणशक्ती, अक्कलहुशारी, दूरदर्शित्व *पाहा :* **बुद्धी**
[वा] डोके, भेजा, पंख फुटणे, कान लांबणे, आधी जाते अक्कल- मग जाते भांडवल, विसा नाहीतर तिसा नाहीतर जशाचा तसा, बोळ्याने दूध न पिणे
(n) wisdom, cleverness, intelligence, commonsense, good sense, judjement, judiciousness, discernment, sapience, sagacity, discretion, acumen, astuteness, percipience, comprehension, understanding *पाहा :* **बुद्धी**
[i] know one's way around, put two and two together, gray matter, discretion is the better part of valour, horse sense

अक्कलदाढ (स्त्री) *पाहा :* **दात**

अक्कलवंत (**-वान**) (वि) *पाहा :* **बुद्धिमान, चाणाक्ष**

अक्कलशून्य (वि) *पाहा :* **अजाण**

अक्काबाई (स्त्री) दारिद्र्य, हलाखी, गरिबी, दु:स्थिती, अवदसा, अवदशा, दुर्दशा, आपत्ती, दुर्दैव, दुर्बुद्धी; अक्काबाईचा फेरा

(n) poverty, misery, adversity, misfortune, hardship, disaster, stroke of ill-luck, destitution

अक्राळविक्राळ (वि) *पाहा :* **अकटोविकट, भीतिदायक**

अक्रियता (स्त्री) *पाहा :* **जडत्व**

अक्रीत (वि) *पाहा :* **अतिशय**

अक्रूर (न) *पाहा :* **वृत्त**

अखंड (वि), **अखंडित** (वि) अभंग, अत्रुटित, अविच्छिन्न, अपरिच्छिन्न, अस्खलित, अकुंठित, अभेद्य, दुर्भेद्य, अविभाज्य, अफुट, सलग, सगळा, सबंध, धड, अखखा, शाबूत, एक, एकसंध, अक्षत, अक्षुण्ण, अतूट, अवघा, पूर्ण, संपूर्ण, समग्र, अविभक्त; अविरत, निरंतर, अव्याहत, अविनाश (-शी), अनश्वर, सार्वकालिक, टिकाऊ, शाश्वत, चिर, चिरंतन, चिरस्थायी, चिरकालिक, सनातन, अनादिसिद्ध, सदासिद्ध, दीर्घ, दीर्घकालिक (-कालीन), कायम, अक्षय, अक्षय्य, अनंत, अमर

[वा] एरंडाचे गुऱ्हाळ, मारुतीचे शेपूट

[adj] Unbroken, uninterrupted, unremitting, ceaseless, continual, continuous, constant, perpetual, incessant, everlasting, interminable, permanent, enduring, lasting, perennial, endless, eternal

अखंड (क्रिवि) अखंडपणे, सलगपणे, सातत्याने, दीर्घकाल, चिरकाल, निरंतर, सतत, संतत, सर्वकाल, नित, नित्य, नित्यश:, अविरत, अनवरत, आचंद्रसूर्य, यावच्चंद्रदिवाकरौ, यावज्जीव, जिवात जीव असेपर्यंत, जन्मभर, आमरण, जन्मजन्मांतरी, जन्मोजन्मी, सदैव, सदोदित, सदासर्वदा, सदाकदा, सदान्कदा, सदासर्वकाळ, अनिरुद्ध, अव्याहत, अविश्रांत, अप्रतिहत, क्षणोक्षणी, अष्टौप्रहर, तिन्हीत्रिकाळ, अहोरात्र, अहर्निश, रात्रंदिवस, दिनरात, सांजसकाळ, सकाळसंध्याकाळ, प्रतिदिनी, प्रत्यही, अनुदिनी, निशिदिनी, रोज, रोजरोज, रोज उठून, दररोज, हररोज, दिवसाकाठी, बारा महिने तेरा काळ, प्रतिवर्षी, दरवर्षी, दरसाल, सालदरसाल, सालोसाल, सालिना, बारमाही, सालाबादप्रमाणे; नेमाने, नेहमी, हमेशा, जेव्हातेव्हा, येताजाता, उठताबसता; धडाधडा, धाडधाड, फाडफाड; *पाहा :* **आजन्म**

[adv] perpetually, constantly, continuously, all the time; around the clock, day and night; day in day out *पाहा :*

आजन्म

अखत्यार (पु) *पाहा :* **अधिकारी**

अखत्यारी (स्त्री) *पाहा :* **अधिकार**

अक्कड (स्त्री) *पाहा :* **तोरा**

अखाद्य (वि) अभक्ष्य, अभक्षणीय, अभोज्य, शिळे, बेचव, वाशेळे, विटलेले, कळकलेले, नासलेले, नासके, आंबलेले, फसफसलेले, बुरसटलेले, बुरा आलेले, कुजलेले, सडलेले, किडे पडलेले, भेसळयुक्त

[adj] inedible, stale, deteriorated, decayed, decomposed, rotten, mouldy, putrified, putrid, adulterated

अखिल (वि) *पाहा :* **अवघा**

अखिलार्थ (पु) *पाहा :* **सार**

अखेर (स्त्री) अखेरी, शेवट, अंत, समाप्ती, परिसमाप्ती, समापन, सांगता, उद्यापन, पूर्णता, पर्यवसान, निकाल, निष्कर्ष, निष्पत्ती, परिणाम, फल, फळ; पूर्णविराम, अस्त, लय, विलय, विसर्जन, बरखास्ती, बोळवण, वाट, वासलात, विल्हेवाट, फडशा, सोक्षमोक्ष, गती, गत, नाश, निर्वाण, मृत्यू; टोक, शेपूट, कड, कडनिकड, सीमा, परिसीमा, हद्द, कळस; शेंडेफळ; उपसंहार, समारोप, भरतवाक्य *पाहा :* **आटोपणे, अंत,** (विरु) **आरंभ**

[वा] पडदा पडणे, सूप वाजणे, खेळ खलास होणे, हसून गोड करणे, तड गाठणे, तडीस नेणे, निरोप देणे, वाटेस लावणे, थरास जाणे; सद्‌गती देणे

(n) end, termination, finish, close, conclusion, completion, culmination, destruction, death; extremity, tip, epilogue, last word, finishing touch; *पाहा :* **आटोपणे, अंत** (विरु) **आरंभ**

[i] final curtain, day of judgement, death blow, straw that breaks the camel's back, the fag end

अखेर (क्रिवि) अखेरीस, शेवटी, शेवटास, अंती, अंतिमत:, सरतेशेवटी, किती केले तरी, बोलूनचालून, एवीतेवी

[adv] finally, conclusively, once and for all

[i] in the long run

अखेरी (स्त्री) *पाहा :* **अखेर** (स्त्री)

अख्खा (वि) *पाहा :* **अखंड** (वि)

अंग (न) देह, शरीर, काया, अवयव, गात्र, इंद्रिय, अंगप्रत्यंग, सर्वांग; बाजू, पैलू, उपांग, अंगोपांग, विभाग, घटक, हिस्सा, शाखा; कल, प्रवृत्ती, ईश्वरदत्त देणगी; कुवत, क्षमता, कसब, कौशल्य

(n) body, limb, organ; branch, wing, part, constituent, portion, side; faculty, inclination, bent, genius talent; ability, competence

अंगकळा (स्त्री) *पाहा :* **नव्हाळी, तजेला**

अंगकाठी (स्त्री) *पाहा :* **अंगयष्टी**

अंगचटीला येणे (क्रि) *पाहा :* **झोंबणे**

अंगचुकार (वि) अंगचोर, अंगकाढू, कामचुकार, चुकारतट्टू, चुकार, कुचर, हलगर्जी, आळशी, कर्तव्यपराङ्मुख, पळपुट्या *पाहा :* **पराङ्मुख**, (विरु) **उद्योगी**

(क्रि) चुकवाचुकव/टाळाटाळ/टंगळमंगळ/कुचराई करणे

[वा] खायला आधी- कामाला कधीमधी, काडीने औषध लावणे

[adj] shirker, dodger, slacker, lazy, truant, runaway, work-shy; *पाहा :* **पराङ्मुख**, (विरु) **उद्योगी**

अंगज (पु) *पाहा :* **पुत्र**

अंगजड (वि) *पाहा :* **लठ्ठ**

अंगजा (स्त्री) *पाहा :* **कन्या**

अंगझडती (स्त्री) *पाहा :* **अन्वेषण**

अंगठा (पु) *पाहा :* **बोट**

अंगठी (स्त्री) मुदी, मुद्रिका, मुद्रा, वळे, वेढे, अंगुस्तान; *पाहा :* **कडी**

(n) ring, thimble, *पाहा :* **कडी**

अशिक्षित, अंगठेबहाद्दर (वि) *पाहा :* **अजाण**

अंगडबंब (वि) अवाढव्य, आडमाप, प्रचंड, अकटोविकट, पर्वतप्राय, धिप्पाड, लठ्ठ, गलेलठ्ठ, लठ्ठंभारती, अवजड, बोजड, बेढब

[adj] Jumbo, huge, mammoth, gigantic, enormous, bulky, corpulent, massive, elephantine

अंगण (न) आवार, प्राकार, प्रांगण, वाडी, वाडगे, बाडी, परडे, परस (-सू), कुळागर, पटांगण, मैदान, क्रीडांगण, फड, रंगण, बखळ, अंगणओसरी; पाहा : **परिसर**

(n) Courtyard, court, yard, compound, square, patio, campus, field, arena, premises, ground, playground;

पाहा : **परिसर**

अगणित (वि), **अगण्य** (वि) *पाहा :* **अनेक, अनंत**

अंगतपंगत (स्त्री) *पाहा :* **अन्न**

अगतिक (वि) अनन्यगतिक, निरुपाय, नष्टोपाय, अनन्योपाय, असहाय, निराधार, दीन, लाचार, शरणागत, परिस्थितिशरण, कुंठितमती, दिङ्मूढ, हतबल, तरणोपाय नसलेला; कोंडमारा झालेला, कोंडीत सापडलेला, पेचात पडलेला, *पाहा :* **कुचंबणा**

[वा] अडला नारायण गाढवाचे पाय धरी, वखत पडे बाका तो गधेको कहना काका, अगं अगं म्हशी, मला कुठे नेशी, कसायाला गाय धार्जिणी, दुभत्या गाईच्या लाथा गोड

[adj] helpless, pathless, non-plussed, perplexed, stranded, at one's wits' end; *पाहा :* **कुचंबणा**

[i] driven into a corner, driven to the wall

अगतिकता (स्त्री) *पाहा :* **नाइलाज, कुचंबणा**

अगत्य (न) आस्था, आपुलकी, सद्‌भाव, कळकळ, साक्षेप; आतिथ्य, सरबराई, पाहुणचार, पाहुणेर, स्वागत, आगतस्वागत, आग्रह, पानसुपारी, विडादक्षिणा, अत्तरगुलाब, मानसन्मान, शिष्टाचार, कदर, खातिर; *पाहा :* **आदर**

[वा] जावईआग्रह, थोडी तो गोडी- फार तो लबाडी, थंडे स्वागत, पैठणी, आग्रह, सुस्वागतम्

(n) solicitude, sincerity, concern, generosity, cordiality; hospitality, welcome, warmth, courtesy, urbanity, homage, honour, respect; *पाहा :* **आदर**

अगत्य (क्रिवि) अवश्य, अगत्यपूर्वक, खात्रीने, मुद्दाम, न चुकता, आवर्जून

[adv] surely, without fail, certainly, positively

अंगत्राण (न) *पाहा :* **चिलखत**

अगदी (वि) *पाहा :* **अवघा**

अगदी (क्रिवि) *पाहा :* **अजिबात, सर्वस्वी**

अंगना (स्त्री) *पाहा :* **पत्नी, स्त्री**

अंगबळ (न) *पाहा :* **शक्ती**

अंगभूत (वि) *पाहा :* **उपजत, अंतर्गत**

अंगमर्दन (न) *पाहा :* **चोळणे, चेपणे**

अंगमेहनत (स्त्री) *पाहा :* **कष्ट**

अंगमोड (स्त्री) *पाहा :* **कष्ट**

अगम्य (वि) अनाकलनीय, अतर्क्य, अज्ञेय, अगाध, अबोध, कल्पनातीत, गूढ, गहन, अचिंत्य, दुर्बोध, दुर्गम, गुप्त, कूट, खोल; अलभ्य, अप्राप्य *पाहा :* **अवघड**

[वा] आगापीछा न समजणे, धागादोरा न लागणे, कोडे असणे, छडा न लागणे, डोक्यावरून जाणे, तळ न लागणे

[adj] unintelligible, incomprehensible, inscrutable, inconceivable, unimaginable, unfathomable, abstruse, puzzling, enigmatic, inaccessible, deep *पाहा :* **अवघड**

[i] not be able to make head or tail of, over one's head

अंगयष्टी (स्त्री) अंगकाठी, अंगलट, बांधा, हाड, हाडपेर, शरीरयष्टी, घाट, ठेवण; *पाहा :* **तब्येत**

(n) physique, form, frame, build, figure, shape, bodily make; *पाहा :* **तब्येत**

अंगरखा (पु) *पाहा :* **कुडता**

अगरबत्ती (स्त्री) उदबत्ती, धूपकांडी, ऊदकांडी, अगरचंदन

(n) incense stick

अंगरक्षक (पु) *पाहा :* **पहारेकरी**

अंगराग (पु) *पाहा :* **लेप**

अंगलट (स्त्री) *पाहा :* **अंगयष्टी**

अंगवस्त्र (न) *पाहा :* **वस्त्र, रखेली**

अंगविक्षेप (पु) *पाहा :* **अभिनय**

अंगसंग (**-सुख**) (पु, न) *पाहा :* **संभोग**

अंगाई (स्त्री) *पाहा :* **काव्य**

अगाजा (पु) गोंगाट, गलबला, कल्ला, कालवा, गलका, कोलाहल, गजबज, गजगज, गजगजाट, गोंधळ, गडबड, कल्लोळ, हलकल्लोळ, ओरडा, आरडाओरडा, अकांडतांडव, गदारोळ, गर्गशा, धुमाळी, रणकंदन, थैमान, धिंगाणा, हल्लागुल्ला, हंगामा, दंगा, खळबळ, धमाल, धुडगूस, धुमश्चक्री; बभ्रा, बोभाटा, हाकाटी, गवगवा, गिल्ला, गाजावागा, डंका, डिंडिम

[वा] छप्पर उडून जाणे, कान किटणे, घर डोक्यावर घेणे, आकाश पाताळ एक करणे

(n) tumult, commotion, pandemonium, uproar, bedlam, furore, outburst, babel, hubbub, hullabaloo, bustle, din, rumpus, clamour, turmoil, riot; outcry, publicity, ballyhoo

[i] pierce the ears, make the rafters ring; bruit abroad

अगाध (वि) गहन, सखोल, गभीर, अमर्याद, अफाट, प्रचंड, प्रगाढ; *पाहा :* **अगम्य**

[adj] profound, unfathomable, deep, vast, limitless, boundless; *पाहा :* **अगम्य**

अंगार (पु) *पाहा :* **अग्नी, संताप**

अंगारा (पु) *पाहा :* **राख**

अंगीकार (पु) स्वीकार, स्वीकृती, ग्रहण, संमती, अनुमती, अवलंब, मान्यता, रुकार, मंजुरी, कबुली *पाहा :* (विरु) **अव्हेर, नकार, वगळणे**

[क्रि] अंगीकारणे, स्वीकारणे, स्वीकृत/अंगीकृत करणे, हाती घेणे, अवलंबिणे, चोखाळणे, धारण करणे, आश्रयिणे, कवटाळणे, पतकरणे (पत्करणे, पतकरा घेणे), निवडणे

[वा] पदरात घेणे, अंगावर/शिरावर, उरावर घेणे, सतीचे वाण घेणे, आले अंगावर- घेतले शिंगावर, बाजू घेणे, पदरी पडले आणि पवित्र झाले, मम म्हणणे

(n) acceptance, assent, consent, approval, acquiescence; *पाहा :* (विरु) **अव्हेर, नकार, वगळणे**

(v) embrace, accept, espouse, adopt, take up, admit, accede to, agree to

(i) take the rough with the smooth

अंगीकृत (वि) *पाहा :* **अंगीकार**

अंगुलिनिर्देश (पु) *पाहा :* **उल्लेख**

अंगुली (स्त्री) *पाहा :* **बोट**

अंगुष्ठ (पु) *पाहा :* **बोट**

अंगुष्ठमात्र (वि) *पाहा :* **सूक्ष्म**

अंगुस्तान (न) *पाहा :* **अंगठी, झाकण**

अगोचर (वि) खट्याळ, खोडकर, अवखळ, व्रात्य, द्वाड, इब्लिस, नटखट, बंडखोर, स्वच्छंदी, आगाऊ, दंगेखोर, बंड, चावट, अर्वाच्य

[adj] mischievous, naughty,

impish, playful, boisterous, unruly, ungovernable, lawless, riotous, skittish

अगोड (वि) *पाहा :* **चव**

अगोदर (क्रिवि) *पाहा :* **आधी**

अगोदरचा (वि) *पाहा :* **आधीचा**

अग्निकाष्ठ (न) *पाहा :* **अग्नी**

अग्निकुंड (न) *पाहा :* **अग्नी**

अग्निदिव्य (न) *पाहा :* **दिव्य**

अग्निनारायण (पु) *पाहा :* **अग्नी**

अग्निपरीक्षा (स्त्री) *पाहा :* **दिव्य**

अग्निप्रवेश (पु) *पाहा :* **आत्मघात**

अग्निबाण (पु) *पाहा :* **अंतरिक्षप्रवास**

अग्निमांद्य (न) *पाहा :* **अपचन**

अग्निशिखा (स्त्री) *पाहा :* **अग्नी**

अग्निसंस्कार (पु) *पाहा :* **अंत्येष्टी**

अग्निहोत्र (न) *पाहा :* **अनुष्ठान**

अग्निहोत्री (न) *पाहा :* **ऋत्विज**

अग्नी (पु) अनल, वन्ही, हुताशन, पावक, वैश्वानर, त्रिचरण, त्रिपाद, अग्निनारायण, यज्ञनारायण; आग, जाळ, ज्वाला (ज्वाळा, ज्वालापटल), अग्निशिखा; ज्योत (ज्योती, प्रज्योत), दीपकलिका, दीपशिखा; विस्तव, निखारा, कोलीत (कोलती), अग्निकाष्ठ, अंगार, खदिरांगार, इंगळ; स्फुलिंग,(-ल्लिं) ठिणगी, फुणगी, अग्निकण; वणवा, वडवानल, दावानल, वडवाग्नी, दावाग्नी, पलयाग्नी; मंदाग्नी; भडका, भडाड, डोंब, आगडोंब, डोंबाळा, आगीचा लोळ/झोत, भडभडाट, होळी, होम, होमाग्नी; चिता, दारूकाम, आतशबाजी; आगटी, शेकोटी, शेगडी, चूल (चुला, चुलाण), अवा (आवा), भट्टी, झगरे, धुनी, अग्निकुंड, अग्निहोत्र; जळण, इंधन, पेटवण, सरपण, लाकूडफाटा; ज्वलन, प्रज्वलन, प्रदीपन, दहन, दाह, दीपन, जाळपोळ, जळीत; जठरानल, जठराग्नी, क्रोधाग्नी (*पाहा :* **संताप**); जळजळ, रखरख, आगआग, दाह

[वि] प्रदीप्त, प्रज्वलित, आगीने वेढलेला; ज्वालाग्राही; भडकता, धगधगता, धुमसता,दग्ध, जळजळीत; *पाहा :* **जळकट**

[क्रि] पेटणे, चेतणे, भडकणे, भडाडणे, धडाडणे, जळणे, धगधगणे, तडतडणे, धुमसणे, पेट घेणे, होरपळणे, भाजले जाणे, करपणे, लागणे, रापणे, कोळपणे, खाक होणे, भस्मसात होणे, जळून राख होणे, आगीच्या भक्ष्यस्थानी पडणे; पोळणे, भाजणे, धग लागणे, आच लागणे, चटकणे, दाह होणे, तळावणे, जळजळणे, रखरखणे; पेटवणे, जाळणे, दाहणे, शिलगावणे, आग लावणे, डागणे, भाजणे, तावणे, शेकणे, परतणे, अग्नी देणे, फुंकून टाकणे

(n) fire, conflagration, combustion, inferno, pyre; blaze, flame, spark, scintilla, cinders, embers, forest fire, bonfire, campfire, fireworks, pyrotechniques, holocaust; furnace, kiln, hearth, grate, oven, stove, fireplace; fuel, firewood; *पाहा :* **संताप**

[adj] Inflammable, combustible, ablaze, afire, aflame, aglow, incandescent, firy *पाहा :* **जळकट**

[v] Ignite, kindle, light, heat, burn, smoulder, parch, scorch, roast, bake, flicker, spark, smoke, cremate, set on fire, reduce to ashes

अग्र (न) अणी, अणकुची, टोक, शेवट; बोंड, बोंडी, बोथी; स्तनाग्र, नासाग्र, इत्यादी; अग्रभाग, चोच; शेंडा, वाढे, माथा, शिखर, कळस, शिरोभाग, शेखर, उच्चस्थान; प्रथमस्थान, आघाडी, बिनी

(n) tip, end, point, extremity, teat; top, crown, summit, acme, pinnacle, apex, head, vertex, peak; front, forefront, vanguard

अग्रक्रम (पु) *पाहा :* **अनुक्रम, पहिला क्रमांक, आधीचा क्रमांक, प्राधान्य**

अग्रगण्य (वि) प्रथम, पहिला, बिनीचा, आघाडीचा, अध्वर्यू, अग्रणी, अग्रगामी, अग्रवर्ती, अग्रिम, अग्रेसर, अग्रमानांकित, धुरंधर, धुरेचा, धुरीण, ढालाईत, मुख्य, प्रमुख, पुरोवर्ती; श्रेष्ठ, सर्वश्रेष्ठ, अव्वल, परम, लोकोत्तर, लोकाग्रणी; *पाहा :* **थोर, निपुण, अध्यक्ष, आद्य**

[adj] foremost, premier, first, prime, principal, chief, main, head; leading, arch, highest, ace, top, greatest, eminent, preeminent, supreme, paramount, topmost, top-notch, top-ranking; *पाहा :* **थोर, निपुण, अध्यक्ष, आद्य**

अग्रगामी (वि) *पाहा :* **अग्रगण्य**

अग्रज (पु) *पाहा :* **भाऊ, आधी जन्मलेला**

अग्रणी (वि) *पाहा :* **अग्रगण्य**

अग्रपूजा (वि) *पाहा :* **पूजा, आदर, प्रथम पूजा**

अग्रभाग (पु) *पाहा :* **अग्र**

अग्रमानांकित (वि) *पाहा :* **अग्रगण्य**

अग्रलेख (पु) *पाहा :* **लेख, पत्रकारिता**

अग्रवर्ती (वि) *पाहा :* **अग्रगण्य**

अग्रस्थान (न) *पाहा :* **आघाडी, प्राधान्य**

अग्रहक्क (पु) *पाहा :* **अधिकार, प्राधान्य**

अग्रहार (पु) *पाहा :* **इनाम**

अग्रासन (न) *पाहा :***आसन, आदर**

अग्रिम (वि) *पाहा :* **अग्रगण्य**

अग्रेसर (वि) *पाहा :* **अग्रगण्य**

अघ (न) *पाहा :* **पाप**

अघटित (वि) विलक्षण, चमत्कारिक, चमत्कृतिपूर्ण, विचित्र, अद्‌भुत, अभूतपूर्व, अजब, आश्चर्यकारक; असंभाव्य, अतर्क्य, धक्कादायक, कल्पनेतही नसलेले, कधी न

ऐकलेले, अचंबा वाटण्यासारखे

[वा] कानांवर विश्वास न बसणे, न भूतो न भविष्यति

[adj] unimaginable, inconceivable, unheard of, extraordinary, freakish, queer, stange, suprising, uncommon, curious, wonderful, miraculous

अघळपघळ (वि) प्रशस्त, ऐसपैस, लांबरुंद, विस्तृत, लांबलचक, सैल, पघळ, पाल्हाळीक, लांबण लावलेला; शब्दबंबाळ, मोकळा, मोकळाढाकळा, मोकळाढाकळा, वेल्हाळ, बोलका, बोलघेवडा, वाचाळ, बडबड्या, मनमोकळा, खुला, खुल्या दिलाचा, दिलखुलास, आतबाहेर नसणारा, *पाहा :* **गप्पिष्ट**

[adj] spacious, commodious, capacious, ample, baggy, loose, slack, lengthy, verbose, rambling, frank, expansive, talkative, logqacious, voluble; openminded, generous *पाहा :* **गप्पिष्ट**

अघोर (वि), **अघोरी** (वि) दुष्ट, क्रूर, राक्षसी, आसुरी, सैतानी, पाशवी, अमानुष, रानटी, जंगली, हिंसक, हिंस्त्र, भेसूर, भीतिदायक, भीषण, भयंकर, दारुण, घोर, निंद्य, गर्हणीय, अतिरेकी, अमंगळ, अपवित्र, दु:सह

[adj] monstrous, fiendish, heinous, atrocious, dreadful, horrid, horrible, hideous, ghastly, gruesome, beastly, devilish, diabolical, macabre, abominable, despicable, unholy

अचकट विचकट (वि) *पाहा :* **अश्लील**

अचपळ (वि) *पाहा :* **चपळ**

अचंबा (पु) नवल, विस्मय, आश्चर्य (पाहा **आश्चर्य**), चमत्कार, कोडे; कौतुक

(m) astonishment, amazement, wonder; admiration; *पाहा :* **आश्चर्य**

अचल (वि) निश्चल, अविचल, स्थिर, स्थावर, अढळ, अच्युत, दृढ, नित्य, अतूट, कायम, निश्चित, ठाम, पक्का, भक्कम, चिरेबंदी, घट्ट; स्तब्ध, नि:स्तब्ध, निमूट, निर्विकार, निष्कंप, निश्चेष्ट, रोवलेला, रुतलेला, स्थित, खिळलेला, थिजलेला, एकाग्र, खंबीर, ठप्प; *पाहा :* **अचेतन** (विरु) **चंचल**

[वा] पर्वतासारखा स्थिर, ध्रुव, ध्रुवपदी आरूढ, खांबासारखा, चित्रासारखा, पोटातले पाणी न हलणे

[adj] motionless, static, stable, firm, at rest, fixed, stationary, still, tranquil, immobile, immovable, constant, solid, stalwart, staunch, unflinching, steadfast; entrenched, riveted, rooted; *पाहा :* **अचेतन** (विरु) **चंचल**

[i] hold one's ground, firm as a

rock, deep-rooted, stick to one's guns, stay put

अंचल (पु) *पाहा :* **पदर**

अचला (स्त्री) *पाहा :* **पृथ्वी**

अचळ (पु) *पाहा :* **स्तन**

अचक्षू (वि) *पाहा :* **अंध**

अचाट (वि) विलक्षण, अलौकिक, अद्‌भुत, अमानवी, अतिमानवी, अपूर्व, असामान्य, अफलातून, कल्पनातीत, अतर्क्य, प्रचंड, अफाट, बेफाट, अकटोविकट, अमर्याद, बेसुमार, विशाल, पराकोटीचा, भव्य, श्रेष्ठ, अत्युच्च *पाहा :* **अतिशय**

[adj] fabulous, stupendous, weird, uncanny, superhuman, herculean, phenomenal, prodigious, awe-inspiring, gigantic, terrific, imposing, staggering, stunning, colossal; *पाहा :* **अतिशय**

अचानक (क्रिवि) *पाहा :* **अकस्मात**

अचिंत्य (वि) *पाहा :* **अगम्य**

अचूक (वि) बिनचूक, निर्दोष, बरोबर, नीट, नेमका, असंदिग्ध, तंतोतंत, काटेकोर, खात्रीचा, विश्वसनीय, भरवशाचा, अमोघ, लक्ष्यवेधी, (भेदी) रामबाण *पाहा :* (विरु) **चूक** (वि)

[adj] unerring, unfailing, infallible, faultless, impeccable, right, exact, precise, accurate, sure, reliable, perfect *पाहा :* (विरु) **चूक** (वि)

[i] to hit the nail on the head, to hold water

अचेतन (वि) जड, निश्चेष्ट (निचेष्ट), निपचित, ताठ, काष्ठवत्‌, बेशुद्ध, चैतन्यहीन, लुंडमुंड; मृत, निर्जीव, निष्प्राण; *पाहा :* **अचल,** (विरु) **जिवंत**

[adj] inert, inanimate, comatose, motionless, unconscious, lifeless, dead; *पाहा :* **अचल** (विरु) **जिवंत**

अज (पु) बोकड, बकरा, अजापुत्र; बकरी, शेळी, शेरडी; कोकरू, करडू, शेरडू

(n) goat, lamb

अज (वि) *पाहा :* **अनादी**

अजगर (पु) *पाहा :* **साप**

अंजन (न) काजळ, कज्जल, सुरमा (सुर्मा), नेत्रांजन

(n) Collyrium, eye-salve

अजन्मा (वि) *पाहा :* **अनादी**

अजब (वि) *पाहा :* **अद्‌भुत**

अजमावणे (क्रि) *पाहा :* **अजमास**

अजमास (पु) अदमास, अपेक्षा, हिशेब; अंदाज, अटकळ, ठोकताळा, आडाखा, स्थूलमान, सरासरी, सुमार; संशय, शंका, अनुमान, अनमानधपका, ठाकाठोका, अटकळपंचविशी; तर्क, अंदाजी मत, पुसट कल्पना, आराखडा, कयास, होरा, भाकीत; आणेवारी (पैसेवारी) *पाहा :* **तर्क**

[क्रि] अजमावणे, जोखणे, अंदाजणे, तोलणे, दिसणे, मानणे

[वा] खडा टाकून पाहणे, पाणी जोखणे, अजमास पंचे दाहोदर्से, मुलाचे पाय पाळण्यात दिसतात, ता म्हणता ताक भात ओळखणे

(n) reckoning, calculation; assessment, judgement, appraisal, expectation, estimate, conjecture, inference, supposition, speculation, surmise, guess, guesstimate, suspicion, idea, notion, belief, prediction *पाहा* : **तर्क**

अजरामर (वि) *पाहा* : **अमर**

अंजली (स्त्री) *पाहा* : **ओंजळ**

अजस्त्र (वि) *पाहा* : **प्रचंड, अकटोविकट**

अजागळ (वि) अव्यवस्थित, अकुशल, कौशल्यहीन, गडबड्या, गोंधळ्या, वेंधळा, बेहिशेबी, गैदी, भोंगळ, गबाळग्रंथी, गबाळा, गलथान, बावळट, धांदरट, धाम्या, गाफील, ढिला, ध्यान, हेंगाडा, बोंगाडा, हेंदराबेंदरा, हैबतीगैबती, बोंदरा *पाहा* : (विरु) **निपुण**

[adj] clumsy, inelegant, lubberly, bungler, awkward, gauche, crude, coarse, rough, dowdy, fumbling, heavy handed, maladroit, slovenly *पाहा* : (विरु) **निपुण**

[i] go to seed

अजाण (वि) अज्ञ, अज्ञान, अज्ञानी, अनभिज्ञ, नेणता, अविद्य, अनभ्यस्त, अनघड, अकुशल, अडाणी; अप्रौढ, अप्रगल्भ, अल्पबुद्धी, अल्पमती, अननुभवी, अपक्व, अपरिपक्व, असमंजस, खुळा, दुधखुळा, हिरवट, अल्पपठित, विद्याहीन, कुडबुड्या; अल्लड, थिल्लर, पोरकट, कोवळा, कच्चा, उथळ, बाल, बालक, बालबुद्धी, पोरबुद्धी, आचरट; अंध, आंधळा, कोरा, व्यवहारशून्य, कलाहीन, दीर्घसूत्री; अशिक्षित, निरक्षर, अक्षरशत्रू (-शून्य), अंगठेबहाद्दर, खेडवळ, गावंढळ, गावठी, गावंडा, गावरान, गवार, अनाडी, आडमुठा, रांगडा, रानवट; असंस्कृत, अनागर, प्राकृत; अप्रबुद्ध, निर्बुद्ध, बुद्धिमंद, दुर्बुद्ध, बुद्धीचा जड, मंद, मैंद, मंदमती, मंदबुद्धी, जड, जडबुद्धी, स्थूलबुद्धी, मतिहीन, मूढमती, रेम्याडोक्या, बिनडोक; मूर्ख, महामूर्ख, शतमूर्ख, मूर्खशिरोमणी, अहोविद्वान, पढतमूर्ख, व्यवहारशून्य, मठ्ठ, अक्कलशून्य, बेअकली, अर्धवट, वेडपट, बथ्थड, टोणपा, ढ, धड्ड, लड्ड, बुद्धू, माठ, मद्दड, दगड, दगडोबा, शंख, शंखोबा, निवळशंख, शुंभ, ठोंब्या, ठोम्या, हणगोबा, गणंग, ठणठणपाळ, ठसठोंबस, मेषपात्र, टोणगा, बैल, बैलोबा, नंदीबैल, गाढव, गद्धा, गधडा, लंबकर्ण *पाहा* : **अज्ञान** (न), (विरु) **बुद्धिमान, सुज्ञ**

[वा] अकलेचा कांदा/खंदक, गाईचा

गोऱ्हा, अरण्यपंडित, उंटावरचा शहाणा, दीडशहाणा, गाजरपारखी, अक्षर माहीत नसणे, ओ की ठो न समजणे, गंध नसणे, कच्चे मडके, नर्मदेतील गोटा, बोळ्याने/बोंडल्याने दूध पिणे, नाचता येईना अंगण वाकडे, गाढवांचा गोंधळ नि लाथांचा सुकाळ, अडाण्याचा गाडा- वाटेच्या वेशी मोडा, तेल गेले तूप गेले- हाती धुपाटणे आले, डोक्यात कांदे-बटाटे भरलेले असणे

[adj] ignorant, unknowing, innocent, incognizant, inexperienced, raw, puerile, unenlightened, blind, unlettered, uneducated, illiteerate, uncultivated, boorish, vulgar, rustic, coarse, inane, inept, half-witted, silly, stupid, foolish, asinine, bovine, dull, imbecile, moronic; *पाहा :* **अज्ञान** (न)

(n) ignoramus, simpleton, novice, innocent, moron, dullard, dunce, dolt, lout, idiot, halfwit, blockhead, ass, nincompoop

अजाणता (क्रिवि) *पाहा :* **अभावितपणे**

अजात (वि) *पाहा :* **अनुपस्थित**

अजातशत्रू (वि) *पाहा :* **सात्त्विक, मनमिळाऊ**

अजापुत्र (पु) *पाहा :* **अज**

अजिंक्य (वि) अजेय, अभेद्य, अमोघ, दुर्दम्य, अदम्य, अनावर, अजित, अपराजित, *पाहा :* **पराक्रमी, शक्तिमान**

[adj] invincible, unconquerable, unbeatable, impregnable, invulnerable, indomitable, uncontrollable; *पाहा :* **पराक्रमी, शक्तिमान**

अजिजी (स्त्री) *पाहा :* **गयावया, अभ्यर्थना**

अजित (वि) *पाहा :* **अजिंक्य**

अजिबात (क्रिवि) मुळीच, अगदी, पूर्णपणे, निखालस, धडधडीत, सर्वस्वी, बिलकूल, सुतराम

[वा] ज्याचे नाव ते

[adv] entirely, totally, absolutely, (not) at all, completely, thoroughly

अंजिरी (वि) *पाहा :* **लाल**

अजीजी (स्त्री) *पाहा :* **अजिजी**

अजीर्ण (न) *पाहा :* **अपचन**

अजून (क्रिवि) अद्याप (-पि), अद्यापपावेतो, आतापर्यंत, आजपर्यंत, हा वेळपावेतो

[adv] yet, still, hitherto, upto this time

अजेय (वि) *पाहा :* **अजिंक्य**

अजोड (वि) अद्वितीय, निरुपम (-म्य), अनुपम, अनुपमेय, अनूप, अप्रतिम, अतुल, अतुलनीय, अतुल्य, बेजोड, लाजवाब, बिनतोड, एक, एकमेव, एकमेवाद्वितीय, अनन्य, अनन्यसाधारण, सर्वश्रेष्ठ, सर्वोत्तम,

सर्वोत्कृष्ट, असामान्य, अलौकिक, ईश्वरी, दिव्य, लोकोत्तर, सार्वभौम, चक्रवर्ती *पाहा :* (विरु) **सामान्य**

[वा] मेरुमणी, शिखरावर विराजमान, न भूतो न भविष्यति

[adj] unparalleled, unequalled, unsurpassed, unrivaled, matchless, peerless, incomparable, inimitable, preeminent, paramount, superlative, supreme, sovereign, divine *पाहा :* (विरु) **सामान्य**

(i) beat hollow, eclipse, steel a march on, outshine, overshadow

अट (स्री) शर्त, करार, संकेत, बंध, नियम, निर्बंध; सेवाशर्त; *पाहा :* **अटकाव, अपवाद**

(n) condition, prerequisite, qualificatin, stipulation, terms, proviso, regulation, restriction; *पाहा :* **अटकाव, अपवाद**

[i] strings attached

अटक (स्री) कैद, धरपकड, गिरफदारी, नजरकैद, कारावास, बंदिवास, तुरुंगवास, कोठडीत रवानगी *पाहा :* **अटकाव, कैदी, तुरुंग, शिक्षा**

[क्रि] पकडणे, धरणे, ताब्यात घेणे, बेड्या घालणे, अंदर करणे, गजांआड करणे, तुरुंगात डांबणे;

(n) arrest, imprisonment, seizure, capture, apprehension, detention, confinement, remand; *पाहा :* **अटकाव, कैदी, तुरुंग, शिक्षा**

(v) arrest, apprehend, seize, hold, detain, nab, book, handcuff, capture, put behind bars

अटकमटक (स्री) नखरा, नट्टापट्टा, नोकझोक, नटणेमुरडणे, नखरेलपणा; खेळ, क्रीडा, मौज, मजा, गंमतजंमत; विलास, लीला, शृंगारचेष्टा

(n) coquetry, flirtation, fun, frolic, pleasantry, prank, amusement, playfulness

अटकर (वि) बांधेसूद, प्रमाणबद्ध, आटोपशीर, नीटस, ठाकठीक, सडपातळ, सडसडीत, रेखीव, कमनीय, सुरेख, सुबक, गोंडस, मोहक

[वा] चवळीची शेंग

[adj] neat, shipshape, proportioned, well-formed, comely, curvaceous, dapper, shapely, spruce, tidy, trim, pretty, svelte

अटकळ (स्री) **अटकळपंचविशी** (स्री) *पाहा :* **अजमास**

अटकाव (पु) अडथळा, अडसर, आडकाठी, अडकण, तुंबा, अटक, व्यवधान, अडचण, आवर, अडवणूक, व्यत्यय, विघ्न, बाध; व्याघात, अवरोध,अवष्टंभ, स्तंभन,

विक्षेप, खंड, खोळंबा, तोटरा (तोठरा), खळ, तहकुबी, थांबवणूक, स्थगिती, संस्थगिती, रुकावट; संकट, आपत्ती, चोरी, कोंडी; प्रत्यवाय, विष्टंभ, अंतराय, दिक्कत, विधिनिषेध, हरकत, अट, तक्रार, नकार; गतिरोध, प्रतिबंध, निर्बंध, बंधन, रोध, निरोध, प्रतिरोध, विरोध, पायबंद, कोलदांडा, मर्यादा, अंतर्विरोध, प्रतिकूलता, जोखड, लोढणे; नियंत्रण, मनाई, बंदी, मज्जाव, गळचेपी, प्रतिबंध, प्रतिषेध, नाकेबंदी, जमावबंदी, संचारबंदी, भाषणबंदी, लेखनबंदी, नशाबंदी, दारूबंदी, टाळेबंदी; प्रतिकार, निरोधन, निदर्शन, धरणे, गराडा, घेराव, हरताळ, संप, बंद, काम बंद, नियमानुसार काम, सत्याग्रह, असहकार, रेल रोको, रास्ता रोको; *पाहा :* **संयम, कुंपण, कुंठणे, अगतिक, प्रतिकूल, नकार** (विरु) **स्वातंत्र्य**

[क्रि] रोखणे, रोधणे, रुंधणे, अडवणे, मोडता घालणे, थांबवणे, टोकणे, मना करणे, परवानगी नाकारणे, लुडबुडणे, लडथडणे

[वा] भिंत, आडपडदा, बंद दार, झाकण, वाटेत धोंडा, वाटेतील काटा, गळ्यातील घोरपड/धोंडा/लोढणे, अडणीवरचा शंख, उलटे वारे; घोडे पेंड खाणे, माशी शिंकणे, मांजर आडवे येणे; प्रथम ग्रासे मक्षिकापातः; मूले कुठारः, झारीतील शुक्राचार्य, चालत्या गाड्याला खीळ घालणे, फाटे फोडणे, आडवे पडणे, वाट धरणे, अडवणे, लगाम लावणे, काड्या घालणे, पाचर/मेख मारणे, खो घालणे, तांबडा कंदील दाखवणे, बिब्बा घालणे, पाय मागे ओढणे, पंख कापणे, निखारे पसरणे, कोंबडे झाकले म्हणून तांबडे फुटायचे राहत नाही, पायात पाय घालणे

(n) obstruction, obstacle, impediment, barrier, barricade, hurdle, limitation, handicap, check, restriction, restraint, stopper, embargo, hindrance, snag, hitch, problem, interruption, interference, break, stoppage, blockade, prohibition, ban, suspension, adjournment, deterrent, curfew, go slow, strike; *पाहा :* **संयम, कुंपण, कुंठणे, अगतिक, प्रतिकूल, नकार** (विरु) **स्वातंत्र्य**

(v) obstruct, stop, block, bar, interrupt, impede, hinder, inhibit, sabotage, thwart, restrain, restrict, forbid, hold up, prorogue

[i] stumbling block, head wind, stone wall, clip one's wings, tie one's hands, stand in the way of, put a spoke in the wheel, throw a wet blanket,

take the wind out of one's sails, bottle neck, dead end, to down tools, millestone, round someone's nake, to be on the (water) wagon

अटवी (स्त्री) *पाहा :* **अरण्य**

अटळ (वि) अपरिहार्य, अनिवार्य, दुर्लंघ्य न चुकणारा, आवश्यक, अत्यावश्यक, प्राप्त, क्रमप्राप्त, भाग

[वा] काळ्या दगडावरची रेघ, वज्रलेख, ललाटरेषा, म्हातारीने कोंबडे झाकले म्हणून उजाडायचे (तांबडे फुटायचे) राहत नाही

[adj] inescapable, inevitable, unavoidable, certain, destined, inexorable, essential

[i] cut-and-dried, sure as death and taxes, as sure as fate

अटीतटीचा (वि) *पाहा :* **तीव्र, घनघोर**

अटीविरहित (वि) *पाहा :* **बिनशर्त**

अट्टल (वि) निष्णात, निपुण, तरबेज, वस्ताद, पक्का, कट्टर, कट्टा, सराईत, हुशार, कार्यक्षम, चतुर; लबाड, धूर्त, बनेल, इरसाल, बिलंदर, जहांबाज, कावेबाज, लुच्चा, गाळीव, अर्क, बदमाश; खरा, अस्सल, शुद्ध, गाढा, विश्वसनीय, उत्कृष्ट, परिपूर्ण, जातिवंत

[adj] expert, competent, proficient, adroit, adept, masterly, clever; crafty, wily, astute, cunning, artful, shrewd; genuine, authentic, perfect, sound, solid, sterling, pure, immaculate

अट्टहास (पु) *पाहा :* **आग्रह, कष्ट**

अठरापगड (वि) *पाहा :* **अनेक**

अडकण (न) अडसर, अटकाव, आडकाठी, अडकणी, अडकवण, खोडा; खिटी (खिट्टी), खीळ, तटणी, दट्ट्या, कुत्रे, खटका, खुंटी, गज, दांडा, खिळा, मेख, पाचर, शंकू, शिवळ; *पाहा :* **अटकाव**

(n) barrier, stoppage; bolt, peg, dovetail, catch, rod, bar, cross-bar, spike, picket, nail, stude, tack, rivet, screw, fastening, wedge, pin, latch; *पाहा :* **अटकाव**

अडकणी (स्त्री) *पाहा :* **अडकण**

अडकणे (क्रि) गुंतणे, गुरफटणे, फसणे, रुतणे, गावणे; अडणे, खुंटणे, तटणे, खोळंबणे, थांबणे; तुंबणे, साचणे; अटकेत पडणे, जाळ्यात सापडणे, कचाट्यात सापडणे, बांधला जाणे, कह्यात येणे, गोत्यात येणे

[वा] गळा गुंतणे, मान अडकणे, दगडाखाली हात सापडणे, घोडे अडणे, घोडे पेंड खाणे, (मासा) गळाला लागणे

(v) get entangled / involved / embroiled / bound / implicated / incriminated / caught / held up / mixed up

अडखळणे (क्रि) अडणे, ठेचकळणे,

ठेचाळणे, ठेच/ठोकर खाणे, धडपडणे, लटपटणे, मागेपुढे करणे, कचरणे, कां कूं करणे, घुटमळणे, घोटाळणे, चाफलणे, फाफलणे, रेंगाळणे, चाचरणे, काकरणे, तोतरे बोलणे, ततपप करणे, चुकतमाकत करणे, रटफ करणे

[वा] जीभ चावणे, जिव्हादोष असणे

(v) stumble, trip, stagger, totter, flounder, falter, get obstructed, stammer, stutter, linger, idle, pause, dither, shilly - shally

अडगळ (स्त्री) निरुपयोगी / कुचकामी / टाकाऊ / रद्द / बाद वस्तू, भंगार, सटरफटर, गचगच, गचपण, गळाठा, गबाळ, पसारा; अडचण, अडसर, व्यत्यय, अडथळा

[वा] खायला काळ आणि धरणीला भार

(n) lumber, clutter, scrap, odds and ends, bits & pieces, junk, cast-offs, rubbish, litter; obstruction, hindrance

अडचण (स्त्री) संकट, विघ्न, व्यत्यय, त्रास, धकाधकी; अडथळा, गैरसोय, उपाधी, कचाटी, कुचंबणा, ओढाताण, कुतरओढ, पेच, गोता, गुंतागुंत, प्रश्न, पंचाईत; कमतरता, टंचाई; दाटी, दाटीवाटी; *पाहा :* **अटकाव**

[वा] प्रथमग्रासे मक्षिकापातः, मूले कुठारः, घोडे पेंड खाणे, नकटीच्या लग्नाला सतराशे विघ्ने, नाक दाबले म्हणजे तोंड उघडते, खाच-खळगे, चक्रव्यूह

(n) difficulty, adversity, handicap; complication, dilemma, problem, predicament, hitch, fix, quandary; hurdle, snag, restriction, limitation; *पाहा :* **अटकाव**

[i] deep water, where the shoe pinches, be in a corner, Gordian knot, hard nut to crack, between the devil and the deep sea

अडचणीचा (वि) *पाहा :* **अवघड**

अडण (न) *पाहा :* **स्तन**

अडणी (स्त्री) तिवई, तिपाई (-यी), तिकटे, चौरंग, चौकट, चौकी, घोडा, घोडी, घडवंची, मेज, बैठक, आसन

(n) tripod, trivet, support, pedestal, stool, stand, seat, base

अडणे (क्रि) *पाहा :* **अडकणे, अडखळणे**

अडत (स्त्री) खरेदी-विक्री, क्रय-विक्रय, देवघेव, देवाणघेवाण, व्यापार, व्यापारउदीम, वाणिज्य; हुंडणावळ, दलाली, मध्यस्थी, गुमास्तेगिरी; मोबदला, *पाहा :* **कर**

(n) commerce, business, buying and selling, trade; mediation, agency; brokerage, commission, *पाहा :* **कर**

अडत्या (पु) दलाल, मध्यस्थ, गुमास्ता, मुनीम, कारभारी, प्रतिनिधी, मुखत्यार,

मुतालीक; *पाहा :* **दुकानदार, अनुचर**

(n) broker, agent, middleman, intermediary; commission agent, representative; *पाहा :* **दुकानदार, अनुचर**

अडथळा (पु) *पाहा :* **अटकाव, अडचण**

अडनीड (वि) *पाहा :* **अवघड**

अडमडणे (क्रि) टपकणे, आगंतुकी करणे, धडपडणे, लुडबुडणे, मधे घुसणे

[वा] नाक खुपसणे, तोंड घालणे

(v) intrude, obtrude, middle, intervene, interfere, stumble in, butt in

[i] poke one's nose in, be a busybody

अडमुठा (वि) अडेलतट्टू, हट्टी, हटवादी, नाठाळ, हेकेखोर, हेकट, खट, दुराग्रही, एककल्ली; अडाणी, मूर्ख, बैलोबा

[वा] कडू कारले तुपात तळले, साखरेत घोळले, तरी कडू ते कडूच, कुत्र्याचे शेपूट नळीत घातले तरी वाकडेच

[adj] obstinate, stubborn, mulish, obdurate, adamant, inflexible, rigid, pertinacious, headstrong, intransigent, boorish, stupid

अडवणूक (स्त्री), **अडवणे** (क्रि) *पाहा :* **अटकाव, टोकणे**

अडसर (पु) *पाहा :* **अटकाव, अडकण**

अंडाकृती (वि) *पाहा :* **गोल**

अडाणा (पु) *पाहा :* **राग**

अडाणी (वि) *पाहा :* **अजाण, अडमुठा**

अंडीपिली (न, अव) *पाहा :* **रहस्य, रहस्यभेद**

अंडे (न) कवठ, बैदा; बीजांड

(n) egg

अडेलतट्टू (वि) *पाहा :* **अडमुठा**

अंडोर (पु) *पाहा :* **पुत्र**

अड्डा (पु) तळ, ठाणे, जागा, ठिकाण, स्थान; छावणी, शिबिर, डेरा, वसती, मुक्काम, पडाव; चवाठा (चव्हाटा), चौक, चौकी, चावडी, नाके, गोट, फड, तिठा, खुंट, आखाडा, गुत्ता, भट्टी; स्थानक, वाहनतळ, गाडीतळ, हवाईतळ, विमानतळ; संघ, समाज, मंडळ, फड, गट, कंपू, ताफा, टोळी, कुटाळकंपू; सभा, बैठक

[i] basecamp, camp, encampment, settlement, joint, place, meeting place, venue, site, spot, quarter, station, concourse; vehicle park, aerodrome; society, fraternity, circle, guild, league, sorority, club, syndicate, group, ring; meeting, assembly, conclave

अढळ (वि) *पाहा :* **अचल**

अढी (स्त्री) (मनातील) ग्रह, तिढा (तिडा, तेढा), अपसमज, गैरसमज (गैरसमजूत), वाकडेपणा, तेढ, कडवटपणा, पीळ, पिळा, डूक (डूख), रोष, दात, आकस, अदावत,

असूया, घुस्सा, पूर्वग्रह, कलुषित मत, शंका, *पाहा :* **गाठ**

[वा] फुटले मोती तुटले मन सांधू न शके विधाता, सुंभ जळेल पण पीळ जळणार नाही

(n) prejudice, grudge, bias, illwill, bitterness, resentment, spite, malice, envy, malevolence, xenophobia, misunderstanding, misapprehension; *पाहा :* **गाठ**

अढीच्या दिढी (वि) पाहा **अतिशय**

अणकुची (स्त्री) अणी, तीक्ष्ण टोक; सुई, टाचणी, कंटक, काटा, धस, धसकट, कुसळ, दाभण, अरी, आर, पराणी, अंकुश, शिंग, शूल, सूळ, सुळका, शंकू; अणकुचीदार/टोकदार कांब/काठी/स्तंभ; *पाहा :* **अग्र, खिळा**

(n) needle, pin, prong, spine, tine, prickle, stake, point, barb, thorn, stylus, bristle, horn, cusp, goad, spur, spike, cone; *पाहा :* **अग्र, खिळा**

अणकुचीदार (वि) *पाहा :* **तीक्ष्ण**

अणी (स्त्री) *पाहा :* **अग्र, अणकुची**

अणुध्वम् (पु) *पाहा :* **आयुध**

अणू (पु) *पाहा :* **कण**

अण्वस्त्र (न) *पाहा :* **आयुध**

अण्वावस्था (स्त्री) *पाहा :* **अवस्था**

अंत (पु) शेवट, समाप्ती, परिसमाप्ती, इतिश्री, अखेर, सांगता, उपसंहार, अवसान; अस्त, नाश, लोप, लय, विलय, प्रलय; मृत्यु, मरण, वध, संहार, चिरविश्रांती, पूर्णविराम, पडदा; हद्द, सीमा, परिसीमा, ठाव, तळ, कड, कळस, शिखर; विसर्जन, बरखास्ती, बोळवण, पाठवणी, निरोप; पराभव, पाडाव; उकल, उलगडा; *पाहा :* **निष्पत्ती, अखेर** (विरु) **आरंभ, उगम, उत्पत्ती, उदय**

[क्रि] संपणे, संपुष्टात येणे, घटका भरणे, घडा भरणे, पडदा पडणे, मिटणे, आटोपणे, भस्म होणे, बुडणे, बाद होणे, अस्त होणे, अस्तंगत/अस्तमान होणे, मावळणे, भैरवी होणे; संपवणे, फस्त करणे, फडशा पाडणे, उरकणे, तडीस नेणे, नामशेष करणे, पुसून टाकणे, गाडून टाकणे, सद्‌गती देणे

(n) end, terminaton, conclusion, cessation, culmination, finale, finish; annihilation, destruction; death, expiration, extinction, final curtain; boundary, border, edge, bottom, exgtremity, tip, acme, peak; farewell, godbye; rout, fall; *पाहा :* **निष्पत्ती, अखेर** (विरु) **आरंभ, उगम, उत्पत्ती, उदय**

(v) end, terminate, abolish, conclude, cease, halt, break off, discontinue; destroy, exterminate; reach a climax; eat up, exhaust; take leave

अंतक (पु) *पाहा :* **यम**

अंतःकरण (न) *पाहा :* **मन, चित्त, चित्तवृत्ती**

अंतःकलह (पु) *पाहा :* **भांडण**

अंतकाळ (पु) पाहा : **आसन्नमरण**

अंतःपुर (न) राणीवसा, जनाना (झनाना), जनानखाना (झनानखाना), अंतर्गृह, भोगायतन, माजघर, महाल, रंगमहाल, नाटकशाळा

(n) harem, seraglio, love nest

अंतःप्रवेश (पु) *पाहा :* **प्रवेश**

अंतःप्रेरणा (स्त्री) *पाहा :* **प्रेरणा, कल्पना**

अंतर (न) भेद, भिन्नत्व, फरक, न्यूनाधिक्य, फेर, न्यूनाधिक्य, तफावत, विसंगतता, वेगळेपणा, महदंतर; विरोध, विषमता, असमानता; भेदभाव, पक्षपात, पंक्तिप्रपंच; मध्यांतर, अवधी, खंड; टप्पा, पल्ला, धाव; अंतराय, विक्षेप, दुरावा, दुजाभाव; दुमत, बेबनाव, बदसूर, मतभेद; अर्थभेद, जातिभेद, वर्णभेद, पंक्तिभेद, इत्यादि; *पाहा :* **विभाजन, मन, विसंगती** (विरु) **समानता**

[वा] जमीन- अस्मानाचे अंतर, दरी रुंदावणे, कोठे इंद्राचा ऐरावत आणि कोठे श्यामभटाची तट्टाणी, उत्तर-दक्षिण ध्रुवांइतके अंतर, बडा घर पोकळ वासा, वदतो व्याघात

(n) difference, deviation, disparity, discrepancy, variation, dissimilarity, distinction, nuance; discrimination, partiality; interval, separation; distance, reach, span; discord, conflict, dissonance, disagreement, dissent, alienation; generation gap; *पाहा :* **विभाजन, मन, विसंगती, (विरु) समानता**

[i] poles apart, far cry, draw a line, know a hawk from a handsaw, one man's meat is another man's poison, separate the sheep form the goats

अंतरंग (न) अभ्यंतर, अंतर्भाग, गाभा, दळ, गर्भ, गुह्य, मध्य, मध्यभाग, केंद्र, केंद्रस्थान, मध्यबिंदू, केंद्रबिंदू, नाभिस्थान, मर्मस्थान; हृदय *पाहा :* **मन** (विरु) **बाह्यांग**

(n) interior, inside, core, nucleus, kernel, centre, middle, heart; focus, hub, *पाहा :* **मन** (विरु) **बाह्यांग**

अंतरात्मा (पु) *पाहा :* **मन**

अंतराय (पु) *पाहा :* **अंतर, अटकाव**

अंतराळ (न) आकाश, आभाळ, नभ, व्योम, अंबर, आकाशमंडप, अस्मान, अंतरिक्ष, गगन, खगोल, नभोमंडल, आकाशमंडल, गगनमंडल, तारांगण, तारामंडल, नक्षत्रमंडल, निराळ, महाकाश, अवकाश; वातावरण, विश्व, स्वर्ग; *पाहा :* **अवकाश**

(n) sky, heavens, the starry sphere, blue, empyrean, welkin, firmament, atmosphere, space, universe; *पाहा :* **अवकाश**

अंतराळप्रवास (पु) **अंतराळवीर** *पाहा :* **अंतरिक्षप्रवास**

अंतराळवीर (पु) *पाहा :* **अंतरिक्षप्रवास**

अंतरिम (वि) मधला, दरम्यानचा, मध्यम, मध्यवर्ती, मध्यावधी, हंगामी; *पाहा :* **तात्पुरता**

[adj] interim, halfway, mid-term, intermediate; *पाहा :* **तात्पुरता**

अंतरिक्ष (न) *पाहा :* **अंतराळ**

अंतरिक्षप्रवास (पु) अंतराळप्रवास; अग्निबाण, यान, अवकाशयान, चांद्रयान, अंतराळवीर, अवकाशयात्री, अंतरिक्ष प्रवासी, अंकमोजणी, उड्डाण, वजनरहित अवस्था, यानांची जुळणी, अवकाशस्थानक, अंतरिक्षतळ; अवकाशविद्या; *पाहा :* **प्रवास**

(n) space travel, cosmodrome, launch pad, rocket, space-ship, lunar module, astronaut, cosmonaut, count-down, take-off, weightlessness, docking, space station; astronautics; *पाहा :* **प्रवास**

अतर्क्य (वि) *पाहा :* **अगम्य, अघटित, अमानवी**

अंतर्गत (वि) समाविष्ट, सामील, प्रविष्ट, निविष्ट, अंतर्हित, अंतर्भूत, अंतर्वर्ती, अंत:स्थ, अंत:स्थित, आतील, मधील, मधला, पोटातील, मावलेला, भाग/हिस्सा/अंश/घटक असलेला, समावेश/अंतर्भाव असलेला, अंगभूत, गुंतलेला, संबंधित, अनुस्यूत; *पाहा :* **प्रविष्ट, सामावणे**

[adj] included, contained, embodied, involved, incorporated, implicated, inner, component, constituent, part, related, entered; *पाहा :* **प्रविष्ट, सामावणे**

अंतर्गृह (न) *पाहा :* **अंत:पुर**

अंतर्गोल (वि) *पाहा :* **गोल** (वि)

अंतर्ज्योती (स्त्री) *पाहा :* **आत्मा**

अंतर्दर्शी (वि) *पाहा :* **ज्ञानी**

अंतर्दाह (पु) *पाहा :* **दाह, जळजळ**

अंतर्दृष्टी (स्त्री) दिव्य दृष्टी, सूक्ष्म दृष्टी, अंतर्ज्ञान, दिव्य ज्ञान, अतींद्रिय ज्ञान/शक्ति, परचित्तज्ञान, अंत:चक्षू, मन:चक्षू, ज्ञानचक्षू; *पाहा :* **ज्ञान**

(n) insight, second sight, sixth sense, extrasensory, perception, clairvoyance, intuition, inner vision; *पाहा :* **ज्ञान**

अंतर्धान (वि) *पाहा :* **गुप्त**

अंतर्निष्ठ (वि) *पाहा :* **अंतर्मुख**

अंतर्बाह्य (क्रिवि) *पाहा :* **ओतप्रोत**

अंतर्भाग (पु) *पाहा :* **अंतरंग**

अंतर्भाव (पु) समावेश, शिरकाव, रिघाव, भाग, अंगभूतता; *पाहा :* **अंतर्गत**

(n) inclusion, incorporation, implication, admission; *पाहा :* **अंतर्गत**

अंतर्भूत (वि) *पाहा :* **अंतर्गत**

अंतर्मन (न) *पाहा :* **मन, चित्त**

अंतर्मुख (वि) आत्मनिरीक्षक, आत्मचिंतनपर, आत्मनिष्ठ, अंतर्निष्ठ, विचारी; *पाहा :* (विरु) **बहिर्मुख**

[adj] introvert, introspective, contemplative, meditative; not extrovert *पाहा :* (विरु) **बहिर्मुख**

अंतर्याम (न) *पाहा :* **मन, चित्त**

अंतर्लापिका (स्त्री) *पाहा :* **कोडे**

अंतर्वर्ती (वि) *पाहा :* **अंतर्गत**

अंतर्विरोध (पु) *पाहा :* **अटकाव**

अंतर्वेदी (स्त्री) *पाहा :* **जमीन**

अंतर्वैर (न) *पाहा :* **वैर**

अंतर्हित (वि) *पाहा :* **अंतर्गत, गुप्त**

अंतर्ज्ञान (न) *पाहा :* **अंतर्दृष्टी**

अंतर्ज्ञानी (पु) *पाहा :* **ज्ञानी**

अंत:शक्ती (स्त्री) *पाहा :* **शक्ती**

अंतश्चक्षू (पु) *पाहा :* **डोळा, मन, अंतर्दृष्टी**

अंत:संवेदना (स्त्री) *पाहा :* **कल्पना**

अंतस्त्वचा (स्त्री) *पाहा :* **त्वचा**

अंत:स्थ (वि) *पाहा :* **अंतर्गत**

अंत:स्फूर्ती (स्त्री) *पाहा :* **स्फूर्ती**

अतार (पु) अतारी, अत्तारी, गंधी, सुगंधी

(n) perfumer

अतिक्रम (पु) *पाहा :* **अपमान अधिक्षेप, अतिक्रमण**

अतिक्रमण (न) उल्लंघन, लंघन, मर्यादातिक्रमण, अतिक्रम, अतिपात, सीमाभंग, आक्रमण, घुसखोरी, आगंतुकी, शिरकाव, स्वारी, चाल; *पाहा :* **ओलांडणे**

[वा] भटाला दिली ओसरी भट हात-पाय पसरी

(n) transgression, trespass, intrusion, infringement, encroachment, infiltration, incursion, obtrusion, overrunning, invasion; *पाहा :* **ओलांडणे**

अतिक्रांत (वि) *पाहा :* **ओलांडणे**

अतिथी (पु) पाहुणा, अभ्यागत, अतीथ पहीपाहुणा (पैपाहुणा), पाहुणारावळा (पाव्हणारावळा), वऱ्हाडी, उतारू, वाटसरू, पांथस्थ, आलागेला, आगंतुक

(n) visitor, caller, guest, tourist, traveller, sightseer, visitant

अतिपात (पु) *पाहा :* **अतिक्रमण**

अतिप्रसंग (पु) अमर्यादा, फाजील सलगी, अनुचित/ असभ्य/ अश्लील वागणूक/ निकटसंबंध/ भाषण, चावटपणा, फाजीलपणा

(n) indecent / lewd behaviour / intimacy, improper overtures, molestation, teasing

अंतिम (वि) अखेरचा, शेवटचा, अंत्य, चरम, निर्णायक, निकाली, टोकाचा, निर्वाणीचा

[adj] final, finishing, ultimate, last, closing, terminal, conclusive, clinching, decisive

[i] swan song, tail-end charlie

अतिमानवी (मानुष) (वि) *पाहा :* **अमानवी**

अंतिमोत्तर (न) *पाहा :* **उत्तर**

अतिरंजित (वि) *पाहा :* **अतिशयोक्ती**

अतिरथी महारथी (वि) *पाहा :* **थोर**

अतिरिक्त (वि) *पाहा :* **अधिक**

अतिरेक (पु) आधिक्य, परमावधी, बेसुमारपणा; पराकाष्ठा, वैपुल्य, परिसीमा, सीमा, झोड, कडाका, धडाका, धूमधडाका, तडाखा, तीव्रता, प्रकोप, उधळपट्टी; हद्द, शिकस्त, कमाल, कहर, कळस, कडेलोट, शर्थ; गहजब, *पाहा :* **वैपुल्य, अतिशय, अत्याचार**

[वा] डोक्यावरून पाणी जाणे, (पाणी) गळ्यापर्यंत येणे, (अमुक) म्हणतो मी, उतू जाणे, घडा भरणे, सुताने स्वर्गाला जाणे, अति सर्वत्र वर्जयेत्, अतिपरिचयात् अवज्ञा, अतिशहाणा त्याचा बैल रिकामा; अति रागा भीक मागा, अति तेथे माती, अति झाले हसू आले

(n) excess, surfeit, glut, immoderation, intemperance, superabundance, extravagance; climax, peak; *पाहा :* **वैपुल्य, अतिशय, अत्याचार** too many cooks spoil the broth, to come to a head

अतिरेकी (वि, पु) दहशतवादी, मूलतत्त्ववादी, आतंकवादी, फुटीरवादी, कट्टरवादी, अत्याचारी, घातपाती, दहशती, अघोरी, आततायी, धारकरी, गुन्हेगार *पाहा :* **अतिशयोक्त**

[adj, n] terrorist, militant, secessionist, extremist, fundamentalist, alarmist, agitator, saboteur, criminal, vandal; *पाहा :* **अतिशयोक्त**

अतिवास्तववादी (वि) *पाहा :* **चित्रकार**

अतिवृष्टी (स्त्री) *पाहा :* **अकाल, पाऊस**

अतिशय (वि) अती, अतीव, अतोनात, अत्यंत, अमर्याद, असीम, निस्सीम, अपार, अपरिमित, अमित, अमाप, अमूप, अलोट, अपरंपार, नितांत, निरतिशय, परम, समुत्कट, अनिर्वचनीय, अनिर्वाच्य, अवर्णनीय, शब्दातीत, आत्यंतिक; आटोकाट, पराकाष्ठेचा, पराकोटीचा, बेसुमार, अनन्वित, अक्रीत, प्रमाणाबाहेर, भरमसाट, अढीच्या दिढी, अवाच्या सवा, अवास्तव, अवाजवी, फाजील, वारेमाप, बेमाप, अचाट, अफाट, बेहद्द, बेफाम, जबर, जबरदस्त, घेमार, जिवापाड, जिवापलीकडे, अनिवार, कल्पनातीत, मनस्वी, दाट, गच्च; मनसोक्त, मन:पूत, मनमुराद; विपुल, पुष्कळ, फार, भरपूर, खूप, रगड, चिकार, लोटपोट, बहुत, बहू, गडगंज, भरपूर, यथेच्छ, यथेष्ट, यथास्थित, भरघोस, भरभरून, मुबलक, महामूर, पुरेपूर, प्रचुर, मंथर, उदंड, ओतप्रोत, घसघशीत, तोंडभर, तडाखेबंद, प्रचंड, तुफान, बेदम,

धमाल, सडकून, रगडून, टिच्चून, सपाटून, कचकून, लई, बख्खळ, गाडाभर, भक्कम, ब्रह्मांड; कमालीचा, शिकस्तीचा, विकोपाला गेलेला, भारी, भलता, मुलखाचा, महा, मोठा; भयंकर, दारुण, प्राणांतिक; *पाहा :* **उदंड, आकंठ, अनेक, अतिरेक** (विरु) **अल्प, मित**

[वा] उतू येणे, अति सर्वत्र वर्जयेत्, अतिपरिचयात् अवज्ञा, अति रागा भीक मागा, अति शहाणा त्याचा बैल रिकामा, थोडी तो गोडी फार तो लबाडी

[adj] excessive, inordinate, exorbitant, incalculable, plentiful, abundant, copious, much, profuse, disproportionate, extravagant, immoderate, skyhigh, immense, enormous, extreme, lavish, overflowing, outrageous, unjustifiable, mammoth, immeasurable, tremendous, colossal, stupendous, vast, boundless, limitless, interminable, terrible, awful; *पाहा :* (विरु) **अल्प, मित**

[i] to a fault, the sky is the limit

अतिशयोक्त (वि) अतिरंजित, फुगवून सांगितलेला, आलंकारिक, अवाजवी, पोकळ, बेफाट, अमर्याद, अतिरेकी

[adj] exaggerated, bombastic, inflated, flowery, high-flown, tall, grandiose, extravagant, far-fetched, overdone

अतिशयोक्ती (स्त्री) अत्युक्ती, कल्पनाविहार, अतिशयोक्ती अलंकार (पाहा **भाषालंकार**), शब्दांचे अवडंबर, वाचाळता; पहा : **फुशारकी**

[वा] शब्दांचे इमले, फुगवून सांगणे, तिखटमीठ लावून सांगणे, सुताने स्वर्गाला जाणे, खाणे थोडे मचमच फार, पराचा कावळा करणे, राईचा पर्वत करणे, काट्याचा नायटा करणे, रजाचा गज करणे, एकाचे दहा करणे, बाऊ करणे, लाफा लावणे, (वि) चहाच्या पेल्यातील वादळ, हातभर लाकूड नऊहात ढलपी

(n) exaggeration, overstatement, hyperbole, flight of fancy, tall story; *पाहा :* **भाषालंकार, फुशारकी**

[i] make a mountain of a mole hill, spin a long yarn, tempest in a teapot, (storm in a tea-cup), colouring, embroidery, play up, stretch, pile it on, make too much of, draw the long bow, take something a grain/pinch of salt

अतिशूद्र (वि) *पाहा :* **दलित**

अतिसूक्ष्म (वि) *पाहा :* **अल्प**

अति (वि) *पाहा :* **अतिशय**

अतीत (वि) गत, विगत, भूत, गुदस्त;

गेलेला, झालेला, संपलेला, भूतपूर्व, ऐतिहासिक, इतिहासजमा, अतिक्रांत; *पाहा :* **आधीचा, भूतकाळ, नष्ट, मृत, पलीकडे, प्राचीन**

[वा] गतं न शोच्यम्, गेल्याचा शोक वृथा, इतिहासाच्या उदरात गडप, काळाच्या ओघात नष्ट

[adj] past, gone, bygone, elapsed; olden, ended, finish, late, histrorical *पाहा :* **आधीचा, भूतकाळ, नष्ट, मृत, पलीकडे, प्राचीन**

[i] water under the bridge, over and done with, dead and buried

अतींद्रिय (वि) इंद्रियागम्य, पंचज्ञानेंद्रियांस अगोचर; *पाहा :* **अंतर्दृष्टी, अमानवी**

[adj] extrasensory; supernatural *पाहा :* **अंतर्दृष्टी, अमानवी**

अतीव (वि) पाहा : **अतिशय**

अतुल, अतुलनीय, अतुल्य (सर्व वि) *पाहा :* **अजोड**

अतूट (वि) *पाहा :* **अखंड, चिवट**

अतृप्त (वि) असमाधानी, असंतुष्ट, असंतोषी, हावरट, अधाशी, लोभी, दुर्भर, रिता *पाहा :* (विरु) **आनंदित**

[adj] discontented, insatiable, disgruntled, unsatisfied, greedy, hungry, craving, famished *पाहा :* (विरु) **आनंदित**

अंतेवासी (पु) शिष्य, चेला, छात्र, विद्यार्थी, उमेदवार, शागीर्द, पट्ठ्या, पट्ट्यशिष्य, सच्छिष्य, अनुयायी, पंथी, अनुवर्ती, भक्त, सहकारी, सोबती, साथी, दोस्त, मदतनीस, सहप्रवासी, दीक्षा घेतलेला *पाहा :* **जवळचा**

[वा] गंडा बांधणे

(n) disciple, pupil, student, apprentice, follower, adherent, devotee, associate, acolyte, ally, collaborator, accomplice, companion *पाहा :* **जवळचा**

अतोनात (वि) *पाहा :* **अतिशय**

अत्तर (न) *पाहा :* **अर्क**

अतरगुलाब (पु) *पाहा :* **अगत्य**

अत्तारी (पु) *पाहा :* **अतार**

अंत्य (वि) *पाहा :* **अंतिम**

अंत्यकर्म (न) *पाहा :* **अंत्येष्टी**

अंत्यज (पु) *पाहा :* **दलित**

अत्यंत (वि) *पाहा :* **अतिशय**

अंत्यदर्शन (न) *पाहा :* **अंत्येष्टी**

अंत्ययात्रा (स्त्री) *पाहा :* **अंत्येष्टी, मिरवणूक**

अत्यल्प (वि) *पाहा :* **अल्प, तुच्छ**

अत्यवस्थ (वि) *पाहा :* **आसन्नमरण**

अंत्यसंस्कार (पु) *पाहा :* **अंत्येष्टी**

अत्याचार (पु) जुलूम, जबरदस्ती, बलात्कार, हिंसाचार, अतिरेक, दडपशाही, लाठीमार, अश्रुधूर, गोळीबार; छळ, गांजणूक, नंगानाच, अमानुष क्रौर्य, दुष्ट / निर्दय / रानटी / पाशवी कृत्य, कृष्णकृत्य, कुकर्म, पाप

[क्रि] हाल करणे, यातना देणे, अब्रू

लुटणे, अब्रूवर घाला घालणे
(n) outrage, violence, atrocity, caning, tear-gassing, firing, torture, harassment, oppression, cruelty, brutality, savagery, barbarity, outrageous/atrocious/ beastly/barbaric/cruel/ nefarious act
[i] out-Herod Herod, raise the devil

अत्याचारी (वि) *पाहा :* **अत्याचार, अतिरेकी**

अत्याधुनिक (वि) *पाहा :* **अर्वाचीन**

अत्युक्ती (स्त्री) *पाहा :* **अतिशयोक्ती**

अत्युच्च (वि) पाहा : **उंच, परम**

अत्युत्कृष्ट (वि) *पाहा :* **उत्कृष्ट, परम**

अत्युत्तम (वि) *पाहा :* **उत्कृष्ट, परम**

अंत्येष्टी (स्त्री) उत्तरक्रिया, क्रियाकर्म, और्ध्वदेहिक संस्कार, अंत्यसंस्कार, अंत्यकर्म, प्रेतसंस्कार, प्रेतकर्म, मर्तिक; मृतदेह, शव, प्रेत, कलेवर, पार्थिव, मुडदा, मुर्दा, मढे; ताटी, तिरडी, शवपेटी, शववाहिनी; अंत्यदर्शन, अंत्ययात्रा, महायात्रा, शवयात्रा, प्रेतयात्रा; स्मशान (श्मशान), स्मशानभूमी, रुद्रभूमी, दहनभूमी, प्रेतभूमी, मसण, मसणवट (-खाई) दफनभूमी, कबरस्थान; चिता, सरण, विद्युद्दाहिनी, दहन, अग्निसंस्कार, चिताग्नी, मंत्राग्नी, भडाग्नी, दफन, मूठमाती; मुडदेफरास; थडगे, कबर, मकबरा, पीर; शवच्छेदन, शवपरीक्षा; देहदान, नेत्रदान; अस्थी, अस्थिविसर्जन, अस्थिकलश; श्रद्धांजली, तिलांजली, उदकक्रिया, तर्पण, मृत्युलेख, स्मारक, स्मृतिस्तंभ, पक्ष, श्राद्ध, पितृकर्म, पैतृक, तीर्थश्राद्ध, तीर्थविधी, बारावा, तेरावा, दिवस, चटश्राद्ध, सुतक, अशौच, दुखवटा, घरसंस्कार, गृह्यसंस्कार, शोकप्रदर्शन, पुण्यस्मरण, *पाहा :* **पुण्यतिथी, मृत्यू, मृत**
[क्रि] खांदा देणे, अग्नी देणे, पार्थिव देह पंचत्वात विलीन होणे, राख सावडणे *पाहा :* **मरणे, ठार करणे**
(n) last rites, obsequies, corpse, cadaver, dead body; mortal remains, hearse, coffin; crematorium, graveyard, cemetary; burial ground, necropolis; funeral, pyre, cremation, burial, entombment, exequies, interment; grave, tomb, crypt, burial-place, sepulchre; obituary, gravestone, tombstone, epitaph, memorial, monument; condolences, mourning; *पाहा :* **मरणे, ठार करणे, पुण्यतिथी, मृत्यू, मृत**
[i] lay someone to rest

अत्रुटित (वि) *पाहा :* **अखंड** (वि)

अथक (वि) *पाहा :* **अनलस**

अंथरूण (न) बिछाना, बिस्तरा, पथारी, आस्तरण, शयन, शय्या, शेज, सुखशयन, सुखशय्या; राजशय्या, *पाहा :* **आसन**

(n) bed; bedding, bed-linen *पाहा :* **आसन**

अथश्री (स्त्री) *पाहा :* **आरंभ**

अथांग (वि) *पाहा :* **खोल**

अदब (स्त्री) सौजन्य, विनय, नम्रता, मर्यादशीलता, कुलीनता, सुजनता, सभ्यता, अभिजातता, शालीनता, सौहार्द, आदर, लीनता, सुसंस्कृतता, दाक्षिण्य, गोडवा, डौल, आर्जव, ऋजुता, स्त्रीदाक्षिण्य

(n) suavity, grace, urbanity, gentility, courtlines, manner, polish, elegance, civility, courtesy, gallantry, modesty, politeness, chivalry

अदबशील (वि) *पाहा :* **नागर, नम्र**

अदमास (पु) *पाहा :* **अजमास**

अदम्य (वि) *पाहा :* **अजिंक्य**

अदय (वि) *पाहा :* **अकरुण, क्रूर**

अदलाबदल (स्त्री) *पाहा :* **देवाणघेवाण**

अदा (स्त्री) *पाहा :* **नखरा**

अंदाज (पु) *पाहा :* **अजमास**

अंदाधुंदी (स्त्री) *पाहा :* **अराजक, गोंधळ**

अदावत (स्त्री) *पाहा :* **अढी, वैर**

अदूरदृष्टी (वि) उतावळा, अविचारी, अविवेकी, अप्रबुद्ध, अदूरदर्शी, *पाहा :* (विरु) **दूरदर्शी**

[वा] तहान लागल्यावर विहीर खणणे

[adj] imprudent; unwise, impetuous, rash, foolhardy, short sighted, thoughtless, *पाहा :* (विरु) **दूरदर्शी**

[i] penny-wise and pound foolish

अदृश्य (वि) *पाहा :* **गुप्त, गडप**

अदृष्ट (न) प्राक्तन, प्रारब्ध, (परेच्छा-, स्वेच्छा-, अनिच्छा-, संचित-, क्रियमाण-) प्रारब्ध, दैव, नशीब, विधिलिखित, विधी, विधिसंकेत, ब्रह्मलिखित, प्राचीन, ललाटरेषा, दैवरेषा, ब्रह्मरेषा, विधिघटना, संचित, पूर्वसंचित, घटित, घटितार्थ, भविष्य, भवितव्य, भग, भाग, भागधेय, भाग्य, भविष्यमाण, होष्यमाण, होतव्य, तकदीर, किस्मत, ईश्वरेच्छा, गती, प्रारब्धगती (-योग, -सूत्र), कर्मगती, नियती, भोग, कर्मभोग, शरीरभोग, भोक्तृत्व, दैवगती, दैवयोग, दैवविपाक, ऋणानुबंध, भाकीत, होरा, भावी / होणारी गोष्ट, वर्षफल (-भविष्य) इत्यादी; *पाहा :* **सद्‌भाग्य, दुर्दैव**

[वा] कपाळ, बाशिंगबळ, नशिबाचा खेळ/फेरा, नशिबाची / प्राक्तनाची दोरी, कपाळी येणे, कपाळी लिहिलेले असणे, कर्मणो गहना गतिः, आधणातले रडतात आणि सुपातले हसतात, दैवाची लीला

(n) destiny, lot, karma, kismat, providence, predestination, the stars, fortune, fate, luck, doom, God's will, chance, accident; *पाहा :* **सद्‌भाग्य, दुर्दैव**

[i] wheel of fortune, crystal ball, irony of fate, ups and downs, the writing on the wall, divine intervention

अद्दल (स्त्री) शिक्षा, शासन, दंड, सजा, ठेच, अपराधाचे फळ, कृतकर्माचे प्रायश्चित्त, न्याय; तोटा, नुकसान

[वा] ठोकर बसणे, ठेच लागणे, किंमत देणे, धडा मिळणे, जन्माची आठवण राहणे

(n) penalty, punishment, retribution, lesson, reprisal, just deserts

[i] pay the price

अद्‌भुत (वि) विलक्षण, अजब, आश्चर्यकारक, विस्मयजनक, विचित्र, चमत्कारिक, चमत्कृतिपूर्ण, नवलाईचा, और, अनोखा, अलौकिक, लोकोत्तर, असामान्य, असाधारण, अनन्यसाधारण, अभूतपूर्व, अपूर्व, अचाट, अपरूप (अप्रूप), दुर्मीळ, चाकोरीबाहेरचा, जादूभरा, जादुई

[वा] न भूतो न भविष्यति, परीकथा, डोळ्यांवर विश्वास न बसणे

[adj] miraculous, wondrous, marvellous, extraordinary, supernatural, preternatural, magic, magical, unbelievable, unheard-of, unprecedented, rare, prodigious, phenominal, fantastic, bizarre, exceptional

[i] fairly like, out of this world

अद्य (क्रिवि) *पाहा :* **हल्ली**

अद्यतन (वि) *पाहा :* **अर्वाचीन, चालू**

अद्ययावत (वि) *पाहा :* **अर्वाचीन**

अद्याप (**-पी**) (क्रिवि) *पाहा :* **अजून**

अद्री (पु) पाहा : **डोंगर**

अद्वातद्वा (क्रिवि) बेतालपणे, बेफामपणे, उद्धटपणे, आढ्यतेने, बेपर्वाईने, आवेशाने, माथेफिरूपणे, ताळतंत्र सोडून, तोंडाला येईल तसे, वारेमाप, असंमजसपणे, अवमानकारक रीतीने, अविचाराने

[वा] मुखमस्ती येणे

[adv] rudely, recklessly, indiscreetly, imprudently, irreverently, impolitely, bluntly, impudently, offensively, unthinkingly

अद्वितीय (वि) *पाहा :* **अजोड**

अद्वैत (न) ऐक्य, अभेद, एकपणा, एकरूपता, एकता, एकत्व, एकात्मता, तादात्म्य, ताद्रूप्य, तद्रूपता, सायुज्य, सामरस्य, दोघुलेपण, सारूप्य, अखंडत्व, अविभाज्यता, सख्य, मेळ, संयोग, एकी, एकीकरण, एकोपा, एकवाक्यता, एकनिष्ठा, ऐक्यभाव, ऐकमत्य, मित्रत्व *पाहा :* (विरु) **द्वैत**

(n) unity, oneness, identity, indivisibility, integrality, synonymity, harmony, concord, accord, coherence, agreement, conformity, rapport, togetherness, consonance, amity, unanimity, unification, fusion *पाहा :* (विरु) **द्वैत**

अध (स्त्री) *पाहा :* **दशदिशा**

अंध (वि) आंधळा, दृष्टिहीन, नेत्रहीन, अचक्षु, जन्मांध, रातांधळा, रंगांधळा, ठार आंधळा; अंधदृष्टी, अधूदृष्टी, मंददृष्टी, दीर्घदृष्टी, ऱ्हस्वदृष्टी; एकाक्ष; अंधत्व/ दृष्टिदोष/ दृष्टिमांद्य असलेला; दीड डोळ्याचा *पाहा :* **अधू, काणा, अजाण, उन्मत्त,** (विरु) **डोळस**

[वा] डोळे जाणे, डोळे फुटणे, डोळ्याच्या खाचा होणे, डोळ्यावर सारा येणे, डोळ्यात फूल पडणे, डोळ्यावर कातडे ओढून घेणे; धर्मांध, जात्यंध, मदांध इत्यादी.

[adj] blind, visually, handicapped, sightless, eyeless, stone-blind; blind-fold, unseeing, dimsighted, blinded, colour blind, long sighted, shortsighted; having visual defects

पाहा : **अधू, काणा, अजाण, उन्मत्त** (विरु) **डोळस**

[i] as blind as a bat

अंधकार (पु) अंधार, तम, तिमिर, अंधारे, अंधेर, काळोख, काळोखी, झाकोळ, अंधारगुडूप, रात्र; झावळे, सावट, छाया, घनछाया, उपछाया, कृष्णछाया; उदासी, विषण्णता, अज्ञान (अज्ञानांधकार), *पाहा :* (विरु) **प्रकाश**

[क्रि] अंधारून येणे, झाकोळणे

[वा] डोळ्यात बोट गेले तरी न दिसणे, तोंडाला तोंड न दिसणे

(n) darkness, dark, pitch dark, murk, murkiness, dusk, blackout; haze, haziness; gloom, shadow, umbra, penumbra, shade; *पाहा :* (विरु) **प्रकाश**

[v] darken, blacken, eclipse, become overcast

अंधदृष्टी (वि) *पाहा :* **अंध**

अध:पतन (न), **अध:पात** (पु) *पाहा :* **अधोगती**

अधम (वि) नीच, हलकट, हीन, खल, हलका, पाजी, हरामखोर, सोदा, निंद्य, तुच्छ, जघन्य, पापी, दुष्ट, दुरात्मा, कुमती, दुराचरणी, दुराचारी, निंद्यकर्मा, अनाचारी, दुर्वर्तनी, आचारभ्रष्ट, सैतानी, क्षुद्र, तिरस्करणीय, निकृष्ट, नीतिभ्रष्ट, बदफैली, व्यभिचारी, चंगीभंगी, हुच्च, चारित्र्यहीन, तत्त्वशून्य, अनीतिमान, शीलभ्रष्ट, क्रूर, निर्घृण, रक्तपिपासू, अधमाधम; *पाहा :* **नराधम** (विरु) **चारित्र्यसंपन्न, थोर**

[वा] मढ्याच्या टाळूवरचे लोणी खाणारा

[adj] vile, ignoble, evil, low, fallen, mean, base, depraved, loathsome, sinful, infamous, immoral,

diabolical, satanic, vicious, wicked, cruel, savage, villainous, bloodthirsty; *पाहा :* **नराधम** (विरु) **चारित्र्यसंपन्न, थोर**

अधर (पु) *पाहा :* **ओठ**

अधर (क्रिवि) *पाहा :* **अधांतरी**

अधरपान (न), **अधरामृतपान** (न) *पाहा :* **चुंबन**

अधर्म (पु), **अधर्माचरण** (न) *पाहा :* **अनाचार, पाप, अन्याय, अपराध**

अधमाचरणी (वि) *पाहा :* **गुन्हेगार**

अंधश्रद्धा (स्त्री) *पाहा :* **श्रद्धा**

अधांतरी (क्रिवि) अधर, निराधार, निरालंब, अरत्र ना परत्र, इथे ना तिथे, हवेत, अंतराळी, वर, मधेच, अधांत्री

[वा] द्रविडो लुडबुडाम्यहम्

[adv] airborne, in mid-air, unsupported, baseless, neither here nor there

अंधानुकरण (न) *पाहा :* **अनुकरण**

अंधार (पु) *पाहा :* **अंधकार**

अंधारकोठडी (स्त्री) *पाहा :* **तुरुंग**

अंधारणे (क्रि) *पाहा :* **झाकोळणे**

अंधारा (वि) अंधारलेला, काळोखाचा, झाकोळलेला, अंधकारमय, प्रकाशहीन

[adj] dark, shady, murky, dusky, dim, dingy

अंधारी (स्त्री) *पाहा :* **झापड**

अंधारे (न) *पाहा :* **अंधकार**

अधाशी (वि) खादाड, खाबू, हावरा, हावरट, वखवखलेला, खाय खाय लागलेला, हपापलेला, नितातलेला, क्षुधित, बुभुक्षित, बुभुक्षू, भुकेला, भुकेलेला, भुकेजला, भुकेजलेला, भुकाळ (-ळू) भुकिस्त, भुकेकंगाल (-बंगाल), सर्वभक्षक, अतृप्त, आसक्त, लोभी, लोभिष्ट, लाहडा, अहोपी, *पाहा :* **हाव, खाणे, भूक**

[क्रि] अधासणे, खा खा करणे / सुटणे, खाईन खाईन करणे, खाखावणे, खायखाय/ वखवख सुटणे, बकाबका खाणे

[वा] बकासुराची भूक, भस्म्या रोग होणे, फुकटखाऊ, भोजनभाऊ, पंक्तिपठाण, अचाट खाणे मसणात जाणे, खाय खाय मसणा जाय, मढ्याच्या टाळूवरचे लोणी खाणे

[adj] greedy, hungry, famished, gluttonous, avaricious, voracious, ravenous, repacious, instiable, omnivorous; piggish, hoggish, crapulent, gormandizing;; *पाहा :* **हाव, खाणे, भूक**

[i] eat like a horse

अधासणे (क्रि) *पाहा :* **अधाशी, हाव**

अधिक (वि) जास्त, जादा, जोडीचा, आणखी, वरकड, वरचढ, अतिरिक्त, आगंतुक, फालतू, फाजील, गैरवाजवी, फार, गुरुतर, सव्याज, बहुसंख्य अर्धेअधिक, निम्मेअधिक, सर्वाधिक; *पाहा :* **पूरक, वाढ,** (विरु) **कमी**

[वा] एक से भले दो

[adj] additional, more, spare, extra; additive, excess, superfluous, surplus; in the majority; supplementary; *पाहा :* **पूरक, वाढ,** (विरु) **कमी**

[i] there's more to something than meets the eye, to have other fish to fry, the more the merrier

अधिकउणा (वि) *पाहा :* **अनुचित, असमान**

अधिकप्रसंग (पु) *पाहा :* **भांडण, अपमान**

अधिकरण (न) *पाहा :* **स्थान**

अधिकाधिक (क्रिवि) *पाहा :* **उत्तरोत्तर**

अधिकार (पु) सत्ता, स्वामित्व, अधिष्ठान, मालकी, अखत्यारी, दावा, ताबा, हुकमत, प्रभुत्व, हुकूम, अंमल, कबजा, काबू, नियंत्रण, पकड, तावडी, पाश, धनीपण; प्रभाव, दाब, दबदबा, दरारा, पगडा, वजन, वर्चस्व; अधिराज्य, आधिपत्य, मुखत्यारी, हक्क, मक्ता, अग्रहक्क, विशेषाधिकार, नकाराधिकार, सर्वाधिकार, सर्वोच्च अधिकार, राज्य, प्रांत, कार्यक्षेत्र, सत्तामत्ता, जोरा, मिरास, यौवराज्य; सरकार, शासन, प्रशासन, रियासत, राजवट, राज्यकारभार, कारकीर्द, तैनात; अर्थसत्ता, धर्मसत्ता, महासत्ता, प्रभुसत्ता, राजसत्ता, सार्वभौमसत्ता, राणीव; राजपद, पादशाही, आसन, सिंहासन, गादी, तख्त, पीठ, हुद्दा, स्थान, दर्जा, जागा, खुर्ची, पद, पदवी, किताब, नेतृत्व, धुरीणत्व, पुढारीपण, सैन्यापत्य, अध्यक्षता, सरदारकी, कर्तेपण; योग्यता, क्षमता, लायकी, पात्रता, सामर्थ्य; प्रतिष्ठा, मान, प्रामाण्य; *अधिकारवाणी* *पाहा :* **अधिकारी, दडपशाही, राज्यपद्धती**

[वा] चौदा चौकड्यांचे राज्य, ताम्रपट, सत्तेपुढे शहाणपण चालत नाही, ज्याच्या हाती सत्ता तो पारधी, तळे राखील तो पाणी चाखील, राजा बोले दळ हाले, काजी बोले दाढी हाले, गळ्यात माळ पडणे, टाळूवर मिरे वाटणे, नाकात वेसण घालणे, माकडाच्या हाती कोलीत, काटेरी मुकुट, नखाबोटावर नाचवणे, मुठीत ठेवणे, शेंडी हातात ठेवणे

(n) authority, power, right, capacity, prerogative, veto, rule, government, regime, reign, sovereignty, supremacy, franchise, mandate, domination, jurisdiction, command, control, sway; pressure, influence, hold; post, office, position, rank, status, title, designation, standing, competence, mastery, ability, capability; *पाहा :* **अधिकारी, दडपशाही, राज्यपद्धती**

[i] corridors of power, twist someone round one's little finger, in the hot seat, rule with a rod of iron, throw one's weight about

अधिकारग्रहण (न) पदग्रहण, पदारोहण, मंचकारोहण, सिंहसनारोहण राज्यारोहण, राज्याभिषेक, पट्टराज्याभिषेक

[वा] सूत्रे हाती घेणे, दंडा धारण करणे

(n) assumption of office, installation, coronation, enthronement, crowning

अधिकारी (पु) सत्ताधारी, सत्ताधीश, स्वामी, धनी, ईश, प्रभू, मालक, खाविंद, अखत्यार, हक्कदार, मिरासदार, अंमलदार, जमादार, मुखत्यार, हुद्देदार, यजमान, महाराज, राज्यकर्ता; अधिप, अधिपति, राजा (पाहा **राजा**), महाराणी (-राज्ञी), **प्रधान** (पाहा प्रधान), पेशवा, सरकारस्वारी, मठपती, मठाधिपती, मठाधिकारी, मठाधीश, सर्वसत्ताधारी; अधीक्षक, प्रबंधक, निबंधक, अधिष्ठाता, वरिष्ठ कारभारी, आसनस्थ, स्थानापन्न, साहेब, नियामक, सर्वाधिकारी, सर्वेसर्वा; अधिकारारूढ, सत्तारूढ, पदारूढ, पदाधिकारी, पीठारूढ, पीठाधिपती, सिंहासनाधिष्ठित, मूर्धाभिषिक्त, पट्टाभिषिक्त; उच्चपदस्थ, वतनदार, सरदार, सुभेदार, आज्ञापक, निदेशक, निर्देशक, आयुक्त, उच्चायुक्त, प्रभारी अधिकारी; मुलकी / लष्करी / निमलष्करी / सनदी अधिकारी, नोकरशहा, पदसिद्ध अधिकारी, आयोग, शासक, प्रशासक, शास्ता, दंडाधिकारी, मंडलाधिकारी, लोकपाल; सरकार, प्रशासन, शासनसंस्था, राज्यसंस्था *पाहा :* **प्रमुख, अध्यक्ष**

[वा] पालखीनशीन, तख्तनशीन, पालखीपदस्थ, सह्याजीराव, रिंगमास्टर, प्याद्याचा फर्जी होणे, रंकाचा राव होणे, वासरात लंगडी गाय शहाणी, अडणीवरचा शंख, आधीच मर्कट तशातही मद्य प्याला

(n) chief, chieftain, lord, master, taskmaster, ruler, commander, captain, governer, leader, officer, civilian / military officer, civilian/military officer, commissioner, administrator, bureaucrat, mandarin, director, ringleader, supremo, executive, controller, skipper, manager, godfather, keeper, proprietor, foreman, supervisor, boss; *पाहा :* **राजा, प्रधान, प्रमुख, अध्यक्ष**

[i] wear the crown, have the upper whip hand, hold the fort, at the helm, the powers that be, in the saddle

अधिकृत (वि) *पाहा :* **प्रमाणित**

अधिनियम (पु) *पाहा :* **कायदा, नियम**

अधिप (वि), **अधिपती** (वि) *पाहा :* **अधिकारी**

अधिमूल्य (न) *पाहा :* **किंमत**

अधिराज्य (न) *पाहा :* **अधिकार**

अधिवास (पु) *पाहा :* **वास्तव्य**

अधिवेशन (न) सभा, बैठक, संमेलन, मेळावा, मेळा, परिषद, कृतिसत्र, सत्र, कार्यशाळा, अभ्यासवर्ग, परिसंवाद, विद्वत्सभा, आमसभा, महासभा, राजसभा, दरबार, राजदरबार; गोलमेज परिषद, शिखर परिषद; संसद, लोकसभा, राज्यसभा, विधानसभा, विधान परिषद, विधिमंडळ, इत्यादी; *पाहा :* **संस्था**

(n) meeting, conference, sitting, convocation, assembly, gathering, congregation, congress, convention, symposium, session, seminar, workshop, council, royal court; round table conference, summit meeting, parliament, upper/ lower house, legislative, assembly/ council etc; *पाहा :* **संस्था**

अधिव्याख्याता (पु) *पाहा :* **अध्यापक**

अधिष्ठाता (पु) *पाहा :* **अध्यक्ष, अधिकारी**

अधिष्ठान (न) स्थान, आसन, बैठक, पाया, वास, निवास, अधिवास, अधिकरण, वास्तव्य, वसतिस्थान, स्थळ; सत्ता; *पाहा :* **अस्तित्व, अधिकार**

(n) basis, footing, foundation, ground, infrastructure, seat, abode, home, place, location, residence; *पाहा :* **अस्तित्व, अधिकार**

अधिसूचना (स्त्री) *पाहा :* **सूचना**

अधिक्षेप (पु) *पाहा :* **अपमान**

अधीत (वि) *पाहा :* **पंडित**

अधीन (वि) *पाहा :* **आधीन**

अधीर (वि) आतुर, उत्सुक, अधुरा, उत्कंठित, उतावीळ, अस्वस्थ, बेचैन, तृषित, भुकेला, आसुसलेला; *पाहा :* **अशांत**

[वा] डोळ्यात प्राण आणणे, डोळे लावणे, येरझारा घालणे, हातचे सोडून पळत्याच्या पाठीस लागणे, चुळचुळमुंगळा, कंठाशी प्राण येणे

[adj] eager, impatient, desirous, keen, restless, anxious, ardent, earnest, excited, animated, itching, yearning, agog, avid, thirsty, hungry *पाहा :* **अशांत**

[i] dying for, mad after, hanker after

अधीश (पु) *पाहा :* **अध्यक्ष**

अधीक्षक (पु) व्यवस्थापक, पर्यवेक्षक, तपासनीस, तपासणी अधिकारी, मुकादम, दरोगा, कोतवाल, नियामक, कारभारी, कर्णधार, दिग्दर्शक; *पाहा :* **अधिकारी, अध्यक्ष**

(n) manager, controller, superintendent, supervisor, foreman, overseer, warden, inspector, examiner, invigilator, captain, director; *पाहा :* **अधिकारी, अध्यक्ष**

अंधूक (वि) *पाहा :* **अस्पष्ट**

अधुरा (वि) *पाहा :* **अधीर, कमी**

अधू (वि) पंगू, अपंग, लुळा, लुला, लुंडा, पांगळा, पांगा, पांगूळ, लुळापांगळा, चौरंग, विकलगात्र, विकलितगात्र, विकलांग, बहुविकलांग, विकल, विरूप, व्यंग / न्यून असलेला, दीड कानाचा / डोळ्याचा / हाताचा / पायाचा, मूक, मुका, बधिर, बहिरा, मूकबधिर, अंध, थोटा, लंगडा, मतिमंद, बुद्धिमंद; उणा, सदोष, कमजोर, अशक्त, कमकुवत, दुबळा, दुर्बल, अक्षम, असहाय; दुखरा, हुळहुळा, नादुरुस्त, बिघडलेला, मोडका, खिळखिळा, सैल, ढिला; डगमगता, डळमळता, लेचापेचा; *पाहा :* **कमी**

[adj] crippled, maimed, disabled, invalid, disfigured, mutilated, impaired, handicapped, paralysed, retarded, autistic, spastic, paraplegic, deaf, dumb, blind, lame, weak, feeble, infirm, defective, deficient *पाहा :* **कमी**

अधूदृष्टी (वि) *पाहा :* **अंध**

अधूनमधून (क्रिवि) क्वचित्, कधीकधी, कधीमधी, प्रसंगवशात्, अनियमितपणे; मधूनमधून *पाहा :* **पुन्हा**

[adv]occasionally, intermittently, infrequently, irregularly, periodically, once in a while, at times; *पाहा :* **पुन्हा**

अधूपणा (पु) *पाहा :* **व्यंग**

अंधेर (पु) *पाहा :* **अंधकार**

अंधेरी (स्त्री) *पाहा :* **घेरी, दिपणे**

अधोगती (स्त्री) अध:पात, अध:पतन, अवपतन, पतन, अवनती, परागती, अपकर्ष, ऱ्हास, भ्रंश, क्षय, झीज, कपात, घट, घसरण, घसरगुंडी, उतार, ढाळ, उतरण, उतरती कळा, अवकळा, अवदशा, ओहोटी, पीछेहाट, पडझड, नाश, विनाश; अवमूल्यन, मंदी, पदावनती *पाहा :* **पीछेहाट, खाली,** (विरु) **प्रगती, अभ्युदय, उत्कर्ष**

[क्रि] डबघाईला येणे, कोलमडणे, गडगडणे, उतरणे, खाली येणे, कोसळणे, घरंगळणे, घसरणे, खचणे, दबणे, पडणे, धसणे, ढासळणे, गळणे, रेलणे, खालावणे, ओहटणे, ढेपाळणे, भ्रंशणे, विफल होणे, फिसकटणे, मोडणे, चिघळणे, बिघडणे, मागे पडणे, बुडणे, अवसान गळणे, डगणे, निराश होणे

[वा] बुडता काळ, उतरती कमान, गर्तेत जाणे, सप्तपाताळी पडणे, बुडत्याचा पाय खोलात, रसातळाला जाणे

(n) decline, deterioration, wane,

regression, retrogression, retrogradation, degradation, decadence, degeneration, fall, downfall, setback, ebb, ruin, perdition; devaluation, downturn, recession, slump, depression, downgradation *पाहा :* **पीछेहाट, खाली,** (विरु) **प्रगती, अभ्युदय, उत्कर्ष**

[i] slide, tumble down, crash, collapse, worsen, touch bottom, drop, sink, go downhill, go to the dogs

अधोभाग (पु) *पाहा :* **बूड**

अधोमुख (वि) पाहा : **खिन्न, खजील**

अधोरेखित (वि) पाहा : **उल्लेखनीय**

अधोक्षज (पु) *पाहा :* **विष्णू**

अध्ययन (न) अभ्यास, विद्याभ्यास, व्यासंग, ज्ञानोपासना, वाचन, पठण, मनन, चिंतन, ध्यान, ध्यास, अनुध्यास, निदिध्यास, साक्षेप, विचार, अभ्यसन, अवगाहन, आलोडन, रवंथ, सदभ्यास; निरीक्षण, परीक्षण, परिशीलन; छाननी, तपासणी, शोध, संशोधन, अन्वेषण; चिकित्सा, विश्लेषण, आलोचन; सराव, मेहनत, पूर्वाभ्यास, तालीम, परिपाठ, उपयोजन; आवृत्ती, पुनरावृत्ती, आवर्तन, पाठांतर, घोकंपट्टी, उजळणी, संथा; शिक्षण, ज्ञानसंपादन, स्वाध्याय, गृहपाठ

[क्रि] लिहिणे, वाचणे, पढणे, शिकणे, पाठ करणे, घोकणे, घटवणे, घासणे, शिकणेसवरणे *पाहा :* **पढीक**

[वा] झक्कू ताड्या घोट्या, मांडीमोड, शहाणे होणे, पुस्तकातला किडा

(n) study, reading, meditation, contemplation, cerebration, cogitation, rumination, multing, musing, lucubration, learning, pondering, deliberaton; research, investigation, scrutiny, probe, analysis; practice, drill, application; memorisation, cramming, recitation, homework *पाहा :* **पढीक**

[v] study, read, write, meditate, contemplate, mull over, ponder, learn, scrutinize, analyse, peruse, pore over, examine, chew over, memorize, commit to memory, cram, mug up, learn by rote

[i] burn midnight oil, keep one's nose in a book, learn parrotfashion

अध्यक्ष (पु) स्वामी, अधिष्ठाता, अधिपती, अध्वर्यू, अधीश, अधीक्षक, धनी, ईश, शास्ता, मालक, नियामक, नियंता, नियंत्रक; नेता, नायक, नाईक, पुढारी, म्होरक्या, ढालाईत, सूत्रधार, धुरीण; राज्यकर्ता, मुकुटमणी, मुखंड, मुखर, मोहरा; राष्ट्राध्यक्ष, राष्ट्रपती, पंतप्रधान, प्रधानमंत्री, राज्यपाल,

सभाध्यक्ष, सभापती, सेनापती, सरसेनापती; समाजधुरीण, राष्ट्रधुरीण, लोकनायक, लोकाग्रणी, लोकमान्य; सम्राट, सार्वभौम राजा, राजाधिराज, महाराजा, छत्रपती, नरपती, नराधिप, नरेंद्र, नरेश, नृपाल, सिंहासनाधीश, सर्वसत्ताधीश, बादशहा, पादशहा, पातशहा, खलिफा, पाशा, सुलतान, शेख, अमीर, शहा, झार; नबाब, संस्थानिक, जहागीरदार, नगरशेट, श्रेष्ठी, महापौर; कप्तान, कर्णधार, तांडेल, नाखवा, दलपती, दलनायक, गटनायक, संघनायक, कुटुंबप्रमुख, कर्ता पुरुष, कारभारी, कार्याध्यक्ष, प्रशासक, प्राचार्य, कुलगुरू, कुलपती; *पाहा :* **नरश्रेष्ठ, राजा, अग्रगण्य, अधिकारी, कर्ता**

(n) chief, chieftain, owner, controller, patriarch, president, premier, prime minister, governor, chariman, chairperson; leader, leading man/lady; sovereign, lord, emperor, king, monarch, kaiser, czar, caliph, sultan, pasha, sheikh, amir, prince, captain, skipper, commandant; organizer, ringleader, principle, administrator, ruler, number one, supremo, mayor, dean, chancellor; *पाहा :* **नरश्रेष्ठ, राजा, अग्रगण्य, अधिकारी, कर्ता**

अध्यात्म (न) ब्रह्मज्ञान, वेदान्त, आत्मज्ञान, पारमार्थिक ज्ञान, अध्यात्मशास्त्र, धर्मशास्त्र, तत्त्वज्ञान, गूढवाद; वस्तूचा मूळ भाव; *पाहा :* **आत्मा, ज्ञान, पारमार्थिक**

(n) spiritual knowledge, knowledge of self, theology, metaphysics, mysticism, science of spirit, occult science; *पाहा :* **आत्मा, ज्ञान, पारमार्थिक**

अध्यादेश (पु) *पाहा :* **आदेश**

अध्यापक (पु) ज्ञानदाता, विद्यादाता, गुरू, विद्यागुरू, दीक्षागुरू, परमगुरू, परात्परगुरू, सद्गुरू, गुरुजी, गुरुवर्य, आचार्य, विज्ञापक, पंतोजी, शिक्षक, प्रशिक्षक, प्राध्यापक, व्याख्याता, अधिव्याख्याता, पाठक, प्रपाठक, प्राचार्य, मास्तर, शाळामास्तर, तात्यापंतोजी, प्रवचनकार, उपदेशक, मार्गदर्शक, सल्लागार; पंडित, उस्ताद, वस्ताद; गुरुजन, गुरुपरंपरा

(m) teacher, tutor, coach, master, instructor, educator, trainer, schoolmaster, (mistress) schoolteacher, lecturer, reader, professor, preceptor, guide, fellow, advisor, mentor, preacher, apostle, pedagogue, don, guru

अध्याय (पु) प्रकरण, भाग, विभाग, परिच्छेद, खंड, लेखखंड, पर्व, स्कंद, स्कंध, मंडल, सर्ग, कांड, स्तबक, दशक, समास, अंक, प्रवेश,

पाठ, कलम, कडवे

(n) chapter, part, section, sector, division, verse, stanza, canto, paragraph, act, portion, passage, piece

अध्याहृत (वि) गृहीत, अनुमानित, तर्कित, खरे, धरलेले, मानलेले, समजलेले; आगाऊ कल्पिलेले *पाहा :* **गर्भित**

[adj] postulatory, taken for granted, assumed, conjectural, presumed, supposed, presupposed, hypothesited, hypothetical; *पाहा :* **गर्भित**

अध्वर्यू (पु) *पाहा :* **अध्यक्ष, अग्रगण्य**

अनंग (पु) *पाहा :* **मदन**

अनंगरंग (पु) *पाहा :* **शृंगार**

अनघ (वि) निष्पाप, निष्कलंक, निर्दोष, निर्लेप, निष्कपट, निर्मल, निरपराध, पवित्र, शुद्ध, शुचिर्भूत, विशुद्ध, स्वच्छ, अक्षत, पापभीरू, पापरहित, पापमुक्त, सद्‌गुणी *पाहा :* **पुण्यवंत** (विरु) **पापी**

[वा] धुतल्या तांदळासारखा, न डागाळलेला, देवासारखा, कर नाही त्याला डर कशाला?

[adj] sinless, undefiled, uncorrupted, unspoiled, unblemished, immaculate, impeccable, chaste, faultless, taintless, guileless, innocent, pure, virtuous *पाहा :* **पुण्यवंत** (विरु) **पापी**

अनघड (वि) *पाहा :* **अजाण**

अनंत (पु) *पाहा :* **परमेश्वर**

अनंत (वि) अपार, असीम, अमर्याद, अपरंपार, अपरिमित, अमित, अफाट, अमाप, अमेय, अप्रमेय; निरवधी, असंख्य, अगणित; शाश्वत, अक्षय, अमर, देशकालातीत

[adj] infinite, immeasurable, interminable, endless, limitless, neverending, inexhaustible, unbounded, boundless, innumerable, numberless, countless, incalculable, eternal, perpetual

अनधिकृत (वि) *पाहा :* **अनौपचारिक**

अनध्याय (पु) *पाहा :* **सुटी**

अननुभवी (वि) नवा, नवखा, नवशिका, शिकाऊ, हौशी, उमलता, उमेदवार, प्रशिक्षणार्थी, अकुशल, अपक्व, अजाण, अनभ्यस्त, अशिक्षित, कोरा, कच्चा, हिरवट *पाहा :* (विरु) **पोक्त, ज्ञानी**

[वा] कालचा पोर, लिंबूटिंबू

[adj] novice, beginner, inexperienced, amateur, probationer, budding, untrained, unskilled, naive, immature, fresh, raw, tiro, callow, unfledegde, uninitiated, unaccustomed; *पाहा :* (विरु) **पोक्त, ज्ञानी**

[i] green, born yesterday

अननुभूत (वि) *पाहा :* **नवा**
अननुरूप (वि) *पाहा :* **असमान**
अनन्य (वि) *पाहा :* **अजोड, निष्ठावंत**
अनन्यगतिक (वि) *पाहा :* **अगतिक, निष्ठावंत**
अनन्यगतिकता (स्त्री) *पाहा :* **नाइलाज**
अनन्यसाधारण (वि) *पाहा :* **अजोड, अद्‌भुत**
अनन्योपाय (वि) *पाहा :* **अगतिक**
अनन्वित (वि) *पाहा :* **अतिशय**
अनपत्य (वि) अपत्यहीन (पाहा : **अपत्य**), विनापत्य, निसंतान, नि:संतान, वांझ, वांझोटा, वांझोटी वंध्या; पुत्रहीन, निपुत्रिक; संतानाक्षम; बेवारस, मागे कोणी नसलेला
[वा] कुसंतानापेक्षा नि:संतान बरे
[adj] childless (*पाहा :* **अपत्य**), sterile, infertile
अनपेक्ष (वि) *पाहा :* **विरक्त**
अनपेक्षित (वि) *पाहा :* **अकल्पित, अनाहूत**
अनपेक्षितपणे (क्रिवि) *पाहा :* **अकस्मात**
अनभिज्ञ (वि) *पाहा :* **अजाण**
अनभ्यस्त (वि) *पाहा :* **अननुभवी, अजाण**
अनमान (पु) संकोच, भिडस्तपणा, भीड, बुजरेपणा; द्विधावृत्ती, धरसोड; अनिच्छा, उपेक्षा, अव्हेर, अनादर, अवज्ञा, हयगय
[क्रि] हो ना करणे, कां कूं करणे, मागेपुढे पाहणे, घोटाळणे
(n) reserve, scruple, reluctance, irresolution, half-heartedness, equivocation, shilly-shallying, vacillation, hesitation, misgiving, indecision, disregard
(v) demur, waver, pause, hesitate, dither, dilly-dally, hum and haw, be in two minds
अनमानधपका (पु) *पाहा :* **अजमास**
अनमोल (वि) *पाहा :* **मौल्यवान**
अनर्गल (वि) निरर्गल, स्वैर, अप्रतिबंध, बेबंद, बेछूट, बेफाम, भरमसाट, अविवेकी, उद्दाम, बेदरकार, बेताल
[adj] wanton, wild, reckless, rude, saucy, rabid, brazen, impertinent, loutish, uncontrolled, thoughtless, insolent
अनर्थ (पु) अरिष्ट, विपत्ती, महासंकट, विघ्न, गोंधळ, थैमान, प्रकोप, उत्पात, प्रलय, नाश, संहार, खेळखंडोबा, अनर्थ, परंपरा
[वा] फट् म्हणता ब्रह्महत्या होणे, काळाचा फेरा
(m) disaster havoc, blow, calamity, catastrophe, cataclysm, tragedy, fiasco, destruction, holocaust, ruin
अनर्थक (वि) *पाहा :* **निरर्थक**
अनल (पु) *पाहा :* **अग्नी**
अनलंकृत (वि) *पाहा :* **साधा**
अनलस (वि) निरलस, आलस्यहीन, अथक, उद्योगी, उद्यमशील, कष्टाळू, मेहनती, चिकाटीचा, जोमदार; *पाहा :* (विरु) **आळशी**

[adj] tireless, indefatigable, industrious, hardworking, diligent, assiduous, sedulous, unflagging, persistent, vigorous; *पाहा :* (विरु) **आळशी**

अनवट (वि) *पाहा :* **नवा**

अनवधान (न) दुर्लक्ष, हयगय, हेळसांड, गफलत, गाफीलपणा, बेसावधपणा, विसराळूपणा, निष्काळजीपणा, हलगर्जीपणा, कर्तव्यच्युती, नजरचूक, ढिलाई, बेपर्वाई, गबाळपणा, गलथानपणा *पाहा :* (विरु) **अवधान**

(n) inadvertence, oversight, inattention, absence of mind, thoughtlessness, negligence, carelessness, slovenliness, slackness, laxness, heedlessness, forgetfulness, indifference, insouciance, wool-gathering; *पाहा :* (विरु) **अवधान**

अनवधानी (वि) *पाहा :* **हलगर्जी**

अनवरत (वि, क्रिवि) *पाहा :* **अखंड**

अनवस्था (स्त्री) *पाहा :* **अवदशा, अराजक**

अनवाणी (वि) *पाहा :* **अनावृत**

अनशन (न) उपवास, उपोषण, निरशन, प्रायोपवेशन, निराहार, अनाहार, उपास, उपासतापास, कडकडीत / निर्जळी उपवास, प्राणांतिक उपवास, अन्नत्याग, अन्नसत्याग्रह, चक्रीउपोषण, लंघन, नक्त, रोजा, मिताहार, आहारनियमन; तप; *पाहा :* **उपासमार, उपाशी**

[वा] थंडा फराळ, अन्नपाणी वर्ज्य करणे (सोडणे), पोटाला चिमटा घेणे, फाके पडणे, पोट खपाटीस / भकाटीस / भकाळीस जाणे, मीठ तोडणे, अनशेपोटी असणे, दाताशी दात लावून बसणे, एकभुक्त राहणे

(n) fasting, dieting, starvation, abstinence; abstemiousness, famishment, maceration, penance; Lent, lenten diet, short rations; hunger strike; *पाहा :* **उपासमार, उपाशी**

[i] eat like a bird, Barmecide feast

अनश्वर (वि) *पाहा :* **अमर**

अनहित (न) *पाहा :* **अकल्याण**

अनाकलनीय (वि) *पाहा :* **अगम्य, गहन**

अनागर (वि) *पाहा :* **असंस्कृत**

अनागोंदी (स्त्री) *पाहा :* **अराजक**

अनाचार (पु) दुराचार (दुराचरण), स्वैराचार, स्वेच्छाचार, वामाचार, दुर्वर्तन, स्वैरवर्तन, नंगानाच, गैरकृत्य; कृष्णकृत्य, अपकृत्य; भ्रष्टाचार, नीतिभ्रष्टता, अनैतिकता, शीलभ्रष्टता, लाचखोरी, लाचलुचपत; अनीती, अधर्म, अधर्माचरण, पाप, चारित्र्यहीनता, आचारभ्रष्टता, गैरव्यवहार, व्यभिचार, शरीरविक्रय, सावळागोंधळ, घोडेबाजार, कुमार्ग *पाहा :* (विरु) **पुण्य**

[वा] गुण उधळणे, वाकडे पाऊल टाकणे

/ पडणे, माणसातून उठणे

(n) wantonness, vice, profligacy, depravity, licentiousness, lechery, prosmiscuity, turpitude, delinquency, sin, sinfulnes, misbehaviour, wickedness, dissoluteness, debauchery, immorality, bribery, corruption, horse-trading, floor-crossing, venality, knavery, inequity, evil doing, villainy, crime; *पाहा :* (विरु) **पुण्य**

अनाचारी (वि) *पाहा :* **अधम**

अनाच्छादित (वि) *पाहा :* **अनावृत**

अनाठायी (वि) *पाहा :* **अनुचित**

अनाडी (वि) *पाहा :* **अजाण**

अनात्मवाद (पु) *पाहा :* **जडवाद**

अनाथ (वि) पोरका, मातृपितृविहीन, निराधार, निराश्रित, गृहहीन, अनिकेत, बेघर, अशरण, असहाय, बेवारशी, परित्यक्त, एकाकी, असंरक्षित, निर्वासित *पाहा :* (विरु) **रक्षित**

[वा] छत्र जाणे, वाली नसणे, बापशेटीची पेंड

[adj] orphan, homeless, helpless, forlorn, derelict, abandoned, desolate, unprotected, high and dry, forsaken, deserted, evicted, exiled, refugee; *पाहा :* (विरु) **रक्षित**

[n] foundling, stray, waif, gamin, urchin

[i] leave someone in the lurch

अनादर (पु) *पाहा :* **अपमान, उपेक्षा**

अनादरव्यंजक (वि) *पाहा :* **तुच्छ**

अनादिअनंत (वि) **अनादिसिद्ध** (वि) *पाहा :* **अनादी**

अनादी (वि) आरंभरहित, अनिर्मित, मूळचा, स्वयंभू, स्वयंसिद्ध, आदिसिद्ध, अनादिसिद्ध, अनादिअनंत, चिरंतन, अज, अजन्मा, जन्मरहित; अनाहत, अविकारी

[adj] timeless, ageless, perpetual, eternal, everlasting, permanent, immutable

अनाम (वि) *पाहा :* **अनामिक**

अनामत (न, वि) गहाण, तारण, निक्षेप, अमानत, हमी, सांपार्श्विक हमी, विमा, हवाला, जामीन, इसारा, विसार, बयाणा, सचकार, ताबेगहाण, अमलगहाण, नजरगहाण, पडगहाण, ठेव, निधी

[adj] deposit, earnest, advance, security, mortage, pawn, pledge, surety, collateral, hypothecation, lien, stake, retainer

अनामिक (वि) अनाम, निनावी, अज्ञात, अनोळखी, अप्रसिद्ध, नामरहित, नामनिर्देशरहित, बेनामी

[adj] nameless, unnamed, anonymous, unknown, unspecified, unidentified, incognito, nondescript;

unsung; unsigned

अनामिका (स्त्री) *पाहा :* **बोट**

अनायासे (क्रिवि) *पाहा :* **विनायास**

अनारोग्य (न) *पाहा :* **आजार**

अनारोग्यकारक (वि) *पाहा :* **अनुचित**

अनावड (स्त्री) अप्रीती, अरुची, नावड, नाखुशी, कंटाळा, नापसंती, अनिच्छा, निरुत्साह, उदासीनता, थंडपणा, वीट, तिरस्कार, तिटकारा, किळस *पाहा :* (विरु) **आवड**

[वा] जिवावर येणे

(n) dislike, disinclination, disapproval, distaste, apathy, coolness, indifference, unwillingness, reluctance, repugnance, aversion, nausea *पाहा :* (विरु) **आवड**

अनावर (वि) आटोक्याबाहेरचा, आवरण्यापलीकडे, अनियंत्रित, बेफाम, बेलगाम, तुफान, दुर्दम्य, अनिवार्य; कमालीचा, पराकोटीचा, प्रखर; *पाहा :* **अनियंत्रित**

[adj] uncontrollable, ungovernable, irrepressible, unmanageable, unrestrainable, relentless, unbridled, unrestrained, fierce; extreme, excessive; *पाहा :* **अनियंत्रित**

अनावरण (न) *पाहा :* **आरंभ**

अनावश्यक (वि) *पाहा :* **निरुपयोगी, अप्रयोजक**

अनावृत (वि) उघडा, अनाच्छादित, वस्त्रहीन, विवस्त्र, विवसन, अवधूत, दिगंबर, नग्न, नग्नदिगंबर, नागडा, नागडाउघडा, नागवा, नगीननागवा, नंगा, उघडानागडा, वस्त्रहरण झालेला, बोडका, अनवाणी, बुच्चा, ओका, ओकाबोका, भुंडा, लांडा, लांडाबुच्चा, लुंडाभुंडा; *पाहा :* **प्रकट, अवगुंठन**

[क्रि] बुचाडणे, नागवणे

[adj] uncovered, bare, exposed, unconcealed, threadbare, stripped, nude, naked, denuded, in the nude, stark naked, undraped, disrobed, unclothed, unclad, undressed; *पाहा :* **प्रकट, अवगुंठन**

(i) in one's birthday suit, in a state of nature

अनावृष्टी (स्त्री) *पाहा :* **अकाल**

अनासक्त (वि) *पाहा :* **विरक्त**

अनास्था (स्त्री) *पाहा :* **बेपर्वाई, उपेक्षा**

अनाहत (वि) *पाहा :* **अनादी**

अनाहार (पु) *पाहा :* **अनशन**

अनाहूत (वि) आगंतुक, अनपेक्षित, अकल्पित, आकस्मिक, उपरा *पाहा :* **घुसखोर**

[adj] uninvited, unexpected, unwelcome, unsolicited; intrusive; *पाहा :* **घुसखोर**

अनिकेत (वि) गृहहीन, भटक्या, घरदार नसलेला; *पाहा :* **अनाथ, भटक्या**

[adj] homeless, nomadic,

evicted; *पाहा :* **अनाथ, भटक्या**

अनिच्छा (स्त्री) *पाहा :* **अनावड, अनमान, नापसंती**

अनित्य (वि) *पाहा :* **क्षणभंगुर**

अनिद्रारोग (पु) *पाहा :* **निद्रानाश**

अनिमिष (वि) *पाहा :* **अवलोकन**

अनियतकालिक (न) *पाहा :* **माध्यम**

अनियंत्रित (वि) अनिर्बंध, निरंकुश, बेफाम, बेबंद, बेताल, बेढंग, अप्रतिबंध, अनिरुद्ध, अबद्ध, बेछूट, अर्वाच्य, वाह्यात, बेलगाम, बेशिस्त, स्वैर, स्वच्छंद, यदृच्छ, उच्छृंखल, मोकाट, मोकळा, खुला, अप्रतिहत, अप्रतिबद्ध, अमर्याद, मुक्त, तुफान, सुसाट, भरमसाट; जुलमी, लहरी, मनमानी, बेकायदा; *पाहा :* **अनावर** (विरु) **नियमित, संयमित**

[adj] uncontrolled, unchecked, uncurbed, unrestricted, unbridled, untrammelled, undisciplined, out of ontrol, irrespressible, rowdy, on the rampage, unruly, berserk, fancyfree, unfettered, wild, wanton, violent; despotic, lawless, random, arbitrary; *पाहा :* **अनावर** (विरु) **नियमित, संयमित**

[i] to run riot

अनियमित (वि) लहरी, बेशिस्त, खंडित, अव्यवस्थित; योगायोगाचा, अधूनमधून येणारा, तुरळक, वक्तशीर नसलेला, चंचल, अस्थिर, बदलता, बेभरवशाचा, *पाहा :* **अनिश्चित** (विरु) **नियमित**

[adj] irregular, capricious, fitful, erratic; haphazard, spasmodic, sporadic, mercurial, variable, unpredictable; *पाहा :* **अनिश्चित** (विरु) **नियमित**

[i] by fits and starts

अनिरुद्ध (वि) *पाहा :* **अनियंत्रित**

अनिर्णय (पु) *पाहा :* **शंका**

अनिर्णित (वि) *पाहा :* **अनिश्चित**

अनिर्बंध (वि) *पाहा :* **अनियंत्रित**

अनिर्मित (वि) *पाहा :* **अनादी**

अनिर्वचनीय (वि) **अनिर्वाच्य** (वि) *पाहा :* **अतिशय**

अनिल (पु) *पाहा :* **वायू**

अनिवार (वि) *पाहा :* **अतिशय, आवश्यक**

अनिवार्य (वि) *पाहा :* **आवश्यक, अटळ**

अनिवासी (वि) *पाहा :* **अनुपस्थित**

अनिश्चित (वि) अनिर्णित, डळमळीत; साशंक, संशयास्पद, शंकास्पद; भ्रांत, संभ्रांत, दोलायमान; संदिग्ध, मोघम, दुटप्पी, द्व्यर्थी, दुर्बोध, अस्पष्ट, पुसट; बेमुदत; वादग्रस्त, विवाद्य, कथित *पाहा :* **अनियमित, गुळमुळीत, अनिश्चितता** (विरु) **निश्चित**

[वा] लोंबकळणे, हवेत असणे, अधांतरी, त्रिशंकू, धड ना इकडे धड ना तिकडे, टांगणीला लागणे, भिजत घोंगडे

पडणे, हो ना करणे, दुग्ध्यात पडणे, दही खाऊ की मही खाऊ करणे, आसन डळमळणे, हातचे सोडून पळत्याच्या पाठीस लागणे

[adj] uncertain, unsettled, undecided, doubtful, dubious, conjectural, speculative, questionable, indeterminate, hazy, problematical, moot, obscure, unclear, wavering, indefinite, vague, equivocal, circumlocutory, roundabout, ambiguous; so-called; *पाहा :* **अनियमित, गुळमुळीत, अनिश्चितता** (विरु) **निश्चित**

[i] touch-and-go, under a cloud, in midair,

अनिश्चितता (स्त्री) संदेह, शंका, किंतु, साशंकता, संदिग्धता, भ्रांती, संभ्रम, मोघमपणा, संभ्रमावस्था, कोंडी, पेचप्रसंग, धरसोड, कां कूं, द्विधावृत्ती; *पाहा :* **चलबिचल, अनिश्चित**

(n) uncertainty, suspense, doubt, vagueness, ambiguity, indecision, incertitude, irresolution, obscurity, misgiving, vacillation, hesitation, dilemma, quandary; *पाहा :* **चलबिचल, अनिश्चित**

[i] sit on the fence, hang in the balance

अनिष्ट (न) *पाहा :* **अकल्याण**

अनिष्ट (वि) *पाहा :* **अशुभ, अनुचित**

अनिष्टसूचक (वि) *पाहा :* **अपशकुनी, चिंताजनक**

अनीतिमान (वि) *पाहा :* **नीतिभ्रष्ट, चंगीभंगी, चारित्र्यहीन, अधम, अनैतिक**

अनीती (स्त्री) *पाहा :* **अनाचार, अन्याय**

अनीश (पु) *पाहा :* **परमेश्वर**

अनीश्वरवादी (पु) *पाहा :* **निरीश्वरवादी**

अनुकंपनीय (वि) *पाहा :* **करुण**

अनुकंपा (स्त्री) करुणा, कीव, दया, कळवळा, सहानुभूती, कारुण्य, कणव, कृपा, आस्था, कळकळ, माया, ममता, दयामाया, दयाळूपणा, दयाशीलता, सदयता, मायाळूपणा, कृपाळूपणा, क्षमा, क्षमाशीलता, औदार्य, सहृदयता, सहसंवेदना, सहकंप, मानवता, माणुसकी, जीवदया, भूतदया

[वा] अंत:करण द्रवणे, हृदयाला पाझर फुटणे, दगडाला पाझर फुटणे

(n) pity, compassion, sympathy, tenderness, clemency, forgiveness, leniency, mercy, charity, grace, condolence, commiseration, kindness, empathy, fellow-feeling, humanity, magnanimity

[i] have a heart, have one's heart go out to, melt the heart, weep for, give quarter

अनुकरण (न) नक्कल, प्रतिरूप, प्रतिकृती, प्रत, आवृत्ती, नमुना,

प्रतिमा; प्रतिबिंब, ठसा, छाप, बनावट/खोटा असलेला, पुतळा, नाटक, बतावणी, अभिनय, सोंग, विडंबन; तोतयेगिरी; अंधानुकरण, पुनरावृत्ती, बरोबरी

[क्रि] हुबेहूब/सहीसही, तंतोतंत वठवणे, अनुसरणे, मागोमाग जाणे, री ओढणे, वेडावून दाखवणे,

[वा] कित्ता गिरवणे, पावलावर पाऊल टाकणे, मोर नाचतो म्हणून लांडोरही नाचते, महाजनो येन गतः स पन्थः; यथा राजा तथा प्रजा, आंधळ्यांची माळ

(n) imitation, simulation, emulation, duplication repetition, reproduction, replica, reflection, impression, counterfeit, forgery, dummy, model, clone, copy, mimicry, parody, mockery, travesty, sham, impersonation

[i] follow in someone's footsteps, follow suit, when in Rome do as the Romans do

अनुकरणीय (वि) *पाहा :* **उचित**

अनुकूल (वि) साहाय्यक, सहायक, हितकर, उपकारक, सोयिस्कर (सोईस्कर), आश्वासक, प्रोत्साहक, पोषक, सकारात्मक, होकारार्थी, सुखकर, जुळणारा, लहणा, धार्जिणा, उचित, सुयोग्य, इष्ट, शुभकारक, फलदायी; पसंत; सानुकूल; *पाहा :* **अनुकूलता, अनुमती** (विरु) **प्रतिकूल**

[adj] favourable, advantageous, opportune, suitable, agreeable, congenial, compatible, propitious, auspicious, beneficial, convenient, helpful, positive; *पाहा :* **अनुकूलता, अनुमती** (विरु) **प्रतिकूल**

अनुकूलता (स्त्री) मान्यता, रुकार, संमती, अनुमती, एकवाक्यता; सोय; इष्टापत्ती; *पाहा :* **अनुकूल**

[वा] डाळ शिजणे, दाद लागणे, पथ्यावर पडणे, फासा सोयीचा पडणे, देव (नवसाला) पावणे, वाहत्या गंगेत हात धुणे

(n) consent, acquiescence, compliance, unanimity, agreement, compatibility; convenience; *पाहा :* **अनुकूल**

अनुक्रम (पु) क्रम, क्रमवारी, क्रमाने मांडणी, संगतवारपणा, परंपरा; ओळ, रांग, पंक्ती, आवली, हारी, माळ, मालिका, माला, शृंखला, साखळी; सत्र, जोडणी, श्रेणी; वंशावळ; कालानुक्रम; वर्णानुक्रम; प्राधान्यक्रम, प्राथम्यक्रम, प्राथम्यांकन, मानांकन; चक्रनेमिक्रम; व्यतिक्रम, व्युत्क्रम; अग्रक्रम *पाहा :* **पाठोपाठ**

(n) sequence, series, order, progression, succession, concatenation, arrangement, gradation, consecutiveness, geneology, line, lineage, rank, file, row, array, queue, string, chain, train; choronology; cycle; *पाहा :* **पाठोपाठ**

(i) jump the queue, step into the shoes of

अनुक्रमणिका (स्त्री) *पाहा :* **यादी**

अनुक्रमे (क्रिवि) यथाक्रम, यथानुक्रम, क्रमाने, ओळीने, एकामागून एक, यथाकाल, कालपरत्वे, कालानुक्रमे

[adv] serially, successively, insuccession, sequentially, subsequently, consecutively

अनुगामी (पु) *पाहा :* **अनुचर**

अनुग्रह (पु) कृपा, कृपाछत्र, प्रसाद, लोभ, उपदेश, दीक्षा; उपकार, मेहेरबानी, मर्जी, दया, सद्भाव, औदार्य; प्रोत्साहन, देणगी

(n) favour, kindness, graciousness, patronage, bounty, gift; initiation, condescension, auspices

अनुचर (पु) अनुगामी, अनुयायी, सेवक, भृत्य, किंकर, शागीर्द, पाईक; नोकर, चाकर, कर्मचारी, नोकरदार, नोकरमाणूस, चाकरमान्या, मदतनीस, परिचारक; कारभारी, दिवाणजी, मुनीम, कारकून, अडत्या, गुमास्ता; कामगार, चालक, वाहक, गडी, घरगडी, माणूस, गडीमाणूस, हरकाम्या, हुजऱ्या, रोजकरी, चपराशी, शिपाई, पट्टेवाला, आचारी, स्वयंपाकी, वाढपी, पोऱ्या, बाल्या, रामागडी, भिस्ती, पाणक्या, डोलकर, भोई, मजूर, बिगारी, हमाल, कष्टकरी, मोतद्दार, सईस, भय्या, झाडूवाला, मेहतर, भंगी; सुभेदार, शिलेदार, बारगीर, सैनिक, शिपाईगडी, शिपाई-प्यादा, रंगरूट, भालदार, चोपदार, भालाईत, खिदमतगार, सेवेकरी, प्यादा; हेर, चार, गुप्त दूत, दूत, निरोप्या, जासूद, खबऱ्या, हरकारा, बातमीदार; समाजसेवक, लोकसेवक, सेवाभावी कार्यकर्ता; पूजक, उपासक, संप्रदायी, ध्रुपद्या; दास, गुलाम, अंकित, कूळ, ताबेदार, आश्रित, आधीन, बंदा, पठ्ठ्या, दासानुदास, हस्तक, बगलबच्चा, चमचा, पित्त्या, बाहुला, टाळकुट्या, खुशामत्या, खुशमस्कऱ्या, होयबा, भाडोत्री; सेविका, दाई, धात्री, उपमाता, सुईण, आया, परिचारिका, दासी, सैरंध्री, बटकी, बटीक, मोलकरीण, कामवाली, समाजसेविका *पाहा :* **चाकरी, अनुनय, स्तुतिपाठक, गुलामगिरी**

[वा] पदरी असणे, कित्ता गिरवणे, पावलावर पाऊल टाकणे, री ओढणे, कास धरणे, कच्छपी लागणे, (दुसऱ्याच्या) ओंजळीने पाणी पिणे, मुठीत असणे, अंकित असणे, बगलेत असणे, घरी पाणी भरणे, मुंडी हालवणे / डोलवणे, एखाद्याची टाळी वाजवणे, होस हो करणे,

सांगितल्या कामाचा दिल्या भाकरीचा, पाळीव कुत्रा, ताटाखालचे मांजर, साखरेवरचा / गुळावरचा मुंगळा, वेताळाच्या मागे भुतावळ, चाकरास पडचाकर, समर्थाच्या घरचे श्वान त्यासी सर्वही देती मान, भाड्याचा बैल

(n) attendant, servant, employee, assistant, subordinate, helper, aide, deputy, helpmate, worker, clerk, messenger, butler, steward, stewardess, lacky, footman, orderly, domestic cook, chef, housekeeper, chauffeur, cleaner, escort, barman, maid, maidservant, barmaid, housemaid, governess, nanny, valet, bellboy, page, waiter, waitress, usher, errand boy, vassal, slave, puppet, dummy, hanger - on, mercenary, spy, parasite, underling, hireling, henchman, yes - man; *पाहा :* **चाकरी, अनुनय, स्तुतिपाठक, गुलामगिरी**

[i] bend the knee, kiss the hem of one's garment, wait on hand and foot, fetch and carry, lap-dog, lick-spittle, be at one's beck and call, run errands, play the second fiddle

अनुचित (वि) अप्रशस्त, अप्रस्तुत, अयोग्य, अयुक्त, अस्थानी, अनाठायी, अकरणीय, व्यर्थ, अशोभनीय, अधिकउणा, अशिष्ट, असभ्य, अश्लील, ग्राम्य, लाजलावणा, अप्रासंगिक, अप्रयोजक, असंबद्ध, चूक, अन्याय्य, गैर, गैरलागू, गैरवाजवी, वावगा, नसता, अवाच्यासवा, स्वैर, विशोभित, विपरीत, भरड, अनिष्ट, वाईट, वाईटसाईट, अन्यायकारक, अश्लाघ्य, सदभिरुचिहीन, गर्हणीय, त्याज्य; अपात्र, नालायक, नुकसानकारक *पाहा :* **नुकसान, अहितकर, अनारोग्यकारक** *पाहा :* (विरु) **उचित**

[वा] लहान तोंडी मोठा घास घेणे, मोर नाचतो म्हणून लांडोरही नाचते, अवदसा आठवणे, सुतासाठी मणी फोडणे, हातचे सोडून पळत्याच्या पाठीस लागणे, आग रामेश्वरी बंब सोमेश्वरी, वरातीमागून घोडे, अब्रह्मण्यम्

[adj] improper, inapt, out of place, inapplicable, irrelavant, impertinent, undersirable, wrong, indecent, indecorous, inappropriate, unbecoming, ill-timed, untimely, incongruous; unfit, incompatible, inopportune,

inept, tactless, tasteless, unseemly, inadvisable, detrimental, objectionable, unhealthy; *पाहा :* **नुकसान, अहितकर, अनारोग्यकारक** *पाहा :* (विरु) **उचित**

[i] burning a half-penny candle to find a farthing, put the cart before the horse, put all one's eggs in one basket, to kill the goose that lays the golden eggs

अनुज (पु) *पाहा :* **भाऊ**

अनुताप (पु) *पाहा :* **पश्चात्ताप**

अनुत्पन्न (वि) *पाहा :* **अनुपस्थित**

अनुत्पादक (वि) *पाहा :* **निरुपयोगी**

अनुत्साह (पु) *पाहा :* **अनावड, औदासीन्य**

अनुत्सुक (वि) *पाहा :* **उदास, पराङ्मुख**

अनुदान (न) *पाहा :* **मदतदान**

अनुदार (वि) कोता, क्षुद्रबुद्धी, असहिष्णू, संकुचित, स्वार्थी; कृपण, कंजूष, चिक्कू; दुष्ट, निष्ठुर, निर्दय, आकसपूर्ण *पाहा :* (विरु) **उदार**

[वा] खर्चणाऱ्याचे खर्चते आणि कोठावळ्याचे पोट दुखते

[adj] ungenerous, uncharitable, sparing, selfish, tight-fisted, illiberal; stingy, miserly; harsh, mean, grudging, unkind, malicious; *पाहा :* (विरु) **उदार**

[i] small-minded

अनुदिन (क्रिवि) *पाहा :* **अखंड** (क्रिवि)

अनुदेश (पु) *पाहा :* **सूचना**

अनुद्भूत (वि) *पाहा :* **अव्यक्त, गुप्त**

अनुध्यास (पु) *पाहा :* **अध्ययन**

अनुनय (पु) आराधना, मनधरणी, आर्जव, विनवणी, प्रार्थना; प्रियाराधन, प्रणयाराधन, प्रेमयाचना; अनुरंजन, लोकानुरंजन, लोकरंजन, लोलिंगता; गोडीगुलाबी, खुशामत, खुशमस्करी, तोंडपुजेपणा, चुंबाचुंबी, हांजीहांजी, चमचेगिरी, लांगूलचालन, श्वानवृत्ती, गुलामगिरी; *पाहा :* **अनुचर, स्तुती, स्तुतिपाठक**

[वा] पुढेपुढे करणे/नाचणे, तालावर/नखांबोटांवर नाचणे, आहारी जाणे, घर पुजणे, मान तुकवणे, शब्द झेलणे, शब्द खाली पडू न देणे, बाबावाक्यम् प्रमाणम्, गुडघे टेकणे, पदर पसरणे, दाढी धरणे, स्तुतिपाठ गाणे, पायाचे तीर्थ घेणे, चरणारविंदी मिलिंदायमान होणे, शेपूट हालवणे, गोंडा घोळणे, लोणी/मस्का लावणे, बूट चाटणे, थुंकी झेलणे, लाळ घोटणे/गाळणे

(n) propitiation, worship, supplication, ingratiation, genuflection, flattery, coquetry, courtship, wooing, sycophancy, fawning, audlation; *पाहा :* **अनुचर, स्तुती, स्तुतिपाठक**

[i] to dance to someone's tune, to sit at someone's tune, to sit at someone's feet

अनुनासिक (न) ङ्, ञ्, ण्, न्, म्; अनुस्वार, शीर्षबिंदू, टिंब; सानुनासिक
(n) nasal consonant/mark
अनुपचार (वि) *पाहा :* **अनौपचारिक**
अनुपम (**अनुपमेय**) (वि) *पाहा :* **अजोड**
अनुपयुक्त (**अनुपयोगी**) (वि) *पाहा :* **निरुपयोगी**
अनुपलब्धता (स्त्री) *पाहा :* **अभाव**
अनुपस्थित (वि) गैरहजर, दृष्टीआड, अजात, अनुत्पन्न, अस्तित्वहीन, दूर गेलेला, उपस्थित/हजर नसलेला, हरवलेला, कमी असलेला, गमावलेला, वगळलेला, विसरलेला, लुप्त; अनिवासी, परदेशी, सुट्टीवर, रजेवर, फरारी, परागंदा *पाहा :* **अनुपस्थिती** (विरु) **उपस्थित**
[adj] absent, not present away, out of sight, nowhere to be found, non-resident, abroad, gone, on vacation, lacking, missing, wanting, omitted, lost; *पाहा :* **अनुपस्थिती** (विरु) **उपस्थित**
अनुपस्थिती (स्त्री) गैरहजेरी, सुट्टी, रजा, खाडा, नास्तित्व, शून्यता, अभाव, वाण, उणीव
[क्रि] सटकणे, सुटकणे, सूंबाल्या करणे, गुंगारा देणे
[वा] दांडी मारणे, गुल होणे, चिटपाखरू नसणे, तोंड न दाखवणे, काळे करणे, कोरी पाटी
(n) absence, non-attendance, absenteeism, truancy, nonexistence, vacancy, emptiness, vacuum, void, blank, nullity
(v) become extinct, play truant, play hooky, slip away, make oneself scarce, not show up
[i] french leave, nobody under the sun, clean slate
अनुपान (न) *पाहा :* **इलाज**
अनुपाय (पु) *पाहा :* **नाइलाज**
अनुप्रास (पु) *पाहा :* **भाषालंकार**
अनुबंध (पु) संबंध, परस्परसंबंध, लागाबांधा, धागादोरा, लाग, बंध, नाते, आप्तसंबंध, रक्तसंबंध, जन्मगाठ, अन्वय, स्नेहसंबंध, घरोबा, भावबंध, ऋणानुबंध; योगायोग, ईश्वरी सूत्र; दुवा, सांधा, जोडणी, बंधन, बांधिलकी; आकर्षण, स्नेह, सख्य, संघटन, अनुसंधान; दूरान्वय; *पाहा :* **बंध, संबंध**
(n) relationship, connection, correlation, kinship, blood relation, consanguinity, closeness, rapport, interrelationship, attachment, link, tie, bond, liaison, interconnection, nexus, attraction, affinity, alliance, association; *पाहा :* **बंध, संबंध**
[i] blood is thicker than water
अनुबोधपट (पु) *पाहा :* **चित्रपट**
अनुभव (पु) अनुभूती, प्रचिती (प्रतीती), प्रत्यय, प्रत्यंतर, प्रत्यक्षज्ञान,

प्रत्यक्षानुभव, दृक्प्रत्यय, स्वानुभव, स्वानुभूती, रुजवात, ताळा, पडताळा, दाखला; ओळख, जाणीव, परामर्श (परामर्ष); साक्षात्कार, स्वात्मानुभव, दृष्टान्त; सहकंप, सहसंवेदन; पुन:प्रत्यय; अनुभवविश्व, पूर्वानुभव, कार्यानुभव *पाहा :* **ज्ञान**

[क्रि] अनुभवणे, भोगणे, सोसणे, पाहणे, कळणे, जाणणे, तोंड देणे

[वा] पुढच्यास ठेच मागचा शहाणा, घर पाहावे बांधून लग्न पाहावे करून, दुधाने तोंड पोळले की ताक फुंकून पिणे, जावे त्याच्या वंशा तेव्हा कळे, त्याच मांडवाखालून जाणे

(n) experience, realisation, cognition, awareness, enlightenment, impression; verification, corroboration, feeling, perception, sentience, sensation, sufference, sympathy, vibration; *पाहा :* **ज्ञान**

(v) undergo, suffer, experience, realize, feel, suffer, sustain, enjoy, meet with, brave

[i] once bitten twice shy, a burnt child dreads fire

अनुभवविश्व (न) पाहा : **अनुभव**

अनुभवणे (क्रि) *पाहा :* **अनुभव, भोगणे**

अनुभवसंपन्न, अनुभवी (वि) *पाहा :* **पोक्त, ज्ञानी, जाणता**

अनुभूती (स्त्री) पाहा : **अनुभव**

अनुमत (वि) पाहा : **मान्य**

अनुमती (स्त्री) मान्यता, रुकार, होकार, हुंकार; एकमत, सहमती, संमती, मूकसंमती, मंजुरी; तयारी, देकार, निविदा, खुशी, राजीखुशी; अनुज्ञा, परवानगी, परवाना, मोकळीक, रजा; राजीनामा; अनुमोदन, टेकू, दुजोरा; स्वीकृती, कबुली, अंगीकार; सर्वानुमती, मान्यतेची मोहर *पाहा :* **पसंती, प्रमाणित, अनुकूलता**

[क्रि] बधणे, हो भरणे, हूं हूं करणे, होस हो देणे, मान डोलवणे/तुकवणे/वाकवणे

[वा] उचलून धरणे, टाळी वाजवणे, टाळीला टाळी देणे, मुंडी हलवणे, म्हणाल ती पूर्व दिशा, मम म्हणणे, हिरवा कंदील दाखवणे, जुलमाचा रामराम, पडत्या फळाची आज्ञा, मिया-बीबी राजी तो क्या करेगा काजी?, कोरा चेक

(n) consent, assent, approval, acquiescence, compliance, agreement, offer, tender, concurrence, blessing, authorisation, endorsement, support, sanction, accord, acceptance, willingness, readiness, permission, leave, licence, permit; *पाहा :* **पसंती, प्रमाणित, अनुकूलता**

[v] consent, assent, concede, accede, grant, agree, approve, concur, comply

[i] blank cheque, go ahead, seal of approval, green signal/ light, pay lip service to, be game for something

अनुमान (न) *पाहा :* **अजमास, अध्याहृत**

अनुमेय (वि) *पाहा :* **शक्य**

अनुमोदन (न) *पाहा :* **अनुमती, टेकू**

अनुयायी (पु) *पाहा :* **अनुचर, अंतेवासी**

अनुरंजन (न) *पाहा :* **अनुनय**

अनुरक्त (वि) मोहित, रत, लुब्ध, आसक्त, फिदा, आशक, आकर्षित; परायण, प्रेमवेडा, प्रणयी, प्रेमबद्ध, निष्ठावंत, आतुर, उत्कंठित, एकनिष्ठ, भक्त

[adj] enamoured, charmed, captivated, fascinated, bewitched, lovelorn, lovesick, doting, attached, devoted, passionate

अनुरक्ती (स्त्री) आसक्ती, प्रीती, प्रेम, आवड, मोहिनी, आतुरता, अनुराग, आकर्षण, निष्ठा, भक्ती

[वा] मन जडणे

(n) fascination, attachment, love, attraction, affection, infatuation, devotion, dedication, loyalty

[i] give one's heart

अनुरंजन (न) *पाहा :* **अनुनय, करमणूक**

अनुरणन (न) *पाहा :* **आवाज**

अनुराग (पु) *पाहा :* **अनुरक्ती**

अनुरूप (वि) साजेसा, शोभेसा, जुळणारा, लायक, योग्य, सुयोग्य, यथायोग्य, युक्त, उचित, पात्र, इष्ट, हवा तसा, मिळताजुळता, बरोबरीचा, समर्पक, सुसंगत, चपखल, नेमका *पाहा :* (विरु) **असमान, विसंगत**

[वा] लक्ष्मीनारायणाचा जोडा

[adj] suitable, befitting, proper, becoming, conformable, compatible, eligible, meet, made for each other, appropriate, fit, right, apt, apposite, apropos, correct, fitting, exact, precise, well-choosen *पाहा :* (विरु) **असमान, विसंगत**

अनुलोम (वि) *पाहा :* **सुलट, विवाह**

अनुल्लंघनीय (वि) *पाहा :* **अवघड**

अनुवर्ती (वि) *पाहा :* **अंतेवासी**

अनुवाद (पु) वर्णन, कथन, विवरण, स्पष्टीकरण, पुनरुक्ती, संवाद, भाषांतर, तर्जुमा, रूपांतर, टीका

[क्रि] अनुवादणे, अर्थ लावणे

(n) description, narration, elucidation, repetition, interpretation, translation, paraphrase, transcription, transliteration, rendering, rendition

[v] decipher, decode, make out

अनुशासन (न) शिस्त, नियम, नियमन, नियमबद्धता, नियंत्रण, निर्बंध; आज्ञा, हुकूम, आदेश, कायदा, जरब, शासन; आधिपत्य, प्रभुत्व, हुकमत

(n) discipline, regulation, order,

rule, government, command, sway, power, domination, control, hold, restraint, repression, drilling

अनुशेष (पु) *पाहा :* **अभाव**

अनुषंग (पु) *पाहा :* **संबंध**

अनुष्टुभ् (पु) *पाहा :* **वृत्त**

अनुष्ठान (न) धर्मकृत्य, पूजाअर्चा, पाठ, पूजापाठ, अभिषेक, होम, हवन, अग्निहोत्र, दानधर्म, धर्मादाय, उपासना, आराधना, प्रार्थना, जप, जपजाप्य, जपतप, पठण, नामस्मरण, नामसंकीर्तन, पुरश्चरण, जपानुष्ठान; स्थापना, प्रतिष्ठापना

(n) religious/sacramental/scriptural/sacred/holy/devotional rites, ritual/ceremonial, observance, service, worship, homage, prayer; offering, liturgy, chanting, installation, induction

अनुसंधान (न) योजना, बेत, युक्ती, क्लृप्ती, धोरण, भान; तजवीज, बनाव, जुळवणी, संधान; *पाहा :* **अनुबंध, अन्वेषण**

(n) plan, policy, scheme, design, arrangement, system, ploy, ruse, strategem; nexus; *पाहा :* **अनुबंध, अन्वेषण**

अनुसरणे (क्रि) अनुकरण करणे (पाहा : **अनुकरण**), पाठोपाठ जाणे, अनुयायी होणे, अवलंबिणे, स्वीकारणे, हुकूम पाळणे, आज्ञापालन करणे, निष्ठावंत असणे

[वा] गादी चालवणे, मार्ग धरणे

(v) follow, obey, adhere, abide by, toe the line, imitate; *पाहा :* **अनुकरण**

[i] tread on the heels of someone

अनुस्यूत (वि) *पाहा :* **बद्ध, अंतर्गत**

अनुस्वार (पु) *पाहा :* **अनुनासिक, टिंब**

अनुज्ञा (स्त्री) *पाहा :* **अनुमती, आदेश**

अनूढा (स्त्री) *पाहा :* **अविवाहित**

अनूप (वि) *पाहा :* **अजोड**

अनृत (न) *पाहा :* **असत्य**

अनेक (वि) कित्येक, कैक, कितीतरी, बरेच, खूप, पुष्कळ, निरनिराळे, वेगवेगळे, भिन्नभिन्न, काही, असंख्य, असंख्यात, अगणित, अगण्य, मुबलक, उदंड, रगड, तोंडभर, गाडाभर, चिकार, बख्खळ, विविध, नाना, नानाविध, नाना तऱ्हेचे, बहुविध, बहुत, बहु, विपुल, अनेकविध, विविधलक्ष्यी, चित्रविचित्र, अठरापगड, शेकडो, हजारो, सहस्रावधी, लाखो, लक्षावधी, लक्षानुलक्ष, करोडो, कोट्यवधी, अब्जावधी, अमाप, अमोज, अमेय; *पाहा :* **चित्रविचित्र**

[वा] पायलीचे पंधरा / पन्नास, सतरा, सतराशेसाठ, छपन्न, बहात्तर, खंडीभर, इजा बिजा तिजा

[adj] several, various, numerous,

many, manifold, multitudinous, multifarious, myriad, divers, legion, countless, innumerable, umpteen, sundry, assorted, plentiful, profuse, abundant, teeming; tens, dozens, hundreds, thousands, millions, billions; untold; *पाहा* : **चित्रविचित्र**

[i] army, galaxy, bevy, swarm, quite a number, ever so many, thick as fleas

अनेकता (स्त्री) अगणितता, विविधता, वैविध्य, वैधर्म्य, वैचित्र्य, भिन्नता; जैवविविधता (-वैविध्य)

[वा] मूर्ती/व्यक्ती तितक्या प्रकृती

(n) variety, diversity, biodiversity, mutiplicity, variation, dissimilarity, difference

[i] variety is the spice of life

अनेकदा (क्रिवि) *पाहा* : **पुन्हा**

अनेकपदरी (वि) *पाहा* : **चतुरस्र**

अनेकभाषाकोविद (वि) *पाहा* : **बहुभाषक**

अनेकवार (क्रिवि) *पाहा* : **पुन्हा**

अनेकविध (वि) *पाहा* : **अनेक, चित्रविचित्र**

अनेकांगी (वि) *पाहा* : **चतुरस्र**

अनैच्छिक (वि) *पाहा* : **अहेतुक**

अनैतिक (वि) नीतीविरुद्ध, नीतिभ्रष्ट, असभ्य, अश्लील, अपभ्रष्ट, अनीतिमान, दुराचारी, विषयासक्त, बदफैली, स्वैराचारी, वाममार्गी

[adj] immoral, evil, base, loose, unethical, sinful, indecent, corrupt, licentious, dissolute, debauched, promiscuous, profligate

अनैतिकता (स्त्री) *पाहा* : **अनाचार**

अनैसर्गिक (वि) *पाहा* : **कृत्रिम, नाटकी**

अनोखा (वि) नवा, नवीन, नवलाईचा, अपूर्व, विलक्षण, अद्‌भुत, अननुभूत, असाधारण, अनोळखी

[adj] new, novel, uncommon, extraordinary, wondrous, marvellous

अनोळख (स्त्री) *पाहा* : **दुजाभाव**

अनोळखी (वि) अपरिचित, नवा, नवखा, अनोखा, परका, अज्ञात, गूढ, अनामिक, अप्रसिद्ध, अश्रुत, अनवट, अननुभूत, चमत्कारिक *पाहा* : **अलताभलता** (विरु) **परिचित, माहीत**

[adj] unfamiliar, unrecognized, unheard-of, little-known, unknown, unacquainted, strange, new, obscure, quaint, curious, outlandish; *पाहा* : **अलताभलता** (विरु) **परिचित, माहीत**

[i] a dark horse, not to know someone from Adam

अनौचित्य (न) अनुचितता, *पाहा* : **अनुचित**

(n) impropriety; *पाहा :* **अनुचित**

अनौपचारिक (वि) अनुपचार, सहज, खेळीमेळीचा, नियमबद्ध / रुढीबद्ध नसलेला, निरुद्देश, अनधिकृत, घरगुती, खासगी *पाहा :* (विरु) **औपचारिक**

[adj] informal, casual, unofficial, unconventional, unceremonius, private, homely, friendly, unauthoritative *पाहा :* (विरु) **औपचारिक**

अनौरस (वि) कडू, कमजात, कमअस्सल (कमसल), जारज; दोगला, कुलहीन *पाहा :* **पुत्र, संतती**

[adj] illegitimate, illicit; natural, born out of wedlock; *पाहा :* **पुत्र, संतती**

अन्न (न) खाद्य, भक्ष्य, भाज्य, भक्ष्यभोज्य, भक्ष्यभाक्ष्य, भातुके, खाजे, खाऊ, खाणे, खाद्यान्न, चतुर्विध, अन्न, (खाद्य, चोष्य, लेह्य, पेय), खाद्यपदार्थ, अन्नपाणी, अन्नोदक, अन्नब्रह्म, अन्नरस, अन्नद्रव्य, अन्नकोट, खाद्यपेय, रसद; पशुखाद्य, चारा, कडबा, वैरण, चंदी, आंबोण; धान्य, अन्नधान्य, दाणागोटा, किराणा, शिधा; आहार, रोजीरोटी, खुराक, पाथेय, शिदोरी, रतीब, स्वादिष्ट / चौरस / समतोल / दमदमीत / पूरक / शाकाहारी / निरामिष / मांसाहारी / सामिष / झटपट आहार, सिद्धान्न; उपाहार, अल्पाहार, अल्पोपाहार, मिताहार, फलाहार, लघ्वाहार, फराळ, धान्यफराळ, न्याहरी, नाश्ता, युक्ताहार, पथ्य, पथ्यपाणी; पक्वान्न, मिष्टान्न, पूर्णान्न, जडान्न, गोडधोड, सुग्रास, सदन्न, सत्त्वान्न, पंचपक्वान्ने, मेवामिठाई; भिक्षा, कोरान्न, परान्न, वाढण, वाढप; अन्नवस्त्र, खावटी, पोषण, भरणपोषण; भोजन, अशन, भोज, जेवण, पारणे, मेजवानी, षड्रसभोजन, जेवणखाण, खाणेपिणे, अन्नसेवन, उदरभरण, क्षुधाशांती, खाना, अंगतपंगत, सहभोजन, स्नेहभोजन, प्रीतिभोजन, वनभोजन, उद्यानभोजन, आवळी भोजन, इच्छाभोजन, उष्टावण, जेवणावळ, ब्राह्मणभोजन, प्रस्थ, भंडारा, समाराधन, सहस्रभोजन, गावजेवण, मातृभोजन; चहापाणी, अबरचबर, अरबटचरबट, च्याऊम्याऊ; घास, कवळ, बकणा (बकाणा), बोकणा (बोकाणा), फक्की, गोळा, अन्नशुद्धी, मुखशुद्धी; कदन्न, कुग्रास, कुपथ्य, अपथ्य, कुभोजन, विषमभोजन, अभक्ष्यक्षभणक्ष, विषमान्न; रांधप, पाकसिद्धी, रससिद्धी, रससोय, स्वयंपाक, पाकक्रिया, पाकनिष्पत्ती, अन्नसंस्कार, पाकशास्त्र, सूपशास्त्र; गोग्रास, पिंड, काकबळी *पाहा :* **उदरनिर्वाह, खाणे, शिजवणे**

[वा] भाकर, भाकरी, तुकडा, भाकरतुकडा, घड्याळ टिपरू, भाजीभाकर, मीठभाकर, रोटी; पोटपाणी, दुपारची सोय, केणीकुरडूची भाजी, कोरड्यास,

बाराच्या वेळेला; थाळी, ताट; तहानलाडू, भूकलाडू, छोटी हजेरी, माकडमेवा, मेवा, तोंडी लावणे, तोंडात टाकायला; पोटपूजा, चारीठाव जेवण, मलिदा, चांदी, मांडवपरतणी; चुल्लिकापूजन, चुल्लिकाराधन, स्वयंपाकपाणी; जीवो जीवस्य जीवनम्, परान्नम् प्राणसंकटम्, आधी अननम् मग तननम्, आधी पोटोबा मग विठोबा, ब्राह्मण घालणे, हातातोंडाची गाठ पडणे, अडजीभ खाय पडजीभ वाट पाह्य

(n) food, nutrient, nutrition, aliment, nourishment, sustenance, fare, diet, bread, board, fast food, meat, ambrosia, delicacy, dainty, spread, eatables, edibles, ration, feed, provisions, groceries, foodstuffs; breakfast, brunch, lunch, luncheon, dinner, supper, dessert, snacks, sweets, drinks; meal, square meal, feast, banquet, barbecue, picnic, mess, tiffin, buffet, high tea, chow, refreshments, repast; dish, plate, course; mouthful; cuisine, cooking, junk food; vegetarian/non-vegetarian food, swill; provender, fodder, forage; *पाहा :* **उदरनिर्वाह, खाणे, शिजवणे**

अन्नकोट (पु) *पाहा :* **अन्न**

अन्नछत्र (न) *पाहा :* **अन्नसत्र, सदावर्त, मुक्तद्वार**

(n) free-food centre

अन्नत्याग (पु) *पाहा :* **अनशन**

अन्नद्रव्य, अन्नधान्य, अन्नपाणी (सर्व, न) *पाहा :* **अन्न**

अन्नप्राशन (न) *पाहा :* **खाणे**

अन्नब्रह्म (न) **अन्नरस** (पु) *पाहा :* **अन्न**

अन्नवस्त्र (न) *पाहा :* **उदरनिर्वाह, वेतन**

अन्नशुद्धी (स्त्री) *पाहा :* **अन्न**

अन्नसत्याग्रह (पु) *पाहा :* **अनशन**

अन्नसत्र (न) *पाहा :* **अन्नछत्र**

अन्नसंस्कार (पु) **अन्नसेवन** (न) *पाहा :* **अन्न**

अन्नान्नगत (वि) *पाहा :* **अकिंचन**

अन्नान्नदशा (स्त्री) *पाहा :* **उपासमार; अवदशा**

अन्नोदक (न) *पाहा :* **अन्न**

अन्य (वि) वेगळा, निराळा, भिन्न; विभिन्न, विधर्मी, विधर्मीय, अन्यधर्मीय, परधर्मीय, विजातीय, विचित्र, असदृश, आगळा, न्यारा; अलग, विलग, पृथक्, अलाहिदा, सुटा, विभक्त, परिच्छिन्न, स्वतंत्र, असंलग्न, अलिप्त, नामानिराळा; असंबद्ध, विसंगत; इतर, दुसरा, दुजा, परका, अधिक, जादा, जोडीचा, पुरवणीदाखल, आणखी, अवांतर, वैकल्पिक

[adj] other, another, unrelated, unconnected, detached,

isolated, segregated, extraneous, independent, inconsistent, impertinent, malapropos, irrelevant, different, disparate, dissimilar, unlike, incompatible, separate, distinct; additional, extra, spare, supplementary, optional

अन्यथा (क्रिवि) नाहीतर, नाहीपेक्षा, एरवी, अथवा, उलटपक्षी, ऊर्फ, तथा

[adv] otherwise, else, contrariwise; conversely, vice versa, alias

अन्यधर्मीय (वि) *पाहा :* **अन्य**

अन्याय (पु) अनीती, अधर्म; जुलूम, जबरदस्ती, बलात्कार, पक्षपात, पक्षपातीपणा *पाहा :* (विरु) **न्याय**

[वा] उफराटा न्याय, उफराटी दुनिया, चोर सोडून संन्याशाला सुळी देणे, तोंड दाबून बुक्क्यांचा मार, बळीचा बकरा बनवणे, वड्याचं तेल वांग्यावर काढणे, धन्याला धत्तुरा आणि चाकराला मलिदा, दाद ना फिर्याद, काकडीची चोरी फाशीची शिक्षा, फासा पडे सो डाव राजा करे सो न्याय, बोलणाराचे तोंड दिसते करणाराची कृती दिसत नाही, कोरड्याबरोबर ओले जळते

(n) injustice, wrong, immoral/unethical/unlawful act, ineqity, injury, repression, outrage; partiality, bias, unfairness; *पाहा :* (विरु) **न्याय**

[i] give a raw deal, hit below the belt

अन्यायकारक (वि) अन्याय्य, अन्यायी, अनैतिक, बेकायदेशीर, पक्षपाती, एकतर्फी, विकृत, चूक (वि) अवाजवी, अयोग्य, अनुचित

[adj] unjust, unfair, wrongful, inequitable, immoral, illegal, partial, one-sided, wrong, unresasonable, improper

अन्योक्ती (स्त्री) *पाहा :* **भाषालंकार**

अन्योन्य (वि) परस्पर, एकमेक, परस्परसंबंधी, साधारण

[adj] mutual, interactive, reciprocal, common

अन्योन्यसंबंध (पु) *पाहा :* **संबंध**

अन्योपाय (पु) *पाहा :* **गत्यंतर**

अन्वय (पु) *पाहा :* **संबंध, अनुबंध**

अन्वयार्थ (पु) *पाहा :* **अभिप्राय**

अन्वर्थक (वि) यथार्थ, सार्थ, बरोबर, अर्थपूर्ण, समर्पक, चपखल, बिनचूक, वास्तव, सत्य; लायक, योग्य; नावाबरहुकूम; *पाहा :* **समर्पक,** (विरु) **विसंगत**

[adj] true, proper, right, accurate, faithful; meaningful, expressive, telltale, suggestive eloquent, pithy, literal; *पाहा :* **समर्पक,** (विरु) **विसंगत**

अन्वेषण (न) शोध, तपास, तलास, तलाशी, छडा, धांडोळा, धागादोरा, थांगपत्ता, लाग, सुगावा, चाचपणी, तपासणी, वेध, फेरतपासणी, उलटतपासणी, गवेषण, विचक्षणा, शोधाशोध, शोधन, चौकशी, अनुसंधान, पूसतपास, विचारपूस, पुसापुसी, वास्तपुस्त, पास्तपुस्त, विचारणा, पृच्छा, पाहणी, छाननी, शहानिशा, परीक्षा, झडती, झाडाझडती, अंगझडती, छेडछाड, संशोधन, अध्ययन, परिशीलन, अवेक्षण, सर्वेक्षण, मर्मान्वेषण, सत्यान्वेषण, आत्मशोध, शवपरीक्षा *पाहा :* **जिज्ञासू, परीक्षण, प्रश्न**

[क्रि] शोधणे, धुंडणे, धुंडाळणे, धांडोळणे, हुडकणे, मागोवा घेणे, माग काढणे, उजेडात आणणे, पिच्छा पुरवणे, टोकणे, पुसणे, विचारणे, थांग / ठाव / पत्ता लागणे, जंगजंग पछाडणे, चाचपडणे

[वा] खोल पाण्यात शिरणे, (घर, गाव इ.) पालथे घालणे, पिंजून / विंचरून काढणे, खणून काढणे, कोनाकोपऱ्यात शिरणे, कोनाकोपरा धुंडाळणे, चुकला फकीर मशिदीत शोधावा, काखेत कळसा गावाला वळसा, चांभारचौकश्या, पाय धू तर म्हणे तोडे केवढ्याचे, जावईशोध, पळणारास वाट एक शोधणारास बारा वाटा

(n) investigation, search, hunt, probe, exploration, quest, scrutiny, inspection, examination, research, pursuit, enquiry, cross examination, review, post-mortem; *पाहा :* **जिज्ञासू, परीक्षण, प्रश्न**

[v] investigate, search, hunt, probe, explore, scrutinize, inspect, examine, seek, look for, ferret out/about, go into, pry, rummage through, prospect

[i] pry into every hole and corner, leave no stone unturned, explore every avenue, poke about, nose out, a mare's nest, look for a needle in a haystack, search in every nook and cranny, a wild-goose chase, a witch-hunt

अपकर्ष (पु) *पाहा :* **अधोगती**

अपकार (पु) *पाहा :* **अपाय, द्रोह, अकल्याण**

अपकारक (वि) *पाहा :* **प्रतिकूल**

अपकीर्ती (स्त्री) कुकीर्ती, दुष्कीर्ती, दुर्लौकिक, बदलौकिक, अप्रतिष्ठा, कुप्रसिद्धी, कुख्याती, बदनामी, मानहानी, मानखंडना, नाचक्की, नापत, बेअब्रू, नामुश्की, काळिमा, काळोखी, कलंक, लोकापवाद, *पाहा :* **प्रसिद्धी** (विरु) **कीर्ती**

[वा] कलंक लावणे, काळोखी फासणे, धिंड काढणे, वरात काढणे, नाव

बद्दू होणे, नाव धुळीला मिळणे, कानफाट्या नाव पडणे, धुळीचे दिवे लागणे, नगारा वाजणे, धिंडवडे निघणे

(n) infamy, disrepute, bad name, ignominy, notoriety, notoriousness, flagrancy, derogation, scandal, humiliation, dishonour, disgrace, shame; stigma, blot *पाहा :* **प्रसिद्धी** (विरु) **कीर्ती**

[i] have one's name in mud

अपकृत्य (न) *पाहा :* **अनाचार, अपराध**

अपक्व (वि) कच्चा, कोवळा, हिरवा, हिरवट, हिरवाकच्चा, दोड, अशिजा, कोरा, अपरिपक्व; *पाहा :* **अजाण, अननुभवी** (विरु) **पक्व**

[adj] raw, unripe; green tender, uncooked, half cook, underdone, untreated *पाहा :* **अजाण, अननुभवी** (विरु) **पक्व**

अपंग (वि) *पाहा :* **अधू**

अपघात (पु) दुर्घटना, विपत्ती, अरिष्ट, हानी; योगायोग, यदृच्छा, सहजगती; आकस्मिक घटना

(n) accident, mishap; disaster, casualty, unintentional, unforseen event, fortuity, chance, coincidence

अपघातप्रवण (वि) *पाहा :* **अभागी**

अपघाती (वि) *पाहा :* **अकल्पित, अपघात**

अपचन (न) अजीर्ण, अग्निमांद्य, आम्लपित्त, पोटशूळ, पोटदुखी, वात, जळजळ

(n) indigestion, dyspepsia, stomach-ache, acidity, flatulence, heartburn

अपत्य (न) *पाहा :* **मूल, संतती**

अपत्यहीन (वि) *पाहा :* **अनपत्य**

अपथ्य (न) *पाहा :* **अन्न**

अपन्हुती (स्त्री) *पाहा :* **भाषालंकार**

अपप्रचार (पु) *पाहा :* **प्रचार**

अपभाषण (न) अपशब्द, कुशब्द, दुर्वचन, दुरुक्ती, दुर्भाषण, अश्लाघ्य वचन, शाब्दिक हिंसा, गालिप्रदान, शिवी, फाक, शिवीगाळ, शिवराळपणा, शिव्याशाप, निंदानालस्ती, बदनामी, वाग्बाण, वाक्ताडन, शब्दताडन, शब्दप्रहार, तोंडपट्टा, निर्भर्त्सना, अवहेलना, कपटभाषण, उपहास, टर; *पाहा :* **भाषण, भांडण** (विरु) **अहिंसा**

[वा] जिव्हा / जीभ / वाचा विटाळणे, जिभेला हाड नसणे, उचलली जीभ लावली टाळ्याला, जीभ मोकळी सोडणे, शिव्यांची (शिव्यांची लाखोली वाहणे) अधिकउणा शब्द बोलणे, तोंडाला कुत्रे बांधलेले असणे, तोंडाचे भदे करणे, तोंड सोडणे, तोंडसुख घेणे, तोंडाला येईल ते बोलणे, प्राकृतावर येणे, आईमाई / आईबाप / पितर / त्रयी उद्धरणे, बेचाळीस पिढ्या उद्धरणे, शिमगा करणे, मारत्याचा हात धरवेल पण बोलत्याचे तोंड धरवत नाही, शिमगा गेला पण कवित्व राहिले

(n) vituperation, abuse, vilification, invective, scurrility, curring, swearing, calumny, derision, tirade, unparliamentary language; curse, imprecation, obscenity, slander, objurgation, contumely, catcall *पाहा :* **भाषण, भांडण** (विरु) **अहिंसा**

[i] call names, give a dog a bad name, pick holes in, damn with faint praise, use strong language

अपभ्रंश (पु) विकृती, विकार, अशुद्धता, चूक, विचलन, बदल; *पाहा :* **भ्रंश**

(n) corruption, error, aberration; alteration, shift *पाहा :* **भ्रंश**

अपभ्रष्ट (वि) *पाहा :* **भ्रष्ट**

अपमान (पु) मानभंग, मानखंडना, मानहानी, उपमर्द, अवमान, पाणउतारा, तेजोभंग, मुखभंग, मुखभंजन, अप्रतिष्ठा, अधिकप्रसंग, अमर्यादा, विटंबना, नाचक्की, पच्ची, बेअब्रू, बेइज्जत, बेअदबी, अब्रूनुकसानी, फजिती, धिक्कार, निंदानालस्ती, अवहेलना, अनादर, हेटाळणी, अवगणना, अतिक्रम, अधिक्षेप, दुरुत्तर; मानापमान *पाहा :* (विरु) **आदर**

[क्रि] हिणवणे, तुच्छता दर्शवणे, हिडीसफिडीस करणे, अरेतुरे करणे, आगळीक करणे, नक्षा उतरवणे, खोडकी जिरवणे, गर्वहनन करणे, पायमल्ली करणे

[वा] चपराक देणे, नाक कापणे / चेचणे / ठेचणे, मिशी उतरवणे, अब्रू घेणे, धूळ चारणे, दार दाखवणे, खेटराने पूजा करणे, अब्रूची लक्तरे वेशीवर टांगणे, तोंड करून बोलणे, घालून पाडून बोलणे, भरल्या ताटावरून उठवणे, हिंग लावून न विचारणे, गर्वाचे घर खाली होणे, नाक खाली होणे, मान सांगावा जनात अपमान ठेवावा मनात

(n) insult, dishonour, affront, indignity, humiliation, snub, vilification, slight, slander, slur, aspersion, disrespect, irreverance, discourtesy, defamation, libel; *पाहा :* (विरु) **आदर**

[i] slap in the face, cold shoulder, left-handed compliment, show the door, add insult to injury, laugh up one's sleeve, loose face, indulge in personalities burn/hang in efffigy

अपमानकारक (वि) *पाहा :* **उद्धट**

अपयश (न) अपेश, पराभव, पराजय, पाडाव, दाणादाण, धुव्वा, मात; पीछेहाट, परागती, माघार; हानी, कार्यनाश, सर्वनाश; गोता, नुकसान; यशापयश *पाहा :* **पराभव** (विरु) **जय**

[क्रि] गमावणे, हरणे, फसणे, बाजी हरणे, बाजी अंगावर येणे, गचकणे
[वा] हात हलवीत येणे, कोल्ह्याला द्राक्षे आंबट, नाचता येईना अंगण वाकडे, त्रिफळा उडणे
(n) defeat, failure, rout, collapse, debacle, checkmate, setback, loss, ruin; rebuff, reverse, breakdown, fiasco, flop, washout, downfall, disaster *पाहा :* **पराभव** (विरु) **जय**
[v] fail, be unsuccessful, be defeated, buckle, succumb, come to nothing/naught, fall through, misfire, backfire, abort
[i] run aground, sink, go under, miscarry, miss the bus, lose ground, end in smoke, meet one's Waterloo, bite the dust, go to the dogs, back the wrong horse

अपयशी (वि) *पाहा :* **पराभूत**

अपरंपार (वि) *पाहा :* **अतिशय, परम, अनंत**

अपरा (वि) *पाहा :* **कमी**

अपराजित (वि) *पाहा :* **अजिंक्य**

अपराध (पु) गुन्हा, दोष, आगळीक; चूक, कसूर, चूकभूल, प्रमाद, घोडचूक; अकृत्य, अपकृत्य, दुष्कृत्य, काळे कृत्य, दुर्वर्तन, दुराचार; हयगय, कर्तव्यच्युती, मर्यादातिक्रमण; अकर्म, कुकर्म, बदकर्म, व्यभिचार, अधर्माचरण, पाप, पापाचरण, पापकर्म, पातक, अघ; निषिद्ध/ दोषास्पद / दोषार्ह / नीतिबाह्य वर्तन; कायद्याचे उल्लंघन, बेकायदेशीर कृत्य, कायदेभंग, घोर अपराध *पाहा :* **चुकणे, गुन्हेगार**
[वा] शंभर भरणे
(n) offence, crime, misconduct, misdeed, misbehaviour, misdemeanor, peccadillo, delinquency; sin, guilt, felony; fault, trespass, infringement, violation, contravention, breach; wrong, wrongdoing, illegality, lawlessness, lawbreaking; *पाहा :* **चुकणे, गुन्हेगार**

अपराधी (वि) *पाहा :* **गुन्हेगार**

अपरिचित (वि) *पाहा :* **अनोळखी, नवा**

अपरिच्छिन्न (वि) *पाहा :* **अखंड**

अपरिणीत (वि) *पाहा :* **अविवाहित**

अपरितुष्ट (वि) *पाहा :* **असंतुष्ट**

अपरिपक्व (वि) *पाहा :* **अपक्व, कमी**

अपरिपक्वता (स्त्री) *पाहा :* **अज्ञान** (न)

अपरिमित (वि) *पाहा :* **अतिशय, अमेय, अनंत**

अपरिहार्य (वि) *पाहा :* **आवश्यक, अटळ**

अपरिहार्यता (स्त्री) *पाहा :* **गरज**

अपरूप (वि) *पाहा :* **दुर्मीळ, अद्‌भुत**

अपलाप (पु) लपवाछपवी, उडवाउडवी, सत्यगोपन, सत्यापलाप, खोटेपणा, फिरवाफिरव, विपर्यास, अर्थाचा अनर्थ
(n) concealment, evasion, falsification, travesty, masquerade, distortion, misrepresentation, perversion

अपवाद (पु) नियमास बाध, हरकत, अट; दोषारोप, ठपका, आळ; *पाहा* : **निंदानालस्ती, वगळणे**
(n) exception, anomaly, exclusion, omission, reservation; blame, charge; *पाहा* : **निंदानालस्ती, वगळणे**

अपवादभूत (वि) **अपवादात्मक** (वि) *पाहा* : **दुर्मीळ, खास**

अपवित्र (वि) अमंगल (अमंगळ), ओवळा, विटाळलेला, अशुभ, अभद्र, ओंगळ, ओंगळवाणा, किळसवाणा, अस्वच्छ, मलिन, कलंकित, अश्लील, अर्वाच्य, बीभत्स, हीन, भ्रष्ट, नापाक *पाहा* : **अघोरी** (विरु) **पवित्र**
[adj] unholy, impure, profane, ungodly, unchaste, dirty, foul, ribald, indecent, defiled, filthy, soredid, smutty, obscene, mean, unscrupulous, corrupt; *पाहा* : **अघोरी** (विरु) **पवित्र**

अपव्यय (पु) *पाहा* : **उधळपट्टी, खर्च**

अपशकुन (पु) दुश्चिन्ह, दुर्लक्षण, अवलक्षण, कुलक्षण, अनिष्टसूचक चिन्ह *पाहा* : **कौल**
[वा] काळे ढग, नाट लागणे, नाक कापून अवलक्षण करणे, प्रथमग्रासे मक्षिकापात: मांजर आडवे जाणे, डोळा लवणे
(n) ill omen, portent, foreboding *पाहा* : **कौल**
[i] bird of ill omen, ring the tocsin

अपशकुनी (वि) अवलक्षणी, कुलक्षणी, दुर्लक्षणी, अनिष्टसूचक, अभद्र, अशुभ, अरिष्टसूचक
[वा] पांढऱ्या पायाचा, वाईट पायगुणाचा
[adj] ominous, inauspicious bodeful, baleful, unpropitious, portentous, sinister

अपशब्द (पु) *पाहा* : **अपभाषण**

अपसमज (पु) *पाहा* : **बोध, अढी**

अपस्मार (पु) फेपरे (फेफरे), मिरगी (मरगी), धुरे, भुरे, गिरके
[क्रि] झटके येणे
(n) epilepsy, epileptic fit, convulsion

अपहरण (न) अपाहार, अफरातफर, द्रव्यापाहार, लूट *पाहा* : **चोरी, चोरणे**
[क्रि] लुटणे, लुबाडणे, हिरावणे, हिसकावणे, हिसकणे, बळकावणे, छिनावणे, गडप करणे, चोरी करणे, चोरणे, बळजबरीने नेणे, नागवणे, धुणे
[वा] पैसे खाणे, ढेकर देऊन बसणे, हपापाचा माल गपापा, डल्ला मारणे

(n) plunder, pilferage, embezzlement, peculation, graft, fraud, swindle, misuse of funds, misappropriation *पाहा :* **चोरी, चोरणे**

[i] ill gotten, ill spent, have one's hand in the till

अपहरणकर्ता (पु) *पाहा :* **चोर**

अपहार (पु) *पाहा :* **अपहरण**

अपक्ष (वि) *पाहा :* **तटस्थ, स्वतंत्र**

अपात्र (वि) *पाहा :* **नालायक**

अपात्रता (स्त्री) *पाहा :* **नालायकी**

अपांपती (पु) *पाहा :* **समुद्र**

अपाय (पु) हानी, नुकसान, दुखापत, इजा, पीडा, जखम, क्षत, छळ, छळणूक, बाधा, उपद्रव, बिघाड, अकल्याण, अपकार; *पाहा :* (विरु) **अहिंसा**

[वा] तोंडचा घास काढणे, पोटावर पाय देणे, अन्नात माती कालवणे, दुधात मिठाचा खडा पडणे

(n) harm, hurt, injury, wound, damage, nuisance; imparment, detriment, disservice, multilation, loss; *पाहा :* (विरु) **अहिंसा**

अपायकारक (वि) *पाहा :* **बाधक, खराब**

अपार (वि) *पाहा :* **अतिशय, अनंत**

अपुरा (वि) *पाहा :* **कमी**

अपुरेपणा (पु) *पाहा :* **अभाव**

अपूर्ण (वि) *पाहा :* **कमी**

अपूर्णांक (पु) *पाहा :* **अंक**

अपूर्व (वि) *पाहा :* **अद्‌भुत, नवा**

अपूर्वाई (स्त्री) नवलाई, आश्चर्य, कौतुक, भलाई, अद्‌भुतता, असामान्यत्व

(n) wonder, unexpectedness, marvel, uncommonness,

अपेश (न) *पाहा :* **अपयश**

अपेशी (वि) *पाहा :* **पराभूत**

अपेष्टा (स्त्री) *पाहा :* **त्रास**

अपेक्षा (स्त्री) इच्छा, आकांक्षा, कांक्षा, वांछा; आशा, उमेद; कल्पना; प्रतीक्षा; मागणी, उद्दिष्ट; गरज, आवश्यकता; *पाहा :* **अजमास**

(n) expectation, anticipation, wish, hope, desire, reckoning, calculation; need, demand, intention; *पाहा :* **अजमास**

अपेक्षाभंग (पु) *पाहा :* **विरस**

अप्रकट (वि) *पाहा :* **अव्यक्त, अप्रत्यक्ष, गुप्त**

अप्रकाशित (वि) *पाहा :* **अप्रसिद्ध**

अप्रगत (वि) मागासलेला, मागास, अविकसित, विकसनशील *पाहा :* (विरु) **पुरोगामी, विकसित**

[adj] backward, underdeveloped, developing, undeveloped; *पाहा :* (विरु) **पुरोगामी, विकसित**

अप्रगल्भ (वि) *पाहा :* **अजाण**

अप्रचलित (वि) कालबाह्य, कालविसंगत, लुप्त, अप्रसिद्ध, जुनाट, प्राचीन, मृत; *पाहा :* **जुना** (विरु) **अर्वाचीन**

[वा] काळाच्या पडद्याआड जाणे

[adj] obsolete, anachronistic, discarded, obscure, dated, out dated, out of date, old-fashioned, antiquated, extinct, dead; *पाहा :* **जुना** (विरु) **अर्वाचीन**

[i] as dead as the dodo, old hat, behind the times;

अप्रतिबद्ध (वि) *पाहा :* **अनियंत्रित**

अप्रतिबंध (वि) *पाहा :* **अनियंत्रित, अनर्गल**

अप्रतिम (वि) *पाहा :* **अजोड**

अप्रतिष्ठा (स्त्री) *पाहा :* **अपमान, अपकीर्ती**

अप्रतिहत (वि, क्रिवि) *पाहा :* **अनियंत्रित, अखंड** (क्रिवि)

अप्रत्यक्ष (वि) प्रच्छन्न, अप्रकट, आडवळणी, आडमार्गी, तिरकस, ध्वनित, सूचित, लाक्षणिक; *पाहा :* **गुप्त** (विरु) **प्रकट**

[वा] लेकी बोले सुने लागे, डोळ्यांमागे

[adj] indirect, oblique, backhanded, implicit, circuitous, roundabout, implied, symbolic; *पाहा :* **गुप्त** (विरु) **प्रकट**

अप्रबुद्ध (वि) *पाहा :* **अजाण, अदूरदृष्टी**

अप्रमाण (वि) *पाहा :* **निराधार**

अप्रमेय (वि) *पाहा :* **अमेय**

अप्रयोजक (वि) अप्रासंगिक, गैरलागू, अप्रस्तुत, विसंगत, अनुचित, अप्रशस्त, अयोग्य, अशोभनीय, विशोभित, गैरवाजवी, काहीच्या बाही, निरुपयोगी, अनावश्यक

[वा] नखाने काम होते तेथे कुऱ्हाड कशाला?

[adj] inapt, unsuitable, unbecoming, misplaced, improper, incorrect, inappropriate, inopportune, irrelevant, inexpedient

अप्रवाही (वि) *पाहा :* **घन**

अप्रशस्त (वि) अशिष्ट, असभ्य, असंस्कृत, गैर, अश्लाघ्य, निंद्य, ग्राम्य, अश्लील; *पाहा :* **अनुचित, अप्रयोजक**

[adj] uncourtly, indecent, unseemly, inadvisable, injudicious, improper, uncouth, inbad taste, indecorous, vulgar, bawdy; *पाहा :* **अनुचित, अप्रयोजक**

अप्रसन्न (वि) असंतुष्ट, नाराज, नाखूश, रुष्ट, अतृप्त, तिरसटलेला, चिडलेला, इतराजी / गैरमर्जी / अवकृपा झालेला, खिन्न *पाहा :* (विरु) **प्रसन्न**

[adj] displeased, dissatisfied, annoyed, disgruntled, cross, grumpy, bitter, sore, dejected *पाहा :* (विरु) **प्रसन्न**

अप्रसिद्ध (वि) अविख्यात, अज्ञात, अनोळखी, अश्रुत, अनामिक, अप्रचलित, अप्रकाशित, नवा *पाहा :* (विरु) **प्रसिद्ध, माहीत**

[adj] unknown, littleknown,

unheard- of, unfamilier, nameless, obscure, unpublished, new *पाहा :* (विरु) **प्रसिद्ध, माहीत**

[i] in the background

अप्रस्तुत (वि) *पाहा :* **अनुचित, अप्रयोजक**

अप्राप्य (वि) दुष्प्राप्य, अलभ्य, अगम्य, आटोक्याबाहेरचा; *पाहा :* **दुर्मिळ, अशक्य**

[वा] कोल्ह्याला द्राक्षे आंबट

[adj] unobtainable, unachievable, unattainable, out of reach; *पाहा :* **दुर्मीळ, अशक्य**

[i] sour grapes

अप्रामाणिक (वि) *पाहा :* **फसवा, भ्रष्ट**

अप्रामाणिकपणा (पु) *पाहा :* **फसवणूक, द्रोह**

अप्रासंगिक (वि) *पाहा :* **अप्रयोजक**

अप्रिय (वि) नावडता, नकोसा, नापसंत, तापदायक, कटू, कडू, दुःखद, असंतोषकारक, विषादकारक, विसंवादी *पाहा :* (विरु) **प्रिय**

[adj] unpleasant, displeasing distateful, bitter, distressing, disagreeable, offensive, repugnant, obnoxious *पाहा :* (विरु) **प्रिय**

अप्रीती (स्त्री) नावड, नाखुशी, नापसंती, असंतोष, नाराजी, इतराजी, अवकृपा, खप्पा मर्जी, तिटकारा, तिरस्कार, द्वेष, चीड *पाहा :* (विरु) **प्रेम**

[वा] मर्जीतून उतरणे

(adj) dislike, disfavour, disapproval, displeasure, disinclination, aversion, antipathy, reluctance, resentment *पाहा :* (विरु) **प्रेम**

[i] to have no stomach for

अप्रूप (वि) *पाहा :* **दुर्मीळ, अद्‌भुत**

अप्रौढ (वि) *पाहा :* **अजाण**

अप्सरा (स्त्री) स्वर्गस्त्री, सुरयुवती, परी, देवस्त्री, देवांगना, सुरांगना, गंधर्वांगना, अस्मानपरी, सुंदरी; रंभा/ मेनका / उर्वशी / तिलोत्तमा; *पाहा :* **देवयोनी**

(n) courtesan of heaven; *पाहा :* **देवयोनी**

अफरातफर (स्त्री) *पाहा :* **अपहरण, फसवणूक, घोटाळा**

अफलातून (वि) पाहा : **विलक्षण, अचाट**

अफवा (स्त्री) आवई, भुमका, वदंता, वदंती, किंवदंती, गप्प, बाजारगप्प, गावगप्प, गटारगप्प, चिलमी गप्प, बोलवा, वावडी, चवळी, कंडी, हूल, बोभाटा, कुचकुच, कुजबुज, कुणकुण, जनचर्चा, बातमी, ऐकीव बातमी, उडत बातमी, लोकापवाद, प्रवाद, वार्ता, लोकवार्ता, लोकप्रवाद *पाहा :* **थाप**

[क्रि] कंड्या पिकवणे, हूल उठवणे, कर्णोपकर्णी पसरणे, बोंब उठणे, बाता झोकणे

[वा] आगीवाचून धूर निघत नाही, उडत

उडत ऐकणे, कर्णपिशाच, लांडगा आला रे आला

(n) rumour, hearsay, gossip, whisper, canard, bruit, tidbit, tittle-tattle, scandal, common talk, talk of the town; there's no smoke without fire, to cry wolf, muck-raking *पाहा :* **थाप**

अफाट (वि) विस्तीर्ण, विस्तृत, विशाल; *पाहा :* **अचाट, अतिशय, अगाध, अनंत**

[adj] vast, wide, expansive, extensive; *पाहा :* **अचाट, अतिशय, अगाध, अनंत**

अफीण (**अफीम**) (स्त्री) *पाहा :* **मादक द्रव्ये**

अफीमबाज (वि) *पाहा :* **व्यसनी**

अफुट (वि) *पाहा :* **अखंड** (वि)

अफू (स्त्री) *पाहा :* **मादकद्रव्ये**

अंब (न) *पाहा :* **पाणी**

अबदागीर (न) *पाहा :* **छत**

अबद्ध (वि) *पाहा :* **अनियंत्रित**

अंबर (न) *पाहा :* **वस्त्र, अंतराळ**

अबरचबर (न) *पाहा :* **अन्न**

अबला (स्त्री) *पाहा :* **स्त्री**

अंबा (स्त्री) *पाहा :* **माता**

अंबाडा (पु) *पाहा :* **केस**

अंबाडी (स्त्री) *पाहा :* **ताग**

अबाधित (वि) अविरोध, विनाहरकत, वादातीत, निर्विवाद, खुला, मुक्त, निर्वेध

[adj] unquestioned, unopposed, incontrovertible, indisputable, irrefutable, freehold

अंबारी (स्त्री) *पाहा :* **आसन**

अंबुज (न) *पाहा :* **कमळ**

अंबुद (पु), **अंबुधर** (पु) *पाहा :* **मेघ**

अंबुधी (पु), **अंबुनिधी** (पु) *पाहा :* **समुद्र**

अंबुला (पु) *पाहा :* **पती**

अंबुली (स्त्री) *पाहा :* **पत्नी**

अंबु (न) *पाहा :* **पाणी**

अबोध (पु) *पाहा :* **अज्ञान** (न)

अबोध (वि) *पाहा :* **सुप्त, अगम्य**

अबोल (वि) अल्पभाषी, मितभाषी, मुखस्तंभ, मुखदुर्बळ, घुमा; मुका, मूक, मोना, मौन, मौनीबाबा, मौनी, मौनव्रती, उगा, वाक्‌शून्य, अवाक्, चूप, चूपचाप, गुपचूप, चिप्प, चिडीचूप, गप, गप्प, गपचीप, गपचूप, मुकाट, बोलेनासा, निमूट, ढिम्म, घम्म, निःशब्द, शांत, निवांत, स्तब्ध, मुग्ध, दिङ्मूढ, रुद्धकंठ; *पाहा :* **घुमा, अबोला** (विरु) **बडबड्या**

[क्रि] मुकाट्याने बसणे, तोंड मिटून बसणे, तोंड बंद ठेवणे, अवाक्षर / चकारशब्द न काढणे, हूं की चूं न करणे, चां चूं न करणे, दातखीळ बसणे, वाचा बसणे, वाणी खुंटणे, बोबडी वळणे, मुस्कटदाबी होणे

[वा] जिभेचा जड, तोंडाला कुलूप / खीळ घालणे, तोंड शिवून बसणे, मूग गिळून बसणे, हुप्प करून बसणे दाती तृण धरून बसणे, नाकावर बोट ठेवणे, हाताची घडी तोंडावर

बोट, मूकनायक, मौनीबाबा, एक नाही दोन नाही, जीभ आवरणे, ब्र न काढणे, पुंगी बंद करणे, अळीमिळी गुपचिळी, तोंडात गुळणी धरून बसणे, मिठाची गुळणी धरणे, देवासारखा/ चित्रासारखा बसणे, शुंभासारखा उभा राहणे

[adj] taciturn, reticent, tightlipped, uncommunicative, secretive, laconic, reserved, demure, silent, quiet, mute, dumb; dumbfounded, mum, tongue-tied, speechless, lost for words, inarticulate, muzzled, gagged; *पाहा :* **घुमा, अबोला** (विरु) **बडबड्या**

[i] keep one's tongue between one's teeth, seal one's lips, keep one's own counsel, hold one's tongue, be sparing of words

अबोला (पु) मौन, मौनव्रत, मुकेपणा, मूकपणा, घुमेपणा, ओष्ठबंधन, कट्टी, लाले; *पाहा :* **अबोल, रुसवा**

[वा] मौनं सर्वार्थसाधनम्

(n) taciturnity, muteness, reticence, silence, reserve; *पाहा :* **अबोल, रुसवा**

[i] silence is golden

अब्ज (न) *पाहा :* **दशांश स्थाने**

अब्जावधी (वि) *पाहा :* **अनेक**

अब्द (पु) *पाहा :* **वर्ष, मेघ**

अब्धी (पु) *पाहा :* **समुद्र**

अब्रू (स्त्री) इज्जत, प्रतिष्ठा, इभ्रत, आब, लाज, मानमान्यता, लौकिक, ख्याती, नाव, नावलौकिक, कीर्ती, मोठेपणा, दबदबा, दानत, पत, श्रेष्ठत्व; पाहा : **पावित्र्य**

[वा] झाकली मूठ सव्वा लाखाची

(adj) honour, glory, distinction, reputation, name, renown, fame, prestige, regard, respectability, standing; *पाहा :* **पावित्र्य**

अब्रूदार (वि) *पाहा :* **प्रतिष्ठित**

अब्रूनुकसानी (स्त्री) पाहा : **अपमान**

अंभ (न) *पाहा :* **पाणी**

अभंग (पु) *पाहा :* **अखंड, अमर**

अभंग (पु) *पाहा :* **काव्य, वृत्त**

अभंड (वि) *पाहा :* **खट्याळ**

अभंड (न) धडा, पासंग; *पाहा :* **वजन**

(n) equalising weight; *पाहा :* **वजन**

अभद्र (वि) अशुभ, अनिष्ट, अश्लील, ओंगळ, बीभत्स, असाधू, वाईट; पापी; अपशकुनी, अनिष्टसूचक, विपरीत, दुष्ट; वाईटसाईट; *पाहा :* **अपवित्र**

[वा] कोळसा कितीही उगाळला तरी काळाच

[adj] sinister, evil, vile, ungodly, sinful, indecent, obscene, noxious, ominous, unpropitious, foul, inauspicious; *पाहा :* **अपवित्र**

अभयारण्य (न) *पाहा :* **अरण्य, उद्यान, प्राणिसंग्रहालय**

अभर्तृका (स्त्री) *पाहा :* **विधवा**

अभक्षणीय (वि), **अभक्ष्य** (वि) *पाहा :* **अखाद्य**

अभक्ष्यभक्षण (न) *पाहा :* **अन्न**

अभागी (वि) हतभागी, हतभाग्य, मंदभाग्य, भाग्यहीन, दुर्भागी, कमनशिबी, करंटा, कपाळकरंटा, दळभद्री, नतद्रष्ट, दुर्दैवी, दैवहीन, दैवहत, फुटक्या/ करंट्या कपाळाचा/ नशिबाचा; अल्पायुषी, अल्पायू, शापित; अपघातप्रवण; *पाहा :* **दुर्दैव,** (विरु) **भाग्यवान**

[adj] unlucky, luckless, helpless, hapless, cursed, unfortunate, ill-fated, born under an evil star; accident-prone; *पाहा :* **दुर्दैव,** (विरु) **भाग्यवान**

अभागीपणा (पु) *पाहा :* **दुर्दैव**

अभाव (पु) नास्तित्व, पोकळी, शून्य, शून्यत्व, शून्यावस्था, रितेपण; न्यून, उणीव, न्यूनता, उणेपणा, वाण, वानवा, भ्रांत, अनुशेष, तोटा, चणचण, कसर, कसूर, कुसर, अडचण, दोष, तूट, घट, तुटी, त्रुटी, तंगी, ताण, कमतरता, कमीपणा, अपुरेपणा, तुटवडा, टंचाई, दुर्भिक्ष, दुष्काळ, दुर्मिळता, ददात, मारामार, रड, भीड, नाणेभीड, दारिद्र्य, गरिबी, ओढघस्त, महागाई, हाकाहाक, हाकाटी, अनुपलब्धता, व्यतिरेक, परस्पराभाव; अनुपस्थिती, गैरहजेरी; खराटे, खडखडाट, ठणठणाट, बोंब, *पाहा :* **दुर्मीळ, वगळणे, अकिंचन,** (विरु) **अस्तित्व, वैपुल्य, समृद्धी**

[वा] नाव नसणे, नावाला नसणे, नावाने शून्य (पूज्य) असणे, औषधालाही नसणे, हरताळ पडणे, स्वप्नातही नसणे, पासंगाला न पुरणे, भीक लागणे, दात आहेत तर चणे नाहीत चणे आहेत तर दात नाहीत, शेंडा ना बुडखा, आवळ्याभोपळ्याएवढे शून्य, घणघणघंटा, आडात नाही तर पोहऱ्यात कुठून येणार? दिव्याखाली अंधार, अभावाने आढळणे, अनुष्टुभ असणे

(n) absence, nonexistence, nothingness, blank, nullity, emptiness, void; lack, dearth, shortage, inadequacy, insufficiency, deficiency, paucity, shortcoming, backlog, scarcity, poverty, want *पाहा :* **दुर्मीळ, वगळणे, अकिंचन,** (विरु) **अस्तित्व, वैपुल्य, समृद्धी**

[i] out of stock, at a low ebb, run out

अभावितपणे (क्रिवि) नकळत, अजाणता, अनपेक्षितपणे, ध्यानीमनी नसताना; *पाहा :* **अकस्मात**

[adv] unconsciously, unawares, unknowingly; *पाहा :* **अकस्मात**

अभिचार (पु) *पाहा :* **जादू**

अभिजन (पु) प्रतिष्ठित/ सन्मान्य/ नाणावलेला/ नामांकित मनुष्य,

समाजधुरीण, आधारस्तंभ, आप्त
(n) luminary, dignitary, VIP, highup, celebrity, notability, elite, relative

अभिजात (वि) विदग्ध, उच्चकुलीन, खानदानी, घरंदाज, घराणेदार, जातिवंत; सुसंस्कृत, अभिरुचिपूर्ण; श्रेष्ठ, उदात्त, थोर; स्वयंभू, प्रतिभावंत;
[adj] classical, noble, dignified, distinguished, erudite, thoroughbred, blue-blooded, elegant, polished, cultivated, cultured, endowed, exhalted

अभिधान (न) नाव, नाम, नामधेय, नामाभिधान, नामनिर्देश, संज्ञा, शब्द, सामान्यनाम, विशेषनाम, भाववाचक नाम, सर्वनाम, ठेवलेले नाव, जन्मनाव, पाळण्यातले नाव, आडनाव, कुटुंबनाम, कुलनाम, गोत्रनाव, उपनाव, टोपणनाव, लाडनाव, पूर्वाश्रमीचे नाव, आख्या, नावनिशी, नावगाव, नामावली, नाममुद्रा, नावनिशाण, पारिभाषिक नाव, शीर्षक, मथळा, हुद्दा, किताब, पदवी, उपाधी, उल्लेख, व्याख्या, लक्षण, खूण, खूणचिठ्ठी, शब्दयोजना, खुणेचा शब्द, परवलीचा शब्द, संकेतशब्द; *पाहा :* **मायना**
(n) name, appellation, nomenclature, noun, common noun, proper noun, pronoun, substantive, Christian name, first name, middle name, last name, surname, family name, nickname, nom de plume, pen name, sobriquet, patronymic, pseudonym, maiden name, birth name, label, term, technical term, word, password, heading, title, designation, honorific; *पाहा :* **मायना**

अभिनंदन (न) स्तुती, प्रशंसा, कौतुक, आनंदप्रदर्शन
(n) felicitation, compliments, congratulations, applause

अभिनंदनीय (वि) *पाहा :* **स्तुत्य**

अभिनय (पु) आविर्भाव, हावभाव, मुद्रा, मुद्राभिनय, मूकाभिनय, अंगविक्षेप, देहबोली, हातवारे, अंगभंग, नर्तन, नृत्य नाच, नटनाच, नाट्य, चाळे, चेष्टा, विदूषकी; नक्कल, अनुकरण, अवतार, सोंग, नाटक, बतावणी, विडंबन, नाट्याभिनय, मूकनाट्य, भावदर्शन, व्यक्तिचित्रण; तोतयेगिरी, शब्दभ्रम
[क्रि] भूमिका वठवणे, प्रयोग करणे, वेडावून दाखवणे, वाकुल्या दाखवणे
(n) acting, performance, personification, portraiture, representation; imitation, parody, mimicry buffoonery; impersonation, body language, pantomime, ventrloquism, part, roll,

depiction, rendition, histrionics

[v] play at perform , portray, represent, mimic, enact, overact

अभिनव (वि) *पाहा :* **नवा**

अभिनिवेश (पु) नेट, आवेश, जोम, जोश, आवेग, चेव, उत्साह, दमदारपणा, खंबीरपणा, करारीपणा, निर्धार, स्वयंस्फूर्ती, चैतन्य, जिद्द, ईर्षा, तडफ

(n) energy, pluck, vigour, resoluteness, determination, spontaneity, dash, drive, spirit, zest, resolve, doggedness, single-mindedness

अभिनेता (पु), **अभिनेत्री** (स्त्री) नट, नटी, तारा, तारका, चित्रतारका, रंगदेवता, पात्र, पुरुषपात्र, स्त्रीपात्र, नटवर, नायक, नायिका, खलनायक, सूत्रधार, विदूषक, मूकनट, नकल्या, सोंगाड्या, कोंगाडी, बहुरूपी, भोरपी, नाच्या पोऱ्या, डोंबारी, कोल्हाटी, कोल्हाटीण, नर्तक, नर्तकी, तमासगीर, तोतया, शब्दभ्रमकार, कलाकार, कलावती

(n) actor, actress, performer, player, character, star, hero, heroine, villain, matinee idol, showman, clown, buffoon, pantominist, mimic, artist (e) comedian, tragedian, vaudevillian, harlequin, cast, trouper, ventriloquist

अभिन्न (वि) भेदरहित, एक, एकात्म, एकवट, एकरूप, एकजीव, एकजिनसी, समरसलेला, सरूप, तद्रूप, तदाकार, तन्मय, लीन, सुलीन, लय लागलेला / पावलेला, अविभाज्य, अविभक्त, एकमुखी, समाईक, सारखा, समान, सजातीय *पाहा :* (विरु) **विभक्त**

[adj] indistinguishable, indivisible, integral, united, one, identical, eqivalent, synonymous, homologous, same, self same, alike, congruent, twin, similar, matching, analogous, interchangable, comparable, undivided, comman, adherent, unanimous *पाहा :* (विरु) **विभक्त** **अभिन्नत्व** (न) *पाहा :* **एकी, समानता, अभिन्न**

अभिप्राय (पु) अर्थ, शब्दार्थ, वाच्यार्थ, ध्वन्यर्थ, ध्वनी, गर्भितार्थ, व्यंग्यार्थ, सूचितार्थ, लक्ष्यार्थ, लक्षणा, भावार्थ, तात्पर्य, मथितार्थ, ध्वनितार्थ, गूढार्थ, निगूढार्थ, रहस्य, मुद्दा, सार, सारांश, इंगित, अन्वयार्थ, गोळाबेरीज, आशय, रोख, दिशा, धोरण, उद्देश, हेतु, मनोगत, हृद्गत, मतलब, मर्म, भाव, भाववृत्ती; मत, ग्रह, मनोवृत्ती, विचार, विचारसरणी, मानस, मनसुबा, दृष्टिकोन; शेरा, अहवाल

(n) meaning, import, purport, content, implication, message, point, significance, substence, interpretation, hidden meaning, overtone, insinuation, intention, connotation, tenor, spirit, sense, essence, gist, view, viewpoint, belief, notion, policy, opinion, report, comment, observation, reflection

अभिभाषण (न) *पाहा :* **भाषण**

अभिमत (वि) *पाहा :* **मान्य**

अभिमंत्रण (न) *पाहा :* **आमंत्रण**

अभिमान (पु) अहम्, अहंता, अहंभाव, अहंकार, अहंपणा, अहंमन्यता, गर्व, मीपणा, गर्विष्ठपणा, गंड, ताठा, पीळ, ईर्षा, आढ्यता, प्रौढी, तोरा, दंभ, मद, उन्माद, कैफ, फुंज, फुंद, कुर्रा, ऐट, घमेंड, सळ, चढेलपणा, ठमठमाट, फुंग, डौल, शिष्टपणा, लब्धप्रतिष्ठितपणा, आत्मसंतुष्टता, आत्मप्रौढी, फुशारकी, मिजास; स्वत्व, मान, तेजस्विता, स्वाभिमान; स्वत्वाभिमान, मताभिमान, रूपाभिमान, कुलाभिमान, धर्माभिमान, स्वदेशाभिमान, दुरभिमान, वृथाभिमान, धनमद, द्रव्यमद, *पाहा :* **गर्विष्ठ, अस्मिता, ताठा**

[वा] 'ग'ची बाधा होणे, अर्ध्या हळकुंडाने पिवळे होणे, स्वर्ग दोन बोटे उरणे, अस्मान ठेंगणे होणे, भाव खाणे, मान ताठ असणे, अहंब्रह्मास्मि, वीख घेववते पण भीक घेववत नाही

(n) pride, ego, vanity, conceit, egotism, self-esteem, self-respect, insolence, hauteur, arrogance, megalomania, snobbery, snobbishness, smugness, vainglory, self-exaltation, bravado; patriotism, nationalism, etc; *पाहा :* **गर्विष्ठ, अस्मिता, ताठा**

[i] turn one's head, puff up, give oneself airs, get on one's high horse, hold up one's head, as proud as a peacock

अभिमानस्थान (न) *पाहा :* **मानबिंदू**

अभिमानास्पद (वि) *पाहा :* **स्तुत्य**

अभिमुख (वि) *पाहा :* **पुढे, उद्युक्त**

अभियंता (पु) *पाहा :* **व्यावसायिक**

अभियांत्रिकी (स्त्री) *पाहा :* **शास्त्र, व्यवसाय**

अभियान (न) *पाहा :* **प्रकल्प**

अभियोग (पु) *पाहा :* **फिर्याद, कज्जा**

अभिराम (वि) *पाहा :* **सुंदर**

अभिरुची (स्त्री) रसिकता, रसज्ञता, रसप्रवणता, सौंदर्यदृष्टी; आवड, गोडी, चव, रुची; पारख, तारतम्य; सुसंस्कृतता, चोखंदळपणा, विचक्षणा, चिकित्सकपणा, मर्मज्ञता, मार्मिकता, साक्षेपीपणा, सौंदर्याभिरुची, सदभिरुची

(n) connoisseurship, taste, cultivation, discrimination,

polish, appreciation, discernment, elegence, refinement, perception, perceptiveness, tastefulness

अभिरूप (वि) *पाहा :* **समान**

अभिलाष (पु), **अभिलाषा** (स्त्री) इच्छा, लालसा, तृष्णा, वासना, आसक्ती, कांक्षा, कामना, विषयतृष्णा, कामातुरता, लोभ, हाव, वखवख, हपापलेपण

(n) hankering, acquisitiveness, covetousness, desire, cupidity, avarice, passion, craving, lust, obsession, avidity, thirst, hunger

अभिलाषी (वि) *पाहा :* **इच्छुक**

अभिवचन (न) *पाहा :* **प्रतिज्ञा**

अभिवंदन (न) अभिवादन, वंदन, नमन, नमस्करण, नमस्कार, रामराम, दंडवत, प्रणाम, प्रणिपात, प्रणती, सप्रेम नमस्कार, मुजरा, जोहार, सलाम, कुर्निसात, नमस्ते, नमोनमः, हस्तांदोलन, पादवंदन, पादसेवन, पादग्रहण, पादस्पर्श, चरणस्पर्श, साष्टांग नमस्कार/ दंडवत, शिरसाष्टांग नमस्कार, अभ्युत्थान, मानवंदना, सलामी, आदरांजली, श्रद्धांजली *पाहा :* **आदर**

[क्रि] वंदणे, नमणे, आदर करणे, शिर/ मान झुकवणे/ वाकवणे/ लववणे, हात जोडणे, गुडघे टेकणे, उराउरी भेटणे, आलिंगन/ दृढालिंगन देणे, पाय शिवणे, पायाला हात लावणे, लवून नमस्कार करणे, चरणी लागणे, चरण धरणे, चरणधूळ मस्तकी लावणे, लोटांगण घालणे; शुभेच्छा देणे, शुभचिंतन करणे, अभीष्टचिंतन करणे, उठून उभे राहणे, सत्कार करणे

[वा] कोपरापासून नमस्कार, देखल्या देवा दंडवत, देवबाप्पा करणे, जुलमाचा रामराम सहज पडे दंडवत घडे

(n) salutation, handshake, hug, obeisance, prostration, genuflection, kneeling, greeting, regards *पाहा :* **आदर**

(v) show courtesy/ respect/ reverence, shake hands, bow, embrace, pay homage, pay one's respects, salute, nod to, touch, (or take off) one's hat, kiss hands, bend the knee, kowtow

अभिवाचन (न) *पाहा :* **पठण**

अभिवादन (न) *पाहा :* **अभिनंदन**

अभिवृद्धी (स्त्री) *पाहा :* **वाढ, अभ्युदय, उत्कर्ष**

अभिव्यक्ती (स्त्री) आविष्करण, आविष्कार, प्रकटीकरण, प्रकटन, विशदीकरण, सम्यक् दर्शन, प्रदर्शन, आत्माविष्कार, भावाविष्कार, मांडणी, विधान, वक्तव्य, कथन, भाषण, निवेदन, वर्णन, लेखन, आलेखन, रेखाटन, चित्रीकरण, शब्दचित्र, कलाकृती

[क्रि] व्यक्त करणे, दर्शवणे, स्पष्ट करणे, उघड करणे, कळवणे, विशद करणे, शब्दबद्ध करणे, मांडणे, प्रदर्शित करणे, रेखाटणे

(n) expression, manifestation, articulation, utterance, statement, remark, wording, saying, declaration, disclosure, revelation, demonstration, exposition, representation, rendering, depiction, elucidation, portraiture

[v] express, ventilate, voice, air, communicate, divulge, disclose, give vent to, delineate, put into words

अभिव्याप्ती (स्त्री) *पाहा :* **व्याप**

अभिशाप (पु) *पाहा :* **शाप**

अभिषेक (पु) प्रोक्षण, सिंचन, सेक, शिंपण, मार्जन, सडा, वर्षाव, संततधार, गळती, स्नान, छिडकाव (शिडकाव), ठिबकसिंचन, तुषार सिंचन, हिमसेक; राज्याभिषेक; *पाहा :* **वर्षाव, अनुष्ठान**

[क्रि] शिंपणे, सिंचणे, ढाळणे, शिंपडणे, शिपका / सपका / हपका / हबका देणे, छिडकणे, ठिबकणे, गळणे, झरणे

(n) shower, sprinkle, drizzle, rain fall, snow fall, drip irrigation, bath; *पाहा :* **वर्षाव, अनुष्ठान**

अभिसरण (न) *पाहा :* **वाहणे, प्रवाह**

अभिसारिका (स्त्री) *पाहा :* **अष्टनायिका**

अभिज्ञ (वि) *पाहा :* **ज्ञानी**

अभिज्ञान (न) *पाहा :* **ज्ञान, खूण**

अभीप्सित (वि) *पाहा :* **प्रिय, इष्ट**

अभीष्टचिंतन (न) शुभचिंतन, शुभेच्छा, शुभकामना, सदिच्छा; *पाहा :* **अभिवंदन, आशीर्वाद**

[वा] इडापिडा टळो, लिंबलोण उतरणे, दृष्ट काढणे, भाकर तुकडा ओवाळणे

(n) greetings, good wishes; *पाहा :* **अभिवंदन, आशीर्वाद**

[i] drink to someone's health

अभुक्त (वि) *पाहा :* **नवा**

अभूतपूर्व (वि) *पाहा :* **अद्‌भुत, नवा, अघटित**

अभेद (पु) *पाहा :* **अद्वैत, एकी**

अभेद्य (वि) *पाहा :* **अखंड, अजिंक्य, चिरेबंदी**

अंभोज (न) *पाहा :* **कमळ**

अभोज्य (वि) *पाहा :* **अखाद्य**

अंभोधी (पु), **अंभोनिधी** (पु) *पाहा :* **समुद्र**

अभ्यंग (वि) *पाहा :* **स्नान**

अभ्यंतर (न) *पाहा :* **अंतरंग, चित्त**

अभ्यर्थना (स्त्री) प्रार्थना, अर्चना, आराधना, आळवणी, धावा, नमन, अर्चन, विज्ञापना, आवेदन, निवेदन, विज्ञप्ती, विनवणी, विनती, विनंती, अर्ज, आवेदनपत्र, मागणी, याचिका, मिनतवारी, मनधरणी, अनुनय, पायधरणी, याचना, अर्जी, अजिजी, आर्जव, गाऱ्हाणे; नम्र विनंती, दीनवाणी याचना, काकुळत,

काकुळतीने विनंती; *पाहा :* **आराधना, गयावया, भिक्षाटन**

[क्रि] प्रार्थणे, आळवणे, याचणे, मागणे, मागणे मागणे, विनवणे, करुणा भाकणे, त्राहि त्राहि करणे, देव पाण्यात ठेवणे, हात जोडणे, द्रौपदीचा धावा, शरण येणे, दातांच्या कण्या करणे, रावण्या करणे

(n) request, beseechment, solicitation, imploration, plea, prayer, petition, begging, craving, devotion, homage; entreaty, appeal, supplication; reguisition; *पाहा :* **आराधना, गयावया, भिक्षाटन**

अभ्यस्त (वि) *पाहा :* **निपुण**

अभ्यागत (पु) *पाहा :* **अतिथी**

अभ्यास (पु) *पाहा :* **अध्ययन**

अभ्यासक्रम (पु) *पाहा :* **कार्यक्रम**

अभ्यासू (वि) *पाहा :* **चिंतनशील, जिज्ञासू**

अभ्युत्थान (न) *पाहा :* **अभिवंदन, आदर, अभ्युदय**

अभ्युदय (पु) उदय, उगम, पहाट, प्रभात; उत्थान, अभ्युत्थान, पुनरुत्थान; उत्कर्ष, समृद्धी, अभिवृद्धी, प्रगती, भरभराट, भाग्योदय, कल्याण; उन्नती, ऊर्जितावस्था, अमदानी, उच्चीचा काळ; *पाहा :* **आरंभ, उत्कर्ष** (विरु) **अधोगती**

(n) rise, sunrise, dawn; genesis, emergence, onset, burgeoning, flowering, prosperity, heyday; *पाहा :* **आरंभ, उत्कर्ष** (विरु) **अधोगती**

अभ्र (न) आभाळ, शिराळ, बाष्प, धुके, हिम, भुसे, मुऱ्हे, जौळ, मळभ, वांबाळ, अभ्रपटल; काळोखी, घोंगाट, उदासी; *पाहा :* **मेघ**

[क्रि] आभाळ भरून येणे, आकाश अभ्राच्छादित होणे, अभ्र दाटून येणे

[वा] गंधर्वनगर

(n) cloud cover, vapour, fog, misama, mist, haze, smog, overcast sky, murkiness; *पाहा :* **मेघ**

अभ्रिका (स्त्री) *पाहा :* **तारा**

अमका (वि) *पाहा :* **अमुक**

अमंगल (अमंगळ) (वि) *पाहा :* **अपवित्र, अशुभ**

अमदानी (स्त्री) *पाहा :* **उत्कर्ष, कारकीर्द**

अमनस्क (वि) *पाहा :* **खिन्न**

अमर (वि) अमर्त्य, मृत्युरहित, अविनाश (अविनाशी), अनश्वर, अक्षय (अक्षय्य), अनंत, नित्य, अव्यय, अक्षर, शाश्वत, चिर, चिरस्थायी, अखंड, अखंडित, निरंतरचा, कायमचा, अभंग, चिरंजीव, चिरायू, चिरंतन, चिरकालिक, चिरतरुण, सदाहरित, अवीट, अजरामर, देशकालातीत *पाहा :* (विरु) **क्षणभंगुर**

[वा] अमरपट्टा घेऊन येणे

[adj] deathless, immortal, timeless, ageless, indestructible, undying,

unceasing, godlike, everlasting, eternal, endless, perpetual, permanent, imperishable, enduring, evergreen, amaranthine *पाहा :* (विरु) **क्षणभंगुर**

अमर्त्य (वि) *पाहा :* **अमर**

अमर्याद (वि) *पाहा :* **अतिशय, अनंत, अमेय, अचाट, अगाध, अतिशयोक्त, अनियंत्रित**

अमर्यादा (स्त्री) *पाहा :* **अपमान, अतिप्रसंग**

अमल (वि) *पाहा :* **शुद्ध**

अंमल (पु) *पाहा :* **अधिकार, कारकीर्द, कैफ**

अमलगहाण (न-वि) *पाहा :* **अनामत**

अंमलदार (पु) *पाहा :* **अधिकारी**

अंमलबजावणी (स्त्री) *पाहा :* **कार्यवाही करणे**

अमली (वि) *पाहा :* **मादक द्रव्ये**

अंमळ (वि) *पाहा :* **अल्प**

अमा (पु) *पाहा :* **स्तन, अमावास्या**

अमात्य (पु) *पाहा :* **प्रधान**

अमानत (स्त्री) *पाहा :* **अनामत**

अमानवी (वि) अतिमानवी, अतिमानुष, दैवी, ईश्वरी, मनुष्यागम्य, अतींद्रिय, अचाट, अतर्क्य, गहन *पाहा :* (विरु) **मानवी**

[adj] superhuman, sublime, divine, profound, herculean, supernatural, preternatural, preterhuman, pretersensual, phenomenal; *पाहा :* (विरु) **मानवी**

अमानुष (वि) पाशवी, पशुतुल्य, रानटी, राक्षसी, सैतानी, क्रूर, अघोरी, दारुण, भेसूर, निर्दय

[adj] inhuman, diabolical, barbarous, bestial, fiendish, savage, barbaric, brutish, vicious, ruthless

अमान्य (वि) *पाहा :* **असंमत**

अमाप (वि) *पाहा :* **अतिशय, अमेय, अनेक, अनंत**

अमावस्या (स्त्री) अवस, आवस, अमा

(n) day before new-moon day, moonless night

अमित (वि) *पाहा :* **अमेय, अनंत, अतिशय**

अमित्र (वि) *पाहा :* **परका**

अमीर (पु) उमराव, सरदार, दरबारी, मानकरी, खासा, राजा, श्रीमंत/उच्चकुलीन मनुष्य

(n) nobleman, aristocrat, lord, peer, don, partician, grandee

अमुक (वि) अमका, विशिष्ट, विवक्षित, फलाणा, मसणा, अमुकतमुक, निश्चित, कोणीएक, *पाहा :* **निर्दिष्ट, अलताभलता**

[adj] particular, specific, unique, well-define, explicit, identified, definite, exact; *पाहा :* **निर्दिष्ट, अलताभलता**

अमूप (वि) *पाहा :* **अतिशय**

अमूर्त (वि) अव्यक्त, निर्गुण, निराकार, निरवयव, गात्रविहीन, आकाररहित,

अरूप, निर्गुणी, गुणातीत, कलातीत, कळातीत

[adj] abstract, formless, featureless, without any attribute, intangible, metaphysical, abstruse

अमूल्य (वि) *पाहा :* **मौल्यवान**

अमृत (न) सुधा, सुधारस, पीयूष, दिव्यरस; दूध; पाणी; अधरामृत, ओष्ठामृत, उपदेशामृत *पाहा :* (विरु) **विष**

(n) nectar, honeydew, mead, milk, sweet drink/kiss *पाहा :* (विरु) **विष**

अमृतमय (वि) *पाहा :* **गोड**

अमेय (पु) *पाहा :* **गणपती**

अमेय (वि) अमाप, अमोज, अप्रमेय, अज्ञेय, अलक्ष्य, अमित, अपरिमित, अमर्याद; *पाहा :* **अनंत, अनेक**

[adj] immeasurable, myriad, untold, incalculable, innumerable, countless, limitless, infinite, incomprehensible, profound; *पाहा :* **अनंत, अनेक**

अमोघ (वि) शक्तिमान, सामर्थ्यशाली, प्रभावी, तीक्ष्ण; अजिंक्य, अजेय, अभेद्य, दुर्दम्य; परिणामकारक, कार्यक्षम, गुणकारी, रामबाण; *पाहा :* **अचूक**

[adj] powerful, potent, formidable, overpowering, invulnerable, unconquerable, invincible, indomitable, impregnable, effective, sovereign *पाहा :* **अचूक**

अमोज (वि) *पाहा :* **अनेक, अमेय**

अमोल (वि), **अमोलिक** (वि) *पाहा :* **मौल्यवान**

अम्लान (वि) *पाहा :* **टवटवीत, प्रफुल्ल**

अयशस्वी (वि) *पाहा :* **पराभूत**

अयुक्त (वि) *पाहा :* **अनुचित, तर्कशून्य**

अयोग्य (वि) *पाहा :* **अनुचित, अप्रयोजक, नालायक**

अरडणे (क्रि) *पाहा :* **ओरडणे**

अरण्य (न) रान, वन, विपिन, कानन, कांतार, अटवी, दांग, जंगल, झाडी, बन, निकुंज, झाडोरा, राई, वनराई, वनराजी, वनश्री, वनक्षेत्र, वृक्षराजी, उद्यान, बाग, बगिचा, उपवन, कुळागर, अभयारण्य, वनोद्यान, फलोद्यान, वर्षावन, पर्जन्यवन, वृक्षवाटिका, रोपवाटिका, तपोवन, कुरण, गायरान, चराऊ रान, तराई, माळ, माळरान, रानवन, आडरान; *पाहा :* **उद्यान**

(n) forest, rain forest, wood, jungle, wild, wilderness, woodland, timberland, grove, coppice, plantation, bush, thicket, meadow, park, national park, nature reserve, green, botancical garden, nursery, prairie, wasteland; *पाहा :* **उद्यान**

[i] concrete jungle

अरण्यरुदन (न) *पाहा :* **रडणे, निरुपयोगी**

अरण्यवास (पु) *पाहा :* **वास्तव्य**

अरत्र (न) *पाहा :* **इहलोक**

अरबट (वि) असंस्कृत, आडदांड, घश्चोट, जंगली, गांवढळ, अरबूज (अर्बुज)

[adj] uncivilised, coarse, rough, rude, boorish, uncultured, unsophisticated

अरबटचरबट (न) *पाहा :* **अन्न**

अरबूज (वि) *पाहा :* **अरबट**

अरवार (वि) *पाहा :* **अरुवार**

अरविंद (न) *पाहा :* **कमळ**

अरसिक (वि) नीरस, रुक्ष, गद्य, रसज्ञता नसलेला, कल्पनाशून्य, रंगहीन, रुचिहीन, बेचव, अळणी, पचपचीत *पाहा :* (विरु) **रसिक**

[वा] अरसिकेषु कवित्वनिवेदनम्, गाढवाला गुळाची चव काय?

[adj] prosaic, insensitive, boorish, dry, plain, dull, unromantic, unimaginative, lacklustre, jejune, vapid *पाहा :* (विरु) **रसिक**

अरळ (वि) भोंगळ, ढिले, अजागळ, शिथिल, मोघम, घोटाळ्याचे, असंबद्ध, अव्यवस्थित, पिळपिळीत *पाहा :* (विरु) **काटेकोर**

[adj] vague, incoherent, messy, disorderly, loose, lax, confused, wooly, nebulous, diffused, imprecise *पाहा :* (विरु) **काटेकोर**

अराजक (न) अंदाधुंदी, अनागोंदी, बेबंदशाही, झोटिंगशही (पाच्छाई, पादशाही), बंडाळी, मोगलाई, निर्नायकी, बजबजपुरी, लोकमोक्ष, बंड, अशांतता, चळवळ, दंगल, धुमाळी, धुमश्चक्री, अस्थैर्य, गडबड, अनवस्था, दुरवस्था, अव्यवस्था, त्रिस्थळी, बेशिस्त, गोंधळ, प्रलय; अव्यवस्थितपणा, विस्कळीतपणा, पसारा, विचका, तिंगस्तिंगा *पाहा :* (विरु) **व्यवस्था**

[वा] अंधेरनगरी, रावणराज्य, बारभाईंचा कारभार, आंधळा कारभार, बाजार, वेड्यांचा बाजार, मासळीबाजार, एक ना धड भाराभर चिंध्या, आंधळे दळते आणि कुत्रे पीठ खाते, कोणाचा पायपोस कोणाच्या पायात नसणे

[adj] anarchy, lawlessness, turmoil, agitation, ferment, disorder, confusion, jumble, mess, imbroglio, chaos, disorganisation, mayhem, shambles, bedlam, riot, pandemonium, mutiny, insurrection, tumult, saturnalia; *पाहा :* (विरु) **व्यवस्था**

अराजकवाद (पु) *पाहा :* **राज्यपद्धती**

अरिष्ट (न) *पाहा :* **संकट**

अरिष्टसूचक (वि) *पाहा :* **अपशकुनी**

अरी (स्त्री) *पाहा :* **अणकुची**

अरी (पु) *पाहा :* **वैरी**

अरुची (स्त्री) *पाहा :* **अनावड**

अरुणिमा (पु) *पाहा :* **लाली**

अरुणोदय (पु) *पाहा :* **पहाट**

अरुंद (वि) निरुंद, चिंचोळा, चिवळ, आकुंचित, निमुळता, सुळक्यासारखा, शंक्वाकृती

[adj] narrow, constricted, restrited, thin, attenuated, tapering, conical

अरुवार (वि) अरवार, अलवार, हलकाफूल, ठिसूळ, ढिसूळ, बारीक, भुसभुशीत, कुरकुरीत, खुसखुशीत, चुरचुरीत; नाजूक, मुलायम, सुकोमल, मृदू, नरम, तलम, सुकुमार, हळुवार

[adj] spongy, porous, crunchy, brittle, crackly, crumbly, friable, fragile, crisp; soft, delicate, tender, supple

अरूप (वि) *पाहा :* **अमूर्त**

अरेराव (पु,वि) टिकोजीराव, तिस्मारखान, धटिंगण, आडदांड, चढाईखोर, अहंमन्य, गर्विष्ठ, मगरूर, भांडखोर, शिरजोर, चढेल, उन्मत, उद्दाम, आढ्यताखोर, मिजासखोर, अरेरावी/ दडपशाही/ जुलूम - जबरदस्ती करणारा, झोटिंग

[क्रि] गुरगुरणे, शिरा ताणणे, दमदाटी करणे, आपले चालवणे

[वा] उलटा चोर कोतवालाला दंडी, चोर तो चोर वर शिरजोर

(n) bully, tyrant, hector, blusterer, high-handed/ arrogant/ supercilious/ overbearing/domineering/ imperious person

अरेरावी (स्त्री) *पाहा :* **दांडगाई, अरेराव, जुलूम**

अर्क (पु) सार, सत्त्व, सत्त्वांश, मलिदा, कस, काढा, निकाढा, कषाय; गर, मगज, नवनीत; अत्तर, पुष्पगंधार्क; *पाहा :* **सूर्य, अट्टल**

(n) essence, pith, quintessence, concentrate, decoction, extract; *पाहा :* **सूर्य, अट्टल**

अर्कचित्र (न) *पाहा :* **चित्र**

अर्चन (न) *पाहा :* **पूजा, अभ्यर्थना**

अर्चना (स्त्री) *पाहा :* **अभ्यर्थना**

अर्चा (स्त्री) *पाहा :* **पूजा**

अर्ज (पु) *पाहा :* **अभ्यर्थना**

अर्जन (न) *पाहा :* **मिळवणे**

अर्जित (वि) अर्जन केलेले, मिळवलेले (पाहा : **मिळवणे**), संपादलेले, संपादित, संपन्न, साध्य केलेले, कमावलेले, प्राप्त; कष्टार्जित, स्वकष्टार्जित, तप:पूत

[adj] acquired, earned, gained, obtained, procured, won, achieved, accomplished; *पाहा :* **मिळवणे**

अर्जी (स्त्री) *पाहा :* **अभ्यर्थना**

अर्थ (पु) द्रव्य, धन, वित्त, पैसा, चलन, नाणे, नाणक, मुद्रा (ताम्र, रौप्य, सुवर्ण), चलनी नोट, पैका, दाम, पैसाअडका, पैसारुका, पैपैसा, रकम (रक्कम), गल्ला, मोड, खुर्दा,

चिल्लर, दमडा (दमडी), छदाम, टका, रुपया, रुपयापैसा, सोनेरुपे, दौलत, धनदौलत, संपदा, संपत्ती, ऐवज, जंगम मालमत्ता, जिंदगी, ठेव, ठेवा, खजिना, द्रव्यसंचय, अर्थसंग्रह, पुंजी, फंड, निधी, थैली, गुप्तधन, परधन; रोख/नगद/नक्त पैसा, रोकड, मुदल (मुद्दल), भांडवल, बीजभांडवल, भागभांडवल, खेळते भांडवल, रोखा, कर्जरोखा, समभाग, प्रतिभूती, मुदतठेव, गुंतवणूक, रोखेबाजार, बचत, अल्पबचत, हुंडी, धनादेश, बचतपत्र, चलनवाढ, चलनफुगवटा, अर्थसंकल्प, लेखानुदान, अर्थशास्त्र; *पाहा :* **खजिना, धनदौलत, अभिप्राय, कस, आवक, वेतन, फायदा, कर, कर्ज, जमाखर्च, दान, खर्च, किंमत**

[वा] दामाजीपंत, दाम करी काम बिबी करी सलाम, यस्यार्थाः स च पंडितः, अर्थो हि कन्या परकीय एव, सारी सोंगे येतात पैशाचे सोंग येत नाही, आज रोख उद्या उधार, साम दाम दंड भेद, सर्वे गुणाः कांचनमाश्रयन्ते, तत्त्वमसि, काळा पैसा, नंबर दोन, पैशाची ऊब, पैशाचे झाड

(n) money, finance, currency, funds, movable property, liqid asets, capital, purse, treasure, wealth, cash, petty cash, change, coin, amounts, bank note, currency note, traveller's cheque, credit card, promisary note, debenture, principle, interest, dividend, warrent, pocket-money, investment, share, term deposits, savings, small savings, cheque, draft, inflation, budget, economics *पाहा :* **खजिना, धनदौलत, अभिप्राय, कस, आवक, वेतन, फायदा, कर, कर्ज, जमाखर्च, दान, खर्च, किंमत**

[i] purse, strings, fast buck, dough, hard cash, wherewithal, easy money, black money, filthy lucre, paper money; feather one's nest, burn a hole in one's pocket, hit the jackpot

अर्थगर्भ (-घन, -पूर्ण, -भरित, -युक्त) (वि) *पाहा :* **आशयघन, अन्वर्थक**

अर्थतज्ज्ञ (पु) *पाहा :* **तज्ज्ञ**

अर्थबोध (पु) *पाहा :* **बोध, ग्रह**

अर्थभेद (पु) *पाहा :* **अंतर**

अर्थविवरण (न) *पाहा :* **टीका, निरूपण**

अर्थशास्त्र (न) *पाहा :* **अर्थ**

अर्थशून्य (-हीन) (वि) *पाहा :* **निरर्थक**

अर्थसंकल्प (पु) *पाहा :* **अर्थ**

अर्थसंग्रह (पु) *पाहा :* **अर्थ**

अर्थसंचय (पु) *पाहा :* **तिजोरी**

अर्थसत्ता (स्त्री) *पाहा :* **अधिकार**

अर्थालंकार (पु) *पाहा :* **भाषालंकार**

अर्ध (वि) पाहा : **अर्धा**

अर्धगोल (पु) पाहा : **गोल**

अर्धगोल (अर्धगोलाकार) (वि) *पाहा :* **गोल** (वि)

अर्धचंद्र (वि) गचांडी, हकालपट्टी, डिच्चू, डच्चू, गड्डा झब्बू, बोळवण, विसर्जन, बडतर्फी, निलंबन, निष्कासन, नि:सारण, टांगाटोळी, उचलबांगडी, उच्चाटन, हद्दपारी; नकार; *पाहा :* **बहिष्कृत**

[क्रि] हाकलणे, हाकलून/ हुसकून लावणे, काढणे, काढून टाकणे, बाहेर घालवणे, तडीपार करणे, येळकोटमल्हार करणे, बहिष्कृत करणे, सेवामुक्त/ बडतर्फ / स्थानच्युत/ स्थानभ्रष्ट / सत्ताभ्रष्ट / पदच्युत / पदभ्रष्ट करणे, निष्कासित करणे, निलंबित करणे, देशोधडीला लावणे, तळी उचलणे

(n) dismissal, ouster, expulsion, eviction, exile, deportation, dethronement, riddance *पाहा :* **बहिष्कृत**

(v) dislodge, banish, sack, abolish, dissolve, drive out, fire, axe, dump, dismiss, discharge, expel, turn out, evict, extradite, depose, unseat, ostracise

[i] give the push to, throw overboard, lay of, send packing, show someone the door

अर्धनारीनटेश्वर (पु) *पाहा :* **परमेश्वर**

अर्धमेला (वि) *पाहा :* **आसन्नमरण, जर्जर**

अर्धवट (वि) *पाहा :* **अजाण, वेडा, ओझरता, गुळमुळीत**

अर्धा (वि) अर्ध, अर्धानिम्मा, निम, निम्मा, निम्माशिम्मा, निमेनिम, अर्धाअधिक, निम्माअधिक, अर्धामुर्धा, एकद्वितीयांश

[adj] half, bisected, halved, bifid

अर्धाअधिक (वि) *पाहा :* **अर्धा**

अर्धांग (अर्धांगवायू) (पु) पक्षाघात (पक्षघात), पक्षवात (-वायू), लकवा, वातरोग

[वा] अंगावरून वारे जाणे

(n) paralysis, palsy, paraplegia

अर्धांगिनी/ अर्धांगी (स्त्री) *पाहा :* **पत्नी**

अर्धानिम्मा (वि) **अर्धामुर्धा** (वि) *पाहा :* **अर्धा**

अर्धोन्मीलित (वि) *पाहा :* **मुकुलित**

अर्पिणे (क्रि) अर्पण / समर्पण करणे, समर्पिणे, प्रत्यार्पण करणे, देणे, वाहणे, वेचणे, बळी देणे, नैवेद्य देणे; *पाहा :* **पूजा, झोकून देणे**

[वा] सर्वस्व अर्पण करणे, प्राण ओवाळून टाकणे, होळी करणे, कृष्णार्पण करणे

(v) dedicate, devote, give, commit, sacrifice, consecrate; *पाहा :* **पूजा, झोकून देणे**

अर्बुज (वि) *पाहा :* **अरबट**

अर्भक (न) *पाहा :* **बाल, मूल**

अर्भकावस्था (स्त्री) *पाहा :* **बाल्य**

अर्वाचीन (वि) आधुनिक, प्रचलित, सद्य:कालीन, अद्यतन, सांप्रतचा, आजचा, अलीकडचा, हल्लीचा, चालू, विद्यमान, वर्तमान, समकालीन, ताजा, नवा, नवीन, नूतन, अभिनव, अत्याधुनिक, नवनिर्मित, नवथर, जिवंत, अद्ययावत, नवाकोरा, काळाबरोबरचा *पाहा :* **हल्ली,** (विरु) **प्राचीन, अप्रचलित**

[adj] modern, current, recent, contemporary, living, present-day, avant-grade, latest-in vogue, fashionable, trendy, modish, novel, fresh, topical, late, new, new-fangled, up-to-date, state-of-the-art *पाहा :* **हल्ली,** (विरु) **प्राचीन, अप्रचलित**

अर्वाचिनीकरण (न) *पाहा :* **पुनरुज्जीवन**

अर्वाच्य (वि) द्वाड, खोडकर, अगोचर, खोडसाळ, खट्याळ, टवाळ, चावट, चटोर, चहाटळ, आचरट, बाष्कळ, वात्रट, बेलगाम, दोषार्ह; *पाहा :* **अपवित्र**

[adj] mischievous, impish, frolicsome, naughty, lawless, depraved, wicked, unrighteous, scandalous, licentious, pernicious; *पाहा :* **अपवित्र**

अर्वाच्चपणा (पु) *पाहा :* **खोडी, टवाळकी**

अर्हता (स्त्री) *पाहा :* **लायकी**

अर्हताप्राप्त (वि) *पाहा :* **लायक**

अलक (पु) *पाहा :* **केस**

अलंकार (पु) दागिना, लेणे, भूषण, अवतंस, आभूषण, विभूषण, आभरण, मंडण, मंडन, अलंकरण, शोभन, शोभा, भूषा, ललाम, शृंगार; रत्न, दागदागिने, जडजवाहीर, हिरेमाणके, रत्नाभरण, रत्नालंकार; नग, डाग, डागिना, जिन्नस, किडूकमिडूक; जडावाचे भूषण, अहेवलेणे, बाळलेणे; ललामभूत/शोभादायक वस्तू; साहित्यगुण (*पाहा :* **भाषालंकार**), *पाहा :* **रत्न**

(n) ornament, ornamentation, jewellery, embellishment, adornment, decoration; beautyfication, gadnish, finery, trimming, frippery, trinket, knick-knack, gewgaw *पाहा :* **भाषालंकार, रत्न**

अलंकृत (वि) अलंकारयुक्त, भूषित, विभूषित, मंडित, सुशोभित, शोभायमान; जडावाचा, शोभिवंत, रत्नजडित, रत्नखचित, नटवलेला, सजवलेला, शृंगारलेला; आलंकारिक; अंकित (गौरवांकित, मानांकित इत्यादी)

[adj] decorated, embellished, beautified, garnished, festooned, adorned

ornamented, ornate, flowery, rococo, luxuriant, flamboyant, florid

अलग (वि) *पाहा :* **अन्य, विभक्त**

अलगूज (न) *पाहा :* **सुषिरवाद्य**

अलताभलता (पु, वि) अलबत्यागलबत्या, सोम्यागोम्या, सोमाजीगोमाजी, गवत्यागोमाजी, गोमागणेश, गोमाजी कापशा, गोमाजीतिमाजी, साळकोजी माळकोजी, ऐरागैरा, आलतूफालतू, लुंगासुंगा, भलता, भलतासलता, भलभलता, भडभुंजा, कोणीतरी, कोणीही, कोणताही, कोणाचा कोण; वाटेचा वाटसरू; होळीचे होळकर, साळकाया माळकाया *पाहा :* **अनोळखी, अमुक**

(n) tom dick and harry, man of straw; small fry *पाहा :* **अनोळखी, अमुक**

अलबत (क्रिवि) *पाहा :* **खचित**

अलबत्यागलबत्या (पु) पाहा : **अलताभलता**

अलबेला (वि) मोहक, नखरेल, रंगेल, अक्कडबाज, आशुकमाशूक, विलासी, लाडकी, सुंदर, खूबसूरत, चटकचांदणी, अलबेली

[n, adj] alluring, charming, enticing, desirable, coquetish, merry, lovable, darling

अलभ्य (वि) *पाहा :* **अप्राप्य**

अलवार (वि) *पाहा :* **अरुवार**

अलक्ष्य (वि) *पाहा :* **अमेय**

अलाहिदा (वि) *पाहा :* **अन्य**

अलिप्त (वि) निर्लेप, निर्मळ, शुद्ध, सोवळा; निपट निरंजन *पाहा :* **विभक्त, तटस्थ, निर्लेप**

[adj] untainted, uncontaminated, blameless, pure *पाहा :* **विभक्त, तटस्थ, निर्लेप**

अली (पु) *पाहा :* **भुंगा**

अलीकडचा (वि) *पाहा :* **अर्वाचीन**

अलीकडे (क्रिवि) *पाहा :* **हल्ली**

अलोट (वि) *पाहा :* **अतिशय**

अलौकिक (वि) *पाहा :* **विलक्षण, अद्‌भुत, अजोड, ईश्वरी**

अल्प (वि) किंचित, ईषत, ईषन्मात्र, यत्किंचित, थोडा, थोडका, थोडाथोडका, थोडाफार, अंमळ, अळुमाळू, बारीक, सान, इवला, छोटा, सूक्ष्म, अतिसूक्ष्म, झिरमिर, जरा, जरासा, एवढासा, टाचका, टाचकाटुचका, काहीसा, बेताचा, माफक, मोजका, तोलूनमापून, चुटपुटता, स्वल्प, अल्पस्वल्प, अत्यल्प, लव, लवमात्र, तिळमात्र, अंशमात्र, नाममात्र, काडीचा, काडीभर, काडीमात्र, रतिमात्र, गुंजभर, राईभर, तिळभर, नखभर, रत्तीभर, चिमूटभर, (चिमटीभर), बोटभर, काकणभर, मूठभर, गोळाभर, घोटभर, थेंबभर, टिळकाभर, तसूभर, क्षुद्र, क्षुल्लक, उपेक्षणीय, छदाम, नगण्य, काही, तुरळक, अल्पसंख्य (अल्पसंख्याक); *पाहा :* **कमी,**

लहान, ओझरता, सूक्ष्म (विरु) **अतिशय**

[वा] फूल ना फुलाची पाकळी, दर्या में खसखस, आहे आहे नाही नाही, सुईच्या अग्रावर मावेल इतका, ईन मीन साडेतीन (-सव्वातीन, -तीन), फुटकी कवडी, सुतळीचा तोडा

[adj] little, minute, diminutive, microscopic, puny, wee, trifling, negligible, inconsiderable, scant; minimal, miniscule, slight, meagre, imperceptible, infimitesimal, insignificant, petty, paltry, insubstantial, minor, trival; *पाहा :* **कमी, लहान, ओझरता, सूक्ष्म** (विरु) **अतिशय**

[i] a drop in the ocean, only the tip of the iceberg, next to nothing, precious little/few, short and sweet

अल्पकाळ (क्रिवि) *पाहा :* **क्षणभर**

अल्पजीवी (वि) *पाहा :* **तात्पुरता, क्षणभंगुर**

अल्पपठित (वि) *पाहा :* **अजाण**

अल्पबचत (स्त्री) *पाहा :* **अर्थ**

अल्पबुद्धी (वि) *पाहा :* **अजाण**

अल्पभाषी (वि) *पाहा :* **अबोल**

अल्पभूधारक (पु) *पाहा :* **शेतकरी**

अल्पमती (वि) *पाहा :* **अजाण**

अल्पमोली (वि) *पाहा :* **स्वस्त**

अल्पवय (न) *पाहा :* **बाल्य**

अल्पवयस्क (अल्पवयीन) (वि) लहान, लहानगा, बाल, बालवयीन, पोरवयाचा, पोरगेला, पोरसवदा, पोरगा, शाळकरी, अज्ञान, कोवळा, अल्लड, पूर्ववयीन, पूर्ववयस्क, संस्कारक्षम वयातला, तरुण, धाकटा; *पाहा :* **लहान, बाल, बाल्य** (विरु) **पोक्त**

[वा] ओठ पिळले तर दूध निघेल असा, दूधपिता बाळ, ओठावरचे दूध अजून वाळले नाही असा, नकटे व्हावे पण धाकटे होऊ नये, बालादपि सुभाषितमं ग्राह्यम्

[adj] small, young, immature, boyish, girlish, pubescent, teenage, adolescent, juvenile, underage, junior; *पाहा :* **लहान, बाल, बाल्य** (विरु) **पोक्त**

[i] mamma's boy, spring chicken, kid, green

अल्पसंख्य (अल्पसंख्याक) (वि) *पाहा :* **अल्प**

अल्पसंतुष्ट (वि) *पाहा :* **आनंदी**

अल्पस्वल्प (वि) *पाहा :* **अल्प**

अल्पायुषी, अल्पायू (सर्व वि) *पाहा :* **अभागी**

अल्पांश (पु) *पाहा :* **अंश**

अल्पाहार (अल्पोपाहार) (पु) *पाहा :* **अन्न**

अल्लड (वि) *पाहा :* **अल्पवयस्क, साधा, अकृत्रिम, अजाण**

अवकळा (स्त्री) *पाहा :* **अवदशा,**

अधोगती

अवकाश (पु) पोकळी, शून्याकाश, अनंतविश्व, ब्रह्मांड (पाहा : **अंतराळ**); जागा, वाव, फट, मोकळीक, अंतर, मध्यांतर, खंड, विराम; अवधी, सवड, फुरसत, वेळ, उशीर, काळ, समय, अवसर, संधी, उसंत

[वा] मुंगी शिरायला जागा, श्वास घ्यायला फुरसत

(n) space, empty space, void, cosmos, outer space, interplanetary space, macrocosm, celestial sphere; the universe, free space, room, margin, leeway, scope; interval, separation, break, delay, breather, pause, respite, intermission, interlude; *पाहा* : **अंतराळ**

[i] elbow room, breathing space

अवकाशयात्रा (स्त्री) *पाहा* : **प्रवास, अंतरिक्षप्रवास**

अवकाशयात्री (पु) *पाहा* : **प्रवासी, अंतरिक्षप्रवास**

अवकाशयान (न) *पाहा* : **वाहन, अंतरिक्षप्रवास**

अवकाशस्थानक (न) *पाहा* : **अंतरिक्षप्रवास**

अवकृपा (स्त्री) नाराजी, इतराजी, वक्रदृष्टी, गैरमर्जी, खप्पा मर्जी, नाखुशी, अप्रीती, रुष्टता, अप्रसन्नता, असंतोष, राग, घुस्सा *पाहा* : (विरु) **कृपा, मर्जी**

[वा] माया पातळ करणे

[adj] disfavour, displeasure, dislike, annoyance, ill-feeling, soreness, resentment, wrath *पाहा* : (विरु) **कृपा, मर्जी**

अवखळ (वि) *पाहा* : **अगोचर, खट्याळ**

अवगणन (अवगणना) (न, स्त्री) *पाहा* : **अपमान**

अवगत (वि) *पाहा* : **माहीत**

अवगाहन (न) *पाहा* : **अध्ययन, प्रवेश, स्नान**

अवगुंठन (न) आवरण, आच्छादन, प्रच्छादन, पांघरूण, पाखर, प्रावरण; मायावरण, गवसणी, खोळ, वेष्टन, पिशवी, अस्तर, पट, झूल, खोगीर, पलाण, पारी, दादरा, म्यान, काडतूस, शिरस्त्राण, अंगत्राण, चिलखत, मुखवटा; पडदा (पडदी), बुरखा, गोशा (गोषा), वालीफ, ओढणी, घुंगट, बुंथ (बुंथी), बोथ, पदर, लपेट, उत्तरीय, उपरणे, आडवस्त्र, आडोसा, जाळी, तट्ट्या, कनात, जवनिका, चादर; पलंगपोस; कोष, कवच, टरफल, फोलपट, साल, सालपट, कोंडा, त्वचा, कात; पखरण, जाल, झाकण, झापड, पटल, पडल, सारा, टोपण, पिधान; *पाहा* : **छत, थर, लेप, गुप्त**

[क्रि] आच्छादणे, लेपणे, लपेटणे, वेढणे, गुंडाळणे, झाकणे, मढवणे,

गुरफटवणे, लपवणे, शाकारणे, शाकारणी करणे,

[वा] पोलादी पडदा, बांबूचा पडदा, नख दृष्टीस न पडणे

(n) covering, wrapper, envelope, camouflage, capsule, casing, shell, cartridge, visor, hood, cloak, veil, shroud, mask, curtain; file, folder, portfolio, dust-jacket, binding; cap, lid, mentle, screen, sheeth, shield, veneer; disguise, blanket; crust, rind, skin; sheet, bed-spread *पाहा :* **छत, थर, लेप, गुप्त**

अवगुण (पु) दुर्गुण, दोष, वैगुण्य, उणीव, उणेपणा, कमतरता, छिद्र, बिंग, मर्म, अपराध, वाईट खोड, व्यंग, वाईटपणा, दुर्लक्षण, दुष्टपणा, पैशुन्य, कुलक्षण *पाहा :* (विरु) **गुण**

[वा] दिव्याखाली अंधार

(n) vice, sin, depravity, defect, fault, shortcoming, failing, imperfection, weakness, weak point, foible, stain, demerit, lack, deficiency, blemish; *पाहा :* (विरु) **गुण**

अवगुणी (वि) *पाहा :* **दुर्गुणी**

अवघड (वि) कठिण, कठीण, काठिण्यपूर्ण, कष्टसाध्य, दुःसाध्य, दुरापास्त, असाध्य, बिकट, खडतर, आव्हानात्मक, आणीबाणीचा, जटिल, बाका, दुर्घट, दुष्कर, दुर्गम, अगम्य, गहन, दुर्ज्ञेय, दुर्बोध, दुर्लभ, दुष्प्राप्य, अशक्यप्राय, कष्टप्रद, तापदायक, दुर्वह, दुःसह, भारी, मुश्कील, जबरदस्त; अडचणीचा, गैरसोयीचा, गुंतागुंतीचा, घोटाळ्याचा, किचकट, अडनीड; दुरतिक्रम, दुर्लंघ्य, अनुल्लंघनीय, दुस्तर, दुराराध्य, दुर्जेय, दुर्दम्य, दुर्धर, दुर्निवार, अपरिहार्य, अनिवार्य, दुर्भर, दुर्भेद्य, दुर्मीळ

[वा] आवळ्याची / आवळ्याभोपळ्याची मोट बांधणे, शिवधनुष्य पेलणे, जड वाटणे, तारेवरची कसरत, तारेवरचा नाच, सुळावरची पोळी, मांजराच्या गळ्यात घंटा बांधणे, बोलणे सोपे पण करणे कठीण

[adj] difficult, tough, hard, onerous, arduous, formidable, intricate, complex, complicated, intractable, problematical, enigmatic, baffling, tricky, thorny, challenging, exacting, demanding, herculean, backbreaking, gruelling, heavy, burdensome, uphill, insurmountable, implacable, implausible, unattainable, unobtainable, unworkable, inacessible, unfathomable, incorrigible, inflexible, invincible, uncontrollable,

inevitable, inexorable, abstruse, impenetrable, rare, scarce

[i] to bell the cat, easier said than done, a bitter pill to swallow, out of one's depth, a hard nut to crack, a hot potato

अवघा (वि) सगळा, सकळ (सकल), समग्र, सर्व, अखिल, निखिल, आघवा; पूर्ण, परिपूर्ण, पुरा, पुरता; अगदी, जय्यत, पक्का; संपूर्ण, इत्थंभूत, सबंध, एकूण, अशेष, नि:शेष, निरपवाद, अपवादरहित, एकूणएक, एकंदर, समस्त, यच्चयावत, ठोक, तमाम, दरोबस्त, झाडून सर्व, सारा, प्रत्येक; समूळ, आमूलाग्र, मूलगामी; साग्र, साग्रसंगीत *पाहा :* **प्रत्येक, अखंड**

[adj] whole, complete, entire, total, all, everyone, solid, full, thorough, sweeping, radical *पाहा :* **प्रत्येक, अखंड**

अवघ्राण (न) *पाहा :* **हुंगणे**

अवचित (क्रिवि) *पाहा :* **अकस्मात**

अवजड (वि) वजनदार, जड, जडशीळ, गुरू, भारी, भारभूत; स्थूळ, बोजड, बोदड, अगडबंब *पाहा :* (विरु) **हलका**

[adj] heavy, weighty, burdensome, bulky, unwieldy *पाहा :* (विरु) **हलका**

अवजार (न) *पाहा :* **आयुध**

अवडंबर (न) डामडौल, थाटमाट, टामटूम, भपका, देखावा, गाजावाजा, शोभा, तमाशा, आडंबर, दिमाख, तोरा, बडेजाव, प्रस्थ, पोकळ ऐट, आव, प्रदर्शन, खटाटोप

(n) pomp, display, show, ostentation, fanfare, flourish

अवतरण (न) *पाहा :* **अवतार, उतारा**

अवतंस (पु) *पाहा :* **अलंकार**

अवतार (पु) देवाचे प्रकट मनुष्यरूप / पशुरूप; विष्णूचे दशावतार: मत्स्य, कच्छ (कूर्म), वराह, नृसिंह, वामन, परशुराम, राम, कृष्ण, बौद्ध (बुद्ध), कलंकी; ईश्वरांश; विभूती अवतरण; मूर्ती, प्रतीक, स्वरूप, भूमिका; महापुरुष, पुण्यपुरुष; पूर्णावतार (षोडशकलापूर्ण अवतार: नृसिंह, राम, कृष्ण)

(n) incarnation of god; embodiment, personification, representation, avatar

अवतारकार्य (न) *पाहा :* **कार्य**

अवदशा (स्त्री) दुर्दशा, कष्टदशा, दु:स्थिती, हीनदीन स्थिती, दुर्गती, अवकळा, अनवस्था, दुरवस्था, उतरती कळा, डबघाई, पडता काळ, विपत्ती, संकट, हाल, दु:ख, दैन्य, दैन्यावस्था, दैना, दीनवाणेपणा, लाचारी, अगतिकता, विपन्नावस्था, नष्टचर्य, परवड, फरपट, फजिती, अन्नान्नदशा, हलाखी, तारोळा, दुर्दैव, दुर्भाग्य, गंडांतर, नरक, वनवास *पाहा :* **अवस्था** (विरु) **समृद्धी,**

श्रीमंती, आबादीआबाद

[वा] अक्काबाईचा फेरा, कुत्र्याचे/जनावराचे जिणे, कुत्रा हाल खाईना, पाठ भुईला लागणे, फाटक्यात पाय जाणे, भिकेचे डोहाळे लागणे, ग्रहण लागणे, घर बसणे, दैव फिरणे, दिवस फिरणे, जिथे फुले वेचली तिथे गोवऱ्या वेचणे, बुगड्या गेल्या पण काप राहिले, बुडत्याचा पाय खोलात, घर फिरले म्हणजे घराचे वासे फिरतात, गर्वाचे घर खाली

(n) hardship, straits, adversity, wretchedness, distress, misery, bad luck, evil lot, affliction, disaster, destitution *पाहा :* **अवस्था** (विरु) **समृद्धी, श्रीमंती, आबादीआबाद**

(i) ill wind, rainy day, dog's life, go downhill, hit bottom, high and dry, have one's back to the wall, in the doghouse, at a low ebb, in a tight corner

अवधाण (न) *पाहा :* **गळू**

अवधान (न) लक्ष, ध्यान, चित्त, सावधानता, दक्षता, जाग, जागरूकता, एकाग्रता, प्रसंगावधान, चिंता, भान, निगूत, रोख, ओढा, दृष्टी *पाहा :* (विरु) **अनवधान**

[वा] कान देणे, कान टवकारणे, कान पसरून ऐकणे, मन घालणे/लावणे, मोर्चा वळवणे

(n) attention, attentiveness, mindfulness, heed, concentration, fixation, self-possession, care, regard, consideration, alertness, presence of mind; *पाहा :* (विरु) **अनवधान**

अवधी (पु) अवकाश, सवड, फुरसत, वेळ, उशीर, काळ, समय, अवसर, उसंत, पल्ला, अंतर, खंड

(n) while, interlude, respite, intermission, interval, leisure, break

अवधूत (वि) *पाहा :* **विरक्त, अनावृत**

अवनती (स्त्री) *पाहा :* **अधोगती**

अवनद्धवाद्य (न) *पाहा :* **वाद्य, चर्मवाद्य**

अवनी (स्त्री) *पाहा :* **पृथ्वी**

अवपतन (न) *पाहा :* **अधोगती**

अवभृथस्नान (न) *पाहा :* **स्नान**

अवमान (पु) *पाहा :* **अपमान**

अवमूल्यन (न) *पाहा :* **कपात, घट, अधोगती**

अवयव (पु) इंद्रिय, गात्र, अंग; भाग, विभाग, घटक, पद

(n) limb, organ, member; part, component, factor

अवर (वि) *पाहा :* **कनिष्ठ**

अवरोध (पु) *पाहा :* **अटकाव**

अवर्णनीय (वि) *पाहा :* **अतिशय**

अवर्षण (न) *पाहा :* **अकाल**

अवलंब (पु) *पाहा :* **अंगीकार**

अवलंबन (न) भरवसा, भिस्त, मदार, हवाला; पाहा : **विश्वास, भरवसा** (विरु) **स्वातंत्र्य**

(n) reliance, dependence; trust

पाहा : **विश्वास, भरवसा** (विरु) **स्वातंत्र्य**
[i] to count on
अवलंबिणे (क्रि) *पाहा :* **अनुसरणे**
अवलक्षण (न) पाहा : **अवगुण, अपशकुन**
अवलक्षणी (वि) *पाहा :* **अपशकुनी**
अवलाद (स्त्री) *पाहा :* **संतती**
अवलिया (पु) *पाहा :* **साधू, जीवन्मुक्त**
अवले (न) *पाहा :* **नौका**
अवलोकणे (क्रि) *पाहा :* **अवलोकन**
अवलोकन (न) प्रेक्षण, प्रेक्षा, निरीक्षण, ईक्षण, वीक्षण, सर्वेक्षण, आलोक, आलोकन, विलोकन, पाहणी; दर्शन, कटाक्ष, दृष्टिक्षेप, दृष्टिपात, दृष्टादृष्ट, नजरानजर, दृष्टिभेट (दृष्टभेट), नजरभेट, डोळेभेट, नजरफेक, कटाक्ष, नेत्रकटाक्ष, नेत्रपल्लवी, नेत्रसंकेत, डोळेमोड; वाकडी नजर, वाकडा डोळा; टेहळणी, पहारा, देखरेख; आलोचन, आलोचना, परीक्षण, समालोचन; मनन, चिंतन, विचार; पूर्वावलोकन, सिंहावलोकन, विहंगमावलोकन *पाहा :* **दृष्टी**
[क्रि] पाहणे, बघणे, देखणे, प्रेक्षणे, अवलोकणे, विलोकणे, न्याहाळणे, निरखणे, लक्षिणे, नजर टाकणे/फेकणे, दृष्टी टाकणे, भिरभिर पाहणे, नजरेखालून/डोळ्याखालून घालणे, वर डोळे फिरवणे, डोळेफोड करणे, डोळे फाडून पाहणे, डोळ्यात तेल घालून पाहणे, डोळे भरून पाहणे, डोळ्याचे पारणे फिटणे, डोळा/नजर ठेवणे, डोळे ताणणे, डोळे वटारणे, डोळ्याला डोळा भिडवणे, डोळा वर करून पाहणे, डोळ्याला डोळा देणे, नजरेला नरज देणे, रोखून पाहणे, टक लावणे, टकटक/एकटक पाहणे, अनिमिष नेत्रांनी पाहणे, तंद्री लागणे, निश्चल दृष्टीने पाहणे, दृष्टी एकाग्र करणे, टकमक/टकामका पाहणे, आ वासून पाहणे, डोकावणे, टेहळणे, डोळे मोडणे, डोळे मिचकावणे, डोळे मुरडणे/मोडणे, डोळा मारणे, डोळे मिचमिच करणे; तपासणे, पारख करणे, विचार करणे, विचारात घेणे; *पाहा :* **दिसणे, प्रेक्षक, निरीक्षक**
(n) observation, glance, glimpse, peep, watch, inspection, surveillance; contemplation *पाहा :* **दृष्टी**
(v) see, view, behold, observe, catch, sight of, notice, perceive, sight, spot, look, glance, witness, scan, moniter, survey, set eyes on, peep, gaze, gape, stare, ogle, make eye's at blink, peer, leer; *पाहा :* **दिसणे, प्रेक्षक, निरीक्षक**
[i] look daggers at, the evil eye, a peeping Tom
अवशिष्ट (न, वि) उर्वरित, बाकी, शिलकी, शिल्लक, उरलेले, शेष, शिष्ट, अवशेष, उच्छिष्ट, उष्टे, मागे

राहिलेले, शेपूट, ऊरसूर, उरलेसुरले, निव्वळ, बचावलेले, वरकड, बचत

[वा] दहा गेले पाच राहिले, हत्ती गेला शेपूट राहिले, चार पैसे गाठीला बांधणे, गाठीला उरणे, खरकटे, वाहिली ती गंगा राहिले ते तीर्थ

(n, adj) residual, residuary, left over, surviving, net, arrears

अवशेष (पु) अवशिष्ट भाग (*पाहा :* **अवशिष्ट**), भग्नावशेष, अश्मीभूत अवशेष, जीवाश्म, पुराणवस्तू, गाळ

(n) relic, remains, antiquities, fossil; *पाहा :* **अवशिष्ट**

अवश्य (वि) *पाहा :* **आवश्यक**

अवश्य (क्रिवि) *पाहा :* **खचित, झकत**

अवश्यमेव (क्रिवि) *पाहा :* **खचित**

अवष्टंभ (पु) *पाहा :* **अटकाव**

अवस (स्त्री) *पाहा :* **अमावास्या**

अवसन्न (वि) *पाहा :* **खिन्न**

अवसर (पु) *पाहा :* **अवकाश, अवधी, उसंत**

अवसान (न) जोम, तेज, ओज, चैतन्य, त्राण, जोर, शक्ती, क्षमता, नेट, स्फूर्ती; निग्रह, आवेश, दम, आव, त्वेष, उत्साह, धीर, हिंमत, मनोधैर्य, धमक, उभारी, जीव, प्राण *पाहा :* **अंत**

[वा] सिंहाचे कातडे पांघरणे, उसने अवसान

(n) strength, vigour, spirit, nerve, heart, verve, will-power, resolution, daring, fortitude, courage, fire, mettle, confidence, grit *पाहा :* **अंत**

अवसानघातकी (वि) *पाहा :* **भित्रा**

अवस्था (स्त्री) दशा, प्राप्तदशा, स्थिती, गत, परिस्थिती, सद्य:स्थिती, सद्य:परिस्थिती, वातावरण, हालहवाल, वस्तुस्थिती, वर्तमान, सुस्थिती, दु:स्थिती, मन:स्थिती, पूर्वस्थिती; प्रसंग, रागरंग, काळ, योग; घडण, रचना, मांडणी; धाटणी, तऱ्हा, स्वरूप; अवस्थात्रय (जागृती, स्वप्न, सुषुप्ती), तुरीयावस्था, उन्मनी अवस्था; अवस्थाचतुष्टय (बाल्य, पौगंड, तारुण्य, वार्धक्य); पदार्थाच्या पाच अवस्था (घन, द्रव, वायू, प्लाझ्मा, बोस-आइन्स्टाईन एकीकरण: सान्द्र अण्वावस्था) *पाहा :* **चार अवस्था, अवदशा**

(n) state, condition, situation, circumstance, phase, aspect, position, juncture; five states of matter (solid, liquid, gaseous, plasma, Bose-Einstein condensate) *पाहा :* **चार अवस्था, अवदशा**

[i] status quo

अवस्थांतर (न) *पाहा :* **बदल**

अवहेलना (स्त्री) *पाहा :* **अपमान, अपभाषण**

अवज्ञा (स्त्री) *पाहा :* **आज्ञाभंग**

अवा (स्त्री) *पाहा :* **अग्नी**

अवाक (वि) *पाहा :* **अबोल, प्रभावित**

अवाच्या सवा (वि, क्रिवि) *पाहा :* **अतिशय, तर्कशून्य, अतिशयोक्त,**

अन्यायकारक

अवाजवी (वि) *पाहा :* **तर्कशून्य, अतिशय, अतिशयोक्त, अन्यायकारक**

अवाढव्य (वि) *पाहा :* **प्रचंड, अकटोविकट, अगडबंब**

अवांतर (वि) *पाहा :* **अन्य**

अवास्तव (वि) *पाहा :* **अतिशय, स्वप्नाळू, खोटा**

अवाक्षर (न) *पाहा :* **अबोल**

अविकसित (वि) *पाहा :* **अप्रगत**

अविकारी (वि) *पाहा :* **अनादी, कायम**

अविख्यात (वि) *पाहा :* **अप्रसिद्ध**

अविचल (वि) **अविचलित** (वि) *पाहा :* **स्थिर, थंड, धिमा**

अविचार (पु) अविवेक, असमंजसपणा, वेडेपणा, प्रमाद, विवेकशून्यता, विवेकभ्रष्टता, कुविचार, कुबुद्धी, दुर्बुद्धी, रासभ्य; उतावळेपणा, नाचरेपणा, गाफीलपणा, बेधडकपणा; *पाहा :* (विरु) **विचार**

[वा] अकलेचे तारे तोडणे, उचलली जीभ लावली टाळ्याला, विधिनिषेध नसणे, सुतासाठी मणी फोडणे, हातचे सोडून पळत्याच्या पाठीमागे लागणे, खाईत उडी टाकणे, विनाशकाले विपरीत बुद्धिः, आधी जाते बुद्धी मग जाते लक्ष्मी; अक्कल पुढे धावणे, घे सुरी आणि घाल उरी

(n) imprudence, indiscretion, rashness, recklessness, blunder *पाहा :* (विरु) **विचार**

अविचाराने (क्रिवि) **अद्वातद्वा**

अविचारी (वि) अविवेकी, असमंजस, विचारशून्य, विवेकशून्य, विवेकभ्रष्ट, नष्टविवेक, नष्टबुद्धी, तारतम्यहीन, तर्कशून्य, अडाणी, मूर्ख, आचरट, उल्लू, अनर्गल, हास्यास्पद, नाचरा, नासमज *पाहा :* (विरु) **विचारी**

[adj] inprudent, indiscreet, rash, reckless, thoughtless, foolish, ill-advised, unwise *पाहा :* (विरु) **विचारी**

अविच्छिन्न (वि, क्रिवि) *पाहा :* **अखंड**

अविट (वि) *पाहा :* **अवीट**

अविद्य (वि) *पाहा :* **अजाण**

अविद्या (स्त्री) *पाहा :* **माया**

अविधवा (स्त्री) *पाहा :* **स्त्री**

अविनाश (अविनाशी) (वि) *पाहा :* **अमर**

अविभक्त (वि) सबंध, अभिन्न, अखंड, एकसंध, अखवा, अत्रुटित, समाईक, एकत्र, संयुक्त, संलग्न, अविभाज्य, साधारण *पाहा :* (विरु) **विभक्त**

[adj] unbroken, undivided, indivisible, joint, united, inseparable, common *पाहा :* (विरु) **विचारी**

अविभाज्य (वि) *पाहा :* **अखंड, अविभक्त**

अविभाज्यता (स्त्री) *पाहा :* **अद्वैत**

अविरत (वि, क्रिवि) *पाहा :* **अखंड** (वि, क्रिवि)

अविरोध (क्रिवि) बिनविरोध, एकमताने, सर्वानुमतीने, सर्वसंमतीने, एकदिलाने, मतदानाशिवाय; *पाहा :* **अबाधित**

[adj] unopposed, unanimously, in unison *पाहा :* **अबाधित**

अविलंब (क्रिवि) विनाविलंब, लगेच, लगोलग, लागलीच, ताबडतोब, तातडीने, त्वरित, तडक, एकदम, सत्वर, झडकरी, झणी, शीघ्र, जलद, जलदीने, वेगाने, शीघ्रगतीने, द्रुतगतीने, भरधाव, चौखूर, घाईने, त्वरेने, तडकाफडकी, तट्कन, झटक्यासरशी, झटक्यात, झपकन, झडझडून, खडबडून, तत्काळ (तात्काळ), तत्क्षणी, क्षणात, क्षणार्धात, निमिषार्धात, रोकडा, टाकोटाक, हातोहात, हातासरशी, पाहता पाहता, गर्दीने, उभ्याउभ्या, झट्कन, झटझट, झटपट, झपझप, झरकन, झरझर, झट्दिशी, पट्कन, पटपट, पटदिशी, चटदिशी, चट्कन, चटपट, चुटकीसरशी, भरदिशी, भरभर, भराभर, भरकन, सरकन, सरसर, सरासर, भुरकन, भुरदिशी, म्हणता म्हणता, बोलबोलता, फट्कन, फाड्कन, ताड्कन, तट्कन, लककन, टुणकन, टुणदिशी, चपळाईने, झपाट्याने, लगबगीने, लगबग, लगलग, लगालगा, लगेढोल, लगेधूम, लौकर, लवकर, लवलाही (-हे) बिगीबिगी, तुरतुर, तुरुतुरू, तरतर, तरातरा, तरारा, थेट, सरळ, नीट, सपासप, भळभळ, भळाभळा, गटगट, मटमट, गटागटा, घुटकन; रातोरात *पाहा :* **गतिमान** (विरु) **सावकाश**

[वा] डोळ्याचे पाते लवते न लवते तोच, हां हां म्हणता, शुभस्य शीघ्रम्, तुरतदान महापुण्य, झट मंगनी पट ब्याह

[adv] promptly, readily, at once, instantaneously, in a jiffy, instantly, quickly, immediately, in a flash, at the first opportunity, expeditiously, presently, right away, in less than no time *पाहा :* **गतिमान** (विरु) **सावकाश**

(i) in the twinkling of an eye, at the drop of a hat, by leaps and bounds, staight away

अविवाहित (वि) अपरिणीत, कुमार, कुवार, कुमारी, कुमारिका, कुवारी, कुवारीण, अनूढा, ब्रह्मचारी, बालब्रह्मचारी, घोडब्रह्मचारी, ब्रह्मचारिणी; *पाहा :* **कौमार्य** (विरु) **विवाहित**

[adj] unmarried, single, unwed, virgin, batchelor, spinster, celibate; *पाहा :* **कौमार्य** (विरु) **विवाहित**

[i] an old made

अविवेक (पु) *पाहा :* **अविचार**

अविवेकी (वि) *पाहा :* **अविचारी**

अविश्रांत (क्रिवि) *पाहा :* **अखंड** (क्रिवि)

अविश्वसनीय (वि) पाहा : **फसवा, अशक्य**

अविश्वास (पु) साशंकता, संशय,

बेभरवसा, शंका, आशंका *पाहा :* (विरु) **विश्वास**
(n) distrust, doubt, disbelief, dubiousness, suspicion *पाहा :* (विरु) **विश्वास**

अविस्मरणीय (वि) *पाहा :* **उल्लेखनीय**

अविहित (वि) *पाहा :* **त्याज्य, अवैध**

अवीट (वि) अविकार्य, अढळ, अतूट, अक्षय्य, अनश्वर, शाश्वत, चिरस्थायी, सदाहरित, **अमर**
[adj] constant, everlasting, perpetual, permanent, evergreen

अवेळ (स्त्री) *पाहा :* **अकाल**

अवेक्षण (न) *पाहा :* **अन्वेषण**

अवैध (वि) बेकायदेशीर, बेकायदा, अविहित, नियमबाह्य, गैरकायदेशीर, घटनाबाह्य, बंदी असलेला, अकरणीय *पाहा :* (विरु) **विहित**
[adj] illegal, unlawful, banned, unconstitutional, unauthorised *पाहा :* (विरु) **विहित**

अव्यक्त (वि) अप्रकट, गुप्त, गूढ, सुप्त, प्रच्छन्न, अकथित, अनुद्भूत, लपलेला, ध्वनित, अस्पष्ट, अमूर्त, अननुभूत *पाहा :* (विरु) **प्रकट**
[adj] undisclosed, implicit, tacit, latent, hidden, dormant, concealed, untold, implied *पाहा :* (विरु) **प्रकट**

अव्यंग (वि) व्यंगरहित, निर्दोष, निष्कलंक, दोषहीन, दोषरहित, पायाशुद्ध, परिपूर्ण, संपूर्ण, अखंड, शुद्ध; पवित्र, निरंजन, निर्विकल्प, सोज्ज्वळ, स्वच्छ, निर्मळ; धडधाकट, निकोप
[adj] flawless, faultless, impeccable, unblemished, immaculate, perfect, consummate; healthy

अव्यभिचारी (वि) *पाहा :* **निष्ठावंत**

अव्यय (वि) *पाहा :* **अमर**

अव्यवस्था (स्त्री) *पाहा :* **अराजक, गोंधळ**

अव्यवस्थित (वि) अस्ताव्यस्त, विस्कटलेले, पसरलेले, पिंजारलेले, विस्कळीत, बेशिस्त, गैरशिस्त, भोंगळ, भोंगळसूत्री, बेबंद, वावशासारखे, रानोमाळ, गोंधळाचे, घोटाळ्याचे, अरळ, उस्कटलेले, चाळवाचाळव केलेले, गुंतागुंतीचे, गचाळ, गबाळ, गबाळग्रंथी, बेंगरूळ, अजागळ, गदळ, बकाल, अनियमित, उलटेपालटे *पाहा :* (विरु) **व्यवस्थित**
[adj] disorderly, untidy, anarchical, messy, irregular, disorganised, chaotic, unruly, undiciplined, *पाहा :* (विरु) **व्यवस्थित**
[i]at sixes and sevens, pell mell, helter-skelter

अव्यवस्थितपणा (पु) *पाहा :* **अराजक**

अव्यवहारी (वि), अव्यवहार्य (वि) *पाहा :* **स्वप्नाळू**

अव्याज (वि) *पाहा :* **अकृत्रिम**

अव्यावसायिक (वि) *पाहा :* **प्रायोगिक**

अव्याहत (क्रिवि) पाहा : **अखंड** (वि, क्रिवि)

अव्वल (वि) *पाहा :* **अग्रगण्य**

अव्हेर (पु) त्याग, अस्वीकार, नकार, नाकबुली, नापसंती; अनमान *पाहा :* **त्याग** (विरु) **अंगीकार**

[क्रि] अव्हेरणे, टाकणे, सोडणे, त्यागणे, वगळणे, डावलणे, काढून टाकणे, झिडकारणे, पिटाळून लावणे,

[वा] पाठ फिरवणे

(n) rejection, repudiation, rebuff, dismissal, exclusion, relinquishment; अनमान *पाहा :* **त्याग** (विरु) **अंगीकार**

अंश (पु) भाग, विभाग, हिस्सा, अल्पांश, लव, लेश, लवलेश, कण, अवयव, खंड, पूर्वार्ध, उत्तरार्ध, मध्यभाग, वाटा, शाखा, प्रांत, घटक, वर्ग, गट, पाती, तुकडी, पोटभाग, उपशाखा, लद्दा, वर्गणी, लपका *पाहा :* **तुकडा, अंतर्गत कण**

(n) part, portion, segment, section, compartment, fragment, fraction, share, branch, complement; *पाहा :* **तुकडा, अंतर्गत कण**

अशक्त (वि) दुर्बल (दुर्बळ), निर्बल (निर्बळ), नि:शक्त, बलहीन, शक्तिहीन, शक्तिक्षीण, दुबळा, नबळा, कमजोर, कमकुवत, कमताकत, अक्षम, सामर्थ्यहीन, असमर्थ, लेचापेचा, पेंगळा, दीनदुबळा, नाकर्ता, नाजूक, निर्जीव, नि:सत्त्व, पिळपिळीत, पेद्रू, शिथिलगात्र, गलितगात्र, गलितेंद्रिय, विगलितगात्र, लोळागोळा, मरतुकडा, मरतमढे, हतबल, हतवीर्य, नपुंसक, क्षीण, रोड, किरकाड, काटकुळा, किरटा, अधू, पंगू, फिकुटलेला, निस्तेज, नि:शस्त्र *पाहा :* (विरु) **शक्तिमान**

[वा] पाप्याचे पितर, काडीपैलवान, हातापायांच्या काड्या झालेला, तोळामासा प्रकृतीचा, शेणामेणाचा, कढी पातळ होणे, अंग टाकणे, तोंड वासून पडणे, मिळमिळीत, सौभाग्यापेक्षा ढळढळीत वैधव्य बरे

[adj] weak, feeble, frail, infirm, anaemic, wasted, debilitated, invalid, delicate, incompetent, impotent *पाहा :* (विरु) **शक्तिमान**

अशक्तपणा (पु) *पाहा :* **दौर्बल्य**

अशक्य (वि) असंभवनीय, असंभाव्य, असाध्य, अव्यवहार्य, अप्राप्य, अलभ्य, कल्पनेपलीकडचे, दुर्घट, दुर्गम, दूरचा, अशक्यप्राय, काल्पनिक, अविश्वसनीय *पाहा :* (विरु) **शक्य**

[वा] वांझेचे पोर (वंध्यापुत्र, वंध्यासुत), सशाचे शिंग (शशशृंग, शशविषाण), आकाशपुष्प (खपुष्प), कासवीचे तूप, वाळूचे तेल, आवळ्याची मोट, वाऱ्याची मोट, मृगजळाने तहान भागणे, आत्याबाईला मिशा असत्या तर काका म्हटले असते, समुद्रात

सुई शोधणे, आकाशाला ठिगळ लावणे, व्याही पाहुणा आला म्हणून रेडा दुभत नाही

[adj] impossible, improbable, unlikely, implausible, inconceivable, unthinkable, impracticable, unworkable, out of the question, unattanable *पाहा :* (विरु) **शक्य**

[i] cock and bull story, fat chance, not to have the ghost of a chance

अशक्यप्राय (वि) *पाहा :* **अवघड**

अशन (न) *पाहा :* **अन्न**

अशनी (पु) *पाहा :* **वीज**

अंशमात्र (वि) *पाहा :* **अल्प**

अशरण (वि) *पाहा :* **अनाथ**

अशांत (वि) अस्वस्थ, बेचैन, क्षुब्ध, प्रक्षुब्ध, क्षोभित, तंग, उत्तेजित, उद्दीपित, अधीर, आतुर, उत्कंठित, उतावळा, अस्थिर, चंचल, तरल, कंपित, पुलकित, रोमांचित, चंचलचित्त, व्याकूळ, कावराबावरा, कासावीस, त्रस्त, सैरभैर, रानभरी, वादळी, बेफाम, आक्रस्ताळा *पाहा :* (विरु) **शांत**

[क्रि] क्षोभणे, क्षोभ होणे, चवताळणे, चेवणे, तरवारणे, चेकाळणे, पिसाळणे, खवळणे, तडफडणे; जीव कालवणे/ गलबलणे, जीव थाऱ्यावर/ठिकाणी नसणे, चुकल्या-चुकल्यासारखे होणे, जिवाला चैन नसणे, थरकणे, थरकाप होणे, थरथर कापणे, छातीत धडधडणे, ऊर उडणे, घाबराघुबरा होणे, बिथरणे, येरझारा घालणे, वळवळ करणे, तुफान माजणे, कालवाकालव होणे, आकांत होणे, चित्ताने ठाव सोडणे, ब्रह्मांड आठवणे, रसरसणे, धगधगणे, सळसळणे, खळबळणे, चळवळणे, वळवळणे, लसलसणे, टवटवणे, लुसलुसणे, चेतणे, शेसाळणे; *पाहा :* **संतापणे, अशांतता**

[adj] agitated, restless, restive, impatient edgy, uneasy, jittery, shaking, excited, jumpy, fidgety, thrilled, bubbling *पाहा :* **संतापणे, अशांतता** (विरु) **शांत**

[i] put out of the countenance, like a fish out of water, turn in one's grave, to tear one's hair, to run high, all keyed up

अशांतता (स्त्री) अशांती, अस्वस्थता, अस्वास्थ्य, बेचैनी, व्यग्रता, प्रकोप, क्षोभ, प्रक्षोभ, तंगपणा; अधीरता, आतुरता, उत्कंठा, उतावळेपणा, आवेग, अस्थैर्य, चेव, चंचलता, चलबिचल, लटपट, कासाविशी, मन:क्षोभ, तडफड, उलघाल, तगमग, ताणाताण, घुसमट, घालमेल, कालवाकालव, हुरहूर, हळहळ, व्याकुळता, थरथर, उसळी, चळवळ, खळबळ, गडबड, तारांबळ, त्रेधातिरपीट, घबराट, अस्थैर्य, असंतोष, गोंधळ, वादळ,

तुफान, धुमश्चक्री, लोकक्षोभ, शांतताभंग, दंगा, बंड, उलथापालथ, अराजक *पाहा :* **अशांत, अस्थैर्य** (विरु) **शांती, स्थैर्य, चित्तस्थैर्य**

(n) agitation, restlessness, excitement, ferment, disturbance, commotion, bedlam, furore, hullabaloo, pandemonium, roit, rumpus, unrest, turmoil, uprising, insurgence *पाहा :* **अशांत, अस्थैर्य** (विरु) **शांती, स्थैर्य, चित्तस्थैर्य**

अशाश्वत (वि) *पाहा :* **क्षणभंगुर**

अशिजा (वि) *पाहा :* **अपक्व**

अशिष्ट (वि) असभ्य, अश्लील, ग्राम्य, अप्रशस्त, असंस्कृत, भलतेसलते, अभद्र, गैर, सदभिरुचिहीन, शिवराळ, अश्लाघ्य, निंद्य, स्वैर, वाह्यात, चावट, अचकट, आचरट, चटोर, पाचकळ, फाजील, उत्तान, अनैतिक, अनर्गल, निर्लज्ज; *पाहा :* **अपभाषण** (विरु) **सभ्य**

[adj] improper, indecent, inmmodest, indecorous, uncourtly, vulgar, bawdy, filthy, obscene, immoral, risque, abusive, shameless; *पाहा :* **अपभाषण** (विरु) **सभ्य**

अशिक्षित (वि) *पाहा :* **अजाण, अननुभवी**

अशील (पु) *पाहा :* **उपभोक्ता**

अशुद्ध (वि) *पाहा :* **अपवित्र, चूक** (वि)

अशुद्धता (स्त्री) *पाहा :* **चूक** (स्त्री) **अपभ्रंश**

अशुभ (न, वि) अभद्र, अमंगल, ओंगळ, अनिष्ट, अनिष्टसूचक, अपशकुनी, अकल्याणकारक, प्रतिकूल, खराब; शुभाशुभ *पाहा :* (विरु) **कल्याणकारी**

[वा] दृष्ट/नजर लागणे, नजर पडणे, बाधा होणे, हात दाखवून अवलक्षण

[adj] unholy, foul, sinister, evil, ominous, imauspicious *पाहा :* (विरु) **कल्याणकारी**

अंशुमाळी (पु) *पाहा :* **सूर्य**

अशेष (वि) *पाहा :* **अवघा**

अशोभनीय (वि) *पाहा :* **अनुचित, अप्रयोजक**

अशौच (न) पाहा : **अंत्येष्टी**

अश्म (अश्मा) (पु) *पाहा :* **दगड**

अश्रद्ध (वि) *पाहा :* **निरीश्वरवादी**

अश्राप (वि) *पाहा :* **गरीब**

अश्रुत (वि) *पाहा :* **अप्रसिद्ध**

अश्रुधूर (पु) *पाहा :* **अत्याचार**

अश्रुपात (पु) *पाहा :* **रडणे, अश्रू**

अश्रू (पु) आसू, टिपू, आसवे, टिपे, टिपूस, अश्रुबिंदू, अश्रुधारा, अश्रुपात, आनंदाश्रू, प्रेमाश्रू, दुःखाश्रू

[क्रि] डोळे/नेत्र झरणे, डोळे ओले होणे, डोळ्यांना पाणी येणे, डोळ्यांना खळ नसणे, डोळे भरून येणे, डोळे डबडबणे, डोळ्यातून पाणी काढणे, टिपे गाळणे, अश्रू ढाळणे; *पाहा :* **रडणे**

[वा] डोळ्यातून गंगायमुना वाहणे, नक्राश्रू

(n) tear, teardrop, lachrymation, weeping; *पाहा :* **रडणे**

[i] crocodile tears

अश्लाघ्य (वि) *पाहा :* **अशिष्ट, गर्हणीय, अप्रशस्त**

अश्लाघ्यवचन (न) *पाहा :* **अपभाषण**

अश्लील (वि) अशिष्ट, असभ्य, नीतिभ्रष्ट, अनैतिक, स्वैर, पाचकळ, पांचट, चटोर, वाह्यात, अचकट, अचकट-विचकट, चावट, फाजील, कामुक, कामोद्दीपक, उत्तान, वैषयिक, निर्लज्ज, ग्राम्य, बीभत्स, शिवराळ, गावंढळ, अभद्र, अपवित्र, अप्रशस्त

[adj] obscene, lewd, ribald, bawdy, erotic, lascivious, lustful, echerous, licentious, immoral, filthy, vulgar, in bad taste

अश्व (पु) घोडा, तुरग, तुरंग, तुरंगम, घोट, घोटक, हय, वारू, वाजी, तट्टू, शिंगरू, खेचर, घोडी, तट्टाणी, घोडदळ

(n) horse, stallion, colt, steed, pony, mustang, mare, filly, foal, mule

अश्वशक्ती (स्त्री) *पाहा :* **शक्ती**

अश्वशाला (स्त्री) *पाहा :* **प्राणिसंग्रहालय**

अष्टक (न) *पाहा :* **अंक**

अष्टगंध (न) *पाहा :* **गंध** (न)

अष्टदिक्पाल (पु, अव) *पाहा :* **दिक्पाल**

अष्टदिशा (स्त्री, अव) *पाहा :* **दशदिशा**

अष्टनायिका (स्त्री, अव) वासकसज्जा, विरहोत्कंठिता, स्वाधीनभर्तृका, कलहांतरिता, खंडिता, विप्रलब्धा, प्रोषितभर्तृका, अभिसारिका, शृंगारनायिका *पाहा :* **प्रिय**

(n, pl) eight literary heroines *पाहा :* **प्रिय**

अष्टपैलू (वि) *पाहा :* **चतुरस्त्र**

अष्टप्रधान (पु, अव) *पाहा :* **प्रधान**

अष्टम (वि) *पाहा :* **अंक**

अष्टमहासिद्धी (स्त्री, अव) *पाहा :* **सिद्धी**

अष्टविवाह (पु, अव) *पाहा :* **विवाह**

अष्टसात्त्विकभाव (पु, अव) पाहा : **चित्तवृत्ती**

अष्टांगयोग (पु) पातंजलयोग, समाधियोग; अष्टविध यम, नियम, आसन, प्राणायाम, प्रत्याहार, धारणा, ध्यान, समाधी; *पाहा :* **योग**

(n) yoga; *पाहा :* **योग**

अष्टावधानी (वि) *पाहा :* **चतुरस्त्र, चतुर**

अष्टौप्रहर (क्रिवि) *पाहा :* **अखंड** (क्रिवि)

असंख्य (वि) **असंख्यात** (वि) *पाहा :* **अनेक, अनंत**

असट (वि) पातळ, लिबलिबीत; *पाहा :* **आर्द्र**

[adj] watery, sloppy; *पाहा :* **आर्द्र**

असणे (क्रि) नांदणे, राहणे, टिकणे, निभावणे, जगणे, श्वास घेणे, वर्तणे, आढळणे, घडणे, अस्तित्वात असणे, प्राणधारण (प्राणरक्षण) करणे, जिवंत असणे, सुरक्षित असणे, वाचणे, निर्वाह करणे, वास्तव्य करणे, चालू राहणे, उपस्थित असणे, हजर असणे, रूढ असणे,

प्रचलित असणे; *पाहा :* **अस्तित्व** (विरु) **नसणे, मरणे**

(v) exist, subsist, live, survive, endure, prevail, obtain, occur

पाहा : **अस्तित्व** (विरु) **नसणे, मरणे**

असत (न) *पाहा :* **असत्य** (न)

असंतुष्ट (वि) असंतोषी, असमाधानी, नाराज, नाखूश, रुष्ट, रुसलेला, खप्पा, अप्रसन्न, अतृप्त, त्रासलेला, खट्टू, पिटपिट्या, कडवट; *पाहा :* **संतप्त** (विरु) **आनंदित, प्रसन्न**

[वा] तोंड आंबट करणे, तोंड वाकडे करणे, गाल फुगवून बसणे

[adj] displeased, dissatisfied, sore, bitter, uneasy; *पाहा :* **संतप्त** (विरु) **आनंदित, प्रसन्न**

[i] grass is always green on the other side of the fence

असंतोष (पु) असमाधान, नाराजी, नाखुशी, रुसवा, खप्पा मर्जी, अप्रसन्नता, नापसंती, इतराजी, अवकृपा, अतृप्ती, अस्वस्थता, धापकाप, बेचैनी, काचणी, टोचणी, मळमळ, मनस्ताप, चीड, राग, संताप, कडवटपणा, अप्रीती; अशांतता, अस्थैर्य, खळबळ, चळवळ, लोकक्षोभ *पाहा :* (विरु) **आनंद**

(n) displeasure, dissatisfaction, discontent, soreness, resentment, bitterness, indignation, unrest, ferment, agitation, insurgence *पाहा :* (विरु) **आनंद**

असंतोषकारक (वि) *पाहा :* **अप्रिय, दुःखद**

असंतोषी (वि) *पाहा :* **असंतुष्ट**

असत्य (न) अनृत, खोटेपणा, खोटेनाटे, लबाडी, फसवेगिरी, बनवाबनवी, ढोंग, शाठ्य; कपट, असत, सत्यापलाप, विपर्यास, कल्पितकथा *पाहा :* (विरु) **सत्य** (न)

(n) falsehood, untruth, mendacity, lie, sham, fraud, fabrication, perversion, prevarication *पाहा :* (विरु) **सत्य** (न)

असत्य (वि) *पाहा :* **खोटा**

असंदिग्ध (वि) निःसंदिग्ध, स्पष्ट, साफ, स्वच्छ, सरळ, निश्चित, अचूक, निभ्रांत, निःसंशय, निःसंदेह, निर्विवाद, वादातीत, ठोस, खडखडीत, ठसठशीत *पाहा :* (विरु) **संदिग्ध**

[adj] unequivocal, positive, definite, explicit, categorical, indisputable, in black and white *पाहा :* (विरु) **संदिग्ध**

असदृश (वि) *पाहा :* असमान, अन्य

असंबद्ध (वि) *पाहा :* विसंगत, अरळ, अन्य

असंभवनीय (वि), **असंभाव्य** (वि) *पाहा :* **अशक्य, अघटित**

असभ्य (वि) *पाहा :* **अशिष्ट, अश्लील**

असमंजस (वि) *पाहा :* **अविचारी, अजाण**

असंमजसपणे (क्रिवि) *पाहा :* **अद्वातद्वा**

असंमत (वि) नामंजूर, अमान्य, नापसंत, वर्ज्य, त्याज्य, निषिद्ध, प्रतिषिद्ध, अविहित, रद्द, रद्दबातल *पाहा :* (विरु) **पसंत**

[वा] फाटा देणे, खोडणे, खाडाखोड करणे, पुसणे, रेघ मारणे/ओढणे, वाऱ्यावर टाकणे

[adj] disapproved, rejected, disallowed, not granted, excluded *पाहा :* (विरु) **पसंत**

[i] cast to the winds, throw to the dogs, cold-shoulder, call of

असंमती (स्त्री) *पाहा :* **नकार**

असमतोल (पु), **असमदृष्टी** (स्त्री) *पाहा :* **पक्षपात, असमान**

असमर्थ (वि) *पाहा :* **अशक्त, कमी, नालायक**

असमर्थनीय (वि) *पाहा :* **चूक** (वि)

असमर्पक (वि) *पाहा :* **तर्कशून्य**

असमाधान (न) *पाहा :* **असंतोष**

असमाधानी (वि) *पाहा :* **असंतुष्ट**

असमान (वि) भिन्न, विषम, विजोड, समविषम, कमीजास्त, अधिकउणा, लहान मोठा, लहानथोर, तरतम, सरसनीरस, श्रेष्ठकनिष्ठ, निम्नोन्नत, उच्चनीच, उंचसखल, ओबडधोबड, वेडावाकडा, खाबडखुबड, खडबडीत, खरखरीत, खडकाळ, लाभालाभ, नफातोटा, क्षय-वृद्धी, चढ-उतार, ऱ्हास-उत्कर्ष, बरावाईट, भिन्नधर्मीय, भिन्नजातीय; असदृश, विसदृश, विरुद्ध, विरोधी, पृथक्, वेगळा, अनियमित, व्यस्त, विसंगत, अननुरूप *पाहा :* **तुलना** (विरु) **समान, अनुरूप**

[वा] पाची बोटे सारखी नसतात, कुठे इंद्राचा ऐरावत आणि कुठे श्यामभटाची तट्टाणी, बुवा गयावळ आणि बाई चंद्रावळ, शालजोडीला ठिगळ

[adj] unequal, different, dissimilar, uneven, mismatched, disproportionate, disparate, diverse, heterogeneous, rough *पाहा :* **तुलना** (विरु) **समान, अनुरूप**

असमानता (स्त्री) *पाहा :* **अंतर**

असर (पु) *पाहा :* **परिणाम, अंश**

असरदार (वि) *पाहा :* **प्रभावी**

असंरक्षित (वि) *पाहा :* **निराधार, अनाथ**

असंलग्न (वि) *पाहा :* **अन्य, निर्लेप**

असंस्कृत (वि) संस्कारहीन, अडाणी, अविद्य, अनघड, अनागर, गावंढळ, गावरान, खेडवळ, रानवट, रानटी, रासवट, अरबट, जंगली, अप्रगल्भ, कोरा, अशिष्ट, असभ्य, ग्राम्य, बीभत्स, बकाल, भडक, अप्रशस्त *पाहा :* (विरु) **सभ्य**

[वा] पुच्छविशाणहीन पशू

[adj] uncivilised, uncultured, unsophisticated, philistine, boorish, uncultivated, rustic, raw, vulgar *पाहा :* (विरु) **सभ्य**

असहकार (पु) *पाहा :* **अटकाव,**

चळवळ

असहमत (वि) *पाहा :* **प्रतिकूल**

असहाय (वि) *पाहा :* **अधू, अगतिक, अनाथ**

असहायता (स्त्री) *पाहा :* **नाइलाज**

असहिष्णू (वि) *पाहा :* **अनुदार**

असह्य (वि) दु:सह, सहनशक्तीपलीकडे, तीव्र, तीक्ष्ण, दाहक, जालीम, दारुण, घोर, भीषण, आत्यंतिक, पराकाष्ठेचा, जिवापाड, कर्कश, कठोर, तापदायक, डोईजड, यातनामय, मरणप्राय, मरणांतिक

[वा] गळ्यापर्यंत येणे

[adj] unbearable, intolerable, insufferable, severe, sharp, intense, excessive, painful

असाधारण (वि) *पाहा :* **अद्‌भुत, उल्लेखनीय, अनोखा, खास**

असाधू (वि) *पाहा :* **अभद्र**

असाध्य (वि) *पाहा :* **अशक्य, अवघड**

असामान्य (वि) *पाहा :* **थोर, अजोड, अद्‌भुत**

असामी (पु) व्यक्ती, मनुष्य, इसम; गृहस्थ, सद्‌गृहस्थ; प्रतिष्ठित/सन्मान्य/मातबर माणूस; महाशय; सज्जन; *पाहा :* **मानव**

[वा] हरीचा लाल

(n) person, individual, caharacter, personage, dignitery *पाहा :* **मानव**

असार (वि) निष्फळ, पोकळ, नि:सत्त्व, निरर्थक, फोल; मिथ्या, खोटा, व्यर्थ, स्वप्नवत

[adj] fruitless, hollow, empty, futile, vain, unreal

असित (वि) *पाहा :* **काळा**

असिलता (स्त्री) *पाहा :* **खड्ग**

असीम (वि) *पाहा :* **अतिशय, अनंत**

असुखी (वि) *पाहा :* **दुःखी**

असुढाळ (वि) *पाहा :* **खिन्न**

असुंदर (वि) *पाहा :* **कुरूप**

असुर (पु) राक्षस, दानव, दनुज, दैत्य, निशाचर, रात्रिंचर, यामिनीचर, दस्यु, सैतान; बकासुर, भस्मासुर, क्रूर/रानटी/असंस्कृत मनुष्य

(n) demon, devil, fiend

असुरवेळा (स्त्री) *पाहा :* **संध्याकाळ**

असुरक्षित (वि) धोक्याचा, धोकादायक, संकटमय, जोखमीचा, घसरडा *पाहा :* (विरु) **रक्षित**

[वा] टांगती तलवार, भुसभुशीत पाया

[adj] dangerous, risky, hazardous, perilous, unsafe, insecure, slippery *पाहा :* (विरु) **रक्षित**

[i] built on sand, to hang by a thread

असुविधा (स्त्री) *पाहा :* **गैरसोय**

असूया (स्त्री) हेवा, मत्सर, आकस, दावा, हेवादावा, वैषम्य, अढी, किल्मिष, खुन्नस, जळफळाट, इसाळापिसाळा, पोटदुखी, पोटशूळ, दुष्टावा, कुढावा, अदावत, डाव, द्वेष, द्वेषभाव, डंख; चुरस, ईर्षा, शत्रुत्व, वैमनस्य

[वा] डोळ्यांत खुपणे/सलणे, डोळ्यांवर

येणे, जळणे, पोटात सलणे, सवतीमत्सर, मंथरेचा कानमंत्र

(n) envy, jealosy, malice, grudge, spite, ill-will, heart-burn, animus, rancour

[i] jaundice, the green eyed monster

असोशी (स्त्री) सोस, हव्यास, आतुरता, उत्कट इच्छा, अतृप्ती, तृष्णा, तळमळ, लोभ, लालसा

(n) ardour, fervour, infatuation, desire, yearning, thirst, passion

अस्खलित (वि) अखंड, अभंग, अत्रुटित, ओघवता, सलग, एकसंध; अचूक, बिनचूक, निर्दोष *पाहा :* (विरु) **खंडित**

[adj] unbroken, continuous, uninterrupted; faultless *पाहा :* (विरु) **खंडित**

अस्खलित (क्रिवि) सलगपणे, अखंड, सतत, अविरत, अप्रतिहत, घडाघडा

[adj] continuously, constantly, running

अस्त (पु) **अस्तंगत** (वि) *पाहा :* **अंत**

अस्तनी (स्त्री) *पाहा :* **हात**

अस्तर (न) *पाहा :* **अवगुंठन**

अस्ताचल (पु) *पाहा :* **पश्चिम**

अस्ताव्यस्त (वि) *पाहा :* **अव्यवस्थित**

अस्तित्व (न) असतेपण, उपस्थिती, वास, वास्तव्य, वसती, अधिष्ठान, हजेरी, रहिवास, नांदणूक; जीवन, निर्वाह, योगक्षेम; प्राण, सत्ता, सत्त्व, सतत्त्व; *पाहा :* **असणे, आयुष्य** (विरु) **अभाव**

(n) existence, being, survival, presence, attendance, habitation, subsistence, life; *पाहा :* **असणे, आयुष्य** (विरु) **अभाव**

अस्तित्वहीन (वि) *पाहा :* **अनुपस्थित**

अस्तुरी (स्त्री) *पाहा :* **पत्नी**

अस्त्र (न) *पाहा :* **आयुध**

अस्थायी (वि) *पाहा :* **क्षणभंगुर, तात्पुरता**

अस्थिपंजर (वि, पु) *पाहा :* **कृश, पंजर**

अस्थिर (वि) डळमळीत, डुगडुगता, चर, चल, चलनशील, जंगम; चंचल, लहरी, उतावळा; अनित्य *पाहा :* **भटक्या, अस्थैर्य** (विरु) **अचल**

[क्रि] हलणे, कापणे, हेलकावणे, धरसोड करणे

[adj] unsteady, unstable, changeable, fluctuating, vacillating, volatile, fickle *पाहा :* **भटक्या, अस्थैर्य** (विरु) **अचल**

[i] a rolling stone gathers no moss

अस्थिकलश (पु) **अस्थिविसर्जन** (न) *पाहा :* **अंत्येष्टी**

अस्थी (स्त्री) हाड, हाडूक (हडूक), हाडकी, हड्डी; कूर्चा, मज्जा, हाडांचा सापळा; अस्थिपंजर; मणका, बरगडी, फरा इत्यादी *पाहा :* **अंत्येष्टी**

(n) bone *पाहा :* **अंत्येष्टी**

अस्थैर्य (न) डळमळीतपणा, चंचलता, चांचल्य, लहरीपणा; अशाश्वतता; गडबड, बेशिस्त, गोंधळ, अशांतता, चळवळ; *पाहा :* **चलबिचल, अराजक, अस्थिर** (विरु) **स्थैर्य, चित्तस्थैर्य, शांती**

(n) instability, unsteadiness, vacillation; turmoil, ferment; *पाहा :* **चलबिचल, अराजक अस्थिर,** (विरु) **स्थैर्य, चित्तस्थैर्य, शांती**

अस्पष्ट (वि) पुसट, अस्फुट, अस्फुर, अंधूक, धूसर, झुंझुरझुंझुर, धुकट, धुंद; गूढ, अव्यक्त, मुग्ध, संदिग्ध, अनिश्चित, उडतउडत, दुर्बोध; मंद, फिका, क्षीण, मिणमिण; *पाहा :* **गुळमुळीत** (विरु) **स्पष्ट**

[adj] unclear, vague, cryptic, hazy, dim, faint, foggy, obscure; *पाहा :* **गुळमुळीत** (विरु) **स्पष्ट**

अस्पृश्य (वि) *पाहा :* **दलित**

अस्फुट (वि) *पाहा :* **अस्पष्ट**

अस्फुर (वि) *पाहा :* **अस्पष्ट**

अस्मादिक (स) मी, आम्ही, स्वत:, खुद्द (pro) I, we, myself, ourselves

अस्मान (न) *पाहा :* **अंतराळ**

अस्मानपरी (स्त्री) *पाहा :* **अप्सरा**

अस्मानी (वि) *पाहा :* **निळा**

अस्मानी सुलतानी (स्त्री) *पाहा :* **संकट, जुलूम**

अस्मिता (स्त्री) स्वत्व, व्यक्तित्व, व्यक्तिमत्त्व, आत्मभान, अहंता, आत्मा, सत्त्व, स्वाभिमान, तेजस्विता, स्वभाव *पाहा :* **अभिमान**

(n) individuality, personality, genius, character, ego, identity, essence *पाहा :* **अभिमान**

अस्वच्छ (वि) मलिन, घाणेरडा, ओंगळ, गलिच्छ, गदळ, घामट, पारोसा, खराब, कलंकित, धुळकट, धुरकट, मळकट, गढूळ, बरबटलेला, डागाळलेला, अपवित्र *पाहा :* (विरु) **स्वच्छ**

[adj] dirty, soiled, unclean, sordid, squalid, sooty, dusty, smoky, slimy, turbid, stained, unholy, tarmished; *पाहा :* (विरु) **स्वच्छ**

अस्वल (न) भालू, रीस

(n) bear

अस्वस्थ (वि) *पाहा :* **अशांत, रुग्ण**

अस्वस्थता (स्त्री) **अस्वास्थ्य** (न) पाहा : **असंतोष, अशांतता, आजार**

अस्वीकार (पु) *पाहा :* **अव्हेर, नकार**

अस्वीकार्य (वि) *पाहा :* **त्याज्य**

अस्सल (वि) मूळचा, खरा, शुद्ध, चोख, निर्भेळ, सोलीव, अकृत्रिम, निवडक, उत्कृष्ट, शेलका, नगद; प्रमाणभूत; प्रमाणित; *पाहा :* **अग्रगण्य, अट्टल,** (विरु) **बनावट**

[adj] original, genuine; actual, real, veritable, authentic,

sterling, unadulterated; *पाहा :* **अग्रगण्य, अट्टल,** (विरु) **बनावट**

अहं (पु), अहंकार (पु), अहंता (स्त्री) **अहंपणा** (पु), **अहंभाव** (पु) *पाहा :* **अभिमान, अस्मिता, ताठा**

अहंमन्य (वि) *पाहा :* **गर्विष्ठ**

अहंमन्यता (स्त्री) *पाहा :* **अभिमान**

अहमहमिका (स्त्री) *पाहा :* **स्पर्धा, चुरस**

अहर्निश (क्रिवि) *पाहा :* **अखंड** (क्रिवि)

अहवाल (पु) वृत्तान्त, हकिकत, वृत्त, इतिवृत्त, प्रतिवृत्त, वार्तांकन, माहिती, वर्णन, लेख, आढावा, कार्यवृत्त; मत, शेरा, टीका, टिप्पणी, टाचण, टिपण, नोंद, अभिप्राय

(n) report, account, description, narrative, statement, record, remark, view, opinion, write-up

अहित (न) *पाहा :* **अकल्याण**

अहितकर (वि) *पाहा :* **घातक, अनुचित**

अहिंसा (स्त्री) हिंसेचा अभाव, संयम, कोमलता *पाहा :* (विरु) **अपभाषण, अपाय, क्रौर्य, हत्या**

[क्रि] मानसिक/शारीरिक दुखापत न करणे, मानवत्या/प्राणिहत्या/जीवहत्या न करणे, जगाच्या सुखासाठी कायावाचामने झटणे

(n) non-violence, moderation, gentleness, benevolence *पाहा :* (विरु) **अपभाषण, अपाय, क्रौर्य, हत्या**

अही (पु) *पाहा :* **साप**

अहीमही (पु, अव) पाहा : जुळा, पराक्रमी

अहीरभैरव (पु) *पाहा :* **राग**

अहेतुक (वि) निर्हेतुक, निरुपचार, अनैच्छिक, सहज, स्वयंस्फूर्त, अकारण, विनाकारण, आकस्मिक

[adj] unintentional, purposeless, unpremeditated, spontaneous, accidental

अहेर (पु) *पाहा :* **आहेर**

अहेव (स्त्री) *पाहा :* **स्त्री**

अहेवपण (न) *पाहा :* **सौभाग्य**

अहेवलेणे (न) *पाहा :* **अलंकार**

अहोपी (वि) *पाहा :* **अधाशी**

अहोरात्र (क्रिवि) *पाहा :* **अखंड** (क्रिवि)

अहोरूपमहोध्वनी (पु) *पाहा :* स्तुती

अळंटळं (न) दिरंगाई, ढिलाई, चालढकल, सावकाशी, चेंगटपणा, उशीर, आळस, कंटाळा, हयगय, कांकूं, काचकूच, खळखळ, टाळाटाळ, चुकवाचुकव, अंगचोरपणा, चुकारपणा, कुचराई, टंगळमंगळ, टालमटोला, टिवल्याबावल्या, टेलटिकोऱ्या; *पाहा :* **सावकाश, रेंगाळणे**

[वा] हात राखणे, भटक्या मारणे

(n) sluggishness, laziness, sloth, negligence, evasion, avoidance, dilly-dallying; *पाहा :* **सावकाश, रेंगाळणे**

अळणी (वि) *पाहा :* **बेचव, नीरस, अरसिक**

अळी (स्त्री) *पाहा :* **जीवजंतू**

अळीमळी गुपचिळी (स्त्री) पाहा : अबोल

अळुमाळू (वि) *पाहा :* **अल्प**

अळे (न) *पाहा :* **कंकण**

अळेबळे (क्रिवि) बळेबळे, कष्टाने, मुश्किलीने, प्रयासाने, जुलमाने, रडतकढत (रडतखडत), मुनुमुनू, दडपश्रमे

[adv] with difficulty, with much ado

अक्ष (पु) आस, आख, कणा; फासा; *पाहा :* **डोळा**

(n) axis, axle; dice: *पाहा :* **डोळा**

अक्षक्रीडा (स्त्री) *पाहा :* **जुगार**

अक्षज (पु) *पाहा :* **विष्णू**

अक्षत (वि) शुद्ध, पवित्र, अनघ, अस्पर्शित, कोरा, नवा, कुमार, कुमारी; *पाहा :* **अखंड** (वि)

[adj] chaste, pure, untouched, primeval, virgin; *पाहा :* **अखंड** (वि)

अक्षत (स्त्री), **अक्षता** (स्त्री) *पाहा :* **तांदूळ, आमंत्रण**

अक्षम (वि) *पाहा :* **अधू, अशक्त, नपुंसक**

अक्षम्य (वि) क्षमेस अपात्र, बेमाफ; *पाहा :* **गंभीर**

[adj] unpardonable, inexcusable; *पाहा :* **गंभीर**

अक्षय (अक्षय्य) (वि) *पाहा :* **अमर, अवीट, अनंत, कायम**

अक्षयदीप (पु) *पाहा :* **दिवा**

अक्षयसुख (न) *पाहा :* **आनंद**

अक्षर (न) वर्ण, मातृका (१६ स्वर व ३६ व्यंजने मिळून ५२), मुळाक्षर, (मूळाक्षर), बीजाक्षर, घुणाक्षर, मंत्राक्षर, स्वर, व्यंजन, बाराखडी, वर्णमाला, शब्दावयव; धुळाक्षर; हस्ताक्षर; विद्या, विद्वत्ता, ज्ञान; *पाहा :* **ओम्, आत्मा**

(n) letter, character, vowel, consonent, hieroglyph, syllable; knowledge, learning *पाहा :* **ओम्, आत्मा**

अक्षर (वि) *पाहा :* **अमर**

अक्षरओळख (स्त्री) *पाहा :* **शिक्षण**

अक्षरगणवृत्त (न) *पाहा :* **वृत्त**

अक्षरशः (क्रिवि) *पाहा :* **नेमका**

अक्षरशत्रू (वि), **अक्षरशून्य** (वि) *पाहा :* **अजाण**

अक्षवृत्त (न), **अक्षांश** (पु) *पाहा :* **पृथ्वी**

अक्षुण्ण (वि) *पाहा :* **अखंड, नवा**

अक्षुब्ध (वि) *पाहा :* **शांत**

अज्ञ (वि) *पाहा :* **अजाण**

अज्ञात (वि) *पाहा :* **अनोळखी, अप्रसिद्ध, गूढ, अनामिक**

अज्ञातवास (पु) *पाहा :* **वास्तव्य**

अज्ञान (न) नेणीव, नेणतेपण, अबोधपण, अजाणतेपण, (*पाहा :* **अजाण**), अज्ञपणा, अडाणीपणा, अनभिज्ञता, अल्पबुद्धी, बुद्धिदौर्बल्य, बुद्धिमांद्य, अपरिपक्वता, अकुशलता, अननुभव, निरक्षरता, आंधळेपण, अज्ञानांधकार, भाबडेपणा, भोळसटपणा, अक्कलशून्यता, मूर्खपणा, मौर्ख्य, मौढ्य; रासभ्य; *पाहा :* **माया** (विरु) **ज्ञान**

[वा] गंध नसणे, गावी नसणे, वेड पांघरणे, आंधळी कोशिंबीर खेळणे, झाकली मूठ सव्वा लाखाची, उफराटे शहाणपण, बुरणूसबुद्धी

(n) ignorance, stupidity, immaturity, inexperience, unfamiliarity, illiteracy, blindness, darkness, innocence, simplicity; stupidity, inanity, fatuity; *पाहा* : **अजाण, माया** (विरु) **ज्ञान**

अज्ञान (वि), **अज्ञानी** (वि) *पाहा :* **अजाण**

अज्ञेय (वि) *पाहा :* **अमेय, अगम्य**

अज्ञेयवादी (वि) *पाहा :* **निरीश्वरवादी**

आ

आई (स्त्री) *पाहा :* **माता**

आऊ (स्त्री) *पाहा :* **स्त्री**

आकंठ (क्रिवि) गळ्यापर्यंत, पोटभर, भरपेट, दमदमीत; महामूर; काठोकाठ; *पाहा :* **ओतप्रोत**

[adv] upto the neck, to the full; *पाहा :* **ओतप्रोत**

आकडा (पु) आकडी, कोयंडा, गळ, नांगी; *पाहा :* **अंक, जुगार**

(n) hook, sling; *पाहा :* **अंक, जुगार**

आकडी (स्त्री) *पाहा :* **आकडा, आंदोलन**

आकडेमोड (स्त्री) *पाहा :* **गणणे, गणित**

आकर (पु) *पाहा :* **आगर**

आकर्षक (वि) मोहक, रम्य, सुरम्य, मनोरम, मनोहर, मनोहारी, मनोवेधक, मनोरंजक, मनमोहक, मनमोहन, मनोभिराम, मनोज्ञ, चित्ताकर्षक, चित्तवेधक, दिलखेचक, हृदयंगम, हृद्य, हृदयस्पर्शी, रमणीय, रुचिर, लक्षवेधी, लक्षवेधक, खुमासदार, विलोभनीय, लोभनीय, लोभस, लोभसवाणा, आनंददायक, आल्हादक, आल्हाददायी, आल्हादकारक, नागर, देखणा, गोजिरवाणा, साजरा, मारू, छकडा, ठसकेबाज, वेधक, ठसठशीत, उमदा, भुरळ पाडणारा, भारून टाकणारा, लुब्ध करणारा, मोहिनी घालणारा, मोहमयी, चित्तचोर, डोळे बांधून ठेवणारा, नेत्रवेधक, नेत्रसुखद, नेत्रदीपक, नयनरम्य, नयनमनोहर, उठावदार, रोमहर्षक, रोमांचकारी, छानदार, शानदार;

पाहा : **सुंदर**

[वा] दूरून डोंगरे साजरे, डोळ्यांचे पारणे फिटणे

[adj] attractive, good looking, alluring, charming, captivating, bewitching, fascinating, engaging, enchanting, galmorous, spectacular, seductive, comely, eye catching, magnetic, delightful, lovely; *पाहा :* **सुंदर**

आकर्षण (न) ओढ, ओढा, आवड, अनुरक्ती, भुरळ, भारणी, मोहिनी, मोह, जादू, करिश्मा, डोळेभारणी, मोहकता; लोभ, जवळीक; प्रेम; संकर्षण; गुरुत्वाकर्षण; *पाहा :* **अनुबंध, लुब्ध**

[क्रि] वेधून घेणे, मोहून टाकणे, वेड लावणे, डोळ्यांत भरणे, मनात भरणे, मन बसणे, लोभावणे, ओढला जाणे, जीव ओढणे, जवळ जाणे, भुरळणे, भारला जाणे

(n) attraction, affinity, appeal, fascination, charm, charisma, glamour, temptation, infatuation, magnetism; *पाहा :* **अनुबंध, लुब्ध**

[i] heart-throb, to tickle someone's fancy

आकर्षित (वि) पाहा : **अनुरक्त, लुब्ध**

आकलन (न) ग्रहण, ज्ञान, परिज्ञान, बोध, अर्थबोध, ग्रह, समजूत, समज, उमज, जाणीव, ओळख, ठसा, जाण, आकलनशक्ती, डोळा

[क्रि] आकळणे, ठसणे, बिंबणे, उमगणे, उमजणे, समजणे, लक्षात येणे, दिसणे, आवाक्यात येणे, गळी उतरणे

(n) comprehension, perception, understanding, appreciation, enlightenment

आकलनशक्ती (स्त्री) *पाहा :* **आकलन, बुद्धी**

आकस (पु) *पाहा :* **असूया, अढी**

आकसखोर (वि) पाहा : **द्वेषी**

आकसणे (क्रि) *पाहा* : **आकुंचन**

आकसपूर्ण (वि) *पाहा* : **अनुदार**

आकस्मिक (वि) *पाहा* : **अकल्पित**

आकांत (पु) आक्रोश, आक्रंदन, क्रंदन, विलाप, शोक, रडारड, टाहो, हंबरडा, रुदंती, आरडा, ओरड, आरडाओरड, ओरडा, अकांडतांडव, कल्लोळ, कोलाहल, हाकाक, हाकाटी, हाकाहाक, हाहाकार, बोंबलपट्टी, बोंबाबोंब, *पाहा :* **रडणे**

(n) lamentation, wailing, howling, crying, ululation, hue and cry, outcry, uproar, tumult; *पाहा :* **रडणे**

आकार (पु) आकृती, बाह्याकृती, बाह्यस्वरूप, घाट, घडण, ठेवण, बांधा, चण, ढब, ढाळ, डौल, आव, फर्मा, मूर्ती, रूप, स्वरूप, काया, मंडल, आकृतिमान, आकारमान, विस्तार; परिमाण, माप, मोजमाप; किंमत; नावरूप

(n) shape, size, form, figure, build, mould, outline, appearance, profile, dimension, expanse, magnitude, scale measure, price

आकररहित (वि) *पाहा* : **अमूर्त**

आकारविस्तार (पु) *पाहा* : **प्रसरण**

आकाश (न) *पाहा* : **अंतराळ**

आकाशगंगा (स्त्री) मंदाकिनी, तारकाविश्‍व; *पाहा* : **तारा**

(n) milky way; *पाहा* : **तारा**

आकाशदिवा (पु) *पाहा* : **दिवा**

आकाशपाळणा (पु) *पाहा* : **आंदोळा**

आकाशमंडप (-ल) (पु, न) *पाहा* : **आकाश**

आकाशमार्ग (पु) *पाहा* : **मार्ग**

आकाशवाणी (स्त्री) *पाहा* : **वाणी, माध्यम**

आकाशी (वि) *पाहा* : **निळा**

आकांक्षा (स्त्री) आशा, इच्छा, वांच्छा, कांक्षा, स्पृहा, मनीषा, मनोकामना, अपेक्षा, उमेद, उत्कंठा, वासना, खुमखुमी, हाव, हेतू, जिगीषा, महत्त्वाकांक्षा, उडी, धाव, स्वप्न

[वा] नजर फाकणे, आकाशाला गवसणी घालणे, वळचणीचे पाणी आढ्याला

जात नाही, चंद्र हवा असणे

(n) aspiration, desire, wish, penchant, yearing, ambition, dream, hope, goal

[i] to aim at the moon, cry for the moon

आकुंचन (न) संकोच, संक्षेप, घट, कपात, ऱ्हास; *पाहा* : (विरु) **प्रसरण, विस्तार**

[क्रि] आटणे, घटणे, आखडणे, आक्रसणे, आकसणे, आवळणे, चिरमुटणे, चुरमुटणे, मिटणे, कमी/लहान/बारीक/आखूड/घट्ट/गोळा होणे, सुरकुत्या/वळ्या पडणे

(n) contraction, shrinking, reduction, diminution, shrotening, attenuation, comprression *पाहा* : (विरु) **प्रसरण, विस्तार**

आकुंचित (वि) पाहा : **संकुचित, अरुंद**

आकृतिबंध (पु) *पाहा* : **मांडणी, आराखडा**

आकृती (स्त्री) *पाहा* : **आकार, आराखडा, चित्र**

आकृष्ट (वि) *पाहा* : **लुब्ध**

आक्रंदन (न) *पाहा* : **आकांत**

आक्रमक (वि) हल्लेखोर, घुसखोर, चढाईखोर, भांडखोर, युद्धखोर, जोरदार, शक्तिशाली

[adj] aggressive, belligerent; forceful, pugnacious

आक्रमण (न) हल्ला, स्वारी, धाड, चढाई, अतिक्रमण, वेढा, घुसखोरी

[क्रि] व्यापणे, वेढणे, ग्रासणे, ओलांडणे, ताब्यात घेणे, पादक्रांत करणे, दडपणे, -वर वर्चस्व स्थापणे

[वा] गिळंकृत करणे, घशात घालणे, टाचेखाली आणणे

(n) aggression, invasion, attack, assault, encroachment, incursion, intrusion, infiltration, inroad, beleaguerment

[i] fall upon, taky by storm, take up the cudgels

आक्रमित (वि) *पाहा* : **ग्रस्त**

आक्रसणे (क्रि) *पाहा* : **आकुंचन**

आक्रस्ताळा (वि) *पाहा* : **अशांत, संतापी**

आक्रस्ताळेपणा (पु) *पाहा* : **संताप**

आक्रोश (पु) *पाहा* : **आकांत**

आख (पु) *पाहा* : **अक्ष**

आखडणे (क्रि) *पाहा* : **आकुंचन**

आखडू (वि) पाहा : **संकुचित**

आखणी (स्त्री) आलेखन, मांडणी, तयारी, योजना, पूर्वयोजना, बेत, आराखडा, रूपरेषा, रूपरेखा, व्यवस्था, तजवीज

(n) delineation, layout, design, blueprint, arrangement, plan, scheme

आखाडा (पु) *पाहा* : **क्रीडासंकुल, अड्डा**

आखात (न) *पाहा* : **समुद्र**

आखीवरेखीव (वि) *पाहा* : **प्रमाणबद्ध बांधीव**

आखूड (वि) *पाहा* : **कमी, आकुंचन**

आख्या (स्त्री) *पाहा* : **अभिधान, ख्याती, कथा**

आख्यान (न) *पाहा* : **कथा**

आख्यायिका (स्त्री) *पाहा* : **कथा**

आग (स्त्री) **आगआग** (स्त्री) *पाहा* : **अग्नी, चटका, जळजळ**

आगगाडी (स्त्री) आगिनगाडी, अग्निरथ, रेल्वेगाडी, उपनगरीगाडी, भुयारी गाडी, मालगाडी, *पाहा* : **वाहन**

(n) train, locomotive, railway, suburban train, subway, tube, metro, goods, freight, train; *पाहा* : **वाहन**

आंगचा (वि) पाहा : **उपजत**

आगटी (स्त्री), **आगडोंब** (पु) *पाहा* : **अग्नी, आगतस्वागत** (न) *पाहा* : **आदर, अगत्य, आगंतुक** (वि) *पाहा* : **अनाहूत, अधिक, अकल्पित**

आगंतुकी (स्त्री) *पाहा* : **अतिक्रमण**

आगपाखड (स्त्री) *पाहा* : **निंदानालस्ती, संतापणे**

आगबोट : (स्त्री) *पाहा* : **नौका**

आगम (पु) *पाहा* : **येणे, आरंभ, धर्मग्रंथ**

आगमन (न) *पाहा* : **येणे**

आगमाग (पु) *पाहा* : **पत्ता**

आगर (न) मळा, बाग, फळबाग, राई, कुळागर, उद्यान; क्षेत्र, स्थान, जागा, वसतिस्थान, आलय, घर; साठा, संचय, संग्रह, कोठार, भांडार, खजिना, ठेवा; उत्पत्तिस्थान, खाण; अगार, आगार,आकर, कुहर

(n) grove, plantation, orchard; store, reserve, treasure; source, mine; fountainhead

आगलाव्या (वि) *पाहा* : **कज्जेदलाल, नाशक**

आगळा (वि) जास्त, अतिरिक्त; श्रेष्ठ, थोर, मोठा, वेगळा, निराळा, आगळावेगळा, खास, वैशिष्ट्यपूर्ण; *पाहा* : **अन्य**

[adj] additional, extra; great, venerable; different, distinctive; *पाहा* : **अन्य**

आगळीक (स्त्री) अपराध, अमर्यादा, अधिक्षेप, औद्धत्य; कुरापत, कळ, खोडी, कुचेष्टा

(n) offence, affront, insolence, misbehaviour, mischief, discourtesy

आगाऊ (वि) *पाहा* : **गर्विष्ठ**

आगाऊ (क्रिवि) *पाहा* : **आधी**

आगाजा (पु) *पाहा* : **अगाजा**

आगापीछा (पु) *पाहा* : **संबंध, पत्ता**

आगामी (वि) भावी, भविष्यकालीन, भविष्यमाण, होष्यमाण, पुढचा, पुढील, होणारा, येणारा, येऊ घातलेला, येऊन ठेपलेला, अपेक्षित, संभाव्य, उद्याचा

[वा] दार ठोठावणे, उंबरठ्यावर असणे, क्षितिजावर दिसणे

[adj] forthcoming, future, coming approaching, impending, imminent, expected, prospective

आगार (न) *पाहा* : **आगर**

आगाशी (स्त्री) गच्ची, पडवी, सोपा, ओसरी, ओवरी, ओटी, सज्जा, माडी, चंद्रशाला, द्वारमंडप

(n) terrace, gallery, balcony, veranda, porch, patio, portico

आगेकूच (स्त्री) *पाहा* : **प्रगती**

आग्नेय (स्त्री) *पाहा* : **दशदिशा**

आग्यावेताळ (पु) *पाहा* : **संतापी**

आग्रह (पु) निश्चय, निर्धार, निग्रह, जिद्द, अभिनिवेश, अट्टाहास, साक्षेप, हट्ट, हेका, हट्टाग्रह, दुराग्रह, आग्रहीपणा, आर्जव, विनंती, भीड, *पाहा* : **अडमुठा, अगत्य**

[क्रि] हटून बसणे, हट्टाला पेटणे, हेका चालवणे, अटीतटीस येणे, एकल्लीपणा करणे, गळ घालणे, खनपटीस बसणे, धोशा लावणे, मागे लागणे, पिच्छा पुरवणे, गळी पडणे, गळेपडूपणा करणे, चिकटपणा करणे

(n) resolve, resolution, determination, doggedness, obstinacy, supplication, imploration *पाहा* : **अडमुठा, अगत्य, आग्रही** (वि) **पाहा : निग्रही, करारी, खंबीर, हट्टी, आग्रह**

आघवा (वि) *पाहा* : **अवघा**

आघाडी (स्त्री) बिनी, अग्रभाग, मोहरा, तोंड, धुरा, प्रथमस्थान, अग्रस्थान, पुढाकार, नेतृत्व, पुरस्कार, प्राधान्य, *पाहा* : **अग्र**

[क्रि] आघाडी घेणे, आघाडी मारणे, एक पाऊल पुढे असणे

(n) front, forefront, first position, the lead, vanguard, priority, antecedence, head start, scoop; *पाहा* : **अग्र**

[i] blaze the trail

आघात (पु) प्रहार, तडाखा, फटका, फटकारा, हबका, झटका, घाव, झाडण, ताडन, मार, ठोक, चोप, झोड, झोडपणी, मारझोड, मारपीट, मारहाण, ठोसा, टोला, रट्टा, रपका, रपाटा, मुष्टिप्रहार, मुष्टिघात, मुष्टिप्रयोग, मुटका, सटका, झपाटा, दणका, बुतका, भतका, भीमटोला, रामटोला, रामरट्टा, गुद्दा, ठोसा, ठोसरा, ठोका, चपेटा, टोणपा, गुच्चा, बुक्का, बुक्की, धपका, धपाटा, धबका, धक्का, ढका, ढुशी, ढुसणी, टक्कर, ठोकर, धडक, थडक; ढोसरा, घसरा; चपराक, चापट, चापटी, चटकणी, थप्पड, तमाचा, पंजा, टचका, टिचकी, टप्पल, चाट, थापट, थापड, थाप, थापटी, टपली, हिसका, गचका, हिसडा, आचका, दचका, धसका, धस्स; कपाळमोक्ष; लाथ, लता, लात, पादप्रहार, लत्ताप्रहार; लगुडप्रहार; लाठीमार; हल्ला, सरबत्ती; प्रतिटोला, प्रतिघात प्रत्याघात; *पाहा* : **मारणे, टकेटोणपे**

[वा] धम्मकलाडू, चापटपोळी, मुका मार, पाद्यपूजा, बसता लाथ उठता बुक्की,

मूले कुठारः वज्रपात, वज्रप्रहार, वज्राघात, मुष्टिमोदक, खरपूस समाचार, चौदावे रत्न दाखविणे, कांडात काढणे, हात चालवणे, काठी चालवणे, शब्दताडन, शहाण्याला शब्दाचा मार, तोंड दाबून बुक्यांचा मार, तडिताघात, गदा येणे

(n) blow, stroke, hit, knock, punch, bump, kick, slap, rap, tap, pat, nudge, shove, impact attack, *पाहा* : **मारणे, टकेटोणपे**

[i] bolt from the blue

अंघोळ (स्त्री) *पाहा* : **स्नान**

आघ्राण (न) *पाहा* : **हुंगणे**

आच (स्त्री) धग, शेक, उष्णता, ताव, झळ, चटका, होरपळ, दाह, रखरख, वाफारा; काळजी, आस्था, कळकळ, फिकीर, चिंता; *पाहा* : **अग्नी**

(n) heat, warmth, glow, scorching; concern, care, anxiety, heed; *पाहा* : **अग्नी**

आचका (पु) *पाहा* : **आवेग**

आचंद्रसूर्य (क्रिवि) *पाहा* : **अखंड** (क्रिवि)

आचरट (वि) चावट, चहाटळ, खट्याळ, थट्टेखोर; व्रात्य, वाह्यात, वात्रट, अर्वाच्य, उल्लू; असंमजस, हास्यास्पद, भलतेसलते, गैर; बाष्कळ, चारगट

[वा] अवलाद

[adj] mischievous, indiscreet, reckless, ludicrous, silly, improper, frivolous

आचरण (न) वर्तन, वर्तणूक, वागणूक, चालचलणूक, चर्या, चालचर्या, चाल, रीत, चालरीत, आचार, आचारपद्धती, रीतभात, रीतिरिवाज, परिपाठ; बोलणेचालणे, देहस्वभाव, आचारविचार, वृत्ती, राहणी, व्यवहार, चारित्र्य, नीती, वर्तनक्रम, करणी, कर्म, चरित्र, विधी, व्रत, स्थितिगती, व्यापार, नांदणूक, येणेजाणे, सद्वर्तन, सदाचरण; दुर्वर्तन, दुराचरण, दुराचार, गैरव्यवहार, *पाहा* : **वागणे**

[वा] वारा वाहील तशी पाठ फिरवणे, देश तसा वेष, गुण उधळणे, पाऊल वाकडे पडणे, माणसातून/जगातून उठणे

(n) behaviour, demeanour, deportment, conduct, practice, custom, manner, ways, routine; *पाहा* : **वागणे**

[i] to take liberites with some-one, to mend one's ways, sow one's wild oats

आचवणे (क्रि) *पाहा* : **गमावणे, धुणे**

आचळ (पु) *पाहा* : **स्तन**

आचार (पु) *पाहा* : **आचारपद्धती** (स्त्री) **आचारविचार** (पु.अव) *पाहा* : **आचरण,**

आचारभ्रष्ट (वि) *पाहा* : **चारित्र्यहीन, अधम**

आचारभ्रष्टता (स्त्री) *पाहा* : **अनाचार**

आचारसंहिता (स्त्री) पाहा : **नियम, नीती**

आचारी (पु) बल्लव, स्वयंपाकी, खानसामा, बबर्जी, बावर्ची, भोजनव्यवस्थापक, पंडित; *पाहा :* **अनुचर**

(n) cook, chef ; *पाहा :* **अनुचर**

आचार्य (पु) पुरोहित, उपाध्याय, कुलोपाध्याय, ग्रामोपाध्याय, तीर्थोपाध्याय, छांदस, भटजी, पंड्या, पंडित, भट्ट, दीक्षित, यज्ञकर्ता, भिक्षुक, गुरू, महंत, राजपुरोहित, प्रवचनकार, पुराणिक, कथेकरी, कीर्तनकार, हरदास; धर्मगुरू, धर्मोपदेशक, धर्मोपाध्याय, पाद्री, मुल्ला, मौलवी, काझी, इमाम, खलिफा, मौलाना; मंत्रोपदेशक; सद्‌गुरू; *पाहा :* **अध्यापक**

(n) minister, clergyman, priest, pastor, cardinal, bishop, archbishop, vicar, father, savant; *पाहा :* **अध्यापक**

आच्छादणे (क्रि), **आच्छादन** (न) *पाहा :* **अवगुंठन, झाकण**

आज (क्रिवि) *पाहा :* **हल्ली**

आजचा (वि) *पाहा :* **अर्वाचीन, चालू**

आजन्म (क्रिवि) जन्मापासून, जन्मप्रभृती, जन्मभर, जिवंत असेतोपर्यंत, जिवात जीव असेतोवर, यावज्जीव, मरणापर्यंत, तहहयात; *पाहा :* **अखंड** (क्रिवि)

[adv] since birth, till death, during whole life; *पाहा :* **अखंड** (क्रिवि)

आजा (पु) *पाहा :* **आजोबा**

आजार (पु) व्याधी, विकृती, विकार, आतंक, दोष, रोग, दुखणे, बिघाड, व्यथा, अस्वास्थ्य, अनारोग्य, उपाधी, पीडा, अंगपीडा, शरीरभोग, उपद्रव, त्रास, बाधा, ब्याद, ताप, रोगराई, बिमारी, दुखणेबाणे, दुखणेखुपणे, आधिव्याधी; बालरोग, स्त्रीरोग, हृदयरोग, शारीरिक/मानसिक आजार; संसर्गजन्य/सांसर्गिक/स्पर्शजन्य रोग, साथीचे रोग; *पाहा :* **ज्वर** (विरु) **आरोग्य**

(n) disease, affliction, infection, ailment, illness, sickness, disorder, malady, complaint, indisposition; *पाहा :* **ज्वर** (विरु) **आरोग्य**

आंजारणे-गोंजारणे (न) *पाहा :* **लाड, चुचकारणे**

आजारी (वि) *पाहा :* **रुग्ण**

आजी (स्त्री) मातामही, पितामही

(n) grandmother

आजूबाजूस (क्रिवि) आजूबाजूला, आसपास, सभोवार, सभोवती, सभोवताली, भोवताली, भोवती, आवतीभोवती, औरसचौरस, जिकडेतिकडे, गावगन्ना, जवळपास, आसमंतात, पंचक्रोशीत, परिसरात, इतस्ततः, इकडेतिकडे, समंततः, चहूकडे, चोहीकडे, चौतर्फा, चौफेर, सैरावैरा; शेजारी, हाताशी, जवळ, निकट, सन्निध, सन्निहित, खेटून, लगत, समीप, नजीक, मागेपुढे, आगेमागे, बाजूला, दुतर्फा

[adv] around, all around, roundabout, on all sides, alongside, neighbouring, near, close at hand, within reach

[i] cheek by jowl with

आजोबा (पु) आजा, मातामह, पितामह, प्रपिता; *पाहा :* **आप्त**

(n) grandfather; *पाहा :* **आप्त**

आझाद (वि) *पाहा :* **स्वतंत्र**

आटणी (स्त्री) मूस, रसपात्र; *पाहा :* **कष्ट** (n) crucible; *पाहा :* **कष्ट**

आटणे (क्रि) ओहटणे, शुष्क होणे, वाळणे, सुकणे, शोष पडणे, झिजणे, क्षीण होणे, लुप्त होणे; *पाहा :* **आकुंचन, आवळणे, कमी**

(v) dry up, parch, wither, subdue; *पाहा :* **आकुंचन, आवळणे, कमी**

आटपणे (क्रि) *पाहा :* **आटोपणे**

आटपाट (क्रि) *पाहा :* **प्रशस्त**

आटा (पु) *पाहा :* **पेच**

आटाआट (स्त्री) **आटाटी** (स्त्री), **आटापिटा** (पु) **आटापीट** (स्त्री) *पाहा :* **कष्ट, खटपट**

आटाळे (न) पाहा : **मजला**

आटोका (पु) *पाहा :* **आवाका**

आटोकाट (वि) *पाहा :* **अतिशय**

आटोप (पु) *पाहा :* **शक्ती, व्याप, नियंत्रण, उरक**

आटोपणे (क्रि) उरकणे, संपणे, संपवणे, करणे, पार पाडणे, पूर्ण करणे, शेवटास/तडीस नेणे, सिद्धीस नेणे; आवरणे, गुंडाळणे, ढकलणे; आटपणे, निपटणे, निरानिपटा करणे, फडशा पाडणे, फन्ना उडवणे/करणे; *पाहा :* **अखेर**

[वा] तुकडा पाडणे, हात झाडणे

(v) wind up, complete, conclude, finish, terminate, close, end: do, carry out, accomplish, achieve; *पाहा :* **अखेर**

आटोपशीर (वि) नीटनेटका, प्रमाणबद्ध, बांधेसूद, बेतशीर, रेखीव, सुबक, सुटसुटीत, खुटखुटीत, बजरबट्टू, टुमदार, लहानसर; *पाहा :* **अटकर,** (विरु) **विस्तृत**

[वा] विंचवाचे बिऱ्हाड पाठीवर

[adj] neat, ship-shape, tidy, spruce, trim, compact, orderly, graceful; *पाहा :* **अटकर,** (विरु) **विस्तृत**

आठ (वि) *पाहा :* **अंक**

आठव (पु) *पाहा :* **स्मरण**

आठवडा (पु) **सप्ताह, वार**

(n) week

आठवण (स्त्री), **आठवणे** (क्रि) *पाहा :* **स्मरण**

आठवा (वि) *पाहा :* **अंक**

आठोळी (स्त्री), *पाहा :* **बी**

आड (पु) *पाहा :* **विहीर**

आडकाठी (स्त्री) *पाहा :* **अटकाव**

आडगिऱ्हाइकी (वि) *पाहा :* **जुना**

आडदांड (वि) *पाहा :* **तगडा, धश्चोट, दांडगा**

आडनाव (न) *पाहा :* **अभिधान**

आडपडदा (पु) गुप्तता, संकोच,

भीडभाड, लज्जा, मर्यादा, निर्बंध, अटकाव
[क्रि] हातचे राखणे, दडवणे, लाजणे, चोरून ठेवणे
(n) secrecy, reserve, modesty, bashfulness; restriction
आडंबर (न) *पाहा :* **अवडंबर**
आडमाप (वि) *पाहा :* **अगडबंब**
आडमार्ग (पु) आडवाट, वाकडी वाट, वाममार्ग, पापमार्ग, भलता मार्ग, मार्गच्युती, आडरान, वाकडे वळण, आडवळण, विचलन, विषयांतर; भ्रष्टाचरण, नीतिभ्रष्टता; *पाहा :* **मार्ग, बहकणे**
[क्रि] आडमार्गाला लागणे, रस्ता चुकणे, भटकणे, वाहवत जाणे, बहकणे, चळणे, बिघडणे
[वा] वाकडे पाऊल पडणे, वाकड्यात/आडव्यात शिरणे, पाय/फाटे/फांद्या फोडणे, बगल देणे, द्राविडी प्राणायाम, वाकड्या बोटाशिवाय तूप निघत नाही
(n) bypath, byroad, deviation, diversion; digression; aberration; *पाहा :* **मार्ग, बहकणे**
[v] drift, go astray, lose one's way wander
आडमार्गी (वि) *पाहा :* **अप्रत्यक्ष, तिरकस**
आडमुठा (वि) *पाहा :* **अडमुठा**
आडरान (वि) *पाहा :* **आडमार्ग, अरण्य**
आडवस्त्र (न) पाहा : **अवगुंठन**
आडवळणी (वि) *पाहा :* **अप्रत्यक्ष**
आडवाट (स्त्री) *पाहा :* **आडमार्ग**
आडवातिडवा (वि) पाहा : **वक्र, खडसावणे**
आडाखा (पु) पाहा : **अजमास, धोरण**
आडोसा (पु) पाहा : **अवगुंठन**
आढळणे (क्रि) सापडणे, गवसणे, गावणे, मिळणे, दिसणे, हाती येणे, लक्षात येणे, दृग्गोचर होणे, भेटणे, गाठ पडणे, लागणे; *पाहा :* **असणे**
(v) encounter, meet, come across, come upon; *पाहा :* **असणे**
आढावा (पु) समालोचन, सिंहावलोकन, अहवाल, सारांश, परीक्षण, चिंतन, टीका, परामर्श
(n) review, recapitulation, retrospection, summary
आढे (न) *पाहा :* **छत**
आढेवेढे घेणे (क्रि) *पाहा :* **खळखळ करणे, कचरणे**
आढ्यता (स्त्री) *पाहा :* **अभिमान, तोरा**
आढ्यताखोर (वि) *पाहा :* **गर्विष्ठ**
आढ्यतेने (क्रिवि) *पाहा :* **अद्वातद्वा**
आण (स्त्री) *पाहा :* **प्रतिज्ञा**
आणखी (वि) *पाहा :* **अधिक**
आणीबाणी (स्त्री) निकड, अडचण, पेचप्रसंग, संकटसमय, ऐनवेळ, धोका, बिकट अवस्था
(n) emergency, crisis, urgency, exigency, pinch, quandary
[i] when the chips are down, dog eat dog, matter of life or death, the moment of truth

आतंक (पु) *पाहा :* **भीती, आजार**
आतंकवादी (वि) *पाहा :* **अतिरेकी**
आततायी (वि) अविचारी, साहसी, बेधडक, अतिरेकी, अत्याचारी, जुलमी, आगलाव्या, अपराधी, गुन्हेगारी
[वा] देखला धोंडा घेतला कपाळी
[adj] reckless, daredevil, desperado, terrorist, criminal
आतप (पु) *पाहा :* **ऊन**
आतपत्र (आतपत्राण) (न) *पाहा :* **छत**
आतबट्टा (पु) *पाहा :* **नुकसान, बुडीत**
आंतरजातीय (धर्मीय, प्रांतीय, इ.) (वि) पाहा : **मिश्र**
आंतरमशागत (स्त्री) *पाहा :* **शेती**
आंतरसजावट (स्त्री) *पाहा :* **आरास**
आतशबाजी (स्त्री) *पाहा :* **उत्सव, अग्नी**
आता (क्रिवि) *पाहा :* **हल्ली**
आतापर्यंत (क्रिवि) *पाहा :* **अजून**
आतिथ्य (न) *पाहा :* **अगत्य**
आतील (वि) *पाहा :* **अंतर्गत**
आतुर (वि) अधीर, उत्कंठित, उत्सुक, उतावीळ, लोल, उद्युक्त, इच्छुक, साकांक्ष, आर्त, व्यथित, घरवेडा, आईवेडा, इ., आशाळभूत, प्रतीक्षा करणारा; *पाहा :* **आसावणे**
[adj] eager, agog, keen, desirous ardent, anxious, impatient, afflicted *पाहा :* **आसावणे**
आत्मकेंद्रित (वि) *पाहा :* **आत्मनिष्ठ**
आत्मक्लेश (पु) *पाहा :* **दुःख**
आत्मघात (पु) आत्मनाश, आत्महत्या; जोहार, हाराकिरी, सती, आत्मार्पण, आत्मसमर्पण, प्राणार्पण, प्राणदान, प्राणांची आहुती, हौतात्म्य; आत्मदहन, अग्निप्रवेश, अग्निदिव्य; आत्मत्याग, आत्मयज्ञ, आत्मबलिदान
[क्रि] जीव देणे, विषप्राशन करणे, गळफास लावून घेणे, जिवाचे बरेवाईट करणे, जिवाला काहीतरी करून घेणे; *पाहा :* **मरणे**
[वा] आड-विहीर जवळ करणे, आपल्या मरणाने मरणे, आपण आपला वैरी होणे, सूर्यावर थुंकणे, स्वतःच्या पायावर धोंडा पाडून घेणे, आगीत उडी घेणे, फासावर चढणे, अग्निकाष्ठ भक्षण करणे
(n) self-destruction, suicide, self-immolation, self-sacrifice, martyrdom *पाहा :* **मरणे**
आत्मघातकी (वि) *पाहा :* **घातक**
आत्मचरित्र (न) *पाहा :* **चरित्र**
आत्मचिंतनपर (वि) *पाहा :* **अंतर्मुख**
आत्मज (पु) *पाहा :* **पुत्र**
आत्मजा (स्त्री) *पाहा :* **कन्या**
आत्मतत्त्व (न) *पाहा :* **चैतन्य**
आत्मदहन (न), **आत्मनाश** (पु) *पाहा :* **आत्मघात**
आत्मनिग्रह (पु) आत्मसंयमन, इंद्रियदमन, प्रत्याहार, दम, स्वयंशिस्त, मनोजय, मनोनिग्रह, मनाची स्थिरता, मनाचा समतोल; *पाहा :* **चित्तस्थैर्य**

(n) self-control, self-restraint, composure, poise *पाहा :* **चित्तस्थैर्य**

आत्मनिर्भर (वि) *पाहा :* **स्वतंत्र**

आत्मनिवेदन (न) *पाहा :* **चरित्र, नवविधा भक्ती**

आत्मनिष्ठ (वि) आत्मपरायण, आत्मपर आत्मकेंद्रित, आत्ममग्न, अंतर्मुख, आत्मलक्षी, अहंकारी, स्वार्थी, आपमतलबी

[adj] self-centered, egoistic, selfish, egocentric

आत्मपर (वि) *पाहा :* **आत्मनिष्ठ**

आत्मपरीक्षण (न) *पाहा :* **परीक्षण**

आत्मप्रौढी (स्त्री) *पाहा :* **तोरा, स्तुती**

आत्मबल (न) *पाहा :* **इच्छाशक्ती**

आत्मबलिदान (न) *पाहा :* **आत्मघात, प्रायश्चित्त**

आत्मभान (न) *पाहा :* **अस्मिता**

आत्ममग्न (वि) *पाहा :* **आत्मनिष्ठ**

आत्मरंग (पु) *पाहा :* **आत्मा**

आत्मलक्षी (वि) *पाहा :* **आत्मनिष्ठ**

आत्मवंचना (स्त्री) *पाहा :* **फसवणूक**

आत्मवस्तू (स्त्री) *पाहा :* **आत्मा**

आत्मविश्वास (पु) आत्मनिष्ठा, आत्मगौरव, अभिनिवेश, जिद्द, उभारी, खात्री, दिलासा; मनोधैर्य, धीर, धमक, निग्रह, अविचलता; *पाहा :* **विश्वास**

[वा] करीन ती पूर्व, ऐकावे जनाचे करावे मनाचे, छातीला हात लावून सांगणे

(n) self-confidence, self-reliance, aplomb, fortitude *पाहा :* **विश्वास**

[i] come out of one's shell

आत्मवृत्त (न) *पाहा :* **चरित्र**

आत्मशक्ती (स्त्री) *पाहा :* **इच्छाशक्ती**

आत्मशुद्धी (स्त्री) चित्तशुद्धी; *पाहा :* **शुद्धी**

(n) self-purification; *पाहा :* **शुद्धी**

आत्मशोध (पु) *पाहा :* **परीक्षण, अन्वेषण**

आत्मसंतुष्ट (वि) *पाहा :* **आनंदित, स्वार्थी**

आत्मसंतुष्टता (स्त्री) *पाहा :* **आनंद, स्वार्थ, अभिमान**

आत्मसंयमन (न) *पाहा :* **आत्मनिग्रह**

आत्मसंरक्षण (न) *पाहा :* **रक्षण**

आत्मसात करणे (क्रि) *पाहा :* **मिळवणे**

आत्मस्तुती (स्त्री) *पाहा :* **स्तुती, तोरा**

आत्महत्या (स्त्री) *पाहा :* **आत्मघात**

आत्महित (न) *पाहा :* **स्वार्थ**

आत्महितदक्ष (वि) *पाहा :* **स्वार्थी**

आत्मज्ञान (न) *पाहा :* **ज्ञान**

आत्मज्ञानी (वि) *पाहा :* **जीवन्मुक्त**

आत्मा (पु) आत्मवस्तू, वस्तू, तत्त्व, सर्वव्यापी आत्मा, आत्मराजा, आत्माराम, अंतर्ज्योती, ब्रह्म, परब्रह्म, परमात्मा, परतत्त्व, आदितत्त्व, आदिबीज आदिपुरुष, पुरुषोत्तम, विराट पुरुष, आदिकारण, अध्यात्म, प्रणव, ओम् (ॐ) ओंकार, एकाक्षर ब्रह्म, ब्रह्माक्षर, चैतन्य, शुद्ध चैतन्य, चैतन्यनाथ, चित, चिच्छक्ती, जीवात्मा, भूतात्मा, क्षेत्रज्ञ, पुरुष, अक्षर; जीव, प्राण, सत्त्व, चित्त,

जिव्हार, स्वरूप, स्वत्व, आत्मरंग; *पाहा:* **परमेश्वर**

(n) soul, spirit, psyche, essence, vital force, ego, genius, pure spirit, disembodied soul; *पाहा:* **परमेश्वर**

आत्माराम (पु) *पाहा :* **आत्मा**

आत्मार्पण (न) *पाहा :* **आत्मघात**

आत्माविष्कार (पु) *पाहा :* **अभिव्यक्ती**

आत्मीय (वि) स्वकीय, स्वतःचा, निज, आपला

[adj] one's own

आत्मीयता (स्त्री) *पाहा :* **आपुलकी, जिव्हाळा**

आत्यंतिक (वि) *पाहा :* **अतिशय**

आंत्रपुच्छ (न) *पाहा :* **शेपूट**

आंदण (न) *पाहा :* **बक्षीस**

आदर (पु) मान, पूज्यबुद्धी, सद्‌भाव, मुरवत, भक्ती, श्रद्धा, निष्ठा, बूज, आदरभाव, दबदबा, कदर, अत्यादर, संभावना, सन्मान, सत्कार, गौरव, गुणगौरव, गौरवोद्‌गार, स्वागत, आगतस्वागत, उत्थापन, समुत्थान, अभ्युत्थान, खडी ताजीम, सलामी, मानवंदना, अग्रपूजा, अग्रासन, आदरातिथ्य, पाहुणचार, ऊठबस, पूसतपास, अगत्य, आदरसत्कार, आदरउपचार, बडदास्त, गंधाक्षता, हार, पुष्पाहार, हारतुरे, पुष्पगुच्छ, शाल, श्रीफळ, पानसुपारी, अत्तरगुलाब, मानसन्मान, मानपान, मानमराबत, मानमान्यता, मान्यतेची मोहर, बहुमान, आदरइतमाम, मानमर्यादा, संभावना, पायघड्या, मानाचे पान, मानपत्र; आदरांजली, श्रद्धांजली, पुष्पचक्र, मानापमान; *पाहा :* **अभिवंदन, मानणे,** (विरु) **अपमान**

(n) respect, honour, regard, reverence, faith, deference, veneration, homage, obeisance, courtesies, civilities, hospitality

पाहा : **अभिनंदन, मानणे,** (विरु) **अपमान**

[i] red-carpet treatment, put someone on a pedestal

आदरणीय (वि) *पाहा :* **थोर, प्रतिष्ठित**

आदरयुक्त (वि) *पाहा :* **नम्र**

आदरस्थान (न) *पाहा :* **मानबिंदू**

आदरांजली (स्त्री) *पाहा :* **आदर, अभिवंदन**

आदर्श (पु) कित्ता, प्रमाण, नमुना; ध्येय, साध्य; कसोटी; *पाहा :* **आरसा**

(n) ldeal, standard, model, paragon; criterion; *पाहा :* **आरसा**

आदर्श (वि) नमुनेदार, प्रमाणभूत, कित्ता गिरवण्यायोग्य; उत्कृष्ट, सर्वोत्तम, परिपूर्ण

[adj] ldeal, standard, model, excellent, perfect

आदर्शवादी (वि) *पाहा :* **तत्त्वनिष्ठ**

आदळआपट (स्त्री) *पाहा :* **धसफस, थैमान**

आदळणे (क्रि) आपटणे, पटकणे,

धडकणे, थडकणे, खेटणे, टक्करणे, पडणे, कोसळणे, सडकणे
(v) collide, impinge, bump, dash, smash, strike

आदानप्रदान (न) *पाहा :* **देवाणघेवाण**

आदितत्त्व (न) *पाहा :* **आत्मा**

आदित्य (पु) *पाहा :* **सूर्य, तेहतीस कोटी देव**

आदिनाथ (पु) *पाहा :* **शंकर**

आदिनारायण (पु) *पाहा :* **विष्णू**

आदिम (वि) *पाहा :* **आद्य**

आदिमाता (माया-शक्ती) (स्त्री) *पाहा :* **पार्वती, प्रकृती**

आदिवासी (वि) वनवासी; भिल्ल, वारली, गोंड, माडिया, इत्यादी; *पाहा :* **दलित, नागरिक**
[वा] रानचा राजा
[adj] aboriginal *पाहा :* **दलित, नागरिक**

आदिसिद्ध (वि) *पाहा :* **अनादी**

आदी (पु) *पाहा :* **आरंभ**

आंदुळणे (क्रि) *पाहा :* **आंदोलन**

आदेश (पु) आज्ञा, हुकूम, फर्मान, फतवा, आज्ञप्ती, आज्ञापन, अनुज्ञा, निर्देश, निदेश, निरोप, वर्दी, संदेश; कायदा, अनुशासन, नियम; शिकवण, पाठ, उपदेश, दीक्षा; सनद, आज्ञापत्र, अधिकारपत्र, राजपत्र, ताम्रपट, हुकूमनामा, वटहुकूम, अध्यादेश, ताकीद; शब्द, विधिवाक्य, वेदवाक्य, बाबावाक्य; राजाज्ञा, शास्त्राज्ञा, वेदाज्ञा; कौल; जनादेश, पक्षादेश; (संगणक) आज्ञावली; *पाहा :* **अनुसरणे**
[वा] पडत्या फळाची आज्ञा
(n) command, order, edict, decree, ordinance, exhortation, call, direction, instruction, injunction, message, advice, commandment; (computer) programme ; *पाहा :* **अनुसरणे**

आंदोलन (न) झोका, हेलकावा, कंप, कंपन, स्पंदन, स्फुरण (उदा. नेत्रस्फुरण, बाहुस्फुरण, इ.) लवलव, थरथर, फडफड, वळवळ, धडधड, थरार, थरकाप, कापरे, शिरशिरी, हुडहुडी, चांचल्य, फिरक, फिरकी, लकेर; आकडी, आचके, भयकंप; कंपातिशय; थरथराट; भूकंप, धरणीकंप; *पाहा :* **चळवळ, कंपमान, आंदोळा**
[क्रि] आंदुळणे, आंदोळणे, झोके देणे/घेणे, जोजवणे, हलवणे, ढाळणे, वारणे, हेलकावणे, हेलावणे, हेलकावे देणे/ घेणे, हलणे, झुलणे, डुलणे, डोलणे, कंप पावणे, स्फुरणे, थरथरणे, फडफडणे, फडकणे, थरकणे, दोलायमान होणे, खालीवर/ मागेपुढे होणे, हिंदोळणे, रुळणे, आंदोलन पावणे; *पाहा :* **थरथरणे**
[वा] मानेने नन्ना म्हणणे
(n) oscillation, vibration, tremor, undulation, fluctuation, swing, sway, quake, earthquake; *पाहा :* **चळवळ, कंपमान, आंदोळा**

[v] swing, sway, rock, roll, wave, oscillate, vibrate, undulate, pulsate, quiver, flutter, shake, rattle, reverberate, tremble; *पाहा :* **थरथरणे**

आंदोळणे (क्रि) *पाहा :* **आंदोलन**

आंदोळा (पु) झोका, झोपाळा, झूला, झुला, झुलवा, दोला, चोपाळा, चौपाळा, पाळणा, हिंदोळा, हिंदोल, पल्लक, पालखी, डोली, मेणा, झोपा, आकाशपाळणा

(n) swing, rocker, palanquin

आद्य (वि) आदिम, पहिला, प्रथम, पहिलावहिला, आरंभीचा, मूळचा, अगोदरचा, प्राथमिक, प्रमुख; *पाहा :* **अग्रगण्य, अंक, आरंभ**

[adj] initial, primary, maiden, incipient, primordial; *पाहा :* **अग्रगण्य, अंक, आरंभ**

[i] curtain raiser

आंधळा (वि) *पाहा :* **अंध**

आधार (वि) टेकू, कणा, खांब, स्तंभ, आधारस्तंभ, काठी, आधारवड, मेरुमणी, मूलाधार; पाया, बैठक, पायाचा दगड, आधारशिला, बूड, तळ, ठिया (ठिय्या), आसरा, आश्रय, आधारगृह, संरक्षण, पाठबळ, मदत, कुबडी, पांगुळगाडा, वशिला, कारण, प्रमाण, पुरावा, दाखला, बळ, मजबुती; *पाहा :* **टेकणे, मदतगार**

[वा] आंधळ्याची काठी, म्हातारपणाची काठी, बुडत्याला काडीचा आधार, ध्वजदंड

(n) support, prop, stay, backbone, keystone, mainstay; base, basis, bedrock, foundation; shelter, refuge, assistance; evidence, proof *पाहा :* **टेकणे, मदतगार**

[i] to catch at a straw

आधिक्य (न) *पाहा :* **वाढ, अतिरेक**

आधिपत्य (न) *पाहा :* **अधिकार, अनुशासन**

आधिभौतिकवाद (पु) *पाहा :* **जडवाद**

आधिव्याधी (पु) पाहा : **आजार, दुःख**

आधी (क्रिवि) अगोदर, पहिल्यांदा, प्रथम, प्रथमतः, पहिल्याप्रथम, आरंभी, पूर्वी, पूर्वकाळी, प्राक्, मागे, गतकाळी, अनादिकाळी; काल, परवा, तेरवा; आगाऊ, पूर्वापार; मुळात; कालपरवा, गतवर्षी, गुदस्ता; *पाहा :* (विरु) **नंतर**

[adv] firstly, at first earlier, originally, before; *पाहा :* (विरु) **नंतर**

[i] since the year dot, first and foremost

आधीचा (वि) अगोदरचा, मागचा, मागील, गतकालीन, भूतकालीन, माजी, प्राचीन, पूर्वीचा, पूर्व, पूर्वकालीन, पूर्वगामी, पूर्वज, पूर्वसूरी, पहिला, सुरुवातीचा; आरंभीचा, प्रास्ताविक, प्रारंभिक,

प्राथमिक; उपरोक्त, उपरिनिर्दिष्ट; मशारनिल्हे; *पाहा :* **अतीत, प्राचीन**

[adj] previous, former, prior, antecedent, preceding, introductory, preliminary, foregoing, above-mentioned, said; *पाहा :* **अतीत, प्राचीन**

आधीन (वि) अधीन, अंकित, वश, स्वाधीन, नियंत्रित, वर्चस्वाखालील, ताब्यातला, कह्यातला, वळलेला, अवलंबून, भारलेला, भुरळ पडलेला, मोहित; *पाहा :* **अनुचर**

[वा] कळसूत्री बाहुली

[adj] enslaved, at one's command, in control of dependent : *पाहा :* **अनुचर**

आधुनिक (वि) *पाहा :* अर्वाचीन, चालू

आध्यात्मिक (वि) *पाहा :* अध्यात्मविषयक, पारमार्थिक, ईश्वरी; *पाहा :* **अध्यात्म**

[adj] spiritual; other-worldly; *पाहा :* **अध्यात्म**

आनंद (पु) संतोष, हर्ष, मोद, आमोद, प्रमोद; सुख, समाधान, तोष, परितोष, तृष्टी, तुष्टता, संतुष्टता, आल्हाद, उल्लास (उल्हास), सुखोल्लास, उत्साह, सौख्य, आराम, चैन, ऐशआराम, स्वास्थ्य, स्वस्थता, प्रसन्नता, खुशी, खुशाली, क्षेम, कुशल, सुखसमाधान, सुखसंतोष, सुखानुभव, सुखास्वाद, तृप्ती, परितृप्ती, इच्छातृप्ती, इच्छापूर्ती, तर्पण, संतर्पण, अत्यानंद, कैवल्य, परमानंद, ब्रह्मानंद, महासुख, ब्रह्मसुख, चित्सुख, चिदानंद, पूर्णानंद, स्वानंद, स्वानंदसोहळा, स्वानंदसाम्राज्य, आत्मानंद, स्वात्मसुख, अक्षयसुख, ज्ञानानंद, विद्यानंद, आनंदप्रदर्शन, आनंदीआनंद, आनंदोत्सव, जल्लोश, मौज, मनोरंजन, आमोदप्रमोद, (महा-स्वर्ग-ब्रह्म, रति-दृष्टि नयन-नेत्र) सुख, इतिकर्तव्यता, आत्मसंतुष्टता; *पाहा:* **आनंददायक, आनंदित, आनंदाने, विलास,** (विरु) **असंतोष, दुःख**

[क्रि] आनंदणे, आनंदित होणे, तुष्टणे, संतोषणे, सुखावणे, रिझणे, आनंदाश्रू येणे, हसणे-खिदळणे, हर्षध्वनी करणे

[वा] आनंदाचे भरते येणे, आनंदाच्या उकळ्या फुटणे, आनंद गगनात/ ब्रह्मांडात न मावणे, झपूर्झा, आंनदाने पोट भरणे, कान निवणे, अस्मान ठेंगणे होणे, हर्षवायू होणे, गुदगुदल्या होणे, कळी उमलणे, हवेत चालणे, चांदरात होणे, अंगावर मूठभर मांस चढणे, डोळ्याचे/ नजरेचे पारणे फिटणे, तोंडात साखर पडणे, स्वर्ग दोन बोटे उरणे, टिऱ्या बडवणे/ पिटणे, आप सुखी जग सुखी

(n) joy, delight, cheerfulness, glee, happiness, high spirits, exhileration, rapture, bliss, euphoria, jubilation, gaity, enjoyment, pleasure, ecstasy, hilarity, rejoicing, mirth, merriment, contentment, statisfaction, well-being; *पाहा:* **आनंददायक, आनंदित, आनंदाने, विलास,** (विरु) **असंतोष, दुःख**

[i] walk on air

आनंददायक (वि) आनंददायी, तोषक, रंजक, सुखद, सुखप्रद, सुखकर, सुखकारक, सुखावह, सुखदायी संतोषजनक, आल्हादक, आल्हादायक, आल्हादकारक, उत्साहवर्धक, ललित, सौख्यकारक, आरामदायी, प्रसन्न, मजेदार, मनमोहक, मनोरंजक; मनोरम, हृदयंगम, हृद्य, विलोभनीय; रम्य, नितांतरम्य, रमणीय; आनंदपर्यवसायी; *पाहा :* **आनंद, आनंदित, आनंदाने,** (विरु) **त्रासदायक**

[adj] delightful, pleasing, pleasant, pleasurable, enjoyable, delectable, entertaining; *पाहा :* **आनंद, आनंदित, आनंदाने,** (विरु) **त्रासदायक**

आनंदपर्यवसायी (वि) *पाहा :* **आनंदी, नाटक, आनंददायक**

आनंदप्रदर्शन (न) *पाहा :* **आनंद, अभिनंदन**

आनंदबाजार (पु) *पाहा :* **उत्सव**

आनंदाने (क्रिवि) सहर्ष, सानंद, सोल्लास (सोल्हास); *पाहा :* **आनंद**

[adv] joyfully, cheerfully; *पाहा :* **आनंद**

आनंदित (वि), **आनंदी** (वि) हर्षभरित, हर्षोत्फुल्ल, हर्षित, हर्षयुक्त, हृष्ट, हृष्टपुष्ट, उल्हसित, उल्लासित, उत्फुल्ल, प्रफुल्ल, प्रफुल्लित, मुदित, मोदित, प्रमुदित, प्रमोदित, आल्हादित, प्रसन्न, उत्साही, तोषित, संतोषित, संतोषी, तुष्ट, तुष्टपुष्ट, संतुष्ट, परितुष्ट, तुष्टीभूत, रोमांचित, पुलकित, धन्य, भाग्यवान, खुशमिजाज, खूश, कुशल, खुशाल, निरामय, हसरा, हसतमुख, हास्यवदन, सुहास्यवदन, सस्मित, उमदा, खिलाडू, मनमिळाऊ, सुखी, समाधानी, सदासुखी, सुखिया, सुखासीन, सुखलोलुप, सुखार्थी, रंगेल, विलासी, उत्सवप्रिय, खुशालचेंडू, तृप्त, संतृप्त, संतर्पित, धाला, आत्मसंतुष्ट, पूर्णकाम; अल्पसंतुष्ट, अल्पसंतोषी; आनंदपर्यवसायी, सुखपर्यवसायी, *पाहा:* **आनंद, आनंददायक,** (विरु) **अतृप्त, असंतुष्ट, खिन्न, दुःखी**

[वा] कोल्हा काकडीला राजी, दुधाची तहान ताकावर भागवणे, आत्माराम गार करणे

[adj] jolly, joyous, merry, mirthful, esctatic, buoyant, cheerful, happy, smiling, contented, glad, sparkling, vivacious, high-spirited *पाहा:* **आनंद, आनंददायक,** (विरु) **अतृप्त, असंतुष्ट, खिन्न, दुःखी**

[i] happy go lucky, in the

seventh heaven, as happy as a lark, as pleased as punch, be tickled pink, on top of the world, over the moon

आनन (न) *पाहा :* **तोंड, चेहरा**

आनुवंशिक (वि) वंशपरंपरागत, जन्मजात, उपजत, वडिलोपार्जित, वाडवडिलार्जित, पिढीजात, निसर्गदत्त

[adj] hereditary, lineal, ancestral, genetic, congenital, inborn, innate, patrimonial, inherited

आनुषंगिक (वि) संबंधित, संबंधी, संबद्ध, निगडित, जोडीचा, गुंतलेला, सापेक्ष, गुरफटलेला, अडकलेला, जखडलेला, अनुस्यूत, लागू, प्रसंगोपात, नैमित्तिक, तद्विषयक, तदनुसारी, गौण

[adj] related, associated, linked, allied, relevant, concomitant, pertinent, incidental, germane, connected

आन्हिक (न) *पाहा :* **दिनक्रम**

आप (न) *पाहा :* **पाणी**

आपखुशी (स्त्री) *पाहा :* **मर्जी**

आपगा (स्त्री) *पाहा :* **प्रवाह**

आपटणे (क्रि) *पाहा :* **आदळणे**

आपटबार (पु) *पाहा :* **स्फोटक**

आपत्ती (स्त्री) *पाहा :* **संकट, अटकाव**

आपदा (स्त्री) *पाहा :* **संकट**

आपद्ग्रस्त (वि) *पाहा :* **पीडित, ग्रस्त**

आपपरभाव (पु) *पाहा :* **दुजाभाव**

आपमतलबी (वि) *पाहा :* **स्वार्थी**

आपला (वि) *पाहा :* **जवळचा**

आपलेपणा (पु) *पाहा :* **आपुलकी**

आपवणी (स्त्री) *पाहा :* **पाणी**

आपसूक (क्रिवि) *पाहा :* **आपोआप**

आपस्तुती (स्त्री) *पाहा :* **स्तुती**

आपादमस्तक (क्रिवि) *पाहा :* **सर्वस्वी**

आपुलकी (स्त्री) आपलेपणा, मित्रभाव, मैत्री, प्रेम, प्रेमळपणा, स्नेह, माया, ममता, आस्था, मायाळूपणा, सख्य, सलोखा, दोस्ती, कदर, अगत्य, आत्मीयता, सौहार्द, जिव्हाळा, कळकळ; *पाहा :* **प्रेम, मित्रत्व,** (विरु) **दुजाभाव द्वेष**

[वा] आपला म्हणणे, म्हशीची शिंगे म्हशीला जड होत नाहीत

(n) affection, tenderness, foundness, warmth, love, regard, attachment; *पाहा :* **प्रेम, मित्रत्व,** (विरु) **दुजाभाव द्वेष**

आपोआप (क्रिवि) आपसूक, स्वाभाविकपणे, नैसर्गिकपणे, सहज, आपखुशीने, आपण होऊन, आपल्या आपण, स्वयंस्फूर्तपणे, स्वभावतः, साहजिकपणे, सहजतः

[वा] सुंठीवाचून खोकला जाणे

[adv] spontaneously, instinctively, voluntarily, naturally, automatically

आप्त (वि) नातलग, नातेवाईक, गोत्रज, सगोत्र, सगा, सोयरा, संबंधी, संबंधित, भाईबंद, भाऊबंद, दायाद, आप्तेष्ट, स्वजन, स्वकीय, आप्तस्वकीय, आप्तसंबंधी, आप्तमित्र, आप्तवर्ग,

इष्टमित्र, सोयरेधायरे, सोयरेसायरे, सगेसोयरे, अभिजन, बांधव, बंधुजन, बंधुवर्ग, बहीणभावंडे, घरदार, मुलेबाळे, मुलेमाणसे, बायकामुले, गणगोत, गोत, गोतावळा, कुटुंब, कुटुंबीय, एकत्र कुटुंब, कुळपरंपरा, पीठिका, वंश, कूळ, कुल, गोत्र, जाती, जात, जातगंगा, जातगोत, जातभाई, जातकरी, जातिबांधव, ज्ञातिबांधव, पुत्रपौत्र, पुत्र, पौत्र, नातू; प्रपौत्र, पणतू; खापरपणतू; कन्या, पौत्री, नात, पणती, खापरपणती; पिता, पितामह, आजोबा, प्रपितामह, पणजोबा, पणजा, खापरपणजोबा, खापरपणजा; आजी, पणजी, खापरपणजी; घराणे, घर, पूर्वज, पितर, पितृगण, प्रवर, वाडवडील, बापजादे, मूळ पुरुष, पिढी, पूर्वजपरंपरा; सख्खा/सावत्र/सापत्न/ नातेवाईक

[adj] relative, relation, kin, kith and kin, kinsfolk, folks, family, clan, lineage, generation, clansman; close/ step-half-relation

[i] flesh and blood, next of kin, one's nearest and dearest

आप्तसंबंध (पु) *पाहा :* **अनुबंध**

आप्पलपोट्या (वि) *पाहा :* **स्वार्थी**

आफत (स्त्री) *पाहा :* **संकट**

आब (पु) *पाहा :* **अब्रू, प्रतिष्ठा**

आंबट (वि) आम्ल, आंबटचिंबट, आंबटवाणा, आंबटढसाण, आंबटढाण, आंबटसर, आंबटगोड; खट्टा, खट्टामीठा; *पाहा :* **चव**

[adj] sour, acid; acidic, citrus, tart; *पाहा :* **चव**

आंबटशोक (पु) *पाहा :* **छंद, आवड**

आंबणे (क्रि) *पाहा :* **अखाद्य**

आबादीआबाद (स्त्री) वैपुल्य, विपुलता, सुबत्ता, सुकाळ, दिवाळी, भरभराट, रेलचेल, चंगळ, लयलूट, पाऊस, बाहुल्य, समृद्धी, संपन्नता, प्रचुरता, सधनता, सुखसमृद्धी, सुखस्वास्थ्य, स्थिरस्थावरता, निवांतपणा, शांतिसमाधान, परितृप्ती; *पाहा :* **समृद्धी,** (विरु) **अवदशा**

(n) plenty, abundance, profusion, propertiy, opulence, milk and honey, satiety, deluge, peace and prosperity, well-being *पाहा :* **समृद्धी,** (विरु) **अवदशा**

आबाळ (स्त्री) हयगय, हेळसांड, उपेक्षा, चालढकल, दुर्लक्ष, निष्काळजीपणा, कर्तव्यच्युती, अनवधान, गबाळेपणा

(n) neglect, negligence, carelessness, dereliction, slovenliness, oversight

आंबोण (न) *पाहा :* **अन्न**

आभरण (न) *पाहा :* **अलंकार**

आभा (स्त्री) प्रभा, तेज, प्रकाश, दीप्ती, कांती, अंगकळा, नव्हाळी, नूर, शोभा, लकाकी, तजेला, चमक, पाणी, सौंदर्य

(n) light, lustre, brilliance,

radiance, fire, splendour, glitter, sparkle, beauty, effulgence

आभार (पु) धन्यवाद, कृतज्ञता, ॠण, उपकार, जाणीव, परतफेड, दुवा, स्तुती

(n) thanks, gratitude, indebtedness, acknowledgements, grace

आभारी (वि) कृतज्ञ, ॠणी, उपकृत, उपकारबद्ध ; *पाहा :* **कृतज्ञ,** (विरु) **कृतघ्न**

[adj] thankful, grateful, obliged, indebted; *पाहा :* **कृतज्ञ,** (विरु) **कृतघ्न**

आभास (पु) भास, कल्पना, भ्रम, संभ्रम, भूल, भुरळ, ग्रह, समजूत; माया, जलाभास, मृगजळ, मृगतृष्णा, मृगमरीचिका, रोहिणीजळ, देखावा; स्वप्न, मनोराज्य; विरोधाभास; *पाहा:* **काल्पनिक, भासणे,** (विरु) **सत्य** (न)

[वा] दुरून डोंगर साजरे (जवळ जाता काटेकुटे)

(n) illusion, delusion, hallucination, chimera, mirage, fancy, fantasy, dream; *पाहा :* **काल्पनिक, भासणे,** (विरु) **सत्य** (न)

आभासमय (-युक्त) (वि) *पाहा:* **काल्पनिक**

आभाळ (न) *पाहा :* **अभ्र, अंतराळ**

आभूषण (न) *पाहा :* **अलंकार**

आम जनता (स्त्री) *पाहा :* **प्रजा, मानव**

आमंत्रण (न) आवतण, पाचारण, निमंत्रण, अभिमंत्रण, आवाहन, पुनरावाहन, नेवता; आमंत्रणपत्रिका, निमंत्रणपत्रिका, लग्नचिठ्ठी, लग्नपत्रिका, कुंकुमपत्रिका, मूळचिठ्ठी

[क्रि] बोलवणे, बोलावणे, बाहणे, हाक मारणे, सांगणे, संबोधणे

[वा] अक्षता देणे, मूळ धाडणे, सुपारी देणे, चुलीला अक्षत देणे

(n) invitation, solicitation, request, call

आमदार (पु) *पाहा :* **प्रतिनिधी**

आमरण (क्रिवि) *पाहा :* **अखंड** (क्रिवि)

आमराई (स्त्री) *पाहा :* **उद्यान**

आमिष (न) भक्ष्य, खाद्य; मांस; फूस, फुसलावणी; उत्तेजन; आकर्षण, प्रलोभन, लालूच, मोह; लल्ला; *पाहा :* **लाच**

[वा] मधाचे बोट लावणे, फुसलावणे गाजर समोर धरणे

(n) bait, decoy, lure, temptation, enticement; *पाहा :* **लाच**

[i] to hold out a carrot

आमूलाग्र (वि, क्रिवि) *पाहा :* **अवघा, सर्वस्वी**

आमोद (पु) *पाहा :* **आनंद, सुगंध**

आमोदप्रमोद (पु) *पाहा :* **आनंद, करमणूक**

आम्ल (वि) *पाहा :* **आंबट**

आम्लपित्त (न) *पाहा :* **अपचन**

आम्ही (स) *पाहा :* **अस्मादिक**

आय (स्त्री) *पाहा :* **आवक, माता**

आयकर (पु) *पाहा :* **कर**
आयत (पु) *पाहा :* **चतुष्टय**
आयतन (न) *पाहा :* **आलय**
आयता (क्रिवि) *पाहा :* **विनायास**
आयतोबा (वि) *पाहा :* **परभृत**
आयव्यय (पु) पाहा : **जमाखर्च**
आया (स्त्री) *पाहा :* **अनुचर**
आयात (स्त्री) *पाहा :* **आवक, व्यापार**
आयातशुल्क (न) *पाहा :* **कर**
आयाम (पु) *पाहा :* **विस्तार**
आयास (पु) *पाहा :* **कष्ट**
आयाळ (स्त्री) *पाहा :* **केस**
आयुक्त (पु) *पाहा :* **अधिकारी**
आयुध (न) अस्त्र, शस्त्र, अभिमंत्रित शस्त्र, क्षेपणास्त्र, संहारास्त्र, अण्वस्त्र, रासायनिक/जैविक/आण्विक अस्त्र, हत्यार, अवजार (औजार), आडहत्यार, शस्त्रास्त्रे, शस्त्रसाठा, युद्धसामग्री; खड्ग; वज्र, वज्रास्त्र, गदा, त्रिशूल, परशू, ब्रह्मास्त्र; भाला, बरची (बर्ची) बागनेट, संगीन, बंदूक, पिस्तूल, तमंचा, स्वयंचलित बंदूक/अस्त्र, तोफ, तोफखाना; ध्वम, अणुध्वम; *पाहा :* **साधन, खड्ग, चाकू, कुऱ्हाड, सशस्त्र**
(n) weapon, firearm, arms, armament, arsenal, engine of war, missile, chemical/biological/nuclear weapon; gun, pistol, revolver, rifle, machine gun, automatic weapon, bomb, atomic/nuclear bomb/weapon; *पाहा :* **साधन, खड्ग, चाकू, कुऱ्हाड, सशस्त्र**
आयुष्मान (वि) दीर्घायुषी, दीर्घायू; शतायुषी, शतायू; चिरंजीव, चिरायू; आयुष्यमान, उदंड आयुष्याचा, औक्षवंत; *पाहा :* **वृद्ध**
[वा] मार्कंडेयाचे आयुष्य लाभणे
(n) long-lived; *पाहा :* **वृद्ध**
आयुष्य (न) आयू, आयुर्मर्यादा, आयुर्दाय, जीवितकाल, हयात, जन्म, जल्म, जलम; वय, उमर; जीवन, जीवित; जीवित्व (जीवत्व) जीवदशा, जिंदगी, जिणे, औक्ष, अस्तित्व, दिवस, जीव, प्राण, संसार; जिवंतपण, जितेपण, सजीवता, आयुष्याची दोरी, गतायुष्य, पूर्वायुष्य, उत्तरायुष्य
(n) life, existence, being, presence, vital forece/principle, animation
आयुष्यक्रम (पु) *पाहा :* **चरित्र**
आयू (न) *पाहा :* **आयुष्य**
आयोग (पु) *पाहा :* **अधिकारी, संस्था**
आयोजक (वि) *पाहा :* **प्रयोजक**
आयोजन (न), **आयोजित** (वि) *पाहा :* **योजना, योजणे**
आर (स्त्री) *पाहा :* **अणकुची**
आरक्त (वि) *पाहा :* **लाल**
आरडणे (क्रि) *पाहा :* **ओरडणे**
आरडाओरडा (पु) *पाहा :* **आकांत, अगाजा**
आरती (स्त्री) पाहा : **पूजा, स्तुती**
आरंभ (पु) प्रारंभ, शुभारंभ, मुळारंभ, प्रथमारंभ, आदी, श्रीगणेशा,

श्रीमन्महा, अथश्री, सुरुवात (सुरवात), नमन, नांदी, मंगलाचरण, पुण्याहवाचन, स्वस्तिवाचन, प्रथमदशा, प्रवेश, उंबरठा, पदार्पण, आगम, सूतोवाच, उपन्यास, सलामी, बोहणी (भवानी), ओनामा, पायंडा, पहिले पाऊल, पहिली खेळी, पहिला खेळ; मूळ, बीज, उगम, उद्‌भव, उठाव, प्रादुर्भाव, प्रवर्तन, उदय, अभ्युदय, प्रसूतिवेदना, उत्पत्ती, जन्म, निर्मिती, स्थापना, उभारणी, अंकुर, पहाट, प्रभात, अरुणोदय, युगांतर, मूलस्थान, उगमस्थान, उत्पत्तिस्थान, खाण, झरा, मूलस्रोत, ओम् (ॐ), ओम्तोम्, अ-आ-ई, ओ- का -ठो, मूलतत्त्व, धुळाक्षरे, मुळाक्षरे, प्रस्तावना, प्रास्ताविक, उपोद्‌घात, विषयप्रवेश, प्रस्ताव, पत्रारंभ, (पाहा : **मायना**), भूमिपूजन, कोनशिला, शिलान्यास, पायाभरणी, स्थापना, उद्‌घाटन, दीपप्रज्वलन, अनावरण, विमोचन, प्रकाशन; वर्षारंभ, कार्यारंभ; *पाहा :* **आद्य** (विरु) **अखेर** (स्त्री), **अंत**

[क्रि] आरंभणे, नारळ फोडणे, तोरण बांधणे, जन्मास घालणे, मुहूर्तमेढ रोवणे, मुहूर्त करणे, पाया घालणे, हात घालणे, देवाचे/गणपतीचे नाव घेणे, बीजारोपण करणे, पेरणे, हाती घेणे, पुढाकार घेणे, उगवणे, उदयणे, उपजणे, जन्मणे, उद्‌भवणे, प्रादुर्भाव होणे, उजाडणे, उमलणे, अंकुरणे, तोंड फुटणे/लागणे, मुख पडणे, उफाळणे, ठिणगी पडणे, जागे होणे, कोंडी फोडणे, पडदा वर जाणे, मार्गी लागणे, सुरू होणे, उंबरठा ओलांडणे, प्रस्थान ठेवणे, उघडणे, प्रसिद्ध होणे, दीक्षा देणे, धुळाक्षरे गिरवणे

[वा] पुनश्च हरि:ओम् करणे, नमनालाच घडाभर तेल जाळणे

(n) beginning, commencement, debut, initiation, take off, onset, start; A-B-C; source, origin, genesis, birth, conception, foundation, creation, emergence, launch, threshold, rise, dawn, morning; introduction, curtain-raiser, opening, installation, embarkation, outbreak; inauguration, inception; premier; *पाहा :* **आद्य** (विरु) **अखेर** (स्त्री),**अंत**

[i] first move, break the ice, open the door to, kick off, come into force, set the ball rolling, fire away, get of to a flying start, get of on the wrong foot, from the word go, break new ground, turn over a new leaf, start from scratch, spade-work, the thin end of the wedge, set the wheels in motion, zero hour

आरंभरहित (वि) *पाहा :* **अनादी**

आरंभशूर (वि) *पाहा :* **उत्साही**

आरंभी (क्रिवि) *पाहा :* **आधी**

आरंभीचा (वि) *पाहा :* **आधीचा**

आरमार (न) *पाहा :* **दल**

आरव (पु) *पाहा :* **आवाज**

आरवणे (क्रि) *पाहा :* **ओरडणे, आवाज**

आरशी (स्त्री) *पाहा :* **चष्मा**

आरसा (पु) दर्पण, आदर्श, आरिसा, मुकुर, आईना, आयना, ऐना, बिलोरी आरसा, अंतर्गोल/बहिर्गोल आरसा, परावर्तक; *पाहा :* **दृष्टी-उपकरण**

(n) mirror, looking-glass, speculum, reflector; *पाहा :* **दृष्टी-उपकरण**

आरस्पानी (वि) *पाहा :* **गुळगुळीत, स्वच्छ, पारदर्शक**

आरक्षण (न) *पाहा :* **रक्षण**

आरक्षित (वि) *पाहा :* **रक्षित**

आराखडा (पु) नकाशा, मानचित्र, रेखाकृती, रेखाटणी, नमुना, आलेख, परिलेख, चित्र, संकल्पचित्र, आकृती, आकृतिबंध; अंदाज, बेत, योजना, कार्यक्रम; मसुदा, तर्जुमा, खर्डा, कच्चे टिपण, टाचण; रचना, घडण, मांडणी, व्यूह, संकल्पना; सार, सारांश, संक्षेप, गोषवारा, रूपरेखा (-षा), प्रारूप आराखडा

(n) outline, profile, sketch, framework, diagram, chart, map, pattern, graph, schematic, draft, synopsis, resume, plan, design, format, roundown

आराधना : (स्त्री) प्रार्थना, उपासना, सेवा, नमन, पूजन, पूजा, भक्ती, आळवणी, अनुनय, मनधरणी, विनवणी, याचना, प्रियाराधन, प्रणयाराधन; *पाहा :* **अभ्यर्थना**

(n) workship, adoration, propititation, devotion, homeage, beseachement, request, courtship, wooing; *पाहा :* **अभ्यर्थना**

आराध्य दैवत (न) **पाहा : परमेश्वर**

आराम (पु) विसावा, स्वस्थता, विश्रांती, विश्राम, विराम, शांतता, सुख, स्वास्थ्य, खुशाली, चैन, आरोग्य; स्थैर्य, चित्तस्थैर्य, फुरसत, रिकामपण, उसंत, विरंगुळा; करमणूक, मनोविनोदन; श्रमपरिहार; *पाहा:* उपशम, थांबणे, (विरु) **काम** (न)

[वा] कुबेराचे धन, मार्कंडेयाचे आयुष्य, आराम हराम है

(n) rest, repose, break, respite; relief, comfort, ease; leisure, spare time; recreation, relatxaion; *पाहा :* **उपशम, थांबणे,** (विरु) **काम** (न)

[i] bed of roses, feel at home, a home away from home, rest on one's oars

आरामप्रिय (वि) *पाहा :* **आळशा**

आरास (स्त्री) सजावट, थाटमाट, रोषणाई, दीपोत्सव, चमचमाट; प्रदर्शन, शोभा, देखावा, आंतरसजावट, नेपथ्य, शृंगार, साजशृंगार, जामानिमा, डामडौल,

भपका; *पाहा :* **नटणे**

[क्रि] नटवणे, सजवणे, भूषवणे, शोभविणे, सुशोभित करणे, अलंकारणे, अलंकृत करणे, शृंगारणे, मांडणे

(n) decoration, decor, ornamentation, show, spectacle, exhibition, illumination, pageantry, pomp; *पाहा :* **नटणे**

[i] window-dressing

आरिसा (पु) *पाहा :* **आरसा**

आरूढणे (क्रि) आरूढ होणे, आरोहण करणे, चढणे, स्वार होणे, ऊर्ध्वगमन करणे, वर जाणे, माथ्यावर जाणे, अश्वारोहण/गिर्यारोहण करणे

(v) mount, ascend; climb; get astride, scale, surmount, go up, clamber, tower

आरोग्य (न) स्वास्थ्य, शरीरस्वास्थ्य, प्रकृतिस्वास्थ्य, निरोगीपणा, रोगमुक्तता, रोगनियंत्रण, तंदुरुस्ती, धट्टीकट्टी प्रकृती; शरीरसंपत्ती, निकोप तब्येत, चैतन्य, जोम; आयुरारोग्य; *पाहा :* (विरु) **आजार**

(n) helath, healthiness, well-being, fitness, robustness, vitality, salubrity; *पाहा :* (विरु) **आजार**

आरोग्यदायक (वि) आरोग्यकारक, आरोग्यवर्धक, आयुष्यवर्धक, पोषक, पुष्टिदायक, पौष्टिक, बलवर्धक, उपकारक, हितकारक, सात्त्विक; सौम्य, समशीतोष्ण, उत्साहवर्धक, सुखद, प्रदूषणरहित, हवेशीर, निर्जंतुक; गुणकारक, गुणकारी, औषधी, रोगप्रतिबंधक, रोगनिवारक; *पाहा :* (विरु) **प्रदूषण**

[adj] wholesome, bracing, nourishing, nutritious, healthful, salubrious, salutary, benign, invigorative, refreshing, hygienic, uncontaminated, medicinal, prophylactic, curative; *पाहा:* (विरु) **प्रदूषण**

आरोग्यधाम (न) *पाहा :* **चिकित्सालय**

आरोग्यपूर्ण (वि) *पाहा :* **निकोप**

आरोप (पु) ठपका, आळ, दोषारोप, बालंट, किटाळ, बंगलाट, मिथ्यापवाद, मिथ्यारोप, प्रत्यारोप; कलंक, डाग, बट्टा, दूषण; कुंभाड, कुफरांड, थोतांड, पाखंड, तोहमत, बलामत, बिलामत, निंदा, नालस्ती, काहूर, हेत्वारोप, आक्षेप, तक्रार, अपवाद, फिर्याद, अभियोग

[क्रि] बोल लावणे, दोषणे, नावे ठेवणे, न्यून/उणे काढणे, दोष लावणे/लादणे/चिकटवणे, काळिमा लावणे, गोवणे; टेपण/टेपर ठेवणे

[वा] शिरावर/माथ्यावर/डोक्यावर खापर फोडणे, कपाळी टिका लावणे, माथी मारणे, गळ्यात/पदरात बांधणे, आग पाखडणे, साप साप म्हणून भुई धोपटणे, पडलेले शेण माती घेऊन उठते, काडीचोर तो माडीचोर, धपका

सोसवतो पण टिपका सोसवत नाही, चोराच्या उलट्या बोंबा
(n) accsusation, complaint, imputation, allegation, charge, stigma, indictment, incrimination, inculpation, libel, slander, denuciation, impeachment
[i] lay at one's door, point the finger at, give the lie to
आरोपण (न) *पाहा :* **प्रवेश**
आरोपी (पु) *पाहा :* **गुन्हेगार, आरोप**
आरोहण (न) *पाहा :* **आरूढणे**
आरोळी (स्त्री) हाक, साद, ललकारी, ललकार, ललकारणी, पुकार, पुकारा, हाळी; हाकारा, बांग; किंकाळी, किंचाळी, चीत्कार; गर्जना, डरकाळी, डरकणी, डुरकणी, डुरकावणी; आरडा, बोंब, महाशब्द, शंख, शंखध्वनी, पांचजन्य, तंपुरा, फाल्गुनवाद्य; हाकाटी, हाकाहाक;
पाहा : **ओरडणे, आवाज, गर्जना**
[वा] शिमग्याचा मंत्र
(n) scream, cry, shout, call, yell, clamour, roar, whoop, bellow, bawl, howl, shriek, hullaballoo, proclamation; *पाहा :* **ओरडणे, आवाज, गर्जना**
आर्जव (न) ऋजुता, सौजन्य, सौहार्द , अदब, लाघव, नम्रता, भलेपणा; मनधरणी, समाराधन, मिनतवारी, आजिजी, याचना, खुशामत, अनुनय, अभ्यर्थना
[वा] बाबापुता करणे, धूप घालणे
(n) grace, courtesy, politeness, gentless, humility; ingratiation, imploration
आर्जवी (वि) *पाहा :* **प्रेमळ, नम्र**
आर्त (वि) उत्कंठित, अधीर, आतुर, कातर, साकांक्ष, उतावीळ; विव्हल, व्यथित, पीडित, घायाळ, तृषित, क्षुधार्त
[adj] eager, anxious, avid, impatient, fervent, desirous; afflicted, tormented
आर्तव (न) *पाहा :* रक्त, ऋतुमती
आर्थिक (वि) अर्थविषयक, चलनविषयक, आयव्ययविषयक, पैशासंबंधी, नफातोट्यासंबंधी, सांपत्तिक, वित्तीय, भांडवली
[adj] financial, fiscal economic, monetary, pecuniary
आर्द्र (वि) ओला, भिजलेला, सार्द्र, क्लिन्न, सजल, सर्द; दमट, ओलसर, आंबटओला, चेंबट, दमटसर, दमसर, दमकट, पाणावलेला, शिल्लट, असट, भिजट, भिजका; ओलाचिंब, ओलागच्च, चिप्प, चिंब, संपृक्त, डबडबलेला, निथळणारा, डवडवलेला, ओलेता, तर्र, लबदालोळ, लबलबीत, चबचबीत, चुबचुबीत, थबथबीत, थबथबलेला, ओथंबलेला, थपथपीत, चिबचिबीत; रसपूर्ण, रसभरित, रसदार, रसयुक्त, रसाळ; पावसाळी, पाणथळ, पातळ,

पातळपाणी, पाणचट, पांचट, पचपचीत; घामट; कुंद; कोंदट; *पाहा :* **पाणी,** (विरु) **कोरडा**

[adj] wet, watery, damp, dewy, moist, humid, dank, soaked, soggy, clammy, soppy, sodden, drenched, dripping, rainy, sloppy, saturated, water-logged *पाहा :* **पाणी,** (विरु) **कोरडा**

आर्या (स्त्री) *पाहा :* **वृत्त**

आलंकारिक (वि) *पाहा :* **अतिशयोक्त, भाषालंकार, अलंकृत**

आलटापालट (स्त्री) *पाहा :* **बदल**

आलतूफालतू (पु) *पाहा :* अलताभलता

आलय (न) वसतिस्थान, आश्रयस्थान, निवास, निवासस्थान, विश्रामधाम, आयतन, निकेतन, निलय, आवास, अधिवास, अधिष्ठान, मंदिर, महालय, भवन, भुवन, गृह; नाट्यगृह, नाट्यमंदिर, प्रेक्षागार, प्रेक्षागृह, श्रोतृगृह, राजगृह, राजमंदिर, राजवाडा, प्रासाद, शिशुगृह, बालसदन, पाळणाघर, जागा, शाला, घर, धर्मशाळा, सराई, वसतिगृह, दूतावास, अतिथिगृह, पथिकाश्रम, हट्टी, वसाहत, सहनिवास, वस्ती, वसौटा; *पाहा :* **घर, संग्रह**

(n) abode, residence, dwelling, habitat, home, homestead, domicile, asylum, retreat, sancturary, resort, sanatorium; auditorium, inn, hostel; *पाहा :* **घर, संग्रह**

आलस्य (न) *पाहा :* **आळस**

आलस्यहीन (वि) *पाहा :* **अनलस**

आलागेला (पु) *पाहा :* **अतिथी**

आलाप (पु) भाषण, संभाषण, बोलणे, वर्णन, कथन; तान, लकेर, बढत, स्वरमालिका (*पाहा :* **तान**) स्वरालाप, वार्तालाप

(n) conversation, dialogue, discussion, speech, description; tune, melody, strain; *पाहा :* **तान**

आलिंगन (न) मिठी, कव, कवटाळी, दृढभेट, प्रेमभेट, प्रेमालिंगन, क्षेमालिंगन, दृढ/गाढ आलिंगन, संश्लेष, मीलन/मिलन, गळाभेट, गळामिठी; पकड, विळखा, वेढा, वेग, कवळ, वळघ, गाठ, भेट, झोंबी; वज्रमिठी, मगरमिठी

[क्रि] आलिंगणे, मिठी मारणे, कवळणे, कवेत घेणे, कवटाळणे, आवळणे, पकडणे, बाहुपाशात घेणे, बाहुपाशात बद्ध करणे, वेढणे, हृदयाशी/छातीशी/उराशी धरणे, उराउरी भेटणे, गळ्यात गळा घालणे, गळामिठी मारणे, गळ्यात हात घालणे, घट्ट धरणे, बिलगणे, भिडणे, लगटणे, चिकटणे, झोंबणे, ऐक्य/लय पावणे, एकरूप होणे

(n) embrance, hug, clasp, hold, grasp

[v] embrace, hug, cuddle, cling to fondle, snuggle up to

आलिशान (वि) बादशाही, राजेशाही, भव्य, वैभवशाली, झकपक, सजवलेला, प्रासादतुल्य, शानदार, शाही थाटाचा

[adj] majestic, regal, princely, imperial, royal, palatial, grand, glorious, magnificent

आलेख (पु) *पाहा :* **आराखडा**

आलेखन (न) *पाहा :* **आखणी, अभिव्यक्ती**

आलोक (पु) *पाहा :* **प्रकाश, अवलोकन**

आलोकन (न) *पाहा :* **अवलोकन**

आलोचक (वि) *पाहा :* **चिंतनशील**

आलोचन (न) **आलोचना** (स्त्री) *पाहा :* **अवलोकन, चिकित्सा, टीका**

आलोडन (न) *पाहा :* **अध्ययन, चिंतन**

आल्हाद (पु) *पाहा :* **आनंद**

आल्हादक (वि), **आल्हादकारक** (वि) *पाहा :* **आनंददायक**

आल्हादित (वि) *पाहा :* **आनंदित**

आव (पु) आविर्भाव, अवतार, पवित्रा; अवडंबर; अवसान, आवेश, नेट; घाट, घडण, ढब, डौल

(n) show, stance, display; ostentation; verve, daring; form

आवई (स्त्री) *पाहा :* **अफवा**

आवक (स्त्री) जमा, आय, उत्पन्न, मिळकत, प्राप्ती; वसुली, वसूल, उगवणूक, उगराणी, फळ, नफा, फायदा, लाभ, जोड, कमाई, उपज, आयात, भरणा; अवांतर प्राप्ती; *पाहा :* **वेतन, अर्थ, जमाखर्च** (विरु) **खर्च**

(f) income, collection, earning, proceeds, receipts, gain, profit; *पाहा :* **वेतन, अर्थ, जमाखर्च** (विरु) **खर्च**

[i] make a killing, keep one's head above water

आवड (स्त्री) गोडी, चव, रुची, अभिरुची, पसंती, चहा, साक्षेप; प्रीती, प्रेम, मर्जी, मन, सौरस्य, स्वारस्य, आकर्षण; कल, इच्छा, वासना, ओढ, कदर, चाड, चटक, शौक; छंद, टूक; निवड, आवडनिवड, औत्सुक्य; आंबटशौक; *पाहा :* (विरु) **अनावड, तिटकारा**

[क्रि] आवडणे, रुचणे, मन बसणे, मनास येणे, मनात भरणे, डोळ्यांत भरणे, पसंत असणे, भावणे, पटणे, गोड लागणे, हवे असणे, चाहणे, चटकणे

(n) liking, relish, fondness, preference, pick, choice, affinity, inclination, love, passion, penchant, appetite, craze; *पाहा :* (विरु) **अनावड, तिटकारा**

[i] to take a fancy to, to have a weakness for

आवडता (वि) *पाहा :* **प्रिय**

आवतण (न) *पाहा :* **आमंत्रण**

आवतीभोवती (क्रिवि) *पाहा :* **आजूबाजूस**

आवर (पु) नियंत्रण, आळा, दाब, बंधन,

संयमन, धरबंध, बांध, ताबा, अंकुश, वेसण, लगाम; शिस्त, सुसूत्रीकरण, आवरसावर; आटोप, उरक (उरका); *पाहा :* **नियंत्रण, अटकाव**

[क्रि] आवरणे, आटोक्यात आणणे, आवराआवर करणे, गुंडाळणे, आटोपणे, उरकणे

(n) control, restraint, curb, break, check; discipline regulation; *पाहा :* **नियंत्रण, अटकाव**

आवरण (न) *पाहा :* **अवगुंठन**

आवरणे (क्रि) *पाहा :* **आवर, आटोपणे**

आवर्जून (क्रिवि) *पाहा :* **अगत्य, मुद्दाम**

आवर्त (पु) *पाहा :* **वायू, परिभ्रमण**

आवर्तन (न) *पाहा :* **आवृत्ती**

आवली (स्त्री) ओळ, रांग, पंक्ती, बारी, हारी, राई, राजी, माला, मालिका, माळ, माळका, सरणी, तांडा, साखळी, शृंखला, श्रेणी, श्रेढी, फळी, सर, हार, पोत, लड, फरा, पंगत, परंपरा, रीघ, लघाळ, तोरण, पुष्पाहार, पुष्पमाला, फुलमाळ, गजरा, वेणी, वळेसर; कंठा, गळेसर, वैजयंती, बलाकमाला, नामावली, श्रेयनामावली, आज्ञावली, इ., *पाहा :* **अनुक्रम**

(n) line, row, rank, file, range, queue, array, progression, succession, sequence, chain, series, serial, string, garland; *पाहा :* **अनुक्रम**

आवश्यक (वि) गरजेचा, जरुरीचा; अवश्य, अगत्याचा, प्राप्त, अपरिहार्य, अनिवार्य, बंधनकारक, अनिवार, अटळ, निकडीचा, अत्यावश्यक; जीवनावश्यक; पायाभूत; *पाहा :* (विरु) **निरुपयोगी, अप्रयोजक**

[वा] अमक्याशिवाय पान न हलणे

[adj] necessary, essential, needful, compulsory, mandatory, obligatory, imperative, requisite, indispensable; urgent; basic, inescapable; (विरु) **निरुपयोगी, अप्रयोजक**

[i] hobson's choice

आवश्यकता (स्त्री) *पाहा :* **गरज**

आवस (स्त्री) *पाहा :* **अमावस्या**

आवळ (वि) *पाहा :* **घट्ट**

आवळणे (क्रि) घट्ट पकडणे, बांधणे, गच्च दाबणे, चेपणे, अलिंगिणे, मिठी मारणे, चुरणे, चुरडणे, चुरगळणे, चुरगळा करणे, चोळामोळा करणे, चोळटणे, चोळवटणे, कुसकरणे, चेंगरणे, चिवळणे, रगडणे, आवळून धरणे; आटणे, आखडणे, घट्ट होणे, लहान/कमी होणे, आकुंचन पावणे, चेंबटणे; *पाहा :* **आलिंगन**

(v) squeeze, compress, crush, tighten, cleach, press, grip, clutch, clasp, hold, pinch, wring, embrace; shrink, reduce, contract; *पाहा :*

आलिंगन

आवळाजावळा (वि) *पाहा :* **जुळा**

आवळीभोजन (न) *पाहा :* **अन्न**

आवा (स्त्री) *पाहा :* **स्त्री, अग्नी**

आवाका (पु) सामर्थ्य, क्षमता, मगदूर, शक्ती, आकलनशक्ती; झेप, उडी, पल्ला, मजल, पोच (पोहोच) इयत्ता, फेक, दम, आटोका; व्याप, विस्तार, आटोप, कक्षा, कृतिकक्षा, कार्यक्षेत्र; टप्पा; प्रभाव; *पाहा :* **झेपणे**

(n) capacity, ability, potentiality sway; reach, span, range, extent, area, sphere, scope, influence; *पाहा :* **झेपणे**

आवाज (पु) ध्वनी, नाद, स्वन, रव, आरव, घोष, शब्द, सूर, स्वर, श्रुती, नादब्रह्म; साद, पडसाद, प्रतिध्वनी, निनाद; बोल, उक्ती, उपचार, वाणी, वाचा, वचन, भाषण, गायन, धून, लकेर, आरोळी, किंचाळी; बडबड, वटवट, ओरडा, आरडाओरड, गलका, कल्ला, गलबला, गोंगाट, गदारोळ, कलकल, कलकलाट; हाक, बोंब, शंख, शंखध्वनी, पांचजन्य, कंठरव, कंठशोष; कुजबूज, कुचकुच, खसखस, फिसफिस, किरकिर, चिरचिर; रिपरिप, धो धो, घों घों; सू सू; कूजन, कलरव, किलबिल, किलबिलाट, किलकिलाट, कुहूकुहू, चिवचिव, चिवचिवाट, कावकाव, कुकूचकू, बांग, केका, गुटर्गू, गुंजन, गुंजारव, गुणगुण; गर्जना, डरकाळी, डुरकावणी, कोल्हेकुई, हुकी, धुधु:कार, बुभु:कार, भुभु:कार, भुपकार, घूत्कार, डरावडराव, फुसफुस, फुस्स, फूत्कार, फूफू:, गजर, गाज, झंकार, दिडदा-दिडदा, बंबाळ, उद्घोष, तारस्वर, अनुरणन, घुमकी, थाप, टणत्कार, झणत्कार; टाळी, ठो ठो, धडाका, दणका, धुडुम, धडाड, कडाड, फडाड; खडखड, धडधड, टकटक, टिकटिक, टणटण, सळसळ, घरघर, फरफर, फडफड, फुरफुर, गुरगुर, मचमच; रुमझुम, रुणझुण, छमछम, छुनछुन, किणकिण, झनझन, खणखण; दणदणाट, खणखणाट, छणछणाट, छमछमाट, फडफडाट, खडबडाट, धडधडाट, घणघणाट, झडझडाट, सोसाटा, कडकडाट, गडगडाट, खळखळाट, खळाळ; शीळ, शिटी, भोंगा; पायरव, पदरव, चाहूल; रुदन, ट्यांहा; हास्य, हास्यध्वनी; चीत्कार, सीत्कार, हुंकार; मर्मर; हर्षध्वनी, बारीक/किनरा/उंच/टिपेचा/खडा/खर्जातला/घोगरा/गेंगाणा/हलका/गुलुगुलु, इत्यादी; आवाज; *पाहा :* **आवाजासह**

[क्रि] बोलणे, म्हणणे, ओरडणे, तोंड चालवणे/करणे, गाणे, आळवणे, आरवणे, घुमणे, घोंघावणे, भणभणणे, गडगडणे, सूंसूं करणे, गूंगूं करणे, कडाडणे, फडाडणे, धडाडणे, झणाणणे, रोरावणे,

गाजणे, गरजणे, गर्जणे, घुमघुमणे, घणघणणे, गेंगणे, रडणे, स्फुंदणे, विव्हळणे, कण्हणे, मुसमुसणे, गळा काढणे, टाहो फोडणे, गुरगुरणे, फिसकारणे, फुसफुसणे, फूत्कारणे, करकरणे, कुरकुरणे, किणकिणणे, खुळखुळणे, रुणझुणणे, खुडबुडणे, छुमछुमणे, दुमदुमणे, चित्कारणे, ठणठणणे, ठणाणणे, रटरटणे, गुणगुणणे, पुटपुटणे, केकाटणे, भुंकणे, खिंकाळणे, फुरफुरणे, हंबरणे, ठोठावणे, तडतडणे, खदखदणे, फदफदणे, मिटक्या मारणे, चुटक्या वाजवणे

[वा] घसा/आवाज फुटणे, घसा बसणे, कानठळ्या बसणे

(n) sound, tone, tune, voice, noise, speech, utterance, rattle, chime, click, clatter, ring, boom, clamour, crash, blast, thunder, uproar, pandemonium, din, hubbub, twittering, jingling, chirping; *पाहा :* **आवाजासह**

आवाजासह (क्रिवि) धपाधप, धबधबा, धाडधाड, फाडफाड, फडाफडा, बदाबदा, मचकमचक, मचामचा, मटकमटक, मटामटा, गटागटा, रटारटा, कडकडा, काडकन, फाडकन, थाडकन, थाडथाड, धाडकन, घुटकन, खटकन, घटाघटा, चकावचकाव, कराकरा, फराफरा, टराटरा, टपटप, खटखट, दडदड, ढमढम, ढुमढुम, डुमडुम, चुरचुर, चुर्र, इत्यादी; *पाहा :* **आवाज**

[adv] loudly, aloud, noisily, with a clatter/creak/squak/hiss/rattle/rustle/smack/clang/slam/snap/thump/bang; *पाहा :* **आवाज**

आवार (न) *पाहा :* **अंगण**

आवास (पु) *पाहा :* **आलय**

आवाहन (न) *पाहा :* **आमंत्रण**

आवाळू (न) *पाहा :* **गळू**

आविर्भाव (पु) अभिनय, हावभाव, मुद्रा, चेहरा, अंगविक्षेप, हातवारे, अवतार, बतावणी; आव, पवित्रा, ढब; अभिव्यक्ती, आविष्कार

(n) acting, performance, stance, display, expression, exposition, show, air, appearance

आविष्करण (न), **आविष्कार** (पु) प्रकटन, प्रदर्शन, निदर्शन, प्रसिद्धीकरण, प्रतिपादन; *पाहा :* **अभिव्यक्ती, आविर्भाव**

[क्रि] दर्शवणे, दाखवणे, प्रकट/उघड/आविष्कृत/जाहीर/प्रसिद्ध/स्पष्ट/विशद/व्यक्त/प्रदर्शित/आविर्भूत करणे, प्रतिपादणे उदयास आणणे

(n) expression, articulation, exposition, exhibition, display, show, revelation, demonstration, manifestation, publicity *पाहा :* **अभिव्यक्ती, आविर्भाव**

आविष्कृत (वि) पाहा : **प्रकट,**

आविष्कार आवृत्ती (स्त्री) आवर्तन, पारायण, पठण, जप, धोशा, संथा, पाठांतर, उजळणी, घोकंपट्टी, अध्ययन, अभ्यास, सराव; पुनर्जन्म, जन्म-मरणाचे रहाटगाडगे, चौऱ्याऐंशीचा फेरा, संसारयातना; मुद्रण, छपाई, प्रकाशन, पुनर्मुद्रण, प्रत; प्रतिकृती; *पाहा:* **पुनरावृत्ती, अनुकरण, घोकणे**

(n) repetation, duplication, revision, recitation, cramming, mugging, practice; birth-rebirth cycle; edition, impression, reprint; replica; *पाहा:* **पुनरावृत्ती, अनुकरण, घोकणे**

आवेग (पु) जोर, जोम, आवेश, वेग, गती, झपाटा, तिरीमिरी, त्वेष, क्षोभ, प्रक्षोभ, मनःक्षोम, सळ, उसळी, उमाळा, उबळ, उद्रेक; पेटका, वांब, झटका, बेडकी, आचका; त्वरा, घाई; लहर, लाट, लोंढा; पूर; तीव्रता, प्रखरता, उग्रता, धार, तडाखा; असह्यता, ठणका, सणक, शिणक; *पाहा : **अशांतता***

(n) force, vigour, thrust, vehemence, fury; spasm, outburst, eruption; pang, throe; *पाहा :* **अशांतता**

आवेदन (न) **आवेदनपत्र** (न) *पाहा :* **अभ्यर्थना**

आवेश (पु) जोम, जोर, झपाटा, सपाटा, वेग, आवेग, चेव, ऊर्मी, उसळी, उत्साह, साटोप, उमाळा, त्वेष, निकर, अभिनिवेश, तडाखा, नेट, तडफ, जोश, सळ, जबरदस्ती, अवसान, हिरीरी (हिरिरी, हिरहिरी), चैतन्य, ठसका,

[क्रि] इरेला पडणे, चेकाळणे, उसळणे

(n) vigour, ardour, energy, enthusiasm, dash, verve, dynamism, force, gusto, vivacity, spirit

आवेशाने (क्रिवि) *पाहा :* **अद्वातद्वा, आवेश**

आव्हान (न) चेतावणी, चिथावणी, धमकी, दम, युद्धाची आरोळी, ललकारी

[क्रि] दंड थोपटणे, शड्डू ठोकणे, मिशीवर ताव देणे, मिशा पिळणे, तलवार परजणे, पवित्र्यात उभे राहणे, शह देणे

[वा] आले अंगावर घेतले शिंगावर, घोडामैदान जवळ असणे, सुळावरची पोळी, सतीचे वाण

(n) challenge, provocation, call; dare, threat, sabre-rattling; confrontation

[i] to call one's bluff, to throw down the gauntlet

आव्हानात्मक (वि) *पाहा :* **अवघड**

आशक (वि) *पाहा :* **अनुरक्त, आसक्त**

आशंका (स्त्री) *पाहा :* **शंका**

आशय (पु) *पाहा :* **अभिप्राय, आगर**

आशयघन (-संपन्न) (वि) अर्थपूर्ण

(-गर्भ-घन, भारित, युक्त), गंभीर, उत्कट, भावोत्कट, भावगर्भ, भावविभोर; साभिप्राय

[adj] meaningful, pithy

आशा (स्त्री) अपेक्षा, इच्छा, वांच्छा, मनीषा, आस, उत्कंठा, अटकळ, उमेद, विश्वास, आकांक्षा, कल्पना; दिवास्वप्न; मनोराज्य; आशातंतू, आशापाश, आशावाद; पुनराशा; फलाशा, फलवांच्छा, फलाकांक्षा; *पाहा :* **आसावणे** (विरु) **नैराश्य**

[वा] आशेचा किरण, आशेचे इमले, वेडी आशा, मनातले मांडे, हवेतले मनोरे, आशा-निराशांचा लपंडाव, जिभल्या चाटणे, काशीस जावे नित्य वदावे, मधाचे बोट लावणे, गाजर समोर धरणे, हातचे सोडून पळत्याच्या पाठीस लागणे, बुडत्याला काडीचा आधार

(n) hope, expectation, aspiration, desire, craving, longing, yearning, ambition, trust, optimusm, wish, day dream *पाहा :* **आसावणे** (विरु) **नैराश्य**

[i] ray of hope, castles in the air, silver lining, pandora's box, fool's paradise, Utopia, cross one's fingers, count one's chickens before they are hatched, while there is life there is hope, a bird in the hand is worth two in the bush, to catch at straw, to look forward to, to hope against hope, wishful thinking

आशानिराशा (स्त्री) *पाहा :* **चढउतार, आशा, नैराश्य**

आशाभंग (पु) पाहा : **नैराश्य, विरस**

आशाभग्न (वि) पाहा : **निराश**

आशाळभूत (वि) आतुर, इच्छुक, आशाबद्ध, लोभी, हावरा, हपापलेला, उत्कंठित, स्वप्नाळू, आशाळू, डोळे लावून बसलेला, आशावादी, आशापूर्ण; *पाहा :* (विरु) **निराश**

[adj] starry-eyed, eager, expectant, optimistic, sanguine, craving, yearning, greedy, hopeful; *पाहा :* (विरु) **निराश**

[i] to look on the bright side

आशीर्वचन (न), **आशीर्वाद** (पु) आशिष, स्वस्ती, स्वस्तिवचन, वर, वरदान, वरदहस्त, कृपा, गुरुकृपा, अनुग्रह, प्रसाद, शुभचिंतन, अभीष्टचिंतन, दुवा, मेहेरबानी

[वा] डोक्यावर हात ठेवणे

(n) benediction, blessing, boon, kindness, favour, grace, well-wishing, consecration

आश्चर्य (न) नवल, अचंबा, विस्मय; कौतुक, कुतूहल; चमत्कार, चमत्कृती, नवाई; अद्भुत/विलक्षण/काल्पनिक/अजब/अचाट/नवलाईची गोष्ट, महादाश्चर्य, सखेदाश्चर्य

[क्रि] थक्क/चकित/आश्चर्यचकित/सर्द/विस्मित/अचंबित/गुंग/दंग/स्तिमित/स्तंभित/अवाक/दिङ्मूढ होणे, चमकणे, डोळ्यांवर /कानांवर विश्वास न बसणे, आ वासून पाहणे, भुवया उंचावणे, मती गुंग होणे, चाट पडणे
[वा] तोंडात बोटे घालणे, डोळे फाटणे, जागच्या जागी थिजणे
(n) astonishment, surprise, wonder, amazement; marvel, miracle, fantasy; stupefaction
[v] to be astounded/speechless/stunned/dumbfounded/ flabbergasted/ thunderstruck
[i] rub one's eyes hold one's breath, unable to belive one's senses, open mouthed, to be taken aback, to be caught napping, bombshell

आश्चर्यकारक (वि) *पाहा :* **अद्‌भुत**

आश्रम (पु) वसतिस्थान, निवासस्थान, पर्णकुटी, पर्णशाला, मठ, मठी, गुहा, पाठशाला, गुरुकुल, विद्यालय, ज्ञानमंदिर, आश्रमशाळा, आश्रमचतुष्टय (चतुराश्रमः चार आश्रम : ब्रह्मचर्याश्रम, गृहस्थाश्रम, वानप्रस्थाश्रम, संन्यासाश्रम) पूर्वाश्रम, वृद्धाश्रम, आश्रमधर्म, वर्णाश्रम; बौद्धमठ, विहार
(n) hermitage, cloister, convent, sanctum-sanctorum, retreat, academy, residential school, seminary

आश्रय (पु) आसरा, आधार, आश्रयस्थान, निवारा, थारा, संरक्षण, समाश्रय, राजाश्रय, आधारस्थान, विश्रांतिस्थान, छत्र, छत, छाया, आडोसा, ऊब, आच्छादन, ठाव, मायपोट, कृपाछत्र, पालकत्व *पाहा :* **माहेर**
[वा] कास धरणे, डोके टेकणे, पदराखाली घेणे, पंखांखाली घेणे, पाठीशी घालणे
(n) shelter, refuge, haven, sanctuary, asylum, cover, umbrella, security, protection, tutelage, auspices, aegis *पाहा :* **माहेर**
[i] have a roof over one's head, take someone under one's wings

आश्रयदाता (वि) *पाहा:* **त्राता, मदतगार**

आश्रित (वि) *पाहा:* **परतंत्र, रक्षित, अनुचर**

आश्वासक (वि) धीर / आश्वासन/ उत्साह देणारा, उत्तेजक, प्रोत्साहक, खात्रीशीर, उत्साहवर्धक, अनुकूल
[adj] promising, encouraging, reassuaring, comforting, heartening, supportive

आश्वासन (न) वचन, अभिवचन, खात्री, हमी, धीर, उत्साह, उमेद, दिलासा, भरवसा; उत्तेजन, प्रोत्साहन; कौल

(n) reassurance, assurance, guarantee, warranty, promise, courage

आश्विन (पु), **आषाढ** (पु) *पाहा:* **बारा महिने**

आषाढझड (स्त्री) *पाहा :* **पाऊस**

आस (स्त्री) *पाहा :* **आशा**

आस (पु) *पाहा :* **अक्ष**

आसक्त (वि) लुब्ध, मोहित, आकृष्ट, अनुरक्त, संसक्त, प्रेमबद्ध, परायण, निष्ठावंत, आशक, फिदा, लट्टू, लंपट, लोल, लोलुप, विकारवश, कामातुर, कामविव्हल, रत, निरत, लागट, लोभी, अधाशी, हावरा, हावरट, फलासक्त, प्रलोभित *पाहा :* (विरु) **विरक्त**

[वा] मन बसणे/जडणे

[adj] passionate, infatuated, obsessive, doting, attached, devoted, stuck, lovelorn, lustful, lascivious; *पाहा :* (विरु) **विरक्त**

आसक्ती (स्त्री) लालसा, तृष्णा, वासना, अनुरक्ती, प्रीती, प्रेम, निष्ठा, माया, ममता, कामातुरता, कामासक्ती, फलासक्ती, इच्छा, अभिलाषा, लोलुत्व, स्वारस्य, रती, लोभ, हाव, चटक, भुरळ *पाहा :* (विरु) **विरक्ती**

(n) passion, desire, craving, hunger, infatuation, thirst, urge, obsession, lust, avarice, grad, rapacity *पाहा :* (विरु) **विरक्ती**

आसन (न) बैठक, आस्तरण, बिछाईत (बिछायत), बसकर, गालिचा, जाजम, रुजामा, सतरंजी, चटई, दर्भासन, कृष्णाजिन, मृगाजिन, चौरंग, पाट, चौफळा, मंच, मंचक, खुर्ची, बाक, सिंहासन, तख्त, पीठ, गादी, राजगादी, राजपीठ, राजसिंहासन, मसनद, उच्चासन, सुखासन, अग्रासन, व्यासपीठ, पीठिका, ठाण, स्थान, मचाण, माच, माची, अंबारी, हौदा, मेणा, पालखी; राजशय्या *पाहा :* **अधिष्ठान, अधिकार, अडणी, अंथरूण, शरीराकृती, बसणे, वाहन**

(n) seat, perch, saddle, chair, throne, pedestal, platform, place, site; *पाहा :* **अधिष्ठान, अधिकार, अडणी, अंथरूण, शरीराकृती, बसणे, वाहन**

आसनस्थ (वि) *पाहा :* **अधिकारी**

आसन्नमरण (वि) मरणासन्न, मुमूर्षू, मरणोन्मुख, मृतप्राय, अर्धमेला, क्षीणायू, अत्यवस्थ *पाहा :* मृत, मृत्यू, मरणे

[वा] मृत्युशय्येवर असणे, मृत्युपंथाला लागणे, मरणाच्या दारी असणे, मरायला टेकणे, मरू घालणे, आता मरतो की मग मरतो असा, अखेरच्या वाटेवरील प्रवासी, धरणीवर पडणे, कंठी प्राण उरणे, प्राणांतिक अवस्था असणे, डोळ्यांत प्राण येणे, अंतकाळ जवळ येणे, उतारपंथास लागणे, शंभर वर्षे भरणे, शरपंजरी पडणे,

शेवटचे दिवस मोजणे, गोवऱ्या मसणात जाणे, शेवटची घटका मोजणे, घटका भरणे, नाकाशी सूत धरणे, थोडी धुगधुगी असणे, उचकी/श्वास/घरघर लागणे, शेवटची घरघर, डोळे पांढरे करणे

[adj] dying, declining, failing, moribund *पाहा :* **मृत, मृत्यू, मरणे**

[i] on one's deathbed, in the jaws of death, at the point of death, at the last gasp, to be at death's door, someone's days are numbered, to have one foot in the grave

आसपास (क्रिवि) *पाहा :* **आजूबाजूस**

आसमंत (पु) *पाहा :* **परिसर**

आसमंतात (क्रिवि) *पाहा :* **आजूबाजूस**

आसरा (पु) *पाहा :* **आश्रय, रक्षण**

आसावणे (क्रि) आतुर/उत्कंठित/उत्सुक/अधीर होणे, उत्कटतेने इच्छिणे, झुरणे, आसुसणे; *पाहा :* **आशा**

[वा] तहान लागणे, जीव गोळा होणे

(v) yearn, pine, long, crave, desire, be eager; *पाहा :* **आशा**

आसावरी (पु) *पाहा :* **राग**

आसुरी (वि) *पाहा :* **अघोरी**

आसुसणे (क्रि) *पाहा :* **आसावणे**

आसू (पु) *पाहा :* **अश्रू**

आसूड (पु) चाबूक, कोरडा, प्रतोद, तोबा, चाव्हरा

[वा] चौदावे रत्न

(n) whip, lash

आसेतुहिमाचल (क्रिवि) *पाहा :* **सर्वत्र**

आस्तरण (न) *पाहा :* **अंथरूण**

आस्था (स्त्री) कळकळ, आपुलकी, अगत्य, सद्भाव; आच, ऊब, काळजी, फिकीर, पर्वा, कदर, अनुकंपा; उत्सुकता, उत्कंठा; आवड, प्रेम, कोवळीक, रुची; साक्षेप, श्रद्धा, विश्वास *पाहा :* (विरु) **बेपर्वाई**

(n) concern, care, interest, solicitude; anxiety, eagerness, keenness; affinity, fondness; goodwill, faith, trust *पाहा :* (विरु) **बेपर्वाई**

आस्थापना (स्त्री) *पाहा :* **स्थापना**

आस्थाशून्य (वि) *पाहा :* **तटस्थ, थंड**

आस्थेवाईक (वि) प्रेमळ, कळकळीचा, चाहता, उत्सुक, गुणग्राही, भावपूर्ण, श्रद्धायुक्त *पाहा :* (विरु) **बेपर्वा**

[adj] solicitous, earnest, considerate, sincere, fond, involved *पाहा :* (विरु) **बेपर्वा**

आस्वाद (पु) चव, रुची, गोडी, लज्जत, स्वाद; रसास्वाद, उपभोग; वास, सुवास; चुणूक, डूब

(n) taste, savour, flavour, smell, aroma, fragrance

आहार (पु) *पाहा :* **अन्न**

आहारनियमन (न) *पाहा :* **अनशन**

आहुती (स्त्री) हवनद्रव्य, हविर्द्रव्य, हविष्य, हवी, अवदान; भक्ष्य, बळी, बलिदान, पूर्णाहुती, पुरोडाश

(n) offering, sacrifice, oblation

आहेर (पु) भेट, उपहार, देणगी, भेटवस्तू, नजराणा, वाण, वायन, उपायन, सण, बक्षीस, मानपान, मानाचे पान, आहेर- उपचार, शिष्टाचार, शेलापागोटे, चोळीबांगडी, घरचा आहेर, सप्रेम भेट

(n) gift, present, offering

आळ (पु) *पाहा :* **आरोप, कागाळी, चहाडी**

आळणी (वि) *पाहा :* **बेचव**

आळवणी (स्त्री), **आळवणे** (क्रि) *पाहा :* **आराधना, अभ्यर्थना**

आळशी (वि) ऐदी, सुस्त, मंद, मैंद, रेंद, थंड, जडभरत, ढम्म, निष्क्रिय, निरुद्योगी, बेकार, खुशालचेंडू, ऐदीगैदी, कर्तव्यपराङ्मुख, हलगर्जी, दीर्घसूत्री, चेंगट, चिकट, दळुबाई, आयतोजी, आयतखाऊ (ऐतखाऊ), रिकामटेकडा, उठवळ, आरामप्रिय, कामचुकार, अंगचुकार, उडाणटप्पू, चुकारतट्टू, जड, पेंगळा, आळसट, आळसावलेला, रेंबट्या, झोज्या, सांगकाम्या, बशा, बठ्या; *पाहा :* **आळस** (विरु) **अनलस, उद्योगी, कष्टाळू**

[वा] गुळाचा गणपती, घेलाशेट, शेणाचा पो, म्हशीचा प्राणनाथ, भोजनभाऊ, माजलेला पोळ, खायला काळ आणि भुईला भार, अजगरासारखा पडलेला, असेल माझा हरी तर देईल खाटल्यावरी, सूर्यवंशी, आळश्यावर गंगा येणे

[adj] lazy, indolent, slow, sluggish, slothful, inactive, idle, supine, lethargic; work-shy, lackadiasical *पाहा :* **आळस** (विरु) **अनलस, उद्योगी, कष्टाळू**

[i] drone, lotus eater, not to lift a finger, good for nothing

आळस (पु) सुस्ती, सुस्ताई, सुस्तपणा, मंदपणा, शैथिल्य, तंद्रा, आळशीपणा, आलस्य, जडत्व, कंटाळा; हयगय, चालढकल, ढिलाई, अनवधान, अळंटळं, टंगळमंगळ, गमजा, चेंगटपणा, ढील, निष्क्रियता, निरुद्योगीपणा, कामचुकारपणा, दिरंगाई; *पाहा :* **आळशी** (विरु) **उद्योग, कष्ट**

[क्रि] आळसावणे, सुस्तावणे, सैलावणे, रेंगाळणे, वेळ दवडणे, पेंगुळणे

[वा] हातपाय न हालवणे, बसून असणे, जेठा मारून बसणे, इकडची काडी तिकडे न करणे, माश्या मारणे, नखे कुरतडत बसणे, पाय पसरून निजणे, उंटावरून शेळ्या हाकणे, आयत्या पिठावर रेघा ओढणे, रिकामा न्हावी भिंतीला तुंबड्या लावी, बैठेसे बिगार भली

(n) laziness, indolence, torpor, lassitude, sloth, idleness, negligence, dilly-dallying; *पाहा :* **आळशी** (विरु) **उद्योग, कष्ट**

[i] let the grass grow under one's feet, sit on one's hands, twiddle one's thumbs

आळा (पु) *पाहा :* **आवर**
आळी (स्त्री) *पाहा :* **मार्ग**
आळे (न) *पाहा :* **खड्डा**
आक्षिप्त (वि) *पाहा :* **त्याज्य**
आक्षेप (पु) हरकत, नापसंती, विरोध, तक्रार; संशय, शंका; दूषण, ठपका, टीका *पाहा :* **आरोप**
(n) objection, exception, challenge, complaint, protest, doubt, criticism, accusation *पाहा :* **आरोप**
आक्षेपार्ह (वि) *पाहा :* **गर्हणीय, त्याज्य**
आज्ञप्ती (स्त्री) *पाहा :* **आदेश**
आज्ञा (स्त्री) *पाहा :* **आदेश**
आज्ञातिक्रम (पु) *पाहा :* **आज्ञाभंग**
आज्ञाधारक (वि) इमानी, निष्ठावंत, कर्तव्यतत्पर, गरीब, नम्र, विनम्र, सच्चा पाईक
[वा] अर्ध्या वचनात असणे, शब्द झेलणे
[adj] obedient, dutiful, compliant; loyal, docile
[i] at one's beck and call, walk the chalk line
आज्ञापक (पु) *पाहा :* **अधिकारी**
आज्ञापत्र (न) *पाहा :* **आदेश**
आज्ञापन (न) *पाहा :* **आदेश**
आज्ञापालन (न) *पाहा :* **शिस्त**
आज्ञाभंग (पु) आज्ञातिक्रम, आज्ञेचे उल्लंघन, आज्ञेचा अवमान / अधिक्षेप, अवज्ञा, बेशिस्त, (स्त्री) हुकूमभंग
[क्रि] आज्ञा मोडणे, हुकूम तोडणे
(n) disobedience, insubordination, violation, infraction, indiscipline
[v] disobey, defy, violate, rebel
आज्ञावली (स्त्री) *पाहा :* **कार्यक्रम, आवली, आदेश**
आज्ञासिद्ध (पु) *पाहा :* **परमेश्वर**

इ

इकडेतिकडे (क्रिवि) *पाहा :* **आजूबाजूस**

इंगळ (पु) *पाहा :* **अग्नी**

इंगा (पु) *पाहा :* **शक्ती**

इंगित (न) *पाहा :* **अभिप्राय, रहस्य, खुबी**

इच्छा (स्त्री) वांच्छा (वांछा), कामना, कांक्षा, आकांक्षा, ईषणा, मनीषा, मनेच्छा, मनोगत, मनोती, मनोकामना, मनोरथ, मानस, मनोदय, अपेक्षा, उणखूण, स्पृहा; वासना, अभिलाषा, लालसा, पिपासा, काम, आसक्ती, असोशी, लुसलुस, लोकेषणा, वित्तेषणा, लाभदृष्टी, सद्वासना; आवड, निवड, कल, पसंती, प्रवृत्ती, अंत:करणप्रवृत्ती, मर्जी, बुद्धी, सौरस्य, स्वारस्य; इरादा, उद्देश, दृष्टी, हेतुकपण, मनसुबा, मन:संकल्प, महत्त्वाकांक्षा, आशा, आस, तळमळ, मनोवांछित, ईप्सित, उद्दिष्ट, गरज, मागणी, छंद, हौस, पांग, डोहळा (डोहाळा); जिगीषा, विजिगीषा, मुमुक्षा, मुमूर्षा; खवखव, खुमखुमी, ऊर्मी, हुक्की, तृष्णा, भूक, तलफ; दर्शनेच्छा, ज्ञानेच्छा, ज्ञानपिपासा, कामेच्छा, प्रबळ/अनावर इच्छा; ईश्वरेच्छा; स्वेच्छा, आपखुशी, इच्छाशक्ती; सदिच्छा, शुभेच्छा; कुवासना, दुर्वासना, दुष्प्रवृत्ती; अनिच्छा; *पाहा :* **मनोराज्य, औत्सुक्य, चिंतणे, आशा, तहान** (विरु) **नावड, अनावड, नापसंती**

[वा] मनातले मांडे, मनी वसे ते स्वप्नी दिसे, डोळा ठेवणे, जिभल्या चाटणे, इच्छा तेथे मार्ग, डोहाळे लागणे, जीभ शेसाळणे

(n) wish, desire, hope, mine, longing, passion, preference, inclination, intention, expectation, need, demand; *पाहा :* **मनोराज्य, औत्सुक्य, चिंतणे, आशा, तहान,** (विरु) **नावड, अनावड, नापसंती**

[i] have an eye on, set one's heart upon

इच्छातृप्ती (-पूर्ती) (स्त्री) *पाहा :* **आनंद**

इच्छापत्र (न) *पाहा :* **करार**

इच्छाभोजन (न) *पाहा :* **अन्न**

इच्छामरण (न) *पाहा :* **मृत्यू**

इच्छाशक्ती (स्त्री) इच्छा, स्वेच्छा, मन, मनोबल, मन:शक्ती, संकल्पशक्ती, मनोधैर्य, आत्मबल, आत्मशक्ती, स्वयंस्फूर्ती, निर्धार, खंबीरपणा, जिद्द, जिगीषा, चिकाटी, चिवटपणो; *पाहा :* **शक्ती, खंबीर**

(n) will, will-power, free will, volition, morale, grit, tenacity, strength of mind; *पाहा :* **शक्ती, खंबीर**

इच्छास्वातंत्र्य (न) *पाहा :* **स्वातंत्र्य**

इच्छित (वि) *पाहा :* **इष्ट**

इच्छुक (वि) साकांक्ष, उत्सुक, अभिलाषी, हेतुक, फलाकांक्षी, फलासक्त, लाभार्थी, लोभी, कामी, कामुक, सकाम, गरजवंत; जिगीषू, विजिगीषू; दर्शनेच्छू, दर्शनोत्सुक, लोकहितैषी; मोक्षकाम, मुमुक्षू; मुमूर्षू; अर्जदार, उमेदवार, पदान्वेषी, उभा
[adj] desirous, willing, expectant, hopeful, needy; applicant, candidate, contender, pretender

इजा (स्त्री) *पाहा :* **अपाय**

इजार (स्त्री) *पाहा :* **विजार**

इज्जत (स्त्री) *पाहा :* **अब्रू, प्रतिष्ठा**

इज्जतदार (वि) *पाहा :* **प्रतिष्ठित**

इटुकला (वि) *पाहा :* **लहान**

इडापिडा (स्त्री) *पाहा :* **संकट**

इंतजाम (पु) *पाहा :* **व्यवस्था**

इतमाम (पु) सरंजाम, साधनसामग्री, जुळवाजुळव, तजवीज, डामडौल, दिमाख, मानमरातब, तैनात, बंदोबस्त, परिवार, लवाजमा, खटले
(n) arrangement, ostentation, pomp, escort, retinue, paraphernalia, apparatus

इतर (वि) *पाहा :* **अन्य**

इतराजी (स्त्री) *पाहा :* **अवकृपा, नापसंती**

इतस्ततः (क्रिवि) *पाहा :* **आजूबाजूस**

इतिकर्तव्य (न) *पाहा :* **ध्येय**

इतिकर्तव्यता (स्त्री) *पाहा :* **चीज, आनंद**

इतिवृत्त (न) *पाहा :* **अहवाल**

इतिश्री (स्त्री) *पाहा :* **अंत**

इतिहास (पु) *पाहा :* **कथा, चरित्र, अहवाल**

इतिहासकालपूर्व (वि), **इतिहासजमा** (वि) *पाहा :* **प्राचीन, अतीत**

इत्थंभूत (वि) साद्यंत, सविस्तर, तपशीलवार, संपूर्ण, समग्र, साग्र, साग्रसंगीत, सांगोपांग, साकल्याने, बारीकसारीक, माहितीसह, यथासांग, अवघा
[adj] full, entire, total, whole, complete, detailed, blow-by-blow, to a hair

इत्यर्थ (पु) *पाहा :* **तात्पर्य**

इथेतिथे (क्रिवि) *पाहा :* **पुन्हा**

इंदिरा (स्त्री) *पाहा :* **लक्ष्मी**

इंदीवर (न) *पाहा :* **कमळ**

इंदुवदना (स्त्री) *पाहा :* **सुंदरी**

इंदु (पु) *पाहा :* **चंद्र**

इंद्र (पु) मघवा, महेंद्र, देवेंद्र, स्वर्गाधिपती, शक्र, पुरंदर, वासव, सहस्राक्ष, वज्रपाणी, सुरेंद्र, सुरेश, अमरेश
(n) King of Gods

इंद्रजाल (न) *पाहा :* **जादू**

इंद्रधनुष्य (न) इंद्रधनू, इंद्रचाप, इंद्रायुध; *पाहा :* **धनुष्य**
(n) rainbow; *पाहा :* **धनुष्य**

इंद्रवज्रा (न) *पाहा :* **वृत्त**

इंद्रिय (न) *पाहा :* **अंग, अवयव, गात्र, ज्ञानेंद्रिय, कर्मेंद्रिय**

इंद्रियगम्य (वि), **इंद्रियगोचर** (वि) *पाहा :* **गोचर**

इंद्रियदमन (न) *पाहा :* **आत्मनिग्रह**

इंद्रियसंवेद्य (वि) *पाहा :* **गोचर**
इंद्रियसुख (न) *पाहा :* **प्रेय**
इंधन (न) *पाहा :* **अग्नी**
इनाम (न) अग्रहार, वृत्ती, देणगी, बक्षीस, पारितोषिक; इनामत, जहागीर; धर्मादाय, दान
(n) gift, present
इनामदार (पु) *पाहा :* **जमीनदार**
इन्कार (पु) *पाहा :* **नकार**
इब्लिस (वि) *पाहा :* **अगोचर**
इभ्रत (स्त्री) *पाहा :* **अब्रू, प्रतिष्ठा**
इमला (पु) *पाहा :* **इमारत**
इमान (न) सचोटी, प्रामाणिकपणा, दानत, निष्ठा; विश्वास, श्रद्धा; सदसद्विवेकबुद्धी, मनोदेवता
(n) loyalty, honesty, fidelity, integrity, uprightness; trust, faith; conscience
इमानदार (वि), **इमानी** (वि) विश्वासू, प्रामाणिक, सच्चा, खरा, निष्ठावंत, आज्ञाधारक; *पाहा :* **पतिव्रता, इमान**
[वा] इमानास जागणे
(n) loyal, honest, trustworthy, faithful, obedient; *पाहा :* **पतिव्रता, इमान**
इमाम (पु) *पाहा :* **आचार्य**
इमारत (स्त्री) इमला, हवेली, महाल, प्रासाद, वास्तू, बांधकाम, वाडा, घर, चाळ, गृह, सदन, सदनिका, निवासस्थान, मंदिर, बंगला, बंगली, भवन, राजवाडा, राजगृह, राजमहाल, (-प्रासाद, -मंदिर -भवन -वाडा -सदन), सौंध, सरकारवाडा, जलमंदिर, डोलारा, वास्तुशिल्प, गोपुर; बैठी/ दुमजली/तिमजली/बहुमजली/ गगनचुंबी इमारत *पाहा :* **मजला**
(n) building, edifice, mansion, villa, palace, bungalow, house, apartment house, tenement, highrise structure, skyscraper; *पाहा :* **मजला**
इयत्ता (स्त्री) मर्यादा, हद्द, पल्ला, व्याप्ती, पोहोच, आवाका; प्रमाण, मान, माप, परिमाण; दर्जा, पायरी; वर्ग, यत्ता
(n) standard, grade, degree, level, measure, limit, category, class
इरले (न) *पाहा :* **छत**
इरसाल (वि) *पाहा :* **फसवा, अट्टल**
इरा (स्त्री) *पाहा :* **पाणी**
इरादा (पु) विचार, बेत, संकल्प, इच्छा, उद्देश, हेतू
(n) intention, purpose, plan, design
इरीशिरी (स्त्री) *पाहा :* **ईर्षा -र्ष्या**
इर्जिक (स्त्री) *पाहा :* **मदत**
इला (स्त्री) *पाहा :* **पृथ्वी**
इलाखा (पु) *पाहा :* **प्रदेश**
इलाज (पु) उपाय, तोडगा, युक्ती, क्लृप्ती, मात्रा, मदत; चिकित्सा, औषधयोजना; उपचार, औषधोपचार, प्रथमोपचार, बाह्योपचार, रोगोपचार, मानसोपचार, निसर्गोपचार, शस्त्रक्रिया, इत्यादी; उतारा, अनुपान, उपशमन; जडीबुटी *पाहा :* **गत्यंतर,**

औषध

(n) remedy, help, treatment, therapy, cure, medication, nostrum, antidote; *पाहा :* **गत्यंतर, औषध**

इवला (इवलासा) *पाहा :* **अल्प**

इशारत (स्त्री),

इशारा (पु) खूण, संकेत, निशाणी, चाहूल; सूचना, ताकीद, तंबी, चेतावणी, जतावणी

[वा] रात्र वैऱ्याची आहे

(n) hint, signal, warning, notice, admonition

[i] red alert

इश्क (पु) प्रेम, प्रणय, प्यार, शृंगार, प्रियाराधन, एकांत, गुजगोष्टी, विलास, काम, नाद, शौक

(n) love, lascivious passion, voluptuousness, sensuality, lust

इष्ट (वि) इच्छित, वांच्छित, ईप्सित, मनोप्सित, अभीप्सित; पसंत, आवडता; ऐच्छिक; अनुकूल, उचित, सुयोग्य, शुभ, अनुरूप, मंगल, हितप्रद, कल्याणकारी *पाहा :* (विरु) **अनुचित, अशुभ**

[adj] desired, approved, favourable, suitable, auspicious, propitious, advantageous; *पाहा :* (विरु) **अनुचित, अशुभ**

इष्टमित्र (पु, अव) *पाहा :* **आप्त**

इष्टापत्ती (स्त्री) *पाहा :* **अनुकूलता, संकट**

इसम (पु) *पाहा :* **असामी**

इसारा (पु) *पाहा :* **अनामत**

इसाळापिसाळा (पु) *पाहा :* **असूया, संताप**

इस्त्री (स्त्री) *पाहा :* **घडी**

इस्पितळ (न) *पाहा :* **चिकित्सालय**

इहलोक (पु) अत्र, मृत्युलोक, मनुष्यलोक, भूलोक, पृथ्वी, प्रपंच; *पाहा :* **चराचर, सप्तलोक, ऐहलौकिक, लोकत्रय** (विरु) **परलोक**

(n) this world, the earth *पाहा :* **चराचर, सप्तलोक, ऐहलौकिक, लोकत्रय** (विरु) **परलोक**

इहवृत्त (न) *पाहा :* **बातमी**

ई

ईप्सित (वि) *पाहा :* **इष्ट**

ईर्षा (स्त्री) अहमहमिका, चुरस, इरीशिरी, त्वेष, चढाओढ; अभिनिवेश, चेव, खुमखुमी, हिरिरी, जिद्द, सळ, उत्साह, जिगीषा; हेवा, मत्सर

(n) rivalry, competition, emulation; energy, spirit, pluck; envy

ईश (पु) स्वामी, धनी, मालक, अधिकारी, सत्ताधीश, अधिपती, राजा, अधिराज, नियामक, नियंता; *पाहा :* **परमेश्वर, अध्यक्ष**

(n) master, chief, lord, ruler, commander; *पाहा :* **परमेश्वर, अध्यक्ष**

ईशस्तवन (न) *पाहा :* **उपासना**

ईशान (पु) *पाहा :* **परमेश्वर**

ईशान्य (स्त्री) *पाहा :* **दशदिशा**

ईश्वर (पु) *पाहा :* **परमेश्वर**

ईश्वरदत्त (वि) *पाहा :* **उपजत**

ईश्वरभक्ती (स्त्री) *पाहा :* **उपासना**

ईश्वरांश (पु) *पाहा :* **अवतार**

ईश्वरी (वि) दैवी, दैविक, स्वर्गीय, दिव्य; सर्वश्रेष्ठ, सर्वशक्तिमान, अलौकिक, अजोड, भव्य; अमानवी, अतिमानुष; आध्यात्मिक, पारमार्थिक; पवित्र, सात्त्विक, उदात्त, भावातीत, अनुभावातीत

[adj] divine, godlike, providential, celestial, heavenly, supernatral, superhuman, spiritual, sacred, transcendental

ईश्वरेच्छा (स्त्री) *पाहा :* **इच्छा, अदृष्ट**

ईषणा (स्त्री) *पाहा :* **इच्छा**

ईषत् (वि), **ईषन्मात्र** (वि) *पाहा :* **अल्प**

ईक्षण (न) *पाहा :* **अवलोकन**

उ

उकडणे (क्रि) *पाहा :* **उकाडा**

उकरणे (क्रि) *पाहा :* **खोदणे**

उकल (स्त्री) उलगडा, खुलासा, फोड, स्पष्टीकरण, परिस्फोट, परिहार, विवरण, विशदीकरण, बोधन, उमज, समस्यापूर्ती; *पाहा :* **निरसन, अंत**

(n) elucidation, clarification, resolution, solution, unravelling, explanation; *पाहा :* **निरसन, अंत**

उकलणे (क्रि) *पाहा :* **उकल, उलणे**

उकळणे (क्रि) उसळणे, सळसळणे, कढणे, शिजणे, उकडणे, खदखदणे; लुबाडणे, उपटणे, वसूल करणे

(v) boil, scald, stew, simmer, parboil, cook, seethe; despoil, rob

उकाडा (पु) उष्मा, उष्णता, उन्हाळा, उबारा, दाह, गरमी (गर्मी), तलखी, काहिली, आग, ताप, रखरख, रणरण, जळजळ, फणफण, तगमग; रतीब *पाहा :* **उष्ण** (विरु) **थंडी**

[क्रि] उकाडा होणे, उकडणे, गदमदणे

[वा] उकडहंडी होणे, अंगाची लाहीलाही होणे

(n) heat, sweltering, burning, sultriness; *पाहा :* **उष्ण** (विरु) **थंडी**

उकिडवा (क्रिवि) *पाहा :* **बसणे**

उकिरडा (पु) *पाहा :* **कचरा**

उक्ता (वि) *पाहा :* **घाऊक, ठोक**

उक्ती (स्त्री) वचन, वाक्य, विधान, बोल, बोलणे, गिरा, म्हणणे, भाक, भाषण, भाष्य, वक्तव्य, भाकीत, सुभाषित, बोधवचन, नीतिवचन, म्हण, वाक्प्रचार, लोकोक्ती, गर्वोक्ती, दर्पोक्ती, व्याजोक्ती, व्यंग्योक्ती, वक्रोक्ती, छेकोक्ती; पुनरुक्ती, द्विरुक्ती; *पाहा :* **उच्चार, कथन**

(n) utterane, statement, say, saying, speech, remark, comment, adage, maxim; *पाहा :* **उच्चार, कथन**

उखडणे (क्रि) *पाहा :* **काढणे, संतापणे**

उखरवाखर (स्त्री) *पाहा :* **चबढब**

उखाणा (पु) *पाहा :* **कोडे**

उखाळ्यापाखाळ्या (स्त्री, अव) *पाहा :* **कुचाळकी**

उगम (पु) उत्पत्ती, उद्भव, उद्गम, गंगोत्री, आरंभ, प्रारंभ, जन्म, सुरुवात; मूळ, बीज, कंद; मूळपीठ, मूलस्रोत, झरा; उगमस्थान, उत्पत्तिस्थान, जन्मस्थान, मायपोट, खाण, योनी (चौऱ्याऐंशी लक्ष योनी: मनुष्ये चार लक्ष, पशू वीस लक्ष, कृमी अकरा लक्ष, खेचर दहा लक्ष, जलचर नऊ लक्ष, स्थावर तीस लक्ष); *पाहा :* **आरंभ, उदय** (विरु) **अंत**

[वा] गंगोत्री, खाण तशी माती, ऋषीचे कूळ आणि नदीचे मूळ पाहू नये, आडात नाही तर पोहऱ्यात कुठून येणार?

(n) origin, source, fountainhead, genesis, spring, root, beginning; *पाहा :* **आरंभ, उदय** (विरु) **अंतर**

[i] straight from the horse's mouth, a hotbed of something

उगराणी (स्त्री), **उगवणूक** (स्त्री) *पाहा :* **आवक, अंकुरणे**

उगवणे (क्रि) *पाहा :* **अंकुरणे, उपजणे**

उगवती (स्त्री) *पाहा :* **पूर्व**

उगा (वि, क्रिवि) *पाहा :* **अबोल, उगाच**

उगाच (उगीच) (क्रिवि) उगा, उगीच, व्यर्थ, नाहक, हकनाक, अकारण, निष्कारण, विनाकारण, खालीपिली, फुकटफाकट, गरज नसता; सहज

[adv] needlessly, unnecessarily, for no reason, to no purpose

उगारणे (क्रि) *पाहा :* **उचलणे**

उगाळणे (क्रि) *पाहा :* **घोटणे, घोकणे**

उगीच (क्रिवि) *पाहा :* **उगाच**

उग्र (वि) भयंकर, भीतिदायक, भेसूर, कठोर; संतापी, क्रुद्ध; जहाल, तीव्र, प्रखर, जलाल, तामसी, तिखट *पाहा :* (विरु) **सौम्य**

[वा] नृसिंहावतार धारण करणे

[adj] fierce, frightful, dreadful, harsh, stern, severe, irate, wrathful, austere *पाहा :* (विरु) **सौम्य**

उघड (वि) प्रकट, व्यक्त, स्पष्ट, स्वच्छ, प्रांजळ, साफ, टळटळीत, ढळढळीत, विशद, जाहीर, खुला, प्रदर्शित, परिस्फुट, प्रस्फुट, प्रस्फुटित; भडक *पाहा :* **प्रकट, रहस्यभेद** (विरु) **गुप्त, गूढ**

[वा] उघडकीस येणे, भ्रमाचा भोपळा फुटणे, मुखवटा गळणे; हा सूर्य आणि हा जयद्रथ, हातच्या काकणाला आरसा कशाला? कांद्याला बिस्मिल्ला कशाला? धादांताला सिद्धान्ताची गरज नाही, बुरखा फाडणे, वाचा फोडणे, वाच्यता करणे

[adj] apparent, evident, open, obvious, manifest, clear, plain *पाहा :* **प्रकट, रहस्यभेद** (विरु) **गुप्त, गूढ**

[i] be staring someone in the face, wear one's heart on one's sleeve, wash one's dirty linen in public

उघडउघड (क्रिवि) *पाहा :* **धडधडीत, टळटळीत**

उघडणे (क्रि) खुलणे, खुले होणे, उमलणे, उकलणे, उलगडणे, खोलणे, आच्छादन काढणे, अनावृत करणे; *पाहा :* **पाऊस** (विरु) **मिटणे**

[वा] 'आ' वासणे, (जबडा) पसरणे

(v) open, unfold, unveil, expose; *पाहा :* **पाऊस** (विरु) **मिटणे**

उघडा (वि) **उघडानागडा** (-बोडका) (वि) *पाहा :* **अनावृत, उजाड**

उंच (वि) उच्च, उन्नत, उत्तुंग, तुंग, उंची असलेला, टोलेजंग, भव्य, बुलंद, पहाडी; चढा, दुमजली, तिमजली, बहुमजली, उंचट, उभट, उंचवट; अत्युच्च, सर्वोच्च, परमोच्च; धिप्पाड; उंचेला, उंचापुरा, उंचनिंच, लंबाटा, लंबूटांग, लंबूटांग्या, लंबू, लंबूस, शेकाटा, शेलाटा, ढंकाळ, ढंकाळपार्वती (स्त्री); उच्चस्तरीय, श्रेष्ठ, थोर, उदात्त; *पाहा :* **तार** (वि), (विरु) **ठेंगणा**

[वा] गगनचुंबी, आकाशाला भिडणारा; तीनताड/ताडमाड, उंच, एरंडासारखा वाढलेला

[adj] high, tall, lofty, high-level, high-rise, elevated, towering, soaring, sky-high, long-limbed; eminent, exalted; *पाहा :* **तार** (वि), (विरु) **ठेंगणा**

उचंबळणे (क्रि) उसळणे, उतटणे, उतणे, उतू येणे, उतास येणे, भरून वाहणे, उद्रेक होणे

(v) swell, overflow, boil over, brim over, flood

उचल (स्त्री) *पाहा :* **उसनवट**

उचलणे (क्रि) वर घेणे/करणे, उठावणे, उंच करणे, उगारणे, परजणे, चोरणे, पळवणे

(v) lift, raise, elevate, pullup

उचलबांगडी (स्त्री) *पाहा :* **अर्धचंद्र**

उचलेगिरी (स्त्री) *पाहा :* **चोरी**

उचल्या (पु) *पाहा :* **चोर**

उंचवटा (पु) *पाहा :* **फुगवटा, डोंगर**

उंचसखल (वि) *पाहा :* **असमान, डोंगराळ**

उचापत (स्त्री) उठाठेव, उपद्व्याप, उलाढाल, भानगड, खोडी, युक्ती, ढवळाढवळ, कारभार, चबढब, लुडबुड

[वा] अव्यापारेषु व्यापार, नसता उद्योग, नसत्या उठाठेवी, विकतचे श्राद्ध; चांभारचौकश्या, बाजारच्या/लष्करच्या भाकरी भाजणे, रिकामा न्हावी भिंतीला तुंबड्या लावी, फुकट फौजदार, बारा पंचायती

(n) devilry, prank, misconduct

उचापत्या (वि) *पाहा :* **युक्तिबाज**

उंचावणे (क्रि) *पाहा :* **वाढणे**

उचित (वि) योग्य, सुयोग्य, यथायोग्य, यथोचित, युक्त, रास्त, वाजवी, विहित, न्याय्य, समुचित, सम्यक्, ठीक, सही, बरोबर, इष्ट, अनुरूप, चपखल, समर्पक, नेमका, शोभेसा, शोभणारा, साजेसा, साजणारा, पात्र, लायक, अन्वर्थक, ग्राह्य, अनुकरणीय, रीतसर, प्रशस्त, औचित्यपूर्ण, यथार्थ, सयुक्तिक, समर्थनीय, समाधानकारक, विचारार्ह, वास्तवदर्शी, समयोचित, प्रसंगोचित, वीरोचित, शिष्टसंमत, मननीय, करणीय, प्रेक्षणीय, प्रार्थनीय, वंदनीय, दंडनीय; *पाहा :* **औचित्य** (विरु) **अनुचित**

[adj] suitable, befitting, beccoming, proper, apt, seemly, just, sound,

appropriate, expedient, right, correct, pertinent, compatible, eligible; opportune, timely, decorous, aceptable; *पाहा :* **औचित्य** (विरु) **अनुचित**

[i] to fit like a glove, there are horses for courses

उंची (स्त्री) *पाहा :* **उंच**

उंची (वि) *पाहा :* **मौल्यवान**

उच्च (वि) *पाहा :* **उंच**

उच्चकुलीन (वि) *पाहा :* **अभिजात**

उच्चनीच (वि) *पाहा :* **असमान**

उच्चपदस्थ (पु) *पाहा :* **अधिकारी**

उच्चबिंदू (पु) *पाहा :* **कळस, प्रकर्ष**

उच्चभ्रू (वि) विद्वान, पंडित, उच्चविद्याविभूषित, बुद्धिवादी, बुद्धिजीवी, उच्चकुलीन, उच्चकुलोत्पन्न, उच्चवर्गीय, सुशिक्षित, सुसंस्कृत, अभिजात, संस्कृतिसंरक्षक, समाजधुरीण, लब्धप्रतिष्ठित, सभ्यशिरोमणी, पोशाखी, पढीक, शिष्ट, अहंमन्य,आढ्यताखोर, प्रस्थापित, प्रतिष्ठित *पाहा :* **प्रतिष्ठित**

[वा] **परीटघडी**

[adj] highbrow, intellectual, egghead, erudite, well-bred, educated, cultured, polished, priggish, conceited, self-righteous, imperious, supercilious, established *पाहा :* **प्रतिष्ठित**

[i] blue-blooded, blue stocking, culture-valture, uppercrust

उच्चविद्याविभूषित (वि) *पाहा :* **विद्वान, ज्ञानी, सुशिक्षित, उच्चभ्रू**

उच्चस्तरीय (वि) *पाहा :* **उंच**

उच्चस्थान (न) *पाहा :* **कळस, प्रकर्ष, प्राधान्य, अग्र**

उच्चाटन (न) *पाहा :* **अर्धचंद्र, उच्छेद**

उच्चार (पु) बोल, बोलणे, भाषण, उच्चारण, उल्लेख, उद्गार, ध्वनी, शब्द, स्पष्टोच्चार, शब्दोच्चार, स्वरोच्चार, हेल, पुनरुच्चार; सहजोद्गार *पाहा :* **उक्ती**

(n) pronunciation, utterance, articulation, expression, vocalisation; *पाहा :* **उक्ती**

उच्चासन (न) *पाहा :* **आसन**

उच्छाद (पु) *पाहा :* **त्रास, छळ**

उच्छृंखल (वि) स्वैर, स्वच्छंद, बेबंद, अनिर्बंध, व्रात्य, छचोर, बाष्कळ, उठवळ, उनाड, उडाणटप्पू, बंडखोर, गैरशिस्त, बेशिस्त, अविवेकी, उतावळा, चंचल

[वा] ताळ सोडणे, कानांत वारे भरणे, फुलपाखरासारखे उडणे

[adj] unrestrained, unruly, naughty, riotous, impetuous, frivolous, wayward, dissolute

[i] sow one's wild oats

उच्छेद (पु) विध्वंस, समूळ नाश, घात, नायनाट, निर्मूलन, उन्मूलन, लोप, नासधूस

[क्रि] मुळासकट उपटणे, उखडून टाकणे, पाळेमुळे खणून टाकणे, उद्ध्वस्त करणे, उच्चाटन करणे, काढून टाकणे, पुसून टाकणे, खूणही राहू न देणे

(n) extermination, elimination, obliteration, annihilation, eradication, uprooting, rooting out, wedding out, extirpation

(v) stamp out, nip in the bud, to clean the Augean stables

उच्छेदवाद (पु) *पाहा :* **राज्यपद्धती**

उच्छ्वास (पु) *पाहा :* **श्वास**

उजवणे (क्रि) *पाहा :* **विवाह**

उजळ (वि) सतेज, तजेलदार, चकचकीत, कांतिमान, लखलखीत, चमकदार, प्रकाशमान; गोरा, गौरकाय, गौरवर्ण; स्वच्छ, निर्मळ; शुद्ध, निष्कलंक, धवल, उज्ज्वल

[adj] bright, lustrous, shiny, dazzling, glittering, shimmering, scintillating, glossy, fair, clear, pure

उजळणी (स्त्री) पाढे, *स्मरण,* *पाहा :* **आवृत्ती**

(n) multiplication tables *पाहा :* **आवृत्ती**

उजळा (पु) *पाहा :* **उजाळा**

उजाड (वि) ओसाड, वैराण, ओस, उद्वस, ओका, ओकाबोका, बोडका, उघडाबोडका, शुष्क, निर्जल, कोरडा, वालुकामय, रेताड, रेवट, मरु, मरुदेश, मरुभूमी, नापीक, पडीक (पडीत), निकस, बरड, वरकस, रेबड, माळरानाची, कमकस, बिनलागवडीची, बिनउत्पन्नाची, उद्ध्वस्त, निर्जन, निर्मनुष्य, सुना, शून्य, भकास *पाहा :* **जमीन**

[adj] barren, arid, waste, dried-up, dry, bare, infertile, sterile, uncultivated, unprodutive, desolate, lifeless, unpopulated *पाहा :* **जमीन**

उजाडणे (क्रि) पहाट/प्रभात/अरुणोदय/सूर्योदय/सकाळ होणे, दिशा/दशदिशा उजळणे/फाकणे/फुटणे, तांबडे फुटणे, फटफटणे, फटफटीत/ भगभगीत/भडभडीत उजाडणे, काळोख वितळणे; *पाहा :* **आरंभ, पहाट, सकाळ**

(n) be dawn/ daybreak / sunrise; *पाहा :* **आरंभ, पहाट, सकाळ**

[i] first light peep of day

उजाळा (पु) चकाकी, तकाकी, लकाकी; मुलामा, जिल्हई (झिलई), कल्हई, पाणी; *पाहा :* **स्मरण**

(n) polish, sheen, gloss; *पाहा :* **स्मरण**

उजेड (पु) *पाहा :* **प्रकाश**

उज्जीवन (न) जागृती, चेतना, स्फूर्ती, उद्दीपन, चालना, उत्तेजन, स्फुरण; पुनरुज्जीवन

(n) awakening, kindling, stimulation, inducement,

regeneration, revival

उज्ज्वल (वि) *पाहा :* **उजळ, प्रदीप्त, चमकदार**

उटणे (न) *पाहा :* **लेप**

उटारेटा (पु) दगदग, कष्ट, परिश्रम, यत्न, खटपट, खटाटोप; उठाठेव, उपद्व्याप, आटापीट, झिगझिग (जिगजिग)

(n) effort, exertion, bother, toil, industry, labour

उटी (स्त्री) *पाहा :* **लेप**

उंटीण (स्त्री) सांडणी

(n) female camel

उट्टे (न) *पाहा :* **सूड**

उठणे (क्रि) *पाहा :* **जाग**

उठताबसता (क्रिवि) *पाहा :* **अखंड** (क्रिवि)

उठवळ (वि) *पाहा :* **उच्छृंखल, चवचाल, आळशी**

उठाठेव (स्त्री) *पाहा :* **उचापत, उटारेटा, चबढब**

उठाणू (न) *पाहा :* **गळू**

उठाव (पु) *पाहा :* **दंगल, क्रांती, चळवळ, उद्रेक**

उठावणे (क्रि) *पाहा :* **उपजणे, वाढ**

उठावदार (वि) *पाहा :* **आकर्षक, ठळक**

उंडगा (वि) *पाहा :* **उडाणटप्पू**

उडणे (क्रि) उड्डाण करणे, भरारी मारणे, भरारणे, भुरभुरणे, भुरुभुरू उडणे, आकाशसंचार (-गमन, -भ्रमण, -पर्यटन) करणे, हवेवर तरंगणे, घिरट्या घालणे

(v) fly, soar, cruise, float, hover, glide, sail, take wing/flight

उडवाउडवी (स्त्री) टाळाटाळ, लपवाछपवी, लपवालपवी, छपवाछपवी, चुकवाचुकवी, खोटेपणा, सत्यापलाप, संदिग्ध भाषण, टोलवाटोलवी, कोलवाकोलवी, ढकलपट्टी, ढकलाढकल

[क्रि] चकवणे, चुकवणे, टाळणे, टोलवणे, उडवणे, उडवून लावणे, कोलणे, झुगारणे; *पाहा :* **टाळणे**

[वा] बगल देणे, हातावर तुरी देणे, आजउद्या करणे, संगीत खुर्चीचा खेळ

(n) evasion, avoidance, dodging, shirking, parrying, equivocation; *पाहा :* **टाळणे**

(v) dodge, side-step, elude

उडाणटप्पू (वि) उनाड, उंडगा, उटंडर, उच्छृंखल, वांड, हूड, व्रात्य, स्वैराचारी, स्वच्छंद, भटक्या, निरुद्योगी, उनाडक्या करणारा, हिंडणवारा लागलेला, कामचुकार, आळशी, खुशालचेंडू, टोळ, टोळभैरव, टोणगा, उपटसुंभ, उचलटप्पू, भंपक, टवाळ, हुच्च, गावगुंड, मवाली, सडकसख्याहरी, फुकट फौजदार, अस्थिर, चंचल; *पाहा :* **भटकभवानी, चवचाल**

[वा] ओवाळून टाकलेला

[adj] vagabond, vagrat, truant, homeless, wayward, idle, fickle, unstable; *पाहा :*

भटकभवानी, चवचाल

उंडारणे (क्रि) उनाडणे, उंडगणे, उनाडक्या करणे, उडाणटप्पूपणा करणे, बेछूटपणा करणे, माजणे, शेफारणे, मस्तीला येणे

(v) be boisterous/wild/unruly/ vagrant

उडी (स्त्री) झेप, छलांग, टांग, फलांग, झाप, झडप, झपेट, ढांग, किलाण, उसळी, उड्डाण, उत्प्लवन, कुदी, उंच उडी, लांब उडी, तिहेरी उडी, बेडूक उडी, कोलांटी उडी, पलटी, मुटका, सूर; *पाहा :* **आवाका, आकांक्षा, झेपावणे**

[वा] हनुमानझेप, गरुडझेप

(n) jump, leap, spring, hop, bounce, high jump, long jump, hop skip and jump, pole vault, somersault, dive; *पाहा :* **आवाका, आकांक्षा, झेपावणे**

उडू (न) *पाहा :* **नक्षत्र**

उड्डाण (न) *पाहा :* **उडणे, उडी, अंतरिक्षप्रवास**

उड्डाणपूल (पु) *पाहा :* **पूल**

उणखूण (स्त्री) मनोगत, मनोकामना, इच्छा, वांच्छा, आवड, मागणी, गरज, हवेनको

(n) desire, longing, preference, demand, expectation

उणा (वि) *पाहा :* **कमी, अधू, डावा**

उणीव (स्त्री), **उणेपणा** (पु) *पाहा :* **अभाव, अवगुण, अनुपस्थिती, दोष**

उणेदुणे (न) *पाहा :* **दोष**

उतटणे (क्रि) उचंबळणे, भरून येणे; दाटणे, घट्ट होणे, तटतटणे, उलणे, उसवणे, तुटणे, फाटणे;

(v) swell, overflow, be tight, be tense, stretch, rip open, break;

उतरण (स्त्री) **उतरणे** (क्रि) *पाहा :* **ओहटणे, अधोगती, कमी, खिन्न, पक्व, उत्तीर्ण, वास्तव्य**

उतराई (वि) ऋणमुक्त, कर्जमुक्त, कर्ज- / उपकार-/ वचन- फेड केलेला, उत्तीर्ण

[adj] out of debt

उताणा (वि) *पाहा :* **सुलट**

उतार (पु) *पाहा :* **अधोगती, घट, उपशम**

उतारकरू (पु) *पाहा :* **प्रवासी, निवासी**

उतारपेठ (स्त्री) *पाहा :* **दुकान**

उतारवय (न) *पाहा :* **वृद्धत्व**

उतारवेळ (स्त्री) *पाहा :* **संध्याकाळ**

उतारा (पु) वेचा, निवडक भाग, अवतरण; लेख; *पाहा :* **इलाज**

(n) extraxct passage; *पाहा :* **इलाज**

उतारू (पु) *पाहा :* **प्रवासी, निवासी, अतिथी**

उतावळा (उतावीळ) (वि) अधीर, आतुर, उत्सुक, उत्कंठित, नितातलेला, अदूरदृष्टी, असमंजस, अविचारी, अविवेकी, आचरट, नाचरा, उल्लू; *पाहा :* **घाई**

[वा] उतावळा नवरा आणि गुडघ्याला

बाशिंग, पी हळद आणि हो गोरी, बाजारात तुरी आणि भट भटणीला मारी, पडत्या फळाची आज्ञा घेणे, घायकुतीला येणे
[adj] eager, impatient, precipitate, agitated, edgy, impetuous, implsive, hasty, hair-brained, foolhardy, headlong, rash; *पाहा :* **घाई**
[i] counting chickens before they are hatched

उतावीळ (स्त्री, वि) *पाहा :* **घाई, उतावळा**

उत्कट (वि) तीव्र, प्रखर, तीक्ष्ण; भावगर्भ, भावोत्कट, आशयघन, टोकदार, कळकळीचा, मनःपूर्वक; जोमदार, जोरदार; पराकाष्ठेचा, अत्यंत; उत्कृष्ट, श्रेष्ठ
[वा] उत्कट भव्य तेचि घ्यावे
[adj] intense, sharp, acute, keen, passionate, ardent, burning, deep, strong, powerful, extreme, excellent

उत्कंठा (स्त्री) अधीरता, आतुरता, उत्सुकता, औत्सुक्य, चुळचुळ, कामना, मनीषा, आस, आच, प्रतीक्षा
[वा] जीव टाकणे, डोळ्यांत/कंठाशी प्राण येणे, तरसणे, ऊर उडणे, छातीत धडधडणे, हृत्कंप होणे
(n) eagerness, longing, desire, aspiration, anxiety, avidity
[i] hold one's breath

उत्कंठित (वि) अधीर, आतुर, उत्सुक, उतावळा, साकांक्ष
[वा] चुळचुळ मुंगळा
[adj] eager, anxious, agog, desirous
[i] open-mouthed, on tenterhooks

उत्कर्ष (पु) भरभराट, प्रगती, उन्नती, चलती, चालता काळ, अमदानी, वाढ, विकास, चढती कमान, तेजी, बरकत, अभिवृद्धी, अभ्युदय, अभ्युत्थान, भाग्योदय, ऊर्जितावस्था, ऊर्जितकळा, ऊर्जितकाळ, ऋद्धी, समृद्धी, उधाण, ऊत, वैभव, ऐश्वर्य, कल्याण, पुण्योदय, सरशी; गुणोत्कर्ष, रसोत्कर्ष, इ. *पाहा :* **अभ्युदय** (विरु) **अधोगती**
[वा] भाग्य/ नशीब फळणे/ फळफळणे, नशीब उदयास येणे, मान वर काढणे, तेजीत असणे, दैव खुलणे/उघडणे, आंधळा मागतो एक डोळा देव देतो दोन, पांढरे होणे, संसार सोन्याचा होणे, सोन्याचे दिवस येणे, सोनेरी अक्षरात नोंदणे
(n) prosperity, exuberance, flowering, boom, evolution, furtherancce, advancement, progress, development, growth; *पाहा :* **अभ्युदय** (विरु) **अधोगती**
[i] climb the ladder of success, sunshine, windfall, golden time, good fortune, heyday, palmy days

उत्कर्षापकर्ष (पु) *पाहा :* **चढउतार**

उत्कृष्ट (वि) उत्तम, अत्युत्तम, उत्तमोत्तम, सर्वोत्तम, अत्युत्कृष्ट, सर्वोत्कृष्ट, परमोत्कृष्ट, सुंदर, अतिसुंदर, दर्जेदार, अव्वल दर्जाचा, आदर्श, श्रेष्ठ, सर्वश्रेष्ठ, स्वर्गीय, प्रकांड, परिपूर्ण, चोख, नामी, नामांकित, झकास, मारू, झक्क, फर्मास, लाजवाब, सरस, निवडक, सम्यक्, फार चांगला, सर्वांगीण *पाहा :* (विरु) **कामचलाऊ**

[वा] शंभर नंबरी, बावनकशी, सोळा आणे, सोन्याहून पिवळा, लाखात एक

[adj] excellent, admirable, first rate, perfect, divine, fine, sterling, genuine *पाहा :* (विरु) **कामचलाऊ**

[i] top-flight, second to none

उत्क्रांती (स्त्री) *पाहा :* **प्रगती, विकास**

उत्खनन (न) *पाहा :* **खोदणे**

उत्तम (वि) *पाहा :* **उत्कृष्ट**

उत्तमांग (न) *पाहा :* **डोके**

उत्तमोत्तम (वि) *पाहा :* **उत्कृष्ट**

उत्तर (न) जबाब (जवाब), जाब, प्रतिक्रिया, प्रतिवचन, प्रतिवाद, प्रत्युत्तर, उलट उत्तर, दुरुत्तर, अंतिमोत्तर; प्रतिटोला, प्रतिध्वनी, पडसाद; *पाहा :* **स्पष्टीकरण**

[वा] तोंडाला तोंड देणे, तोंडी लागणे, ठोशास ठोशा, जशास तसे, ठकास महाठक, दात घशात घालणे, काट्याने काटा काढणे, आडवे आले तर कापून काढणे, आरे ला कारे, रोकडा जवाब, चांभाराच्या देवाला खेटराची पूजा, शठं शाठ्यं समाचरेत्, आरे तर कारे, अहो तर काहो

(n) answer, reply, response, rejoinder, repartee, rebuttal, retort; *पाहा :* **स्पष्टीकरण,**

[i] pay in the same coin, an eye for an eye, tit for tat

उत्तर (स्त्री) *पाहा :* **दशदिशा**

उत्तरक्रिया (स्त्री) *पाहा :* **अंत्येष्टी**

उत्तरदायित्व (न) *पाहा :* **जबाबदारी**

उत्तरदायी (वि) *पाहा :* **जबाबदार**

उत्तररात्र (स्त्री) *पाहा :* **पहाट**

उत्तराधिकारी (पु) *पाहा :* **वारस**

उत्तरार्ध (पु) *पाहा :* **अंश**

उत्तरीय (न) *पाहा :* **वस्त्र, अवगुंठन**

उत्तरोत्तर (क्रिवि) दिवसानुदिवस, दिवसेंदिवस, दिसंदीस, क्रमाक्रमाने, पुढेपुढे, अधिकाधिक, सतत; *पाहा :* **नंतर, अखंड** (क्रिवि)

[adv] progressively, day by day, more and more, continuously; *पाहा :* **नंतर, अखंड** (क्रिवि)

उत्तान (वि) कामुक, शृंगारिक, कामोद्दीपक, वैषयिक, चटोर, रंगेल, अश्लील, अशिष्ट, विलासी; उघड, स्पष्ट, भडक

[adj] erotic, sexy, seductive, amorous, lustful, lewd, pornographic, obscene, salacious

उत्तीर्ण (वि) पसार, पास, यशस्वी, ऋणमुक्त, उतराई

[वा] कसोटीस उतरणे, परीक्षा उतरणे

[adj] pass, successful; out of debt;

उत्तेजक (वि) प्रोत्साहक, प्रेरक, स्फूर्तिदायक, स्फूर्तिप्रद, उत्साहवर्धक, आश्वासक; *पाहा :* **प्रक्षोभक**

[adj] stimulant, encouraging, inducing, reassuring; *पाहा :* **प्रक्षोभक**

उत्तेजन (न) प्रोत्साहन, चेतना, प्रेरणा, उज्जीवन, उद्दीपन, चिथावणी, फूस, चेतवणी, उठावणी, आव्हान, स्फूर्ती, धीर, उत्साह, उमेद, हिंमत, आश्वासन, ऊब, दिलासा, भर, पाठिंबा, पुरस्कार, प्रवर्तन *पाहा :* **चिथावणे** (विरु) **विरस**

[वा] भरीला घालणे, नादी लावणे, छू करणे, आधीच मर्कट तशातही मद्य प्याला, आगीत तेल ओतणे

(n) encouragement, boost, cheer, stimulation, incentive, inspiration, reassuarance, inducement, instigation, incitement, provocation, challenge, excitment, support *पाहा :* **चिथावणे** (विरु) **विरस**

[i] turn someone on

उत्तेजित (वि) *पाहा :* **अशांत, प्रेरित**

उत्थान (न) *पाहा :* **अभ्युदय**

उत्थापन (न) *पाहा :* **आदर**

उत्पत्तिस्थान (न) *पाहा :* **आगर, खाण**

उत्पत्ती (स्त्री) उगम, उद्‌भव, समुद्‌भव, उदय, निर्मिती, सर्जन, उत्पादन, उभारणी, प्रादुर्भाव, निष्पत्ती, उपज, निपज, पैदास, जनन, प्रजनन, वीण, वेत, प्रजोत्पादन, प्रजोत्पत्ती, प्रसव, प्रसूती, सुखप्रसूती, जन्म, जलम, संभव, प्रभव, संभूती, पुनर्जन्म, पूर्वजन्म; *पाहा :* **आरंभ, उपजणे** (विरु) **अंत, मृत्यू**

[क्रि] निर्माण होणे, उपजणे, जन्मणे, जन्म देणे, जन्माला घालणे, स्रजणे, प्रसवणे, विणे, प्रसूत/बाळंत होणे, सूती/बाळंतपण होणे, सुईण होणे, सूतिका/बाळंतीण असणे; *पाहा :* **उपजणे**

[वा] पोटी/उदरी येणे, खेप, सुटका होणे, पाळणा हलणे, चौऱ्याऐंशीचा फेरा, पायाळू

(n) genesis, origin, birth, childbirth, delivery, procreation, creation, onset, beginning; generation, production; *पाहा :* **आरंभ, उपजणे** (विरु) **अंत, मृत्यू**

उत्पन्न (न) *पाहा :* **आवक, उत्पादन**

उत्पन्न होणे (क्रि) *पाहा :* **उपजणे**

उत्पल (न) *पाहा :* **कमळ**

उत्पात (पु) *पाहा :* **अनर्थ**

उत्पाती (वि) *पाहा :* **खट्याळ**

उत्पादक (पु) निर्माता, निर्माणकर्ता, स्रष्टा, जनक, जन्मदाता, प्रयोजक;

उद्योजक, कारखानदार, शेतकरी; संशोधक, संस्थापक, कल्पक, कलावंत; लेखक, कवी, ग्रंथकार, इत्यादी रचयिता

(n) produccer, creater, originator, fabricator, manufacturer, agriculturist, inventor, founder, architect, artist, author

उत्पादन (न) सर्जन, उत्पन्न, उपज, पैदास, फळ, तयार माल; पुनरुत्पादन; *पाहा :* **उत्पत्ती**

(n) production, produce, product; *पाहा :* **उत्पत्ती**

उत्पादनगृह (न) कारखाना, कार्यशाळा, टाकसाळ, वखार, गिरणी, यंत्रशाळा

(n) factory, mill, workshop, plant, mint, shop floor, assembly-line

उत्पादनक्षम (वि) *पाहा :* **सर्जनशील**

उत्प्रेक्षा (स्त्री) *पाहा :* **भाषालंकार**

उत्प्लवन (न) *पाहा :* **उडी**

उत्फुल्ल (वि) प्रफुल्ल, प्रफुल्लित, उमललेले, फुललेले, विकसलेले, उघडलेले, विस्तारलेले, विकसित, मोहोरलेले, बहरलेले; आनंदित, हर्षभरित, उल्हसित, प्रसन्न *पाहा :* (विरु) **खिन्न**

[adj] blooming, in blossom; joyful, ecstatic *पाहा :* (विरु) **खिन्न**

उत्सव (पु) समारंभ, समारोह, सोहळा, सण, सणवार, सणसुदी, सुखसोहळा, आनंदोत्सव, विजयोत्सव, दीपोत्सव, दीपावली, दिवाळी; वार्षिकोत्सव, जन्मदिन, महोत्सव, गणेशोत्सव, इत्यादी; जत्रा, उरूस, जुलूस, मेळा, आनंदबाजार, मौजमजा, ख्याली खुशाली, स्नेहसंमेलन, मेळावा, स्नेहमेळावा, महोत्सव, (नृत्य, क्रीडा-, नाट्य-) महोत्सव, (रौप्य-, रजत-, सुवर्ण-, हीरक-, अमृत-, नवती, शताब्दी-, शतसांवत्सरिक-, सप्तशताब्दी-) महोत्सव, (रजतजयंती-, सुवर्णजयंती-, जन्मशताब्दी-) समारोह, लोकोत्सव, रोषणाई, आतषबाजी, दारूकाम; *पाहा :* **करमणूक**

(n) festival, festivities, fete, gala, carnival, revelry, celebration, ceremony, merrymaking, anniversary, (silver-, golden-, diamond-) jubilee, centenary, fireworks; *पाहा :* **करमणूक**

उत्सवप्रिय (वि) *पाहा :* **आनंदी**

उत्सवमूर्ती (पु) *पाहा :* **प्रमुख**

उत्साह (पु) जोश, जोम, चैतन्य, झपाटा, उरक, आवेश, अभिनिवेश, उमेद, हुरूप, हिंमत, नेट, तडफ, अवसान, चेव, वारे, धडाडी, धमक, उभारी, सुरसुरी, हुक्की, हिरिरी, तरतरी, चापल्य, उल्हास, औत्सुक्य, उत्साहशक्ती, थकवा, ऊर्जा,

दिलासा, आत्मविश्वास, अंत:स्फूर्ती, पुनरुत्साह, तळमळ *पाहा :* **उत्साही** (विरु) **औदासीन्य**

[वा] अंगात वारे शिरणे, अंगात वीज संचारणे, ओढूनताणून चंद्रबळ आणणे

(n) enthusiasm, drive, zest, exuberance, avidity, ardour, verve, energy, fire, spirit, zeal, fervour *पाहा :* **उत्साही** (विरु) **औदासीन्य**

[i] to take heart, go overboard for something

उत्साहपूर्ण (वि) *पाहा :* **उत्साही**

उत्साहभंग (पु) *पाहा :* **विरस**

उत्साहवर्धक (वि) *पाहा :* **आनंददायक, आश्वासक**

उत्साहशून्य (वि) *पाहा :* **उदास**

उत्साही (वि) उत्साहपूर्ण, चैतन्यपूर्ण, उमेदीचा, तडफदार, धडाडीचा, तळमळीचा, तरतरीत, उत्सुक, अत्युत्सुक, हौशी, आनंदी, आशावादी, ज्वलंत; आरंभशूर; तडतड्या, वडवड्या *पाहा :* **उत्साह** (विरु) **उदास**

[adj] enthusiastic, zealous, keen, spirited, lively, ardent, earnest, firy, ebulliant, wholehearted, energetic *पाहा :* **उत्साह** (विरु) **उदास**

उत्सुक (वि) अधीर, आतुर, उत्कंठित, सोत्कंठ, सोत्कंठित, उतावीळ, उद्युक्त, जिज्ञासू, उत्साही, राजी, सज्ज, सिद्ध, तयार, तत्पर, परायण, अत्युत्सुक; पर्युत्सुक *पाहा :* **इच्छुक, औत्सुक्य** (विरु) **उदासीन**

[adj] eager, keen, earnest, anxious, willing, desirous, impatient; *पाहा :* **इच्छुक, औत्सुक्य** (विरु) **उदासीन**

[i] all agog

उत्सुकता (स्त्री) *पाहा :* **औत्सुक्य**

उत्स्फूर्त (वि) *पाहा :* **स्फूर्त**

उथव (स्त्री) *पाहा :* **भरती**

उथळ (वि) सखल, सपाट, उथळवट, उथळ बुडाचा, पसरट; घोट्यापर्यंत, गुडघाभर; वरवरचा, वरकरणी, वरकांती, वरपांगी, औपचारिक; पोरकट, बहिर्मुख, हलक्या कानाचा, अजाण, थिल्लर *पाहा :* (विरु) **खोल**

[वा] उथळ पाण्याला खळखळाट फार, अर्ध्या हळकुंडाने पिवळे होणे

[adj] shallow, flat, ankle-deep, knee-deep, superficial; not deep, frivolous, puerile, facile, glibe *पाहा :* (विरु) **खोल**

[i] empty vessels make most noise

उथळवट (वि) *पाहा :* **उथळ**

उदक (न) *पाहा :* **पाणी**

उदकक्रिया (स्त्री) *पाहा :* **अंत्येष्टी**

उदकराशी (पु) *पाहा :* **समुद्र**

उदंड (वि) विपुल, पुष्कळ, भरपूर, रगड, गडगंज, खूप, चिक्कार, बहुत; असंख्य, अगणित; विविध, बहुविध;

पाहा : **अतिशय, अनेक**
[adj] plentiful, abundant, vast; countless, myriad, legion; *पाहा :* **अतिशय, अनेक**

उदधी (पु) *पाहा :* **समुद्र**

उदबत्ती (स्त्री) *पाहा :* **अगरबत्ती**

उदमी (पु) *पाहा :* **व्यापारी**

उदय (पु) उगम, उद्‌भव, प्रादुर्भाव, उत्पत्ती, जन्म, उद्‌गम; पहाट, प्रभात; आरंभ, प्रवेश; अभ्युदय; भाग्योदय, सूर्योदय, चंद्रोदय, इत्यादी; *पाहा :* **आरंभ, उगम** (विरु) **अंत**
[क्रि] उगवणे, उदयणे, उपजणे, अंकुरणे, क्षितिजावर येणे
(n) rise, dawn, morning; beginning; *पाहा :* **आरंभ, उगम** (विरु) **अंत**

उदयगिरी (पु), **उदयाचल** (पु) *पाहा :* **डोंगर, पूर्व**

उदयणे (क्रि) *पाहा :* **उदय, उपजणे**

उदयोन्मुख (वि) *पाहा :* **नवा**

उदर (न) पोट, अन्नाशय, कोठा, कोष्ठ, जठर, पक्वाशय; गर्भाशय, कूस, कुशी, ओटीपोट; उदराची/पोटाची खाच/खळगी/खपाटी/भकाटी/भकाट/भकाळी, ढेरी, दोंद, डेरकी, डिचकोली; कोथळा, आतडी
[वा] वीतभर पोट
(n) stomach, abdomen, belly; womb, tummy, paunch, insides

उदरनिर्वाह (पु) योगक्षेम, चरितार्थ, निर्वाह, उपजीविका, भरणपोषण, उदरभरण, उदरपोषण, गुजराण, गुजारा, पोटगुजारा, देहयात्रा, अन्नवस्त्र, अन्न- वस्त्र-निवारा, पोटगी, खावटी, अन्नपाणी, अन्नोदक, दाणापाणी, चारापाणी, पोटपाणी, प्रपंच, संसार; *पाहा :* **अन्न, अस्तित्व**
[क्रि] पुरणे, भागणे
[वा] तोंडी घास येणे, पोट भरणे/चालवणे/जाळणे, हातावर पोट असणे, आला दिवस ढकलणे, ओली कोरडी भाकर मिळणे, कधी तुपाशी तर कधी उपाशी, पोट पाठीशी लागणे, पोटभर अन्न अंगभर वस्त्र, खाऊन पिऊन सुखी असणे, पोटापाण्याचा बंदोबस्त, अगोदर चारा मग चोच, अंतकाळापेक्षा मध्यान्हकाळ कठीण, भाकरी, भाजीभाकर, अन्नाला लावणे
(n) livelihood, maintenance, subsistence, sustenance; *पाहा :* **अन्न, अस्तित्व**
[i] daily bread, to live from hand to mouth, to make both ends meet, to keep body and soul together, one's bread and butter, to keep the wolf from the door

उदरभरण (न) *पाहा :* **अन्न, खाणे, उदरनिर्वाह**

उदात्त (वि) थोर, श्रेष्ठ, उच्च, उन्नत, भव्य; उत्कृष्ट, उमदा, शुद्ध, पवित्र
[adj] noble, exalted, high, lofty, supreme, sterling, majestic

उदार (वि) सढळ, दानशील, दानशूर, दातृत्ववान, दाता, उपकारी, परोपकारी, नि:स्वार्थ, सहृदय, दयाळू, कनवाळू, कृपाळू, दिलदार, परहितदक्ष, धर्मात्मा, मोठ्या/विशाल मनाचा, उदारहृदयी, उदारबुद्धी, बहुप्रद; *पाहा :* **औदार्य, दाता** (विरु) **अनुदार, कंजूष**

[वा] जीव मोठा करणे, मन मोठे करणे, लाखांचा पालनहार, कर्णाचा अवतार, सढळ हाताचा, आईजीच्या जिवावर बाईजी उदार

[adj] benevolent, generous, charitable, philanthropic, altruistic, magnanimous, munificent, liberal, large-hearted; *पाहा :* **औदार्य, दाता** (विरु) **अनुदार, कंजूष**

[i] broad-minded

उदारमतवादी (वि) *पाहा :* **पुरोगामी**

उदास (वि) अनुत्सुक, उत्साहशून्य, निरुत्साही, चैतन्यहीन, रडतराऊत, रड्या, घुमा, थंड; उजाड, ओसाड; *पाहा :* **खिन्न, उदासीन** (विरु) **उत्साही**

[adj] cheerless, weary, uninterested, cold; barren; *पाहा :* **खिन्न, उदासीन** (विरु) **उत्साही**

उदासी (स्त्री) *पाहा :* **दु:ख, औदासीन्य, अभ्र**

उदासीन (वि) विरक्त, अनासक्त, नि:संग, निर्विकार, तटस्थ, उदास, अनुत्सुक, बेपर्वा; *पाहा :* **औदासीन्य** (विरु) **उत्सुक**

[adj] indifferent, apathetic, disinterested, neutral, cold; *पाहा :* **औदासीन्य** (विरु) **उत्सुक**

उदासीनता (स्त्री) *पाहा :* **औदासीन्य**

उदाहरण (न) नमुना, मासला, चुणूक, कित्ता, दाखला, दृष्टान्त, उपमा, प्रतीक; प्रात्यक्षिक; गणित, प्रश्न; धडा

(n) example, specimen, sample, illustration, instance, case, pattern, model; demonstration; problem; lesson

उदी (वि) *पाहा :* **तपकिरी**

उदीम (पु) *पाहा :* **व्यापार**

उंदीर (पु) मूषक, आखू, चिचुंद्री, चुवा, घूस (n) rat

उदोउदो (पु) *पाहा :* **स्तुती**

उद्‌गम (पु) *पाहा :* **उगम**

उद्‌गार (पु) *पाहा :* **उच्चार, भाषण**

उद्‌गारणे (क्रि) *पाहा :* **बोलणे**

उद्‌घाटन (न) *पाहा :* **आरंभ**

उद्‌घोष (पु) गजर, गर्जना, डांगोरा, दवंडी, घोषणा, घोष, मंत्रघोष, नामघोष, जयघोष

[क्रि] पुन्हापुन्हा सांगणे/म्हणणे/गाणे, घोकणे

[वा] ढोल बडवणे

(n) incantation, vociferation, loud chanting, reiteration, proclamation, declaration, pronounement

उद्दाम (वि) उन्मत्त, अहंमन्य, मगरूर, चढेल, उद्धट, बेपर्वा, बेफाम, बेदरकार, अनर्गल, धश्चोट, धटिंगण, दांडगा

(n) insolent, impudent, disrespectful, arrogant, bumptious, cavaliar, high handed, rude, saucy

उद्दिष्ट (न) ध्येय, साध्य, लक्ष्य, नेम, हेतू, हेत, लाग; स्वप्न, मानस, मनोवांछित, अपेक्षा, इरादा, महत्त्वाकांक्षा; उद्देश, लक्षित, दिशा, धोरण; अंगीकृत कार्य, कार्यभाग, सद्हेतू

(n) aim, objective, target, goal, destination, intent, intention, purpose, ambition, undertaking

उद्दीपन (न) प्रज्वलन, चेतन, उत्तेजन, प्रोत्साहन, चेव, स्फूर्ती, उज्जीवन, चिथावणी

[क्रि] पेटवणे, चेतवणे, भडकवणे, शिलगावणे, प्रदीप्त करणे, प्रज्वलित करणे, उद्दीपित करणे, क्षोभविणे (*पाहा :* **प्रक्षोभक),** जागृत करणे, स्फुरण देणे, प्रकाशित करणे, चाळवणे, मनोवृत्ती उचंबळविणे

(n) kindling, inflaming, sparking off, agitation, intoxication, excitement, provocation, stimulation, inducement; *पाहा :* **प्रक्षोभक**

उद्दीपित (वि) *पाहा :* **अशांत, उद्दीपन**

उद्देश (पु) प्रयोजन, रोख, हेतू, हेत, बेत, इच्छा, मनोगत, मानस, इरादा, उद्दिष्ट, दृष्टी, विवक्षा, आशय, मतलब, अभिप्राय, कारण, निमित्त; सद्हेतु, सदिच्छा, इ.

(n) intention, intent, purpose, object, view, motive, aim, ideal, cause, reason

[i] with an eye to something

उद्धट (वि) उर्मट, चढेल, उद्दाम, धृष्ट, उन्मत्त, मुजोर, मगरूर, बेकदर, बेमुरवतखोर, तुसडा, फटकळ, अरेराव, अशिष्ट, अपमानकारक, अविनयशील, अनर्गल, निर्लज्ज, ढालगज (स्त्री); *पाहा :* **औद्धत्य**

[क्रि] उलटून बोलणे, उत्तराला प्रत्युत्तर करणे, डोळ्याला डोळा भिडवणे, नजरेला नजर देणे

[वा] वर तोंड करून बोलणे, तोंडाला तोंड देणे, जीभ लांब करून बोलणे, लहान तोंडी मोठा घास घेणे, बापाला बाप न म्हणणे, सदा घोड्यावर बसलेला असणे

[adj] impudent, insolent, audacious, rude, defiant, arrogant, disrespectful, impolite, coarse, curt, saucy

[i] lay down the law, talk back, ride the high horse, snap one's fingers, toss one's head

उद्धटपणे (क्रिवि) *पाहा :* **अद्वातद्वा**

उद्धव (न) *पाहा :* **वृत्त**

उद्धार (पु) उन्नती, सुधार, सुधारणा, प्रगती, मुक्तता, सुटका, सोडवणूक, बंधमुक्ती, दास्यविमोचन, नवचैतन्यप्राप्ती, पुनरुज्जीवन, पुनरुद्धार; दलितोद्धार, पतितोद्धार, लोकोद्धार, इ.; *पाहा :* **त्राता**

[क्रि] सुधारणे, सुसंस्कृत करणे, वर काढणे, बाहेर काढणे, बचाव करणे, नवजीवन देणे, प्रगतिपथावर नेणे

(n) uplift, betterment, reformation, emancipation, deliverance, salvation, liberation, regeneration, improvement, advance, progress; *पाहा :* **त्राता**

उद्ध्वस्त (वि) विध्वंस केलेला, उच्छेद केलेला, उधळलेला, नाश/नासाडी केलेला, मोडून तोडून टाकलेला, शकले/ खांडोळी उडवलेला, खंडविखंड केलेला, चुराडा केलेला, नष्ट, बेचिराख, जमीनदोस्त, पराभूत, भग्न, भयाण, ओसाड, उजाड

[वा] गाढवाचा नांगर फिरवणे

[adj] devastated, destroyed, ruined, ravaged, razed, demolished, shattered, smashed to smithreens, laid waste; desolate, barren

उद्‌बोधन (न) शिक्षण, जागृती, ज्ञानदान, शिकवण, दिग्दर्शन, माहिती

(n) enlightenment, edification, awakening, direction

उद्‌भव (पु) *पाहा :* **उत्पत्ती**

उद्‌भवणे (क्रि) *पाहा :* **उपजणे**

उद्यत (वि) *पाहा :* **उद्युक्त**

उद्यम (पु) उद्योग, श्रम, मेहनत, यत्न, प्रयत्न, धडपड, उद्योगधंदा, व्यापार

(n) endeavour, effort, business, activity

उद्यमशील (वि), **उद्यमी** (वि) *पाहा :* **उद्योगी**

उद्या (क्रिवि) *पाहा :* **नंतर**

उद्यान (न) बाग, बगिचा, उपवन, रमणा, मळा, राई, वाडी, फुलबाग, फळबाग, फलोद्यान, आमराई, वृक्षराजी, आगर, कुळागर; अभयारण्य, वनोद्यान, सार्वजनिक/ नैसर्गिक/राष्ट्रीय उद्यान; ताटवा, मांडव, वाफा, वाटिका, लताकुंज, लतामंडप, पुष्पवाटिका, रोपवाटिका, वृक्षवाटिका, हरितगृह; *पाहा :* **अरण्य**

(n) garden, park, public/national park, nursery, flowerbed, lawn, arbour, orchard, greenhouse; rock garden, shrubbery, pergola *पाहा :* **अरण्य**

उद्यानभोजन (न) *पाहा :* **अन्न**

उद्यापन (न) *पाहा :* **अखेर**

उद्युक्त (वि) प्रवृत्त, उद्यत, सिद्ध, बद्धपरिकर, परायण, अभिमुख, राजी, उत्सुक, उन्मुख, कार्यप्रवण, कार्यप्रवृत्त, प्रेरित, तयार; *पाहा :* **सज्ज, चेतवणे**

[क्रि] चेतवणे, जागवणे, मनवणे,

कार्यप्रवण करणे; सरसावणे, धजणे, सजणे

[वा] कंबर कसणे, दंड थोपटणे/ठोकणे, दंड/बाहू स्फुरणे/ फुरफुरणे, हात शिवशिवणे, चंग बांधणे, एका पायावर उभा असणे, मनावर घेणे, मांडी ठोकून उभे राहणे, कोल्हा काकडीला राजी, घोड्यावर बसवणे, खंडेराव करणे

[adj] induced, incited, impelled, bent upon, desirous, ready; *पाहा :* **सज्ज, चेतवणे**

उद्योग (पु) व्यवसाय, वृत्ती, उद्यम, धंदा, कामधंदा, नोकरी, चाकरी, रोजगार, स्वयंरोजगार, निर्वाहसाधन, पोटापाण्याचा उद्योग, व्यापार, खरेदी-विक्री, देवाण-घेवाण, आयात-निर्यात, उद्योगधंदा, कारखानदारी, कुटीरोद्योग, लघुउद्योग, मूलोद्योग, गृहोद्योग; उद्यम, उद्यमशीलता, मेहनत, काम, कष्ट, खटपट, प्रयत्न, दीर्घोद्योग, साक्षेप, श्रम, कार्य, उद्योजकता; व्याप, कारभार, उपक्रम, प्रकल्प, धाडस, अंगीकृत कार्य, कारखाना, उत्पादनगृह, पेढी, पतपेढी, संस्था, मंडळी *पाहा :* (विरु) **आळस**

[वा] हातपाय हालवणे, उद्योगाचे घरी ऋद्धिसिद्धी पाणी भरी

[adj] industry, business, work, trade, venture, employment, activity, occupation, commerce, profession, vocation, dealing, undertaking, firm, concern, company, corporation, establishment *पाहा :* (विरु) **आळस**

उद्योगी (वि) उद्यमी, उद्यमशील, क्रियाशील, मेहनती, कष्टाळू, कामसू, कार्यमग्न, कार्यरत, उद्योगपरायण, दीर्घोद्योगी, चिकाटीचा, निरलस, अनलस, अथक *पाहा :* (विरु) **अंगचुकार, आळशी**

[वा] हात फिरे तिथे लक्ष्मी फिरे, उद्योगिनं पुरुषसिंहमुपैति लक्ष्मीः

[adj] industrious, diligent, assiduous, hard-working, enterprising persistent, tireless, sedulous *पाहा :* (विरु) **अंगचुकार, आळशी**

[i] eager, beaver

उद्योजक (पु) *पाहा :* **उत्पादक**

उद्रेक (पु) उसळी, उमाळा, उबळ, उठाव, उश्रामा, स्फोट; त्वेष, क्षोभ, प्रक्षोभ, भडका; वैपुल्य

[क्रि] भावनोद्रेक होणे, उचंबळून येणे

(n) outburst, effusion, paroxysm, eruption, explosion, upsurge, exuberance

उद्वस (वि) *पाहा :* **उजाड**

उद्विग्न (वि) *पाहा :* **खिन्न**

उद्वेग (पु) खिन्नता, उदासी, नैराश्य, व्यग्रता, अस्वस्थता, बेचैनी; वीट, उबग, कंटाळा, तिटकारा, घृणा, किळस

(n) despondency, dejection, weariness, aversion, disgust,

nausea

उधळणे (क्रि) *पाहा :* **गमावणे, उधळपट्टी, टाकणे**

उधळपट्टी (स्त्री), **उधळमाधळ** (स्त्री) अपव्यय, नासधूस, उधळेपणा, गैरवापर, दुरुपयोग, फाजील/बेसुमार खर्च; खिरापत; *पाहा :* **अतिरेक,** (विरु) **काटकसर**

[वा] पैसे उडवणे, अत्तराचे दिवे लावणे, दिवसा मशाली पाजळणे, फुंकून टाकणे, जिवाची मुंबई करणे, हात सैल सोडणे, भिकेचे डोहाळे लागणे/आठवणे, अंथरूण पाहून पाय पसरावेत, खाऊन माजावे टाकून माजू नये

(n) produgality, squandering, misuse, extravagance, wastage *पाहा :* **अतिरेक,** (विरु) **काटकसर**

[i] burn hte candle at both ends

उधळ्या (वि) *पाहा :* **खर्चीक**

उधाण (उधान) (न) *पाहा :* **भरती, ऊत, उत्कर्ष**

उधार (न) *पाहा :* **उसना**

उधारी (वि) *पाहा :* **उसनवट, कर्ज**

उनाड (वि) *पाहा :* **उडाणटप्पू, चंचल, चवचाल, छछोर**

उनाडणे (क्रि) *पाहा :* **उंडारणे**

उन्नत (वि) उचललेला, वर आलेला, उभार; उंच, उच्च, श्रेष्ठ, उदात्त

[adj] raised, elevated, lifted up; high, lofty

उन्नती (स्त्री) उत्कर्ष, प्रगती, भरभराट, अभ्युदय, विकास, अभिवृद्धी, उन्नयन, सुधारणा, उद्धार, पदोन्नती

(n) rise, uplift, betterment, advancement, growth, prosperity, promotion

उन्नयन (न) *पाहा :* **उन्नती**

उन्मत्त (वि) गर्विष्ठ, मदांध, मदोन्मत्त, मत्त, प्रमत्त, अरेराव, उद्दाम, माजखोर, शेफारलेला, मस्तवाल, माजोरा, फुगलेला, दांडगा, उद्धट, मगरूर (मग्रूर), बेगुमान, रगेल, मगरमस्त, अंध, धुंद, मस्त, झिंगलेला, बेहोश, बेफाम, पिसाट

[वा] माजणे, मातणे, शेफारणे, डोळे फिरणे, वाघ म्हटले तरी खातो वाघोबा म्हटले तरी खातो

[adj] vain, conceited, haughty, overpowering, impudent, arrogant; intoxicated, tipsy, wild

उन्मनस्क (वि) *पाहा :* **खिन्न**

उन्मनी (स्त्री) *पाहा :* **अवस्था**

उन्माद (पु) मद, माज, उन्मत्तपणा, उद्दामपणा; उद्धटपणा; ताठरपणा, ताठा, गर्व; धुंदी, कैफ, झिंग; भ्रम, वेड; युद्धमद, विजयोन्माद

[वा] खून चढणे

(n) arrogance; conceit, insolence, impudence; intoxication; heat, delirium, derangement, psychosis

उन्मीलन (न) **उन्मीलित** (वि) *पाहा :* **उमलणे, ग्रहण**

उन्मुख (वि) *पाहा :* **उद्युक्त**

उन्मूलन (न) *पाहा :* **उच्छेद**

उन्मेष (पु) ज्ञान, बुद्धी, जाणीव; जागृती, स्फूर्ती, स्फुरण, प्रकाश, तेज, चमक, ज्ञानप्राप्ती, बुद्धिविकास, ज्ञानप्रादुर्भाव

[क्रि] उमलणे, फुलणे, विकसणे, उघडणे, खुलणे

(n) knowledge, congnition, intelligence, percipience, light, enlightenment, awareness

(v) bloom, open out, blossom

उन्ह (न) *पाहा :* **ऊन**

उन्हवणी (स्त्री) *पाहा :* **पाणी**

उन्हाळा (पु) ग्रीष्मऋतू; पाहा **ऋतू, उकाडा, नाश**

(n) summer *पाहा :* **ऋतू, उकाडा, नाश**

उन्हाळे (न) *पाहा :* **झरा**

उपकरण (न) साधन, साहित्य, प्रयोगसाहित्य, सामग्री, संच; हत्यार, अवजार, आयुध, साधनसामग्री, हत्यारेपात्यारे, सामानसुमान, साज, सरंजाम

(n) tool, apparatus, equipment, device, gadget, hardware, instrument, weapon

उपकर्ता (वि) *पाहा :* **उपकारी**

उपकार (पु) दया, कृपा, मेहेरबानी, अनुग्रह; आधार, आश्रय, मदत, साहाय्य, दान; कृतोपकार, लोकोपकार, परोपकार, प्रत्युपकार; समाजकार्य, सेवा *पाहा :* **भिक्षा, उपकारक, उपकारी**

[वा] अन्नाला लावणे, समाजऋण फेडणे, परोपकाराय सतां विभूतयः, घरचे खाऊन लष्करच्या भाकरी भाजणे

(n) favour, kindness, charity, altruism, philanthropy, largesse, clemency, mercy, patronage, support, help, donation, bestowal *पाहा :* **भिक्षा, उपकारक, उपकारी**

[i] charity begins at home

उपकारक (वि) साहाय्यक, सहायक, साह्यकारी, अनुकूल, हितकर, कल्याणप्रद, श्रेयस्कर, कार्यसाधक, साधनभूत, इष्ट, मानवणारा, उपयुक्त, उपयोगी, नित्योपयोगी, जीवनोपयोगी, फलदायी, परिणामकारक, गुणकारक, बहूपयोगी, सर्वोपयोगी, बेहेत्तर, माहितीप्रद *पाहा :* (विरु) **नाशक, बाधक, निरुपयोगी, कुचकामी**

[वा] कामधेनू, कल्पवृक्ष, चिंतामणी

[adj] favourable, benign, helpful, rewarding, advantageous, propitious, beneficial, useful, salutary, informative *पाहा :* (विरु) **नाशक, बाधक, निरुपयोगी, कुचकामी**

[i] Aladdin's lamp, a blesing in disguise, to come in handy, to stand in good stead

उपकारकर्ता (पु) *पाहा :* **उपकारी**

उपकारबद्ध (वि) *पाहा :* **बद्ध, परतंत्र, कृतज्ञ**

उपकारी (वि) परोपकारी, सेवाभावी, परहितदक्ष, उदार, सहृदय, दयाळू, कृपाळू, कनवाळू, उपकर्ता, उपकारकर्ता, मदतगार, जनहितेच्छू, नि:स्वार्थी, दयावंत, दाता, धार्मिक *पाहा :* **उपकार, उपकारक**

[adj] kind, obliging, charitable, compassionate, benevolent, generous, gracious *पाहा :* **उपकार, उपकारक**

[i] a good Samaritan

उपकृत (वि) *पाहा :* **आभारी, धन्य, कृतज्ञ**

उपक्रम (पु) *पाहा :* **उद्योग**

उपग्रह (पु) *पाहा :* **चंद्र**

उपचार (पु) शिष्टाचार, सोपस्कार, पूजाविधी, षोडशोपचार; *पाहा :* **इलाज, आहेर, रीत, चिकित्सा**

(n) formality; religious rites; *पाहा :* **इलाज, आहेर, रीत, चिकित्सा**

उपछाया (स्त्री) *पाहा :* **छाया**

उपज (स्त्री) *पाहा :* **उत्पत्ती, आवक**

उपजणे (क्रि) उपज होणे, जन्मणे, निपजणे, उद्‌भवणे, अंकुरणे, उगवणे, उदयणे, उफाळणे, उठावणे, उघवणे, जागे होणे, उत्पन्न होणे, निर्माण होणे, प्रादुर्भाव होणे, प्रादुर्भूत होणे, आरंभ होणे, उत्पत्ती होणे; मिळणे, प्राप्त होणे, निघणे, निष्पन्न होणे

[वा] पेव फुटणे, खाण तशी माती

(v) arise, sprout, rise, awaken, be born, begin, originate, break out, crop up, emerge, spring up

उपजत (वि) जन्मजात, जन्मापासूनचा, जन्मत: असलेला, जन्मसिद्ध, जन्मप्राप्त, रक्तातून/हाडातून आलेला, अंगभूत, आंगचा, नैसर्गिक, निसर्गसिद्ध, निसर्गनिर्मित, निसर्गदत्त, ईश्वरदत्त, सहज, सहजसिद्ध, अकृत्रिम, साहजिक, सहजप्रवृत्तीचा, स्वाभाविक, स्वभावसिद्ध, प्रकृतिसिद्ध, मूळचा, मूलभूत, आनुवंशिक, वंशपरंपरागत

[वा] हाडीमाशी खिळलेला

[adj] inborn, inherent, congenital, intrinsic, innate, immanent, basic, natural, inherited, native, characteristic

[i] bred in the bone

उपजाऊ (वि) सुपीक, पिकाऊ, उत्पादनक्षम, भारी; *पाहा :* **जमीन**

[adj] fertile, productive, fecund, rich; *पाहा :* **जमीन**

उपजीविका (स्त्री) *पाहा :* **उदरनिर्वाह**

उपजीवी (वि) *पाहा :* **परभृत**

उपटणे (क्रि) *पाहा :* **काढणे, प्रकटणे**

उपटसुंभ (वि) उडाणटप्पू, तोतया, अचानक उपटलेला, नवश्रीमंत, चढेल, गर्विष्ठ

[adj] upstart, parvenu, nouveau

riche, imposter, haughty
उपडा (वि) *पाहा :* **उफराटा**
उपदेवता (पु) यक्ष; किन्नर, गंधर्व *पाहा :* **परमेश्वर**
(n) deity, demi- god *पाहा :* **परमेश्वर**
उपदेश (पु) शिकवण, पाठ, बोध, शिक्षण, धडा, ज्ञान; व्याख्यान, प्रवचन, विज्ञापन, पांडित्य, परपांडित्य, परोपदेश, गळेफोड; सल्ला, सूचना, मसलत, सल्लामसलत, मार्गदर्शन, मंत्र, कानमंत्र, दिग्दर्शन, आदेश, संदेश; अनुग्रह, प्रसाद, गुरूपदेश, गुरुमंत्र, दीक्षा; धर्मोपदेश, सदुपदेश; हितोपदेश, हितवाद, उपदेशामृत, बदसल्ला; कानउघाडणी, समुपदेश; *पाहा :* **शिक्षण**
[क्रि] शिकवणे, बिंबवणे, आवर्जून सांगणे, बजावणे
[वा] चार गोष्टी सांगणे, अक्कल सांगणे, डोळ्यात अंजन घालणे, दाताच्या कण्या करणे, बालादपि सुभाषितम् ग्राह्यम्, परोपदेशे पांडित्यम्, उंटावरून शेळ्या हाकणे, कानीकपाळी ओरडणे, सोनाराने कान टोचणे, लोका सांगे ब्रह्मज्ञान आपण कोरडे पाषाण, पाचामुखी परमेश्वर, मंथरेचा कानमंत्र
(n) instruction, coaching, advice, direction, tip, guidance, counsel, sermon, discourse, lecture, indoctrination, exhortation, admonition *पाहा :* **शिक्षण**
उपदेशक (पु) *पाहा :* **सल्लागार, अध्यापक**
उपद्रव (पु) *पाहा :* **त्रास, अपाय**
उपद्रवी (वि) *पाहा :* **त्रासदायक**
उपद्व्याप (पु) *पाहा :* **उचापत, उटारेटा**
उपद्व्यापी (वि) *पाहा :* **त्रासदायक, ढालगज, उचापत**
उपध्वनी (पु) *पाहा :* **प्रतिध्वनी**
उपनगर (न) *पाहा :* **गाव**
उपनदी (स्त्री) पाहा **प्रवाह**
उपनयन (न) व्रतबंध, मौंजीबंधन, मौंज, मुंज, बटुकरण, मेखलाबंधन, यज्ञोपवीत/जानवे धारण करणे; *पाहा :* **संस्कार**
(n) thread ceremony; *पाहा :* **संस्कार**
उपनाव (न) *पाहा :* **अभिधान**
उपनिषद (न) *पाहा :* **धर्मशास्त्र, दशोपनिषदे**
उपनेत्र (पु) *पाहा :* **चष्मा**
उपन्यास (पु) प्रस्तावना, उपोद्घात, विषयप्रवेश, पूर्वपक्ष; आरंभ, सुरुवात;
(n) preface, introduction, beginning; prologue
उपपती (पु) *पाहा :* **जार**
उपपत्ती (स्त्री) मीमांसा, विवेचन, शिस्तवार मांडणी; युक्तिवाद, कोटिक्रम, समर्थन, स्पष्टीकरण; कार्यकारणभाव, सिद्धान्त
(n) exposition, elucidation, rationale, reasoning, analysis, justification, theory
उपपत्नी (स्त्री) *पाहा :* **रखेली**

उपभोक्ता (पु) भोक्ता, भोगणारा, उपभोग घेणारा, भक्षक; ग्राहक, गिऱ्हाईक, खरेदीदार (खरीददार), वर्गणीदार, उपयोजक, कूळ, अशील, पक्षकार, भाडेकरी, खंडकरी, वाटेकरी, ऋणकरी *पाहा :* **उपभोग**

(n) consumer, customer, purchaser, buyer, client, user, tenant, borrower *पाहा :* **उपभोग**

उपभोग (पु) उपयोग, वापर, सेवन, भोग, भोगवटा, भुक्ती, वहिवाट; आस्वाद, रसास्वाद; सुख, विलास, शरीरभोग, विषयसेवन, विषयोपभोग, सुखोपभोग, सौख्यभोग; दृष्टिसुख, स्पर्शसुख, विषयसुख, रतिसुख, संभोग, स्त्रीपुरुषसमागम; उपभोगवाद, भोगवाद, चंगळवाद; *पाहा :* **भोगणे** (विरु) **त्याग, संन्यास**

[वा] तळीराम गार करणे, तळे राखील तो पाणी चाखील

(n) enjoyment, use, experience, indulgence, luxury, pleasure, sensuality, gratificaion, sexual pleasure; materialism, hedonism; *पाहा :* **भोगणे** (विरु) **त्याग, संन्यास**

उपभोगणे (क्रि) *पाहा :* **भोगणे**

उपभोगवाद (पु) *पाहा :* **चंगळवाद**

उपमर्द (पु) *पाहा :* **अपमान**

उपमा (स्त्री) उपमालंकार, प्रकटोपमा, सुप्तोपमा, पूर्णोपमा; तुलना, साम्य, सारखेपणा; प्रतिमा, दाखला, उदाहरण; *पाहा :* **समानता, भाषालंकार**

(n) simile, comparison, image, resemblance, likeness, similarity; *पाहा :* **समानता, भाषालंकार**

उपमाता (स्त्री) *पाहा :* **अनुचर, माता**

उपयुक्त (वि) *पाहा :* **उपकारक**

उपयोग (पु) वापर, विनियोग, प्रयोग, उपभोग; मदत, साह्य; फायदा, हित; उपयुक्तता, फलदायकता; गरज, जरुरी, प्रयोजन, कार्य, चीज, निष्पत्ती, फलनिष्पत्ती; सदुपयोग, दुरुपयोग, अपप्रयोग; *पाहा :* **परिणाम**

[वा] कामाला येणे, कारणी लागणे, गोळी लागणे

(n) use, utilisation, application, exploitation; utility, benefit, help; need, purpose; *पाहा :* **परिणाम**

[i] to come into play

उपयोगी (वि) *पाहा :* **उपकारक**

उपरणे (न) *पाहा :* **वस्त्र, अवगुंठन**

उपरती (स्त्री) *पाहा :* **पश्चात्ताप, विरक्ती**

उपरा (वि) *पाहा :* **अनाहूत**

उपरिनिर्दिष्ट (वि), **उपरोक्त** (वि) *पाहा :* **निर्दिष्ट, आधीचा**

उपरोध (पु) व्याजोक्ती, व्याजस्तुती, व्यंग्योक्ती, व्यंजन, व्यंजना, टोमणा, खोच, छद्म, उपहास, कोपरखळी, छद्मी/ आडून/ टोचून/ मर्मभेदक बोलणे, टिंगल, चेष्टा; *पाहा :*

औपरोधिक
(वा) शालजोडीतले देणे
(n) irony, sarcasm, acerbity, satire, ridicule, mockery; *पाहा :* **औपरोधिक**

उपलब्ध (वि) मिळण्याजोगा, हाताशी असलेला, तयार; प्राप्त, संपादित, अर्जित
[adj] available, at hand, ready; acquired, obtained

उपवधू (स्त्री) *पाहा :* **मुलगा**

उपवन (न) *पाहा :* **उद्यान, अरण्य**

उपवर (पु) *पाहा :* **मुलगी**

उपवस्त्र (न) *पाहा :* **वस्त्र, रखेली**

उपवास (पु) *पाहा :* **अनशन**

उपविष्ट (वि) *पाहा :* **बसणे**

उपशम (पु) शमन, उपशमन, प्रशम, प्रशमन, आराम, स्वस्थता, थंडावा; निग्रह; लय, लोप, नाश, अंत, शेवट *पाहा :* **शमणे**
[क्रि] कमी होणे, सौम्य होणे, शांत होणे, ओहटणे, ओसरणे, उतरणे, उतार पडणे
(n) abatement, subsidence, wane, decrease, lessening, reduction, easing-off moderation, extinction, end *पाहा :* **शमणे**

उपशमन (न) *पाहा :* **उपशम**

उपसंपादक (पु) *पाहा :* **पत्रकारिता**

उपसर्ग (पु) *पाहा :* **त्रास**

उपसंहार (पु) समारोप, भरतवाक्य, अखेर, शेवट, समाप्ती, सारांश; परिशिष्ट; *पाहा :* (विरु) **उपोद्घात**
[क्रि] संपवणे, आवरणे, गुंडाळणे, शेवटचा हात देणे/फिरवणे
(n) epilogue, conclusion, finale, finishing touch, summary, rounding-off, appendix *पाहा :* (विरु) **उपोद्घात**

उपसागर (पु) *पाहा :* **समुद्र**

उपसूचना (स्त्री) *पाहा :* **सूचना**

उपस्त्री (स्त्री) *पाहा :* **रखेली**

उपस्थ (न) *पाहा :* **जननेंद्रिय**

उपस्थित (वि) हजर, हाजिर, मौजूद; जिवंत, रूढ, प्रचलित; असणारा, राहणारा, नांदणारा, दाखल
[वा] हाजिर तो वजीर, दत्त म्हणून हजर होणे
[adj] present, living, existing, prevalent

उपस्थिती (स्त्री) *पाहा :* **अस्तित्व**

उपहार (पु) *पाहा :* **आहेर**

उपहास (पु) टर, टिंगल, चेष्टा, थट्टा, कोपरखळी, विडंबन, रेवडी, टोला, टोमणा, अपभाषण, अवहेलना, निंदा, निर्भर्त्सना, हसू, हसे *पाहा :* **हसणे, उपरोध**
(n) derision, ridicule, scoffing, mockery, sarcasm, satire, scorn, contumely *पाहा :* **हसणे, उपरोध**

उपांग (न) *पाहा :* **अंग**

उपाधी (स्त्री) पीडा, त्रास, व्यथा, दुःख, अडचण, संकट, लचांड, भानगड; *पाहा :* **अभिधान, पदवी, गुण**

(n) malady, vexation, torment, difficulty, complication; *पाहा* : **अभिधान, पदवी, गुण**

उपाध्याय (पु) *पाहा* : **आचार्य**

उपाय (पु) योजना, युक्ती, साधन, तजवीज, उपाययोजना, उपायचतुष्टय (साम, दाम, दंड, भेद); वज्रप्रयोग; इलाज, उपचार, तोडगा, औषधयोजना; उपशमन, उतारा; लागमाग, सामोपाय, सामोपचार, मलमपट्टी, गोडीगुलाबी; दंडयोजना, *पाहा* : **गत्यंतर, युक्ती**

[वा] नाक दाबले की तोंड उघडते, छडी लागे छमछम विद्या येई घमघम, आकाश फाटल्यावर ठिगळ कुठवर लावणार?, फासा टाकून पाहणे, नखाने काम होते तिथे कुऱ्हाड कशाला?, वाकड्या बोटाशिवाय तूप निघत नाही, काट्याने काटा काढणे, वाट सापडणे

(n) artifice, instrument, remedy, cure, corrective, antidote, treatment; *पाहा* : **गत्यंतर, युक्ती**

[i] remedy worse than disease, to cut the Gordian knot

उपायन (न) *पाहा* : **आहेर, नजराणा**

उपाशी (वि) उपाशीतापाशी, उपाशीपोटी, उपासमार झालेला, अन्नान्नदशा झालेला, भुकेला, भुकेलेला; *पाहा* : **क्षुधित, अनशन, उपासमार**

[adj] hungry, famished, starved; *पाहा* : **क्षुधित, अनशन, उपासमार**

उपास (पु) *पाहा* : **अनशन**

उपासक (पु) *पाहा* : **भक्त, चाहता, अनुचर**

उपासतापास (पु) *पाहा* : **अनशन, उपाशी**

उपासना (स्त्री) आराधना, भजन-पूजन, पूजाअर्चा, नेमधर्म, प्रार्थना, भक्ती, ईश्वरभक्ती, ईशस्तवन, ईशस्मरण, नामस्मरण, आळवणी, मंगलाचरण; सेवा, चाकरी, अभिषेक, होमहवन; ज्ञानोपासना, बलोपासना, द्रव्योपासना, इत्यादी *पाहा* : **पूजा**

(n) service, homage, devotion, worship, propitiation, prayer, religious rites *पाहा* : **पूजा**

उपासनामंदिर (न) *पाहा* : **देऊळ**

उपासमार (स्त्री) अन्नान्नदशा, अर्धपोटीपणा, कुपोषण; अन्नवस्त्राची उणीव; गरिबी; *पाहा* : **अनशन, भूक, उपाशी**

[वा] कशीबशी हातातोंडाची गाठ पडणे, तहानभूक मारणे, पोटाला चिमटा घेणे, पोट बांधणे, पोट खपाटीस/भकाटीस जाणे, पोटाची दामटी वळणे, पाठपोट एक होणे, अन्नअन्न करणे, कोरडी आग पुरवते पण ओली आग पुरवत नाही

(n) starvation, malnutrition, hand to mouth existence, privation, poverty; *पाहा* : **अनशन, भूक, उपाशी**

उपाहार (पु) *पाहा* : **अन्न**

उपाहारगृह (न) *पाहा* : **भोजनगृह**

उपेंद्रवज्रा (न) *पाहा* : **वृत्त**

उपेक्षणीय (वि) *पाहा :* **अल्प, तुच्छ, गौण**

उपेक्षा (स्त्री) अनास्था, दुर्लक्ष, औदासीन्य, बेफिकिरी, हयगय, हेळसांड, ढिलाई, चालढकल, कर्तव्यच्युती, निष्काळजीपणा, आबाळ, अनादर, अव्हेर

(n) neglect, negligence, apathy, callousness, indifference, dereliction

उपोद्घात (पु) प्रस्तावना, प्रस्तावन, प्रास्ताविक, विषयप्रवेश, उपन्यास, पूर्वपक्ष, परिचय; *पाहा :* **आरंभ** (विरु) **उपसंहार**

(n) introduction, preface, foreward, prelude, preamble, prologue; *पाहा :* **आरंभ** (विरु) **उपसंहार**

उपोषण (न) *पाहा :* **अनशन**

उफराटा (वि) उलट, उलटा, उरफाटा, विरुद्ध, विरोधी, व्यतिक्रांत, व्यस्त, विपरीत, विपर्यस्त, विपर्यास केलेला, व्यत्यास असलेला, विलोम, प्रतिलोम, उलट क्रमाचा, व्यतिरेकाचा, प्रतिकूल, प्रत्युत्तरदर्शक; पालथा, उपडा *पाहा :* (विरु) **सुलटा, सरळ**

[क्रि] उलटणे, उलथणे, उलट फिरणे, पलटी खाणे, माघारी फिरणे, परतणे, बिथरणे

[adj] contrary, adverse, antagonistic, perverted, reverse, upside down *पाहा :* (विरु) **सुलटा, सरळ**

[i] turn turtle

उफाड्याचा (वि) *पाहा :* **भरदार, टपोरा**

उफाळणे (क्रि) उसळणे, उकळणे, ऊत येणे, वर चढणे; *पाहा :* **वाढ**

(v) surge, gush, seethe, boil, well up, swell *पाहा :* **वाढ**

उबग (पु) कंटाळा, वीट, उद्वेग, अनासक्ती, अरुची, शिसारी, किळस, घृणा, तिटकारा, तिरस्कार

[क्रि] उबगणे, नकोसे होणे, नकोनको होणे

(n) disgust, aversion, abhorrence, nausea, repulsion

उबदार (वि) गरम, ऊन, उष्ण; सुखावह

[adj] warm; bracing

उंबरठा (पु) उंबरा, दारवटा, दारवंठा, देवडी; *पाहा :* **आरंभ**

(n) threshold, doorsill; *पाहा :* **आरंभ**

उंबरा (पु) *पाहा :* **उंबरठा, घर**

उबळ (स्त्री) उसळी, आवेग, उद्रेक, उमाळा, झपाटा; ढास, ढासणी, ठसका, कास, खोकला, डांग्या खोकला

(n) outburst, eruption, paroxysm, spasm, cough, whooping cough

उबारा (पु) *पाहा :* **उकाडा, ऊब**

उभट (वि) *पाहा :* **उंच, उभा**

उभय (स), **उभयता** (स) *पाहा :* **जोडी, जोडपे**

उभयचर (वि) *पाहा :* **प्राणी**

उभरंग (वि), **उभरा** (वि) *पाहा :* **फिकट**

उभा (वि) खडा, ताठ, सरळ, लंब, उभासोट, उभासडक, उभाच्या उभा, उभार, उभट, पडतउभा; तयार, सिद्ध, सज्ज, उद्युक्त; इच्छुक, उमेदवार; थांबलेला

[वा] खुंटासारखा उभा

[adj] erect, upright, straight, vertical; ready, willing; candidate

उभार (वि) *पाहा :* **उभा, भरदार, उन्नत**

उभारणी (स्त्री) रचना, घडण, जडणघडण, बंध, बांधणी, मांडणी, स्थापना, उभवणी, उत्पत्ती, निर्मिती, जन्म, आरंभ, सुरुवात

(n) construction, erection, formation, creation, establishment, birth, beginning, setting up

उभारी (स्त्री) नेट, उमेद, हिंमत, अवसान, जोर, आत्मविश्वास, उत्साह

(n) ardour, spirit, verve, zeal, deterination, confidence

उमगणे (क्रि) ओळखणे, दिसणे, शोध लागणे, उलगडा होणे, पूर्ण समजणे, उमज पडणे, उमजणे, लक्षात येणे, आकलन होणे, प्रतीत होणे, कळणे, जाणणे, रहस्य समजणे, शंकानिरसन होणे

[वा] डोळे उघडणे, कान उघडणे, कोडे उलगडणे, गळी उतरणे, डोक्यात प्रकाश पडणे, कळते पण वळत नाही

(v) realise, know, see, discover, comprehend, understand, perceive, grasp, appriciate, recognize, sense

[i] open someone's eyes to, dawn on someone, get the hang of, read between the lines, put two and two together

उमज (स्त्री) बोध, ज्ञान, जाण, समज, समजूत, उमग, आकलन, उकल, उलगडा; आकलनशक्ती, ग्रहणशक्ती, अक्कल; *पाहा :* **उमगणे**

(n) realisation, comprehension, perception, clarification; *पाहा :* **उमगणे**

उमजणे (क्रि) *पाहा :* **उमगणे**

उमटणे (क्रि) *पाहा :* **बिंबणे**

उमदा (वि) देखणा, पाणीदार, धैर्यशील, मोठ्या मनाचा, आनंदी, मनमिळाऊ, खिलाडू, नामी

[adj] handsome, gallant, courageous, broad-minded, jovial, sportive, gracious, noble

उमर (स्त्री) *पाहा :* **आयुष्य, वय**

उमराव (पु) *पाहा :* **अमीर**

उमलणे (क्रि) फुलणे, विकसणे, विकासणे, फाकणे, बहरणे, मोहरणे, खुलणे, उघडणे, उकलणे, उत्फुल्ल/प्रफुल्लित होणे, उन्मीलित होणे, व्यक्त होणे, प्रकट होणे, भरभराटणे *पाहा :* **विकास** (विरु)

मिटणे
(v) blossom, bloom, flower, openout, flourish,, develop *पाहा :* **विकास** (विरु) **मिटणे**

उमा (स्त्री) *पाहा :* **पार्वती**

उमापती (पु) *पाहा :* **शंकर**

उमासा (पु) *पाहा :* **कळमळ**

उमाळा (पु) आवेग, उसळी, उकळी, उबळ, उद्रेक, उठाव, स्फुरण, लहर, शिरशिरी, हुंदका, गहिवर, कढ, पुळका
(n) upsurge, eruption, lump in the throat

उमेद (स्त्री) भरवसा, विश्वास, उभारी, आशा, अपेक्षा, हिंमत, धैर्य, उत्साह, हौस; तारुण्य, ज्वानी
(n) trust, hope, expectation, courage, enthusiasm, youth, prime of life

उमेदवार (पु) अर्जदार, इच्छुक, उभा, पदान्वेषी, गरजवंत, शिकाऊ, नवशिका, अननुभवी, विद्यार्थी, प्रशिक्षणार्थी, होतकरू
(n) applicant, candidate, apprentice, novice, trainee

उरक (उरका) (पु) आवरशक्ती, आटोप, कौशल्य, हातोटी, उत्साह, जोम, झपाटा
(n) management, skill, expertise, finish, despatch

उरकणे (क्रि) *पाहा :* **आटोपणे, करणे**

उरका (पु) *पाहा :* **उरक**

उरग (पु) *पाहा :* **साप**

उरणे (क्रि) *पाहा :* **अवशिष्ट, टिकणे**

उरफाटा (वि) *पाहा :* **उफराटा**

उरसिज (पु) *पाहा :* **स्तन**

उरःस्थल (न) *पाहा :* **ऊर**

उरस्फोड (स्त्री) *पाहा :* **कष्ट, डोकेफोड**

उरूस (पु) *पाहा :* **उत्सव**

उरोज (पु) *पाहा :* **स्तन**

उरोभाग (पु) *पाहा :* **ऊर**

उर्मट (वि) *पाहा :* **उद्धट**

उर्वरित (वि) *पाहा :* **अवशिष्ट**

उर्वशी (स्त्री) *पाहा :* **अप्सरा**

उर्वी (स्त्री) *पाहा :* **पृथ्वी**

उलगडा (पु) *पाहा :* **उकल, उमज, उमगणे**

उलघाल (स्त्री) घालमेल, बेचैनी, चलबिचल, अस्वस्थता, तगमग, घुसमट, तळमळ, तडफड, कासाविसी, काहिली, तल्खली, कालवाकालव, व्याकुळता, खळबळ, उलथापालथ, प्रक्षोभ, व्यग्रता; *पाहा :* **बेचैन, अशांतता, कासावीस**
[वा] मन खालीवर होणे, छातीत लकलकणे/ धडधडणे
(n) unrest, ferment, agitation, restlessness, agony, anguish; *पाहा :* **बेचैन, अशांतता, कासावीस**

उलट (उलटा) (वि) *पाहा :* **उफराटा**

उलटतपासणी (स्त्री) *पाहा :* **अन्वेषण**

उलटपक्षी (क्रिवि) *पाहा :* **अन्यथा**

उलटी (स्त्री) *पाहा :* **ओकारी**

उलणे (क्रि) उकलणे, उघडणे, दुभंगणे, भेगाळणे, फाटणे; *पाहा :* **उतटणे**

(v) open out, unfold, tear, break; *पाहा :* **उतटणे**

उलथणे (क्रि) *पाहा :* **उफराटा, मरणे**

उलथापालथ (स्त्री) उलटापालट, चाळवाचाळव, वर-खाली; क्रांती; पाहा **अशांतता, बदल**

(v) reversal, topsy-turvy-ness; revolution; *पाहा :* **अशांतता, बदल**

उलाढाल (स्त्री) *पाहा :* **व्यापार, उचापत**

उलाढाल्या (वि) *पाहा :* **युक्तिबाज**

उलूक (न) *पाहा :* **घुबड**

उल्का (स्त्री) *पाहा :* **तारा, दगड**

उल्लंघन (न) *पाहा :* **अतिक्रमण, ओलांडणे, घुसखोरी**

उल्लंघनीय (वि) *पाहा :* **शक्य**

उल्लसित (वि) *पाहा :* **आनंदित**

उल्लास (पु) *पाहा :* **आनंद**

उल्लू (वि) अविचारी, मूर्ख, उतावीळ, आचरट, वाह्यात; हावरा, कामातुर, लंपट, छचोर; धुंद, गुंग, उल्लूमशाल

[adj] indiscreet, foolish, impatient, frivolous, lustful; giddy, intoxicated

उल्लेख (पु) निर्देश, अंगुलिनिर्देश, उच्चार; समावेश, अंतर्भाव; संदर्भ, पूर्वोल्लेख; नामोल्लेख, नामनिर्देश

[वा] बोट दाखवणे

(n) mention, allusion; reference

उल्लेखनीय (वि) लक्षणीय, ठळक, निवडक, महत्त्वपूर्ण, प्रमुख; अधोरेखित, चिन्हांकित, मानांकित; मननीय, विचारार्ह, विचारणीय, त्वर्य; संस्मरणीय, चिरस्मरणीय, अविस्मरणीय; असाधारण, अलौकिक; लक्षवेधक, लक्षवेधी; *पाहा :* **खास** (विरु) **गौण**

[वा] मैलाचा दगड

[adj] noteworthy, notable, remarkable, considerable, important, salient, memorable, imperessive, outstanding, prominent, striking, uncommon, unforgettable, exceptional; *पाहा :* **खास**

[i] milestone, the name of the game

उल्हसित (वि) *पाहा :* **आनंदित**

उल्हास (पु) *पाहा :* **आनंद, उत्साह**

उशी (स्त्री) उसे, गिरदी, लोड, तक्क्या; *पाहा :* **उसळी**

(n) pillow; *पाहा :* **उसळी**

उशीर (पु) विलंब, खोळंबा, खोटी, वार, दीर्घकाळ, दिरंगाई, सावकाशी, चालढकल, अळंटळं; वेळ, अवधी, अवकाश;

[क्रि] वेळ लावणे, वेळ न पाळणे, वेळ टळणे, पुढे ढकलणे, लांबणीवर टाकणे

[वा] सहा महिन्यांची जांभई, तहान लागल्यावर विहीर खोदणे, भिजत (घोंगडे) पडणे, वराती मागून घोडे, बैल गेला आणि झोपा केला, लालफितीचा कारभार

(n) delay, tardiness, lateness,

umpunctuality, procrastination; postponement
[i] better late than never, rome was not built in a day, sleep on something, to hang fire, to let the grass grow

उश्रामा (पु) *पाहा :* **उद्रेक**

उषःकाल (पु) *पाहा :* **पहाट**

उषःपान (न) *पाहा :* **पिणे**

उषा (स्त्री) *पाहा :* **पहाट**

उष्टावण (न) *पाहा :* **अन्न**

उष्ण (वि) तप्त, गरम, गरमागरम, ऊन, कढत, खरोष्ण, कडकडीत तापलेले, आधण आलेले; उबदार, कोमट, सोमट, कोंबट, मंदोष्ण, मधुरोष्ण, शीतोष्ण, काटा मोडलेले, काटामोड, धारोष्ण, नरम गरम; जळजळीत, दाहकर, प्रदीप्त, प्रखर *पाहा :* **उकाडा, उष्णता** (विरु) **गार**
[adj] hot, red-hot, white-hot, piping hot, burning, roasting, sizzling, scalding, ardent, warm, lukewarm, tepid *पाहा :* **उकाडा, उष्णता** (विरु) **गार**

उष्णता (स्त्री) ताप, गरमी, उष्णपणा, गरमपणा, चटका, उष्मा, उकाडा, उष्णतामान, तापमान; उष्णतेची लाट; उष्माघात; *पाहा :* **धग, आच, उष्ण, उकाडा**
(n) heat, hotness, warmth, temperature, heat-flash, heat-wave, heat-stroke, sun-stroke *पाहा :* **धग, आच, उष्ण, उकाडा**

उष्मा (पु) *पाहा :* **उकाडा, उष्णता**

उसकटणे (क्रि) *पाहा :* **अव्यवस्थित**

उसण (स्त्री) *पाहा :* **वेदना**

उसंत (स्त्री) फुरसत, अवसर, वेळ, फावला वेळ, सवड, मोकळीक, अवधी, आराम, स्वस्थता, स्वास्थ्य, रिकामपण; अवकाश, वाव, रीघ, जागा, सवलत, सूट
(n) spare time, leisure, breathing space, respite, pause, time period, interval

उसनवट (स्त्री), **उसनवारी** (स्त्री) उधारी, उचल, हातउचल, कर्ज, ऋण, परतबोलीने घेणे/देणे, उसने/हातउसने घेणे/देणे; *पाहा :* **उसना**
[वा] उधारीचे पोते सव्वाहात रिते
(n) loan, credit, advane, lending, borrowing; *पाहा :* **उसना**

उसना (वि) कर्जाऊ, उधार, पतीवर, खात्यावर, परतबोलीवर, हातउसना, उसनापासना; *पाहा :* **उसनवट, खोटा**
[adj] borrowed, lent; *पाहा :* **उसनवट, खोटा**

उसळणे (क्रि) उफाळणे, खवळणे, उद्रेक होणे, उचंबळणे, उकळणे, सळसळणे, वर चढणे, उंच जाणे; उत्पन्न होणे; *पाहा :* **संतापणे**
(v) surge, burst out, shoot up, explode, flare up, *पाहा :* **संतापणे**

उसळी (स्त्री) उबळ, उमाळा, उद्रेक, ऊर्मी, आवेग, क्षोभ, त्वेष, लहर;

उडी, उशी, टप, टप्पा

(n) outburst, upsurge, exuberance, jump, spring, bounce

उसासा (पु) सुस्कारा, उस्कारा, उमासा, दीर्घश्वास, उच्छ्वास; कण्हणे, हुंदका

(n) sigh, moan, groan, whimper, sob

उसे (न) *पाहा :* **उशी**

उस्कारा (पु) *पाहा :* **उसासा**

उस्तवारी (स्त्री) *पाहा :* **व्यवस्था**

उस्ताद (पु) *पाहा :* **अध्यापक**

ऊ

ऊठबस (स्त्री) *पाहा :* **घरोबा**

ऊठसूट (क्रिवि) *पाहा :* **पुन्हा**

ऊत (पु) उधाण, भर, भरते, लोट, वाढ, पूर, उमाळा, कळस, उत्कर्ष

(n) superabundance, exuberance, overflow

ऊदकाडी (स्त्री) *पाहा :* **अगरबत्ती**

ऊन (न) आतप, सूर्यप्रकाश, सूर्याचा ताप, धग, रणरणते ऊन, ऊन्हाची लूक, उष्माघात, सूर्यकिरण, प्रकाशस्तंभ, तिरीप, कवडसा; *पाहा :* **प्रकाश**

(n) sunshine, sunlight, sun-beam, daylight, light-spot, sunstroke; *पाहा :* **प्रकाश**

ऊन (वि) *पाहा :* **उष्ण**

ऊनपाऊस (पु) *पाहा :* **असमान, चढउतार**

ऊब (स्त्री) उबदारपणा, गरमपणा, धग, उबारा; कळकळ, माया, आस्था, प्रेम; संरक्षण, आसरा, आश्रय

(n) warmth, ardour, fervour, kindness, protection

ऊर (न) उर:स्थल, वक्ष:स्थल, वक्षप्रदेश, वक्ष, उरोभाग, उरोमंडल, छाती, छाताड; *पाहा :* **स्तन**

(n) chest, breast; *पाहा :* **स्तन**

ऊरू (पु) *पाहा :* **मांडी**

ऊर्जःस्वल (वि) *पाहा :* **प्रभावी**

ऊर्जा (स्त्री) शक्ती, सामर्थ्य, उत्साह, ताकद, जोर, जोम, तेज, आंतरिक शक्ती, चेतना; औष्णिक ऊर्जा, सौर ऊर्जा, अणु-ऊर्जा, वायु-ऊर्जा, तरंग-ऊर्जा, जलविद्युत, विद्युच्छक्ती, अपरंपरागत (अपारंपरिक) ऊर्जा *पाहा :* **वीज, शक्ती**

(n) energy, power, animation, vitality, vigour, drive; thermal/ solar /atomic / nuclear / wind / wave / water / hydro-power, hydroelectricity, electrical energy, non-conventional energy *पाहा :* **वीज, शक्ती**

ऊर्जितकाळ (पु), **ऊर्जितावस्था** (स्त्री) *पाहा :* **उत्कर्ष, अभ्युदय**

ऊर्ध्व (स्त्री) *पाहा :* **दशदिशा**

ऊर्ध्वलोक (पु) *पाहा :* **स्वर्ग**

ऊर्फ (क्रिवि) *पाहा :* **अन्यथा**

ऊर्मी (स्त्री) लहर, लाट, तरंग; उसळी, उकळी, उचल; आकस्मिक अनावर मन:प्रवृत्ती, प्रबळ इच्छा, हुक्की, तलफ, वारे, कल्पना *पाहा :* **चित्तवृत्ती**

(n) wave, ripple, upsurge, sudden impulse, whim urge, caprice, fancy *पाहा :* **चित्तवृत्ती**

ऊहापोह (पु) विचारविनिमय, वाटाघाट, वादविवाद, चर्चा, साधकबाधक विचार, युक्तिवाद, विश्लेषण,

विवरण, अध्ययन, चिंतन, परिशीलन, शहानिशा, खल, मंथन

(n) discussion, debate, argument, polemic, reasoning, deliberation, analysis, close study, contemplation, consideration

ऋ

ऋचा (स्त्री) *पाहा :* **कडवे**

ऋजुता (स्त्री) *पाहा :* **अदब, आर्जव**

ऋजू (वि) साधा, सरळ, प्रामाणिक, सच्चा, नैसर्गिक, अकृत्रिम, आर्जवी, अदबशीर, सौजन्यशील

[adj] straightforward, simple, honest, humble, guileless, artless, polite

ऋण (न) कर्ज, देणे, थकबाकी, देय; ऋणत्रय (देवऋण, पितृऋण, ऋषिऋण); मनुष्यऋण; रीण; *पाहा :* **उसनवट**

(n) debt, liability, arrears, indebtedness, obligation; *पाहा :* **उसनवट**

ऋणकरी (पु) ऋणको, ऋणाईत, ऋणिया, ऋणी, देणेकरी, देणेदार, कर्जदार, थकबाकीदार, कर्जबाजारी, कूळ; उपकृत; उपकारबद्ध, रिणकरी, रिणको

(n) debtor, debitor, borrower, defaulter

[i] in the red

ऋणको (पु) *पाहा :* **ऋणकरी**

ऋणमुक्त (वि) *पाहा :* **उतराई, फेडणे**

ऋणविमोचन (न) *पाहा :* **फेड**

ऋणाईत (पु) *पाहा :* **ऋणकरी**

ऋणानुबंध (पु) *पाहा :* **अनुबंध, अदृष्ट**

ऋणानुबंधी (पु) *पाहा :* **मित्र**

ऋणिया (पु), **ऋणी** (पु) *पाहा :* **ऋणकरी**

ऋत (वि) *पाहा :* **खरा, सत्य** (वि)

ऋतुप्राप्ती (स्त्री) प्रथम रजोदर्शन, नहाण (न्हाण), विटाळ *पाहा :* **ऋतुमती**

[वा] न्हातीधुती होणे, वयात येणे, पदर येणे, मुका मुलगा होणे

(n) first menstruation *पाहा :* **ऋतुमती**

ऋतुमती (वि) ऋतुस्नात, नहाण/न्हाण आलेली, न्हातीधुती, न्हाणोली, ऋतू/आर्तव /रज/विटाळ प्राप्त झालेली; जाणती, सज्ञान, सजाण, शहाणी, वयात आलेली; विटाळशी, रजस्वला, बाहेरची; पाळी आलेली *पाहा :* **ऋतुप्राप्ती**

[वा] बाहेरची, अडचण

[adj] of age, mature, menstruating *पाहा :* **ऋतुप्राप्ती**

ऋतुराज (पु) *पाहा :* **वसंत**

ऋतू (पु) हवामानकाल, षड्ऋतु (वसंत, ग्रीष्म, वर्षा, शरद, हेमंत, शिशिर), शरत्, शरत्काल, पानगळ ऋतू, हंगाम, खरीप, रब्बी, मोसम, बहर, सुगी, सराई, हिवाळा, उन्हाळा, पावसाळा, लग्नसराई *पाहा :* **ऋतुमती**

(n) season (spring, summer, fall, autumn, winter); menstrual period; *पाहा :* **ऋतुमती**

ऋत्विज (पु) होता, होतृ, यज्ञकर्ता, यजमान, याजक, याजी, याज्ञिक,

अग्निहोत्री, यज्ञात आहुती देणारा, श्रौतस्मार्त, ब्रह्मा

(n) priest

ऋद्धी (स्त्री) संपत्ती, लक्ष्मी, धन-दौलत, समृद्धी, श्रीमंती, ऐश्वर्य, भरभराट, उत्कर्ष, भाग्योदय

(n) wealth, riches, affluence, opulence, fortune, prosperity

ऋषभ (पु) *पाहा :* **स्वर, बैल**

ऋषितुल्य (वि) *पाहा :* **थोर**

ऋषी (पु) मंत्रद्रष्टा, साधू, संत, तपस्वी, तापस, तापसी, तपिया, तपी, तपोधन, तपोनिधी, मुनी, योगी, विरागी, देवमाणूस, शुद्धाचरणी, प्रेषित; देवर्षी (नारद, अत्री, मरीची, भारद्वाज, तुंबुरु, इ.), ब्रह्मर्षी, राजर्षी, महर्षी, कवी, *पाहा :* **साधू**

(n) hermit, anchorite, saint, sage, ascetic, holy person, apostle, poet *पाहा :* **साधू**

ए

एक (वि) एकरूप, एकात्म, समरस, अखंड, अभिन्न, अविभक्त, अविभाज्य, संयुक्त; एकटा, एकमेव, अजोड, अद्वितीय, अनन्य, अतुलनीय; *पाहा :* **अंक, एकवटणे**
[वा] जे पिंडी ते ब्रह्मांडी
[adj] one, single, indivisible, integral, united, fused; unique, matchless, incomparable, supreme; *पाहा :* **अंक, एकवटणे**

एकएक (वि) *पाहा :* **प्रत्येक**

एकक (न) *पाहा :* **परिमाण**

एककल्ली (वि) एकांगी, एकदेशीय, एकमार्गी, छांदिष्ट, नादिष्ट, लहरी, हट्टी, हटवादी, हेकेखोर, अडमुठा, दुराग्रही, संकुचित
[adj] wilful, obstinate, obdurate, self-willed, lop-sided, whimsical, headstrong

एकखांबी (वि), **एकछत्री** (वि) *पाहा :* **राज्यपद्धती**

एकजिनसी (वि) *पाहा :* **अभिन्न**

एकजीव (वि) *पाहा :* **अभिन्न, एकवटणे**

एकजूट (स्त्री) *पाहा :* **एकी**

एकटा (वि) एकला, सडा, सडाफटिंग, सडासोट, सोटभैरव, बाण, विनापाश, पाशरहित, एकटादुकटा; एकांडा; *पाहा :* **एकलकोंडा, अंक**
[वा] एकांडा शिलेदार, माझा मी, घर ना दार चावडी बिऱ्हाड, एकटा जीव सदाशिव
[adj] alone, single, solitary; unencumbered; *पाहा :* **एकलकोंडा, अंक**

एकतंत्री (वि) *पाहा :* **राज्यपद्धती, जुलमी**

एकतर्फी (वि) *पाहा :* **पक्षपात, अन्यायकारक**

एकता (स्त्री) *पाहा :* **एकी, अद्वैत**

एकतान (वि) *पाहा :* **एकाग्र**

एकतारी (स्त्री) *पाहा :* **तंतुवाद्य**

एकत्र (वि), **एकत्रित** (वि) *पाहा :* **एकवटणे, संकलन, बांधीव, अविभक्त**

एकत्रीकरण (न) *पाहा :* **एकी, संकलन**

एकत्व (न) *पाहा :* **अद्वैत**

एकदंत (पु) *पाहा :* **गणपती**

एकदम (क्रिवि) एकसमयावच्छेदे-करून, एकावेळी; *पाहा :* **अविलंब, योगायोग**
[वा] काकतालीय न्याय
[adv] simultaneously, at the same time; *पाहा :* **अविलंब, योगायोग**

एकंदर (वि) *पाहा :* **अवघा**

एकदेशीय (वि) *पाहा :* **एककल्ली**

एकद्वितीयांश (वि) *पाहा :* **अर्धा**

एकनिष्ठ (वि) *पाहा :* **निष्ठावंत**

एकपणा (पु) *पाहा :* **अद्वैत**

एकपत्नीव्रती (वि) *पाहा :* **निष्ठावंत**

एकम (न) *पाहा :* **दशांश स्थाने**

एकमत (न) मतैक्य, ऐकमत्य, एकविचार, एकवाक्यता, एकदिल, एकजूट, एकात्मता, सहमती, सर्वसहमती, सर्वानुमती; *पाहा :* **एकी,** (विरु) **मतभेद**

(n) concurrence, rapport, unanimity, agreement, accord; *पाहा:* **एकी,** (विरु) **मतभेद**

[i] to go hand in hand, in tune with something

एकमताने (क्रिवि) *पाहा :* **बिनविरोध, एकमत**

एकमार्गी (वि) *पाहा :* **एककल्ली**

एकमुखी (वि) *पाहा :* **अभिन्न**

एकमेक (वि) *पाहा :* **अन्योन्य**

एकमेव (वि), **एकमेवाद्वितीय** (वि) *पाहा :* **अजोड**

एकमेळ (पु) *पाहा :* **एकी**

एकरूप (वि) *पाहा :* **अभिन्न, एक**

एकरूपता (स्त्री) *पाहा :* **अद्वैत**

एकलकोंडा (वि) एकांडा, एकटा, एकाकी, एकांतप्रिय, घरकोंबडा, घरघुशा, घरबशा, माणूसघाणा, मनुष्यद्वेष्टा, घुमा, कूपमंडूक, एकारलेला, मित्रहीन *पाहा :* **एकटा**

[वा] घर धरणे

[adj] lone, lonely, lonesome, solitary, unsociable, friendless, isolated, stay-at-home, misanthropic *पाहा :* **एकटा**

[i] a lone wolf

एकला (वि) *पाहा :* **एकटा**

एकवट (वि) *पाहा :* **अभिन्न**

एकवटणे (क्रि) एक होणे, एकरूप होणे, समरसणे, विलीन होणे, मिलाफ होणे, मिळणे, मथणे, एकत्र/ एकत्रित/ संमीलित/ संघटित/ केंद्रीभूत होणे, मिसळणे, मिश्रण होणे, अभिसरण होणे, मिलन/मीलन/ मेलन/ संमीलन होणे, एकजीव होणे, जुगणे; *पाहा :* **एकी, संयुक्त, अभिन्न, एक**

[वा] मोट बांधणे, मने मिळणे

(v) unite, unify, merge, amlagamate, combine, fuse, marry, intergrate, mix, join, coalesce; *पाहा :* **एकी, संयुक्त, अभिन्न, एक**

एकवाक्यता (स्त्री) *पाहा :* **एकमत, एकी, अनुकूलता, जम**

एकविचार (पु) *पाहा :* **एकमत**

एकसंध (वि) *पाहा :* **अखंड**

एकसमयावच्छेदेकरून (क्रिवि) *पाहा :* **एकदम**

एकसुरी (वि) *पाहा :* **नीरस**

एकाएकी (क्रिवि) *पाहा :* **अकस्मात**

एकाकी (वि) *पाहा :* **एकलकोंडा, निर्जन, अनाथ**

एकांगी (वि) *पाहा :* **एककल्ली**

एकाग्र (वि) एकतान, एकलय, गढलेला, लय लागलेला, तल्लीन, चूर, मग्न, समाहित, गुंग, तन्मय,

गर्क, निमग्न, ध्यानस्थ, समाधिस्थ; *पाहा :* **निर्विकल्प, अचल, गढणे**
[adj] engrossed, rapt, absorbed; *पाहा :* **निर्विकल्प, अचल, गढणे**
एकाग्रता (स्त्री) *पाहा :* **एकाग्र, अवधान**
एकांडा (वि) *पाहा :* **एकटा, एकलकोंडा**
एकांत (पु) निवांतपणा, एकाकीपणा, शांतता; निवांत/शांत स्थान, निर्जन प्रदेश, विजन, विजनवास; सलगी, गुजगोष्टी
(n) solitude, seclusion, privacy, loneliness, isolation, wilderness; intimacy
एकांतप्रिय (वि) *पाहा :* **एकलकोंडा**
एकात्म (वि) *पाहा :* **एक**
एकात्मता (स्त्री) एकपणा, एकरूपता, एकमत, तादात्म्य, मेळ, एकमेळ, सुसंवाद, अभिन्नता, अभेद, अद्वैत, एकता, एकी, एकजिनसीपणा, सामरस्य, अविभाज्यता; भावनिक/राष्ट्रीय, इ. एकात्मता
[वा] तारा जुळणे, सूर जुळणे
(n) unity, oneness, accord, concord, harmony, consensus, rapport, solidarity, homogeneity, unison, unanimity
एकादश (वि) *पाहा :* **अंक**
एकाधिकारशाही (स्त्री) *पाहा :* **राज्यपद्धती, दडपशाही**
एकाक्ष (वि) *पाहा :* **अंध, काणा**
एकी (स्त्री) ऐक्य, जूट, एकजूट, एकोपा, एकता, एकात्मता, एकवाक्यता, मेळ, मिळणी, जोडणी, एकमेळ, एकीकरण, एकत्रीकरण, केंद्रीकरण, विलीनीकरण, सामिलीकरण, जागतिकीकरण, वैश्वीकरण, संगम, संयोग, संपात, संमीलन, भेट, सायुज्य, तादात्म्य, मिलाफ, मीलन, मेलन, संकर, युती, जम, संघटन, संघटना, समाज, मंडळ, संस्था, समुच्चय, संहती, सख्य, संधी, सलोखा, मैत्री, स्नेह, गट्टी, लोकसंग्रह, संवाद, संगती, अभेद, अद्वैत, सामरस्य, अभिन्नत्व, योग; *पाहा :* **एकवटणे, एकमत, जमणे** (विरु) **विभाजन**
[वा] दस की लकडी एकका बोझ, गाव करी ते राव न करी
(n) unity, union, unification, amalgamation, consolidation, organisation, association, integration, fusion, harmony, unison, consonance, concord; *पाहा :* **एकवटणे, एकमत, जमणे** (विरु) **विभाजन**
एकीकरण (न) *पाहा :* **एकी**
एकुलता (वि) एकुलता एक, एकमेव, एकटाएक
[वा] आंधळ्याची काठी
[adj] single, solitary, only
एकूण (वि) **एकूणएक** (वि) *पाहा :* **अवघा**
एकोदर (पु) *पाहा :* **भाऊ**

एकोपा (पु) *पाहा :* **एकी**
एक्का (पु) *पाहा :* **वाहन**
एडका (पु) *पाहा :* **मेंढा**
एतद्देशीय (वि) *पाहा :* **देशी, नागरिक**
एरवी (क्रिवि) *पाहा :* **अन्यथा, सहज**
एल्गार (पु) निकराचा हल्ला, चढाई, दौड, मोहीम, चाल, स्वारी, आक्रमण, धाड, घाला, भडिमार
(n) attack, assault, charge, invasion, barrage, volley
एवढासा (वि) *पाहा :* **अल्प, लहान**
एळकोट (पु) *पाहा :* **खेळखंडोबा, हल्ला, जयगान**

ऐ

ऐकणे (क्रि) श्रवण करणे, श्रवणे, श्रवणभक्ती करणे, श्रुती (ऐकण्याची क्रिया), ध्वनिग्रहण करणे, कान देणे, परिसणे, कान टवकारणे, ऐकू येणे, कानांवर येणे/पडणे, कानांवरून जाणे, श्रुत होणे, चोरून ऐकणे; लक्ष/चित्त/अवधान देणे, मानणे, मान्य करणे, आज्ञा पाळणे, बधणे, हूं हूं करणे *पाहा :* (विरु) **सांगणे**

(v) hear, listen, become audible, overhear, eavesdrop; heed, obey *पाहा :* (विरु) **सांगणे**

[i] to pin back one's ears, prick up one's ears

ऐकमत्य (न) *पाहा :* **एकमत**

ऐकवणे (क्रि) *पाहा :* **सांगणे**

ऐक्य (न) *पाहा :* **एकी, अद्वैत**

ऐक्यभंग (पु) *पाहा :* **विभाजन**

ऐक्यभाव (पु) *पाहा :* **अद्वैत, घरोबा**

ऐच्छिक (वि) *पाहा :* **इष्ट, गौण**

ऐट (-टी) (स्त्री) डौल, तोरा, ताठा, गर्व, दर्प, पीळ, दिमाख, रुबाब, वट, नूर, झोक, इ्याकी, भपका, थाट, थाटमाट, डामडौल, बतावणी, घमेंड, फुशारकी, छानछोकी, नखरा, ठमकारा, ठमठमाट, ठसका, ऐटबाजी, अक्कडबाजी, गमजा, चोचला

[वा] टेंभा मिरवणे, मिशा पिळणे, छाती वर काढून चालणे, नाकाने कांदे सोलणे, अंगापेक्षा बोंगा मोठा, मियाँ मूठभर दाढी हातभर

(n) ostentation, pomp, flurish, grandeur, display, affectation, dandyism

ऐटबाज (वि) डौलदार, दिमाखदार, रुबाबदार, रुबाबशीर, झोकदार, शैलीदार, फक्कड, भपकेबाज, दरबारी, अक्कडबाज, फाकडा, मारू, ठसकेबाज, नखरेदार, घमेंडखोर

[adj] pompous, stylish, elegant, graceful, dandyish

ऐतखाऊ (वि) *पाहा :* **आळशी, परभृत**

ऐतिहासिक (वि) *पाहा :* **अतीत**

ऐदी (वि) *पाहा :* **आळशी**

ऐंद्रजाल (न) *पाहा :* **जादू**

ऐनक (पु) *पाहा :* **चष्मा**

ऐनवेळ (स्त्री) *पाहा :* **आणीबाणी**

ऐना (पु) *पाहा :* **आरसा**

ऐपत (स्त्री) संपत्ती, मालमत्ता, पैसा, श्रीमंती, आर्थिक सामर्थ्य

[वा] अंथरूण पाहून पाय पसरावे

(n) means, wealth, assets, wherewithal

ऐपतदार (वि) *पाहा :* **श्रीमंत**

ऐरावत (पु) *पाहा :* **हत्ती**

ऐरागैरा (पु वि) *पाहा :* **क्षुल्लक, अलताभलता**

ऐलतीर (पु) *पाहा :* **तट**

ऐवज (पु) *पाहा :* **अर्थ**

ऐशआराम (पु) चैन, सुखोपभोग, विलास, मौजमजा, सुखविलास, सुखासीनता, चैनबाजी, करमणूक
[adj] enjoyment, pleasure, luxury, comfort, amusement

ऐशआरामी (वि) *पाहा :* **खुशालचेंडू, चैनबाज**

ऐश्वर्य (न) श्री, लक्ष्मी, विभव, वैभव, प्रभव, प्रतिष्ठा, सत्ता, सामर्थ्य; प्रभुत्व, प्रभाव, वर्चस्व; ईश्वरी अंश, श्रीमंती, समृद्धी, संपत्ती, धनदौलत, दामदौलत, भरभराट, उत्कर्ष; भग, भाग्य; राजवैभव, राजैश्वर्य *पाहा :* **श्रीमंती**
[adj] glory, grandeur, dignity, fame, might, divine force, opulence, prosperity, fortune *पाहा :* **श्रीमंती**

ऐषआराम (पु) *पाहा :* **ऐशआराम**

ऐसपैस (वि) *पाहा :* **प्रशस्त**

ऐहलौकिक (वि) ऐहिक, लौकिक, इहलोकाचा, या जगाचा, सांसारिक, प्रापंचिक, भौतिक, पंचमहाभूतात्मक; क्षणभंगुर; *पाहा :* **प्रेय, इहलोक** (विरु) **पारमार्थिक**
[adj] worldly, earthly, temporal, mundane, secular, material; ephemeral; *पाहा :* **प्रेय, इहलोक** (विरु) **पारमार्थिक**

ओ

ओका (पु), **ओकाबोका** (वि) *पाहा :* **अनावृत, उजाड**

ओंकार (ॐकार) (पु) *पाहा :* **ओम्**

ओकारी (स्त्री) वांती, वमन, उलटी, ओक, कळमळ, मळमळ

(n) vomitting, nausea

ओक्साबोक्शी (क्रिवि) *पाहा :* **रडणे**

ओंगळ (वि) अमंगळ, ओवळे, अस्वच्छ, गलिच्छ, अपवित्र, बीभत्स, अशुभ, अभद्र, किळसवाणे, हीन, ओंगळवाणे

[adj] foul, filthy, dirty, sordid, squalid, unholy, loathsome, disgusting

ओघ (पु) *पाहा :* **प्रवाह**

ओघवती (वि) प्रवाही, अस्खलित, अत्रुटित

[adj] fluent, flowing, smmoth

ओघळ (पु) *पाहा :* **प्रवाह**

ओचकारा (पु) *पाहा :* **चरा**

ओचा (पु) *पाहा :* **पदर**

ओज (न) चैतन्य, जोम, धमक, तेज, चमक, पाणी, अंतःस्फूर्ती, प्राणशक्ती, अवसान, ओजस्विता, पाणीदारपणा, पौरुष; *पाहा :* **गुण**

(n) ardour, verve, spirit, vigour, pluck, mettle, life force, virility, lustre, glitter, brilliance; *पाहा :* **गुण**

ओजस्वी (वि) ओजस, चैतन्ययुक्त, जोमदार, जोरकस, जोशपूर्ण, तेजस्वी, चमकदार, पाणीदार, स्वयंस्फूर्त, स्फूर्तिदायक, पौरुषपूर्ण

[adj] spirited, vigorous, brilliant, lustrous

ओंजळ (स्त्री) अंजली, ओंझळ, पसा, संपुट, करसंपुट, अंजलिपुट

(n) hollow formed by palms

ओझर (पु) *पाहा :* **प्रवाह**

ओझरता (क्रिवि) पुसटता, निसटता, निसुटता, काकरता, अर्धवट, वरवर, थोडाफार, किंचितसा, अल्पसा, थोडासा, स्पर्शून गेलेला, चुटपुटता *पाहा :* **अल्प**

[adv] slightly, brushingly, grazingly, passingly, outwardly *पाहा :* **अल्प**

ओझे (न) भार, वजन, दाब, दडपण, बोजा, भारा; जड वस्तू; जू, जोखड, धोंड, धोंडा; *पाहा :* **वजन**

[वा] छातीवरचे/मनावरचे ओझे, मणमणाचे ओझे, सव्वामणाची बेडी, डोंगर, पर्वत, भरल्या गाड्याला सुपाचे काय ओझे? म्हशीची शिंगे म्हशीला जड नसतात

(n) load, burden, weight; incubus; *पाहा :* **वजन**

ओझेकरी (-वाला) (पु) *पाहा :* **भारवाहक**

ओटा (पु) चबुतरा, चौथरा, कट्टा, पार, बैठक, जोते, भाणवसा, ओटी,

ओसरी, पडवी, सोपा, देवडी, वेदी, स्थंडिल
(m) veranda, platform, pedestal, vestibule, altar, dais, stand

ओटी (स्त्री) *पाहा :* **ओटा, आगाशी, पदर, स्तन**

ओटीपोट (न) *पाहा :* **उदर**

ओठ (पु) ओष्ठ, ओष्ठद्वय, ओष्ठपुट, ओष्ठसंपुट, होट; अधर, अधरोष्ठ, अधरपुट; ओठांच्या पाकळ्या, बिंबोष्ठ, बाबर ओठ
(n) lip

ओठंगणे (क्रि) *पाहा :* **टेकणे**

ओंडका (पु) *पाहा :* **तुकडा, लाकूड**

ओडंबरी (स्त्री) *पाहा :* **जादू**

ओढ (स्त्री) आकर्षण, ओढा, आवड, प्रेम; चटक, कल, प्रवृत्ती, अवधान, पसंती; ताण, तणाव, जोर
(n) attraction, affinity, fascination; inclination, disposition; tension, pull

ओढगस्त (स्त्री) *पाहा :* **गरिबी, अभाव**

ओढणी (स्त्री) *पाहा :* **अवगुंठन**

ओढणे (क्रि) *पाहा :* **ताणणे, नेणे, चोखणे, तंबाखू**

ओढा (पु) *पाहा :* **ओढ, कल, प्रवाह, लेप**

ओढाताण (स्त्री) *पाहा :* **गरिबी, घासाघीस**

ओढाळ (वि) भटके, चंचल, स्वैर, उनाट, द्वाड, पळपुटे
[adj] truant, wayward, vagrant, fickle

ओणवणे (क्रि) *पाहा :* **वाकणे**

ओतप्रोत (वि,क्रिवि) काठोकाठ, शिगोशीग, सांडोसांड, तुडुंब, तट्ट, डबडबीत, भरपूर, महामूर, पूर्णपणे, समग्रपणे, अंतर्बाह्य, सबाह्य, सबाह्यांतर, सर्व बाजूंनी, चोहोंकडून; *पाहा :* **आकंठ**
[adj] upto the brim, thoroughly, completely; *पाहा :* **आकंठ**

ओतीव (वि) *पाहा :* **शुद्ध**

ओथंबणे (क्रि) *पाहा :* **लोंबणे, वाकणे, आर्द्र**

ओदन (पु) *पाहा :* **तांदूळ**

ओनामा (पु) *पाहा :* **आरंभ**

ओबडधोबड (वि) वेडावाकडा, असमान, बेढब, बेडौल, जाडाभरडा, भरभरीत, धसाडा, ठोसर, भरड, भसाडा, रांगडा, बोजड, बोदड, बोंगाडा, किजबिड; खरबुजी, खडबडीत, कौशल्यहीन, धोबड
[adj] irregular, awkward, misshapen, clumsy, rugged, rough, coarse, haphazard, unequal, bumpy, jagged, uneven, pathchy, maladroit

ओंबी (स्त्री) *पाहा :* **कणीस**

ओम् (ॐ) (अ) प्रणव, ओंकार, एकाक्षर ब्रह्म, शब्दब्रह्म; मंत्रारंभीचा/प्रार्थनारंभीचा पवित्र शब्द; मात्रात्रय, त्रिमात्रा (अकार, उकार, मकार; अ, उ, म; विष्णु, शिव, ब्रह्मा; वैश्वानर, तेजस, प्राज्ञ); औटमात्रा (अ, उ, म व वरील बिंदू ही अर्धमात्रा मिळून

साडेतीन मात्रा); *पाहा :* **आत्मा, प्रारंभ**

(n) brahma; *पाहा :* **आत्मा, आरंभ**

ओम्फस होणे (क्रि) *पाहा :* **फजिती, बिघडणे**

ओरखडा (पु) *पाहा :* **चरा**

ओरड (स्त्री) *पाहा :* **आकांत, तक्रार**

ओरडणे (क्रि) अरडणे, आरडणे, आरडा/ओरडा करणे, आक्रोश/ आकांत करणे, ओरडून बोलणे, गळा ताणणे, किंचाळणे, आरोळी ठोकणे, गर्जना करणे, डरकणे, डरकावणे, ललकारणे, चीत्कारणे, हाक देणे, पुकारणे, कोकलणे, कोकणे, गागणे, कंठशोष करणे, गरजणे, खिंकाळणे, हंबरणे, भुंकणे, रेकणे, आरवणे, शंख/शंखध्वनी करणे, बोंबलणे, बोंब मारणे; *पाहा :* **गुरकणे, आवाज**

[वा] बेंबीच्या देठापासून ओरडणे, आकाशपाताळ एक करणे, बेंडबाजा लावणे, गळा/ कंठ मोकळा करणे, नारो शंकराची घंटा, शंख करणे

(v) scream, cry, yell, shout, clamour, shriek, whoop, roar, bellow, howl, bark, brey, mew; *पाहा :* **गुरकणे, आवाज**

[i] raise hell

ओरडा (पु) *पाहा :* **आकांत, तक्रार, अगाजा**

ओरपणे (क्रि) *पाहा :* **खाणे**

ओल (स्त्री) ओलावा, आर्द्रता, द्रव; *पाहा :* **आर्द्र**

(n) dampness, moistness; *पाहा :* **आर्द्र**

ओलसर (वि), **ओला** (वि) *पाहा :* **आर्द्र**

ओलांडणे (क्रि) उल्लंघन करणे, सीमोल्लंघन करणे, पार जाणे, पलीकडे जाणे, (नदी, इ.) उतरणे, मर्यादेबाहेर जाणे, अतिक्रमणे (*पाहा :* **अतिक्रमण),** अतिक्रांत करणे, भंग करणे

(v) cross, go across, pass over, transgress, traverse, trespass, intrude, violate; *पाहा :* **अतिक्रमण**

ओलावणे (क्रि) *पाहा :* **द्रवणे**

ओलावा (पु) जिव्हाळा, कळवळा, कनवाळूपणा, माया, ममता, स्नेह, दयार्द्रता; *पाहा :* **ओल**

(n) compassion, affection, tenderness, warmth; *पाहा :* **ओल**

ओलीस (पु) *पाहा :* **कैदी**

ओलेता (वि) *पाहा :* **आर्द्र**

ओवणे (क्रि) गुंतवणे, अडकवणे, माळणे, जुळवणे; *पाहा :* **गुंफणे**

(v) string, weave; *पाहा :* **गुंफणे**

ओवरी (स्त्री) *पाहा :* **आगाशी**

ओवळा (वि) *पाहा :* **अपवित्र**

ओवाळणे (क्रि) *पाहा :* **पूजा**

ओवी (स्त्री) *पाहा :* **वृत्त**

ओशट (वि) *पाहा :* **स्निग्ध**

ओशाळणे (क्रि) *पाहा :* **लाजणे, चपापणे**

ओशाळा (वि) लज्जित, शरमिंदा,

खजील, ओशाळगत, ओशाळवाणा; लाजिरवाणा; मिंधा, निमताळा, लिप्ताळा, (उपकाराने) दबलेला

[adj] abashed, ashamed, mortified, humbled

ओष्ठ (पु) *पाहा :* **ओठ**

ओष्ठबंधन (न) *पाहा :* **अबोला**

ओस (वि) *पाहा :* **उजाड**

ओसंडणे (क्रि) *पाहा :* **वाहणे, सांडणे**

ओसरणे (क्रि) *पाहा :* **ओहटणे**

ओसरी (स्त्री) *पाहा :* **आगाशी, ओटा**

ओसाड (वि) *पाहा :* **उजाड, जमीन**

ओहटणे (क्रि) ओसरणे, कमी होणे, ऱ्हास पावणे, हटणे, आटणे, उतरती कळा लागणे, अधोगती होणे, ओहटी (ओहोटी) लागणे, उपशम होणे, उतरणे, सौम्य होणे, शांत होणे, उतार पडणे, जिरणे, शमणे, नमणे *पाहा :* **कमी**

(v) abate, subside, ebb, diminish, decrease,depreciate, ease off, die down, lessen, peterout, shrink, reduce, lower, wane, recede, decline *पाहा :* **कमी**

ओहटी (स्त्री) *पाहा :* **ओहोटी, अधोगती**

ओहळ (पु) *पाहा :* **प्रवाह**

ओहोटणे (क्रि) *पाहा :* **ओहटणे**

ओहोटी (स्त्री) सुकती, भांग, भांगमोड, निखार, ओहटी; *पाहा :* **अधोगती**

(f) ebb-tide, neap tide; *पाहा :* **अधोगती**

ओहोळ (पु) *पाहा :* **प्रवाह**

ओळ (स्त्री) *पाहा :* **आवली, अनुक्रम**

ओळख (स्त्री) तोंडओळख, परिचय, मैत्री, स्नेह, सलगी, घसट, घरोबा, जवळीक; माहिती, ज्ञान, बोध, गम्य, जाण, आकलन, अनुभव; आठवण, स्मरण; ओळखदेख, ओळखपाळख, दाद, जानपहचान (जानपछान) *पाहा :* **परिचित**

[वा] ज्या गावच्या बोरी त्याच गावच्या बाभळी, अतिपरिचयात् अवज्ञा

(n) acquaintance, friendsip, familiarity, intimacy, knowledge, understanding, congnizance, awareness, recollection *पाहा :* **परिचित**

[i] familiarity breeds contempt, to have a nodding acquaintance

ओळखणे (क्रि) *पाहा :* **जाण, उमगणे**

ओळखपत्र (न) *पाहा :* **दाखला**

ओळखीचा (वि) *पाहा :* **परिचित**

ओळीने (क्रिवि) *पाहा :* **अनुक्रमे**

औ

औचित्य (न) उचितता, युक्तता, योग्यता, समर्पकता, प्रसंगोचितता; शिष्टाचार, सभ्यता, सदभिरुची, रीतभात; मर्यादा, प्रमाण *पाहा :* **उचित**

(n) propriety, decency, fitness, appropriateness, suitability, correctness, etiquette, relevance, decorum; limit, bounds *पाहा :* **उचित**

औचित्यपूर्ण (वि) *पाहा :* **उचित**

औजार (न) *पाहा :* **आयुध**

औटघटकेचा (वि) *पाहा :* **तात्पुरता, क्षणभंगुर**

औटमात्रा (स्त्री) *पाहा :* **ओम्**

औत (न, पु) नांगर, हल; जोत, फाळ, कुळव, पाभर, कोळपे, खुरपे, विळा, कोयता, कोयती

(n) plough, harrow, hoe, scythe, sickle

औत्सुक्य (न) उत्सुकता, आतुरता, जिज्ञासा, कुतूहल, इच्छा, आवड, रस, उत्कंठा, हौस *पाहा :* **उत्सुक,** (विरु) **औदासीन्य**

(n) eagerness, curiosity, interest, involvement, desire, anxiety *पाहा :* **उत्सुक,** (विरु) **औदासीन्य**

औदार्य (न) दातृत्व, दानशूरपणा, सढळपणा, अनुग्रह, दयाशीलता, परोपकारबुद्धी, कनवाळूपणा, अनुकंपा, दिलदारपणा, मनाचा विशालपणा, माणुसकी, दानत; *पाहा :* **उदार**

[वा] द-दा-ची बाराखडी, मन मोठे करणे, जीव मोठा करणे, हलवायाच्या घरावर तुळशीपत्र, आईजीच्या जिवावर बाईजी उदार, हात सैल/मोकळा सोडणे

(n) generosity, munificence, charity, patronage, benevolence, humanity, philanthropy, graciousness, magnanimity; *पाहा :* **उदार**

औदासीन्य (न) उदासीनता, उदासी, खिन्नता, नैराश्य, मरगळ, मनोमालिन्य, निरुत्साह, जाड्य, अनुत्साह, अनास्था, कंटाळा, बेपर्वाई, बेफिकिरी, थंडपणा, अलिप्तपणा, तटस्थपणा, उपेक्षा, दुर्लक्ष, चालढकल *पाहा :* (विरु) **उत्साह, औत्सुक्य**

[वा] आधीच उल्हास त्यात फाल्गुन मास, नजर मरणे

(n) apathy, indifference, insouciance, nonchalance, unconcern, callousness, coldness, depression *पाहा :* (विरु) **उत्साह, औत्सुक्य**

औद्धत्य (न) उद्धटपणा, उर्मटपणा, चढेलपणा, दांडगेपणा, अवमान, अनादर, अमर्यादा, अवज्ञा, बेपर्वाई, अधिक्षेप, आगळीक, धिटाई *पाहा :*

उद्धट
(n) impudence, audacity, impertinance, insolence, affront, offence, disrespect, discourtesy; *पाहा :* **उद्धट**

औद्योगिक (वि) उद्योगविषयक; *पाहा :* **उद्योग**
[adj] Industrial; *पाहा :* **उद्योग**

औपचारिक (वि) शिष्टाचारानुसार, रूढीनुसार, रूढीबद्ध, नियमबद्ध, वरवरचा, वरकरणी, तोंडदेखला, कोरडा, उथळ, ओढूनताणून, लाक्षणिक, आलंकारिक, कृत्रिम, दरबारी, विधिवत्, परंपरागत, पारंपरिक *पाहा :* (विरु) **अनौपचारिक**
[adj] formal, superficial, conventional, ceremonial, ritualistic, traditional *पाहा :* (विरु) **अनौपचारिक**
[i] stand on ceremony

औपरोधिक (वि) उपरोधगर्भ, व्याजोक्तिपूर्ण, उपहासात्मक, छद्मी, खोचक, आडून, टोचून, मर्मभेदक, टोमणे मारलेले, तिरस्कारव्यंजक, *पाहा :* **उपरोध**
[वा] शालजोडीतून मारणे
[adj] Ironic, acerbic, caustic, cutting, sneering, mocking, disparaging, taunting, sarcastic, satirical, sardonic, scornful, scurrilous, derisive *पाहा :* **उपरोध**

और (वि) अजब, अद्‌भुत, विलक्षण, न्यारा, विचित्र, तऱ्हेवाईक; सुरेख, खास, गोड
(adj) strange, extraordinary, uncommon, unconventional, odd, nice, delightful

औरस (वि) *पाहा :* **संतती**

औरसचौरस (वि) *पाहा :* **प्रशस्त**

औरसचौरस (क्रिवि) *पाहा :* **आजूबाजूस**

औरसपुत्र (पु) *पाहा :* **पुत्र**

और्ध्वदैहिक (न, वि) *पाहा :* **अंत्येष्टी**

औलाद (स्त्री) *पाहा :* **संतती**

औषध (न) भेषज, औषधपाणी, औषधयोजना, औषधोपचार, भैषज्य, उपाय, इलाज, तोडगा, उपचार, चिकित्सा, औषधी द्रव्य/रसायन, काष्ठौषधी, जडीबुट्टी, दवा, दवादारू, वनौषधी, पुष्पौषधी, रसौषधी, दिव्यौषधी, प्राणरक्षक औषध, प्रतिजैविक; *पाहा :* **इलाज**
[वा] बहात्तर रोगांवर रामबाण, त्रैलोक्य चिंतामणी
(n) drug, medicine, medication, antidote, remedy, treatment, therapy, panacea, nostrum, herbal remedy, life-saving drug, antibiotic; *पाहा :* **इलाज**

औषधालय (न) *पाहा :* **चिकित्सालय**

औषधोपचार (पु) *पाहा :* **इलाज**

औक्ष (न) *पाहा :* **आयुष्य**

औक्षण (न) *पाहा :* **पूजा**

औक्षवंत (वि) *पाहा :* **आयुष्यमान**

क

कंकण (न) वलय, वेटोळे, वर्तुळ, गोल, अळे, खळे, कोंडाळे; कडे, काकण, बांगडी, चुडा, लग्नचुडा, करभूषण, सलकडे, कंगण, कंगणी, वळे, कुंडल, केयूर, पाटली, बिलवर, तोडा

(n) bracelet, bangle, ring

कंकणाकृती (वि) *पाहा :* **ग्रहण, गोल** (वि)

कंकर (पु) *पाहा :* **दगड**

कंगणी (स्त्री) *पाहा :* **कंकण**

कंगवा (पु) कंगई, फणी

(n) comb

कंगाल (वि) *पाहा :* **अकिंचन**

कंगोरा (पु) काठ, कड, कोर, कोपरा, कडा, धार, किनार

(n) edge, side, border, brim, rim, tip, corner

कच (स्त्री) *पाहा :* **दगड, कचरणे**

कच (पु) *पाहा :* **केस**

कचक (स्त्री) *पाहा :* **वेदना**

कचकच (स्त्री) *पाहा :* **दगड**

कचकणे (क्रि) *पाहा :* **विभाजन**

कचकून (क्रिवि) *पाहा :* **अतिशय**

कंचनी (स्त्री) *पाहा :* **कलावंतीण**

कचपाश (पु), **कचभार** (पु) *पाहा :* **केस**

कचरणे (क्रि) कच खाणे, माघार घेणे, दबणे, दबकणे, डगणे, ढळणे, अडखळणे, घोटाळणे, आढेवेढे घेणे [वा] मागेपुढे बघणे, ताकाला जाऊन भांडे लपवणे

(v) draw back, falter, vacillate, waver, flinch, hesitate, stagger

कचरा (पु) केर, केरकचरा, घाण, गदळ, तुकडेताकडे, गाळसाळ, खळमळ, उकिरडा, खातेरे, कश्मल, रेंदा, राडा

(n) garbage, refuse, waste, rubbish, dirt, litter, debris, muck, scrap, trash, junk

कचाटी (स्त्री) *पाहा :* **अडचण**

कंचुकी (स्त्री) काचोळी, चोळी

(n) blouse, bodice

कचेरी (स्त्री) कार्यालय, कार्यशाळा, दप्तर (दफ्तर), दप्तरखाना, मुख्यालय, खाते, शाखा, विभाग, पेढी, केंद्र

(n) Office, bureau, workplace, headquarters, department, branch, studio, clinic

कच्चा (वि) *पाहा :* **अपक्व, अजाण, कमी, अननुभवी, कोवळा**

कच्चीबच्ची (न, अव) *पाहा :* **मुलेबाळे**

कच्छ (पु), **कच्छप** (पु) *पाहा :* **कासोटा, कासव, अवतार**

कजाग (वि) दुष्ट, खाष्ट, निर्दय, निष्ठुर, तामसी, कडक, कठोर, जहांबाज, त्रासदेऊ, द्वाड, नतद्रष्ट, छळवादी, जुलमी, जलाल, भांडकुदळ, हटवादी,

कुरकुऱ्या; *पाहा :* **कर्कश, कृत्या** (विरु) **प्रेमळ**

[वा] आखाड सासरा (-सासू)

[adj] nagging, pestering, exacting, quarrelsome, coercive, obstinate, dominating; *पाहा :* **कर्कश, कृत्या** (विरु) **प्रेमळ**

[i] a slave-driver

कंजूष (वि) कृपण, चुंबक, कवडीचुंबक, दामचुंबक, लोभिष्ट, धनलोभी, धनलुब्ध, कद्रू, चिक्कू, चिकट, मख्खीचूस, चिंगूस, बद्धमुष्टी, काटकसरी, मितव्ययी, अनुदार, नतद्रष्ट, हिमटा *पाहा :* **लोभ, लोभी** (विरु) **उदार, खर्चीक**

[वा] हाताचा जड, हात आखडता घेणे, कवडी कवडी साठवणे, चमडी जाय पर दमडी न जाय, पै दक्षिणा लाख प्रदक्षिणा, मिणमिण दिवा कृपणाची सेवा, दात कोरून पोट भरत नाही, अडजीभ खाय पडजीभ वाट पाह्य

[adj] miserly, niggardly, stingy, close fisted, parsimonious, mingy, penny pincher *पाहा :* **लोभ, लोभी** (विरु) **उदार, खर्चीक**

[i] penny-wise and pound-polish, a Scrooge

कज्जल (न) *पाहा :* **अंजन**

कज्जा (पु) भांडण, तंटा, कलह, वितुष्ट; वाद, खटला, मुकदमा, दावा, फिर्याद, कोर्टकचेरी, अभियोग

(n) quarrel, dispute, law-suit, litigation

कज्जेदलाल (वि) आगलाव्या, कळलाव्या, कळीचा नारद, भांडखोर, तंटेखोर

[adj] quarrelsome, pugnacious

कट (पु) कारस्थान, कृष्णकारस्थान, कवटाळ, कुभांड, गुप्त बेत/मसलत, खलबत, राजकारण, व्यूह, षड्यंत्र, बनाव, योजना, डाव, कावा, संगनमत, साथीदारी; लुच्चेगिरी; टोळी, जूट

[वा] रसायन शिजणे, बारभाईचे कारस्थान

(n) conspiracy, plot, intrigue, racket, machinations, frame-up, cabale, collusion, complicity; gang, band

[i] cloak and dagger activity

कटक (न) *पाहा :* **दल**

कंटक (पु) *पाहा :* **अणकुची, वैरी**

कटकट (स्त्री) किटकिट, भुणभुण, भुंगा, किरकिर, पिरपिर, पिटपिट, त्रास, पीडा, जिकीर, तक्रार, कर्मकटकट

(n) bother, vexation, hassle, trouble, annoyance, nuisance, complaint

कटणे (क्रि) *पाहा :* **जाणे**

कटाकटीने (क्रिवि) *पाहा :* **जेमतेम**

कंटाळवाणा (वि) *पाहा :* **नीरस**

कंटाळा (पु) वीट, अरुची, अनावड, नापसंती, शिसारी, तिटकारा, किळस, घृणा; आळस, ढिलाई, औदासीन्य, उबग, वैताग, उद्वेग; थकवा, शैथिल्य *पाहा :* (विरु) **उत्साह**

[क्रि] कंटाळणे, विटणे, त्रासणे, आळसणे, उदासणे, उबगणे, थकणे
[वा] जीव आंबणे, नको नको होणे, नाव नको, कान किटणे, कपाळ उठणे, कंटाळा त्याचा वानोळा
(n) weariness, dullness, aversion, disgust, loathing; languor, lassitude *पाहा :* (विरु) **उत्साह**
कटाक्ष (पु) रोख, जोर, भर; *पाहा :* **अवलोकन**
(n) emphasis, stress, accent; *पाहा :* **अवलोकन**
कटिप्रदेश (पु) *पाहा :* **कंबर, जघन**
कटिबद्ध (वि) *पाहा :* **सज्ज**
कटिबंध (पु) *पाहा :* **पट्टा**
कटिसंधी (पु), **कटी** (स्त्री) *पाहा :* **कंबर, जघन**
कटु (वि) कडू, कडवट, अप्रिय, दुःखदायक, मर्मभेदी; तीव्र, तिखट, जहाल, झोंबरा, जळजळीत; *पाहा :* **कडू** (विरु) **गोड**
[adj] bitter, unpleasant, poignant, painful; pungent, firy; *पाहा :* **कडू** (विरु) **गोड**
[i] a hard pill to swallow
कटोरा (पु) वाडगा, वाटी, कटोरी, द्रोण, डोण; *पाहा :* **भांडे**
(n) bowl, cup; *पाहा :* **भांडे**
कट्टर (वि) पक्का, कट्टा, अट्टल, चुस्त, निग्रही, निष्ठावंत, जाज्वल्य, कडवा, कडकडीत, करारी, खंबीर, अढळ, काटेकोर, नेमिष्ठ, तत्त्वनिष्ठ; *पाहा :* **कर्मठ**
[adj] staunch, steadfast; firm, committed, single-minded, stalwart, devoted, unflinching, resolute; *पाहा :* **कर्मठ**
कट्टा (वि) *पाहा :* **कट्टर**
कट्टा (पु) *पाहा :* **ओटा, दुकान**
कट्टाकट्टी (क्रिवि) *पाहा :* **जेमतेम**
कट्यार (स्त्री) *पाहा :* **चाकू**
कंठ (पु) ग्रीवा, गळा, घसा, नरडी, नरडे, गळ्याची घाटी, कंठनाळ, कंठस्थान, कंठमणी; कंठध्वनी, आवाज; *पाहा :* **मान**
(n) throat, neck; voice; *पाहा :* **मान**
कंठगत (वि) मुखोद्गत, पाठ, तोंडपाठ, जिव्हाग्रावर; *पाहा :* **घोकणे**
[वा] तोंडी बसणे, जिभेवर असणे
[adj] learnt by heart; *पाहा :* **घोकणे**
कठडा (पु) *पाहा :* **काठ**
कंठणे (क्रि) सोसणे, साहणे, सहन करणे; (काळ) घालवणे, ढकलणे, काटणे, काढणे, संपवणे; (मार्ग) चालणे, तोडणे, अतिक्रांत करणे
[वा] भर दे दोंद आणि जा रे दिसा
(v) bear, endure, suffer; plod, trudge, drag; traverse
कंठमणी (पु) *पाहा :* **कंठ, प्रिय**
कंठरव (पु) *पाहा :* **आवाज**
कंठवाद्य (न) *पाहा :* **सुषिरवाद्य**
कंठशोष (पु) *पाहा :* **ओरडणे, तहान**

कंठस्नान घालणे (क्रि) *पाहा :* **ठार मारणे**

कंठा (पु) *पाहा :* **आवली**

कंठाळी (स्त्री) *पाहा :* **पिशवी**

कठिण (कठीण) (वि) *पाहा :* **अवघड, टणक**

कठोर (वि) निष्ठुर, निर्दय, कडक, सक्त, करडा, कडवा, कर्मठ, शिस्तप्रिय, कजाग, अकरुण, जुलमी, जहाल, तडकफडक, वज्रजिव्ह, वज्रहृदयी, हृदयशून्य, दयाशून्य, तीव्र, प्रखर, उग्र, द्वाड, दु:सह, दारुण, क्रूर; खरमरीत, खरपूस, झणझणीत, जलाल *पाहा :* **पारुष्य,** (विरु) **सौम्य, दयावंत, कोमल**

[वा] आखाडसासरा, कडकलक्ष्मी, काळा पहाड

[adj] hard, harsh, severe, blunt, brutal, pitiless, scathing, merciless, heartless, stern, sharp *पाहा :* **पारुष्य,** (विरु) **सौम्य, दयावंत, कोमल**

[i] strait-laced

कड (स्त्री) *पाहा :* **कंगोरा, तट, काठ, बाजू, अखेर**

कंड (स्त्री) *पाहा :* **कंडू**

कडक (वि) *पाहा :* **कठोर, टणक, टचटचीत, जलाल**

कडकडाट (पु) *पाहा :* **आवाज**

कडकावणे (क्रि) *पाहा :* **खडसावणे**

कडकी (स्त्री) *पाहा :* **ज्वर**

कडतर (न) *पाहा :* **वस्त्र**

कडधान्य (न) *पाहा :* **धान्य**

कडनिकड (स्त्री) *पाहा :* **अखेर**

कडपा (पु) *पाहा :* **डोंगर**

कडबा (पु) *पाहा :* **गवत, अन्न**

कडबोळे (न) *पाहा :* **सरमिसळ**

कडवट (वि) *पाहा :* **कटू**

कडवळ (न) *पाहा :* **गवत**

कडवा (वि) *पाहा :* **कट्टर, कठोर, कर्मठ**

कडवे (न) पद्यविभाग, पद्यपंक्ती, चरण, पाद, श्लोक, ओवी, सूक्त, ऋचा, वेदमंत्र

(n) stanza, verse

कडसर (वि) *पाहा :* **कडू**

कडा (स्त्री) *पाहा :* **कंगोरा, काठ**

कडा (पु) सुळका, खडपा, दरड, टेकाड, पर्वत; उभा कडा, तुटका कडा; *पाहा :* **डोंगर**

(n) cliff, crag, bluff, escarpment, sheer, drop, precipice; *पाहा :* **डोंगर**

कडाका (पु) *पाहा :* **अतिरेक**

कडाड (पु) *पाहा :* **आवाज**

कडी (स्त्री) साखळी, कडे, वलय, वेटोळे, वळे, वेढे, अंगठी, नथ, नथणी, वेसण, सुंकले, गाठ, फास, फास, चाकोरी, अटक, बंधन, बेडी, जोडवे, दुवा, सांधा, जोडणी, बिजागरी, रिकीब; कडीकुलूप

(n) chain, hoop, loop, band, girdle, ring, annulet, bond, tie, link, hinge

कंडी (स्त्री) *पाहा :* **अफवा**

कडीपाट (पु) *पाहा :* **छत**

कडू (वि) कडवट, कडसर, कडूजहर, कडूविख्ख; *विषासारखा पाहा :* **कटू, चव, पुत्र;** (विरु) **गोड**
[वा] काडेचिराईत
[adj] bitter; पाहा **कटू, चव, पुत्र;** (विरु) **गोड**

कंडू (पु) खाज, कंड, चिणचिण, चुणचुण; खवखव, खुमखुमी, शिरशिरी, ईर्षा, माज, मस्ती, हव्यास
(n) itch, tingling, prickling, irritation; craving, fervour, passion, urge

कडे (न) *पाहा :* **कंकण, कडी, गोल**

कडेकोट (वि) *पाहा :* **पक्का, नियंत्रण**

कडेपठार (न) *पाहा :* **डोंगर**

कडेलोट (पु) *पाहा :* **अतिरेक, ठार करणे, कमाल**

कडोसरी (स्त्री) *पाहा :* **कंबर**

कढ (पु) *पाहा :* **उमाळा**

कढणे (क्रि) *पाहा :* **उकळणे**

कढत (वि) *पाहा :* **उष्ण**

कण (पु) अणू, रेणू, रज, रेज, रवा, रेव, राई, कणी, कणिका, दाणा, रजःकण, धूलिकण, पराग, परागकण, पुष्पपराग, पुष्परेणू, लव, लेश, लवलेश, अल्पांश, ठिपका, बिंदू; अणुरेणू, परमाणू, मूलकण
(n) particle, granule, atom, molecule, elementary particle, ion, point, iota, speck

कणकण (स्त्री) *पाहा :* **ज्वर**

कणखर (वि) कडक, कठीण, टणक, घट्ट; मजबूत, बळकट, दणकट, धट्टाकट्टा, सुदृढ, काटक; भक्कम, दृढ, स्थिर, खंबीर, पक्का, बुलंद; ताठ, निश्चयी, करारी, जिद्दी, निग्रही, ताठर, दुर्दम्य
[adj] firm, hard, strong, strict, solid, rigid, hardy, sound, inflexible, unyielding, impregnable, indomitable, unshakeable, dogged

कणंग (स्त्री) कणगी, कणगा, पेव, पाले, पालटे, कणगुला, कणगोली, कोठी, धान्यकोठार
(n) corn-bin, granary, silo, graincellar

कणगा (पु), **कणगी** (स्त्री) *पाहा :* **कणंग**

कणव (स्त्री) *पाहा :* **अनुकंपा**

कणवटी (स्त्री) *पाहा :* **कंबर**

कणा (पु) अक्ष, आस, आख; आधार, मूलाधार, आधारस्तंभ, टेकू; *पाहा :* **पृष्ठवंश**
(n) axis, axle; backbone, mainstay, support; *पाहा :* **पृष्ठवंश**

कणिका (स्त्री), **कणी** (स्त्री) *पाहा :* **कण**

कणीदार (वि) *पाहा :* **दाणेदार**

कणीस (न) ओंबी, लोंबी, लोंगी, लोंगर, लोंबर, तुरा
(n) ear of corn

कणोरी (स्त्री) *पाहा :* **पेज**

कण्हणे (क्रि) कणणे, कुंथणे, विवळणे,

विव्हळणे, हायहुय करणे
(v) groan, moan, whine, sigh
कण्हेरी (स्त्री) *पाहा :* **पेज, खीर**
कतरण (स्त्री) *पाहा :* **तुकडा**
कंतान (न) *पाहा :* **वस्त्र**
कत्तल (स्त्री) *पाहा :* **हत्या**
कंत्राट (न) ठेका, मक्ता, खोती
(n) contract, monopoly, agreement
कथकली (न) *पाहा :* **नृत्य**
कथणे (क्रि) *पाहा :* **कथन**
कथन (न) निवेदन, वर्णन, निरुपण, अभिव्यक्ती, शब्दचित्र, प्रस्ताव, वृत्तान्त, अहवाल, समालोचन, जबानी; धावते वर्णन; वस्तुकथन; पात्रपरिपोष; प्रतिपादन *पाहा :* **कथा, भाषण, उक्ती**
[क्रि] कथणे, सांगणे, व्यक्त करणे, शब्दबद्ध करणे, कळवणे, निवेदणे, बोलणे, वर्णणे; *पाहा :* **प्रतिपादणे**
(n) narration, recital, description, exposition, report, commentary, running commentary; *पाहा :* **कथा, भाषण, उक्ती, प्रतिपादणे**
कथा (स्त्री) गोष्ट, कहाणी, किस्सा, बात, हकिकत, वृत्तान्त, अहवाल, बातमी, माहिती, विवरण, प्रबंध, कथन, वर्णन, निवेदन, कैफियत, जबानी, इतिहास, पूर्वेतिहास, पूर्वकथा, पूर्वपीठिका, पूर्ववृत्त, पूर्ववृत्तान्त, कर्मकथा, कर्मकहाणी, चित्तरकथा, बखर, तवारीख, आख्यायिका, दंतकथा, लोककथा, पुराणकथा, नीतिकथा, बोधकथा, परीकथा, दृष्टान्तकथा, गुऱ्हाळ, चऱ्हाट, रामायण, पुराण, महाभारत, आख्यान, भारूड, प्रवचन, कीर्तन, कथाकीर्तन, कथापुराण; सत्यकथा, रम्यकथा, रहस्यकथा, गूढकथा, प्रणयकथा, कल्पितकथा, वीरकथा, वीरगाथा; साहसकथा, नवलकथा; लघुतमकथा, एकपानी कथा, लघुकथा, दीर्घकथा, लघुकादंबरी, कादंबरिका, कादंबरी; विज्ञानकथा, कथावाङ्मय; पटकथा; रडकथा, रडगाणे; गाथा; उपकथा, उपाख्यान; कथानक, संविधानक, कथावस्तू, कथासूत्र, संहिता; *पाहा :* **चरित्र, कथन**
[वा] रामायण/महाभारत घडणे
(n) story, tale, anecdote, scenario, parable, allegory, narrative, chronicle, account, statement, report, yarn, recital, history, legend, fantasy, detetive/crime story, folk tale, mystery, thriller, science fiction (SF), saga, whodunit, fable, fairy tale; romance, novel, fiction; *पाहा :* **चरित्र, कथन**
[i] sob-story
कथाकार (पु) *पाहा :* **लेखक**
कथानक (न), **कथावस्तू** (स्त्री) *पाहा :* **कथा**

कथित (वि) *पाहा :* **अनिश्चित**
कथेकरी (पु) *पाहा :* **आचार्य**
कथ्थक (न) *पाहा :* **नृत्य**
कंद (पु) *पाहा :* **मूळ, उगम**
कंदन (न) *पाहा :* **हत्या, लढाई**
कदन्न (न) *पाहा :* **अन्न**
कदर (स्त्री) आदर, आस्था, आवड, कळकळ, काळजी, भान, लक्ष, पर्वा, फिकीर, चहा, बूज, मान, वाहवा
(n) regard, consideration, care, heed, appreciation, respect, deference
कदरदान (वि) *पाहा :* **चाहता**
कंदर्प (पु) *पाहा :* **मदन**
कंदर्पकेली (स्त्री) *पाहा :* **संभोग**
कंदील (पु) *पाहा :* **दिवा**
कंदुक (पु) *पाहा :* **गोल**
कद्रू (वि) *पाहा :* **कंजूष**
कधीकधी (क्रिवि), **कधीमधी** (क्रिवि) *पाहा :* **क्वचित**
कनक (न) *पाहा :* **सोने**
कनकनारायण (वि) *पाहा :* **श्रीमंत**
कनवटी (स्त्री) *पाहा :* **कंबर**
कनवाळू (वि) ममताळू, मायाळू, कृपाळू, दयाळू, प्रेमळ, उदार, सहृदय, कोमलहृदयी, परोपकारी, चित्तसंपन्न
[adj] tender-hearted, kind, gentle, compassionate, benevolent, charitable, genial, humane, warm
कनात (स्त्री) *पाहा :* **अवगुंठन**
कनिष्ठ (वि) धाकटा, अवर, लहान, छोटा, अल्पवयस्क, खालचा, हाताखालचा; *पाहा :* (विरु) **वरिष्ठ**
[वा] कानामागून येणे आणि तिखट होणे
[adj] younger, junior, lower, subordinate, smaller *पाहा :* (विरु) **वरिष्ठ**
कन्यका (स्त्री), **कन्या** (स्त्री) मुलगी, पुत्री, लेक, दुहिता, नंदिनी, अंगजा, आत्मजा, तनया, तनुजा, अंडेर, बेटी, चिरजीविनी, कन्यारत्न; कुमारी, कुमारिका; राजकन्या, राजकुमारी, युवराज्ञी; सुकन्या; सख्खी/ सावत्र/ दत्तक मुलगी; मानसकन्या; *पाहा :* **पुत्र स्त्री, बारा राशी**
[वा] पहिली बेटी धनाची पेटी
(n) daughter, stepdaughter, adopted daughter, girl, virgin; *पाहा :* **पुत्र स्त्री, बारा राशी**
कन्यादान (न) *पाहा :* **दान, विवाह**
कंप (पु) *पाहा :* **आंदोलन**
कपची (स्त्री) *पाहा :* **तुकडा**
कपट (न) लबाडी, लुच्चेगिरी, कावा, डाव, सोदेगिरी, बदमाशी, खोटेपणा, दुटप्पीपणा, वक्रता, वाकडेपणा, छक्केपंजे, डावपेच, लपंडाव, छद्म, ढोंग, असत्य, फसवणूक, भूलथाप, पाखंड, लांडीलबाडी, बनवाबनवी, फसवेगिरी, ठकबाजी, दगलबाजी, दगाबाजी, दगा, दगाफटका, फितुरी, फंदफितुरी, विश्वासघात, अप्रामाणिकपणा, कावेबाजपणा, कपटीपणा, कापट्य, कौटिल्य,

कपटभाषण, कपटनाटक, कपटनीती, कपटवेष, कपटकारस्थान, काळेबेरे, कपटजाल, पाताळयंत्र, षड्यंत्र *पाहा :* **फसवणूक**

[वा] गनिमी कावा, चक्रव्यूह, घटोत्कचाची माया, केसाने गळा कापणे, डाव साधणे, गळ्याला नख लावणे, साखरेची सुरी

(n) fraud, deception, deceit, guile, trick, confidence trick, strategem, ruse, bluff, knavery, treachery, cunning *पाहा :* **फसवणूक**

कपटभाषण (न) *पाहा :* **अपभाषण**

कपटस्तुती (स्त्री) *पाहा :* **स्तुती**

कपटी (वि) *पाहा :* **फसवा, कावेबाज**

कपडा (पु), **कपडालत्ता** (पु) *पाहा :* **वस्त्र**

क:पदार्थ (वि) *पाहा :* **तुच्छ**

कंपन (न) *पाहा :* **आंदोलन**

कंपमान (वि) कंपायमान, कंपित, कंप पावणारे, हलणारे, कापणारे, थरथरणारे, फडफडणारे, हादरणारे, हेलकावणारे, हेलावणारे, डोलणारे, दोलायमान, डळमळीत, चंचल, अस्थिर, तरल; *पाहा :* **आंदोलन, अशांत**

[adj] oscillating, vibrating, pulsating, wavereing, trembling, fluctuating, quivering, flickering, irresolute; *पाहा :* **आंदोलन, अशांत**

कपर्दिक (स्त्री) कवडी, दमडी, पैसा

(n) tuppence; money

कपाट (न) फडताळ, खण, कप्पा, अलमारी, तिजोरी, कोठी; *पाहा :* **कोनाडा**

(n) cupboard, closet, cabinet, wardrobe sideboard, locker; *पाहा :* **कोनाडा**

कपात (स्त्री) काट, छाट, छाटणी, छाटाछाट, काटछाट, काटाछाट, कापाकाप, घट, संक्षेप, संकोच, क्षय, उतार, अवमूल्यन, आकुंचन *पाहा :* **कमी,** (विरु) **वाढ**

[क्रि] कापणे, कमी करणे, काटणे, छाटणे, सौम्य करणे; *पाहा :* **कमी**

[वा] कात्री लावणे

(n) cut, curtailment, moderation, cutback, reduction, decrease, diminution, attenuation, devaluation, mitigation; *पाहा :* **कमी,** (विरु) **वाढ**

कंपायमान (वि) *पाहा :* **कंपमान**

कपार (स्त्री) *पाहा :* **विवर**

कपाळ (न) *पाहा :* **डोके, अदृष्ट**

कपाळकरंटा (वि) *पाहा :* **अभागी**

कपाळकूट (न) *पाहा :* **डोकेफोड**

कपाळमोक्ष (पु) *पाहा :* **आघात, मृत्यू**

कंपित (वि) *पाहा :* **कंपमान**

कपिला (स्त्री) *पाहा :* **कामधेनू**

कपी (पु) *पाहा :* **वानर**

कंपू (पु), **कंपूशाही** (स्त्री) *पाहा :* **अड्डा, तट**

कपोत (पु) *पाहा :* **कवडा**
कपोल (पु) *पाहा :* **गाल**
कपोलकल्पित (वि) *पाहा :* **काल्पनिक**
कप्तान (पु) *पाहा :* **अध्यक्ष**
कप्पा (पु) *पाहा :* **भाग, कपाट**
कप्पी (स्त्री) *पाहा :* **गोल**
कफल्लक (वि) *पाहा :* **अकिंचन**
कंबक्ती (स्त्री) *पाहा :* **संकट**
कबजा (पु) *पाहा :* **अधिकार**
कबंध (न) *पाहा :* **धड** (न)
कबर (स्त्री), **कबरस्तान** (न) *पाहा :* **अंत्येष्टी**
कंबर (स्त्री) कटिप्रदेश, कटी, श्रोणी, कमर, पेकाट, बगड, मटका, मध्य, मध्यभाग, कंबरडे, कडोसरी, कणवटी (कनवटी)
(n) waist, waistline, middle, loins, hip
कबरा (वि) *पाहा :* **चित्रविचित्र**
कबिला (पु) परिवार, बायकामुले, मुलेमाणसे, कुटुंब, कुटुंबकबिला, घरदार, खटले, लटांबर, लवाजमा, इतमाम, जोजार, लबेदा, बारदाना, वकल (वक्कल)
(n) family, household
कबुतर (न) *पाहा :* **कवडा**
कबुतरखाना (पु) *पाहा :* **प्राणिसंग्रहालय**
कबुली (स्त्री) मान्यता, स्वीकार, अंगीकार, रुकार, संमती, अनुमती, पसंती, राजीखुशी, कबुलीजबाब, कबुलायत, कौल, ठराव, प्रतिज्ञा *पाहा :* (विरु) **नकार**
(n) confession, admission, avowal, consent *पाहा :* (विरु) **नकार**
[i] make a clean breast of something, eat one's words
कबूल (वि) *पाहा :* **मान्य**
कमअस्सल (वि) *पाहा :* **अनौरस, डावा**
कमकुवत (वि) *पाहा :* **अधू, कमी, अशक्त**
कमजात (वि) *पाहा :* **अनौरस**
कमजोर (वि) *पाहा :* **अधू, अशक्त**
कमजोरी (स्त्री) *पाहा :* **दौर्बल्य**
कमंडलू (पु) *पाहा :* **भांडे**
कमतरता (स्त्री) *पाहा :* **अभाव, घट, अवगुण**
कमनशिबी (वि) *पाहा :* **अभागी**
कमनशीब (न) *पाहा :* **दुर्दैव**
कमनीय (वि) सुडौल, सुरेख, नीटस, प्रमाणबद्ध, बांधेसूद, सुबक, अटकर, आकर्षक, मोहक
[adj] shapely, pretty, graceful, well-proportioned, curvaceous, willowy
कमर (स्त्री) *पाहा :* **कंबर**
कमरपट्टा (पु) *पाहा :* **पट्टा**
कमल (न) *पाहा :* **कमळ**
कमला (स्त्री) *पाहा :* **लक्ष्मी**
कमलापती (पु), **कमलावर** (पु) *पाहा :* **विष्णू**
कमलासन (पु) *पाहा :* **ब्रह्मदेव**
कमलिनी (स्त्री) *पाहा :* **कमळ**
कमवणे (क्रि) *पाहा :* **मिळवणे**
कमसल (वि) *पाहा :* **अनौरस**

कमळ (न) कमल, कमलिनी, मृणालिनी, पद्म, अंबुज, अंभोज, पंकज, नीरज, वारिज, उत्पल, सरोज, सरोरुह, सरसिज, सरोजिनी, अरविंद, इंदीवर, नीलकमल, नीलोत्पल, रक्तकमल, रक्तोत्पल, रातोत्पल, पुंडरीक, श्वेतकमळ, कल्हार, पुष्कर, नलिन, नलिनी, राजीव, कुमुद, कुमुदिनी, चंद्रविकासी/सूर्यविकासी कमळ; सूर्यकमळ

(n) lotus

कमाई (स्त्री) *पाहा :* **आवक, कर्तृत्व**

कमान (स्त्री) अर्धवर्तुळ, निमगोल, महिरप, धनुकली, धनुष्य, चाप, कंस, कोर, चंद्रकोर, पूल; *पाहा :* **वक्र**

(n) arch, arc, curve, bow, crescent, bridge; *पाहा :* **वक्र**

कमानदार (वि) *पाहा :* **वक्र**

कमाल (स्त्री) पराकाष्ठा, परमावधी, कळस, कडेलोट, अतिरेक, शिकस्त, हद्द, परिसीमा

(n) climax, peak, extremity, superabundance, perfection

कमालीचा (वि) *पाहा :* **अतिशय, अनावर**

कमीजास्त (न) *पाहा :* **चढउतार**

कमावणे (क्रि) *पाहा :* **मिळवणे**

कमावता (वि) मिळवता, कर्ता

[adj] earning (hand)

कमावलेले (वि) *पाहा :* **घोटीव**

कमी (वि) अधुरा, अपुरा, अपूर्ण, उणा, अर्धवट, कापलेला, छाटलेला; खालोखाल; कच्चा, अर्धाकच्चा, अपक्व, अपरिपक्व; तोकडा, तोटका, थोटका, टाचका, अपरा, न्यून, तुटपुंजा, चुटपुंजा, कोता, थोटा, थिटा, आखूड, बांडा, लांडा, लांडाबांडा; लांडाभुंडा; कमकुवत, असमर्थ, अकार्यक्षम; असमाधानकारक, असंस्कारित; ऱ्हस्व, डावा; खंडग्रास; अल्पसंख्य, अल्पसंख्याक; *पाहा :* **अल्प,** (विरु) **अधिक, पूर्ण**

[क्रि] कमी होणे, उतार पडणे, सौम्य होणे, उतरणे, ओसरणे, उपशम होणे, घटणे, शांत होणे, शमणे, पडणे, जिरणे, ओहटणे, हटणे, दबणे, ऱ्हास होणे, झिजणे, आटणे, लहान होणे, फिका होणे, थंड होणे, निवणे, हलका होणे, निवळणे, उतरती कळा लागणे, ओहोटी लागणे, खचणे, संपुष्टात येणे; कापणे, कपात करणे (पाहा : **कपात**), काटछाट करणे, वळते करणे, वजा करणे, वजाबाकी करणे, खच्ची करणे, काढून टाकणे, बाजूस सारणे, बाद/रद्द करणे

[वा] कच्च्या गुरूचा चेला, बोळ्याने दूध पिणे, बांधली शिदोरी आणि सांगितले ज्ञान पुरत नाही, पासंगाला न पुरणे, हात तोकडे पडणे, हात मोडणे, एक ना धड भाराभर चिंध्या, डोक्यावरचे खांद्यावर येणे, पंख छाटणे

[adj] incomplete, deficient, insufficient, short, truncated, unfinished, imperfect,

inadequate, skimpy, lacking, poor, meagre, scanty; *पाहा :* **अल्प,** (विरु) **अधिक, पूर्ण**

(v) decrease, abate, subside, ebb, diminish, wane, decline, cool, curtail, shorten; *पाहा :* **कपात**

[i] clip someone's wings, wear off

कमीपणा (पु) *पाहा :* **अभाव, घट**

कयास (पु) *पाहा :* **अजमास**

कर (पु) सारा, पट्टी, फाळा, धारा, खंड, खंडणी, दस्तुरी, अडत, करभार, वसुली, धान्यवसुली, वसूल, जमाबंदी; शेतसारा, जमीनमहसूल, जमीनधारा, तहसील, चौथाई, सरदेशमुखी, आयकर, प्राप्तिकर, संपत्तिकर, विक्रीकर, आयातकर, सेवाकर, अधिभार, जकात, इत्यादी; *पाहा :* **हात, अडत, अर्थ**

(n) tax, levy, tarriff, duty, toll, cess, revenue; income tax, wealth tax etc.; *पाहा :* **हात, अडत, अर्थ**

करकरीत (वि) *पाहा :* **कोरा,**

करंगळी (स्त्री) *पाहा :* **बोट**

करग्रहण (न) *पाहा :* **विवाह**

करट (न) *पाहा :* **गळू**

करंटा (वि) *पाहा :* **अभागी**

करंडक (पु) *पाहा :* **पारितोषिक**

करडा (वि) भुरा, भुरकट, मातकट, राखाडी, बैंगणी, काळापांढरा; *पाहा :* **कठोर, काळा**

[adj] grey, ashen, livid, grizzled, smoky, dusty; *पाहा :* **कठोर, काळा**

करंडा (पु) करंडी, परडी, दुरडी, संबळी, टोपला, टोपली, टोकरी, पाटी, डाल, डाली, झाल, हारा, शिप्तर, बुट्टी

(n) casket, basket, skep, hamper, pannier

करडू (न) *पाहा :* **अज**

करणी (स्त्री) कार्य, क्रिया, कृती, कृत्य, कर्म, लीला, पराक्रम, बहादुरी, आचरण, वर्तन, चरित्र; *पाहा :* **जादू, करामत**

[वा] देवाजीची करणी नारळात पाणी, नर करणी करे तो नर का नारायण हो जाय

(n) action, deed, achievement, exploit, performance, feat, conduct; *पाहा :* **जादू, करामत**

करणीय (वि) *पाहा :* **उचित, शक्य**

करणे (क्रि) घडवणे, बनवणे, रचणे, जुळवणे, कृतीत उतरवणे, कार्यप्रवण होणे, क्रियाशील/कृतिशील असणे, आचरणे, वागणे, अमलात आणणे, अवस्थेप्रत नेणे, चालवणे, चालू ठेवणे, प्रगतिपथावर नेणे, उपयोगी पडणे, परिणमणे, उरकणे, संपवणे, आटोपणे, बार उडवणे, तडीस नेणे, दामटणे, सोडवणे, उलगडणे

(v) act, do, perform, contrive, work out, execute, operate, function, finish, commit, solve

[i] rise to the occasion, cross the Rubicon, stop at nothing

करतल (पु) *पाहा* : **हात**

करपणे (क्रि) *पाहा* : **अग्नी**

करपल्लवी (स्त्री) *पाहा* : **खूण**

करभार (पु) *पाहा* : **कर**

करभूषण (न) *पाहा* : **कंकण**

करमणूक (स्त्री) मनोरंजन, मौज, मजा, मज्जा, बहार, गंमत, जंमत, गंमतजंमत, खेळ, क्रीडा, नाटक, चित्रपट, मनोविनोदन, चित्तविनोदन, रंजन, अनुरंजन, छंद, नाद, चूष, विरंगुळा, चेष्टा, चावटी, आनंद, गप्पाटप्पा, थट्टा-विनोद, हास्यविनोद, हास्यविलास, हासपरिहास, आमोदप्रमोद, खेळीमेळी, चैन, आवडता उद्योग, लोकरंजन, सुखात कालक्रमणा, विलास, विहार, विहरण, ख्यालीखुशाली, अटकमटक, ऐशआराम, सुखविलास, राजविलास, सुखोपभोग, रंग; *पाहा* : **साहित्य, संगीत, कला, उत्सव**

[क्रि] मन रमवणे, आनंद करणे, हसणे-खिदळणे, नाचणे-बागडणे, हुंदडणे, उड्या मारणे, खेळणे, विहरणे, रमणे, विसावणे, ताजेतवाने होणे, करमणे, जिवाची मुंबई करणे

(n) recreation, diversion, entertainment, amusement, relaxation, fun, frolic, pastime, dramatics, cinema, diversion, sport, hobby, pleasantry, enjoyment, merriment; *पाहा* : **साहित्य, संगीत, कला, उत्सव**

[i] have the time of one's life, all work and no play makes Jack a dull boy, to have one's fling, to paint the town red

करमणूकप्रधान (वि) *पाहा* : **मजेदार**

करवंटी (स्त्री) *पाहा* : **नरोटी**

करवा (पु) *पाहा* : **तुकडा**

करवादणे (क्रि) *पाहा* : **त्रासणे, थकणे**

करविता (पु) *पाहा* : **प्रयोजक**

करसंपुट (न) *पाहा* : **ओंजळ**

करांगुली (स्त्री) *पाहा* : **बोट**

करामत (स्त्री) कामगिरी, कर्तृत्व, कर्तबगारी, महत्कृत्य, पराक्रम, चमत्कार, चमत्कृती, जादू, लाघव, लीला, करणी, कारागिरी, कसब, कौशल्य, वाकबगारी, हिकमत, युक्ती

(n) accomplishment, achievement, exploit, ingenuity, artistry, wizardry, skill

करार (पु) बोली, ठराव, कबुली, कबुलायत, वचन, वायदा, अभिवचन, संकेत, बंध, निश्चय, करारमदार, दारमदार, अट, मुचलका, संविदा, आणभाक, शपथ, बेलभंडार, पैज; वचनपत्र, जामीनपत्र, हमीपत्र, प्रतिज्ञापत्र इ.; इच्छापत्र, मृत्युपत्र; दस्तऐवज, करारनामा; तडजोड; *पाहा* : **ठरणे**

[वा] सुपारी देणे

(n) agreement, pledge, promise, assurance, understanding, affidavit, undertaking, contract, pact, deal; *पाहा :* **ठरणे**

करारी (वि) निश्चयी, निग्रही, खंबीर, धीर, भककम, कट्टर, बाणेदार, कणखर, ताठ, दृढनिश्चयी, दृढप्रतिज्ञ, कृतसंकल्प, दुर्दम्य, चिकाटीचा, आग्रही

[वा] पोलादी पुरुष

[adj] resolute, steadfast, staunch, determined, firm, stubborn, indomitable, dogged, unbending

कराल (वि) *पाहा :* **भीतिदायक**

करिश्मा (पु) *पाहा :* **जादू, आकर्षण**

करुण (वि) हेलावणारा, हृदयद्रावक, हृदयस्पर्शी, करुणास्पद, करुणाजनक, खेदकारक, शोकास्पद, शोचनीय, दयनीय, अनुकंपनीय, दुःखद; *पाहा :* **केविलवाणा, नऊ रस**

[adj] pitiable, piteous, pitiful, moving, heart-breaking, heart-rending, touching, stirring, pathetic, lamentable; *पाहा :* **केविलवाणा, नऊ रस**

करुणा (स्त्री) *पाहा :* **अनुकंपा**

करुणाकर (वि), **करुणानिधी** (वि) *पाहा :* **दयावंत**

करुणार्द्र (वि) *पाहा :* **दयावंत**

करुणाविहीन (वि) *पाहा :* **अकरुण**

करुणास्पद (वि) *पाहा :* **करुण, केविलवाणा**

करोडपती (वि) *पाहा :* **श्रीमंत**

कर्क (पु) खेकडा, कुरले, किरवे, चिमोरे; *पाहा :* **बारा राशी**

(n) crab; *पाहा :* **बारा राशी**

कर्कवृत्त (न) *पाहा :* **पृथ्वी**

कर्कश (वि) कर्णकटू, कर्णकठोर, बेसूर, भसाडा, तीव्र, तीक्ष्ण, बद्द, बोद, मंजूळ नसलेला; कठोर, निष्गुर, असह्य, तुसडा, रासवट, कजाग *पाहा :* (विरु) **मंजूळ, सौम्य, श्रवणीय**

[वा] गजघंटा

[adj] harsh, hard, hoarse, shrill, ear-splitting, shrieking, screeching; piercing; rough, sharp, ill-tempered *पाहा :* (विरु) **मंजूळ, सौम्य, श्रवणीय**

कर्ज (न) ऋण, देणे, कर्जवाम, बोजा, उसनवट, उचल, उधारी, थकबाकी, येणे; तगाई; पतपुरवठा; व्याजबट्टा, सावकारी *पाहा :* **अर्थ**

(n) debt, advance, liability, dues, arrears; money-lending *पाहा :* **अर्थ**

कर्जदार (वि) *पाहा :* **ऋणकरी**

कर्जफेड (स्त्री) *पाहा :* **फेड**

कर्जबाजारी (वि) *पाहा :* **ऋणकरी, दिवाळखोर**

कर्जरोखा (पु) *पाहा :* **अर्थ**

कर्जवाम (न) *पाहा :* **कर्ज**

कर्जाऊ (वि) *पाहा :* **उसना**

कर्ण (पु) *पाहा :* **कान, नौका**

कर्णकटू (वि) *पाहा :* **कर्कश**
कर्णधार (पु) *पाहा :* **अध्यक्ष, दिग्दर्शक, अधीक्षक**
कर्णपिशाच (न) *पाहा :* **पिशाच**
कर्णबधिर (वि) *पाहा :* **बहिरा**
कर्णमधुर (वि) *पाहा :* **मंजूळ, श्रवणीय**
कर्णमैथुन (न) *पाहा :* **चहाडी**
कर्णा (पु) *पाहा :* **सुषिरवाद्य**
कर्णोपकर्णी (क्रिवि) *पाहा :* **जाहीर**
कर्तन (न) *पाहा :* **विभाजन**
कर्तबगार (वि) कर्तृत्ववान, कार्यक्षम, समर्थ, निष्णात, वाकबगार, पराक्रमी, तडफदार, खमक्या, कर्तुमकर्तुम्
[वा] लाथ मारीन तिथे पाणी काढीन, करीन ती पूर्व, बापसे बेटा सवाई, केल्याने होत आहे रे आधी केलेचि पाहिजे, मायेचा पूत, हरीचा लाल, पोराचे पाय पाळण्यात दिसतात
[adj] capable, efficient, potent, competent, proficient, accomplished
कर्तबगारी (स्त्री) कर्तृत्व, कार्यक्षमता, कर्तृत्वशक्ती, सामर्थ्य, नैपुण्य, पराक्रम, तडफ, पुरुषार्थ, पौरुष; कामगिरी
[वा] दिवे लावणे, उजेड पाडणे, मशाल पाजळणे, त्रैलोक्यात/अटकेपार झेंडे फडकवणे, शिवधनुष्य पेलणे, ब्रीद राखणे
(n) capability, efficiency, competence, prowess; achievement
कर्तव्य (न) कर्म, कार्य, काम, कर्तव्यकर्म, बंधन, जबाबदारी, स्वकर्तव्य, स्वकर्म, स्वधर्म, विहित कर्म, वेदांत्यांची सहा कर्तव्ये (शम, दम, तप, तितिक्षा, श्रद्धा, समाधान), अवतारकार्य; *पाहा :* **धर्म**
(n) duty, obligation, onus, responsibility; assignment, task, role, charge, chore, function; *पाहा :* **धर्म**
[i] rise to the occasion, do one's stuff
कर्तव्यच्युत (वि) *पाहा :* **हलगर्जी**
कर्तव्यच्युती (स्त्री) हयगय, हेळसांड, दुर्लक्ष, आबाळ, निष्काळजीपणा, हलगर्जीपणा; *पाहा :* **अनवधान**
(n) dereliction of duty, indifference, slackness, negligence, slovenliness, neglect; *पाहा :* **अनवधान**
कर्तव्यतत्पर (वि), **कर्तव्यदक्ष** (वि) *पाहा :* **आज्ञाधारक, क्रियाशील**
कर्तव्यपराङ्मुख (वि) *पाहा :* **हलगर्जी, अंगचुकार, आळशी**
कर्ता (वि, पु) करणारा (*पाहा :* **करणे)** करविता, कारण होणारा, रचयिता, घडविता, शिल्पकार इ., जन्मदाता, पोषणकर्ता; कर्ताकरविता, कर्ताहर्तापालिता; कमावता, मिळवता, कर्ता पुरुष; कुटुंबप्रमुख; कारभारी; *पाहा :* **अध्यक्ष**
[adj, n] acting, operative, functional, originator, earning hand, family head; *पाहा :*

करणे, अध्यक्ष

कर्तृत्व (न) कार्य, कामगिरी, करामत, काम, कृती, कार्यकर्तृत्व; कमाई, आपकमाई, बापकमाई *पाहा :* **कर्तबगारी**

(n) achievement, attainment, accomplishment, efficiency; *पाहा :* **कर्तबगारी**

कर्तृत्ववान (वि) *पाहा :* **कर्तबगार**

कर्तृत्वशून्य (-हीन) (वि) *पाहा :* **नालायक**

कर्तेपण (न) *पाहा :* **अधिकार**

कर्दनकाळ (वि, पु) क्रूर, जुलमी, कठोर, निर्दय, जहाल, कडक, उग्र; क्रूरात्मा, क्रूरकर्मा, यम, यमदूत, हैवान, सैतान, हुकुमशहा, अरेराव

[adj, n] cruel, tyrannical, ruthless, merciless; tyrant, dictator, taskmaster

कर्दम (पु) *पाहा :* **चिखल**

कर्दली (कर्दळी) (स्त्री) *पाहा :* **केळ**

कर्पूरगौर (वि) *पाहा :* **गोरा**

कर्पूरगौर (पु) *पाहा :* **शंकर**

कर्म (न) काम, कार्य, कृत्य, चेष्टित, करणी, कृती, व्यवहार, व्यापार, क्रिया, प्रक्रिया, प्रयोग, कर्तव्य, धार्मिक/विहित विधी, नित्यकर्म, नैमित्तिक कर्म, काम्यकर्म, कृतकर्म, प्रतिक्षिप्त क्रिया, आचरण, वर्तणूक, उद्योग, कामधंदा, कर्मकांड, कर्मजात, पूर्वकर्म, संचित, कर्मभोग, क्रियमाण; सुकर्म, कुकर्म, कृष्णकृत्य, गैरकृत्य, अक्रीत, शतकृत्य [वा] दैव देते आणि कर्म नेते

(n) deed, act, action, exploit, conduct, behaviour, performance, work, business, rite

कर्मकटकट (स्त्री) *पाहा :* **कटकट**

कर्मकथा (स्त्री) *पाहा :* **कथा**

कर्मकांड (न) *पाहा :* **कर्म, धर्म**

कर्मगती (स्त्री) *पाहा :* **अदृष्ट**

कर्मचारी (पु) *पाहा :* **अनुचर**

कर्मठ (वि) सनातनी, सनातनमतवादी, पुराणमतवादी, गतानुगतिक, परंपराभिमानी, पोथीनिष्ठ, प्रतिगामी, धर्मनिष्ठ, धर्ममार्तंड, धर्माचरणी, निष्ठावंत, श्रद्धावान, कर्मजड, कर्मनिष्ठ, रूढीप्रिय, रूढीवादी, रूढीबद्ध, सांप्रदायिक, सैद्धान्तिक, मूलतत्त्ववादी, दुराग्रही, कडवा, कडक, *पाहा :* **कट्टर**

[adj] orthodox, conservative, conformist, dogmatic, sectarian, puritan, faithful, strict; *पाहा :* **कट्टर**

कर्मत्याग (पु) *पाहा :* **निवृत्ती, संन्यास**

कर्मधर्मसंयोगाने (क्रिवि) *पाहा :* **अकस्मात, योगायोग**

कर्मभोग (पु) *पाहा :* **अदृष्ट**

कर्मयोग (पु) *पाहा :* **योग**

कर्मवीर (वि) *पाहा :* **थोर**

कर्मेंद्रिय (न) हात, पाय, वाचा (वागिंद्रिय), जननेंद्रिय (उपस्थ), गुद; *पाहा :* **इंद्रिय**

(n) organs for work; *पाहा :* **इंद्रिय**

कल (पु) प्रवृत्ती, मूलधर्म, पिंड, मनःप्रवृत्ती, मनोवृत्ती, चित्तवृत्ती, मनोरचना; वळण, ओढा, आसक्ती, अंग, जीव, तब्येत, मर्जी, इच्छा, दृष्टी, नूर, खोड, आवड, पसंती, मत, मतप्रवाह, हवा, रोख, धोरण, दिशा, झोक, झुकाव, झोल, तोल, प्रवाह, युगधर्म; दुष्प्रवृत्ती, वासना
[वा] पाय वळणे
(n) tendency, inclination, aptitude, bent, leaning, vein, disposition, bias, propensity, affinity, proclivity, predilection, trend

कलंक (पु) लांछन, डाग, काळिमा, काळोखी, काजळी, दोष, दूषण, मालिन्य, अपकीर्ती, आरोप, ठपका, बदनामी, दुर्लौकिक, काहूर, बट्टा, बोट, गालबोट, बाट; गंज, जंग, मंडूर, किटण, कीट, तांब, तांबरा, तांबोरा, तांबेरा, शेवाळ, बुरशी
[वा] शिंतोडा उडवणे, तोंडाला काळोखी फासणे, कपाळी टिळा लागणे, कानफाट्या नाव पडणे, काळे तोंड
(n) stigma, blot, blemish, dishonour, disgrace, stain, rust, tarnish, taint, slur, shame, reproach

कलकल (स्त्री), **कलकलाट** (पु) *पाहा :* **आवाज**

कलंकित (वि) लांछित, डागाळलेला, डागील, डाकलग, मलिन, बरबटलेला, लिप्त, अस्वच्छ, काळवंडलेला, बदनाम, कुप्रसिद्ध, कुख्यात, भ्रष्ट, अपभ्रष्ट, अपवित्र *पाहा :* (विरु) **निष्कलंक, स्वच्छ**
[वा] नाव बद्दू होणे, नावाला बट्टा लागणे, चित्रावर डाग पडणे, प्रतिमा मलिन होणे
[adj] dirty, soiled, unclean, tarnished, tainted, sullied, smudged, disreputable, *पाहा :* (विरु) **निष्कलंक, स्वच्छ**

कलंकी (पु) *पाहा :* **अवतार**

कलगी (स्त्री) *पाहा :* **तुरा, काव्य**

कलंडणे (क्रि) *पाहा :* **वाकणे, झोपणे**

कलणे (क्रि) *पाहा :* **वाकणे**

कलत्र (न) *पाहा :* **पत्नी**

कलंदर (पु, वि) फकीर, साधू, सर्वसंगपरित्यागी, विक्षिप्त, तऱ्हेवाईक, भटक्या, स्वच्छंद, स्वैर, विरक्त, जनरहाटीपेक्षा वेगळा, हिप्पी, जिप्सी; मस्त कलंदर
[n, adj] fakir, ascetic, recluse, eccentric, truant, wild, cranky, offbeat, hippie, nonconformist, individualist

कलन (न) *पाहा :* **गणित**

कलभांड (वि) *पाहा :* **भांडकुदळ**

कलम (न) भाग, विभाग, मुद्दा, बाब, बाबत, प्रकरण, गोष्ट, मामला, विषय, परिच्छेद; नियम; *पाहा :* **विभाजन, लेखणी**
(n) section, topic, paragraph, chapter, portion, passage, item; regulation; *पाहा :*

विभाजन, लेखणी
कलमबहाद्दर (पु) *पाहा :* **लेखक**
कलरव (पु) *पाहा :* **आवाज**
कलश (पु) *पाहा :* **भांडे**
कलह (पु) *पाहा :* **भांडण**
कलहंस (पु) *पाहा :* **हंस, बदक**
कलहांतरिता (स्त्री) *पाहा :* **अष्टनायिका**
कला (स्त्री) कौशल्य, कसब, चातुर्य, विद्या, कलागुण, निसर्गदत्त देणगी, कळा, युक्ती, कारागिरी, लीला, ललितकला, दृश्यकला, चौसष्ट कला (गायन, वादन, नृत्य, चित्रकला, शिल्पकला, इ.) *पाहा :* **करमणूक**
(n) art, craft, technique, skill, fine arts; endowment, attainment *पाहा :* **करमणूक**
कलाक (पु) *पाहा :* **तास**
कलाकार (पु) कलावंत, कलावती, कलाभिज्ञ, पंडित; गायक, वादक, चित्रकार, शिल्पकार, शिल्पी, नर्तक इ.; कारागीर; कलाप्रेमी, कलासक्त, कलारसिक *पाहा :* **अभिनेता**
(n) artist, craftsman, art-lover *पाहा :* **अभिनेता**
कलाकुसर (स्त्री) *पाहा :* **नक्षी**
कलाकृती (स्त्री) *पाहा :* **अभिव्यक्ती**
कलागत (स्त्री) *पाहा :* **भांडण, चहाडी**
कलागत्या (वि) *पाहा :* **भांडकुदळ, चहाडखोर**
कलागुण (पु) *पाहा :* **गुण, कला**
कलाटणी (स्त्री) *पाहा :* **बदल**
कलातीत (वि) *पाहा :* **अमूर्त**
कलापिनी (स्त्री) *पाहा :* **रात्र**
कलापी (पु) *पाहा :* **मोर**
कलाभिज्ञ (वि), **कलावंत** (वि) *पाहा :* **कलाकार, रसिक, गुणी**
कलावती (स्त्री) *पाहा :* **कलाकार, अभिनेत्री**
कलावंतीण (स्त्री) गायिका, नर्तकी, नृत्यांगना, कलावती, नायकीण, कंचनी, नाटकशाळा, गणिका, कसबीण; राजनर्तकी *पाहा :* **वेश्या, देवदासी, स्त्री**
(n) dancer, courtesan; *पाहा :* **वेश्या, देवदासी, स्त्री**
कलाश्री (पु) *पाहा :* **राग**
कलिका (स्त्री) कळी, मुकुल, कळा
(n) bud
कलिजा (पु) *पाहा :* **हृदय**
कलियुग (न) *पाहा :* **चार युगे**
कली (पु) *पाहा :* **भांडण, द्वेष, चार युगे**
कलुषित (वि) गढूळ, मलिन, पूर्वग्रहदूषित, संशयग्रस्त, झुकलेले, एकतर्फी, पक्षपाती, प्रभावित, विकारवश, विकृत, विषम
[वा] नजरेला कावीळ होणे, चष्म्यातून पाहणे, मनात भरवणे, कान फुंकणे
[adj] prejudiced, biased, jaundiced, one-sided, influenced, perverted
कलेवर (न) *पाहा :* **देह, अंत्येष्टी**
कल्प (न) चार अब्ज बत्तीस कोटी सौर वर्षे, एक हजार युगचौकड्या (*पाहा :* **चार युगे**), ब्रह्मदेवाचा एक अहोरात्र दिवस; महाकल्प (ब्रह्मदेवाची शंभर

वर्षे; ब्रह्मदेवाचे आयुष्य) *पाहा :* **प्रलय**
(n) Brahma's day *पाहा :* **प्रलय**

कल्पक (वि) शोधक, चतुर, हुशार, योजक, हिकमती, युक्तिबाज, डोकेबाज, सुपीक डोक्याचा, सर्जनशील, उत्पादनशील
[क्रि] कल्पनाविलास करणे, कल्पना लढवणे
[adj] ingenious, imaginative, clever, inventive, resourceful, fertile, fanciful, creative

कल्पकता (स्त्री) शोधकबुद्धी, चातुर्य, कल्पनाशक्ती, प्रतिभा, नवनिर्मितिक्षमता, अंत:प्रेरणा, अंतर्दृष्टी, स्फूर्ती
(n) ingenuity, imagination, inspiration, originality

कल्पतरू (-द्रुम, -वृक्ष) (पु) पाहा **देवतरू, नारळ**

कल्पना (स्त्री) अंत:संवेदना, अंत:प्रेरणा, मनोवृत्ती, चित्तवृत्ती, समज, समजूत, बोध, भास, आभास, भ्रम, ग्रह, भावना, तर्क, अनुमान, विचारलहरी, ऊर्मी, आशा, अपेक्षा, अटकळ, अजमास, अंदाज, चाहूल, संशय, शंका, बेत, हेतू, उद्देश, विचार, मत, संकल्पना, युक्ती, योजना, क्लृप्ती, शक्कल, कल्पनातरंग, मनोराज्य, स्वप्नरंजन, कल्पनाचित्र, कल्पनासृष्टी, कल्पनासाम्राज्य, कल्पनाविलास, गूढगुंजन, कविकल्पना, कविसंकेत, कल्पनाशक्ती, मनश्चक्षू *पाहा :* **स्वप्न**
[क्रि] मानणे, आतून वाटणे, गृहीत धरणे,
[वा] मनचे मांडे, जे न देखे रवी ते देखे कवी, मूर्खांचे नंदनवन, उडत्या पाखराची पिसे मोजणे
(n) idea, concept, notion, belief, impression, conception, intention, scheme, design, thought, imagination, inspiration, brainwave, fancy, inkling, suspicion, guess, conjecture, opiniion, view, conviction; *पाहा :* **स्वप्न**
[i] fairyland, pipedream, brainstorm, brainchild, castles in the air, a figment of one's imagination, a flight of fancy

कल्पनाचित्र (न) *पाहा :* **कल्पना, स्वप्न**

कल्पनातीत (वि) *पाहा :* **अतिशय, अगम्य, अचाट**

कल्पनाविलास (पु) *पाहा :* **कल्पनाविहार** (पु) *पाहा :* **कल्पना, अतिशयोक्ती**

कल्पनाशक्ती (स्त्री) *पाहा :* **कल्पकता**

कल्पनाशून्य (वि) *पाहा :* **नीरस, अरसिक**

कल्पवृक्ष (पु) *पाहा :* **देवतरू, नारळ**

कल्पान्त (पु) *पाहा :* **प्रलय**

कल्पिणे (क्रि) *पाहा :* **चिंतणे**

कल्पित (वि) *पाहा :* **काल्पनिक**

कल्पितकथा (स्त्री) *पाहा :* **ढोंग,**

असत्य, कथा

कल्मष (न) *पाहा :* **चिखल, पाप**

कल्याण (न) क्षेम, कुशल, मंगल, शुभ, भद्र, श्रेय, स्वस्ती, सुख, स्वास्थ्य, आनंद, सौख्य, मांगल्य, बरे, चांगले, भले, सुदैव, भाग्य, हित, लाभ, कोटकल्याण, ऐश्वर्य, उत्कर्ष, भाग्योदय, अभ्युदय, भरभराट, प्रगती, सर्वोदय, क्षेमकल्याण, बालकल्याण *पाहा :* (विरु) **अकल्याण**

(n) welfare, well-being, benefit, good, happiness, prosperity, advancement *पाहा :* (विरु) **अकल्याण**

कल्याणकारी (वि), **कल्याणप्रद** (वि) कल्याणकर, क्षेमकर, मंगल, मंगलदायक, महन्मंगल, शिव, शुभ, सुष्ट, शंकर, शुभंकर, हितावह, हितकर, इष्ट, श्रेयस्कर, सुखकारक, क्षेमकर, लाभदायक, भद्रंकर, उपकारक, उपयोगी, यशस्कर, शुभाशुभ *पाहा :* **दयावंत, पवित्र** (विरु) **अशुभ**

[adj] beneficial, favourable, auspicious, propitious, benign, rewarding, fruitful, positive, providential; *पाहा :* **दयावंत, पवित्र** (विरु) **अशुभ**

कल्ला (पु) *पाहा :* **अगाजा**

कल्लोळ (पु) *पाहा :* **अगाजा, आकांत, गोंधळ, लाट**

कल्हई (स्त्री) *पाहा :* **उजाळा**

कल्हार (न) *पाहा :* **कमळ**

कव (स्त्री) *पाहा :* **आलिंगन**

कवकवीत (वि) *पाहा :* **बेचव**

कवच (न) *पाहा :* **अवगुंठन, त्वचा, चिलखत**

कवटाळ (न) *पाहा :* **जादू, कट**

कवटाळणे (क्रि), **कवटाळी** (स्त्री) *पाहा :* **आलिंगन, अंगीकार**

कवटी (स्त्री) *पाहा :* **नरोटी, डोके**

कवठ (न) *पाहा :* **अंडे**

कवडसा (पु) *पाहा :* **ऊन**

कवडा (पु) कपोत, पारवा, कबुतर, खबुतर, होला, होलगा

(n) dove, pigeon

कवडी (स्त्री) कपर्दिक

(n) farthing

कवडीचुंबक (वि) *पाहा :* **कंजूष**

कवडीमोल (वि) *पाहा :* **क्षुल्लक, निकृष्ट**

कवतिक (न) *पाहा :* **कौतुक**

कवन (न) *पाहा :* **काव्य**

कवयिता (पु), **कवयित्री** (स्त्री) *पाहा :* **कवी**

कवळ (पु) *पाहा :* **अन्न**

कवळ (स्त्री), **कवळणे** (क्रि) *पाहा :* **आलिंगन**

कवळी (स्त्री) *पाहा :* **दात**

कवाईत (कवायत) (स्त्री) *पाहा :* **कसरत**

कवाड (न) *पाहा :* **दार**

कविकल्पना (स्त्री), **कविसंकेत** (पु) *पाहा :* **कल्पना**

कविता (स्त्री) *पाहा :* **काव्य**

कवित्व (न) कविप्रतिभा, काव्यरचनासामर्थ्य, कवित्वशक्ती, स्फूर्ती, काव्यगुण, काव्यकौशल्य, कवित्वकला, रसवत्ता, काव्यसौंदर्य, रसपरिपोष; शीघ्रकवित्व; *पाहा :* **काव्य**

(n) poetic genius; *पाहा :* **काव्य**

कवी (पु) कवयिता, काव्यकर्ता, पद्यकर्ता, पद्यकार, गीतकार, शाहीर, लोकशाहीर, भाट, चारण, राजकवी, शीघ्रकवी; कविवर्य, कविकुलगुरू, नवकवी, ऋषी; कवयित्री, काव्यकर्ती; *पाहा :* **लेखक**

[वा] जे न देखे रवी ते देखे कवी, निरंकुशा: कवय:

(n) poet; poetess; lyricist, versifier, minstrel, bard; *पाहा :* **लेखक**

कशिदा (पु) *पाहा :* **नक्षी**

कश्मल (न) घाण, कचरा, मल; दोष, पाप, किल्मिष (किल्बिष)

(n) dirt; filth, grime, impurity, sin

कषाय (पु) *पाहा :* **अर्क**

कष्ट (पु) श्रम, परिश्रम, दगदग, मेहनत, अंगमेहनत, अंगमोड, शरीरश्रम, शरीरकष्ट, काबाडकष्ट, मजुरी, मोलमजुरी, श्रमदान, आटाआट, आटाटी, आटापिटा, राबणूक, दमणूक, आटणी, धकाधकी, धावपळ, लावतोड, उटारेटा, यातायात, खटपट, धडपड, वणवण, उद्योग, उद्यम, मशागत, खडेफोड, उरस्फोड, डोकेफोड, डोळेफोड, व्यासंग, मांडीमोड, खर्डेघाशी, यत्न, प्रयत्न, कसोशी, आयास, प्रयास, सायास, क्लेश, काच, शीण, महत्कष्ट, महत्परिश्रम; जीवनकलह; श्रमविभागणी; श्रमसंस्कृती; *पाहा :* **त्रास, कष्टणे, कष्टकरी, कष्टाळू, कष्टी** (विरु) **आळस**

[वा] ढोरमेहनत, गुरासारखे कष्ट उपसणे, धकाधकीचे जीवन, द्राविडी प्राणायाम, निढळाचा घाम, चूल आणि मूल, हात फिरे तिथे लक्ष्मी फिरे, तोंड फिरे तिथे अवदसा फिरे, चौऱ्याऐंशीचा फेरा

(n) exertion, toil, labour, hardship, effort, endeavour, industry, drudgery, pains, striving, travail, hard work, manual labour; *पाहा :* **त्रास, कष्टणे, कष्टकरी, कष्टाळू, कष्टी** (विरु) **आळस**

[i] sweat of one's brow, elbow grease, donkey work, spadework

कष्टकरी (पु) मजूर, कामकरी, गडी, शेतमजूर, पाथरवट, हमाल, माथाडी, मोलकरी, बिगारी, हेलकरी, आडकाम्या, हरकाम्या, बलुतेदार, कामगार, श्रमिक, श्रमजीवी, बालमजूर, बालकामगार, गडीमाणूस, रामा, रामागडी, माणूस; *पाहा :* **अनुचर, दलित, कष्ट, कष्टणे,**

कष्टाळू, कष्टी
(n) labourer, worker, workman, wage-earner, tiller, slave; odd-job man; *पाहा :* **अनुचर, दलित, कष्ट, कष्टणे, कष्टाळू, कष्टी**

कष्टणे (क्रि) खपणे, राबणे, झटणे, झिजणे, धडपडणे, घासणे, झगडणे, राबडणे, श्रमणे, भागणे, खितपणे, रखडणे, रंजणे, क्लेशणे, थकणे, दमणे, पिचणे, भोगणे, पोळणे; कष्टी होणे (*पाहा :* **कष्टी**); *पाहा :* **कष्ट, कष्टकरी, कष्टाळू**
[वा] खस्ता खाणे, हाडाची काडे करणे, रक्ताचे पाणी करणे, रक्त आटवणे, जिवाचे रान करणे, जिवाचा लोळ करणे, जीव पाखडणे, जीव टाकणे, जीव आटवणे, जीव चरकात घालणे, जीव तोडून काम करणे, जिवाची कुरवंडी करणे, मरमर मरणे, राबराब राबणे, (निढळाचा) घाम गाळणे, उरापोटी काम करणे, उर फोडणे, उरस्फोड करणे, मान मोडून काम करणे, मान-पाठ एक करणे, अंग मोडून काम करणे, पाठ मोडणे, इकडचा डोंगर तिकडे करणे, सव्या-पसव्य करणे, जोडे झिजवणे, पायपीट करणे, वणवण करणे, वणवणणे, दळणे, वनवास भोगणे, जिवापाड कष्टणे, रात्रीचा दिवस करणे, दिवसरात्र एक करणे, लोखंडाचे चणे खाणे, घाण्यात पिळून निघणे, हातावर दिवस काढणे, हातावर पोट भरणे, जीव अर्धा करणे, डोके तापवून घेणे; रात्र थोडी सोंगे फार, काखेत कळसा गावाला वळसा, कष्टावाचून फळ नाही, स्वत: मेल्यावाचून स्वर्ग दिसत नाही, टाकीचे घाव सोसल्याविना देवपण येत नाही, रोज मरे त्याला कोण रडे, भुकेला कोंडा आणि निजेला धोंडा, जन्मा आला हेला आणि पाणी वाहता मेला
(v) labour, work, toil, sweat; exert oneself, struggle, strive; *पाहा :* **कष्ट, कष्टी, कष्टकरी, कष्टाळू**
[i] put one's back to it, work like a horse, burn the candle at both ends, keep one's nose to the grindstone, bend over backwards, strain every nerve, move heaven and earth, break one's neck, sweat blood, burn the midnight oil, put one's shoulder to the wheel

कष्टदशा (स्त्री) *पाहा :* **अवदशा**

कष्टप्रद (वि) *पाहा :* **अवघड, त्रासदायक**

कष्टसाध्य (वि) *पाहा :* **अवघड, शक्य**

कष्टार्जित (वि) *पाहा :* **अर्जित**

कष्टाळू (वि) मेहनती, उद्योगी, दीर्घोद्योगी, उद्यमशील, कामसू, क्रियाशील, निरलस, अथक, अनलस, काटक, चिकाटीचा *पाहा :* **कष्ट, कष्टकरी, कष्टणे, कष्टी** (विरु) **आळशी**

[वा] घाण्याचा बैल, भाड्याचा बैल

[adj] industrious, hardworking, enterprising, diligent, tireless, unflagging, assiduous *पाहा :* **कष्ट, कष्टकरी, कष्टणे, कष्टी** (विरु) **आळशी**

कष्टी (वि) दु:खी, दु:खित, खिन्न, विषण्ण, व्याकूळ; कष्टलेला, थकलेला, भागलेला; दु:खीकष्टी; दिलगीर; *पाहा :* **श्रांत; कष्ट, कष्टकरी, कष्टणे, कष्टाळू**

[adj] depressed, sad, despondent, forlorn, grief-stricken, distressed, dejected, tired; *पाहा :* **श्रांत; कष्ट, कष्टकरी, कष्टणे, कष्टाळू**

कस (पु) दम, जोर, बळ, राम, कुवत, सामर्थ्य, सत्त्व, जीव, हशील, तथ्य, तथ्यांश, अर्थ, परिणामकारकता; *पाहा :* **अर्क**

(n) strength, competence, efficacy; *पाहा :* **अर्क**

कसकस (स्त्री) *पाहा :* **ज्वर**

कसणी (स्त्री) *पाहा :* **दोरी**

कसणे (क्रि) *पाहा :* **बांधणे**

कसदार (वि) सकस, सत्त्वयुक्त, पौष्टिक, पोषक, सरस, भरीव, दळदार, बलवान, दमदार, जोमदार *पाहा :* (विरु) **निकस**

[adj] nutritious, nutrishing, wholesome, succulent; vigorous, forceful, pithy, sappy *पाहा :* (विरु) **निकस**

कसपटासमान (वि) *पाहा :* **क्षुल्लक**

कसब (न) कौशल्य, कौशल, हस्तकौशल्य, क्रियाकौशल्य, कर्मकौशल्य, कुशलता, विंदाण, कारागिरी, चातुर्य, लाघव, हस्तलाघव, हस्तचापल्य, हात, हातगुण, हातोटी, हातवटी, निगूत, हुशारी, नैपुण्य, पटुत्व, पाटव, प्रावीण्य, सफाई, करामत, हिकमत, कळ, कावा, कला, कुसर, युक्ती, हुन्नर, तंत्र, कल्पकता, शब्दकौशल्य, शब्दचातुर्य, चलाखी, अंग

[वा] हात बसणे

(n) skill, dexterity, knack, artistry, technique, talent, faculty, expertise, craftsmanship

कसबा (पु) *पाहा :* **गाव**

कसबी (वि) कुशल, हुन्नरी, प्रवीण, पारंगत, वाकबगार, जाणकार, निपुण, तज्ज्ञ, चतुर, हुशार, अष्टपैलू, हरहुन्नरी, कल्पक, कौशल्यपूर्ण, सफाईदार, कार्यकुशल, युक्तिबाज

[adj] clever, dexterous, adroit, expert, deft, gifted, talented, skilled, skilful, workmanlike, versitle

[i] jack of all trades

कसबीण (स्त्री) *पाहा :* **कलावंतीण**

कसमस (स्त्री) *पाहा :* **शक्ती**

कसर (स्त्री) *पाहा :* **अभाव, ज्वर, चूक** (स्त्री)

कसरत (स्त्री) व्यायाम, तालीम, मेहनत,

सराव, कवाईत (कवायत), संचलन, ध्वजसंचलन, क्रीडा

[वा] तारेवरची कसरत

(n) exercise, drill, practice, aerobics, callisthenics, gymnasticcs, acrobatics, sports

कसवटी (स्त्री) *पाहा :* **कसोटी**

कसहीन (वि) *पाहा :* **निकस**

कसा (पु) *पाहा :* **पिशवी, पट्टा**

कसाई (पु) खाटीक, कसाब, गळेकापू, क्रूरात्मा, क्रूरकर्मा; *पाहा :* **हत्या**

(n) butcher *पाहा :* **हत्या**

कसाब (पु) *पाहा :* **कसाई**

कसाबसा (क्रिवि) *पाहा :* **जेमतेम**

कसूर (स्त्री) *पाहा :* **अभाव, अपराध चूक** (स्त्री)

कसोटी (स्त्री) परीक्षा, चाचणी, पारख, सत्त्वपरीक्षा, दिव्य; गमक, निकष, माप, प्रमाण, आदर्श; कसवटी, कसोटीचा दगड

[वा] फूटपट्टी, तावून सुलाखून घेणे, घोडामैदान जवळ असणे, हा सूर्य हा जयद्रथ, अंत पाहणे, शास्त्र काट्याची कसोटी

(n) test, acid test, litmus test, trial; touchstone; criterion, rule, measure, standard, yardstick, norm; ideal

[i] play the devil's advocate

कसोशी (स्त्री) दक्षता, सावधानता, सावधगिरी, खबरदारी, काळजी, बारकाई, काळजीपूर्वक लक्ष; हुशारी, प्रयास, मेहनत, खंबीरपणा, जिद्द

(n) diligence, attention, care, exertion, promptness, punctiliousness

कस्तुरीमृग (पु) *पाहा :* **हरीण**

कस्पटासमान (वि) *पाहा :* **क्षुल्लक**

कहर (पु) *पाहा :* **अतिरेक**

कहाणी (स्त्री) *पाहा :* **कथा**

कहार (पु) *पाहा :* **त्रास**

कहारी (वि) *पाहा :* **त्रासदायक**

कह्यात जाणे (क्रि) *पाहा :* **अधीन**

कळ (स्त्री) किल्ली, चावी, चाप, घोडा; साधन, युक्ती, शक्कल, हातोटी, खुबी, मर्म, टूक, मेख, मख्खी; गुरुकिल्ली; रहस्य, मर्मस्थान; खोडी, चहाडी, चुगली; *पाहा :* **भांडण, कसब**

(n) key, instrument, trick, essence, secret; mischief; *पाहा :* **भांडण, कसब**

कळक (पु) *पाहा :* **बांबू**

कळकणे (क्रि) *पाहा :* **बिघडणे, अखाद्य**

कळकळ (स्त्री) सद्‌भाव, आपुलकी, अगत्य, आस्था, आच, तळमळ, काळजी, पोटतिडीक, चिंता, फिकीर, प्रेम, माया, अनुकंपा, जिव्हाळा, कळवळा, कदर, पर्वा, उल्हास

[वा] आतडे तुटणे, आतड्याला पीळ पडणे

(n) concern, care, consideration, regard, solicitude, ardour, affinity, sincerity, earnestness, anxiety

कळणे (क्रि) *पाहा :* **उमगणे, अनुभव, जाण**

कळतमूर्ख (वि) *पाहा :* **ढोंगी**

कळप (पु) *पाहा :* **समुदाय**

कळमळ (स्त्री) मळमळ, उमळ, उमासा, (पोटात) ढवळणे, (वांतीची) भावना *पाहा :* **ओकारी**

(n) qualmishness *पाहा :* **ओकारी**

कळलाव्या (वि) *पाहा :* **कज्जेदलाल, चहाडखोर**

कळवणे (क्रि) *पाहा :* **कथन, अभिव्यक्ती**

कळवळणे (क्रि) *पाहा :* **कासावीस**

कळवळा (पु) *पाहा :* **अनुकंपा, कळकळ, ओलावा**

कळशी (स्त्री) *पाहा :* **भांडे**

कळस (पु) शिखर, माथा, शिर, शेंडा, शिरोभाग, शिरोबिंदू, उच्चबिंदू, उच्चस्थान, घुमट, सुळका, मनोरा, शीग, शृंग; शेवट, अखेर, अंत; *पाहा :* **अतिरेक, अग्र, कमाल** (विरु) **गूढ**

(n) peak, top, apex, crest, crown, pinnacle, acme, culmination, consummation, height, zenith, summit, climax; extremity, tip, end; *पाहा :* **अतिरेक, अग्र, कमाल** (विरु) **गूढ**

कळसा (पु) *पाहा :* **भांडे**

कळसूत्र (न) *पाहा :* **दोरी, नियंत्रण**

कळसूत्री बाहुल्या (स्त्री, अव) *पाहा :* **नाटक, अधीन**

कळा (स्त्री) तेज, चमक, टवटवी, प्रकाश, सतेजता; *पाहा :* **कला, कलिका**

(n) luster, glow, brightness; *पाहा :* **कला, कलिका**

कळातीत (वि) *पाहा :* **अमूर्त**

कळाशीदार (वि) घाटदार, डौलदार, सफाईदार, प्रमाणबद्ध, कौशल्यपूर्ण, बेमालूम सांधलेले

[adj] well-formed, well-proportioned, graceful, dovetailed

कळाहीन (वि) निस्तेज, फिकुटलेला, रंगहीन, रंग गेलेला, विटका, विटलेला, विवर्ण, कांतिहीन, निष्प्रभ, तेजोहीन *पाहा :* **फिकट** (विरु) **तेजस्वी**

[adj] pale, instreless, lustreless, colourless, gloomy, dim *पाहा :* **फिकट** (विरु) **तेजस्वी**

कळिका (स्त्री) *पाहा :* **कलिका**

कळिकाळ (पु) *पाहा :* **संकट, यम**

कळी (स्त्री) *पाहा :* **कलिका**

कळूनसवरून (क्रिवि) *पाहा :* **मुद्दाम**

कक्ष (पु) बाजू, बगल, दालन, खण, विभाग, शाखा; कक्षा; स्वागतकक्ष, भोजनकक्ष, इ. *पाहा :* **खोली**

(n) side, flank, section, region, department, cell, room; *पाहा :* **खोली**

कक्षा (स्त्री) आवाका, आटोका, क्षेत्र, पोच (पोहोच), मर्यादा; कृतिकक्षा,

अधिकारकक्षा, इ.; *पाहा :* **कक्ष, मार्ग**

(n) reach, range, area, gamut, sphere, scope, purview, field, limit; *पाहा :* **कक्ष, मार्ग**

काऊ (पु), **काक** (पु) *पाहा :* **कावळा**

काकडआरती (स्त्री) *पाहा :* **पूजा**

काकडणे (क्रि) *पाहा :* **थंडी**

काकडा (पु) *पाहा :* **मशाल, थंडी**

काकण (न) *पाहा :* **कंकण**

काकणभर (वि) *पाहा :* **अल्प**

काकदृष्टी (वि) *पाहा :* **छिद्रान्वेषी**

काकबळी (पु) *पाहा :* **अन्न**

काकरणे (क्रि) *पाहा :* **अडखळणे**

काकरता (वि) *पाहा :* **ओझरता**

काकस्नान (न) *पाहा :* **स्नान**

काकळूत (स्त्री), **काकुळती** (स्त्री) *पाहा :* **अभ्यर्थना**

कांकूं करणे (क्रि) *पाहा :* **खळखळ करणे, अडखळणे, अनिश्चितता**

कागद (पु) कोरा/ रेघी/ दुरेघी/ घोटीव/ मोहरेदार / वृत्तपत्रीय कागद, हातकागद, टिपकागद, खर्डा, भूर्जपत्र, कमलपत्र, ताडपत्र, पुष्टिपत्र, पुठ्ठा, रद्दी; कागदपत्र, दस्तऐवज, दप्तर, लेख, करार, करारपत्र; कागदी चलन; लगदा; *पाहा :* **पत्रव्यवहार**

(n) paper, blank/ruled/writing paper, wall paper, newsprint, blotting paper, handmade paper; document, deed, article; paper money; *पाहा :* **पत्रव्यवहार**

कांगावखोर (वि) *पाहा :* **ढोंगी, नाटकी**

कांगावा (पु) *पाहा :* **ढोंग, नाटक**

कागाळी (स्त्री) तक्रार, गाऱ्हाणे, ओरड, दोषारोप, आळ; चुगली, चहाडी, लावालावी, खोटेनाटे, कुचाळी

(n) complaint, charge, accusation, allegetion, imputation, back-biting, calumny, slander

काच (पु) त्रास, पीडा, ताप, जाच, छळ; हाल, कष्ट, दुःख, मनस्ताप; *पाहा :* **दृष्टीउपकरण**

(m) annoyance, vexation, harassment, bother, inconvenience, worry; *पाहा :* **दृष्टीउपकरण**

काचकूच (स्त्री) *पाहा :* **अळंटळं**

काचणी (स्त्री) काळजी, हुरहूर, विवंचना, चिंता, व्यथा, अस्वस्थता, जाचणी, टोचणी, बोचणी, गांजणूक

(n) anxiety, anguish, agony, torment, suffering, worry, prick

कांचन (न) *पाहा :* **सोने**

काचरी (स्त्री) *पाहा :* **तुकडा**

काचा (पु) *पाहा :* **कासोटा**

काचोळी (स्त्री) *पाहा :* **कंचुकी**

काज (न) *पाहा :* **काम** (न)

काजवा (पु) **खद्योत**

(n) firefly

काजळ (न) *पाहा :* **अंजन**

काजळी (स्त्री) *पाहा :* **कलंक**

कांजी (स्त्री) *पाहा :* **गोंद, पेज, खीर**

काजे (न) *पाहा :* **खिंडार**
काझी (पु) *पाहा :* **आचार्य**
काट (स्त्री) *पाहा :* **कपात**
काटक (वि) *पाहा :* **कणखर, कष्टाळू**
काटकसर (स्त्री) मितव्यय, कंजूषपणा, टापटीप, मितभाषण *पाहा :* **कंजूष** (विरु) **उधळपट्टी**
[वा] हात राखून खर्च करणे, दात कोरून पोट भरणे, कोंड्याचा मांडा करणे, अंथरूण पाहून पाय पसरणे, पोटाला चिमटा घेणे
(n) parsimony, thrift, economy *पाहा :* **कंजूष** (विरु) **उधळपट्टी**
[i] to cut one's coat according to one's cloth, to make both ends meet, tighten one's belt, save something for a rainy day, scrimp and save, on a shoestring, waste not want not
काटकसरी (वि) मितव्ययी, कंजूष, टापटिपीचा, मितभाषी; *पाहा :* **काटकसर, कंजूष** (विरु) **खर्चीक**
[adj] parsimonius, thrifty, frugal, economical; *पाहा :* **काटकसर, कंजूष** (विरु) **खर्चीक**
काटकी (स्त्री) *पाहा :* **तुकडा**
काटकुळा (वि) *पाहा :* **कृश**
काटणे (वि) *पाहा :* **विभाजन, कंठणे, कपात**
काटछाट (स्त्री) *पाहा :* **कपात**
काटशह (पु) *पाहा :* **डावपेच**
काटा (पु) कंटक, कुसळ, शहारा, रोमांच, पुलक, शिळीक, शिरशिरी, हीव, हुडहुडी, काटाळा; *पाहा :* **अणकुची, तराजू**
[क्रि] थर्र होणे, सरसर काटा येणे
(n) thorn, bristle, hair; *पाहा :* **अणकुची, तराजू**
काटेकोर (वि) नेमका, तंतोतंत, अचूक, बिनचूक, बरोबर; चोखंदळ, दक्ष, चोख, हिशेबी, शिस्तीचा, अनुशासित, कट्टर, व्यवस्थित; बारीक, सूक्ष्म, कातीव, कोरीव *पाहा :* (विरु) **अरळ, बेशिस्त** (वि)
[adj] exact, precise, accurate, clear-cut, measured, rigorous, faultless; scrupulous, fastidious; fine *पाहा :* (विरु) **अरळ बेशिस्त** (वि)
काटेरी (वि) *पाहा :* **तीक्ष्ण, धोकादायक**
काठ (पु) कड, कडा, मेर, किनार, झालर, गोट, संजाप, संजाब, मगजी, फीत, बाजू, कठडा, कोर, धार, कंगोरा; किनारा, किनारपट्टी, नदीकिनारा, समुद्रकिनारा, वेळा, तीर, तट, थड, थडी; समास; पार; *पाहा :* **पदर**
(n) edge, border, brim, brink, boundary, railing, rim, lip, side, verge, kerb, margin, frings, bank, coast, strand, seashore, shore, beach; *पाहा :* **पदर**
काठिण्यपूर्ण (वि) *पाहा :* **अवघड**

काठी (स्त्री) लाठी, बोथाटी, यष्टी, यष्टिका, दंड, दंडा, दंडुका, दांडका, दांडके, दांडा, दांडू, दांडी, देठ; बल्ली, वासा, छडी, टिपरी, सोट, सोटा, सोटगा, सोडगा, बडगा, फोक, रूळ, वेत्र, वेत, वेताटी, बांबू, कामटी, कांब, गज, काडी, कांडी, शलाका, शिमटी, शिरपुटी, हीर, चोयटी; पांढरी, आंधळ्याची काठी, डोलकाठी, शिडाची काठी, ध्वजस्तंभ, राजदंड; *पाहा :* **आधार**

(n) cane, stick, baton, cudgel, staff, flagstaff; club, rod, pole, stake, wand, walkingstick, *पाहा :* **आधार**

काठोकाठ (क्रिवि) *पाहा :* **ओतप्रोत, आकंठ**

कांड (न) *पाहा :* **अध्याय**

काड्कन (क्रिवि) *पाहा :* **आवाजासह**

कांडके (न) *पाहा :* **तुकडा**

कांडणे (क्रि) *पाहा :* **दळणे**

काडतूस (न) *पाहा :* **अवगुंठन**

कांडर (न) *पाहा :* **साप**

काडवात (स्त्री) *पाहा :* **दिवा**

काडी (स्त्री) *पाहा :* **काठी, तुकडा**

कांडी (स्त्री) *पाहा :* **काठी**

काडीचा (वि) *पाहा :* **अल्प**

काडीपैलवान (वि) *पाहा :* **कृश**

काडीमात्र (वि) *पाहा :* **अल्प**

काडीमोड (स्त्री) *पाहा :* **घटस्फोट**

कांडे (न) *पाहा :* **तुकडा**

काढणी (स्त्री) *पाहा :* **दोरी**

काढणे (क्रि) ओढणे, मिळवणे, घेणे, शोधणे, उपस्थित करणे, उजेडात आणणे, उपटणे, उखडणे, उन्मळणे, धागा काढणे, कातणे, उपसणे, दूर करणे; *पाहा :* **अर्धचंद्र, कंठणे**

(v) draw, pull, take out, uproot, extract, extricate, withdraw, extor, derive, invent, unearth; *पाहा :* **अर्धचंद्र, कंठणे**

काढा (पु) *पाहा :* **अर्क**

काणकूण (स्त्री) *पाहा :* **बातमी**

काणा (वि) तिरळा, तिरवा, तिरका, चकणा, वक्रदृष्टी; एकाक्ष

[adj] squint-eyed, cross-eyed

काणाडोळा (पु) *पाहा :* **दुर्लक्ष**

कात (स्त्री) *पाहा :* **अवगुंठन, त्वचा**

कांत (पु) *पाहा :* **पती, प्रिय**

कातडी (स्त्री), **कातडे** (न) *पाहा :* **त्वचा**

कातणे (क्रि) *पाहा :* **विभाजन, काढणे**

कातर (वि) कापरा, थरथरता, आर्त, विव्हल, भारूरु

[adj] shaky, quivering, tremulous, faint-hearted, tormented

कातरकाम (न), **कातरणे** (क्रि) *पाहा :* **विभाजन**

कातरवेळ (स्त्री) *पाहा :* **संध्याकाळ**

कातळ (पु) *पाहा :* **दगड**

कांता (स्त्री) *पाहा :* **पत्नी, प्रिय, स्त्री**

कांतार (न) *पाहा :* **अरण्य**

कातावणे (क्रि) *पाहा :* **त्रासणे, संतापणे**

कांतिमान (वि) *पाहा :* **तेजस्वी, टवटवीत, उजळ, गोरा**

कांतिहीन (वि) *पाहा :* **कळाहीन, तेजोहीन**
कांती (स्त्री) *पाहा :* **तेज** (न)
कातीवकोरीव (वि) *पाहा :* **सुबक, काटेकोर**
काथ्या (पु) *पाहा :* **दोरी**
काथ्याकूट (पु) *पाहा :* **खल, चर्चा, चिकित्सा, घासाघीस**
कादंबरी (स्त्री) *पाहा :* **कथा**
कादंबरीकार (पु) *पाहा :* **लेखक**
कान (पु) कर्ण, कर्णपुट, कर्णसंपुट, कर्णेंद्रिय, श्रोत्र, श्रोत्रेंद्रिय, श्रुती, श्रवण, श्रवणपुट, श्रवणेंद्रिय; पाळी, पडदा, हाडाची साखळी; कानशील, कानफड
(n) ear, outer ear, inner ear, eardrum
कानउघाडणी (स्त्री) *पाहा :* **खडसावणे**
कानकोंडा (वि) *पाहा :* **खजील**
कानगोष्ट (स्त्री) *पाहा :* **रहस्य**
कानडा (पु) *पाहा :* **राग**
कानन (न) *पाहा :* **अरण्य**
कानपिचक्या (स्त्री, अव) *पाहा :* **खडसावणे**
कानमंत्र (पु) *पाहा :* **उपदेश**
कानीन (पु) *पाहा :* **पुत्र**
कानू (पु) *पाहा :* **कायदा**
कानोकानी (क्रिवि) *पाहा :* **जाहीर**
कानोडा (वि) *पाहा :* **वक्र**
कानोसा (पु) *पाहा :* **चाहूल**
काप (पु) *पाहा :* **तुकडा**
कापट्य (न) *पाहा :* **कपट**
कापड (न) *पाहा :* **वस्त्र**
कापणी (स्त्री) *पाहा :* **शेती**
कापणे (क्रि) *पाहा :* **विभाजन, कपात, छिलणे, डळमळणे, थरथरणे, ठार करणे**
कापरे (न) *पाहा :* **आंदोलन, भीती**
कापाकापी (स्त्री) *पाहा :* **हत्या, नरमेध**
कापूस (पु) कपाशी, कापशी, कपास, रू, रुई
[वा] पांढरे सोने
(n) cotton
काफिला (पु) *पाहा :* **समुदाय**
काफी (पु) *पाहा :* **राग**
कांब (स्त्री) गज, सळई, सळी, कांबी, पहार, बत्ता, दस्ता, लगड, काठी, कामटी
(n) rod, bar, crowbar, spike, beam, girder, strut, pole
कांबळा (पु), **कांबळे** (न) घोंगडी, घोंगडे, धाबळ, धाबळी
(n) blanket
काबाडकष्ट (पु, अव) *पाहा :* **कष्ट**
कांबी (स्त्री) *पाहा :* **कांब**
काबीज (वि) *पाहा :* **जिंकणे**
काबू (पु) *पाहा :* **अधिकार, नियंत्रण**
काम (न) कर्म, कार्य, कृती, कृत्य, क्रिया, काज, कामकाज, कार्यक्षेत्र, कार्यवाही, कारवाई, कर्तव्य, कर्तव्यकर्म, कर्तृत्व, कामगिरी, योगदान, सहभाग, करामत, कामाठी, वरकाम, मजुरी, बिगार, वेठबिगार; गृहकृत्य, कार्यबाहुल्य; धंदा, कामधंदा, व्यापार, उद्योग, नोकरी, चाकरी, व्यवसाय, कारभार, मामला *पाहा :*

(विरु) **आराम**

[वा] रात्र थोडी सोंगे फार

(n) work, deed, task, job, duty, responsibility, action, performance, undertaking, mission, toil, chore, housework, homework, donkeywork, employment, industry, trade, business, profession, labour, forced labour *पाहा :* (विरु) **आराम**

काम (पु) मदन, मन्मथ, मदनशर, मदनविकार, मदनज्वर, मदनदाह; विषय, वैषयिकता, विषयविकार, विषयवासना, विषयासक्ती; कामप्रवृत्ती, कामवासना, कामेच्छा, कामतृष्णा, कामातुरता, कामज्वर, कामानल, कामासक्ती, कामगंड; भोगेच्छा, संभोगेच्छा, माज, मद, भोगासक्ती, रतिचळ; स्त्री-पुरुष प्रेम, प्रणय, रतिरंग, इष्क; इच्छा, अभिलाषा, वासना, आसक्ती; *पाहा :* **मदन, चार पुरुषार्थ, षड्रिपु**

(n) sex, sex urge, libido, sensuality, passion, desire, lust, love; love making, carnal, knowledge *पाहा :* **मदन, चार पुरुषार्थ, षड्रिपु**

कामकरी (पु) *पाहा :* **कष्टकरी**

कामकाज (न) *पाहा :* **काम** (न)

कामक्रीडा (स्त्री) कामचेष्टा, शृंगार-चेष्टा, प्रेमचेष्टा, चाळे, थेर; *पाहा :* **क्रीडा, संभोग**

(n) amorous play; erotic love; *पाहा :* **क्रीडा, संभोग**

कामगार (पु) *पाहा :* **अनुचर, कष्टकरी**

कामगिरी (स्त्री) *पाहा :* **काम, करामत, कर्तृत्व**

कामचलाऊ (वि) बरा, साधारण, सामान्य, सुमार, मध्यम, ठीक-ठीक, जुजबी, ढोबळ, सह्य, नाहीपेक्षा बरा, चलाऊ, चालचलाऊ; *पाहा :* **तात्पुरता** (विरु) **उत्कृष्ट**

[adj] bearable, passable, tolerable, average, ordinary, run of the mill, mediocre, second-rate; *पाहा :* **तात्पुरता** (विरु) **उत्कृष्ट**

कामचुकार (वि) *पाहा :* **अंगचुकार, आळशी**

कामज्वर (पु) *पाहा :* **काम** (पु)

कामटी (स्त्री) *पाहा :* **काठी, बांबू**

कामदग्ध (वि) *पाहा :* **कामातुर**

कामदेव (पु) *पाहा :* **मदन**

कामधेनू (स्त्री) कपिला, सुरभी, स्वर्धेनू, सुरधेनू, नंदिनी; गाय; *पाहा :* **उपकारक**

(n) divine cow; *पाहा :* **उपकारक**

कामना (स्त्री) *पाहा :* **इच्छा, अभिलाषा**

कामवाली (स्त्री) *पाहा :* **अनुचर**

कामशास्त्र (न) कोकशास्त्र, रतिशास्त्र, रतिरहस्यशास्त्र, शृंगारशास्त्र

(n) art/science of love

कामसाधू (वि) *पाहा :* **स्वार्थी**

कामसू (वि) *पाहा :* **उद्योगी, क्रियाशील, कष्टाळू**

कामाठी (स्त्री) *पाहा :* **काम** (न)

कामातुर (वि) कामविव्हल, कामव्याकूळ, मदनविव्हल, कामपीडित, कामपिसा, कामदग्ध, कामासक्त, मदनमस्त, कामवश, कामांध, विषयासक्त, उल्लू; *पाहा :* **कामुक**

[adj] lovelorn, lovestick, amorous, sexy, lascivious libidinous, concupiscent, passionate, lustful; *पाहा :* **कामुक**

कामातुरता (स्त्री) *पाहा :* **अभिलाषा, काम** (पु) **आसक्ती**

कामासक्त (वि) *पाहा :* **कामातुर, चंगीभंगी**

कामासक्ती (स्त्री) *पाहा :* **काम, आसक्ती**

कामिनी (स्त्री) *पाहा :* **प्रिय, पत्नी, स्त्री**

कामी (वि) *पाहा :* **कामुक**

कामुक (वि) लंपट, विषयलंपट, स्त्रीलंपट, विषयासक्त, विषयी, कामी, कामातुर, सकाम, शेपाळा, विषयांध; अश्लील, उत्तान, कामोद्दीपक, शृंगारिक, वैषयिक, पांचट, चावट; *पाहा :* **कामातुर, इच्छुक**

[adj] lewd, lascivious, lecherous, erotic, pornographic, titillating, lustful; *पाहा :* **कामातुर, इच्छुक**

कामोद (पु) *पाहा :* **राग**

कामोद्दीपक (वि) *पाहा :* **कामुक**

कायदा (पु) नियम, निर्बंध, बंध, जाबता, अधिनियम, विधी, आज्ञा, हुकूम, वटहुकूम, हुकुमनामा, आदेश, विधान, अनुशासन, पोटकायदा, पोटनियम; वहिवाट, शिरस्ता, व्यवहार; धर्मशास्त्र, न्यायशास्त्र; कायदेकानू; घटना, संविधान, विधेयक; *पाहा :* **नियम**

(n) law, act, statute, rule, regulation, ordinance, code, enactment, legislation, bill, order, decree, bylaw; jurisprudence; custom, practice, conduct, precept; *पाहा :* **नियम**

[i] the long arm of the law

कायदेभंग (पु) *पाहा :* **चळवळ, दंगल, भंग**

कायदेशीर (वि) कायद्याबरहुकूम, नियमबद्ध, बंधनकारक, सनदशीर, सनदी, सशास्त्र, न्याय्य, घटनाप्रणीत, अधिकृत, प्रमाणित, कायद्याने प्रस्थापित, वैध, विधियुक्त, विधिवत्, विधिपूर्वक; शास्त्रोक्त, विहित, वैधानिक

[adj] legal, constitutional, lawful, legitimate, valid, statutory, official, regular, authorized, constitutional, equitable, just

कायम (वि) शाश्वत, चिरंतन, चिरस्थायी, स्थिर, स्थायी, टिकाऊ, पूर्णकालिक, दीर्घ, कायमस्वरूपी, अढळ, अविकारी, अखंड, अक्षय्य, अमर, अचल,

दृढ, निश्चल, ठाम, भक्कम, कृतनिश्चय, पक्का, वज्रलेप, निश्चित, प्रस्थापित, प्रतिष्ठापित *पाहा :* **पक्का** (विरु) **क्षणभंगुर, तात्पुरता**

[वा] दगडावरची रेघ, पाय रोवणे, ध्रुव, ध्रुवपद, अढळपद

[adj] constant, permanent, abiding, enduring, everlasting, eternal, ceaseless, durable, full-time, firm, stable, steadfast, definite *पाहा :* **पक्का** (विरु) **क्षणभंगुर, तात्पुरता**

[i] take root, nail down, weather the storm

काया (स्त्री) *पाहा :* **देह, अंग**

कायाकल्प, कायापालट (पु) *पाहा :* **बदल**

कायावाचामनेकरून (क्रिवि) *पाहा :* **सर्वस्वी**

कारकीर्द (स्त्री) कार्यकाल, अधिकारकाल, अमदानी, अंमल, राजवट; *पाहा :* **अधिकार**

(n) regime, term, leadership, rule, reign; *पाहा :* **अधिकार**

कारकुनी (स्त्री) *पाहा :* **चाकरी**

कारकून (पु) लिपिक, लेखनिक, टंकलेखक, संगणकचालक, लघुलेखक, शिरस्तेदार; *पाहा :* **अनुचर**

(n) clerk, writer, typist, stenographer; assistant, secretory, penpusher, computer operator; *पाहा :* **अनुचर**

कारखानदार (पु) *पाहा :* **उत्पादक**

कारखाना (पु) *पाहा :* **उत्पादनगृह**

कारंजे (न) *पाहा :* **फवारा**

कारटा (पु) *पाहा :* **मुलगा**

कारण (न) प्रयोजन, हेतू, उद्देश, निमित्त, सबब, आधार, समर्थन, मूळ, प्रेरणा, प्रभव, कारणपरंपरा, गरज, भाग, बहाणा, मिष, पळवाट

[वा] नाचता येईना अंगण वाकडे, न कर्त्याचा वार शनिवार, लागला तर तीर नाहीतर तुक्का, निमित्तावर टेकणे

(n) cause, motive, reason, ground, root, basis, stimulus, motivation, rationale, need, justification, excuse, pretext

[i] last straw that breaks the camel's back, bone of contention, that's where the shoe pinches

कारभार (पु) व्यवस्था, व्यवस्थापन, शासन, नियमन, नियंत्रण, हाताळणी; राज्यकारभार; वर्तणूक, आचरण, वहिवाट; उद्योग, व्यापार, उद्योगधंदा, कामकाज; गावगाडा; उठाठेव, उपद्व्याप, उचापत

(n) administration, management, government, regime, regulation, control; conduct; work, business

कारभारी (पु) व्यवस्थापक, चालक, संयोजक, अधिकारी, वहिवाटदार, कार्यवाह, चिटणीस, सचिव, मुन्शी, अधीक्षक, पर्यवेक्षक, नियंत्रक, कर्ता, कुटुंबप्रमुख, मंत्री, दिवाण, अमात्य, प्रधान; *पाहा :* **अडत्या, पती, अध्यक्ष, अनुचर**

(n) manager, functinary, officer, administrator, executive, organizer, housekeeper, rector, supervisor, superintendent, controller, minister; *पाहा :* **अडत्या, पती, अध्यक्ष, अनुचर**

कारभारीण (स्त्री) *पाहा :* **पत्नी**

कारवाई (स्त्री) *पाहा :* **काम** (न), **कार्यवाही करणे**

कारवान (पु) *पाहा :* **समुदाय**

कारस्थान (न) *पाहा :* **कट**

कारस्थानी (वि) *पाहा :* **कावेबाज**

कारागिरी (स्त्री) कसब, कौशल्य, चातुर्य, कल्पकता, कला, हुन्नर, सफाई; करामत, कलाकृती; देखणेपण; नक्षी

(n) workmanship, craftsmanship, skill, artistry, performance, finish

कारागीर (पु) *पाहा :* **कलाकार**

कारागृह (न) *पाहा :* **तुरुंग**

कारावास (पु) *पाहा :* **अटक**

कारुण्य (न) *पाहा :* **अनुकंपा**

कार्तिक (पु) *पाहा :* **बारा महिने**

कार्पण्य (न) कृपणपणा; *पाहा :* **कंजूष**

(n) stinginess; *पाहा :* **कंजूष**

कार्मुक (न) *पाहा :* **धनुष्य**

कार्य (न) कर्म, कृत्य, कृती, क्रिया, काम, कामगिरी, योगदान, कार्यभाग, कर्तृत्व, उद्योग, मेहनत, उपक्रम, प्रकल्प, मोहीम; अनुष्ठान, धर्मकृत्य, प्रयोजन, समारंभ; अवतारकार्य; समाजकार्य, जीवनकार्य, मंगलकार्य, शुभकार्य, कार्यबाहुल्य *पाहा :* **करणी**

(n) work, deed, mission, project, asignment, task, job, performance, achievement, activity, religious rite, celebration *पाहा :* **करणी**

कार्यकर्तृत्व (न) *पाहा :* **कर्तृत्व**

कार्यकारणभाव (पु) *पाहा :* **उपपत्ती**

कार्यकुशल (वि) *पाहा :* **कसबी**

कार्यक्रम (पु) कार्यावली, कार्यसूची, कृतिक्रम, घटनाक्रम, कामांची यादी; योजना, प्रकल्प, पूर्वयोजना, बेत, आराखडा, रूपरेषा, कार्यक्रमपत्रिका, वेळापत्रक, कालदर्शिका, अभ्यासक्रम, पाठ्यक्रम, प्रयोग, खेळ, कार्यपद्धती, धडक कार्यक्रम; आज्ञावली, संगणक प्रणाली

(n) programme, plan, blueprint, scheme, design, engagement schedule, time table, agenda, outline, procedure, prospects, curriculum, syllabus; computer program

कार्यनाश (पु) *पाहा :* **अपयश**

कार्यपद्धती (स्त्री) *पाहा :* **रीत, तंत्र, कार्यक्रम**

कार्यप्रवण (वि) *पाहा :* **उद्युक्त, क्रियाशील**

कार्यप्रवर्तक (वि) *पाहा :* **प्रयोजक**

कार्यभाग (पु) *पाहा :* **उद्दिष्ट, कार्य**

कार्यभार (पु) *पाहा :* **जबाबदारी**

कार्यमग्न (वि) **कार्यरत** (वि) *पाहा :* **उद्योगी, क्रियाशील**

कार्यवाह (पु) *पाहा :* **कारभारी**

कार्यवाही करणे (क्रि) कारवाई करणे, कार्यान्वित करणे, कृतीत उतरवणे, अमलात आणणे, व्यवस्था पाहणे, अंमलबजावणी करणे, तामिली करणे, व्यवहार चालवणे, काळजी वाहणे, लागू करणे, पूर्ण करणे, पार पाडणे, तडीस नेणे, निस्तरणे; *पाहा :* **व्यवस्था**

(v) execute, carry out, discharge, implement, administer, enforce, perform, operate, work, complete, effect; *पाहा :* **व्यवस्था**

[i] go the whole hog

कार्यवृत्त (न) *पाहा :* **अहवाल**

कार्यशाळा (स्त्री) *पाहा :* **कचेरी, अधिवेशन**

कार्यसिद्धी (स्त्री) *पाहा :* **सिद्धी**

कार्यसूची (स्त्री) *पाहा :* **कार्यक्रम**

कार्यक्षम (वि) *पाहा :* **कर्तबगार, चलाख, क्रियाशील, अट्टल, परिणामकारक, खमक्या**

कार्यक्षेत्र (न) व्यवसाय, काम, पेशा, प्रांत, व्याप्ती, आवाका, कृतिकक्षा, अधिकार, विस्तार, कारकीर्द

(n) field, province, sphere, area, domain, range, function, profession, career, authority

कार्याध्यक्ष (पु) *पाहा :* **अध्यक्ष**

कार्यानुभव (पु) *पाहा :* **अनुभव**

कार्यान्वित करणे (क्रि) *पाहा :* **कार्यवाही करणे**

कार्यालय (न) *पाहा :* **कचेरी**

कार्यावली (स्त्री) *पाहा :* **कार्यक्रम**

काल (पु) काळ, वेळ, वेळा, वेला, समय; अवधी, कालावधी, कालखंड, उसंत, मुदत; समकाल, लय; मनू, मन्वंतर, पर्व, युग, कल्प; कालमर्यादा; सेवाकाल, पदावधी; संधिकाल; कालगती, कालचक्र; कालत्रय (भूत, वर्तमान, भविष्य), काळवेळ, कालमान, दिनमान, प्रसंग, वेळप्रसंग, वेळकाळ, वेळअवेळ; पुण्यकाळ, पर्वकाळ, पर्वणी, घबाड, मुहूर्त, सुमुहूर्त, शुभसमय, सुयोग, सुवेळ, शुभवेळ, प्रमाणवेळ, ब्राह्ममुहूर्त, गोरज मुहूर्त, साडेतीन मुहूर्त (वर्षप्रतिपदा: गुढी पाडवा, अक्षयतृतीया, विजयादशमी: दसरा, कार्तिक शुद्ध प्रतिपदा: दिवाळीचा पाडवा: बलिप्रतिपदा; किंवा, दसरा, बलिप्रतिपदा, गुढी पाडवा, नागपंचमी अथवा अक्षयतृतीया), लग्नघटिका (-घडी -मुहूर्त-वेळ-वेळा), जमाना; पिढी;

कालगणना, शक, संवत, इसवी सन; दिवस, आपत्काल, संकटसमय, आणीबाणी, दुर्दैवाचा फेरा, ग्रहदशा, साडेसाती, ऋतू, हंगाम, मोसम; भूतकाळ, वर्तमानकाळ, भविष्यकाळ; *पाहा :* **ताल, यम, मृत्यू**

[क्रि] वाजणे, टिकटिकणे, धावणे, व्यतीत होणे

[वा] काळ आला होता पण वेळ आली नव्हती, वेळेचा गुण असणे, (अमुक) वेळेच्या ठोक्याला, घोडा मैदान जवळ असणे

(n) time, duration, period, interval, interlude, tenure, occasion, situation, juncture, phase, turning point, age, era, epoch, season; past, present, future; spell, beat, while, rhythm, tempo *पाहा :* **ताल, यम, मृत्यू**

[i] elevanth hour, how goes the enemy? the rush hour, on the stroke of (a time), there's no time like the present, time flies

काल (क्रिवि) *पाहा :* **आधी**

कालनिद्रा (स्त्री) *पाहा :* **झोप, मृत्यू**

कालपरत्वे (क्रिवि) *पाहा :* **अनुक्रमे**

कालपुरुष (पु) *पाहा :* **यम**

कालबद्ध (वि) *पाहा :* **नियमित**

कालबाह्य (वि) *पाहा :* **अप्रचलित**

कालमापक (न) *पाहा :* **घड्याळ**

कालवड (स्त्री) *पाहा :* **गाय**

कालवणे (क्रि) *पाहा :* **ढवळणे**

कालवा (पु) *पाहा :* **अगाजा, प्रवाह**

कालवाकालव (स्त्री) *पाहा :* **उलघाल**

कालविसंगत (वि) *पाहा :* **अप्रचलित, विसंगत**

कालहरण (न), **कालक्षेप** (पु) *पाहा :* **दिरंगाई,**

काला (पु) *पाहा :* **सरमिसळ**

कालानुक्रम (पु) *पाहा :* **अनुक्रम**

कालानुक्रमे (क्रिवि) *पाहा :* **अनुक्रमे**

कालापव्यय (पु) *पाहा :* **दिरंगाई,**

कालिंगडा (पु) *पाहा :* **राग**

काली (स्त्री) *पाहा :* **पार्वती**

काल्पनिक (वि) कल्पित, कपोलकल्पित, मानीव, आभासयुक्त, मनोमय, मानसिक, खोटा, फसवा, मिथ्या, असत्य, नकली, बनावट, रचलेला, अवास्तव, भ्रामक, हवेतला, असंभाव्य, अशक्य, स्वप्नवत्, स्वप्नाळू, स्वप्नमय *पाहा :* **थाप** (विरु) **सत्य** (वि)

[वा] बोलाची कढी बोलाचाच भात, लांडगा आला रे आला

[adj] imaginary, imagined, feigned, invented, mythical, chimerical, unreal, fictitious, dreamy *पाहा :* **थाप** (विरु) **सत्य** (वि)

[i] a mare's nest, cry wolf

काव (स्त्री) *पाहा :* **माती**

कावकाव (स्त्री) *पाहा :* **आवाज**

कावणे (क्रि) *पाहा :* **त्रासणे, संतापणे**

कावराबावरा (वि) बेचैन, अशांत, भांबावलेला, गांगरलेला, बावरलेला, दचकलेला, भयभीत, बुजलेला, गोंधळलेला, पेचात पडलेला, चपापलेला

[adj] restless, uneasy, fidgety, nurvous, apprehensive, perplexed, confused, bewildered

कावरे (न) *पाहा :* **वेड**

कावल (वि) झिजलेले, हलके, तकलुपी, पोचट, मोडीचे, जीर्ण, किडके, निरुपयोगी

[adj] worn, frayed, threadbare, scrap, junk

कावळा (पु) काऊ, काक, काग, करट, एकाक्ष, ध्वांक्ष, वायस, डोमकावळा (डोंबकावळा)

(m) crow, raven

कावा (पु) *पाहा :* **कट, कपट**

कावेबाज (वि) कपटी, कारस्थानी, लुच्चा, दगलबाज, लबाड, धूर्त, खमंग, अट्टल, आतल्या गाठीचा, मेमटा, कुटिल, धोरणी, राजकारणी; *पाहा :* **फसवा**

[वा] शकुनिमामा, कलुषा कबजी

[adj] guileful, cunning, crafty, insidious, sly, wily, tricky, Machiavellian, artful; *पाहा :* **फसवा**

काव्य (न) कविता, पद्य, पद, पदबंध, गीत, कवन, गाणे (*पाहा :* **गाणे**), छंदोबद्ध रचना, मुक्तछंद, गद्यकाव्य, नवकाव्य, महाकाव्य; अंगाई, बडबडगीत, बालगीत, भक्तिगीत, अभंग, गवळण, विरहिणी (विराणी), ओवी, भावगीत, भूपाळी, कलगी, तुरा, लावणी, जानपदगीत, भलरी, श्लोक, स्तोत्र, पोवाडा, पवाडा, फटका, सुनीत, लोकगीत, गजल (गझल); शोकगीत; राष्ट्रगीत, नाट्यगीत, नांदी, काव्यग्रंथ, गाथा, प्रबंध; दृश्यकाव्य, चित्रकाव्य; काव्यगुण, कवित्व

[वा] टला ट जुळवणे, ऐसी काव्य कराया। इकडून तिकडून आणलेली। बुद्धी दे चक्रपाणि

(n) poetry, poem, rhyme, jingle, poetic/metrical composition, blank verse, ode, sonnet, elegy, ballad, lyric, song (*पाहा :* **गाणे**), epic; devotional song, folk song, national anthem

काषाय (वि) *पाहा :* **लाल**

काष्टा (पु) *पाहा :* **कासोटा**

काष्ठ (न) *पाहा :* **लाकूड**

काष्ठवत् (वि) *पाहा :* **अचेतन**

काष्ठौषधी (वि) *पाहा :* **औषध**

कास (स्त्री) *पाहा :* **स्तन, उबळ, कासोटा**

कासंडी (स्त्री) *पाहा :* **भांडे**

कासरा (पु) *पाहा :* **दोर**

कासव (न) कच्छ, कच्छप, कूर्म

(n) turtle

कासार (न) *पाहा :* **जलाशय**

कासाविशी (-सी) (स्त्री) *पाहा :* **उलघाल, कासावीस**

कासावीस (वि) व्याकूळ (व्याकुल), विव्हळ (विव्हल), क्रांत, बेचैन, अस्वस्थ, अशांत, आर्त, व्यथित, ग्रस्त, क्षुब्ध, घाबरा, चिंताकुल

[क्रि] तळमळणे, तडफडणे, कळवळणे, हैराण होणे, गुदमरणे, घुसमटणे, व्याकुळणे, तगमगणे, तगमग/घालमेल होणे, जीव वरवर येणे, जीव सुकणे/ कालवणे/ उडणे, अर्धा जीव होणे, कासाविशी होणे; *पाहा :* **उलघाल**

[वा] ब्रह्मांड आठवणे, प्राण कंठाशी येणे

[adj] harrowed, agonised, racked, shaken, tormented, distressed; *पाहा :* **उलघाल**

कासोटा (पु) कास, काचा, काष्टा, कच्छ, कच्छप, लंगोटी, सोगा

(n) tuck, loin-cloth

कास्तकार (पु) *पाहा :* **शेतकरी**

कास्यपदक (न) *पाहा :* **पदक**

काहिली (स्त्री) *पाहा :* **उकाडा, उलघाल**

काही (वि) *पाहा :* **अनेक, अल्प**

काहीसा (वि) *पाहा :* **अल्प**

काहूर (न) *पाहा :* **आरोप, कलंक, संकट**

काळ (पु) *पाहा :* **काल, यम**

काळजी (स्त्री) चिंता, काचणी, विवंचना, व्यथा, काळजीकाटा, भार, हुरहूर, घोकणी, घोर, चटका, आच; आस्था, कळकळ, तळमळ, फिकीर, कदर, वज, पर्वा, भान; कसोशी, दक्षता, लक्ष, निगूत, निगा, जोपासना; धोका; पश्न *पाहा :* **दक्षता**

[वा]आतड्याला पीळ पडणे, जीव तिळतिळ तुटणे, जीव टांगणीला लागणे, जीव टांगलेला असणे, जिवाला करवत लागणे, जीव थोडा थोडा होणे, जीव मुठीत असणे, भुंगा लागणे, ऊर दडपणे, उरावर धोंडा पडणे, जपून पावले टाकणे

(n) worry, apprehension, foreboding, anxiety, anguish, concern, solicitude, consideration, care, precaution, attention, meticulousness *पाहा :* **दक्षता**

काळजीपूर्वक (क्रिवि) *पाहा :* **जपून**

काळजीवाहू (वि) *पाहा :* **तात्पुरता**

काळझोप (स्त्री), **काळनिद्रा** (स्त्री) *पाहा :* **झोप, मृत्यू**

काळपुरुष (पु) *पाहा :* **यम**

काळरात्र (स्त्री) *पाहा :* **रात्र**

काळवंडणे (क्रि) *पाहा :* **काळा, कलंकित**

काळवीट (पु) *पाहा :* **हरीण**

काळवेळ (स्त्री) *पाहा :* **संकट, संधी**

काळा (वि) कृष्ण, कृष्णवर्ण, कृष्णवर्णीय, श्याम, श्यामल, श्यामवर्ण, घनश्याम, मेघवर्ण, तमालश्याम, असित, निमगोरा, सावळा, काळासावळा, काळेला, काळगेला, काळसर, काळपट,

धूसर, भुरा, भुरकट, मातकट, काळवंडलेला, करडा, काळाकुळकुळीत, काळाजर्द, काळाशार, काळाकिट्ट, काळाकुट्ट, काळामिचकूट, काळाकरंद, काळाकभिन्न, कोळशासारखा, काळारोम, काळुंद्रा, काळाबेंदरा, काळाढोण, काळाढुस्स, काळानिळा, काळाठिक्कर, काळाजहर; *पाहा :* **गर्हणीय** (विरु) **पांढरा, गोरा**

[वा] शाळिग्राम

[adj] black, jet-black, ink-black, coal-black, pitchblack, sable, ebony, raven; *पाहा :* **गर्हणीय** (विरु) **पांढरा, गोरा**

काळाबरोबरचा (वि) *पाहा :* **अर्वाचीन**

काळिका (स्त्री) *पाहा :* **पार्वती**

काळिमा (पु) *पाहा :* **कलंक, अपकीर्ती**

काळी (स्त्री) *पाहा :* **जमीन**

काळीज (न) हृदय, अंतःकरण, जिव्हार, चित्त, मन; यकृत, पित्ताशय; *पाहा :* **हृदय**

(n) heart, inside, soul, liver; *पाहा :* **हृदय**

काळेबेरे (न) *पाहा :* **शंका, कपट, किल्बिष**

काळोख (पु) *पाहा :* **अंधकार**

काळोखी (स्त्री) *पाहा :* **अंधकार, अभ्र, अपकीर्ती**

कांक्षा (स्त्री) *पाहा :* **इच्छा**

किंकणी (किंकिणी) (स्त्री) *पाहा :* **घंटा**

किंकर (पु) *पाहा :* **अनुचर**

किंकर्तव्यमूढ (वि) *पाहा :* **दिङ्मूढ, द्विधा**

किंकाळी (स्त्री) *पाहा :* **आरोळी**

किचकट (वि) किरटे, गिचमिड, किजबिड, चिरखडलेले, दुर्बोध; गुंतागुंतीचे, भानगडीचे, घोटाळलेले; क्लिष्ट, अवघड, कठीण

[adj] complicated, convoluted, labyrinthine, knotty, tangled, mixed-up, illegible; difficult

किचकिच (स्त्री) *पाहा :* **कुरकुर**

किंचाळणे (क्रि) *पाहा :* **ओरडणे**

किंचाळी (स्त्री) *पाहा :* **आरोळी**

किंचित (क्रिवि) *पाहा :* **अल्प, ओझरता**

किजबिड (वि) गिचमिड, किरटे, खरडलेले, चिडबिड, किडबिड, चिताडलेले; ओबडधोबड, वेडेवाकडे, फेंगडे, बेढब, बोजड, कौशल्यहीन

[वा] कुत्र्यामांजराचे पाय

[adj] tangled, undecipherable, involved, scribled, scrawled, irregular, clumsy

किटकिट (स्त्री) *पाहा :* **कुरकुर, कटकट**

किटण (न) *पाहा :* **थर, कलंक**

किटणे (क्रि) *पाहा :* **त्रासणे**

किटाळ (न) *पाहा :* **आरोप, संकट**

किडकिडीत (वि) *पाहा :* **कृश**

किडबिड (वि) *पाहा :* **किजबिड**

किडा (पु) *पाहा :* **जीवजंतू**

किडाळ (न) *पाहा :* **आरोप, संकट**

किडूकमिडूक (न) *पाहा :* **अलंकार,**

किणकिण (स्त्री), **किणकिणणे** [क्रि] *पाहा :* **आवाज**

किणकिणी (स्त्री) *पाहा :* **फवारा**

किताब (पु), **किताबत** (स्त्री) पदवी, हुद्दा, अधिकार, स्थान, दर्जा, नाव, अभिधान, आदरवचन

(n) title, designation, appellation, honorific, name, status

कितीक (वि), **कितीतरी** (वि) *पाहा :* **अनेक**

किंतु (पु) *पाहा :* **शंका**

कित्ता (पु) *पाहा :* **आदर्श, उदाहरण, प्रत**

कित्येक (वि) *पाहा :* **अनेक**

किनखाप (पु) *पाहा :* **वस्त्र**

किनरा (वि) *पाहा :* **आवाज**

किनार (स्त्री) *पाहा :* **कंगोरा, काठ**

किनारपट्टी (स्त्री), **किनारा** (पु) *पाहा :* **काठ; तट**

किन्नर (पु) *पाहा :* **उपदेवता**

किफायत (स्त्री) *पाहा :* **फायदा**

किफायतशीर (वि), **किफायती** (वि) *पाहा :* **फायदेशीर**

किंमत (स्त्री) मूल्य, बाजारमूल्य, अधिमूल्य, मोल, मौल्य, शुल्क, आकार, दाम, निरख, बाजारनिरख, दर्शनी किंमत, हशील, खर्च; वर्गणी, भाव, बाजारभाव, दर; व्याज; *पाहा :* **महत्त्व, पर्वा, अर्थ**

(n) price, value, face value, cost, worth, charge, rate, market rate; *पाहा :* **महत्त्व, पर्वा, अर्थ**

किंमतवान (वि), **किमती** (वि) *पाहा :* **मौल्यवान**

किमया (स्त्री) *पाहा :* **जादू**

किमानपक्षी (क्रिवि) *पाहा :* **निदान**

किरकाड (वि) *पाहा :* **कृश**

किरकिर (स्त्री) *पाहा :* **कुरकुर, कटकट**

किरकोळ (वि) फुटकळ, चिल्लर, सुटा, संकीर्ण, स्फुट, बारीकसारीक, किडूकमिडूक, लहानसहान, क्षुद्र, क्षुल्लक, मामुली, तुच्छ, गौण, जुजबी, तांत्रिक, हलकासलका; *पाहा :* **कृश, क्षुल्लक**

[वा] गावंढ्या गावात गाढवी सवाशीण

[adj] retail, miscellaneous, stray, minor, insignificant, unimportant, negligible, trifling, paltry, petty, small, mean; *पाहा :* **कृश, क्षुल्लक**

[i] chickenfeed, neither here nor there

किरटा (वि) खुरटा, कृश, किरकोळ, अशक्त, कमजोर, निःसत्त्व, बारीक, काटकुळा; *पाहा :* **किजबिड**

[adj] stunted, thin, lean, bony, scraggy, skinny, feeble; *पाहा :* **किजबिड**

किरडू (न) *पाहा :* **साप**

किरण (पु) प्रकाशकिरण, प्रकाशशलाका, रश्मी, रश्मिकर, रश्मिजाल, किरणजाल, सूर्यकर, सूर्यकिरण, चंद्रकिरण, क्षकिरण,

अधोरक्त / अतिनील किरण, विश्वकिरण, किरणोत्सर्ग, प्रारण; *पाहा :* **नेम**

(m) ray, beam, gleam, sunray, sunbeam, pencil of light, light-ray, moonbeam, x-ray, infrared, ultraviolet ray, cosmic ray, radiation *पाहा :* **नेम**

किरमिजी (वि) *पाहा :* **लाल**

किरवंत (पु) *पाहा :* **भटजी**

किराणा (पु) *पाहा :* **जिन्नस, अन्न**

किरीट (पु) *पाहा :* **शिरस्त्राण, वलय**

किर्र (वि) *पाहा :* **दाट**

किलकिलाट (पु), **किलबिल** (स्त्री), **किलबिलाट** (पु) *पाहा :* **आवाज**

किलाण (न) *पाहा :* **उडी**

किल्बिष (किल्मिष) (न) शंका, आशंका, संदेह; पूर्वग्रह, कलुषित बुद्धी, दुष्टावा, आकस, अंतर्वैर; पाप, कश्मल, जळमट, काळेबेरे

(n) grudge, prejudice, suspicion, spite, antipathy, evil, ill-will

किल्ला (पु) दुर्ग, गड, कोट, गढी; भुईकोट/ सागरी/ डोंगरी किल्ला, जलदुर्ग, जंजिरा; तटबंदी, बुरूज, भिंत, वाडा; बालेकिल्ला; किल्लेकोट

(n) fort, fortress, castle, citadel; fortification, bulwark, bastion

किल्ली (स्त्री) *पाहा :* **कळ**

किंवदन्ती (स्त्री) *पाहा :* **अफवा**

किशोर (पु) *पाहा :* **मुलगा**

किशोरी (स्त्री) *पाहा :* **मुलगी**

किसान (पु) *पाहा :* **शेतकरी**

किस्ती (स्त्री) *पाहा :* **नौका**

किस्मत (स्त्री) *पाहा :* **अदृष्ट**

किस्सा (पु) *पाहा :* **कथा**

किळस (स्त्री) चिळस, शिसारी, कंटाळा, तिटकारा, उबग, वीट, उद्वेग, अरुची, अनावड, ओकारी, घृणा, चिनकारा

(n) disgust, aversion, nausea, loathing, contempt

किळसवाणा (वि) *पाहा :* **ओंगळ, अपवित्र**

कीचक (पु) *पाहा :* **बांबू**

कीट (न) *पाहा :* **कलंक, थर**

कीटक (पु) *पाहा :* **जीवजंतू**

कीर (पु) *पाहा :* **पोपट**

कीर्तन (न) *पाहा :* **कथा, स्तुती**

कीर्तनकार (पु) *पाहा :* **आचार्य**

कीर्तिमान (वि), **कीर्तिवंत** (वि) ख्यातकीर्त, ख्यातनाम, नामवंत, लौकिकवान, नामांकित, नावाजलेला, नाणावलेला, प्रख्यात, विख्यात, गणमान्य, मान्यवर, नामदार, प्रतिष्ठित, अब्रूदार, इज्जतदार, श्रेष्ठ, प्रसिद्ध, सुप्रसिद्ध, सर्वश्रुत; *पाहा :* **कीर्ती**

[वा] मरावे परी कीर्तिरूपे उरावे, नाव मोठे लक्षण खोटे, नाव सोनूबाई हाती कथलाचा वाळा, नाव करणे/ काढणे/ मिळवणे, नावास चढणे, नावारूपास येणे

[adj] renowned, reputed,

esteemed, famous, celebrated, eminent, honourable, glorious, prestigious, wellknown; *पाहा* : **कीर्ती**

[i] cut a figure, make a splash

कीर्ती (स्त्री) ख्याती, प्रख्याती, नाव, लौकिक, नावलौकिक, नावरूप, बोलबाला, प्रसिद्धी, डंका, गाजावाजा, मानमान्यता, मोठेपणा, थोरवी, दिगंतकीर्ती, पत, अब्रू, प्रतिष्ठा, दानत, चाह, प्रशंसा; *पाहा* : **कीर्तिमान** (विरु) **अपकीर्ती**

(n) fame, renown, name, acclaim, reputation, repute, glory, honour, eminence; *पाहा* : **कीर्तिमान** (विरु) **अपकीर्ती**

कीलक (पु) *पाहा* : **खिळा**

कीव (स्त्री) *पाहा* : **अनुकंपा**

कीस (पु) *पाहा* : **चूर्ण**

कीळ (न) *पाहा* : **तेज** (न)

कुकरी (स्त्री) *पाहा* : **चाकू**

कुकर्म (न) *पाहा* : **कर्म, अपराध, बलात्कार, अत्याचार**

कुकर्मी (वि) *पाहा* : **गुन्हेगार**

कुकीर्ती (स्त्री) *पाहा* : **अपकीर्ती**

कुकुडकुंभा (पु) *पाहा* : **भारद्वाज**

कुकुबाळ (न) *पाहा* : **बाल**

कुंकुम (न) *पाहा* : **कुंकू**

कुंकुमपत्रिका (स्त्री) *पाहा* : **आमंत्रण**

कुंकू (न) कुंकुम, पिंजर, सौभाग्यलेणे, सौभाग्यचिन्ह, मळवट, कोर, चिरी, कुंकूशेंदूर, हळदकुंकू

(n) kumkum

कुकुचकू (न) *पाहा* : **आवाज**

कुक्कुर (पु) *पाहा* : **कुत्रा**

कुख्यात (वि) *पाहा* : **कलंकित, प्रसिद्ध**

कुख्याती (स्त्री) *पाहा* : **अपकीर्ती**

कुग्राम (न) *पाहा* : **गाव**

कुग्रास (पु) *पाहा* : **अन्न**

कुच (पु) *पाहा* : **स्तन**

कुचकट (वि) कुचका, मत्सरी, द्वेषी, खुनशी, कुत्सित, तिरसट, तुसडा, कुजकट, कुजका, खवट, खवचट, विघ्नसंतोषी

[adj] spiteful, hateful, malicious, revengeful, peevish

कुचकामी (वि) कुचकामाचा, गेहेपटू, निरुपयोगी, कवडी किमतीचा, कवडीमोल, क्षुल्लक, रद्दी, रद्दड, टाकाऊ, व्यर्थ, अनावश्यक, निकृष्ट, फडतूस, फालतू, भिकार; *पाहा* : **त्याज्य, अडगळ** (विरु) **उपकारक**

[adj] worthless, good-for-nothing, useless, futile, unserviceable, unusable, trifling; *पाहा* : **त्याज्य, अडगळ** (विरु) **उपकारक**

कुचकुच (स्त्री) *पाहा* : **कुजबुज, अफवा**

कुंचडे (न) *पाहा* : **शिरस्त्राण**

कुचंबणा (स्त्री) पंचाईत, कोंडमारा, गैरसोय, खोळंबा, अडचण, अगतिकता; *पाहा* : **अगतिक**

(n) predicament, plight, difficulty; *पाहा* : **अगतिक**

कुचर (स्त्री) *पाहा :* **अभाव**
कुचर (वि) *पाहा :* **अंगचुकार**
कुचराई (स्त्री) *पाहा :* **अळंटळं**
कुचलणे (क्रि) *पाहा :* **मारणे**
कुंचला (पु) कुंचली, कुंचा, मोरचेल, चवरी, कुंची *पाहा :* **झाडणी**
(n) brush, broom *पाहा :* **झाडणी**
कुंचा (पु) *पाहा :* **कुंचला, झाडणी**
कुचाळकी (स्त्री), **कुचाळी** (स्त्री) टवाळकी, टवाळी, कुचेष्टा, खोडी, चेष्टा, निंदा, बदनामी, उपहास, खिल्ली, टर, हेटाळणी, व्यंग्योक्ती, उखाळ्यापाखाळ्या, कुरापत, दोषदर्शन, कुटाळकी, कागाळी, कुटाळी, चहाडी
(n) vilification, ridicule, slander, derision, defaming, calumny
कुचाळखोर (वि) *पाहा :* **चहाडखोर**
कुचेष्टा (स्त्री) *पाहा :* **कुचाळकी, चेष्टा**
कुंज (पु) लताकुंज, लतागृह, लतामंडप, धारागृह, गुफा, गुंफा, निकुंज, कुंजवन, जाळी, पर्णकुटी *पाहा :* **छत**
(n) arbour, bower, pergola *पाहा :* **छत**
कुजकट (वि), **कुजका** (वि), **कुजट** (वि) सडका, सडलेला, नासका, कुजलेला, कुबट, वाशेळा, वासकट, बुरसट; *पाहा :* **कुचकट, अखाद्य**
[adj] decayed, putrified, rotten; *पाहा :* **कुचकट, अखाद्य**
कुजणे (क्रि) *पाहा :* **कुचकट, अखाद्य**
कुजबुज (स्त्री) कुचकुच, कुणकुण, पुटपुट, कानगोष्ट; *पाहा :* **अफवा**
[क्रि] कुलुकुलु बोलणे, कानाशी लागणे, खालच्या आवाजात बोलणे
(n) whispering; *पाहा :* **अफवा**
कुंजर (पु) *पाहा :* **हत्ती**
कुटका (पु) *पाहा :* **तुकडा**
कुंटण (स्त्री) *पाहा :* **वेश्या**
कुंटणखाना (पु) *पाहा :* **वेश्यागृह**
कुटणे (क्रि) **कुटाई** (स्त्री) *पाहा :* **मारणे, दळणे, खलणे**
कुटाणा (पु) *पाहा :* **त्रास, खटपट**
कुटाळकंपू (पु) *पाहा :* **चहाडखोर समुदाय**
कुटाळकी (स्त्री), **कुटाळी** (स्त्री) *पाहा :* **कुचाळकी**
कुटाळखोर (वि) *पाहा :* **चहाडखोर**
कुटिल (वि) वक्र, वाकडा, वळणावळणाचा; लबाड, कावेबाज, फरेबी, कपटी, विश्वासघातकी, चाणक्यनीतीचा, दुष्ट, तामसी, द्वेषी, अपकारी; *पाहा :* **फसवा**
[adj] crooked, tortuous, crafty, cunning, Machiavellian, wily, sly, malicious, wicked; *पाहा :* **फसवा**
कुटी (स्त्री) कुडी, झोपडी, झोपडे, खोपटी, खोप, खोपी, कोप, कोपी, पर्णकुटी, लताकुटी, कुंज, कुटीर, चट्टी, छपरी, टपरी, झोपा; *पाहा :* **घर**
(n) hut, shack, shanty, cabin, cottage, shed, den, hovel, pen; *पाहा :* **घर**

कुंटीण (स्त्री) *पाहा :* **वेश्या**
कुटीर (न) *पाहा :* **कुटी**
कुटीरोद्योग (पु) *पाहा :* **उद्योग**
कुटुंब (न) *पाहा :* **पत्नी, घर, कबिला, आप्त, घरदार**
कुटुंबकलह (पु) *पाहा :* **भांडण**
कुटुंबनाम (न) *पाहा :* **अभिधान**
कुटुंबनियोजन (न) परिवारनियोजन, संततिनियमन, कुटुंबकल्याण
[वा] पाळणा लांबवणे
(n) family planning; birth control
कुटुंबप्रमुख (पु) *पाहा :* **अध्यक्ष, कर्ता, कारभारी**
कुटुंबवत्सल (वि) गृहस्थधर्मी, गृहस्थाश्रमी, प्रापंचिक, संसारी, कुटुंबी, मुलेबाळे असलेला, लेकुरवाळा
[adj] domesticated
(n) family man, householder
कुटुंबीय (पु, अव) *पाहा :* **आप्त**
कुंठणे (क्रि) कुंठित होणे, थांबणे, थबकणे, खोळंबणे, तिष्ठणे, मार्गप्रतीक्षा करणे, वाट पाहणे; खुंटणे, अडकणे, नडणे, अडणे, खंडित होणे (*पाहा :* **खंडित**), खुरटणे, मिरमुटणे, पायबंद बसणे, बंद होणे, खीळ बसणे, खोटी होणे, लगाम लागणे, घोटाळणे, मती कुंठित होणे, अक्कल गुंग होणे, दिङ्मूढ/ किंकर्तव्यमूढ/ स्तंभित/ स्तब्ध होणे, टुकत बसणे, हात चोळत बसणे *पाहा :* **खोळंबा**
(v) get blocked/obstructed/ hindered/stopped/held up; hampered/interrupted; be brought to a standstill; hang on, halt, pause, mark time, wait; *पाहा :* **खंडित, खोळंबा**
कुठार (पु) *पाहा :* **कुऱ्हाड**
कुंठित (वि) *पाहा :* **खंडित, कुंठणे, खजील**
कुंठितमती (वि) *पाहा :* **दिङ्मूढ, अगतिक**
कुंड (न) हौद, टाके, टाकी, डोणी, दोण, द्रोण, तळी, पुष्करणी (पुष्करिणी), यज्ञकुंड, होमकुंड, कुंडी, वृंदावन; *पाहा :* **जलाशय**
(n) tank, basin, cistern; *पाहा :* **जलाशय**
कुडकुडणे (क्रि) *पाहा :* **थंडी**
कुंडगोलक (पु) पाहा **पुत्र**
कुडता (पु) कुडते, कुर्ता, सदरा, खमीस, झब्बा, अंगरखा, झगा, डगला, पैरण, कोपरी, बंडी, बाराबंदी *पाहा :* **वस्त्र, पांघरूण, विजार**
(n) shirt, robe, gown *पाहा :* **वस्त्र, पांघरूण, विजार**
कुडथळ (वि) *पाहा :* **जमीन**
कुडबुडे (न) *पाहा :* **चर्मवाद्य**
कुडबुड्या (वि) *पाहा :* **अजाण**
कुंडल (न) *पाहा :* **कंकण**
कुंडली (स्त्री) ग्रहकुंडली, राशिचक्र, जन्मकुंडली, टिपण, जन्मटिपण, पत्रिका, जन्मपत्रिका, लग्नकुंडली
(n) horoscope
कुडी (स्त्री) *पाहा :* **देह, कुटी**
कुंडी (स्त्री) *पाहा :* **कुंड**

कुढणे (क्रि) चिडचिडणे, धुसफुसणे, क्षोभणे, त्रासणे, खदखदणे, खिन्न होणे, मनात खाणे, मनाला लावून घेणे; झुरणे, फुरंगटणे, फुगणे, दुर्मुखणे, लांब चेहरा करून बसणे, घुमेपणा करणे; *पाहा :* **खिन्न**
(v) brood, fret, sulk, fume, simmer, mope, chafe, pine, take to heart, pull a long face; *पाहा :* **खिन्न**

कुढा (वि) *पाहा :* **खिन्न**

कुढावा (पु) *पाहा :* **असूया**

कुणकुण (स्त्री) *पाहा :* **बातमी, अफवा**

कुतरओढ (स्त्री) *पाहा :* **दगदग, घाई**

कुतरघाई (स्त्री) *पाहा :* **घाई**

कुतर्क (पु) *पाहा :* **तर्क**

कुंतल (पु) *पाहा :* **केस**

कुतूहल (न) जिज्ञासा, औत्सुक्य, रस, आवड, नवल, कौतुक, ज्ञानतृष्णा, चौकसबुद्धी; चोंबडेपणा
(n) curiosity, interest, inquisitiveness, prying, snooping

कुत्रा (पु) श्वान, कुक्कुर, सारमेय, कुत्रे, सुने, सुणे, भुंकण, ग्रामकूळ, ग्रामकेसरी, ग्रामसिंह; श्वानपथक; शिकारी कुत्रा; कुत्री, शुनी
(n) dog, dog-squad, hound, mongrel, bitch

कुत्रे (न) *पाहा :* **अडकण**

कुत्सित (वि) *पाहा :* **कुचकट**

कुंथणे (क्रि) *पाहा :* **कण्हणे**

कुंथाकुंथी (स्त्री) *पाहा :* **खटपट**

कुंद (वि) *पाहा :* **आर्द्र**

कुदणे (क्रि) *पाहा :* **उडी, झेपावणे,**

कुंदा (पु) *पाहा :* **गवत**

कुदिन (पु) *पाहा :* **दिवस, अकाल**

कुंपण (न) कूड, ताटी, वई, कुसू, कठडा, तट, कोट, संरक्षक भिंत, प्राकार; *पाहा :* **परीघ, अटकाव**
(n) fence, hedge, railing, parapet, palisade, rampart, wall, barricade; *पाहा :* **परीघ, अटकाव**

कुपंथ (पु) *पाहा :* **मार्ग**

कुपथ्य (न) *पाहा :* **खाणे, अन्न**

कुपित (वि) *पाहा :* **संतप्त**

कुपी (स्त्री) बाटली, शिसी, शिशी, शिसा, कुपा, बुधला, बुधली, बरणी
(n) bottle, phial, vial, jar, flask

कुपुत्र (पु) *पाहा :* **पुत्र**

कुपोषण (न) *पाहा :* **उपासमार**

कुप्रसिद्ध (वि) *पाहा :* **कलंकित, प्रसिद्ध**

कुप्रसिद्धी (स्त्री) *पाहा :* **अपकीर्ती**

कुफरांड (न) *पाहा :* **आरोप**

कुबट (वि) *पाहा :* **कुजकट**

कुबड (न) *पाहा :* **वक्रता**

कुबडी (स्त्री) *पाहा :* **आधार**

कुबलणे (क्रि) *पाहा :* **मारणे**

कुबुद्धी (स्त्री) *पाहा :* **अविचार**

कुबेर (पु) *पाहा :* **श्रीमंत**

कुंभ (पु) *पाहा :* **भांडे, बारा राशी**

कुंभक (पु) *पाहा :* **प्राणायाम**

कुंभकर्ण (पु) *पाहा :* **निद्राग्रस्त**

कुभांड (न) *पाहा :* **आरोप, कट**

कुंभिनी (स्त्री) *पाहा :* **पृथ्वी**

कुभोजन (न) पाहा **अन्न**
कुमक (स्त्री) *पाहा :* **मदत**
कुमती (वि) *पाहा :* **अधम**
कुमार (पु) *पाहा :* **मुलगा, अविवाहित**
कुमारावस्था (स्त्री) *पाहा :* **कौमार्य**
कुमारिका (स्त्री), **कुमारी** (स्त्री) *पाहा :* **मुलगी, अविवाहित, अक्षत**
कुमार्ग (पु) *पाहा :* **अनाचार**
कुमुद (न), **कुमुदिनी** (स्त्री) *पाहा :* **कमळ**
कुमुदबांधव (न) *पाहा :* **चंद्र**
कुयोग (पु) *पाहा :* **अकाल, योग**
कुरकुट (पु) *पाहा :* **भारद्वाज**
कुरकुर (स्त्री) किरकिर, पिरपिर, चिरचिर, टुरटुर, किचकिच, किटकिट, कटकट, भुणभुण, धसफस, चिडचिड, कुरबुर, जिकीर; *पाहा :* **तक्रार, करवादणे**
[वा] गाणे लावणे
(n) grumbling, grousing; *पाहा :* **तक्रार, करवादणे**
कुरकुरीत (वि) *पाहा :* **अरुवार**
कुरंग (पु) *पाहा :* **हरीण**
कुरंगनयना (स्त्री) *पाहा :* **सुंदरी**
कुरघोडी (स्त्री) *पाहा :* **वर्चस्व, जिंकणे**
कुरण (न) *पाहा :* **अरण्य, गवत**
कुरतडणे (क्रि) *पाहा :* **चावणे**
कुरबुर (स्त्री) *पाहा :* **कुरकुर, भांडण**
कुरमुरा (पु) *पाहा :* **तांदूळ**
कुरवंडी (स्त्री) *पाहा :* **पूजा**
कुरवाळणे (क्रि) गोंजारणे, आंजारणे-गोंजारणे, प्रेमाने हात फिरवणे, माया करणे, थोपटणे, चोंबाळणे, हाताळणे, लाड करणे, कुशीत घेणे, चुचकारणे, समजावणे, समजूत घालणे
(v) fondle, caress, stroke, cuddle, nestle, pat, pet
कुरापत (स्त्री) *पाहा :* **कुचाळकी, खोडी, खुसपट**
कुरुक्षेत्र (न) *पाहा :* **रणांगण**
कुरूप (वि) असुंदर, विरूप, विद्रूप, विकट, ओंगळ, बेढब, बेडौल, बटबटीत, विशोभित, हेंगाडा, खेबडा, देवजी-धसाडा, वेडाविद्रा, बदसुरत, नकटाबकटा, ओबडधोबड, हिडीस, भेसूर, भकास, भीषण *पाहा :* (विरु) **सुंदर**
[वा] शूर्पणखा, हिडिंबा, कुब्जा, इंदू-बिंदू, अष्टावक्र, कुबडा
[adj] ugly, unattractive, deformed, grisly, hideous, misshapen, gaunt, gruesome *पाहा :* (विरु) **सुंदर**
[i] and eyesore
कुरूप (न) *पाहा :* **गळू**
कुर्निसात (पु) *पाहा :* **अभिवंदन**
कुर्रा (पु) *पाहा :* **तोरा, अभिमान**
कुर्रेबाज (वि) *पाहा :* **गर्विष्ठ**
कुऱ्हाड (स्त्री) कुठार, फरशी, परशू *पाहा :* **आयुध**
(n) axe, hatchet *पाहा :* **आयुध**
कुल (न) *पाहा :* **आप्त, घराणे**
कुलकज्जल (वि), **कुलकलंक** (वि) *पाहा :* **घरबुडव्या**
कुलंगडे (न) भानगड, झेंगट, खेकटे,

खेंगटे, लचांड, त्रांगडे, लफडे, घोटाळा, घोळ, गुंतागुंत, गोलमाल, प्रकरण, प्रेमप्रकरण
[वा] पाणी मुरणे
(n) affair, complication, entanglement, embarassment, involvement, romance, amour
कुलगुरू (पु) *पाहा :* **अध्यक्ष**
कुलघ्न (वि) *पाहा :* **घरबुडव्या**
कुलटा (स्त्री) स्वैरिणी, व्यभिचारिणी, बदफैली/ स्वैरवर्तनी/ जारकर्मी स्त्री *पाहा :* (विरु) **कुलनारी, पतिव्रता**
(n) adulteress, unfaithful wife *पाहा :* (विरु) **कुलनारी, पतिव्रता**
कुलतिलक (वि) कुलदीपक, कुलदिवा, कुलभूषण, कुलमंडण, कुलावतंस, वंशदिवा; *पाहा :* **पुत्र**
(n) pride of family; *पाहा :* **पुत्र**
कुलदैवत (न) *पाहा :* **परमेश्वर**
कुलनाम (न) *पाहा :* **अभिधान**
कुलनारी (स्त्री) कुलस्त्री, कुलांगना, कुलवधू, कुलवती/गरती/ कुलीन स्त्री; *पाहा :* **कुलीन स्त्री** (विरु) **कुलटा, जारकर्मी**
[वा] घट्ट कासोट्याची
(n) noble woman, lady; *पाहा :* **कुलीन स्त्री** (विरु) **कुलटा, जारकर्मी**
कुलपती (पु) *पाहा :* **अध्यक्ष**
कुलहीन (वि) *पाहा :* **अनौरस**
कुलक्षण (न) *पाहा :* **अवगुण, अपशकुन**
कुलक्षणी (वि) *पाहा :* **दुर्गुणी, अपशकुनी**
कुलक्षय (पु) *पाहा :* **नाश**
कुलांगार (वि) *पाहा :* **घरबुडव्या**
कुलाचार (पु) *पाहा :* **रीत**
कुलाभिमान (पु) *पाहा :* **अभिमान**
कुलावतंस (वि) *पाहा :* **कुलतिलक**
कुलीन (वि) कुलवान, कुलशीलवान, घरंदाज, संभावित, प्रतिष्ठित, खानदानी, शालीन, सभ्य, जातिवंत; *पाहा :* **कुलनारी**
[adj] noble, well-born, pedigree
कुलूप (न) टाळे, ताळे, अंगचे/ चापाचे/ आकड्यांचे कुलूप, कडीकुलूप
(n) lock, padlock, latch
कुलूपबंद (वि) *पाहा :* **बंद, रक्षित**
कुल्ला (पु) *पाहा :* **नितंब**
कुवत (स्त्री) *पाहा :* **शक्ती, अंग, कस**
कुवा (पु) *पाहा :* **विहीर**
कुवार (वि) *पाहा :* **अविवाहित**
कुवारपण (न) *पाहा :* **कौमार्य**
कुवारी (कुवारीण) (स्त्री) *पाहा :* **अविवाहित**
कुवासना (स्त्री) *पाहा :* **इच्छा**
कुविचार (पु) *पाहा :* **विचार, अविचार**
कुविद्या (स्त्री), **कुवेडे** (न) *पाहा :* **जादू**
कुवेळ (स्त्री) *पाहा :* **अकाल**
कुश (न) *पाहा :* **गवत**
कुशंका (स्त्री) *पाहा :* **शंका**
कुशब्द (पु) *पाहा :* **अपभाषण**
कुशल (वि) सुखरूप, खुशाल,

सहीसलामत, सुखी, स्वस्थ, निरामय, निरोगी; *पाहा :* **कसबी, निपुण, रक्षित**

[adj] well, happy, healthy, hale and hearty; *पाहा :* **कसबी, निपुण, रक्षित**

[i] safe and sound, in fine fettle

कुशल (न) *पाहा :* **कल्याण, आनंद**

कुशलता (स्त्री) *पाहा :* **कसब**

कुशलप्रश्न (पु) *पाहा :* **परामर्श**

कुशाग्र (वि) *पाहा :* **तीक्ष्ण, तल्लख**

कुशी (स्त्री) *पाहा :* **बाजू, उदर**

कुष्ट (न) कुष्ठ, कुष्ठरोग,कोष्ठ, कोड, शिबे, रक्तपिती, महारोग, महाव्याधी, चट्टा; गलितकुष्ठ

(n) leprosy

कुसकरणे (क्रि) चुरणे, चुरडणे, चुरगळणे, चुरगळा करणे, चोळवटणे, चोळामोळा करणे, मळणे, तिंबणे, कोळणे, हाताळणे, दाबणे, चेपणे, चिरडणे, चिरडून टाकणे, चेचणे, चेंदारणे, चेंगरणे, चिवडणे, चिवडाचिवड करणे; सावडणे *पाहा :* **आवळणे, चेंदा, चूर्ण**

(v) crumple, crumble, crush, squeze, press, knead, mangle, manipulate; *पाहा :* **आवळणे, चेंदा, चूर्ण**

कुसकरा (पु) *पाहा :* **चेंदा, चूर्ण**

कुसंगती (स्त्री) *पाहा :* **सहवास**

कुसर (स्त्री) *पाहा :* **कसब**

कुसळ (न) *पाहा :* **अणकुची**

कुसुंबी (वि) *पाहा :* **पिवळा**

कुसुम (न) *पाहा :* **फूल**

कुसुमकोमल (वि) *पाहा :* **कोमल**

कुसुमचाप (पु), **कुसुमशर** (पु) *पाहा :* **मदन**

कुसुमाकर (पु) *पाहा :* **वसंत**

कुसू (न) *पाहा :* **कुंपण**

कुस्ती (स्त्री) मल्लयुद्ध, बाहुयुद्ध, द्वंद्वयुद्ध, अंगयुद्ध, डावपेच, झुंज, झोंबी, झोंबाझोंबी, टक्कर, लट्ठालट्ठी

(n) wrestling, grappling, engagement, tussle, struggle

कुस्तीगीर (पु) *पाहा :* **पहिलवान**

कुहर (न) *पाहा :* **आगर, विवर**

कुळ (न) *पाहा :* **आप्त, वर्ग, घराणे**

कुळबुडव्या (वि) *पाहा :* **घरबुडव्या**

कुळव (न) *पाहा :* **औत**

कुळवणी (स्त्री) *पाहा :* **शेती**

कुळवाडी (पु) *पाहा :* **शेतकरी**

कुळागर (न) *पाहा :* **आगर, शेत, उद्यान**

कूच (न) *पाहा :* **प्रयाण, निघणे**

कूजन (न) *पाहा :* **आवाज**

कूट (न) *पाहा :* **चूर्ण, कोडे, अगम्य, गहन**

कूड (न) *पाहा :* **देह**

कूप (पु) *पाहा :* **विहीर**

कूपनलिका (स्त्री) *पाहा :* **विहीर**

कूपमंडूक (वि) *पाहा :* **संकुचित, एकलकोंडा**

कूर्चा (स्त्री) *पाहा :* **अस्थी**

कूर्म (पु) *पाहा :* **कासव, अवतार**

कूस (स्त्री) *पाहा :* **बाजू, उदर**

कूळ (न) *पाहा :* **उपभोक्ता, आप्त, शेतकरी, अनुचर**

कृतककोप (पु) *पाहा :* **संताप**

कृतकर्म (न) *पाहा :* **कर्म**

कृतकृत्य (वि) कृतार्थ, कृतकार्य, धन्य, विजयी, यशस्वी, प्राप्तयश;

[वा] डोळ्यांचे पारणे फिटणे, डोळे निवणे, गंगेत घोडे न्हाणे, देह कारणी लागणे, कळसाला/शिखराला हात पोहोचणे, स्वर्गाला हात टेकणे

[adj] gratified, successful,

कृतकृत्यता (स्त्री) *पाहा :* **चीज**

कृतघ्न (वि) निमकहराम, बेइमान, हरामखोर, विश्वासघातकी, निरुपकार, उपकार न स्मरणारा, परधार्जिणा; *पाहा :* **द्रोह** (विरु) **कृतज्ञ**

[वा] उपकाराची फेड अपकाराने करणे, खाल्ल्या घरचे वासे मोजणे, कुऱ्हाडीचा दांडा गोतास काळ, गारदी, शेळी जाते जिवानिशी खाणारा म्हणतो वातड, भटाला दिली ओसरी भट हातपाय पसरी, ज्याचे करावे बरे, तो म्हणतो माझेच खरे, गरज सरो आणि वैद्य मरो

[adj] ungrateful, unfaithful, untrustworthy, treacherous, disloyal, perfidious; *पाहा :* **द्रोह** (विरु) **कृतज्ञ**

कृतनिश्चय (पु) *पाहा :* **निश्चय, कायम**

कृतयुग (न) *पाहा :* **चार युगे**

कृतसंकल्प (वि) *पाहा :* **करारी**

कृतज्ञ (वि) आभारी, ऋणी, उपकृत, उपकारबद्ध, इमानी, निमकहलाल, विश्वासू, स्वामिनिष्ठ *पाहा :* (विरु) **कृतघ्न**

[वा] खाल्लेल्या अन्नाला/ मिठाला जागणे, ज्याची खावी पोळी त्याची वाजवावी टाळी, उपकार स्मरणे, इमानास जागणे

[adj] grateful, thankful, indebted, beholden, obliged, faithful, loyal; *पाहा :* (विरु) **कृतघ्न**

कृतज्ञता (स्त्री) *पाहा :* **आभार**

कृतांजली (वि) *पाहा :* **नम्र**

कृतांत (पु) *पाहा :* **यम**

कृतार्थ (वि) *पाहा :* **कृतकृत्य**

कृतिकक्षा (स्त्री) *पाहा :* **कक्षा, कार्यक्षेत्र**

कृतियोजना (स्त्री) *पाहा :* **योजना, धोरण**

कृतिशील (वि) *पाहा :* **क्रियाशील**

कृतिसत्र (न) *पाहा :* **अधिवेशन**

कृती (स्त्री) *पाहा :* **कर्म, कर्तृत्व**

कृतोपकार (पु) *पाहा :* **उपकार**

कृत्तिका (स्त्री) *पाहा :* **नक्षत्र**

कृत्य (न) *पाहा :* **कर्म**

कृत्या (स्त्री) कैदाशीण, राक्षसी, त्राटिका, कजाग स्त्री, भांडकुदळ स्त्री *पाहा :* **कजाग**

(n) virago, vixen *पाहा :* **कजाग**

कृत्रिम (वि) बनावट, नकली, नाटकी, खोटे, लबाडीचे, ओढूनताणून आणलेले, वरकरणी, दिखाऊ; औपचारिक; अनैसर्गिक, मानवनिर्मित *पाहा :* (विरु) **अकृत्रिम**

[adj] affected, false, fake,

pretended, insincere, formal, unnatural, bogus, sham, simulated, imitation, counterfeit, fabricated, synthetic, artificial, man-made *पाहा :* (विरु) **अकृत्रिम**

कृपण (वि) *पाहा :* **अनुदार, कंजूष**

कृपा (स्त्री) दया, अनुग्रह, प्रसाद, आशीर्वाद, वरदहस्त, पाखर, मेहेरनजर, कृपादृष्टी, कृपाछत्र, मर्जी, मेहेरबानी, लोभ, प्रसन्नता, सद्भाव, उपकार, दयाधर्म, भूतदया, जीवदया, परोपकार, करुणा, दुवा, खैर, क्षमा, अनुकंपा, गुरुकृपा, राजकृपा, ईशकृपा, देवदया, वर, परमेश्वरी कृपा; कृपावलोकन, कृपाकटाक्ष *पाहा :* **दयावंत** (विरु) **अवकृपा**

[क्रि] पावणे, प्रसन्न होणे

[वा] पावला तर देव नाहीतर धोंडा, देव तारी तया कोण मारी

(n) favour, patronage, mercy, forgiveness, pity, lenience, kindness, blessing *पाहा :* **दयावंत** (विरु) **अवकृपा**

कृपाण (न) *पाहा :* **चाकू**

कृपाहीन (वि) *पाहा :* **अकरुण, क्रूर**

कृपाळू (वि) *पाहा :* **दयावंत, कनवाळू**

कृपाळूपणा (पु) *पाहा :* **अनुकंपा**

कृमी (पु) *पाहा :* **जीवजंतू**

कृश (वि) काटकुळा, बारीक, सडपातळ, सडसडीत, शिडशिडीत, कृशांग, एकशेवडी, सरळसोट, किडकिडीत, किरकाड, किरकोळ, किरटा, रोड, रोडका, रोडगेला, रोडावलेला, लुक्कड, लुकडा, हाडकुळा, हडकलेला, खल्लक, खप्पड, खंगलेला, चापलेला, चोपलेला, मरतुकडा, वाळका, वाळलेला, चिवळ, फाटका, फाटक्या अंगाचा, काडीपैलवान, बारीकराव, शेकाटा, शेलाटा, लंबाटा, दुबळा, अशक्त, जरत्कारू, अस्थिपंजर, हाडाचा सापळा *पाहा :* **अटकर** (विरु) **लठ्ठ**

[वा] पोट खपाटीस लागणे, हाडे वर येणे, पाठपोट एक होणे, सापळा उरणे, दामटी वळणे, पाप्याचे पितर, पडवळासारखे हातपाय असलेला, उसाच्या चिपाडासारखा, सुदाम्याचा अवतार, हाडन्हाड मोजून घ्यावे असा

[adj] thin, frail, lean, gaunt, slim, bony, skinny, slender *पाहा :* **अटकर** (विरु) **लठ्ठ**

[i] bag of bones, skin an bone

कृशांगी (स्त्री) *पाहा :* **सुंदरी**

कृषक (पु) *पाहा :* **शेतकरी**

कृषी (स्त्री) *पाहा :* **शेती**

कृषिवल (पु) *पाहा :* **शेतकरी**

कृष्ण (पु) *पाहा :* **अवतार**

कृष्ण (वि) *पाहा :* **काळा, गर्हणीय**

कृष्णकारस्थान (न) *पाहा :* **कट**

कृष्णकृत्य (न) *पाहा :* **कर्म, अनाचार, अत्याचार**

कृष्णच्छाया (स्त्री) *पाहा :* **छाया, अंधकार**

कृष्णपक्ष (पु) *पाहा :* **पंधरवडा**

कृष्णवर्णीय (वि) *पाहा :* **काळा**
कृष्णविवर (न) *पाहा :* **तारा**
कृष्णाजिन (न) *पाहा :* **आसन**
क्लृप्ती (स्त्री) *पाहा :* **युक्ती**
केका (स्त्री) *पाहा :* **आवाज**
केकाटणे (क्रि) *पाहा :* **आवाज, आकांत**
केकी (पु) *पाहा :* **मोर**
केणे (न) *पाहा :* **जिन्नस**
केतन (पु) *पाहा :* **ध्वज**
केदार (पु) *पाहा :* **राग, शंकर, शेत**
केंद्र (न), **केंद्रबिंदू** (पु), **केंद्रस्थान** (न) *पाहा :* **अंतरंग, कचेरी**
केंद्रवर्ती (वि) केंद्रीय, केंद्रस्थ, केंद्रगामी, मध्यवर्ती; महत्त्वपूर्ण
[adj] central, focal, medial, convergent, pivotal, vital
केंद्रीकरण (न) *पाहा :* **एकी**
केंद्रीभूत (वि) *पाहा :* **एकवटणे**
केयूर (न) *पाहा :* **कंकण**
केर (पु) *पाहा :* **कचरा**
केरवा (पु) *पाहा :* **ताल**
केरसुणी (स्त्री) *पाहा :* **झाडणी**
केली (स्त्री) *पाहा :* **क्रीडा**
केवळ (वि) फक्त, निव्वळ (निवळ), नुसता, मात्र, शुद्ध, निखालस
[adj] only, sole, unique, lone, singular
केविलवाणा (वि) बापडा (बापुडा), बापुडवाणा, दीन, दीनवाणा, गरीब, गरीबबिचारा, अनुकंपनीय, करुणाजनक, करुणास्पद, हृदयस्पर्शी; *पाहा :* **करुण**
[adj] piteous, pitiable, woeful, distressing, lamentable, heart rending, miserable, poor *पाहा :* **करुण**
केश (पु) *पाहा :* **केस**
केशरी (वि) *पाहा :* **पिवळा**
केशव (पु) *पाहा :* **विष्णू**
केशवपन (न) *पाहा :* **हजामत, विधवा**
केशहीन (वि) *पाहा :* **खल्वाट**
केस (पु) केश, कच, कुंतल, अलक, केशपाश, केशसंभार, केशकलाप, कचभार, कचपाश, जट, जटा, जटाजूट, जटाभार, शिसळ, बट, भीस, झुलूप, झिपरी, झिपटी, झिंजी, लव, रोम, लोम, लट, शष्प, शेट, रोमांच, रोमावळी, अंबाडा, बुचडा, खोपा, वेणी, शेपटा, जावळ, दाढी, मिशी, मिसरूड, गलमिशा, कल्ले, गुंतवळ, गंगावन, केसर, टोप, आयाळ, लोकर; *पाहा :* **केसाळ**
[वा] दाढीचे खुंट, मिशीचा आकडा, छपरी मिशा, कुरळे केस, केसांच्या लाटा, सौंदर्य बट
(n) hair, tress, lock, down, curls, fur, fleece, mane, moustache, sideburns, bristle, beard, hair-do, hair-style, coiffure, braid, plait, pigtail, ponytail, top-knot, permanent, wave, wig, toupee; whiskers, stubble; *पाहा :* **केसाळ**
केसर (पु) *पाहा :* **तंतू, केस**
केसरी (पु) *पाहा :* **सिंह**

केसाळ (वि) जटाधारी, मिशाळ, दाढीदीक्षित, सुकेशा (स्त्री), झिपरी (स्त्री); *पाहा :* **केस**
[वा] जांबुवंत
[n] hairy, hirsute, bristly, bearded, shaggy; *पाहा :* **केस**
केस्तुडे (न) *पाहा :* **गळू**
केळ (स्त्री) कर्दली, कर्दळी, रंभा, सोनकेळ
(n) banana plant
कैक (वि) *पाहा :* **अनेक**
कैद (स्त्री) *पाहा :* **अटक, कैदी, तुरुंग, शिक्षा**
कैदखाना (पु) *पाहा :* **तुरुंग, अटक, कैदी, शिक्षा**
कैदाशीण (स्त्री) *पाहा :* **कृत्या**
कैदी (गिरफ्तार) (वि) बंदी, बंदिवान, बंदिजन, बंदिस्त, बद्ध, स्थानबद्ध, चतुर्भुज, गिरफदार (गिरफ्तार), ओलीस, युद्धकैदी, युद्धबंदी, राजबंदी, परतंत्र, गुन्हेगार; *पाहा :* **अटक, तुरुंग, शिक्षा**
[वा] सरकारी पाहुणा, मुसक्या बांधणे
[adj] prisoner, captive, detenue, detainee, inmate, internee, hostage, jailbird, prisoner of war, convict; *पाहा :* **अटक, तुरुंग, शिक्षा**
कैपक्ष (पु) *पाहा :* **कैवार**
कैफ (पु) धुंदी, नशा (निशा), उन्माद, गुंगी, अंमल, झिंग, मद, माज, गर्व, ताठा, उन्मत्तपणा, बेहोशी, तार; निशापाणी, (नशापाणी) शराबपाणी; *पाहा :* **झिंगणे, मदिर, मद्यपान**
(n) intoxication, inebriety, stupor, pride, conceit, insolence; *पाहा :* **झिंगणे, मदिर, मद्यपान**
कैफियत (स्त्री) *पाहा :* **जबानी, कथा**
कैलास (पु) *पाहा :* **परलोक**
कैलासनाथ (पु) *पाहा :* **शंकर**
कैलासवासी (वि) *पाहा :* **मृत**
कैवल्य (न) पाहा **मोक्ष, आनंद**
कैवार (पु) पक्षपात, तरफदारी, वकिली, वकिलकी, प्रतिनिधित्व, शिष्टाई, मध्यस्थी, रदबदली, कैपक्ष, मदत, साहाय्य (साह्य); *पाहा :* **पसंती**
[क्रि] बाजू घेणे, कड घेणे, वकीलपत्र घेणे, समर्थन करणे, कैवारी होणे
(n) partiality, espousal, help, advocacy, backing, succour, aid, moral support; *पाहा :* **पसंती**
[i] to take up the cudgets on behalf of someone
कैवारी (वि) *पाहा :* **त्राता, मदतगार**
कोकणे (क्रि), **कोकलणे** (क्रि) *पाहा :* **ओरडणे**
कोकरू (न) *पाहा :* **अज**
कोकशास्त्र (न) *पाहा :* **कामशास्त्र**
कोंगाडी (पु) *पाहा :* **अभिनेता**
कोट (पु) *पाहा :* **किल्ला, तट**
कोटकल्याण (न) *पाहा :* **कल्याण**
कोटर (न) *पाहा :* **घरटे, विवर**
कोटिक्रम (पु) *पाहा :* **विनोद, उपपत्ती**
कोटिबाज (वि) *पाहा :* **विनोदी**
कोटी (स्त्री) *पाहा :* **विनोद, शब्दच्छल,**

वर्ग, दशांशस्थाने
कोटे (न) *पाहा :* **घरटे**
कोट्यवधी (वि) *पाहा :* **अनेक**
कोठडी (स्त्री) *पाहा :* **तुरुंग, खोली**
कोठा (पु) *पाहा :* **उदर**
कोठार (न) *पाहा :* **संग्रह**
कोठी (स्त्री) *पाहा :* **कणंग, संग्रह, खोली**
कोठे (न) *पाहा :* **घरटे**
कोड (न) *पाहा :* **कुष्ठ, चट्टा, कौतुक**
कोंडका (पु) *पाहा :* **तुकडा**
कोडगा (वि) निगरगट्ट, निर्ढावलेला, निर्लज्ज, निसुग, निसवलेला, लतखोर, खेटरखाऊ, लघळ, लत-कोडगा, चिकट, बेरड, कोडगेला, सवय झालेला, अंगवळणी पडलेला
[वा] मेले मढे आगीला भीत नाही, कुत्र्याचे शेपूट वाकडे ते वाकडेच, भीड चेपणे
[adj] inured, case-hardened, shameless, brazen, habituated, inveterate,
कोंडणे (क्रि) *पाहा :* **बंद**
कोंडमारा (पु) *पाहा :* **कुचंबणा, गळचेपी**
कोंडवाडा (पु) *पाहा :* **प्राणिसंग्रहालय, तुरुंग**
कोंडा (पु) *पाहा :* **चूर्ण, त्वचा**
कोंडाळे (न) *पाहा :* **गोल** (पु)
कोंडी (स्त्री) *पाहा :* **पंचाईत, अगतिक, अटकाव, अनिश्चितता**
कोडे (न) कूट, कूटरचना, कूटप्रश्न, गूढ, रहस्य, पेच, समस्या, साकडे, चुटका, उखाणा, प्रहेलिका, अंतर्लापिका, बहिर्लापिका; *पाहा :* **प्रश्न, अचंबा**
[वा] तुकारामबुवाची मेख
(n) puzzle, riddle, enigma, poser, brain-teaser, mystery, conundrum, dilemma, problem; *पाहा :* **प्रश्न, अचंबा**
कोणताही (पु) **कोणाचा कोण** (पु) *पाहा :* **अलताभलता**
कोणीएक (वि) *पाहा :* **अमुक**
कोणीतरी (पु) **कोणीही** (पु) *पाहा :* **अलताभलता**
कोतवाल (पु) *पाहा :* **अधीक्षक**
कोता (वि) *पाहा :* **अनुदार, कमी, डावा**
कोथळा (पु) **कोथळी** (स्त्री) *पाहा :* **उदर, पिशवी**
कोंदट (वि) *पाहा :* **आर्द्र, बंद**
कोदंड (न) *पाहा :* **धनुष्य**
कोंदण (न) *पाहा :* **घर**
कोंदणे (क्रि) *पाहा :* **ठासणे**
कोंदाकोंदी (स्त्री) *पाहा :* **गर्दी**
कोन (पु) *पाहा :* **कोपरा**
कोनशिला (स्त्री) *पाहा :* **आरंभ, दगड**
कोनाडा (पु) गोखला, देवळी, पोकळी, खोबण, खळगा, कोपण; *पाहा :* **कपाट**
(n) niche, alcove, recess, hollow, nook; *पाहा :* **कपाट**
कोप (पु) *पाहा :* **संताप**
कोप (स्त्री) *पाहा :* **कुटी**
कोपणे (क्रि) *पाहा :* **संतापणे**

कोपर (न) *पाहा :* **हात**

कोपरखळी (स्त्री) टोमणा, टोला, चेष्टा, थट्टा, गंमत, उपहास, उपरोध, टर, टवाळी

(n) taunt, banter, chaff, quip, scoff, jeer, sarcasm, irony

कोपरा (पु) कोन, कोनाकोपरा, सांदी, सांदीकोपरा; *पाहा :* **कंगोरा**

(m) corner, angle, niche; nook *पाहा :* **कंगोरा**

कोपरी (स्त्री) *पाहा :* **कुडता**

कोपानल (पु) *पाहा :* **संताप**

कोपायमान (वि), **कोपाविष्ट** (वि) *पाहा :* **संतप्त**

कोपिष्ट (वि), **कोपी** (वि) *पाहा :* **संतापी**

कोपी (स्त्री) *पाहा :* **कुटी**

कोंब (पु) *पाहा :* **अंकुर**

कोंबट (वि) *पाहा :* **उष्ण**

कोंबणे (क्रि) *पाहा :* **ठासणे, चिणणे**

कोंभ (पु) *पाहा :* **अंकुर**

कोमट (वि) *पाहा :* **उष्ण**

कोमल (वि) मृदू, मुलायम, नाजूक, सुकुमार, सुकोमल, कुसुमकोमल, नजाकतदार, गुलजार, ललित, कोवळा, मऊ, नरम, अरुवार, मऊसूत, लुसलुशीत, कोवळा लूस, सौम्य, हळुवट, हळुवार; हळवा, कोमलहृदयी *पाहा :* (विरु) **कठोर, चरचरीत**

[adj] tender, delicate, soft, mild, meek, gentle, loving, soft hearted *पाहा :* (विरु) **कठोर, चरचरीत**

कोमेजणे (क्रि) कोमजणे, सुकणे, वाळणे, शुष्क होणे, निस्तेज/म्लान/फिकट/कळाहीन होणे, फिकुटणे

(v) wither, wilt, fade, be dried/dehydrated/parched, shrivel

कोय (स्त्री) *पाहा :* **बी**

कोयंडा (पु) *पाहा :* **आकडा**

कोयता (पु), **कोयती** (स्त्री) *पाहा :* **औत**

कोर (स्त्री) *पाहा :* **कंगोरा, कमान**

कोरड (स्त्री) *पाहा :* **कोरडा**

कोरडवाहू (वि) *पाहा :* **जमीन**

कोरडा (वि) शुष्क, सुका, अनार्द्र, आर्द्रताविरहित, खटखटीत, खडखडीत, कडकडीत, फडफडीत, तुडतुडीत, चुरचुरीत, वाळलेला, हडकलेला, वाळका, सुकट, सुकलेला, वठलेला, पर्णहीन, रुखा, रुखासुखा, नीरस, निर्जल, रुक्ष, रुक्षा, रखरखीत, जलरहित, उजाड, ओसाड; कोरड/शोष पडलेला, तहानलेला; कोरडाठाक, कोरडा ठणठणीत; औपचारिक, वरवरचा, वरकांती, निष्प्रेम, पोकळ; व्यर्थ, फोल, निष्फळ, निरर्थक, खोटा; *पाहा :* **पुसणे** (विरु) **आर्द्र**

[वा] वाळून कोळ/ खारीक/ ढोक/ खराटा होणे

[adj] dry, dried, dehydrated, arid, sapless, waterless, parched; fruitless, unprofitable; empty, hollow; dreary,

prosaic; *पाहा :* **पुसणे** (विरु) **आर्द्र**

कोरडा (पु) *पाहा :* **आसूड**

कोरणे (क्रि) *पाहा :* **खोदणे**

कोरा (वि) नवा, नवा कोरा, नवीन, कोराकरकरीत, अपूर्व, ताजा, अननुभूत, अस्पर्शित, अक्षत, शुद्ध, अपक्व, कच्चा, अननुभवी, संस्कारहीन, असंस्कृत, नवशिका, अडाणी, अजाण; पाठकोरा

[adj] new, novel, fresh, pure, untouched, uncooked, unused, unwashed, pure, virgin, raw, immature; brand new, blank, unadorned

कोरान्न (न) *पाहा :* **भिक्षा, अन्न**

कोरीव काम (न) *पाहा :* **नक्षी**

कोर्टकचेरी (स्त्री) *पाहा :* **कज्जा**

कोलणे (क्रि) *पाहा :* **उडवाउडवी, झुगारणे**

कोलदांडा (पु) *पाहा :* **अटकाव**

कोलमडणे (क्रि) *पाहा :* **पडणे, अधोगती**

कोलवाकोलवी (स्त्री) *पाहा :* **उडवाउडवी**

कोलांटी (स्त्री) *पाहा :* **उडी**

कोलाहल (पु) *पाहा :* **अगाजा, गोंधळ, आकांत**

कोलीत (न) *पाहा :* **अग्नी**

कोल्हा (पु) जंबूक, शृगाल

(n) jackal

कोल्हाटी (पु) डोंबारी, भोरपी, मदारी

(n) acrobat, rope dancer

कोल्हेकुई (स्त्री) *पाहा :* **आवाज, बडबड**

कोवळा (वि) कच्चा, हिरवा, अपक्व; कोमल, नाजूक, अरुवार, गोजिरवाणा, सुकुमार, सौम्य, सुखद; कोवळालूस, लुसलुशीत; अल्पवयस्क, लहान, पोरसवदा; संवेदनक्षम *पाहा :* **अजाण** (विरु) **जरठ, निबर, पक्व**

[adj] raw, unripe; tender, delicate, soft; young, juvenile; sensitive *पाहा :* **अजाण** (विरु) **जरठ, निबर, पक्व**

कोवळीक (स्त्री) कोवळेपणा, मृदुता, नाजूकपणा, सौम्यपणा, मऊपणा, कोमलता, हळुवारपणा, हळवेपणा, संवेदनशीलता (-क्षमता), आस्था, मार्दव, माधुर्य; टवटवी, तारुण्य

(n) softness, tenderness, sensitivity, afinity, delicacy, freshness, youth

कोविद (वि) *पाहा :* **तज्ज्ञ**

कोश (पु) साठा, संग्रह, खजिना, जामदारखाना, कोशागार, तिजोरी, भांडार, निघंटू; शब्दसंग्रह, शब्दसमुच्चय, शब्दकोश, ज्ञानकोश, विश्वकोश, इ.; संदर्भग्रंथ; *पाहा :* **कोश, यादी, घर**

(n) store,depositary, repository, treasure, treasury, bank, safe, glossary, dictionary, vocabulary, thesaurus, lexicon, encyclopedia; *पाहा :* **कोश, यादी, घर**

कोशागार (न) *पाहा :* **कोश, खजिना**

कोशाध्यक्ष (कोषाध्यक्ष) (पु) खजिनदार, खजांची, कोषाधिकारी, जामदार

(n) treasurer, banker

कोष (पु) आवरण, अवगुंठन, कवच, पटल, वेष्टन; *पाहा :* **कोश, अवगुंठन**

(n) covering, casing, shell, sheath; *पाहा :* **कोश, अवगुंठन**

कोष्टक (न) तक्ता, सूची, सारणी, यादी, वेळापत्रक, पाढा उजळणे

(n) table, chart, tabulation, catalogue, index, list, schedule, multiplication table

कोष्टी (पु) विणकर, साळी; कोळी

(n) weaver, spider

कोष्ठ (न) *पाहा :* **कुष्ठ, उदर**

कोसला (पु) *पाहा :* **घरटे**

कोसळणे (क्रि) *पाहा :* **पडणे, अधोगती, आदळणे**

कोळणे (क्रि) *पाहा :* **कुसकरणे**

कोळपणी (स्त्री) *पाहा :* **शेती**

कोळपणे (क्रि) *पाहा :* **अग्नी**

कोळपे (न) *पाहा :* **औत**

कोळिष्टक (न) *पाहा :* **जळमट**

कोळी (पु) धीवर, मासेमार, मच्छीमार, सागरपुत्र

(n) fisherman, fisher, angler, trawlerman

कौटिल्य (न) *पाहा :* **कपट**

कौतुक (न) कवतीक, प्रशंसा, स्तुती; अभिनंदन, लाड, कोड, कोडकौतुक, चोज, पडप, मानमान्यता; समाधान, आनंद; अचंबा, आश्चर्य, विस्मय, कुतूहल,नवल, नवलाईची गोष्ट, अभिनंदनीय गोष्ट *पाहा :* (विरु) **निंदा, नालस्ती**

[वा] पाठीवर थाप, तोंड भरून कौतुक

(n) compliment, praise, congratulation, recognition, admiration, appreciation, wonder, marvel *पाहा :* (विरु) **निंदा, नालस्ती**

[i] pat on the back

कौतुकास्पद (वि) *पाहा :* **स्तुत्य**

कौमार्य (न) कुमारावस्था, कौमार्यावस्था, कौमारत्व, कुवारपण, अविवाहित दशा; ब्रह्मचर्य, पावित्र्य; *पाहा :* **बाल्य**

(n) virginity, maidenhood, celibacy, batchelorhood, spinsterhood, chastity; *पाहा :* **बाल्य**

कौमुदी (स्त्री) *पाहा :* **चांदणे**

कौल (पु) आश्वासन, वचन, अभय; संमत्ती, ईश्वरी संमती/ आज्ञा/ प्रसाद; शकुन, शुभशकुन; पायगुण; अपशकुन; भविष्यसूचक/शुभाशुभ चिन्ह; *पाहा :* **खूण, अपशकुन**

[वा] डोळा लवणे, मांजर आडवे जाणे, फूल डावीकडे/उजवीकडे पडणे

(n) assurance, agreement, (divine) mandate/verdict, qugury, harbinger, presage, portent, omen *पाहा :* **खूण, अपशकुन**

कौलार (न) *पाहा :* **छत**

कौशल (न), **कौशल्य** (न) *पाहा :* **कसब**

कौशल्यपूर्ण (वि) *पाहा :* **कसबी, कळाशीदार**

कौशल्यहीन (वि) *पाहा :* **ढोबळ, अजागळ, ओबडधोबड**

कौशी (पु) *पाहा :* **राग**

कौस्तुभ (पु) *पाहा :* **चौदा रत्ने**

क्रतू (पु) *पाहा :* **यज्ञ**

क्रंदन (न) *पाहा :* **आकांत**

क्रम (पु) *पाहा :* **अनुक्रम, रीत**

क्रमणे (क्रि) *पाहा :* **जाणे**

क्रमप्राप्त (वि) *पाहा :* **प्राप्त**

क्रमवारी (स्त्री) *पाहा :* **अनुक्रम**

क्रमाने (क्रिवि) *पाहा :* **अनुक्रमे**

क्रय-विक्रय (पु) *पाहा :* **अडत**

क्रांत (वि) *पाहा :* **कासावीस, ग्रस्त**

क्रांतदर्शी (वि) द्रष्टा, ज्ञानी, सर्वज्ञ, त्रिकालज्ञ, दीर्घदर्शी; *पाहा :* **ज्ञानी**

[adj] omniscient, all-knowing, all-seeing; *पाहा :* **ज्ञानी**

क्रांतिकारक (पु, वि) **क्रांतिकारी** (वि) *पाहा :* **बंडखोर, देशभक्त**

क्रांती (स्त्री) उलथापालथ, आमूलाग्र बदल, सत्ताबदल, राज्यक्रांती, बंड, उठाव, चळवळ, बंडाळी, दंगा; रक्तहीन/रक्तविहीन क्रांती, रक्तरंजित क्रांती, लष्करी क्रांती; धवलक्रांती, हरितक्रांती; प्रतिक्रांती; *पाहा :* **बदल, प्रगती**

[वा] सत्ता बळकावणे, सरकार उलथणे

(n) revolution, revolt, mutiny, upheaval, uprising, coup d'etat, overthrow, insurrection, rebellion; transformation; *पाहा :* **बदल, प्रगती**

क्रियमाण (न) *पाहा :* **कर्म**

क्रिया (स्त्री) *पाहा :* **कर्म, प्रक्रिया**

क्रियाकर्म (न) *पाहा :* **अंत्येष्टी**

क्रियाशील (वि) कृतिशील, कार्यप्रवण, कर्तव्यतत्पर, कर्तव्यदक्ष, क्रियावान, सक्रिय, कार्यक्षम, चलाख, कामसू, व्यग्र, मेहनती, प्रयत्नशील, उद्योगी, कार्यरत, कार्यमग्न, कार्यव्यापृत

[adj] active, busy, bustling, working, industrious, assiduous, dynamic

क्रीडा (स्त्री) खेळ, कसरत, व्यायाम; मनोरंजन, बैठा खेळ, मैदानी खेळ; करमणूक, मनोविनोदन, चित्तविनोदन, विरंगुळा, विक्रीडित; मौज, मजा, गंमत, विलास, अटकमटक, विहार, केली, लीला, रास, रासक्रीडा, रासलीला; स्पर्धा, सामना, डाव, बाजी; भातुकला, बालक्रीडा, जलक्रीडा, जलविहार; कामक्रीडा, रतिक्रीडा; *पाहा :* **खेळाडू, करमणूक**

(n) sport, athletics, game, play, pastime, recreation, relaxation, diversion, frolic, banter, merriment; contest, match; indoor/outdoor game; *पाहा :* **खेळाडू, करमणूक**

क्रीडांगण (न) *पाहा :* **अंगण,**

क्रीडासंकुल

क्रीडानौका (स्त्री) *पाहा :* **नौका**

क्रीडापटू (पु) *पाहा :* **खेळाडू**

क्रीडासंकुल (न) क्रीडांगण, व्यायामशाळा, तालीमखाना, तालीम, आखाडा, हौदा, क्रीडाभूमी, इ.

(n) gymnasium, stadium, playground, arena

क्रुद्ध (वि) *पाहा :* **संतप्त**

क्रूर (वि) अदय, अकरुण, अघोरी, अमानुष, हृदयशून्य, पाषाणहृदयी, उलट्या/उफराट्या काळजाचा, कठोर, निर्दय, दयाशून्य, दयाहीन, दुष्ट, निष्ठुर, निर्घृण, कृपाहीन, जुलमी, निर्दयी, भयंकर, भेसूर, उग्र, भीतिदायक, घातक, दारुण, पाशवी, पशुतुल्य, राक्षसी, सैतानी, नृशंस, अधम, खुनी, रानटी, रक्तपिपासू, हैवान, कर्दनकाळ, क्रूरात्मा, कूरक्रर्मा, कर्मचांडाळ, हिंसक, हिंस्र, नरभक्षक *पाहा :* **नराधम, क्रौर्य** (विरु) **दयावंत**

[adj] cruel, ruthless, merciless, heartless, pitiless, atrocious, monstrous, inhuman, diabolical, barbarous, savage, bloodthirsty, violent, tyrannical, ferocious *पाहा :* **नराधम, क्रौर्य** (विरु) **दयावंत**

[i] trigger - happy

क्रूरकर्मा (पु) *पाहा :* **कर्दनकाळ, क्रूर, कसाई**

क्रोडो (वि) *पाहा :* **अनेक**

क्रोडोपती (वि) *पाहा :* **श्रीमंत**

क्रोध (पु), **क्रोधाग्नी** (पु) *पाहा :* **संताप, अग्नी**

क्रोधायमान (वि) **क्रोधाविष्ट** (वि) *पाहा :* **संतप्त**

क्रोधिष्ट (वि) *पाहा :* **संतापी**

क्रौर्य (न) निर्दयपणा, दुष्टपणा, हृदयशून्यता, हिंसा, हिंसाचार, कसाबाची करणी; *पाहा :* **क्रूर, जबरदस्ती, अत्याचार** (विरु) **अहिंसा**

(n) cruelty, atrocity, ferocity, violence, brute force; *पाहा :* **क्रूर, जबरदस्ती, अत्याचार** (विरु) **अहिंसा**

क्लांत (वि) थकलेला; *पाहा :* **थकणे, खिन्न**

[adj] exhausted; *पाहा :* **थकणे, खिन्न**

क्लिन्न (वि) *पाहा :* **आर्द्र**

क्लिष्ट (वि) *पाहा :* **किचकट**

क्लीब (वि) *पाहा :* **नपुंसक**

क्लेश (पु) *पाहा :* **कष्ट, दुःख, त्रास**

क्लेशकारक (-री) (वि) *पाहा :* **त्रासदायक**

क्लैब्य (न) नपुंसकत्व; *पाहा :* **नपुंसक**

(n) impotence; *पाहा :* **नपुंसक**

क्वचित (क्रिवि) कधीमधी, कधीकधी, अधूनमधून, प्रसंगोपात्त, सटीसामाशी

[वा] जन्माचे कर्मी

[adv] sometimes, occasionally
[i] once in a blue moon, in a month of sundays

ख

ख (न) *पाहा :* **आकाश**
खंक (वि) *पाहा :* **अकिंचन**
खकाणा (पु) *पाहा :* **माती, गंध**
खग (पु) *पाहा :* **पक्षी**
खंगणे (क्रि) कृश/ बारीक/ रोड होणे, वाळणे, अशक्त/दुबळा होणे, हाडे निघणे, झिजणे, क्षीण होणे, धुपणे
(v) be emaciated/debilitated, weaken, decline, languish
खंगाळणे (क्रि) *पाहा :* **धुणे**
खगोल (पु) *पाहा :* **अंतराळ**
खगोलविद्या (स्त्री) *पाहा :* **ज्योतिष**
खगोलशास्त्र (न) *पाहा :* **शास्त्र**
खग्रास (वि) *पाहा :* **ग्रहण, पूर्ण**
खच (पु) *पाहा :* **समुदाय**
खचणे (क्रि) *पाहा :* **अधोगती, खिन्न**
खचित (क्रिवि) निश्चितपणे (*पाहा :* **निश्चित),** नि:संशय, निखालस, निभ्रांत, अवश्य, अवश्यमेव, हटकून, जरूर, खात्रीने, अलबत्, खात्रीपूर्वक, शपथपूर्वक, छातीठोक, खास, हमखास, खरोखर, न चुकता, नक्कीच, झकत
[adv] surely, to be sure, without doubt, of course, certainly, truly
खच्च (क्रिवि), **खच्चून** (क्रिवि) *पाहा :* **दाटीने**
खच्ची करणे (क्रि) *पाहा :* **कमी, विभाजन, नाश**
खजिनदार (पु) *पाहा :* **कोशाध्यक्ष**
खजिना (पु) द्रव्यसंग्रह, द्रव्यनिधी, ठेवा, गंगाजळी, निधान, निधी, नाणेनिधी, तिजोरी, पेटी, कोशागार, जामदारखाना, भांडार, खाण, आगर, संग्रह, संचय, साठा, कोष, डबोले, डल्ला, गाठोडे, गुप्तधन, संचितधन, शिल्लक, *पाहा :* **अर्थ, संग्रह**
(n) treasure, treasury, treasuretrove, reserve, reserve fund, safe, store, mine; *पाहा :* **अर्थ, संग्रह**
खंजिरी (स्त्री) *पाहा :* **चर्मवाद्य**
खंजीर (पु) *पाहा :* **चाकू**
खजील (वि) लज्जित, शरमिंधा, ओशाळा, ओशाळगत, अधोमुख, गोरामोरा, चूर, अवमानित, फजीत, कानकोंडा, कुंठित, दिलगीर
[वा] मेल्याहून मेला होणे, पाण्यात पडल्यासारखे होणे, मान खाली घालणे, नांगी पडणे, चर्या पालटणे, पांढरा पडणे, पांढराफटक होणे, फिकुटणे, चुरमुरे खात बसणे
[adj] ashamed, mortified, abashed, embarassed, humiliated
[i] lose face, redden, eat dirt, hang one's head
खट (वि) द्वाड, दुष्ट, उपद्रवी,

खटनट, अनाचारी, खोडसाळ, अडेलतट्टू, खाडू *पाहा :* **अडमुठा**
[adj] wicked, mischievous, vicious, vile *पाहा :* **अडमुठा**
खटकणे (क्रि) टोचणे, बोचणे, झोंबणे, (मनाला) लागणे, जिव्हारी/ मर्मी लागणे, डिवचला जाणे *पाहा :* **टोमणा, झोंबरा**
[वा] नाकाला मिरच्या झोंबणे
(v) sting; cut, vex, offend, pique *पाहा :* **टोमणा, झोंबरा**
खट्कन (क्रिवि) *पाहा :* **आवाजासह**
खटका (पु) *पाहा :* **अडकण, भांडण**
खटखटीत (वि) *पाहा :* **कोरडा**
खटनट (वि) *पाहा :* **खट्याळ, खट**
खटपट (स्त्री) आटापिटा, आटाआट, उटारेट, लावतोड, दगदग, खवदव, धावपळ, धडपड, नाचानाच, यातायात, कुंथाकुंथी, खटाटोप, उपद्व्याप, धडपडाट, जीवनकलह, कष्ट, कुटाणा, मेहनत, परिश्रम, प्रयत्न, साक्षेप
[क्रि] जंगजंग पछाडणे, आकाश-पाताळ एक करणे
[वा] घटपटादी खटपट करणे, खटाटोपो भयंकर: द्राविडी प्राणायाम
(n) toil, trouble, bother, effort, exertion
खटला (पु) *पाहा :* **कज्जा, फिर्याद**
खटले (न) *पाहा :* **कबिला, चंबूगवाळे, प्रस्थ**
खटाटोप (पु) *पाहा :* **खटपट, अवडंबर**
खटारा (पु) *पाहा :* **वाहन**
खट्टा (वि) *पाहा :* **आंबट**
खट्टू (वि) *पाहा :* **असंतुष्ट**
खट्याळ (वि) अवखळ, खोडकर, चेष्टेखोर, थट्टेखोर, व्रात्य, द्वाड, चावट, वात्रट, अर्वाच्य, आचरट, अगोचर, नटखट, हूड, खटनट, दुष्ट, अभंड, उपद्रवी, उपद्व्यापी, खोड्याळ, उत्पाती, वांड
[adj] naughty, mischievous, skittish, wicked, riotous, unruly, prankster
[i] monkey business
खंड (पु) *पाहा :* **अटकाव, अंतर, अवकाश, अवधी, अध्याय, अंश, तुकडा, कर**
खडक (पु) *पाहा :* **दगड**
खंडकरी (पु) *पाहा :* **उपभोक्ता, शेतकरी**
खडकाळ (वि) *पाहा :* **असमान, डोंगराळ**
खडखड (क्रिवि) *पाहा :* **आवाज**
खडखडाट (पु) *पाहा :* **अभाव, आवाज**
खडखडीत (वि) *पाहा :* **कोरडा, असंदिग्ध**
खंडग्रास (वि) *पाहा :* **ग्रहण, कमी**
खंडणी (स्त्री) *पाहा :* **कर, दंडणे**
खंडणे (क्रि) *पाहा :* **विभाजन**
खडतर (वि) *पाहा :* **अवघड, त्रासदायक**
खंडन करणे (क्रि) खोडून काढणे, निरसन करणे, मोडून काढणे, कुंठित करणे, शब्दखंडन करणे, निरुत्तर/

गप्प करणे, नाकारणे, नाशाबीत करणे, पाडाव करणे, उलथून टाकणे, धुडकावून लावणे, उलटेपालटे करणे, असिद्ध करणे, तोडणे, तुकडेतुकडे/खंडविखंड करणे, टरकावणे, चिरफाड करणे; *पाहा :* **वाद, झिडकारणे** (विरु) **समर्थन**

(v) confute, rebut, refute, counter, disprove, tear down, squash, overthrow, defeat, destroy; *पाहा :* **वाद, झिडकारणे** (विरु) **समर्थन**

खंडनमंडन (न) *पाहा :* **वाद**

खडपा (पु) *पाहा :* **कडा, दगड**

खडबडाट (पु) *पाहा :* **आवाज**

खडबडीत (वि) *पाहा :* **असमान**

खडबडून (क्रिवि) *पाहा :* **अविलंब**

खंडमेरू (पु) *पाहा :* **समुदाय**

खडवण (न) *पाहा :* **दगड**

खंडविखंड (वि) *पाहा :* **भग्न**

खंडवृष्टी (स्त्री) *पाहा :* **पाऊस**

खडसणे (क्रि) *पाहा :* **खडसावणे**

खडसावणे (क्रि) खडसणे, खडकावणे, खणकावणे, खमकावणे, खरड/खरडपट्टी काढणे, खडसावून बोलणे, चमकावणे, दाटणे, कडकावणे, सुनावणे, हजेरी घेणे, समाचार घेणे, समज देणे, फिरकी घेणे, कानउघाडणी करणे, कान उपटणे, कानपिचक्या देणे, कान धरणे, कान टोचणे, कान पिळणे, तंबी देणे, ताकीद देणे, चापणे, झाडणे, तासणे, तासडंपट्टी/भादरपट्टी/ हजामत/ बोडंती /षष्ठी करणे, ताणणे, तंतरणे, चपराक देणे, उभा धरणे, फटके मारणे, चाबूक लगावणे, कडाडणे, गळेफोड करणे, वाक्ताडन/शब्दताडन करणे, शब्दप्रहार करणे, टाकून बोलणे, आडवातिडवा घेणे, निर्भर्त्सना करणे, धिक्कार करणे, तोंड टाकणे, तोंडसुख घेणे, डाफरणे, झापणे, भोसडणे, भोसडंपट्टी करणे, बोडणे, धमकावणे, दरडावणे, ठणकावणे, तडकावणे, दणकावणे, फटकारणे, फैलावर घेणे, धारेवर धरणे; *पाहा :* **ताकीद**

[वा] सोनाराने कान टोचणे, तोफ डागणे, शब्दांचा मार देणे, हजामत/चंपी करणे, पूजा करणे, गंधफूल करणे, पाद्यपूजा करणे, शालजोडीतले देणे, सज्जड दम भरणे, जमालगोटा देणे, खेटराने पूजा करणे

(v) remonstrate, scold, reprove, rebuke, censure, expostulate, admonish, castigate, reproach, chide, upbraid, warn, rap, slap; *पाहा :* **ताकीद**

(i) give a piece of one's mind, dress down, skin alive, pull to pieces, lecture, slate

खडळ (न) *पाहा :* **दगड**

खडा (पु) *पाहा :* **दगड, ढेप, रत्न**

खडा (वि) *पाहा :* **उभा**

खडाजंगी (स्त्री) *पाहा :* **भांडण**

खडावा (स्त्री, अव) *पाहा :* **पादत्राण**

खडाष्टक (न) *पाहा :* **भांडण, वैर**

खंडित (वि) अडलेला, थांबलेला, थबकलेला, स्थगित, तहकूब, रहित, कुंठित, अनियमित, बंद; भग्न, भंगलेला, तुटलेला, तुटक,फुटक, फुटका, विभक्त *पाहा :* (विरु) **अखंड, अस्खलित**

[adj] interrupted, suspended, adjourned, prorogued, ceased, stopped, broken *पाहा :* (विरु) **अखंड, अस्खलित**

खंडितमनोरथ (वि) *पाहा :* **निराश**

खंडिता (स्त्री) *पाहा :* **अष्टनायिका**

खडी (स्त्री) *पाहा :* **दगड**

खडीकाम (न) *पाहा :* **नक्षी**

खडी ताजीम (स्त्री) *पाहा :* **आदर**

खडुळ (वि) *पाहा :* **गढूळ, लाल**

खडेफोड (स्त्री) *पाहा :* **कष्ट**

खड्ग (न) शस्त्र, आयुध, हत्यार, तलवार (तरवार), खांडे, असिलता, खड्गलता, समशेर, नंगी/नागवी तलवार, तेगा, निमचा, गुप्ती, कट्यार, कृपाण; *पाहा :* **चाकू, आयुध**

(n) weapon, sword, cutlass, blade, dagger, sabre, rapier; *पाहा :* **चाकू, आयुध**

खड्डा (पु) खाच, खाचण, खळगा, खाचखळगा, खंदक, खाई, खळगी, खबदाड, खबदाडी, चर, चरी, नाली, खाण, विवर, दरी, गर्ता, खोरे, पोकळी, खपाटी, खपाट, डबरा, खातेरे, बळद, खोबण, खाचर, आळे, पाळे, चाकोरी, कोनाडा, खळी, ठोका, पोचा, खोक

(n) pit, hole, hollow, dimple, dent, ditch, pothole, depression, rut, trench, mine, quarry, crater, abyss, chasm, valley

खण (पु) *पाहा :* **भाग**

खणकावणे (क्रि) *पाहा :* **खडसावणे**

खणखण (क्रिवि) *पाहा :* **आवाजासह**

खणखणाट (पु) *पाहा :* **आवाज**

खणखणीत (वि) *पाहा :* **टणटणीत, प्रामाणिक**

खणणे (क्रि) *पाहा :* **खोदणे**

खणाखणी (स्त्री) *पाहा :* **भांडण**

खत (न) सेंद्रिय/रासायनिक/मिश्र/ जिवाणू खत, शेणखत, सोनखत

(n) manure, orgnic/chemical, fertilizer, compost, dung

खंत (स्त्री) खंती, दुःख, खेद, हुरहुर, झुरणी, चिंता, रुखरुख, खुणखुण, चुटपुट, हळहळ, अस्वस्थता, अशांती, टोचणी, चटका, अनुताप, पश्चात्ताप, लाज, चीड

[वा] जिवाला खाणे, जीव थोडा थोडा होणे

(n) regret, remorse, compunction, shame, agony

खतपाणी (न) *पाहा :* **मदत**

खतम (वि) *पाहा :* **समाप्त**

खतरनाक (वि) *पाहा :* **भीतिदायक, धोकादायक**

खंतावणे (क्रि) *पाहा :* **झुरणे, दुःखी, चिंताकूल**

खंती (स्त्री) *पाहा :* **खंत**
खत्रूड (वि) *पाहा :* **दुष्ट**
खंदक (पु) *पाहा :* **खड्डा**
खदखदणे (क्रि) *पाहा :* **शिजणे, खल, कुढणे**
खदखदा (क्रिवि) *पाहा :* **हसणे**
खंदा (वि) *पाहा :* **पक्का**
खदिरांगार (पु) *पाहा :* **अग्नी**
खद्योत (पु) काजवा
(n) firefly
खनन (न) *पाहा :* **खोदणे**
खनपटीला बसणे (क्रि) *पाहा :* **तगादा**
खप (पु) विक्री, व्यय, खर्च
(n) sale, expense, out goings
खपणे (क्रि) खप होणे (पाहा **खप**), *पाहा :* **कष्टणे**
(v) be sold (*पाहा :* **खप**); *पाहा :* **कष्टणे**
खपली (स्त्री) *पाहा :* **थर**
खपाट (न), **खपाटी** (स्त्री) *पाहा :* **उदर, खड्डा**
खपुष्प (न) *पाहा :* **अशक्य, फूल**
खप्पड (वि) *पाहा :* **कृश**
खप्पा (वि) *पाहा :* **असंतुष्ट, अवकृपा**
खबदाड (न), **खबदाडी** (स्त्री) *पाहा :* **खड्डा, विवर**
खबर (स्त्री) *पाहा :* **बातमी**
खबरदार (वि) *पाहा :* **दक्ष**
खबरदारी (स्त्री) *पाहा :* **दक्षता, कसोशी**
खबरबात (स्त्री) *पाहा :* **बातमी**
खबऱ्या (पु) *पाहा :* **अनुचर, हेर, बातमीदार**

खंबीर (वि) ठाम, स्थिर, अचल, दृढ, धिमा, धीर, करारी, निग्रही, जिद्दी, आग्रही, कट्टर, दृढनिश्चयी, दुर्दम्य, कणखर, भक्कम, बळकट, मजबूत, पक्का, खमक्या; *पाहा :* **इच्छाशक्ती, जिद्द**
[adj] steadfast, immovable, solid, determined, resolute, staunch, single-minded, unflinching, secure, firm; *पाहा :* **इच्छाशक्ती, जिद्द**
[i] self-willed
खबुतर (न) *पाहा :* **कवडा**
खमकावणे (क्रि) *पाहा :* **खडसावणे**
खमक्या (वि) जोरदार, ताकदवान, उत्साही, तल्लख, पाणीदार, हुशार, कार्यक्षम, कर्तबगार, तोडीस तोड, पुरेपूर, वस्ताद; *पाहा :* **खंबीर**
[वा] बोळ्याने दूध न पिणे
[adj] forceful, strong, powerful, potent, capable, adequate, energetic; *पाहा :* **खंबीर**
[i] not born yesterday
खमखमीत (वि), **खमंग** (वि) चमचमीत, झणझणीत, दमदमीत, घमघमीत, चटकदार, लज्जतदार, मसालेदार, चवदार, खुमासदार, चविष्ट, मिष्ट, रुचकर, रुचिकर, रुच्य, स्वादिष्ट, खरपूस; वस्ताद, धूर्त, शेराला सव्वाशेर, पक्का, पटाईत *पाहा :* (विरु) **बेचव**
[वा] जिभेला पाणी सुटणे, तोंड/ जीभ शेसावणे

[adj] savoury, piquant, spicy, tangy, hot, gingery, peppery, pungent, tasty, appetising, mouth watering, delectable delicious; cunning, canny, shrewd *पाहा :* (विरु) **बेचव**

खमाज (पु) *पाहा :* **राग**

खमीस (पु) *पाहा :* **कुडता**

खर (पु) *पाहा :* **गाढव**

खरखरमुंडा (वि) *पाहा :* **अकिंचन, हट्टी**

खरखरीत (वि) *पाहा :* **असमान, चरचरीत**

खरडणे (क्रि) चिरखडणे, चिडबिडणे, चिताडणे, किजबिडणे, गिचमिड लिहिणे, फरकटणे, भरकटणे; *पाहा :* **लिहिणे**

(v) scribble, scrawl, scratch, write hastily; *पाहा :* **लिहिणे**

खरडपट्टी (स्त्री) *पाहा :* **खडसावणे**

खरपूस (वि) खमंग, कडक, कठोर, खरमरीत, चरचरीत, झणझणीत, बोचक, खोचक, औपरोधिक, भेदक, तीक्ष्ण, लागट, मर्मभेदक, मर्मस्पर्शी, वर्मस्पर्शी, वर्मी, जहाल, जलाल, जळजळीत, तिखट, प्रखर, खडखडीत, सडेतोड, धारदार, तडफदार, निर्भीड

[adj] piquant, pungent, poignant, sharp, penetrating, severe, keen

खरबुजी (वि) *पाहा :* **ओबडधोबड**

खरमरीत (वि) *पाहा :* **खरपूस, चरचरीत**

खरवडणे (क्रि) *पाहा :* **छिलणे**

खरा (वि) सत्य, साच, ऋत, वास्तव, वास्तवदर्शी, वास्तविक; वस्तुनिष्ठ, वस्तुस्थितीस धरून, यथार्थ, प्रत्यक्ष, अस्सल, मूळ, शुद्ध, निर्भेळ, अकृत्रिम, खराखुरा, खास, सच्चा, अट्टल, निका, विश्वासू, प्रामाणिक, इमानदार, निष्कपट, मनापासूनचा, पोटातून, प्रांजळ; *पाहा :* **सत्य** (वि), (विरु) **खोटा**

[वा] खऱ्याला मरण नाही, खराखोटा करणे

[adj] true, real, actual, truthful, accurate, factual, realistic, genuine, veracious, sterling, hontest, faithful, bona fide, authentic; *पाहा :* **सत्य** (वि), (विरु) **खोटा**

खराटा (पु) *पाहा :* **झाडणी, अभाव**

खराडी (स्त्री) *पाहा :* **गोल** (पु)

खराब (वि) अस्वच्छ, मलिन, वाईट, भिकार, निकृष्ट, अनिष्ट, अपायकारक, विकृत, बिघडलेला, चिघळलेला, दोषपूर्ण (-युक्त)

[adj] dirty, soiled, squalid, rotten, bad, mean, base, harmful, malignant, spoiled, faulty

खराबी (स्त्री) *पाहा :* **नुकसान, खेळखंडोबा**

खरारा (पु) *पाहा :* **घासणे, स्नान**

खरीप (वि) *पाहा :* **ऋतू, पीक**

खरेदी करणे (क्रि) *पाहा :* **मिळवणे**

खरेदीदार (पु) *पाहा :* **उपभोक्ता**
खरेदी-विक्री (स्त्री) *पाहा :* **अडत**
खरोखर (क्रिवि) *पाहा :* **निःसंशय, मनःपूर्वक**
खरोष्ण (वि) *पाहा :* **उष्ण**
खर्च (पु) व्यय, वेच, खर्चवेच, धनव्यय, विनियोग, खर्ची, पदरमोड; किंमत, मोल, हशील, टपालहशील, रकम, लागत, जावक; सद्व्यय; अपव्यय, हातखर्च, वरखर्च, वरकड खर्च, घरखर्च, वाटखर्च, प्रवासखर्च, भाडेखर्च, भांडवली खर्च, बुडीत खर्च, इ.; भुर्दंड *पाहा :* **उधळपट्टी, जमाखर्च, अर्थ** (विरु) **आवक**
[क्रि] खर्चणे, वेचणे, खर्ची पडणे
[वा] हात सैल सोडणे, नावे टाकणे, खिसा रिकामा करणे, खिसा कापणे, हपापाचा माल गपापा, वाहिली ती गंगा राहिले ते तीर्थ
(n) expenditure, expenses, spending, cost, overhead, payment, outlay, outgo, disbursement, pocket expenses, capital expenditure; *पाहा :* **उधळपट्टी, जमाखर्च, अर्थ** (विरु) **आवक**
[i] foot the bill, pay through the nose
खर्चणे (क्रि) *पाहा :* **खर्च**
खर्चवेच (पु) *पाहा :* **खर्च**
खर्चीक (वि) उधळ्या, उधळखोर, उधळपट्टी करणारा, दिवाळखोर; महाग, महागडा, भारी, किंमतवान, किमती, मौल्यवान *पाहा :* (विरु) **कंजूष**
[वा] पांढरा हत्ती; खर्चणाऱ्याचे खर्चते आणि कोठावळ्याचे पोट दुखते
[adj]wasteful, costly, expensive, overpriced; *पाहा :* (विरु) **कंजूष**
(n) spendthrift, prodigal, profligate
[i] white elephant
खर्ची (स्त्री) *पाहा :* **खर्च**
खर्ज (पु) *पाहा :* **स्वर**
खर्डा (पु) *पाहा :* **आराखडा**
खर्डेघाशी (स्त्री) *पाहा :* **चाकरी, लिहिणे, कष्ट**
खर्व (न) *पाहा :* **दशांशस्थाने**
खल (वि) *पाहा :* **दुष्ट, अधम**
खल (पु) चर्चा, वाटाघाट, विचार-विनिमय, खलबत, सल्लामसलत, ऊहापोह, घासेघीस, काथ्याकूट, विवेचन, वादविवाद, घाटाघाट, घोटणी, घोळ, भवति न भवति
[वा] लोळणे, घोळणे, खदखदणे
(n) deliberation, debate, discussion, dialouge, exchange of views
खलणे (क्रि) घाटणे, घोटणे, घोळणे, मर्दणे, कुटणे
(v) grind, pound, beat
खलनायक (पु) *पाहा :* **अभिनेता**
खलपुरुष (पु) *पाहा :* **नराधम**
खलबत (न) गुप्त मसलत/बोलणी, चर्चा, संभाषण, एकांत, कट, कारस्थान, बेत, डाव; *पाहा :* **खल**

(n) secret conference/ discussion, deliberation, conspiracy, plot; *पाहा :* **खल**

खलाटी (स्त्री) *पाहा :* **जमीन**

खलाशी (पु) *पाहा :* **नाविक**

खलास (वि) *पाहा :* **समाप्त**

खलिता (पु) *पाहा :* **पत्रव्यवहार**

खलिफा (पु) *पाहा :* **आचार्य**

खल्लक (वि) *पाहा :* **अकिंचन, कृश**

खल्वाट (वि) टक्कलवंत, केशहीन

[adj] bald, hairless, thin on top

खवखव (स्त्री) खाज, कंडू, खुमखुमी, सुरसुरी, उतावीळ, इच्छा, वासना, लोभ, हाव

[वा] खाई त्याला खवखवे

(n) itch, urge, desire, craving, yearing, impatience

खवचट (वि), **खवट** (वि) *पाहा :* **कुचकट**

खवणे (क्रि) *पाहा :* **छिलणे**

खवदव (स्त्री) *पाहा :* **दगदग**

खवय्या (वि) खवैया, चोखंदळपणे/ चवीने खाणारा, खाण्यातला दर्दी/ पारखी/ शौकीन, खादाड *पाहा :* **खाणे**

[adj] gourmet, gourmand, glutton *पाहा :* **खाणे**

खवलणे (क्रि) *पाहा :* **छिलणे**

खवला (पु) *पाहा :* **त्वचा**

खवळणे (क्रि) अशांत/ प्रक्षुब्ध/ उत्तेजित होणे, उसळणे, चेवणे, चवताळणे, बिथरणे; *पाहा :* **संतापणे**

[वा] रान उठणे, समुद्र खवळणे

(v) be agitated/violent/stormy, rage, seethe, roar; *पाहा :* **संतापणे**

खवीस (पु) *पाहा :* **पिशाच, नराधम**

खवैया (वि) *पाहा :* **खवय्या**

खसखस (स्त्री) *पाहा :* **हसणे**

खस्ता खाणे (क्रि) *पाहा :* **कष्टणे**

खळ (स्त्री) *पाहा :* **गोंद**

खळ (पु) *पाहा :* **अटकाव**

खळ (वि) *पाहा :* **दुष्ट, अधम**

खळखळ करणे (क्रि) आढेवेढे घेणे, कांकूं करणे, मागेपुढे पाहणे, टाळाटाळ करणे, अळंटळं करणे, घासाघीस करणे, नाखुशी/अनिच्छा

(v) avoid, evade, shirk, higgle

खळखळ (स्त्री), **खळखळाट** (पु) *पाहा :* **आवाज**

खळगा (पु), **खळगी** (स्त्री) *पाहा :* **खड्डा**

खळणे (क्रि) *पाहा :* **थांबणे**

खळबळ (स्त्री) *पाहा :* **अशांतता, अगाजा, गोंधळ**

खळबळजनक (वि) *पाहा :* **प्रक्षोभक**

खळबळणे (क्रि) *पाहा :* **धुणे, अशांत**

खळमळ (पु) *पाहा :* **कचरा, घाण**

खळाळ (पु) *पाहा :* **प्रवाह, आवाज**

खळी (स्त्री) *पाहा :* **खड्डा, घडी**

खळे (न) *पाहा :* **शेत, गोल**

खाई (स्त्री) *पाहा :* **खड्डा**

खाऊ (पु) *पाहा :* **अन्न**

खाक (वि) *पाहा :* **नष्ट, अग्नी**

खाक (स्त्री), **खाकोटी** (स्त्री) *पाहा :* **हात**

खाक्या (पु) *पाहा :* **रीत**

खा खा (स्त्री) *पाहा :* **अधाशी**
खाखावणे (क्रि) *पाहा :* **हाव**
खाच (स्त्री), **खाचखळगा** (पु) *पाहा :* **खड्डा, खिंडार**
खाचण (स्त्री) *पाहा :* **खड्डा, खिंडार**
खाचर (न) *पाहा :* **खड्डा, शेत**
खाचाखोचा (स्त्री, अव) *पाहा :* **खुबी**
खाज (स्त्री) *पाहा :* **कंडू**
खाजगी (वि) खासगी, खासगत, खाजगत, व्यक्तिगत, वैयक्तिक, खुद्द; स्वत:चा, स्वीय, जातीचा, घरगुती; गुप्त *पाहा :* **अनौपचारिक**
[adj] private, individual, personal, own, confidential, secret, concealed *पाहा :* **अनौपचारिक**
खाजे (न) *पाहा :* **अन्न**
खाट (स्त्री) *पाहा :* **पलंग**
खाट (पु) *पाहा :* **गंध**
खाटीक (पु) *पाहा :* **कसाई**
खांड (न) *पाहा :* **तुकडा**
खांडगे (क्रि) *पाहा :* **विभाजन**
खाडा (पु) *पाहा :* **अनुपस्थिती**
खाडी (स्त्री) *पाहा :* **समुद्र**
खाडू (वि) *पाहा :* **खट, दुष्ट**
खांडे (न) *पाहा :* **खड्ग**
खांडोळे (न) *पाहा :* **तुकडा**
खाण (स्त्री) उत्पत्तिस्थान, आगर, खजिना, ठेवा, कोठार, भांडार; *पाहा :* **खड्डा, उगम**
(n) mine, source, origin, store, reserve; *पाहा :* **खड्डा, उगम** a gold mine

खाणखूण (स्त्री) *पाहा :* **खूण, चाहूल**
खाणावळ (स्त्री) *पाहा :* **भोजनगृह**
खाणे (क्रि) भक्षणे, भक्षण करणे, अन्नसेवन/अन्नप्राशन करणे, गिळणे, ग्रासणे, ग्रास करणे, गट्ट/ गट्टम् करणे, गिळंकृत करणे, स्वाहा करणे, जेवणे, जेवण/ भोजन/ फराळ/ न्याहरी करणे, आहार/ उपाहार घेणे, सेवणे, सेवन करणे, प्राशणे, प्राशन करणे, पोटात घालणे, गटकावणे, मटकावणे, हाणणे, हादडणे, दडपणे, रिचवणे, खादाडणे, ताव मारणे, पुख्खा झोडणे, चापणे, चेपणे, चट्टामट्टा करणे, भरपेट खाणे, आकंठ भोजन करणे, फस्त करणे, फन्ना उडवणे, मेजवानी झोडणे, तोंडात टाकणे, घास करणे, तोबरा भरणे, चावणे, चघळणे, रवंथ करणे; बकाबका/मटामटा खाणे, बोकलणे, मिटक्या मारणे, भुरकणे, चाटूनपुसून खाणे, ओरपणे, मटकणे, फक्क्या मारणे, चटणी करणे, चरणे, टिपणे, मिताहार/फलाहार घेणे, चौरस आहार घेणे, तोंड गोड करणे, तोंड उष्टे करणे, चव घेणे, चाखणे, चाटणे, तोंडी लावणे, क्षुधाशांती करणे, भूक भागवणे, खाणेपिणे करणे, खानपान घेणे, खा खा करणे, वनभोजन/ आवळीभोजन करणे; *पाहा :* **अन्न, चव, पिणे, अधाशी, खवय्या, भक्षक**
[वा] तुकडे तोडणे, कुरतडणे, चार घास खाणे, पोटाला देणे, पोटात ढकलणे, पोटपूजा करणे, बाराची

वेळ भागवणे, हात मारणे, चटणी करणे, चेपणे, रेटणे, तोंडपालट करणे, तोंड चालवणे, जिभेचे चोचले करणे, हातातोंडाची गाठ पडणे, गळ्याखाली/ घशाखाली उतरवणे, घशात घालणे, समाचार घेणे, अपथ्य/ कुपथ्य करणे, पोट तडीस लागेपर्यंत खाणे, आचरट खाणे मसणात जाणे, आधी पोटोबा मग विठोबा, शेळीसारखे चरणे, अगंतपगंत करणे, उपवास सोडणे

(v) eat, devour, consume,ingest, gobble, gulp, swallow, lunch, dine, feast upon, munch, nibble, taste, feed, chew, gnaw, peck, masticate, overeate, gormandize, graze, ruminate *पाहा :* **अन्न, चव, पिणे, अधाशी, खवय्या, भक्षक**

(i) break bread, have a bite, tuck in, make a pig of oneself, a square meal

खाणेपिणे (न) *पाहा :* **अन्न**

खातरजमा (स्त्री) *पाहा :* **खात्री**

खातिर (स्त्री) *पाहा :* **अगत्य** (न)

खाते (न) *पाहा :* **कचेरी, भाग**

खातेरे (न) *पाहा :* **कचरा, खड्डा**

खात्री (स्त्री) खातरी, खातरजमा, खातरनिशा, संशयनिवृत्ती, निश्चिती, विश्वास, भरवसा, खूणगाठ, निर्वाळा, दिलासा, निर्धास्तपणा, समाधान, आत्मविश्वास, निश्चय, शाश्वती, हमी, प्रतिहमी, हवाला, ग्वाही, वचन, अभिवचन, आश्वासन, शब्द, प्रमाण, प्रतिज्ञा; *पाहा :* **अनामत** (विरु) **शंका**

[वा] हुकमाचे पान, हुकमाचा एक्का, शंभर टक्के खात्री, छातीला हात लावून सांगणे, हलवून खुंटा बळकट करणे

(n) certainty,certitude, sureness, conviction, confidence, satisfaction, guarantee, assurance, promise, word, pledge, counter-guarantee; *पाहा :* **अनामत** (विरु) **शंका**

[i] know like the back of one's hand, make no bones about

खात्रीने (क्रिवि) *पाहा :* **खचित**

खात्रीलायक (वि) *पाहा :* **प्रामाणिक**

खांदा (पु) *पाहा :* **हात**

खादाड (वि) *पाहा :* **अधाशी, खवय्या**

खांदी (स्त्री) *पाहा :* **शाखा**

खांदेपालट (पु) *पाहा :* **बदल**

खाद्य (न) **खाद्यपदार्थ** (पु) **खाद्यपेय** (न), **खाद्यान्न** (न) *पाहा :* **अन्न, आमिष**

खानदानी (वि) *पाहा :* **कुलीन, अभिजात**

खानपान (न) *पाहा :* **खाणे**

खानसामा (पु) *पाहा :* **आचारी**

खाना (पु) *पाहा :* **अन्न, खाणे**

खानेसुमारी (स्त्री) *पाहा :* **गणणे**

खाप (स्त्री) *पाहा :* **तुकडा**

खापर (न) *पाहा :* **भांडे**

खापरखुंट्या (वि) *पाहा :* **टणक**

खापलणे (क्रि) *पाहा :* **विभाजन**

खांब (पु) *पाहा :* **स्तंभ**

खाबडखुबड (वि) *पाहा :* **असमान**

खाबू (वि) *पाहा :* **अधाशी, भ्रष्ट**

खामनखुजा (वि) *पाहा :* **ठेंगणा**

खामी (स्त्री) *पाहा :* **नुकसान**

खायखाय (स्त्री) *पाहा :* **अधाशी**

खार (स्त्री) **खारोटी, चानी, खडी**

(n) squirrel

खार (पु) *पाहा :* **मीठ**

खारट (वि) *पाहा :* **क्षारयुक्त, चव**

खारवा (पु) *पाहा :* **नाविक**

खारा (पु) *पाहा :* **चव, वायू**

खाल (स्त्री) *पाहा :* **त्वचा**

खालाटी (स्त्री) *पाहा :* **जमीन**

खालावणे (क्रि) *पाहा :* **अधोगती**

खाली (वि) *पाहा :* **रिकामा, मोकळा**

खाली (क्रिवि) अधोभागी, बुडाशी, तळाशी, खालती, तळाखाली *पाहा* : **अधोगती**

[क्रि] (वरून) खाली येणे, उतरणे, पायउतार होणे, गडगडत येणे

[adv] under, below, beneath, at the bottom *पाहा :* **अधोगती**

[v] descend, climb down, alight, dismount, roll down

खालीपिली (क्रिवि) *पाहा :* **उगाच**

खालोखाल (वि) *पाहा :* **कमी**

खावटी (स्त्री) *पाहा :* **उदरनिर्वाह; वेतन, अन्न**

खाविंद (पु) *पाहा :* **अधिकारी**

खाष्ट (वि) *पाहा :* **कजाग**

खास (वि) विशेष, वैशिष्ट्यपूर्ण, खुबीदार, मुलखावेगळा, स्वतंत्र, पृथगात्म, असाधारण, विलक्षण, मासलेवाईक, अपवादात्मक; अस्सल, शुद्ध, खरा, सच्चा, आगळा, वेगळा, निराळा, निवडक, व्यवच्छेदक, ठळक; प्रमुख; *पाहा :* **उल्लेखनीय**

[वा] लाखात एक

[adj] special, exceptional, etraordinary, uncommon, unique, peculiar, singular, distinctive, genine, authentic; *पाहा :* **उल्लेखनीय**

[i] one in a million

खास (क्रिवि) *पाहा :* **खचित**

खासगत (खासगी) (वि) *पाहा :* **खाजगी**

खासदार (पु) *पाहा :* **प्रतिनिधी**

खासा (वि) *पाहा :* **चांगला**

खासियत (स्त्री) *पाहा :* **गुण**

खिंकाळणे (क्रि) *पाहा :* **ओरडणे, हसणे, आवाज**

खिचडी (स्त्री) *पाहा :* **सरमिसळ**

खिजगणती (स्त्री) *पाहा :* **पर्वा**

खिजणे (क्रि) *पाहा :* **संतापणे**

खिजवणे (क्रि) चिडवणे, डिवचणे, चिथावणे, संतापवणे, क्षोभवणे, वेडावणे, त्रास देणे, लागेलसे बोलणे, चेष्टा करणे, खोडी/कुरापत काढणे

(v) provoke, annoy, anger, irritate, incite, tease, make fun of, peeve

[i] get on someone's nerves

खिटी (खिट्टी) (स्त्री) *पाहा :* **अडकण**
खिंड (स्त्री) *पाहा :* **खिंडार, मार्ग**
खिडकी (स्त्री) गवाक्ष, वातायन, वावी, झरोका, धारे, दादरा, गोखला, जाळी, तावदान, दिंडी; *पाहा :* **खिंडार**
(n) window, casement, skylight, dormer, oriel, wind screen, port, opening; *पाहा :* **खिंडार**
खिंडार (न) खिंड, भगदाड, भगाड, भदाड, भेग, खाच, खाचण, खोबण, घळ, घळण, चीर, फासणी, फट, दरज (दर्ज), सापट, छेद, तडा; छिद्र, रंध्र, रोमरंध्र, भग, भोक, बारे, काजे, बिरडे, नाचके, वेज, नेढे, बीळ; दरी, खंदक, बोगदा, भुयार; तोंड, मुख, नाक, वाट, दार, द्वार, दरवाजा; *पाहा :* **खिडकी, विभाजन**
(n) opening, orifice, breach, crack, fissure, fault, cleft,cavity,burrow, chasm, crevice, gap, slit, slot, chink, gash, puncture, incision, hole, aperture, vent, eyelet, tunnel, pass, mouth, door; *पाहा :* **खिडकी, विभाजन**
खितपणे (क्रि) *पाहा :* **कष्टणे, पडणे**
खिदमत (स्त्री) *पाहा :* **चाकरी**
खिदमतगार (पु) *पाहा :* **अनुचर**
खिदळणे (क्रि) *पाहा :* **हसणे**
खिन्न (वि) उदास, उदासवाणा, मलूल, म्लान, क्लांत, निस्तेज, तेजोहीन, कोमेजलेला, गोरामोरा, चैतन्यहीन, फिकुटलेला, गळलेला, अवसन्न, असुढाळ, साश्रुनयन, साश्रू, रडका, रडवा, रडकुंडा, रडवेला, रडगेला, विषण्ण, उद्विग्न, व्यग्र, व्यग्रचित्त, दुश्चित, (त्त) अस्वस्थ, बेचैन, अप्रसन्न, अमनस्क, विमनस्क, शून्यमनस्क, उन्मनस्क, दुर्मुखलेला, अधोमुख, अधोवदन, चिंताक्रांत, चिंताकुल, भग्नमनोरथ, निराश, हिंपुटी, हवालदिल, खचलेला, भग्नोत्साह, मिरमुटलेला, दुःखी, कष्टी, सुतकी, घुमा, कुढा; *पाहा :* **कुढणे, रडणे,** (विरु) **प्रफुल्ल, प्रसन्न, आनंदी**
[वा] तोंड लांब करून बसणे, तोंड आंबट करणे, तोंड /चेहरा उतरणे, चिमणीसारखे तोंड करणे, चेहरा पडणे, चेहरा फिकुटणे, मान खाली घालून बसणे, मन न रमणे, हातपाय गळणे, रडकथा/वथाऱ्या गाणे, रडतोंडीचा घाट
[adj] gloomy, melancholy, wan, glum, low, doleful, mournful, lugubrious, lifeless, forlorn, woebegone, disconsolate, downhearted, morose, downcast, cheerless, dejected, despondent, listless, depressed, sad, sullen, sulky, in low spirits; *पाहा :* **कुढणे, रडणे,** (विरु) **प्रफुल्ल, प्रसन्न, आनंदी**
[i] to pull a long face, down in the dumps, out of sorts, to

look blue
खिन्नता (स्त्री) *पाहा :* **नैराश्य, उद्वेग**
खिरटा (वि) *पाहा :* **ठेंगणा**
खिरापत (स्त्री) *पाहा :* **देणे, उधळपट्टी**
खिलाडू (वि) खेळकर, सुस्वभावी, थट्टेखोर, गमत्या, मनमिळाऊ, आनंदी, उत्साही, सदासुखी, उमदा, क्रीडाप्रवण
[adj] playful, genial, sportive, jovial, jolly, cheerful, good-natured, light hearted
खिल्लार (न) *पाहा :* **समुदाय**
खिल्ली (स्त्री) *पाहा :* **चेष्टा, कुचाळकी, टर**
खिसगणती (स्त्री) *पाहा :* **पर्वा**
खिसा (पु) *पाहा :* **पिशवी**
खिस्ती (पु) *पाहा :* **धनको**
खिळखिळा (वि) *पाहा :* **अधू, सैल**
खिळणे (क्रि) *पाहा :* **चिकटणे, थांबणे**
खिळा (पु) कीलक, खीळ; मेख, चूक, मोळा, टेकस, तारखिळा, तुरई, सुरसा, कुऱ्हाडी खिळा, खुंटी; *पाहा :* **अडकण, अणकुची, ठसा**
(n) nail, pin, spike, stud, tack, peg; *पाहा :* **अडकण, अणकुची, ठसा**
खीर (स्त्री) लापशी, कांजी, कण्हेरी
(n) curry
खीळ (स्त्री) *पाहा :* **अडकण, खिळा**
खुजट (वि), **खुजा** (वि) *पाहा :* **ठेंगणा**
खुंट (पु) *पाहा :* **खांब, स्तंभ, खुंटी, अड्डा**
खुटखुटीत (वि) *पाहा :* **आटोपशीर, निकोप**
खुंटणे (क्रि) *पाहा :* **कुंठणे, अडकणे**
खुंटा (पु) *पाहा :* **खांब, खुंटी, स्तंभ**
खुंटी (स्त्री) खुंट, खुंटा, मेख, पाचर; *पाहा :* **अडकण, खिळा**
(f) peg, pin, bolt, thole-pin, stump; *पाहा :* **अडकण, खिळा**
खुडणे (क्रि) *पाहा :* **विभाजन**
खुडबुडणे (क्रि) *पाहा :* **आवाज**
खुणखुण (स्त्री) *पाहा :* **खंत**
खुणावणे (क्रि) *पाहा :* **दर्शवणे, खूण**
खुदकन (क्रिवि) *पाहा :* **हसणे**
खुंदलणे (क्रि) *पाहा :* **मारणे**
खुदुखुदु (क्रिवि) *पाहा :* **हसणे**
खुद्द (वि, क्रिवि) *पाहा :* **खाजगी, स्वतः**
खुनशी (वि) दुष्ट, माथेफिरू, मत्सरी, आकसखोर, द्वेषी, खोडसाळ, खवीस
[adj] spiteful, vengeful, hateful, rancourous, malicious, vicious, murderous, malevolent
खुनी (वि,पु) घातक, प्राणघातक, हिंसक, रक्तपिपासू, क्रूर, राक्षसी, सैतानी; मारेकरी, हल्लेखोर, हत्यारा
[adj] fatal, lethal, deadly, homicidal, murderous, bloodthirsty, assassin, murderer, slayer, gun-man, hit man
खुन्नस (स्त्री) *पाहा :* **असुया, चुरस**
खुपणे (क्रि) सलणे, डाचणे, बोचणे; टोचणे, जाचणे, गांजणे, सतावणे,

दुखवणे, क्लेश/यातना देणे, मनाला खाणे, कुरतडणे, रुखरुख लागणे, शल्य राहणे, टोचणी लागणे, खवखवणे

[वा] चोराच्या मनात चांदणे, खाई त्याला खवखवे

(v) prick, pinch, bite, hurt, gnaw, wound, torment, agonize, plague, nag, bother, vex

खुपसणे (क्रि) घुसवणे, शिरवणे, शिरकवणे, भोसकणे, खोचणे, टोचणे, प्रविष्ट करणे, आत घालणे, घुसडणे, घालघुसड करणे, टुपणे, रोवणे, रोपणे, रोपण करणे, ढोसणे, रेटणे, दडपणे, ढकलणे, प्रक्षिप्त करणे

(v) insert, inject, introduce, penetrate, enter, pierce, poke, implant, thrust, drive in, push into, stick in

खुबी (स्त्री) मख्खी, मेख, कळ, खोच, मर्म, इंगित, रहस्य, गोम, वैशिष्ट्य, मूळ तत्त्व, खुमारी; युक्ती, डावपेच; *पाहा :* **रहस्य**

[वा] कोनेकोपरे, खाचाखोचा, ग्यानबाची मेख, तुकारामबुवाची मेख, गुरूची मेख

(n) secret, ruse, catch, snag, trick, peculiarity, speciality, essence; *पाहा :* **रहस्य**

खुबीदार (वि) *पाहा :* **मजेदार, चतुर, खास**

खुमखुमी (स्त्री) मस्ती, माज, रग, कंडू, खाज, खवखव, इच्छा, लालसा, आकांक्षा; ईर्षा, धमक, हिंमत

(n) heat, pluck, vigour, itch, urge, passion, desire, thirst, compulsion

खुमारी (स्त्री) लज्जत, स्वाद, गोडी, चव, रुची; मोहकता, सौंदर्य; मौज, गंमत, मजा; मर्म, रहस्य, खुबी

(n) tang, flavour, relish, charm,appeal, magic, lure, glamour, secret

खुमासदार (वि) लज्जतदार, स्वादिष्ट, रुचकर, चवदार, खमंग; सुरेख, सुंदर; मजेदार, खुबीदार

(adj) dainty, tasteful, savoury; elegant, attractive

खुरट (खरटा) (वि) *पाहा :* **ठेंगणा, किरटा**

खुरटणे (क्रि) *पाहा :* **कुंठणे**

खुरपणी (स्त्री) *पाहा :* **शेती**

खुरपे (न) *पाहा :* **औत**

खुरमांडी (स्त्री) *पाहा :* **बसणे**

खुराक (पु) *पाहा :* **अन्न**

खुर्ची (स्त्री) *पाहा :* **आसन, अधिकार**

खुर्द (वि) *पाहा :* **लहान**

खुर्दा (पु) मोड, चिल्लर, नाणी; दाणादाण, चुराडा, चेंदा, पराभव, नाश *पाहा :* **अर्थ**

(n) coins, small change; destruction, rout, ruin *पाहा :* **अर्थ**

खुलणे (क्रि) *पाहा :* **उमलणे, उन्मेष, शोभणे**

खुलभर (वि) *पाहा :* **अल्प**

खुला (वि) स्पष्ट, उघड, साफ, मोकळा; मनमोकळा, खुल्या दिलाचा (*पाहा :* **अघळपघळ),** प्रामाणिक, सचोटीचा, चोख, स्वच्छ, सरळ, प्रांजळ, बिनभानगडीचा; मुक्त; अनियंत्रित, बिनशर्त, अबाधित; जाहीर, प्रकट, पारदर्शक (दर्शी) *पाहा :* **मोकळा**

[वा] आतबाहेर नसणे, भीड चेपणे

[adj] open, wide-open, exposed, revealed, frank, open minded, guileless, expansive, clear, fair, honest, clean, unrestricted, free; transparent; *पाहा :* **अघळपघळ, मोकळा**

[i] make a clean breast, open book

खुलावट (स्त्री) *पाहा :* **शोभा**

खुलासा (पु) *पाहा :* **स्पष्टीकरण, विवरण, उकल, जबानी**

खुशखबर (स्त्री) *पाहा :* **बातमी**

खुशमस्करी (स्त्री) *पाहा :* **अनुनय, स्तुती**

खुशमस्कऱ्या (वि) *पाहा :* **स्तुतिपाठक, अनुचर**

खुशमिजाज (वि) *पाहा :* **आनंदी**

खुशामत (स्त्री) *पाहा :* **अनुनय, स्तुती**

खुशामतखोर (वि) *पाहा :* **खुशामत्या (वि)** *पाहा :* **स्तुतिपाठक, अनुचर**

खुशाल (वि) *पाहा :* **आनंदी, स्वस्थ, कुशल**

खुशालचेंडू (वि) चैनी, चैनबाज, विलासी, सुखलोलुप, ऐशआरामी, रंगेल, हौशी, गुलहौशी, गुलछबू, चंडोल, रिकामटेकडा, आनंदी, उडाणटप्पू, निरुद्योगी, निष्काळजी, सुखासीन, विषयलोलुप *पाहा :* (विरु) **गंभीर**

[adj] gay, idle, vagrant, carefree, colourful, merry, jovial, fun-loving, pleasure-loving, voluptuous, sensual *पाहा :* (विरु) **गंभीर**

खुशाली (स्त्री) *पाहा :* **आनंद, आराम**

खुशी (स्त्री) *पाहा :* **आनंद, मर्जी, अनुमती**

खुश्की (स्त्री) *पाहा :* **जमीन, प्रवास, मार्ग**

खुसखुशीत (वि) *पाहा :* **अरुवार**

खुसपट (न) व्यंग, वर्म, न्यून, दोष, चूक; कुरापत; खोडी

(n) fault, defect, deficiency, error; provocation

खुसुखुसु (क्रिवि) *पाहा :* **हसणे**

खुळखुळणे (क्रि) *पाहा :* **आवाज**

खुळचट (वि), **खुळा** (वि) बावळा, बावळट, अजागळ, वेडगळ, वेडपट, वेडसर, अर्धवट, भ्रमिष्ट, वेडा, डोके फिरलेला, मठ्ठ, मूर्ख, बेअकली, बिनडोक

[वा] गुळाचा गणपती

[adj] idiot, crazy, silly, doltish, weak-minded, dim-wit, blockhead, moron, nincompoop, half-wit, simple-minded, foolish, mad

खूण (स्त्री) चिन्ह, लक्षण, निशाणी, गमक, द्योतक, ज्ञापक, अभिज्ञान, व्यंजन, ललाम; मुद्रा, छाप, शिक्का, ठसा, लांछन, अंक, बिल्ला, बिरूद, बिरुदावली, प्रतीक, प्रतिमा, शुभंकर; संकेत, इशारा, इशारत, सूचना, चुणूक, बुद्ध्यंक, सूचकांक, व्यवच्छेदक लक्षण; चट्टा, डाग, वण, व्रण; सुचिन्ह, सुलक्षण, गुण, कौल, शकुन; दुश्चिन्ह, अपशकुन, भिकारलक्षण, रोगलक्षण; स्मृतिचिन्ह, मानचिन्ह, राजचिन्ह, इ.; फुली, स्वस्तिक, इ.; खाणखूण (खूणखाण), खूणचिठ्ठी, पाउलखूण; जन्मखूण, भ्रूसंकेत, नेत्रसंकेत, नेत्रपल्लवी, दृष्टिक्षेप, अंगविक्षेप, करपल्लवी; चाहूल, छाया, रंग; विरामचिन्ह (स्वल्पविराम, अर्धविराम, पूर्णविराम, उद्‌गारचिन्ह, प्रश्नचिन्ह, इ.) *पाहा :* **अभिधान**

[वा] सावली पडणे, खुणावणे, ता म्हणता ताकभात ओळखणे, डोळा घालणे/मारणे, डोळे मिचकावणे, डोळे मुरडणे/मोडणे; मुलाचे पाय पाळण्यात दिसतात, लाल बावटा, वत्सलांच्छन

(n) symbol, mark, emblem, mascot, token, badge, sign, insignia, monogram, logo (type), trademark, symptom, indication, hint, suggestion, criterion, brand, hallmark, gesture, signal, beacon, punctuation mark (comma, semi-colon etc.); password *पाहा :* **अभिधान**

खूणगाठ (स्त्री) *पाहा :* **खात्री**

खून (पु) *पाहा :* **हत्या**

खूनखराबा (पु) *पाहा :* **हत्या, दंगल, नाश**

खूप (वि) *पाहा :* **अतिशय, अनेक, उदंड**

खूर (पु) *पाहा :* **पाय**

खूश (वि) *पाहा :* **आनंदित**

खूळ (न) वेड, लहर, चळ, वारे, नाद, छंद, व्यसन, टूम; वेडेपणा, विक्षिप्तपणा, भ्रम, छांदिष्टपणा, भ्रमिष्टपणा; चित्तभ्रंश, बुद्धिभ्रंश,

(n) idiocy, craze, rage, fad, eccentricity, obsession, mania, madness, fetish, infatuation, novelty

खेकटे (न) *पाहा :* **कुलंगडे**

खेकडा (पु) *पाहा :* **कर्क**

खेकसणे (क्रि) *पाहा :* **संतापणे, बोलणे**

खेंगटे (न) *पाहा :* **कुलंगडे**

खेच (स्त्री) *पाहा :* **तणाव**

खेचणे (क्रि) *पाहा :* **ओढणे, ताणणे**

खेचर (न) *पाहा :* **पिशाच, अश्व**

खेचाखेच (स्त्री) *पाहा :* **गर्दी**

खेटणे (क्रि) *पाहा :* **चिकटणे**

खेटर (न) *पाहा :* **पादत्राण**

खेटरखाऊ (वि) *पाहा :* **कोडगा**

खेटा (पु) *पाहा :* **खेप**

खेडवळ (वि) *पाहा :* **अजाण, असंस्कृत**

खेडूत (पु) *पाहा :* **नागरिक**
खेडे (न) *पाहा :* **गाव**
खेद (पु) दुःख, खंत, टोचणी, दिलगिरी, व्यथा, मनस्ताप; पस्तावा, अनुताप, पश्चात्ताप *पाहा :* **दुःख,** (विरु) **आनंद**
[क्रि] वाईट वाटणे, हृदय जड होणे
(n) sorrow, heartache, grief; regret, compunction, remorse; *पाहा :* **दुःख,** (विरु) **आनंद**
खेदकारक (वि) *पाहा :* **करुण**
खेदयुक्त (वि) *पाहा :* **दुःखी**
खेप (स्त्री) खेटा, फेरा, फेरी, गोता, चक्कर, वारी, हेलपाटा, पायपीट, जा ये, जा-जा ये ये, येणे जाणे, गमनागमन, येरझार, परिभ्रमण; बारी, पाळी, प्रसूती
[वा] उंबरे झिजवणे, जोडे/वहाणा झिजवणे, द्राविडो लुडबुडाम्यहम्
(n) round trip; turn
खेबडा (वि) *पाहा :* **कुरूप**
खेळ (पु) *पाहा :* **क्रीडा, नाटक, करमणूक**
खेळकर (वि) *पाहा :* **खिलाडू**
खेळखंडोबा (पु) विचका, चुथडा, नाश, नासाडी, खराबी, विध्वंस, अनर्थ, दुर्दशा, गोंधळ, धूळधाण, सत्यनाश (सत्यानाश), एळकोट (येळकोट), फजिती, फज्जा
(n) wreck, havoc, fiasco, mess, debacle, ruin
खेळगडी (पु) *पाहा :* **मित्र**
खेळवणे (क्रि) *पाहा :* **फसवणूक**
खेळाडू (पु) क्रीडापटू, कसरतपटू, व्यायामपटू, धावपटू, जलतरणपटू, कुस्तीगीर, नेमबाज, इत्यादी; स्पर्धक; गडी; *पाहा :* **पहिलवान, क्रीडा**
(n) sportsman, sportsperson, contestant, player, participant, athlete, acrobat, runner, swimmer, wrestler, etc; *पाहा :* **पहिलवान, क्रीडा**
खेळी (स्त्री) *पाहा :* **डाव, डावपेच**
खेळीमेळी (स्त्री) *पाहा :* **गोडी, करमणूक, अनौपचारिक**
खै (स्त्री) *पाहा :* **ताठा**
खैर (स्त्री) *पाहा :* **कृपा**
खैरा (वि) *पाहा :* **चित्रविचित्र**
खैरात (स्त्री) *पाहा :* **वर्षाव, देणे**
खोक (स्त्री) *पाहा :* **क्षत, खड्डा**
खोकड (वि) *पाहा :* **वृद्ध**
खोकला (पु) *पाहा :* **उबळ**
खोके (न) *पाहा :* **पेटी**
खोगीर (न) जीन, पलाण (पालाण) *पाहा :* **अवगुंठन**
(n) saddle; *पाहा :* **अवगुंठन**
खोगीरभरती (स्त्री) बाजारबुणगे, बाजारभरणा, होळीचे होळकर, भाऊगर्दी, बरडबाकोळा, सटरफटर, बारीकसारीक, दगडधोंडे, खिचडी
(n) hotch-potch, rabble, odds and ends, horde, riff-raff, ragtag and bobtail
खोच (स्त्री) *पाहा :* **खुबी, उपरोध**
खोचक (वि) *पाहा :* **औपरोधिक**

खोचणे (क्रि) *पाहा :* **खुपसणे, टोचणे**

खोचदार (वि) *पाहा :* **तीक्ष्ण**

खोजा-ज्या (वि) *पाहा :* **नपुंसक**

खोट (स्त्री) *पाहा :* **नुकसान, घट**

खोटा (वि) असत्य, झूट, खोटानाटा, खोटाखोटा, लटका (लटिका), मिथ्या, असार, मायावी, अवास्तव, काल्पनिक, भ्रामक, लुटुपुटीचा, लुटुपुटु, लांडालटका, स्वप्नवत्, अन्यथा, विपरीत, तथ्यहीन, बिनबुडाचा, निराधार; बनावट, नकली, दिखाऊ, नाटकी, पोकळ, बंडल, उसना, रिकामा; लबाड, फसवा, अप्रामाणिक, खोटारडा, रडी खाणारा *पाहा :* (विरु) **खरा**

[वा] लटका पण नेटका

[adj] false, untrue, fake, mock, sham, trumped-up, unfounded, artificial, counterfeit, mendacious, spurious, fraudulent, deceitful *पाहा :* (विरु) **खरा**

[i] give the lie to something, red herring, moonshine, make believe

खोटी (स्त्री) *पाहा :* **खोळंबा**

खोटेनाटे (न) *पाहा :* **असत्य, खोटा, कागाळी**

खोटेपणा (पु) सत्यापलाप, बनवाबनवी, विपर्यास, कपट, लबाडी, फसवेगिरी, ठकबाजी, ढोंग

[वा] नक्राश्रू गाळणे/ढाळणे

(n) falsification, distortion, misrepresentation, cunning, knavery

खोड (न) *पाहा :* **स्तंभ, तुकडा**

खोड (स्त्री) *पाहा :* **सवय, दोष, चटक**

खोंड (पु) *पाहा :* **बैल**

खोडकर (वि) *पाहा :* **खट्याळ, अर्वाच्य**

खोडकी (स्त्री) *पाहा :* **ताठा, अपमान**

खोडणे (क्रि) *पाहा :* **असंमत, खंडन करणे**

खोडसाळ (वि) टवाळखोर, अर्वाच्य, दुष्ट, नाठाळ, खोड्याळ, कुचेष्टेखोर, दोषैकदृष्टी, द्वेषी, रोगट, खुनशी, छिद्रान्वेषी; पूर्वग्रहदूषित

[adj] mischievous, evil, peccant, vicious, spiteful, wicked, censorious, prejudicial, captious

खोडा (पु) *पाहा :* **पंजर, अडकण**

खोडाखोड (स्त्री) *पाहा :* **असंमत**

खोडी (स्त्री) कळ, कुरापत, चेष्टा, पोरचेष्टा, कुचेष्टा, छेडछाड, आगळीक, खुसपट, उचापत, अर्वाच्यपणा

[वा] खाजवून खरूज काढणे, वाटेस जाणे

(n) mischief, provocation, prank, frolic, monkey business, devilry

खोड्याळ (वि) *पाहा :* **खोडसाळ**

खोत (पु) *पाहा :* **जमीनदार**

खोती (स्त्री) *पाहा :* **ठेका, मिरास**

खोदकाम (न) *पाहा :* **खोदणे, नक्षी**

खोदणे (क्रि) खोदकाम करणे, खणणे, उकरणे, पोखरणे, खनन/उत्खनन करणे; टोकरणे, कोरणे, कोरीव काम करणे

(v) dig, burrow, unearth, excavate, delve; engrave, inscribe, etch, carve, chisel

खोदीव काम (न) *पाहा :* **नक्षी**

खोप (स्त्री), **खोपट** (न), **खोपटी** (स्त्री) *पाहा :* **कुटी**

खोपा (पु) *पाहा :* **घरटे, केस**

खोपी (स्त्री) *पाहा :* **कुटी**

खोबण (स्त्री) *पाहा :* **खड्डा, खिंडार**

खोबरे (न) *पाहा :* **नारळ, गर, नाश**

खोरे (न) *पाहा :* **खड्डा, फावडे**

खोल (वि) गभीर, अगाध, अथांग, सखोल, खोलगट; गूढ, गहिरा, गहन; अगम्य, प्रगल्भ; निम्न, खालचा, तळातला; खोली असलेला *पाहा :* (विरु) **उथळ**

[क्रि] तळ न दिसणे, ठाव न लागणे

[adj] deep, unfathomable, bottomless, abysmal; profound *पाहा :* (विरु) **उथळ**

खोलणे (क्रि) *पाहा :* **उघडणे**

खोली (स्त्री) दालन, कक्ष, कोठडी, दिवाणखाना, बैठक, माजघर, अंतर्गृह, कोठी, स्वयंपाकघर, पाकशाला (-ळा), भटारखाना, मुदपाकखाना, जेवणघर, भोजनगृह, ग्रंथागार, शयनागार, शय्यागृह, शेजघर, स्नानगृह, नहाणी, न्हाणी, नहाणघर, न्हाणीघर, गुसलखाना, हमामखाना, मोरी, स्वच्छतागृह, अतिथिगृह, देवघर, गर्भगृह, गाभारा, सभामंडप, सोपा, सभागृह, राजसभागृह, कचेरी, स्वागतकक्ष, प्रतीक्षालय, नगारखाना; अंत:पुर, राणीवसा, जनानखाना; गुहा, मठी, बराक; खोलपणा (*पाहा :* **खोल)**

(n) room, chamber, cabin, dormitory, ward, cell, hall, kitchen, dining room, library, drawingroom, seatingroom, dressingroom, livingroom, nursary, pantry, storeroom, (*पाहा :* **खोल)**

खोवणे (क्रि) *पाहा :* **टोचणे**

खोळ (स्त्री) *पाहा :* **पिशवी, अवगुंठन**

खोळंबणे (क्रि) *पाहा :* **कुंठणे, अडकणे, खोळंबा**

खोळंबा (पु) विलंब, उशीर, खोटी, अटकाव, अडवणूक, कुचंबणा

[क्रि] ताण देणे, लांबणीवर टाकणे, प्रतीक्षा करणे, थांबून राहणे, वाट पाहणे, खोळंबणे

(n) delay, deferment, interuption, stoppage

[i] hang fire, bide one's time, get bogged down, mark time

ख्यातकीर्त (वि), **ख्यातनाम** (वि) *पाहा :* **कीर्तिमान, प्रसिद्ध**

ख्याती (स्त्री) *पाहा :* **कीर्ती**

ख्याल (पु) *पाहा :* **गाणे**

ख्यालीखुशाली (स्त्री) *पाहा :* **चैन, करमणूक**

ग

'ग' (पु) *पाहा :* **अभिमान, गर्विष्ठ**
गगन (न) *पाहा :* **अंतराळ**
गगनचुंबी (वि) *पाहा :* **उंच**
गगनमंडल (न) *पाहा :* **अंतराळ**
गंगा (स्त्री) जान्हवी, भागीरथी, मंदाकिनी; त्रिवेणी (गंगा, यमुना, सरस्वती)
(n) river Ganga
गंगाजमनी (वि) *पाहा :* **मिश्र, चित्रविचित्र**
गंगाजळी (स्त्री) *पाहा :* **खजिना**
गंगाधर (पु) *पाहा :* **शंकर**
गंगावन (न) *पाहा :* **केस**
गंगाळ (न) *पाहा :* **भांडे**
गंगोत्री (स्त्री) *पाहा :* **उगम**
गचकणे (क्रि) *पाहा :* **अपयश, मरणे**
गचका (पु) *पाहा :* **गोता**
गचगच (स्त्री), **गचपण** (न) *पाहा :* **अडगळ**
गचांडी (स्त्री) *पाहा :* **अर्धचंद्र**
गचाळ (वि) *पाहा :* **अव्यवस्थित**
गच्च (वि) घट्ट, आवळ, तंग; मजबूत, बळकट; *पाहा :* **दाट, पूर्ण**
[adj] tight, close-fitting; secure; *पाहा :* **दाट, पूर्ण**
गच्ची (स्त्री) *पाहा :* **मान, आगाशी, छत**
गच्छती (स्त्री) *पाहा :* **नाश, मृत्यू**
गज (पु) *पाहा :* **कांब, काठी, अडकण**
गज (पु) *पाहा :* **हत्ती**
गंज (स्त्री) *पाहा :* **समुदाय, डोंगर**
गंज (पु) *पाहा :* **कलंक, थर, दुकान**
गजगज (स्त्री), **गजगजाट** (पु) *पाहा :* **अगाजा, गर्दी**
गजगती (स्त्री) *पाहा :* **गती, सावकाश**
गजगामिनी (स्त्री) *पाहा :* **सुंदर**
गजगौरी (स्त्री) *पाहा :* **पार्वती**
गजबज (स्त्री) *पाहा :* **गर्दी, अगाजा**
गजमुख (पु) *पाहा :* **गणपती**
गजर (पु) *पाहा :* **उद्घोष, आवाज**
गजरा (पु) *पाहा :* **आवली**
गजराज (पु) *पाहा :* **हत्ती**
गजल (स्त्री) *पाहा :* **काव्य**
गजवदन (पु) *पाहा :* **गणपती**
गजशाला (स्त्री) *पाहा :* **प्राणिसंग्रहालय**
गजांतलक्ष्मी (स्त्री) *पाहा :* **श्रीमंती**
गजानन (पु) *पाहा :* **गणपती**
गंजी (स्त्री) *पाहा :* **समुदाय, डोंगर**
गजेंद्र (पु) *पाहा :* **हत्ती**
गझल (स्त्री) *पाहा :* **काव्य**
गट (पु) *पाहा :* **समुदाय, वर्ग, अंश, तट**
गटकावणे (क्रि) *पाहा :* **खाणे**
गटगुटीत (वि) *पाहा :* **गुटगुटीत**
गटनायक (पु) *पाहा :* **अध्यक्ष**
गटबाजी (स्त्री) *पाहा :* **तट**
गटवणे (क्रि) *पाहा :* **फसवणूक**
गटागटा (क्रिवि) *पाहा :* **आवाजासह, अविलंब**
गटांगळी (स्त्री) *पाहा :* **बुडी**
गटारगप्प (स्त्री) *पाहा :* **अफवा**

गट्ट करणे (क्रि) *पाहा :* **खाणे**
गट्टी (स्त्री) *पाहा :* **मित्रत्व, एकी**
गठडी (स्त्री) *पाहा :* **गठ्ठा**
गठ्ठा (पु) बिंडा, दिंड, बोजा, भारा, पेंडका, पेंडा, पेंडी, पेंढी, पेंढा, जुडी, मोटकुळी, मोटली, मोळी, गठडी, गाठोडे, मुडा, पुडा, पुडका, बाचके, बोचके, बस्ता, बाड, दप्तर, रुमाल; *पाहा :* **पुडका, समुदाय**
(n) bundle, bale, bunch, parcel, pack, packet, package; *पाहा :* **पुडका, समुदाय**
गड (पु) *पाहा :* **किल्ला**
गंड (पु) *पाहा :* **अभिमान, चित्तभ्रम, गळू**
गडगंज (वि) *पाहा :* **उदंड, अतिशय**
गडगडणे (क्रि) *पाहा :* **अधोगती, आवाज**
गडगडाट (पु) *पाहा :* **गर्जना, आवाज**
गडणी (स्त्री) *पाहा :* **मैत्रीण**
गडद (वि) *पाहा :* **दाट, भडक, गहिरा**
गडदू (वि) *पाहा :* **लठ्ठ**
गडप (वि) बेपत्ता, गायब, गुम, गुप्त, लुप्त, हडप, नाहीसा, भूमिगत, अदृश्य, नष्ट
[क्रि] दडवणे, दडपणे, दाबणे, ढापणे, लाटणे, अपहार करणे, हडपणे, गिळंकृत करणे, साठेबाजी करणे
[वा] ढेकर देऊन बसणे
[adj] hidden, concealed, underground, invisible; embezzled, usurped
गडबड (स्त्री) अस्थैर्य, अशांतता, दंगल, धामधूम, धुमधाम, धुमश्चक्री, अराजक, दणका, हुल्लड, खळबळ, चळवळ, बंडाळी, अगाजा, कोलाहल, गोंधळ, अव्यवस्था, बिघाड; धांदल, तारांबळ, तिरपीट, घाई; गडबडगुंडा, घोटाळा, घालमेल, चोरीमारी
(n) turmoil, tumult, ferment, unrest; disorder, riot, hullabaloo, pandemonium, turbulence, upheaval; hurry, haste, rush
गडबडगुंडा (पु) *पाहा :* **गडबड, गोलमाल**
गडबड्या (वि) *पाहा :* **अजागळ**
गंडवणे (क्रि) *पाहा :* **फसवणूक**
गडवा (पु) *पाहा :* **भांडे**
गंडांतर (न) *पाहा :* **संकट**
गडी (पु) *पाहा :* **अनुचर, खेळाडू**
गडीमाणूस (पु) *पाहा :* **अनुचर, कष्टकरी**
गडू (पु) *पाहा :* **भांडे**
गंडेरी (स्त्री) *पाहा :* **तुकडा**
गड्डा (पु), **गड्डी** (स्त्री) *पाहा :* **समुदाय**
गड्डाळिका (स्त्री) *पाहा :* **चर्पटपंजरी**
गढणे (क्रि) तल्लीन/ गर्क/ मग्न/ निमग्न/ चूर/ दंग होणे, बुडून जाणे, निमज्जन करणे, एकाग्र होणे, झपाटले जाणे
(v) be absorbed/engrossed/ immersed/preoccupied, enthralled
गढी (स्त्री) *पाहा :* **किल्ला**

गढूळ (वि) खडूळ, डहूळ, रेंदाड, राड, गदळ, अस्वच्छ; अस्वस्थ, विकारवश, कलुषित, शबल; *पाहा* : (विरु) **स्वच्छ**

[adj] turbid, muddy, mucky, cloudy, dirty; agitated, prejudiced; *पाहा* : (विरु) **स्वच्छ**

गण (पु) *पाहा* : **समुदाय**

गणक (पु) गणकयंत्र, संगणक, महासंगणक

(n) calculator, computer, giant computer

गणंग (वि) *पाहा* : **अजाण**

गणगोत (न) *पाहा* : **आप्त**

गणगौळण (स्त्री) *पाहा* : **तमाशा**

गणणे (क्रि) गणती/ गणन/ गणना/ परिगणन करणे, मोजणे, मापणे, संख्या/आकडा मोजणे, मोजदाद/ मोजमाप/ मोजणी/ मापणी/ मापन/ फेरमोजणी करणे, आकडेमोड/ हिशेब (हिशोब) करणे, लोकसंख्या/ जनसंख्या मोजणे, शिरगणती/ शिरगणना/ जनगणना/ खानेसुमारी करणे, झडती/झाडाझडती घेणे; जमेस धरणे, हिशेबात घेणे, पर्वा करणे, मानणे, समजणे, लेखणे, विचारात घेणे, महत्त्व देणे; *पाहा* : **अंक**

(v) calculate, compute, count, enumerate, measure, evaluate, reckon, consider, take into account, regard; carry out measurement/ census; *पाहा* : **अंक**

गणती (स्त्री), **गणन** (न), **गणना** (स्त्री) *पाहा* : **गणणे**

गणनायक (पु) *पाहा* : **गणपती**

गणपती (पु) गणेश, गणनायक, गणाधीश, गणराय, गजानन, गजमुख, गजवदन, मंगलमूर्ती, मोरया, अनंत, आनंद, सुमुख, अमेय, विघ्नहर्ता, विघ्ननाशन, विघ्नराज, एकदंत, लंबोदर, शूर्पकर्ण, वक्रतुंड, मूषकध्वज, मूषकवाहन, शिवपुत्र, गौरीतनय, हेरंब, वरद, सिद्धिविनायक; अष्टविनायक (मोरेश्वर: मोरगाव, बल्लाळेश्वर: पाली, विनायक: मढ, चिंतामणी: थेऊर, गिरिजात्मक :लेण्याद्री, विघ्नेश्वर : ओझर, महागणपती : रांजणगाव, गजमुख : सिद्धटेक)

(n) God, Ganapati

गणपूर्ती (स्त्री) *पाहा* : **पूर्तता**

गणराज्य (न) *पाहा* : **देश**

गणवेश (पु) *पाहा* : **वस्त्र**

गणाधीश (पु) *पाहा* : **गणपती**

गणिका (स्त्री) *पाहा* : **कलावंतीण**

गणित (न) मापन, आकडेमोड, गणनक्रिया, हिशेब; अंकगणित, बीजगणित, भूमिती, त्रिकोणमिती, कलन, इ.; शुद्ध गणित, उपयोजित गणित; उदाहरण

(n) mathematics, mensuration, calculation; computation; arithmetic, algebra, geometry, trigonometry, calculus, etc.; pure/applied mathematics; problem, sum

गणेश (पु) *पाहा :* **गणपती**
गणमान्य (वि) *पाहा :* **थोर**
गत (स्त्री) *पाहा :* **अवस्था, स्वर, अखेर**
गत (वि) *पाहा :* **अतीत**
गतकाळ (पु) *पाहा :* **भूतकाळ**
गतकाळी (क्रिवि) *पाहा :* **आधी**
गतकालीन (वि) *पाहा :* **आधीचा**
गतधवा (स्त्री) *पाहा :* **विधवा**
गतप्राण (वि) *पाहा :* **मृत**
गतभर्तृका (स्त्री) *पाहा :* **विधवा**
गतानुगतिक (वि) परंपरागत, पारंपरिक, सनातन, सनातनी, सनातनमतवादी, कर्मठ, रूढीबद्ध, रूढीनुसार, चालीरीतीला धरून, प्रवाहपतित, ठोकळेबाज; *पाहा :* **परंपरा**
[वा] बाबावाक्यं प्रमाणम्
[adj] traditional, orthodox, conventional, customary, time-honoured, ritualistic; *पाहा :* **परंपरा**
गतायुषी, गतायुष्य, गतायू (सर्व वि) *पाहा :* **वृद्ध, मृत**
गतायुष्य (न) *पाहा :* **आयुष्य**
गतिमान (वि) वेगवान, चपळ, जलदगती, जलद, क्षिप्र, द्रुत, जलदीचा, शीघ्रगती, स्वनातीत; सुसाट, सैराट, झंझावाती, वादळी, तडाखेबंद, धडक; गतिक्षम, अस्थिर; चालणारा, हलणारा, धावणारा, पळणारा, प्रवाही; *पाहा :* **अविलंब,** (विरु) **मंद**
[वा] राघो भरारी
[adj] speedy, fast, express, breakkneck, high-speed, rapid, swift, superfast, supersonic; moving, mobile *पाहा :* **अविलंब** (विरु) **मंद**
[i] work against the clock
गतिमार्ग (पु) *पाहा :* **मार्ग**
गतिरोध (पु) *पाहा :* **अटकाव**
गती (स्त्री) वेग, प्रवेग, त्वरण; चालना, प्रेरणा; त्वरा, जलदी, घाई, शीघ्रता, गतिमानता, आवेग, चापल्य; वेगातिशय, शीघ्रगती, गजगती, मंदगती; *पाहा :* **अदृष्ट, प्रवाह, घाई, चालवणे, अखेर, सावकाश**
[वा] गोगलगाईची गती
(n) speed, velocity, acceleration, pace, rate, tempo, celerity, swiftness, agility, haste; *पाहा :* **अदृष्ट, प्रवाह, घाई, चालवणे, अखेर, सावकाश**
गतोत्साह (वि) *पाहा :* **निराश**
गत्यंतर (न) अन्योपाय, तरणोपाय, विकल्प, पर्याय; इलाज, उपाय, धडगत
(n) alternative, choice, option, substitute
गदमदणे (क्रि) *पाहा :* **उकाडा, गुदमरणे**
गदळ (न) *पाहा :* **कचरा; गाळ**
गदळ (वि) *पाहा :* **अस्वच्छ, गढूळ, अव्यवस्थित**
गदा (स्त्री) *पाहा :* **आयुध**
गदारोळ (पु) *पाहा :* **गोंधळ, आवाज,**

अगाजा

गद्दार (वि) *पाहा :* **विश्वासघातकी**

गद्दारी (स्त्री) *पाहा :* द्रोह

गद्धा (वि, पु) *पाहा :* **अजाण, गाढव**

गद्धेपंचविशी (स्त्री) *पाहा :* **तारुण्य**

गद्य (न) लेख, निबंध, प्रबंध, कथा, कादंबरी, इ.; गद्यकाव्य

(n) prose; article, essay, story, novel, etc

गद्य (वि) *पाहा :* **नीरस, अरसिक**

गद्यकाव्य (न) *पाहा :* **काव्य**

गंध (पु) वास, सुवास (*पाहा :* **सुगंध**), दृती (द्रुती), दरवळ, दमदमाट, घमघमाट, दर्प, खाट, खकाणा, भपकारा, भपकन् वास, उग्र वास, घाण, हिवसाण, दिपुष्टाण, दुर्गंध, दुर्गंधी; घ्राणेंद्रियाचा विषय (*पाहा :* **विषय**); *पाहा :* **हुंगणे, पसरणे**

(n) smell, redolence, scent (*पाहा :* **सुगंध**), odour, stench, reek, stink; *पाहा :* **हुंगणे, पसरणे, विषय**

गंध (न) टिळा, टिकला, टिकली, तिलक, टिळक, तीट, उटी, अंगारा, विभूती, भस्म, पुंड्र, त्रिपुंड्र, अष्टगंध; *पाहा :* **लेप**

(n) pigment for the body, *पाहा :* **लेप**

गधडा (वि) *पाहा :* **अजाण**

गंधद्वार (न) *पाहा :* **नाक**

गंधर्व (पु) सुरगायक, देवांचा गवई, गायक, *पाहा :* **उपदेवता, विवाह**

(n) celestial singer *पाहा :* **उपदेवता, विवाह**

गंधर्वविद्या (स्त्री), **गंधर्ववेद** (पु) *पाहा :* **संगीत**

गंधर्वांगना (स्त्री) *पाहा :* **अप्सरा**

गंधवार्ता (स्त्री) *पाहा :* **बातमी, पत्ता**

गंधाक्षता (स्त्री, अव) *पाहा :* **आदर**

गंधी (पु) *पाहा :* **अतारी**

गनिमी (वि) *पाहा :* **लढाई, कपट**

गनीम (पु) *पाहा :* **वैरी**

गप (वि), **गपचीप** (गपचूप) (वि), **गप्प** (वि) *पाहा :* **अबोल**

गप्प (स्त्री) *पाहा :* **अफवा, थाप**

गप्पा (स्त्री,अव) गप्पाटप्पा, गप्पासप्पा, गप्पागोष्टी, गप्पाष्टक, शिळोप्याच्या गप्पा, गटारगप्पा, रिकामपणचे बोलणे, संभाषण, वायफळ गोष्टी, भाकडकथा, बकवास, सांगोवांगी

[क्रि] गप्पा छाटणे, चकाट्या पिटणे, बाता/ लाफा/ थापा ठोकणे/ मारणे

(n, pl) chat, chit-chat, chatter, small talk, idle talk, gossip, tittle tattle, conversation, heart-to-heart

गप्पिष्ट (वि) गप्पीदास, बडबड्या, वाचाळ, तोंडाळ, बोलघेवडा, गोष्टीवेल्हाळ, बोलका, मुखर, बाताड्या, थापाड्या, लाफ्या, लघाळ; *पाहा :* **अघळपघळ, थाप**

[adj] chatty, talkative, glib, garrulous, voluble, loquacious; *पाहा :* **अघळपघळ, थाप**

[i] to draw the long bow

गफलत (स्त्री) *पाहा :* **अनवधान, दोष, चूक** (स्त्री)

गबगबीत (वि), **गबदूल** (वि) *पाहा :* **लठ्ठ**

गबर (वि) *पाहा :* **श्रीमंत**

गबाळ (न) *पाहा :* **अडगळ**

गबाळ (वि) *पाहा :* **अव्यवस्थित**

गबाळग्रंथी (वि), **गबाळा** (वि) *पाहा :* **अजागळ, अव्यवस्थित**

गबाळपणा (पु) *पाहा :* **अनवधान**

गब्बर (वि) *पाहा :* **श्रीमंत**

गब्बू (वि) *पाहा :* **लठ्ठ, श्रीमंत**

गब्रू (वि) *पाहा :* **गर्विष्ठ, पराक्रमी**

गभस्ती (पु) *पाहा :* **सूर्य**

गभीर (वि) *पाहा :* **खोल, गंभीर, अगाध, गहन**

गंभीर (वि) गभीर, खोल, खोल विचाराचा, विवेकी, विचारी, विचारशील, चिंतनशील, प्रगल्भ, भारदस्त, सखोल, गहिरा, धीर, धीरगंभीर, धीराचा, शांत; गांभीर्ययुक्त, मेघगंभीर, तळमळ/कळकळ असलेला; सचिंत, विचारमग्न; महत्त्वाचा, आशयघन; घोर, भयंकर, अक्षम्य, धोक्याचा, चिंताजनक, चिघळलेला, आणीबाणीचा; *पाहा :* (विरु) **खुशालचेंडू, विनोदी**

[adj] thoughtful, serious, solemn, clam, deep, profound, dignified; contemplative, meditative, pensive; grave, alarming, critical; *पाहा :* (विरु) **खुशालचेंडू, विनोदी**

गमक (न) *पाहा :* **खूप, प्रमाण, कसोटी**

गमजा (स्त्री, अव) *पाहा :* **ऐट, चाळा, आळस**

गमणे (क्रि) *पाहा :* **रेंगाळणे**

गंमत (जमंत) (स्त्री) *पाहा :* **करमणूक, चेष्टा, क्रीडा, खुमारी**

गमतीदार (वि) *पाहा :* **मजेदार**

गमत्या (वि) *पाहा :* **थट्टेखोर**

गमन (न) *पाहा :* **चालणे, जाणे**

गमनागमन (न) *पाहा :* **खेप**

गमावणे (क्रि) हरवणे, घालवणे, हरपणे, आचवणे, मुकणे, पारखा होणे, अंतरणे; पाडणे, सांडणे, गळफटणे, गहाळ होणे, गुम होणे, उधळणे; फुंकणे, दवडणे, वाया घालवणे, चुकणे, हरणे, अपयशी/पराभूत होणे; वंचित होणे; नष्ट होणे, मरणे; *पाहा :* (विरु) **मिळवणे**

(v) lose, miss, misplace, drop, forfeit, fritter, waste, squander, be deprived of, die; *पाहा :* (विरु) **मिळवणे**

गम्य (वि) *पाहा :* **शक्य**

गम्य (न) *पाहा :* **ओळख**

गय (स्त्री) *पाहा :* **क्षमा**

गयावया (स्त्री, अव) विनवणी, अजिजी, क्षमायाचना, मिनतवारी, आर्जव, दीनवाणी प्रार्थना, आराधना; *पाहा :* **अभ्यर्थना**

[क्रि] दयेची भीक मागणे, करुणा भाकणे, काकळूत करणे, तोंड वेंगाडणे/

वासणे, रावण्या करणे, धावा करणे, नाकदुऱ्या काढणे
[वा] हात पसरणे, हातापाया पडणे, पाय धरणे, पदर पसरणे, नाक घासणे, दादापुता/बाबापुता करणे, लोटांगण घालणे, दात विचकणे, दाताच्या कण्या करणे, दाती तृण धरणे, दाढी धरणे, दाढीला हात लावणे
(n, pl) beseechment, prayer, entreaty, supplication, petition, genuflection, imploration, begging ; *पाहा :* **अभ्यर्थना**
गयावळ (वि) *पाहा :* **बावळट**
गर (पु) गीर, मगज, बलक, अंतर्भाग, दळ, गाभा, भिरकुंड, खोबरे, भेंड, सत्त्व
(n) pulp, marrow, kernel. core, pith
गरगट (न) *पाहा :* **सरमिसळ**
गरगर (गरगरा) (क्रिवि), **गरगरणे** (क्रि) *पाहा :* **परिभ्रमण**
गरगरीत (वि) *पाहा :* **गुटगुटीत, गोल** (वि) **टपोरा, दळदार**
गरज (स्त्री) जरूर, जरुरी, निकड, नड, आवश्यकता; अपरिहार्यता, प्रयोजन, कारण, उपयोग; इच्छा, पर्वा; *पाहा :* **अभाव, गरजवंत**
[क्रि] हवा असणे, पाहिजे असणे, अगत्याचे असणे, मागणी करणे, भाग पडणे
[वा] कामापुरता मामा, गरज सरो वैद्य मरो
(n) necessity, need, want, urgency, compulsion, prerequisite, requirement, exigency, cause, reason; *पाहा :* **अभाव, गरजवंत**
[i] bread and butter, matter of life and death, to make a virute of necessity, crying need, set one's heart on, hour of need
गरजणे (क्रि) *पाहा :* **गाजणे, गुरकणे, ओरडणे, आवाज**
गरजवंत (वि) गरजू, अडलेला, नडलेला; इच्छुक, अभिलाषी; पोटार्थी, लाभार्थी, अर्थार्थी, इ.; उमेदवार; *पाहा :* **गरज**
[वा] गरजवंत तो दरदवंत, गरजवंताला अक्कल नसते, अडला नारायण गाढवाचे पाय धरी
[adj] needy, desirous, candidate; *पाहा :* **गरज**
[i] beggars cannot be choosers
गरजू (वि) *पाहा :* **गरजवंत**
गरती (वि) *पाहा :* **कुलनारी**
गरबा (पु) *पाहा :* नृत्य
गरम (वि) *पाहा :* **उबदार, उष्ण, संतप्त**
गरमागरम (वि) *पाहा :* **उष्ण**
गरमी (स्त्री) *पाहा :* **उकाडा, धग, उष्णता**
गरवार (गरवारशी) (वि) *पाहा :* **गर्भवती**
गरळ (न) *पाहा :* **विष**

गराडा (पु) वेढा, घेरा, घेराव (घेराओ), नाकेबंदी, कोंडमारा; *पाहा :* **अटकाव, वेढा**

[क्रि] घेरणे, वेष्टणे, वेढणे

(n) siege, besiegement, beleaguerment, blockade; *पाहा :* **अटकाव, वेढा**

गराडी (स्त्री) *पाहा :* **गोल** (पु)

गरिबी (स्त्री) दारिद्र्य, दरिद्रदशा, दरिद्रावस्था, दरिद्रीपणा, निर्धनता, रंकपण, आर्थिक दुरवस्था, ओढघस्त, ओढाताण, हलाखी, दैन्य, दैन्यावस्था, विपन्नता, विपन्नावस्था, फकिरी, अन्नान्नदशा, उपासमार; नादारी, दिवाळखोरी; *पाहा :* **अकिंचन, अभाव**, (विरु) **श्रीमंती**

[वा] अक्काबाई, दरिद्रनाम संवत्सरे, अठराविशे दारिद्र्य, चंद्रमौळी घर, उलटी अंबारी, भिकेची झोळी हाती येणे, माध्यान्ह काळ कठीण असणे, लक्ष्मीची मोठी बहीण, भुकेला कोंडा निजेला धोंडा, कोंड्याचा मांडा करून खाणे, झुगझुग जिणे टुकटुक खाणे, धूळ फुंकणे, उकिरडे फुंकणे, रावाचा रंक होणे, फुले वेचली तिथे गोवऱ्या वेचणे, सारी सोंगे येतात पण पैशाचे सोंग येत नाही, एकादशीच्या घरी शिवरात्र, दारिद्र्यरेषेच्या खाली असणे, हातावर पोट असणे, आधी बुद्धी जाते, मग लक्ष्मी जाते

(n) poverty, penury, indigence, beggary, destitution, privation; *पाहा :* **अकिंचन, अभाव** (विरु) **श्रीमंती**

[i] hand-to-mouth existence, beg one's bread, tighten one's belt

गरिमा (पु) *पाहा :* **थोरवी**

गरीब (वि) दीन, दीनवाणा, दीनदुबळा, अगतिक, लाचार, गरीबबापडा, बिचारा, गरीबबिचारा, गरीबगाय, पामर, बापडा, बापुडवाणा, केविलवाणा, अनुकंपनीय; शांत, सौम्य, सात्त्विक, सालस, साधा, सरळ, अश्राप, आज्ञाधारक, नम्र, लीन, नरम, नमणारा, गोगलगाय, निरुपद्रवी; *पाहा :* **अकिंचन, दलित**

[वा] हाडाचा गरीब, गोगलगाय, अल्लाची गाय, कुणाच्या अध्यात ना मध्यात, खालमुंड्या आणि पाताळधुंड्या, तोंडावरची माशी न हालणे, कसायाला गाय धार्जिणी

[adj] humble, meek, docile, gentle, submissive, modest, tractable, compliant, harmless: *पाहा :* **अकिंचन, दलित**

गरुडझेप (स्त्री) *पाहा :* **प्रगती**

गरुडध्वज (पु) *पाहा :* **विष्णू**

गरोदर (वि) *पाहा :* **गर्भवती**

गर्क (वि) मग्न, निमग्न, तल्लीन, रममाण, तन्मय, तद्रूप, तदाकार, दंग, धुंद, चूर, गुंग, एकाग्र, एकरूप, रत, मस्त, मशगुल (मश्गुल), गढलेला, बुडलेला, गुंतलेला, वाहिलेला, व्यग्र, तंद्रीत/तारेत

असलेला, विचारमग्न, ध्यानमग्न, ध्यानस्थ, समाधिस्थ

[वा] रंगात येणे, रंगणे, गुंगणे, गुंतणे, ब्रह्मानंदी टाळी लागणे, समाधी लागणे, देहभान विसरणे, गाड्याला जुंपलेला असणे

[adj] absorbed, engrossed, immersed, engaged, preoccupied, busy, drowned, in a reverie

[i] in a brown study, too many irons in the fire

गर्गशा (पु) *पाहा :* **अगाजा**

गर्जना (स्त्री) आरोळी, डरकाळी, डरकणी, डरकावणी, गर्जित, घोष, उद्घोष, गडगडाट, मेघगर्जना, वीरगर्जना, सिंहगर्जना, सिंहनाद; *पाहा :* **आवाज, ओरडणे, गाजणे, आरोळी**

[वा] राणा भीमदेवी थाटाची गर्जना

(n) roar, scream, yell, shout, howl, bellow, boom, thunder, rumble; *पाहा :* **आवाज, ओरडणे, गाजणे, आरोळी**

गर्ता (स्त्री) *पाहा :* **खड्डा, पाताळ**

गर्द (वि) *पाहा :* **दाट, गहिरा**

गर्दन (स्त्री) *पाहा :* **मान**

गर्दभ (पु) *पाहा :* **गाढव**

गर्दी (स्त्री) दाटी, दाटण, दाटीवाटी, अडचण; खेचाखेच, चेंदाचेंदी, चेंगराचेंगरी, रेटारेटी, लोटालोटी, धक्काबुक्की, ढकलाढकली, कोंदाकोंदी, भाऊगर्दी, झिंबड, झुंबड, झिम्मड, जनसागर, जनसंमर्द, दंगल, खचाखच/घेमार गर्दी; दबडगा, धबडगा, रामरगाडा, बुजबुजाट, बुचबुचाट, बुचबुच, बुजबुज, वर्दळ, राबता, रगाडा, गजगज, गजबज, गजगजाट, गजबजाट; गुंडागर्दी, धावाधाव, पळापळ, तोबा, तोबागर्दी; *पाहा :* **समुदाय, वैपुल्य, घाई**

[वा] पूर, महापूर, गर्दीने फुलून जाणे, मुंगीला जागा न राहणे, बारा सुगरणी आणि स्वयंपाक अळणी, होळीचे होळकर

(n) crowd, crush, rout, rabble, horde, mass, mob, swarm, multitude, throng, flock, rush, onrush, stampede; *पाहा :* **समुदाय, वैपुल्य, घाई**

गर्भ (पु) गाभ, भ्रूण, पिंड; मगज, अंतर्भाग, केंद्र

(n) foetus, embryo; nucleus

गर्भगळीत (वि) *पाहा :* **भीती**

गर्भगृह (न) गर्भागार, गाभारा; चौखांबी, अंतर्गृह, माजघर; *पाहा :* **खोली, देऊळ**

(n) sanctum, sanctorum, sanctuary; *पाहा :* **खोली, देऊळ**

गर्भपात (पु) भ्रूणहत्या

[वा] पोट पडणे/ पाडणे/ जिरवणे

(n) abortion, miscarriage, termination of pregnancy

गर्भरेशमी (वि) *पाहा :* **तलम**

गर्भवती (स्त्री, वि) गर्भार, गर्भारशी, गर्भिणी, गुर्विणी, गरोदर, गरवार,

गरवारशी, पोटुशी, पोट आलेली, गाभण, गाभिणी, गाभीण, पहिलटकरीण, नवशिकी
[क्रि] गर्भधारणा/ गर्भसंभव/ गर्भाधान होणे, दिवस जाणे, अवघडणे
(n, adj) pregnant, expectant, big (with child), carrying a child, gestating, parturient
[v] conceive, be in the family way

गर्भश्रीमंत (वि) *पाहा :* **श्रीमंत**

गर्भाशय (पु), **गर्भकोश (-शय्या, -स्थान);** कूस, उदर
(n) womb

गर्भिणी (स्त्री) *पाहा :* **गर्भवती**

गर्भित (वि) सूचित, ध्वनित, अप्रकट, अप्रत्यक्ष, लपलेला, समाविष्ट, व्यंग्य, व्यंजक, ज्ञापक; *पाहा :* **गुप्त, अध्याहृत**
[वा] लेकी बोले सुने लागे
[adj] implicit, tacit, implied, hidden, latent, inherent, indirect, insinuated, suggestive; *पाहा :* **गुप्त, अध्याहृत**

गर्भितार्थ (पु) *पाहा :* **अभिप्राय**

गर्व (पु) *पाहा :* **अभिमान, तोरा, गर्विष्ठ**

गर्वहरण (न) *पाहा :* **फजिती**

गर्विष्ठ (वि) मानी, अभिमानी, अहंमन्य, अहंकारी, शिष्ट, मिजासखोर, बढाईखोर, शेखीबाज, फुशारखोर, घमेंडखोर, घमेंडानंदन, दिमाखखोर, मग्रूर, अरेराव, चढेल, माजखोर, उन्मत्त, रंडापंडित, उपटसुंभ, प्रतिष्ठेखोर, धुंद, उद्दाम, उर्मट, मदांध, मदोन्मत्त, धनांध, धनमत्त, दुड्ढाचार्य (डुड्ढाचार्य), आढ्यताखोर, उच्चभ्रू, लब्धप्रतिष्ठित, पुष्टगंड, झब्बू, गब्रू, फुगलेला, शेफारलेला, कुर्रेबाज, गर्वोन्नत, माजखोर, दुरभिमानी; *पाहा :* **अभिमान**
[वा] 'ग'ची बाधा होणे, गर्वाने फुगणे, उतणे, मातणे, मी मी म्हणणे, नाक वर करून चालणे, अर्ध्या हळकुंडाने पिवळे होणे, जमीन-अस्मान एक होणे, स्वर्ग दोन बोटे उरणे, अस्मान ठेंगणे होणे, टेंभा मिरविणे, भाव खाणे, मला पाहा आणि फूल वाहा, पडलो तरी माझेच नाक वर, सुंभ जळला तरी पीळ जळत नाही, फुगीर दोडका
[adj] vain, conceited, pompous, priggish, swaggering, egocentric, egotistic, boastful, vainglorious, proud, impudent, haughty, selfrighteous, self-imporant, bumptious, snobbish, swollen-headed, imperious, supercilious; *पाहा :* **अभिमान**
[i] high-flown, puffed-up, turn someone's head, holier than thou, stuffed shirt, talk big

गर्विष्ठपणा (पु) **पाहा : अभिमान**

गर्वोक्ती (स्त्री) *पाहा :* **फुशारकी,**

उक्ती
गर्वोन्नत (वि) *पाहा :* **गर्विष्ठ**
गर्हणीय (वि) दोषार्ह, दोषास्पद, निंद्य, निंदनीय, निषेधार्ह, अप्रशस्त, तिरस्करणीय, घृणास्पद, गर्ह्य, त्याज्य, अश्लाघ्य, आक्षेपार्ह, दूषणार्ह, दूषणीय, दंडनीय, दंडार्ह, लांछनास्पद, लज्जास्पद, लाजिरवाणा, अयोग्य, अमंगळ, अघोरी, संतापजनक; *पाहा :* (विरु) **स्तुत्य**
[वा] काळा, कृष्ण
[adj] abominable, detestable, loathsome, hateful, blameworthy, reprehensible, despicable; *पाहा :* (विरु) **स्तुत्य**
गलका (पु) *पाहा :* **अगाजा, आवाज**
गलंड (न) *पाहा :* **गळू**
गलथान (वि) *पाहा :* **अजागळ, नेभळट, गाफील**
गलथानपणा (पु) *पाहा :* **अनवधान**
गलबत (न) *पाहा :* **नौका**
गलबलणे (क्रि) धांदलणे, हादरणे, बेचैन/अस्वस्थ होणे, उमाळा/गहिवर येणे, गहिवरणे, घाबरणे, जीव कालवणे
(v) be restless/nervous/shaken/stirred/moved
गलबला (पु), **गलबलाट** (पु) *पाहा :* **अगाजा, आवाज**
गलमिशा (स्त्री, अव) *पाहा :* **केस**
गलांड (न) *पाहा :* **गळू**
गलिच्छ (वि) *पाहा :* **अस्वच्छ, ओंगळ**
गलितगात्र (वि) *पाहा :* **अशक्त**
गलितधैर्य (वि) *पाहा :* **निराश**
गलितयौवन (वि) *पाहा :* **वृद्ध**
गलितेंद्रिय (वि) *पाहा :* **अशक्त**
गलेलठ्ठ (वि) *पाहा :* **लठ्ठ, अगडबंब**
गल्ला (पु) *पाहा :* **अर्थ, संग्रह**
गल्लाभरू (वि) *पाहा :* **निकृष्ट**
गल्ली (स्त्री) *पाहा :* **मार्ग**
गवई (पु) *पाहा :* **गायक**
गवगवा (पु) *पाहा :* **प्रसिद्धी, डंका, अगाजा,**
गवत (न) तृण,तण, घास, घासकाडी, चारा, चिमणचारा, कडबा, कडवळ, वैरण, पेंढा, गोंडाळ, रानगवत, शष्प, कुंदा, हरळी, दूर्वा, दर्भ, कुश, तृणांकुर, लव्हाळे, तनसडी (तणसडी), हिरवळ, कुरण, रान
(n) grass, turf, lawn, meadow, prairie, steppe, savannah, pasture, straw, weed, hay, fodder
गवत्यागोमाजी (पु) *पाहा :* **अलताभलता**
गवय्या (पु) *पाहा :* **गायक**
गवशा (वि) *पाहा :* **फुकट**
गवस (पु) *पाहा :* **संधी**
गवसणी (स्त्री) *पाहा :* **अवगुंठन**
गवसणे (क्रि) *पाहा :* **आढळणे**
गवा (पु) *पाहा :* **रेडा, बैल**
गवार (वि) *पाहा :* **अजाण**
गवाक्ष (न) *पाहा :* **खिडकी**
गवेषण (न) *पाहा :* **अन्वेषण**
गव्य (न) *पाहा :* **पंचगव्य**
गव्हर (न) *पाहा :* **विवर**

गस्त (स्त्री) *पाहा :* **पहारा**

गस्तवाला (पु) *पाहा :* **पहारेकरी**

गहजब (पु) पाहा **अतिरेक, तक्रार**

गहन (वि) अवघड, दुर्गम, दुर्घट, दुष्कर, कठीण, अगम्य, अनाकलनीय, अतर्क्य, अचिंत्य, अमानवी, दुर्बोध, दुर्ज्ञेय, गूढ, गहिरा, कूट, अगाध, खोल, गभीर, प्रगाढ, गहनगती
[वा] खोल पाणी, डोक्यावरून जाणे
[adj] intricate, arduous, inscrutable, incomprehensible, profound, deep, unfathomable, unintelligible, recondite, enigmatic; cryptic, abstruse

गहाण (वि) *पाहा :* **अनामत**

गहाळ (वि) *पाहा :* **गमावणे**

गहिरा (वि) खोल, गंभीर, गहन, गूढ, निबिड, दुर्भेद्य, गाढ, प्रगाढ, एकवटलेला, गर्द, गडद, दाट, पक्का, गाढा, दीर्घ
[adj] deep, profound, dense, close, thick, dark

गहिवर (पु) *पाहा :* **उमाळा, गलबलणे**

गहिवरणे (क्रि) गहिवर येणे, उमाळा येणे, कंठ/गळा दाटून येणे, हुंदका येणे, सद्‌गद/सद्‌गदित होणे, गदगदून येणे, कढ येणे, ऊर दाटणे, छाती/हृदय भरून येणे, श्वास कोंडणे, गलबलणे
(v) choke with emotion

गहूवर्ण (वि) *पाहा :* **गोरा**

गळ (पु) आकडा, नांगर, लंगर, बगाड, कडी, फास, पाश
(n) hook, barb, anchor, noose

गळचेपी (स्त्री) दडपशाही, कोंडमारा, जुलूम, जबरदस्ती, निर्बंध, बंधन, बंदी; *पाहा :* **तोंडमारा, अटकाव**
[क्रि] दडपणे, दाबून टाकणे, चिरडणे
(n) curb, check, restraint, coercion, suppression, throttling, (v) stifle, smother, repress, muffle, silence, stamp out, crush; *पाहा :* **तोंडमारा, अटकाव**

गळणे (क्रि) झरणे, झिरपणे, झिरणे, स्रवणे, क्षरणे, ठिबकणे, ठिपकणे, टिबकणे, टिपकणे, टपकणे, पाझरणे, चिघळणे, द्रवणे, वाहणे, निचरणे, निचरा होणे, धार लागणे, गळती लागणे, थेंबथेंब पडणे, ढळणे, झडणे, पतन पावणे, स्खलन होणे, उणावणे, सुटणे, निसटणे; बाहेर पडणे, घोळणा फुटणे; *पाहा :* **गळती, अधोगती, थकणे**
(v) leak, seep, ooze, discharge, percolate; trickle, drip, flow; drop out, be excluded; *पाहा :* **गळती, अधोगती, थकणे**

गळती (स्त्री) पाझर, स्राव, ठिबकणी, टिपटिप, ठिबक, झिरपणी, झरा, झिरपा, झुरणी, निचरा, पतन, पडझड, स्खलन, धार, प्रवाह, संततधार, अभिषेक; रक्तस्राव, अंत:स्राव इ.; *पाहा :* **गळणे**
(n) leakage, seepage, ozzing,

secretion, emission, drip, discharge; *पाहा :* **गळणे**

गळफटणे (क्रि) *पाहा :* **गमावणे**

गळफास (पु) *पाहा :* **आत्मघात**

गळा (पु) आवाज, सूर, स्वर; गाता गळा, गोड/ मधुर/भसाडा गळा; *पाहा :* **कंठ**

(n) voice, intonation; *पाहा :* **कंठ**

गळाठणे (क्रि) *पाहा :* **थकणे**

गळाठा (पु) *पाहा :* **अडगळ**

गळाभेट (स्त्री), **गळामिठी** (स्त्री) *पाहा :* **आलिंगन**

गळित (गळीत) (न) गळिताचे धान्य; *पाहा :* **धान्य**

(n) oilseed; *पाहा :* **धान्य**

गळू (न) उठाणू, गलंड (गलांड), अवधाण, गोळा, वायगोळा, विद्रधी, ग्रंथी, गुल्म, गंड, गाठ, बेंड, गुठळी, सूज, फुगवटा, टेंगूळ, आवाळू, टण्णू, फोड, पुई, पुटकुळी, पुळी, पीटिका, तारुण्यपीटिका, पुरळ, करट, कुरूप, केस्तुडे, चामखीळ, मस, मुरूम, घट्टा, घामोळे, फिसके

(n) boil, lump, tumour, blister, bulge, swelling, protuberance, pimple, corn, wart, mole, cyst, gland, carbuncle, abcess, pustule, ulcer

गळेकापू (वि) *पाहा :* **विश्वासघातकी, कसाई**

गळेपडू (वि) *पाहा :* **चिकट, स्वार्थी**

गळेफोड (स्त्री) *पाहा :* **उपदेश, खडसावणे**

गळेसर (पु) *पाहा :* **आवली**

गाई (स्त्री) *पाहा :* **झोप**

गागणे (क्रि) *पाहा :* **ओरडणे**

गांगरणे (क्रि) भांबावणे, बावरणे, बावचळणे, घोटाळणे, घोटाळ्यात पडणे, गोंधळणे, पेचात पडणे, दिङ्मूढ होणे, भिणे, कावराबावरा होणे, मागेपुढे पाहणे

(v) waver, be bewildered/ apprehensive/confused/ perplexed/confounded

[i] at one's wit's end

गागावणे (क्रि) *पाहा :* **संतापणे**

गाज (स्त्री) *पाहा :* **आवाज**

गांजणूक (स्त्री) *पाहा :* **छळणे, अत्याचार**

गाजणे (क्रि) वाजणे, आवाज होणे, गरजणे, गर्जना करणे, घुमणे, घुमघुमणे, झडणे, झडाडणे, दुमदुमणे, दणाणणे, धडाडणे, नाद होणे; गजबजणे, वाजणेगाजणे, प्रसिद्ध/जगजाहीर होणे, कीर्ती पसरणे; *पाहा :* **प्रतिध्वनी**

(v) resound, ring, roll, boom, thunder, echo, reverberate; *पाहा :* **प्रतिध्वनी**

गांजणे (क्रि) *पाहा :* **छळणे**

गाजरपारखी (वि) *पाहा :* **चिकित्सक, अजाण**

गांजा (पु) *पाहा :* **मादक द्रव्ये**

गाजावाजा (पु) *पाहा :* **प्रसिद्धी, अवडंबर, अगाजा**

गाजी (वि) *पाहा :* **पराक्रमी**

गांजेकस (वि) *पाहा :* **व्यसनी**

गाठ (स्त्री) बंध, गुंता, गुंतागुंत; सुरगाठ, सरकगाठ, सरगाठ, निसरगाठ, निरगाठ, रेशीमगाठ, जन्मगाठ, ब्रह्मगाठ, वज्रगाठ; फास, सरकफास; *पाहा :* **अढी, गळू, भेट**

(n) knot, bond, bow, tangle; tie, snarl; Gordian knot; *पाहा :* **अढी, गळू, भेट**

गाठणे (क्रि), **गाठवणे** (क्रि) *पाहा :* **गुंफणे, भेटणे**

गाठोडे (न) *पाहा :* **गठ्ठा, खजिना**

गाडगे (न) *पाहा :* **भांडे**

गाडणे (क्रि) *पाहा :* **पुरणे, चिणणे, अंत**

गाडदी (पु) *पाहा :* **पहारेकरी**

गाडा (पु), **गाडी** (स्त्री) *पाहा :* **वाहन**

गाडाभर (वि) *पाहा :* **अतिशय, अनेक**

गाडीतळ (पु) *पाहा :* **स्थानक, अड्डा**

गाडीरस्ता (पु) *पाहा :* **रस्ता**

गाडीवान (पु) *पाहा :* **चालक**

गाढ (वि) *पाहा :* **गहिरा, दाट**

गाढव (पु) गर्दभ, रासभ, खर, लंबकर्ण, लांबकान्या, वैशाखनंदन, गद्धा

(n) ass, donkey

गाढव (वि) *पाहा :* **अजाण**

गाढा (वि) *पाहा :* **गहिरा, दृढ, निपुण**

गाणे (न) गायन, गायकी, गान; गानविद्या, गाणेबजावणे, गायनवादन, जलसा; स्वरालाप, नोमतोम, तननम, तनाना; वृंदगायन, वृंदवादन, काव्यगायन; ध्रुपद-धमार, ख्याल, चीज, टप्पा, दादरा, ठुमरी (ठुंबरी), तराणा, तिल्लाणा, इ.; *पाहा :* **काव्य, संगीत, राग**

(n) vocal music, hymn, carol, chant, ballad, march, lulluby, opera, sonata, symphony, song; *पाहा :* **काव्य, संगीत, राग**

गाणे (क्रि) गायन करणे, गळ्यावर म्हणणे, स्वरात म्हणणे; *स्वरसाथ करणे, पाहा :* **गाणे** (न)

[वा] गळा लागणे, गळा ताणणे

(v) sing, vocalize, intone, chorus, chant; *पाहा :* **गाणे** (न)

गाणेबजावणे (न) *पाहा :* **जलसा, संगीत**

गात्र (न) *पाहा :* **अवयव, अंग**

गात्रविहीन (वि) *पाहा :* **अमूर्त**

गात्रवैकल्य (न) *पाहा :* **थकवा**

गाथा (स्त्री) *पाहा :* **काव्य, कथा**

गादी (स्त्री) *पाहा :* **अधिकार, आसन**

गांधर्व (पु), **गांधर्वविवाह** (पु) *पाहा :* **विवाह**

गांधार (पु) *पाहा :* **स्वर**

गांधीलमाशी (स्त्री) *पाहा :* **माशी**

गान (न) *पाहा :* **गाणे** (न)

गानमधुर (वि) *पाहा :* **मंजूळ**

गाफील (वि) बेसावध, निष्काळजी, हलगर्जी, ढिला, जड, सुस्त, विसराळू, बेपर्वा, बेदरकार, बेफिकीर, गबाळा, गलथान, अविवेकी, प्रमादी

[adj] inadvertent, careless, thoughtless, negligent,

inattentive, slovenly, remiss, lax, forgetful, heedless

गाफीलपणा (पु) *पाहा :* **अनवधान**

गाभ (पु) *पाहा :* **गर्भ**

गाभण (वि) *पाहा :* **गर्भवती**

गाभा (पु) *पाहा :* **अंतरंग, गर**

गाभारा (पु) *पाहा :* **गर्भगृह**

गाभिणी (स्त्री), **गाभीण** (स्त्री) *पाहा :* **गर्भवती**

गांभीर्य (न) गंभीरता, उदात्तता, पावित्र्य, भारदस्तपणा, विचारीपणा, शांतवृत्ती; सखोलता, अगाधता, महत्त्व; धोका, धोकादायकता

(n) seriousness, solemnity, depth, profundity, gravity, importance; dangerousness

गाय (स्त्री) गो, गौ, धेनू, गायत्री, गोमाता, गोजी (गुजी); गोवत्स, वासरू, कालवड; गोधन; *पाहा :* **कामधेनू**

(n) cow, female calf; *पाहा :* **कामधेनू**

गायक (पु) गवई, गाणारा, गवय्या, भाट, शाहीर, ध्रुपदिया, ख्यालगायक, गीतगायक, गंधर्व, स्वरसम्राट, गानसम्राट, गानमहर्षी, संगीतरत्न; पार्श्वगायक; गायिका, गानकोकिळा; पार्श्वगायिका; तानसेन; *पाहा :* **गाणे, संगीत**

(n) singer, vocalist, songster, minstrel, soloist, soprano, tenor, baritone, bass, pop star, artist, nightingale; *पाहा :* **गाणे, संगीत**

गायकी (स्त्री) *पाहा :* **गाणे,** (न), **संगीत**

गायत्री (स्त्री) *पाहा :* **मंत्र, गाय**

गायन (न) *पाहा :* **गाणे** (न)

गायनवादन (न) *पाहा :* **संगीत, जलसा**

गायब (वि) *पाहा :* **गडप, गुप्त**

गायरान (न) *पाहा :* **अरण्य**

गायिका (स्त्री) *पाहा :* **गायक, कलावंतीण**

गार (स्त्री) *पाहा :* **दगड, हिम**

गार (वि) थंड, शीत, शीतल, निवलेला, गारट, थंडगार, गारढोण, गारीगार, (गारेगार), अतिशीत, झोंबरा, बर्फासारखा, गोठवणारा, गोठलेला, गारठलेला, थिजलेला; वातानुकूलित; *पाहा :* (विरु) **उष्ण**

(न) शीतगृह; शीतपेटी (-पेटिका) (स्त्री)

[adj] cool, chilly, cold, biting, nipping, icy, ice-cold, chilled; shivery, wintry, freezing, frozen; *पाहा :* (विरु) **उष्ण**

[i] cold storage, refrigerator

गारगोटी (स्त्री) *पाहा :* **दगड**

गारठणे (क्रि) *पाहा :* **गोठणे, थंडी**

गारठा (पु) *पाहा :* **थंडी**

गारद (वि) *पाहा :* **नष्ट, मृत**

गारदी (पु) *पाहा :* **विश्वासघातकी, पहारेकरी**

गारवा (पु) *पाहा :* **थंडी**

गारा (पु) *पाहा :* **चिखल, राग**

गारुड (न) *पाहा :* **जादू**

गारुडी (गारोडी) (पु) पुंगीवाला, सर्पमांत्रिक; *पाहा :* **जादूगार**

(n) snake charmer; *पाहा :* **जादूगार**

गाऱ्हाणे (न) *पाहा :* **तक्रार, अभ्यर्थना**

गाल (पु) कपोल, गालफड, थोबाड; कानशील, कानफड; *पाहा :* **तोंड**

(n) cheek; *पाहा :* **तोंड**

गालगुच्चा (पु) *पाहा :* **चिमटा**

गालबोट (न) *पाहा :* **कलंक**

गालिचा (पु) *पाहा :* **आसन, नक्षी**

गालिप्रदान (न) *पाहा :* **अपभाषण**

गाव (न) ग्राम, खेडे, खेडेगाव, मौजे, देहे, महाल, पेटा, पेठ, कसबा, वाडी, पाडा, वस्ती, गावठाण, पांढर (पांढरी), आईपांढर, गावंढे गाव, नगर, नगरी, शहर, पूर, पुरी, पट्टण, पाटण, पत्तन, महानगर, राजधानी; उपनगर, वसाहत, झोपडपट्टी, गलिच्छ वस्ती, कुग्राम

[वा] आटपाटनगर

(n) village, hamlet, town, township, city, metropolis; subrub, colony, community, settlement, ghetto, slum

गावकरी (पु) *पाहा :* **नागरिक**

गावगप्प (स्त्री) *पाहा :* **अफवा**

गावगाडा (पु) *पाहा :* **कारभार**

गावगुंड (पु) *पाहा :* **गुंड, उडाणटप्पू**

गावजेवण (न) *पाहा :* **अन्न**

गावठी (वि), **गावंढळ** (वि) **गावंढा** (वि) *पाहा :* **अजाण, असंस्कृत, प्रादेशिक**

गावणे (क्रि) *पाहा :* **अडकणे, आढळणे**

गावदरी (स्त्री) *पाहा :* **प्रदेश**

गावभवानी (स्त्री) *पाहा :* **भटकभवानी, चवचाल**

गावमावशी (-मेव्हणी, -सवाष्ण) (स्त्री) *पाहा :* **वेश्या**

गावरान (वि) *पाहा :* **अजाण, असंस्कृत, प्रादेशिक**

गाशा गुंडाळणे (क्रि) आवराआवर करणे, पाय काढणे, काढता पाय घेणे, चालता होणे, निघून जाणे

(v) pack up and go, depart

गाळ (पु) साका, निवळ, रेंदा, चिखल, मळी, गाळसाळ, वगळ, गदळ, चोथा, पेंड, राब; *पाहा :* **अवशेष**

(n) sediment, alluvium, silt, dregs, deposit, precipitate, residue; *पाहा :* **अवशेष**

गाळण (-णी, -णे) (स्त्री, न) *पाहा :* **चाळण**

गाळणे (क्रि) *पाहा :* **वगळणे**

गाळा (पु) *पाहा :* **दुकान**

गाळीव (वि) *पाहा :* **अट्टल, निवडक**

गिचगिचीत (वि) *पाहा :* **मऊ**

गिचमिड (वि) *पाहा :* **किजबिड, किचकट**

गिच्च (वि) *पाहा :* **दाट**

गिंडी (स्त्री) *पाहा :* **भांडे**

गिड्डा (वि) *पाहा :* **ठेंगणा**

गिरकी (स्त्री) *पाहा :* **परिभ्रमण**

गिरके (न) *पाहा :* **अपस्मार**

गिरणी (स्त्री) *पाहा :* **उत्पादनगृह, चक्की**

गिरदी (स्त्री) *पाहा :* **उशी**

गिरफदार (गिरफ्तार) (वि) *पाहा :*

कैदी
गिरफदारी (गिरफ्तारी) (वि) *पाहा :* **अटक**
गिरबिडणे (क्रि) *पाहा :* **चोपडणे**
गिरवणे (क्रि) *पाहा :* **अनुकरण, घोटणे**
गिरा (स्त्री) वाणी, वाचा, वचन, बोल, उक्ती, बोलणे, भाषण, शब्दोच्चार, बोली; *पाहा :* **भाषा**
(n) language; tongue, parlance, articulation, speech, utterance;
पाहा : **भाषा**
गिराण (न) *पाहा :* **ग्रहण**
गिरिकंदर (न) *पाहा :* **विवर, डोंगर**
गिरिजा (स्त्री) *पाहा :* **पार्वती**
गिरिभ्रमण (न) *पाहा :* **प्रवास**
गिरिवर (पु), **गिरी** (पु) *पाहा :* **डोंगर**
गिर्यारोहक (पु) *पाहा :* **प्रवासी**
गिर्यारोहण (न) *पाहा :* **प्रवास, आरूढणे**
गिर्रेबाज (वि) *पाहा :* **भरदार**
गिऱ्हाईक (न) *पाहा :* **उपभोक्ता**
गिलगिलीत (वि) *पाहा :* **मऊ**
गिलावा (पु) *पाहा :* **लेप**
गिलीट (न) *पाहा :* **लेप**
गिल्ला (पु) *पाहा :* **अगाजा**
गिळंकृत (वि) *पाहा :* **गडप, खाणे, ग्रस्त**
गिळगिळीत (वि) *पाहा :* **मऊ, नीरस**
गिळणे (क्रि) *पाहा :* **खाणे, सोसणे**
गीत (न) *पाहा :* **गाणे, काव्य**
गीतकार (पु) *पाहा :* **कवी**
गीर (पु) *पाहा :* **गर**
गीर्वाण भाषा (स्त्री) *पाहा :* **संस्कृत भाषा**
गुंग (वि) *पाहा :* **गर्क, दिङ्मूढ, आश्चर्य** (न)
गुंगणे (क्रि) *पाहा :* **गर्क, भुरळणे, झिंगणे**
गुगली (स्त्री) *पाहा :* **थाप**
गुंगवणे (क्रि) *पाहा :* **फसवणूक**
गुंगारा देणे (क्रि) फरारी होणे, पसार होणे, सटकणे, गुल होणे, पळून जाणे, निघून जाणे, निसटणे, झोकांडी/झुकांडी/ झुकापुरी/ झुलकावणी/ हुलकावणी देणे, टाळणे, नजर चुकवणे, हाती न लागणे, पळ काढणे; *पाहा :* **फसवणूक, परागंदा**
[वा] हातावर तुरी देणे
(v) run away, decamp, abscond, bolt, flee, elope, escape, slip *पाहा :* **फसवणूक, परागंदा**
[i] turn tail, cut and run
गुंगी (स्त्री) स्तुस्ती, झापड, धुंदी, जाड्य, तंद्री, कैफ, अंमल, निशा (नशा), झिंग, तंद्रा, बेहोशी, तार; दिवास्वप्न; भूल, बधिरता, बेशुद्धी, ग्लानी
(n) heaviness, numbness, stupfaction, languor, stupor, daze, unconsciousness, coma, trance, intoxication
गुच्चा (पु) *पाहा :* **आघात, चिमटा**
गुच्छ (पु) *पाहा :* **समुदाय, तुरा**
गुजगोष्टी (स्त्री, अव) *पाहा :* **संभाषण**
गुंजन (न) गुंजारव, गुणगुण; रुंजी;

पाहा : **आवाज**

(n) hum, buzz, murmur drone; *पाहा :* **आवाज**

गुंजभर (वि) *पाहा :* **अल्प**

गुजराण (स्त्री) *पाहा :* **उदरनिर्वाह**

गुजरी तोडी (स्त्री) *पाहा :* **राग**

गुंजारव (पु) *पाहा :* **गुंजन**

गुजारा (पु) *पाहा :* **उदरनिर्वाह**

गुटका (पु) *पाहा :* **गोळी, गुळणी**

गुटगुटीत (वि) गरगरीत, गटगटीत, बाळसेदार, पुष्ट, भरदार, उफाड्याचा, भरल्या अंगाचा, ठसठशीत, टपोरा, दळदार; *पाहा :* **लठ्ठ**

[adj] round, full, big, ample, rounded, rotund, well-padded, plump; *पाहा :* **लठ्ठ**

गुटिका (स्त्री), **गुटी** (स्त्री) *पाहा :* **गोळी**

गुठळी (स्त्री) *पाहा :* **गळू, गोळी**

गुंड (पु) पुंड, मवाली, ठग, सोदा, लुच्चा, भामटा, टग्या, उनाड, गावगुंड, भोट, नंगा, दादा, समाजकंटक, दंगलखोर, हुल्लडबाज, घातपाती, दंगेखोर, खलपुरुष, दुष्ट/ हलकट/ बदमाश मनुष्य

(n) ruffian, rogue, rowdy, hooligan, hoodlum, knave, bully, scoundrel, rascal, blackguard, con-man

गुंडगिरी (स्त्री) *पाहा :* **दंगल, दादागिरी**

गुडगुडी (स्त्री) *पाहा :* **तंबाखू**

गुडघा (पु) ढोपर, जानु; *पाहा :* **पाय**

(n) knee; *पाहा :* **पाय**

गुडदी (स्त्री) *पाहा :* **झाकण**

गुंडाळी (स्त्री) *पाहा :* **गुंडाळी**

गुंडा (पु) *पाहा :* **गुंडाळी, दगड, भांडे**

गुंडाळणे (क्रि) लपेटणे, वेष्टणे, गुरफटविणे, गुंडाळी/वळकटी करणे, पिरगाळणे, पिळणे; आवरणे, आटोपणे, संपवणे, ढकलणे *पाहा :* **अवगुंठन**

(v) wrap, bundle up, encase, pack, shroud, envelop, roll; wring, twist; conclude, finish; *पाहा :* **अवगुंठन**

गुंडाळी (स्त्री) वळकटी, सुरळी, वेटोळे, भेंडोळे, पेंडोळे, बिंडोळे, बिंडा, गुंडा, गुंडी, गुंडाळी, लड, पिंडा, पिळा, पुंगळी, चुंबळ

(n) roll, coil, reel, spool, scroll

गुडुप (वि) *पाहा :* **दाट, अंधकार**

गुढी (स्त्री) *पाहा :* **ध्वज**

गुण (पु) लक्षण, धर्म, पदार्थधर्म, गुणधर्म, उपाधी, मनोधर्म, स्वभाव, स्वभावगुण, सहजगुण, देहस्वभाव, स्वभावधर्म, स्वभावविशेष, वैशिष्ट्य, स्वभाववैशिष्ट्य, व्यक्तिवैशिष्ट्य, गुणवैशिष्ट्य, गुणविशेष, खासियत, वेगळेपणा, आगळेपणा, पृथगात्मता, खूण, निशाणी; गुणत्रय (त्रिगुण; प्रकृती: सत्त्वगुण, रजोगुण, तमोगुण; काव्य: माधुर्य, ओज, प्रसाद); गुणपंचक (शब्द, स्पर्श, रूप, रस, गंध), सद्‌गुण, हातगुण, पायगुण, दुर्गुण,

अवगुण, कुलक्षण, गुणदोष, गुणावगुण; दर्जा, मोल, किंमत, योग्यता, गुणवत्ता; गुणकारीपणा, उपयुक्तता; फायदा, उपयोग, फल, लाभ, प्रभाव, परिणाम; लागतगुण, संगतगुण; गुणसमुच्चय, गुणोत्कर्ष, गुणाधिक्य; गुणसंपदा; कलागुण, चारित्र्यगुण, इ.; *पाहा :* **नऊ गुण, साहित्यगुण, गुणी**

(n) quality, attribute, property, characteristic, feature, speciality, peculiarity, trait, mark, merit, worth, value, grade, class, rank, standard; virtue, goodness; defect, shortcoming; *पाहा :* **नऊ गुण, साहित्यगुण, गुणी**

गुणकली (पु) *पाहा :* **राग**

गुणकारक (वि) गुणकारी, गुणावह, परिणामकारक, आरोयदायक, उपयोगी, उपकारक, प्रभावी, अमोघ

[adj] effective, efficacious, potent, active, useful, productive

गुणगान (न) *पाहा :* **स्तुती**

गुणगुणणे (क्रि) *पाहा :* **आवाज**

गुणगौरव (पु) *पाहा :* **आदर, स्तुती**

गुणग्रहण (न) *पाहा :* **रसग्रहण**

गुणग्राहक (वि), **गुणग्राही** (वि) *पाहा :* **चाहता, रसिक, जाणता**

गुणदोषविवेचन (न) *पाहा :* **चिकित्सा, टीका**

गुणधर्म (पु) *पाहा :* **गुण, प्रकृती**

गुणवंत (वि) *पाहा :* **गुणी**

गुणवत्ता (स्त्री) *पाहा :* **गुण**

गुणवान (वि) *पाहा :* **गुणी**

गुणज्ञ (वि) *पाहा :* **चाहता, रसिक, जाणता**

गुणाकार (पु) *पाहा :* **वाढ**

गुणातीत (वि) *पाहा :* **अमूर्त**

गुणी (वि) गुणवंत, गुणवान, सद्‌गुणी, गुणसंपन्न, सर्वगुणसंपन्न, सकलगुणमंडित, गुणनिधी, गुणाढ्य, गुणसागर, गुणगभीर, बहुगुणी, गुणवत्ताधारक, चतुरस्र, सुलक्षणी, अनेककलाकोविद, निपुण, पारंगत; कलावंत, प्रतिभावान, गुणिजन; गुणखनी; अल्पमोली, बहुगुणी *पाहा :* **गुण,** (विरु) **दुर्गुणी, चारित्र्यहीन**

[वा] आखूडशिंगी बहुदुधी, झाकले माणिक, काळा राजहंस, सर्वे गुणा: कांचनमाश्रयन्ते, गुणी गुणं वेत्ति

[adj] talented, gifted, accomplished, endowed; virtuous, meritorious, worthy; *पाहा :* **गुण,** (विरु) **दुर्गुणी, चारित्र्यहीन**

[i] an ugly duckling

गुणोत्कर्ष (पु) *पाहा :* **गुण, उत्कर्ष, प्रगती**

गुणोत्तर (न) *पाहा :* **प्रमाण**

गुंतणे (क्रि) *पाहा :* **अडकणे, गर्क**

गुंतवणूक (स्त्री) *पाहा :* **अर्थ**

गुंतवणे (क्रि) *पाहा :* **गुंफणे**

गुंतवळ (न) *पाहा :* **केस**

गुंता (पु) *पाहा :* **गुंतागुंत**

गुंतागुंत (स्त्री) गुंता, गुंताड, जंजाळ, गोंधळ, घोटाळा, विचका; *पाहा :* **किचकट, अडचण**

[वा] चक्रव्यूह, जंगल

(n) complication, tangle, snarl, sang, complexity, confusion, mix-up, labyrinth, maze, mess; *पाहा :* **किचकट, अडचण**

[i] wheels within wheels

गुंतागुतीचा (वि) *पाहा :* **अवघड**

गुंताड (न) *पाहा :* **जंजाळ**

गुत्ता (पु) *पाहा :* **अड्डा, दुकान**

गुद (न) *पाहा :* **कर्मेंद्रिय**

गुदगुल्या करणे (क्रि) सुखवणे, खुलवणे, रमवणे, रंजवणे, रिझवणे, हसवणे, मोहवणे, चेतवणे, हुरळवणे, खुशीत आणणे, भावना उद्दीपित करणे

(v) tickle, titillate, excite, stir up, rouse, amuse, delight, please, gladden

गुदमरणे (क्रि) श्वास कोंडणे, श्वासावरोध होणे, दम कोंडणे, घाबरे/कासावीस होणे, कोंडमारा होणे, घुसमट होणे, घुसमटणे, गदमदणे, चोळवटून जाणे

(v) to be suffocated/choked/stifled/smothered/asphyxiated

गुदरणे (क्रि) *पाहा :* **बेतणे**

गुदस्त (वि) *पाहा :* **अतीत**

गुदाम (न) *पाहा :* **संग्रह**

गुद्दा (पु) *पाहा :* **आघात**

गुन्हा (पु) *पाहा :* **अपराध**

गुन्हेगार (वि, पु) अपराधी, दोषी, अतिरेकी, अत्याचारी, घातपाती, दुर्वर्तनी, कुकर्मी, बदकर्मी, पापी, पापकर्मी, पातकी, पापिष्ट, अधर्माचरणी, प्रमादी, कर्तव्यपराङ्मुख; संशयित, आरोपी, सहआरोपी, कैदी *पाहा :* **अपराध**

[वा] खाई त्याला खवखवे, कानफाट्या

[adj, n] criminal, offender, guilty, sinner, delinquent, convict, culprit, miscreant, trouble-maker, malefactor, law-breaker, wrongdoer, desperado; *पाहा :* **अपराध**

गुपचूप (क्रिवि) मुकाट्याने, शांतपणे, निवांत, चोरून, लपून, लपून-छपून, नकळत, निमूटपणे, बिनतक्रार, ब्र्या बोलाने

[adv] quietly, silently, stealthily, uncomplainingly

गुपित (न) *पाहा :* **रहस्य**

गुपित (वि) *पाहा :* **गुप्त**

गुप्त (वि) गुपित, अप्रकट, अव्यक्त, गूढ, गुह्य, कूट, सुप्त, अनुद्भूत, छुपे, अप्रत्यक्ष, अंतर्हित, दृष्टीआड, पडद्याआड, भूमिगत, अंतर्धान, गडप, गायब, गुम, गुल, लुप्त, लुप्तप्राय, दिसेनासा, नाहीसा, अदृश्य, कालबाह्य, प्रच्छन्न, चोरटे, खाजगी, सूचित, ध्वनित, गर्भित, गोप्य, गौप्य, गोपनीय, संरक्षित,

राखीव; *पाहा :* **नाहीसा, अवगुंठन, अगम्य, गोपन** (विरु) **उघड**

[क्रि] दडणे, दडवणे, लपणे, लपवणे, छपणे, छपवणे, झाकणे; लोपणे, लोप पावणे, अंतर्धान पावणे

[वा] नख दृष्टीला न पडणे, दृष्टीआड सृष्टी (आणि वस्त्राआड जग नागवे), झाकली मूठ सव्वा लाखाची, कानास कूण कळू न देणे, ताकास तूर लागू न देणे, गुलदस्त्यात/ पोटात/ मनात ठेवणे, या हाताचे त्या हाताला कळू न देणे, चोरीचा मामला हळूहळू बोंबला, पाणी मुरणे, झाकले माणिक, आंधळे नक्षत्र लागणे, पडद्यामागच्या हालचाली

[adj] secret, confidential, classified, latent, dormant, implicit, implied, covert, undisclosed, velied, invisible, underground; undercover, shrouded, hidden, clandestine, stealtrhy, concealed, private; *पाहा :* **नाहीसा, अवगुंठन, अगम्य, गोपन,** (विरु) **उघड**

(v) hide, conceal, cover, disguise; disappeear, vanish, evanesce

[i] keep one's own counsel, hush-hush, behind the scenes, have something up one's sleeve, on the sly, keep in the dark

गुप्तचर (पु), **गुप्तदूत** (पु) *पाहा :* **हेर**

गुप्तधन (न) *पाहा :* **अर्थ, खजिना**

गुप्त पोलीस (पु) *पाहा :* **हेर**

गुप्तशत्रू (पु) *पाहा :* **विश्वासघातकी, वैरी**

गुप्ती (स्त्री) *पाहा :* **खड्ग**

गुंफणे (क्रि) ओवणे, गाठणे, गाठवणे, माळणे, माळ करणे, गजरा करणे, वेणी/शेपटा घालणे, गोफ वळणे, विणणे; जोडणे, जुळवणे, रचणे, ग्रथित करणे; ग्रथन/ग्रंथन करणे, गोवणे, गुंतवणे, जाळ्यात अडकवणे

(v) intertwine, interweave, weave, wreathe, plait, braid, string, net, entangle

गुफा (गुंफा) (स्त्री) *पाहा :* **कुंज, विवर**

गुबगुबीत (वि) *पाहा :* **गुलगुलीत, लठ्ठ**

गुबारा (पु) *पाहा :* **फुगवटा**

गुम (वि) *पाहा :* **गुप्त, गडप**

गुमास्ता (पु) *पाहा :* **अडत्या**

गुमास्तेगिरी (स्त्री) *पाहा :* **अडत**

गुरकणे (क्रि), **गुरकावणे** (क्रि) गुरगुरणे, डरकावणे, भेडसावणे, धमकावणे, गरजणे, गर्जना करणे, डरकाळी फोडणे; *पाहा :* **ओरडणे**

(v) growl, roar, snarl, hector, intimidate; *पाहा :* **ओरडणे**

गुरखा (पु) *पाहा :* **पहारेकरी**

गुरगुरणे (क्रि) *पाहा :* **गुरकणे, अरेराव**

गुरफटणे (क्रि) *पाहा :* **अडकणे, अवगुंठन**

गुरव (पु) *पाहा :* **पुजारी**

गुराखी (पु) गोपाळ, गोप, मेंढपाळ, धनगर, मोतद्दार, राखण्या
(n) cowboy, cowherd, shepherd, groom
गुरुकिल्ली (स्त्री) *पाहा :* **कळ**
गुरुकुल (न) *पाहा :* **आश्रम, विद्यालय**
गुरुकृपा (स्त्री) *पाहा :* **कृपा**
गुरुजन (पु) **गुरुजी** (पु) *पाहा :* **अध्यापक**
गुरुतर (वि) *पाहा :* **अधिक**
गुरुत्व (न) *पाहा :* **वजन, थोरवी**
गुरुत्वाकर्षण (न) *पाहा :* **आकर्षण**
गुरुदक्षिणा (स्त्री) *पाहा :* **दान**
गुरुद्वारा (पु) *पाहा :* **देऊळ**
गुरुपरंपरा (स्त्री) *पाहा :* **अध्यापक**
गुरुबंधू (पु) *पाहा :* **भाऊ**
गुरुमंत्र (पु) *पाहा :* **उपदेश**
गुरुमुखी (स्त्री) *पाहा :* **लिपी**
गुरुवर्य (पु) *पाहा :* **अध्यापक**
गुरू (पु) *पाहा :* **अध्यापक, आचार्य**
गुरू (न) *पाहा :* **जनावर**
गुरू (वि) *पाहा :* **अवजड, थोर**
गुरूपदेश (पु) *पाहा :* **उपदेश**
गुरेढोरे (न, अव) *पाहा :* **जनावर, प्राणी**
गुर्मी (स्त्री) *पाहा :* **ताठा**
गुर्विणी (स्त्री) *पाहा :* **गर्भवती**
गुऱ्हाळ (न) *पाहा :* **चरक, चर्पटपंजरी, चर्चा**
गुल (वि) *पाहा :* **गुप्त**
गुलगुलीत (वि) गोंडस, गुबगुबीत, मऊ, नरम, दबणारा, फुगलेला, मांसल, लठ्ठ
[adj] flabby, doughy, soft
गुलछबू (वि) *पाहा :* **खुशालचेंडू**
गुलजार (वि) कोमल, सुकुमार, नाजूक, सुंदर, मोहक, नेत्रसुखद, प्रफुल्ल, टवटवीत, फाकडा, मारू
[adj] lovely, beautiful, dainty, pleasing, eye-filling, elegant
गुलदस्त्यात ठेवणे (क्रि) *पाहा :* **गुप्त**
गुलहौशी (वि) *पाहा :* **खुशालचेंडू**
गुलाब (पु) *पाहा :* **फूल**
गुलाबी (वि) *पाहा :* **लाल**
गुलाम (पु) *पाहा :* **अनुचर, परतंत्र**
गुलामगिरी (स्त्री) गुलामी, दास्य (दास्यत्व), सेवा, चाकरी, शागिर्दी, हुजरेगिरी, ताबेदारी, बंदगी, परदास्य, परस्वाधीनता, पारतंत्र्य, परतंत्रता, परवशता, पराधीनता, परावलंबित्व, परराज्य, लाचारी, वेठ, वेठबिगारी, सक्तमजुरी, हांजीहांजी, लांगूलचालन, अनुनय, खुशामतखोरी, खुशमस्करी; गुलामी वृत्ती पाहा : **अनुचर,** (विरु) **स्वातंत्र्य, मुक्ती**
[क्रि] आहारी जाणे, गुडघे टेकणे, मान तुकवणे, फटके खाणे; खेळवणे, बोटावर/तालावर नाचवणे
[वा] मानेवर जू, जोखड, नाकात वेसण
(n) servility, servitude, slavery, bondage, captivity, serfdom, subjudgation, subservience, abasement, genuflection, fawning, sycophancy; *पाहा :* **अनुचर,** (विरु) **स्वातंत्र्य, मुक्ती**
[i] wait on hand and foot, lead

someone by the nose

गुलामी (स्त्री) *पाहा :* **गुलामगिरी**

गुलाली (वि) *पाहा :* **लाल**

गुलुगुलु (क्रिवि) *पाहा :* **बोलणे**

गुल्म (न) *पाहा :* **गळू**

गुल्ल (वि) *पाहा :* **झिंगणे**

गुसलखाना (पु) *पाहा :* **खोली**

गुहा (स्त्री) *पाहा :* **विवर, खोली**

गुह्य (वि) *पाहा :* **गुप्त**

गुह्य (न) *पाहा :* **रहस्य**

गुह्येंद्रिय (न) *पाहा :* **जननेंद्रिय**

गुळगुळीत (वि) नितळ, तुळतुळीत, सपाट, साफ, साफसूफ, मऊ, रेशमी, मखमली, तलम, घोटीव, मोहरेदार, सफाईदार; आरस्पानी, घसरडा, निसरडा, तेलकट, तेल्या, चोपट, चिकण, चोपडा

[क्रि] झिलई करणे, रंधा मारणे, घासणे

[adj] glossy, glassy, glazed, palne, flat, soft, smooth, velvety, satiny, silky, silken, burnished, polished, sleek, slippery, greasy, oily

गुळचट (वि) *पाहा :* **गोड**

गुळणा (गुळणी) (पु, स्त्री) चूळ, चुळका, घोट, घुटका, गुटका

(n) mouthful, gulp

गुळमट (वि) *पाहा :* **गोड**

गुळमुळीत (वि) मुळमुळीत, मिळमिळीत, पुळपुळीत, संदिग्ध, अस्पष्ट, धूसर, अनिश्चित, अर्धवट, द्व्यर्थी, दुटप्पी, ठाम नसलेले, तोंडातल्या तोंडात *पाहा :* (विरु) **स्पष्ट**

[क्रि] नरो वा कुंजरो वा

[adj] indistinct, vague, amorphous, non-specific, ambiguous, equivocal, nebulous; *पाहा :* (विरु) **स्पष्ट**

गुळी (वि) पाहा **लाल**

गूज (न) पाहा **रहस्य**

गूढ (वि) गहन, गहिरा, खोल, अगाध, गुप्त, अव्यक्त, अगम्य, अस्पष्ट, रहस्यमय, अतर्क्य, दुर्ज्ञेय, दुर्बोध, अज्ञात, निगूढ, गूढरम्य, अनोळखी; *पाहा :* (विरु) **उघड**

[वा] आतल्या गाठीचा

[adj] profound, deep, inscrutable, secret, unknown, mysterious, disguised, shrouded, incomprehensible, recondite, occult; *पाहा :* (विरु) **उघड**

गूढ (न) पाहा **रहस्य, कोडे**

गूढगुंजन (न) पाहा **कल्पना**

गूढवाद (पु) पाहा **अध्यात्म**

गूढविद्या (स्त्री) पाहा **जादू**

गूढार्थ (पु) पाहा **अभिप्राय**

गूळखोबरे (न) पाहा **लाच**

गूळपीठ (न) पाहा **मित्रत्व**

गूळभेली (स्त्री) पाहा **ढेप**

गृह (न) पाहा **घर, आलय, इमारत**

गृहकलह (पु) पाहा **भांडण**

गृहकृत्य (न) पाहा **घरकाम**

गृहच्छिद्र (न) पाहा **दोष**

गृहप्रवेश (पु) घरभरणी, वास्तुशांत (वास्तुशांती), प्रतिष्ठा, वास्तुप्रवेश,

गृहशांती; *पाहा :* प्रवेश
(n) house-warming *पाहा :* **प्रवेश**

गृहरत्न (न) *पाहा :* **मूल**

गृहलक्ष्मी (स्त्री) *पाहा :* **पत्नी**

गृहस्थ (पु) *पाहा :* **असामी, कुटुंबवत्सल**

गृहस्थधर्म (पु) *पाहा :* **धर्म**

गृहस्थधर्मी (वि) *पाहा :* **कुटुंबवत्सल**

गृहस्थाश्रम (पु) *पाहा :* **आश्रम**

गृहस्थाश्रमी (वि) *पाहा :* **कुटुंबवत्सल**

गृहहीन (वि) *पाहा :* **निराधार**

गृहिणी (स्त्री) *पाहा :* **स्त्री**

गृहीत (वि) *पाहा :* **अध्याहृत**

गुह्य (वि) *पाहा :* **घरगुती**

गृह्य संस्कार (पु) *पाहा :* **अंत्येष्टी**

गेंगणे (क्रि), **गेंगारणे** (क्रि) *पाहा :* **बोलणे**

गेंद (पु) *पाहा :* **गोल** (पु) **समुदाय**

गेरू (पु) *पाहा :* **माती**

गेलाबाजार (क्रिवि) *पाहा :* **निदान** (क्रिवि)

गेह (न) *पाहा :* **घर**

गेहेपटू (वि) *पाहा :* **कुचकामी, निपुण**

गेहेशूर (वि) *पाहा :* **भित्रा, पराक्रमी**

गेळा (पु) *पाहा :* **भांडे**

गैदी (वि) *पाहा :* **अजागळ**

गैर (वि) *पाहा :* **अनुचित, अप्रशस्त**

गैरकायदेशीर (वि) *पाहा :* **अवैध**

गैरकृत्य (न) *पाहा :* **अनाचार, कर्म**

गैरफायदा (पु) *पाहा :* **फायदा**

गैरमर्जी (स्त्री) *पाहा :* **अवकृपा**

गैरलागू (वि) *पाहा :* **अप्रयोजक, विसंगत**

गैरवाजवी (वि) *पाहा :* **अनुचित, अप्रयोजक**

गैरवापर (पु) *पाहा :* **उधळपट्टी, वापर**

गैरव्यवहार (पु) *पाहा :* **अनाचार**

गैरशिस्त (वि) *पाहा :* **बेशिस्त, उच्छृंखल**

गैरसमज (पु), **गैरसमजूत** (स्त्री) *पाहा :* **अढी, चूक** (स्त्री)

गैरसावध (वि) *पाहा :* **बेसावध**

गैरसोय (स्त्री) अडचण, असुविधा, कुचंबणा, पंचाईत, प्रतिकूलता, त्रास, तसदी, हानी, तोटा *पाहा :* (विरु) **सोय**
(n) inconvenience, discomfort, bother, nuisance, trouble, disadvantage, difficulty, loss; *पाहा :* (विरु) **सोय**

गैरसोयीचा (वि) *पाहा :* **अवघड**

गैरहजर (वि) *पाहा :* **अनुपस्थित**

गैरहजेरी (स्त्री) *पाहा :* **अनुपस्थिती, अभाव**

गो (स्त्री) *पाहा :* **गाय**

गोखला (पु) *पाहा :* **कोनाडा, खिडकी**

गोगलगाय (वि) *पाहा :* **गरीब**

गोंगाट (पु) *पाहा :* **अगाजा, आवाज**

गोग्रास (पु) *पाहा :* **अन्न**

गोचर (वि) इंद्रियसंवेद्य, इंद्रियगम्य, इंद्रियगोचर; जाणवणारे, माहीत, ज्ञात; प्रत्यक्ष, प्रकट, बाह्य; दिसणारे, दृश्य, दृश्यमान, दृगोचर, दृष्टिगोचर, दृष्टीपुढे/नजरेपुढे असलेले
[adj] perceptible, sensible, discernible, tangible,

comprehensible, visible, tactile, audible, manifest, observable

[i] only the tip of the iceberg

गोची (स्त्री) *पाहा :* **पंचाईत**

गोंजारणे (क्रि) *पाहा :* **कुरवाळणे, चुचकारणे**

गोजिरवाणा (वि), **गोजिरा** (वि) सुंदर, देखणा, सुरेख, नाजूक, सुकुमार, कोमल, कोवळा, गोंडस, लहानगा, छबकडा, साजरागोजरा, मोहक, आकर्षक

[adj] lovely, lovable, charming, cute, winsome, handsome; pretty, delicate

गोजी (स्त्री) *पाहा :* **गाय**

गोट (पु) *पाहा :* **अड्डा, काठ**

गोटा (पु) *पाहा :* **दगड, समुदाय**

गोटी (स्त्री) *पाहा :* **गोल** (पु), **दगड**

गोटुळा (वि) *पाहा :* **गोल** (वि)

गोठणे (क्रि) थिजणे, घट्ट होणे, साकळणे (साखळणे), गोळा होणे, आटणे; गारठणे, गार/थंड होणे, बधिर होणे; *पाहा :* **थंडी**

(v) solidity; set, clot, coagulate, harden, thicken; freeze, chill; *पाहा :* **थंडी**

गोठा (पु) *पाहा :* **प्राणिसंग्रहालय**

गोड (वि) मधुर, स्वादिष्ट, चविष्ट, चवदार, रुचकर, मिष्ट, रसाळ, लोचदार; गोडसर, गोडिरा, गुळचट, गुळमट, आंबटगोड, कडूगोड, साखरेसारखा, शर्करावगुंठित; मृदु, सौम्य, मंद, मंदमधुर, मृदुमधुर, मिष्ठास, मधभरा, मधासारखा, मधाळ, अमृतमय, सुखद, संतोषकारक, रोचक, आनंदी; कर्णमधुर, श्रुतिमधुर, नादमधुर, मंजुळ, सुस्वर, सुरेल, गोड गळ्याचे; सुंदर, साजिरे, गोमटे, नीटनेटके, चांगले; गोडबोल्या, मृदुभाषी, मधुरभाषी (-भाषिणी); *पाहा :* **चव, षड्रस, गोडी,** (विरु) **कटू, कडू**

[वा] साखर पेरणे, साखरपेरणी करणे, मधाळ भाषण

[adj] sweet, savoury, delicious, dainty, luscious, soft, pleasing, lilting, melodious, tuneful; shipshape, nice; *पाहा :* **चव, षड्रस, गोडी,** (विरु) **कटू, कडू**

गोडधोड (न) *पाहा :* **अन्न**

गोडबोल्या (वि) *पाहा :* **गोड, सौम्य**

गोडवा (पु) *पाहा :* **गोडी, अदब**

गोंडस (वि) सुबक, बांधेसूद, प्रमाणबद्ध, नीटस, अटकर, सुंदर, सुरेख, गोजिरवाणा, मोहक, गुलगुलीत, गुबगुबीत, बाळसेदार, मांसल, दळदार, ठसठशीत, घवघवीत

[adj] shapely, well proportioned, neat, flabby, chubby

गोंडा (पु) *पाहा :* **समुदाय**

गोंडाघोळू (वि) *पाहा :* **स्तुतिपाठक**

गोडावणे (क्रि) *पाहा :* **लुब्ध**

गोंडाळ (न) *पाहा :* **शेवाळ, गवत**

गोडिरा (वि) *पाहा :* **गोड**

गोडी (स्त्री) गोडपणा, गोडवा, माधुर्य, माधुरी, मधुरता, मधुरिमा, मधुरपणा, मिठांश, मिठास, चव, रुची, स्वाद, आस्वाद, लज्जत, खुमारी; मृदुता, मार्दव, सौम्यता, सात्त्विकपणा; सुख, संतोष, आनंद, खुशी; कंठमाधुर्य, नादमाधुर्य, मंजुळपणा, सुरेलपणा, स्वरमाधुर्य; मित्रभाव, स्नेहभाव, खेळीमेळी, गोडीगुलाबी, सामोपचार, सामोपाय, सुसंवाद; डौल; आर्जव; *पाहा :* **आवड, चटक, अभिरुची, जिज्ञासा**

(n) sweetness, flavour, tang, tastiness, delicacy, softness, relish, enjoyment, harmony, amiability; grace, elegance *पाहा :* **आवड, चटक, अभिरुची, जिज्ञासा**

गोडीगुलाबी (स्त्री) *पाहा :* **गोडी, अनुनय, मित्रत्व**

गोण (स्त्री), **गोणती** (स्त्री), **गोणते** (न), **गोणा** (पु), **गोणी** (स्त्री) *पाहा :* **पिशवी**

गोणपाट (न) *पाहा :* **वस्त्र**

गोत (न) *पाहा :* **आप्त**

गोता (पु) हिसका, हिसडा, झटका, झोका, गचका, आचका; अडचण, संकट, पेच; नुकसान, तोटा, अपयश; हेलपाटा, खेप, येरझार

(n) jerk, twitch, pull; difficulty, fix, quandary; loss, failure; detour, loop

गोतांबील (स्त्री) *पाहा :* **सरमिसळ**

गोतावळा (पु) *पाहा :* **आप्त**

गोत्र (न), **गोत्रज** (वि) *पाहा :* **आप्त, वर्ग**

गोत्रनाव (न) *पाहा :* **अभिधान**

गोंद (पु) डिंक, सरस, खळ, कांजी, चीक, पेज, पाजणी, मांजा, राळ, लांबी, लुकण, लुंकण

(n) adhesive, gum, glue, gluten, gelatin, starch, paste, cement, sealant

गोंदण (न) *पाहा :* **चित्र, नक्षी**

गोदाम (न) *पाहा :* **संग्रह**

गोदी (स्त्री) *पाहा :* **बंदर**

गोधडी (स्त्री) *पाहा :* **पांघरूण, सरमिसळ**

गोधन (न) *पाहा :* **गाय, जनावर**

गोंधळ (पु) अंदाधुंदी, अव्यवस्था, अगाजा, अराजक, बेशिस्त, सावळागोंधळ, गुंतागुंत, गदारोळ, तारोळा, बोंबाळ, अकांडतांडव, थैमान, कल्लोळ, कोलाहल, हलकल्लोळ, अनर्थ, क्षोभ, प्रकोप; गडबड, धांदल, धुमश्चक्री, धावाधाव, पळापळ, दाणादाण, खळबळ, त्रेधा, तिरपीट, त्रेधातिरपीट, घबराट, चलबिचल; घोटाळा, घोळ, विचका, बचबच, बैदा; चबढब, ढवळाढवळ, विक्षेप; *पाहा :* (विरु) **व्यवस्था**

[वा] महाभारत, तारांगण, वाऱ्यावरची वरात, गाढवांचा गोंधळ लाथांचा सुकाळ, कोणाचा पायपोस कोणाच्या पायात नसणे, पावणेबारा होणे, बाजार भरवणे, मासाळी बाजार, अंधेरनगरी,

बारभाईचा कारभार

(n) disorder, mess, turmoil, riot, anarchy, mayhem, mix-up, tumult, bustle, bedlam, confusion, ferment, jumble, chaos, commotion, din, medley, pandemonium, scramble, melee, havoc, shambles, hullabaloo; पाहा : (विरु) **व्यवस्था**

[i] a pretty kettle of fish

गोंधळणे (क्रि) *पाहा :* **गांगरणे, घोटाळणे**

गोंधळ्या (वि) *पाहा :* **अजागळ**

गोप (पु) *पाहा :* **गुराखी**

गोपन (न) लपवणूक, छपवणूक, दडवणूक; *पाहा :* **गुप्त**

(n) concealment, shrouding; *पाहा :* **गुप्त**

गोपनीय (वि) *पाहा :* **गुप्त**

गोपाळ (पु) *पाहा :* **गुराखी**

गोपीचंदन (न) *पाहा :* **माती**

गोपुर (न) *पाहा :* **इमारत**

गोप्य (वि) *पाहा :* **गुप्त**

गोफ (पु) *पाहा :* **गुंफणे**

गोफणगुंडा (पु) *पाहा :* **दगड**

गोबरा (वि) *पाहा :* **लठ्ठ**

गोम (स्त्री) *पाहा :* **खुबी**

गोमटा (वि) *पाहा :* **गोड, सुंदर**

गोमागणेश, गोमाजीकापशा, गोमाजी तिमाजी (सर्व पु) *पाहा :* **अलताभलता**

गोमाता (स्त्री) *पाहा :* **गाय**

गोमाशी (स्त्री) *पाहा :* **माशी**

गोमेद (न) *पाहा :* **रत्न**

गोरगरीब (पु, अव) *पाहा :* **दलित**

गोरज मुहूर्त (पु) *पाहा :* **काल**

गोरटा (वि) *पाहा :* **गोरा**

गोरस (पु) *पाहा :* **दूध**

गोरा (वि) गौर, गौरवर्ण, गौरकांती, गौरकाय, गोरागोमटा, गोरापान, धब्ब गोरा, लख्खगोरा, कर्पूरगौर, चापेगौर, कांतिमान, उजळ, धवल, गोरटा, गोरटेला, निमगोरा, गहूवर्ण, गोराभुरका; श्वेतवर्णीय; *गौरवर्णीय, पाहा :* **फिरंगी** (विरु) **काळा**

[adj] fair, white-skinned, flaxen pale, ashen, sallow, whey-faced, blond *पाहा :* **फिरंगी** (विरु) **काळा**

गोरामोरा (वि) *पाहा :* **खजील, खिन्न**

गोरिला (पु) *पाहा :* **वानर**

गोऱ्हा (पु) *पाहा :* **बैल**

गोल (वि) गोलट, गोलसर, गोलाकार, गोटुळा, गरगरीत; अंडाकृती; वाटोळा; वर्तुळाकार, मंडलाकार, कंकणाकृती, चक्राकार, चक्राकृती, चक्रीय, चक्री; लंबवर्तुळाकार; अर्धगोल, अर्धगोलाकार, अंतर्गोल, बहिर्गोल; बहिर्वक्र, फुगीर, टपोरा; *पाहा :* **वक्र, परिभ्रमण**

[adj] spherical, spheroid, globular, round (rounded), rotund, bulbous, ball-shaped, egg-shaped; circular, cyclic; oval, elliptical, concave,

convex, annular; *पाहा :* **वक्र, परिभ्रमण**

गोल (पु) गोलक, गोळा; खगोल, भूगोल, गोलार्ध; चेंडू, कंदुक, गेंद, गोळी, गोटी, बैदूल, पिंडा, बिंडा, मूद, लगदा, लद्दा, लपका, लबदा, लादा, लोळा, लोळागोळा, लोळी; अंडगोल; फुगा; वर्तुळ, वलय, मंडल, बिंब, खळे, चक्र, कडे, रिंगण, चकारी, गराडी, खराडी, कप्पी, चाती, दामटी, लाटी, तबकडी, चांदकी, चांदुकली, टिकली, टिका, ठिपका, चाक, चाकोरी, कोंडाळे, वळसा, वेढा, अर्धवर्तुळ, लंबवर्तुळ, दीर्घवर्तुळ, अर्धगोल, निमगोल, वेलांटी, कमान; कर्कवृत्त, विषुववृत्त, मकरवृत्त, रेखावृत्त; ध्रुववृत्त; *पाहा :* **कंकण**

[क्रि] फिरवणे, घुमवणे, वेळावणे

(n) sphere, globe, ball, spheriod, ellipsiod, hemisphere; circle, ring, hoop, loop, circuit, cycle, wheel, disc, ellipse, semicircle; *पाहा :* **कंकण**

गोलमाल (स्त्री) गडबडगुंडा, घोटाळा, सावळागोंधळ, फसवेगिरी, थातुरमातुर, कुलंगडे, भानगड, गुंतागुंत, सबगोलंकार

(n) confusion, mess, enigma, complexity, complication, affair, goings-on, deception, embezzlement

गोलाई (स्त्री) *पाहा :* **फुगवटा, वक्रता**

गोलाकार (वि) *पाहा :* **गोल** (वि)

गोलार्ध (पु) *पाहा :* **पृथ्वी**

गोवणे (क्रि) *पाहा :* **गुंफणे, आरोप**

गोवत्स (न) *पाहा :* **गाय**

गोशा (पु) *पाहा :* **अवगुंठन**

गोशाळा (स्त्री) *पाहा :* **प्राणिसंग्रहालय**

गोषवारा (पु) *पाहा :* **आराखडा, सार**

गोषा (पु) *पाहा :* **अवगुंठन**

गोष्ट (स्त्री) *पाहा :* **कथा, वस्तू**

गोष्टी (स्त्री, अव) *पाहा :* **गप्पा**

गोष्टीवेल्हाळ (वि) *पाहा :* **गप्पिष्ट**

गोसावी (पु) *पाहा :* **साधू**

गोळा (पु) *पाहा :* **गोल, गळू**

गोळाबेरीज (स्त्री) *पाहा :* **सार, अभिप्राय**

गोळाभर (वि) *पाहा :* **अल्प, पुरेसा**

गोळी (स्त्री) गुटका, गुटिका, गुटी, वटिका, वटी, गोटी, बैदूल, गुठळी, गोलक, मणी, औषधाची/बंदुकीची गोळी, छरा, छर्रा, बार

(n) pill, pilule, pastille, pellet, lozenge, globule, tablet, capsule, bullet, marble

गोळीबार (पु) बंदुकीची फैर, गोळ्यांची सरबत्ती; *पाहा :* **अत्याचार**

[वा] बंदूक झाडणे/ डागणे/ उडवणे, गोळी घालणे/ मारणे, गोळी सूं सूं करीत जाणे, छातीवर गोळी झेलणे, गोळी लागणे/ घुसणे, अंगाची चाळण होणे

(n) firing, shooting; bombardment; *पाहा :* **अत्याचार**

गौ (स्त्री) *पाहा :* **गाय**

गौडबंगाल (न) *पाहा :* **जादू, रहस्य**

गौडमल्हार (पु), **गौडसारंग** (पु) *पाहा :* **राग**

गौण (वि) दुय्यम, आनुषंगिक, बिनमहत्त्वाचा, कमी/हलक्या प्रतीचा, निकृष्ट, डावा; किरकोळ, क्षुद्र, क्षुल्लक, उपेक्षणीय, तांत्रिक; वैकल्पिक, ऐच्छिक; साहाय्यक, सहायक, हाताखालचा *पाहा :* (विरु) **उल्लेखनीय**

[adj] secondary, ancillary, auxiliary, supporting, inferior, spare, subsidiary, minor, unimportant, insignificant, negligible, technical; elective; optional; subordinate; *पाहा :* (विरु) **उल्लेखनीय**

[i] to play second fiddle

गौप्य (वि, न) *पाहा :* **गुप्त, रहस्य**

गौप्यस्फोट (पु) *पाहा :* **रहस्यभेद**

गौर (वि) *पाहा :* **गोरा**

गौरव (पु) *पाहा :* **आदर, थोरवी**

गौरवचिन्ह (न) *पाहा :* **पदक**

गौरववृत्ती (स्त्री) *पाहा :* **वेतन**

गौरवशाली (वि) *पाहा :* **थोर**

गौरी (स्त्री) *पाहा :* **पार्वती**

गौरीतनय (पु) *पाहा :* **गणपती**

ग्रंथ (पु) पुस्तक, पोथी, पुस्तिका, चोपडी, चोपडे, हस्तलिखित, माहितीपुस्तिका, हस्तपुस्तिका, स्मरणिका, निबंध, पाठ्यपुस्तक, क्रमिक पुस्तक, संग्रहग्रंथ, संदर्भग्रंथ, ग्रंथमाला, वही, बाड, संहिता; प्रकाशन; *पाहा :* **दशग्रंथ**

(n) book, volume, tome, booklet, leaflet, pamphlet, mannual, handbook, monograph, manuscripit, brochure, souvenir, textbook, compilation, reference, book; publication; *पाहा :* **दशग्रंथ**

ग्रंथकर्ता (पु), **ग्रंथकार** (पु) (ग्रंथकर्त्री, स्त्री), कवी (कवयित्री), लेखक (लेखिका), संपादक (संपादिका), संकलक, रचयिता, साहित्यिक (साहित्यिका) *पाहा :* **लेखक**

(n) author (authoress), writer, literateur, poet (poetess), editor; *पाहा :* **लेखक**

ग्रंथदिंडी (स्त्री) *पाहा :* **मिरवणूक**

ग्रथन (ग्रंथन) (न) *पाहा :* **गुंफणे**

ग्रंथरचना (स्त्री) *पाहा :* **लिहिणे**

ग्रंथागार (ग्रंथालय) (न) पुस्तकालय, ग्रंथसंग्रह, पुस्तकपेढी, वाचनालय, वाचनमंदिर, फिरते/मोफत वाचनालय, बालवाचनालय

(n) library, bookroom, circulating/free library, reading room

ग्रथित (वि) *पाहा :* **गुंफणे**

ग्रंथी (स्त्री) *पाहा :* **गळू**

ग्रस्त (वि) व्याप्त, वेढलेला, गिळंकृत, क्रांत, पादाक्रांत, आक्रमित, त्रस्त, व्यग्र, ग्रासलेला, बुडलेला, विपन्न;

संकटग्रस्त, आपद्ग्रस्त, भीतीग्रस्त, इ.; *पाहा :* **पीडित**

[adj] devoured, swallowed, surrounded, immersed drowned; plagued, troubled, afflicted; *पाहा :* **पीडित**

ग्रह (पु) मत, अभिप्राय, विचार, धारणा, समज, समजूत, पूर्वग्रह, कल्पना, भावना, बोध, अर्थबोध, आकलन; *पाहा :* **सूर्यमाला, अढी**

(n) impression, feeling, hunch, suspicion, belief, opinion, view, notion, idea, understading, conception; *पाहा :* **सूर्यमाला, अढी**

ग्रहगणित (न), **ग्रहज्योतिष** (न) *पाहा :* **ज्योतिष**

ग्रहण (न) गिराण; सूर्यग्रहण, चंद्रग्रहण, खग्रास/ खंडग्रास/ कंकणाकृती ग्रहण; स्पर्शकाल, मध्यकाल, मोक्षकाल; संमीलन, उन्मीलन; ग्रस्तोदय, ग्रस्तास्त; पिधान; *पाहा :* **अंगीकार, आकलन, जाणीव**

(n) eclipse (solar, lunar, full, partial); *पाहा :* **अंगीकार, आकलन, जाणीव**

ग्रहणशक्ती (स्त्री) *पाहा :* **बुद्धी**

ग्रहणीय (वि) *पाहा :* **ग्राह्य**

ग्रहदशा (स्त्री) *पाहा :* **काल**

ग्रहमख (पु) *पाहा :* **यज्ञ**

ग्रहेश (पु) *पाहा :* **सूर्य**

ग्राम (पु) *पाहा :* **गाव**

ग्रामकूळ (-केसरी, **-सिंह)** (पु) *पाहा :* **कुत्रा**

ग्रामपंचायत (स्त्री) *पाहा :* **स्थानिक स्वराज्य संस्था**

ग्रामवासी (पु), **ग्रामस्थ** (पु) *पाहा :* **नागरिक**

ग्रामीण (वि) *पाहा :* **नागरी**

ग्राम्य (वि) *पाहा :* **अशिष्ट, अप्रशस्त, असंस्कृत, अश्लील**

ग्राम्यस्त्री (स्त्री) *पाहा :* **वेश्या**

ग्रास (पु), **ग्रासणे** (क्रि) *पाहा :* **खाणे, वेढा, ग्रस्त**

ग्राहक (पु) *पाहा :* **उपभोक्ता, चाहता**

ग्राह्य (वि) ग्रहणीय, स्वीकारार्ह, मान्य, पसंत, संमत, कबूल, युक्त, पात्र, उचित

[adj] acceptable, admissible, approved, suitable, passable, tolerable

[i] to hold good

ग्राह्यांश (न) *पाहा :* **सार**

ग्रीवा (स्त्री) *पाहा :* **मान, कंठ**

ग्रीष्म (पु) *पाहा :* **ऋतू**

ग्लानी (स्त्री) सुस्ती, झापड, गुंगी, बेशुद्धी; खिन्नता, मलूलपणा; दौर्बल्य, शैथिल्य, थकवा

(n) lassitude, languor, numbness, stupor, coma, weariness, debility

ग्वाही (स्त्री) *पाहा :* **खात्री, जबानी**

घ

घंगाळ (न) *पाहा :* **भांडे**

घट (पु) *पाहा :* **भांडे**

घट (स्त्री) घस, तूट, घटती, घाटा, कमतरता, कमीपणा, हलकेपणा, लघिमा (सिद्धी), लघुत्व, उणेपणा, न्यूनता; ऱ्हास, घसारा, उतार, क्षय, झीज, झीजतूट, घीस, अवमूल्यन; नुकसान, तोटा, बूड, खोट; *पाहा :* **कपात, आकुंचन** (विरु) **वाढ**

(n) reduction, attenuation, drop, decline, decrease, lessening, impairment, decrement, depreciation, devaluation, cut, discount, loss ; *पाहा :* **कपात, आकुंचन** (विरु) **वाढ**

घटक (पु) *पाहा :* **अंग, अंश, भाग, तपशील**

घटका (स्त्री) घटिका, घटी, घडी; साठ पळे, चोवीस मिनिटे

(n) twentyfour minutes

घटका भरणे (क्रि) *पाहा :* **अंत**

घटकोघटकी (क्रिवि) *पाहा :* **पुन्हा**

घटघटा (क्रिवि) *पाहा :* **आवाजासह**

घटणे (क्रि) *पाहा :* **आकुंचन, कमी**

घटती (स्त्री) *पाहा :* **घट**

घटना (स्त्री) प्रसंग, बनाव; विधिघटना; दुर्घटना; प्रकार; घडामोड; घटनाक्रम; घडण, बांधणी, रचना; नियमावली, कायदेकानू, राज्यघटना, सनद; *पाहा :* **घडणे**

(n) event, occurence, happening, incident, episode, development; legislation, code, charter, constitution; *पाहा :* **घडणे**

घटनाक्रम (पु) *पाहा :* **घटना, कार्यक्रम**

घटनाप्रणीत (वि) *पाहा :* **कायदेशीर**

घटमान (वि) *पाहा :* **शक्य**

घटमूट (वि) *पाहा :* **धडधाकट, भक्कम**

घटवणे (क्रि) *पाहा :* **अध्ययन, घोटणे**

घटस्फोट (पु) विवाहविच्छेदन, काडीमोड, सोडचिठ्ठी, फारकत, तलाक; *पाहा :* **विभाजन**

[क्रि] विभक्त/वेगळे होणे, वेगळे राहणे, दूर होणे, लग्नबंधनातून मुक्त होणे, वेगळ्या वाटांनी जाणे, करार मोडणे

(n) divorce, annulment, separation, break-up, parting; *पाहा :* **विभाजन**

घटस्फोटित (वि) *पाहा :* **विभक्त**

घंटा (पु) *पाहा :* **तास**

घंटा (स्त्री) घंटी, घंटिका, घाट, घागरी, घुंगरू, घुंगूर, क्षुद्रघंटिका, किंकिणी, *पाहा :* **घनवाद्य**

(n) bell; chime; knell; *पाहा :* **घनवाद्य**

घटिका (स्त्री) *पाहा :* **घटका**

घंटिका (स्त्री) *पाहा :* **घंटा** (स्त्री)
घटिकापात्र (न) *पाहा :* **भांडे**
घटित (न), **घटितार्थ** (पु) *पाहा :* **अदृष्ट**
घटी (स्त्री) *पाहा :* **घटका**
घंटी (स्त्री) *पाहा :* **घंटा** (स्त्री)
घटीव (वि) *पाहा :* **घोटीव**
घट्ट (वि) घन, अप्रवाही, दाट; गच्च, आवळ, तंग, जाम; कणखर, बळकट; कडक, टणक, टचटचीत, दृढ
[adj] solid, thick; tight; close-fitting, secure, firm, strong; hard; rigid
घट्टा (पु) *पाहा :* **गळू**
घड (पु) *पाहा :* **फडा, समुदाय**
घडघडा (घडाघडा) (क्रिवि) *पाहा :* **अस्खलित** (क्रिवि)
घडघडाट (पु) *पाहा :* **आवाज**
घडघूप (वि) *पाहा :* **दाट**
घडण (स्त्री) घाट, धाटणी, आकार, बाह्याकृती, बाह्यांग, ठेवण, चण, ढब, ढाळ, रचना, बंदिश, बनावट, मांडणी, मूस, साज, उभारणी, बांधणी, निर्मिती, जडणघडण, भट्टी, पोत, वीण; घट्टपणा, सैलपणा, विसविशीतपणा, तलमपणा, बळकटपणा
(n) form, framework, configaration, design, shape, build, profile, pattern, mould, style, composition, makeup, formation, construction, eraction, setting-up, texture, structure
घडणे (क्रि) होणे, बनणे, अस्तित्वात येणे, घडून येणे, जुळून येणे, योगायोग येणे, बेतणे, घटना होणे, उत्पन्न होणे, साधणे, सिद्धीस जाणे, तयार होणे, आकारास येणे
(v) happen, occur, take place, transpire, crop up, come to pass, ensue, befall, chance, emerge
घडवंची (स्त्री) *पाहा :* **अडणी**
घडवणे (क्रि) *पाहा :* **करणे**
घडविता (पु) *पाहा :* **कर्ता**
घडा (पु) *पाहा :* **भांडे**
घडाघडा (क्रिवि) *पाहा :* **अस्खलित** (क्रिवि)
घडामोड (स्त्री) *पाहा :* **घटना**
घडी (स्त्री) दुमड, दूण, चूण, चुणी, वळी, खळी, मुरड, मोड, मुडपा, सळ, सुरकुती, वळकटी, चिरमी, निरी, मिरी; पायघडी, परीटघडी, इस्त्री; जम, बस्तान, मेळ, व्यवस्था, बंदोबस्त; *पाहा :* **घटका, जम**
[क्रि] दुमडणे, मुडपणे, तुरपणे, मुरडणे
(n) fold, crease, pleat; wrinkle, crinkle, order, arrangement; *पाहा :* **घटका, जम**
घडीघडी (घडोघडी) (क्रिवि) *पाहा :* **पुन्हा**
घड्याळ (न) कालमापक; मनगटी/ खिशातले/ भिंतीवरचे/ लंबकाचे/ विजेवरचे/ किल्लीचे/ स्वयंचलित/

गजराचे/ वाळूचे/ सावलीचे/ क्वार्ट्झचे/ आकड्यांचे/ काट्यांचे /बिनकाट्याचे घड्याळ

(n) chronometer, clock, watch, time-piece, wrist watch, pocket watch, electric/self-winding/ alarm clock, quartz watch, hourglass, sundial, digital/analog watch, stopwatch, timer

घण (पु) *पाहा :* **हातोडा**

घणघणणे (क्रि), **घणघणाट** (पु) *पाहा :* **आवाज**

घणसर (वि) भक्कम, मजबूत, घनवट (घणवट), ठोक, बळकट, टिकाऊ, जाडाभरडा, घट्ट विणीचा, भरीव, भरदार, घस्मर

[adj] strong, sturdy, solid, substential, tough, rough, durable

घणाघाती (वि) *पाहा :* **शक्तिशाली, तीव्र**

घन (पु) *पाहा :* **मेघ**

घन (वि) घट्ट, अप्रवाही, दाट; गर्द, निबिड, घोर, घनदाट; गडगच्च, भरीव

[adj] solid, condensed, thick; dense, impenetrable, thickset

घनगंभीर (वि) *पाहा :* **गंभीर**

घनघोर (वि), **घनचक्कर** (वि) तुंबळ, तुमुल, निकराचा, हातघाईचा, अटीतटीचा, जोरदार, आवेशपूर्ण; *पाहा :* **तऱ्हेवाईक**

[adj] violent, deadly, furious, frenzied, fierce; *पाहा :* **तऱ्हेवाईक**

घनता (स्त्री) *पाहा :* **दार्ढ्य**

घनदाट (वि) दाट, गर्द, निबिड, घोर; दृढ, घनिष्ठ, जीवश्चकंठश्च

[adj] dense, thick; close, intimate,

घननीळ (वि) *पाहा :* **निळा**

घनवट (वि) *पाहा :* **घणसर**

घनवाद्य (न) झांजा, टाळ, मंजरी (मंजिरी), चिपळ्या, टिपऱ्या, जलतरंग, इत्यादी; *पाहा :* **घंटा, वाद्य**

(n) cymbal, gong, musical glasses, etc; *पाहा :* **घंटा, वाद्य**

घनश्याम (वि) *पाहा :* **काळा, निळा**

घनिष्ठ (वि) *पाहा :* **जीवश्चकंठश्च**

घबराट (स्त्री) *पाहा :* **अशांतता, गोंधळ, भीती**

घबाड (न) *पाहा :* **फायदा, काल, थोर**

घमघमणे (क्रि) *पाहा :* **पसरणे**

घमघमाट (पु) *पाहा :* **गंध**

घमघमीत (वि) *पाहा :* **सुगंधी, खमंग**

घमेंड (वि) *पाहा :* **ऐट, अभिमान**

घमेंडखोर (वि) *पाहा :* **गर्विष्ठ, ऐटबाज**

घमेले (न) *पाहा :* **भांडे**

घम्म (वि) *पाहा :* **अबोल**

घर (न) गृह, गेह, सदन, वसतिस्थान, निवास, निवासस्थान, ठिकाण, ठावठिकाण, आश्रयस्थान, मठी,

आलय; घरदार, संसार, प्रपंच, बिऱ्हाड, बिढार, कुटुंब; घरकुल; उंबरा; जानवसा (जानोसा), लग्नघर, माजघर, तळघर; कोंदण, कोश, ढोली, गुहा, बीळ, वारुळ; उगमस्थान, उत्पत्तिस्थान, आगर, खाण; घराणे, वंश, कुळ; जन्मभूमी, जन्मस्थान, स्वगृह, स्वदेश, मायभूमी, मातृभूमी, मायदेश; विश्व, विश्वकुटुंब; *पाहा :* **आलय, इमारत, खोली, कुटी, तंबू, घरटे, प्राणिसंग्रहालय**

[वा] घर करणे/थाटणे, हे विश्वचि माझे घर, वसुधैव कुटुंबकम्

(n) home, abode, dwelling, habitat, quarters, accommodation, residence; domestic life; family, household; source, mine; motherland, homeland; universe; *पाहा :* **आलय, इमारत, खोली, कुटी, तंबू, घरटे, प्राणिसंग्रहालय**

घरकाम (न) गृहकृत्य, घरधंदा, झाडझूड, सडासंमार्जन, स्वयंपाकपाणी, धुणेभांडी, बालसंगोपन, चूलमूल, चूलबोळकी, चूलपोतेरे, झाकापाक, रांधा वाढा उष्टी काढा *पाहा :* **संसार**

(n) household chores *पाहा :* **संसार**

घरकुल (न) *पाहा :* **घर**

घरकोंबडा (वि) *पाहा :* **एकलकोंडा**

घरखर्च (पु) *पाहा :* **खर्च**

घरगडी (पु) *पाहा :* **अनुचर**

घरंगळणे (क्रि) *पाहा :* **अधोगती**

घरगाडा (पु) *पाहा :* **संसार**

घरगुती (वि) घरचा, घरासंबंधी, घराऊ, खाजगी, गृह्य; पाळीव, पाळलेला, माणसाळलेला *पाहा :* **प्राणी, अनौपचारिक**

[adj] household, homely, domestic; domesticated, tame *पाहा :* **प्राणी, अनौपचारिक**

घरघर (स्त्री) *पाहा :* **आवाज, आसन्नमरण**

घरघाल्या (वि) *पाहा :* **घरबुडव्या**

घरघुशा (वि) *पाहा :* **एकलकोंडा**

घरचा (वि) *पाहा :* **घरगुती**

घरटा (पु), **घरटे** (न) कोटर, कोटे, कोठे, नीड, खोपा, कोसला; ढोली; *पाहा :* **घर**

(n) nest, cote; *पाहा :* **घर**

घरटी (क्रिवि) *पाहा :* **सर्वत्र**

घरंदाज (वि) *पाहा :* **अभिजात, कुलीन**

घरदार (न) कुटुंब, आप्तस्वकीय, खटले, घर, प्रपंच, चीजवस्तू, धनदौलत, पुंजी, ऐवज, मालमत्ता, जिंदगी, स्थावरजंगम, शेतीवाडी, जमीनजुमला, वतनवाडी; सर्वस्व; *पाहा :* **चंबूगबाळे**

(n) household, kindred, family, property, assets, estate, land, worldly goods, effects, holdings, belongings; *पाहा :* **चंबूगबाळे**

घरधनी (पु) *पाहा :* **पती**

घरधनीण (स्त्री) *पाहा :* **पत्नी**
घरफोडी (स्त्री) *पाहा :* **चोरी**
घरफोड्या (पु) *पाहा :* **चोर**
घरबसल्या (क्रिवि) *पाहा :* **सहज**
घरबुडव्या (वि) घरघाल्या, घरभेद्या, कुळबुडव्या, कुलकज्जल, कुलकलंक, कुलघ्न, कुलकुठार, कुलांगार, नावबुडव्या, दिवटा; स्वामिद्रोही, पक्षद्रोही, देशद्रोही, विश्वासघातकी, दगाबाज, पक्षविघातक, देशविघातक; *पाहा :* **फितूर**
[वा] कुऱ्हाडीचा दांडा गोतास काळ, सूर्याजी पिसाळ
[adj] disloyal, perfidious, seditious, double-crossing, deceitful, treacherous, renegade; *पाहा :* **फितूर**
घरभरणी (स्त्री) *पाहा :* **गृहप्रवेश**
घरभेद्या (वि) *पाहा :* **घरबुडव्या**
घरमाशी (स्त्री) *पाहा :* **माशी**
घरवाला (पु) *पाहा :* **पती**
घरवाली (स्त्री) *पाहा :* **पत्नी**
घरवेडा (पु) *पाहा :* **आतुर**
घरसंसार (पु) *पाहा :* **प्रपंच**
घराऊ (वि) *पाहा :* **घरगुती**
घराणे (न) कुल, कुळ, कुळी, वंश, गोत्र, कुटुंब; वंशवृक्ष, पूर्वजपरंपरा; संप्रदाय, परंपरा, पंथ, वर्ग, पीठिका; संगीतघराणे, राजघराणे, इ.; थोरली पाती, धाकटी पाती
(n) family, lineage, clan, house, ancestry, dynasty, pedigree, family tree, parentage; school, genus
घराणेदार (वि) *पाहा :* **अभिजात**
घरीदारी (क्रिवि) *पाहा :* **सर्वत्र**
घरोबा (नु) जवळीक, दाट परिचय, सलोखा, अनुबंध, संघटन, घसट, जाणेयेणे, ऊठबस, जिवलग मैत्री, ऐक्यभाव, आप्तभाव, स्नेहभाव, बंधुभाव, भाईचारा, शेजारप्रेम; *पाहा :* **ओळख, मित्रत्व, विवाह**
(n) intimacy, attachment, amity, alliance, association, nearness, familiarity, friendiness, kinship, fraternity, neighbourliness; *पाहा :* **ओळख, मित्रत्व, विवाह**
घर्म (पु) **घर्मबिंदू** (पु) *पाहा :* **घाम**
घर्षण (न) *पाहा :* **घासणे**
घवघवीत (वि) भव्य, भरदार, घसघशीत, ठसठशीत, ठळक, स्पष्ट, मोठा; तेजस्वी, शोभिवंत, देखणा; गोंडस, गुबगुबीत; दरवळणारा, घमघमणारा; सुगंधी
[adj] lofty, substantial, solid, prominent, vivid, spectacular, splendid, full, handsome, fragrant
घस (स्त्री) *पाहा :* **घट**
घसघशीत (क्रिवि) पुरेपूर, पूर्णपणे, तब्बल, भरघोस, भरपूर, पुष्कळ; *पाहा :* **पूर्ण, घवघवीत, अतिशय**
[adv] substantial, massive, solid, generous, sizable; *पाहा :* **पूर्ण,**

घवघवीत, अतिशय
घसट (स्त्री) *पाहा :* **घरोबा**
घसटणे (क्रि) *पाहा :* **घासणे, फरफटणे**
घसरगाडी (स्त्री) *पाहा :* **वाहन**
घसरगुंडी (स्त्री) *पाहा :* **अधोगती**
घसरट (वि) घसरडा, निसरडा, गुळगुळीत, बुळबुळीत, असुरक्षित; *पाहा :* **धोकादायक**
[adj] slippery, slithery, slimy, insecure; *पाहा :* **धोकादायक**
घसरडा (वि) *पाहा :* **घसरट**
घसरण (स्त्री) *पाहा :* **अधोगती**
घसरणे (क्रि) निसरणे, सुळकणे, घरंगळणे, ढळणे, सरकणे, सरकटणे, खरडणे, खुरडणे; चुकणे, चूक करणे, चकणे, चळणे, बहकणे, अविचार करणे, पाय घसरणे, गर्तेत पडणे, *पाहा :* **अधोगती**
(v) slip, slide; skate, ski, skid, glide, err, blunder, miss, miscalculate, misjudge, go astray, commit indiscretion; *पाहा :* **अधोगती**
घसरा (पु) *पाहा :* **आघात**
घसा (पु) *पाहा :* **कंठ**
घसारा (पु) *पाहा :* **घट**
घस्मर (वि) *पाहा :* **घणसर**
घळ (स्त्री) *पाहा :* **खिंडार**
घळघळा (क्रिवि) *पाहा :* **रडणे**
घळघळीत (वि) *पाहा :* **सैल**
घळण (स्त्री) *पाहा :* **खिंडार**
घाई (स्त्री) जलदी, गर्दी, त्वरा; चपळाई, चापल्य, गती; धांदल, लगबग, लगलग, तारांबळ, त्रेधा, त्रेधातिरपीट, तिरपीट, लावतोड, कुतरओढ, फेफे; निकड, तातडी, झक्कू, तगादा; उतावीळ, आवेग; दबडगा (धबडगा), गडबड, धामधूम, धुमाळी, धुमश्चक्री, दंगा; हातघाई, हुलहुल, टिपरघाई, घिसाडघाई, लगीनघाई, कुतरघाई, घाईगडबड, घाईगर्दी, धावपळ; *पाहा :* **त्वर्य, उतावळा** (विरु) **सावकाशी, दिरंगाई**
[क्रि] घाईला येणे, घायकुतीला येणे
[वा] घोड्यावर बसून येणे, चटश्राद्ध उरकणे, रात्र थोडी सोंगे फार, पाऊल उचलणे, घे सुरी आणि घाल उरी
(n) haste, hurry, dispatch, quickness, rush, bustle, impatience, urgency, precipitancy, speed, promptness, expedition *पाहा :* **त्वर्य, उतावळा** (विरु) **सावकाशी, दिरंगाई**
घाईने (क्रिवि) *पाहा :* **अविलंब, घाई**
घाऊक (वि) ठोक, ठोकबंद, एकठोक, ठोकळ, उक्ता, ठोकविक्रीचा (-खरेदीचा)
[adj] wholesale, bulk
घागर (स्त्री) *पाहा :* **भांडे**
घागरी (स्त्री) *पाहा :* **घंटा, पैंजण**
घाट (पु) पर्वतमार्ग, चढ, चढण, डोंगर, खिंड; घडण, ठेवण, ढब, ढाळ, थाट, रचना, डौल, आकार, बांधा, अंगयष्टी, मूर्ती, बाह्याकृती, बाह्यांग, बांधणी; बेत, योजना, बनाव,

कार्यक्रम; *पाहा :* **मार्ग, घाटमाथा**

(n) mountain pass; form, mould, shape, outline, construction; plan, scheme; *पाहा :* **मार्ग, घाटमाथा**

घाटणे (क्रि) *पाहा :* **ढवळणे, विचार, खलणे**

घाटदार (वि) *पाहा :* **बांधेसूद, घोटीव, कळाशीदार, डौलदार**

घाटनाळ (स्त्री) *पाहा :* **मार्ग**

घाटमाथा (पु) डोंगरमाथा, पठार, घाटसरी; *पाहा :* **डोंगर**

(n) plateau, tableland; *पाहा :* **डोंगर**

घाटमार्ग (पु) *पाहा :* **मार्ग**

घाटा (पु) *पाहा :* **घट**

घाटाघाट (स्त्री) *पाहा :* **खल**

घाटी (स्त्री) *पाहा :* **कंठ**

घाडीविद्या (स्त्री) *पाहा :* **जादू**

घाण (स्त्री) कश्मल, खळमळ, मल, मळ, विष्ठा, मैला; केर *पाहा :* **कचरा, गंध**

(n) filth, grime, muck, refuse, rubbish, excrement; *पाहा :* **कचरा, गंध**

घाण (वि) *पाहा :* **घाणेरडा**

घाणा (पु) *पाहा :* **चरक**

घाणेरडा (वि) अस्वच्छ, गलिच्छ, घाण, मलिन, ओंगळ, बीभत्स, किळसवाणा, दुर्गंधीयुक्त

[adj] dirty, sordid, soiled, loathsome; fetid

घात (पु) नाश, नासाडी, पडझड, उच्छेद, संहार, हानी, नुकसान, विश्वासघात; *पाहा :* **ठार करणे** (विरु) **हित**

(वा) बळी पडणे

(n) destruction, devastation, ruin, damage, harm, loss, treachery; *पाहा :* **ठार करणे** (विरु) **हित**

घातक (वि) घातकी, घातुक, हिंसक, संहारक, नाशक, नाशकारक, मारक, बाधक, अहितकर, उपायकारक, हानिकारक, अनर्थकारक, अनिष्ट, दुष्ट, विश्वासघातकी, आत्मघातकी *पाहा :* **नाशक, खुनी** (विरु) **हितकर**

[वा] विषवल्ली, अस्तनीतील निखारा, कांचनमृग

[adj] destructive, detrimental, deletarious, damaging disastrous, catastrophic, injurious, counterproductive, harmful, ruinous, murderous, wicked, incendiary, treacherous, suicidal; *पाहा :* **नाशक, खुनी** (विरु) **हितकर**

घातपात (पु) वध, हत्या, खून, भोसकाभोसकी, जाळपोळ, हिंसा, हिंसाचार, नाश, मोडतोड, इजा, अपकृत्ये, दुष्कृत्ये, समाजविघातक कृत्ये *पाहा :* **अतिरेकी**

(n) savotage, murder, manslaughter, stabbing, incendiarism, violence, destruction, harm, antisocial acts *पाहा :* **अतिरेकी**

घातपाती (वि) *पाहा :* **घातपात, अतिरेकी, गुन्हेगार**

घातवार (पु), **घातवेळ** (स्त्री) *पाहा :* **अकाल, दिवस**

घातुक (वि) *पाहा :* **घातक**

घाबरगुंडी (स्त्री) *पाहा :* **भीती**

घाबरट (वि) *पाहा :* **भित्रा**

घाबरणे (क्रि) *पाहा :* **भिणे**

घाबरा (वि) *पाहा :* **कासावीस, भीतिग्रस्त**

घाम (पु) घर्म, घर्मबिंदू, घर्मस्राव, स्वेद, स्वेदोदक; निढळाचा घाम; आर्द्रता, पाझर

[क्रि] घाम येणे/ सुटणे/ फुटणे, घामेजणे, घामट/ घामाघूम/ घामाझोकळ होणे, घामाने डवरणे/ डवडवणे/ डबडबणे, चिकचिक/ चिकचिकाट होणे, दरदरून घाम फुटणे

[वा] झेंडू फुटणे

(n) sweat, perspiration

घामट (वि) *पाहा :* **घाम, अस्वच्छ, आर्द्र**

घामाघूम (वि), **घामाझोकळ** (वि) *पाहा :* **घाम**

घामोळे (न) *पाहा :* **गळू**

घायकूत (स्त्री) *पाहा :* **घाई, उतावळा**

घायाळ (वि) जखमी, व्यथित, दु:खित, पीडित, आर्त, विव्हळ, दुखावलेला, दुखापत झालेला, जायबंदी

[adj] hurt, wounded, injured, bruised, battered, smitten, offended, grieved

घारडोळ्या (घारा) (वि) *पाहा :* **डोळा**

घालकाढ (स्त्री) *पाहा :* **पुनरावृत्ती, घालणे काढणे**

घालघुसड (स्त्री) *पाहा :* **खुपसणे**

घालणे (क्रि) ठेवणे, स्थापणे, माळणे, टाकणे, काढघाल करणे, ओतणे, मांडणे, रचणे, धारण/परिधान करणे; *पाहा :* **खुपसणे**

(v) put, place, keep, deposit, set, pour, construct, erect, wear ; *पाहा :* **खुपसणे**

घालमेल (स्त्री) *पाहा :* **उलघाल, घोटाळा**

घालवणे (क्रि) निरोप देणे, बोळवणे; कंठणे, खर्च करणे; हाकलणे, काढून टाकणे, दूर करणे, पिटाळणे, उधळणे, उडवणे, गमावणे, नासाडी करणे, मातेरे करणे, धुळीला मिळवणे *पाहा :* **अर्धचंद्र**

[वा] खो देणे, वाटेला लावणे

(v) see off; spend; dismiss, banish, discharge, squander, waste, lose, throw to the winds *पाहा :* **अर्धचंद्र**

[i] let something slip through one's fingers

घालवेड (न) *पाहा :* **ढोंग, वेड**

घाला (पु) *पाहा :* **हल्ला**

घाव (पु) *पाहा :* **आघात, हल्ला**

घास (पु) *पाहा :* **अन्न, गवत, खाणे**

घासणे (क्रि) घर्षण करणे, चोळणे, खरारा करणे, घोटणे, घसटणे, गुळगुळीत करणे; अभ्यास करणे, पाठ करणे, घोकणे; कष्टणे, झगडणे

(v) rub, scrub, scrape, buff; study, lucubrate, cram; toil, struggle

घासाघीस (स्त्री) चर्चा, काथ्याकूट, खल, चिकित्सा, वादप्रतिवाद, वादावादी, भांडाभांडी; बोलाचाली, हुज्जत, खळखळ, जिकीर, ओढाताण, घिसघिस

[वा] जाईल तिथे हत्ती जाईल; नाही तेथे मुंगीसुद्धा जाणार नाही

(n) higgling, argument, debate, dialectic, polemic, controversy, squabble

घिरटी (स्त्री) *पाहा :* **परिभ्रमण**

घिसघिस (स्त्री) *पाहा :* **घासाघीस**

घिसाडघाई (स्त्री) *पाहा :* **घाई**

घिसाडी (पु) *पाहा :* **लोहार**

घीस (स्त्री) *पाहा :* **घट**

घुंगट (पु) *पाहा :* **अवगुंठन**

घुंगरू (पु), **घुंगुर** (पु) *पाहा :* **घंटा, पैंजण**

घुंगुरटे (घुंगुर्डे) (न) *पाहा :* **जीवजंतू**

घुंगुरवाळा (पु) *पाहा :* **पैंजण**

घुटकन् (क्रिवि) *पाहा :* **आवाजासह, अविलंब**

घुटका (पु) *पाहा :* **गुळणी**

घुटमळणे (क्रि) *पाहा :* **अडखळणे, घोटाळणे**

घुणा (वि) *पाहा :* **घुमा**

घुणाक्षर (न) *पाहा :* **अक्षर**

घुबड (न) दिवाभीत, दिवांध, उलूक, घूक, डुडुळ; निशाचर

(n) owl

घुमकी (स्त्री) *पाहा :* **आवाज**

घुमघुमणे (क्रि) *पाहा :* **गाजणे**

घुमट (पु) *पाहा :* **कळस, छत, चर्मवाद्य**

घुमणे (क्रि) *पाहा :* **गाजणे, आवाज**

घुमा (वि) अबोल, मुखस्तंभ, मुखजड, मुखदुर्बळ, तोंडाचा जड, गप्पगप्प; घुणा, उदास, दुर्मुखलेला, मेणघुणा, आतल्या गाठीचा, घुरट, एकलकोंडा; *पाहा :* **अबोल** (विरु) **बडबड्या**

[क्रि] कुढणे, चिडचिडणे, धुसफुसणे

[adj] sullen, gloomy, reserved, reticent, taciturn, uncommunicative; *पाहा :* **अबोल** (विरु) **बडबड्या**

[v] sulk, fret, brood

घुरट (वि) *पाहा :* **घुमा**

घुरे (न) *पाहा :* **अपस्मार**

घुला (पु) *पाहा :* **जीवजंतू**

घुसखोर (पु) परवानगीशिवाय/आगंतुकपणे/अनाहुतपणे प्रवेश करणारा/अतिक्रमण करणारा, हल्लेखोर, आक्रमण/आगंतुकी/लुडबुड/ढवळाढवळ करणारा

(n) intruder, infiltrator, invader, raidez, trespasser, snooper, interloper, gate-crasher

घुसखोरी (स्त्री) प्रवेश, शिरकाव, अतिक्रमण, सीमाभंग, उल्लंघन, आक्रमण, स्वारी

(n) infiltration, intrusion, infringement, incursion, trespass, invasion

घुसडणे (क्रि) *पाहा :* **खुपसणे**

घुसणे (क्रि) प्रवेश करणे, प्रविष्ट होणे, आत शिरणे, उल्लंघन करणे, आगंतुकी करणे, मुसंडी मारणे *पाहा :* **घुसखोर**

(v) infiltrate, enter, penetrate, break in, trespass, intrude *पाहा :* **घुसखोर**

घुसमट (स्त्री) *पाहा :* **उलघाल, गुदमरणे**

घुसमटणे (क्रि) *पाहा :* **गुदमरणे**

घुसलखाना (पु) *पाहा :* **खोली**

घुसवणे (क्रि) *पाहा :* **खुपसणे**

घुसळणे (क्रि) मंथन करणे, मंथणे, मथणे, ढवळणे; गदागदा हलवणे, हिसके देणे, ढकलाढकली करणे

(v) churn, shake, stir, beat, toss, whip, scramble

घुस्सा (पु) *पाहा :* **संताप, अवकृपा, अढी**

घूक (न) *पाहा :* **घुबड**

घूमजाव (न) *पाहा :* **बदल**

घूर्णन (न) *पाहा :* **परिभ्रमण**

घूस (स्त्री) *पाहा :* **उंदीर**

घृणा (स्त्री) *पाहा :* **तिटकारा**

घृणास्पद (वि) *पाहा :* **गर्हणीय**

घृत (न) *पाहा :* **स्निग्ध पदार्थ**

घृतकुल्या मधुकुल्या (स्त्री) *पाहा :* **समृद्धी**

घेऊपाशेऱ्या (वि) *पाहा :* **स्वार्थी**

घेणे (क्रि) धरणे, पकडणे, स्वीकारणे, अंगीकारणे, मिळवणे, हस्तगत करणे, हिसकणे, हिसकावणे, काढणे, बळकावणे, कब्जा करणे, खिशात घालणे, छिनणे, छिनावणे, पटकावणे, मटकावणे, गिळंकृत करणे, *पाहा :* **चोरणे** (विरु) **देणे**

[वा] काखोटीस/बगलेत मारणे, गोड करून घेणे, हात मारणे

[adj] take, accept, grasp, capture, grab, usurp, seize, snatch, clutch, hold, acquire, receive, pocket; *पाहा :* **चोरणे** (विरु) **देणे**

घेणेकरी (वि) *पाहा :* **धनको**

घेणेदेणे (न) *पाहा :* **व्यापार**

घेमार (वि) *पाहा :* **अतिशय**

घेर (पु) घोळ, झोळ, झोल, परीघ, पदर

(n) circumference, border, margin

घेरणे (क्रि) *पाहा :* **वेढा**

घेरदार (वि) *पाहा :* **दीर्घ, सैल**

घेरा (पु) *पाहा :* **वेढा, चर्मवाद्य**

घेराओ (घेराव) (पु) पाहा **गराडा, वेढा**

घेरी (स्त्री) चक्कर, भोवळ, भोवंड, भोंड, झीट, अंधेरी, मूर्च्छा, मूर्च्छना, बेशुद्धी; *पाहा :* **परिभ्रमण**

[वा] डोळ्यांपुढे काजवे चमकणे

(n) vertigo, dizziness, giddiness, swoon; lightheadednes; *पाहा :* **परिभ्रमण**

घेलाशेट (पु) *पाहा :* **आळशी**

घेवदेव (स्त्री), **घेवाणदेवाण** (स्त्री) *पाहा :* **व्यापार**

घेवबा (वि) *पाहा :* **स्वार्थी**

घो (पु) *पाहा :* **पती**

घोकणी (स्त्री) घोकंपट्टी; धोशा, ध्यास, निदिध्यास; *पाहा :* **काळजी, घोकणे**

(n) cramming, urging; *पाहा :* **काळजी, घोकणे**

घोकणे (क्रि) मुखोद्गत/ कंठगत/ पाठ करणे, पुन्हा पुन्हा म्हणणे, वारंवार उच्चारणे, उगाळणे, आवर्तन/आवृत्ती करणे, संथा करणे, पठन करणे, पठणे, पाठांतर करणे, घोटणे, घोष करणे, घोकंपट्टी करणे,पोपटपंची करणे, लो लो करणे; धोशा लावणे, घासणे; जिव्हाग्री असणे; *पाहा :* **कंठगत, अध्ययन**

[वा] पुढे पाठ मागे सपाट

(v) cram, con, learn by heart, mug-up, commit to memory, repeat, exhort, press; *पाहा :* **कंठगत, अध्ययन**

घोकंपट्टी (स्त्री) *पाहा :* **अध्ययन, घोकणी, घोकणे, आवृत्ती**

घोंगडी (स्त्री), **घोंगडे** (न) *पाहा :* **कांबळा**

घोगरा (वि) फुटलेला, पिचका, बसका, जाड, चिरका, गंभीर, घनगंभीर

[adj] hoarse, husky, thick, throaty, croaking, gruff;

घोंगाट (न) *पाहा :* **अभ्र**

घोंगावणे (क्रि), **घोंघावणे** (क्रि), **घो घो करणे** (क्रि) *पाहा :* **आवाज**

घोट (पु) *पाहा :* **गुळणी, अश्व**

घोटक (पु) *पाहा :* **अश्व**

घोटणे (क्रि) घासणे, रगडणे, वाटणे, चुरडणे, उगाळणे, मळणे, खलणे, ढवळणे; घटवणे, गिरवणे; पाठ करणे; *पाहा :* **पिणे, दळणे, घोकणे, घोटीव**

(v) crush, mash, press, squeeze, beat, churn; *पाहा :* **पिणे, दळणे, घोकणे, घोटीव**

घोटभर (वि) *पाहा :* **अल्प**

घोटा (पु) *पाहा :* **पाय, मादक द्रव्ये**

घोटाळणे (क्रि) घुटमळणे, भ्रमणे, अडखळणे, कचरणे, द्विधा होणे, दिङ्मूढ होणे, गोंधळणे, गांगरणे, बावरणे, गडबडून जाणे, मागेपुढे/ कांकूं/काचकूच करणे, मनाची संदिग्धावस्था होणे, दहीमही करणे, दही खाऊ का मही खाऊ करणे, खळखळ करणे

(v) vacillate, hesitate, waver, falter

घोटाळा (पु) गोंधळ, अव्यवस्था, विचका, गुंतागुंत, लोळघोळ, संदिग्धता, बिघाड, गडबड, भानगड, अफरातफर, गोलमाल, ब्रह्मघोटाळा, घालमेल

[वा] पैसे खाणे, डल्ला मारणे

(n) disorder, confusion, complication, chaos, mix-up, snag, deception, embezzlement, fraud, misapporpriation, peculation

घोटीव (वि) कमावलेले, घाटदार,

पीळदार, बांधेसूद, सुदृढ; सुबक, वळणदार, एकसारखे, नीटनेटके, घोटलेले; गुळगुळीत, चकचकीत; घटीव

[adj] sinewy, muscular, athletic, brawny, well-built; neat, shapely; smooth, polished

घोडचूक (स्त्री) *पाहा :* **अपराध, चूक**

घोडदळ (न) *पाहा :* **दल**

घोडदौड (स्त्री) *पाहा :* **प्रगती**

घोडनवरा (पु) *पाहा :* **नवरा**

घोडनवरी (स्त्री) *पाहा :* **नवरी**

घोडशाळा (स्त्री) *पाहा :* **प्राणिसंग्रहालय**

घोडा (पु), **घोडी** (स्त्री), **घोडे** (न) *पाहा :* **अश्व, अडणी, कळ**

घोडागाडी (स्त्री) *पाहा :* **वाहन**

घोडेबाजार (पु) *पाहा :* **अनाचार, बदल**

घोडेस्वार (पु) *पाहा :* **स्वार, चालक**

घोणस (पु) *पाहा :* **साप**

घोणा (पु) *पाहा :* **नाक**

घोर (पु) *पाहा :* **काळजी, चिंता**

घोर (वि) *पाहा :* **अघोरी, दाट, घनदाट**

घोरणे (क्रि) *पाहा :* **झोपणे**

घोव (पु) *पाहा :* **पती**

घोष (पु) *पाहा :* **उद्घोष, गर्जना, आवाज, वाणी**

घोषणा (स्त्री) ब्रीदवाक्य, ध्येयवाक्य, घोषवाक्य, नारा, जाहिरात, जाहीरनामा, प्रसिद्धी, प्रकटन; घोषणाबाजी; *पाहा :* **उद्घोष, भाषण**

(n) slogan, battle-cry, catchword, watchword, motto, announcement, declaration, proclamation, manifesto; *पाहा :* **उद्घोष, भाषण**

घोषवाक्य (न) *पाहा :* **घोषणा**

घोषित (वि) *पाहा :* **जाहीर**

घोस (पु) *पाहा :* **समुदाय, फडा**

घोळ (पु) *पाहा :* **गोंधळ, खल, घेर**

घोळका (पु) *पाहा :* **समुदाय**

घोळणा (पु) *पाहा :* **नाक**

घोळणे (क्रि) *पाहा :* **ढवळणे, विचार, खलणे**

घोळदार (वि) *पाहा :* **दीर्घ, सैल**

घोळसणे (क्रि) *पाहा :* **ढवळणे, मारणे**

घौस (वि) *पाहा :* **ठसठशीत**

घ्राण (न), **घ्राणेंद्रिय** (न) *पाहा :* **नाक**

च

चकचक (वि) *पाहा :* **चकचकीत**

चकचकाट (पु) लखलखाट, झगझगाट, चमचमाट, चकाकी, लकाकी, झळाळी, उजाळा, तेज, चमक, स्वच्छता

(n) radiance, shine, sparkle, lustre, dazzle, cleanliness

चकचकीत (वि) लखलखीत, झगझगीत, झगमगीत, झळझळीत, सतेज, तजेलदार, उजळ, चमकदार, तकतकीत, गुळगुळीत, घोटीव; स्वच्छ, नीटनेटका, झकपक, चकपक, चकचक (चकाचक), झक्क, चक्क, लखख

[adj] bright, lustrous, shiny, glistening, shimmering, glitering, dazzling, sparkling, clean

चकणा (वि) *पाहा :* **काणा**

चकणे (क्रि) फसणे, भुलणे, भ्रमणे, भूल पडणे, ठकणे, झकणे, चुकणे, बहकणे, घसरणे

(v) to be deceived/ outwitted/ taken in/ mistaken / misled, bamboozled

चकती (स्त्री) *पाहा :* **तुकडा**

चकपक (वि) *पाहा :* **चकचकीत**

चकमक (स्त्री) *पाहा :* **भांडण, लढाई**

चकरमकर (न) *पाहा :* **जादू, डावपेच**

चकवणे (क्रि) *पाहा :* **फसवणूक**

चकवा (पु) *पाहा :* **भ्रम**

चकाकणे (क्रि) चमचमणे, लखलखणे, झळझळणे, झळाळणे, झळकणे, झकाकणे, लकाकणे, तकाकणे, चमकणे, झगमगणे, प्रकाशणे

(v) glitter, glisten, sparkle, scintillate

चकाकी (स्त्री) *पाहा :* **चकचकाट, चमक, उजाळा**

चकाचूर (पु) *पाहा :* **चुराडा**

चकाट्या (स्त्री, अव) *पाहा :* **गप्पा**

चकारशब्द (पु) *पाहा :* **अबोल**

चकारी (स्त्री) *पाहा :* **गोल** (पु)

चकावचकाव (क्रिवि) *पाहा :* **आवाजासह**

चकित (वि) *पाहा :* **आश्चर्य, प्रभावित**

चकोट (पु) *पाहा :* **हजामत**

चक्क (वि) *पाहा :* **चकचकीत**

चक्क (क्रिवि) *पाहा :* **धडधडीत**

चक्कर (स्त्री) *पाहा :* **परिभ्रमण, घेरी**

चक्कर (वि) *पाहा :* **तऱ्हेवाईक**

चक्काचूर (पु) *पाहा :* **चुराडा, चेंदा**

चक्की (स्त्री) जाते, घट्टी, घंटी; गिरणी; पाणचक्की, पवनचक्की; *पाहा :* **परिभ्रमण**

(n) hand-mill; mill; grinder, watermill, windmill, *पाहा :* **परिभ्रमण**

चक्र (न) *पाहा :* **गोल, परिभ्रमण**

चक्रनेमिक्रम (पु) *पाहा :* **अनुक्रम,**

परिभ्रमण
चक्रम (वि) *पाहा :* **तऱ्हेवाईक, वेडा**
चक्रवर्ती (वि) *पाहा :* **राजा**
चक्रवाढ (स्त्री), **चक्रवाढ व्याज** (न) *पाहा :* **वाढ, फायदा**
चक्रवात (पु) *पाहा :* **वायू, परिभ्रमण**
चक्रव्यूह (पु) *पाहा :* **व्यूह**
चक्राकार (वि), **चक्राकृती** (वि) *पाहा :* **गोल**
चक्रावणे (क्रि) *पाहा :* **भ्रमणे, प्रभावित**
चक्रीउपोषण (न) *पाहा :* **अनशन**
चक्रीवादळ (न) *पाहा :* **वायू, परिभ्रमण**
चंग (पु) *पाहा :* **उद्युक्त**
चंगळ (स्त्री) *पाहा :* **वैपुल्य, समृद्धी**
चंगळवाद (पु) भोगवाद, उपभोगवाद, सुखवाद; सुखासक्ती, सुखलोलुपता, विलास, भोगलोलुपता, अर्थप्रधान संस्कृती, पोटभरू संस्कृती; *पाहा :* **जडवाद**
[वा] चार्वाक पंथ
(n) materialism, hedonism, pleasure-seeking, sybaritism, epicureanism; *पाहा :* **जडवाद**
चंगीभंगी (वि) फंदी, छंदीफंदी, ढंगी, रंगीढंगी, रंगेल, चटेल, चटोर, विलासी, स्वैराचारी, स्वैरवर्तनी, विषयी, विषयासक्त, कुकर्मी, दुराचरणी, पापाचरणी, भंगड, दुर्व्यसनी, उघळ्या, अनीतिमान, चारित्र्यहीन, कामासक्त, बदफैली, व्यभिचारी, बाहेरख्याली, वेश्यागमनी, रंडीबाज, शिंदळ, छिनाल, जारकर्मी, अधम *पाहा :* (विरु) **चारित्र्यसंपन्न**
[adj] libertine, lewd, dissolute, debauched, profligate, sinful, lustful, lecherous, adulterous, of easy virtue *पाहा :* (विरु) **चारित्र्यसंपन्न**
चघळणे (क्रि) *पाहा :* **खाणे**
चचणे (क्रि) *पाहा :* **मरणे**
चंचल (वि) अस्थिर, डळमळीत, कंपमान, हलणारा, कापणारा, लहरी, फिरता, बदलता, परिवर्तनीय, तरल, दोलायमान, अशांत, क्षुब्ध, लोल, विलोल, चपळ, अचपळ, स्वैर, पळपुटा, पाउलबुद्धी, उनाड, छांदिष्ट, उच्छृंखल, धरसोड करणारा, क्षणबुद्धी (क्षणिकबुद्धी), चंचलचित्त, चलितचित्त; अनित्य, अशाश्वत, क्षणभंगुर *पाहा :* (विरु) **अचल, दृढ**
[वा] भ्रमरवृत्ती, फुलपाखरू
[adj] unstable, variable, restless, fickle, fluctuating, wavering, vacillating, capricious, mercurial, volatile, unsteady, unpredictable, temperamental, whimsical, fidgety, vagrant, transient *पाहा :* (विरु) **अचल, दृढ**
चंची (स्त्री) *पाहा :* **पिशवी**
चंचुपुट (न) *पाहा :* **चोच**
चंचुप्रवेश (पु) *पाहा :* **प्रवेश**
चंचू (स्त्री) *पाहा :* **चोच**

चट (स्त्री) *पाहा :* **चटक**
चंट (वि) *पाहा :* **चलाख**
चटई (स्त्री) *पाहा :* **आसन**
चटक (स्त्री) चट, आवड, नाद, छंद, खोड, सवय, व्यसन, तलफ; गोडी, रुची, लटक, ओढ, आसक्ती, वेड
[क्रि] चटावणे, सोकणे, सोकावणे, सवकणे
(n) fondness, penchant, passion, habit, liking, longing, relish, infatuation, mania
चटकचांदणी (स्त्री) चमकबिजली, नाचणघुगरी, नाचणटिपरी, चाळकभवानी, टाकमटिकली, छेलछबेली, फटकडी, फटाकडी, जादूगारीण, सुंदर बाहुली, सुंदरी, नखरेल/ माशुक/ मोहक स्त्री, पाखरू
(n) conquette, belle, doll, enchantress, flirt, beauty queen, alluring/seductive women
चटकणी (स्त्री) *पाहा :* **आघात**
चटकणे (क्रि) *पाहा :* **धग, आवड**
चटकदार (वि) *पाहा :* **खमंग, मजेदार**
चट्कन (-दिशी) (क्रिवि) *पाहा :* **अविलंब**
चटका (पु) उष्णता, ताप, आग, धग, शेक, डाग, दाह, आच, झळ, तलखी; मनस्ताप, चुटपुट, चडफड, तडफड, खंत, रुखरुख, हुरहुर; चुणचुण, चरका, काळजी, चिंता; ध्यास, छंद
(n) heat, hotness, warmth, scorching, burning, smart; anguish, agony, disquietude; anxiety, yearning
चटचट (क्रिवि) *पाहा :* **अविलंब**
चटणी (स्त्री) *पाहा :* **चेंदा, पराभव, खाणे**
चटपट (क्रिवि) *पाहा :* **अविलंब**
चटपटीत (वि), **चटपट्या** (वि) चपळ, जलदगती, द्रुतगती, तरतरीत, चुणचुणीत, चलाख, हुशार, तल्लख
[adj] agile, nimble, buoyant, smart, bright, brisk, quick-moving, lissom, fast, spry
चटश्राद्ध (न) *पाहा :* **अंत्येष्टी, घाई**
चटावणे (क्रि) *पाहा :* **चटक**
चटेल (वि) *पाहा :* **चंगीभंगी**
चटोर (वि) चावट, फाजील, अश्लील, ग्राम्य, पाचकळ, टवाळ, टारगट, छचोर (छिचोर), अर्वाच्य, शृंगारिक, उत्तान, चवचाल; *पाहा :* **चंगीभंगी**
[adj] lewd, salacious, erotic, lascivious, obscene, ribald, vulgar; *पाहा :* **चंगीभंगी**
चट्टा (पु) क्षत, व्रण, वण, डाग, खूण, चिन्ह; कोड; वळ
(n) scar, pock, mark
चट्टामट्टा (पु) *पाहा :* **खाणे**
चट्टी (स्त्री) *पाहा :* **कुटी**
चट्टीपट्टी (स्त्री) *पाहा :* **नखरा**
चडफड (स्त्री) *पाहा :* **तडफड, चडफडणे, चटका**
चडफडणे (क्रि) चडफडाट होणे, चरफडणे, धुसफुसणे, तडफडणे,

चुळबुळणे, तळमळणे, अस्वस्थ होणे, चिडणे, जळणे, जळफळणे, संतापणे
[वा] हात चोळत बसणे, हातपाय झाडणे/ आपटणे, आदळआपट करणे, दातओठ खाणे, मनातल्या मनात जळणे, अंगाला/नाकाला मिरच्या झोंबणे, चुरमुरे खात बसणे, हाका मारीत बसणे
(v) fret, chafe, fume, boil, seethe, rage, be irritated
[i] grind one's teeth, blow one's top, burn up, have a fit

चडफडाट (पु) *पाहा :* **चडफडणे, तडफड**

चंडांशु (पु) *पाहा :* **सूर्य**

चंडोल (पु) *पाहा :* **खुशालचेंडू, मादक द्रव्ये**

चढ (पु) चढण, चढाव, चढती; घाट
(n) ascent, rise, climb

चढउतार (पु) उत्कर्षापकर्ष, वधघट, तेजीमंदी, कमीजास्त, महागाई-स्वस्ताई, क्षयवृद्धी, आशानिराशा, सुखदुःख, ऊनपाऊस; *पाहा :* **नफा-नुकसान**
(n) ups and downs, waxing and waning; *पाहा :* **नफा-नुकसान**

चढण (स्त्री) *पाहा :* **चढ**

चढणे (क्रि) *पाहा :* **आरूढणे, वाढ**

चढवणे (क्रि) *पाहा :* **स्तुती, मादक द्रव्ये**

चढा (वि) उंच, उच्च, पहाडी, चढता, चढावाचा, ताणलेला; *पाहा :* **तार** (वि)
[adj] high-pitch, strained; *पाहा :* **तार** (वि)

चढाई (स्त्री) *पाहा :* **हल्ला, आक्रमण**

चढाईखोर (पु) *पाहा :* **हल्लेखोर, अरेराव**

चढाओढ (स्त्री) *पाहा :* **स्पर्धा, चुरस**

चढाव (पु) *पाहा :* **चढ, पादत्राण**

चढेल (वि) *पाहा :* **गर्विष्ठ**

चण (स्त्री) *पाहा :* **बांधा, ठेवण**

चणका (पु) *पाहा :* **वेदना**

चणचण (स्त्री) *पाहा :* **अभाव**

चतकोर (पु) चवथा/ चौथा/ पाव भाग, एक चतुर्थांश; *पाहा :* **तुकडा**
(n) quarter, one-fourth; *पाहा :* **तुकडा**

चतुर (वि) हुशार, चाणाक्ष, बुद्धिमान, डोकेबाज, कल्पक, युक्तिबाज, योजक, धूर्त, सुज्ञ, ज्ञानी, डोळस, नागर, व्यवहारज्ञ, व्यवहारचतुर, चलाख, धोरणी, कुशल, कसबी, वाकबगार, प्रवीण, निपुण, अट्टल, मनकवडा, परकायप्रवेश करणारा, दशावधानी, अष्टावधानी; *पाहा :* **चतुराई**
[adj] clever, artful, adroit, adept, smart, ingenious, cunning, shrewd, skillful, deft; *पाहा :* **चतुराई**

चतुरंगदळ (न) हत्ती- घोडे- रथ-पायदळ; घोडदळ- पायदळ-आरमार- विमानदळ; परिपूर्ण सेनादल; *पाहा :* **दल**
(n) full-fledged armed forces;

army, navy, airforce, cavalry-infantry *पाहा :* **दल**

चतुरस्त्र (वि) अष्टपैलू, बहुरंगी, बहुपेडी, बहुपदरी, बहुढंगी, बहुविध, बहुआयामी, पैलूदार, अनेकपदरी, अनेकांगी, विविधांगी, हरहुन्नरी, बहुमुखी; अनेकावधानी, अष्टावधानी; सव्यसाची; बहुगुणी, चौरस; *पाहा :* **गुणी**

[adj] versatile, all round, multi-faceted, many-sided, ambidextrous, gifted, skilled, accomplished, sophisticated; *पाहा :* **गुणी**

चतुराई (स्त्री) चातुर्य, चातुरी, हुशारी, अक्कल, चाणाक्षपणा, धूर्तता, बुद्धिमत्ता, तारतम्य, कल्पकता, योजकता, व्यवहारकुशलता, व्यवहारचातुर्य, प्रसंगावधान, नैपुण्य, करामत, जादूगिरी, चलाखी, लाघव, दाक्षिण्य; *पाहा :* **चतुर**

(n) skill, dexterity, adroitness, wizardry, cleverness, ingenuity, cunning, gumption *पाहा :* **चतुर**

चतुरानन (पु) *पाहा :* **ब्रह्मदेव**

चतुराश्रम (पु) *पाहा :* **आश्रम**

चतुर्थ (वि) *पाहा :* **अंक**

चतुर्धा (वि) *पाहा :* **चतुर्विध**

चतुर्भुज (वि) चार हातांचा (देव); *पाहा :* **विवाहित, कैदी**

[adj] four-armed (God); *पाहा :* **विवाहित, कैदी**

चतुर्मुख (पु) *पाहा :* **ब्रह्मदेव**

चतुर्विध (वि) चतुर्धा; चतुर्विध अन्न (खाद्य, चोष्य, लेह्य, पेय, चारठाव); चतुर्विध स्त्रीजाती (पद्मिनी, चित्रिणी, शंखिणी, हस्तिनी); चतुर्विध मुक्ती (सलोकता, समीपता, सरूपता, सायुज्यता); चतुर्विध वाचा (परा, पश्यंती, मध्यमा, वैखरी); इ.

[adj] fourfold (food, women, liberation, faculty of speech, etc)

चतुष्टय (न) चौकट, चौकडा, चौकडी, चौक, चौरस्ता, चतुष्कोन, चौकोन, चौरस, आयत, चतुष्पाद, चौकार, चतुःसीमा, चतुःसूत्री (स्वदेशी, बहिष्कार, राष्ट्रीय शिक्षण, स्वराज्य); आश्रमचतुष्टय (ब्रह्मचर्य, गृहस्थ, वानप्रस्थ, संन्यास); चांडाळचौकडी; युगचौकडी (कृत, त्रेता, द्वापार, कली); इत्यादी; *पाहा :* **अंक, चार युगे**

(n) aggregate of four; *पाहा :* **अंक, चार युगे**

चतुःसीमा (स्त्री, अव) *पाहा :* **मर्यादा**

चंदी (स्त्री) *पाहा :* **अन्न**

चंद्र (पु) चंद्रमा, सोम, मयंक, इंदु, विधू, दशाश्व, शशधर, शशांक, शशी, मृगलांछन, मृगांक, सुधाकर, सुधांशू, कुमुदबांधव, रजनीनाथ, निशाकर, निशापती, ताराधीश, नक्षत्रनाथ, नक्षत्रपती, षोडशकलापूर्ण चंद्रमा, राकेश, पूर्णेंदू, पूर्णचंद्र, शुक्लेंदु, शुभ्रांशू, हिमांशू, चंद्रबिंब, चंद्रमंडल, चंद्रलोक,

चांद, चांदोबा, चांदोमामा, चंद्रकोर, चंद्ररेखा, चंद्रकला; उपग्रह, मानवनिर्मित उपग्रह

(n) moon, crescent; satellite, man-made satellite

चंद्रकंस (पु) *पाहा :* **राग**

चंद्रकांत (पु) *पाहा :* **रत्न**

चंद्रकिरण (पु) *पाहा :* **चांदणे**

चंद्रकोर (स्त्री) *पाहा :* **चंद्र, कमान**

चंद्रग्रहण (न) *पाहा :* **ग्रहण**

चंद्रप्रकाश (पु) *पाहा :* **चांदणे, प्रकाश**

चंद्रबळ (न) *पाहा :* **शक्ती**

चंद्रमा (पु) *पाहा :* **चंद्र**

चंद्रमुखी (-वदना) (स्त्री) *पाहा :* **सुंदरी**

चंद्रमौली (-ळी) (वि) जीर्ण, मोडकळीस आलेले, मोडके, पडके, गरिबाचे घर

[adj] dilapidated, ramshackle

चंद्रमौली (-ळी) (पु) *पाहा :* **शंकर**

चंद्रविकासी (वि) *पाहा :* **कमळ**

चंद्रशाला (स्त्री) *पाहा :* **आगाशी**

चंद्रशेखर (पु) *पाहा :* **शंकर**

चंद्रामृत (न) *पाहा :* **चांदणे**

चंद्रावळी (स्त्री) *पाहा :* **सुंदरी**

चंद्रिका (स्त्री) *पाहा :* **चांदणे**

चपखल (वि) *पाहा :* **समर्पक**

चपटा (वि) सपाट, समतल, चापट, चेपटलेला, बसका, पसरट, थबकट; नकटे (नाक)

[adj] flat, flattened, plane, squat

चपराक (स्त्री) *पाहा :* **आघात, अपमान**

चपराशी (पु) *पाहा :* **अनुचर**

चपल (वि) *पाहा :* **चपळ**

चपला (स्त्री) *पाहा :* **वीज, सुंदरी**

चपळ (वि) चपल, अचपळ, गतिमान, वेगवान, जलदगती; तेज, तरतरीत, चटपटीत, चुणचुणीत, चापल्यपूर्ण, उत्साहपूर्ण, चैतन्यपूर्ण, चलाख; कार्यक्षम, प्रतिक्रियाशील; चंचल, अस्थिर, तरल, चळवळ्या *पाहा :* **चापल्य** (विरु) **मंद**

[वा] जमिनीवर पाय न ठरणे

[adj] speedy, fast, swift, brisk, quick, energetic, alert, expeditious, supple, nimble, agile, spry, restless, unstable *पाहा :* **चापल्य** (विरु) **मंद**

[i] quick on the trigger

चपळाई (स्त्री) *पाहा :* **घाई, चापल्य**

चपाट (न) *पाहा :* **नाश**

चपाती (स्त्री) *पाहा :* **पोळी**

चपापणे (क्रि) चमकणे, चरकणे, दचकणे, बाचकणे, बिचकणे, भिणे, हबकणे, धक्का बसणे, वचकणे, शरमणे, संकोचणे, दबणे, वरमणे, विरमणे, ओशाळणे, भांबावणे, कावराबावरा होणे, मागे सरणे, मान खाली घालणे, चोरट्यासारखे होणे

(v) start, jerk, recoil, wince, shy, blench, be startled/ taken aback/ abashed/ disconcerted

चंपी (स्त्री) *पाहा :* **चोळणे, खडसावणे**

चपेटा (पु) *पाहा :* **आघात**

चप्पल (स्त्री) *पाहा :* **पादत्राण**

चप्पी (स्त्री) *पाहा :* **हजामत**

चबचबीत (वि) *पाहा :* **आर्द्र**

चबढब (स्त्री) लुडबुड, ढवळाढवळ, हस्तक्षेप, उठाठेव, उखरवाखर, लांडा कारभार, चिवडाचिवड, अव्यवस्था, गोंधळ *पाहा :* **चोंबडा**

[क्रि] लुडबुडणे, अडमडणे

[वा] अंगद शिष्टाई, नाक खुपसणे

(n) meddling, butting in, snooping, interference *पाहा :* **चोंबडा**

[i] to thrust one's nose, curiosity killed the cat

चबुतरा (पु) *पाहा :* **ओटा**

चंबू (पु) *पाहा :* **भांडे**

चंबूगबाळे (न) चीजवस्तू, भांडीकुंडी, कपडेलत्ते, सामानसुमान, बिऱ्हाडबाजले, सोवळेभांडे, बाडबिस्तरा, वस्त्रप्रावरण, खटले, लटांबर; *पाहा :* **घरदार**

(n) belongings, bag and baggage; *पाहा :* **घरदार**

[i] goods and chattels

चमक (स्त्री) चकाकी, लकाकी, लुकलुकी, झकाकी, झळाळी, झिलई, तकाकी, झगमग, तकतकी, तजेला, टवटवी, उजळपणा; तेज, ओज, आभा, प्रभा, प्रकाश, धमक, शक्ती, पाणी, नूर; चुणूक; धाक, छटा; *पाहा :* **वेदना**

(n) lustre, sparkle, radiance, glitter; brilliance, mettle, spark, power; *पाहा :* **वेदना**

चमकढवळी (स्त्री) *पाहा :* **ढालगज**

चमकणे (क्रि) चकाकणे, लकाकणे, झळाळणे, झगमगणे, लखलखणे, तळपणे, चमचमणे, लकलकणे, लुकलुकणे; लिकलिकणे; तेज/ शक्ती/ बुद्धी दाखवणे; *पाहा :* **चपापणे, आश्चर्य**

(v) glitter, gleam, scintillate, sparkle, twinkle; shine; *पाहा :* **चपापणे, आश्चर्य**

चमकदार (वि) चकचकीत, लकलकीत, लख्ख, लखलखीत, उजळ, कांतिमान, तेजस्वी, पाणीदार, उज्ज्वल, पैलूदार

[adj] bright, shiny, lustrous, glowing, brilliant

चमकबिजली (स्त्री) *पाहा :* **चटकचांदणी**

चमकावणे (क्रि) *पाहा :* **खडसावणे**

चमचम (स्त्री) *पाहा :* **प्रकाश**

चमचमणे (क्रि) *पाहा :* **चकाकणे**

चमचमाट (पु) चकचकाट, झगमगाट, आरास, थाटमाट, रोषणाई

(n) radiance, dazzle, shine, illumination, splendour

चमचमीत (वि) *पाहा :* **खमंग**

चमचा (पु), **चमचेगिरी** (स्त्री) *पाहा :* **अनुचर, अनुनय**

चमडी (स्त्री) *पाहा :* **त्वचा**

चमत्कार (पु) *पाहा :* **आश्चर्य, करामत, जादू**

चमत्कारिक (वि), **चमत्कारी** (वि), **चमत्कृतिपूर्ण** (वि) *पाहा :* **अघटित,**

अद्भुत, विचित्र, चित्रविचित्र

चमत्कृती (स्त्री) *पाहा :* **आश्चर्य, करामत**

चमू (पु) *पाहा :* **समुदाय, दल**

चयापचय (पु) *पाहा :* **व्यापार**

चर (वि) *पाहा :* **अस्थिर**

चर (पु) *पाहा :* **खड्डा**

चरक (पु) घाणा, साचा, यंत्र, चरकी, चरखा, रहाट, गुऱ्हाळ; *पाहा :* **परिभ्रमण, चक्की**

(n) mill, wheel, lathe, machine, crusher; *पाहा :* **परिभ्रमण, चक्की**

चरकणे (क्रि) *पाहा :* **चपापणे**

चरका (पु) *पाहा :* **चटका**

चरकी (स्त्री) *पाहा :* **चरक**

चरखा (पु) *पाहा :* **चरक**

चरचरीत (वि) खरखरीत, खरबरीत, भरभरीत, चरबट, चरबरीत, जाडेभरडे; झणझणीत; तिखट, तीक्ष्ण, झोंबणारे, बोचणारे; स्पष्ट, खरमरीत, खडखडीत; *पाहा :* **खरपूस**

[adj] rough, ragged, chacced, uneven; chapped, shagged, poignant, sharp, pungent; *पाहा :* **खरपूस**

चरण (पु) *पाहा :* **पाय, कडवे**

चरणस्पर्श (पु) *पाहा :* **अभिवंदन**

चरणे (क्रि) *पाहा :* **खाणे**

चरपटपंजरी (स्त्री) *पाहा :* **चर्पटपंजरी**

चरफडणे (क्रि) *पाहा :* **चडफडणे**

चरबट (वि) *पाहा :* **चरचरीत**

चरबट (न) *पाहा :* **चर्पटपंजरी**

चरबटणे (क्रि) *पाहा :* **चोळणे**

चरबरीत (वि) *पाहा :* **चरचरीत**

चरबी (स्त्री) *पाहा :* **स्निग्ध पदार्थ**

चरम (वि) *पाहा :* **अंतिम**

चरमगती (स्त्री) *पाहा :* **मोक्ष**

चरमस्थिती (स्त्री) *पाहा :* **चार अवस्था**

चरमज्ञान (न) *पाहा :* **ब्रह्मज्ञान**

चरवी (स्त्री) *पाहा :* **भांडे**

चरस (पु) *पाहा :* **मादक द्रव्ये**

चरा (पु) ओरखडा, ओचकारा, बोचकारा, विचकुरा, चीर, रेषा, रेघ

(n) scratch, furrow, slit, line

चराचर (न) स्थावर-जंगम/ चल-अचल/ सजीव-निर्जीव जग/ विश्व; भूतसृष्टी, भूतजात, पंचमहाभूतात्मक जग; ब्रह्मांड, ब्रह्मगोलक; चौदा भुवने (*पाहा :* **सप्तलोक, सप्तपाताळ),** सृष्टी, निसर्ग; विश्वविस्तार, जगडंबर, जगत्, जगतत्रय, त्रिजगत, त्रिभुवन, त्रैलोक्य, त्रिखंड, स्वर्ग-मृत्यू-पाताळ, दुनिया, भूलोक, अत्र, प्रपंच, इहलोक, मृत्युलोक, पृथ्वी

[वा] प्रतिसृष्टी, विश्वामित्री सृष्टी

[adj] universe, cosmos, animate and inanimate world, creation; the heavens *पाहा :* **सप्तलोक, सप्तपाताळ**

चरित (न) *पाहा :* **चरित्र**

चरितार्थ (पु) *पाहा :* **उदरनिर्वाह**

चरित्र (न) चरित, आयुष्यक्रम, आचरण, वर्तन, चालचलणूक, शील, चारित्र्य, करणी; जीवनचरित्र, कथा, गोष्ट,

इतिहास; चरित्रवाङ्मय, चरित्रात्मक कादंबरी; आत्मचरित्र, आत्मवृत्त, स्वानुभवकथन, आत्मनिवेदन, कैफियत

(n) life, behaviour, conduct, character; life story, biography, history, exploits, memoirs, autobiography, experiences, confessions, recollections

[i] track record

चरी (स्त्री) *पाहा :* **खड्डा**

चर्च (न) *पाहा :* **देऊळ**

चर्चणे (क्रि) *पाहा :* **चोपडणे**

चर्चा (स्त्री) संभाषण, संवाद, खल, विचारविनिमय, विमर्श, विचारविमर्श, बातचित, खलबत, सल्लामसलत, वाटाघाट, ऊहापोह; वादविवाद, उत्तरप्रत्युत्तर, बोलाचाली, काथ्याकूट, चर्वितचर्वण, गुऱ्हाळ, घासाघीस; चर्चासत्र, परिचर्चा, परिसंवाद, वार्तालाप; *पाहा :* **बोलणे**

[वा] कीस काढणे, चावून चिकट चोथा करणे, दळण दळणे, समुद्रमंथन करणे

(n) discussion, deliberation, conversation, colloquy, dialogue, exchange of views, debate; seminar, symposium, conference, parley; *पाहा :* **बोलणे**

[i] to lay heads together

चर्पटपंजरी (स्त्री) चरपटपंजरी, चऱ्हाट, पुराण, भंडपुराण, चरबट, बडबड, वटवट, गुऱ्हाळ, भारूड, पाल्हाळ, टकळी, जल्पना, गड्डालिका

[वा] एरंडाचे गुऱ्हाळ, तुणतुणे लावणे/वाजवणे, मारुतीचे शेपूट

(n) chatter, gibberish, yarn

[i] spin out, talk oneself hoarse

चर्म (न) *पाहा :* **त्वचा**

चर्मकार (पु) *पाहा :* **चांभार**

चर्मचक्षू (पु) *पाहा :* **डोळा**

चर्मवाद्य (न) अवनद्धवाद्य, मृदंग, पखवाज, नाल, तबला, डग्गा, ताशा, तंबूर, ढोल, ढोलक, ढोलकी, ढोलके, ढमके, ढुमके, नडघे, तुरे, डम, नगारा, नौबत, दुंदुभी, दमामा, धमामा, डंका, भेर, भेरी, रणभेरी, पडघम, चौघडा, डमरू, डौर, कुडबुडे, खंजिरी, डफडी, डफ, घेरा, मर्फा, घुमट, टिमकी, हलकी (हलगी), हलका, धूम, संबळ, समेळ, पडगी, झील, घम, डिंडिम (डिंडिमा) *पाहा :* **वाद्य**

(n) drum, kettledrum, bongo, tom-tom, tamboor, tambourine *पाहा :* **वाद्य**

चर्या (स्त्री) *पाहा :* **चेहरा, तोंड, आचरण**

चर्र (न) *पाहा :* **भीती**

चर्वण (न) *पाहा :* **चावणे**

चर्वितचर्वण (न) *पाहा :* **चर्चा**

चऱ्हाट (न) *पाहा :* **दोर, पाल्हाळ, चर्पटपंजरी, जल्पना**

चल (वि) *पाहा :* **अस्थिर**

चलच्चित्र (न), **चलच्चित्रपट** (पु) *पाहा :* **चित्रपट**

चलणे (क्रि) *पाहा :* **निघणे**

चलती (स्त्री) *पाहा :* **उत्कर्ष**

चलन (न) *पाहा :* **अर्थ, हालचाल**

चलनफुगवटा (पु) *पाहा :* **अर्थ, महागाई**

चलनवलन (न) *पाहा :* **हालचाल, चळवळ**

चलनवाढ (स्त्री) *पाहा :* **अर्थ, महागाई**

चलनी (वि) *पाहा :* **चालू**

चलबिचल (स्त्री) द्विधा मन:स्थिती, अस्थिर वृत्ती, गोंधळ, धरसोड; चंचलता, अनिश्चितता, अस्थिरता, अस्थैर्य; अशांतता

(n) hesitation, irresolution, shilly-shallying, wavering, vacillation, uncertainty

चलाऊ (वि) *पाहा :* **कामचलाऊ**

चलाख (वि) चपळ, जलद, चटपटीत, तरतरीत, चुणचुणीत, चतुर, कार्यक्षम, तडफदार, तेज, हुशार, तल्लख, चाणाक्ष, चिमखडा, चंट, लटपट्या; ठमकाई (स्त्री)

[वा] लवंगी मिरची

[adj] alert, bright, quick, brisk, smart, lively, sharp-eyed, on the watch, expeditious

चलाखी (स्त्री) चलाखपणा, चापल्य, चटपटीतपणा, कार्यक्षमता, हुशारी, कौशल्य, चातुर्य, शिताफी, चाणाक्षपणा, धूर्तपणा, लटपट; *पाहा :* **फसवणूक**

(n) alertness, smartness, alacrity, finesse, subterfuge, trick; *पाहा :* **फसवणूक**

चलितचित्त (वि) *पाहा :* **चंचल**

चव (स्त्री) गोडी, रुची, स्वाद, आस्वाद, लज्जत, खुमारी, चुणूक, छटा, झलक; आवड, रस, स्वारस्य, सौरस्य, आकर्षण, अभिरुची, सुख, आनंद, चवधव *पाहा :* **चूर्ण**

[वि] गोड, गुळमट, गुळचट, मधुर, गोडसर; आंबटगोड, आंबट, आम्ल, आंबटढाण, आंबटढसाण, आंबटचिंबट, आंबटसर; खारट, खारा, खारटढाण, खारकट, खारटगोड, खारटतुरट, लावण, तुरट, तिखट, तीक्ष्ण, जहाल, जलाल, जळजळीत, झणझणीत, तिखटजाळ, तिक्त; कडू, कटु, कडूजहर, कडवट, कडसर, कडूगोड; अगोड, सौम्य, अळणी, फिकट, बेचव, निचव, रुचिहीन, मिळमिळीत, शिळा, कवकवीत, पांचट (पाणचट), भन्नाट

[क्रि] चाखणे, चव घेणे, चवीने खाणे

(n) taste, flavour, liking, flair, relish, preference, charm, interest *पाहा :* **चूर्ण**

[adj] sweet, sour, salty, saline, astringent, pungent, hot, bitter, insipid, stale, mild, bland, watery

[v] taste, savour, relish

चव (पु) *पाहा :* **चूर्ण**

चवचाल (वि) स्वच्छंदी, स्वेच्छाचारी, स्वैरवर्तनी, नाचरी, नखरेल, रंगेल, चटोर, छचोर, उठवळ, उडाणटप्पू, उनाड, गावभवानी, नीतिभ्रष्ट, नटारंगी
[adj] amorous, wayward, vagabond, licentious, wanton, coquetish, naughty, playful
चवड (स्त्री) *पाहा :* **समुदाय, डोंगर**
चवडा (पु) *पाहा :* **पाय**
चवताळणे (क्रि) *पाहा :* **संतापणे, खवळणे, अशांत**
चवदार (वि) *पाहा :* **खमंग, खुमासदार**
चवनट (वि) *पाहा :* **चावट**
चवरी (स्त्री) *पाहा :* **कुंचला**
चवळी (स्त्री) *पाहा :* **अफवा**
चवाठा (पु) *पाहा :* **अड्डा**
चविष्ट (वि) *पाहा :* **खमंग, गोड**
चव्हाटा (पु) *पाहा :* **अड्डा**
चषक (पु) *पाहा :* **भांडे, पारितोषिक**
चष्मा (पु) उपनेत्र, ऐनक, आरशी, चाळशी (चाळिशी), भिंग, उन्हाचा/काळा चश्मा; *पाहा :* **दृष्टी-उपकरणे**
(n) spectacles, eye-glasses, lorgnette, monocle, pince-nez, goggles, lenses; *पाहा :* **दृष्टी-उपकरणे**
चहा (स्त्री) *पाहा :* **आवड, कीर्ती, कदर**
चहाटळ (वि) चावट, आचरट, अर्वाच्य, फाजील, वात्रट, वाह्यात, टवाळ
[adj] mischievous, frivolous, skittish, smutty
चहाडखोर (वि) चुगलखोर, कलागत्या, कळलाव्या; लावालाव्या, कुचाळखोर, कुटाळखोर, टवाळखोर, निंदाखोर, निंदक, कुचेष्टेखोर, खोटारडा, चोंबडा, कुटाळकंपू
[adj] Back-biter, detractor, derogator
चहाडी (स्त्री) चुगली, लावालावी, कलागत, कळ, कुचाळी, कुटाळी, आळ, कागाळी, चहाडीचुगली, कर्णमैथुन, निंदानालस्ती, खोटेनाटे, तक्रार
[वा] कान फुंकणे/भरणे, नावे ठेवणे, मनात भरवणे, कळीचा नारद
(n) back-biting, aspersion, calumny, evil-speaking, derogation, vilification
चहाता (वि) ग्राहक, गुणग्राहक, गुणग्राही, गुणज्ञ, भक्त, पूजक, उपासक, कदरदान, आस्थेवाईक, श्रद्धाळू, आदरयुक्त, कौतुक करणारा, मोल जाणणारा, जाणता, भोक्ता
[adj] admirer, respectful, deferential, reverent
चहूकडे (क्रिवि) *पाहा :* **आजूबाजूस, सर्वत्र**
चळ (पु) *पाहा :* **खूळ, चित्तभ्रम**
चळचळ (-ळा) (क्रिवि) थरथर, लटलट, थडथड
[adv] In a trembling/ shivering manner

चळणे (क्रि) हलणे, ढळणे, डगणे, घसरणे, च्युत होणे; चुकणे, बहकणे, बिघडणे, आडमार्गाला लागणे; खुळावणे; खुळा होणे *पाहा :* **खुळा**
(v) move, stir, slip, defect, err, meander, drift, go astray, be deranged; *पाहा :* **खुळा**

चळत (स्त्री) *पाहा :* **समुदाय**

चळवळ (स्त्री) चलनवलन, हालचाल, वळवळ, चुळबुळ, चैतन्य; खळबळ, गडबड, अशांतता, अस्वस्थता, असंतोष, प्रक्षोभ, प्रमथन, लोकक्षोभ, जनक्षोभ, अस्थैर्य, अराजक; समाजजागृती, आंदोलन, जन-आंदोलन, लोक-चळवळ, बंड, दंगल, कायदेभंग, सविनय कायदेभंग, सत्याग्रह, असहकार, अहिंसक चळवळ, धरणे, संप, बंद, हरताळ, निदर्शन, नियमानुसार काम आंदोलन, उठाव, क्रांती
(n) motion, activity, movement, unrest, discontent, ferment, agitation, upheaval, turmoil, campaign, crusade, uprising, insurrection, insurgence

चळवळ्या (वि) *पाहा :* **चपळ**

चक्षुरिंद्रिय (न), **चक्षू** (पु) *पाहा :* **डोळा**

चक्षुर्वैसत्यम् (क्रिवि) *पाहा :* **धडधडीत**

चाक (न) *पाहा :* **परिभ्रमण, गोल**

चाकर (पु) **चाकरमान्या** (पु) *पाहा :* **अनुचर**

चाकरी (स्त्री) नोकरी, सेवा, मदत, ताबेदारी, हडेलहप्पी, तैनात, शागिर्दी, खिदमत, दास्य, गुलामगिरी, पूजा, उपासना, कारसेवा, अनुयायित्व, खुशामत, शुश्रूषा, (रुग्ण)- परिचर्या, काम, उद्योग, मोलमजुरी, चाकरपेशा, कारकुनी, खर्डेघाशी *पाहा :* **अनुचर**
[वा] रुपेरी बेडी
(n) service, help, aid, employment, servitude, slavery, bondage, worship *पाहा :* **अनुचर**

चाकू (पु) सुरा, सुरी, खंजीर, जंबिया, कट्यार, बिचवा, कुकरी, कृपाण, वस्तरा; *पाहा :* **खड्ग, आयुध**
(n) knife, blade, cleaver, scalpel, dagger; *पाहा :* **खड्ग, आयुध**

चाकोरी (स्त्री) *पाहा :* **खड्डा, मार्ग, कडी**

चाकोरीबद्ध (वि) *पाहा :* **ठोकळेबाज, बंदिस्त, नियमित**

चाकोरीबाहेरचा (वि) *पाहा :* **अद्‌भुत**

चाखणे (क्रि) *पाहा :* **खाणे, चव**

चांगभला (पु) *पाहा :* **स्तुती**

चांगला (वि) बरा, ठाकठीक, योग्य, उचित, लायक, टिकाऊ, दर्जेदार, नीटनेटका, निका, नेटका, व्यवस्थित, बरवा, सरस, सही, बेश, मस्त, छान, कौतुकास्पद, अनुकरणीय, अभिनंदनीय, उपयुक्त, उपयोगी, परिणामकारक, हितकारक, फायदेशीर, किफायतशीर, नफ्याचा, बेहेत्तर, स्तुत्य, प्रशंसनीय, इष्ट, स्वच्छ, सुंदर, देखणा, छानदार,

फक्कड, खासा, नामी, बहुमोल, मौल्यवान, शेलका, भरपूर, समृद्ध, गुणी, सद्‌गुणी, सुष्ट, भला, सुस्वभावी, प्रामाणिक, सभ्य, सदाचारी, गोड, मधुर, मंजुळ, सुरेल, मृदु, सुखद, आरोग्यदायक, उत्तम, उत्कृष्ट, परिपूर्ण *पाहा :* (विरु) **वाईट**

[वा] बोलून चांगला, गोडबोल्या, दगडापेक्षा वीट मऊ, दुधात साखर पडणे, सोने होणे, कोळशातील माणीक

[adj] good, fine, admirable, useful, serviceable, tolerable, exemplary, beneficial, salutary, advantageous, creditable, laudable, clean, handsome, valuable, abundant, prosperous, virtuous, sweet, melodious, pleasing, healthful, excellent, perfect *पाहा :* (विरु) **वाईट**

[i] every cloud has a sliver lining

चांगलावाईट (वि) बरावाईट, भलाबुरा, कमीजास्त, लहानमोठा, डावाउजवा, साधकबाधक

[adj] more or less, good or bad

[i] jekyll and Hyde

चांगुलपण (-णा) (न, पु) भलेपणा, भलाई, चांगलेपणा, लायकी, पडप, मोल, गुण, इष्टता, उपयोग; गोडवा, माधुर्य, सात्त्विकता, मार्दव, पावित्र्य, पुण्य, पुण्याई

(n) goodness, kindness, merit, value, usefulness, virtue, virtuousness

चाचणी (स्त्री) परीक्षा, कसोटी, पारख, तपासणी, पाहणी, प्रयोग, पडताळा, प्रात्यक्षिक, निवडचाचणी, चाचणीपरीक्षा, जनमतचाचणी

(n) test, trial, examination, check-up, try out, screen test, inspection, check, experiment, proof, verification

चाचणीवजा (वि) *पाहा :* **प्रायोगिक**

चाचपडणे (क्रि) चाचपणे, स्पर्श करणे, अजमावणे, हाताळणे, शोध करणे, धुंडाळणे, प्रयत्न करणे, लडफडणे *पाहा :* **अन्वेषण**

(v) grope, feel, about, fish, fumble, tap, feel, hunt, search *पाहा :* **अन्वेषण**

चाचपणी (स्त्री) *पाहा :* **अन्वेषण**

चाचपणे (क्रि) *पाहा :* **चाचपडणे**

चाचरणे (क्रि) *पाहा :* **अडखळणे**

चाचरा (वि) *पाहा :* **तोतरा**

चांचल्य (न) चंचलपणा, चंचलता, अस्थैर्य, कंप, तरलता, लहर, चापल्य, अस्वस्थता, क्षणिकत्व, अशाश्वतता

(n) instability, unsteadiness, fluctuation, vagary, fickleness, vacillation

चाचा (पु) *पाहा :* **चोर**

चा चू न करणे (क्रि) *पाहा :* **अबोल**
चाचेगिरी (स्त्री) *पाहा :* **चोरी**
चाट (स्त्री) *पाहा :* **थाप, आघात, फसवणूक**
चाटणे (क्रि) *पाहा :* **खाणे, स्पर्श**
चाटुस्तुती (स्त्री) *पाहा :* **स्तुती**
चाड (स्त्री) *पाहा :* **आवड, पर्वा**
चांडाळ (वि, पु), **चांडाळचौकडी** (स्त्री) *पाहा :* **नराधम**
चाणाक्ष (वि) हुशार, चतुर, शहाणा, शहाणासुरता, बुद्धिमान, अक्कलवान, तीक्ष्णबुद्धी, तल्लख, चलाख, समजदार, व्यवहारचतुर, डोकेबाज, धोरणी, दूरदर्शी, सुज्ञ, नागर, धूर्त, कुशाग्र बुद्धीचा, चौकस
[adj] astute, sharp, shrewd, discreet, diplomatic, judicious, tactful, prudent, ingenious, bright, clever, cunning
[i] nobody's fool, hard-headed, smart Alec
चात (चाती) (स्त्री) *पाहा :* **गोल** (पु)
चातुरी (स्त्री), **चातुर्य** (न) *पाहा :* **चतुराई**
चातुर्वर्ण्य (न) *पाहा :* **वर्णव्यवस्था**
चांद (पु) *पाहा :* **चंद्र**
चांदकी (स्त्री) *पाहा :* **गोल, तुकडा**
चांदणी (स्त्री) *पाहा :* **तारा**
चांदणीकेदार (पु) *पाहा :* **राग**
चांदणे (न) चंद्रप्रकाश, ज्योत्स्ना, चंद्रज्योत्स्ना, कौमुदी, चंद्रिका, चंद्रकिरण, चंद्रप्रभा, चंद्रकळा, चंद्रवंती, चंद्रज्योती, चंद्रामृत, सतरावी कला, टिपूर/पिठोरी चांदणे, चटक-चांदणे, चांदणी रात्र, चांदरात; शुक्राचे चांदणे
(n) moonlight, moonbeam, moonlit night
चादर (स्त्री) *पाहा :* **अवगुंठन, पांघरूण**
चांदरात (स्त्री) *पाहा :* **चांदणे, रात्र**
चांदवा (पु) *पाहा :* **छत**
चांदी (स्त्री) रुपे, रजत, रुप्य, रौप्य
(n) silver
चांदुकली (स्त्री) *पाहा :* **गोल, तुकडा**
चांदोबा (पु) *पाहा :* **चंद्र**
चांद्रमास (पु) *पाहा :* **महिना**
चांद्रयान (न) *पाहा :* **अंतरिक्षप्रवास, वाहन**
चांद्रवर्ष (न) *पाहा :* **वर्ष**
चानी (स्त्री) *पाहा :* **खार**
चाप (पु) *पाहा :* **कळ, धनुष्य, कमान**
चापट (वि) *पाहा :* **चपटा**
चापट (स्त्री), **चापटपोळी** (स्त्री), **चापटी** (स्त्री) *पाहा :* **आघात**
चापणे (क्रि) *पाहा :* **खडसावणे, खाणे**
चापल्य (न) चपलता, चपळाई, तरतरी, निरालस्य, चलाखपणा; जलदी, घाई, त्वरा, गतिमानता, तडफ; लाघव; चांचल्य, अस्थिरता; *पाहा :* **चपळ,** (विरु) **चालढकल**
(n) agility, alacrity, speed, briskness, haste, expedition; fickleness *पाहा :* **चपळ,** (विरु) **चालढकल**
चापेगौर (वि) *पाहा :* **गोरा**

चापेगौरी (स्त्री) *पाहा :* **सुंदरी**
चाफलणे (क्रि) *पाहा :* **अडखळणे**
चाबूक (पु) *पाहा :* **आसूड**
चांभार (पु) चर्मकार, मोची
(n) cobbler, shoemaker
चांभारचौकशी (स्त्री) *पाहा :* **उचापत, अन्वेषण**
चाम (न) *पाहा :* **त्वचा**
चामखीळ (स्त्री) *पाहा :* **गळू**
चामडी (-डे) (स्त्री, न) *पाहा :* **त्वचा**
चार (पु) *पाहा :* **अनुचर, हेर**
चार (पु, अव) *पाहा :* **थेर**
चार (वि) *पाहा :* **अंक**
चार अवस्था (स्त्री, अव) जागृती, स्वप्न, सुषुप्ती, तूर्या (तुरीया, समाधी, चरमस्थिती) *पाहा :* **अवस्था**
(n, pl) four states
चार अक्षरे (न, अव) *पाहा :* **ज्ञान**
चार आश्रम (पु, अव) *पाहा :* **आश्रम**
चारगट (वि) *पाहा :* **चावट**
चार गोष्टी (स्त्री, अव) *पाहा :* **उपदेश**
चारचाकी (स्त्री) *पाहा :* **वाहन**
चारचौघे (पु, अव) *पाहा :* **समाज**
चारण (पु) *पाहा :* **स्तुतिपाठक, कवी**
चार धामे (न, अव) केदारेश्वर, रामेश्वर, जगन्नाथ, द्वारका
(n, pl) four holy places
चारपाई (स्त्री) *पाहा :* **पलंग**
चार पुरुषार्थ (पु, अव) धर्म, अर्थ, काम, मोक्ष; पुरुषार्थचतुष्टय
(n, pl) four achievements in life
चार भक्त (पु, अव) आर्त, जिज्ञासू, अर्थार्थी, ज्ञानी *पाहा :* **भक्त**
(n, pl) four devotees *पाहा :* **भक्त**
चारमुक्ती (स्त्री, अव) *पाहा :* **चतुर्विध, मुक्ती**
चार युगे (न, अव) सत्य (कृत), त्रेता, द्वापार, कली (अनुक्रमे १७,२८,०००; १२,९६,०००; ८,६४,०००; ४,३२,००० वर्षे; एकूण ४३,२०,००० वर्षे); एक युग चौकडी
(n, pl) four epochs
चार लोक (पु, अव) स्वर्ग, मृत्यू, पाताळ, कैलास
(n, pl) four abodes
चार वर्ण (पु, अव) *पाहा :* **वर्णव्यवस्था**
चार वाचा (स्त्री, अव) *पाहा :* **चतुर्विध**
चार स्त्रीजाती (स्त्री, अव) *पाहा :* **चतुर्विध**
चारा (पु) *पाहा :* **गवत**
चाराचुरा (पु) *पाहा :* **तुकडा, चूर्ण**
चारापाणी (न) *पाहा :* **उदरनिर्वाह**
चारित्र्य (न) चरित्र, वागणूक, वर्तणूक, आचरण, जीवनक्रम, राहणी, चालचलणूक, चालचर्या, व्यवहार; शील, दानत, विश्वसनीयता, सचोटी, इमान, दानत, नीतिमत्ता, नैतिक आचारविचार, गुण, व्यक्तित्व, व्यक्तिमत्त्व; चारित्र्यसंपन्नता, चारित्र्यहीनता
(n) behaviour, conduct, moral rectitude, morality, reliability, trustworthiness, probity, integrity, character, personality

चारित्र्यसंपन्न (वि) सच्चरित्र, सुचरित्र, चारित्र्यवान, सद्वर्तनी, सदाचरणी, सद्‌गुणी, नीतिमान, सुशील, सच्छील, शुद्धाचरणी, शुचिष्मंत, शुचिष्मान, शीलवान, शीलवंत, सात्त्विक, सचोटीचा, निष्ठावंत, प्रामाणिक, नेक, नेकीचा, साव, सभ्य, सुजन, निर्मळ, विशुद्ध, पवित्र, पापभीरू, सज्ज्न, सत्प्रवृत्त, तत्त्वनिष्ठ; सत्त्वनिष्ठ (-मूर्ती, -शील, -संपन्न, -स्थ); *पाहा :* (विरु) **अधम, चारित्र्यहीन, नीतिभ्रष्ट**

[वा] धुतल्या तांदळासारखा, बावनकशी सोने, सत्त्वास जागणे, भांगेत तुळस

[adj] virtuous, righteous, pure, clean, honourable, saintly, high-principled, scrupulous; conscientious, upright, gentleman *पाहा :* (विरु) **अधम, चारित्र्यहीन, नीतिभ्रष्ट**

चारित्र्यहनन (न) *पाहा :* **निंदानालस्ती**

चारित्र्यहीन (वि) चरित्रहीन, दुराचरणी, दुर्वर्तनी, दुर्गुणी, दु:शील, अनाचारी, स्वैराचारी, अनीतिमान, व्यभिचारी, चंगीभंगी, असाधू, पापी, वाममार्गी, तत्त्वशून्य, तत्त्वहीन, भ्रष्ट, तत्त्वभ्रष्ट, नीतिभ्रष्ट, शीलभ्रष्ट, आचारभ्रष्ट, अपभ्रष्ट, अधम, सत्त्वहीन, जीवन्मृत *पाहा :* (विरु) **चारित्र्यसंपन्न**

[adj] evil, corrupt, crooked, wicked, unrighteous, sinful, immoral, dishonourable, unconscionable, slippery, unscrupulous *पाहा :* (विरु) **चारित्र्यसंपन्न**

चारित्र्यहीनता (स्त्री) *पाहा :* **अनाचार**

चारी (स्त्री) *पाहा :* **प्रवाह**

चारुगात्री (वि) *पाहा :* **सुंदरी**

चारु (वि) *पाहा :* **सुंदर**

चार्वाकवादी (न) *पाहा :* **निरीश्वरवादी**

चाल (स्त्री) *पाहा :* **रीत, आचरण, हल्ला, अतिक्रमण**

चालक (पु) चालवणारा, हाकणारा; सूत्रधार; संचालक, नियंता; संस्थाचालक, शाळाचालक, प्राचार्य, अधिष्ठाता, संचालन/सूत्रसंचालन करणारा, निदेशक, निर्देशक, दिग्दर्शक, मार्गदर्शक, नायक, नेता, वाटाड्या, कर्णधार, व्यवस्थापक, कार्यवाह, कारभारी, राज्यकर्ता; घोडेस्वार, राऊत, सांडणीस्वार, सारवान, दुचाकीस्वार; रथी, सारथी, सूत, गाडीवान, नावाडी, दर्यावर्दी, वैमानिक, अवकाशयात्री, अंतरिक्षप्रवासी; जगच्चालक, जगन्नियंता, ब्रह्मांडनायक *पाहा :* **दिग्दर्शक, अनुचर**

(n) driver, operator, director, manager, administrator, guide, helmsman; rider, horseman, equestrian, jockey; chauffeur, cabman, coachman, cyclist, navigator, pilot, aviator, aeronaut, astronaut, cosmonaut *पाहा :*

दिग्दर्शक, अनुचर

चालकशक्ती (स्त्री) *पाहा :* **प्रेरणा, शक्ती**

चालचर्या (स्त्री), **चालचलणूक** (स्त्री) पाहा **आचरण, चारित्र्य**

चालचलाऊ (वि) *पाहा :* **कामचलाऊ**

चालढकल (स्त्री) दिरंगाई, अळंटळं, टंगळमंगळ, टाळाटाळ, ढिलाई, ढकल, विलंब, कामचुकारपणा, आळस, औदासीन्य, आबाळ, उपेक्षा, हयगय, हेळसांड *पाहा :* (विरु) **चापल्य**

[वा] दिवसगतीवर टाकणे

(n) procrastination, deferment, postponment, putting things off, dilly-dallying, delay, neglect, tardiness, callousness *पाहा :* (विरु) **चापल्य**

चालणे (क्रि) पाय टाकणे, पाऊल/पावले टाकणे, चोजपावले टाकणे, पाऊल/पावले / पाय उचलणे, पायी जाणे, पायपीट/पायपिटी करणे, तडमडणे, तंगडणे, तुडवणे, लंगडणे, चोरपावलांनी चालणे, पायांखाली घालणे, जाणे, गमन करणे, गतिमान होणे, रांगणे, सरपटणे, मार्गक्रमण करणे, कंठणे, भटकणे, फिरणे, फेरफटका करणे, सहल करणे, रमतगमत जाणे, भेलकंडणे, पदभ्रमण करणे, रपेट करणे, कूच करणे, चालता होणे, चालू लागणे, पायउतार होणे, फेऱ्या मारणे, येरझारा घालणे, पाय मोकळे करणे, शतपावली करणे; रखडणे, रेंगाळणे, रडखडणे; चालू/ प्रचारात/ व्यवहारात/ उपयोगात/ रूढ/ स्वीकारार्ह/ पसंत असणे; पटणे, टिकणे, टिकून राहणे; खपणे, धकणे; *पाहा :* **हल्ला, ठुमकणे**

(v) walk, step, march, trek, hike, wander, saunter, stroll, ramble, trade, trudge, totter, plod, tiptoe, limp, prowl, parade, stride, promenade; be prevalent/ in vogue/ valid/ acceptable; *पाहा :* **हल्ला, ठुमकणे, फिरणे**

[i] stretch one's legs

चालताबोलता (वि) *पाहा :* **मूर्त, जिवंत**

चालता होणे (क्रि) *पाहा :* **जाणे**

चालना (स्त्री) गती, वेग, प्रेरणा, चेतना, उज्जीवन, प्रोत्साहन, शक्ती, प्रेरकशक्ती

[क्रि] चालना देणे, चालू करणे, कार्यवाहीत आणणे, चक्रे फिरवणे, पुढे नेणे, सुरू करणे, खाद्य पुरवणे

(n) momentum, velocity, push, thrust, drive, stimulus, motivation, inspiration, impetus; encouragement, promotion, energy

चालरीत (स्त्री) *पाहा :* **रीत, आचरण**

चालवणे (क्रि) गती देणे, चालू करणे/ ठेवणे, उपयोगात आणणे, फिरवणे, संचालन करणे, सूत्रचालन करणे,

दिग्दर्शन/मार्गदर्शन करणे, व्यवस्था पाहणे, व्यवस्थापन करणे, नियमन/नियंत्रण करणे, हाताळणे, कार्यवाहीत आणणे, वाहन हाकणे, कारभार हाकणे, रेटणे

(v) conduct, manipulate, manage, control, direct, carry on, run, operate, work, drive, ride

चालू (वि) आजचा, सांप्रतचा, सद्य:कालीन, प्रचलित, वर्तमान, विद्यमान, अद्यतन, अर्वाचीन, आधुनिक, ताजा, नवा, प्रचारातला, रूढ, चलनी, व्यवहारातला, उपयोगातला, सुरू असलेला, प्रस्तुत, जारी; सामान्य प्रतीचा *पाहा:* **फसवा** (विरु) **प्राचीन, अप्रचलित**

[adj] current, present-day, living,existing, prevailing, ongoing, contemporary, modern, up-to-date, prevalent, in vogue; general; common; *पाहा:* **फसवा** (विरु) **प्राचीन, अप्रचलित**

चावट (वि) खट्याळ, थट्टेखोर, अर्वाच्य, बाष्कळ, वात्रट, चवनट (चावनट), आचरट, अगोचर, चहाटळ, टवाळ, वाह्यात, द्वाड, पांचट, अशिष्ट, पाचकळ, लघळ, चटोर, चारगट, फाजील, उत्तान, शृंगारिक, कामुक, अश्लील, निर्लज्ज

[adj] naughty, impish, mischievous, misbehaved, frivolous, skittish, lustful, bawdy, erotic, amatory, arousing, titillating, shameless

चावटपणा (पु) *पाहा :* **चावट, अतिप्रसंग**

चावटी (स्त्री) *पाहा :* **मौज, बडबड**

चावडी (स्त्री) *पाहा :* **अड्डा**

चावणे (क्रि) चर्वण करणे, चावून खाणे, रवंथ करणे, कुरतडणे, कुर्रम् कुर्रम् करणे; दंश करणे, डसणे, दात रोवणे, चावा घेणे, लचका तोडणे, नांगी मारणे *पाहा :* **चावा, खाणे**

(v) chew, masticate, gnaw, munch, ruminate, crunch; bite, nibble, snap, cut, sting *पाहा :* **चावा, खाणे**

चावळणे (क्रि) *पाहा :* **बडबडणे**

चावळी (स्त्री) *पाहा :* **बडबड**

चावा (पु) दंश, डंख, डंक, दंतव्रण, दंतक्षत; *पाहा :* **चावणे**

(n) bite, nip, sting; *पाहा :* **चावणे**

चावी (स्त्री) *पाहा :* **कळ**

चाव्हरा (पु) *पाहा :* **आसूड**

चाहणे (क्रि) *पाहा :* **आवड**

चाहूल (स्त्री) कानोसा, साद, आवाज, सुगावा, साचूल, पायरव, सूचना, कल्पना, इशारा, खूण, खाणखूण, चिन्ह, माग

[वा] वळचणीची पाल, भिंतीला कान

(n) inkling, indication, suggestion, hint, clue, signal, token, idea, suspicion, whisper, scent, track

चाळ (स्त्री) *पाहा :* **इमारत**

चाळ (पु) *पाहा :* **पैंजण**

चाळकभवानी (स्त्री) *पाहा :* **भटकभवानी**

चाळकरी (पु) *पाहा :* **रहिवासी**

चाळण (-णी) (स्त्री) गाळण (-णी, -णे), रोवळी, दुरडी, जाळी; पाहा **सच्छिद्र;**

[क्रि] चाळणे, गाळणे, चाळणी लावणे, अलग करणे, प्रतवारी/वर्गवारी करणे

(n) sieve, strainer, filter, colander, riddle, screen, mesh, sifter, separator; *पाहा :* **सच्छिद्र;**

[v] separate, classity, riddle

चाळणे (क्रि) *पाहा :* **चाळण, वाचणे**

चाळवण (स्त्री), **चाळवणूक** (स्त्री) *पाहा :* **चाळवणे**

चाळवणे (क्रि) झुलवणे, भुलवणे, हुरळवणे, मोहवणे, फूस लावणे, आशा लावणे, लाडीगोडी करणे, नादी लावणे, वेडे करणे; फसवणे, हूल देणे; दिरंगाईवर टाकणे, चाळवण/ चाळवणूक /चाळवाचाळव करणे; हलवणे, ढवळणे, जागे करणे, प्रवृत्त करणे, चेतवणे, चिथावणे, उद्दीपित करणे *पाहा :* **उद्दीपन**

(v) tempt, tantalize, provoke, titillate, entice, coax, cajole; delude, hoodwink; stir, stimulate, excite, rouse *पाहा :* **उद्दीपन**

चाळवाचाळव (स्त्री) *पाहा :* **चाळवणे, उलथापालथ, अव्यवस्थित**

चाळशी (स्त्री) *पाहा :* **चश्मा**

चाळा (पु) नाद, छंद, वेड, ध्यास, सवय, गंमत; शृंगारचेष्टा, कामचेष्टा; माकडचेष्टा, रिकामचेष्टा, हातचाळा; गमजा, चोचले, ढंग, छंदफंद; *पाहा :* **चेष्टा**

(n) habit, hobby, craze, passion, addiction, mania, yearning, amorous play/ prank/ frolic, tomfoolery; *पाहा :* **चेष्टा**

चाळिशी (स्त्री) *पाहा :* **वय, चश्मा**

चाळे (पु. अव) *पाहा :* **चाळा, अभिनय**

चिकचिक (स्त्री), **चिकचिकाट** (पु) *पाहा :* **घाम**

चिकट (वि) चिकटणारा, चिकटून राहणारा; ओलसर, अर्धप्रवाही; चिकण, चिकणवट; चिवट, निग्रही, चिकाटीचा, पिच्छा न सोडणारा, खनपटीस बसणारा, आग्रही, हट्टी; चेंगट, दीर्घसूत्री (पाहा **आळशी),** गळेपडू, छळवादी, लघळ, लोचट, लुब्रा, कोडगा; *पाहा :* **कंजूष, स्निग्ध, गुळगुळीत, चिकटणे**

[वा] पाचवीला पुजलेला असणे

[adj] sticky, adhesive, cohesive, tacky, viscous; persistent, persevering, dogged, tenacious; *पाहा :* **आळशी, कंजूष, स्निग्ध, गुळगुळीत, चिकटणे**

चिकटणे (क्रि), **चिकटवणे** (क्रि) बद्ध/ संलग्न होणे, जडणे, जुळणे, खेटणे, भिडणे, बिलगणे, लगटणे, लिगटणे, जुडणे, लगडणे, लहडणे, लागणे, स्पर्शणे, शिवणे, लागून असणे, तटणे, खिळणे, टिकणे; सांधणे, बांधणे, जोडणे, डकणे, डकवणे; *पाहा :* **आलिंगन, चिकट**

(v) stick, affix, paste, bond, adhere, cling; join, fasten; solder, weld *पाहा :* **आलिंगन, चिकट**

[i] cheek by jowl

चिकण (वि), **चिकणवट** (वि) *पाहा :* **चिकट**

चिकणाई (स्त्री) *पाहा :* **स्निग्धता**

चिकाटी (स्त्री) चिवटपणा, नेट, निर्धार, निग्रह, करारीपणा, दृढनिश्चय, मनोबल, इच्छाशक्ती, धीर, सोशीकपणा, सातत्य, दीर्घोद्योग, साक्षेप

(n) tenacity, patience, resoluteness, determination, will, perseverence, persistence, constancy

[i] never say die

चिकाटीचा (वि) *पाहा :* **अनलस**

चिकार (वि) *पाहा :* **अतिशय, अनेक**

चिकारी (स्त्री) *पाहा :* **तार**

चिकित्सक (वि, पु) चोखंदळ, मर्मज्ञ, साक्षेपी, विचक्षण, सूक्ष्मदृष्टी, दक्ष; तज्ज्ञ, जाणता, पारखी, विश्लेषक, दर्दी, कुशल; चिंतनशील, परीक्षक, समीक्षक, टीकाकार; वैद्य, शल्यचिकित्सक; मर्मवेधी, मर्मान्वेषी, मर्मस्पर्शी, मर्मभेदी, मार्मिक, मर्मग्राही, रत्नपारखी; चिकित्साखोर, अतिचोखंदळ, काथ्याकूट करणारा, कीस काढणारा, उणे काढणारा, छिद्रान्वेषी, दोषैकदृष्टी; *पाहा :* **चिकित्सा, वैद्य**

[वा] गाजरपारखी, खोल पाण्यात शिरणे, फाटे फोडणे

[adj, n] critic, analyst, commentator, reviewer, judge, connoisseur, expert; critical, discriminating, judicious, meticulous, discerning, particular; physician, surgeon; choosy, fussy, fastidious, squeamish, captious, censorious, hypercritical; detractor; *पाहा :* **चिकित्सा, वैद्य**

चिकित्सा (स्त्री) परीक्षण, पारख, तपासणी, छाननी, अभ्यास, विश्लेषण, विचक्षणा, गुणदोषविवेचन, मीमांसा, आलोचन (आलोचना), पर्यालोचन, समीक्षा, टीका; काथ्याकूट, चिरफाड, विच्छेदन, विचिकित्सा, दोषदर्शन; रोगपरीक्षा, रोगनिदान, वैद्यक, औषधयोजना, उपचार, शुश्रूषा, रुग्णपरिचर्या, शल्यचिकित्सा; शवचिकित्सा, मनोविश्लेषण *पाहा :* **चिकित्सक, इलाज**

[वा] अति शहाणा त्याचा बैल रिकामा

(n) examination, analysis, appraisal, assessment , evaluation, commentary, critique, criticism, dissection, diagnosis; medicine, surgery; *पाहा :* **चिकित्सक, इलाज**

[i] to split hairs

चिकित्साखोर (वि) *पाहा :* **चिकित्सक**

चिकित्सालय (न) रुग्णालय, दवाखाना, औषधालय, इस्पितळ, आरोग्यकेंद्र, आरोग्यधाम, सूतिकागृह

(n) clinic, polyclinic, dispensary, hospital, medical centre, health centre, sanatorium, maternity home

चिक्कू (वि) *पाहा :* **कंजूष**

चिखल (पु) कर्दम, कल्मष, पंक, गारा, रेंदा, गाळ, राड, राडा, राडी, रबडा, रेबड, रद्दा; दलदल; *पाहा :* **माती**

(n) mud, mire, dirt, clay, silt, slime, sludge, slurry, soil, alluvium; *पाहा :* **माती**

चिखलफेक (स्त्री) *पाहा :* **निंदानालस्ती**

चिंगूस (वि) *पाहा :* **कंजूष**

चिघळणे (क्रि) पाझरणे, झिरपणे, वाहणे, स्रवणे, गळणे, निचरणे, निचरा होणे; बिघडणे, वाईट/खराब/नादुरुस्त होणे, नासणे, गंभीर होणे, तीव्र होणे, विकोपाला जाणे; कटुता/ बेबनाव वाढणे, चिरडीवर येणे *पाहा :* **अधोगती**

(v) ooze, seep, leak, drain, discharge, flow; aggravate, worsen, intensity, exacerbate, take a bad turn *पाहा :* **अधोगती**

चिचुंद्री (स्त्री) चपळ/ चुणचुणीत/ हुशार/ चुरुचुरु बोलणारी मुलगी; *पाहा :* **उंदीर**

(n) smart/spry girl, *पाहा :* **उंदीर**

चिंचोळा (वि) *पाहा :* **अरुंद**

चिच्छक्ती (स्त्री) चित्‌शक्ती, मन, बुद्धी, आत्मा, शुद्ध चैतन्य, प्रकाश, परमात्मा, सचेतन तत्त्व, चेतना, विचारशक्ती, मन:शक्ती; *पाहा :* **परमेश्वर, चित्**

(n) mind, intellect, soul, spirit, psyche, essence, conciousness, perception; *पाहा :* **परमेश्वर, चित्**

चिटुकला (वि) *पाहा :* **लहान**

चिटणीस (पु) *पाहा :* **कारभारी**

चिटपाखरू (न) *पाहा :* **अनुपस्थिती**

चिटुकला (वि) *पाहा :* **लहान**

चिठी (स्त्री), **चिठोरे** (न), **चिठ्ठी** (स्त्री), **चिठ्ठीचपाटी** (स्त्री) *पाहा :* **पत्रव्यवहार**

चिडका (वि), **चिडखोर** (वि) *पाहा :* **संतापी**

चिडचिड (स्त्री) *पाहा :* **कुरकुर, संताप**

चिडचिडणे (क्रि) *पाहा :* **कुढणे, संतापणे**

चिडचिडा (-ड्या) (वि) *पाहा :* **संतापी**

चिडणे (क्रि) *पाहा :* **संतापणे, चरफडणे**

चिडबिड (वि) *पाहा :* **किजबिड**
चिडवणे (क्रि) *पाहा :* **खिजवणे**
चिडीचूप (वि) *पाहा :* **निवांत, अबोल**
चिणका (चिणकारा) (पु) *पाहा :* **संताप, किळस**
चिणचिण (स्त्री) *पाहा :* **कंडू, गाडणे, पुरणे, बुजवणे**
चिणणे (क्रि) चेंदणे, कोंबणे, ठासणे
(v) ram in, bury, stuff in, press, crush, fill up
चित् (न) चैतन्य, ब्रह्म, आत्मा, आत्मतत्त्व, शुद्ध ज्ञान, प्रकाश, बुद्धी, मन, चित्त *पाहा :* **चिच्छक्ती**
(n) spirit, soul, essence, knowledge, intellect, mind *पाहा :* **चिच्छक्ती**
चिंतणे (क्रि) इच्छिणे, इच्छा करणे, मनात आणणे/ धरणे/ रचणे, कल्पिणे, चिंतन/ मनन/ विचार करणे, मनात घोळवणे, योजणे, बेत करणे, ध्यानीमनी असणे
(v) wish, desire, hope, think, conceive, imagine, contemplate, meditate, ponder, plan
चिंतन (न) मनन, निदिध्यास, आत्मचिंतन, विचार, अध्ययन, रवंथ, ध्यान, ध्यास, वेड, आठवण, स्मरण, आलोचन, चिंतनिका, आलोडन; *पाहा :* **विचार, ऊहापोह, चिंतणे**
(n) contemplation, cogitation, pondering, reflection, meditation, reminiscence *पाहा :* **विचार, ऊहापोह, चिंतणे**
[i] to chew the cud
चिंतनशील (वि) विचारशील, विचारी, मननशील, अभ्यासी (अभ्यासू), व्यासंगी, ज्ञानोपासक, साक्षेपी, चिकित्सक, विचक्षण, आलोचक, तत्त्वचिंतक, ब्रह्मचिंतक, गंभीर, सखोल *पाहा :* **पंडित**
[adj] thoughtful, contemplative, meditative, philosophical, studious, introspective, sedate, deep *पाहा :* **पंडित**
चिंतनिका (स्त्री) *पाहा :* **चिंतन, टीका**
चितरकथा (स्त्री) *पाहा :* **कथा**
चिंतवणी (स्त्री) *पाहा :* **चिंता**
चितळ (न) *पाहा :* **हरीण**
चिता (स्त्री) *पाहा :* **अंत्येष्टी**
चिंता (स्त्री) काळजी, घोर, भीती, खुणखुण, खंत, अस्वस्थता, चिंताकुलता; चिंतवणी, काचणी, टोचणी, व्यथा, जंजाळ; आच, आस्था, अवधान, कळकळ; विवंचना, काहुळी, फिकीर, वेध, व्यवधान; सावधगिरी, सावधानता, दक्षता; हुरहुर, धाकधूक, पश्न; चिंतारोग, चिंताग्नी, चिंतार्णव; धोका; *पाहा :* **विचार, चिंताकुल, चिंताजनक**
[वा] जीव टांगणीस लागणे, जीव अर्धा होणे, जीव आटणे, तिळतिळ जीव तुटणे, जिवाला करवत लागणे, जीव सुकणे, जिवात जीव नसणे, गळ्याला तात लागणे, चितेपेक्षा चिंता कठीण, अष्टाक्षरी मंत्र जपणे

(काय करू कसे करू), चिंतातुर जंतू
(n) anxiety, worry, distress, tension, unease, fear, anguish, care, concern, dread, apprehension, dismay; precaution, heed, forethought; *पाहा :* **विचार, चिंताकुल, चिंताजनक**

चिंताकुल (वि) चिंताक्रांत, चिंताग्रस्त, चिंतामग्न, चिंतातुर, सचिंत, चिंतावलेला, व्याकुल, उद्विग्न, विषण्ण, व्यग्र, त्रस्त, कासावीस, अस्वस्थ, दु:खी, खंतावलेला, भयभीत, भीतिग्रस्त, भयाकुल; *पाहा :* **चिंता, चिंताजनक**
[adj] anxious, careworn, worried, dejected, disturbed, upset, uneasy, apprehensive, afraid, scared, nervous *पाहा :* **चिंता, चिंताजनक**

चिताग्नी (पु) *पाहा :* **अंत्येष्टी**

चिंताजनक (वि) गंभीर, भयावह, भीतिदायक, धोकादायक, त्रासदायक, घोर,अनिष्टसूचक, क्लेशकारी *पाहा :* **चिंता, चिंताकुल**
[adj] grave, serious, threatening, alarming, critical, worrisome, menacing, perilous, ominous *पाहा :* **चिंता, चिंताकुल**

चिताडणे (क्रि) *पाहा :* **चितारणे**

चिंतातुर (वि) *पाहा :* **चिंताकुल**

चिंतामणी (पु) *पाहा :* **गणपती, रत्न**

चितारणे (क्रि) चिताडणे, रेघोट्या/फराटे मारणे/ ओढणे/ चितरणे, चित्र/ आकृती काढणे, रेखणे, रेखाटणे, रंगवणे, सचित्र करणे, रूपरेषा काढणे, शब्दचित्र काढणे
(v) scratch, sketch, draw, doodle, paint, portray, picture, illustrate, depict, describe

चितारी (पु) *पाहा :* **चित्रकार**

चिंतावणे (क्रि) *पाहा :* **चिंताकुल**

चित्कळा (स्त्री) *पाहा :* **चैतन्य**

चित्त (न) मन, मानस, अंत:करण, अंतर्याम, अंतर्मन, अभ्यंतर, चित्, बुद्धी, हृदय, काळीज, सुप्त मन, जीव, आत्मा, मनोदेवता; लक्ष, ध्यान, दृष्टी, अवधान, जागृती, जाणीव; चित्तचतुष्टय (मन, बुद्धी, चित्त, अहंकार); चित्तवृत्ती *पाहा :* **मन, चित्तभ्रम, चित्तवृत्ती, चित्तसंपन्न, चित्तस्थैर्य**
(n) mind, heart, psyche, soul, ego, conscience, subconscious, consciousness, intellect; attention, mindfulness *पाहा :* **मन, चित्तभ्रम, चित्तवृत्ती, चित्तसंपन्न, चित्तस्थैर्य**

चित्तथरारक (वि) *पाहा :* **प्रक्षोभक**

चित्तभ्रम (पु) चित्तभ्रंश, चित्तवैकल्य, चित्तविभ्रम, बुद्धिभ्रम, मतिभ्रम, बुद्धिभ्रंश, मोह, चळ, वेड, खूळ,

भ्रम, भूल, चेळे, पिसे, पिशाचबाधा, भूतबाधा, भूतचेष्टा, भूतसंचार, चाळे, भ्रांती, लहर, भ्रमिष्टपणा, मनोभ्रम, मनोविकृती; गंड, भयगंड, कामगंड, न्यूनगंड, हीनगंड, इत्यादी; म्हातारचळ, विवेकभ्रष्टता, विक्षिप्तपणा; बुद्धिभेद; *पाहा :* **चित्त, चित्तवृत्ती, चित्तसंपन्न, चित्तस्थैर्य**

[क्रि] डोके फिरणे, डोके/मन ताळ्यावर/ठिकाणावर नसणे

[वा] साठी बुद्धी नाठी; अंगात येणे

(n) mental disorder/aberration, derangement, dementia, psychosis, schizophrenia, lunacy, insanity, madness, eccentricity, dotage; inferiority complex, superiority complex, etc. *पाहा :* **चित्त, चित्तवृत्ती, चित्तसंपन्न, चित्तस्थैर्य**

चित्तविनोदन (न) *पाहा :* **करमणूक, क्रीडा**

चित्तवृत्ती (स्त्री) अंत:संवेदना, मनोवृत्ती, मन:स्थिती, मनोवस्था, मनोव्यथा, मनोधर्म, मनोविकार, मन:प्रवृत्ती, अंत:करणप्रवृत्ती, मनोव्यापार, मनोरचना, मनोभूमिका, मनोधारणा, मानस; मन:क्षोभ, अंत:कलह; भाव, मनोभाव, भावना, भावावस्था, भाववृत्ती, भावभावना; भावविश्व, भावनाविश्व, स्वभाव, विचार, कल, मर्जी, डूब, नूर, ऊर्मी, लहर, चित्त, मन, कल्पना, मनोवेग, वृत्ती; मनोबल, मनोधैर्य; रागलोभ; अष्टसात्त्विकभाव (स्वेद, स्तंभ, रोमांच, स्वरभंग : वैस्वर्य, वेपथु : कंप, वैवर्ण्य, अश्रुपात, प्रलय); स्थायिभाव (पाहा **: नऊ स्थायिभाव**); *पाहा :* **मानस, चित्त, चित्तभ्रम, चित्तसंपन्न, चित्तस्थैर्य**

(n) temper, disposition, mind, frame of mind, mood, humour, inclination, view, emotion, passion; *पाहा :* **नऊ स्थायिभाव, मानस, चित्त, चित्तभ्रम, चित्तसंपन्न, चित्तस्थैर्य**

चित्तवेधक (वि) *पाहा :* **आकर्षक, मजेदार**

चित्तवैकल्य (न) *पाहा :* **चित्तभ्रम**

चित्तसंपन्न (वि) विशालहृदयी, चैतन्ययुक्त, विचारक्षम, बुद्धिमंत, सुज्ञ, सुजाण, सहृदय, कनवाळू, हृदयवंत (-वान), समंजस, दयावंत, दयाशील, मोठ्या मनाचा; *पाहा :* **चित्त, चित्तभ्रम, चित्तवृत्ती, चित्तस्थैर्य**

[adj] large-hearted, lively, intelligent, rational, wise, sensible, compassionate, kind *पाहा :* **चित्त, चित्तभ्रम, चित्तवृत्ती, चित्तस्थैर्य**

चित्तस्थैर्य (न) मन:स्थैर्य, मन:स्वास्थ्य, मन:शांती, निर्विकारता, अविचलत्व, स्थिर/समतोल/संयमित वृत्ती, साधूवृत्ती, थंडपणा, मनोधैर्य, आत्मनिग्रह, समाधान, स्वास्थ्य,

आराम *पाहा :* **चित्त, चित्तभ्रम, चित्तवृत्ती, चित्तसंपन्न, स्थैर्य, शांती** (विरु) **अस्थैर्य, अशांतता**

(n) equanimity, aplomb, composure, peace of mind, placidity, poise; fortitude, stoicism, self-possession, contentment *पाहा :* **चित्त, चित्तभ्रम, चित्तवृत्ती, चित्तसंपन्न, स्थैर्य, शांती** (विरु) **अस्थैर्य, अशांतता**

चित्ता (पु) *पाहा :* **वाघ**

चित्ताकर्षक (वि) *पाहा :* **आकर्षक**

चित्र (न) रेखाटन, रेखाचित्र, रंगचित्र, तैलचित्र, जलरंगातील चित्र, भित्तिचित्र, नखचित्र, निसर्गचित्र, स्थिरचित्र, दृश्यचित्र, वास्तवदर्शी चित्र, हास्यचित्र, व्यंगचित्र, अर्कचित्र, व्यक्तिचित्र, छायाचित्र/प्रकाशचित्र, प्रतिमा, तसबीर, छबी, त्रिमितिचित्र, लघुचित्र, रेखाकृती, रेषाकृती, यंत्र, मांडणीचित्र, आकृती, रेखाकृती, आलेख, आराखडा, प्रतिबिंब, प्रतिकृती, नमुना, नक्कल; वर्णन, चित्रण, शब्दचित्र, क्षणचित्र, व्यक्तिचित्र, व्यक्तिरेखा, व्यक्तिदर्शन; मनश्चक्षूंसमोरील चित्र; स्मृतिचित्र, संकल्पचित्र, हृदयपटलावरील चित्र; गोंदण, नक्षी, वेलबुट्टी, रांगोळी/रंगावली; चित्रकाव्य, दृश्यकाव्य; *पाहा :* **चितारणे, चित्रपट**

(n) sketch, drawing, diagram, outline, pencil drawing, picture, illustration, painting, oil painting, water colour drawing, canvas, etching, fresco, mural, landscape, still life, scene, view, cartoon, caricature, portait/portraiture/portrayal, photograph, enlargement, image, likeness, holograph, graphics, collage, montage, miniature, study, profile, facsimile, depiction, design; *पाहा :* **चितारणे, चित्रपट**

चित्रकला (स्त्री) *पाहा :* **चित्र, कला**

चित्रकार (पु) चितारी, हास्यचित्रकार, व्यंगचित्रकार, छायाचित्रकार, कलावंत, कलाकार; वास्तववादी/अतिवास्तववादी चित्रकार

(n) painter, artist, illustrator, cartoonist, caricaturist; realist, surrealist, impressionist, cubist

चित्रकाव्य (न) *पाहा :* **चित्र, काव्य**

चित्रण (न) *पाहा :* **चित्र**

चित्रतारका (स्त्री) *पाहा :* **अभिनेत्री**

चित्रदर्शी (वि) स्पष्ट, चित्रासारखे, हुबेहूब, तंतोतंत, थेट

[क्रि] डोळ्यापुढे चित्र उभे करणे, हुबेहूब वर्णन करणे

[adj] picturesque, vivid, graphic, lifelike, clear

चित्रपट (पु) चलच्चित्र (-पट), मूकपट, बोलपट, रजतपट, रुपेरी/चंदेरी

पडदा, सिनेमा, अनुबोधपट, लघुपट, माहितीपट, वार्तापट, वार्ताचित्र, थरारपट, बालचित्रपट; दृश्यकाव्य; *पाहा :* **माध्यम, कला, नाटक**

(n) motion picture, film, movie, silver screen, cinema, horor movie, documentary, newsreel; video; *पाहा :* **माध्यम, कला, नाटक**

चित्रमय (वि) सचित्र, चित्रयुक्त, चित्रभरित, चितारलेला, चित्रित

[adj] pictorial, illustrated, graphic

चित्ररथ (पु) *पाहा :* **वाहन**

चित्रविचित्र (वि) विविध, नानाविध, अनेकविध, पृथग्विध, निरनिराळे, वेगवेगळे; वैविध्यपूर्ण, तऱ्हेतऱ्हेचे, गंगाजमनी, कबरा, खैरा, वैचित्र्यपूर्ण, सप्तरंगी, इंद्रधनुष, अनेकरंगी, रंगीबेरंगी; अजब, आश्चर्यकारक, चमत्कारिक, विचित्र; शबल; *पाहा :* **अनेक, मिश्र**

[adj] varied, various, diverse, assorted, miscellneous, multifarious, multicoloured, variegated, strange, outlandish; *पाहा :* **अनेक, मिश्र**

चित्रशाळा (स्त्री) चित्रसंग्रहालय, चित्रसज्जा, चित्रप्रदर्शन, कलादालन

(n) picture/art gallery, studio, museum, exhibition, show

चित्रा (स्त्री) *पाहा :* **नक्षत्र**

चित्रासारखा (वि) *पाहा :* **अचल, अबोल, सुंदर**

चित्रिणी (स्त्री) *पाहा :* **चतुर्विध**

चित्रित (वि) *पाहा :* **चित्रमय**

चित्रीकरण (न) छायाचित्रण, ध्वनिचित्रमुद्रण *पाहा :* **अभिव्यक्ती**

(n) shooting, photography *पाहा :* **अभिव्यक्ती**

चित्सुख (न) *पाहा :* **आनंद**

चित्स्वरूप (वि) ज्ञानरूप, चैतन्यस्वरूप (परमेश्वर); चिदाकार, चिद्घन, चिद्रूप, चिन्मय, चिन्मात्र

[adj] embodiment of चित् (चैतन्य)

चिथावणी (स्त्री) *पाहा :* **उत्तेजन, चिथावणे, चेतवणी**

चिथावणे (क्रि) चिथावणी/भर/ उत्तेजन देणे, चेतवणे, भडकवणे, क्षोभवणे, प्रक्षुब्ध करणे (*पाहा :* **प्रक्षोभक**), फूस देणे/ लावणे, डिवचणे, आव्हान देणे, कोपवणे, खिजवणे, चाळवणे, शिलगवणे, पेटवणे, संतापवणे, चिडवणे; *पाहा :* **उत्तेजन**

[वा] आगीत तेल ओतणे

(v) incite, excite, encourage, foment, provoke, instigate, stimulate, spur, kindle, inflame; *पाहा :* **प्रक्षोभक, उत्तेजन**

चिदाकार (वि) *पाहा :* **चित्स्वरूप**

चिदानंद (पु) *पाहा :* **आनंद**

चिद्घन (वि), **चिद्रूप** (वि) *पाहा :* **चित्स्वरूप**

चिंधडी (स्त्री), **चिंधी** (स्त्री), **चिंधुकली** (स्त्री), **चिंधूक** (न), **चिंधोटी** (स्त्री)

पाहा : **तुकडा**
चिनुकला (वि), **चिनुला** (वि) *पाहा :* **लहान**
चिन्मय (वि), **चिन्मात्र** (वि) *पाहा :* **चित्स्वरूप**
चिन्ह (न) *पाहा :* **खूण, ध्वज, चुणूक**
चिन्हांकित (वि), **चिन्हित** (वि) *पाहा :* **मुद्रांकित, कलंकित, उल्लेखनीय**
चिपळी (स्त्री) *पाहा :* **घनवाद्य**
चिंपांझी (पु) *पाहा :* **वानर**
चिपाड (न) *पाहा :* **पहाट**
चिप्प (वि) *पाहा :* **अबोल, आर्द्र**
चिंब (वि) *पाहा :* **आर्द्र**
चिबचिबीत (वि) *पाहा :* **आर्द्र**
चिंबणे (क्रि) *पाहा :* **दाबणे**
चिबिड (स्त्री) *पाहा :* **दलदल**
चिमखडा (पु) *पाहा :* **चलाख**
चिमटा (पु) चिमट, चिमटी, चिमकुरा, विचकुरा, टुचकुली, टोचणी, गालगुच्चा, गुच्चा
(n) pinch, nip, grip
चिमटीभर (वि) *पाहा :* **अल्प**
चिमणचारा (पु) *पाहा :* **गवत**
चिमणा (वि) *पाहा :* **लहान**
चिमणी (स्त्री) *पाहा :* **दिवा, दार, नलिका**
चिमुकला (वि), **चिमुरडा** (वि) *पाहा :* **लहान**
चिमूटभर (वि) *पाहा :* **अल्प**
चिमोरे (न) *पाहा :* **कर्क**
चिर (वि) *पाहा :* **अखंड** (वि)
चिरकांडी (स्त्री) *पाहा :* **प्रवाह**
चिरकाल (क्रिवि) *पाहा :* **अखंड** (क्रिवि)
चिरकालिक (वि) *पाहा :* **अखंड** (वि), **अमर**
चिरखडणे (क्रि) *पाहा :* **खरडणे**
चिरगूट (न) *पाहा :* **वस्त्र, तुकडा**
चिरचिऱ्या (वि) *पाहा :* **संतापी**
चिरंजीव (वि) *पाहा :* **अमर**
चिरंजीव (पु) *पाहा :* **पुत्र**
चिरजीविनी (स्त्री) *पाहा :* **कन्या**
चिरटा (-टी) (पु, स्त्री) **चिरटोळी** (स्त्री) *पाहा :* **तुकडा**
चिरड (स्त्री) *पाहा :* **संताप**
चिरडणे (क्रि) *पाहा :* **मारणे, कुसकरणे**
चिरणे (क्रि) *पाहा :* **विभाजन**
चिरंतन (वि) *पाहा :* **अमर, अखंड,** (वि) **कायम, अनादी**
चिरतरुण (वी) *पाहा :* **तरुण, अमर**
चिरनिद्रा (स्त्री) *पाहा :* **झोप, मृत्यू**
चिरफळी (स्त्री) *पाहा :* **तुकडा**
चिरमुटणे (क्रि) *पाहा :* **आकुंचन**
चिरविरह (पु) *पाहा :* **विभाजन**
चिरविश्रांती (स्त्री) *पाहा :* **मृत्यू**
चिरस्थायी (वि) *पाहा :* **अमर, अखंड,** (वि) **कायम, टिकाऊ**
चिरस्मरणीय (वि) *पाहा :* **उल्लेखनीय**
चिरा (पु) *पाहा :* **दगड**
चिराग (पु) *पाहा :* **दिवा**
चिरायू (वि) *पाहा :* **अमर**
चिरी (स्त्री) *पाहा :* **तुकडा, कुंकू**
चिरीमिरी (स्त्री) *पाहा :* **लाच**
चिरेबंदी (वि) दगडी, फरसबंदी, संगमरवरी, भक्कम, मजबूत, पक्का, दृढ, घट्ट, अचल,

अभेद्य, दुर्भेद्य, अजिंक्य, सुरक्षित

[adj] stone-built, tiled, strong, firm, secure, solid, stable, impregnable

चिरोटी (स्त्री) *पाहा :* **तुकडा**

चिलखत (न) अंगत्राण, शरीरत्राण, कवच, कवचकुंडले, वज्रांगी, बख्तर; ढाल; फरी; शिरस्त्राण; *पाहा :* **अवगुंठन**

(n) armour, breastplate, shield, buckler, helmet; *पाहा :* **अवगुंठन**

चिलीपिली (न, अव) *पाहा :* **मुलेबाळे**

चिलीम (स्त्री) *पाहा :* **तंबाखू**

चिल्लर (वि) *पाहा :* **किरकोळ, खुर्दा**

चिवचिव (स्त्री), **चिवचिवाट** (पु) *पाहा :* **आवाज**

चिवट (वि) निग्रही, सोशीक, चिकाटीचा; मजबूत, अतूट, दृढ, निबर, वातड *पाहा :* **चिवटपणा**

[adj] tenacious, dogged, stubborn, patient, persevering; tough, firm, hard; *पाहा :* **चिवटपणा**

चिवटपणा (पु) निग्रह, नेट, चिकाटी, सोशीकपणा, जिद्द, इच्छाशक्ती; मजबुती *पाहा :* **चिवट**

[वा] महापुरे झाडे जाती तेथ लव्हाळे वाचती

(n) tenacity, grit, patience, endurance, strength *पाहा :* **चिवट**

[i] stick to one's guns

चिवडणे (क्रि), **चिवडाचिवड** (स्त्री) *पाहा :* **कुसकरणे, चबढब**

चिवळ (वि) *पाहा :* **अरुंद, कृश**

चिवळणे (क्रि) *पाहा :* **आवळणे**

चिळकांडी (स्त्री) *पाहा :* **प्रवाह**

चिळस (स्त्री) *पाहा :* **किळस**

चीक (पु) *पाहा :* **द्रव, दूध**

ची ची (स्त्री) *पाहा :* **पराभव**

चीज (स्त्री) *पाहा :* **गाणे, जिन्नस**

चीज (न) सार्थक, साफल्य, कृतकृत्यता, इतिकर्तव्यता, उपयोग, फलप्राप्ती, सिद्धी, परिपूर्ती, यशस्विता *पाहा :* **कृतकृत्य**

[वा] जन्माचे सार्थक, सार्थकी लागणे, गंगेत घोडे न्हाणे

(n) fruition, fulfilment, achievement, successfulness, usefulness *पाहा :* **कृतकृत्य**

चीजवस्तू (स्त्री) *पाहा :* **घरदार, चंबूगबाळे**

चीड (स्त्री) *पाहा :* **संताप**

चीत (वि) *पाहा :* **पराभूत, जमीनदोस्त**

चीत्कार (पु) *पाहा :* **आरोळी, आवाज**

चीप (स्त्री) *पाहा :* **तुकडा**

चीर (स्त्री) *पाहा :* **खिंडार**

चिरफाड (स्त्री) *पाहा :* **खंडन, चिकित्सा**

चीळ (स्त्री) *पाहा :* **प्रवाह, दूध**

चुकणे (क्रि) चूक/ प्रमाद/ अपराध/ गफलत करणे; घसरणे, चळणे, भ्रमणे, चकणे, बहकणे; हुकणे; कुचराई/ चुकारपणा करणे, चुकामूक होणे

(v) err, slip, go wrong, be mistaken, miscalculate, bungle, flounder, make a mistake, blunder, miss, drift, go astray, neglect;
[i] miss the boat/bus
चुकतमाकत (क्रिवि) *पाहा :* **अडखळणे**
चुकता (वि) *पाहा :* **फेडणे**
चुकवणे (क्रि) *पाहा :* **टाळणे**
चुकवाचुकव (-वी) (स्त्री) *पाहा :* **अळंटळं, उडवाउडवी**
चुकामूक (स्त्री) *पाहा :* **चुकणे**
चुकार (वि), **चुकारतट्टू** (वि) *पाहा :* **अंगचुकार**
चुकारपणा (पु) *पाहा :* **अळंटळं**
चुकी (स्त्री) *पाहा :* **चूक** (स्त्री)
चुकीचा (वि) *पाहा :* **चूक** (वि)
चुगलखोर (वि) *पाहा :* **चहाडखोर**
चुगली (स्त्री) *पाहा :* **चहाडी**
चुचकारणे (क्रि) आंजारणे, गोंजारणे, थोपटणे, कुरवाळणे, लाडीगोडी लावणे, मन वळवणे, स्तुती करणे
(v) coax, urge, manupulate, caress, fondle, cajole, persuade
चुटका (पु) विनोद, हास्यकणिका, हास्यकारिका; *पाहा :* **कोडे, विनोद**
(n) wit, joke, humour; *पाहा :* **कोडे, विनोद**
चुटपुंजा (वि) *पाहा :* **कमी**
चुटपुट (स्त्री) *पाहा :* **चटका, दुःख, खंत**
चुटपुटता (वि) *पाहा :* **ओझरता, अल्प**
चुट्टा (पु) *पाहा :* **तंबाखू**
चुडा (पु) *पाहा :* **कंकण**
चुडी (स्त्री) *पाहा :* **मशाल**
चुडेदान (न) *पाहा :* **जगवणे**
चुडेल (स्त्री) *पाहा :* **पिशाच**
चुणचुण (स्त्री) *पाहा :* **वेदना, चटका**
चुणचुणणे (स्त्री) *पाहा :* **चुरचुरणे**
चुणचुणीत (वि) चटपटीत, चपळ, तरतरीत, चलाख, हुशार, तल्लख, चुनखडा; चिचुंद्री (स्त्री), फटाकडी (स्त्री)
[adj] smart, alert, agile, nimble, bright, sharp, cute
चुणी (स्त्री) *पाहा :* **घडी**
चुणूक (स्त्री) नमुना, मासला, वानगी, उदाहरण; खूण, चिन्ह; चव, लज्जत, आस्वाद; चमक, छटा, झलक; झाक, लकेर; देखावा
(n) specimen, sample, demonstration, shippet, trailer, indication, manifestation, taste, flash, gleam, tinge
चुथडा (पु) *पाहा :* **खेळखंडोबा, नाश**
चुनखडा (वि) *पाहा :* **चुणचुणीत**
चुपचाप (वि, क्रिवि) *पाहा :* **अबोल**
चुंफणे (क्रि) *पाहा :* **चोखणे**
चुंबक (वि) *पाहा :* **कंजूष**
चुंबक (पु) *पाहा :* **लोहचुंबक**
चुबकणे (क्रि), **चुबकळणे** (क्रि) *पाहा :* **धुणे**
चुबकळी (स्त्री) *पाहा :* **बुडी**
चुबका (पु) *पाहा :* **समुदाय**

चुबचुबीत (वि) *पाहा :* **आर्द्र**
चुंबणे (क्रि) *पाहा :* **चुंबन, चोखणे**
चुंबन (न) मुका, पापा, साखरचुंबा, अधरपान, अधरामृतपान, ओष्ठामृतपान
[क्रि] चुंबणे, चोखणे
(n) kiss, osculation
चुंबळ (स्त्री) *पाहा :* **गुंडाळी**
चुंबाचुंबी (स्त्री) *पाहा :* **अनुनय**
चुंबीत (क्रिवि) *पाहा :* **झकत**
चुरगळणे (क्रि), **चुरगळा** (पु) *पाहा :* **कुसकरणे**
चुरचुर (स्त्री) पाहा **वेदना, चुरचुरणे, जळजळ**
चुरचुर (क्रिवि) *पाहा :* **आवाजासह**
चुरचुरणे (क्रि), चुरचुर/ रवरव/ हुळहुळ/ जळजळ/ कणकण/ आग होणे, जळजळणे, मिरमिरणे, चुणचुणणे; चुटपुटणे, खंतावणे, हुरहुरणे
(v) smart, tingle, feel pain; chafe, be rueful
चुरचुरीत (वि) *पाहा :* **अरुवार, कोरडा**
चुरडणे (क्रि) **चुरणे** (क्रि) *पाहा :* **कुसकरणे**
चुरमुरा (पु) *पाहा :* **तांदूळ**
चुरस (स्त्री) स्पर्धा, अहमहमिका, चढाओढ, झगडा, असूया, खुन्नस, ईर्षा, दुष्टावा, द्वेष, शत्रुत्व, अदावत, आकस, हेवादावा, वैर
(n) rivalry, antagnoism, competition, emulation, envy, jealousy, spite, malice, animus
चुरा (पु) *पाहा :* **चूर्ण, तुकडा**
चुराडा (पु) चक्काचूर (चकाचूर), चेंदामेंदा, खुर्दा, भुगा, विध्वंस, मोडतोड, नाश; *पाहा :* **चेंदा, चूर्ण**
[क्रि] भंग पावणे, तुकडेतुकडे होणे, धुळीला मिळणे
(n) destruction, demolition, wreck, ruin, crash, disintegration, annihilation; *पाहा :* **चेंदा, चूर्ण**
चुर्र (क्रिवि) *पाहा :* **आवाजासह**
चुल्लिकापूजन (न) *पाहा :* **अन्न**
चुवा (पु) *पाहा :* **उंदीर**
चुस्त (वि) *पाहा :* **कट्टर**
चुळका (पु) *पाहा :* **गुळणी**
चुळचुळ (स्त्री) *पाहा :* **उत्कंठा**
चुळबुळ (स्त्री) *पाहा :* **चळवळ**
चुळबुळणे (क्रि) *पाहा :* **चडफडणे**
चूक (स्त्री) चुकी, भूल, चूकभूल, प्रमाद, घोडचूक, कसूर, गफलत, हयगय, विस्मरण, अनवधान, ढिलाई, गबाळपणा, कर्तव्यच्युती, आंधळेपणा, दोष, कसर, न्यून, अशुद्धता, नजरचूक, मुद्रणदोष, मुद्राराक्षस, खुसपट, अपराध, पाप, विचलन, औचित्यभंग, गैरसमज, भ्रम, हेत्वाभास; *पाहा :* **खिळा, चुकणे**
[वा] हिमालयाएवढी चूक, चूकभूल द्यावी घ्यावी, एका हाताने टाळी वाजत नाही, दैव देते आणि कर्म नेते, आधी जाते बुद्धी मग जाते भांडवल,

आग सोमेश्वरी बंब रामेश्वरी, एकाने गाय मारली म्हणून दुसऱ्याने वासरू मारू नये, झक मारणे

(n) error, slip, mistake, fallacy, flaw, gaffe, miscalculation, emission, blunder, inaccuracy, lapse, aberration, inadvertence, oversight, misprint, misunderstanding, anachronism, wrong, fault, fallacy; *पाहा :* **खिळा, चुकणे**

[i] slip of the tongue, make a mess of, put the cart before the horse, burn one's fingers, kill the goose that lays the golden eggs, bark of the wrong tree, to be out of order

चूक (वि) चुकीचा, प्रमादपूर्ण, प्रामादिक, सदोष, दोषपूर्ण (-युक्त), अशुद्ध, अनुचित, अयोग्य, अयुक्त; व्याकरणदुष्ट, तर्कदुष्ट, असत्य, असमर्थनीय, निराधार, असंबद्ध, मुद्दा सोडून, अशास्त्रीय, अन्यायकारक; *पाहा :* (विरु) **अचूक**

[adj] erroneous, mistaken, faulty, inaccurate, incorrect, improper, ungrammatical, illogical, untrue, false, fallacious, baseless, incongruous, inappropriate, unscientific *पाहा :* (विरु) **अचूक**

चूकभूल (स्त्री) *पाहा :* **चूक** (स्त्री)

चूड (स्त्री) *पाहा :* **मशाल**

चूण (स्त्री) *पाहा :* **घडी**

चूप (वि) **चूपचाप** (वि) *पाहा :* **अबोल**

चूर (पु) *पाहा :* **चूर्ण, तुकडा**

चूर (वि) *पाहा :* **गर्क, खजील**

चूर्ण (न) चूर, चुरा, कीस, चव, भुगा, भूस, भुसा (भुस्सा), भुसकट, भुकटा (-टी, -णी), भुकी, भगरा, भगराळा, कोंडा, फक्की, चाराचुरा, फुसकट, चकाचूर, शतचूर्ण, पूड, पीठ, पिष्ट, पिठी, कूट, बुकटी (-णी), बुक्का, बुक्की, मंजन; *पाहा :* **दळणे, चुराडा, चेंदा**

(n) powder, flour, chaff, husk, scraping; *पाहा :* **दळणे, चुराडा, चेंदा**

चूल (स्त्री) *पाहा :* **अग्नी**

चूलपोतेरे (न), **चूलमूल** (न) *पाहा :* **घरकाम**

चूष (स्त्री) *पाहा :* **मौज, करमणूक**

चूळ (स्त्री) *पाहा :* **गुळणी**

चेकाळणे (क्रि) *पाहा :* **आवेश, अशांत**

चेंगट (वि) *पाहा :* **आळशी, चिकट**

चेंगटपणा (पु) *पाहा :* **आळस, जडत्व**

चेंगरणे (क्रि) *पाहा :* **कुसकरणे**

चेंगराचेंगरी (स्त्री) *पाहा :* **गर्दी**

चेचणे (क्रि), **चेचलणे** (क्रि) *पाहा :* **मारणे, कुसकरणे**

चेटकी (स्त्री), **चेटकीण** (स्त्री) *पाहा :* **जादूगार**

चेटूक (न) *पाहा :* **जादू, भुरळ**

चेंडू (पु) *पाहा :* **गोल**

चेडे (न) *पाहा :* **जादू**

चेतणे (क्रि) *पाहा :* **अग्नी, तापणे, चेतवणे**

चेतन (वि) *पाहा :* **जिवंत**

चेतन (न) *पाहा :* **उद्दीपन**

चेतना (स्त्री) उत्तेजन, प्रोत्साहन, चालना, प्रेरणा, स्फूर्ती, जोम, ऊर्जा, शक्ती, चेव, स्फुरण, उज्जीवन, अंत:स्फूर्ती, अंत:प्रेरणा, जीवनशक्ती, प्राणशक्ती, सर्जनशक्ती, आकलनशक्ती, ग्रहणशक्ती, मन:शक्ती, संज्ञा, बुद्धी, चित्त, मन, जीव, प्राण

(n) inspiration, impulse, motivation, stir, stimulus, inducement, energy, power, spark, verve, life, life force, vital force, animation

चेतवणी (स्त्री) इशारा, सूचना, ताकीद; आव्हान, चिथावणी

(n) signal, warning; challenge, instigation

चेतवणे (क्रि) उद्युक्त करणे, कार्यप्रवण करणे, उद्दीपित करणे, उचंबळविणे, चैतन्ययुक्त करणे, जिवंत करणे, जीव घालणे, चाळवणे, चिथावणे, भडकवणे, क्षोभवणे, प्रक्षुब्ध करणे, प्रदीप्त करणे, पाजळणे, शिलगवणे, पेटवणे, प्रज्वलित करणे *पाहा :* **उद्दीपन**

(v) incite, provoke, foment, stimulate, enliven, excite, rouse, kindle, fire, ignite, inflame *पाहा :* **उद्दीपन**

[i] to egg someone on

चेतासंस्था (स्त्री) *पाहा :* **मज्जासंस्था**

चेंदणे (क्रि) *पाहा :* **दाबणे, चिणणे, ठासणे**

चेंदा (पु) चेंदामेंदा, चटणी, ठेचा, काला, चुराडा, खुर्दा, भुगा, चक्काचूर, कुसकरा, रगडा, चोळामोळा; *पाहा :* **चुराडा, चूर्ण**

(n) pressed/ crushed/ mashed/ smashed/ squeezed state; *पाहा :* **चुराडा, चूर्ण**

चेंदाचेंदी (स्त्री) *पाहा :* **गर्दी**

चेंदामेंदा (पु) *पाहा :* **चेंदा**

चेपटणे (क्रि) *पाहा :* **चपटा, चेपणे**

चेपण (न) *पाहा :* **दडपण**

चेपणे (क्रि) चापणे, चेपटणे, दाबणे, रगडणे, अंगमर्दन/संवाहन करणे, लाटणे, थापणे, आवळणे, *पाहा :* **खाणे, कुसकरणे**

(v) press, crush, squeeze; compress, flatten; *पाहा :* **खाणे, कुसकरणे**

चेंबट (वि) *पाहा :* **आर्द्र**

चेंबटणे (क्रि), **चेमटणे** (क्रि) *पाहा :* **आवळणे, दाबणे**

चेंबणे (क्रि) *पाहा :* **दाबणे**

चेला (पु) *पाहा :* **अंतेवासी**

चेव (पु) जाग, जागृती, चेतना, उद्दीपन, अभिनिवेश, ईर्षा, आवेश, त्वेष, स्पर्धा, हिरीरी, उत्साह, जोश, जोम, चैतन्य, स्फुरण

(n) wakefulness, awakening,

energy, verve, vigour, ardour, enthusiasm, emulation

चेवणे (क्रि) *पाहा :* **खवळणे**

चेष्टा (स्त्री) थट्टा, मस्करी, गंमत, खोडी, कोपरखळी, माकडचेष्टा, मर्कटचेष्टा, वानरचेष्टा, पोरचेष्टा; टर, टिंगल, टवाळी, उपहास, खिल्ली, हुर्रेवडी, रेवडी, चंपी, कुचाळी, कुचेष्टा; पाहा **चाळा, हालचाल, करमणूक**

[क्रि] चिडवणे, खिजवणे

(n) mischief, fun, prank, joke, practical joke, wisecrack, monkey trick, mockery, jest, derision, ridicule; *पाहा :* **चाळा, हालचाल, करमणूक**

चेष्टित (न) *पाहा :* **कर्म, हालचाल**

चेष्टेखोर (वि) *पाहा :* **खट्याळ, थट्टेखोर**

चेहरा (पु) चर्या, मुद्रा, मुख, आनन, तोंड, तोंडवळा, रूप, मुखचर्या, मुखश्री, चेहरामोहरा, चेहरेपट्टी, भाव, आविर्भाव, स्वरूप, ठेवण, बाह्यांग, बाह्याकृती, दर्शनी बाजू; *पाहा :* **तोंड**

(n) face, countenance, visage, mien, air, look, lineament, physiognomy, features, profile, appearance, expression, facade; *पाहा :* **तोंड**

चेहरामोहरा (पु), **चेहरेपट्टी** (स्त्री), **चेहेरा** (पु) *पाहा :* **चेहरा, तोंड**

चेळे (न) *पाहा :* **चित्तभ्रम**

चैतन्य (न) उत्साह, आवेश, जोश, जोम, झपाटा, अवसान, तेज, ओज, शक्ती, स्फूर्ती, प्रेरणा, नवचैतन्य; चित्, चित्कळा, चिच्छक्ती, प्राणशक्ती, जीवशक्ती, जिवंतपणा; ग्रहणशक्ती, आकलनशक्ती, चैतन्यशक्ती; चित्त, मन, जीव, प्राण, आत्मा, शुद्ध चैतन्य, आत्मतत्त्व, प्रणव, ब्रह्म, परमात्मा, परमेश्वर

(n) zeal, ardour, fire, verve, energy, dash, spirit, soul, consciousness, life, life force, essence, Supreme Being

चैतन्यपूर्ण (-युक्त) (वि) *पाहा :* **उत्साही, ओजस्वी, चित्तसंपन्न**

चैतन्यहीन (वि) *पाहा :* **उदास, बधिर, अचेतन, खिन्न**

चैत्य (न) *पाहा :* **विवर, स्तूप**

चैत्र (पु) *पाहा :* **बारा महिने**

चैत्रपालवी (स्त्री) पाहा **पल्लव**

चैन (स्त्री) ऐशआराम, विलास, सुखोपभोग, मौजमजा, ख्यालीखुशाली, धमाल, आनंद, आराम, स्वास्थ्य, विसावा, विश्राम, स्वस्थता, खुशी, सुख, चैनबाजी, करमणूक, शोक, आंबटशोक, शोक

[वा] दिवाळी करणे, जिवाची मुंबई करणे, मजा मारणे, उड्या मारणे, टिमटिम करणे, सुखं च मे शयनं च मे, ऋण काढून सण करणे, असेल त्या दिवशी दिवाळी नसेल त्या दिवशी

शिमगा, यावत् तैलं तावत् व्याख्यानम्, आयत्या पिठावर रेघा ओढणे, आयत्या बिळावर नागोबा

(n) enjoyment, amusement, fun, frolic, merriment, revelry, festivity, mery-making, roistering, pleasantry, leisure, comfort

[i] time of one's life, sow one's wild oats

चैनबाज (वि) चैनी, विलासी, भोगी, ऐशआरामी, सुखासीन, खुशालचेंडू, रंगेल, आंबटशोकी

(वा) बाजीराव,बाजीरावाचा बेटा

[adj] voluptuous, epicurean, sensual, pleasure-seeker, hedonistic, syburitic, self-indulgent

चोख (वि) *पाहा :* **शुद्ध, उत्कृष्ट, प्रामाणिक, काटेकोर**

चोखणे (क्रि) चुंबणे, चुंफणे, शोषणे, ओढणे, निरपणे

(v) suck, draw, pull

चोखंदळ (वि) चिकित्सक, पारखी, रसिक, मर्मज्ञ, दर्दी, विचक्षण, साक्षेपी, सुसंस्कृत, टापटिपीचा, दक्ष

[adj] discerning, discriminating, fastidious, choosy, cultivated, connoisseur, tasteful

चोखाळणे (क्रि) *पाहा :* **अंगीकार**

चोच (स्त्री) चंचू, चंचुपुट, तोंड, *पाहा :* **अग्र**

(n) beak, bill, tip

चोचरा (वि) *पाहा :* **तोतरा**

चोचला (पु) *पाहा :* **लाड, ऐट**

चोज (न) *पाहा :* **लाड, कौतुक**

चोंडके (न) *पाहा :* **तंतुवाद्य**

चोथा (पु) *पाहा :* **गाळ**

चोंदणे (क्रि) *पाहा :* **बंद, ठासणे**

चोदना (स्त्री) *पाहा :* **प्रेरणा**

चोप (पु) *पाहा :* **आघात, मारणे**

चोपट (वि) *पाहा :* **गुळगुळीत**

चोपडण (न) *पाहा :* **लेप, चोपडणे**

चोपडणे (क्रि) चर्चणे, माखणे, चोळणे, फासणे, फासटणे, लावणे, लेपणे, लिंपणे, थापणे, चोपडण करणे, लिंपण/विलेपन करणे, घासणे, बरबटणे, लिडबिडणे, गिरबिडणे, सारवणे; लिप्त/चर्चित करणे; *पाहा :* **लेप, चोळणे**

(v) smear, besmear, annoint, daub, rub; *पाहा :* **लेप, चोळणे**

चोपडा (वि) *पाहा :* **गुळगुळीत**

चोपडी (स्त्री), **चोपडे** (न) *पाहा :* **ग्रंथ**

चोपणे (क्रि) *पाहा :* **मारणे, कृश**

चोपदार (पु) *पाहा :* **अनुचर, पहारेकरी**

चोपाळा (पु) *पाहा :* **आंदोळा**

चोंबडा (वि) लुडबुड्या, लुतरा, लुब्रा, लघळ, भोचक, लांडा कारभारी, कोडगा, चहाडखोर, चुगलखोर, चौकस

[क्रि] नाक खुपसणे, पुढे पुढे करणे, लावालाव्या करणे; *पाहा :* **चबढब**

[adj] meddlesome, officious, obtrusive, interfering; back-

biter, derogator; busybody *पाहा :* **चबढब**

[i] pushy , poke one's nose in

चोंबाळणे (क्रि) *पाहा :* **कुरवाळणे**

चोयटी (स्त्री) *पाहा :* **तुकडा, काठी**

चोर (पु) उचल्या, चोरटा, भुरटा चोर, भुट्टेचोर, चोरचिलट, खिसेकापू, दुकानचोर, घरफोड्या, लुटारू, डाकू, डकाईत, दरोडेखोर, भामटा, शर्विलक, स्तेन, दस्यू, तस्कर, निशाचर, वाटमाऱ्या, पेंढारी, ठग, ठक; लुच्चा, चाचा, हवाईचाचा, सावचोर, पश्यतोहर; वाङ्मयचोर; अपहरणकर्ता; *पाहा :* **चोरणे, चोरी**

[वा] हातावर नक्षत्र पडणे, ओळखीचा चोर जिवे न सोडी, चोर तो चोर वर शिरजोर, चोरावर मोर, चोराची पावले चोरालाच ठाऊक

(n) thief, burglar, robber, pickpocket, pilferer, footpad, looter, brigand, highwayman, pirate, swindler, peculator, embezzler, shoplifter, housebreaker, dacoit, bandit, poacher, highjacker, plagiarist, kleptomaniac; *पाहा :* **चोरणे, चोरी**

[i] light-fingered, sticky-fingered

चोरकप्पा (-खण, -खिसा) (पु) *पाहा :* **भाग**

चोरगल्ली (स्त्री) *पाहा :* **मार्ग**

चोरटा (पु) *पाहा :* **चोर**

चोरटा (वि) *पाहा :* **गुप्त**

चोरणे (क्रि) चोरी करणे, लुटणे, लुबाडणे, डाका/दरोडा घालणे, डल्ला मारणे, लूट/लूटमार करणे, नागवणे, धुणे, बुचाडणे, नाडणे, बोडणे, लुचाडणे, बळकावणे, चोरून नेणे/आणणे, उकळणे, पळवणे, पळवून नेणे, अपहरण करणे, लांबवणे, लंबे करणे, उडवणे, हरणे, हरण करणे, लंपास करणे, लाटणे, ढापणे, खिशात टाकणे, दडपणे; *पाहा :* **चोर, चोरी, अपहरण, फसवणे, लपवणे, घेणे, चोरून**

[वा] घर धुऊन नेणे, डोळ्यातील काजळ चोरणे, आंधळे दळते आणि कुत्रे पीठ खाते, हरामाचा माल, आपले सांभाळावे दुसऱ्याला यश द्यावे

(v) steal, rob, plunder, pilfer, purloin, pillage, loot, despoil, strip, depredate, maraud, poach, pirate, misappropriate, embezzle, hijack, plagiarize; *पाहा :* **चोर, चोरी, अपहरण, फसवणे, लपवणे, घेणे, चोरून**

[i] spirit away, run away with, pinch, knock off

चोरबाजार (पु) *पाहा :* **दुकान**

चोरभय (न) *पाहा :* **भीती**

चोरवाट (स्त्री) *पाहा :* **मार्ग**

चोरी (स्त्री) चौर्य, चौर्यकर्म, स्तेय, उचलेगिरी, भामटेगिरी, घरफोडी, डाका, दरोडा (दरवडा), जबरी

चोरी, लूट, लुटालूट, लूटमार, धाड, लुबाडणूक, नागवणूक, अपहरण, अफरातफर, द्रव्यहानी, चोरीचपाटी, भुरटी चोरी, चोरीमारी, वाटमारी, तस्करी, चाचेगिरी, वाङ्मयचौर्य, लेखनचौर्य; चोरधाड; *पाहा :* **चोर, चोरणे, अपहरण, फसवणूक, अटकाव**

(n) theft, robbery, plunder, burglary, housebreaking, shoplifting, kidnapping, abduction, graft, fraud, embezzlement, pillage, piracy, larceny, hijacking, plagiarism; *पाहा :* **चोर, चोरणे, अपहरण, फसवणूक, अटकाव**

चोरीलबाडी (स्त्री) *पाहा :* **फसवणूक**

चोरून (क्रिवि) गुप्तपणे, लपून, छपून, दडून, लपूनछपून, लपतछपत, अज्ञात रूपाने, बुरख्याआडून

[वा] झारीतील शुक्राचार्य, नथीतून तीर मारणे

[adv] secretly; under one's breath, on the sly, under the table, stealthily, incognito

चोष्य (न) *पाहा :* **अन्न**

चोहीकडे (चोहोकडे) (क्रिवि) *पाहा :* **आजूबाजूस, सर्वत्र**

चोळणा (पु) *पाहा :* **विजार**

चोळणे (क्रि) घासणे, मळणे, माखणे, मर्दन/ अंगमर्दन/ संवाहन करणे, मर्दणे, रगडणे, चोपडणे, मालिश/ चंपी करणे, चरबटणे, पुसणे, अंगाला लावणे; *पाहा :* **चोपडणे**

(v) rub, massage, buff, knead; *पाहा :* **चोपडणे**

चोळवटणे (क्रि) *पाहा :* **कुसकरणे, आवळणे**

चोळामोळा (पु) *पाहा :* **कुसकरणे, चेंदा**

चोळी (स्त्री) *पाहा :* **कंचुकी**

चोळीबांगडी (स्त्री) *पाहा :* **आहेर**

चौक (पु) *पाहा :* **चतुष्टय, अड्डा**

चौकट (स्त्री) सांगाडा, साटा, मखर; *पाहा :* **अडणी, नक्षी, चतुष्टय**

(n) frame; chassis, framework *पाहा :* **अडणी, नक्षी, चतुष्टय**

चौकडा (पु), **चौकडी** (स्त्री) *पाहा :* **चतुष्टय**

चौकशी (स्त्री) *पाहा :* **अन्वेषण, परामर्श**

चौकशीअर्ज (पु) *पाहा :* **फिर्याद**

चौकस (वि) शोधक, जिज्ञासू, विचक्षण, शोधकबुद्धीचा, *पाहा :* **चोंबडा, चाणाक्ष**

[adj] inquisitive, curious, prying, nosey; *पाहा :* **चोंबडा, चाणाक्ष**

चौकसबुद्धी (स्त्री) *पाहा :* **जिज्ञासा**

चौकार (पु) *पाहा :* **चतुष्टय**

चौकी (स्त्री) *पाहा :* **अडणी, अड्डा, देवडी, पहारा**

चौकीदार (पु) *पाहा :* **पहारेकरी**

चौकीपहारा (पु) *पाहा :* **पहारा**

चौकोन (पु) *पाहा :* **चतुष्टय**

चौखांबी (स्त्री) *पाहा :* **गर्भगृह**

चौखूर (क्रिवि) *पाहा :* **बेफाम**

चौघडा (पु) *पाहा :* **चर्मवाद्य**
चौघडी (स्त्री) *पाहा :* **पांघरूण**
चौतर्फा (क्रिवि) *पाहा :* **आजूबाजूस**
चौताल (पु) *पाहा :* **ताल**
चौथरा (पु) *पाहा :* **ओटा**
चौथा (वि) *पाहा :* **अंक**
चौथाई (स्त्री) *पाहा :* **कर**
चौदा भुवने (न, अव) *पाहा :* **चौदा लोक**
चौदा रत्ने (न, अव)
('समुद्रमंथना'तील) लक्ष्मी, कौस्तुभ, पारिजातक, सुरा, धन्वंतरी, चंद्र, कामधेनू, ऐरावत, रंभा, उच्चैःश्रवा, कालकूट, शार्ङ्ग, पांचजन्य, अमृत; *पाहा :* **रत्न**
(n, pl) fourteen precious things; *पाहा :* **रत्न**
चौदा लोक (भुवने) (पु, न, अव) सप्तस्वर्ग (भूः, भुवर्, स्वर्, महर्, जन, तप, सत्य) व सप्तपाताळ (अतल, वितल, सुतल, महातल, रसातल, तलातल, पाताल)
(n, pl) fourteen abodes
चौदा विद्या (स्त्री, अव) चार वेद (ऋक्, यजु, साम, अथर्व), सहा वेदांगे (शिक्षा, छंद, व्याकरण, निरुक्त, ज्योतिष, कल्प) व न्याय, मीमांसा, पुराणे, धर्मशास्त्र
(n, pl) fourteen streams of learning
चौदावे रत्न (न) *पाहा :* **आघात, आसूड**
चौपदरी (स्त्री) *पाहा :* **पिशवी**
चौपाई (स्त्री) *पाहा :* **पलंग**
चौपाळा (पु) *पाहा :* **आंदोळा**
चौफळा (पु) *पाहा :* **आसन**
चौफेर (क्रिवि) *पाहा :* **आजूबाजूस, सर्वत्र**
चौरंग (पु) *पाहा :* **आसन, अडणी**
चौरंग (वि) *पाहा :* **अधू**
चौरस (पु) *पाहा :* **चतुष्टय**
चौरस (वि) *पाहा :* **चतुरस्त्र, परिपूर्ण, अन्न**
चौरस्ता (पु) *पाहा :* **चतुष्टय**
चौर्य (न) *पाहा :* **चोरी**
चौऱ्यांशीचा फेरा (पु) *पाहा :* **आवृत्ती**
चौऱ्यांशी लक्ष योनी (स्त्री, अव) वृक्षादी स्थावर (२० लक्ष), कीटक (११ लक्ष), जलचर (९ लक्ष), पक्षी (१० लक्ष), पशू (३० लक्ष) व मनुष्य (४ लक्ष); अथवा जारज, अंडज, स्वेदज व उद्भिज्ज (प्रत्येकी २१ लक्ष)
(n, pl) eightyfour lacks classes of living things
चौसष्ट कला (स्त्री, अव) गायन, वादन, नृत्य, नाट्य, इत्यादी
(n, pl) music, dance, drama, etc: sixtyfour arts
च्याऊम्याऊ (न) *पाहा :* **अन्न**
च्युत (वि) भ्रष्ट, चळलेला, ढळलेला, घसरलेला, हललेला, चुकलेला, बहकलेला
[adj] fallen, gone astray, deranged, drifted

छ

छकडा (पु) *पाहा :* **वाहन**

छकडा (वि) *पाहा :* **अक्कडबाज, आकर्षक**

छकणे (क्रि), **छकवणे** (क्रि) *पाहा :* **फसवणूक**

छकवाछकवी (स्त्री) *पाहा :* **फसवणूक**

छकुडे (न), **छकुले** (न) *पाहा :* **बाल**

छक्केपंजे (पु, अव) *पाहा :* **कपट, डावपेच, जादू**

छचोर (वि) चटोर, चवचाल, नखरेल, रंगेल, चावट, फाजील, उल्लू, थिल्लर, पोरकट, वाह्यात, उनाड, उठवळ, उच्छृंखल, छिचोर, छटेल, छाकटा, बदफैली
[adj] amorous, frivolous, dissolute, wayward, lewd, licentious, naughty

छट (वि) *पाहा :* **फसवा**

छटा (स्त्री) झाक, रंगच्छटा, रंग; चव, लज्जत; लकब, धाटणी, प्रकार; चुणूक, चमक, लकेर, डूब
(n) shade, tinge, tint, tone, hue, colour; taste, flavour, style, nuance

छटेल (वि) *पाहा :* **छचोर**

छडा (पु) *पाहा :* **अन्वेषण, पत्ता**

छडी (स्त्री) *पाहा :* **काठी**

छणछणाट (पु) *पाहा :* **आवाज**

छत (न) पटई, कडीपाट, तक्तपोशी; आढे, माळवद, धाबे, गच्ची, छप्पर, कौलार, वळचण; मांडव, मांडवी, मंडप, मंडपी, सभामंडप, लग्नमंडप, शामियाना; चांदवा, तंबू, टप, घुमट, वितान; छत्री, इरले, छत्र, छत्रचामर, अबदागीर, मेघडंबरी, आतपत्र, आतपत्राण; आसरा, निवारा, पाखर, *पाहा :* **अवगुंठन, कुंज, आश्रय**
(n) roof, ceiling, canopy, tent, pavilion, dome, top, umbrella, parasol, sunshade, visor, shelter; *पाहा :* **अवगुंठन, कुंज, आश्रय**

छत्र (न), **छत्रचामर** (न) *पाहा :* **छत**

छत्रपती (पु) *पाहा :* **राजा, अध्यक्ष**

छत्री (स्त्री) *पाहा :* **छत, समाधी**

छंद (पु) नाद, ध्यास, चटक, आवड, इच्छा, ओढा, चाळा, फंद, सोस, व्यसन, निदिध्यास, धोसरा, वेड, खूळ, शौक, करमणूक, मनोरंजन, विरंगुळा; छंदफंद, ढंग, खोड्या, आंबटशोक, थेर; लेकुरछंद; वेदांग; *पाहा :* **छांदिष्ट, नादावणे, वृत्त**
(n) hobby, pastime, diversion, recreation, relaxation, pursuit, sideline, avocation, longing, passion, habit; *पाहा :* **छांदिष्ट, नादावणे, वृत्त**

छंदाफंद (पु) *पाहा :* **छंद, चाळा**

छदाम (पु) *पाहा :* **अल्प**

छंदीफंदी (वि) *पाहा :* **चंगीभंगी**

छंदोबद्ध (वि) *पाहा :* **काव्य, नियमित**

छद्म (न) *पाहा :* **कपट, उपरोध**

छद्मी (वि) *पाहा :* **फसवा, औपरोधिक**

छपणे (क्रि) *पाहा :* **दडणे, गुप्त**

छपरी (स्त्री) *पाहा :* **कुटी**

छपवणूक (स्त्री) *पाहा :* **गोपन**

छपवणे (क्रि) *पाहा :* **लपवणे**

छपवाछपवी (स्त्री) *पाहा :* **लपवणे, उडवाउडवी**

छपाई (स्त्री) मुद्रण, मुद्रणकला; अक्षरजुळणी; मुद्रक, मुद्रणालय, मुद्रणप्रत, मुद्रित, मुद्रितशोधन, मुद्रणदोष, पुनर्मुद्रण

[क्रि] छापणे, मुद्रित करणे, ठसा उमटवणे, प्रती काढणे, आवृत्ती काढणे

(n) printing, lithography, offset, phototypesetting, xerox; composing, DTP, reproduction

छप्पन्न (वि) *पाहा :* **अनेक**

छप्पर (न) *पाहा :* **छत**

छप्पा (पु) *पाहा :* **छाप**

छबकडा (वि) *पाहा :* **गोजिरवाणा**

छबडे (न) *पाहा :* **बाल**

छबिना (पु) *पाहा :* **परिवार, पहारेकरी, दल**

छबी (स्त्री) *पाहा :* **चित्र**

छबीदार (वि), **छबेला** (वि) *पाहा :* **सुंदर**

छमकणे (क्रि) *पाहा :* **ठुमकणे**

छमछमाट (पु) *पाहा :* **आवाज**

छरा (छर्रा) (पु) *पाहा :* **गोळी**

छलांग (स्त्री) *पाहा :* **उडी**

छळ (पु) त्रास, पीडा, काच, जाच, ताप, यातना, क्लेश, दु:ख, गांजणूक, छळणूक, जाचणूक, पिडणूक, पीडन, सतावणी, सतावणूक, मनस्ताप, जुलूम, जबरदस्ती, हाल, छळवाद, दुष्टपणा, अत्याचार, उच्छाद, दडपशाही; *पाहा :* **छळणे**

(n) ill-treatment, abuse, harassment, pestering, persecution, oppression, cruelty, torture; *पाहा :* **छळणे**

छळणूक (स्त्री), **छळवाद** (पु) *पाहा :* **छळ**

छळणे (क्रि) त्रास/ पीडा/ यातना देणे, गांजणे, जाचणे, जाच करणे, पिडणे (पीडणे), गांजणूक/ छळणूक/ जाचणूक करणे, नाडणे, छेडणे, भंडावणे, सतावणे, पिळणे, तोडणे, उद्वेग आणणे, मनस्ताप देणे, त्रासणे, नाचवणे, पळवणे, हाल करणे, हालहाल करणे, जाळणे, पोळणे; *पाहा :* **छळ, त्रास**

[वा] हात धुऊन मागे लागणे, कच्छपी लागणे, दु:खावर डागण्या देणे, जखमेवर मीठ चोळणे, त्राहि भगवान करून सोडणे, सळो की पळो करणे, पोटावर पाय आणणे/देणे, अन्नात माती कालवणे, तोंडचा घास काढणे, फाडून खाणे, तोंड दाबून बुक्क्यांचा मार देणे, उभा धरणे, अंत पाहणे, पिच्छा पुरवणे, जेरीस आणणे,

भुसकट पाडणे, टेकीला आणणे, मुंडी मुरगाळणे, काट्यावरून ओढणे, खाऊ की गिळू करणे, खायला उठणे, घरावर निखारा ठेवणे, तोफेच्या तोंडी देणे, उभा जाळणे, जीव खाणे, श्वानशूकर वृत्ती

(v) tease, vex, trouble, torment, hurt, harass, torture, persecute, plague, bully, humiliate, victimize, inflict pain on, nag, badger, hector, molest, opress, abuse, heckle; *पाहा :* **छळ, त्रास**

[i] play cat-and-mouse with someone, give someone the third degree, give someone hell, cut someone to the quick, tread on someone's toes

छळवादी (वि) *पाहा :* **त्रासदायक, कजाग**

छाकटा (वि) *पाहा :* **छचोर, अक्कडबाज**

छा छू (न) *पाहा :* **जादू**

छाट, छाटछूट, छाटणी (सर्व स्त्री) *पाहा :* **कपात, शेती**

छाटणे (क्रि) *पाहा :* **विभाजन, कपात**

छाटाछाट (स्त्री) *पाहा :* **कपात**

छाताड (न), **छाती** (स्त्री) *पाहा :* **ऊर, हिंमत**

छातीठोक (वि), **छातीठोकपणे** (क्रिवि) *पाहा :* **निर्भीड, खचित**

छात्र (पु) *पाहा :* **अंतेवासी, नवशिका**

छांदस (पु) *पाहा :* **आचार्य**

छांदसी (वि), **छांदिष्ट** (वि) नादी, नादिष्ट, व्यसनी, एककल्ली, तऱ्हेवाईक; लहरी, स्वच्छंदी, मनस्वी, पाऊलबुद्धी, हट्टी, विक्षिप्त, चंचल *पाहा :* **छंद**

[वा] वेडा पीर

[adj] capricious, fanciful, moody, impulsive, faddist, whimsical, wilful, eccentric, crazy, *पाहा :* **छंद**

छान (वि) *पाहा :* **चांगला**

छानछोकी (स्त्री) *पाहा :* **ऐट, डामडौल, अक्कडबाज**

छानदार (वि) *पाहा :* **चांगला, आकर्षक**

छाननी (स्त्री) *पाहा :* **अन्वेषण, चिकित्सा**

छाप (पु) शिक्का, छप्पा, ठसा, निशाणी, खूण, चिन्ह, मोहर (मोहोर), मुद्रा, राजमुद्रा, शिक्का- कट्यार, शिक्कामोर्तब

(n) stamp, seal, imprint, impression, hallmark, franking, symbol, trademark, royal seal

छाप (स्त्री) प्रभाव, वजन, दाब, दबाव, वर्चस्व, परिणाम; जरब; ठसका; *पाहा :* **प्रभाव**

(n) influence, impress, impact, effect, weight, sway, awe; *पाहा :* **प्रभाव**

छापखाना (पु) मुद्रणालय, मुद्रणशाळा

(n) printing press

छापणे (क्रि) *पाहा :* **छपाई**

छापा (पु) *पाहा :* **हल्ला**

छाया (स्त्री) सावली (साउली), सावट, धूसरता, अंधुकता, अंधार, काळोख, काळोखी, झावळे, कृष्णच्छाया, घनछाया, उपछाया; पडछाया, प्रतिबिंब, प्रतिमा; आच्छादन, आसरा, आश्रय, संरक्षण, पाखर, निवारा; लक्षण, चिन्ह; स्वरूप, कांती, झाक; सादृश्य, साम्य;

(n) shadow, shade, gloom, darkness, silhouette, umbra, penumbra; reflection, image; shelter, protection; symbol; look, complexion; similarity

छायाचित्र (न) *पाहा :* **चित्र**

छायानट (पु) *पाहा :* **राग**

छायाप्रत (स्त्री) *पाहा :* **प्रत**

छावणी (स्त्री) *पाहा :* **अड्डा**

छावा (पु) *पाहा :* **मूल**

छिचोर (वि) *पाहा :* **छचोर**

छिडकणे (क्रि) *पाहा :* **फेकणे, अभिषेक**

छिडकाव (पु) *पाहा :* **अभिषेक**

छिंदणे (क्रि) *पाहा :* **विभाजन**

छिद्र (न) *पाहा :* **विवर, खिंडार, मर्म, अवगुण**

छिद्रमय (वि) *पाहा :* **सच्छिद्र**

छिद्रान्वेषी (वि) छिद्रदर्शी, क्षुद्रान्वेषी, क्षुद्रदृष्टी, दोषैकदृष्टी, काकदृष्टी, गृध्रदृष्टी, चिकित्साखोर, खोडसाळ *पाहा :* **चिकित्सक**

[वा] यात काय त्यात काय फाटक्यात पाय, कानफाट्या नाव पडणे, एकाक्ष, क्वचित काणा, दुसऱ्याच्या डोळ्यातले कुसळ दिसते पण स्वतःच्या डोळ्यातले मुसळ दिसत नाही

[adj] captious, censorius, cynical, faultfinding *पाहा :* **चिकित्सक**

[i] pick holes, give a dog a bad name

छिनाल (वि) *पाहा :* **चंगीभंगी, जारकर्मी**

छिनालखाना (पु) *पाहा :* **वेश्यागृह**

छिनावणे (क्रि) *पाहा :* **अपहरण, घेणे**

छिन्न (वि), **छिन्नभिन्न** (वि) *पाहा :* **भग्न**

छिलका (पु) *पाहा :* **तुकडा, त्वचा**

छिलणे (क्रि) तासणे, रंधणे, कापणे, खरडणे, खरवडणे, खवणे, खवलणे, साल काढणे; *पाहा :* **विभाजन**

(v) scrape, grate, skin, peel, chisel, abrade, grind; *पाहा :* **विभाजन**

छीः थू (स्त्री) *पाहा :* **निंदानालस्ती, फजिती**

छुनछुन (स्त्री) *पाहा :* **आवाज**

छुपा (वि) *पाहा :* **गुप्त**

छुमछुमणे (क्रि) *पाहा :* **आवाज**

छूमंतर (न) *पाहा :* **जादू**

छेकोक्ती (स्त्री) *पाहा :* **विनोद, उक्ती**

छेडछाड (स्त्री) *पाहा :* **छेडणे, अन्वेषण, खोडी**

छेडणे (क्रि) विचारणे, टोकणे, तपास

करणे, छेडछाड करणे; खडसावणे, कानउघाडणी करणे; *पाहा :* **वाद्य, छळणे**

(v) ask, inquire, investigate, probe, question, remonstrate, expostulate; *पाहा :* **वाद्य, छळणे**

छेद (पु) *पाहा :* **खिंडार**

छेदणे (क्रि), **छेदन** (न) *पाहा :* **विभाजन**

छेलछबीला (वि) *पाहा :* **अक्कडबाज**

छेलछबेली (स्त्री) *पाहा :* **चटकचांदणी**

छोकरा (पु) *पाहा :* **मुलगा**

छोकरी (स्त्री) *पाहा :* **मुलगी**

छोटा, छोटुकला, छोटेखानी (सर्व वि) *पाहा :* **लहान, टुमदार, ठेंगणा, अल्प**

छोटी हजेरी (स्त्री) *पाहा :* **अन्न**

छोट्या (पु) *पाहा :* **मुलगा**

ज

जकात (स्त्री) *पाहा :* **कर**
जखडणूक (स्त्री) *पाहा :* **बंध**
जखडणे (क्रि) *पाहा :* **बांधणे**
जखडबंदी (स्त्री) *पाहा :* **बंध**
जखम (स्त्री) *पाहा :* **अपाय, क्षत**
जखमी (स्त्री) *पाहा :* **घायाळ**
जखीण (स्त्री) *पाहा :* **पिशाच**
जख्ख (वि), **जख्खड** (वि) *पाहा :* **वृद्ध**
जग (न) *पाहा :* **चराचर, मानव**
जंग (पु) *पाहा :* **कलंक**
जगच्चालक (पु) *पाहा :* **परमेश्वर**
जंगजंग पछाडणे (क्रि) *पाहा :* **खटपट, अन्वेषण**
जगजाहीर (वि) *पाहा :* **जाहीर**
जगज्जेता (वि) *पाहा :* **विजयी**
जगडंबर (न) *पाहा :* **चराचर**
जगड्व्याळ (वि) *पाहा :* **प्रचंड**
जगणे (क्रि) *पाहा :* **असणे, टिकणे, जिवंत**
जगत् (न) *पाहा :* **चराचर**
जगत्त्रय (न) *पाहा :* **चराचर**
जगदंबा (स्त्री), **जगदंबिका** (स्त्री) *पाहा :* **पार्वती**
जगद्वंद्य (वि) *पाहा :* **थोर**
जगन्नाथ (पु) *पाहा :* **परमेश्वर**
जगन्मान्य (वि) *पाहा :* **मान्य**
जगन्मित्र (पु) *पाहा :* **मित्र, मनमिळाऊ**
जगप्रसिद्ध (वि) *पाहा :* **प्रसिद्ध**
जगबुडी (स्त्री) *पाहा :* **प्रलय**
जंगम (वि) *पाहा :* **अस्थिर, धनदौलत, अर्थ**
जगरहाटी (स्त्री) *पाहा :* **रीत**
जंगल (न) *पाहा :* **अरण्य, गुंतागुंत**
जंगली (वि) *पाहा :* **असंस्कृत, अघोरी**
जगवणे (क्रि) वाचवणे, जीव वाचवणे, जीवदान/प्राणदान देणे, चुडेदान देणे, बचाव करणे, रक्षण करणे, जतन करणे, सुटका करणे, तारणे
(v) save, salvage, rescue, safeguard, preserve
जंगी (वि) *पाहा :* **प्रचंड**
जघन (पु) जांघ, जंघा, मांडी, ऊरु, कटिसंधी, बस्तिप्रदेश
(n) loins, hip, thigh, groin
जघन्य (वि) *पाहा :* **अधम**
जंजाळ (न) कष्ट, त्रास, दगदग, यातायात, आधिव्याधी, चिंता, यातना, संसारकष्ट, गुंतागुंत, गुंताड
(n) hardship, labour, toil, cares, anxieties, worries, mental anguish, tangle
जंजिरा (पु) *पाहा :* **किल्ला**
जंजीर (स्त्री) *पाहा :* **शृंखला**
जट, जटा, जटाजूट (सर्व स्त्री) *पाहा :* **केस**
जटाधारी (वि) *पाहा :* **केसाळ**
जटाभार (पु) *पाहा :* **केस**
जटिल (वि) *पाहा :* **अवघड**
जठर (न) *पाहा :* **उदर**

जठरानी (पु), **जठरानल** (पु) *पाहा :* **भूक, अग्नी**

जड (वि) *पाहा :* **अचेतन, अवजड, अजाण, क्षणभंगुर**

जडजवाहीर (न) *पाहा :* **अलंकार, संपत्ती**

जडजोखीम (स्त्री) *पाहा :* **जोखीम**

जडण (स्त्री) जडणी, जोडणी, बांधणी, जोड, सांधेजोड, सांधकाम, सांधणी, जोडाजोड, जडाव, जुळवाजुळव, जडणघडण; संगम, संघटन, जाळे; *पाहा :* **जोडणी**

[क्रि] जडणे, जुळणे, सांधणे, बांधणे, चिकटणे, एकत्र येणे, कायम होणे

(n) coupling, joining, fastening, junction, union, attachment, hookup, fixation; *पाहा :* **जोडणी**

जडणघडण (स्त्री) *पाहा :* **जडण, घडण, उभारणी**

जडणी (स्त्री) *पाहा :* **जडण**

जडणे (क्रि) *पाहा :* **जडण, चिकटणे**

जडत्व (न) जडपणा, अक्रियता, सुस्ती, मंदपणा, चेंगटपणा, आळस, शैथिल्य, जाड्य, मांद्य, औदासीन्य, मरगळी; *पाहा :* **वजन**

(n) inertia, heaviness, passivity, sloth, lethargy, inactivity, indolence, lassitude, sluggishness, laziness; *पाहा :* **वजन**

जडद्रव्य (न) *पाहा :* **पदार्थ**

जडपणा (पु) *पाहा :* **जडत्व, वजन**

जडबुद्धी (वि) *पाहा :* **अजाण**

जडबोका (पु) *पाहा :* **लठ्ठ**

जडभरत (वि) *पाहा :* **आळशी**

जडवाद (पु) आधिभौतिकवाद, अनात्मवाद, देहात्मवाद, निरीश्वरवाद, पाखंड; *पाहा :* **चंगळवाद**

(n) materialism, atheism; *पाहा :* **चंगळवाद**

जडवादी (वि) *पाहा :* **निरीश्वरवादी**

जडशीळ (वि) *पाहा :* **अवजड**

जडान्न (न) *पाहा :* **अन्न**

जडाव (पु) *पाहा :* **जडण**

जडीबुट्टी (स्त्री) *पाहा :* **औषध**

जतणूक (स्त्री) *पाहा :* **जतन, जोपासना**

जतन (न) रक्षण, संभाळ (सांभाळ), संरक्षण, संगोपन, प्रतिपाळ, पालन, जोपासना, जतणूक, जपणूक, निगा; *पाहा :* **जोपासना**

[क्रि] जपणे, संभाळणे (सांभाळणे), राखणे, जगवणे, ठेवणे

[वा] डोळ्यात तेल घालून जपणे, तळहातावरच्या फोडासारखा जपणे

(n) preservation, maintenance, protection, looking after, safekeeping, upkeep, care; *पाहा :* **जोपासना**

जंतरमंतर (न) *पाहा :* **जादू**

जतावणी (स्त्री) *पाहा :* **इशारा**

जंतू (पु) *पाहा :* **जीवजंतू**

जत्रा (स्त्री) *पाहा :* **उत्सव**

जंत्री (स्त्री) *पाहा :* **यादी**

जथा (पु) *पाहा :* **समुदाय**

जन (पु) *पाहा :* **मानव**

जनआंदोलन (न) *पाहा :* **चळवळ**
जनक (पु) *पाहा :* **पिता, उत्पादक**
जनगणना (स्त्री) *पाहा :* **गणणे**
जनचर्चा (स्त्री) *पाहा :* **अफवा**
जनजागरण (न) *पाहा :* **जाग**
जनजीवन (न) *पाहा :* **जीवन**
जनता (स्त्री) *पाहा :* **मानव, प्रजा, समाज, सामाजिक**
जनन (न) *पाहा :* **उत्पत्ती**
जननकर्ता (पु) *पाहा :* **पिता**
जननक्षम (वि) *पाहा :* **सर्जनशील**
जननिंदा (स्त्री) *पाहा :* **निंदानालस्ती**
जननी (स्त्री) *पाहा :* **माता**
जननेंद्रिय (न) गुह्येंद्रिय, उपस्थ; लिंग, शिश्न; योनी, भग; *पाहा :* **कर्मेंद्रिय**
(n) reproductive organ; penis; vagina *पाहा :* **कर्मेंद्रिय**
जनपद (पु) *पाहा :* **देश, मानव**
जनभाषा (स्त्री) *पाहा :* **प्राकृत**
जनमत (न) *पाहा :* **मत**
जनमतचाचणी (स्त्री) *पाहा :* **चाचणी**
जनमानस (न) *पाहा :* **मानस**
जनरीत (स्त्री), **जनरूढी** (स्त्री) *पाहा :* **रीत**
जनलज्जा (स्त्री) *पाहा :* **लाज**
जनसंमर्द (पु) *पाहा :* **गर्दी**
जनसागर (पु) *पाहा :* **मानव, गर्दी**
जनसामान्य (न) *पाहा :* **मानव, प्रजा**
जनक्षोभ (पु) *पाहा :* **दंगल**
जनाचार (पु) *पाहा :* **रीत**
जनादेश (पु) *पाहा :* **आदेश**
जनानखाना (पु), **जनाना** (पु) *पाहा :* **अंतःपुर**
जनानी (वि) *पाहा :* **बायकी**
जनार्दन (पु) *पाहा :* **विष्णू**
जनावर (न) पशू, गुरू, ढोर, जितराब, चतुष्पाद प्राणी, शिकार, सावज, श्वापद, हिंस्र पशू, जंगली जनावर; पाळीव पशू, गुरेढोरे, गोधन; मुका प्राणी, मुके जनावर; *पाहा :* **प्राणी, साप**
(n) beast, creature, four-legged animal, quadruped, wild animal, domestic animal, cattle, fauna, livestock; *पाहा :* **प्राणी, साप**
जनिता (पु) *पाहा :* **पिता**
जन्म (पु) *पाहा :* **उत्पत्ती, आरंभ, आयुष्य**
जन्मकुंडली (स्त्री) *पाहा :* **कुंडली**
जन्मखूण (स्त्री) *पाहा :* **डाग, खूण**
जन्मखोड (स्त्री) *पाहा :* **सवय**
जन्मगाठ (स्त्री) *पाहा :* **अनुबंध, गाठ**
जन्मजन्मांतरी (क्रिवि) *पाहा :* **अखंड** (क्रिवि)
जन्मजात (वि) *पाहा :* **उपजत**
जन्मटिपण (न) *पाहा :* **कुंडली**
जन्मणे (क्रि) *पाहा :* **उपजणे**
जन्मतः (क्रिवि) *पाहा :* **उपजत**
जन्मतिथी (स्त्री) *पाहा :* **जन्मदिन**
जन्मदरिद्री (वि) *पाहा :* **अकिंचन**
जन्मदाता (पु) *पाहा :* **पिता, उत्पादक, कर्ता**
जन्मदात्री (स्त्री) *पाहा :* **माता**
जन्मदिन (पु) जन्मतिथी, जन्मदिवस, वाढदिवस, वर्धापनदिन, जयंती,

वर्षगाठ, सालगाठ, वर्षदिन, वार्षिकोत्सव; *पाहा :* **उत्सव**
(n) birthday, anniversary; *पाहा :* **उत्सव**
जन्मनाव (न) *पाहा :* **अभिधान**
जन्मपत्रिका (स्त्री) *पाहा :* **कुंडली**
जन्मभर (क्रिवि) *पाहा :* **आजन्म, अखंड** (क्रिवि)
जन्मभाषा (स्त्री) *पाहा :* **भाषा**
जन्मभूमी (स्त्री) *पाहा :* **घर, देश**
जन्मरहित (वि) *पाहा :* **अनादी**
जन्मसवाशीण (स्त्री) *पाहा :* **वेश्या**
जन्मसाफल्य (न) *पाहा :* **पूर्णावस्था**
जन्मसिद्ध (वि) *पाहा :* **उपजत**
जन्मसौभाग्यवती (स्त्री) *पाहा :* **वेश्या**
जन्मस्थान (न) *पाहा :* **घर**
जन्मस्वभाव (पु) *पाहा :* **स्वभाव**
जन्मांध (वि) *पाहा :* **अंध**
जन्मोजन्मी (क्रिवि) *पाहा :* **अखंड** (क्रिवि)
जप, जपजाप्य, जपतप (पु, न, न) *पाहा :* **आवृत्ती, अनुष्ठान, ध्यास**
जपणूक (स्त्री), **जपणे** (क्रि) *पाहा :* **जतन, जोपासना**
जपमाळ (स्त्री) *पाहा :* **ध्यास**
जपानुष्ठान (न) *पाहा :* **अनुष्ठान**
जपून (क्रिवि) काळजीपूर्वक, दक्षतेने, निगुतीने, सावधपणे, कौशल्याने, हुशारीने, डोळ्यात तेल घालून
[adv] carefully, watchfully
जप्त (वि), **जप्ती** (स्त्री) *पाहा :* **मिळवणे**
जबडा (पु) *पाहा :* **तोंड**
जबर (वि) *पाहा :* **अतिशय**
जबरदस्त (वि) *पाहा :* **अतिशय, शक्तिमान, अवघड**
जबरदस्ती (स्त्री), **जबरी** (स्त्री) सक्ती, बळजबरी, बळजोरी, जोर, दबाव, आवेश; जुलूम, जुलुमशाही, दडपशाही, बळात्कार, निष्ठुरता, क्रौर्य; अन्याय, छळ; दांडगाई, हिंसाचार, अत्याचार, बलात्कार
[वा] भाग पाडणे, उरावर बसणे, नाक दाबले की तोंड उघडते, मारून मुटकून वैद्यबुवा
(n) force, brute force, compulsion, coercion, oppression, pressure, subjection, suppression, tyranny, violence, vehemence, outrage
[i] twist someone's arm, brainwash, you can take a horse to the water but you can't make it drink
जबरी चोरी (स्त्री) *पाहा :* **चोरी**
जबानी (स्त्री) साक्ष, कैफियत, ग्वाही, जबाब, जाबजबाब, सुनावणी, फेरसुनावणी; हकिकत, निवेदन, कथन, वक्तव्य, खुलासा *पाहा :* **साक्षीदार**
(n) deposition, affidavit, testimony, statement, narration, hearing *पाहा :* **साक्षीदार**
जबाब (पु) *पाहा :* **उत्तर, जबानी**
जबाबदार (वि) उत्तरदायी, जिम्मेदार,

जामीन, जामीनदार, हमीदार, प्रतिभू, जोखीमदार, बद्ध, भरवशाचा, विश्वासार्ह, विश्वासू, विश्वसनीय
[वा] जामीन रहा आणि गाठचे वहा
[adj] accountable, answerable, liable, responsible, incharge, dependable, trustworthy

जबाबदारी (स्त्री) उत्तरदायित्व, जिम्मेदारी, जामीनकी, दायित्व, हमी, जोखीम, भार, भरिभार, धुरा, कार्यभार, प्रभार, बंधन, कर्तव्य, विश्वास
[वा] अंगावर पडणे, गळ्यात पडणे, शिरावर धोंड पडणे, अंगावर/शिरावर/डोक्यावर घेणे, शिरी भार वाहणे, हात झटकणे
(n) accountability, liability, responsibility, charge, jurisdiction, guardianship, duty, dependability, surety, security
[i] lie on one's head, rest on the shoulders of, pass the buck

जंबिया (पु) *पाहा :* **चाकू**

जंबूक (पु) *पाहा :* **कोल्हा**

जम (पु) मेळ, मिलाफ, जुळणी, सांगड, संगती, एकवाक्यता, एकी, संवाद, सहमती, संबद्धता, संबंध, धरबंध, ताळमेळ, संगत, व्यवस्था, बनाव, रचना, घडी, बंदोबस्त, बस्तान, संयोग, जुळवाजुळव, एकत्रीकरण, फेरजुळणी, फेररचना; *पाहा :* **जमणे**
[वा] आसन जमणे, मांड मांडणे, तारा जुळणे, सूर जुळणे, दुधात साखर
(n) accordance, concordance, consonance, agreement, correspondance, adaptation, arrangement; *पाहा :* **जमणे**
[i] chime in with, see eye to eye

जमणे (क्रि) जम बसणे, मेळ होणे, मिलाफ होणे, जुळणे, रमारमी होणे, स्थिरावणे, रुळावणे, एकवटणे, एकत्र येणे, एकवाक्यता होणे, समेट होणे, साधणे, सिद्धीस जाणे, भरभराटणे; शक्य होणे; *पाहा :* **साठणे, जम**
(v) agree, adopt, harmonize, correspond, come together, come to turns, settle, succeed; *पाहा :* **साठणे, जम**
[i] to a T

जंमत (स्त्री) *पाहा :* **करमणूक**

जमदग्नी (पु) *पाहा :* **संतापी**

जमवणे (क्रि) *पाहा :* **मिळवणे**

जमवाजमव (स्त्री) *पाहा :* **मिळवणे**

जमा (स्त्री) *पाहा :* **आवक, मिळवणे**

जमाखर्च (पु) हिशेब (हिशोब), हिशेबठिशेब, लेखा, आय-व्यय, देवघेव, नफातोटा, फायदा-नुकसान; रोजखर्डा, कीर्द, रोजकीर्द, खतावणी, दुबेरजी जमाखर्च, ताळेबंद, तेरीज, तोंडमिळवणी, रमारम (-मी), ताळा, अंदाजपत्रक, देयक; तोंडचे हिशेब; *पाहा :* **आवक, खर्च, नावे, अर्थ**
(n) accounting, book-keeping;

ledger, budget, bill; *पाहा :* **आवक, खर्च, नावे, अर्थ**

जमात (स्त्री) *पाहा :* **समुदाय, वर्ग**

जमादार (पु) *पाहा :* **अधिकारी**

जमाना (पु) *पाहा :* **काल**

जमाबंदी (स्त्री) *पाहा :* **कर**

जमालगोटा (पु) *पाहा :* **जुलाब**

जमाव (पु) *पाहा :* **समुदाय, मानव**

जमावबंदी (स्त्री) *पाहा :* **अटकाव**

जमीन (स्त्री), भू, भूमी, भुई, धरणी, धरती, खुश्की, भूतल, भूपृष्ठ, भूमितल, भूमिका, पृथ्वीतल, धरणीतल, भूभाग, भूखंड, भूप्रदेश, पृष्ठजमीन; खलाटी, तक्तपोशी; पांढर; काळी, शेतजमीन, बागायती/ लागवडीखालील जमीन, शेत; राब; जिरायती/ कोरडवाहू/ पाणथळ/ मळई/ मक्की/ कुडथळ/ कुबरी/ खार/ पडीक/ पडीत/ बरड/ उजाड/ ओसाड/ निर्जल/ वालुकामय/ उपजाऊ/ सुपीक/ नापीक/ खडकाळ/ मुरमाड/ रेताड/ सखल/ डोंगराळ जमीन, पडजमीन, माळ, बरडमाळ, माळजमीन, माळरान, रान, मरुदेश, मरुभूमी, वाळवंट, रण, दलदल, खाजण, पठार, बखळ, कुरण, हिरवळ; दुआब, अंतर्वेदी, त्रिभुजप्रदेश, संयोगभूमी, द्वीप, द्वीपकल्प, भूशिर, बेट, प्रवाळबेट, किनारा, किनारपट्टी, नदीकिनारा, सागरकिनारा, समुद्रकिनारा, पुळण (पुलिन), रणद्वीप, भाट, भाटी, खांडवा, खालाटी, वलाटी, हिरवा पट्टा; *पाहा :* **पृथ्वी, माती, देश**

[वा] काळी पिकली म्हणून पांढर वाचली, वाफसा येणे

(n) land, soil, ground, terrain, terra firma, earth, lowland, highland, desert, grassland, pasture, farmland, arable land, alluvial soil; delta, isthmus, continent, sub-continent, island, atoll, cape, headland, coral reef, coast, shore, seashore, beach, oasis; greenbelt *पाहा :* **पृथ्वी, माती, देश**

जमीनजुमला (पु) *पाहा :* **घरदार**

जमीनदार (पु) वतनदार, खोत, सरंजामदार, इनामदार, जहागीरदार, जमीनमालक, मालगुजार, मिरासदार, रईस

(n) landowner, landlord, lendholder

जमीनदोस्त (वि) भुईसपाट, उद्ध्वस्त, पाडलेला (पडलेला), चिरडलेला, चीत, पराभूत, नष्ट, आडवा, लंबा

[वा] धुळीला मिळणे, उताणे पडणे, अस्मान दिसणे, गाढवाचा नांगर फिरवणे

[adj] razed, demolished, crushed (to the ground), levelled, floored, knocked down, ruined, vanquished

जमीनधारा (स्त्री), **जमीनमहसूल** (पु) *पाहा :* **कर**

जय (पु) विजय, यश, सुयश, फत्ते, जीत, जैत, सरशी, सफलता, यशस्वितता, सिद्धी, इच्छितप्राप्ती, जयश्री, विजयश्री, दिग्विजय, सुफल, यशोधन; विजेतेपद; विजयोत्सव; वर्चस्व; यशापयश, *पाहा :* **जिंकणे, जयगान, विजयी** (विरु) **अपयश, पराभव**

[वा] पारडे जड होणे, विजयश्रीने माळ घालणे, बेडा पार जाणे, गंगेत घोडे न्हाणे, होडी किनाऱ्याला लागणे, शिरपेचात तुरा खोवणे, मैदान मारणे/गाजवणे/वाघ मारणे, गड आला पण सिंह गेला

(n) victory, triumph, conquest, success, win, supremacy, *पाहा :* **जिंकणे, जयगान, विजयी** (विरु) **अपयश, पराभव**

[i] landslide (victory), breakthrough, upper hand, crown, with success, come off with flying colours, stem the torrent, have a field day, a flash in the pan, hit the jackpot, a pyrrhic victory, thumbsup

जयगान (न) जयघोष, जयजयकार, येळकोट, एळकोट, जयध्वनी, जयनाद; जयवाद्य, जयदुंदुभी; विजयध्वज, विजयपताका, यशोपताका; विजयोत्सव, वाहवा, टाळ्यांचा गजर; जयस्तंभ, विजयस्तंभ; विजयमाला, यशोगाथा *पाहा :* **जय, विजयी**

[वा] चांगभला करणे

(n) acclamation, applause, cheer, plaudit, ovation, clapping *पाहा :* **जय, विजयी**

जयघोष (पु), **जयजयकार** (पु) *पाहा :* **जयगान, जय**

जयजयवंती (पु) *पाहा :* **राग**

जयंती (स्त्री) *पाहा :* **जन्मदिन**

जयवंत (वि), **जयशाली** (वि) *पाहा :* **विजयी**

जयश्री (स्त्री) *पाहा :* **जय**

जय्यत (वि) *पाहा :* **पूर्ण, तयार, अवघा**

जर (पु) *पाहा :* **ज्वर**

जर (स्त्री) कलाबतू, जरतार, जीग, झीग; सोन्याचांदीची तार

(n) brocade, silver/gold thread

जरठ (वि) निबर, जून, थोराड; *पाहा :* **वृद्ध**

[adj] old, hard; *पाहा :* **वृद्ध**

जरत्कारू (वि) *पाहा :* **कृश**

जरब (स्त्री) धाक, दरारा, दहशत, भय, भीती, धास्ती; वजन, वचक, दबदबा, छाप; तंबी, दमदाटी, अनुशासन

(n) awe, dread, fear, terror, intimidation; hold, influence, weight; warning

जरा (स्त्री) *पाहा :* **वृद्धत्व**

जरा (जरासा) (वि) *पाहा :* **अल्प**

जराजर्जर (वि) *पाहा :* **वृद्ध**

जरीकाम (न) *पाहा :* **नक्षी**

जरीपटका (पु) *पाहा :* **ध्वज**

जरूर (क्रिवि) *पाहा :* **खचित**

जरूर (जरुरी) (स्त्री) *पाहा :* **गरज**

जर्जर (वि) जीर्ण, पीडित, त्रस्त, क्षीण, थकलेला, पछाडलेला, दमलाभागलेला, त्रासलेला, जेंजारलेला, अर्धमेला; *पाहा :* **वृद्ध**

(वा) कढी पातळ होणे

[adj] worn, frayed, drained, exhausted, fatigued, weary, tired; *पाहा :* **वृद्ध**

जर्द (वि) *पाहा :* **दाट**

जर्दा (पु) *पाहा :* **तंबाखू**

जल (न) *पाहा :* **पाणी**

जलकुंड (न) *पाहा :* **जलाशय**

जलक्रीडा (स्त्री) *पाहा :* **क्रीडा**

जलचर (पु) *पाहा :* **प्राणी**

जलतरंग (पु) *पाहा :* **लाट, घनवाद्य**

जलतरण (न) *पाहा :* **तरंगणे**

जलद (पु) *पाहा :* **मेघ**

जलद (वि) *पाहा :* **गतिमान**

जलद (क्रिवि) *पाहा :* **अविलंब**

जलदी (स्त्री) *पाहा :* **घाई, अविलंब, गती**

जलदुर्ग (पु) *पाहा :* **किल्ला**

जलधर (पु) *पाहा :* **मेघ**

जलधारा (स्त्री) *पाहा :* **पाऊस**

जलधी (पु) *पाहा :* **समुद्र**

जलधी (न) *पाहा :* **दशांशस्थाने**

जलनिधी (पु) *पाहा :* **समुद्र**

जलपर्यटन (न) *पाहा :* **प्रवास**

जलप्रपात (पु) *पाहा :* **प्रवाह, पूर**

जलप्रलय (पु) *पाहा :* **पूर**

जलप्रवास (पु) *पाहा :* **प्रवास**

जलप्रवाह (पु) *पाहा :* **प्रवाह**

जलबिंदू (पु) *पाहा :* **थेंब**

जलम (पु) *पाहा :* **उत्पत्ती, आयुष्य**

जलमंदिर (न) *पाहा :* **इमारत**

जलमय (वि) *पाहा :* **तुडुंब**

जलमार्ग (पु) *पाहा :* **मार्ग**

जलयंत्र (न) *पाहा :* **फवारा**

जलयात्रा (स्त्री) *पाहा :* **प्रवास**

जलयान (न) *पाहा :* **नौका**

जलरंग (पु) *पाहा :* **रंग**

जलवर्षाव (पु) *पाहा :* **पाऊस**

जलवाहिनी (स्त्री) *पाहा :* **नलिका**

जलविद्युत (स्त्री) *पाहा :* **जलसंपत्ती, वीज**

जलविहार (पु) *पाहा :* **क्रीडा**

जलवृष्टी (स्त्री) *पाहा :* **पाऊस**

जलसंपत्ती (स्त्री) पाणीसाठा, भूजल, पृष्ठजल, जलनियोजन, जलसंधारण, जलनि:सारण, जलशक्ती, जलविद्युत् प्रकल्प, पाटबंधारे, पाणलोटक्षेत्र, डूबक्षेत्र, लाभक्षेत्र; इत्यादी; *पाहा :* **पाणी, संपत्ती, धरण**

(n) water resources, water planning / conservation, hydroelectric project; watershed area, command area, etc; *पाहा :* **पाणी, संपत्ती, धरण**

जलसमाधी (स्त्री) *पाहा :* **बुडणे, समाधी**

जलसा (पु) मैफल, बैठक, संमेलन, तमाशा, गाणेबजावणे, गायनवादन *पाहा :* **संगीत**

(n) concert, recital, musical programme *पाहा :* **संगीत**

जलाभास (पु) *पाहा :* **आभास**

जलाभेद्य (वि) *पाहा :* **बंद**

जलाल (वि) जहाल, जाज्वल्य, तेजस्वी, प्रखर, ज्वलंत, ज्वलज्जहाल, धगधगीत, प्रदीप्त, प्रज्वलित, तीव्र, तीक्ष्ण, तिखट, जळजळीत, दाहक, मर्मभेदक, उग्र, कडक, जालीम, संतापी, तापट, कजाग, दु:सह, क्लेशदायक

[adj] fiery, hot, hotheaded, acrid,inflamed, fierce, stern, severe, irascible, hot-tempered, snappy, sharp, painful

जलाशय (पु) थारोळे, डबके, हौद, हाळ, कुंड, जलकुंड, पुष्करणी (पुष्करिणी), पोखरणी, टाकी, टाके, दोण, दोणी, डोणी, डोह, तळे, तलाव, पाझरतलाव, तटाक, तडाग, हेळ, पुष्कर, सरोवर, कासार, पाणवठा; *पाहा :* **विहीर, समुद्र**

(n) pool, puddle, pond, cistern, tank, lake, lagoon, lido, tarn, mere, reservoir, *पाहा :* **विहीर, समुद्र**

जलोत्क्षेप (पु) *पाहा :* **फवारा**

जलौघ (पु) *पाहा :* **प्रवाह**

जल्पना (स्त्री) वल्गना, शेखी, फुशारकी, बढाई, बडबड, चऱ्हाट, वटवट, चर्पटपंजरी *पाहा :* **फुशारकी**

(n) boast, bombast, bragging, blabber, grandiloquence, loquacity *पाहा :* **फुशारकी**

जल्म (पु) *पाहा :* **उत्पत्ती, आयुष्य**

जल्लोश (पु) *पाहा :* **आनंद**

जवनिका (स्त्री) *पाहा :* **अवगुंठन**

जवळ (क्रिवि) *पाहा :* **आजूबाजूस, जवळचा**

जवळचा (वि) आपला, स्वकीय, सख्खा, निकटवर्ती (-वासी), जवळिकेचा, शेजारचा, नजीकचा, आसपासचा, स्थानिक, स्थानीय, शेजारी, अंत्येवासी, पडोसी; शेजी (स्त्री), शेजीबाई (स्त्री); *पाहा :* **परिसर, जवळीक** (विरु) **परका**

[क्रि] लागून असणे, खांद्याला खांदा लावणे, येऊन ठेपणे

[वा] दार ठोठावणे, घोडामैदान जवळ असणे, सोन्याची सुरी झाली म्हणून काय उरी घालावी?

[adj] near, nearby, nextdoor, neighbouring, close, adjacent, proximate, contiguous; local; intimate; impending, approaching, looming, imminent; *पाहा :* **परिसर, जवळीक** (विरु) **परका**

[i] a close hand, on the heels of, within ear-shot, with an ace of, round the corner

जवळीक (स्त्री) जवळपणा, निकटवर्तित्व, समीपता, सामीप्य, सान्निध्य; दाट परिचय, सलोखा, सख्य, सलगी, मैत्री, घरोबा *पाहा :*

ओळख, जवळचा
[वा] अतिपरिचयात् अवज्ञा
(n) nearness, closeness, proximity, vicinity, neighbourhood, contiguity; intimacy *पाहा :* **ओळख, जवळचा**
[i] familiarity breeds contempt, have a ringside seat
जवान (पु) *पाहा :* **तरुण, सैनिक**
जवानी (स्त्री) *पाहा :* **तारुण्य**
जवाब (पु) *पाहा :* **उत्तर**
जवाहर (जवाहीर) (न) *पाहा :* **रत्न**
जहर (न) *पाहा :* **विष**
जहरी (स्त्री) *पाहा :* **विषारी**
जहागिरदार (पु) *पाहा :* **जमीनदार**
जहागीर (स्त्री) *पाहा :* **इनाम**
जहाज (न) *पाहा :* **नौका**
जहांबाज (वि) *पाहा :* **अट्टल, कजाग**
जहाल (वि) *पाहा :* **जलाल**
जळ (न) *पाहा :* **पाणी**
जळकट (वि), **जळका** (वि) जळलेला, करपलेला, होरपळलेला, कोळपलेला, भाजलेला, दग्ध, काळवंडलेला; *पाहा :* **अग्नी**
[adj] burnt, scorched, parched, roasted; *पाहा :* **अग्नी**
जळजळ (स्त्री) आग, चुरचुर, दाह, अंतर्दाह, वेदना, पित्त, राग, मत्सर; *पाहा :* **अपचन, अग्नी, संताप**
(n) burning, pain, irritation, anger, envy; *पाहा :* **अपचन, अग्नी, संताप**
जळजळणे (क्रि) *पाहा :* **अग्नी, वेदना, चुरचुरणे**
जळजळीत (वि) *पाहा :* **जलाल, उष्ण, अग्नी**
जळण (न) *पाहा :* **अग्नी**
जळणे (क्रि) *पाहा :* **अग्नी, दिवा, चडफडणे, असूया**
जळफळणे (क्रि) *पाहा :* **चडफडणे, संतापणे**
जळफळाट (पु) *पाहा :* **संताप, असूया**
जळबंब (वि) *पाहा :* **तुडुंब**
जळमट (न) कोळिष्टक, जाळे, सुतेरा; *पाहा :* **किल्मिष**
(n) web, cobweb; *पाहा :* **किल्मिष**
जळीत (न) *पाहा :* **अग्नी, नुकसान**
जळू (स्त्री) *पाहा :* **उपजीवी**
जाग (स्त्री) जागृती, जागृतावस्था, जागेपणा, सावधपणा, सावधानता, अवधान, लक्ष, दक्षता, जागरूकता; निद्रासंयमन, जागर, जागरण (जाग्रण), निद्राभाव, निद्रानाश; शुद्ध, शुद्धबुद्ध, भान, देहभान; चेतना, उद्दीपन, प्रदीपन, स्फुरण, चेव; प्रबोध, बोधन, उद्‌बोधन, प्रबोधन; उन्मेष, प्रकाश; उज्जीवन, पुनरुज्जीवन; अस्तित्व, वसती, वावर; पहारा, वचक; जनजागरण, समाजप्रबोधन, लोकजागृती, समाजजागृती; *पाहा :* **जागृत**
[क्रि] उठणे, जाग येणे, झोप उडणे, डोळे उघडणे, डोळे उघडे ठेवणे, झोप न घेणे, जागणे, जाणीव असणे, स्मरणे, दखल ठेवणे, काळजी घेणे,

प्रकट होणे; शुद्धीवर येणे, ताळ्यावर येणे, डोके ठिकाणावर येणे
[वा] कत्तलची रात्र
(n) awakening, wakefulness, vigilance, insomnia, sleeplessness, attention, watch, vigil, alacrity, consciousness, awareness *पाहा :* **जागृत**
जांगड (पु) *पाहा :* **जिन्नस**
जागणे (वि) *पाहा :* **जाग, जागृत**
जागता (वि) *पाहा :* **जागृत**
जागतिक (वि) *पाहा :* **सार्वत्रिक**
जागतिकीकरण (न) *पाहा :* **एकी, विस्तार**
जागर (पु), **जागरण** (न) *पाहा :* **जाग**
जागरूक (वि) *पाहा :* **जागृत**
जागरूकता (स्त्री) *पाहा :* **जाग**
जागल (स्त्री) *पाहा :* **पहारा**
जागल्या (पु) *पाहा :* **पहारेकरी**
जागा (वि) *पाहा :* **जागृत**
जागा (स्त्री) *पाहा :* **स्थान, उसंत, अधिकार, अवकाश, अड्डा**
जागृत (वि) जागा, जागता, सावध, सावधान, दक्ष, सजग, जागरूक, ताळ्यावर, शुद्धीवर, डोळस; तरतरीत, जोमदार; प्रबुद्ध; *पाहा :* **जाग, दूरदर्शी** (विरु) **बेसावध, बेशुद्ध, सुप्त**
[वा] डोळे उघडे ठेवणे
[adj] awake, alert, aware, attentive, watchful, wakeful, conscious, observant, vigilant, heedful; *पाहा :* **जाग, दूरदर्शी** (विरु) **बेसावध, बेशुद्ध, सुप्त**
[i] keep one's eyes open
जागृतावस्था (स्त्री), **जागृती** (स्त्री) *पाहा :* **जाग, चार अवस्था**
जागोजाग (क्रिवि) *पाहा :* **सर्वत्र**
जाग्रण (न) *पाहा :* **जाग**
जांघ (स्त्री) *पाहा :* **जघन**
जाच (पु) *पाहा :* **त्रास, छळ, छळणे**
जाचक (वि) *पाहा :* **त्रासदायक**
जाचणी (स्त्री) *पाहा :* **काचणी**
जाचणूक (स्त्री) *पाहा :* **त्रास**
जाचणे (क्रि) *पाहा :* **छळणे, खुपणे**
जाजम (न) *पाहा :* **आसन**
जा जा ये ये (स्त्री) *पाहा :* **खेप**
जाज्वल्य (वि) *पाहा :* **तेजस्वी, जलाल, कट्टर**
जाड, जाडगेला, जाडजूड, जाडसर, जाडा (सर्व वि) *पाहा :* **लठ्ठ**
जाडाभरडा (वि) *पाहा :* **ओबडधोबड, चरचरीत**
जाड्य (न) *पाहा :* **जडत्व**
जाण (स्त्री) ज्ञान, आकलन, समज, उमज, बोध, ओळख, माहिती, अक्कल, जाणीव, भान, कृतज्ञताबुद्धी
[क्रि] जाणणे, समजणे, अवगत होणे, उमजणे, कळणे, ओळखणे, जाणीव असणे, जाणवणे, गोचर होणे, दिसणे, पोचणे, अर्थ कळणे, येणे
(n) knowledge, perception, cognition, appreciation, comprehension, recognition,

realisation, feeling, consciousness; indebtedness

जाणकार (वि) *पाहा :* **जाणता**

जाणणे (क्रि) *पाहा :* **जाण, अनुभव, उमगणे**

जाणता (वि) जाणकार, माहीतगार, शहाणा, शहाणासुरता, समजदार, सुबुद्ध, अक्कलवंत, हुशार,अनुभवी, निपुण, तज्ज्ञ, तरबेज; गुणज्ञ, गुणग्राहक, कदरदान; परीक्षक, चिकित्सक, मर्मज्ञ, दर्दी, पारखी; सजाण, सज्ञान, वयात आलेला, नूतनवयस्क, प्रौढ, पोक्त, बाप्या

[वा] पंख फुटणे, डोळे उघडणे

[adj] cognizant, conversant, familiar, learned, knowledgeable, well-inform, exprienced, expert, competent, clever; admirer, connoisseur, judge; adolescent, adult, pubescent

[v] to come of age

जाणती (वि) *पाहा :* **ऋतुमती**

जाणवणे (क्रि) *पाहा :* **जाण**

जाणीव (स्त्री) आकलन, ग्रहण, बोध, भान, देहभान, शुद्ध, शुद्धबुद्ध, समज, उमज; जाण, ज्ञान, ज्ञप्ती, संवेदना, अनुभव, ज्ञानप्राप्ती, प्रकाश; मन, बुद्धी, ग्रहणशक्ती, दृष्टी; आभार; परामर्श; सामाजिक जाणीव

(n) knowledge, comprehension, enlightenment, cognition,grasp, insight, perception, realisation, consciousness; gratitude

जाणूनउमजून (-बुजून,-सवरून) (क्रिवि) *पाहा :* **मुद्दाम**

जाणे (क्रि) गमन करणे, पुढे सरणे, चालणे, पळणे, चालू लागणे, मार्गस्थ होणे, मुसंडी मारणे, सुरकांडी मारणे, अनुसरणे; लोटणे, क्रमणे; पोचणे; फिरकणे; निष्क्रमण/निर्गमन करणे, निघून जाणे, बाहेर जाणे, टळणे, कटणे, नाहीसा होणे, दिसेनासा/दृष्टीआड / चालता होणे; (रंग) कमी/ फिका होणे, नाश पावणे; मरणे; येणे; *पाहा :* (विरु) **येणे**

[वा] काळे करणे, तोंड काळे करणे, गाशा गुंडाळणे, पाय काढणे

(v) go, leave, escape, get away, make off, run, follow, elapse, reach, arrive, diminish, depart, make one's exit; vanish; die; come *पाहा :* (विरु) **येणे**

[i] take to one's heels, take flight, make a bee-line

जाणे येणे (न) *पाहा :* **दळणवळण, घरोबा**

जात (स्त्री), **जातकुळी** (स्त्री) पाहा **वर्ग, आप्त**

जातक (न) *पाहा :* **ज्योतिष**

जातकरी (पु), **जातगंगा** (स्त्री), **जातगोत** (न), **जातभाई** (पु) *पाहा :* **आप्त, भाऊ**

जातपात (स्त्री) *पाहा :* **वर्ग, विभाजन**
जातिनिरपेक्ष (वि) *पाहा :* **तटस्थ**
जातिभेद (पु) *पाहा :* **विभाजन, अंतर**
जातिभ्रष्ट (वि) जातिबाह्य, जातिबहिष्कृत, बाटगा, बाटलेला, धर्मभ्रष्ट, आचारभ्रष्ट, जातीबाहेर टाकलेला, वाळीत टाकलेला, जातीहीन
[adj] outcaste, pariah, ostracised
जातिवंत (वि) *पाहा :* **अभिजात, कुलीन, अट्टल**
जातिस्वभाव (पु) *पाहा :* **स्वभाव**
जाती (स्त्री) *पाहा :* **आप्त, वर्ग, वृत्त**
जातीने (क्रिवि) *पाहा :* **स्वतः**
जाते (न) *पाहा :* **चक्की**
जात्यंध (वि) *पाहा :* **संकुचित**
जात्या (क्रिवि) *पाहा :* **स्वतः**
जादा (वि) *पाहा :* **अधिक**
जादुई (वि) *पाहा :* **अद्‌भुत**
जादू (स्त्री) इंद्रजाल (ऐंद्रजाल), गारुड, चेटूक, शाबर, शाबरी विद्या, किमया, गूढविद्या, ओडंबरी, हातचलाखी, नजरबंदी, मोहिनी, भुरळ, चकरमकर, जंतरमंतर (थंतरमंतर, धंतरमंतर), छा छू, फा फू, छूमंतर, छक्केपंजे, गौडबंगाल, बंगाली विद्या/दृष्टबंधन, जादूगिरी, जादूटोणा, करणी, अभिचार, जारणमारण, ताडात्वेडा, वशीकरण, टाणाटोणा, तंत्र, मंत्रतंत्र, मंत्रकौटाल, मंत्रविद्या, घाडीविद्या, अंगारेधुपारे, माया, चेडे, भुरे, भानामती, भुताटकी, भूतचेष्टा, कवटाळ, कुवेडे, कुविद्या, बीरविद्या, पिशाचविद्या, परलोकविद्या, चमत्कार, करामत, करिश्मा, मौल, बाजीगरी *पाहा :* **जादूगार**
[वा] यक्षिणीची कांडी फिरणे, डोळे बांधणे, या बोटाची थुंकी त्या बोटावर करणे
(n) magic, sorcery, voodoo, abracadabra, hocus pocus, mumbo-jumbo, jugglery, trickery, conjuration, charm, spell, hypnotism, incantation, occult, necromancy, black art, witchcraft, wizardry, exorcism *पाहा :* **जादूगार**
जादूगार (पु) चेटक्या, कवटाळ्या, तांत्रिक, तंत्रशास्त्रवेत्ता, मांत्रिक, बाजीगर, मदारी, गारुडी; चेटकी (चेटकीण), शांबरी, जादूगारीण *पाहा :* **जादू**
(n) magician, sorcerer, conjurer, enchanter, enchantress, necromancer, witch, wizard; *पाहा :* **जादू**
जादूगारीण (स्त्री) *पाहा :* **चटकचांदणी, सुंदरी**
जादूगिरी (स्त्री), **जादूटोणा** (पु) *पाहा :* **जादू,**
जादूभरा (वि) *पाहा :* **अद्‌भुत**
जान (स्त्री) *पाहा :* **प्राण**
जानपछान (स्त्री) *पाहा :* **ओळख**
जानपद (वि) *पाहा :* **देशी**
जानपदगीत (न) *पाहा :* **काव्य**
जानवसा (जानोसा) (पु) *पाहा :* **घर**
जानवे (न) यज्ञोपवीत *पाहा :* **उपनयन**

(n) sacred thread *पाहा :* **उपनयन**
जानी (वि) *पाहा :* **जीवश्चकंठश्च**
जानू (पु) *पाहा :* **गुडघा**
जानोसा (पु) *पाहा :* **स्थान**
जान्हवी (स्त्री) *पाहा :* **गंगा**
जाब (पु) *पाहा :* **उत्तर**
जाबजबाब (पु, अव) *पाहा :* **जबानी**
जाबता (पु) *पाहा :* **कायदा**
जांबूनद (न) *पाहा :* **सोने**
जांभई (जांभळी) (स्त्री) *पाहा :* **झोपणे**
जाभाड (न) *पाहा :* **तोंड**
जाम (वि) *पाहा :* **घट्ट, तंग**
जामदारखाना (पु) *पाहा :* **कोश, खजिना**
जामात (पु) *पाहा :* **जावई**
जामानिमा (पु) *पाहा :* **थाटमाट, नटणे, वस्त्र**
जामीनकी (स्त्री) *पाहा :* **जबाबदारी**
जामीन (पु), **जामीनदार** (वि) *पाहा :* **अनामत, जबाबदार**
जायदाद (स्त्री) *पाहा :* **धनदौलत**
जायबंदी (वि) *पाहा :* **घायाळ**
जाया (स्त्री) *पाहा :* **पत्नी**
जाया (वि) *पाहा :* **निरुपयोगी**
जायापती (पु, अव) *पाहा :* **जोडपे**
जा ये (स्त्री) *पाहा :* **खेप**
जार (पु) यार, उपपती, विट, धगड, प्रियकर; मालक, यजमान *पाहा :* **प्रिय**
(n) paramour, boy-friend, illicit lover *पाहा :* **मित्र**
जारकर्म (न) व्यभिचार, परशय्या, परद्वार, परगमन, परगृह, परस्त्रीगमन, परदारागमन, परपुरुषगमन, बदकर्म, बदफैलीपणा, शिनळकी (शिंदळकी), बहिर्व्यसन, बाहेरख्यालीपणा, वेश्यागमन, रंडीबाजी *पाहा :* **जारकर्मी**
[वा] पाऊल वाकडे पडणे, बाहेरचा नाद/छंद, उकिरडे फुंकणे, शेण खाणे, मांडी पालटणे, अंगाखाली घालणे, घोवास नाही घोवकी बायको करी शिनळकी, विवाहबाह्य संबंध
(n) adultery, fornication, infidelity, debauchery, profligacy *पाहा :* **जारकर्मी**
[i] womanize, sleep around
जारकर्मी (वि, पु, स्त्री) व्यभिचारी, पररत, परद्वारी, स्वैरवर्तनी, लफडेबाज, चंगीभंगी, बाहेरख्याली, बहिर्व्यसनी, शिंदळ, बदकर्मी, बदख्याली, बदफैली, वेश्यागमनी, रंडीबाज; प्रेमपात्र स्वैरिणी, सौरी, बाहिरी, जारिणी, व्यभिचारिणी, कुलटा, छिनाल, योषा, योषिता, वारयोषिता, रंडी *पाहा :* **जारकर्म, चारित्र्यहीन** (विरु) **चारित्र्यसंपन्न, पतिव्रता**
[वा] कासोट्याचा ढिला/हलका
[adj,n] adulterous, libertine, debauched, profligate, adulteress, mistress *पाहा :* **जारकर्म, चारित्र्यहीन** (विरु) **चारित्र्यसंपन्न, पतिव्रता**
जारज (वि) *पाहा :* **वर्ग**
जारणमारण (न) *पाहा :* **जादू**

जारिणी (स्त्री) *पाहा :* **जारकर्मी**
जारी (वि) *पाहा :* **चालू**
जाल (न) *पाहा :* **अवगुंठन, पाश**
जालीम (वि) *पाहा :* **जलाल, असह्य**
जावई (पु) जामात, घरजावई
(n) son-in-law
[वा] दशम ग्रह
जावईशोध (पु) *पाहा :* **अन्वेषण, फुशारकी**
जावक (स्त्री) *पाहा :* **खर्च**
जावळ (न) *पाहा :* **केस**
जावळा (वि) *पाहा :* **जुळा**
जासूद (पु) *पाहा :* **अनुचर, बातमीदार, प्रतिनिधी, हेर**
जास्त (वि) *पाहा :* **अधिक, आगळा**
जास्वंदी (वि) *पाहा :* **लाल**
जाहिरात (स्त्री) प्रकटन, प्रसिद्धी, घोषणा, आविष्करण, जाहीर खबर, सूचना, ज्ञापन, विज्ञापन (विज्ञापना), जाहीरनामा, पत्रक, पत्रिका, श्वेतपत्रिका, प्रसिद्धिपत्रक, भित्तिपत्रक, जाहिरातबाजी, डांगोरा, दवंडी, वाच्यता, प्रक्षेपण, प्रसार, प्रचार, प्रदर्शन
[वा] सांगत/दाखवत फिरणे, वेशीला टांगणे, चव्हाट्यावर आणणे, षट्कर्णी होणे, पंधरावी विद्या पासष्टावी कला
(n) advertisement, annoucement, public notice, placard, bill, poster, hoarding, bulletin, white paper, publicity, proclamation, manifesto, promulgation, broadcast
[i] spread the word, go the rounds, drag into the open, beat the drum, shout from the housetops, wear one's heart on one's sleeve, wash one's dirty linen in public
जाहीर (वि) प्रकट, प्रसिद्ध, घोषित, ज्ञपित, ज्ञप्त, आविष्कृत, अनावृत, खुला, व्यक्त, प्रकाशित, प्रक्षेपित, प्रसारित, प्रसृत, उघड, सूचित, विदित, ज्ञात, माहीत, कानोकानी, कर्णोपकर्णी, षट्कर्णी, सर्वश्रुत, प्रख्यात, जगजाहीर; फुटलेला, प्रकटलेला; *पाहा :* **जाहिरात, पसरणे**
[adj] published, public, open, well-known, exposed, promulgatory; *पाहा :* **जाहिरात, पसरणे**
जाहीरनामा (पु) *पाहा :* **जहिरात, घोषणा**
जाळ (पु) *पाहा :* **अग्नी, धग**
जाळणे (क्रि) *पाहा :* **अग्नी, छळणे**
जाळपोळ (स्त्री) *पाहा :* **अग्नी, घातपात**
जाळी (स्त्री), **जाळे** (न) *पाहा :* **अवगुंठन, कुंज, खिडकी, चाळण, नक्षी, पाश**
जाळीदार (वि) *पाहा :* **सच्छिद्र**
जाळे (न) *पाहा :* **जाळी, जळमट**
जिकडेतिकडे (क्रिवि) *पाहा :* **आजूबाजूस, सर्वत्र**
जिंकणे (क्रि) विजयी/ यशस्वी होणे, सरशी/ फत्ते होणे, बाजी मारणे, जय/ विजय/ जीत/ यश मिळवणे, वरचढ

होणे, शिरजोर होणे, वरचष्मा/ वर्चस्व/ प्रभुत्व/ स्वामित्व मिळवणे, कुरघोडी करणे, कह्यात ठेवणे, ताबा मिळवणे, दडपणे, नमवणे, लोळवणे, मात करणे, दाबून टाकणे, डाव साधणे, काबीज/ हस्तगत करणे, सर करणे, पादाक्रांत करणे, आक्रमण करणे; पराभूत/ पराजित करणे, पराभव/ पराजय/ पाडाव करणे, चीत करणे, हरवणे, धुव्वा उडवणे, आघाडी मिळवणे, मागे टाकणे, ताण करणे, वरताण असणे, पार करणे, परिहार करणे; *पाहा :* **जिगीषा**

[वा] विजयश्री खेचून आणणे, झेंडा फडकावणे, लढाई मारणे, विजयपताका/यशोपताका लावणे, फड जिंकणे, पाणी पाजणे, पायाशी आणणे, खडे चारणे, पेकाट मोडणे, अस्मान/ आकाश दाखवणे; विजयश्रीने माळ घालणे, विजयमाला गळ्यात पडणे, पारडे जड होणे; एखाद्याच्या शिडातली हवा काढून घेणे

(v) win, conquer, triumph, succeed, overpower, prevail, overcome, master, surmount, surpass, vanquish, be victorious, defeat, humble, rout; *पाहा :* **जिगीषा**

[i] come off with flying colours, have the upper hand, make a hit, bear the palm, carry by storm, take the wind out of one's sails, get the better of, have the last laugh, romp home

जिकीर (स्त्री) कटकट, किरकिर, भुणभुण, तगादा; त्रास, पीडा, तकतक, जिगजिग (झिगझिग); असहायता, मेटाकुटी, हैराणी, निकर, (सहनशक्तीची) पराकाष्ठा

(n) bother, annoyance; state of feeling wretched/ miserable/ unhappy/ tormented/ harassed/ at the end of one's tether

जिगजिग (स्त्री) *पाहा :* **जिकीर, उटारेटा**

जिगरजान (वि) **जिगरी** (वि) *पाहा :* **जीवश्चकंठश्च**

जिगीषा (स्त्री) जिंकण्याची इच्छा, विजिगीषा, आकांक्षा, महत्त्वाकांक्षा, लढवय्येपणा, लष्करी बाणा, जिगीषू, विजीगिषू, स्पर्धालू वृत्ती, ईर्षा, *पाहा :* **जिंकणे**

(n) desire to win, ambition, aspiration; emulation *पाहा :* **जिंकणे**

जिगीषु (वि) *पाहा :* **लढवय्या, इच्छुक, जिगीषा**

जिजी (स्त्री) *पाहा :* **बहीण**

जिझिया (पु) *पाहा :* **कर**

जिणे (न) *पाहा :* **आयुष्य, जीवन**

जित (वि) *पाहा :* **पराभूत**

जितक्यास तितका (वि) *पाहा :* **मित**

जितराब (न) *पाहा :* **शेती, जनावर**

जिता (वि), **जिताजागता** (वि) *पाहा :* **जिवंत**

जितेंद्रिय (वि) *पाहा :* **संयमी**
जिंद (पु) *पाहा :* **पिशाच**
जिंदगी (स्त्री) *पाहा :* **आयुष्य, घरदार, संपत्ती, अर्थ**
जिद्द (स्त्री) निर्धार, नेट, खंबीरपणा, निग्रह, निकर, अभिनिवेश, बाणा, ईर्षा, जोश, आत्मविश्वास, आग्रह, दृढनिश्चय, धैर्य, इच्छाशक्ती, सहनशक्ती, हिंमत, कसोशी, चिवटपणा; हट्ट, हट्टाग्रह, अट्टहास *पाहा :* **खंबीर**
[वा] शेंडी तुटो की पारंबी तुटो, नाकावर टिच्चून करणे, करेंगे या मरेंगे
(n) determination, pluck, will, grit, guts, courage, confidence, drive, single-mindedness, steadfastness, doggedness, perseverance, endurance, tenacity *पाहा :* **खंबीर**
[i] set one's teeth, steel oneself, take the bull by the horns, make no bones about, stick it out, never say die, do or die, come hell or high water
जिद्दी (वि) *पाहा :* **खंबीर**
जिन (वि) *पाहा :* **संयमी**
जिन (पु) *पाहा :* **साधू, पिशाच**
जिना (पु) दादर, सोपान, सोपानमार्ग, शिडी, पायरी, पायटा, पायठणी, टप्पा, निसण (-णी), पावका, पावटी, पावठणी, सरकता जिना
(n) staircase, stairway, stairs, steps, ladder, escalator
जिन्नस (पु) वस्तू, पदार्थ, चीज, नग, पान, माल, केणे, किराणा, भुसार, वाणसवदा (-सामान); सामान; सामानसुमान, जिन्नसपानस; विकाऊ/विक्रीचा माल; जांगड माल, वानोळा, *पाहा :* **अलंकार, विक्री**
(n) article, object, thing, commodity, goods; *पाहा :* **अलंकार, विक्री**
जिप्सी (पु, वि) *पाहा :* **कलंदर**
जिभली (स्त्री) *पाहा :* **जीभ**
जिम्मेदार (वि) *पाहा :* **जबाबदार**
जिम्मेदारी (स्त्री) *पाहा :* **जबाबदारी**
जिरणे (क्रि) मुरणे, शोषले जाणे, समाविष्ट होणे, भिजणे, आत्मसात होणे, आत शिरणे, ठसणे, पचणे, पचन होणे, पचनी पडणे, अंगी लागणे; मानवणे; दबणे, कमी होणे, ओहटणे, ओसरणे, नष्ट होणे
(v) sink, penetrate, absorb, assimilate, subside, lessen, abate
जिरवाजिरव (स्त्री) *पाहा :* **लपवणे**
जिरायत (-ती) (वि) *पाहा :* **जमीन**
जिरेटोप (पु) *पाहा :* **शिरस्त्राण**
जिल्हई (स्त्री) *पाहा :* **उजाळा**
जिल्हा (पु) *पाहा :* **प्रदेश**
जिवणी (स्त्री) *पाहा :* **तोंड**
जिवंत (वि) सजीव, सचेतन,चेतन, चेतनायुक्त, जिता, जिताजागता, जगणारा, चालताबोलता, प्राण/अस्तित्व असलेला, हयात, जारी/

उपस्थित असलेला; *पाहा :* **असणे, चेतवणे, टिकणे, अर्वाचीन** (विरु) **अचेतन, निर्जीव, मृत**

[वा] शिर सलामत तो पगडी पचास, जीवनदान मिळणे

[adj] alive, living, extant, existing, breathing; *पाहा :* **असणे, चेतवणे, टिकणे, अर्वाचीन** (विरु) **अचेतन, निर्जीव, मृत**

जिवंतपणा (पु) *पाहा :* **चैतन्य**

जिवलग (वि) *पाहा :* **प्रिय, जीवश्चकंठश्च**

जिवाणू (न) *पाहा :* **साप, जीव**

जिवानिशी मारणे (क्रि) *पाहा :* **ठार करणे**

जिवापलीकडे (वि) **जिवापाड** (वि) *पाहा :* **अतिशय, असह्य**

जिवाभावाचा (वि) *पाहा :* **प्रिय**

जिवेभावे (क्रिवि) *पाहा :* **मनःपूर्वक**

जिवे मारणे (क्रि) *पाहा :* **ठार करणे**

जिव्हा (स्त्री) *पाहा :* **जीभ**

जिव्हादोष (पु) *पाहा :* **अडखळणे**

जिव्हापालट (पु) *पाहा :* **बदल**

जिव्हार (न) हृदय, आत्मा, काळीज, मन, अंतःकरण, जीव; तत्त्व, मर्म, मर्मस्थल, रहस्य, सत्त्व, जीवनकला; जिव्हाळा, संवेदनशीलता

(n) heart, breast, soul, spirit; inside, sensitivity, essence, pith, substance, vital spot

जिव्हालौल्य (न) *पाहा :* **हाव**

जिव्हाळा (पु) आपुलकी, मित्रभाव, आत्मीयता, सौहार्द, ओलावा, कळकळ, माया, ममता, स्नेह, प्रेम *पाहा :* (विरु) **दुजाभाव**

(n) affection, fondness, friendship, soft, spot, tenderness, attachment, warmth *पाहा :* (विरु) **दुजाभाव**

जिहाद (न) *पाहा :* **लढाई**

जिज्ञासा (स्त्री) ज्ञानेच्छा, ज्ञानतृष्णा, कुतूहल, चौकसबुद्धी, शोधकबुद्धी, औत्सुक्य, रस, गोडी, रुची

(n) curiosity, inquisitiveness, thirst for knowledge, interest

जिज्ञासू (वि) ज्ञानेच्छू, चौकस, शोधक, संशोधक, उत्सुक, अभ्यासू, व्यासंगी, विचक्षण; *पाहा :* **चार भक्त, अन्वेषण**

[adj] curious, inquisitive, inquiring, interested,searching, studious; *पाहा :* **चार भक्त, अन्वेषण**

जीग (न) *पाहा :* **जर**

जीत (स्त्री) *पाहा :* **जय**

जीन (न) *पाहा :* **खोगीर**

जीभ (स्त्री) जिव्हा, रसना, रसज्ञा, रसमातृका, रसनेंद्रिय, स्वादेंद्रिय, जिभली, पडजीभ, पोटजीभ, प्रतिजिव्हा, उपजिव्हा, जिव्हाग्र; वाणी

(n) tongue, uvula

जीमूत (पु) *पाहा :* **मेघ**

जीर्ण (वि) जुना, जुनाट, फाटका, फाटलेला, झिजलेला, विरविरीत, झिरझिरीत, पातळ,

झिल्लट, वापरलेला, जीर्णशीर्ण, विशीर्ण, फाटकातुटका, चिंध्या झालेला, मोडकातोडका, मोडकळीस आलेला, विकलगात्र, कमकुवत, शिळा, जून, निस्तेज, विदीर्ण, विदारलेला, चंद्रमौळी

[adj] worn, shabby, old, ragged, ravelled, ripped, torn, frayed, in tatters, threadbare, used, dilapidated, wilted

जीर्णज्वर (पु) *पाहा :* **ज्वर**

जीर्णोद्धार (पु) *पाहा :* **पुनरुज्जीवन**

जीव (पु) प्राण, जीवनशक्ती, चेतना, जीवित; चैतन्य, तेज, शक्ती, जोम, धमक, जीवित्व, अवसान; चित्त, मन, अंतर्याम, जिव्हार, अंतरात्मा, आत्मा, जीवात्मा; मनःप्रवृत्ती, कल; अर्थ, दम, जोर, कस, राम, सामर्थ्य; प्राणी, पिंड, सजीव, जंतू, जीवजंतू, जिवाणू, विषाणू; जीवयोनी, जीवसृष्टी, जैववैविध्य; *पाहा :* **प्राणी, आयुष्य**

(n) life, life force, energy; dash, sparkle, liveiness, virility, animation; mind, heart, spirit, soul, essence; tendency, inclination, strength, efficacy; organism, living being; bacteria, virus, plant and animal kingdom, biodiversity; *पाहा :* **प्राणी, आयुष्य**

जीवघेणा (वि) *पाहा :* **त्रासदायक**

जीव घेणे (क्रि) *पाहा :* **ठार करणे**

जीवजंतू (पु) कृमी, कीटक, घुंगुरटे, किडा, अळी, जंतू इ.; किडेमकोडे; *पाहा :* **प्राणी, जीव**

(n) insect, worm etc; *पाहा :* **प्राणी, जीव**

जीवदया (स्त्री) *पाहा :* **कृपा, अनुकंपा**

जीवदशा (स्त्री) *पाहा :* **आयुष्य**

जीवदान (न) *पाहा :* **जगवणे, दान**

जीवन (न) आयुष्य, जीवित, संसार, जीवित्व, जिणे, हयात, जीवनक्रम, आयुष्यक्रम, जीवनप्रणाली, जीवनकळा, जीवनपद्धती, जीवनवास्तव; अस्तित्व, रहिवास, योगक्षेम, देहयात्रा, निर्वाह, देहधारणा, प्राणधारणा, जीवनकलह, निर्वाहसाधन, जीवनोपाय, समूहजीवन, जनजीवन, लोकजीवन, समाजजीवन; नवजीवन, संजीवन; सहजीवन; *पाहा :* **प्राणी, जीवनमान**

(n) life, existence, living, subsistence, maintenance; *पाहा :* **प्राणी; जीवनमान**

जीवनकलह (पु) *पाहा :* **खटपट, जीवन, संसार**

जीवनकार्य (न) *पाहा :* **कार्य**

जीवनक्रम (पु), **जीवनचरित्र** (न) *पाहा :* **चरित्र, जीवन, चारित्र्य**

जीवनदृष्टी (स्त्री) *पाहा :* **दृष्टी**

जीवनमान (न) राहणी

जीवनवेतन (न) *पाहा :* **वेतन**

जीवनशक्ती (स्त्री) *पाहा :* **चेतना, जीव**

जीवनावश्यक (वि) *पाहा :* **आवश्यक**

जीवनोपयोगी (वि) *पाहा :* **उपकारक**

जीवन्मुक्त (वि) नित्यमुक्त, विदेही, प्रबुद्ध, आत्मज्ञानी, स्थितप्रज्ञ, विरक्त, विरागी, संन्यस्त, अवलिया; *पाहा* : **मुक्त**

[adj] emancipated; unencumvered *पाहा* : **मुक्त**

जीवन्मृत (वि) *पाहा* : **मृत, चारित्र्यहीन**

जीवप्राण (वि) *पाहा* : **प्रिय**

जीवभय (न) *पाहा* : **भीती**

जीवयोनी (स्त्री) *पाहा* : **जीव**

जीवशक्ती (स्त्री) *पाहा* : **चैतन्य**

जीवसृष्टी (स्त्री) *पाहा* : **जीव**

जीवहत्या (स्त्री) *पाहा* : **हत्या**

जीवश्चकंठश्च (वि) जिवलग, घनिष्ठ, दाट, घनदाट, गाढ, दृढ, सलगीचा, घरोब्याचा, प्रिय, जिवाभावाचा, जानी, जिगरजान, जिगरी

[वा] कंठमणी, गळ्यातला ताईत

[adj] intimate, close, personal, chummy, thick, warm

[i] hand and glove, alter ego, bosom/fast friend

जीवा (स्त्री) *पाहा* : **दोरी**

जीवात्मा (पु) *पाहा* : **जीव, आत्मा**

जीवाश्म (पु) *पाहा* : **अवशेष**

जीवित (न), **जीवित्व** (न) *पाहा* : **जीव, जीवन, आयुष्य**

जुई (स्त्री) *पाहा* : **फूल**

जुगणे (क्रि) *पाहा* : **एकवटणे**

जुगत (स्त्री) *पाहा* : **युक्ती**

जुगलबंदी (स्त्री) *पाहा* : **स्पर्धा, जोडी, संगीत**

जुगार (पु) द्यूत, अक्षक्रीडा, जुवा, जुवेबाजी, शर्यत, पैज, फासे, सट्टा, सट्टाबट्टा, सट्टेबाजी, सोडत, मटका, आकडा, नाणेफेक

[वा] फासा टाकणे, नशिबाची परीक्षा पाहणे, अंधारात तीर मारणे

(n) speculation, gambling, betting, lottery, raffle, swepstake

[v] gamble, spectulate, play dice, try one's luck, take a chance, draw lots, stake, bet, wager

[i] shot/leap in the dark, blind bargain

जुगारी (पु) जुवारी, जुवेबाज, सट्टेबाज, सटोडिया

(n) gambler, gamester, bookmaker

जुगुप्सा (स्त्री) *पाहा* : **निंदानालस्ती**

जुजबी (वि) *पाहा* : **किरकोळ, कामचलाऊ, तात्पुरता**

जुडगा (पु), **जुडा** (पु), **जुडी** (स्त्री) *पाहा* : **समुदाय**

जुडणे (क्रि) *पाहा* : **चिकटणे**

जुनकट (वि), **जुनवट** (वि) *पाहा* : **जुना**

जुना (वि), **जुनाट** (वि) वापरलेला, आडगिऱ्हाइकी; जुनापाना, जुनापुराणा; जुनकट, जुनवट; दीर्घकालिक; बुरसट, बुरसटलेला; जुन्या पद्धतीचा *पाहा* : **जीर्ण, प्राचीन, अप्रचलित**

[adj] old, used, second-hand; reconditioned; antiquated, quaint, outdated, outmoded,

out of fashion, obsolete, time-worn; *पाहा :* **जीर्ण, प्राचीन, अप्रचलित**

जुनेर (न) *पाहा :* **वस्त्र**

जुंपणे (क्रि) *पाहा :* **जोडणे, लढणे**

जुंबाड (न) *पाहा :* **समुदाय**

जुमानणे (क्रि) *पाहा :* **बधणे, पर्वा**

जुलमी (वि) अरेरावी, हुकुमशाही, क्रूर, कठोर, निर्दय, कर्दनकाळ, अन्यायी, बाडगा, जहाल, अत्याचारी, तामसी, प्रजापीडक, एकतंत्री, लहरी, अनियंत्रित, सर्वसत्ताधारी, शिरजोर

[adj] despotic, dictatorial, authoritarian, tyrranical, oppressive, cruel, ruthless, unjust, arbitrary, autocratic, totalitarian

जुलाब (पु) ढाळक, रेचक, सारक, जमालगोटा; ढाळ, रेच; विरेचन, रेचन

(n) purgative, cathartic

जुलूम (पु) अतिरेक, अत्याचार, दडपशाही, अन्याय, अरेरावी, दमदाटी, दादागिरी, गळचेपी, छळ, परपीडा, दांडगाई, जबरी, बळजबरी, जोरजबरी, जबरदस्ती, बलात्कार, जुलूम-जबरदस्ती, जुलुमशाही, झब्बूशाही, अस्मानीसुलतानी; झुंडशाही

[वा] घाशीरामी

(n) excess, outrage, oppression, injustice, highhandedness, repression, persecution, enslavement, maltreatment, subjugation, harassment, coercion, tyranny

जुलूस (पु) *पाहा :* **उत्सव, थाटमाट, मिरवणूक**

जुवळा (वि) *पाहा :* **जुळा**

जुवा (पु) *पाहा :* **जुगार**

जुवारी (पु), **जुवेबाज** (पु) *पाहा :* **जुगारी**

जुवेबाजी (स्त्री) *पाहा :* **जुगार**

जुळणारा (वि) *पाहा :* **अनुरूप, अनुकूल**

जुळणी (स्त्री) *पाहा :* **जम, मांडणी, जोडणी**

जुळणे (क्रि) *पाहा :* **जमणे, चिकटणे, अनुकूल**

जुळवणे (क्रि) *पाहा :* **जोडणे**

जुळवाजुळव (स्त्री) *पाहा :* **जम, जडण, तजवीज**

जुळा (वि) आवळाजावळा, जावळा, जुवळा; संयुक्त, जोडलेला, दुधारी, दुहेरी; अहीमही, लवकुश

[adj] twin, identical, double; duplicate, look a like, paired, couple, joined, twofold

जुळे (न) *पाहा :* **जोडी, मूल, जुळा**

जू (न) *पाहा :* **ओझे, गुलामगिरी**

जूट (स्त्री) *पाहा :* **एकी, कट**

जून (वि) *पाहा :* **जीर्ण, जरठ**

जेंजारणे (क्रि) *पाहा :* **त्रासणे**

जेठा (पु) *पाहा :* **बसणे, आळस**

जेठी (पु) *पाहा :* **थोर**

जेता (वि) *पाहा :* **विजयी**

जेतृत्व (न) *पाहा :* **शक्ती**

जेथेतेथे (क्रिवि) *पाहा :* **सर्वत्र**

जेमतेम (क्रिवि) कसाबसा, कट्टाकट्टी, कटाकटीने, कष्टाने, प्रयासाने, पराकाष्ठेने
[adv] hardly, with difficulty
जेर (वि) *पाहा :* **त्रस्त, त्रासणे**
जेरबंद (वि) *पाहा :* **बद्ध**
जेल (पु) **जेलखाना** (पु) *पाहा :* **तुरुंग**
जेवण (न), **जेवणखाण** (न) *पाहा :* **अन्न**
जेवणघर (न) *पाहा :* **खोली, भोजनगृह**
जेवणावळ (स्त्री) *पाहा :* **अन्न**
जेवणे (क्रि) *पाहा :* **खाणे**
जेव्हातेव्हा (क्रिवि) *पाहा :* **अखंड** (क्रिवि)
जैत (पु) *पाहा :* **जय**
जैवविविधता (-वैविध्य) (स्त्री, न) *पाहा :* **अनेकता**
जोखड (न) *पाहा :* **ओझे, अटकाव, गुलामगिरी**
जोखणे (क्रि) *पाहा :* **अजमास**
जोखीम (स्त्री) भय, धास्ती, धोका, संकट; धोक्यातली/ असुरक्षित/ आपत्तीदायक वस्तू, जडजोखीम, धोक्याचे/ जिवावरचे/ साहसाचे/ धाडसाचे काम; *पाहा :* **जबाबदारी**
[वा] तारेवरचा नाच, खोल पाण्यात शिरणे, मांजराच्या गळ्यात घंटा कोणी बांधावी
(n) risk, hazard, danger, peril; liability; *पाहा :* **जबाबदारी**
जोग (पु) *पाहा :* **संन्यास**
जोगतीण (स्त्री) *पाहा :* **संन्यासी, भिक्षेकरी**
जोगवणूक (स्त्री) *पाहा :* **जोपासना**
जोगवा (पु) *पाहा :* **भिक्षा**
जोगिया (पु) *पाहा :* **राग**
जोगी (पु), **जोगीण** (स्त्री) *पाहा :* **संन्यासी, साधू**
जोजवणे (क्रि) *पाहा :* **आंदोलन**
जोजार (पु) *पाहा :* **पसारा, कबिला**
जो जो गाई (स्त्री) *पाहा :* **झोप**
जोट (जोठ) (पु) *पाहा :* **वस्त्र**
जोड (पु) *पाहा :* **जोडणी, समुदाय**
जोड (स्त्री) संग्रह, मिळकत, प्राप्ती, लाभ, नफा; पुस्ती, पुरवणी, परिशिष्ट, भर, वाढ, मदत, साहाय्य; साम्य, तुलना, बरोबरी, तोड; *पाहा :* **जोडणी**
(n) collection, acquisition, accumulation; gain, earning, profit; addition, supplement, help, assistance; parallel, comparison; *पाहा :* **जोडणी**
जोडगोळी (स्त्री) *पाहा :* **जोडी**
जोडणी (स्त्री) जोड, सांधेजोड, जडण, बांधणी, सांधकाम, सांधणी, जुळणी, सांधासांध, संगम, सांधा, दुवा, कडी, बिजागरी, सांगड, संबंध, अनुबंध, योग, समन्वय, गुंतवण, संघटन, संकर, युती, जोडविभाग; समास; संधी; *पाहा :* **जडण, अनुक्रम** (विरु) **भंगणे, विभाजन**
(n) junction, union, connection, linkage, link, joining, docking, coupling, interface, fusion, blend, annex; *पाहा :* **जडण, अनुक्रम** (विरु) **भंगणे, विभाजन**
जोडणे (क्रि) जुळवणे, सांधणे, सांगड

घालणे, बांधणे, जुंपणे, टाचणे, विणणे, झाळणे, डाकणे, डागणे, एकत्र करणे, संयोग करणे, जोड देणे, गुंतवणे, चिकटवणे, जमवणे, गोळा करणे, साठवणे, मिळणे, मिळवणे, संपादणे, दृढ करणे *पाहा :* (विरु) **भंगणे, विभाजन**

(v) join, unite, connect, weld, stick, fuse, associate, combine, integrate, interlock, couple, attach, affix, append, collect, amass, store, annex, earn, procure, acquire, secure *पाहा :* (विरु) **भंगणे, विभाजन**

जोड-दुर्बीण (स्त्री) *पाहा :* **दृष्टी-उपकरण**

जोडपे (न) युगल, मिथुन, युग्म, स्त्रीपुरुष, वधूवर, नवराबायको, पतिपत्नी, जायापती, दंपती, दांपत्य, मेहूण, जोडा, उभयता; *पाहा :* **जोडी**

[वा] लक्ष्मीनारायणाचा जोडा, लैला मजनू, रोमियो ज्युलिएट

(n) (married) couple, husband and wife, bride & groom; *पाहा :* **जोडी**

जोडरस्ता (पु) *पाहा :* **मार्ग**

जोडवे (न) *पाहा :* **कडी**

जोडा (पु) *पाहा :* **जोडपे, पादत्राण**

जोडाजोड (-डी) (स्त्री) *पाहा :* **जडण**

जोडी (स्त्री) जोडगोळी, दुक्कल, द्वय, द्वंद्व, जोडा, जोडपे, युगल, युग्म, जुळे, नरमादी, झोंबट; उभय, उभयता, दोघे; जुगलबंदी; *पाहा :* **अंक, समानता**

(n) pair, couple, duo, duet, mates, twins; both, towsome, the two; *पाहा :* **अंक, समानता**

जोडीचा (वि) *पाहा :* **समान, अधिक**

जोडीदार (पु) *पाहा :* **मित्र, मदतगार, पत्नी**

जोत (न) *पाहा :* **औत**

जोते (न) *पाहा :* **ओटा**

जो तो (स) *पाहा :* **प्रत्येक**

जोपासना (स्त्री) काळजी, निगा, लक्ष, देखभाल, बडदास्त, जतणूक, जतन, रक्षण, जपणूक, सांभाळ, प्रतिपाळ, पालनपोषण, संगोपन, जोगवणूक, मशागत, दुरुस्ती, डागडुजी

(n) care, looking after, cherishing, nurturing, nourishing, nursing, rearing, preservation, protection, upkeep, maintenance, bringing up, cultivation

जोबन (न) *पाहा :* **तारुण्य, स्तन**

जोम (पु) *पाहा :* **शक्ती, अवसान**

जोमदार (वि) *पाहा :* **शक्तिमान, जागृत, अनलस**

जोर (पु) *पाहा :* **शक्ती, प्रेरणा, प्राधान्य, तालीम, अवसान**

जोरकस (वि) *पाहा :* **शक्तिमान**

जोरजबरी (स्त्री) *पाहा :* **जुलूम**

जोरदार (वि) *पाहा :* **शक्तिमान, प्रचंड**

जोरा (पु) *पाहा :* **अधिकार**

जोरावणे (क्रि) *पाहा :* **वाढ**

जोरू (स्त्री) *पाहा :* **पत्नी**

जोश (पु) *पाहा :* **शक्ती, उत्साह**

जोशपूर्ण (वि) **जोशीला** (वि) *पाहा :* **शक्तिमान**

जोशी (पु) ज्योतिषी, दैवज्ञ, भविष्यवेत्ता, भविष्यवादी, भविष्यज्ञ, फलज्योतिषी, भिक्षुक, ग्रामजोशी, कुडबुड्या (-मुड्या) जोशी

(n) fortune-teller, soothsayer, futurologist, star-gazer, prophet, crystal-gazer

जोहार (पु) *पाहा :* **आत्मघात, अभिवंदन**

जौजा (स्त्री) *पाहा :* **पत्नी**

जौनपुरी (पु) *पाहा :* **राग**

जौळ (न) *पाहा :* **वायू, अभ्र**

ज्या (स्त्री) *पाहा :* **पृथ्वी, दोरी**

ज्यूट (पु) *पाहा :* **ताग**

ज्येष्ठ (वि) *पाहा :* **थोर, प्रमुख, वृध्द, वरिष्ठ, बारा महिने**

ज्येष्ठता (स्त्री) *पाहा :* **थोरवी**

ज्योत (-ती) (स्त्री) *पाहा :* **अग्नी, दिवा**

ज्योतिर्मय (वि) *पाहा :* **तेजस्वी**

ज्योतिर्लिंग (न) *पाहा :* **बारा ज्योतिर्लिंगे**

ज्योतिर्विद (पु) *पाहा :* **ज्योतिषी**

ज्योतिर्विद्या (स्त्री) *पाहा :* **ज्योतिष**

ज्योतिष (न), **ज्योतिषशास्त्र** (न) ज्योति:शास्त्र, फलज्योतिष, शुभाशुभफलपरिज्ञान, ग्रहज्योतिष, ग्रहगणित, सामुद्रिक, जातक, रमल, हस्तसामुद्रिक; ज्योतिर्विद्या, खगोलविद्या (-विज्ञान, -शास्त्र), नक्षत्रविद्या

(n) astrology, horoscopy, stargazing, palmistry; astronomy, astrophysics

ज्योतिषी (पु) ज्योति:शास्त्रज्ञ (*पाहा :* **ज्योतिष, जोशी**); खगोलशास्त्रज्ञ, खगोलविद्यावेत्ता, ज्योतिर्विद

(n) astrologer (*पाहा :* **ज्योतिष, जोशी**); astronomer

ज्योतिष्मान (वि) *पाहा :* **तेजस्वी**

ज्योत्स्ना (स्त्री) *पाहा :* **चांदणे**

ज्वर (पु) ताप, कसर, कणकण, कसकस, कडकी, जीर्णज्वर, हाडीज्वर (-ताप); ज्वरविपाक, दूषित ताप, विषमज्वर, नवज्वर, मुदतीचा ताप, थंडीताप, हिवताप, लोहिताग ज्वर, सन्निपातज्वर, पीतज्वर, मेंदूज्वर, साथीचा ताप, इत्यादी जर; *पाहा :* **आजार**

[वा] अंग मोडून/भरून येणे, कणकणणे, अंग तापणे/गरम होणे, तापाने फणफणणे

(n) fever, feverishness, temperature, pyrexia, malaria, typhoid, typhus, scarlet fever, yellow fever; etc; *पाहा :* **आजार**

ज्वलज्जहाल (वि) *पाहा :* **जलाल**

ज्वलन (न) *पाहा :* **अग्नी**

ज्वलंत (वि) *पाहा :* **जलाल**

ज्वानी (स्त्री) *पाहा :* **तारुण्य**

ज्वाला (-ळा) (स्त्री), **ज्वालापटल** (न) *पाहा :* **अग्नी**

ज्वालाग्राही (वि) *पाहा :* **अग्नी**

ज्वालामुखी (पु) *पाहा :* **डोंगर**

झ

झकणे (क्रि) *पाहा :* **चकणे**
झकत (क्रिवि) झक्कत, चुंबीत, अवश्य, खचित
[वा] झक मारणे
[adv] willy-nilly, like it or not, necessarily
झकपक (वि) *पाहा :* **चकचकीत, आलिशान**
झकवणूक (स्त्री) *पाहा :* **फसवणूक**
झकाकणे (क्रि) *पाहा :* **चकाकणे**
झकाकी (स्त्री) *पाहा :* **चमक**
झकाझकी (स्त्री) *पाहा :* **भांडण**
झंकार (पु) *पाहा :* **आवाज**
झकास (वि) *पाहा :* **उत्कृष्ट**
झक्क (वि) *पाहा :* **चकचकीत, उत्कृष्ट**
झक्कत (क्रिवि) *पाहा :* **झकत**
झक्कू (पु) *पाहा :* **तगादा**
झगझगाट (पु) *पाहा :* **चकचकाट, प्रकाश**
झगझगीत (वि) *पाहा :* **चकचकीत**
झगडणे (क्रि) *पाहा :* **भांडणे, कष्टणे, लढणे**
झगडा (पु) *पाहा :* **भांडण, प्रतिकार, चुरस**
झगमग (स्त्री) *पाहा :* **चमक**
झगमगणे (क्रि) *पाहा :* **चकाकणे**
झगमगाट (पु) *पाहा :* **चमचमाट**
झगमगीत (वि) *पाहा :* **चकचकीत**
झगरे (न) *पाहा :* **अग्नी**
झगा (पु) *पाहा :* **कुडता**
झंझट (न) *पाहा :* **लचांड**
झंझावात (पु) *पाहा :* **वायू**
झंझावाती (वि) *पाहा :* **गतिमान**
झट्कन (-झट, -दिशी) (क्रिवि) *पाहा :* **अविलंब**
झटका (पु) *पाहा :* **आघात, आवेग, गोता, वाहन, अपस्मार**
झटक्यात (क्रिवि), **झटक्यासरशी** (-सरसा) (क्रिवि) *पाहा :* **अविलंब**
झटझोंबट (न) *पाहा :* **लचांड**
झटणे (क्रि) *पाहा :* **कष्टणे, झोंबणे**
झटपट (क्रिवि) *पाहा :* **अविलंब**
झटापट (स्त्री) *पाहा :* **भांडण**
झड (स्त्री) *पाहा :* **वर्षाव, पाऊस**
झड्कन (-करी, -झडा) *पाहा :* **अविलंब**
झडझडाट (पु) *पाहा :* **आवाज**
झडझडून (क्रिवि) *पाहा :* **अविलंब**
झडणे (क्रि) गळणे, तुटणे, नाश पावणे, झिजणे, क्षीण होणे, रोडणे, रोडावणे; *पाहा :* **गाजणे**
(v) get shed/dropped/ cast off/ severed/ emaciated/ wasted; *पाहा :* **गाजणे**
झडती (स्त्री) *पाहा :* **अन्वेषण, गणणे**
झडप (स्त्री) *पाहा :* **उडी, दार**
झडपा (पु) *पाहा :* **दार, झाकण**
झडाडणे (क्रि) *पाहा :* **गाजणे**
झणका (पु), **झणकारा** (पु) *पाहा :* **झपाटा, वेदना**

झणझणणे (क्रि) *पाहा :* **वेदना**

झणझणीत (वि) *पाहा :* **खमंग, तिखट, कठोर**

झणत्कार (पु), **झणाण** (पु), **झणाणणे** (क्रि) *पाहा :* **आवाज**

झणी (क्रिवि) *पाहा :* **अविलंब**

झनझन/ झननन (पु) *पाहा :* **आवाज**

झनानखाना (पु), **झनाना** (पु) *पाहा :* **अंत:पुर**

झपकन (क्रिवि), **झपझप** (क्रिवि) *पाहा :* **अविलंब**

झपताल (पु) *पाहा :* **ताल**

झपाटणे (क्रि) *पाहा :* **गढणे, पकडणे**

झपाटा (पु) सपाटा, जोर, आवेग, वेग, तीव्रता, झणकारा, आवेश, अभिनिवेश, जोश, त्वेष, उत्साह, उरक, चैतन्य; शक्ती; साहस; *पाहा :* **आघात**

(n) force, thrust, dash, ardour, enthusiasm, drive, gusto, verve, zest, despatch, spirit; *पाहा :* **आघात**

झपेट (स्त्री) *पाहा :* **उडी**

झब्बा (पु) *पाहा :* **कुडता**

झब्बू (पु) *पाहा :* **गर्विष्ठ, प्रतिष्ठित**

झब्बूशाही (स्त्री) *पाहा :* **जुलूम**

झमकणे (क्रि) *पाहा :* **भांडण**

झरकन (क्रिवि), **झरझर** (क्रिवि) *पाहा :* **अविलंब**

झरणे (क्रि) *पाहा :* **गळणे**

झरवणी (स्त्री) *पाहा :* **पाणी**

झरा (पु) मूळ, बीज, उगम, उद्‌भव, मूलस्थान, उगमस्थान, खाण, मूलस्रोत, पाझर, ओघ, प्रवाह, निर्झर, झिरा, झिरपा, झिरवणी, झरी, उन्हाळे, गरम झरा, ओहळ; *पाहा :* **प्रवाह, आरंभ**

(n) origin, source, genesis, fountainhead, fountain, cap, thimble, spring; *पाहा :* **प्रवाह, आरंभ**

झरी (स्त्री) *पाहा :* **झरा**

झरोका (पु) *पाहा :* **खिडकी**

झलक (स्त्री) ओझरते दर्शन, नमुना, मासला, चुणूक, देखावा, चव, आस्वाद, झोत, प्रकाशझोत, लकेर

(n) glimpse, sample, view specimen, flavour, flash

झळ (स्त्री), **झळई** (स्त्री) उष्ण झुळूक, लू, उन्हाची तिरीप, धग, धाप, ताप, आच, शेक, उष्णता, चटका, दाह; *पाहा :* **वायू**

(n) heat, scorching, burning, hot air-blast *पाहा :* **वायू**

झळकणे (क्रि), **झळझळणे** (क्रि) *पाहा :* **चकाकणे, तळपणे**

झळझळीत (वि) *पाहा :* **चकचकीत**

झळवणी (स्त्री) *पाहा :* **पाणी**

झळाळणे (क्रि) *पाहा :* **चकाकणे**

झळाळी (स्त्री) *पाहा :* **चमक, चकचकाट**

झाक (स्त्री) *पाहा :* **चमक, चुणूक, छटा**

झाकण (-णी) (न, स्त्री) आच्छादन, ढापण, टोपण, टोपी, अंगुस्तान, बूच, बोळा, दट्ट्या, गुडदी, झडपा,

पडदा, छत, झापड (-डी), अटकाव, दडा; *पाहा :* **दार, अवगुंठन**

(n) cover, top, lid, cap, thimble, plug, stopper, cork, valve, barrier; *पाहा :* **दार, अवगुंठन**

झाकणे (क्रि) झाकण घालणे (*पाहा :* **झाकण),** आच्छादणे, बंद करणे, बूच बसवणे, पडदा टाकणे, झाकापाक करणे, झापड लावणे, मिटणे, बुजवणे, पाचर मारणे, अडवणे; *पाहा :* **लपवणे, अवगुंठन**

(v) cover, mask, close, plug, stop, shut, block; *पाहा :* **लपवणे, अवगुंठन**

झाकळणे (झाकोळणे) (क्रि) झाकले जाणे, फिके पडणे, अंधूक होणे, अंधारणे, अंधारून येणे, घेरणे, व्यापणे, व्याप्त होणे

(v) get covered/overshadowed/dark, pervade, permeate

झाकापाक (स्त्री) *पाहा :* **झाकणे, घरकाम**

झाकोळ (पु) *पाहा :* **अंधकार**

झांज (स्त्री) *पाहा :* **घनवाद्य**

झांजड (न) *पाहा :* **पहाट, संध्याकाळ**

झाड (न) वृक्ष, तरू, द्रुम, पादप, झुडूप, रोप, रोपटे, रोपटा, रोपा, रूख, रुजवण; माडा, ताट, झाडझुडूप, झाडझाडोरा, झाडपाला, वृक्षराज, तरुवर, वनस्पती, फळझाड, फूलझाड; झाडोरा, झाडी, राई; *पाहा :* **देवतरू**

(n) tree, sapling, plant, bush, shrub, scrub, timber; *पाहा :* **देवतरू**

झाडझूड (स्त्री) *पाहा :* **स्वच्छता, घरकाम**

झाडणी (स्त्री) कुंचा, फुलझाडणी, केरसुणी, झाडू, फुलझाडू, खराटा *पाहा :* **कुंचला**

(n) broom, brush, besom *पाहा :* **कुंचला**

झाडणे (क्रि) *पाहा :* **स्वच्छता, खडसावणे**

झाडपाला (पु) *पाहा :* **झाड**

झाडलोट (स्त्री) *पाहा :* **स्वच्छता**

झाडा (पु), **झाडाझडती** (स्त्री) *पाहा :* **अन्वेषण, गणणे**

झाडी (स्त्री) *पाहा :* **अरण्य, झाड**

झाडू (पु) *पाहा :* **झाडणी**

झाडूवाला (पु) *पाहा :* **अनुचर**

झाडोरा (पु) *पाहा :* **अरण्य, झाड**

झाप (स्त्री) *पाहा :* **उडी, झापड, दार, शाखा**

झापड (स्त्री) गुंगी, ग्लानी, झाप, सुस्ती, तंद्री; भूल, बुद्धिभ्रंश, भुरळ, मोहिनी; अंधारी निळंगळी, अवगुंठन

(n) stupor, coma, trance, numbness; stupefaction, spell, cover;

झापणे (क्रि) *पाहा :* **खडसावणे**

झार (पु) *पाहा :* **राजा**

झारशाही (स्त्री) *पाहा :* **राज्यपद्धती**

झारी (स्त्री) *पाहा :* **भांडे**

झाल (स्त्री) *पाहा :* **करंडा**

झालर (स्त्री) *पाहा :* **काठ**

झावळी (स्त्री) *पाहा :* **शाखा**

झावळे (न) *पाहा :* **अंधकार, संध्याकाळ**

झाळणे (क्रि) *पाहा :* **जोडणे**

झिंग (स्त्री) *पाहा :* **धुंदी, कैफ**

झिगझिग (स्त्री) *पाहा :* **जिकीर, उटारेटा**

झिंगणे (क्रि) गुंगणे, धुंद होणे, धुंदावणे, अंमल करणे, कैफ/तार चढणे, नशेत असणे, नशा चढणे, दारू चढणे, बेहोश होणे, उन्मत्त होणे, झोकांड्या खाणे, तर्र होणे, लुल्ल/गुल्ल होणे, मद्यधुंद होणे *पाहा :* **मद्यपी**

[वा] ब्रह्मानंदी टाळी लागणे

(v) get tipsy/ inebriated/ introxicated/ drunk *पाहा :* **मद्यपी**

[i] dead drunk, to drink like a fish, roaring drunk, to drawn one's sorrows

झिजणे (क्रि) घासले जाणे, झीज होणे, कमी/जीर्ण/कावल होणे, ऱ्हास/ क्षय पावणे, झडणे, झरणे, धुपणे, कृश/ क्षीण होणे, खंगणे, रोडावणे, कष्टणे, झीज/घस सोसणे, जिवाची आटणी करणे

(v) get worn/wasted/ emaciated, suffer attrition, labour, toil

झिंजी (स्त्री) *पाहा :* **केस**

झिंजोटी (पु) *पाहा :* **राग**

झिडकारणे (क्रि) अव्हेरणे, त्यागणे, धुडकावणे, धुतकारणे, फेटाळणे, टाकून देणे, वगळणे, नाकारणे, नापसंत करणे, आपला न म्हणणे, धिक्कारणे, फटकारणे, हिडीसफिडीस करणे, तिरस्कार करणे, पिटाळून लावणे, हाकलून देणे, वाटेस लावणे; *पाहा :* **खंडन करणे, त्यक्त, त्यागणे, नकार, अव्हेर**

[वा] धाब्यावर बसवणे, वाऱ्यावर सोडणे, हात झाडून मोकळा होणे, अंतर देणे, या कानाने ऐकलेले त्या कानाने सोडून देणे

(v) reject, spurn, discard, flout, repudiate, relinquish, disown, dismiss, throw away, renounce, shun, exclude, scarn, jilt; *पाहा :* **खंडन करणे, त्यक्त, त्यागणे, नकार, अव्हेर**

[i] cast to the winds, wash one's hands of, cold shoulder, leave in the lurch

झिणझिणणे (क्रि) *पाहा :* **वेदना**

झिपटी (-री) (स्त्री) *पाहा :* **केस**

झिपरी (वि) *पाहा :* **केसाळ**

झिंबड (स्त्री) *पाहा :* **वर्षाव, गर्दी**

झिमझिम (स्त्री) *पाहा :* **वर्षाव, पाऊस**

झिम्मड (स्त्री) *पाहा :* **गर्दी**

झिम्मा (पु) *पाहा :* **नृत्य, धांगडधिंगा**

झिरझिरीत (वि) *पाहा :* **जीर्ण, पारदर्शक, विरळ, तलम**

झिरपणी (स्त्री) *पाहा :* **गळती**

झिरपणे (क्रि) *पाहा :* **गळणे, चिघळणे**

झिरपा (पु) *पाहा :* **झरा, गळती**

झिरमिर (क्रिवि) *पाहा :* **अल्प, पाऊस**

झिरमिळी (स्त्री) *पाहा :* **लोंबणे**
झिरवणी (स्त्री) *पाहा :* **पाणी, झरा**
झिरा (पु) *पाहा :* **झरा**
झिलई (स्त्री) *पाहा :* **थर, चमक**
झिलपी (स्त्री) *पाहा :* **तुकडा**
झिलाण (स्त्री) *पाहा :* **दलदल**
झिल्लट (वि) *पाहा :* **जीर्ण, विरळ, तलम**
झिळमिळ (क्रिवि) *पाहा :* **लोंबणे**
झिळमिळी (स्त्री) *पाहा :* **लोंबणे**
झीग (न) *पाहा :* **जर**
झीज (स्त्री), **झीजतूट** (स्त्री) *पाहा :* **घट, नुकसान, झिजणे**
झीट (स्त्री) *पाहा :* **घेरी**
झील (स्त्री) *पाहा :* **चर्मवाद्य**
झुकणे (क्रि) *पाहा :* **वाकणे, नमणे**
झुकांडी (स्त्री) *पाहा :* **झोकांडी, गुंगारा देणे, टाळणे**
झुकापुरी (स्त्री) *पाहा :* **गुंगारा देणे**
झुगझुग (वि, क्रिवि) *पाहा :* **तेजोहीन**
झुगारणे (क्रि) भिरकावणे, फेकणे, फेकून देणे, उडवणे, कोलणे, दूर लोटणे, झोकून देणे, भिरकांडणे; झिडकारणे *पाहा :* **उडवाउडवी**
(v) hurl, sling, fling, cast, throw, toss, jerk; reject *पाहा :* **उडवाउडवी**
झुंज (स्त्री) *पाहा :* **भांडण, लढाई**
झुंजणे (क्रि) *पाहा :* **लढणे**
झुंजरूक (न) *पाहा :* **पहाट**
झुंजार (वि) *पाहा :* **लढवय्या**
झुंजुमुंजू (न) *पाहा :* **पहाट**
झुंझुर झुंझुर (वि, क्रिवि) *पाहा :* **अस्पष्ट**
झुंड (स्त्री) *पाहा :* **समुदाय, मानव**
झुंडशाही (स्त्री) *पाहा :* **जुलूम, दंगल**
झुडुप (झुडूप) (न) *पाहा :* **झाड**
झुपका (झुबका) (पु) *पाहा :* **तुरा, समुदाय**
झुंबड (स्त्री) *पाहा :* **गर्दी**
झुंबर (न) *पाहा :* **लोंबणे, दिवा**
झुमकणे (क्रि) *पाहा :* **ठुमकणे, लढणे**
झुरका (पु) *पाहा :* **तंबाखू**
झुरणी (स्त्री) *पाहा :* **खंत, गळती**
झुरणे (क्रि) खंत करणे (*पाहा :* **खंत**), खंतावणे, तळमळणे, आसावणे, कुढणे, जिवाला खाणे, झुरणीला लागणे; *पाहा :* **गळणे**
(v) pine, mope, languish, crave; *पाहा :* **खंत, गळणे**
झुलकावणी (स्त्री) *पाहा :* **गुंगारा देणे**
झुलणे (क्रि) *पाहा :* **आंदोलन**
झुलवणे (क्रि) *पाहा :* **फसवणूक, चाळवणे**
झुलवा (पु) *पाहा :* **आंदोळा**
झुला (झूला) (पु) *पाहा :* **आंदोळा, पूल**
झुलूप (न) *पाहा :* **केस**
झुळकणे (क्रि), **झुळझुळणे** [क्रि] *पाहा :* **वाहणे**
झुळझुळीत (वि) *पाहा :* **तलम, मऊ**
झुळूक (स्त्री) *पाहा :* **प्रवाह, वायू, झळ**
झूट (वि) *पाहा :* **खोटा**
झूमरा (पु) *पाहा :* **ताल**
झूल (स्त्री) *पाहा :* **अवगुंठन**
झूला (पु) *पाहा :* **आंदोळा**

झेंगट (न) *पाहा :* **कुलंगडे, लचांड**
झेंडा (पु) *पाहा :* **ध्वज**
झेप (स्त्री) *पाहा :* **उडी, आवाका, झेपावणे**
झेपणे (क्रि) पेलणे, तोलणे, सोसणे, सहन होणे, परवडणे, समर्थ असणे, पुरे पडणे, आवाक्यात असणे, (*पाहा :* **आवाका**), पार पाडणे
(v) be able/ competent/ equal to/ up to, cope with, tolerate, bear, manage, afford; *पाहा :* **आवाका**
[i] bite of more than one can chew
झेपावणे (क्रि) झेप घेणे, उड्डाण करणे, उडी घेणे/मारणे, कुदणे, उसळी मारणे, झडप घालणे; लोभावणे, आकांक्षणे
[वा] घालून घेणे
(v) spring, leap, surge, bounce, vault, pounce, aspire, jump for
झेल (पु) *पाहा :* **झेलणे**
झेलणे (क्रि) झेल घेणे, पकडणे, उचलणे, मिळवणे, हस्तगत करणे; स्वीकारणे, सोसणे
(v) catch, seize, take, clutch, grab, snatch, capture; accept, endure
झेला (पु) *पाहा :* **समुदाय, नक्षी**
झोक (पु) *पाहा :* **ऐट, कल, झोकांडी**
झोकणे (क्रि) *पाहा :* **वाकणे, पिणे, फेकणे**
झोकदार (वि) *पाहा :* **ऐटबाज**
झोका (पु) *पाहा :* **आंदोळा, आंदोलन, गोता**
झोकांडी (स्त्री) झुकांडी, भेलकांडी, कल, झोक, झोल, तोल; *पाहा :* **गुंगारा देणे**
(n) reeling, swaying, staggering, losing balance; *पाहा :* **गुंगारा देणे**
झोकून देणे (क्रि) उडी घेणे, बुडी मारणे, वाहून घेणे, जीवन वाहणे, सर्वस्व अर्पिणे, तनमनधन अर्पण करणे
(v) dedicate/devote/consecrate oneself, plunge into, throw oneself into, put one's heart into
झोज्या (वि) *पाहा :* **आळशी, लठ्ठ**
झोट (वि) *पाहा :* **निर्लज्ज, फसवा**
झोटिंग (पु) *पाहा :* **अरेराव, पिशाच**
झोटिंगशाही (-पाच्छाई, -पादशाही) (स्त्री) *पाहा :* **अराजक, दडपशाही**
झोड (स्त्री) *पाहा :* **वैपुल्य, आघात, अतिरेक**
झोडणे (क्रि), **झोडपणी** (स्त्री) **झोडपणे** (क्रि) *पाहा :* **खाणे, मारणे, आघात**
झोत (पु) *पाहा :* **फवारा, प्रवाह, प्रकाश**
झोप (स्त्री) निद्रा, नीज, नीद, शयन, डुलकी (डुकली), पेंग, लखणी, विश्रांती, वामकुक्षी, गाढ निद्रा, सुखनिद्रा, सुखशयन, सुषुप्ती, सुप्ती, डोळाभर झोप, मरगळी, निरंगळी, साखरझोप, गुलाबी झोप, गाई, जो

जो गाई, झोपाळूपणा, मोहनिद्रा, हिमनिद्रा, कालनिद्रा, काळझोप, चिरनिद्रा, दीर्घनिद्रा, अखेरची झोप (*पाहा :* **मृत्यू);** सावध झोप; *पाहा :* **झोपणे, निद्राकुल**

[वा] कुंभकर्णाची झोप, श्वाननिद्रा, कुत्र्याची झोप

(n) sleep, slumber, nap, catnap, snooze, rest, siesta, somnolence, hypnosis, hibernation, the last sleep (*पाहा :* **मृत्यू),** *पाहा :* **झोपणे, निद्राकुल**

[i] forty winks, beauty sleep

झोपडी (स्त्री), **झोपडे** (न) *पाहा :* **कुटी**

झोपणे (क्रि) झोप घेणे, झोप लागणे, झोपी जाणे, निजणे, निद्राधीन होणे, पसरणे, तण्णावणे, तण्णावून/ताणून देणे, हातपाय ताणून निजणे, मूस मारून निजणे, पायावर पाय टाकून निजणे, डोळा लागणे, विश्रांती घेणे, कलणे, आडवे होणे, पाठ टेकणे, पहुडणे, पडणे, लवंडणे, लुडकणे, कलंडणे, लोळणे, पेंगणे, घोरणे, बदाबदा घोरणे, घोरासुराचे आख्यान लावणे, घुरघुसून/गुरगुटून झोपणे; झोप येणे, लोळी येणे, पेंगुळणे, डोळ्यांवर झोप असणे, निद्राग्रस्त होणे, जांभया (जांभळ्या) देणे; *पाहा :* **निद्राकुल, झोप**

[वा] समाधी लागणे

(v) sleep, go to sleep, fall a sleep, snooze, go to bed, repose, rest, doze, drowze, nap, snore; *पाहा :* **निद्राकुल, झोप**

[i] to drop off, to put one's feet up, to sleep like a log

झोपमोड (स्त्री) *पाहा :* **निद्रानाश**

झोपा (पु) *पाहा :* **आंदोळा, कुटी, दार**

झोपाळणे (क्रि) *पाहा :* **निद्राकुल**

झोपाळा (पु) *पाहा :* **आंदोळा**

झोपाळू (वि) *पाहा :* **निद्राकुल**

झोंबट (न) *पाहा :* **लचांड, जोडी**

झोंबणे (क्रि) आलिंगिणे (*पाहा :* **आलिंगन),** अंगचटीला येणे, अंगलट येणे, लगट करणे, लगटणे, भिडणे, गच्च धरणे, अंगाशी झटणे, मस्ती करणे; *पाहा :* **लढणे, खटकणे, वेदना, थंडी, टोमणा**

(v) embrace (*पाहा :* **आलिंगन**), hug, hold tight, grip, clasp, cling to, grasp, snuggle up to; *पाहा :* **लढणे, खटकणे, वेदना, थंडी, टोमणा**

झोंबरा (वि) तीक्ष्ण, तीव्र, मर्मभेदक, खोचदार, खटकणारा (*पाहा :* **खटकणे),** झोंबणारा (*पाहा :* **झोंबणे),** वेदना देणारा (*पाहा :* **वेदना),** *पाहा :* **गार, थंडी, कटू**

[adj] sharp, severe, biting, pungent (*पाहा :* **खटकणे),** gripping (*पाहा :* **झोंबणे**), painful (*पाहा :* **वेदना),** *पाहा :* **गार, थंडी, कटू**

झोंबाझोंबी (स्त्री) *पाहा :* **भांडण**

झोंबी (स्त्री) *पाहा :* **लढाई, आलिंगन**
झोल (पु) *पाहा :* **कल, घेर**
झोला (पु) *पाहा :* **आंदोळा**
झोळ (पु) *पाहा :* **घेर**
झोळणा (पु), **झोळी** (स्त्री) *पाहा :* **पिशवी**
झ्याकी (स्त्री) *पाहा :* **ऐट**

ट

टक (स्त्री) *पाहा :* **अवलोकन**

टक (पु) *पाहा :* **शिवणे**

टंक (पु) *पाहा :* **ठसा**

टकटक (स्त्री) *पाहा :* **आवाज**

टकमक (-का) (क्रिवि) *पाहा :* **अवलोकन**

टंकलेखक (पु) *पाहा :* **कारकून**

टकळी (स्त्री) *पाहा :* **चर्पटपंजरी, बडबड, परिभ्रमण**

टका (पु) *पाहा :* **अर्थ, ध्वज**

टकुचे (न), **टकुरे** (न) *पाहा :* **डोके**

टकेटोणपे (पु, अव) हाल, आपदा, त्रास, हालअपेष्टा, संकटे, अडचणी, अडथळे, आघात, बुक्केचपेटे, ठेचा, टक्केटोणपे

(n, pl) suffering, distress, troubles, difficulties, unpleasant experiences, discomforts

टकोरे (न) *पाहा :* **डोके**

टक्क (क्रिवि) *पाहा :* **सर्वस्वी**

टक्कर (स्त्री) धडक, थडक, धक्का, ढुशी, ढुसणी, ढोसणी, ढो, आघात; स्पर्धा, चढाओढ, बरोबरी; झुंज, झोंबी, सामना, लढाई, लढत, कुस्ती

[वा] आले अंगावर घेतले शिंगावर

(n) collision, bump, knock, crash, smashup, dash, impact; emulation, rivalry; clash, fight, conflict, engagement

टक्कल (न) *पाहा :* **खल्वाट**

टक्केटोणपे (पु, अव) *पाहा :* **टकेटोणपे**

टंगळमंगळ (स्त्री) *पाहा :* **अळंटळं**

टग्या (वि) *पाहा :* **गुंड, तगडा**

टंच (वि) *पाहा :* **टचटचीत**

टचका (पु) *पाहा :* **आघात**

टचटचीत (वि) ताठरलेला, कडक, घट्ट, टणक, तट्ट फुगलेला, भरीव, रसरशीत, भरदार, टंच

[adj] hard, firm, stony, full, rounded, plump, sappy

टंचाई (स्त्री) *पाहा :* **अभाव**

टणक (वि) कडक, कठीण, ताठर, दृढ, भरीव, निबर, दडस, दाठरलेला, खापरखुंट्या, घट्ट, टचटचीत; तगडा, मजबूत, कणखर, दगडी; लाकडासारखा

[adj] hard, rigid, stiff, solid, firm, unyielding, marble; hefty, strong, stubborn, robust

टणकारा (पु) *पाहा :* **वेदना**

टणटण (स्त्री) *पाहा :* **आवाज**

टणटणीत (वि) टुणटुणीत, टमटमीत, टुमटुमीत, टुकटुकीत, ताजातवाना, ठणठणीत, निरोगी, निकोप, सुदृढ, खणखणीत, धडधाकट, मजबूत, मांसल, गुबगुबीत, दुमदुमीत, लठ्ठ, खाऊनपिऊन सुखी

[adj] healthy, blooming, hale and hearty, in good shape, well-fed, fleshy, robust, fresh

[i] alive and kicking, in fine fettle

टणत्कार (पु) *पाहा :* **आवाज**

टणू (-ण्णू) (न) *पाहा :* **गळू**

टप (पु) *पाहा :* **उसळी**

टप (न) *पाहा :* **छत**

टपकणे (क्रि) *पाहा :* **गळणे, अडमडणे**

टपका (पु) *पाहा :* **थेंब**

टपटप (क्रिवि) *पाहा :* **आवाजासह**

टपणे (क्रि) लक्ष लावणे, वाट पाहणे, दबा धरणे, संधी हेरणे, टेहळणी करणे, तयार असणे, लपून बसणे, टपून बसणे

(v) await, look for, watch, be alert, be on guard, get set, be ready, be on the lookout

[i] lie in wait

टपरी (स्त्री) *पाहा :* **कुटी**

टपली (स्त्री) *पाहा :* **तुकडा, आघात**

टपाल (न) *पाहा :* **पत्रव्यवहार**

टपालहशील (न) *पाहा :* **खर्च**

टपोरा (वि) गोल, वाटोळा, फुगीर, गरगरीत, मोठा, उफाड्याचा, दळदार, ठसठशीत, पाणीदार, टप्पोरा

[adj] round, rotund, full, well-filled, large, ample

टप्पल (स्त्री) *पाहा :* **आघात**

टप्पा (पु) पोच (पोहोच), झेप, पल्ला, फेक, मर्यादा, मारा, आवाका, आटोका, कक्षा, क्षेत्र, अंतर; *पाहा :* **उसळी, गाणे, जिना**

[क्रि] मैलाचा दगड

(n) reach, range, span, sweep, scope, extent, stage, limit, field; *पाहा :* **उसळी, गाणे, जिना**

टप्पोरा (वि) *पाहा :* **टपोरा**

टमटम (स्त्री) *पाहा :* वाहन

टमटमीत (वि) *पाहा :* **टणटणीत**

टर (स्त्री) टिंगल, टवाळी, खिल्ली, चेष्टा, कुचाळकी, उपहास, रेवडी, हुर्रेवडी, भिर्रेवडी, हुर्यो, पच्ची, हेटाळणी, निंदा, अवहेलना, अपभाषण, निर्भर्त्सना, फजिती

(n) mockery, ridicule, derision, scoffing, jeering, scorn, sarcasm, slander, censure, vilification

[i] to pooh-pooh

टरकणे (क्रि) *पाहा :* **फाटणे, भीती**

टरकावणे (क्रि) *पाहा :* **फाडणे, खंडन करणे**

टरफल (न) *पाहा :* **त्वचा, अवगुंठन**

टराटर (क्रिवि) *पाहा :* **आवाजासह**

टरारणे (क्रि) *पाहा :* **फुगणे**

टवका (पु) *पाहा :* **तुकडा**

टवकारणे (क्रि) *पाहा :* **ऐकणे**

टवटवी (स्त्री) तेज, कांती, चमक, तजेला, तुकतुकी, ताजेपणा, प्रफुल्लता, प्रसन्नता, हुशारी, उत्साह, तरतरी, नवाई, नव्हाळी, कळा

(n) bloom, glow, radiance, blush, flush, rosiness, liveliness, freshness

टवटवीत (वि) सतेज, उजळ,

कांतिमान, तजेलदार, तुकतुकीत, ताजातवाना, प्रफुल्ल (प्रफुल्लित), लसलशीत, लुसलुशीत; लसलसता; प्रसन्न, आनंदी, टुकटुकीत, तरतरीत, तेजस्वी, पाणीदार, गुलजार, अम्लान, निरोगी

[क्रि] तरारणे, फुलणे, डवरणे

[adj] fresh, blooming, lively, sprightly, spry, bright

टवाळ (वि) टवाळखोर, चहाटळ, चावट, वाह्यात, वात्रट, खोडसाळ, आचरट,अर्वाच्य, खोडकर, उनाड, दुर्गुणी, लुच्चा, चटोर, टवाळकी करणारा (*पाहा :* **टवाळकी**); *पाहा :* **मिथ्या**

[adj] mischievous, naughty, hurtful; *पाहा :* **टवाळकी, मिथ्या**

टवाळकी (स्त्री), **टवाळी** (स्त्री) चेष्टा, थट्टा, टर, टिंगल, हुर्यो, हुर्येवडी, कुचाळकी, कुचेष्टा, खोडी, निंदानालस्ती, खिल्ली, हेटाळणी, उंडगेगिरी, उनाडपणा, चटोरपणा, अर्वाच्यपणा; *पाहा :* **टवाळ**

(n) mischief, mockery, jest, derision, taunts, slander, ridicule, vilification *पाहा :* **टवाळ**

टहाल (पु), **टहाळा** (पु), **टहाळी** (स्त्री) **टहाळे** (न) *पाहा :* **शाखा**

टळटळीत (वि) ढळढळीत, रखरखीत, निरभ्र, भर, स्वच्छ, ठळक, स्पष्ट, उघडउघड, डोळ्यात भरणारा, चकचकीत, झगझगीत, निखालस

[adj] glaring, sharp, clear, clear-cut, manifest, plain, obvious, unclouded, conspicuous

टळणे (क्रि) जाणे, निघून जाणे, बाहेरचा रस्ता धरणे, पसार होणे, दूर जाणे, निष्प्रभ होणे, विरून जाणे, अंतर्धान पावणे, दिसेनासा होणे, नाहीसा होणे, नष्ट होणे

[वा] सुंठीवाचून खोकला गेला

(v) vanish, disappear, evaporate, pass, wither, fade away

टाकणे (क्रि) फेकणे, उधळणे, भुरभुरणे, वर्षाव करणे, प्रक्षेपण करणे, भिरकावणे, पाडणे, पेरणे; दूर करणे, सोडून देणे, त्यागणे, त्याग करणे, अंगाबाहेर लोटणे, अस्वीकार करणे, वर्ज्य करणे, अव्हेर करणे, झिडकारणे, वगळणे, थांबवणे; हवाली करणे, सोपवणे, विसंबणे; *पाहा :* **त्यक्त, त्यागणे**

(v) throw, shower, scatter, drop; abandon, desert, discard; entrust, consign; *पाहा :* **त्यक्त, त्यागणे**

टाकमटिकली (स्त्री) *पाहा :* **चटकचांदणी**

टाकमटिका (पु) *पाहा :* **नखरा**

टाकलेली (वि) *पाहा :* **परित्यक्ता, स्त्री**

टाकसाळ (स्त्री) *पाहा :* **उत्पादनगृह**

टाका (पु) *पाहा :* **टाचणे, शिवणे**

टाकाऊ (वि) *पाहा :* **कुचकामी**

टाकी (स्त्री), **टाके** (न) *पाहा :* **जलाशय**

टाकोटाक (क्रिवि) *पाहा :* **अविलंब**

टांग (स्त्री) *पाहा :* **पाय, उडी**

टांगणे (क्रि) लटकावणे, अडकवणे, लोंबवणे, लोंबत/ लोंबकळत/ अधांत्री/अधांतरी ठेवणे; टांगाटोळी करणे; लोंबणे, लोंबकळणे, लटकणे

(v) hang up, suspend; dangle, sling

टांगा (पु) *पाहा :* **वाहन**

टांगाटोळी (स्त्री) *पाहा :* **टांगणे, अर्धचंद्र**

टाच (स्त्री) *पाहा :* **पाय, मिळवणे**

टाचका (वि) **टाचकाटुचका** (वि) *पाहा :* **अल्प, कमी**

टाचण (न) नोंद, नोंदणी, टिपण, यादी, कच्चे टिपण, टिप्पणी (टिपणी), लेख, स्मरणार्थ लेखन, आराखडा, अहवाल, कार्यवृत्त

(n) note, annotation, comment, jotting, memorandum, record

टाचणी (स्त्री) *पाहा :* **अणकुची**

टाचणे (क्रि) एकत्र बांधणे, जोडणे, अडकवणे, टाके घालणे, शिवणे, टाचा घालणे

(v) fasten, bind, secure, attach, stich

टाचा (पु) *पाहा :* **टाचणे, शिवणे**

टाणाटोणा (पु) *पाहा :* **जादू**

टाप (स्त्री) *पाहा :* **पाय, हिंमत**

टापटीप (स्त्री) नीटनेटकेपणा, ठाकठिकी, व्यवस्थितपणा, सुबकपणा, रेखलेपणा, बेतबात, सुव्यवस्था, स्वच्छता, शिस्त

(n) neatness, tidiness, order, orderliness, meticulousness, organisation, discipline

[i] apple-pie, order, throw out the baby with the bathwater, spick and span

टापर (स्त्री) *पाहा :* **पाय**

टापशी (स्त्री) *पाहा :* **शिरस्त्राण**

टापसणे (क्रि) *पाहा :* **फुगणे**

टापसा (पु) *पाहा :* **फुगवटा**

टापू (पु) प्रदेश, प्रांत, मुलूख, इलाखा, परिसर, आसमंत, पंचक्रोशी, मोहल्ला, देश, भूभाग; शिवार, भाग, विभाग, हिस्सा *पाहा :* **प्रदेश**

(n) area, territory, zone, locality, district, tract, region, neighbourhood, vicinity; part, section *पाहा :* **प्रदेश**

टामटूम (स्त्री) *पाहा :* **अवडंबर**

टारगट (वि) *पाहा :* **चटोर**

टालमटोला (पु) *पाहा :* **अळंटळं**

टाहो (पु) *पाहा :* **आकांत, रडणे**

टाळ (पु) *पाहा :* **घनवाद्य**

टाळकुट्या (वि) *पाहा :* **अनुचर**

टाळके (न) *पाहा :* **डोके**

टाळणे (क्रि) चुकवणे, टाळाटाळ करणे, चुकवाचुकव करणे, दूर राहणे, बाजूला होणे, अलिप्त राहणे, वर्ज्य करणे, डावलणे, अडथळा करणे, होऊ न देणे, निवारण करणे, बंद करणे, नाहीसे करणे, झुकांडी देणे, उडवाउडवी करणे (*पाहा :* **उडवाउडवी)**

[वा] बगल देणे, तोंड न देणे, तोंड चुकवणे/लपवणे, वाऱ्यास न राहणे/फिरकणे, सावलीस उभा न राहणे, अंग काढणे, काखा वर करणे, कानांवर हात ठेवणे, विश्वामित्री पवित्रा घेणे, हात झाडणे/झटकणे, हात वर करणे, ताकास तूर लागू न देणे, गावचा नसणे; शहामृगी वृत्ती; डोळा चुकवणे, नजरेला नजर न देणे, तोंडाला पाने पुसणे, उडवून लावणे

(v) avoid, shun, eschew, steer clear of, refrain from, shirk, evade, dodge, parry, sidestep, avert, prevent, ward off; *पाहा :* **उडवाउडवी**

[i] give a wide berth to, pass the buck, keep one's distance, shy away from; give someone the cold shoulder, fight shy of something, give someone the slip, let sleeping dogs lie

टाळाटाळ (स्त्री) *पाहा :* **टाळणे, चालढकल, उडवाउडवी, अळंटळं, खळखळ करणे**

टाळी (स्त्री) *पाहा :* **आवाज, समाधी**

टाळू (स्त्री) *पाहा :* **डोके**

टाळे (न) *पाहा :* **कुलूप, पोळे**

टाळेबंदी (स्त्री) *पाहा :* **अटकाव**

टिकटिक (स्त्री) *पाहा :* **आवाज**

टिकणे (क्रि) असणे, राहणे, नांदणे, टिकून राहणे, कायम राहणे, शाबूत असणे, सुस्थितीत असणे, सुरक्षित असणे, तगणे, तग धरणे, निभणे, निभावणे, निभाव लागणे, टिकाव लागणे, उभे असणे, चालू असणे, जगणे, जिवंत असणे, वाचणे, धडगत असणे, जगणेवाचणे, मरतामरता वाचणे, जिवे वाचणे, चालणे, वास करणे, चिकटून राहणे, ठरणे, सहन करणे, उरणे *पाहा :* **टिकाऊ, टिकाव,** (विरु) **नसणे, संपणे, मरणे**

(v) last, persist, abide, remain, continue, endure, survive, exist, subsist *पाहा :* **टिकाऊ, टिकाव,** (विरु) **नसणे, संपणे, मरणे**

[i] weather the storm

टिकला (पु) *पाहा :* **ठिबका, गंध** (न)

टिकली (स्त्री), **टिका** (पु) *पाहा :* **गोल** (पु)

टिकवणे (क्रि) *पाहा :* **मारणे**

टिकाऊ (वि) टिकणारा (*पाहा :* **टिकणे),** कायम, चिरस्थायी, पक्का, अढळ, आजन्म, जन्मभराचा, दीर्घ, दृढ, भक्कम, मजबूत, काटक, दमदार, ठोस; *पाहा :* **अखंड** (वि) **टिकाव**

[adj] durable, lifelong, everlasting, enduring, heavy- duty, hardy, strong; *पाहा :* **टिकणे, अखंड (वि) टिकाव**

टिकाव (पु) निभाव, शाबुती, तग, सुस्थिती, सुरक्षितता, कायमपणा, बचाव, निर्वाह, निभलेपणा, यश *पाहा :* **टिकाऊ**
[क्रि] टिकाव लागणे (*पाहा :* **टिकणे)**
(n) survival, endurance, longevity, durability, success; *पाहा :* **टिकणे, टिकाऊ**
टिकावणे (क्रि) *पाहा :* **मारणे**
टिकोजी (टिकोजीराव) (पु) *पाहा :* **प्रस्थ, अरेराव**
टिक्का (पु) *पाहा :* **वशिला, फायदा**
टिक्की (स्त्री) *पाहा :* **सोय**
टिंगल (स्त्री) चेष्टा, टर, टवाळी, खिल्ली, कुचेष्टा, निंदा, उपहास, उपरोध
(n) mockery, ridicule, jeering, scorn, vilification
टिचकी (स्त्री) *पाहा :* **आघात**
टिचणे (क्रि) *पाहा :* **फुटणे**
टिच्चून (क्रिवि) *पाहा :* **अतिशय, स्पष्ट**
टिनपाट (वि) *पाहा :* **क्षुल्लक**
टिपकणे (क्रि) *पाहा :* **गळणे**
टिपका (पु) *पाहा :* **थेंब, ठिबका**
टिपटिप (स्त्री) *पाहा :* **गळती**
टिपण (न) *पाहा :* **टाचण, कुंडली**
टिपणी (स्त्री) *पाहा :* **टाचण, टिप्पणी**
टिपणे (क्रि) टाचण करणे (*पाहा :* **टाचण)**; लक्ष्य वेधणे, नेम मारणे, ठार मारणे; शोषून घेणे, पुसून घेणे; *पाहा :* **शिवणे, खाणे**
(v) note; hit target, kill one; mop, dab; *पाहा :* **टाचण, शिवणे, खाणे**
टिपरघाई (स्त्री) *पाहा :* **घाई**
टिपरी (स्त्री) *पाहा :* **काठी, घनवाद्य**
टिपू (न) *पाहा :* **अश्रू**
टिपूर (वि) *पाहा :* **पांढरा, तेजस्वी**
टिपूस (न) *पाहा :* **थेंब**
टिपे (न, अव) *पाहा :* **अश्रू**
टिप्पणी (स्त्री) टिपणी, टीका, भाष्य, विवरण, परामर्श, स्पष्टीकरण, खुलासा, टीप, तळटीप; *पाहा :* **टाचण**
(n) noting, annotation, criticism, commentary; *पाहा :* **टाचण**
टिंब (न) थेंब, ठिपका, बिंदू, दशांशचिन्ह, पूर्णविराम-चिन्ह, अनुस्वार, शीर्षबिंदू, पूज्य; *पाहा :* **अनुनासिक**
(n) drop, dot, point, decimal mark, full stop, nasal mark; *पाहा :* **अनुनासिक**
टिबकणे (क्रि) *पाहा :* **गळणे**
टिबका (पु) *पाहा :* **थेंब, ठिपका**
टिब्बा (पु) *पाहा :* **डोंगर**
टिमकी (स्त्री) *पाहा :* **चर्मवाद्य**
टिमटिम (स्त्री) *पाहा :* **चैन**
टिरी (स्त्री) *पाहा :* **नितंब**
टिल्लू (वि) *पाहा :* **ठेंगणा**
टिवल्याबावल्या (स्त्री, अव) *पाहा :* **अळंटळं, नखरा**
टिळक (पु) *पाहा :* **गंध** (न)
टिळका (पु) *पाहा :* **थेंब**
टिळकाभर (वि) *पाहा :* **अल्प**
टिळा (पु) *पाहा :* **गंध (न)**
टिळाटोपी (स्त्री) *पाहा :* **नटणे**

टीका (स्त्री) भाष्य, निरूपण, अर्थविवरण, विवेचन, भावार्थदर्शन, स्पष्टीकरण, विशदीकरण, वार्तिक, व्याख्या, विश्लेषण, छाननी, परीक्षण, परामर्श, समालोचन, टीप, टिप्पणी, शेरा, आढावा, चिंतन; अनुवाद, भाषांतर; मतप्रदर्शन, मूल्यमापन, गुणदोषविवेचन, आलोचना, पर्यालोचन, चिकित्सा, समीक्षण, समीक्षा; आस्वादक समीक्षा, रसविमर्श, रसग्रहण, गुणग्रहण; टीकाप्रबंध, चिंतनिका; विध्वंसक समीक्षा, दोषदर्शन, निंदा, दोषारोप, कडक टीका, वाभाडे, विच्छेदन, चीरफाड, काथ्याकूट, शेरेबाजी, शब्दपांडित्य, शब्दच्छल, शब्दखंडन, टीकास्त्र; टीकाटिप्पणी, मल्लिनाथी; धावते समीक्षण/समालोचन *पाहा :* **भाष्य**

[वा] तोफ डागणे, दुगाण्या झाडणे, टीकेची झोड उठवणे, वाभाडे काढणे, वाघनखे बाहेर काढणे, ताशेरे ओढणे, शेलापागोटे

(n) comment, interpretation, exposition, elucidation, definition, analysis, commentary, annotation, note, remark, review, contemplation; translation, paraphrase; judgement, appraisal, criticism; appreciation; critique; destructive criticism, cavil, censure,diatribe, tirade, castigation, dissection; running commentary *पाहा :* **भाष्य**

[i] find fault with, to be under fire, people who live in glass houses should not throw stones

टीकाकार (पु) भाष्यकार, निरूपणकार, विवेचक, वार्तिक, व्याख्याता, परीक्षक, समालोचक, शेरेबाज, चिंतक; अनुवादक; आलोचक, चिकित्सक, समीक्षक, गुणग्राहक; निंदक; शब्दपंडित

(n) commentator, interpreter, reviewer, judge, critic, analyst, connoisseur, censurer

टीप (स्त्री) *पाहा :* **टिप्पणी, शिवणे, अश्रू**

टीप (न) *पाहा :* **पिंप**

टुकटुकीत (वि) *पाहा :* **टणटणीत, टवटवीत**

टुकणे (क्रि) *पाहा :* **कुंठणे**

टुचकुली (स्त्री) *पाहा :* **चिमटा**

टुणकन् (-दिशी) (क्रिवि) *पाहा :* **अविलंब**

टुणटुणीत (वि) *पाहा :* **टणटणीत**

टुपणे (क्रि) *पाहा :* **खुपसणे**

टुमटुमीत (वि) *पाहा :* **टणटणीत**

टुमणे (न) *पाहा :* **तगादा**

टुमदार (वि) प्रमाणबद्ध, बेतशीर, आटोपशीर, छोटेखानी, बैठा, रेखीव, सुबक, डौलदार, छानदार, सुरेख

[adj] graceful, tidy, compact, well-composed, cute, pretty

टुरटुर (स्त्री) *पाहा :* **कुरकुर**

टुल्लू (वि) *पाहा :* **ठेंगणा, लहान**

टूक (स्त्री) *पाहा :* **कळ, हुशारी**

टूम (स्त्री) नवीन/ गमतीदार चाल/ प्रघात/ तऱ्हा/ पद्धत/ विचार/ कल्पना/ खूळ/ वेड/ नाद/ आवड/ शक्कल/ युक्ती; बूट

(n) new/ interesting fashion/ style/ custom/ fancy/ craze/ fad/ rage/ artifice

टेकडी (स्त्री) *पाहा :* **डोंगर**

टेकण (न) *पाहा :* **टेकू**

टेकणे (क्रि) आधार घेणे, ओठंगणे, रेलणे, बसणे, विश्रांती घेणे; येऊन ठेपणे, बेतात येणे, जवळ येणे, प्रवृत्त होणे; अवलंबून/ विसंबून/ भरवशावर राहणे

(v) rest, sit, lean, recline, repose; be imminent/impending; rely, depend

टेकस (पु) *पाहा :* **खिळा**

टेका (पु) *पाहा :* **टेकू**

टेकाड (-डी) (न, स्त्री) *पाहा :* **डोंगर**

टेकू (पु) टेकण, टेका; आधार, पाया, बैठक, कणा; मदत, साहाय्य, पाठबळ, पुष्टी, पाठिंबा, दुजोरा, अनुमोदन, अनुमती, मंजुरी

[वा] उचलून धरणे

(n) foothold, fulcrum, backbone, mainstay, prop, support, backing, aid, help, consent, approval, ratification

[i] to back up, to make common cause with

टेकोजीराव (पु) *पाहा :* **अरेराव**

टेंगूळ (न) *पाहा :* **गळू**

टेण्या (वि) *पाहा :* **लठ्ठ**

टेपण (-र) (न) *पाहा :* **आरोप**

टेंभा (पु) *पाहा :* **मशाल**

टेलटिकोऱ्या (स्त्री, अव) *पाहा :* **अळंटळं**

टेहळणी (स्त्री) पाहणी, निरीक्षण, पाळत, पहारा, देखरेख, गस्त, हेरगिरी;

[क्रि] टेहळणे, नजर/डोळा ठेवणे, लक्ष ठेवणे, टपून बसणे, निरखणे, दृष्टी देणे

(n) watch and ward, guard, patrol, survey, surveillance, scan, observation, spying

[v] watch, patrol, keep an eye on, guard spy

टेहळ्या (पु) *पाहा :* **हेर**

टोक (न) *पाहा :* **अग्र, अखेर, अणकुची**

टोकणे (क्रि) हटकणे, अडवणे, रोखणे, थांबवणे, चौकशी करणे, (प्रश्न) विचारणे, छेडणे *पाहा :* **अन्वेषण, अटकाव**

(v) halt, detain, interrogate, inquire, sound, check on, challenge *पाहा :* **अन्वेषण, अटकाव**

टोकदार (वि) *पाहा :* **उत्कट, तीक्ष्ण**

टोकर (पु) *पाहा :* **बांबू**
टोकरणे (क्रि) *पाहा :* **खोदणे**
टोकरी (स्त्री) *पाहा :* **करंडा**
टोकळा (पु) *पाहा :* **ध्यास**
टोचणी (स्त्री) अस्वस्थता, विवंचना, चिंता, दुःख, बोच, शल्य, सल; काचणी, बोचणी, खंत, अनुताप, पश्चात्ताप, खेद, रुखरुख; टुमणे, लकडा, टोचणी, तगादा; *पाहा :* **टोचणे**
(n) anguish, worry, pricking of conscience, self reproach, regret, remorse; goading, pressure; *पाहा :* **टोचणे**
टोचणे (क्रि) बोचणे, वेधणे, विंधणे, भोसकणे, छिद्र/ टोचा पाडणे, क्षत करणे, ढोसणे, टोचणी लावणे/ लागणे (*पाहा :* **टोचणी**), खटकणे, खुपणे, झोंबणे, मर्मी लागणे, सलणे, डाचणे; रुतणे, रुपणे, खोचणे, खुपसणे, खोवणे, रोवणे; विद्ध करणे
[वा] टोचून बोलणे, शालजोडीतले देणे, घरे पाडणे, घालूनपाडून बोलणे, दुःखावर डागण्या देणे, शल्य सलणे
(v) prick, pierce, bore through, puncture, offend, vex, hurt, wound
टोचा (पु) *पाहा :* **टोचणे, विवर**
टोणगा (पु) *पाहा :* **रेडा**
टोणगी (स्त्री) *पाहा :* **म्हैस**
टोणपा (पु) *पाहा :* **अजाण, आघात**
टोप (पु) *पाहा :* **शिरस्त्राण, भांडे**
टोपडे (न) *पाहा :* **शिरस्त्राण**
टोपण (न) *पाहा :* **झाकण, अवगुंठन**
टोपणनाव (न) *पाहा :* **अभिधान**
टोपला (**-ली, -ले**) (पु, स्त्री, न) *पाहा :* **करंडा**
टोपी (स्त्री) *पाहा :* **शिरस्त्राण, झाकण**
टोपीवाला (पु) *पाहा :* **फिरंगी**
टोमणा (पु) टोला, खोच, कोपरखळी, छद्मी/मर्मभेदी/औपरोधिक भाषण, उपरोध, उपहास, व्याजोक्ती, वक्रोक्ती, व्यंग्योक्ती, व्याजस्तुती *पाहा :* **खटकणे**
[क्रि] टोचून/लावून/आडून/घालूनपाडून बोलणे
[वा] शालजोडीतील मारणे, नाकात काड्या घालणे, नांगी मारणे, लेकी बोले सुने लागे
(n) taunt, scoff, jeer, quip, sarcasm, ridicule, irony *पाहा :* **खटकणे**
[v] taunt, tease, deride, gibe at, jeer at, make fun of, be ironic/ sarcastic/satirical
[i] poke fun at
टोलवणे (क्रि), **टोलवाटोलवी** (स्त्री) *पाहा :* **उडवाउडवी**
टोला (पु) *पाहा :* **आघात, टोमणा**
टोलेजंग (वि) *पाहा :* **उंच, भव्य**
टोळ (वि), **टोळभैरव** (पु) *पाहा :* **उडाणटप्पू**
टोळधाड (स्त्री) पाहा *:* **समुदाय, हल्ला**
टोळीयुद्ध (न) *पाहा :* **लढाई**
ट्याहां (पु) *पाहा :* **आवाज, रडणे**

ठ

ठक (पु) ठग, चोर, सोदा/ लुच्चा/ लबाड/ बदमाश/ दगलबाज/ फसव्या/ कपटी/ हरामखोर/ अप्रामाणिक/ धूर्त मनुष्य; ठकडा; ठकबाज; ठकसेन, महाठक; तोतया, भोंदू; *पाहा :* **फसवा**
[वा] ठकास महाठक; जशास तसे
(n) knave, cheat, rogue, rascal, blackguard; *पाहा :* **फसवा**
ठकणे (क्रि) *पाहा :* **फसवणूक, चकणे**
ठकबाजी (स्त्री), **ठकवणूक** (स्त्री) *पाहा :* **फसवणूक**
ठकवणे (क्रि) *पाहा :* **फसवणूक**
ठकसेन (पु) *पाहा :* **ठक**
ठग (पु) *पाहा :* **ठक, चोर, गुंड**
ठगी (स्त्री) *पाहा :* **फसवणूक**
ठणक (स्त्री), **ठणकणे** (क्रि), **ठणका** (पु) **ठणकारा** (पु) *पाहा :* **वेदना**
ठणकावणे (क्रि) *पाहा :* **खडसावणे**
ठणठणणे (क्रि) *पाहा :* **वेदना, आवाज**
ठणठणपाळ (पु) *पाहा :* **अजाण, अकिंचन**
ठणठणाट (पु) *पाहा :* **अभाव**
ठणठणीत (वि) *पाहा :* **टणटणीत, कोरडा**
ठणाणणे (क्रि) *पाहा :* **आवाज**
ठपका (पु) *पाहा :* **आरोप, कलंक**
ठप्प (क्रि) *पाहा :* **थांबणे, अचल**
ठमक (-का) (स्त्री, पु) *पाहा :* **नखरा**
ठमकणे (क्रि) *पाहा :* **ठुमकणे**
ठमकाई (स्त्री) *पाहा :* **चलाख**
ठमकारा (पु), **ठमठमाट** (पु) *पाहा :* **ऐट, तोरा**
ठरणे (क्रि) निश्चित/ नक्की/ पक्का/ कायम/ मुक्रर/ निर्धारित होणे, कबुली होणे, करार होणे, निर्णय होणे, निकालात निघणे
[वा] छाप की काटा, ओलीसुकी
(v) be fixed/ settled/ decided/ confirmed/ definite/ agreed upon/ resolved
ठराव (पु) निश्चय, निर्धार, प्रतिज्ञा, करार, बोली, वायदा, कबुली, संकेत, नियम, नेम, निकाल, निर्णय; प्रस्ताव, सूचना
(n) decision, agreement, commitment, reslove, pledge, understanding, resolution, proposal
ठरावीक (वि), **ठरीव** (वि) निश्चित, निर्धारित, कायमचा, विशिष्ट, नेमका, तंतोतंत, बरोबर; नेहमीचा, रोजचा, सरावाचा, सवयीचा, शिरस्त्याप्रमाणे, परंपरागत, नियमित ठरलेला
[adj] specific, fixed, definate, defined, predetermined, specified, particular, exact, precise; usual, everyday, habitual, regular, customary,

traditional

ठसका (पु) ऐट, डौल, जोश, जोर, छाप, तडफ, आवेश, दमदारपणा; *पाहा :* **उबळ**

(n) dash, flourish, vigour, enthusiasm, grace; *पाहा :* **उबळ**

ठसकेबाज (वि) ऐटबाज, फाकडा, जोरकस, आवेशयुक्त, तडफदार, दमदार, चित्ताकर्षक

[adj] dashing, impressive, smart, stylish, energetic, captivating

ठसठशीत (वि) टपोरा, गरगरीत, ठळक, स्पष्ट, घवघवीत, घस्मर, दळदार, घोसदार, घौस, उफाड्याचा; देखणा, गोंडस; सडेतोड, नि:संदिग्ध

[adj] solid, well-filled, large, plump, full, handsome, eye-catching; clear-cut, categorical

ठसठस (स्त्री), **ठसठसणे** (क्रि) *पाहा :* **वेदना**

ठसठोंबस (वि) *पाहा :* **अजाण**

ठसणे (क्रि) *पाहा :* **बिंबणे, जिरणे, दृढावणे**

ठसा (पु) शिक्का, छाप, मुद्रा, मुद्रांक, खूण, चिन्ह, निशाणी, शिक्कामोर्तब; खिळा, टंक, मातृका, अक्षरचिन्ह; नाव, छाप, प्रभाव, प्रसिद्धी; (मनावरील) प्रतिबिंब, ग्रह, समजूत, आकलन; राजमुद्रा, नाममुद्रा, अनुकरण

(n) stamp, seal, trademark; type, font (fount); impression, imprint, mark, dent; image, idea, understanding

ठळक (वि) महत्त्वाचा, मुख्य, प्रमुख, उल्लेखनीय, ठोकळ, खास, निवडक, लक्षणीय, सुप्रसिद्ध, मोठा, स्पष्ट, टळटळीत, ढळढळीत, ठसठशीत, उठून दिसणारा, उठावदार, डोळ्यात भरणारा

[adj] salient, remarkable, outstanding, prominent, eye-catching, noteworthy, significant, striking, eminent, conspicuous, important

ठाऊक (वि) *पाहा :* **माहीत**

ठाकठीक (वि) *पाहा :* **नीट, प्रमाणबद्ध, व्यवस्थित**

ठाकणे (क्रि) *पाहा :* **पोचणे, येणे**

ठाकाठोका (पु) *पाहा :* **अजमास**

ठाकी (स्त्री) *पाहा :* **रीत**

ठाण (न) *पाहा :* **शरीराकृती, स्थान, वस्त्र**

ठाणबंद (वि) *पाहा :* **बद्ध**

ठाणवई (स्त्री) *पाहा :* **दिवा, ठेंगणा**

ठाणे (न) *पाहा :* **अड्डा**

ठाम (वि) *पाहा :* **अचल, कायम, खंबीर**

ठायीठायी (क्रिवि) *पाहा :* **सर्वत्र**

ठार (क्रिवि) *पाहा :* **सर्वस्वी**

ठार (वि) *पाहा :* **मृत, ठार करणे**

ठार करणे/मारणे (क्रि) मारणे, मारून टाकणे, जीव घेणे, जिवे/जिवानिशी मारणे, यमसदनास/यमपुरीस/

यमलोकास पाठवणे, स्वर्ग दाखवणे, नरकात पाठवणे,घात करणे, घोट घेणे, वधणे, वध करणे, हनन करणे, खून करणे, देहान्त प्रायश्चित्त देणे, देहान्तशासन (प्रायश्चित्त) घडवणे, देहदंड करणे, मृत्युदंड करणे, कडेलोट करणे, तोफेच्या तोंडी देणे, कपाळमोक्ष करणे, बळी देणे, सुळी देणे, सुळावर चढवणे, कंठस्नान घालणे, शिरच्छेद करणे, मुंडमोचन (मुंडीमोचन) करणे, डोके उडवणे/ मारणे, खांडोळी करणे, तोडणे, चिंधड्या उडवणे, गुदमरवून मारणे, गळा घोटणे, गळ्याला नख लावणे, नरडीचा घोट घेणे, गळा दाबून मारणे, गर्दन मारणे, विष घालणे, विषप्रयोग करणे, बुडवून मारणे, टिपणे, चिणणे, निकाल लावणे, गोळ्या घालणे, फाशी देणे, फाशीच्या तख्तावर /फासावर चढवणे, विजेचा धक्का देणे, भोसकून मारणे, गॅसचेंबरमध्ये घालणे, हालहाल करून मारणे, कत्तल करणे, कापणे, रक्तपात करणे, संहार करणे, निःपात करणे, काळाच्या तोंडी घालणे, पाणी मागू न देणे; *पाहा :* **मरणे, हत्या, मृत्यू, मृत, अंत्येष्टी**

(v) kill, put to death, murder, assassinate, execute, behead, smother, suffocate, strangle, poison, drown, do away with, shoot, hang, electrocute, stab, lynch, butcher, slaughter, shed blood, massacre, annihilate; eleminate; *पाहा :* **मरणे, हत्या, मृत्यू, मृत, अंत्येष्टी**

ठाव (पु) थांग, खोली; गूढता, गहिरेपण; तळ, बूड; सीमा, अंत, पार, मर्यादा; मागमूस, ठावठिकाणा, नावगाव, नावनिशाण, धागादोरा, छडा, पत्ता, शोध, माग, थांगपत्ता; *पाहा :* **आश्रय**

(n) depth, profundity; bottom, base; limit, boundary; location, whereabouts, trace; *पाहा :* **आश्रय**

ठावठिकाण (-णा) (न, पु) *पाहा :* **ठाव, पत्ता**

ठासणे (क्रि) कोंबणे, कोंदणे, चेंदणे, चोंदणे, चेंबणे, चिणणे, दाबणे, ठेचून/खच्चून भरणे, भरपूर (दारू) पिणे/ झोकणे

(v) stuff, cram, jam, pack, ram, drink heavily

ठिकठाक (वि) *पाहा :* **नीट, व्यवस्थित**

ठिकरी (स्त्री) *पाहा :* **तुकडा**

ठिकाण (न) *पाहा :* **घर, स्थान, अड्डा**

ठिगळ (न) *पाहा :* **दुरुस्ती, तुकडा**

ठिणगी (स्त्री) *पाहा :* **अग्नी**

ठिपकणे (क्रि) *पाहा :* **गळणे**

ठिपका (पु) *पाहा :* **टिंब, ठिबका**

ठिबक (क्रि) *पाहा :* **गळती**

ठिबकणे (क्रि) *पाहा :* **गळणे, अभिषेक**

ठिबकसिंचन (न) *पाहा :* **अभिषेक**

ठिबका (पु) ठिपका, टिबका, टिपका,

थेंब, बिंदू, टिकला *पाहा :* **टिंब**

(n) drop, dot, globule *पाहा :* **टिंब**

ठिया (- य्या) (पु) *पाहा :* **आधार, बसणे, वास्तव्य**

ठिसूळ (वि) *पाहा :* **अरुवार**

ठीक (वि) *पाहा :* **उचित, कामचलाऊ, नेमका**

ठीकठाक (वि) *पाहा :* **नीट, व्यवस्थित**

ठीकठीक (वि) *पाहा :* **कामचलाऊ**

ठुणठुणणे (क्रि) *पाहा :* **वेदना**

ठुंबरी (ठुमरी) (स्त्री) *पाहा :* **गाणे**

ठुमकणे (क्रि) ठमकणे, छमकणे, झुमकणे, नखऱ्याने / नखरेलपणे / ऐटीत / डौलात/ ठुमकत / लटपट / नटूनथटून / अकडीने / नाटकीपणे चालणे, थिरकणे

(v) strut, swagger, walk ostentatiously/ smugly

ठुशी (स्त्री) *पाहा :* **आघात**

ठुसका (वि) *पाहा :* **ठेंगणा**

ठुसठुस (स्त्री), **ठुसठसणे** (क्रि) *पाहा :* **वेदना**

ठेका (पु) ताल (*पाहा :* **ताल**), तालवाद्याचे बोल; मक्ता, कंत्राट, खोती, मक्तेदारी

(n) rhythm, rhythmic beat, (*पाहा :* **ताल**) contract, agreement, monopoly

ठेंगणा (वि) ठेंगू, गिड्डा, बुटका, बुट्टा, बुटंगा, बुटबैंगण, टिल्लू, टुल्लू, थबकट, बुदगुल, ठुसका, ठेंगणाठुसका, छोटेखानी, खुजा, खुजट, खामनखुजा, खुरट, (खुरटा), खिरटा, किरटा, वाढ खुंटलेला; *पाहा :* **लहान** (विरु) **उंच**

[वा] वामन, वामनमूर्ती, बटुमूर्ती

[adj] dwarfish, short, little, thickset, stunted; *पाहा :* **लहान** (विरु) **उंच**

[n] midget, pigmy

ठेंगमत (न) *पाहा :* **पाखंड**

ठेच (स्त्री) *पाहा :* **अडखळणे, नुकसान, शिक्षा**

ठेचकळणे (क्रि), **ठेचाळणे** (क्रि) **ठेचकाळणे** (क्रि) *पाहा :* **अडखळणे**

ठेचणे (क्रि) *पाहा :* **मारणे, ठासणे**

ठेचा (क्रि) *पाहा :* **चेंदा**

ठेपणे (क्रि) *पाहा :* **टेकणे**

ठेला (पु) *पाहा :* **दुकान, पिशवी**

ठेलाठेल (स्त्री) *पाहा :* **वैपुल्य**

ठेव (स्त्री) अनामत, निक्षेप, तारण; ठेवा, खजिना, निधी, द्रव्य; खाण, साठा, संग्रह, संचय, भांडार, पुरलेले धन; न्यास; विन्यास; मुदत ठेव *पाहा :* **अर्थ**

(n) deposit, security, fund, stock, treasure, trust *पाहा :* **अर्थ**

ठेवण (स्त्री) शरीराकृती, अंगयष्टी, बांधा, चण, रूप; आकृती, आकार, बाह्यांग, घाट, घडण, धाटणी, ढब, ढाळ, पवित्रा, रचना, तऱ्हा, रीत

(n) form, figure, build, frame, shape, mould, make, structure, framework, style, manner

ठेवणे (क्रि) मांडणे, बसवणे, स्थापणे, घालणे, टेकवणे, लादणे; जपणे, जोपासना करणे, राखणे, रक्षण करणे, सांभाळणे, जवळ असणे, ताब्यात असणे, मालकी राखणे, बाळगणे; नियुक्त करणे, सेवेत घेणे, कामाला लावणे, स्वाधीन / हवाली / सुपूर्द करणे, *पाहा :* **रखेली**

(v) put, place, lay, repose, plant, deposit, position, set, reserve, hold, possess, keep, employ, engage, entrust, consign; *पाहा :* **रखेली**

ठेवलेली (वि, स्त्री) *पाहा :* **रखेली**

ठेवा (पु) *पाहा :* **ठेव, खजिना**

ठो (पु) *पाहा :* **टक्कर**

ठोक (पु) *पाहा :* **आघात**

ठोक (वि) सर्व, पूर्ण, संपूर्ण, अगदी, जय्यत, तमाम, पक्का, घाऊक, ठोकळ, उक्ता, ठोकबंद, ठोकविक्रीचा, मोठ्या प्रमाणात; भरीव, जाड, भक्कम, घणसर

[adj] complete, entire, total, thorough, gross, wholesale, bulk; solid, massive

ठोकणे (क्रि) *पाहा :* **मारणे, आघात**

ठोकताळा (पु) *पाहा :* **अजमास**

ठोकबंद (वि) *पाहा :* **ठोक** (वि)

ठोकर (स्त्री) *पाहा :* **अडखळणे, आघात, नुकसान**

ठोकशाही (स्त्री) *पाहा :* **दडपशाही**

ठोकळ (वि) अंदाजी, अपेक्षित, सर्वसाधारण (-सामान्य), सरासरी, ढोबळ; *पाहा :* **ठोक** (वि)

[adj] conjectural, postulatory, general, average, normal; *पाहा :* **ठोक** (वि)

ठोकळा (पु) *पाहा :* **तुकडा**

ठोकळेबाज (वि) परंपरागत, चाकोरीबद्ध, रूढीबद्ध, सनातनी, कोता, आकुंचित, संकुचित, गतानुगतिक

[adj] conventional, orthodox, rigid, narrow, insular, typebound, unyielding

ठोका (पु) *पाहा :* **आघात, खड्डा**

ठोकाठोक (स्त्री) *पाहा :* **मारणे**

ठोठावणे (क्रि) *पाहा :* **आवाज**

ठो ठो (पु) *पाहा :* **आवाज**

ठोंब्या (वि), **ठोम्या** (वि) *पाहा :* **अजाण**

ठोस (वि) भरीव, मजबूत, टिकाऊ, निश्चित, निःसंदिध, स्पष्ट, खात्रीचा, निर्विवाद, निःसंशय, विसंबण्याजोगा

[adj] concrete, firm, solid, substantial, tangible, positive, dependable, sure

ठोसर (वि) *पाहा :* **ओबडधोबड**

ठोसरा (पु) *पाहा :* **आघात**

ठोसराई (स्त्री) *पाहा :* **फुशारकी**

ठोसा (पु) *पाहा :* **आघात**

ड

डंक (पु) *पाहा :* **चावा**

डकणे (क्रि), **डकवणे** (क्रि) *पाहा :* **चिकटणे**

डंका (पु) कीर्ती, ख्याती, प्रसिद्धी, नावलौकिक, मानमान्यता, गाजावाजा, डांगोरा, गवगवा, अपकीर्ती, दुष्कीर्ती, कुप्रसिद्धी, बोंबाबोंब; *पाहा :* **चर्मवाद्य**

(n) fame, acclaim, name, renown, glory, honour, repute, publicity, ballyhoo, notoriety, disrepute; *पाहा :* **चर्मवाद्य**

डकाईत (पु) *पाहा :* **चोर**

डंख (पु) *पाहा :* **चावा, असूया**

डंखीण (स्त्री) *पाहा :* **पिशाच**

डग (पु) *पाहा :* **भीती, नुकसान**

डगडगणे (क्रि) *पाहा :* **थरथरणे**

डगणे (क्रि) भिणे, घाबरणे, डरणे, कचरणे, डगमगणे, डळमळणे, कापणे, थरथरणे, लटपटणे, खचणे, मोडणे, चळणे, ढळणे *पाहा :* **अधोगती**

(v) be afraid, have qualms, hesitate, dither, falter, shrink, back, cower, skulk, tremble, shirk, shatter *पाहा :* **अधोगती**

डगमगणे (क्रि) *पाहा :* **डगणे, डळमळणे, अधू**

डगर (स्त्री) *पाहा :* **डोंगर**

डगला (पु) *पाहा :* **कुडता**

डगळ (वि) *पाहा :* **सैल**

डंगी (स्त्री) *पाहा :* **नौका**

डग्गा (पु) *पाहा :* **चर्मवाद्य**

डचमळणे (क्रि) *पाहा :* **डळमळणे**

डच्चू (पु) *पाहा :* **अर्धचंद्र**

डफ (पु), **डफडी** (स्त्री) *पाहा :* **चर्मवाद्य**

डफळवाणी (स्त्री) *पाहा :* **द्रव**

डबके (न) *पाहा :* **जलाशय**

डबघाई (स्त्री) *पाहा :* **अवदशा, अधोगती**

डबडबणे (क्रि), **डबडबीत** (वि) *पाहा :* **अश्रू, ओतप्रोत, आर्द्र**

डबडा (वि) *पाहा :* **निकृष्ट**

डबडे (न) *पाहा :* **भांडे**

डबर (न) *पाहा :* **दगड**

डबरा (पु) *पाहा :* **खड्डा**

डबा (-बी), (पु, स्त्री) *पाहा :* **पेटी**

डबाबंद (वि) *पाहा :* **बंद**

डंबारणे (क्रि) *पाहा :* **फुगणे**

डंबारा (पु) *पाहा :* **फुगवटा**

डबोले (न) *पाहा :* **खजिना, धनदौलत**

डब्ब (वि) *पाहा :* **फुगीर**

डमरू (पु) *पाहा :* **चर्मवाद्य**

डर (स्त्री) *पाहा :* **भीती**

डरकणी (क्रि) *पाहा :* **गर्जना**

डरकणे (क्रि) *पाहा :* **ओरडणे**

डरकावणी (स्त्री) *पाहा :* **गर्जना**

डरकावणे (क्रि) *पाहा :* **गुरकणे, ओरडणे**

डरकाळी (स्त्री) *पाहा :* **गर्जना**
डरणे (क्रि) *पाहा :* **भीती**
डरपोक (वि) *पाहा :* **भित्रा**
डरावडराव (पु) *पाहा :* **आवाज**
डल्ला (पु) *पाहा :* **खजिना, चोरणे**
डवडवणे (क्रि) *पाहा :* **डवरणे, आर्द्र, घाम**
डवरणे (क्रि) बहरणे, मोहरणे, फुलणे, फुलारणे, फुलारून येणे, डवडवणे, तरारणे, टवटवीत होणे, (सर्वांग) आच्छादिले जाणे, फुगणे, पुढे येणे; *पाहा :* **घाम**
(v) blossom, bloom, flower, be covered with, swell, protrude; *पाहा :* **घाम**
डसणे (क्रि) *पाहा :* **चावणे**
डहाळी (स्त्री) *पाहा :* **शाखा**
डहुळ (वि) *पाहा :* **गढूळ**
डहुळणे (क्रि) *पाहा :* **ढवळणे**
डळमळणे (क्रि) हलणे (हालणे), डुलणे, डोलणे, हिसळणे, हिंदकळणे, डचमळणे, डुचमळणे, गचकळणे, लटपटणे, लटलटणे, लडबडणे, लिडबिडणे, कापणे, थरथरणे, थरकाप होणे, डगणे, डुगडुगणे, डगमगणे, मोडकळणे, अस्थिर/अनिश्चित/ संदिध/ स्थानच्युत/ डळमळीत/ लटपटीत/ दोलायमान होणे; *पाहा :* **अधू**
(v) tremble, shake, totter, shiver, rattle, sway, waver, quiver, quaver, shudder, be uncertain/undecided; *पाहा :* **अधू**
डळमळीत (वि) *पाहा :* **डळमळणे, द्विधा, अनिश्चित, अस्थिर, चंचल**
डाईक (वि) *पाहा :* **द्वेषी**
डाक (स्त्री) *पाहा :* **पत्रव्यवहार**
डाकणे (क्रि) *पाहा :* **जोडणे**
डाकलग (वि) *पाहा :* **कलंकित**
डाका (पु) *पाहा :* **चोरी**
डाकिनी (स्त्री), **डाकीण** (स्त्री) *पाहा :* **पिशाच**
डाकू (पु) *पाहा :* **चोर**
डाग (पु) खूण, चट्टा, वण, तीळ, लासरू, लास, लासे, वांग; कलंक, लांछन, दूषण; जन्मखूण, *पाहा :* **वस्तू, अलंकार, आरोप, डागणे**
(n) mark, scar, pock, burn; stain, blemish, stigma; *पाहा :* **वस्तू, अलंकार, आरोप, डागणे**
डागडुजी (स्त्री) *पाहा :* **सुधारणा**
डागणे (क्रि) भाजणे, चटका देणे, पोळवणे; दुखवणे, मर्मस्पर्शी बोलणे, व्यथित करणे; दूषण देणे, कलंक लावणे *पाहा :* **अग्नी**
(v) burn, cauterize; hurt, offend, cause mental pain; malign, besmirch *पाहा :* **अग्नी**
डागळणे (क्रि), **डागाळणे** (क्रि) कलंकित होणे/करणे (*पाहा :* **कलंकित**) कलंक लावणे, काळिमा फासणे, दूषण देणे, बदनामी करणे
(v) tarnish; stain, taint, blacken, spoil, disgrace, *पाहा :* **कलंकित**

डागिना (पु) *पाहा :* **अलंकार**

डागील (वि) *पाहा :* **कलंकित**

डांगोरा (पु) कीर्ती, लौकिक, डंका, डिंडिम, गाजावाजा, ढांडोरा, दिंडोरा, हाकाटी, गजर, उद्घोष, दवंडी, जाहिरात, प्रसिद्धी, प्रचार

[वा] ढोलके वाजवणे

(n) fame, repute, renown, clamour, announcement, publicity

डांग्या खोकला (पु) *पाहा :* **उबळ**

डाचणे (क्रि) *पाहा :* **खुपणे**

डाफरणे (क्रि) *पाहा :* **संतापणे, खडसावणे**

डांब (पु) *पाहा :* **स्तंभ**

डांबणे (क्रि) *पाहा :* **बांधणे, अटक**

डांबरट (वि) निर्लज्ज, बेरड, कोडगा, निगरगट्ट, दांडगा, डांबीस, लबाड

[adj] shameless, brazen faced, rascal, hurdened

डांभणे (क्रि) *पाहा :* **बांधणे**

डांभा (पु) *पाहा :* **स्तंभ, तोरा**

डामडौल (पु) डामाडौल, थाटमाट, टामटूम, छानछोकी, इतमाम, सरंजाम, बडेजाव, लवाजमा, अवडंबर, डौल, भपका, जामानिमा, साजशृंगार, नखरा, प्रदर्शन, ऐट, थाट, मिजास, दिमाख, देखावा, तमाशा

[वा] बडा घर पोकळ वासा

(n) ostentation, pomp, flourish, splendour, show, exhibition, display, parade, showing-off

डाल (स्त्री), **डाली** (स्त्री) *पाहा :* **करंडा**

डाव (पु) कट, कावा, कारस्थान, कपट, डावपेच, युक्ती, लबाडी, बेत, योजना, रचना; खेळ, खेळी, फेक, दान, हात, पाळी *पाहा :* **डावपेच**

[वा] जरासंधी डाव, वकिली डाव

(n) plot, plan, scheme, design, intrigue; turn, innings, game *पाहा :* **डावपेच**

डावखुरा (वि) डावखोरा, डावरा, डावका

[adj] left-handed

डावपेच (पु, अव) युक्त्याप्रयुक्त्या, क्लृप्त्या, योजना, तंत्र, धोरणे, व्यूहरचना, मोर्चेबंधी, राजनीती, नीती, खुब्या, लटपटी, कावे, डाव, खेळी, हिकमती, पेच, शह, काटशह, प्रतिशह, कारस्थाने, छक्केपंजे, पाचपेच, पेचपाच, लबाड्या, चकरमकर, मंत्रतंत्र *पाहा :* **डाव**

(n, pl) tricks, manoeuvres, tactics, strategy, policy, machinations, strategems, wiles, subterfuges *पाहा :* **डाव**

डावरा (वि) *पाहा :* **डावखुरा**

डावलणे (क्रि) *पाहा :* **टाळणे, वगळणे**

डावा (वि) वाम, सव्य; गौण, कमअस्सल, उणा, कोता, कमी, अपरिपक्व

[adj] left; poor, deficient, inadequate, wanting, lacking, inferior

डाहळा (पु), **डाहाळी** (स्त्री) *पाहा :* **शाखा**

डाळिंबी (वि) *पाहा :* **लाल**
डाळी (स्त्री) *पाहा :* **करंडा**
डिंक (पु) *पाहा :* **गोंद**
डिखळ (न) *पाहा :* **तुकडा**
डिचकोली (स्त्री) *पाहा :* **उदर**
डिच्चू (पु) *पाहा :* **अर्धचंद्र**
डिंडिम (-मा) (पु) *पाहा :* **चर्मवाद्य, अगाजा, डांगोरा**
डिरी (स्त्री) *पाहा :* **अंकुर**
डिवचणे (क्रि) *पाहा :* **खिजवणे, चिथावणे**
डुई (स्त्री) *पाहा :* **डोके**
डुकली (स्त्री) *पाहा :* **झोप**
डुक्कर (न) वराह, सूकर, शूकर, रानडुक्कर
(n) boar, pig
डुगडुगणे (क्रि) *पाहा :* **डळमळणे**
डुचमळणे (क्रि) *पाहा :* **डळमळणे**
डुडुळ (न) *पाहा :* **घुबड**
डुबकणे (क्रि) *पाहा :* **पोहणे**
डुबकळी (स्त्री), **डुबकी** (स्त्री) *पाहा :* **बुडी**
डुबणे (क्रि) *पाहा :* **बुडणे**
डुंबणे (क्रि) *पाहा :* **पोहणे**
डुबी (स्त्री) *पाहा :* **बुडी**
डुमडुम (क्रिवि) *पाहा :* **आवाजासह**
डुरकणी (स्त्री), **डुरकावणी** (स्त्री) *पाहा :* **आरोळी**
डुलकी (स्त्री) *पाहा :* **झोप**
डुलणे (क्रि) *पाहा :* **डळमळणे, आंदोलन**
डू (पु) *पाहा :* **वैपुल्य**
डूक (डूख) (पु) *पाहा :* **अढी**
डूब (स्त्री) छटा, रंग, आस्वाद; स्पर्श, संपर्क; शैली
(n) tinge, tint, shade; touch; flavour, style
डूबक्षेत्र (न) *पाहा :* **जलसंपत्ती**
डेख (पु) *पाहा :* **देठ**
डेरकी (स्त्री) *पाहा :* **उदर**
डेरा (पु) *पाहा :* **तंबू, अड्डा, भांडे**
डेरेदाखल (वि) *पाहा :* **दाखल**
डोई (स्त्री) *पाहा :* **डोके**
डोईजड (वि) असह्य, सहनशक्ती-पलीकडे; शिरजोर, भारी, वरचढ, न जुमानणारा, तापदायक
[वा] चोर तो चोर वर शिरजोर
[adj] Unbearable, intolerable, burdensome, domineering, bothersome
डोकसे (न) *पाहा :* **डोके**
डोकावणे (क्रि) *पाहा :* **अवलोकन, भेटणे**
डोकी (स्त्री) *पाहा :* **डोके**
डोके (न) मस्तक, मस्तिष्क, उत्तमांग, शिर, शिरकमल, शिरोभाग, शीर्ष, मौल, मौली, मूर्धा, माथा, माथे, शिस, रुंड, मुंड, मुंडी, मुंडकी, मुंडके, डोई, डुई, डोकसे, डोसके, डोकी, डोचके, टकुचे, टकुरे, टकोरे, बोडके, बोड, टाळके, टकले, डोंबल; धडावेगळे शिर; मुंडमाला, रुंडमाला; टाळू, तालुप्रदेश, तालू, ललाट, निढळ, भाल, भालप्रदेश, भाळ, गंडस्थळ, कवटी, कपाळ, कानशील, कानाड; *पाहा :* **अक्कल, मानव**

(n) head, pate, poll, forehead, brow, temple; cranium, skull, *पाहा :* **अक्कल, मानव**

डोकेफोड (स्त्री) माथेफोड, उरस्फोड, कपाळकूट, माथेकूट; *पाहा :* **विचार**

(f) headwork, cerebration; *पाहा :* **विचार**

डोकेबाज (वि) *पाहा :* **चतुर, कल्पक**

डोंगर (पु) ढीग, रास, रच, थप्पी, चवड, गंज, गंजी, ढिगारा, ढिगोल, उंचवटा; मदार, वशिंड; डगर, टेकाड, टेकडी, दरड, कडपा, कडा, सुळका, घाट, पहाड, पर्वत, शैल, गिरी, नग, अद्री, भूधर, डोंगरमाथा, टिब्बा, घाटमाथा, पठार, डोंगरपठार, कडेपठार, डोंगरसरी, डोंगरदऱ्या, गिरिकंदरे, पर्वतराजी; भूशिर; हिमनग; ज्वालामुखी; गिरिवर, नगाधिराज, पर्वतश्रेष्ठ, धरणीधर, महीधर; उदयगिरी, उदयाचल; *पाहा :* **डोंगराळ**

(n) heap, pile, mound, dune, hill, hillock, tor, mount, mountain, range, sierra, highlands, tableland, ridge, cliff, ledge, headland, volcano, iceberg; *पाहा :* **डोंगराळ**

डोंगराळ (वि) डोंगरी, खडकाळ, उंचसखल, पहाडी, पर्वतमय, पठारी *पाहा :* **डोंगर**

[adj] hilly, mountainous, upland *पाहा :* **डोंगराळ**

डोंगळा (पु) *पाहा :* **मुंगी**

डोंगा (पु), **डोंगी** (स्त्री) *पाहा :* **नौका**

डोचके (न) *पाहा :* **डोके**

डोण (पु) *पाहा :* **कटोरा**

डोणी (स्त्री) *पाहा :* **कुंड, नौका**

डोंब (पु) *पाहा :* **अग्नी, साप**

डोंबल (न) *पाहा :* **डोके**

डोंबारी (पु) *पाहा :* **कोल्हाटी**

डोंबाळा (पु) *पाहा :* **अग्नी**

डोमकावळा (पु) *पाहा :* **कावळा**

डोलकर (पु) *पाहा :* **अनुचर, नाविक**

डोलकाठी (स्त्री) *पाहा :* **काठी, नौका**

डोलणे (क्रि) *पाहा :* **आंदोलन, डळमळणे**

डोला (पु) ताबूत, ताजिया, डोली

(n) taboot

डोलारा (पु) *पाहा :* **इमारत**

डोली (स्त्री) *पाहा :* **पालखी**

डोसके (न) *पाहा :* **डोके**

डोह (पु) *पाहा :* **जलाशय**

डोहळा (डोहाळा) (पु) *पाहा :* **इच्छा**

डोळस (वि) शाबूत दृष्टीचा, सूक्ष्म दृष्टीचा, काकदृष्टीचा, दूरदृष्टीचा (दूरदर्शी); दक्ष, सावध, जागृत; *पाहा :* **चतुर** (विरु) **अंध**

[adj] observant, alert, enlightened, conscious, wakeful, open-eyed; *पाहा :* **चतुर** (विरु) **अंध**

डोळा (पु) नेत्र, नयन, लोचन, अक्ष, चक्षू, चक्षुरिंद्रिय, चर्मचक्षू, डोळुला, नेत्रयुगल, नेत्रद्वय, नेत्रगोलक, नेत्रपटल, बाहुली, बुबूळ, नेत्रपिंड,

पडदा, पापणी, पलक, पाते; दृष्टी, आकलनशक्ती; लक्ष, पहारा, नजर; दिव्यचक्षू, ज्ञानचक्षू, मनश्चक्षू; अंतश्चक्षू, अंतर्दृष्टी; निळे/ हिरवे/ घारे/ करडे/ तपकिरी डोळे; *पाहा* : **ज्ञानेंद्रिय, दिसणे, अवलोकन**

[वा] घारा, घारडोळ्या, काणा (*पाहा* : **काणा)**

(n) eye, visual organ, eyeball, retina, pupil, iris, cornea, eyelid; eyesight, perception, vision; watch *पाहा* : **ज्ञानेंद्रिय, दिसणे, काणा, अवलोकन**

[i] The naked eye

डोळेझाक (स्त्री) *पाहा* : **दुर्लक्ष**

डोळेफोड (स्त्री) *पाहा* : **कष्ट**

डोळेभेट (स्त्री) *पाहा* : **भेट, अवलोकन**

डोळ्यांदेखत (क्रिवि) *पाहा* : **धडधडीत**

डोळ्यांमागे (क्रिवि) *पाहा* : **अप्रत्यक्ष**

डौर (पु) *पाहा* : **चर्मवाद्य**

डौल (पु) घाट, ढब, ढाळ, आकार, बाह्याकृती, मांडणी; ध्यान; ऐट, अभिमान, तोरा, दिमाख, झोक, नखरा; आव, आविर्भाव, पवित्रा; अदब, गोडवा, आर्जव; भपका, थाटमाट, डामडौल, दिखाऊपणा, शान

(n) form, cast, shape; ostentation, pomp, flourish, display, appearance, grace, elegance

डौलदार (वि) सुडौल, घाटदार, ढबदार, कळाशीदार, ऐटबाज, ठसकेबाज, टुमदार, सुबक, प्रमाणबद्ध, मोहक

[adj] Shapely, well-proportioned, graceful, comely, attractive

ढ

ढ (वि) *पाहा :* **अजाण**

ढकल (स्त्री) *पाहा :* **चालढकल**

ढकलगाडी (स्त्री) *पाहा :* **वाहन**

ढकलणे (क्रि) सारणे, लोटणे, सरकवणे, रेटणे, फेकणे, दूर करणे, प्रतिसारण करणे, स्थानच्युत करणे; (काम) उरकणे, वारणे, गुंडाळणे, संपवणे; घुसडणे, खुपसणे, शिरकवणे; (लांबणीवर) टाकणे, टाळणे, उशीर लावणे, पुढे ढकलणे, मुदतीवर टाकणे; परास्त करणे; *पाहा :* **दिरंगाई**

[वा] (तोफेच्या) तोंडी देणे

(v) push,impel, propel, shove, thrust, insert, inject, penetrate, wind up, postpone, delay, get along, drag on *पाहा :* **दिरंगाई**

ढकलपट्टी (स्त्री) *पाहा :* **उडवाउडवी**

ढकलाढकल (-ली) (स्त्री) *पाहा :* **उडवाउडवी, गर्दी**

ढका (पु) *पाहा :* **आघात, नुकसान**

ढंकाळ (वि) *पाहा :* **उंच**

ढग (पु) *पाहा :* **मेघ**

ढंग (पु, अव) *पाहा :* **चाळा, छंद**

ढगफुटी (स्त्री) *पाहा :* **पाऊस**

ढगळ (वि) *पाहा :* **सैल**

ढगाळ (वि) *पाहा :* **मेघाच्छादित**

ढंगी (वि) *पाहा :* **चंगीभंगी**

ढणढण (क्रिवि) *पाहा :* **दिवा**

ढपला (-ली) (पु, स्त्री) *पाहा :* **तुकडा**

ढब (स्त्री) घाट, घडण, ठेवण, थाट, आकार, ढाळ, डौल, झोक, पवित्रा; तऱ्हा, रीत, पद्धती, प्रकार, धाटणी, बाज, आविर्भाव

(n) form, shape, stance, posture, pose, style, manner

ढबदार (वि) *पाहा :* **डौलदार**

ढबू (-ब्बा,-ब्बू) (वि) *पाहा :* **लठ्ठ**

ढमके (न) *पाहा :* **चर्मवाद्य**

ढमक्या (वि) *पाहा :* **नपुंसक**

ढमढम (क्रिवि) *पाहा :* **आवाजासह**

ढमाल्या (वि) *पाहा :* **लठ्ठ**

ढम्म (वि) *पाहा :* **आळशी**

ढलपा (-पी) (पु, स्त्री) *पाहा :* **तुकडा**

ढवंढाळ (वि) *पाहा :* **युक्तिबाज**

ढवळणे (क्रि) हलवणे, घोळणे, घोळसणे, कालवणे, घाटणे, घोटणे, मंथणे, घुसळणे, डचमळणे, वरखाली/उलथापालथ करणे; कळवळणे, उलघाल/ घालमेल/ कालवाकालव होणे; डहुळणे; मळमळणे

(v) shake, stir, churn, whip; yearn, be restless, feel qualmish

ढवळा (वि) *पाहा :* **पांढरा**

ढवळाढवळ (स्त्री) *पाहा :* **चबढब**

ढवा (पु) *पाहा :* **नपुंसक**

ढसढसा (क्रिवि), **ढळढळा** (क्रिवि)

पाहा : **रडणे**

ढस्मर (स्त्री) *पाहा :* **वैपुल्य**

ढळढळीत (वि) *पाहा :* **टळटळीत, ठळक**

ढळणे (क्रि) चळणे, घसरणे, सरकणे, स्थानभ्रष्ट/च्युत होणे, गळणे, पडणे, निसटणे, हलणे (हालणे), डगणे, कचरणे, कच खाणे, हटणे, सरणे, विचलित होणे

(v) deviate, depart, digress, stray, drift, deflect, flinch, slip, slide

ढांग (स्त्री) *पाहा :* **पाय, उडी**

ढांगोरा (पु) *पाहा :* **डांगोरा**

ढाण (वि) *पाहा :* **आंबट**

ढाण्या (वि) *पाहा :* **वाघ**

ढापण (न) *पाहा :* **झाकण**

ढापणे (क्रि) *पाहा :* **चोरणे, गडप**

ढाल (स्त्री) *पाहा :* **चिलखत**

ढालगज (वि, स्त्री) उपद्व्यापी, उलाढाली, उद्धट, दांडगी, बेछूट, निर्लज्ज, आचरट, फाजील, शिरजोर, ढालगजभवानी, चमकढवळी

[adj, n] mischievous, nosey, meddlesome, rude, gross, immodest, shameless

ढालाईत (वि) *पाहा :* **अग्रगण्य, अध्यक्ष**

ढास (स्त्री), **ढासणी** (स्त्री) *पाहा :* **उबळ**

ढासळणे (क्रि) *पाहा :* **अधोगती, पडणे**

ढाळ (पु) *पाहा :* **ढब, ठेवण, डौल, अधोगती, जुलाब**

ढाळणे (क्रि) *पाहा :* **अभिषेक, रडणे, आंदोलन**

ढिगारा (पु), **ढिगोल** (पु), *पाहा :* **समुदाय, डोंगर**

ढिम्म (वि) *पाहा :* **अबोल**

ढिला (वि) *पाहा :* **सैल, अजागळ, हलगर्जी, अधू**

ढिलाई (स्त्री) *पाहा :* **आळस, उपेक्षा, अनवधान, चालढकल**

ढिसाळ (वि) *पाहा :* **सैल**

ढिसूळ वि) *पाहा :* **अरुवार**

ढीग (पु) *पाहा :* **डोंगर, समुदाय**

ढील (पु) *पाहा :* **आळस, मोकळीक**

ढुंग (न), **ढुंगण** (न) *पाहा :* **नितंब**

ढुमके (न) *पाहा :* **चर्मवाद्य**

ढुशी (स्त्री), **ढुसणी** (स्त्री) *पाहा :* **टक्कर, आघात**

ढेकूळ (न) *पाहा :* **तुकडा**

ढेंग (स्त्री) *पाहा :* **पाय**

ढेंगमत (न) *पाहा :* **पाखंड**

ढेण्या (वि) *पाहा :* **लट्ठ**

ढेप (स्त्री) खडा, भेली, गूळभेली; *पाहा :* **तुकडा**

(n) jaggery-lump; *पाहा :* **तुकडा**

ढेपसा (पु) *पाहा :* **तुकडा**

ढेपाळणे (क्रि) *पाहा :* **अधोगती**

ढेबरपोट्या (वि), **ढेबरा** (वि) *पाहा :* **लट्ठ**

ढेंबूस (न) *पाहा :* **फुगवटा**

ढेरपोट्या (वि) पाहा **लट्ठ**

ढेरी (स्त्री) *पाहा :* **उदर**

ढेल (वि) *पाहा :* **लट्ठ**

ढोंग (न) सोंग, बतावणी, बहाणा, देखावा, नाटक, दांभिकपणा, दंभ, पाखंड,

थोतांड, भोंदूगिरी, ढोंगीपणा, ढोंगबाजी, बुवाबाजी, बोकेसंन्यास, सोंगढोंग, ढोंगधत्तुरा, थापाथापी, दुटप्पीपणा, कपट, लबाडी, फसवेगिरी, असत्य, खोटेपणा, कल्पितकथा, (खोटी) सबब, मिष, कांगावा, घालवेड; *पाहा :* **ढोंगी, फसवणूक**

[वा] बकध्यान, मार्जारध्यान, नक्राश्रू, तोंडचे (तोंडदेखले) ब्रह्मज्ञान, तोंडावर गोड

(n) hypocrisy, falsity, sham, pretence, fabrication, make-believe, humbug, duplicity, deceit, sanctimony, prevarication, equivocation; *पाहा :* **ढोंगी, फसवणूक**

[i] crocodile tears, Judas kiss, lip service, Machiavellianism, sail under false colours play possum

ढोंगी (वि) दांभिक, भोंदू, फसवा, लबाड, लुच्चा, लटका, थापाड्या, भगली, सोंगीढोंगी, सोंगाड्या, दुटप्पी, दुतोंड्या, सिद्धसाधक, नाटकी, शहाजोग, पाखंडी, थोतांडी, बोकेसंन्यासी, खोटारडा, कांगावखोर, कळतमूर्ख, पोकळ, मानभावी; *पाहा :* **ढोंग, फसवा**

[वा] बकध्यानी, नाकाने कांदे सोलणे, लोका सांगे ब्रह्मज्ञान आपण कोरडा पाषाण, कोरड्या अंगी तिडका, खायचे दात वेगळे दाखवायचे दात वेगळे, करून करून भागला देवपूजेला लागला, परोपदेशे पांडित्यम्, कातडे पांघरणे, वेड पांघारणे, वेड घेऊन पेडगावला जाणे, मुखमें राम बगलमें छुरी, चोराच्या उलट्या बोंबा, पायघोळ संत, पर्यंकपंडित करणी कसाबाची बोलणी मानभावाची

[adj] hypocrite, hypocritical, pretender, double-dealing, sanctimonious; *पाहा :* **ढोंग, फसवा**

[i] machiavellian, two-faced, Janus-faced, wolf in sheep's clothing, pharisee

ढोण (वि) *पाहा :* **काळा**

ढोण्या (वि) *पाहा :* **लठ्ठ**

ढोपर (न) *पाहा :* **गुडघा**

ढोबळ (वि) ठोकळ, वरवरचा, उथळ, कच्चा, अपुरा, अपक्व, असंस्कारित, कामचलाऊ, जुजबी, कौशल्यहीन, ओबडधोबड, बोजड

[adj] gross, crude, rough, unrefined, immature, raw, sketchy, makeshift

ढोर (न) *पाहा :* **जनावर**

ढोरमेहनत (स्त्री) *पाहा :* **कष्ट**

ढोल (पु), **ढोलक** (पु), **ढोलकी** (स्त्री), **ढोलके** (न), **ढोलगे** (न) *पाहा :* **चर्मवाद्य**

ढोली (स्त्री) *पाहा :* **विवर, घरटे**

ढोल्या (वि) *पाहा :* **लठ्ठ**

ढोसणी (स्त्री) *पाहा :* **टोचणी, टक्कर**

ढोसणे (क्रि) *पाहा :* **खुपसणे, पिणे**

ढोसरा (पु) *पाहा :* **आघात**

त

तकडबंद (वि) *पाहा :* **बंदिस्त**

तकतक (स्त्री) *पाहा :* **जिकीर**

तकतकी (स्त्री) *पाहा :* **चमक**

तकतकीत (वि) *पाहा :* **चकचकीत**

तकदीर (स्त्री) *पाहा :* **अदृष्ट**

तकलादू (वि) तकलुपी, कमजोर, दुर्बळ, लेचापेचा, हलका, ढिसूळ, कावल, कावलपात्र, न टिकणारा, पोकळ, फुसका, फुसकट, पोचट, निःसत्त्व, क्षुल्लक, बनावट, नकली

[adj] fragile, breakable, week, rickety, feeble, frail, flimsy, hollow, empty, tenuous, feigned

तकली (स्त्री) *पाहा :* **परिभ्रमण**

तकलुपी (वि) *पाहा :* **तकलादू**

तकवा (पु) *पाहा :* **शक्ती, उत्साह**

तकाकणे (क्रि) *पाहा :* **चकाकणे**

तकाकी (स्त्री) *पाहा :* **चमक, उजाळा, तजेला**

तक्क्या (पु) *पाहा :* **उशी**

तक्तपोशी (स्त्री) कडीपाट, पटई, छत, माडी, जमीन

(n) ceiling, roof, storey, flooring

तक्ता (पु) फळी, पाट, ताव, पान, पत्रा, कोष्टक, सूची, यादी, पट, पत्रक, भित्तिपत्रक, दरपत्रक, हजेरीपत्रक, नकाशा, शुद्धिपत्र

(n) plank, board, sheet, table, chart, poster, placard, list, map, errata

तक्रार (स्त्री) आक्षेप, हरकत, आडकाठी, विरोध, दिक्कत, कुरकुर, रड, हाकाक, हाकाटी, ओरड, ओरडा, बोभाटा, गहजब, कागाळी, चहाडी, चुगली, गाऱ्हाणे, आरोप, फिर्याद, दाद, भांडण, हुज्जत

[वा] अस्वलाआधी आरोळी

(n) complaint, objection, exception, grumble, grouse, accusation, allegation, charge, grievance, quarrel

तख्त (न) *पाहा :* **आसन, अधिकार**

तख्तनशीन (वि) *पाहा :* **अधिकारी, राजा**

तग (पु) *पाहा :* **टिकाव**

तंग (वि) घट्ट, गच्च, आवळ, दृढ; जाम, तर्र; ताठ; ताणलेले, तणावपूर्ण, स्फोटक; अस्वस्थ, अशांत, उद्दीपित, प्रक्षुब्ध *पाहा :* (विरु) **सैल**

[adj] tight, close-fitting; intoxicated, tipsy; tense, taut, nervous; explosive, strained, high-strung *पाहा :* (विरु) **सैल**

तंगडणे (क्रि) *पाहा :* **चालणे**

तगडबंद (वि) *पाहा :* **बंदिस्त**

तगडा (वि) सशक्त, दणकट, धट्टाकट्टा, धडधाकट, पीळदार, निकोप, दांडगा, टग्या, धिप्पाड,

आडदांड, धष्टपुष्ट, भरदार
[adj] strong, robust, sturdy, hefty, brawny, burly, husky, hardy, rugged

तंगडी (स्त्री) *पाहा :* **पाय**

तगणे (क्रि) *पाहा :* **टिकणे**

तगमग (स्त्री) *पाहा :* **उलघाल**

तगमगणे (क्रि) *पाहा :* **तळमळणे**

तगाई (स्त्री) *पाहा :* **कर्ज**

तगादा (पु) लकडा, नेट, निकड, घाई, झक्कू, झक्कूताड्या, शुक्लकाष्ठ, ससेमिरा, घोकणी, भुणभुण, टुमणे, पराणी, टोचणी, ढोसणी, अंकुश, जिकीर, धोशा, भुंगा
[वा] खनपटीला/मानगुटीला बसणे, राशीला बसणे, उरावर बसणे, गळी पडणे, मागे लागणे, राहूकेतू मागे लागणे, पाठीस लागणे, पाठ पुरवणे, पाठपुरावा करणे, कच्छपी लागणे, पिच्छा पुरवणे, धरणे धरणे
(n) urgency, expedition, pressure, compulsion, goading, dunning, importuning

तगारी (स्त्री) *पाहा :* **भांडे**

तंगी (स्त्री) *पाहा :* **अभाव, महागाई**

तजवीज (स्त्री) तयारी, पूर्वतयारी, व्यवस्था, जुळवाजुळव, तरतूद, सिद्धता, सज्जता, प्रबंध, बंदोबस्त, व्यवस्थापन, जोडणी, आखणी, योजना, पूर्वयोजना, उपाययोजना, उपाय, निगा, बडदास्त, इतमाम, मोर्चा, मोर्चेबांधणी, आवराआवर, बांधाबांध *पाहा :* **सज्ज**
(n) preparation, gearing up, groundwork, speadwork, arrangement, provision, plan
पाहा : **सज्ज**

तजेलदार (वि) उजळ, कांतिमान, टवटवीत, सतेज, बाळसेदार, चमकदार, चकचकीत, गुळगुळीत
[adj] blooming, bright, shiny, lustrous

तजेला (पु) चमक, झळाळी, तकाकी, तेज, कांती, अंगकांती, अंगकळा, टवटवी, ताजगी, तुकतुकी, बाळसे, मुखराग
(n) lustre, shine, glaze, sheen, sparkle, glow, bloom

तज्ज्ञ (वि) जाणकार, जाणता, माहीतगार, ज्ञाता, वेत्ता, शिक्षित, पंडित, वैयाकरणी, कोविद, विद्वान, ज्ञानी, शास्त्रवेत्ता (-पारंगत), संशोधक, शास्त्रज्ञ, वैज्ञानिक, चिकित्सक, दर्दी, पारखी, कुशल, निपुण, प्रवीण, पारंगत, तरबेज, निष्णात; अर्थतज्ज्ञ, भाषातज्ज्ञ, नेत्रतज्ज्ञ, इ.
[adj] expert, erudite, learned, connoisseur, judge, specialized, master, professional, proficient, scientist, economist, linguist etc.

तट (पु) काठ, तीर, तटाक, थड, थडी, किनारा, नदीकिनारा, ऐलतीर,

पैलतीर, समुद्रकिनारा, किनारपट्टी, पुळण, तटवर्ती प्रदेश; कोट, भिंत, कुंपण, तटबंदी, बांध, ताल, बंधारा, धक्का, वरवंडी, तुंबा; तड, कड, सीमा, मर्यादा, हद्द; गावकूस; पक्ष, बाजू, फळी, भाग, भेद, पंथ, कंपू, गट, संघ, वर्तुळ, संप्रदाय, फुटीर गट; दुफळी, फाटाफूट, फुटाफूट, गटबाजी, कंपूशाही

(n) bank, shore, coast, seashore, shoreline, beach, strand; wall, rampart, seawall, quay, barrier; edge, border, boundary; side, flank, wing, faction, clique, sect, camp, coterie, circle, club, splinter group

तट्कन (क्रिवि) *पाहा :* **अविलंब**

तटणी (स्त्री) *पाहा :* **अडकण**

तटणे (क्रि) *पाहा :* **अडकणे, चिकटणे**

तटतटणे (क्रि) ताणले जाणे, तंग होणे, तटाटणे, सळसळणे, फुगणे, ओढ बसणे, तुटणे, फुटणे

(v) be tense/ stretched, swell, break, burst

तटबंदी (स्त्री) *पाहा :* **तट, किल्ला**

तटरक्षक दल (न) *पाहा :* **दल**

तटस्थ (वि) पक्षातीत, अपक्ष, निष्पक्ष (नि:पक्ष), निष्पक्षपाती (नि:पक्षपाती), धर्मनिरपेक्ष, जातिनिरपेक्ष, निधर्मी, धर्मातीत, समतोल, समदर्शी, समदृष्टी, समचित्त, भावातीत, उदासीन, न गुंतलेला, थंड, आस्थाशून्य, निर्विकार, नि:स्वार्थी, तिऱ्हाईत, त्रयस्थ, परका *पाहा :* **अलिप्त**

[वा] धारवाडी काटा, कुंपणावर बसणे, रामाय स्वस्ति रावणाय स्वस्ति

[adj] neutral, impartial, dispassionate, detached, balanced, unbaised, non-partisan, secular, indifferent, disinterested, cold, unconcerned, alien, *पाहा :* **अलिप्त**

[i] sit on the fence, sit back

तंटा (पु) *पाहा :* **भांडण, कज्जा**

तटाक (न) *पाहा :* **जलाशय, तट**

तटाटणे (क्रि) *पाहा :* **तटतटणे**

तटिनी (स्त्री) *पाहा :* **प्रवाह**

तट्ट (वि) *पाहा :* **टचटचीत, तुडुंब**

तट्टाणी (स्त्री) *पाहा :* **अश्व**

तट्ट्या (पु) *पाहा :* **अवगुंठन**

तड (स्त्री) *पाहा :* **तट, अखेर, कार्यवाही करणे**

तडक (क्रिवि) *पाहा :* **अविलंब**

तडकणे (क्रि) *पाहा :* **विभाजन, संतापणे**

तडकफडक (वि) पाहा **कठोर, फटकळ**

तडका (पु) *पाहा :* **वाढ, थंडी**

तडकाफडकी (क्रिवि) *पाहा :* **अविलंब**

तडकावणे (क्रि) *पाहा :* **खडसावणे**

तडजोड (स्त्री) समझोता, समेट, सलोखा, सलूक, करार, तह, संधी, शस्त्रसंधी, युद्धसंधी, देवाणघेवाण, शिष्टाई, मध्यस्थी,

लवाद, बोलणी, मेळ, दिलजमाई, सांधासांध, सामोपचार, सामोपाय, गोडीगुलाबी, मध्य, सुवर्णमध्य, मध्यस्थ मार्ग, परस्परसामंजस्य, करारपत्र, तहनामा *पाहा :* **मध्यस्थ**

[वा] जुळवून/जमवून घेणे, नमते घेणे, भांडण मिटवणे, सूट देणे, समजूत पटवणे, पांढरे निशाण दाखवणे, हसून गोड करणे, अंगद शिष्टाई, श्रीकृष्ण शिष्टाई, झाले गेले गंगेला मिळाले

(n) compromise, adjustment, reconciliation, settlement, middle course, give-and-take, treaty, truce, ceasefire, peace; concession, negotiation, mediation, arbitration *पाहा :* **मध्यस्थ**

[i] to bury the hatchet, to split the difference, to meet someone halfway, to patch up, to sink differnces, to let bugones be bygones

तंडणे (क्रि) *पाहा :* **भांडण**

तडतड (स्त्री) *पाहा :* **त्रास, संताप**

तडतडणे (क्रि) *पाहा :* **वेदना, आवाज, अग्नी**

तडतड्या (वि) *पाहा :* **उत्साही, संतापी**

तडफ (स्त्री) आवेश, जोश, दमदारपणा, उत्साह, चापल्य, कार्यक्षमता, धमक, अभिनिवेश

(n) dash, vigour, energy, enthusiasm, calibre

तडफड (स्त्री) धडपड; चडफड, उलघाल, तळमळ, तगमग, तल्खली, कासाविशी, तडफडाट, चडफडाट, संतापातिरेक; *पाहा :* **अशांतता**

(n) agony, anguish, spasm, throe, anger, resentment, wrath; *पाहा :* **अशांतता**

तडफडणे (क्रि) हातपाय झाडणे, धडपड करणे, कळवळणे, तळमळणे, चडफडणे; *पाहा :* **अशांत**

(v) writhe, wriggle, twist, fret, fume; *पाहा :* **अशांत**

तडफडाट (पु) *पाहा :* **तडफड**

तडफदार (वि) दमदार, उत्साही, आवेशयुक्त, पाणीदार, कार्यक्षम, कर्तबगार, तरतरीत, चलाख, ठसकेबाज, फाकडा

[adj] energetic, animated, dynamic, spirited, enthusiastic, vigorous, competent

तडस (स्त्री) *पाहा :* **वेदना**

तडा (पु) *पाहा :* **खिंडार**

तडाखा (पु) धडाका, झपाटा, आवेग, आवेश, जोर, धूमधडाका, धुमश्चक्री, अतिरेक, भडिमार, फैर, मारा, कडाका, सपाटा, सातत्य, पुनरावृत्ती; *पाहा :* **आघात, वर्षाव**

(n) thrust, drive, despatch, might; excessiveness, profusion, onrush, surge, persistence, repetition;; *पाहा :* **आघात, वर्षाव**

तडाखेबंद (-बाज) (वि) जोरदार, धूमधाम, भरपूर, चिकार, सपाटेबंद, जलदगती; *पाहा :* **अतिशय, गतिमान**

[adj] Vigorous, powerful, huge, immense, plenty, brisk; *पाहा :* **अतिशय, गतिमान**

तडाग (पु) *पाहा :* **जलाशय**

तडित (स्त्री) *पाहा :* **वीज**

तडीपार (वि) *पाहा :* **बहिष्कृत, अर्धचंद्र**

तडीस नेणे (क्रि) *पाहा :* **कार्यवाही करणे**

तंडुल (पु) *पाहा :* **तांदूळ**

तंडेल (वि) *पाहा :* **दांडगा**

तंडेली (स्त्री) *पाहा :* **दांडगाई**

तण (न) *पाहा :* **गवत**

तणतणणे (क्रि) *पाहा :* **संतापणे**

तणफण (स्त्री) *पाहा :* **संताप**

तणसडी (स्त्री) *पाहा :* **तुकडा, गवत**

तणाव (पु) ताण, ओढ, ताणलेपणा, ताठरपणा, ताठपणा, तंगपणा, ताणतणाव, तणातणी, तेढ, दबाव, दाबदबाव, दडपण, काळजी, बेचैनी, भय, शीण, थकवा; खेच, जोर, भार, ओझे, लोढणे, ताणदोर *पाहा :* **तंग**

(n) tension, tenseness, strain, anxiety, unease, nervousness, fear; traction, drag, pull *पाहा :* **तंग**

[i] be on tenterhooks

तणावपूर्ण (वि) *पाहा :* **तंग, तणाव**

तणावमुक्त (वि) *पाहा :* **स्वस्थ, शांत**

तण्णावणे (क्रि) *पाहा :* **झोपणे**

तंत (पु) *पाहा :* **तंतू**

ततपप (क्रि) *पाहा :* **अडखळणे, बोलणे, भीती**

तंतरणे (क्रि) *पाहा :* **खडसावणे, भिणे, फजिती**

तंतुवाद्य (न) सतार, सारंगी, सरोद, वीणा, रुद्रवीणा, सारमंडळ, स्वरमंडल, सूरबहार, ताऊस, दिलरुबा, संतूर, बीन, तंबोरा, (तंबुरा), तंबोरी, भीमतुंबा, एकतारी, तुणतुणे, चोंडके, तानपुरा, तुंबडी, दंडी; *पाहा :* **वाद्य**

(n) stringed musical instrument; banjo, cello, guitar, harp, piano, violin, sitar; *पाहा :* **वाद्य**

तंतुवाय (पु) *पाहा :* **विणकर**

तंतू (पु) दोरा, धागा, सूत्र, सूत, तंत, तार, तात; पडसूत्र; पदर; केसर; बिसतंतू; रेशीम; रेषा; स्नायू, स्नायुबंध; *पाहा :* **दोरी**

(n) fibre, filament, thread, yarn, string, chord, cord, tendril; muscle, tendon; *पाहा :* **दोरी**

तंतोतंत (वि) हुबेहूब, अभिरूप, आहे तसा, सहीसही, बरोबर, नेमका, थेट, बेमालूम, अचूक, काटेकोर, बिनचूक, एकसारखा, मापाचा, जुळणारा, तुलनीय, तुल्य, चित्रदर्शी *पाहा :* **अनुकरण**

[adj] Precise, exact, identical,

indistinguishable, right, correct, accurate, faithful, suitable *पाहा* : **अनुकरण**
[i] to a T
तत्काळ (क्रिवि) *पाहा* : **अविलंब**
तत्तुल्य (वि) *पाहा* : **समान**
तत्सम (वि) *पाहा* : **समान**
तत्त्व (न) सिद्धान्त, प्रमेय, नियम, मत, मतप्रणाली, तत्त्वप्रणाली, सूत्र, शिकवण, मूलतत्त्व; परिभाषा, ध्येय, आदर्श; ब्रीद; मूल्य; मूलद्रव्य; अस्तित्व, सत्य, वास्तव, वस्तुस्थिती; तत्त्वार्थ; प्राणतत्त्व, *पाहा* : **आत्मा, सार**
(n) principle, tenet, creed, doctrine, theorem, precept, maxim, dogma; fact, reality, truth, element; *पाहा* : **आत्मा, सार**
तत्त्वचिंतक (वि) *पाहा* : **चिंतनशील**
तत्त्वतः (-ता) (क्रिवि) *पाहा* : **वास्तविक**
तत्त्वनिष्ठ (वि) सत्यनिष्ठ, ब्रह्मनिष्ठ, ध्येयनिष्ठ, ध्येयवादी, मूल्यनिष्ठ, आदर्शवादी, चारित्र्यवान, चारित्र्यसंपन्न, स्वमताभिमानी, हट्टाग्रही, सैद्धान्तिक, कडवा, कट्टर
[adj] principled, theorist, idealist, scrupulus, upright, doctrinaire, dogmatic
[i] single-minded
तत्त्वनिष्ठा (स्त्री) *पाहा* : **निष्ठा**
तत्त्वविद्या (स्त्री) *पाहा* : **ज्ञान**
तत्त्वविषयक (वि) *पाहा* : **तात्त्विक**
तत्त्वशून्य (वि) **तत्त्वहीन** (वि) *पाहा:* **चारित्र्यहीन, अधम**
तत्त्वज्ञ (वि) *पाहा* : **ज्ञानी**
तत्त्वज्ञान (न) *पाहा* : **ज्ञान**
तत्त्वज्ञानी (वि) *पाहा* : **ज्ञानी, तार्किक**
तत्त्वाधिष्ठित (वि) *पाहा* : **तात्त्विक**
तत्त्वार्थ (पु) *पाहा* : **तत्त्व**
तत्पर (वि) *पाहा* : **उत्सुक, दक्ष**
तंत्र (न) रीत, पद्धत, कार्यपद्धती, प्रणाली, विधी; कौशल्य, कला, कुसर, कारागिरी, हातोटी, युक्ती, डावपेच, शास्त्र; तंत्रशास्त्र, तंत्रविद्या, तंत्रज्ञान, औद्योगिक शास्त्र; मंत्रशास्त्र, मंत्रविद्या, मंत्रतंत्र, जारणमारण, तंत्रसाधना, वामाचार
(n) technique, method, procedure, system, strategy, tactics; methodology, technology, art, skill, approach, knack, artistry, science; occult sciences
तंत्रविषयक (वि), **तंत्रशास्त्रीय** (वि) *पाहा* : **तांत्रिक**
तंत्रज्ञ (वि) *पाहा* : **ज्ञानी**
तंत्रज्ञान (न) *पाहा* : **ज्ञान**
तत्क्षणी (क्रिवि) *पाहा* : **अविलंब**
तथा (क्रिवि) *पाहा* : **अन्यथा**
तथाकथित (वि) *पाहा* : **नामधारी**
तथ्य (न), **तथ्यांश** (पु) *पाहा* : **सत्य, कस**
तथ्यहीन (वि) *पाहा* : **खोटा**
तदनंतर (क्रिवि) *पाहा* : **नंतर**

तदाकार (वि) *पाहा :* **अभिन्न**
तंदुरुस्त (वि) *पाहा :* **निरोगी**
तंदुरुस्ती (स्त्री) *पाहा :* **आरोग्य**
तद्देशीय (वि) *पाहा :* **देशी, नागरिक**
तंद्रा (स्त्री), **तंद्री** (स्त्री) *पाहा :* **गुंगी, आळस, गर्क, समाधी**
तद्रूप (वि) *पाहा :* **अभिन्न, गर्क**
तद्रूपता (स्त्री) *पाहा :* **अद्वैत**
तन (न) *पाहा :* **देह**
तनखा (पु) *पाहा :* **वेतन**
तननम् (न) *पाहा :* **गाणे**
तनमनधन (न) *पाहा :* **सर्वस्व**
तनमोर (पु) *पाहा :* **मोर**
तनय (पु) *पाहा :* **पुत्र**
तनया (स्त्री) *पाहा :* **कन्या**
तनसडी (स्त्री) *पाहा :* **गवत, तुकडा**
तनाना (पु) *पाहा :* **गाणे**
तनुज (पु) *पाहा :* **पुत्र**
तनुजा (स्त्री) *पाहा :* **कन्या**
तनुलता (स्त्री), **तनू** (स्त्री) *पाहा :* **देह**
तन्मय (वि) *पाहा :* **गर्क, अभिन्न**
तन्वंगी (स्त्री) *पाहा :* **सुंदरी**
तप (न) ध्यान, मनन, ध्यानधारणा, तपस्या, साधना, तपानुष्ठान, तपाचरण, तपश्चर्या, धार्मिक व्रताचरण, पवित्र/साधुवृत्तीचे आचरण, सदाचरण, पुण्यकर्म, विहित कर्म, स्वकर्तव्य, देहदंडन, दु:खभोग, उपोषण, प्रायश्चित्त; बारा वर्षे
(n) meditation, contemplation, virtuous/righteous/ pious/ devout/ religious/ holy/ dutiful observance, pesistent effort, penance, atonement; twelve years
तपकिरी (वि) उदी, मातकट, बदामी, पिंगट, भुरा, चॉकलेटी, विटकरी
[adj] brown, beige, sepia, tawny, auburn, bronze, chocolate
तपकीर (स्त्री) *पाहा :* **तंबाखू**
तपन (पु) *पाहा :* **सूर्य**
तप:पूत (वि) *पाहा :* **अर्जित, पवित्र**
तपशील (पु) भाग, विभाग, हिस्सा, अवयव, घटक, बारीकसारीक गोष्ट, सविस्तर वर्णन, *पाहा :* **पाल्हाळ, इत्थंभूत**
(n) detail, part, factor, constituent, ingredient; intricasy, particular; *पाहा :* **पाल्हाळ, इत्थंभूत**
[i] the ins and outs, not to be able to see the wood for the trees, to give chapter and verse
तपशीलवार (वि) *पाहा :* **इत्थंभूत**
तपश्चर्या (स्त्री), **तपस्या** (स्त्री) *पाहा :* **तप**
तप:सामर्थ्य (न) *पाहा :* **शक्ती**
तपस्वी (पु) *पाहा :* **ऋषी**
तपास (पु), **तपासणी** (स्त्री) *पाहा :* **अन्वेषण, परीक्षण, तपासणे, छेडणे, चिकित्सा**
तपासणे (क्रि) शोध/तपास करणे, तलास लावणे, चौकशी करणे, बारकाईने पाहणे, परीक्षा/ पारख करणे, काळजीपूर्वक अभ्यास/परीक्षण/

तपासणी/फेरतपासणी करणे

(v) investigate, explore, scrutinize, examine, inspect, check, analyse, probe, scan

तपासनीस (पु) *पाहा :* **अधीक्षक, निरीक्षक**

तपिया (पु), **तपी** (पु) *पाहा :* ऋषी

तपेली (-ले) (स्त्री, न) *पाहा :* **भांडे**

तपोधन (पु), **तपोनिधी** (पु) *पाहा :* **ऋषी**

तपोबल (न) *पाहा :* **शक्ती**

तपोवन (न) *पाहा :* **अरण्य**

तप्त (वि) *पाहा :* **उष्ण, संतप्त**

तप्तकांचन (न) *पाहा :* **सोने**

तफावत (स्त्री) *पाहा :* **अंतर**

तबक (न) *पाहा :* **भांडे**

तबकडी (स्त्री) *पाहा :* **भांडे, गोल** (पु)

तबलजी (पु) *पाहा :* **वादक**

तबला (पु) *पाहा :* **चर्मवाद्य**

तंबाखू (स्त्री) तंबाकू, तमाखू, तमाखुपत्र, जर्दा, तपकीर; विडी, चुट्टा, चिलीम, चिरूट, हुक्का, गुडगुडी; तंबाखूसेवन, धूम्रपान

[क्रि] ओढणे, झुरका घेणे, दम मारणे, बार भरणे, गोळी चढवणे, अग्निहोत्र चालवणे, पंचम लावणे

(n) tobacco, snuff, cigar, cigarette, smoking, chewing

तबियत (स्त्री) *पाहा :* **तब्येत**

तंबी (स्त्री) इशारा, चेतवणी, ताकीद, दटावणी, धमकावणी, दरडावणी, जरब, गंभीर सूचना, कानउघाडणी

[क्रि] कोरडे ओढणे, ताणणे, रागे भरणे, दम देणे, धमकी देणे, दटावणे, कडक विरोध दर्शवणे, परावृत्त करणे

(n) warning, admonition, threat, notice, castigation, expostulation, remonstrance, reprimand

तंबुरा (पु) *पाहा :* **तंतुवाद्य**

तंबू (पु) डेरा, राउटी, राहुटी, रावटी, बेचोबा, मांडव; छत, कनात, टपरी, पाल; *पाहा :* **घर**

(n) tent, pavilion, marquee, canopy, kiosk; *पाहा :* **घर**

तंबूर (पु) *पाहा :* **चर्मवाद्य**

तबेला (पु) *पाहा :* **प्राणिसंग्रहालय**

तंबोरा (पु), **तंबोरी** (स्त्री) *पाहा :* **तंतुवाद्य**

तब्बल (वि) *पाहा :* **पूर्ण**

तब्यत (तब्येत) (स्त्री) तबियत, प्रकृती, प्रकृतिमान, शरीरप्रकृती, शरीरस्वास्थ्य, आरोग्य, देहस्वभाव, मनोरचना, मनःप्रवृत्ती, मनोवृत्ती, मनःस्थिती, मनःस्वास्थ्य, स्वभाव, कल, मर्जी, लहर; *पाहा :* **अंगयष्टी**

(n) health, constitution, disposition, condition, shape, tone, make-up, nature, temperament, mood, humour; *पाहा :* **अंगयष्टी**

तम (न) *पाहा :* **अंधकार, गुण**

तमंचा (पु) *पाहा :* **आयुध**

तमा (स्त्री) *पाहा :* **पर्वा**

तमाखू (स्त्री) *पाहा :* **तंबाखू**

तमाचा (पु) *पाहा :* **आघात**

तमाम (वि) *पाहा :* **अवघा**

तमारी (पु) *पाहा :* **सूर्य**

तमालश्याम (वि) *पाहा :* **काळा**

तमाशा (पु) करमणूक, गंमत, खेळ, नाटक, प्रहसन, हास्यरसप्रधान रूपक, पथनाट्य, विदूषकी बतावणी, गणगौळण, वग; हंगामा, धिंगाणा, धुडगूस, स्वैरवर्तन, थाटमाट, भपका, देखावा, प्रदर्शन; *पाहा :* **फजिती, अवडंबर**

(n) slapstick, vaudeville, farce, melodrama, road show, buffoonery, histrionics, fanfare, pomp, display, show; *पाहा :* **फजिती, अवडंबर**

तमासगीर (पु) सोंगाड्या, बहुरूपी, नट, सूत्रधार, नाच्यापोऱ्या, विदूषक, तमाशेवाला, फडकरी; *पाहा :* **अभिनेता**

(n) showman, vaudevillian, buffoon, impressario; *पाहा :* **अभिनेता**

तमिस्रा (स्त्री), **तमी** (स्त्री) *पाहा :* **रात्र**

तमोगुण (पु) *पाहा :* **गुण**

तमोगुणी (वि) *पाहा :* **संतापी, तामसी**

तयार (वि) परिपूर्ण, पक्व, जय्यत; रोख, रोखीचा, रोखीने; उपलब्ध, मिळण्याजोगा; *पाहा :* **उद्युक्त, सज्ज, निपुण**

[वा] वाढून ठेवणे, वाट पाहत असणे, हातातोंडाशी येणे

[adj] complete, thorough, mature, ripe; ready, available; *पाहा :* **उद्युक्त, सज्ज, निपुण**

तयारी (स्त्री) *पाहा :* **तजवीज, अनुमती, नैपुण्य**

तरकाटा (पु) *पाहा :* **तराजू**

तरंग (पु) *पाहा :* **ऊर्मी, लाट**

तरंगणे (क्रि) तरणे, पोहणे, जलतरण करणे; *पाहा :* **उडणे**

[वा] पाणी कापणे

(v) float, swim; *पाहा :* **उडणे**

तरंगिणी (स्त्री) *पाहा :* **प्रवाह**

तरट (न) *पाहा :* **वस्त्र**

तरणा (वि) *पाहा :* **तरुण**

तरणी (वि) *पाहा :* **तरुण**

तरणी (स्त्री) *पाहा :* **नौका**

तरणी (पु) *पाहा :* **सूर्य**

तरणे (क्रि) तरंगणे, पोहणे, तरून जाणे, पार करणे, उडणे; पार पडणे, निभावून जाणे, टिकून राहणे, बचावणे

(v) float, glide, soar, endure, last, survive

तरणोपाय (पु) *पाहा :* **गत्यंतर, गती**

तरतम (न) *पाहा :* **असमान**

तरतमभाव (पु) *पाहा :* **तारतम्य**

तरतर (क्रिवि) *पाहा :* **अविलंब**

तरतरी (स्त्री) *पाहा :* **उत्साह, टवटवी, चापल्य**

तरतरीत (वि) चलाख, चटपटीत, चपळ, उत्साही, चुणचुणीत, हुशार, तल्लख; टवटवीत, ताजातवाना, प्रफुल्ल, जागृत; फुटाणा; तरळ

[adj] alert, brisk, smart, agile, bright, sharp; fresh, blooming

तरतूद (स्त्री) *पाहा :* **तजवीज**

तरफ (स्त्री) दांडा, पहार, उच्चालक; *पाहा :* **तार**

(n) lever; *पाहा :* **तार**

तरफदारी (स्त्री) *पाहा :* **कैवार**

तरबेज (वि) *पाहा :* **निपुण**

तरल (वि) अस्थिर, चंचल, अचपळ, अवखळ, बुजरा, कंपायमान, थरथरता, लहरी, दोलायमान, नाजूक, सूक्ष्म, सुकोमल, हलकाफुलका, भावविभोर, ललित

[adj] tremulous, timid, irresolute, unsteady, subtle, fine, elusive, abstruse, capricious, delicate, rarefied

तरवार (स्त्री) *पाहा :* **खड्ग**

तरवारलेला (वि) *पाहा :* **अशांत**

तरसणे (क्रि) अधीर/ आतुर/ उतावीळ/ उत्कंठित होणे, आर्त/ व्याकूळ होणे

(v) crave, yearn, be desirous/ eager/ anxious/ avid/ thirsty

तरळ (वि) *पाहा :* **तरतरीत**

तरळणे (क्रि) *पाहा :* **भ्रमणे, भासणे**

तराई (स्त्री) *पाहा :* **अरण्य**

तराजू (पु) तागडी, तुला, ताजवा, दांडी, काटा, धट, तरकाटा, दूधकाटा, ताणकाटा, धारवाडी काटा, वजनयंत्र; दीडदांडी; पारडे

(n) balance, scales, hygrometer, lactometer, spring balance, weighbridge, weighing machine

तरांडे (न) *पाहा :* **नौका**

तराणा (पु) *पाहा :* **गाणे**

तरातरा (क्रिवि) *पाहा :* **अविलंब**

तराफा (पु) *पाहा :* **नौका**

तरारणे (क्रि) *पाहा :* **टवटवीत, फुगणे, बहरणे**

तरारा (क्रिवि) *पाहा :* **अविलंब**

तरी (स्त्री) *पाहा :* **नौका, समुद्र**

तरुण (वि, पु) युवक, युवा, जवान, तरणा, तरणाताठा, तरणाबांड, तारुण्याने मुसमुसलेला, नवजवान, नौजवान, जवानमर्द; वयात आलेला; पौगंडावस्थेतला; तरुणी, युवती, तरणी, तरणीताठी, नवयौवना, तारुण्यकलिका, षोडशा, षोडशवर्षा; युवाशक्ती, तरुणाई, तरुण पिढी, चिरतरुण *पाहा :* **नवा, तारुण्य, अल्पवयस्क** (विरु) **पोक्त, वृद्ध**

[वा] हातातोंडास येणे

[adj, n] young, youthful, youth, juvenile, teen-ager, pubescent, adolescent; maid, maiden *पाहा :* **नवा, तरुण/ अल्पवयस्क** (विरु) **पोक्त, वृद्ध**

तरुणाई (स्त्री) *पाहा :* **तरुण, तारुण्य**

तरुवर (पु), **तरू** (पु) *पाहा :* **झाड**

तर्क (पु) अजमास, अटकळ, अंदाज, कयास, अनुमान, विचार; कल्पना, अपेक्षा, समजूत; वितर्क, तर्कट, तर्कवितर्क, तर्ककुतर्क, कुतर्क,

कुकल्पना; तर्कविद्या, तर्कशास्त्र, न्यायशास्त्र, युक्तिवाद, बुद्धिवाद, बुद्धिप्रामाण्यवाद; तर्कबुद्धी, तर्कशक्ती, तर्कज्ञान; अक्कल, मती *पाहा :* **अजमास, अध्याहृत, तर्ककर्कश, तर्कशुद्ध, तर्कशून्य**

[वा] धूर तेथे अग्नी

(n) inference, guess, conjecture, surmise, reckoning; idea, hunch, feeling,conception; logic, reasoning, induction, deduction, rationalism *पाहा :* **अजमास, अध्याहृत, तर्ककर्कश, तर्कशुद्ध, तर्कशून्य**

[i] to read between the lines, to put two and two together, iron logic

तर्ककर्कश (वि) वितंडवादी, तर्कटी, विवादपटू, भांडकुदळ, वादप्रचुर *पाहा :* **तर्क, तर्कशुद्ध, तर्कशून्य**

[adj] argumentative, polemical, disputatious *पाहा :* **तर्क, तर्कशुद्ध, तर्कशून्य**

तर्कगम्य (वि) *पाहा :* **तर्कशुद्ध**

तर्कट (न) *पाहा :* **तर्क**

तर्कटी (वि) *पाहा :* **तर्ककर्कश**

तर्कदुष्ट (वि) *पाहा :* **तर्कशून्य, चूक** (वि)

तर्कबुद्धी (स्त्री), **तर्कशक्ती** (स्त्री) *पाहा :* **तर्क, बुद्धी**

तर्कशास्त्र (न) *पाहा :* **तर्क**

तर्कशुद्ध (वि) तर्काधिष्ठित, तर्कसंगत, बुद्धिप्रमाण, बुद्धिवादी, बुद्धिनिष्ठ, बुद्धिप्रामाण्यवादी, विवेकवादी, तार्किक, धादांती, प्रत्यक्षवादी, विज्ञाननिष्ठ, युक्तिसिद्ध, समंजस, रास्त, न्याय्य, वाजवी, पायाशुद्ध, मुद्देसूद, संगतवार, सुसंगत, सुसंबद्ध, संयुक्तिक, तर्कगम्य, अनुमेय, तर्क्य, बुद्धिग्राह्य, बुद्धिगम्य, तात्त्विक *पाहा :* **तर्क, तर्ककर्कश,** (विरु) **तर्कशून्य**

[adj] logical, rational, reasonable, sensible, consistent, rationalist, philosophical; *पाहा :* **तर्क, तर्ककर्कश,** (विरु) **तर्कशून्य**

तर्कशून्य (वि) तर्कदुष्ट, तर्कविरुद्ध, भ्रममूलक, भ्रामक, असमर्पक, अयुक्त, अवाजवी, चुकीचा, सकृद्दर्शनी चूक, हास्यास्पद, संशयास्पद, न टिकणारा, असमंजस *पाहा :* **तर्क, तर्ककर्कश,** (विरु) **तर्कशुद्ध**

[adj] illogical, fallacious, unsound, unreasoned, specious, implausible, apocryphal, absurd *पाहा :* **तर्क, तर्ककर्कश,** (विरु) **तर्कशुद्ध**

[i] to beg the question

तर्कज्ञान (न) *पाहा :* **तर्क**

तर्क्य (वि) *पाहा :* **तर्कशुद्ध**

तर्जनी (स्त्री) *पाहा :* **बोट**

तर्जुमा (पु) *पाहा :* **आराखडा, अनुवाद**

तर्पण (न) *पाहा :* **तिलांजली, आनंद**

तर्र (वि) *पाहा :* **आर्द्र, झिंगणे, फुगीर**

तऱ्हा (स्त्री) *पाहा :* **रीत**

तऱ्हातऱ्हा (स्त्री, अव) *पाहा :* **थेर**
तऱ्हेतऱ्हेचा (वि) *पाहा :* **चित्रविचित्र**
तऱ्हेवाईक (वि) विचित्र, विक्षिप्त, लहरी, स्वच्छंदी, छांदिष्ट, कलंदर, चमत्कारिक, चक्रम, चक्कर, विलक्षण, लोकविलक्षण, और, अजब, घनचक्कर, भ्रमिष्ट, खुळा, वेडा पीर, वल्ली
[adj] whimsical, capricious, faddist, offbeat, odd, eccentric, queer, strange
तल (पु) तळ, बूड, पाया, बुंधा, पायथा, पायगत, बैठक, तळवट, अधोभाग; पृष्ठभाग, सपाटी, पातळी, प्रतल, थर
(n) bottom, base, foot; surface;
तलखी (स्त्री) तीव्रता, कडकपणा, जहालपणा; तल्खली, तल्खी, अस्वस्थता, तडफड, तळमळ, तगमग, अशांती, मनस्ताप, दाह, चटका, लाही; *पाहा :* **उकाडा**
(n) severity, harshness; anguish, anxiety, agony; *पाहा :* **उकाडा**
तलफ (स्त्री) हुक्की, ऊर्मी, लटक, इच्छा, तृष्णा, भूक; व्यसन, शौक, खोड, चटक, चट
(n) whim, impulse, passion, desire, sharp appetite, thirst, hunger, habit, addiction
तलम (वि) मृदु, नरम, मऊ, मऊसूत, मखमली, मुलायम, रेशमी, गर्भरेशमी, नाजूक, सुकोमल, अरुवार; बारीक, बारीक विणीचे, पातळ, झिल्लट, तलमसुती, सुळसुळीत, झुळझुळीत, झिरझिरीत, पारदर्शक, वालीफ
[वा] पाचोळा, गाजरपाला
[adj] soft, silky, velvety, fine; delicate, thin, of fine texture, gossamery, transparent, see-through
तलवार (स्त्री) *पाहा :* **खड्ग**
तलवारबहाद्दर (वि) *पाहा :* **पराक्रमी**
तलाक (पु) *पाहा :* **घटस्फोट**
तलातल (न) *पाहा :* **पाताळ**
तलाव (पु) *पाहा :* **जलाशय**
तलाशी (स्त्री), **तलास** (पु), *पाहा :* **अन्वेषण**
तल्खली (स्त्री); **तल्खी** (स्त्री) *पाहा :* **तलखी**
तल्लख (वि) चलाख, चटपटीत, तरतरीत, हुशार; तीक्ष्ण, कुशाग्र, धारदार, पाणीदार, प्रखर, भेदक, तेज, मूलगामी
[adj] alert, bright, brilliant, quick, keen, acute, sharp, penetrating
तल्लीन (वि) *पाहा :* **गर्क, एकाग्र**
तवंग (पु) *पाहा :* **थर**
तवा (पु) *पाहा :* **भांडे**
तवारीख (स्त्री) *पाहा :* **कथा**
तसदी (स्त्री) *पाहा :* **त्रास**
तसबीर (स्त्री) *पाहा :* **चित्र**
तसराळे (न) *पाहा :* **भांडे**
तसूभर (वि) *पाहा :* **अल्प**
तस्कर (पु) *पाहा :* **चोर**

तस्करी (स्त्री) *पाहा :* **चोरी**
तस्त (न) *पाहा :* **भांडे**
तह (पु), **तहनामा** (पु) *पाहा :* **तडजोड**
तहकुबी (स्त्री) *पाहा :* **अटकाव**
तहकूब (वि) *पाहा :* **खंडित**
तहसील (पु) *पाहा :* **कर**
तहह्यात (क्रिवि) *पाहा :* **आजन्म, अखंड** (क्रिवि)
तहान (स्त्री) तृषा, तृष्णा, पिपासा; प्यास; ज्ञानतृष्णा; मृगतृष्णा; *पाहा :* **इच्छा**
[वा] घशाला कोरड/शोष पडणे, कंठशोष होणे, पाणी पाणी होणे
(n) thirst; dryness, thirstyness *पाहा :* **इच्छा**
तहानलाडू (पु) *पाहा :* **अन्न**
तहानलेला (वि), **तहानेला** (वि) तृषार्त, तृषित, तृषाक्रांत, तृषापीडित, पिपासू; प्यासा; आसुसलेला, आर्त, भुकेला, तान्हेला; *पाहा :* **कोरडा**
[adj] thirsty, parched; *पाहा :* **कोरडा**
तळ (पु) *पाहा :* **तल, अड्डा, वास्तव्य**
तळकाठी (स्त्री) *पाहा :* **नौका**
तळघर (न) *पाहा :* **घर**
तळटीप (स्त्री) *पाहा :* **टिप्पणी**
तळणे (क्रि) *पाहा :* **शिजवणे**
तळतळणे (क्रि) *पाहा :* **तळमळणे, शाप**
तळतळाट (पु) *पाहा :* **संताप, शाप, तळमळणे**
तळपट (न) *पाहा :* **नाश**
तळपणे (क्रि) प्रकाशणे, लखलखणे, चमकणे, प्रकाशमान होणे, झगझगणे, झळकणे, शोभणे, खुलणे
(v) shine, glare, flash, blaze, radiate, gleam, glow, scintillate, look bright
तळपाय (पु) *पाहा :* **पाय**
तळमळ (स्त्री) तगमग, कासाविसी, उलघाल, तडफड, बेचैनी, अस्वस्थता; कळकळ, काळजी, हुरहूर, आस; आतुरता, तृष्णा, असोशी, भूक
(n) yearning, craving, anguish, ardour, concern, solicitude, sincerity, thirst, hunger
तळमळणे (क्रि) तडफडणे, तगमगणे, तळतळणे, तळतळाट होणे, चडफडणे, कासावीस होणे, जिवाची उलघाल होणे, हुरहुरणे, आसावणे, तहानणे, आतुरणे, झुरणे
[वा] जीव तुटणे
(v) yearn, long, crave, pine, languish
तळवट (न) *पाहा :* **तल**
तळवा (पु), **तळहात** (पु) *पाहा :* **हात**
तळागाळातला (वि) *पाहा :* **दलित**
तळावणे (क्रि) *पाहा :* **अग्नी**
तळे (न) *पाहा :* **जलाशय**
तक्षक (पु) *पाहा :* **साप**
तज्ञ (वि) *पाहा :* **तज्ज्ञ**
ताई (स्त्री) *पाहा :* **बहीण, स्त्री**
ताऊस (पु) *पाहा :* **तंतुवाद्य**
ताकत (-द) (स्त्री) *पाहा :* **शक्ती**
ताकददार (वि) **ताकदवान** (वि) *पाहा :* **शक्तिमान**

ताकीद (स्त्री) इशारा, इशारत, तंबी, दमदाटी, समज, जरब, चेतवणी, सूचना, आदेश, आज्ञा, हुकूम, मनाईहुकूम

[क्रि] खडसावणे, चापणे, दटावणे, सुनावणे, बजावणे, धडा देणे, फर्मावणे

(n) warning, notice, admonition, command, order

ताग (पु) अंबाडी, सण, वाख, ज्यूट

(n) jute

तागडी (स्त्री) *पाहा :* **तराजू**

तागा (पु) *पाहा :* **वस्त्र**

तांगा (पु) *पाहा :* **वाहन**

ताज (पु) *पाहा :* **शिरस्त्राण**

ताजगी (स्त्री) *पाहा :* **तजेला**

ताजवा (पु) *पाहा :* **तराजू**

ताजा (वि) टवटवीत, प्रफुल्ल, प्रसन्न, टुकटुकीत, ताजातवाना; नवा, नवाकोरा, अभिनव, अस्पर्शित; चालू, आजचा, सांप्रतचा; धारोष्ण, निरसे (दूध), साजूक; *पाहा :* (विरु) **शिळा**

[adj] fresh, blooming, radiant; new, brand new, novel; current, up-to-date *पाहा :* (विरु) **शिळा**

[i] as fresh as a daisy

ताजाकलम (पु) *पाहा :* **पत्र, परिशिष्ट**

ताजिया (पु) *पाहा :* **डोला**

ताजीम (स्त्री) *पाहा :* **आदर**

ताट (न) *पाहा :* **झाड, भांडे, अन्न, पान**

ताटकळणे (क्रि) वाट पाहणे, तिष्ठत बसणे, कंटाळणे; कुंठणे, अंग आंबणे/ ताठरणे/ जड होणे

(v) wait, await, bide one's time, hang on, sit tight

ताटली (स्त्री) *पाहा :* **भांडे**

ताटवा (पु) *पाहा :* **उद्यान**

ताटस्थ्य (न) तटस्थता (*पाहा :* **तटस्थ**)

ताटातूट (स्त्री) *पाहा :* **विभाजन**

ताटी (स्त्री) *पाहा :* **दार, कुंपण, अंत्येष्टी**

ताठ (वि), **ताठर** (वि) कडक, कठीण, कणखर, टणक, घट्ट, दडस; तट्ट फुगलेला, टंच, टचटचीत; तंग, ताणलेला, तणावपूर्ण; अचेतन, काष्ठवत; उभा, खडा, न वाकणारा/ लवणारा/ नमणारा, निश्चयी, करारी

[क्रि] ताठणे, ताठरणे

[adj] stiff, rigid, hard, inflexible; tense, tight, taut; inert; firm, stubborn, unyielding, bolt, upright

ताठा (पु) अहंकार, अहंमन्यता, दर्प, फुंज, गर्व, मीपणा, मद, मस्ती, माज, तोरा, मग्रुरी, चढेलपणा, फुगलेपणा, फुगा, दिमाख, मिजास, गुर्मी, खै, खोडकी, रग, पीळ, दुरभिमान, धुंदी, मिजाज, ऐट, उद्धटपणा; कोरडा ताठा *पाहा :* **अभिमान**

[वा] डोळ्यांवर (संपत्तीचा इ.) धूर चढणे; सुंभ जळला पण पीळ जळत नाही, अर्ध्या हळकुंडाने पिवळे होणे, घोड्यावर बसणे, मिश्यावर ताव देणे, अन्नछत्रात जेवणे आणि वर मिरपूड

मागणे, चढून जाणे
(n) conceit, egotism, self esteem, pride, vanity, arrogance, insolence *पाहा :* **अभिमान**
[i] turn one's head, go to one's head, get on a high horse

ताड्‌कन (क्रिवि) *पाहा :* **अविलंब**

ताडणे (क्रि) अजमास करणे (*पाहा :* **अजमास**), आघात करणे (*पाहा :* **मारणे**)
[v] guess *पाहा :* **अजमास** hit (*पाहा :* **मारणे**)

ताडन (न) *पाहा :* **आघात, शिक्षा**

ताडपत्री (स्त्री) *पाहा :* **वस्त्र**

ताडमाड (वि) *पाहा :* **उंच**

तांडव (न) *पाहा :* **नृत्य, संताप**

तांडा (पु) *पाहा :* **समुदाय, आवली**

ताडातोडा (पु) *पाहा :* **जादू**

ताडी (स्त्री) *पाहा :* **मद्य**

तांडेल (पु) *पाहा :* **नाविक, अध्यक्ष**

ताण (पु) *पाहा :* **तणाव, अभाव**

ताण (स्त्री) *पाहा :* **जिंकणे**

ताणकाटा (पु) *पाहा :* **तराजू**

ताणणे (क्रि) खेचणे, ओढणे, ताठ करणे, आवळणे; ताण देणे, लांबवणे, लांब करणे, ओढाओढ/ओढाताण/ताणाताण करणे; *पाहा :* **खडसावणे, ताबडणे, लवचीक**
(v) pull, draw, drag; stretch, lengthen, extend; *पाहा :* **खडसावणे, ताबडणे, लवचीक**

ताणा (पु) *पाहा :* **विणकाम**

ताणाताण (स्त्री) *पाहा :* **ताणणे, अशांतता**

तात (पु) *पाहा :* **पिता**

तात (स्त्री) *पाहा :* **तंतू**

तातकथय्या (पु) *पाहा :* **नृत्य, धांगडधिंगा**

तातडी (स्त्री) *पाहा :* **घाई**

तात्कालिक (वि) *पाहा :* **तात्पुरता, नैमित्तिक**

तात्काळ (क्रिवि) *पाहा :* **अविलंब**

तात्त्विक (वि) तत्त्वविषयक, मूलगामी, मौलिक, मूलग्राही, सत्यान्वेषी, ज्ञानमूलक, वास्तवदर्शी, वैचारिक, विचारपरिप्लुत, चर्चात्मक, पायाभूत, मूलभूत, तत्त्वाला धरून, तत्त्वाधिष्ठित, न्याय्य, तर्कशुद्ध
[adj] philosophical, metaphysical, fundamental, basic, deliberative, rational, logical, idealogical, esoteric, therotical, intellectual

तात्पर्य (न) मथितार्थ, भावार्थ, अभिप्राय, मतलब, मर्म, इंगित, भाव, मुख्य मुद्दा, आशय, रहस्य, सिद्धान्त, निष्कर्ष, तात्पर्यार्थ, इत्यर्थ, सारांश, सार, मथित, गोळाबेरीज, गोषवारा; हेतू, उद्देश, कारण; शेवट, परिणाम
(n) essence, gist, import, purport, inference, deduction, outcome, conclusion, summary, synopsis, abstract, digest, sum and substance, long and short

(v) to add upto

तात्पुरता (वि) हंगामी, अस्थायी, तात्कालिक, त्या वेळेपुरता, त्या काळचा, चालू काळापुरता, कायम नसलेला, बदली, बदलणारा, अल्पजीवी, क्षणिक, औटघटकेचा, गरजेपुरता, निर्वाहापुरता, कामचलाऊ, चालचलाऊ, काळजीवाहू, जुजबी; तूर्त; *पाहा :* **क्षणभंगुर, अंतरिम** (विरु) **कायम**

[वा] तेरड्याचा रंग तीन दिवस, औटघटकेचे राज्य

[adj] temporary, provisional, interim, passing, stopgap, impermanent, seasonal, transitory, makeshift, *पाहा :* **क्षणभंगुर, अंतरिम** (विरु) **कायम**

[i] nine days wonder

तात्यापंतोजी (पु) *पाहा :* **अध्यापक**

तांत्रिक (वि) तंत्रशास्त्रीय, तंत्रविषयक, औद्योगिक; वरवरचा, किरकोळ, क्षुल्लक, बिनमहत्त्वाचा, गौण

[adj] technical, industrial; formal, slight, trivial

तांत्रिक (पु) *पाहा :* **जादूगार**

ताथय्या (पु) *पाहा :* **धांगडधिंगा**

तादात्म्य (न) *पाहा :* **अद्वैत, एकात्मता**

तांदूळ (पु) तंडुल, भात, ओदन, साळ, शीत, भातकण, पोहा, चुरमुरा, कुरमुरा, भडंग; मुरमुरा; अक्षत, अक्षता, मंगलाक्षता, मंत्राक्षता, लग्नाक्षता

(n) rice

तादृश (वि) *पाहा :* **समान**

ताद्रूप्य (न) *पाहा :* **अद्वैत**

तान (स्त्री) लकेर, आलाप, स्वरालाप, लहरा, स्वरमालिका, तोडा, बढत, स्वरसंगती, आरोह-अवरोह, रागविस्तार, शुद्धतान, कूटतान, बोलतान, फिरत, तानबाजी, तानांचा वर्षाव, तानांचे भेंडोळे, आलापी, आलापचारी; *पाहा :* **स्वर**

(n) tune, melody; *पाहा :* **स्वर**

तानपुरा (पु) *पाहा :* **तंतुवाद्य**

तानमान (न) अनुकूलता, (अनुकूल) परिस्थिती, रागरंग, साधकबाधक गोष्टी, प्रसंग, वस्तुस्थिती, संधी, संभाव्यता, शक्यता, मेळ, जम, लक्षण, चिन्ह, स्वरूप

(n) situation, condition, circumstance, contingency, eventuality, symptom, indication, feel

ताना (वि), **तानुला** (वि), **तान्हा** (वि), **तान्हुला** (वि) दूधपिता, स्तनपान करणारा, *पाहा :* **बाल**

[adj] suckling; *पाहा :* **बाल**

तान्हेला (वि) *पाहा :* **तहानेला**

ताप (पु) *पाहा :* **धग, त्रास, ज्वर, चटका, उष्णता**

तापट (वि) *पाहा :* **संतापी, जलाल**

तापणे (क्रि) तप्त होणे (*पाहा :* **उष्ण**), क्षुब्ध/ उद्दीपित/ संतप्त होणे, चेतणे, ताप येणे; रणरणणे; *पाहा :* **संतापणे, उष्ण**

(v) become hot/ warm/ feverish/

excited; *पाहा :* **संतापणे, उष्ण**
तापत्रय (न) त्रिताप, त्रिविधताप (आध्यात्मिक, आधिभौतिक, आधिदैविक); संसारदु:ख, भोग, दारिद्र्यदु:ख
(n) worldly troubles
तापदायक (वि) *पाहा :* **त्रासदायक**
तापमान (न) *पाहा :* **उष्णता**
तापस (-सी) (पु) *पाहा :* **ऋषी**
तापिष्ट (वि) *पाहा :* **संतापी**
ताफा (पु) *पाहा :* **समुदाय**
तांब (स्त्री) *पाहा :* **कलंक**
तांबट (वि) *पाहा :* **लाल**
ताबडणे (क्रि) राबवणे, कष्टवणे, ताणणे, तंगाडणे, तांगडणे, तावडणे
(v) make one toil/ work/ labour
ताबडतोब (क्रिवि) *पाहा :* **अविलंब**
तांबडसर (वि) *पाहा :* **लाल**
तांबडसाज (स्त्री) *पाहा :* **संध्याकाळ**
तांबडा (वि) *पाहा :* **लाल**
तांबरा (पु) *पाहा :* **कलंक**
तांबली (स्त्री) *पाहा :* **भांडे**
तांबसर (वि) *पाहा :* **लाल**
ताबा (पु) *पाहा :* **अधिकार, नियंत्रण, आवर, अंकुश**
तांबारणे (क्रि) लाल होणे (*पाहा :* **लाल), ***पाहा :* **संतापणे**
(v) become red (*पाहा :* **लाल);** *पाहा :* **संतापणे**
ताबारेषा (स्त्री) *पाहा :* **मर्यादा**
ताबूत (-द) (पु) *पाहा :* **डोला**
तांबूल (पु) विडा, गोविंदविडा, मोदकविडा, त्रयोदशगुणी विडा, पट्टी, पान, पानपट्टी, पानसुपारी, विडादक्षिणा
(n) betel leaf
तांबूस (वि) *पाहा :* **लाल**
तांबे (न) *पाहा :* **ताम्र**
(n) copper
ताबेगहाण (वि) *पाहा :* **अनामत**
ताबेदार (वि) *पाहा :* **अनुचर**
ताबेदारी (स्त्री) *पाहा :* **गुलामगिरी, चाकरी**
तांबेरा (पु), **तांबोरा** (पु) *पाहा :* **कलंक**
तांब्या (पु) *पाहा :* **कलश**
तामस (-सी) (वि) तमोगुणी, तामसगुणी; कडक, तापट, चिडखोर (*पाहा :* **संतापी);** दुष्ट, कजाग, निष्ठुर, जुलमी; तीव्र, भयानक, उग्र, राक्षसी; धोकेबाज, धाडसी, साहसी, प्रमादी, पाखंडी; लबाड, कपटी, कुटिल *पाहा :* (विरु) **सात्त्विक**
[adj] irascible (*पाहा :* **संतापी),** haughty, merciless, cruel; severe, fearsome, dangerous, adventurous, heretical, crooked, cunning, wicked, malicious *पाहा :* (विरु) **सात्त्विक**
तामिली (स्त्री) *पाहा :* **कार्यवाही करणे**
ताम्र (न) **तांबे**
(n) copper
ताम्र (वि) *पाहा :* **लाल**
ताम्रपट (पु) *पाहा :* **आदेश**
ताम्रमुद्रा (स्त्री) *पाहा :* **अर्थ**
ताम्रवर्णी (वि) *पाहा :* **लाल**
ताम्हण (-न) (न) *पाहा :* **भांडे**

तार (स्त्री) धागा, दोरा, तंतू, तात, चिकारी; क्रम, परंपरा, ओघ, प्रवाह; तल्लीनता, एकतानता, एकाग्रता, निमग्नता; *पाहा :* **कैफ, माध्यम**

(n) wire, chord, filament; order, course, flow, current; being, engrossed/absorbed; *पाहा :* **कैफ, माध्यम**

तार (वि) उंच, उच्च, चढा, खडा, पहाडी, खणखणीत, तीव्र; *पाहा :* **स्वर**

[adj] high-pitch, topmost, elevated, tall; *पाहा :* **स्वर**

तारक (वि) *पाहा :* **तारणे, त्राता**

तारका (स्त्री) *पाहा :* **तारा, अभिनेत्री**

तारखिळा (पु) *पाहा :* **खिळा**

तारण (न) *पाहा :* **अनामत, तारणे**

तारणहार (पु) *पाहा :* **त्राता**

तारणे (क्रि) तारण/ रक्षण/ सांभाळ करणे, वाचवणे, जगवणे, बचाव करणे, सुटका करणे, पार पाडणे; *पाहा :* **त्राता**

[वा] चमडी बचावणे

(v) save, safeguard, protect; *पाहा :* **त्राता**

[i] to save one's skin

तारतम्य (न) तरतमभाव, विवेक, सारासारविचार, मागचा-पुढचा विचार, शहाणपणा, समज, समंजसपणा, धोरण, चातुर्य, दूरदृष्टी, सूक्ष्मदृष्टी, पोच, पाचपोच; तर-तम/ सत्य-असत्य/ श्रेष्ठ-कनिष्ठ/ बरे-वाईट/ उच्च-नीच/ योग्य-अयोग्य इत्यादी जाणण्याची कुवत, तारतम्यबुद्धी, सदसद्विवेक

(n) discrimination, discernment, sagacity, judgement

तारतम्यबुद्धी (स्त्री) *पाहा :* **तारतम्य, बुद्धी**

तारवटणे (क्रि) धुंद/ बेहोश/ उन्मत्त होणे, सुस्तावणे/ जडावणे/ ताठरणे/ सुजणे

(v) become tipsy/ heavy/ strained

तारा (पु) तारका, चांदणी, तेजोगोल, नक्षत्र, तारकासमूह, तारकापुंज, तारकाविश्व, आकाशगंगा; तारायुगल, राक्षसतारा, लाल राक्षसतारा, महाराक्षसी तारा, महास्फोटक तारा, न्यूट्रॉन तारा, श्वेत बटू, स्पंदक तारा, सेफीड तारा, क्वेसार, तेजोमेघ, अभ्रिका, श्वेत विवर, कृष्ण विवर; उल्का; प्रमुख पुरुष/स्त्री; उगवता तारा; चित्रतारका; *पाहा :* **नक्षत्र**

(n) star, celestial/ heavenly body, galaxy, Milky Way, binary stars, giant star, red giant star, supergiant star, supernova, neutron star, white dwarf, pulsar, cepheid, quasar, bright cloud, nebula, white hole, black hole, meteor; leading man/lady; *पाहा :* **नक्षत्र**

तारांगण (न) *पाहा :* **अंतराळ, गोंधळ**
ताराधीश (पु) *पाहा :* **चंद्र**
तारांबळ (स्त्री) *पाहा :* **घाई, अशांतता, गडबड**
तारामंडल (न) *पाहा :* **अंतराळ**
तारायंत्र (न) *पाहा :* **माध्यम**
तारिता (वि) *पाहा :* **त्राता**
तारीख (स्त्री) *पाहा :* **दिनांक**
तारीफ (स्त्री) *पाहा :* **स्तुती**
तारुण्य (न) यौवन, तरुणपण, तरुण वय (*पाहा :* **तरुण),** तारुण्यावस्था, तारुण्यदशा, प्रथमवयसाकाळ, तारुण्याचा भर/ बहर, नवाई, युवावस्था, पौगंडावस्था, वाढते वय, तारुण्यात पदार्पण, तारुण्याचा काळ, उमेदीचे वय, नवती, नवी नवती, नव्हाळी, जवानी, ज्वानी, भर ज्वानी, जोबन, रसरशीत तारुण्य, मुसमुसणारे/ सळसळणारे/ रसरसणारे तारुण्य; तरुणाई; *पाहा :* **तरुण वय** (विरु) **वृद्धत्व**
[वा] वयात येणे, पंख फुटणे, मिसरूड फुटणे, आवाज फुटणे, गद्धेपंचविशी
(n) youth, juvenility, prime of life, teen-age, puberty; adolescence, pubescence; *पाहा :* **तरुण, वय** (विरु) **वृद्धत्व**
[i] salad days, teens
तारुण्यकलिका (स्त्री) *पाहा :* **तरुण**
तारुवा (पु) *पाहा :* **नाविक**
तारू (न) *पाहा :* **नौका**
तारे (न) *पाहा :* **वायू**
तारोळा (पु) *पाहा :* **अवदशा, गोंधळ**
तार्किक (वि) तर्कशास्त्रविषयक, न्यायशास्त्रविषयक; तर्कशास्त्रवेत्ता, तत्त्वज्ञानी, न्यायशास्त्रज्ञ, मर्मज्ञ, कुशाग्रबुद्धी; बुद्धिप्रामाण्यवादी, संशयवादी; तर्कशुद्ध
[adj] logical; philosophical, intellectual, rationalist
ताल (पु) ठेका, कालदर्शक नियमित प्रमाण, तालबद्धता, बोल, समकाल, लय (द्रुत, मध्य, विलंबित), टाळी, सम, काल (अणु, द्रुत, लघु, गुरू, प्लुत); एकताल, केरवा, चौताल, आडाचौताल, झपताल, झूमरा, तिलवाडा, त्रिताल, दादरा, दीपचंदी, धमार, धुमाळी, पंजाबी ठेका, भजनी ठेका, रूपक, इत्यादी; *पाहा :* **मजला**
(n) rhythm, beat, cadence; *पाहा :* **मजला**
ताल (स्त्री) *पाहा :* **तट, बांध**
तालबद्ध वि) *पाहा :* **नियमित**
तालव्य वर्ण (पु) तालुस्थानीचा वर्ण: च, छ, ज, झ, ञ, श
(n) palatal letter
तालशुद्ध (वि) *पाहा :* **नियमित**
तालिका (स्त्री) *पाहा :* **यादी**
तालीम (स्त्री) व्यायाम, मेहनत, जोर, बैठका (उठाबशा), दंडबैठका, मुद्गल, जोडी; कसरत, कवायत; सराव; रियाज; क्रीडा; *पाहा :* **अध्ययन, क्रीडासंकुल**
(n) gymnastics, acrobatics, athletics, callisthenics,

physical exercise, practice; *पाहा :* **अध्ययन, क्रीडासंकुल**

तालीमखाना (पु) *पाहा :* **क्रीडासंकुल**

तालीमबाज (पु) *पाहा :* **पहिलवान**

तालुका (पु) *पाहा :* **प्रदेश**

तालू (पु) *पाहा :* **डोके**

तालेवार (वि) *पाहा :* **श्रीमंत, प्रतिष्ठित**

ताव (पु) *पाहा :* **आच, तक्ता, पान, खाणे**

तावडणे (क्रि) *पाहा :* **ताबडणे**

तावडी (स्त्री) *पाहा :* **अधिकार, नियंत्रण**

तावणे (क्रि) *पाहा :* **अग्नी, संतापणे**

तावदान (न) *पाहा :* **खिडकी, दार**

ताशा (पु) *पाहा :* **चर्मवाद्य**

तास (पु) घंटा, कलाक, अडीच घटका, साठ मिनिटे; तासिका; कालखंड, *पाहा :* **नक्षी**

(n) hour; *पाहा :* **नक्षी**

तासडंपट्टी (स्त्री) *पाहा :* **खडसावणे**

तासिका (क्रि) *पाहा :* **छिलणे, हजामत, खडसावणे**

ताळ (क्रि) *पाहा :* **तास**

तासिका (पु) मेळ, मिलाफ, जुळणी, एकवाक्यता, सुसंगती, ताळा, ताळमेळ, ताळातोळा; ताळतंत्र, शिस्त, आत्मसंयमन, नियंत्रण, मर्यादा

(n) consistency, agreement, harmony, concord, concordance; restraint, control, discipline

ताळतंत्र (पु), **ताळमेळ** (पु) *पाहा :* **ताळ, जम**

ताळा (पु) *पाहा :* **ताळ, जमाखर्च, अनुभव**

ताळातोळा (पु) *पाहा :* **ताळ**

ताळेबंद (पु) *पाहा :* **जमाखर्च**

तिकटे (न) *पाहा :* **अडणी**

तिक्त (वि), **तिखट** (वि) जलाल, जहाल, तीव्र, तीक्ष्ण, तेज, जळजळीत, तोंड भाजण्यासारखे, तिखटजाळ, झणझणीत; कटू, कडू; कडक, उग्र, प्रखर, मर्मभेदक, झोंबणारा; *पाहा :* **चव**

[adj] pungent, acid, acrimonious, biting, stinging, burning, bitter, sharp, poignant; *पाहा :* **चव**

तिखे (न) *पाहा :* **लोखंड**

तिंगस्तिंगा (पु) *पाहा :* **अराजक**

तिचाकी (स्त्री) *पाहा :* **वाहन**

तिजवर (पु) *पाहा :* **नवरा**

तिजोरी (स्त्री) कोशागार, कोषागार, जामदारखाना, खजिना, भांडार, पेटी; गंगाजळी, द्रव्यनिधी, अर्थसंचय; संपत्ती, वित्त, भांडवल, उत्पन्न

(n) treasury, repository, safe, strong-box, vault, safe deposit vault, coffer, reserve, capital, wealth, resources

तिटकारा (पु) तिरस्कार, घृणा, धिक्कार, अनादर, हिडीसफिडीस, द्वेषभाव, तुच्छता, उबग, उद्वेग, किळस, चिळस, शिसारी, कंटाळा, अप्रीती, नावड, वीट *पाहा :* (विरु) **आवड**

[वा] नको नको होणे, नाव नको होणे, ओकारी येणे, मन उडणे/विटणे, विष मानणे, हडहड करणे, कोपरापासून नमस्कार करणे
(n) contempt, disdain, scorn, contumely, aversion, nausea, disgust, loathing *पाहा :* (विरु) **आवड**
[i] have no stomach for, shrink from, snap one's fingers at

तिठा (पु) *पाहा :* **अड्डा**

तिडा (पु) *पाहा :* **अढी**

तिडीक (स्त्री) *पाहा :* **वेदना, संताप**

तिढा (पु) *पाहा :* **अढी**

तितिक्षा (स्त्री) सोशीकपणा, सहनशीलता, सहिष्णुता, परमतसहिष्णुता, क्षमा, क्षमाशीलता, (चित्ताची) स्थिरता/शांतता, क्षांती, समतोल वृत्ती, सबुरी, धीर (पु) *पाहा :* **सोशीक, क्षमा**
(n) patience, tolerance, forbearance, resignation, stoicism, forgiveness, composure, equanimity, aplomb *पाहा :* **सोशीक, क्षमा**

तिथी (स्त्री) *पाहा :* **दिनांक**

तिनखारा (पु) *पाहा :* **संताप**

तिनिसांज (-जा), (स्त्री, अव) *पाहा :* **संध्याकाळ**

तिन्हीत्रिकाळ (क्रिवि) *पाहा :* **अखंड** (क्रिवि)

तिन्हीसांजा (स्त्री, अव) *पाहा :* **संध्याकाळ**

तिपाई (-यी) (स्त्री) *पाहा :* **अडणी**

तिंबणे (क्रि) मळणे, कुसकरणे, तुडवणे, *पाहा :* **मारणे**
(v) knead, pound; *पाहा :* **मारणे**

तिमजली (वि) *पाहा :* **उंच इमारत**

तिमिर (पु) *पाहा :* **अंधकार**

तिय्यम (वि) *पाहा :* **अंक**

तिरकट (वि) *पाहा :* **तिरकस**

तिरकमठा (पु) *पाहा :* **धनुष्य**

तिरकस (वि) तिरवा, तिरका, तिरपा, तिरपगडा, तिरकट, वाकडा, वक्र, तिर्यक; आडमार्गी, आडवळणी; विपरीत, विपर्यस्त, विपर्यास केलेला, बिघडलेला, विकृत, एकांगी, कललेला, झुकलेला; अप्रत्यक्ष; *पाहा :* **काणा, वक्र**
[adj] oblique, tilted, slant, distorted, askew, crooked, perverted, backhanded, one-sided; indirect, *पाहा :* **काणा, वक्र**

तिरका (वि) *पाहा :* **तिरकस, काणा**

तिरडी (स्त्री) *पाहा :* **अंत्येष्टी**

तिरंदाज (पु) धनुर्विद्याप्रवीण, धनुर्धर, धनुर्धारी, नेमबाज, निशाणबाज, लक्ष्यदर्शी, लक्ष्यवेधी, लक्ष्यभेदी
(वा) अर्जुन, एकलव्य
(n) archer, bowman

तिरंदाजी (स्त्री) धनुर्विद्या, नेमबाजी, शरसंधान, निशाणबाजी
(n) archery, shooting

तिरपगडा (वि) *पाहा :* **तिरकस**

तिरपा (वि) *पाहा :* **तिरकस**

तिरपीट (स्त्री) *पाहा :* **घाई, भीती, गोंधळ**
तिरवा (वि) *पाहा :* **काणा, तिरकस**
तिरशिंगराव (पु), **तिरसट** (वि) चिडखोर (*पाहा :* **संतापी**); तुसडा, हेकट, कुचकट, आढ्यताखोर, उद्धट
(n) irascible (*पाहा :* **संतापी**), haughty, vainglorious, rude
तिरस्करणीय (वि) *पाहा :* **गर्हणीय, तुच्छ**
तिरस्कार (पु) *पाहा :* **तिटकारा**
तिरस्कृत (वि) झिडकारलेला, धिक्कारलेला, तुच्छ मानलेला, त्यक्त, वर्जित, नापसंत
[adj] despised, spurned, condemned, rejected, jilted
तिरळा (वि) *पाहा :* **काणा**
तिरीप (स्त्री) *पाहा :* **ऊन, झळ**
तिरीमिरी (स्त्री) *पाहा :* **आवेग**
तिर्यक (वि) *पाहा :* **तिरकस**
तिऱ्हाईत (वि) *पाहा :* **तटस्थ**
तिलक (पु) *पाहा :* **गंध** (न)
तिलककामोद (पु) *पाहा :* **राग**
तिलंग (पु) *पाहा :* **राग**
तिलवाडा (पु) *पाहा :* **ताल**
तिलांजली (स्त्री) तिलोदक, तर्पण; श्राद्ध, पितृकर्म; *पाहा :* **त्याग, अंत्येष्टी**
(n) renunciation; *पाहा :* **त्याग, अंत्येष्टी**
तिलोत्तमा (स्त्री) *पाहा :* **अप्सरा**
तिल्लाणा (पु) *पाहा :* **गाणे**
तिवई (स्त्री) *पाहा :* **अडणी**
तिशी (स्त्री) *पाहा :* **वय**
तिष्ठणे (क्रि) *पाहा :* **कुंठणे, प्रतीक्षा**
तिसरा (वि) *पाहा :* **अंक**
तिस्मारखान (पु) *पाहा :* **अरेराव**
तिळतिळ (वि), **तिळभर** (वि), **तिळमात्र** (वि) *पाहा :* **अल्प**
तिळे (न) *पाहा :* **मूल, अंक**
तीट (न) *पाहा :* **गंध** (न)
तीथ (स्त्री) *पाहा :* **दिनांक**
तीन (वि) *पाहा :* **अंक** (वि)
तीनतेरा (वि) *पाहा :* **नाश**
तीर (पु) *पाहा :* **बाण**
तीर (न) *पाहा :* **तट**
तीर्थ (न) पवित्र स्थळ/नदी, पुण्यधाम, क्षेत्र, पुण्यक्षेत्र; तीर्थक्षेत्र; *पाहा :* **पाणी**
(n) holy place/river; *पाहा :* **पाणी**
तीर्थंकर (पु) *पाहा :* **साधू**
तीर्थप्रसाद (पु) *पाहा :* **प्रसाद**
तीर्थयात्रा (स्त्री) *पाहा :* **प्रवास**
तीर्थरूप (पु) *पाहा :* **पिता**
तीर्थविधी (पु), **तीर्थश्राद्ध** (न) *पाहा :* **अंत्येष्टी**
तीर्थस्वरूप (वि) *पाहा :* **पूज्य**
तीर्थाटन (न) *पाहा :* **प्रवास**
तीव्र (वि) कडक, जालीम, उग्र, घनघोर, दुःसह, दारुण, प्रखर, धगधगीत, जहाल, जाज्वल्य, उत्कट, जोरदार, अटीतटीचा, तिखट, झोंबरा, कर्कश, कटू, कठोर, तामसी, तापट, खोचदार, धारदार, विदारक, मर्मभेदक, तीक्ष्ण, तल्लख, अमोघ, कुशाग्र, तार, उच्च, घणाघाती, आवेशपूर्ण

[adj] severe, harsh, rigorous, drastic, extreem, stern, keen, sharp, cutting, biting, bitter, poignant, hot, fiery, pungent, high-pitch, shrill

तीव्रता (स्त्री) *पाहा :* **तीव्र, अतिरेक, आवेग**

तीळ (पु) *पाहा :* **डाग**

तीक्ष्ण (वि) धारदार, टोकदार, अणीदार, अणकुचीदार, शंक्वाकृती, खोचदार, काटेरी, पाणीदार, तळपता; कुशाग्र *पाहा :* **तीव्र, परजणे, अमोघ, झोंबरा**

[adj] sharp, pointed, needle-sharp, razor-sharp, cutting, piercing; *पाहा :* **तीव्र, परजणे, अमोघ, झोंबरा**

तुकडा (पु) खंड, अंश, वाटा, हिस्सा, भाग, शकल, अवयव, खांड, खाप, खांडोळे, छिलका, लचका, फाळका, बोचका, चीप, कपची, ढलपी, धलपी, धलपा, चिरफळी, कपरी, झिलपी, काटकी, काडी, चोयटी, तनसडी (तणसडी); पेर, पेरे, कांडे, कांडके, करवा, गंडेरी, थोटूक, बोटूक, काप, फाक, फोड, काचरी, वडी, कपटा, कतरण, चिट्ठी, चिटोरी (-रे), टवका, खपली, टपली, ढेकूळ, लोष्ठ, डिखळ, ढेप, ढेपसा, पिंड, ढपला (-ली), ठोकळा, ढलपा, कुटका, ओंडका, कोंडका, खोड, चिंधी, चिंधडी, चिंधूक, चिंधुकली, चिंधोटी, चिरफळी, धांदोटी, धडपा, पट्टा, फाळा, पटकूर, चिरगुट, चिरटोळी, चिरटी, चिरी, पट्टी, ठिगळ, चिरोटी, ठिकरी, चकती, चांदकी, चांदुकली, अर्धा, चतकोर, नितकोर, चुरा, चाराचुरा, चूर, तोडा; *पाहा :* **विभाजन**

(n) piece, bit, chip, chunk, slice, nugget, flake, shaving, splinter, sliver, crumb, clod, shred, rag; *पाहा :* **विभाजन**

तुकडी (स्त्री) *पाहा :* **अंश, वर्ग**

तुकणे (क्रि) *पाहा :* **वजन**

तुकतुकी (स्त्री) *पाहा :* **टवटवी**

तुकतुकीत (वि) *पाहा :* **टवटवीत**

तुकवणे (क्रि) *पाहा :* **अनुमती**

तुक्कल (स्त्री) *पाहा :* **पतंग**

तुक्का (पु) *पाहा :* **बाण**

तुंग (वि) *पाहा :* **उंच**

तुच्छ (वि) तिरस्करणीय, निंद्य, नीच, हलकट; तिरस्कारयुक्त, अनादरव्यंजक, तुच्छतादर्शक; क्षुद्र, क्षुल्लक, गौण, किरकोळ, अत्यल्प, उपेक्षणीय, कःपदार्थ, हलका, कवडी किमतीचा, मातीमोल, निरुपयोगी, तिरस्कृत

[वा] कोणत्या झाडाचा पाला, रोज मरे त्याला कोण रडे

[adj] contemptible, despicable, detestable, lowdown, mean; contemptuous, disdainful; insignificant, petty, paltry, negligible, worthless

[i] not care a straw about, look down on

तुच्छता (वि) *पाहा :* **तिटकारा**

तुटक (वि) *पाहा :* **खंडित, विसंगत, तुसडा**

तुटणे (क्रि) मोडणे, तुकडे होणे, छकले होणे, फुटणे, विभागणे, निखळणे, सुटणे, झडणे, भंग पावणे, भग्न होणे, तडा जाणे, पिचणे, तडकणे, दुभंगणे, खंडित होणे, खंड पडणे; कमी होणे, आटणे, घटणे, उतरणे; मिटणे, संपणे, थांबणे; *पाहा :* **विभाजन**

(v) break, shatter, crack up, fracture, split, wreck, be dismembered, crumble; discontinue, cease; diminish, shrink, peter out; *पाहा :* **विभाजन**

तुटपुंजा (वि) *पाहा :* **कमी**

तुटवडा (पु) *पाहा :* **अभाव**

तुटातुटी (स्त्री), **तुटातूट** (स्त्री) *पाहा :* **विभाजन**

तुटी (स्त्री) *पाहा :* **अभाव**

तुंड (न) *पाहा :* **तोंड**

तुडतुडीत (वि) *पाहा :* **कोरडा**

तुडवणे (क्रि) (पायांखाली) चिरडणे, चुरडणे, मळणे, रगडणे; पायमल्ली करणे; तुडवातुडव करणे; *पाहा :* **चालणे, मारणे**

(v) trample, tread upon, stamp on, crush, overrun; *पाहा :* **चालणे, मारणे**

तुडुंब (वि) भरगच्च, काठोकाठ, परिपूर्ण, आकंठ, तट्ट, ओतप्रोत, परिप्लुत, दुथडी, जळबंब, जलमय

[adj] full, brimful, filled, replete, upto the neck, overflowing

तुणणे (क्रि) *पाहा :* **शिवणे**

तुणतुणे (न) *पाहा :* **तंतुवाद्य**

तुतारी (स्त्री) *पाहा :* **सुषिरवाद्य**

तुंद (वि), **तुंदिल** (वि), **तुंदिलतनू** (वि) *पाहा :* **लठ्ठ**

तुनुमुनू (क्रिवि) *पाहा :* **अळेबळे**

तुपकट (वि), **तुपट** (वि) *पाहा :* **स्निग्ध**

तुफान (न) *पाहा :* **वायू, अशांतता**

तुफान (वि) बेफाम, प्रचंड, अमर्याद, अतिशय, भरमसाट, अफाट, जबरदस्त, भयंकर; मत्त, क्षुब्ध, अनावर, मुसमुसलेला, खवळलेला, वादळी; तुफानी, भन्नाट, सुसाट, अनियंत्रित

[adj] excessive, extravagant, overdone immense, tremendous; boisterous, wild, stormy, violent

तुंबडी (स्त्री) *पाहा :* **तंतुवाद्य**

तुंबणे (क्रि) *पाहा :* **अडकणे, फुगणे**

तुंबळ (वि) *पाहा :* **घनघोर**

तुंबा (पु) *पाहा :* **अटकाव, तट**

तुमान (स्त्री) *पाहा :* **विजार**

तुमुल (वि) *पाहा :* **घनघोर**

तुरई (स्त्री) *पाहा :* **खिळा**

तुरग (पु), **तुरंग** (पु), **तुरंगम** (पु) *पाहा :* **अश्व**

तुरट (वि) *पाहा :* **चव**

तुरतुर (क्रिवि) *पाहा :* **अविलंब**

तुरपणे (क्रि) *पाहा :* **शिवणे, घडी**

तुरळक (वि) विखुरलेला, विरळ, क्वचित आढळणारा/ घडणारा, दुर्मीळ, अल्प, विरळा *पाहा :* **अनियमित**

[adj] sparse, scattered, few and far between, limited, sporadic, infrequent, rare, occasional, scant, *पाहा :* **अनियमित**

तुरा (पु) शिरोभूषण, शिरपेच, कलगी (*पाहा :* **काव्य**); शिखा, शेंडी; गुच्छ, झुबका, झुपका, घोस, गोंडा, लोंगर, कणीस; *पाहा :* **अंकुर**

(n) crest, plume, feather, bunch, cluster, ear (of corn); *पाहा :* **अंकुर, काव्य**

तुरीय (वि) *पाहा :* **अंक**

तुरीयावस्था (स्त्री) *पाहा :* **चार अवस्था**

तुरुंग (पु) कारा, कारागृह, कारागार, बंदीशाळा, बंदीखाना, कैदखाना, जेल, जेलखाना, कोंडवाडा, कोठडी, अंधारकोठडी, काळे पाणी, यमपुरी, पिंजरा, बंधन, दगडी भिंती, कच्ची कैद, सुधारगृह, गुन्हेगार वसाहत, खुला तुरुंग; *पाहा :* **अटक, कैदी, पंजर**

[वा] बिनभाड्याचे घर, दक्षिण दरवाजा, सोन्याचा पिंपळ

(n) prison, penitentiary, gaol (jail), lock-up, custody, guard house, detention centre, den, cell, cage, pen, stone walls, reformatory, penal settlement, concentration camp; *पाहा :* **अटक, कैदी, पंजर**

तुरुंगवास (पु) *पाहा :* **अटक**

तुरुतुरू (क्रिवि) *पाहा :* **अविलंब, रीत**

तुरे (न) *पाहा :* **चर्मवाद्य**

तुलना (स्त्री) तुला, तुळा, तुळणा, साम्य, समता, समानता, सारखेपणा, बरोबरी, पाड, तोल, तोड, जोड, उपमा, तोडीस तोड; *पाहा :* **समान, समानता,** (विरु) **असमान**

(n) comparison, analogy, resemblance, similarity, likeness, parallel, equality; *पाहा :* **समान, समानता** (विरु) **असमान**

[i] to hold a candle to

तुलनीय (वि) *पाहा :* **समान**

तुला (स्त्री) *पाहा :* **तुलना, तराजू, वजन**

तुल्य (वि) *पाहा :* **समान**

तुषार (पु) *पाहा :* **थेंब**

तुषारसिंचन (न) *पाहा :* **अभिषेक**

तुष्ट (वि), **तुष्टपुष्ट** (वि) *पाहा :* **आनंदित**

तुष्टणे (क्रि) *पाहा :* **आनंद**

तुष्टी (स्त्री) *पाहा :* **आनंद**

तुष्टीभूत (वि) *पाहा :* **आनंदित**

तुसडा (वि) तिरसट, तिरशिंगराव, रागीट, चिडखोर, चढेल, उद्धट, फटकळ, तुटक, बेपर्वा, कडक, कुचकट, रासवट, धटिंगण

[adj] curt, brusque, rude, cavalier, impolite, rough,

harsh, saucy, short-tempered

तुळई (स्त्री) *पाहा :* **स्तंभ**

तुळणा (स्त्री) *पाहा :* **तुलना**

तुळतुळीत (वि) *पाहा :* **गुळगुळीत**

तुळा (स्त्री) *पाहा :* **तुलना**

तूट (स्त्री) घट, घाटा, नुकसान, तोटा, खोट, आतबट्टा; कमतरता, न्यूनता, अपूर्णत्व, अपुरेपणा; अभाव, तुटवडा, दुर्मिळता; बिघाड, मोडतोड, तूटफूट, भंग, तडा

(n) loss; deficit, deficiency, scarcity, dearth, shortage, insufficiency; damage, breakage

तूप (न) *पाहा :* **स्निग्ध पदार्थ**

तूर्त (क्रिवि) *पाहा :* **हल्ली, तात्पुरता**

तूर्या (स्त्री) *पाहा :* **चार अवस्था**

तूस (न) *पाहा :* **त्वचा**

तूळ (स्त्री) *पाहा :* **बारा राशी**

तृण (न) *पाहा :* **गवत**

तृणधान्य (न) *पाहा :* **धान्य**

तृणांकुर (पु) *पाहा :* **गवत**

तृतीय (वि) *पाहा :* **अंक**

तृतीयपंथी (तृतीयप्रकृती) (वि) *पाहा :* **नपुंसक**

तृप्त (वि) *पाहा :* **आनंदित**

तृप्ती (स्त्री) *पाहा :* **आनंद**

तृषा (स्त्री) *पाहा :* **तहान**

तृषाकुल (-क्रांत, -पीडित), तृषार्त, तृषित (सर्व वि) *पाहा :* **तहानेला, अधीर**

तृष्णा (स्त्री) *पाहा :* **तहान, अभिलाषा**

तेगा (पु) *पाहा :* **खड्ग**

तेज (न) प्रभा, आभा, दीप्ती, द्युती, विद्योत, प्रकाश, उजेड, चमक, कीळ, कळा, झळाळी, कांती, लकाकी, पाणी, शोभा; चैतन्य, ब्रह्मतेज, ओज, विराज, पौरुष, पाणीदारपणा, जोश, सामर्थ्य, प्रभाव, शक्ती, ऊर्जा, झपाटा; प्रताप, तिखटपणा, तीक्ष्णता; सत्त्व, गुण, उपयुक्तता; सतेजता, तेजस्विता, तजेला, टवटवी, तेजगी, नूर, रंग, रया, राजतेज, वलय, तेजोवलय, प्रभामंडल

(n) light, brightness, lustre, radiance, sparkle, dazzle, flash, brilliance, life force, vigour, power, majesty, excellence, essence, efficacy

तेज (वि) चपळ, चलाख, वेगवान, चैतन्यपूर्ण, तल्लख, तिखट, तीक्ष्ण; *पाहा :* **तेजस्वी**

[adj] quick, fast, high-speed, sharp, smart, bright; *पाहा :* **तेजस्वी**

तेजगी (स्त्री) *पाहा :* **तेज, नवाई**

तेजःपुंज (वि) *पाहा :* **तेजस्वी**

तेजस (वि) *पाहा :* **तेजस्वी**

तेजस्वी (वि) तेज:पुंज, तेजस, तेजदार, तेजाळ, तेजोमय, दीप्तिमान, प्रदीप्त, प्रभावंत, कांतिमान, धगधगीत, प्रकाशमान, प्रतिसूर्य, प्रखर, ज्योतिष्मान, ज्योर्तिमय, देदीप्यमान, पुंजाळ, जाज्वल्य, ज्वलंत, उज्ज्वल, सतेज, टिपूर,

ओजस्वी (ओजस), जोशपूर्ण, तेज, पाणीदार, बाणेदार, मानी, प्रतापी; शोभिवंत, चमकदार, टवटवीत, तजेलदार, प्रफुल्ल, प्रसन्न; उजळ; लखलखीत; वलयांकित *पाहा :* (विरु) **कळाहीन, फिकट, तेजोहीन**

[adj] brilliant, bright, lustrous, glittering, scintillating, glorious, luminous, radiant, refulgent, dazzling, resplendent; spirited; vigorous *पाहा :* (विरु) **कळाहीन, फिकट, तेजोहीन**

तेजाकार (पु) *पाहा :* **सूर्य**

तेजाळ (वि) *पाहा :* **तेजस्वी**

तेजी (स्त्री) *पाहा :* **उत्कर्ष, महागाई**

तेजीमंदी (स्त्री) *पाहा :* **चढउतार**

तेजोगोल (पु) *पाहा :* **तारा**

तेजोभंग (पु) *पाहा :* **अपमान**

तेजोमय (वि) *पाहा :* **तेजस्वी**

तेजोमेघ (पु) *पाहा :* **तारा**

तेजोहीन (वि) फिकट, फिकुटलेला, मंद, क्षीण, कळाहीन, कांतिहीन, कोमेजलेला, प्रभाहीन, निष्प्रभ, हतप्रभ, मिणमिणता, झुगझुग, फटफटीत, निस्तेज, म्लान, काळवंडलेला, निराश, खिन्न, उदास, नि:सत्त्व, हतवीर्य, पौरुषहीन; रया गेलेला *पाहा :* (विरु) **तेजस्वी**

[वा] रंग उडणे, नांगी टाकणे

[adj] pale, lacklustre, lustreless, faded, drab, dull, dim, gloomy, vapid, lifeless, spiritless, powerless, impotent *पाहा :* (विरु) **तेजस्वी**

तेढ (स्त्री) *पाहा :* **अढी, वैर**

तेढा (वि) *पाहा :* **वक्र**

तेरवा (क्रिवि) *पाहा :* **आधी, नंतर**

तेरावा (पु) *पाहा :* **अंत्येष्टी**

तेरीज (स्त्री) *पाहा :* **जमाखर्च**

तेल (न) *पाहा :* **स्निग्ध पदार्थ**

तेलकट (वि) *पाहा :* **स्निग्ध, गुळगुळीत**

तेलविहीर (स्त्री) *पाहा :* **विहीर**

तेलीतांबोळी (पु, अव) *पाहा :* **दलित**

तेल्या (वि) *पाहा :* **स्निग्ध, गुळगुळीत**

तेवणे (क्रि) *पाहा :* **दिवा**

तेहतीस कोटी देव (पु, अव) आठ वसु, अकरा रुद्र, बारा आदित्य, प्रजापती व वषट्कार हे देवांचे वर्ग *पाहा :* **परमेश्वर**

(n, pl) classes of Gods *पाहा :* **परमेश्वर**

तैनात (स्त्री) *पाहा :* **अधिकार, इतमाम, चाकरी**

तैल (न) *पाहा :* **स्निग्ध पदार्थ**

तैलचित्र (न) *पाहा :* **चित्र**

तैलबुद्धी (वि) *पाहा :* **बुद्धिमान**

तैलरंग (पु) *पाहा :* **रंग**

तोकडा (वि) *पाहा :* **कमी**

तोचतोपणा (पु) *पाहा :* **पुनरावृत्ती**

तोटका (वि) *पाहा :* **कमी**

तोटरा (पु) *पाहा :* **अटकाव**

तोटा (पु) *पाहा :* **नुकसान, अभाव**

तोटी (स्त्री) *पाहा :* **नलिका**

तोठरा (पु) *पाहा :* **अटकाव**

तोड (स्त्री) *पाहा :* **युक्ती, तुलना**

तोंड (न) मुख (ओठ, दातांची मुळे, दात, जीभ, टाळू, गाल व गळा यांचा समुदाय), वदन, आनन, तुंड, वक्त्र; चेहरा, तोंडवळा, मुद्रा, चर्या, मुखडा, मुखवटा, चेहरेपट्टी; मुखकमल, मुखचंद्र, मुखश्री, मुखचर्या, वदनेंदु; जबडा, जाभाड, दाभाड, जिवणी, मुस्कट, मुस्काड, थोबाड, भेकाड, भोकाड, थोतरी, बोळके, गाल, गालफड; हनवटी (हनुवटी, हनु); द्वार, प्रवेशद्वार, छिद्र, रंध्र, फट, खिंडार; मोहरा, तोंड, अग्रभाग, दर्शनीभाग, चेहरामोहरा, चोच; *पाहा :* **आरंभ**

(n) mouth, oral cavity, lips, jaw, visage, face, countenance; entrance, door, inlet, outlet, hole, muzzle, aperture; aspect, front, beak *पाहा :* **आरंभ**

तोंडओळख (स्त्री) *पाहा :* **ओळख**

तोडगा (पु) *पाहा :* **इलाज, औषध**

तोडणी (स्त्री) *पाहा :* **शेती**

तोडणे (क्रि) *पाहा :* **विभाजन, छळणे**

तोंडदाबी (स्त्री) *पाहा :* **कोंडमारा**

तोंडदेखला (वि) *पाहा :* **औपचारिक**

तोंडपट्टा (पु) *पाहा :* **अपभाषण, बडबड**

तोंटपाटिलकी (स्त्री) *पाहा :* **बडबड**

तोंडपाठ (वि) *पाहा :* **कंठगत**

तोंडपालट (पु) *पाहा :* **बदल**

तोंडपिटी (स्त्री) पाहा **बडबड**

तोंडपुजेपणा (पु) *पाहा :* **अनुनय**

तोंडपुंज्या (वि) *पाहा :* **स्तुतिपाठक**

तोंडफटाल्या (वि) *पाहा :* **बडबड्या**

तोंडबळ (न) *पाहा :* **वक्तृत्व**

तोंडभर (वि) *पाहा :* **अतिशय**

तोंडमारा (पु) तोंडदाबी, मुस्कटदाबी, भाषणबंदी, लेखनबंदी; *पाहा :* **गळचेपी**

[क्रि] तोंड बंद करणे, तोंडाला खीळ घालणे, तोंडाला लगाम लावणे, तोंडात बोळा कोंबणे, गप्प बसवणे

(n) muzzling, gagging, throttling, stifling, silencing; *पाहा :* **गळचेपी**

तोंडमिळवणी (स्त्री) *पाहा :* **जमाखर्च**

तोडमोड (स्त्री) *पाहा :* **विभाजन**

तोंडवळा (पु) *पाहा :* **तोंड, चेहरा**

तोंडसुख (न) *पाहा :* **अपभाषण, खडसावणे, बडबड**

तोडा (पु) *पाहा :* **तुकडा, तान, कंकण**

तोडातोड (स्त्री) *पाहा :* **विभाजन**

तोंडातोंडी (स्त्री) *पाहा :* **भांडण**

तोंडाळ (वि) *पाहा :* **बडबड्या, गप्पिष्ट**

तोंडाळपणा (पु) *पाहा :* **बडबड**

तोडी (पु) *पाहा :* **राग**

तोंडीलावणे (न) *पाहा :* **अन्न**

तोतया (पु) *पाहा :* **फसवा, अभिनेता, ठक**

तोतयेगिरी (स्त्री) *पाहा :* **फसवणूक, अनुकरण, अभिनय**

तोतरा (वि) चाचरा, चोचरा, फापरा, (बोलताना) अडखळणारा/ घुटमळणारा/ कापणारा/ थरथरणारा; बोबडकांदा, बोबडा

[क्रि] बिचकत बोलणे, तोंडातून शब्द

धड न निघणे, जीभ जड असणे, बोबडी वळणे

[adj] stammerer, stutterer, halting, inarticulate, hesitant

तोता (पु) *पाहा :* **पोपट**

तोतो (स्त्री) *पाहा :* **स्नान**

तोफ (स्त्री) *पाहा :* **आयुध**

तोबरा (पु) *पाहा :* **पिशवी**

तोबा (पु) *पाहा :* **आसूड, गर्दी**

तोबागर्दी (स्त्री) *पाहा :* **गर्दी**

तोय (न) *पाहा :* **पाणी**

तोयराशी (पु) *पाहा :* **समुद्र**

तोरडी (स्त्री) *पाहा :* **पैंजण**

तोरण (न) *पाहा :* **आवली, आरंभ**

तोरमल्ली (न) *पाहा :* **रत्न**

तोरा (पु) दिमाख, डौल, ऐट, आव, रुबाब, गर्व, मीपणा, डांभा, अहंपणा, अभिमान, ताठा, मिजास, ठमकारा, ठमठमाट, अक्कड, आढ्यता, दर्प, घमेंड, कुर्रा, अवडंबर, बडिवार; बडेजाव, प्रस्थ, लब्धप्रतिष्ठा, प्रतिष्ठा, नक्षा, प्रौढी, शेखी, फुशारकी; आत्मप्रौढी

[वा] मी मी म्हणणे/करणे, झेंडा नाचवणे/मिरवणे, नाक वर करून चालणे, टाचा उंच करून चालणे, स्वर्ग दोन बोटे उरणे, मिशीवर ताव देणे

(n) ostentation, airs, flourish, swaggering, pomp, conceit

तोल (पु) कल, झोक, झोल, झोकांडी, समतोल, संतुलन; रोख, ओढा; वजन; *पाहा :* **तुलना, समानता, वजन**

(n) bent, tendency, leaning, balance, equilibrium, weight; *पाहा :* **तुलना, समानता, वजन**

[i] to strike a balance

तोलणे (क्रि) *पाहा :* **अजमास, झेपणे, पडताळणे, वजन**

तोलामोलाचा (वि) *पाहा :* **थोर, समान**

तोलूनमापून (वि, क्रिवि) *पाहा :* **अल्प**

तोशीस (स्त्री) *पाहा :* **त्रास**

तोष (पु) *पाहा :* **आनंद**

तोषक (वि) *पाहा :* **आनंददायक**

तोषित (वि) *पाहा :* **आनंदित**

तोहमत (स्त्री) *पाहा :* **आरोप, नुकसान, लचांड**

तोळामासा (वि) *पाहा :* **अशक्त**

तौलनिक (वि) *पाहा :* **सापेक्ष**

त्यक्त (वि) त्यागलेला, टाकलेला, सोडलेला, झिडकारलेला, अव्हेरलेला, वगळलेला, वर्ज्य, वर्जित, विवर्जित, त्यजित, नापसंत, परित्यक्त, अनाथ, बहिष्कृत, वावडे असलेले *पाहा :* **त्याग, त्यागणे, त्याज्य**

[adj] rejected, left out, castaway, jilted, abandoned, discarded, deserted *पाहा :* **त्याग, त्यागणे, त्याज्य**

त्यजणे (क्रि) *पाहा :* **त्यागणे**

त्यजनीय (वि) *पाहा :* **त्याज्य**

त्याग (पु) अव्हेर, अस्वीकार, दान, वर्जन, विवर्जन, विसर्ग, विसर्जन, बोळवण, तर्पण, तिलांजली; यज्ञ; (गृह-, देश-, अधिकार-,

स्थान-, पद-, पक्ष-, सभा- , राज्य, सिंहासन-, शस्त्र-, देह-, विषय-, संसार-) त्याग, स्वार्थत्याग, कर्मत्याग, फलत्याग, कर्मफलत्याग, परित्याग, सर्वसंगपरित्याग, सर्वत्याग, सर्वस्वत्याग, संन्यास; निवृत्ती; *पाहा :* **त्यागणे, विरक्त, संन्यास, त्याज्य, त्यक्त, बलिदान,** (विरु) **उपभोग**

[adj] rejection, renunciation, relinquishment, abandonment, surrender, abdication, desertion, exclusion, defection; *पाहा :* **त्यागणे, विरक्त, संन्यास, त्याज्य, त्यक्त, बलिदान,** (विरु) **उपभोग**

त्यागणे (क्रि) त्यजणे, त्याग करणे, टाकणे, सोडणे, सांडणे, वर्ज्यणे, देणे, अव्हेरणे, झिडकारणे, वगळणे, डावलणे, वाळणे, पाणी/उदक सोडणे, तिलांजली देणे, विसर्जणे, बोळवणे; संन्यास घेणे; *पाहा :* **त्याग, त्याज्य, त्यक्त** (विरु) **भोगणे, बाळगणे, अंगीकार**

[वा]नाव सोडणे/ टाकणे, तुळशीपत्र ठेवणे, लाथाडणे, रामराम ठोकणे, अंतर देणे, हलवायाच्या घरावर तुळशीपत्र

(v) reject, discard, desert, abandon, renounce, relinquish, cast off, eliminate, scrap, give up, surrender, forgo, abdicate, defect, exclude; *पाहा :* **त्याग, त्याज्य, त्यक्त** (विरु) **भोगणे, बाळगणे, अंगीकार**

[i] cast to the winds, throw away, to turn one's back upon, to break away from, to give up, to wash one's hands of, walk out on

त्यागपत्र (न) राजीनामा

(n) resignation letter

त्यागी (वि) *पाहा :* **विरक्त**

त्याज्य (वि) त्यजनीय, वर्ज्यनीय, वर्जनीय, वर्ज्य, अकरणीय, अमान्य, अग्राह्य, अविहित, अस्वीकार्य, अनुचित, अनिष्ट, आक्षेपार्ह, आक्षिप्त, दोषार्ह, गर्हणीय, निषिद्ध, प्रतिषिद्ध, निंद्य, तिरस्करणीय, वावडा, नापसंत, असंमत, रद्द, लोकबाह्य, लोकविरुद्ध; *पाहा :* **कुचकामी, त्याग, त्यागणे, त्यक्त**

[adj] blameworthy, objectionable, inadvisable, despicable, reprehensible, prohibited, forbidden; *पाहा :* **कुचकामी, त्याग, त्यागणे, त्यक्त**

त्रयस्थ (वि) *पाहा :* **तटस्थ**

त्रयी (स्त्री) *पाहा :* **अंक**

त्रयोदश (वि) *पाहा :* **अंक**

त्रस्त (वि) जेर, जर्जर, बेजार, संत्रस्त, ग्रस्त, पीडित, हैराण, रंजीस, व्यग्र, विव्हल, व्याकूळ, विकल, बेचैन, अस्वस्थ, उद्विग्न, त्रासलेला, त्रासिक, गांजलेला, करवादलेला, चिंताक्रांत,

भयभीत, दु:खी; *पाहा :* **त्रास, त्रासणे, त्रासदायक, अशांत**

[वा] दे माय धरणी ठाय होणे

[adj] harassed, careworn, distraught, exhausted, weary, afflicted, distressed, vexed, worried; *पाहा :* **त्रास, त्रासणे, त्रासदायक, अशांत**

[i] down and out; out of humour

त्रांगडे (न) *पाहा :* **लचांड, कुलंगडे**

त्रागा (पु) *पाहा :* **संताप**

त्राटिका (स्त्री) *पाहा :* **कृत्या**

त्राण (न) *पाहा :* **शक्ती, रक्षण, अवसान**

त्राता (पु) रक्षणकर्ता, सांभाळकर्ता, रक्षक, परिरक्षक, तारक, तारिता, तारणहार, वाली, कैवारी, नाथ, साह्यकर्ता, पालनकर्ता, पोषणकर्ता, आश्रयदाता, पाठीराखा, मदतगार, धनी, पालक, उद्धारकर्ता, पतितोद्धार, पतितपावन, वाचवणारा, सोडवणारा, मुक्तिदाता, परित्राता, प्रणतवत्सल; *पाहा :* **उद्धार**

(n) protector, saviour, liberator, redeemer, guardian *पाहा :* **उद्धार**

त्रास (पु) काच, पीडा, जाच, ताप, तसदी, उपद्रव, छळ, छळणूक, जाचणूक, गांजणूक, पिडणूक, कटकट, कर्मकटकट, दगदग, तडतड, जंजाळ, उपाधी, व्याधी, आजार, दुखणे, बाधा, व्यथा, ब्याद, दु:ख, आपत्ती, आफत, बला, संकट, यमजाच, यमजाचणी, उच्छाद, अडचण, गैरसोय, उपसर्ग, अपाय, कुचंबणा, जिकीर, हाल, कष्ट, क्लेश, तोशीस, कहार, अपेष्टा, धकाधकी, टकेटोणपे, धक्केचपेटे, ससेहोलपट, होरपळ, सासुरवास, कुटाणा, जिकीर, हालअपेष्टा, हैराणी, प्रतिकूलता, कंटाळा, वीट, वैताग, मन:पीडा, मनस्ताप; विनयभंग; *पाहा :* **त्रस्त, छळ, त्रासणे, त्रासदायक**

[वा] धर्म करता कर्म उभे राहणे, करायला गेलो एक आणि झाले भलतेच, शनीची पीडा, साडेसाती, अंगावर शेकणे, पदराला खार लागणे, हाल कुत्रा न खाणे, वनवास भोगणे, संक्रांत मागे लागणे, कपाळाला आठ्या घालणे, त्रिस्थळी यात्रा, केले तुका झाले माका, दगडापेक्षा वीट मऊ

[adj] harassment, bother, vexation, trouble, tribulation, torture, torment, adversity, handicap, hardship, nuisance, inconvenience, malady, ailment; mental agony; molestation; *पाहा :* **त्रस्त, छळ, त्रासणे, त्रासदायक**

[i] run from pillar to post, prey on someone's mine, teething troubles

त्रासणे (क्रि) त्रस्त/ जेर/ बेजार/ हैराण होणे, जेंजारणे, करवादणे, मट्ट्यास/

मेटाकुटीस/ जेरीस/ जिकिरीस येणे, दगदणे, कावणे, किटणे, क्लेशणे, कंटाळणे, वैतागणे, कातावणे, जीव आंबणे, कपाळ चढणे; किटणे, दुखावणे, त्रास देणे, जीव खाणे, प्राण खाणे, गांजणे, पिडणे, छळणे, जाचणे, भोवणे; *पाहा :* **छळणे, त्रस्त, त्रास, त्रासदायक**

(वा) अर्धा जीव होणे, जीव मक्ष्यास येणे, खायला उठणे

(v) be harassed/vexed/ distresed/ afflicted/ handicapped/ tormented *पाहा :* **छळणे, त्रस्त, त्रास, त्रासदायक**

[i] to take umbrage

त्रासदायक (वि) तापदायक, उपद्रवकारक, उपद्व्यापी, कहारी, उपद्रवी, नाठाळ, दुःखद, छळवादी, दुःखदायक, जाचक, गैरसोयीचा, जिकिरीचा, खडतर, कष्टप्रद, कष्टदायक, क्लेशकारक, कटू, रंजीसवाणा, कंटाळवाणा, प्रतिकूल; द्वाड, बाधक, यातनामय, शोकप्रद, दुःखप्रद, जीवघेणा, दुःसह, *पाहा :* **बाधक, त्रासणे, त्रस्त, त्रास,** (विरु) **आनंददायक**

[वा] गळ्यातील घोरपड, गुलाबाला काटे, पीडाग्रह, जखमेवर मीठ चोळणे, जोड्यातला खडा, पायातला काटा, पिंडीवरचा विंचू, राहूकेतू

[adj] harassing, bothersome, troublesome, irritating, annoying, distressing, disturbing, inconvenient, adverse, painful; *पाहा :* **बाधक, त्रासणे, त्रस्त, त्रास,** (विरु) **आनंददायक**

[i] a pain in the neck, a thorn, in someone's side

त्रासिक (वि) *पाहा :* **त्रस्त**

त्रिकालदर्शी (-ज्ञ, -ज्ञानी) (वि) *पाहा :* **ज्ञानी**

त्रिकुटी (स्त्री), **त्रिकूट** (न) *पाहा :* **अंक**

त्रिकोणमिती (स्त्री) *पाहा :* **गणित**

त्रिखंड (न) *पाहा :* **चराचर**

त्रिगुण (पु, अव) *पाहा :* **गुण**

त्रिगुणातीत (वि) *पाहा :* **ब्रह्मीभूत**

त्रिचरण (पु) *पाहा :* **अग्नी**

त्रिजगत (न) *पाहा :* **चराचर**

त्रिज्या (स्त्री) *पाहा :* **विस्तार**

त्रिताप (पु, अव) *पाहा :* **तापत्रय**

त्रिताल (पु) *पाहा :* **ताल**

त्रिदंडी (पु) *पाहा :* **संन्यासी**

त्रिदोष (पु, अव) त्रिधातू; कफ, वात, पित्त; सन्निपात

(n, pl) three bodily humours

त्रिधा (वि) *पाहा :* **अंक**

त्रिधातुक (वि) *पाहा :* **देह**

त्रिनयन (वि), **त्रिनेत्र** (वि) *पाहा :* **शंकर**

त्रिपदा (स्त्री) *पाहा :* **मंत्र**

त्रिपाद (पु) *पाहा :* **अग्नी**

त्रिपुटी (स्त्री) द्रष्टा- दृश्य- दर्शन, ज्ञाता- ज्ञेय- ज्ञान, इत्यादी; *पाहा :* **अंक**

(n) group of three (viewer-view-viewing, etc) *पाहा :* **अंक**
त्रिपुंड्र (पु) *पाहा :* **गंध** (न)
त्रिपुर (पु) *पाहा :* **दिवा**
त्रिपुरारी (पु) *पाहा :* **शंकर**
त्रिभुवन (न) *पाहा :* **चराचर**
त्रिमात्रा (स्त्री, अव) *पाहा :* **ओम्**
त्रिमितिचित्र (न), *पाहा :* **चित्र, दृष्टि-उपकरण**
त्रिमूर्ती (स्त्री) ब्रह्मा- विष्णु- महेश; दत्तात्रेय, देवत्रयी *पाहा :* **परमेश्वर**
(n) the Triad of Gods *पाहा :* **परमेश्वर**
त्रियामा (स्त्री) *पाहा :* **रात्र**
त्रिलोचन (पु) *पाहा :* **शंकर**
त्रिविक्रम (पु) *पाहा :* **विष्णू**
त्रिविध (वि) *पाहा :* **अंक**
त्रिवेणी (स्त्री) *पाहा :* **गंगा**
त्रिशंकू (पु) *पाहा :* **अनिश्चित**
त्रिशूल (-ळ) (पु) *पाहा :* **आयुध**
त्रिस्थळी (वि) *पाहा :* **प्रवास, अराजक**
त्रुटित (वि) *पाहा :* **भग्न, विभक्त**
त्रुटी (स्त्री) *पाहा :* **अभाव**
त्रेतायुग (न) *पाहा :* **चार युगे**
त्रेधा (स्त्री), **त्रेधातिरपीट** (स्त्री) *पाहा :* **घाई, अशांतता, गोंधळ**
त्रैमासिक (न, वि) *पाहा :* **माध्यम, नियमित**
त्रैलोक्य (न) *पाहा :* **चराचर**
त्रैवर्णिक (वि) *पाहा :* **वर्णव्यवस्था**
त्रोटक (वि) थोडक्यात, संक्षिप्त, सारांशरूप; अपुरा, तुटपुंजा, तोटका,
[adj] short, brief, abridged, insufficient, thin, meagre, scanty, sparse
त्र्यंबक (पु) *पाहा :* **शंकर**
त्वगिंद्रिय (न) *पाहा :* **त्वचा**
त्वचा (स्त्री) कातडी (-डे), चामडी (-डे), चमडी, चर्म, चाम, खाल; मृगाजिन; व्याघ्रचर्म, व्याघ्रांबर; साल, सालपट, सालटी (-डी), खपली, सोपट, टरफल, फोलकट, फोलपट, कोंडा, तूस, छिलका, पापुद्रा, कात, कवच, खवला, बाह्यांग, बाह्यत्वचा, अंतस्त्वचा, अंतर्साल, वल्कल; त्वगिंद्रिय, स्पर्शेंद्रिय; *पाहा :* **ज्ञानेंद्रिय, अवगुंठन, थर**
(n) skin, hide, epidermis, bark, husk, shell, casing, peel, rind, leather; *पाहा :* **ज्ञानेंद्रिय, अवगुंठन, थर**
त्वरण (न) *पाहा :* **गती**
त्वरा (स्त्री) *पाहा :* **घाई, गती, चापल्य**
त्वरित (क्रिवि) *पाहा :* **अविलंब**
त्वर्य (वि) निकडीचा, तातडीचा, जरुरीचा, खास, जलदीचा, ताबडतोबीचा *पाहा :* **घाई**
[adj] urgent, pressing, imperative, express, special *पाहा :* **घाई**
त्वष्टा (पु) *पाहा :* **ब्रह्मदेव**
त्वेष (पु) आवेश, झपाटा, चेव, ईर्षा-ष्या, हिरिरी, अभिनिवेश, अवसान, स्फुरण, झटका, थरार, उसळी, उद्रेक, आवेग, क्षोभ, संताप, क्रोध;

पाहा : **प्रक्षोभक**

[वा] रक्त तापणे, डोके भडकणे

(n) upsurge, passion, outburst, fire, frenzy, vehemence, vigour, spirit, spring, fury, rage, wrath; *पाहा :* **प्रक्षोभक**

[i] run wild, make the fur fly

थ

थकणे (क्रि) दमणे, भागणे, शिणणे, थकणेभागणे, श्रांत होणे, क्लांत होणे, गळाठणे, गळणे, कंटाळणे, श्रमणे, मरगळणे, शमणे, कष्टणे, थकवा येणे, दम लागणे, दमछाक होणे, क्षीण होणे, वृद्ध होणे, बेजार/जर्जर होणे, जिकिरीस/मेटाकुटीस/टेकीस येणे, करवादणे, दिवाळे निघणे, पैसे बुडणे/वसूल न होणे; *पाहा :* **श्रांत, थकवा**

[वा] (कंबरेचे) टाके ढिले होणे, कंबर मोडणे, मणका ढिला होणे, कढी पातळ होणे, पायाचे तुकडे पडणे, गात्रे विकल होणे, मान टाकणे, जीव मट्ट्यास येणे, मानेचा काटा ढिला होणे, घोडे थकणे, नाकी नव (नऊ) येणे; नाकात दम येणे, दे माय धरणी ठाय होणे, हात टेकणे

(v) be fatigued/ exhausted/ fagged/ bored/ tired/ wearied; *पाहा :* **श्रांत, थकवा**

[i] be tired to death, to be dog tired, to be done-in, burn out

थकबाकी (स्त्री) *पाहा :* **कर्ज**

थकबाकीदार (पु) *पाहा :* **ऋणकरी**

थकवा (पु), **थकावट** (स्त्री) शीण, दमणूक, श्रम, ग्लानी, शैथिल्य, दौर्बल्य, गात्रवैकल्य, मरगळ, भाग, शीणभाग, शिणवटा, शिणोटा, भागवटा, कंटाळा, वीट; *पाहा :* **थकणे, श्रांत**

(n) exhaustion, fatigue, weariness, tiredness, drowsiness, boredom, ennui; *पाहा :* **थकणे, श्रांत**

थक्क (वि) *पाहा :* **आश्चर्य, प्रभावित**

थटणे (क्रि) *पाहा :* **नटणे**

थट्टा (स्त्री) चेष्टा, मस्करी, गंमत, थट्टामस्करी, विनोद, परिहास, प्रहास, थट्टाविनोद, हासपरिहास, हासप्रहास, मौज, खोडी, कोपरखळी, वाकुल्या, वात्रटपणा, खट्याळपणा, टवाळकी, उपहास, खिल्ली

(n) prank, joke, mischief, fun, jest, ridicule, mockery

थट्टेखोर (वि) चेष्टेखोर, विनोदी, थट्टेवाईक, वात्रट, खोडकर, खट्याळ, गमत्या, चावट, खेळकर, खिलाडू, आनंदी

[adj] witty, jocular, jocose, humorous, mischievous, playful, merry

थड (स्त्री) *पाहा :* **काठ, तट**

थंड (वि) शीत (*पाहा :* **गार**); सुस्त (*पाहा :* **आळशी**); शांत, स्थिर, सौम्य, स्वस्थचित्त, अविचलित (अविचल), धिमा; संवेदनाहीन, निर्विकार, विकाररहित, उदासीन, थंड प्रकृतीचा/डोक्याचा, बेपर्वा, जाड

कातडीचा, आस्थाशून्य, भावनाशून्य, हृदयशून्य, निर्दय, पाषाणहृदयी; अंध, मख्ख, तटस्थ, नि:पक्षपाती; दाहशामक, पित्तशामक, वेदनाशामक

[adj] cold (*पाहा :* **गार**); sluggish (*पाहा :* **आळशी);** calm, cool, composed, unmoved, unruffled, frigid, passionless, indifferent, insensitive, unfeeling, cold-blooded, thick-skinned, heartless, dispassionate; blind; cooling, palliative, sedative

[i] not to bat an eyelid, hard-headed

थडक (स्त्री) *पाहा :* **आघात, टक्कर**

थडकणे (क्रि) *पाहा :* **पोचणे, थांबणे, आदळणे**

थंडगार (वि) *पाहा :* **गार**

थडगे (न) *पाहा :* **अंत्येष्टी**

थडथडणे (क्रि) *पाहा :* **थरथरणे**

थंडपणा (पु) *पाहा :* **औदासीन्य, अनावड, चित्तस्थैर्य, थंडी**

थंडाई (स्त्री) उपशामक पेय; *पाहा :* **थंडी**

(n) cooling drink; *पाहा :* **थंडी**

थंडा फराळ (पु) *पाहा :* **अनशन**

थंडावणे (क्रि) थंड होणे (*पाहा :* **थंड),** *पाहा :* **नरमणे**

(v) cool down (*पाहा :* **थंड**); *पाहा :* **नरमणे**

थंडावा (पु) *पाहा :* **उपशम, थंडी**

थडी (स्त्री) *पाहा :* **काठ, तट**

थंडी (स्त्री) गारठा, गारवा, शीतलता, शैत्य, शितळाई, शिळोपा, शिळावेळ, थंड वेळ, काकडा, थंडपणा, थंडावा, थंडाई, सुखद/ बेताची/ गुलाबी/ बोचरी/ झोंबरी/ गोठवणारी/ बर्फतुल्य/ हाडात शिरणारी/ कडकडीत/ कडाक्याची थंडी; थंडीचा कडाका/तडका, थंडीची लाट; शिशिरऋतू, शीत, शीतकाळ, थंडीचे दिवस, हिवाळा; हिव, हीव, हुडहुडी, शिरशिरी, काटा; सर्दी, पडसे *पाहा :* (विरु) **उकाडा**

[क्रि] नाक चोंदणे/ गळणे/ वाहणे, दात कडाकड वाजणे, झोंबणे, कुडकुडणे, काकडणे, गारठणे; *पाहा :* **गोठणे**

[वा] थंडी हाडापर्यंत पोहोचणे

(n) cold, chill, shivering, icy/ freezing/biting cold, cold season, winter; rigours; common cold; *पाहा :* **गोठणे** (विरु) **उकाडा**

[i] chilled to the marrow

थंडीताप (पु) *पाहा :* **ज्वर**

थंतरमंतर (न) *पाहा :* **जादू**

थपथपीत (वि) *पाहा :* **आर्द्र**

थप्पड (स्त्री) *पाहा :* **आघात**

थप्पी (स्त्री) *पाहा :* **डोंगर, समुदाय**

थबकट (वि) *पाहा :* **चपटा, नकटा, ठेंगणा**

थबकणे (क्रि) *पाहा :* **थांबणे**

थबथबणे (क्रि), **थबथबीत** (वि) *पाहा*

: **आर्द्र**

थयथयाट (पु) *पाहा :* **संताप**

थर (पु) स्तर; पदर, पापुद्रा, पोपडा, पडदा, पटल, खपला, खपली; लेप, गिलावा, पुट, हात, मढवण, मुलामा, मीना, झिलई, विलेपन, विद्युत्विलेपन, पाणी, पारा, रोगण, राप, कीट, किटण, गंज, रंगरंगोटी (सफेती), मलम, मलमपट्टी; वर्ख, पत्रा; आवरण, वेष्टन, सारा, पडळ, तवंग; मजला, पातळी, तल, पायरी, दर्जा; *पाहा :* **अवगुंठन, लेप, त्वचा, वर्ग**

(n) layer, ply, veneer, coat, coating, covering, lamination; plating, electroplating, varnish, plaster; film, foil, flake; level, storey, stratum; *पाहा :* **अवगुंठन, लेप, त्वचा, वर्ग**

थरकणे (क्रि) *पाहा :* **थरथरणे, अशांत, आंदोलन**

थरकाप (पु) *पाहा :* **अशांत, भीती, आंदोलन**

थरथर (स्त्री) *पाहा :* **आंदोलन, अशांतता**

थरथरणे (क्रि) कंप पावणे, कंपमान/ कंपायमान होणे, थरथर/ लटलट/ लटपट कापणे, थडथडणे, फडफडणे, हादरणे, थरकणे, थरारणे, हलणे, हेलकावणे, डळमळणे, डगमगणे, डगडगणे, लटपटणे, लटलटणे, धडधडणे, लवलवणे, वळवळणे, फुरफुरणे, शिरशिरणे, शिवशिवणे; *पाहा :* **आंदोलन**

(v) tremble, quaver, quiver, flicker, vibrate, shake, quake, rock, shudder, shiver, oscillate; *पाहा :* **आंदोलन**

थरथराट (पु) *पाहा :* **आंदोलन**

थरार (पु) *पाहा :* **आंदोलन, भीती**

थरारक (वि) *पाहा :* **प्रक्षोभक**

थरारणे (क्रि) *पाहा :* **थरथरणे, प्रभावित**

थरारनाट्य (न) *पाहा :* **नाट्य**

थरारपट (पु) *पाहा :* **चित्रपट**

थर्र (क्रिवि) *पाहा :* **काटा**

थलथलीत (वि) थुलथुलीत, लिबलिबीत, विळविळीत, शिथिल, सैल, ढिला, दलदलीत, थलथल हलणारा, सुटलेला, विसविशीत, नरम, पातळ

[adj] flabby, flaccid, soft, mellow; limp, loose

थवा (पु) *पाहा :* **समुदाय**

थांग (पु), **थांगपत्ता** (पु) *पाहा :* **ठाव, अन्वेषण**

थाट (पु) ऐट, रुबाब, झोक, थाटमाट, वैभव, डामडौल, टामटूम, छानछोकी, जामानिमा, भपका, देखावा, नूर, नखरा, आरास, सजावट, साज, साजशृंगार, सारसरंजाम, इतमाम, सरंजाम, दिमाख; डौल, घाट, ढब, पवित्रा; *पाहा :* **राग**

[वा] अंगापेक्षा बोंगा मोठा

(n) pomp, ostentation, flourish,

show, display, spectacle, pageantry, grandeur, decoration; *पाहा :* **राग**

थाटणे (क्रि) मांडणे, सज्ज करणे, रचणे, व्यवस्थित लावणे, सजवणे, जुळणी करणे, व्यवस्था करणे, रचनाबद्ध करणे, जम/ बस्तान/ घडी बसवणे

(v) arrange, put in order, systematise, organize, regulate

थाटमाट (पु) *पाहा :* **थाट, अवडंबर**

थाड्कन (थाडथाड) (क्रिवि) *पाहा :* **आवाजासह**

थातुरमातुर (न) गडबडगुंडा, उरकाउरकी, गोलमाल, हातचलाखी, चकरमकर, जादूटोणा, थंतरमंतर, लबाडी, फसवणूक

(n) hanky-panky, hocus-pocus, trickery, jugglery, deception

थान (न) *पाहा :* **स्तन**

थाप (स्त्री) गप्प, बात; चाट, असत्य, बनावट गोष्ट, बकवास (बकवा), खोटेनाटे, कल्पित कथा, कपोलकल्पित (*पाहा :* **काल्पनिक),** खोटे बोलणे, लबाडी, रिकामी वटवट, भूलथाप, बंडल, बनवाबनवी, थापाथापी; थापेबाजी; लोणकढी (थाप); गुगली; *पाहा :* **अफवा, आघात; फसवणूक, काल्पनिक**

[वा] बनवून/तिखटमीठ लावून सांगणे, ठोकून देणे, फुसक्या बाता मारणे, लाफा लावणे/ मारणे, लांबलांब गोष्टी सांगणे

(n) bluff, hoax, falsehood, spoof, guile, cheat, falsity; *पाहा :* **अफवा, आघात, फसवणूक, काल्पनिक**

[i] cock and bull story, tall story, white lie

थापट (स्त्री) *पाहा :* **आघात**

थापटणे (क्रि) *पाहा :* **थोपटणे**

थापटी (स्त्री), **थापड** (स्त्री) *पाहा :* **आघात**

थापणे (क्रि) *पाहा :* **चोपडणे, चेपणे**

थापाड्या (वि) *पाहा :* **गप्पिष्ट**

थापाथापी (स्त्री) *पाहा :* **थापेबाजी** (स्त्री) *पाहा :* **थाप**

थांबणे (क्रि) थबकणे, तिष्ठणे, कुंठणे, कुंठित/खंडित होणे, खंड पडणे, खुंटणे, खिळणे, खळणे, अडणे, पायबंद बसणे, खीळ बसणे, ठप्प होणे, उभे राहणे, खोळंबणे, वाट पाहणे, प्रतीक्षा करणे, दम खाणे, दम धरणे, तहकूब/स्थगित होणे, थोपणे, अडकणे, स्थिरावणे, लांबणे, तुटणे, तडा जाणे, विश्रांती घेणे, विश्राम करणे, आराम करणे, विसावणे, मुक्काम करणे, विराम पावणे, बंद होणे, निवृत्त होणे, शेवटास येणे, संपुष्टात येणे, संपणे, मिटणे, शेवट होणे, पोचणे, पावणे, थडकणे, उघडणे (पाऊस) *पाहा :* **संपणे**

[वा] खुंटीस अडकणे, माशी शिंकणे

(v) be held up/ interrupted/ obstructed/ adjourned/ suspended/ delayed; stop, cease, halt, pause, discontinue, wait, rest, end, terminate *पाहा :* **संपणे**

[i] to give up the ghost, bide one's time

थांबवणूक (स्त्री) **थांबवणे** (क्रि) *पाहा :* **अटकाव**

थांबा (पु) *पाहा :* **स्थान, वास्तव्य**

थांबूनथांबून (क्रिवि) *पाहा :* **पुन्हा, सावकाश**

थारा (पु) *पाहा :* **आश्रय**

थारेपालट (पु) *पाहा :* **बदल**

थारोळे (न) *पाहा :* **जलाशय**

थाळा (-ळी) (पु, स्त्री) *पाहा :* **अन्न, भांडे**

थिजणे (क्रि) *पाहा :* **गोठणे, अचल, आश्चर्य**

थिटा (वि) *पाहा :* **कमी**

थिरकणे (क्रि) *पाहा :* **ठुमकणे**

थिल्लर (वि) *पाहा :* **अजाण, छचोर**

थुईथुई (स्त्री) *पाहा :* **नाच, फवारा**

थुंकी (स्त्री) *पाहा :* **लाळ**

थुंकीझेलू (वि) *पाहा :* **स्तुतिपाठक**

थेकुटा (-ला) (वि) *पाहा :* **लहान**

थेट (क्रिवि) *पाहा :* **तंतोतंत, अविलंब, सरळ**

थेंब (पु) बिंदू, जलबिंदू, द्रवबिंदू, टिपूस, तुषार, शिंतोडा, ठिबका, टिंब, टपका, टिपका, टिबका, ठिपका, बुंदका, टिकला, टिळका, थेंबुटा; फवारा; दव, दवबिंदू, दहिवर, हिम, हिमतुषार, अश्रुबिंदू

(n) drop, droplet, dot, globule; spray; dew, dewdrop, raindrop, teardrop

थेंबभर (वि) *पाहा :* **अल्प**

थेर (पु) चार, चाळे, ढंग, छंद, चेष्टा, गमजा, वेडेचार, माकडचेष्टा, पोरचेष्टा, पोरखेळ, थिल्लरपणा, कामचेष्टा, शृंगारचेष्टा, रंगढंग, थेरथेर, तऱ्हातऱ्हा, मौजमजा, अक्कडबाजी

(n) pranks, frolic, fun, tomfoolery, dandyism, horsing, about;

थेरडा (पु) *पाहा :* **वृद्ध**

थैमान (न) गोंधळ, धुमाळी, धुमश्चक्री, रणकंदन, क्षोभ, कल्लोळ, हैदोस (धुल्ला), भडका, अनर्थ, उत्पात, प्रकोप, निसर्गप्रकोप, रडारड, आरडाओरडा, आदळआपट, तारांगण; *पाहा :* **संतापणे, अगाजा**

(n) turmoil, tumult, riot, fury, cataclysm, holocaust, violence, uproar, ferment; *पाहा :* **संतापणे, अगाजा**

थैला (पु) *पाहा :* **पिशवी**

थैली (स्त्री) *पाहा :* **पिशवी, अर्थ**

थैलीशहा (पु) *पाहा :* **श्रीमंत**

थोकडा (वि) *पाहा :* **लहान**

थोटका (वि), **थोटा** (वि) *पाहा :* **कमी, अधू**

थोटूक (न) *पाहा :* **तुकडा**

थोडका (वि), *पाहा :* **अल्प, मित**
थोडक्यात (क्रिवि) *पाहा :* **संक्षिप्त**
थोडा (वि), **थोडाफार** (वि), **थोडासा** (वि) *पाहा :* **अल्प, ओझरता**
थोतरी (स्त्री) *पाहा :* **तोंड**
थोतांड (न) *पाहा :* **ढोंग, आरोप**
थोतांडमत (न) *पाहा :* **पाखंड**
थोपटणे (क्रि) थापटणे, गोंजारणे, कुरवाळणे, चुचकारणे, माया करणे, शांत करणे
(v) pat, stroke, caress, endear, coax, coddle, pacify
थोपणे (क्रि) *पाहा :* **थांबणे**
थोबाड (न) *पाहा :* **तोंड**
थोबाडणे (क्रि) *पाहा :* **मारणे**
थोर (वि) मोठा, महान, महनीय, महत, महामती, महामना, महात्मा, श्रेष्ठ, ज्येष्ठ, जेठी, वडील, वडीलधारा; मुख्य, प्रमुख, धुरंधर, असामान्य, आगळा; अनुपेक्षणीय, पूज्य, पूजनीय, पूजार्ह, परमपूज्य, प्रार्थनीय, भजनीय, तीर्थस्वरूप, आदरणीय, आदरार्ह, माननीय, सन्माननीय, सन्मानित, मान्य, सन्मान्य, मान्यवर, गणमान्य, मानांकित, अग्रमानांकित, लोकोत्तर, सर्वश्रेष्ठ, अनभिषिक्त सम्राट, युगप्रवर्तक, युगंधर; वंद्य, वंदनीय, शिरसावंद्य, शिरोधार्य, जगद्‌वंद्य, विश्ववंद्य, श्रद्धेय; प्रात:स्मरणीय, सर्वोच्च, परमोच्च, उत्तुंग, बुलंद; बडा, अतिबडा, बुजुर्ग, बुड्रुक, पंत, वरिष्ठ, थोरला, दादा; उच्च, भव्य, उदात्त, उन्नत, वैभवशाली, गुरू, गौरवशाली; तोलामोलाचा, उत्कृष्ट, सर्वोत्कृष्ट, परमोत्कृष्ट, घबाड; वृद्ध, वयोवृद्ध, ज्ञानवृद्ध, तपोवृद्ध, पोक्त; महाभाग, कीर्तिवंत, वलयांकित, महाप्रतापी, वीर, अतिरथी, महारथी, महानुभाव, ऋषितुल्य, कर्मवीर, धर्मवीर; *पाहा :* **अग्रगण्य, नरश्रेष्ठ, प्रसिद्ध** (विरु) **अधम**
[वा] हिरा तो हिरा आणि गार ती गार, जया अंगी मोठेपण तया यातना कठीण, नाव मोठे आणि लक्षण खोटे, हस्तिदंती मनोऱ्यात राहणे
[adj] great, exalted, venerable, honourable, respected, patriarchal, noble, sterling, high, lofty, mighty, royal; *पाहा :* **अग्रगण्य, नरश्रेष्ठ, प्रसिद्ध** (विरु) **अधम**
[i] grey eminence, salt of the land/earth, tingod, ivory tower
थोरवी (स्त्री) थोराई, थोरी, मोठेपणा, महिमा, श्रेष्ठत्व, वडीलकी, मान, मान्यता, बडिवार, ज्येष्ठता, गरिमा, प्रतिष्ठा, वजन, गुरुत्व, महत्त्व, अधिकार, वैभव, कीर्ती, भव्यता, गौरव, उच्चस्थान, वरिष्ठता, सेवाज्येष्ठता
(n) greatness, eminence, distinction, glory, prestige, honour, reputation, importance, grandeur,

superiority, seniority

थोराड (वि) दांडगा, राकट, आडदांड, आडवातिडवा, बोजड, निबर, निबरट, जरठ, पोक्त, प्रौढ, वयस्कर

[adj] big, bulky, rough, clumsy, overgrown, matronly, aged, overage

थोरावणे (क्रि) *पाहा :* **वाढ**

थोरी (स्त्री) *पाहा :* **थोरवी**

द

दखल (स्त्री) लक्ष, ध्यान, दाद, अवधान, जाणीव, ओळख, माहिती, दखलगिरी
(n) notice, cognizance, attention, appreciation

दंग (वि) *पाहा :* **आश्चर्य, गर्क**

दगड (पु) पत्थर, फत्तर, पाथर, पाषाण, अश्म (-श्मा), शिला (-ळा), चिरा, फरशी, लादी, धोंड, धोंडा, गुंडा, गोटा, गोटी, बैदूल, खडा, कंकर, खडवण, खडळ, कच, कचकच, गार, गारगोटी, रेव, खडी, मुरूम, डबर, रोडारोडा, रोडारोडा, दगडधोंडे, खडक, कातळ, प्रस्तर, खडपा; परीस, सोनपरीस, स्पर्शमणी; संगमरवर, मर्मर; गोफणगुंडा; उल्का; कोनशिला, पायाचा दगड; *पाहा :* **वाळू**
(n) stone, rock, boulder, bedrock, outcrop, scree, cobble, pebble; marble; *पाहा :* **वाळू**

दगड (वि) **दगडोबा** (वि) *पाहा :* **अजाण**

दगडी (वि) **घडीव** *पाहा :* **चिरेबंदी, टणक**

दगड्या (वि) *पाहा :* **अजाण**

दगदग (स्त्री) कष्ट, श्रम, परिश्रम, महत्कष्ट, मेहनत, आटापिटा, यातायात, सव्यापसव्य, खटपट, खटाटोप, धडपड, धावपळ, धावधूप, उटारेटा, दवदव, खवदव, उपद्व्याप, त्रास, क्लेश, जंजाळ, हडहड, कुतरओढ
(n) exertion, bother, hardship, effort, drudgery, donkey work, grind, slog

दगदणे (क्रि) *पाहा :* **त्रासणे**

दंगल (स्त्री) धमाल, धुमाळी, धुमाकूळ, हैदोस, हुल्लड, हुल्लडबाजी, धांगडधिंगा, अंदाधुंदी, अराजक, अशांतता, अस्थैर्य, गोंधळ, गडबड, गर्दी, कल्लोळ, आरडाओरडा, शांतताभंग, बंडाळी, कायदेभंग, दंगा, दंगाधोपा, उठाव, जनक्षोभ, बंड, पुंडाई, गुंडगिरी, जाळपोळ, लुटालूट, मारामारी, हाणामारी, झुंडशाही, सुरामारी, भोसकाभोसकी, हिंसा, घातपात, खूनखराबा, हाहाकार, प्रकोप
(n) disturbance, disorder, agitation, uprising, turmoil, riot, bedlum, commotion, hullabaloo, insurrection, mutiny, anarchy, lawlessness, rowdyism, sabotage, violence

दंगलखोर (वि) *पाहा :* **गुंड**

दगलबाज (वि) *पाहा :* **फसवा**

दगलबाजी (स्त्री), **दगा** (पु) *पाहा :* **द्रोह, फसवणूक, कपट**

दंगा (पु), **दंगाधोपा** (पु) *पाहा :* **दंगल, अशांतता, अगाजा**

दगाफटका (पु) *पाहा :* **कपट**

दगाबाज (वि) *पाहा :* **फसवा**

दंगामस्ती (स्त्री) *पाहा :* **दांडगाई, धांगडधिंगा**

दगावणे (क्रि) *पाहा :* **मरणे**

दंगेखोर (वि) *पाहा :* **अगोचर, दंगल**

दग्ध (वि) *पाहा :* **अग्नी**

दचकणे (क्रि) *पाहा :* **चपापणे**

दचका (पु) *पाहा :* **आघात**

दटावणी (स्त्री), **दटावणे** (क्रि) *पाहा :* **तंबी**

दट्ट्या (पु) *पाहा :* **अडकण, नेट**

दंड (पु) *पाहा :* **काठी, हात, शिक्षा, उपाय**

दंडक (पु) *पाहा :* **रीत, नियम**

दडणे (क्रि) लपणे, छपणे, दडी देणे/ मारणे, गुप्त राहणे (*पाहा :* **गुप्त**), दबा धरून बसणे, धुमसणे; चोरून/ गुप्तपणे/ लपूनछपून राहणे, लपतछपत जाणे *पाहा :* **लपवणे**

(v) lurk, sneak, hide (*पाहा :* **गुप्त**) lie low, lie in ambush/ disguise, smoulder *पाहा :* **लपवणे**

दंडणे (क्रि) शिक्षा/ शासन/ दंडन करणे, दंड करणे, शासणे, खंडणी वसूल करणे, धडा शिकवणे, सरळ करणे, निग्रह/ संयमन/नियंत्रण/ दमन/ नियमन करणे, ताब्यात आणणे, वठणीस आणणे, खोड मोडणे, रग जिरवणे, नरम पाडणे; *पाहा :* **मारणे**

(v) punish, penalise, chasten, chastise, castigate, inflict punishment, teach someone a lesson, fine, subjugate, vanquish, subdue, tame; *पाहा :* **मारणे**

दडदड (क्रिवि) *पाहा :* **आवाजासह**

दंडधर (पु) *पाहा :* **यम**

दंडन (न) *पाहा :* **दंडणे**

दंडनीती (स्त्री) पाहा **नीती**

दंडनीय (वि) *पाहा :* **गर्हणीय, अनुचित**

दडपण (न) वजन, ओझे, चेपण, भार, दाब, जडपणा; धाक, दहशत, दबाव, तणाव

(n) weight, load, burden, pressure, strain, tension, awe

दडपणे (क्रि) दाबणे, चेपणे, दाबून ठेवणे, ताब्यात/नियंत्रणात ठेवणे, दाबादाबी/ दडपादडपी करणे, लपवणे, छपवणे, दडपणे; गडप/गिळंकृत करणे; गळचेपी करणे; *पाहा :* **चोरणे, खाणे, खुपसणे, दलित**

(v) squeeze, crush, compress, suppress, repress, put down, check, control; hide, conceal; *पाहा :* **चोरणे, खाणे, खुपसणे, दलित**

दडपशाही (स्त्री) जुलूम, जबरदस्ती, अरेरावी, जुलुमशाही, झोटिंगशाही, (-पाच्छाई-पादशाही), दंडुकेशाही, बंदुकशाही, ठोकशाही, लाठीराज्य, हुकुमशाही, हिटलरशाही, एकाधिकारशाही, बेबंदशाही, मोगलाई, दांडगाई, दंडेली, गळचेपी,

अनुशासन, छळ, अत्याचार, बलात्कार, लाठीमार, गोळीबार, अश्रुधूर *पाहा :* **राज्यपद्धती, अधिकार**

(n) oppression, repression, coercion, tyranny, despotism, authoritarianism, totalitarianism, dictatorship, harassment, subjugation, persecution, brute force *पाहा :* **राज्यपद्धती, अधिकार**

दडपश्चमे (क्रिवि) *पाहा :* **अळेबळे**

दडपादडपी (स्त्री) *पाहा :* **दडपणे**

दडवणे (क्रि) *पाहा :* **लपवणे, गडप**

दंडवत (न) *पाहा :* **अभिवंदन**

दंडशक्ती (स्त्री) पाहा **शक्ती**

दडस (वि) पाहा **टणक**

दंडस्नान (न) *पाहा :* **स्नान**

दडा (पु) *पाहा :* **झाकण**

दंडा (पु) *पाहा :* **काठी**

दंडादंडी (स्त्री) *पाहा :* **भांडण**

दंडाधिकारी (पु) *पाहा :* **अधिकारी**

दंहार्ह (वि) *पाहा :* **गर्हणीय**

दडी (स्त्री) *पाहा :* **दडणे**

दंडी (पु) *पाहा :* **संन्याशी**

दंडी (स्त्री) *पाहा :* **पालखी, तंतुवाद्य**

दंडुका (पु) *पाहा :* **काठी**

दंडुकेशाही (स्त्री), **दंडेली** (स्त्री) *पाहा :* **दडपशाही**

दणकट (वि) *पाहा :* **शक्तिमान, तगडा**

दणका (पु) *पाहा :* **आवाज, आघात**

दणकावणे (क्रि) *पाहा :* **मारणे, खडसावणे**

दणदणाट (पु) *पाहा :* **आवाज**

दणदणीत (वि) चैतन्यपूर्ण, उत्साही, थाटामाटाचा, भपकेदार, जोरदार, दमदार, जोमदार, तेजस्वी, परिणामकारक, भारून टाकणारा, दणक्यात साजरा केलेला

[adj] lively, spirited, pompous, spectacular, powerful, vigorous, lusty, impressive, effective, resounding

दणाणणे (क्रि) *पाहा :* **गाजणे**

दंत (पु) *पाहा :* **दात**

दंतकथा (स्त्री) *पाहा :* **कथा**

दंतपंक्ती (स्त्री) *पाहा :* **दात**

दंतव्रण (-क्षत) (पु, न) *पाहा :* **क्षत**

दंतमंजन (न) दंतधावन, दातवण, राखुंडी

(n) dentifrice

दंतावली (स्त्री) *पाहा :* **दात**

दत्तक (पु,वि) दत्तपुत्र, दत्तकपुत्र; दत्तककन्या; *पाहा :* **पुत्र, कन्या**

[क्रि] दत्तक घेणे, दत्तकविधान करणे, मांडीवर घेणे

(n) adopted son/daughhter; adoption; *पाहा :* **पुत्र, कन्या**

ददात (स्त्री) *पाहा :* **अभाव**

दनुज (पु) *पाहा :* **असुर**

दंपती (स्त्री) *पाहा :* **जोडपे**

दप्तर (दफ्तर) (न) *पाहा :* **पिशवी, कचेरी, कागद**

दप्तरखाना (पु) *पाहा :* **कचेरी**

दफन (न) *पाहा :* **अंत्येष्टी, पुरणे**

दफनभूमी (स्त्री) *पाहा :* **अंत्येष्टी**

दफ्तर (न) *पाहा :* **दप्तर**

दबकणे (क्रि) *पाहा :* **भिणे, कचरणे**

दबडगा (पु) *पाहा :* **गर्दी, घाई**

दबणे (क्रि) दबकणे, कचरणे, कच खाणे, डगणे, खचणे, नमणे, दाबला/दबला जाणे, कमी होणे, ओसरणे, बसणे, सौम्य होणे, शमणे, विरणे; *पाहा :* **मऊ, अधोगती, भीती**

(v) yield, succumb, soften, capitulate, be overcome, be forced down, get pressed, lessen, subside; *पाहा :* **मऊ, अधोगती, भीती**

दबदबा (पु) दरारा, जरब, वचक, प्रभुत्व, अंमल, अधिकार, हुकमत, प्रतिष्ठा, इभ्रत, इज्जत, आदरभाव, मानमान्यता, धाक, दहशत, भीती

(n) command, sway, authority, influence, dread, terror, awe

दबा (पु) *पाहा :* **टपणे, दडणे**

दबाव (पु) वजन, दडपण, बळ, प्रभाव, प्राबल्य, भार, दाब, दाबदबाव, जबरी, ताण, दहशत, धाकदपटशा, हुकमत

(n) pressure, weight, influence, stress, duress, coercion, compulsion, intimidation

दंभ (पु) अहंकार, मीपणा, आत्मप्रौढी, पोकळ गर्व, ताठा, आढ्यता, चढेलपणा; *पाहा :* **ढोंग, अभिमान**

(n) vanity, egotism, self esteem, narcissism, conceit; *पाहा :* **ढोंग, अभिमान**

दम (पु) जोम, कुवत, शक्ती; धैर्य, धीर, हिंमत, सहनशक्ती, अवसान, दमसास, धमक; जीव, अर्थ, राम, कस, तथ्य; श्वास, धाप; तंबी, धमकी, दमदाटी; *पाहा :* **तंबाखू, आत्मनिग्रह, धाप**

(n) stamina, strength, vigour, grit, mettle, courage, patience, durability, essence, spirit; panting, gasping; threat, warning; *पाहा :* **तंबाखू, आत्मनिग्रह, धाप**

दमकट (वि) *पाहा :* **आर्द्र**

दमछाक (स्त्री) *पाहा :* **थकणे**

दमट (वि), **दमटसर** (वि) *पाहा :* **आर्द्र**

दमडा (पु) **दमडी** (स्त्री) *पाहा :* **अर्थ**

दमणी (स्त्री) *पाहा :* **वाहन**

दमणे (क्रि) *पाहा :* **थकणे**

दमदमाट (पु) *पाहा :* **गंध** (पु)

दमदमीत (वि) *पाहा :* **खमंग, आकंठ**

दमदाटी (स्त्री) दटावणी, धमकावणी, धाकदपटशा, दमबाजी, जुलूम-जबरदस्ती, दादागिरी, अरेरावी, दडपशाही, दहशत, जरब, तंबी, ताकीद, धमकी

[क्रि] दम देणे/भरणे

[वा] मानेवर सुरी ठेवणे

(n) intimidation, coercion, bullying, repression, admonition, threat, terror

दमदार (वि) जोमदार, जोरकस, बलवान, तडफदार, आवेशपूर्ण, ठसकेबाज; कसदार, सत्त्वयुक्त, सकस *पाहा :*

शक्तिमान

[adj] forceful, full blooed, virile, vigorous, energetic, dashing, wholesome *पाहा :* **शक्तिमान**

दमदारपणा (पु) *पाहा :* **तडफ**

दमन (न) *पाहा :* **दंडणे, संयम**

दमबाजी (स्त्री) *पाहा :* **दमदाटी**

दमसर (वि) *पाहा :* **आर्द्र**

दमसास (पु) *पाहा :* **दम**

दमा (पु) *पाहा :* **धाप**

दमादमाने (क्रिवि) *पाहा :* **सावकाश**

दमामा (पु) *पाहा :* **चर्मवाद्य**

दयनीय (वि) *पाहा :* **करुण**

दया (स्त्री) *पाहा :* **अनुकंपा, कृपा, दयावंत**

दयाधर्म (पु) *पाहा :* **कृपा, दयावंत**

दयामाया (स्त्री) *पाहा :* **अनुकंपा, दयावंत**

दयार्द्र (वि) *पाहा :* **दयावंत**

दयावंत (वि) दयावान, दयाशील, दयार्द्र, करुणार्द्र, दयाळू, दयाळ, सदय, दीनदयाळ, दयासागर, कृपाळू, सकृप, कृपावंत, कृपानिधी, कृपासागर, करुणानिधी, करुणाकर, सकरुण, कनवाळू, वत्सल, सानुकंप, उदार, उपकारकर्ता, क्षमावंत (-शील), क्षमी, मायाळू, हृदयसंपन्न, चित्तसंपन्न, सहृदय, उदारहृदय, परोपकारी, मेहेरबान, दाता, दानशूर; प्रेमळ, प्रेमार्द्र, सहानुभूतिक, हळवा, संवेदनक्षम, स्नेहाळ, ममताळू, सौम्य, मानवतावादी, हितकारी, हितकर्ता, हितैषी; हितचिंतक, हितोपदेशक, कल्याणकारी (-कर्ता), दरिद्रिनारायण, दीनोद्धारक, दीननाथ, दीनबंधू, दीनवत्सल, प्रणतवत्सल, भक्तवत्सल, भक्तकामकल्पद्रुम *पाहा :* **कृपा, अनुकंपा,** (विरु) **क्रूर, अकरुण, कठोर**

(वा) जो चोच देतो तो चाराही देतो

[adj] Compassionate, kind, clement, merciful, gracious, tender- hearted, generous, benevolent, altruistic, lenient, sympathetic, forgiving, indulgent, philanthropic, charitable, humane, humanitarian *पाहा :* **कृपा, अनुकंपा,** (विरु) **क्रूर, अकरुण, कठोर**

[i] to have a heart of gold

दयाशीलता (स्त्री) *पाहा :* **अनुकंपा, माणुसकी**

दयाशून्य (-हिन) (वि) *पहा :* क्रूर

दयाळू (वि) *पाहा :* **दयावंत**

दयाळूपणा (पु) *पाहा :* **अनुकंपा**

दयिता (स्त्री) *पाहा :* **पत्नी, प्रिय**

दर (पु) *पाहा :* **किंमत**

दरएक (वि) *पाहा :* **प्रत्येक**

दरकार (स्त्री) *पाहा :* **पर्वा**

दरज (स्त्री) *पाहा :* **खिंडार**

दरड (स्त्री) *पाहा :* **कडा, डोंगर**

दरडावणे (क्रि) *पाहा :* **खडसावणे**

दरदरून (क्रिवि) *पाहा :* **घाम**

दरबार (पु) *पाहा :* **अधिवेशन**

दरबारी (वि) *पाहा :* **ऐटबाज,**

औपचारिक
दरबारी कानडा (पु) *पाहा :* **राग**
दरमजल (स्त्री) *पाहा :* **प्रवास**
दररोज (क्रिवि) *पाहा :* **अखंड** (क्रिवि)
दरवडा (पु) *पाहा :* **चोरी, हल्ला**
दरवर्षी (क्रिवि) *पाहा :* **अखंड** (क्रिवि)
दरवळ (पु) *पाहा :* **गंध** (पु)
दरवळणे (क्रि) *पाहा :* **पसरणे**
दरवाजा (पु) *पाहा :* **दार**
दरवाढ (स्त्री) *पाहा :* **महागाई**
दरवान (पु) *पाहा :* **पहारेकरी**
दरसाल (क्रिवि) *पाहा :* **अखंड** (क्रिवि)
दरा (-री) (पु, स्त्री) *पाहा :* **खड्डा**
दरारा (पु) दबदबा, वचक, धाक, जरब, दहशत, धास्ती, भय, हुकमत, अंमल, अधिकार, दाब, प्रताप
(n) terror, dread, awe, command, sway
दरिद्रदशा (स्त्री), **दरिद्रावस्था** (स्त्री), **दरिद्रनाम संवत्सरे** (न) *पाहा :* **गरिबी**
दरिद्रनारायण (वि) *पाहा :* **दयावंत**
दरिद्री (वि) *पाहा :* **अकिंचन, निकृष्ट**
दरिया (पु) *पाहा :* **समुद्र**
दरी (स्त्री) *पाहा :* **खड्डा**
दरोगा (पु) *पाहा :* **अधीक्षक**
दरोडा (पु) *पाहा :* **चोरी, हल्ला**
दरोडेखोर (पु) *पाहा :* **चोर**
दरोबस्त (वि) *पाहा :* **अवघा**
दर्ज (स्त्री) *पाहा :* **खिंडार**
दर्जा (पु) अधिकार, हुद्दा, पद, स्थान, पदवी, किताब, मान्यता, प्रतिष्ठा; पायरी, पातळी, थर; योग्यता, लायकी, गुणवत्ता, क्षमता; प्रत, श्रेणी, इयत्ता, वर्ग
(n) rank, position, title; standard, status, level, grade, class; worth, merit
दर्जाहीन (वि) *पाहा :* **निकृष्ट**
दर्जेदार (वि) *पाहा :* **उत्कृष्ट, चांगला**
दर्दी (वि) जाणकार, माहीतगार, ज्ञानी, तज्ज्ञ, निष्णात, पारंगत, तरबेज, वस्ताद, कुशल, पारखी, चोखंदळ, चिकित्सक, मर्मज्ञ, रसज्ञ, रसिक, गुणज्ञ, गुणग्राही, भोक्ता
[adj] expert, proficient, well-versed, well-informed, knowledgeable, accomplished, master, wizard, connoiseur, critic, judge
दर्दुर (पु) *पाहा :* **बेडूक**
दर्प (पु) घमेंड, तोरा, ताठा, कुर्रा, ऐट, गर्व, दुरभिमान, अहंकार, बेगुमानपणा; बळदर्प; *पाहा :* **गंध**
(n) haughtiness, conceit, pride, vanity, arrogance, *पाहा :* **गंध**
दर्पण (पु) *पाहा :* **आरसा**
दर्पोक्ती (स्त्री) *पाहा :* **फुशारकी, उक्ती**
दर्भ (पु) *पाहा :* **गवत**
दर्भासन (न) *पाहा :* **आसन**
दर्या (पु) *पाहा :* **समुद्र**
दर्यावर्दी (पु) *पाहा :* **नाविक**
दर्यासारंग (पु) *पाहा :* **नाविक**
दर्शक (वि) दर्शवणारा, दाखवणारा, प्रदर्शक, निदर्शक, निदेशक, सूचक, लाक्षणिक, प्रातिनिधिक; निर्देशांक;

पाहणारा, बघणारा, प्रेक्षक; श्रोता; *पाहा :* **दिग्दर्शक**

[adj] demonstrator, indicator, indicative, symbolic; spectator, viewer, onlooker; audience; *पाहा :* **दिग्दर्शक**

[i] straw in the wind

दर्शन (न) आलोकन (*पाहा :* **अवलोकन, दिसणे),** दृष्टादृष्ट, डोळेभेट, भेट, धूळदर्शन, धूळभेट; साक्षात्कार, देवदर्शन; तत्त्वज्ञान, षड्दर्शने (सांख्य, योग, न्याय, वैशेषिक, मीमांसा, वेदान्त); *पाहा :* **दृश्य, भेट, अभिव्यक्ती**

(n) glimpse (*पाहा :* **अवलोकन, दिसणे),** sects of philosophy; *पाहा :* **दृश्य, भेट, अभिव्यक्ती**

दर्शनी (वि) पुढचा, समोरचा, बाह्य, दिखाऊ, वरकरणी

[adj] frontal, external, superficial

दर्शनीय (वि) *पाहा :* **सुंदर**

दर्शनेच्छा (स्त्री) *पाहा :* **इच्छा**

दर्शनेच्छू (वि), **दर्शनोत्सुक** (वि) *पाहा :* **इच्छुक**

दर्शवणे (क्रि) दाखवणे, दावणे, निर्देश करणे, निर्दिष्ट करणे, निदर्शनास आणणे, खुणावणे, सूचित करणे, ध्वनित करणे, सुचवणे, भासवणे, समजावणे, सांगणे, उघड/प्रकट करणे, स्पष्ट/विशद करणे, प्रदर्शन करणे, मिरवणे, व्यक्त करणे, पुढे मांडणे, आविष्कार करणे

(v) indicate, point out, denote, connote, show, imply, hint, suggest; reveal, disclose, exhibit, manifest, present, display

दल (दळ) (न) पात, पर्ण, पाकळी, पुष्पदळ; भाग, विभाग; गट, समुदाय, चमू, समूह, संघ, संघटना, पक्ष, परिवार; सशस्त्र दळ, सैन्य, कटक, सेना, फौज, लष्कर, सैन्यबळ, सैन्यदल, सेनादल, सशस्त्र दळ, भूसेना (भूदल), स्थलसेना, वायुसेना (हवाईदल), नौसेना (नौदल) नाविकदल, आरमार, तटरक्षक दल, सीमासुरक्षा दल, लष्करी/निमलष्करी दल, छात्रसेना, पायदळ, घोडदळ, छबिना, तुकडी, पलटण, चतुरंग दळ (-सेना); खडे सैन्य; खडी फौज; फौजफाटा, शिबंदी; दळभार; शांतिसेना; *पाहा :* **चतुरंगदळ, गर**

(n) leaf, petal; part, section; group, body, party; armed forces, militia, army, navy, marine, air force, division, brigade, regiment, battalion, squadron, troops; corps; peace corps; *पाहा :* **गर, चतुरंग दळ**

दलदल (स्त्री) पाणथळ (जमीन), झिलाण, रेवण, रुपण, रण, चिबिड, चिखल; पेचप्रसंग; *पाहा :* **जमीन**

(n) marsh, swamp, bog, mire,

slough, morass, quagmire *पाहा :* **जमीन**

दलदलीत (वि) *पाहा :* **थलथलीत**

दलनायक (पु) **दलपती** (पु) *पाहा :* **अध्यक्ष**

दलभार (पु) *पाहा :* **दल**

दलाल (पु) *पाहा :* **अडत्या, प्रतिनिधी**

दलाली (वि) *पाहा :* **अडत**

दलित (वि) तुडवलेला, दाबलेला, चेपलेला, दडपलेला, पददलित, शोषित, पीडित, दीनदलित, दुर्बल, दीनदुबळा, मागस, मागास, मागासलेला, मागासवर्गीय, तळागाळातला, तेलीतांबोळी, खालच्या वर्गातला/स्तरातला, गावकुसाबाहेरचा, समाजबहिष्कृत, गरीब, गोरगरीब, गरीबगुरीब, दरिद्री, दारिद्र्यरेषेच्या खालचा, आर्थिक दुर्बल, अनुसूचित जातीचा/जमातीचा, भटक्या जमातीचा, भटके-विमुक्त, आदिवासी, कष्टकरी, शेतमजूर, नवबौद्ध, अस्पृश्य, हरिजन, अंत्यज, शूद्र, अतिशूद्र

[adj] downtrodden, depressed, oppressed, backward, underprivileged, economically backward, below the poverty line, member of scheduled caste/tribe/ nomadic tribe, aboriginal, farm-labourer, neo-Buddhist, untouchable, underdog;

दलितोद्धार (पु) *पाहा :* **उद्धार**

दव (न) नीहार, दवबिंदू, दहिवर, हिमतुषार; *पाहा :* **पाणी**

(n) dew, dewdrop; *पाहा :* **पाणी**

दवडणे (क्रि) *पाहा :* **गमावणे, पिटाळणे**

दवंडी (स्त्री) डांगोरा, गाजावाजा, गर्जना, गजर, ढोलके, उद्घोष, द्वाही, प्रसिद्धी, बभ्रा, जाहिराती, जाहीरनामा, जाहीर खबर, बातमी

(n) clamour, proclamation, publicity, advertisement

दवदव (स्त्री) *पाहा :* **दगदग**

दवबिंदू (पु) *पाहा :* **दव, थेंब**

दवा (पु) *पाहा :* **औषध**

दवाखाना (पु) *पाहा :* **चिकित्सालय**

दवादारू (स्त्री) *पाहा :* **औषध**

दंश (पु) *पाहा :* **चावणे, चावा**

दशक (न) *पाहा :* **अंक, अध्याय**

दशकोटी (न) *पाहा :* **दशांश स्थाने**

दशग्रंथ (पु, अव) दहा वेदग्रंथ (संहिता, ब्राह्मण, आरण्यक, शिक्षा, कल्प, व्याकरण, निघंटू, निरुक्त, छंद, ज्योतिष) *पाहा :* **ग्रंथ**

(n,pl) ten vedic books; *पाहा :* **ग्रंथ**

दशदाने (न, अव) दहा दाने (गो, भूमी, तिल, सुवर्ण, घृत, वस्त्र, धान्य, गूळ, लवण, रुपे)

(n, pl) ten donations

दशदिशा (स्त्री, अव) दहा दिशा अष्टदिशा (पूर्व, पश्चिम, दक्षिण, उत्तर, आग्नेय, नैर्ऋत्य, वायव्य, ईशान्य, अध, ऊर्ध्व);

(n, pl) ten directions : east, west,

south, north, south-east, south-west, north-west, north-east; down, up

दशदिशा (क्रिवि) *पाहा :* **सर्वत्र**

दशन (पु) *पाहा :* **दात**

दशम (पु) *पाहा :* **अंक**

दशलक्ष (न) *पाहा :* **दशांश स्थाने**

दशसहस्र (न) *पाहा :* **दशांश स्थाने**

दशा (स्त्री) *पाहा :* **अवस्था, पदर**

दशावतार (पु, अव) *पाहा :* **अवतार**

दशावधानी (वि) *पाहा :* **चतुर**

दशांश स्थाने (न, अव) एकम्, दहम्, शतम्, सहस्र, दशसहस्र, लक्ष (शतसहस्र, लाख), दशलक्ष, कोटी, दशकोटी, अब्ज, खर्व, निखर्व, पद्म, महा- पद्म, शंकू, जलधी, अंत्य, मध्य, परार्ध; *पाहा :* **अंक**

(n, pl) decimal places; *पाहा :* **अंक**

दशाश्व (पु) *पाहा :* **चंद्र**

दशी (स्त्री) *पाहा :* **पदर**

दशेंद्रिये (न, अव) *पाहा :* **ज्ञानेंद्रिय, कर्मेंद्रिय**

दशोपनिषदे (न, अव) दहा उपनिषदे (ईश, केन, कठ, मुंडक, मांडूक्य, तैत्तिरीय, ऐतरेय, छांदोग्य, बृहदारण्यक, प्रश्न) *पाहा :* **धर्मग्रंथ**

(n, pl) ten Upanishadas *पाहा :* **धर्मग्रंथ**

दस्तऐवज (पु) *पाहा :* **कागद, करार**

दस्तखत (न) *पाहा :* **सही**

दस्तुरी (स्त्री) *पाहा :* **कर**

दस्तूर (पु) *पाहा :* **रीत**

दस्तूरखुद्द (वि) *पाहा :* **स्वतः**

दस्यू (पु) *पाहा :* **असुर, चोर**

दहन (न) *पाहा :* **अग्नी, अंत्येष्टी**

दहनभूमी (स्त्री) *पाहा :* **अंत्येष्टी**

दहम् (न) *पाहा :* **दशांश स्थाने**

दहशत (स्त्री) भय, भीती, धाक, धास्ती, वचक, दबदबा, दरारा, जरब, दबाव, दमदाटी, धाकदपटशा, आतंक

(n) fear, dread, terror, awe, intimidation, coercion, duress

दहशतवाद (पु) *पाहा :* **राज्यपद्धती**

दहशतवादी (वि), **दहशती** (वि) *पाहा :* **अतिरेकी**

दहा (वि), **दहावा** (वि) *पाहा :* **अंक** (वि)

दहिवर (न) *पाहा :* **दव, थेंब**

दहीमही करणे (क्रि) *पाहा :* **घोटाळणे**

दळ (न) *पाहा :* **दल, गर, अंतरंग**

दळण (न), **दळणकांडण** (न) *पाहा :* **दळणे**

दळणवळण (न) संपर्क, संबंध, समागम, सुसंवाद, येणेजाणे (जाणेयेणे), येजा (जा-ये), राबता, पायरव, वावर, रहदारी, वाहतूक, वर्दळ, ने-आण, परस्परव्यवहार, व्यापार, संदेशवहन, संज्ञापन, प्रक्षेपण, सहक्षेपण, दूरसंचार; अंतर्देशीय/आंतरराष्ट्रीय दळणवळण, *पाहा :* **बातमी, बातमीदार, पत्रकारिता, माध्यम, पत्रव्यवहार, संभाषण, भाषण**

(n) communication, contact, communion, interaction, intercourse, commerce, transport, transmission, traffic *पाहा* : **बातमी, बातमीदार, पत्रकारिता, माध्यम, पत्रव्यवहार, संभाषण, भाषण**

[i] hot line, rush hour

दळणे (क्रि) पिसणे, भरडणे, कांडणे, सडणे, पीठ करणे, चूर्ण करणे, कुटणे, चेचणे, चिरडणे, चुरडणे, किसणे (खिसणे), कीस करणे (*पाहा* : **चूर्ण**), खवणे, खरवडणे, वाटणे, घोटणे, उगाळणे, तुकडेतुकडे करणे, दळण/दळणकांडण करणे, चर्वण करणे, रवंथ करणे; *पाहा* : **कष्टणे**

(v) grind, mill, powder, crush, pulverise, pound, grate, beat, crunch, chew, disintegrate; *पाहा* : **चूर्ण, कष्टणे**

दळदार (वि) भरदार, गिरदार, भरीव, घौस, टपोरा, गरगरीत, ठसठशीत, गोंडस, कसदार, सत्त्वयुक्त

[adj] well-filled, full, solid, plump, rotund

दळभद्री (वि) *पाहा* : **अभागी**

दळभार (पु) *पाहा* : **दल**

दळिद्री (वि) *पाहा* : **अकिंचन**

दळुबाई (पु), **दळ्या** (वि) *पाहा* : **भित्रा, आळशी**

दक्ष (वि) सावध, सावधान, सावचित्त; जागरूक, जागृत, डोळस, सतर्क, सुचित, सुचित्त, खबरदार, दूरदर्शी, चतुर, चलाख, हुशार, तत्पर, साक्षेपी, विचक्षण, चिकित्सक, चोखंदळ, काटेकोर, शिस्तीचा, व्यवहारदक्ष *पाहा* : **दक्षता,** (विरु) **बेसावध, हलगर्जी**

[वा] कानाचा तिखट

[adj] alert, wakeful, attentive, keen, observant, eagle-eyed, on the watch, vigilant, meticulous, scrupulous, astute, sharp, prompt *पाहा* : **दक्षता,** (विरु) **बेसावध, हलगर्जी**

[i] to keep one's ear to the ground, on one's guard, on red alert, to take time by the forelock

दक्षता (स्त्री) सावधानता, सावधगिरी, खबरदारी, दूरदृष्टी, (दूरदर्शित्व); जागरूकता, शिस्त, अवधान, कसोशी, काळजी, कौशल्य, चातुर्य, हुशारी, तत्परता, साक्षेप; अतिदक्षता; *पाहा* : **अवधान, दक्ष**

[वा] दुधाने तोंड भाजले/ पोळले म्हणजे ताकही फुंकून पिणे, डोळ्यात तेल घालून पाहणे

(n) attention, mindfulness, care, precaution, heed, promptness; *पाहा* : **अवधान, दक्ष**

[i] mind one's P's and Q's, to dot one's I's and cross one's T's, to watch one's step

दक्षिण (स्त्री) *पाहा* : **दशदिशा**

दक्षिणा (स्त्री) *पाहा* : **दान, वेतन, लाच**

दक्षिणी (वि) *पाहा* : **दाक्षिणात्य**

दाई (स्त्री) *पाहा :* **अनुचर**

दाखल (वि) आलेला, पोचलेला, हजर, उपस्थित, रुजू, डेरेदाखल, स्थानापन्न, प्राप्त, सादर, संमुख, गुदरलेला, पावता, प्रविष्ट, निविष्ट, सन्निविष्ट, निर्दिष्ट, सामील, नमूद, नोंदलेला, पंजीकृत

[क्रि] पदग्रहण/ अधिकारग्रहण करणे, सूत्रे हाती घेणे, भरती होणे

[adj] arrived, reached, present, appeared, checked in, entered, noted

दाखला (पु) उदाहरण, दृष्टान्त, उपमा, नमुना, मासला; पुरावा, प्रमाण, गमक, आधार, साक्ष; अनुभव, प्रत्यंतर, प्रत्यय, प्रतीती, पडताळा; प्रमाणपत्र, ओळखपत्र, पास, शिफारसपत्र, प्रशस्तिपत्र, नोंद, पावती, पोच, रसीद; पोचपावती, पोचपत्र, अधिकारपत्र; पारपत्र; पदवी; न्याय; *पाहा :* **प्रमाणित**

(n) example, illustration, instance; evidence, proof; experience, awareness, corroboration, demonstration; certificate, testimonial, passport, identity card; *पाहा :* **प्रमाणित**

दाखवणे (क्रि) *पाहा :* **दर्शवणे**

दांग (न) *पाहा :* **अरण्य**

दागदागिने (पु, अव), **दागिना** (पु) *पाहा :* **अलंकार**

दाट (वि) किर्र, गर्द, निबिड, घोर, घडघूप, घनदाट, सघन, सांद्र, गच्च, गिच्च, दुर्भेद्य, गुडूप; गडद, गहिरा, गाढ, मिट्ट, जर्द; घन, अप्रवाही; घट्ट, तंग, अडस, आवळ; गर्दीचा (*पाहा :* **गर्दी**); *पाहा :* **घनदाट, जीवश्चकंठश्च**

[adj] dense, impenetrable; thick, solid, close, tight; crowded (*पाहा :* **गर्दी**); *पाहा :* **घनदाट, जीवश्चकंठश्च**

दाटण (दाटणी) (स्त्री) *पाहा :* **गर्दी**

दाटणे (क्रि) घट्ट/ तंग/ आवळ होणे; *पाहा :* **खडसावणे, गहिवरणे**

(v) be tight/ close-fitting; *पाहा :* **खडसावणे, गहिवरणे**

दाटी (स्त्री), **दाटीवाटी** (स्त्री) पाहा : **गर्दी**

दाटीने (क्रिवि) गर्दीने, गच्च, खच्च, खच्चून, दाटीवाटीने, कोंबून

[adv] tightly, in a crowd

दाटून (क्रिवि) *पाहा :* **मुद्दाम**

दाठरणे (क्रि) *पाहा :* **टणक**

दांडकणे (क्रि) *पाहा :* **मारणे**

दांडका (-के) (पु, न) *पाहा :* **काठी**

दांडगट (वि), **दांडगा** (वि) मजबूत, दणकट, बळकट, बेथू, तगडा, धट्टाकट्टा, धिप्पाड; धटिंगण, राकट, आडदांड, थोराड, दंडेल, तंडेल, दांडगेला, धश्चोट, उद्धट, उर्मट, उद्दाम, मगरूर, मुजोर, रानदांडगा, दांडगेश्वर

[adj] hefty, sturdy, burly, brawny, rough, coarse, bully,

overbearing, rude, arrogant

दांडगाई (स्त्री) दंडेली, तंडेली, मगरूरी, शिरजोरी, जुलूम, जबरदस्ती, दडपशाही, अरेरावी, धर्षण, जबरी, धश्चोटगिरी, धिंगाणा, खोड्या, दंगा, दंगामस्ती, मुजोरी, मस्ती, धांगडधिंगा, उनाडक्या, स्वैराचार

(n) bullying, barbarism, tyranny, brute force, rowdyism, rudeness, insolence, boisterousness

दांडगेला (वि) *पाहा :* **दांडगट**

दांडा (-डी, -डुका, -डू, -डूक) (पु, पु, स्त्री, पु, न) *पाहा :* **काठी, स्तंभ, अडकण**

दांडी (स्त्री) *पाहा :* **तराजू, सुटी**

दाढ (स्त्री) *पाहा :* **दात**

दाढी (स्त्री) *पाहा :* **केस**

दाढीदीक्षित (वि), **दाढीवाला** (पु) *पाहा :* **केसाळ**

दाणा (पु) *पाहा :* **धान्य, कण**

दाणागोटा (पु) *पाहा :* **धान्य, अन्न**

दाणादाण (स्त्री) पळापळ, धावाधाव, पांगापांग, फुटाफूट, गोंधळ, सैरावैरा स्थिती, फजिती, घबराट, दुर्दशा, दैना, वाताहत, धूळधाण, धुव्वा, खुर्दा, पाडाव, पराभव, सत्यनाश

[वा] बारा वाटा पळणे

(n) rout, stampede, riot, bedlam, mess, turmoil, panic, defeat, ruin **दाणापाणी** (न) *पाहा :* **उदरनिर्वाह**

दाणेदार (वि) कणीदार (कणदार), रवाळ

[adj] granular, grainy

दात (पु) दंत, दशन, रद, रदन, विषाणू, दाढ, सुळा, अक्कलदाढ, दंतपंक्ती, दंतावली, कवळी, बत्तिशी, दाताड; दाता; हस्तिदंत; दंताळे, दाखवायचे/खायचे दात; दुधाचे दात, बाळदात; खोटे/कृत्रिम दात; द्विज; *पाहा :* **अढी**

(n) tooth, fang, canine tooth, molar, tusk, ivory; denture; cog; *पाहा :* **अढी**

दातखीळ (स्त्री) *पाहा :* **अबोल**

दातपडका (वि) बोचरा, बोत्रा, बोथरा, तोंडाचे बोळके झालेला

[adj] toothless

दातवण (न) *पाहा :* **दंतमंजन**

दाता (पु) *पाहा :* **दात**

दाता (वि) देणारा, दानशील, दानशूर, दानवीर, दायक, दातृत्ववान, दातार, उदार, सढळ, परोपकाररत, दयावंत, दिलदार, सत्प्रवृत्त, थोर मनाचा, प्रदाता, नि:स्वार्थी, देणगीदार, वर्गणीदार, उधळ्या; अन्नदाता, रक्तदाता, इ.

[वा] कर्णासारखा उदार

[adj] generous, liberal, compassionate, philanthropist, munificent, benefactor, donor, contributor, prodigal

दाताड (न) *पाहा :* **दात**

दातार (वि) *पाहा :* **दाता, धनी**

दातृत्व (न) *पाहा :* **औदार्य**

दाद (स्त्री) दखल, ओळख, गुणग्रहण; तक्रार, फिर्याद, गाऱ्हाणे, *पाहा :*

अनुकूलता
(n) notice, cognizance, appreciation; complaint, grievance; *पाहा :* **अनुकूलता**

दादर (पु) *पाहा :* **जिना, पूल**

दादरा (पु) *पाहा :* **अवगुंठन, खिडकी, ताल**

दादला (पु) *पाहा :* **पती**

दादा (पु) *पाहा :* **भाऊ, शक्तिमान, थोर, गुंड**

दादागिरी (स्त्री) धाकदपटशा, दमदाटी, अरेरावी, गुंडगिरी, जुलूम- जबरदस्ती, चढेलपणा, उन्मत्तपणा
(n) bullying, browbeating, intimidation, tyranny, arrogance, haughtiness

दादुला (पु) *पाहा :* **पती**

दान (न) देणगी, बक्षीस, दक्षिणा, भेट; वरदक्षिणा, हुंडा; गुरुदक्षिणा; दानधर्म, धर्मादाय, भिक्षा; इनाम, अनुदान; प्रदान; ईश्वरी देणगी; वरदान; दशदाने (गो, भूमी, तिल, सुवर्ण, घृत, वस्त्र, धान्य, गूळ, लवण, रुपे); परोपकार, त्याग, स्वार्थत्याग, बलिदान, बळी; विद्यादान, द्रव्यदान, श्रमदान, भूदान, गोदान, अन्नदान, वस्त्रदान, कन्यादान, नेत्रदान, रक्तदान, देहदान, जीवदान, प्राणदान, इ; अपात्री/सत्पात्री दान; *पाहा :* **देणे, अर्थ**
[वा] हलवायाच्या घरावर तुळशीपत्र, तुरतदान महापुण्य, पै दक्षिणा लाख प्रदक्षिणा, खिरापत वाटणे
(n) donation, gift, present, dowry, endowment, bounty, grant, alms-giving, charity, sacrifice; *पाहा :* **देणे, अर्थ**

दानत (स्त्री) सचोटी, नेकी, शील, चारित्र्य, नीतिमत्ता, नीयत, प्रामाणिकपणा, चोखपणा, विश्वास, विश्वसनीयता, इमान, पत, अब्रू, प्रतिष्ठा, इभ्रत, ख्याती, मानमान्यता, औदार्य
(n) probity, integrity, honour, trust, credibility, credit, repute, uprightness, benevolence

दानतदार (वि) *पाहा :* **प्रामाणिक**

दानधर्म (पु) *पाहा :* **दान, अनुष्ठान**

दानव (पु) *पाहा :* **असुर**

दानवीर (-शील, -शूर) *पाहा :* **दाता, उदार**

दानशूरपणा (पु) *पाहा :* **औदार्य**

दांपत्य (न) *पाहा :* **जोडपे**

दाब (पु) दडपण, वजन, भार, ओझे, बळ, जोर, ताकद; धाक, दहशत, दरारा, दबाव, तणाव, दाबदबाव, नियंत्रण, अंकुश, अधिकार
(n) pressure, force, weight, load; awe, coercion, repression, influence, strain, control

दाबणे (क्रि) दाब/भार देणे, दडपणे, चेपणे, रगडणे, चेचणे, चेंदणे, चिंबणे, चेंबणे, चेमटणे, चिमटा घेणे, ठेचणे, तिंबणे, कुचलणे, चिरडणे, आवळणे, चुरणे, चुरडणे, चुरगळणे, चेंगरणे, आलिंगणे;

लपवणे, दडवणे, छपवणे, दाबादाबी/दडपादडपी करणे; लाटणे, ढापणे, लुबाडणे, गडप/गिळंकृत करणे; दटावणे, ताणणे, धमकावणे, तंबी देणे

(v) press, squeeze, crush, compress, pinch, strangle; hide, hush up, stifle, suppress; embezzle, misappropriate; warn, admonish

दाबादाबी (स्त्री) *पाहा :* **दाबणे**

दाभण (न) *पाहा :* **अणकुची**

दाभाड (न) *पाहा :* **तोंड**

दांभिक (वि) *पाहा :* **ढोंगी**

दाम (पु) *पाहा :* **अर्थ, किंमत, उपाय**

दामचुंबक (वि) *पाहा :* **कंजूष**

दामटणे (क्रि) *पाहा :* **पिटाळणे, करणे**

दामटी (स्त्री) *पाहा :* **गोल** (पु)

दामदुप्पट (स्त्री) *पाहा :* **फायदा, वाढ**

दामदौलत (स्त्री) *पाहा :* **ऐश्वर्य**

दामाजीपंत (पु) *पाहा :* **अर्थ**

दामिनी (स्त्री) *पाहा :* **वीज**

दायक (वि) *पाहा :* **दाता**

दायाद (पु) *पाहा :* **वारस, आप्त**

दायित्व (न) *पाहा :* **जबाबदारी**

दार (न) द्वार, दरवाजा, फाटक, देवडी, दिंडी, कवाड, दिंडीदरवाजा, झडप (-पा), झाप, तावदान, झोपा, ताटी, वाट, मार्ग, सांड, सांडवा, प्रवेशद्वार, महाद्वार, सिंहद्वार, दर्शनी दरवाजा, नगरद्वार, वेस, निर्गमन द्वार, मुक्तद्वार; तोंड, मुख; धुराडे, चिमणी; *पाहा :* **खिंडार, झाकण, प्रवेश**

(n) door, doorway, gate, gateway, portal, wicket, hatch, shutter, vent, opening, orifice, nozzle, inlet; outlet, entrance, exit; *पाहा :* **खिंडार, झाकण, प्रवेश**

दारग्रहण (न) *पाहा :* **विवाह**

दारमदार (पु) *पाहा :* **करार**

दारवटा (-वंठा) (पु) *पाहा :* **उंबरठा**

दारवान (पु) *पाहा :* **पहारेकरी**

दारा (स्त्री) *पाहा :* **पत्नी**

दारिद्र्य (न) *पाहा :* **गरिबी, अभाव**

दारिद्र्यरेषा (स्त्री) *पाहा :* **अकिंचन**

दारुडा (-ड्या) (पु) *पाहा :* **मद्यपी, व्यसनी**

दारुण (वि) तीव्र, कडक, कठोर, दुःसह, घोर, अघोरी, भीषण, भयंकर, राक्षसी, अमानुष, दुष्ट, क्रूर, हिंस्र; आत्यंतिक; पराकाष्ठेचा, प्रमाणाबाहेर, अतिशय

[adj] sharp, unbearable, intense, violent, monstrous, dreadful, terrible, excessive, extreme, agonizing

दारू (स्त्री) *पाहा :* **मद्य, स्फोटक**

दारूकाम (न) *पाहा :* **स्फोटक, अग्नी, उत्सव**

दारूखाना (पु), **दारूगोळा** (पु) *पाहा :* **स्फोटक**

दारूबंदी (स्त्री) *पाहा :* **अटकाव**

दारूबाज (वि) *पाहा :* **मद्यपी, व्यसनी**

दार्ढ्य (न) दृढता, मजबूतपणा,

कडकपणा, कठीणपणा; घनता, वस्तुमान, वजनदारपणा; स्थैर्य, अविचलता, ठामपणा, पक्केपणा

(n) solidity, hardness; density, specific gravity; stability, firmness, soundness

दार्शनिक (वि) *पाहा :* **ज्ञानी**

दालन (न) *पाहा :* **खोली**

दाल्ला (पु) *पाहा :* **पती**

दावण (स्त्री) *पाहा :* **दोरी**

दावणे (क्रि) *पाहा :* **दर्शवणे**

दावा (पु) डूख, डंख, तेढ, आकस, दात, द्वेष, मत्सर, वैर, शत्रुत्व, हेवादावा, उभा दावा, दावेदारी, भांडण, तंटा, वितुष्ट, कज्जा, खटला, फिर्याद; हक्क, मालकी, अधिकार

(n) malice, hostility, spite, grudge, hatred, ill-will, vindictiveness, animosity, dispute, quarrel, lawsuit; right, claim, title

दावाग्नी (पु), **दावानल** (पु) *पाहा :* **अग्नी**

दावे (न) *पाहा :* **दोरी**

दावेकरी (-दार, -दुष्मन) (वि) *पाहा :* **वैरी**

दावेदारी (स्त्री) *पाहा :* **दावा**

दास (पु), **दासानुदास** (पु) *पाहा :* **अनुचर, परतंत्र**

दासी (स्त्री) *पाहा :* **अनुचर, रखेली**

दासीपुत्र (पु) *पाहा :* **पुत्र**

दास्य (न), **दास्यत्व** (न) *पाहा :* **गुलामगिरी, चाकरी**

दास्यभक्ती (स्त्री) *पाहा :* **नवविधा भक्ती**

दाह (पु) दहन, ज्वलन, आग, भडका, दाहजाळ; ताप, उष्णता, चटका, आच, धग, झळ; जळजळ, रखरख, भगभग, भगभगाट, अंतर्दाह, वेदना; *पाहा :* **उकाडा, संताप, अग्नी**

(n) heat, burning, scorching, irritation, sting, pain, smart; *पाहा :* **उकाडा, संताप, अग्नी**

दाहक (वि) जाळणारा, भाजणारा, उष्ण, पोळणारा, पेटवणारा, प्रदीप्त/प्रज्वलित करणारा, रक्त उकळवणारा, तीव्र, जहाल, जलाल, तापदायक, दुःखदायक, दुःसह, यातनामय, चटका लावणारा

[adj] burning, seething, fiery, agonising, blistering, scalding, harrowing

दाहणे (क्रि) *पाहा :* **अग्नी**

दाहशामक (वि) *पाहा :* **थंड**

दाक्षायणी (स्त्री) *पाहा :* **पार्वती**

दाक्षिणात्य (वि) दक्षिणी, दखनी, दख्खनचा

[adj] southern, southerly

दाक्षिण्य (न) *पाहा :* **अदब**

दिक् (स्त्री) *पाहा :* **दिशा**

दिक्कत (स्त्री) हरकत, काचकूच, चलबिचल; साशंकता, भीती, रुखरुख; आक्षेप, तक्रार, नापसंती; अडचण, आडकाठी, प्रत्यवाय,

अडथळा (सदसद्विवेकबुद्धीचा), विधिनिषेध; *पाहा :* **पर्वा**

(n) scruple, qualm, demur, hesitation, compunction, second thought, doubt, misgiving; barrier, obstacle, objection; *पाहा :* **पर्वा**

दिक्पाल (पु) अष्ट (दश) दिक्पाल; अष्ट (दश) दिशांचे स्वामी (इंद्र, अग्नी, यम, निर्ऋती, वरुण, वायू, सोम, ईशान; अनंत, ब्रह्मा)

(n) lords of the directions

दिखाऊ (वि) भपकेबाज, भडक, पोशाखी, वरवरचा, दर्शनी, कृत्रिम, बनावट, नकली, नाटकी, खोटा, फसवा, सवंग, हलका, बेगडी, भ्रामक

[वा] बडा घर पोकळ वासा

[adj] showy, flashy, gaudy, garish, tawdry, ostentatious, affected, pretended, superficial, skin-deep, outward, base, shoddy, cheap

दिगंतकीर्ती (स्त्री) *पाहा :* **कीर्ती**

दिगंबर (वि) *पाहा :* **अनावृत**

दिग्गज (पु) अष्ट दिग्गज (ऐरावत, पुंडरीक, वामन, कुमुद, अंजन, पुष्पदंत, सार्वभौम, प्रतीक); *पाहा :* **नरश्रेष्ठ**

(n) elephants supporting the earth; *पाहा :* **नरश्रेष्ठ**

दिग्दर्शक (पु, वि), मार्गदर्शक, पथदर्शक, वाटाड्या, निर्देशक, अधीक्षक, कर्णधार, कप्तान, नेता, नावाडी, सुकाण्या, सुकाणूधारी, चालक, संचालक, गाडीवान, सारथी, सूत्रधार, सल्लागार, अध्यापक; मार्गदर्शी, दिशादर्शी; *पाहा :* **दर्शक**

[वा] दीपस्तंभ

(n, adj) director, guide, leader, organizer, administrator, advisor, helmsman, steersman, pilot, driver, charioteer; directive *पाहा :* **दर्शक**

दिग्दर्शन (न) मार्गदर्शन, निर्देश, निदेशक, निदेशन, संचालक, संचालन, नेतृत्व; सूचना, आदेश, उपदेश, शिकवण, शिक्षण, उद्‌बोधन, सल्लामसलत, देखरेख

(n) direction, guidance, leadership, advice, instruction, edification, indoctrination, supervision

दिग्विजय (पु) *पाहा :* **जय**

दिग्विजयी (वि) *पाहा :* **विजयी**

दिङ्मूढ (वि) गोंधळलेला, गांगरलेला, बावरलेला, संदिग्ध/द्विधा मन:स्थितीतला, संदिग्धमती, भ्रमलेला, बावरा, दिशाहीन, अगतिक, कुंठितमती, भ्रांत, संभ्रांत, किंकर्तव्यमूढ; थक्क, चकित, अवाक, गुंग, स्तंभित, प्रभावित *पाहा :* **अबोल**

[वा] मती गुंग होणे, चक्रावणे

[adj] perplexed, at one's wit's

end, baffled, confounded, mystified, bewildered; thunderstruck, surprised, speechless *पाहा :* **अबोल**

[i] at sea

दिठी (स्त्री) *पाहा :* **दृष्टी**

दिंड (पु) *पाहा :* **गड्डा**

दिडदा दिडदा (न) *पाहा :* **वाद्य**

दिंडी (स्त्री), **दिंडीदरवाजा** (पु), **दिंडीपताका** (स्त्री, अव) *पाहा :* **मिरवणूक, दार, वृत्त**

दिंडोरा (पु) *पाहा :* **डांगोरा**

दिन (पु) *पाहा :* **दिवस**

दिनकर (पु) *पाहा :* **सूर्य**

दिनक्रम (पु), **दिनचर्या** (स्त्री) नित्यक्रम, नित्यकर्म, प्रातर्विधी, शौचमुखमार्जन, आन्हिक, स्नान, प्रात:स्नान, संध्या, संध्यावंदन, प्रात:स्मरण; नित्यनेम, नित्यपाठ, (नित्याचा) शिरस्ता, परिपाठ, वहिवाट, राहणी; रोजनिशी, दैनंदिनी, वासरी, दैनिक टाचण/नोंदवही, कालवृत्तान्त

(n) daily routine, round, rut, practice; diary, log, journal, chronicle, memoirs

दिनदर्शिका (स्त्री) पंचांग (तिथी, वार, नक्षत्र, योग, करण), रोजनिशी

(n) calendar, almanac, diary

दिनपती (-मणी) (पु) *पाहा :* **सूर्य**

दिनमान (न) *पाहा :* **काल**

दिनरात (क्रिवि) *पाहा :* **अखंड** (क्रिवि)

दिनांक (पु) मिती, तिथी, तीथ, तारीख, दिवस

(n) date, day

दिनेश (पु) *पाहा :* **सूर्य**

दिपणे (क्रि) (डोळ्यांपुढे) अंधेरी येणे, (प्रखर प्रकाशाने) दिसेनासे होणे; *पाहा :* **प्रभावित**

(v) be dazzled/blinded; *पाहा :* **प्रभावित**

दिपुष्टाण (स्त्री) *पाहा :* **गंध** (पु)

दिमाख (पु) ऐट, रुबाब, तोरा, ताठा, डौल, बडेजाव, घमेंड, गर्व, मिजास, पत्रास, शिष्टपणा, मग्रूरी; डामडौल, भपका, थाटमाट *पाहा :* **अवडंबर**

(n) flourish, grandeur, vanity, conceit, show, pomp, ostentation *पाहा :* **अवडंबर**

दिमाखदार (वि) *पाहा :* **ऐटबाज**

दिरंगाई (स्त्री) अळंटळं, ढिलाई, चालढकल, आळस, हयगय, हेळसांड, गमजा, चेंगटपणा, विलंब, उशीर, लांबण, कालापव्यय, कालहरण, कालक्षेप, वेळकाढूपणा, मागलट, *पाहा :* **ढकलणे** (विरु) **घाई**

[वा] लाल फितीचा कारभार

(n) dilly-dallying, laziness, sluggishness, tardiness, postponement, procrastination, delay; *पाहा :* **ढकलणे** (विरु) **घाई**

[i] red tape

दिल (न) *पाहा :* **मन**

दिलखुलास (वि) *पाहा :* **अघळपघळ, मनःपूर्वक**

दिलखेचक (वि) *पाहा :* **आकर्षक**

दिलगिरी (स्त्री) दुःख, खेद, पश्चात्ताप, पस्तावा; क्षमायाचना, खेदप्रदर्शन

(n) regret, remorse, repentance, apology, confession

दिलगीर (वि) दुःखी, कष्टी, दुःखित, लज्जित, शरमिंधा, खजील, पश्चात्तापदग्ध, पस्तावलेला

[adj] sorry, ashamed, penitent, regretful, contrite, rueful

दिलजमाई (स्त्री) *पाहा :* **तडजोड**

दिलदार (वि) *पाहा :* **उदार**

दिलदारपणा (पु) *पाहा :* **औदार्य**

दिलरुबा (पु) *पाहा :* **तंतुवाद्य**

दिलवर (पु) *पाहा :* **प्रिय**

दिलासा (पु) धीर, भरवसा, उमेद, उत्साह, उत्तेजन, धैर्य, आश्वासन, विश्वास, आत्मविश्वास, समाधान, मनःशांती, विरंगुळा, दुःखपरिहार, सांत्वन

[वा] डोळे पुसणे, पाठीवरून हात फिरवणे, दुःखात सुख

(n) cheer, courage, hope, assurance, encouragement, relief, solace, reassurance, confidence, consolation; peace of mind

दिवटा (-टी) (पु, स्त्री) *पाहा :* **मशाल, घरबुडव्या**

दिवली (स्त्री) *पाहा :* **दिवा**

दिवस (पु) दिन, दिस, दिह, वासर, वार, अहोरात्र, दिवसरात्र, चोवीस तास, साठ घटका; सुदिन, कुदिन, दुर्दिन, घातवार; *पाहा :* **आयुष्य, काल, दिनांक, अंत्येष्टी**

(n) day, daytime, day and night; *पाहा :* **आयुष्य, काल, दिनांक, अंत्येष्टी**

[i] red-letter day, black day

दिवसा (क्रिवि) दिवसाउजेडी, दिवसाढवळ्या, भरदिवसा

[adv] by day, in broad daylight

दिवासाकाठी (क्रिवि) *पाहा :* **अखंड** (क्रिवि)

दिवसानुदिवस (दिवसेंदिवस) (क्रिवि) *पाहा :* **उत्तरोत्तर, पुन्हा**

दिवळी (स्त्री) *पाहा :* **दिवा**

दिवा (पु) दीप, दीपक, प्रदीप, दिवली (दिवळी), दीपिका, पणती, ओलाणदिवा, लामणदिवा, निरांजन, ठाणवई, दिवी, समई, त्रिपूर, नंदादीप, अक्षयदीप, कंदील, चिमणी, फाणस (फाणुस), चिराग, बत्ती, दिवाबत्ती, वात, पोत, सांजदिवा, सांजवात, काडवात, झुंबर, आकाशदिवा, मेणबत्ती, ज्योत, ज्योती, दीपकलिका, दीपकळी, दीपशिखा, विजेरी, विद्युद्दीप; प्रकाशसाधन, प्रकाशझोत, दीपावली, दीपमाळ, दीपस्तंभ, दीपगृह, दिवादांडी; *पाहा :* **मशाल**

[क्रि] मिणमिण/ढणढण जळणे, फडफडणे, तेवणे

(n) lamp, light, lantern, candle, torch, flashlight, chandelier, fluroscent light, limelight, searchlight, footlights, spotlight, beacon, lighthouse; *पाहा :* **मशाल**

दिवाकर (पु) *पाहा :* **सूर्य**

दिवाण (पु) *पाहा :* **कारभारी, प्रधान**

दिवाणखाना (पु) *पाहा :* **खोली**

दिवाणसाहेब (स्त्री) *पाहा :* **नणंद**

दिवाणा (वि) *पाहा :* **वेडा**

दिवादांडी (स्त्री) *पाहा :* **दिवा**

दिवांध (न), **दिवाभीत** (न) *पाहा :* **घुबड**

दिवास्वप्न (न) *पाहा :* **स्वप्न, आशा**

दिवाळखोर (वि) नादार, कर्जबाजारी, दिवाळे/ भांगोरे वाजलेला/ निघालेला/ काढलेला, टिनपाट वाजलेला; राखरांगोळी झालेला; सर्व संपलेला; नागवा; निपटनिरंजन; फटिंग; उधळ्या, खर्चीक; *पाहा :* **अकिंचन**

[वा] शेणाचे दिवे लावणे, काखा वर करणे

[adj] insolvent, bankrupt, gone, into liquidation, profligate; *पाहा :* **अकिंचन**

[i] in the red, broke

दिवाळी (स्त्री) दीपावली, दिपवाळी, दीपोत्सव, दिव्यांची आरास; *पाहा :* **उत्सव, आबादीआबाद, चैन**

(n) festival of lights; *पाहा :* **उत्सव, आबादीआबाद, चैन**

दिवाळे (न) *पाहा :* **दिवाळखोर**

दिवास्वप्न (न) *पाहा :* **मनोराज्य**

दिवी (स्त्री) *पाहा :* **दिवा**

दिवेलावणी (स्त्री) *पाहा :* **संध्याकाळ**

दिव्य (वि) स्वर्गीय, दैवी, ईश्वरी, अलौकिक, निरुपम, देवदुर्लभ, अनन्यसाधारण, अत्युत्तम, श्रेष्ठ, भव्य, भव्यदिव्य, लोकोत्तर; *पाहा :* **सुंदर**

[adj] divine, heavenly, celestial, ethereal, providential, supreme, excellent; *पाहा :* **सुंदर**

दिव्य (न) कसोटी, परीक्षा, सत्त्वपरीक्षा, अग्निपरीक्षा, अग्निदिव्य; देहदंड, क्लेश, यातना

(n) ordeal, test, trial, tribulation; suffering

दिव्यदृष्टी (स्त्री) *पाहा :* **दृष्टी, अंतर्दृष्टी**

दिव्यरस (पु) *पाहा :* **अमृत**

दिव्यज्ञान (न) *पाहा :* **आत्मज्ञान**

दिव्यौषधी (स्त्री) *पाहा :* **औषध**

दिशा (स्त्री) दिक्, दिग्विभाग; वाट, मार्ग; रोख, कल, प्रवृत्ती, धोरण, उद्दिष्ट; *पाहा :* **दशदिशा, दिक्पाल, दिग्गज**

(n) direction, bearing, course, tenor, tendency, aim; *पाहा :* **दशदिशा, दिक्पाल, दिग्गज**

दिशाचक्र (न) *पाहा :* **क्षितिज**

दिशादर्शी (वि) *पाहा :* **दिग्दर्शक**

दिशाभूल (स्त्री) *पाहा :* **फसवणूक**

दिशाहीन (वि) भटकणारा, भरकटणारा, वाहवणारा, मार्गच्युत, विचलित, असंबद्ध, हेतुशून्य, निरुद्देश, दिङ्मूढ, भ्रांत

[adj] wandering, rambling, errant, erratic, aberrant,

incoherent, confused, aimless, random

दिस (पु) *पाहा :* **दिवस**

दिसणे (क्रि) दृष्टीस/ नजरेस पडणे, दृष्टिपथात/ दृष्टोत्पत्तीस येणे, दृगोचर/ दृष्टिगोचर होणे, दृश्यस्वरूपास येणे, उमटणे, डोळ्यांपुढे येणे, दृक्प्रत्यय येणे, दर्शन होणे, दृष्टीखालून जाणे, दृष्टीस पडणे, नजरेस पडणे, डोळ्यात भरणे, पाहिलेला असणे, स्पष्ट/ उघड असणे, आढळणे, सापडणे, प्रादुर्भाव होणे, कळणे, समजणे, प्रतीत होणे, लक्षात येणे, आकलन होणे, मनात येणे, ज्ञात होणे, उमजणे, अनुमान होणे; *पाहा :* **अवलोकन, दृष्टी**

(v) seem, appear, be visible, come to sight, be seen, be conspicuous, emerge, surface, turn up; perceive, discover, come across, comprehend, understand; *पाहा :* **अवलोकन, दृष्टी**

दिसंदीस (क्रिवि) *पाहा :* **उत्तरोत्तर**

दिह (पु) *पाहा :* **दिवस**

दीडकानाचा (वि) *पाहा :* **बहिरा, अधू**

दीडडोळ्याचा (पु) *पाहा :* **अंध, अधू**

दीडदमडीचा (वि) *पाहा :* **क्षुल्लक**

दीडदांडी (स्त्री) *पाहा :* **तराजू**

दीडपायाचा (वि) *पाहा :* **अधू**

दीडशहाणा (वि) *पाहा :* **अजाण**

दीडहाताचा (वि) *पाहा :* **अधू**

दीन (वि), **दीनदुबळा** (वि), *पाहा :* **गरीब, अशक्त, अगतिक, केविलवाणा**

दीनदयाळ, दीननाथ, दीनबंधू, दीनवत्सल (सर्व वि) *पाहा :* **दयावंत**

दीनवाणा (वि) *पाहा :* **गरीब, केविलवाणा**

दीप (पु), **दीपक** (पु) *पाहा :* **दिवा, राग**

दीपकलिका (स्त्री), **दीपकळी** (स्त्री) *पाहा :* **दिवा, अग्नी**

दीपगृह (न) *पाहा :* **दिवा**

दीपचंदी (पु) *पाहा :* **ताल**

दीपन (न) *पाहा :* **अग्नी**

दीपप्रज्वलन (न) *पाहा :* **आरंभ**

दीपमाला (-माळ) (स्त्री) *पाहा :* **दिवा**

दीपशिखा (स्त्री) *पाहा :* **दिवा, अग्नी**

दीपस्तंभ (पु) *पाहा :* **दिवा**

दीपावली (स्त्री) *पाहा :* **दिवा, उत्सव**

दीपिका (स्त्री) *पाहा :* **दिवा**

दीपोत्सव (पु) *पाहा :* **उत्सव, दिवाळी**

दीप्ती (स्त्री) *पाहा :* **तेज** (न)

दीप्तिमान (वि) *पाहा :* **तेजस्वी**

दीर्घ (वि) लांब, लांबसडक, लांबलचक, लंब, लंबाचौडा, लंबायमान, लांबट, लांबरुंद, लांबसर, लांबोडा; लांबवलेला, विस्तारित, विस्तृत, अखंड, दीर्घकालीन, टिकाऊ, कायम, चिरकालिक, चिरकालीन, चिरस्थायी, आजन्म, अक्षय्य, शाश्वत, प्रदीर्घ, कंटाळवाणा, नीरस, लांबण लावलेला, प्रलंबित, लांबलेला, कालापव्ययी; खोल, गहन, गाढा,

गहिरा; घेरदार, घोळदार, लफ्फेदार, पल्लेदार, पायघोळ
[वा] मारुतीचे शेपूट
[adj] long, lengthy, elongated, extended, protracted, tedious, prolonged, durable, lasting, perennial; deep, profound

दीर्घकाल (-ळ) (क्रिवि) *पाहा :* **अखंड** (क्रिवि)

दीर्घकालिक (-कालीन) (वि) *पाहा :* **अखंड** (वि), **जुना, दीर्घ**

दीर्घदर्शी (वि), **दीर्घदृष्टी** (वि) *पाहा :* **दूरदर्शी**

दीर्घदृष्टी (स्त्री) *पाहा :* **दूरदृष्टी, दृष्टी**

दीर्घद्वेषी (वि) *पाहा :* **वैरी, द्वैषी**

दीर्घनिद्रा (स्त्री) *पाहा :* **मृत्यू, झोप**

दीर्घवर्तुळ (न) *पाहा :* **गोल** (पु)

दीर्घसूत्री (वि) *पाहा :* **आळशी, चिकट**

दीर्घायुषी (वि), **दीर्घायू** (वि) *पाहा :* **वृद्ध, आयुष्मान**

दीर्घोद्योग (पु) *पाहा :* **उद्योग**

दीर्घोद्योगी (वि) *पाहा :* **उद्योगी, कष्टाळू**

दीक्षा (स्त्री) शिकवण, शिक्षण, उपदेश, अनुग्रह, गुरुमंत्र, आदेश, मार्गदर्शन; आरंभ, प्रवेश, सुरुवात, ओनामा; बाप्तिस्मा; *पाहा :* **अंतेवासी**
(n) instruction, counsel, guidance; initiation, introduction; inception, beginning; *पाहा :* **अंतेवासी**

दीक्षागुरू (पु) *पाहा :* **अध्यापक**

दीक्षित (पु) *पाहा :* **आचार्य**

दुआब (पु) *पाहा :* **जमीन**

दुकान (न) विक्रीस्थान, विकान, ठेला, गाळा, भांडार, पुरवठा-केंद्र, पेठ, व्यापारपेठ, उतारपेठ, भुसार पेठ, बाजार, बाजारपेठ, बाजारवाडा, बाजारहाट, गंज, मंडई, हाट, हट्टी, पणनकेंद्र, पण्यवीथिका, पेढी, कट्टा (सराफकट्टा), पतपेढी, पिठा, गुत्ता, जत्रा, चोरबाजार, जुना बाजार, आठवड्याचा बाजार
[वा] काळा बाजार
(n) shop, store, stall, booth, mart, emporium, departmental store, market, bazaar
[i] flea market, window shopping

दुकानदार (पु) विक्रेता (किरकोळ/घाऊक), वाणी, भुसारी, वैश्य, व्यापारी, पेढीवाला, दुकानमालक, फेरीवाला, हातगाडीवाला, पथारीवाला, हटकरी; *पाहा :* **अडत्या**
(n) shopkeeper, dealer, seller, vendor, merchant, tradesman, businessman, grocer, retailer, wholesaler, hawker, peddler; *पाहा :* **अडत्या**

दुकाळ (पु) *पाहा :* **अकाल**

दुकूल (न) *पाहा :* **वस्त्र**

दुक्कल (स्त्री) *पाहा :* **जोडी**

दुःख (न) यातना, ताप, त्रास, पीडा, वेदना, कष्ट, क्लेश, हालअपेष्टा, छळ, भोग, शरीरभोग, देहप्रारब्ध, बाधा, शाप, व्यथा, व्याधी,

आधिव्याधी, उपाधी, विपत्ती; यमयातना, नरकवास; खेद, विषाद, शोक, विलाप, दुःखावेग, रंज; पश्चात्ताप, पस्तावा, दिलगिरी; हळहळ, रुखरुख, चुटपुट, चटका, खंत, मनस्ताप, आत्मक्लेश, काच, झुरणी, टोचणी, हुरहुर; वैषम्य, निराशा, वैफल्य, हिरमोड, उद्विग्नता, विषण्णता, खिन्नता, उदासी, औदासीन्य, बेदिली, असंतोष, नाखुशी; विरहदुःख (-व्यथा, -वेदना), विरहाग्नी, विरहानल; संसारदुःख; *पाहा :* **वेदना, त्रासदायक, दुःखी, अवदशा,** (विरु) **आनंद**

[क्रि] वाईट वाटणे, हळहळणे, कंठ दाटून येणे, भडभडून येणे, गळा भरून येणे, डोळे भरून येणे

[वा] मनाला लागणे, मन मोडणे, जीव पोळणे, जीव तिळतिळ तुटणे, काळजाला घरे पडणे, काळजाचे पाणी होणे, उरी फुटणे, ऊर दाटणे, ऊर बडवणे, हृदय/ ऊर/ छाती दुभंगणे, छाती फाटणे/फुटणे, हृदय पिळवटणे, आतड्याला पीळ पडणे, पोटात कालवणे, दुःखाने करपणे, दुःखाचा डोंगर कोसळणे, कपाळ पिटणे/बडवणे, कपाळाला हात लावून बसणे, दे माय धरणी ठाय होणे, म्हातारी मेल्याचे दुःख नाही पण काळ सोकावतो, आधणातले/जात्यातले रडतात आणि सुपातले हसतात, आलिया भोगासी असावे सादर, परदुःख शीतल, जखमेवर मीठ चोळणे, गतं न शोच्यम्, दुःखावर डागण्या देणे

(n) sorrow, grief, distress, sadness, dejection, gloom, dissatisfaction, heartache, unhappiness, misery, woe, despondency, melancholy; regret, remorse, chagrin, mortification, frustration; pain, vexation, suffering, agony, torment; tribulation; *पाहा :* **वेदना, त्रासदायक, दुःखी, अवदशा,** (विरु) **आनंद**

[i] heaviness of heart, broken heart, weight on the mind, eat one's heart out, rub salt into the wound

दुःखकारक (वि) *पाहा :* **त्रासदायक**

दुखणाईत (वि) *पाहा :* **रुग्ण**

दुखणे (न) *पाहा :* **आजार**

दुखणेकरी (वि) *पाहा :* **रुग्ण**

दुःखद (वि), **दुःखदायक** (वि) *पाहा :* **त्रासदायक, अप्रिय, कटू**

दुःखपर्यवसायी (वि) *पाहा :* **दुःखी नाटक**

दुखरा (वि) *पाहा :* **अधू**

दुखवटा (पु) *पाहा :* **अंत्येष्टी**

दुखापत (स्त्री) *पाहा :* **अपाय**

दुखावणे (क्रि) *पाहा :* **त्रासणे**

दुःखावेग (पु) *पाहा :* **दुःख**

दुःखित (वि) *पाहा :* **दुःखी**

दुःखी (वि) दुःखित, खेदयुक्त, कष्टी,

खिन्न, विषण्ण, हिंपुटी, त्रस्त, शोकग्रस्त, शोकाकुल, शोकाविष्ट, शोकमग्न, विव्हल, दुःखमग्न, पीडाग्रस्त, पीडित, व्याधिग्रस्त; पश्चात्तापदग्ध, मनस्तप्त, दिलगीर; निराश, हताश, साश्रू, रुद्धकंठ, असुखी, उदास, उदासवाणा, बेदिल, दुर्मुखलेला, खंतावलेला, सचिंत, चिंतातुर; दुःखपूर्ण, दुःखभरित; दुःखपर्यवसायी, शोकपर्यवसायी, शोकान्त; समदुःखी *पाहा :* **दुःख** (विरु) **आनंदी**

[adj] sorrowful, sad, dejected, desolate, unhappy, broken-hearted, grief-stricken, lachrymose, morose, mournful, tearful, woeful, dissatisfied, penitent, ailing, disconsolate, cheerless, sullen, pensive, mournful, tearful; tragic *पाहा :* **दुःख** (विरु) **आनंदी**

[i] sick at heart, to take somehing to heart

दुगाणी (स्त्री) *पाहा :* **पाय**

दुग्ध (न) *पाहा :* **दूध**

दुचाकी (स्त्री) *पाहा :* **वाहन**

दुजा (वि) *पाहा :* **अंक, अन्य**

दुजाभाव (पु) आपपरभाव, स्वपरभाव, मी-तूपणा, परकेपणा, परत्व, पक्षपात, द्वैत, भेदबुद्धी, दुजेपण, अनोळख, अंतर, अंतराय, बुद्धिभेद, विक्षेप, दुरावा, दूरभाव, सापत्नभाव; विरह, वियोग, फारकत, ताटातूट; बदसूर, बेबनाव, बिघाड, भांडण; *पाहा :* **विभाजन, फाटणे,** (विरु) **आपुलकी, जिव्हाळा, सहानुभूती**

(n) coldness, alienation, discord, conflict, disharmony, friction, contention, dissonance, strife; *पाहा :* **विभाजन, फाटणे,** (विरु) **आपुलकी, जिव्हाळा, सहानुभूती**

[i] to make fish of one and flesh of another

दुजोरा (पु) *पाहा :* **टेकू, अनुमती, समर्थन**

दुटप्पी (वि), **दुटप्पीपणा** (पु) *पाहा :* **द्व्यर्थी, फसवा, फसवणूक**

दुडकी (वि), **दुडदुड (दुडुदुडु)** (वि) *पाहा :* **चाल**

दुढ्ढाचार्य (वि) *पाहा :* **गर्विष्ठ**

दुणावणे (क्रि) *पाहा :* **वाढ**

दुतर्फा (क्रिवि) *पाहा :* **आजूबाजूस**

दुतोंडी (-ड्या) (वि) *पाहा :* **फसवा**

दुतोंडे (न) *पाहा :* **साप**

दुथडी (वि) *पाहा :* **तुडुंब**

दुंदुभी (पु) *पाहा :* **चर्मवाद्य**

दुधारी (वि) *पाहा :* **धारदार, जुळा**

दुधी (वि) *पाहा :* **पारदर्शक, पांढरा**

दुनवणी (स्त्री) *पाहा :* **शेती**

दुनिया (स्त्री) *पाहा :* **चराचर**

दुनियादारी (स्त्री) *पाहा :* **संसार**

दुपट्टा (पु) *पाहा :* **वस्त्र**

दुपार (स्त्री) मध्यान्ह (माध्यान्ह), मध्यान्हकाळ (-समय), दोनप्रहर;

भर/ ऐन/ उभी/ खडी/ टळटळीत दुपार; उभे दोन प्रहर; कोवळी दुपार
[वा] दिवस चढणे/डोक्यावर येणे, सूर्य माथ्यावर येणे, बारा वाजणे, सावली पायांखाली येणे
(n) noon, noon-time, mid-day, afternoon
दुप्पट (वि) *पाहा :* **वाढ**
दुफळी (स्त्री) *पाहा :* **तट**
दुबळा (वि) *पाहा :* **अशक्त, नेभळट, अधू**
दुबेरजी (वि) *पाहा :* **जमाखर्च**
दुबेळके (न) बेचके, बेळके, बेळे; फाटा, बेळफाटा
(n) fork, bifurcation, branching
दुभंगणे (क्रि) *पाहा :* **उलणे, विभाजन**
दुभणे (क्रि) *पाहा :* **दूध**
दुभती (वि), **दुभते** (न) *पाहा :* **दूध**
दुभागणे (क्रि) *पाहा :* **विभाजन**
दुभाषी (-ष्या) (वि) *पाहा :* **भाषा**
दुमजली (वि) *पाहा :* **इमारत**
दुमड (स्त्री), **दुमडणे** (क्रि) *पाहा :* **घडी**
दुमत (न) *पाहा :* **भांडण, मतभेद, अंतर**
दुमदुमणे (क्रि) *पाहा :* **गाजणे**
दुमदुमीत (वि) *पाहा :* **टणटणीत**
दुय्यम (वि) *पाहा :* **गौण, अंक**
दुरंगी (वि) *पाहा :* **रंगीत**
दुरडी (स्त्री) *पाहा :* **करंडा**
दुरतिक्रम (वि) *पाहा :* **अवघड**
दुरभिमान (पु) *पाहा :* **अभिमान, ताठा**
दुरवस्था (स्त्री) *पाहा :* **अवदशा, अराजक**
दुराग्रह (पु) *पाहा :* **आग्रह**
दुराग्रही (वि) *पाहा :* **अडमुठा, हट्टी, कर्मठ**
दुराचरण (न), **दुराचार** (पु) *पाहा :* **अनाचार, आचरण, अपराध**
दुराचरणी (दुराचारी), **दुरात्मा** (सर्व वि) *पाहा :* **अधम, चंगीभंगी, चारित्र्यहीन**
दुरापास्त (वि) *पाहा :* **अवघड**
दुराराध्य (वि) *पाहा :* **अवघड**
दुरावणे (क्रि) दुरावा/ दुजाभाव/ परकेपणा निर्माण होणे, दूर जाणे, विरह/वियोग होणे, फारकत/ताटातूट होणे, संबंध तुटणे/फाटणे, अंतर पडणे
[वा] दोन डोळे शेजारी भेट नाही संसारी, घर तुटणे, तापल्या पाण्याला चव राहत नाही, विटके मन आणि फुटके मोती सांधत नाही
(v) be alienated/estranged, split, fall out, break, part company, separate
[i] to edge away
दुरावा (पु) *पाहा :* **दुजाभाव, दुरावणे, अंतर**
दुरित (न) *पाहा :* **पाप**
दुरुक्ती (स्त्री) *पाहा :* **अपभाषण**
दुरुत्तर (न) *पाहा :* **उत्तर, अपमान**
दुरुपयोग (पु) *पाहा :* **उधळपट्टी, उपयोग**
दुरुस्त (वि) सुधारित, संशोधित, डागडुजी केलेला, पुनरुज्जीवित, सुस्थितीतला, अचूक, दोषरहित, नीट, बरोबर

[adj] improved, edited, repaired, reconditioned, rectified, amended, right

दुरुस्ती (स्त्री) सुधारणा, सुधार, डागडुजी, मरम्मत, उद्धार, जीर्णोद्धार, नूतनीकरण, पुनरुज्जीवन; काळजी, निगा, देखभाल

[वा] जावईशोध, ठिगळ लावणे

(n) improvement, repair, reconditioning, rectification, renovation; care, maintenance

[i] a stitch in time saves nine

दुर्ग (पु) *पाहा :* **किल्ला**

दुर्गती (स्त्री) *पाहा :* **अवदशा**

दुर्गंध (-धी) (पु, स्त्री) *पाहा :* **गंध** (पु)

दुर्गम (वि) *पाहा :* **अगम्य, अवघड**

दुर्गा (स्त्री, पु) *पाहा :* **पार्वती, राग**

दुर्गुण (पु) *पाहा :* **अवगुण, गुण**

दुर्गुणी (वि) अवगुणी, वाह्यात, टवाळ, उनाड, अवलक्षणी, दुर्लक्षणी, कुलक्षणी, भ्रष्ट, नीतिभ्रष्ट, शीलभ्रष्ट, पापी, वाममार्गी, अनाचारी, दुर्वर्तनी, दुष्ट, अनीतिमान, चारित्र्यहीन, पतित, जीवन्मृत *पाहा :* (विरु) **गुणी, चारित्र्यसंपन्न**

[वा] तुळशीत भांग, दक्षिणेचा दिवा

[adj] evil, mischievous, unrighteous, sinful, corrupt, foul, immoral, wicked, impious, decadent, depraved, vicious, fallen; *पाहा :* (विरु) **गुणी, चारित्र्यसंपन्न**

दुर्घट (वि) *पाहा :* **अवघड**

दुर्घटना (स्त्री) *पाहा :* **अपघात, घटना**

दुर्जन (पु) *पाहा :* **नराधम**

दुर्जेय (वि) *पाहा :* **अवघड**

दुर्दम्य (वि) करारी, खंबीर, कणखर, अजिंक्य, अदम्य, अजेय, अभेद्य, अमोघ, अनावर, बेफाम, अनिवार *पाहा :* **अवघड**

[adj] indomitable, unyielding, invincible, irrepressible, uncontrollable *पाहा :* **अवघड**

दुर्दशा (स्त्री) *पाहा :* **अवदशा, दाणादाण, खेळखंडोबा**

दुर्दिन (पु) *पाहा :* **अकाल, दिवस**

दुर्दैव (न) दुर्भाग्य, कमनशीब, दैवदुर्विलास, निदैव, करंटेपण, नष्टचर्य, अरिष्ट, गंडांतर, संकट, शाप, परमेश्वरी कोप, अक्काबाईचा फेरा, आकाशाची कुऱ्हाड; *पाहा :* **अदृष्ट** (विरु) **सद्भाग्य**

[वा] कपाळ/नशीब फुटणे, कर्म ओढवणे, आकाश कोसळणे, दैव/नशीब फिरणे, काप गेले भोके राहिली, दात आहेत तर चणे नाहीत चणे आहेत तर दात नाहीत, दुर्दैवाचे दशावतार, दैव नाही लल्लाटी पाऊस पडला शेताचे काठी

(n) misfortune, ill-luck, bad luck, bane, curse, adversity, calamity; *पाहा :* **अदृष्ट** (विरु) **सद्भाग्य**

[i] frowns of fortune, evil star,

ill wind

दुर्दैवी (वि) *पाहा :* **अभागी**

दुर्धर (वि) *पाहा :* **अवघड**

दुर्निवार (वि) *पाहा :* **अवघड**

दुर्बल (-ळ) (वि) *पाहा :* **अशक्त, तकलादू, दलित, अधू**

दुर्बीण (स्त्री) *पाहा :* **दृष्टी-उपकरण**

दुर्बुद्ध (वि) *पाहा :* **अजाण**

दुर्बुद्धी (स्त्री) अविचारीपणा, अविवेक, असमंजसपणा, विवेकशून्यता; दुष्टबुद्धी, द्वेष; मूर्खपणा (*पाहा :* **अजाण**); मौर्ख्य, मौढ्य, रासभ्य, अक्कलशून्यता, दुर्मती, अक्काबाई *पाहा :* (विरु) **विवेक**

(f) indiscretion, recklessness, imprudence; wickedness; thoughtlessness (*पाहा :* **अजाण**) *पाहा :* (विरु) **विवेक**

[i] fools rush in where angels fear to tread

दुर्बोध (वि) अनाकलनीय, गूढ, अगम्य, कूट, अस्पष्ट, संदिग्ध, क्लिष्ट, किचकट, गुंतागुंतीचा *पाहा :* **अवघड**

[adj] ncomprehensible, inscrutable, unintelligible, illegible, obscure *पाहा :* **अवघड**

दुर्भर (वि) *पाहा :* **अतृप्त, अवघड**

दुर्भागी (वि) *पाहा :* **अभागी**

दुर्भाग्य (न) *पाहा :* **दुर्दैव**

दुर्भाषण (न) *पाहा :* **अपभाषण**

दुर्भिक्ष (न) *पाहा :* **अभाव, अकाल**

दुर्भेद्य (वि) *पाहा :* **अखंड, चिरेबंदी, अवघड**

दुर्मती (स्त्री) *पाहा :* **दुर्बुद्धी**

दुर्मरण (न) *पाहा :* **मृत्यू**

दुर्मीळ (वि) दुर्लभ, अलभ्य, अप्राप्य, दुष्प्राप्य, विरळा, अपरूप (अप्रूप), तुरळक, अपवादभूत, अपवादात्मक, विरळ, कमी, क्वचित आढळणारा, वाणीतिणीचा, अपुरा, तुटपुंजा, महाग, मौल्यवान, असामान्य; अद्भुत, देवदुर्लभ; *पाहा :* **अभाव, अवघड**

[वा] उंबराचे फूल, कपिलाषष्ठीचा योग

[adj] rare, quaint, curious, scant, scarce, infrequent, uncommon, sporadic, short, inadequate; *पाहा :* **अभाव, अवघड**

दुर्मुखणे (क्रि) *पाहा :* **कुढणे, घुमा, खिन्न**

दुर्लंघ्य (वि) *पाहा :* **अवघड**

दुर्लभ (वि) पाहा **दुर्मीळ, अवघड**

दुर्लक्ष (न) अनवधान, गाफीलपणा, बेसावधपणा, ढिलाई, गलथानपणा, साळढोकपणा, निष्काळजीपणा, हयगय, आबाळ, कर्तव्यच्युती, उपेक्षा, औदासीन्य; विस्मरण

[वा] कानांमागे टाकणे, कानांआड करणे, कानांवरून जाणे, या कानाने ऐकणे त्या कानाने सोडणे, काणाडोळा (कानाडोळा) करणे, डोळेझाक करणे, डोळ्यांवर कातडे ओढणे, डोळ्यांवर पट्टी बांधणे, डोळ्यांआड करणे, ढुंकून न पाहणे, सहाळगहाळ करणे, वाऱ्यावर सोडणे,

धाब्यावर बसवणे, तहान लागल्यावर विहीर खणणे, धूळ खात पडणे, सगळे मुसळ केरात, बासनात पडणे

(n) unconcern, neglect, negligence, inadvertence, oversight, disregard, carelessness, inattention, indifference, dereliction of duty

[i] close one's eyes to, turn a deaf ear to, let the grass grow under one's feet, bury one's head in the sand, turn a blind eye to, cut someone dead, go in one ear and out of the other

दुर्लक्षण (न) *पाहा :* **अपशकुन, अवगुण**

दुर्लक्षणी (वि) *पाहा :* **दुर्गुणी, अपशकुनी**

दुर्लौकिक (पु) *पाहा :* **अपकीर्ती, कलंक**

दुर्वचन (न) *पाहा :* **अपभाषण**

दुर्वर्तन (न) *पाहा :* **अनाचार, अपराध, आचरण**

दुर्वर्तनी (वि) *पाहा :* **अधम, गुन्हेगार, चारित्र्यहीन**

दुर्वह (वि) *पाहा :* **अवघड**

दुर्वासना (स्त्री) *पाहा :* **इच्छा**

दुर्विपाक (पु) *पाहा :* **परिणाम**

दुर्व्यसन (न) *पाहा :* **सवय**

दुर्व्यसनी (वि) *पाहा :* **व्यसनी, चंगीभंगी**

दुर्ज्ञेय (वि) *पाहा :* **गहन, अवघड, गूढ**

दुलई (स्त्री) *पाहा :* **पांघरूण**

दुलदुलीत (वि) *पाहा :* **नरम, लठ्ठ**

दुवा (पु) जोडणी, सांधा, कडी, बंध, संबंध, अनुबंध, स्नेहसंबंध, नाते, संदर्भ; *पाहा :* **आशीर्वाद, आभार, कृपा**

(n) link, junction, coupling, liaison, connection, interface, tie, bond; *पाहा :* **आशीर्वाद, आभार, कृपा**

दुःशील (वि) *पाहा :* **चारित्र्यहीन**

दुश्चित (त्त) (वि) *पाहा :* **खिन्न**

दुश्चिन्ह (न) *पाहा :* **अपशकुन, खूण**

दुश्मन (पु) पाहा **वैरी**

दुष्कर (वि) *पाहा :* **अवघड**

दुष्कर्म (न) *पाहा :* **पाप**

दुष्काळ (पु) *पाहा :* **अकाल, अभाव**

दुष्कीर्ती (स्त्री) *पाहा :* **अपकीर्ती**

दुष्कृत्य (न) *पाहा :* **अपराध, घातपात**

दुष्ट (वि) खल, पापी, दुराचारी, नीच, अधम, दुष्टबुद्धी, दुष्टात्मा, अदय, अकरुण, कठोर, निष्ठुर, द्वाड, नष्ट, विघ्नसंतोषी, हृदयशून्य, जुलमी, नतद्रष्ट, क्रूर, निर्घृण, निर्दय, खुनशी, खवीस, खाष्ट, खत्रूड, खाडू, कजाग, खट, नाठाळ, घातक, हिंसक, अघोरी, अनिष्ट, अमानुष, आसुरी, राक्षसी, पाशवी, पिशुन, कपटी; खराब, दोषयुक्त, सदोष *पाहा :* (विरु) **प्रेमळ**

[वा] कंसमामा, पिंडीवरचा विंचू, पूतनामावशी, कैकेयी; सापाची जात;

सापाला दूध पाजणे

[adj] wicked, vicious, heartless, merciless, cruel, evil-minded, barbaric, diabolical, fiendish, inhuman, vile, spiteful, malicious, sinful, criminal, monstrous; hurtful, harmful, deleterious *पाहा :* (विरु) **प्रेमळ**

दुष्टचक्र (न) *पाहा :* **संकट**

दुष्टात्मा (पु) *पाहा :* **दुष्ट, नराधम**

दुष्टावा (पु) कली, दुष्टपणा (*पाहा :* **दुष्ट**), *पाहा :* **असूया, द्वेष, किल्मिष**

(n) wickedness (*पाहा :* **दुष्ट**); *पाहा :* **असूया, द्वेष, किल्मिष**

दुष्परिणाम (पु) *पाहा :* **परिणाम**

दुष्प्रवृत्ती (स्त्री) *पाहा :* **कल**

दुष्प्राप्य (वि) *पाहा :* **दुर्मीळ, अप्राप्य, अवघड**

दुश्मन (पु) *पाहा :* **वैरी**

दुसरा (वि) *पाहा :* **अंक, अन्य**

दुसऱ्यांदा (क्रिवि) *पाहा :* **पुन्हा**

दुस्तर (वि) *पाहा :* **अवघड**

दुःसह (वि) *पाहा :* **असह्य, कठोर, अवघड**

दुःसाध्य (वि) *पहा :* **अवघड**

दुःसाहस (न) *पाहा :* **साहस**

दुःस्थिती (स्त्री) *पाहा :* **अवदशा**

दुःस्वप्न (न) *पाहा :* **स्वप्न**

दुहणे (क्रि) *पाहा :* **दूध**

दुहिता (स्त्री) *पाहा :* **कन्या**

दुही (स्त्री) *पाहा :* **भांडण, विभाजन**

दुहेरी (वि) *पाहा :* **जुळा**

दूण (स्त्री) *पाहा :* **शिवणे, घडी**

दूत (पु), **दूतिका** (स्त्री), **दूती** (स्त्री) *पाहा :* **बातमीदार, प्रतिनिधी, अनुचर**

दूतावास (पु) *पाहा :* **आलय**

दूध (न) दुग्ध, क्षीर, पय, गोरस, अमृत, स्तन्य, अंगावरचे दूध; वरदूध, वरचे दूध; धारोष्ण दूध, पहिल्या धारेचे दूध, रस, चीक; दुधवणी; दूधदुभते, दुग्धजन्य पदार्थ; दुभती/पयस्विनी/ भाकड/ आटलेली गाय/ म्हैस

[क्रि]दूध काढणे, दुहणे, दुभणे, दोहणे, धार काढणे, दोहन करणे; पिळून काढणे; पान्हा फुटणे, चीळ फुटणे, पान्हवणे; पाजणे

(n) milk, extract, juice

दूधकाटा (पु) *पाहा :* **तराजू**

दूधखुळा (वि) *पाहा :* **अजाण, बावळट**

दूधपिता (वि) *पाहा :* **बाल**

दूधभाऊ (पु) *पाहा :* **भाऊ**

दूर (वि) लांब, अंतरावरचा, सुदूर, दूरस्थ, परका; एकांतातला, निर्जन ठिकाणाचा, निवांत, स्वप्नातला; अशक्यप्राय, असंभाव्य, दुरापास्त, दुष्प्राप्य, दुर्घट; बडतर्फ, नष्ट, घालवलेला, पिटाळलेला, टाकलेला, ढकललेला, टळलेला; फटकून, वेगळेपणे, एकीकडे; *पाहा :* **पलीकडे**

[वा] सातासमुद्रापलीकडे, दर्यापार, कोपरापासून नमस्कार करणे, दुरून डोंगर साजरे (जवळ जाता काटेकुटे),

चार हात दूर असणे, दिल्ली तो बहोत दूर है।

[adj] remote, distant; faraway, secluded; improbable, unapproachable; banished, expelled, dismissed, put away; *पाहा :* **पलीकडे**

[i] God-forsaken, to hell and gone; out of the world, at arm's length, a far cry from

दूरगामी (वि) व्यापक, सर्वसमावेशक, सर्वव्यापी, सर्वंकष, सार्वत्रिक, वैश्विक, विस्तृत, बहुव्याप्त, मोठ्या प्रमाणावरचा, दूरवरचा

[adj] far-reaching, sweeping, wide-spread, extensive, expansive, comprehensive, universal

दूरचित्रवाणी (स्त्री) *पाहा :* **माध्यम**

दूरदर्शक (पु) *पाहा :* **दृष्टी-उपकरणे**

दूरदर्शी (वि) दीर्घदर्शी, दीर्घदृष्टी, शहाणा, धोरणी, धूर्त, चाणाक्ष, जागरूक, जागृत, दक्ष, डोळस, विचक्षण, मागचापुढचा विचार करणारा, मागेपुढे पाहून वागणारा, सुज्ञ, दूरवर पाहणारा, दूरदृष्टी, भविष्यदर्शी (भविष्यज्ञ), द्रष्टा, ज्ञाता, क्रांतदर्शी, सिद्धपुरुष, साक्षात्कारी, मंत्रद्रष्टा *पाहा :* (विरु) **अदूरदृष्टी**

[adj] far-sighted, prudent, prophetic, visionary, prescient, cautious, wise, wary, alert *पाहा :* (विरु) **अदूरदृष्टी**

दूरदृष्टी (वि) *पाहा :* **दूरदर्शी**

दूरदृष्टी (स्त्री) दीर्घदृष्टी, दूरदर्शित्व (दूरदर्शीपणा), शहाणपणा, सुज्ञपणा, धोरण, तारतम्य, जागरूकता, दक्षता, डोळसपणा, खबरदारी, सावधगिरी

[वा] (नकारार्थी) तहान लागल्यावर विहीर खणणे, दुधाने तोंड पोळले की ताक फुंकून पिणे

(n) foresight, prudence, forethought, circumspection, discernment, caution, worldly wisdom

[i] a bird in the hand is worth two in the bush

दूरध्वनी (पु) *पाहा :* **माध्यम**

दूरनियंत्रण (न) *पाहा :* **नियंत्रण**

दूरभाव (पु) *पाहा :* **दुजाभाव**

दूरसंचार (पु) *पाहा :* **दळणवळण**

दूरस्थ (वि) *पाहा :* **दूर**

दूरान्वय (पु) *पाहा :* **अनुबंध**

दूर्वा (स्त्री, अव) *पाहा :* **गवत**

दूषण (न) *पाहा :* **कलंक, दोष**

दूषणार्ह (वि), **दूषणीय** (वि) *पाहा :* **गर्हणीय**

दूषित (वि) *पाहा :* **भ्रष्ट, प्रदूषण**

दृक् (स्त्री) *पाहा :* **दृष्टी**

दृक्प्रत्यय (पु) *पाहा :* **अनुभव, दिसणे**

दृक्श्राव्य (वि) *पाहा :* **माध्यम**

दृग्गोचर (वि) *पाहा :* **गोचर, दिसणे**

दृढ (वि) अविचल, निश्चल, स्थिर, अचल, अढळ, पक्का, गाढा, ठाम,

घट्ट, निश्चित, मुक्रर, कायम, चिरस्थायी, प्रतिष्ठित, पक्व, भक्कम, खंबीर, कणखर, बळकट, मजबूत, चिवट, टणक; दृढमूल, बद्धमूल, ठसलेला, बिंबलेला; *पाहा :* **जीवश्चकंठश्च, दृढावणे** (विरु) **चंचल**

[वा] पाळेमुळे खोल जाणे

[adj] firm, immovable, steadfast, resolute, constant, solid, sound, stubborn, unyielding, strong, hard, rigid, rooted; *पाहा :* **जीवश्चकंठश्च, दृढावणे** (विरु) **चंचल**

दृढनिश्चय (पु) *पाहा :* **निश्चय, धैर्य, जिद्द**

दृढनिश्चयी (वि), **दृढप्रतिज्ञ** (वि) *पाहा :* **निश्चयी**

दृढभाव (पु) *पाहा :* **भक्ती**

दृढमूल (वि) *पाहा :* **दृढ**

दृढावणे (क्रि) दृढ होणे (*पाहा :* **दृढ**), रुळणे/रुळावणे, मूळ धरणे, वाढणे, ठसणे, बिंबणे, भिनणे, सुस्थिर/ सखोल होणे, दृढतर होणे, वहिवाटणे, परिपाठ पडणे, सरावणे

(v) stregthen (*पाहा :* **दृढ**), fortify, reinforce, consolidate, take root, entrench, intensify

दृती (स्त्री) *पाहा :* **गंध** (पु)

दृश्य (न) देखावा, चित्र, दृष्टिविषय, नेत्रविषय, प्रेक्षणीय गोष्ट, दृष्टीपुढील वस्तू, दर्शन, ध्यान, स्वरूप, दृश्यस्वरूप, विहंगम दृश्य, विहंगमावलोकन, दृश्य जग

[वा] विश्वरूपदर्शन

(n) scene, sight, view, look, spectacle, show, picture, perspective, bird's- eye view, the world around

दृश्य (वि) *पाहा :* **गोचर**

दृश्यकाव्य (न) *पाहा :* **नाटक, चित्रपट, चित्र**

दृश्यचित्र (न) *पाहा :* **चित्र**

दृश्यमान (वि) *पाहा :* **गोचर**

दृष्टभेट (स्त्री) *पाहा :* **अवलोकन, भेट**

दृष्टान्त (पु) उदाहरण, उपमा, दाखला, दृष्टान्तकथा, दृष्टान्तालंकार (*पाहा :* **भाषालंकार**), प्रचिती, पडताळा, प्रत्यय, प्रत्यंतर, अनुभव; दैवी/ भविष्यसूचक स्वप्न/ वाणी/ ज्ञान/ प्रत्यक्ष दर्शन, साक्षात्कार, दृष्टावा

(n) example, illustration, exemplification, instance, simile; experience, verification, demonstration; divine vision/ appearance; *पाहा :* **भाषालंकार**

दृष्टादृष्ट (स्त्री) *पाहा :* **अवलोकन**

दृष्टावा (पु) *पाहा :* **दृष्टान्त**

दृष्टिकोन (पु) *पाहा :* **अभिप्राय, दृष्टी**

दृष्टिगोचर (वि) *पाहा :* **गोचर, दिसणे**

दृष्टिपथ (पु) *पाहा :* **दिसणे, दृष्टी**

दृष्टिपात (पु) *पाहा :* **अवलोकन**

दृष्टिभेट (स्त्री) *पाहा :* **अवलोकन,**

भेट

दृष्टिभ्रम (पु) *पाहा :* **भ्रम**

दृष्टिमर्यादा (स्त्री) *पाहा :* **क्षितिज**

दृष्टिविषय (पु) *पाहा :* **दृश्य** (न)

दृष्टिसुख (न) *पाहा :* **उपभोग**

दृष्टिहीन (वि) *पाहा :* **अंध**

दृष्टिक्षेप (पु) *पाहा :* **अवलोकन**

दृष्टी (स्त्री) नजर, दिठी, दृक्, डोळा, लक्ष, अवधान, चित्त; दिशा, रोख, कल, मनोवृत्ती, इच्छा, दृष्टिकोन, विचार, बुद्धी, उद्देश, धोरण, हेतू; आकलनशक्ती, ग्रहणशक्ती, कुवत, संवेदनक्षमता, पारख, जाणीव, ज्ञान; ऱ्हस्वदृष्टी, दीर्घदृष्टी, तीक्ष्णदृष्टी, सूक्ष्मदृष्टी, अंतर्दृष्टी, दिव्यदृष्टी, जीवनदृष्टी, कृपादृष्टी, दूरदृष्टी, काकदृष्टी, वक्रदृष्टी, पापदृष्टी, वाकडी नजर, वाकडा डोळा, दृष्टीचा टप्पा, नजरेचा आवाका, दृष्टिपथ; *पाहा :* **अवलोकन, दिसणे, पाहणे**

(n) sight, eye, attention; inclination, disposition, aim, view, objective; perception, vision, insight, sensitivity, enlightenment; eyesight, short sight, long sight; *पाहा :* **अवलोकन, दिसणे, पाहणे**

दृष्टी-उपकरण (न) भिंग, काच, सूक्ष्मदर्शक, दूरदर्शक, दुर्बीण, जोडदुर्बीण, द्विनेत्री, परिदर्शक, शोभादर्शक, त्रिमितिचित्रदर्शक, वर्णपटदर्शक, शांबरिक खरोलिका, प्रतिमाग्राहक; *पाहा :* **चष्मा, आरसा**

(n) optical instruments, lens, magnifying glass, microscope, telescope, binoculars, periscope, kaleidoscope, stereoscope, spectroscope, camera; magic lantern; *पाहा :* **चष्मा, आरसा**

दृष्टीआड (वि) *पाहा :* **अनुपस्थित**

देऊळ (न) देवालय, मंदिर, देवघर, देव्हारघर, देव्हारा, देवळी, देवस्थान, देवद्वार, महालय, राऊळ, उपासनामंदिर, प्रार्थनास्थळ, चर्च, मशीद, गुरुद्वारा, बुद्धमंदिर; जागृत देवस्थान; *पाहा :* **गर्भगृह**

(n) temple, house of God/prayer, place of worship, church, synagogue, mosque, pagoda; *पाहा :* **गर्भगृह**

देकार (पु) *पाहा :* **अनुमती**

देखणा (पु) *पाहा :* **आकर्षक, उमदा, सुंदर**

देखणे (क्रि) *पाहा :* **अवलोकन**

देखभाल (स्त्री) *पाहा :* **जोपासना**

देखरेख (स्त्री) पर्यवेक्षण, लक्ष, टेहळणी, निगराणी, निगा, पाळत, गस्त, पहारा, नजर, डोळा; पाहणी, व्यवस्थापन, व्यवस्था, मार्गदर्शन, सुसूत्रीकरण

(n) supervision, superintendence, invigilation, surveillance, watch, management, administration, coordination

देखावा (पु) थाटमाट, डामडौल, भपका, बडेजाव; सजावट, आरास, रोषणाई; मांडणी, प्रदर्शन, तमाशा; ढोंग, बहाणा, नाटक, सोंगढोंग; चुणूक, मासला, झलक, नूर; *पाहा :* **दृश्य, अवडंबर**

[वा] बडा घर पोकळ वासा, टाकणे टाकणे

(n) show, display, pomp; decoration, spectacle, pageantry, parade, exhibition; sham, fabrication, make-believe; sample, flash, gleam; *पाहा :* **दृश्य, अवडंबर**

देठ (पु, न) डेख, दांडा, ताट, देट; आधार; बुंधा, बुडखा, बुडूख, खोड, धड; नाल (नाळ), मृणाल (कमळाचा देठ)

(n) stem, stalk, trunk, shaft, torso; support

देणगी (स्त्री) *पाहा :* **दान, इनाम, आहेर, प्रसाद, मदत, अनुग्रह**

देणगीदार (पु) *पाहा :* **दाता**

देणे (क्रि) बहाल करणे, दान करणे, देणगी देणे, हस्तांतरण करणे, पोहोचता (पावता) करणे, हवाली करणे, स्वाधीन करणे, सोपवणे, सुपूर्द करणे, प्रदान करणे, संप्रदान करणे, खैरात करणे, अर्पिणे, अर्पण करणे, समर्पिणे, वाहणे, वाटणे, वाटप करणे, वाटावाट करणे, बटवडा करणे, वितरण करणे, वाढणे, पुरवणे, पुरवठा करणे, उपलब्ध करून देणे, पुढे करणे/ठेवणे, सादर करणे, पेश करणे; सोडणे, त्यागणे, त्याग करणे; मृत्युपत्र करणे; कर्ज देणे/फेडणे; लाच देणे; किंमत देणे/चुकवणे; चुकते करणे, विकून टाकणे; देऊ करणे, देऊन टाकणे; *पाहा :* **दान** (विरु) **घेणे**

[वा] तुळशीपत्र ठेवणे, पाणी सोडणे, तोंडावर फेकणे, उरावर/डोंबल्यावर घालणे, फूल ना फुलाची पाकळी देणे, आकाश फाडून देणे, काळीज काढून देणे, ओटीत घालणे, एका मुठीने देणे, उचलून देणे, खिरापत वाटणे, गळ्यात बांधणे, देणं नास्ति घेणं नास्ति, ददाची बाराखडी, देता किती घेशिल दो करांनी

(v) give, bestow, endow, hand, pass, deliver, impart, award, accord, contribute, subscribe, donate, consign, entrust, confer, grant, give away, dispense, supply, furnish, provide, make available, present, sacrifice, bequeath, pay, dispose of, offer; *पाहा :* **दान** (विरु) **घेणे**

[i] shower upon, squeeze out, cough up

देणे (न) *पाहा :* **ऋण, कर्ज**

देणेकरी (पु) *पाहा :* **ऋणकरी**

देणेघेणे (न) *पाहा :* **देवाणघेवाण, संबंध**

देणेदार (पु) *पाहा :* **ऋणकरी**

देदीप्यमान (वि) *पाहा :* **तेजस्वी**

देय (वि) *पाहा :* **ऋण**

देयक (न) *पाहा :* **जमाखर्च**

देव (पु) *पाहा :* **परमेश्वर**

देवऋण (न) *पाहा :* **ऋण**

देवऋषी (पु) देवभक्त्या, पंचाक्षरी, मांत्रिक, भगत, भुत्या, देवस्की करणारा, अंगात येणारा, भूतवैद्य

(n) worshipper

देवक (न) *पाहा :* **परमेश्वर**

देवगांधार (पु), **देवगिरी बिलावल** (पु) *पाहा :* **राग**

देवघर (न) *पाहा :* **देऊळ, खोली**

देवघेव (स्त्री) *पाहा :* **देवाणघेवाण**

देवचार (पु) *पाहा :* **पिशाच**

देवजी (पु) *पाहा :* **वानर, कुरूप**

देवडी (स्त्री) ओटी, ओसरी, पडवी, देहली, सोपा; दरवाजा, दार, फाटक, प्रवेशद्वार, उंबरा; चौकी

(n) porch, portal, doorway, veranda, vestibule, lobby, portico

देवडीवाला (पु) *पाहा :* **पहारेकरी**

देवतरू (पु) मंदार, पारिजातक, पिंपळ, कल्पवृक्ष (-तरू, -द्रुम), हरिचंदन; *पाहा :* **झाड**

(n) five heavenly trees, *पाहा :* **झाड**

देवता (स्त्री) *पाहा :* **परमेश्वर**

देवतार्चन (न) *पाहा :* **अर्चन**

देवत्रयी (स्त्री) *पाहा :* **त्रिमूर्ती**

देवदया (स्त्री) *पाहा :* **कृपा**

देवदासी (स्त्री) मुरळी, भावीण, देवळी, देवांगना, भक्तीण (भगतीण); *पाहा :* **कलावंतीण, वेश्या, स्त्री**

(n) courtesan dedicated to God; *पाहा :* **कलावंतीण, वेश्या, स्त्री**

देवदुर्लभ (वि) *पाहा :* **दिव्य, दुर्मीळ**

देवदूत (पु) *पाहा :* **बातमीदार**

देवदेव (न) *पाहा :* **पूजा**

देवद्वार (न) *पाहा :* **देऊळ**

देवधर्म (पु) *पाहा :* **पूजा**

देवनागरी (स्त्री) *पाहा :* **लिपी**

देवपूजा (स्त्री) *पाहा :* **पूजा**

देवभक्त (पु) *पाहा :* **भक्त**

देवभक्ती (स्त्री) *पाहा :* **पूजा, भक्ती**

देवभाषा (स्त्री) *पाहा :* **संस्कृत भाषा**

देवभोळा (वि) *पाहा :* **सात्त्विक**

देवमाणूस (पु) *पाहा :* **संत**

देवमासा (पु) *पाहा :* **मासा**

देवयोनी (स्त्री) उपदेव; यक्ष, राक्षस, गंधर्व, किन्नर, सिद्ध, विद्याधर, अप्सरा, इ.

(n) lesser Gods

देवर्षी (पु) *पाहा :* **ऋषी**

देवलोक (पु) *पाहा :* **स्वर्ग**

देववाणी (स्त्री) *पाहा :* **संस्कृत भाषा**

देवस्की (स्त्री) *पाहा :* **पूजा, देवऋषी**

देवस्त्री (स्त्री) *पाहा :* **अप्सरा**

देवस्थान (न) *पाहा :* **देऊळ**

देवळी (स्त्री) *पाहा :* **देऊळ, कोनाडा, देवदासी**

देवांगना (स्त्री) *पाहा :* **अप्सरा, देवदासी**

देवाणघेवाण (स्त्री) देवघेव, आदानप्रदान, देणेघेणे; व्यवहार,

व्यापार, वाणिज्य, वैश्यवृत्ती, अडत, धंदा, विनिमय, सौदा, खरेदी-विक्री, क्रय-विक्रय, अदलाबदल, फेरमोबदला; तडजोड, समझोता, संधी, तह; साटेलोटे

(n) give-and-take, trade, commerce, buying and selling, trafficing, marketing, dealings, business, exchange, interchange, barter; compromise, adjustment, negotiation, treaty

देवाधिदेव (पु) *पाहा :* **परमेश्वर**

देवालय (न) *पाहा :* **देऊळ**

देवाज्ञा (स्त्री) *पाहा :* **मरणे**

देवी (स्त्री) *पाहा :* **पार्वती, स्त्री**

देव्हारघर (न), **देव्हारा** (पु) *पाहा :* **देऊळ**

देश (पु) भूभाग, प्रदेश, मुलूख, प्रांत, सुभा, परगणा, जिल्हा, तालुका, महाल, कसबा, पेटा, टापू, मंडल, संस्थान; राष्ट्र, राज्य, गणराज्य, संघराज्य, लोकसत्ताक, प्रजासत्ताक, राष्ट्रकुल, साम्राज्य, महासत्ता, रियासत, जनपद; मातृभूमी, पितृभूमी, जन्मभूमी, मायदेश, मायभूमी, स्वदेश; पुण्यभूमी; परदेश, परराष्ट्र, विलायत, विदेश; मित्रदेश, दोस्तराष्ट्र, देशोदेश; जागा, स्थान, परिसर, देश-काल-परिस्थिती; दख्खनचे पठार; *पाहा :* **मानव**

(n) country, land, region, territory, district, province, realm, tract; nation, republic, state, kingdom, empire; homeland, motherland, fatherland; foreign land; locality, environment *पाहा :* **मानव**

देशकालातीत (वि) *पाहा :* **अमर**

देशत्याग (पु) देशांतर, विदेशगमन, परदेशगमन, स्थलांतर, देशाटन, हद्दपारी, विदेशवास

(n) emigration, migration, deportation, expartriation, banishment, exile

देशद्रोह (पु) *पाहा :* **द्रोह**

देशद्रोही (वि) *पाहा :* **घरबुडव्या**

देशभक्त (वि, पु) देशाभिमानी, देशसेवक, राष्ट्रभक्त, स्वदेशाभिमानी, राष्ट्रपुरुष, मातृभूमीचे खंदे पाईक, देशप्रेमी, लोकहितेच्छू, लोकसेवक, समाजसेवक, क्रांतिकारक, क्रांतिकारी, विधायक कार्यकर्ता, स्वातंत्र्यसैनिक, प्रचारक; हुतात्मा; परदेशद्वेषी; *पाहा :* **भक्त**

[adj] patriot, nationalist, xenophobe, chauvinist; *पाहा :* **भक्त**

देशभक्ती (स्त्री) *पाहा :* **देशाभिमान**

देशभ्रमण (न), **देशाटन** (न) *पाहा :* **प्रवास**

देशवासी (पु, अव) *पाहा :* **नागरिक, प्रजा**

देशविघातक (वि) *पाहा :* **घरबुडव्या**

देशविभाग (पु) *पाहा :* **प्रदेश**

देशसेवक (पु) *पाहा :* **देशभक्त**

देशांतर (न) *पाहा :* **देशत्याग, प्रवास, बदल**

देशाभिमान (पु) देशभक्ती, देशप्रेम, स्वदेशाभिमान, राष्ट्रभक्ती; *पाहा :* **अभिमान**

(n) patriotism; nationalism, xenophobia, chauvinism; jingoism; *पाहा :* **अभिमान**

देशाभिमानी (पु) *पाहा :* **देशभक्त**

देशी (वि) एतद्देशीय, देशांतर्गत, मुलकी, मूळचा, स्वदेशी, आदिवासी, तद्देशीय, राष्ट्रीय, जानपद, प्रादेशिक; *पाहा :* **नागरिक**

[adj] indigenous, vernacular, native, aboriginal, national, local, country-made; *पाहा :* **नागरिक**

देशोधडीला लावणे (क्रि) *पाहा :* **अर्धचंद्र**

देस, देसकार, देसी (सर्व पु) *पाहा :* **राग**

देह (पु) शरीर, अंग, काया, वपू, अंगप्रत्यंग, औटहात/साडेतीन हात देह, नरदेह, क्षेत्र, पिंड, मोळी, त्रिधातुक देह, कुडी, कूड, तन, तनू, तनुलता, मूर्ती, कलेवर, पार्थिव

(n) body, human body, physique, torso, trunk; cadaver, corpse, mortal remains

देहत्याग करणे (क्रि) *पाहा :* **मरणे, मृत्यू**

देहदंड (पु) *पाहा :* **ठार करणे**

देहदंडन (न) *पाहा :* **संयम, तप**

देहदान (न) *पाहा :* **दान, अंत्येष्टी**

देहधारणा (स्त्री) *पाहा :* **जीवन**

देहधारी (वि) *पाहा :* **सगुण**

देहपतन (न), **देहपात** (पु) *पाहा :* **मृत्यू**

देहप्रारब्ध (न) *पाहा :* **दुःख**

देहभान (न) *पाहा :* **भान, जाग, जाणीव**

देहयात्रा (स्त्री) *पाहा :* **जीवन**

देहली (स्त्री) *पाहा :* **देवडी**

देहविसर्जन (न) *पाहा :* **मृत्यू**

देहस्वभाव (पु) *पाहा :* **स्वभाव, आचरण**

देहान्त (पु) *पाहा :* **मृत्यू, ठार मारणे**

देहात्मवाद (पु) *पाहा :* **जडवाद**

देहावसान (न) *पाहा :* **मृत्यू**

देहे (पु) *पाहा :* **गाव**

दैत्य (पु) *पाहा :* **असुर**

दैनंदिन (वि) *पाहा :* **नियमित**

दैनंदिनी (स्त्री) *पाहा :* **दिनक्रम, नोंद**

दैना (स्त्री) *पाहा :* **अवदशा, दाणादाण**

दैनिक (न) *पाहा :* **माध्यम**

दैनिक (वि) *पाहा :* **नियमित**

दैन्य (न), **दैन्यावस्था** (स्त्री) *पाहा :* **अवदशा, गरिबी**

दैव (न), **दैवगती** (स्त्री) *पाहा :* **अदृष्ट, योगायोग**

दैवत (न) *पाहा :* **परमेश्वर**

दैवदुर्विलास (पु) *पाहा :* **दुर्दैव**

दैवयोग (पु) *पाहा :* **अदृष्ट, योगायोग**

दैववशात (क्रिवि) *पाहा :* **अकस्मात**

दैववान (वि) *पाहा :* **भाग्यवान**
दैवविपाक (पु) *पाहा :* **अदृष्ट**
दैवहत (वि), **दैवहीन** (वि) *पाहा :* **अभागी**
दैवज्ञ (वि) *पाहा :* **जोशी**
दैविक (वि), **दैवी** (वि) *पाहा :* **ईश्वरी, अमानवी**
दो (वि) *पाहा :* **अंक**
दोगला (वि) *पाहा :* **अनौरस**
दोघुलेपण (न) *पाहा :* **अद्वैत, प्रेम**
दोड (वि) *पाहा :* **अपक्व**
दोण (-णी) (स्त्री) *पाहा :* **जलाशय**
दोंद (न) *पाहा :* **उदर**
दोंदाळ (वि), **दोंदिल** (वि) *पाहा :* **लठ्ठ**
दोन (वि) *पाहा :* **अंक**
दोनप्रहर (पु) *पाहा :* **दुपार**
दोर (पु), **दोरखंड** (पु), **दोरणी** (स्त्री), **दोरा** (पु), **दोरी** (स्त्री), दावण, दावे, भाला, नाडा, चऱ्हाट, पाग, कासरा, काढणी, कसणी, फुसडी, वादी, मांजा, रज्जू, रस्सी, काथ्या, सुंभ, सोल, कळसूत्र, सुतळी; प्रत्यंचा, ज्या, मौर्वी; लगाम, जीवा; *पाहा :* **तंतू**
(n) rope, cord, string, strand, cable, bowstring, line, thread; *पाहा :* **तंतू**
दोला (पु) *पाहा :* **आंदोळा**
दोलायमान (वि) *पाहा :* **कंपमान, चंचल, द्विधा, अनिश्चित**
दोष (पु) न्यूनता, अवगुण, वैगुण्य, उणीव, उणेदुणे, अपुरेपणा, कमतरता, बाध, वर्म, न्यून, खुसपट, बिघाड; हीण, व्यंग, खोड; अपराध, गुन्हा, कुकर्म, पाप; कलंक, लांछन, डाग, दूषण, कश्मल, विटाळ, विटाळचंडाळ, अपवित्रता, चूक, चूकभूल, गृहच्छिद्र; प्रमाद, गफलत, मुद्रणदोष; वाग्‌दोष; संगदोष, संसर्गदोष, व्याधी, विकृती, विकार, रोग;
[वा] दिव्याखाली अंधार, दुसऱ्याच्या डोळ्यातले कुसळ दिसते पण स्वतःच्या डोळ्यातले मुसळ दिसत नाही, आपली पाठ आपणास दिसत नाही, नाचता येईना अंगण वाकडे
(n) defect, shortcoming, deficiency, imperfection, inadequacy, lack, weak point, flaw, fault; misdeed, sin, guilt; blemish, stigma; error, bug, blunder, misprint; disease, ailment, disorder;
[i] to have feet of clay
दोषणे (क्रि) *पाहा :* **आरोप**
दोषदर्शन (न) *पाहा :* **निंदानालस्ती, चिकित्सा**
दोषपूर्ण (-युक्त) (वि) *पाहा :* **खराब, चूक** (वि)
दोषरहित (वि) *पाहा :* **निर्दोष**
दोषारोप (पु) *पाहा :* **आरोप, कागाळी**
दोषार्ह (वि), **दोषास्पद** (वि) *पाहा :* **गर्हणीय, त्याज्य, अवाच्य**
दोषी (वि) *पाहा :* **गुन्हेगार**
दोषैकदृष्टी (वि) *पाहा :* **छिद्रान्वेषी, चिकित्सक**

दोस्त (पु) *पाहा :* **मित्र**

दोस्तराष्ट्र (न) *पाहा :* **देश**

दोस्ती (स्त्री) *पाहा :* **मित्रत्व**

दोहन (न) *पाहा :* **दूध**

दौड (स्त्री) *पाहा :* **धाव, हल्ला, प्रगती**

दौडणे (क्रि) *पाहा :* **धावणे**

दौडादौडी (स्त्री) *पाहा :* **धावपळ**

दौरा (पु) *पाहा :* **प्रवास**

दौर्बल्य (न) अशक्तपणा, दुर्बलता, निर्बलता, शक्तिहीनता, कमजोरी, नपुंसकत्व, दुबळेपणा, दैन्य, असमर्थता, पंगुत्व, नालायकी, नाकर्तेपण, शैथिल्य, गात्रवैकल्य, थकवा, ग्लानी, क्षीणता, मनोदौर्बल्य; *पाहा :* (विरु) **शक्ती, पौरुष**

(n) weakness, debility, infirmity, impotence, decrepitude, weariness, inanition, incompetence *पाहा :* (विरु) **शक्ती, पौरुष**

दौलत (स्त्री) पैसा, धनदौलत, संपत्ती, जायदाद, मालमत्ता; ऐश्वर्य, वैभव, समृद्धी; जहागीर, सल्तनत, गादी, राज्य, साम्राज्य *पाहा :* **अर्थ**

(n) wealth, riches, fortune, property; prosperity, opulence, kingdom, empire, power *पाहा :* **अर्थ**

दौलतजादा (पु) *पाहा :* **बक्षीस, शृंगार**

दौलतदार (वि) *पाहा :* **श्रीमंत**

द्युती (स्त्री) *पाहा :* **तेज** (न)

द्यूत (न) *पाहा :* **जुगार**

द्योतक (न) *पाहा :* **खूण**

द्योतक (वि) *पाहा :* **सूचक**

द्रव (पु) रस, जलांश, द्रवांश, आर्द्रता, ओलावा; स्राव, पाझर; द्राव, द्रावण; निथळा; निवळ, निवळी, द्रवरूप/प्रवाही पदार्थ; अन्नरस; पेय; पेज; लस; लाळ; चीक, डफळवाणी, फुळकवणी, फुळकापाणी

(n) liquid, fluid, juice, sap, solution, plasma, beverage, serum

द्रवणे (क्रि) वितळणे, पातळ होणे, प्रवाही होणे, द्रवीभूत होणे, द्रवीभवन होणे, द्रवरूप होणे, विरघळणे, विघरणे, पघळणे, पाघळणे, विरणे, स्रवणे, पाझरणे, गळणे, वाहणे, ओलावणे *पाहा :* **अनुकंपा**

(v) liquefy, melt, fluidize, unfreeze, thaw, fuse, dissolve, run, moisten *पाहा :* **अनुकंपा**

द्रवरूप (वि) *पाहा :* **द्रवणे, प्रवाही**

द्रव्य (न) पैसा, अर्थ, धन, वित्त, पैसाअडका, रक्कम, रोकड, ऐवज, संपत्ती; पदार्थ, वस्तू, जडपदार्थ; मूलतत्त्व (-द्रव्य), घटक, अवयव

(n) money, finance, liquid assets, capital, cash, dough, wealth; matter, substance, element, ingredient

द्रव्यदान (न) *पाहा :* **दान**

द्रव्यदृष्टी (वि) *पाहा :* **स्वार्थी**

द्रव्यनिधी (पु) *पाहा :* **खजिना**

द्रव्यबळ (न) *पाहा :* **शक्ती, श्रीमंती**

द्रव्यमद (पु) *पाहा :* **अभिमान**
द्रव्यसंचय (पु) *पाहा :* **संग्रह, अर्थ**
द्रव्यहीन (वि) *पाहा :* **अकिंचन**
द्रव्यानुकूल्य (न) *पाहा :* **श्रीमंती**
द्रव्यापहार (पु) *पाहा :* **अपहरण**
द्रष्टा (वि) *पाहा :* **दूरदर्शी, ज्ञानी**
द्राव (पु), **द्रावण** (न) *पाहा :* **द्रव**
द्राक्षरस (द्राक्षारस) (पु) *पाहा :* **मद्य**
द्रुत (वि) *पाहा :* **गतिमान, लय**
द्रुतमार्ग (पु) *पाहा :* **मार्ग**
द्रुती (स्त्री) *पाहा :* **गंध** (पु)
द्रुम (पु) *पाहा :* **झाड**
द्रोण (पु) *पाहा :* **कटोरा, कुंड**
द्रोह (पु) विश्वासघात, बेइमानी, गद्दारी, अप्रामाणिकपणा, निमकहरामी, वचनभंग, फसवणूक, दगलबाजी, कृतघ्नपणा, दगा, फितुरी, फंदफितुरी, अपकार, विद्रोह, मित्रद्रोह, पक्षद्रोह, स्वामिद्रोह, मातृद्रोह, पितृद्रोह, राजद्रोह, देशद्रोह, प्रजाद्रोह; *पाहा :* **विश्वासघातकी, कृतघ्न**
[वा] केसाने गळा कापणे, जयचंदी
(n) treachery, betrayal, disloyalty, perfidy, duplicity, double-dealing, breach of trust/promise, renegation, sedition, treason; *पाहा :* **विश्वासघातकी, कृतघ्न**
द्रोही (वि) *पाहा :* **विश्वासघातकी, फितूर**
द्वंद्व (न) *पाहा :* **जोडी, भांडण, लढाई**
द्वंद्वयुद्ध (न) *पाहा :* **कुस्ती, लढाई**
द्वय (न) *पाहा :* **जोडी**
द्वाड (वि) खट्याळ, खोडकर, चावट, वात्रट, व्रात्य, अर्वाच्य, अगोचर; खट, दुष्ट, नतद्रष्ट, नाठाळ; उपद्रवी, छळवादी, ओढाळ, त्रासदायक; अनिष्ट, दोषयुक्त; कठोर, कजाग, निष्ठुर
[adj] mischievous, naughty, impish, roguish, boisterous, unruly, harmful, troublesome, irritating, wicked, evil, unholy, pitiless
द्वापारयुग (न) *पाहा :* **चार युगे**
द्वार (न) *पाहा :* **दार**
द्वारपाल (-रक्षक) (पु) *पाहा :* **पहारेकरी**
द्वारमंडप (पु) *पाहा :* **आगाशी**
द्वाही (स्त्री) *पाहा :* **दवंडी**
द्विगुणित (वि) *पाहा :* **वाढ**
द्विज (पु) ब्राह्मण, क्षत्रिय, वैश्य; अंडज प्राणी (पक्षी, साप, मासा, इ.); दात
(n) brahmin etc; bird, snake etc; tooth
द्विजिव्ह (वि) *पाहा :* **साप, फसवा**
द्वितीय (वि) *पाहा :* **अंक**
द्वित्व (न) *पाहा :* **पुनरावृत्ती, द्वैत**
द्विधा (वि) अनिश्चित, संदेहग्रस्त, संभ्रांत, गोंधळलेला, दुग्ध्यात/पेचात पडलेला, दोलायमान, डळमळीत, चलबिचल होणारा, दुभंगलेला, दिङ्मूढ, बावरलेला, किंकर्तव्यमूढ, धरसोड करणारा
[वा] दोन्ही घरचा पाहुणा उपाशी
[adj] uncertain, vacillating,

dubious, divided, perplexed, in two minds, in a dilemma/ quandary, wavering

द्विधावृत्ती (स्त्री) *पाहा :* **अनिश्चितता**

द्विनेत्री (स्त्री) *पाहा :* **दृष्टी-उपकरण**

द्विपद (वि) *पाहा :* **प्राणी**

द्विपदवीधर (वि) *पाहा :* **शिक्षित**

द्विरद (पु) *पाहा :* **हत्ती**

द्विरुक्ती (स्त्री) *पाहा :* **पुनरावृत्ती**

द्विरेफ (पु) *पाहा :* **भुंगा**

द्विविध (वि) *पाहा :* **अंक**

द्विशतक (न) *पाहा :* **अंक**

द्विसहस्र (वि) *पाहा :* **अंक**

द्वीप (न), **द्वीपकल्प** (न) *पाहा :* **जमीन**

द्वेष (पु) आकस, खुन्नस, दुष्टावा, अदावत, हेवादावा, मत्सर, चुरस, वैर, विद्वेष, शत्रुत्व, वैमनस्य, दीर्घद्वेष; अंतर्वैर, वाकुडपण (-णा), वाकडेपणा, अप्रीती, द्वेषबुद्धी, (-भाव), दुष्टबुद्धी, तिरस्कार, वर्णविद्वेष *पाहा :* **द्वेषी** (विरु) **आपुलकी**

[वा] दात धरणे, दातओठ खाणे, खार खाणे, पाण्यात पाहणे, डोळे जळणे, वाकड्या नजरेने पाहणे, वाइटावर असणे, विष पेरणे, अंगात कली संचारणे

(n) malice, spite, malevolence, ill-will, venom, resentment, antipathy, animus, rancour, enmity, hatred *पाहा :* **द्वेषी** (विरु) **आपुलकी**

द्वेषी (वि) द्वेषयुक्त, द्वेष्टा, खुनशी, मत्सरी, मत्सरग्रस्त, आकसखोर, हेवेखोर, खोडसाळ, दुष्ट, कुटिल, कुत्सित, तिरसट, डाईक, दीर्घद्वेषी, वैरी, विद्वेषी, विद्वेष्टा *पाहा :* **द्वेष** (विरु) **हितचिंतक**

[adj] malicious, spiteful, evil, vicious, wicked, hostile, revengeful, rancourous *पाहा :* **द्वेष** (विरु) **हितचिंतक**

द्वैत (न) दोनपण, द्वित्व, भिन्नत्व, द्वैविध्य, वेगळेपण; द्वैतभाव, भिन्नभाव, दुजाभाव, भेदभाव, भेदबुद्धी; बेबनाव, मतभेद; द्वैतमत, द्वैतवाद, माध्वमत, द्वैती संप्रदाय *पाहा :* (विरु) **अद्वैत**

(n) duality, difference, disunity, distinctness, separateness, discord, dissonance; dualism *पाहा :* (विरु) **अद्वैत**

द्वैतरहित (वि) पाहा **निर्द्वंद्व**

द्वैमासिक (न) पाहा **माध्यम**

द्वैवार्षिक (न) *पाहा :* **माध्यम**

द्वैविध्य (न) *पाहा :* **द्वैत**

द्व्यर्थी (वि) दुटप्पी, संदिग्ध, वेगळा/ ध्वनित/ सूचित/ छुपा/ प्रच्छन्न अर्थ असलेला, श्लिष्ट, श्लेष असलेला; शब्दच्छल करणारा; *पाहा :* **अनिश्चित, गुळमुळीत**

[adj] ambiguous, equivocal, having a double/ veiled/ covert meaning; *पाहा :* **अनिश्चित, गुळमुळीत**

ध

धकणे (क्रि) चालणे, खपणे, टिकणे, निभावणे, निभावून जाणे, निर्वाह होणे
(v) be allowable/serviceable, last, survive, subsist, continue

धकाधकी (स्त्री) कष्ट, हाल, त्रास, अडचणी, प्रतिकूलता, बरे-वाईट दिवस, कठीण परिस्थिती, पंचाईत, आपत्ती, संकटपरंपरा
(n) hardship, bother, pack of troubles, ups & downs, adversity, quandary, quagmire

धक्का (पु) *पाहा :* **आघात, तट, बंदर**

धक्कादायक (वि) धक्कास्पद, धक्का/झटका देणारा, आघात करणारा, थक्क/दिङ्मूढ/सुन्न करणारा, हादरवणारा, धसकवणारा, क्लेशकारक, अघटित, अकल्पित
[adj] shocking, startling, appalling, distressing

धक्काबुक्की (स्त्री) *पाहा :* **मारणे**

धक्केचपेटे (पु, अव) *पाहा :* **मारणे, त्रास**

धग (स्त्री) उष्णता, ऊब, आच, दाह, चटका, शेक, ताप, ताव, ऊन, रणरण, गरमी, जाळ, होरपळ, झळ; *पाहा :* **अग्नी**
[क्रि] होरपळणे, भाजणे, चटकणे
(n) warmth, heat, burning, scorching; *पाहा :* **अग्नी**

धगड (पु) *पाहा :* **जार**

धगधगणे (क्रि) पाहा : अग्नी, अशांत

धगधगता (वि), धगधगीत (वि) *पाहा :* **तेजस्वी, जलाल, अग्नी**

धजणे (क्रि), धजावणे (क्रि) धाडस दाखवणे, हिंमत करणे, सरसावणे, उद्युक्त होणे, धारिष्ट्य करणे, हिय्या करणे, मन घालणे, तोंड देणे, पुढे येणे
(v) dare, venture, face, come forward, have the courage

धट (पु) *पाहा :* **तराजू**

धट (वि) *पाहा :* **धटिंगण**

धटिंगण (वि) धट, धट्ट, दांडगा, आडदांड, टेकोजीराव, उद्दाम, चढेल, धश्चोट, रानवट, उर्मट, अरेराव, दांडगेश्वर
[adj] overbearing, arrogant, hefty, bully, rough

धट्ट (वि) *पाहा :* **धटिंगण, धीट**

धट्टाकट्टा (वि) *पाहा :* **तगडा, निकोप**

धड (न) कबंध, मस्तकविरहित शरीर
(n) torso, trunk

धड (वि) *पाहा :* **अखंड**

धडक (स्त्री, वि) *पाहा :* **टक्कर, गतिमान**

धडकणे (क्रि) *पाहा :* **अग्नी, आदळणे**

धडकफडक (वि) *पाहा :* **निर्भीड**
धडकी (स्त्री) *पाहा :* **भीती**
धडगत (स्त्री) *पाहा :* **टिकणे**
धडधड (स्त्री, क्रिवि) *पाहा :* **आवाज**
धडधडणे (क्रि) *पाहा :* **अशांत**
धडधडाट (पु) *पाहा :* **आवाज**
धडधडीत (क्रिवि) उघडउघड, सरळसरळ, निखालस, नि:संशय, निर्विवाद, खात्रीने, स्पष्टपणे, निश्चयपूर्वक, अगदी, चक्क, पूर्णपणे, सर्वस्वी, साफ, अजिबात, धादांत, मूर्तिमंत, साक्षात, डोळ्यांदेखत, प्रत्यक्ष, चक्षुर्वैसत्यम्, राजरोस
[adj] plainly, doubtless, thoroughly, completely, bluntly, absolutely, obviously, outright
धडधाकट (वि) धट्टाकट्टा, तगडा, सशक्त, दणकट, मजबूत, सुदृढ, घटमूट, टुणटुणीत, निकोप, निरोगी, अव्यंग
[adj] robust, vigorous, sturdy, healthy, hefty, brawny, burly, stout
धडपड (स्त्री) *पाहा :* **खटपट, कष्ट**
धडपडणे (क्रि) धडपड/खटपट/प्रयत्न करणे (*पाहा :* **खटपट, कष्ट, कष्टणे**); अडखळणे, ठेचकळणे
(v) struggle, strive, endeavour, wrestle, labour (*पाहा :* **खटपट, कष्ट, कष्टणे**), stumble, falter
धडपडाट (पु) *पाहा :* **खटपट**
धडपा (पु) *पाहा :* **तुकडा**
धडा (पु) पाठ, उदाहरण, अभ्यास, पाढा, व्यवसाय, शिक्षण, शिकवण, वस्तुपाठ, बोध, उपदेश; शिक्षा, शासन, समज, दम, ताकीद; *पाहा :* **हिंमत, अभंड**
(n) lesson, instruction, exercise; punishment, chastisement; reprimand, warning; **हिंमत, अभंड**
धडाका (पु) *पाहा :* **तडाखा, आवाज, अतिरेक**
धडाड (पु) *पाहा :* **आवाज**
धडाडणे (क्रि) *पाहा :* **गाजणे, आवाज, अग्नी**
धडाडी (स्त्री) *पाहा :* **उत्साह, हिंमत**
धडाधड (क्रिवि) *पाहा :* **पाठोपाठ**
धडुते (न) *पाहा :* **वस्त्र**
धड्ड (वि) *पाहा :* **अजाण**
धंतरमंतर (न) *पाहा :* **जादू**
धत्तुरा (पु) *पाहा :* **बोट**
धंदा (पु) उद्योग, व्यवसाय वृत्ती, पेशा, पोटापाण्याचा / चरितार्थाचा/ उपजीविकेचा/निर्वाहाचा उद्योग, जीवनमार्ग, रोजगार, काम, कार्यक्षेत्र, कामधंदा, व्यापार, व्यवहार, देवाणघेवाण; धांदा; *पाहा :* **व्यवसाय**
(n) business, profession, vocation, occupation, career, field, work, pursuit, trade; *पाहा :* **व्यवसाय**
धंदेवाईक (वि) *पाहा :* **व्यवहारी**
धन (न) *पाहा :* **अर्थ, संपत्ती**
धनको (पु) सावकार, घेणेकरी, पेढीवाला,

खिस्ती, शेठ (शेट) श्रेष्ठी
(n) money-lender
धनगर (पु) *पाहा :* **गुराखी**
धनंतर (वि) *पाहा :* **श्रीमंत**
धनतृष्णा (स्त्री) *पाहा :* **लोभ**
धनदांडगा (वि) *पाहा :* **श्रीमंत**
धनदौलत (स्त्री) पैसाअडका, द्रव्य, वित्त, ऐवज, संपत्ती, संपदा, जिंदगी, जायदाद, मालमत्ता, मिळकत, दागदागिने, स्थावर-जंगम, घरदार, शेतीवाडी, गुरेढोरे, धनधान्य, ऐश्वर्य, समृद्धी, दौलत, ऐपत, वैभव, धनसंपदा, पुंजी, माया, डबोले; स्त्रीधन; *पाहा :* **अर्थ**
[वा] गड्डा जमवणे
(n) wealth, riches, fortune, property, opulence, estate, assets, capital, means, possessions, prosperity, glory; *पाहा :* **अर्थ**
धनमत्त (वि) *पाहा :* **गर्विष्ठ, श्रीमंत**
धनमद (पु) *पाहा :* **अभिमान**
धनलुब्ध (वि), **धनलोभी** (वि) *पाहा :* **लोभी, कंजूष**
धनलोभ (पु) *पाहा :* **लोभ**
धनवंत (-वान) (वि) *पाहा :* **श्रीमंत**
धनव्यय (पु) *पाहा :* **खर्च**
धनसंपदा (स्त्री) *पाहा :* **संपत्ती**
धनसंपादन (न) *पाहा :* **मिळवणे**
धनाढ्य (वि) *पाहा :* **श्रीमंत**
धनादेश (पु) हुंडी, हुंडीपत्र; पाहा : **अर्थ**
(n) cheque, draft; पाहा : **अर्थ**
धनांध (वि) *पाहा :* **गर्विष्ठ, श्रीमंत**
धनाश्री (पु) *पाहा :* **राग**
धनिक (वि) पाहा : **श्रीमंत**
धनी (पु) प्रमुख, नियंता, अधिष्ठाता, अधिपती, सत्ताधीश, अधिकारी, अंमलदार, मालक, स्वामी, प्रभू, यजमान; दातार, त्राता, नाथ, रक्षणकर्ता, तारणहार, आश्रयदाता; *पाहा :* **पती**
(n) chief, lord, master, owner, freeholder, possesser, proprietor, protector, saviour; *पाहा :* **पती**
धनीपण (न) *पाहा :* **अधिकार**
धनुकली (स्त्री) *पाहा :* **धनुष्य**
धनुर्धर (-र्धारी) (वि) *पाहा :* **तिरंदाज**
धनुर्विद्या (स्त्री) *पाहा :* तिरंदाजी
धनुष्य (न) धनू, कोदंड, चाप, कार्मुक, कमान, तीरकमठा, धनुकली, धनुष्यबाण; इंद्रधनू, इंद्रधनुष्य, सुरधनू, गांडीव, मदनचाप, पिनाक, शिवधनुष्य
(n) bow, crossbow; rainbow
धनुष्याकृती (वि) *पाहा :* **वक्र**
धनू (न) *पाहा :* **धनुष्य**
धनेश्वर (वि) *पाहा :* **श्रीमंत**
धन्य (वि) सुखी, समाधानी, कृतकृत्य, कृतार्थ, दैववान, भाग्यवान, पावन, प्रसादित, उपकृत, सनाथ, पवित्र, पुण्यवान
[adj] happy, contented, gratified, satisfied, blessed, fortunate
धन्यवाद (पु, अव) *पाहा :* **आभार**
धन्वंतरी (पु) *पाहा :* **वैद्य**

धपका (पु), **धपाटा** (पु), **धबका** (पु) पाहा : **आघात**

धपाधप (-पा) (क्रिवि) *पाहा :* **आवाजासह**

धबडगा (पु) *पाहा :* **गर्दी, घाई**

धबधबा (पु) *पाहा :* **प्रवाह**

धबाधब (क्रिवि) *पाहा :* **आवाजासह**

धब्ब (वि) *पाहा :* **गोरा**

धमक (स्त्री) हिंमत, तडफ, धडाडी, नेट, धैर्य, दम, कुवत, जोम, पौरुष, सामर्थ्य, चैतन्य, अवसान, उत्साह, आत्मविश्वास

(n) courage, verve, fire, grit, pluck, mettle, vigour, self-confidence; will-power

धमकावणी (स्त्री), **धमकी** (स्त्री) *पाहा :* **दमदाटी**

धमणी (-नी) (स्त्री) *पाहा :* **वाहन**

धमनी (स्त्री) *पाहा :* **रक्तवाहिनी, वाहन**

धमामा (पु) *पाहा :* **चर्मवाद्य**

धमाल (स्त्री, वि) *पाहा :* **अगाजा, धुमश्चक्री, अतिशय, चैन**

धम्मकलाडू (पु) *पाहा :* **आघात**

धरण (न) भिंत, बांध, बंधारा, ताल, वरवंडी, भराव; दगडी/मातीचे/कमानाकृत्ती धरण, जलविद्युत् प्रकल्प; *पाहा :* **जलसंपत्ती**

(n) dam, weir, dyke (dike), bund, levee, embankment; stonemasonry/earth/arch dam; breakwater; hydroelectric project; *पाहा :* **जलसंपत्ती**

धरणग्रस्त (वि) *पाहा :* **पीडित**

धरणी (स्त्री) *पाहा :* **पृथ्वी, जमीन**

धरणीकंप (पु) *पाहा :* **आंदोलन**

धरणीतल (न) *पाहा :* **जमीन, पृथ्वी**

धरणीधर (पु) *पाहा :* **डोंगर**

धरणे (क्रि) पकडणे, हातात/मुठीत घेणे/ठेवणे, तावडीत/ताब्यात घेणे/ठेवणे; धारण करणे, अंगी बाळगणे, स्वीकारणे; लेइणे, लेणे, परिधान करणे; सामावणे, समाविष्ट करणे; कल्पिणे, मनात आणणे, मानणे, समजणे, गृहीत धरणे, धरून चालणे, मत असणे, विश्वास असणे, वाटणे; *पाहा :* **अटक, अद्याहृत, चळवळ**

(v) hold, grasp, clutch, grip; wear; include, take into consideration; think, believe, consider; *पाहा :* **अटक, अद्याहृत, चळवळ**

धरणे (न) *पाहा :* **तगादा, चळवळ, अटकाव**

धरती (स्त्री) *पाहा :* **पृथ्वी**

धरपकड (स्त्री) *पाहा :* **अटक**

धरबंद (-ध) (पु) *पाहा :* **आवर, बंध, जम**

धरसोड (स्त्री) लहरीपणा, चंचलता, डळमळीतपणा, अस्थिरबुद्धी, ना धड हे ना धड ते, द्विधावृत्ती, चलबिचल, अनिश्चितता, अनिश्चय, कां कूं, संभ्रम, गोंधळ, *पाहा :* **चंचल**

(n) vacillation, shilly-shallying, wavering, indecision, iresolution, fluctuation,

hesitancy; पाहा : चंचल
[i] to play fast and loose

धरा (स्त्री), **धरातल** (न), **धरित्री** (स्त्री) *पाहा :* **पृथ्वी**

धर्ती (स्त्री) *पाहा :* **रीत**

धर्म (पु) श्रद्धाप्रणाली, उपासनाप्रणाली, ब्रह्मविद्या, वेदान्त, आस्तिक्यबुद्धी, ईश्वरोपासना, परमेश्वरप्राप्तीची साधने/मार्ग/पंथ/संप्रदाय, सत्यान्वेषण, ब्रह्मज्ञान, विश्वस्वरूप-विचार, धर्मशास्त्र, धर्मतत्त्वे, धर्ममते, श्रद्धा, निष्ठा, भक्ती, जीवनमार्ग, स्वधर्म, स्वधर्माचरण, नीतिशास्त्र, व्यवहारशास्त्र, सदाचारशास्त्र, तत्त्वज्ञान, आचारधर्म, धर्माधिष्ठित जीवन, सनातनधर्म, वर्णाश्रमधर्म, धर्ममार्ग, धर्मसिद्धान्त, धर्मसंप्रदाय, धर्मपंथ, धार्मिक शिकवण/तत्त्वप्रणाली, धर्मप्रामाण्य, धर्मकृत्ये, धर्मकर्मे, ब्रह्मकर्मे, पुण्यकृत्ये, पुण्यकर्मे, धर्मकार्य, धर्माचरण, नेमधर्म, शास्त्रविहित आचरण, धर्मश्रद्धा, धर्मनिष्ठा, धार्मिक वृत्ती, धर्मपरायणता, सदसद्विवेकबुद्धी, सात्त्विक बुद्धी, सद्विचार, पावित्र्यविचार, पुरुषार्थ, पुरुषार्थपालन; गृहस्थधर्म, पुत्रधर्म, शेजारधर्म, राजधर्म, सेवाधर्म इत्यादी; पूजापद्धती, देवपूजा, उपासना, अनुष्ठान, प्रार्थना, आराधना, ईश्वरसेवा, ईशस्तवन, स्तोत्रपठण, नामस्मरण, अर्पण/तर्पण, यज्ञयाग, तप, मूर्तिपूजा, धूपदीप, उपवास, दान, दानधर्म, धर्मादाय, भिक्षा, परोपकार, सर्वसंगपरित्याग, धार्मिक, व्रते/आचारविचार/कर्तव्ये/क्रिया/कर्मे/विधी/संस्कार/रूढी; कर्मकांड, कुळधर्म, कुळाचार; नामकरण, मौजीबंधन, विवाह इत्यादी; अंत्येष्टी; वेदविद्या, मंत्रविद्या; हिंदुधर्म, शीखपंथ, इस्लाम धर्म; बौद्ध धर्म, पारशी धर्म, जैन धर्म, ख्रिस्ती धर्म, यहुदी धर्म इत्यादी; युगधर्म; मानवधर्म; शरीरधर्म; स्वाभाविक गुण/गुणधर्म, लक्षणे, वैशिष्ट्ये, स्वभावविशेष, स्वभावधर्म, मनोधर्म, नैसर्गिक प्रवृत्ती, मूलधर्म, सद्धर्म, स्वधर्म

(n) religion, theology, theism, divinity, search for truth, theosophy, faith, belief, devotion, ethics, philosophy, orthodoxy, cult, creed, doctrine, tenets, dogma, piety, piousness, religiousness, holiness, worship, prayer, hymn, offering, divine service, idolatry, incense, fasting, almsgiving, asceticism, religious rites; baptism, confirmation, matrimoney, etc; last rites;

Hinduism, Sikhism, Islam, Buddhism, Parsi religion, Jainism, Christianity, Judaism, etc; natural property, quality, attribute, characteristic, tendency

धर्मकृत्य (न) *पाहा :* **पुण्य, अनुष्ठान**

धर्मगुरू (पु) *पाहा :* **आचार्य**

धर्मग्रंथ (पु) (हिंदु धर्मग्रंथ); वेद (श्रुती, निगम, आगम, मंत्रविद्या, मंत्रशास्त्र, शब्दब्रह्म) (ऋग्वेद, यजुर्वेद, सामवेद, अथर्ववेद), संहिता, ब्राह्मणे (आरण्यके), उपनिषदे, गृह्यसूत्रे, स्मृतिग्रंथ (मनू, याज्ञवल्क्य, हारीत), षड्दर्शने, ब्रह्मसूत्रे, वेदान्त, न्याय, योग, सांख्यकारिका, रामायण, महाभारत, भगवद्गीता, अष्टादश पुराणे;

अवेस्ता (पारशी); ग्रंथसाहेब (शीख); कुराण (मुसलमानी); बायबल (ख्रिस्ती); *पाहा :* **दशोपनिषदे**

(n) religious scriptures; *पाहा :* **दशोपनिषदे**

धर्मनिरपेक्ष (वि) *पाहा :* **तटस्थ**

धर्मनिष्ठ (वि) *पाहा :* **कर्मठ**

धर्मपत्नी (स्त्री) *पाहा :* **पत्नी**

धर्मपर (-परायण) (वि) *पाहा :* **धार्मिक**

धर्मबंधू (पु) *पाहा :* **भाऊ**

धर्मभोळा (वि) *पाहा :* **धार्मिक**

धर्मभ्रष्ट (वि) *पाहा :* **जातिभ्रष्ट**

धर्ममार्तंड (पु) *पाहा :* **कर्मठ**

धर्मयुद्ध (न) *पाहा :* **लढाई**

धर्मराज (पु) *पाहा :* **संत**

धर्मराज्य (न) *पाहा :* **राज्यपद्धती**

धर्मवीर (पु) *पाहा :* **धार्मिक, पराक्रमी**

धर्मशाळा (स्त्री) *पाहा :* **आलय**

धर्मशास्त्र (न) *पाहा :* **धर्म, अध्यात्म**

धर्मशास्त्रविहित (वि) *पाहा :* **विहित**

धर्मशील (वि) *पाहा :* **धार्मिक**

धर्मश्रद्धा (स्त्री) *पाहा :* **धर्म**

धर्मसंकट (न) *पाहा :* **संकट**

धर्मसत्ता (स्त्री) *पाहा :* **अधिकार**

धर्मसत्ताक (वि) *पाहा :* **राज्यपद्धती**

धर्मांतर (न) *पाहा :* **बदल**

धर्मातीत (वि) *पाहा :* **तटस्थ**

धर्मात्मा (पु) *पाहा :* **संत**

धर्मादाय (पु) *पाहा :* **दान, अनुष्ठान**

धर्मादाय (वि) धर्मार्थ, मोफत, फुकट, विनामूल्य; भिक्षा; इनाम, बक्षीस; देवाला सोडलेला

[adj] charitable, as alms/dole/donation/gift; free, complimentary, gratis

धर्मांध (वि) *पाहा :* **संकुचित**

धर्माभिमान (पु) *पाहा :* **अभिमान**

धर्मार्थ (वि) *पाहा :* **धर्मादाय**

धर्मावतार (पु) *पाहा :* **संत**

धर्मोपदेश (पु) *पाहा :* **उपदेश**

धर्मोपदेशक (पु), **धर्मोपाध्याय** (पु) *पाहा :* **आचार्य, प्रेषित**

धर्म्य (वि) *पाहा :* **धार्मिक**

धर्षण (न) *पाहा :* **दांडगाई, बलात्कार**

धलपा (-पी) (पु, स्त्री) *पाहा :* **तुकडा**

धव (पु) *पाहा :* **पती**

धवल (वि) *पाहा :* पांढरा, गोरा, उजळ

धश्चोट (वि) आडदांड, दांडगा, दांडगेश्वर, रानवट, धटिंगण, धसमुसळ्या, धसाडा, अरबट, अकुशल, उद्दाम, चढेल, निष्काळजी, बेपर्वा; धश्चोटनारायण

[adj] bully, rude, arrogant, insolent, rough, boorish, clumsy, neglectful

धष्टपुष्ट (वि) पुष्ट, पोसलेला, तगडा, धट्टाकट्टा, लठ्ठमठ्ठ, सशक्त, दणकट, मगरमस्त, दुहेरी हाडाचा, पठाण, पहिलवान, पठ्ठ्या

[adj] hefty, robust, bulky, burly, strong, stout, sturdy, brawny, rugged

धस (पु), **धसकट** (न) *पाहा :* अणकुची

धसकफसक (स्त्री) धसमुसळेपणा, उद्धटपणा, बेदरकारी, रानवटपणा

(n) harshness, rudeness, barbarism

धसका (पु) *पाहा :* **आघात, भीती**

धसणे (क्रि) *पाहा :* **अधोगती**

धसफस (स्त्री) आदळआपट, धुसफूस, चरफड, चिडचिड, कुरबूर, घालूनपाडून बोलणी

[वा] भूकंप

(n) freeting, fuming, bickering

धसमुसळ्या (वि) *पाहा :* **धश्चोट**

धसाडा (वि) **ओबडधोबड, भरभरीत, जाडाभरडा;** *पाहा :* **धश्चोट**

[adj] coarse, rough-hewn, thick; *पाहा :* **धश्चोट**

धस्स (न) *पाहा :* **आघात, भीती**

धाक (पु) भय, भीती, धास्ती, दहशत, जरब, धोसरा, दरारा, दबदबा, वचक, दमदाटी, धाकदपटशा; दडपण, दबाव

(n) fear, dread, awe, terror, intimidation, threat, burden, pressure

धाकटा (वि) *पाहा :* **लहान, कनिष्ठ, अल्पवयस्क**

धाकधूक (स्त्री) *पाहा :* **चिंता, भीती**

धाकुटा (-ला) (वि) *पाहा :* **लहान**

धांगडधिंगा (पु) दंगा, मस्ती, दांडगाई, दंगामस्ती, गडबडगोंधळ, दंगल, हुल्लड, धुमाळी, रणकंदन, धिंगाणा, धिंगामस्ती, धुडगूस, धुमश्चक्री, हंगामा, हमामा, हुतुतू, झिम्मा, तातकथय्या, ताथय्या, नंगानाच, स्वैरवर्तन

(n) melee, disorder, affray, riot, tumult, wild wrangling, punch up

धागा (पु) **धागादोरा** (पु) तंतू, दोरा, सूत, सूत्र, तंत, तार, तात; लागाबांधा, परस्परसंबंध, नाते; पत्ता, खाणाखुणा, ठावठिकाणा, माग, शोध, छडा, मागमूस

(n) thread, yarn, filament, fibre; relationship, connection, link; whereabouts, trace, clue

धाटणी (स्त्री) *पाहा :* **रीत, घडण, अवस्था**

धाड (स्त्री) *पाहा :* **हल्ला**

धाड्कन (क्रिवि) *पाहा :* **आवाजासह**

धाडणे (क्रि) *पाहा :* **पाठवणे**

धाडधाड (क्रिवि) *पाहा :* **आवाजासह**

धाडस (न) *पाहा :* **हिंमत, साहस**

धाडसी (-शी) (वि) *पाहा :* **साहसी**

धांडोळणे (क्रि), **धांडोळा** (पु) *पाहा :*

अन्वेषण
धाता (पु) *पाहा :* **ब्रह्मदेव**
धातुपुष्टिकारक (वि) *पाहा :* **पौष्टिक**
धातू (पु) सोने, रुपे, तांबे, इत्यादी; शरीरस्थ धातू (कफ, वात, पित्त; रक्त, मांस, मज्जा, वसा, अस्थी, मेद, रेत); पंचमहाभूते (पृथ्वी, आप, तेज, वायू, आकाश)
(n) metal, bodily element
धांदरट (वि) *पाहा :* **अजागळ**
धांदल (स्त्री) *पाहा :* **घाई, गोंधळ, गडबड**
धांदा (पु) *पाहा :* **धंदा**
धादांत (क्रिवि) *पाहा :* **धडधडीत**
धादांती (पु) *पाहा :* **तर्कशुद्ध**
धादावणे (क्रि) *पाहा :* **हाव**
धांदोटी (स्त्री) *पाहा :* **तुकडा**
धानी (पु) *पाहा :* **राग**
धान्य (न) सस्य, दाणा, दाणागोटा, अन्नधान्य, बी-बियाणे, धान्यधुन्य, कडधान्य, तृणधान्य, वरकस धान्य, द्विदल धान्य, गळीत (तैल) धान्य; *पाहा :* **अन्न, पीक**
[adj] grain, corn, cereal, grist, seed; *पाहा :* **अन्न, पीक**
धान्यफराळ (पु) *पाहा :* **अन्न**
धान्यवसुली (स्त्री) *पाहा :* **कर**
धाप (स्त्री) दम, श्वास, श्वासोच्छ्वास, दमा, श्वासरोग
[क्रि] धापा टाकणे, लहालहा करणे
(n) panting, gasping, respiration, asthma
धापकाप (स्त्री) *पाहा :* **असंतोष**
धाबळ (-ळी) (स्त्री) *पाहा :* **कांबळा**
धाबे (न) *पाहा :* **छत**
धाम (न) *पाहा :* **स्थान**
धामण (स्त्री) *पाहा :* **साप**
धामधूम (स्त्री) *पाहा :* **गडबड, धुमश्चक्री**
धाम्या (वि) *पाहा :* **अजागळ**
धाय (स्त्री) *पाहा :* **रडणे**
धार (स्त्री) कड, कडा, काठ, कंगोरा, किनार, तीक्ष्णपणा; *पाहा :* **प्रवाह, दूध, क्षितिज, धारदार**
[वा] पाणी देणे
(n) edge, border, side; sharpness; *पाहा :* **प्रवाह, दूध, क्षितिज, धारदार**
धारकरी (पु) **पाहा : अतिरेकी**
धारण (न) *पाहा :* **धरणे, घालणे**
धारणा (स्त्री) *पाहा :* **ग्रह, बुद्धी, अष्टांगयोग**
धारणाशक्ती (स्त्री) *पाहा :* **बुद्धी, स्मरण**
धारदार (वि) तीक्ष्ण, तीव्र, प्रखर, तल्लख, टोकदार, निकराचा, अटीतटीचा, उत्कट, मर्मभेदी, खोचदार, बोचरा; दुधारी; *पाहा :* (विरु) **बोथट**
[क्रि] धार लावणे, परजणे
[adj] sharp, keen, intese, pointed, poignant, passionate *पाहा :* (विरु) **बोथट**
धारवाडी काटा (पु) *पाहा :* **तराजू**
धारा (पु) पाहा : **रीत, कर, प्रवाह**
धारागृह (न) *पाहा :* **कुंज**
धारातीर्थ (न) *पाहा :* **रणांगण, मरणे**
धाराधर (पु) *पाहा :* **मेघ**

धाराशिव (पु) *पाहा :* **मर्यादा**
धारिष्ट्य (न) *पाहा :* **हिंमत, साहस**
धारिष्टवान (वि) *पाहा :* **साहसी**
धारे (न) *पाहा :* **खिडकी**
धारोष्ण (वि) *पाहा :* **ताजा, उष्ण**
धार्जिणा (वि) *पाहा :* **अनुकूल**
धार्मिक (वि) धर्मशील, धर्मपरायण, धर्मपर, धर्माभिमानी, धर्मभोळा, सद्‌गुणी, सदाचरणी, सात्त्विक, पुण्यशील, पापभीरू, आस्तिक, ईश्वरोपासक, देवभोळा, श्रद्धावान, नेमधर्म करणारा, निष्ठावंत, धर्मशस्त्रवेत्ता, धर्मवीर, स्वधर्मचरणी, नीतिमान, धर्मप्रामाण्यवादी, सांप्रदायिक, सनातनी, सनातनमतवादी, तपी, योगी, परोपकारी, दानशूर; विहित, शास्त्रविहित, धर्मशास्त्रप्रमाणित; शास्त्रोक्त, विधिवत, धर्म्य, पवित्र
[adj] religious, orthodox, Godfearing, faithful, dogmatic, sectarian; canonical, authentic
धार्ष्ट्य (न) *पाहा :* **हिंमत, साहस**
धाला (क्रि) *पाहा :* **आनंदित**
धाव (स्त्री) दौड, धूम; अंतर, मजल, पल्ला; आकांक्षा; उडी; फेक; *पाहा :* **प्रगती, धावणे, मर्यादा**
[वा] सरड्याची धाव कुंपणापर्यंत
[n] run, swift, pace; distance, reach, stride, range; aspiration, ambition; *पाहा :* **प्रगती, धावणे, मर्यादा**
धावणे (क्रि) पळणे, दौडणे, धूम ठोकणे, पळ काढणे, पलायन करणे, पोबारा करणे, पळून जाणे, पळत सुटणे, वेगाने जाणे, गतिमान होणे, लगबगीने जाणे, धाव घेणे, मदतीस जाणे, धावाधाव/पळापळ/धावपळ करणे, दुडदुड धावणे, चौखूर पळणे, रपेट करणे; *पाहा :* **पळणे**
[v] run, scurry, race, dash, bolt, hasten, scamper, scoot, scuttle, jog, sprint, canter, trot, gallop; *पाहा :* **पळणे**
धावदोरा (पु) *पाहा :* **शिवणे**
धावधूप (स्त्री) *पाहा :* **दगदग**
धावपट्टी (स्त्री) *पाहा :* **विमानप्रवास**
धावपळ (स्त्री) *पाहा :* घाई, जलदी, चपळाई; तारांबळ, धांदल; खटपट, धडपड; यातायात, धावाधाव, दौडादौडी, पळापळ; *पाहा :* **दगदग**
(n) haste, bustle, urgecny; running, about; effort, exertion; panic; *पाहा :* **दगदग**
धावा (पु) *पाहा :* **अभ्यर्थना**
धावाधाव (स्त्री) *पाहा :* **धावपळ, दाणादाण, गोंधळ**
धास्तावणे (क्रि) *पाहा :* **भीती**
धास्ती (स्त्री) *पाहा :* **भीती, जरब**
धिक्कार (पु) निषेध, तिटकारा, तिरस्कार, तुच्छता, घृणा, शिसारी, अवहेलना, खरडपट्टी, छी:थू, निंदा, निर्भर्त्सना
(n) protest, contempt, contumely, disdain, nausea, censure, reproof,

remonstrance, hue and cry

धिक्कारणे (क्रि) *पाहा :* **झिडकारणे**

धिंगाणा (पु) **धिंगामस्ती** (स्त्री) *पाहा :* **धांगडधिंगा, अगाजा**

धिटाई (स्त्री) *पाहा :* **हिंमत, औद्धत्य**

धिंड (स्त्री) *पाहा :* **अपकीर्ती, मिरवणूक**

धिंडका (स्त्री) *पाहा :* **भटकभवानी**

धिंडवडा (पु) *पाहा :* **अपकीर्ती, नाश**

धिप्पाड (वि) *पाहा :* उंच, उंच बांध्याच्या, बुलंद, मजबूत हाडपेराचा, आडव्या अंगाचा, आडमाप, तगडा, दांडगा, बळकट

[adj] tall, towering, big, hefty, massive, barawny, burly, sturdy, husky, strong

धिमा (-म्मा) (वि) शांतचित्त, स्थिरवृत्ती, थंड, अविचलित, आत्मसंयमी, धीर, गंभीर, भारदस्त, सौम्य, सहनशील, नेमस्त, विचारी, खंबीर; संथ, सावकाश, संथगती, मध्यमगती, मंद, मंदगती, मंदगामी

[adj] clam, cool, patient, stoical, sedate, unemotional, sober, nonchalant, gentle, leisurely, slow

धी (स्त्री) *पाहा :* **बुद्धी**

धीट (वि) धाडसी, धैर्यवान (-शाली), धीराचा, निधडा, साहसी, छातीचा, धट्ट, धिट्ट, निर्धास्त, निर्भय, बेडर, शूर, दृढनिश्चयी; सभाधीट, ढालगज

[वा] दगडाची छाती असलेला, वर पाहणे, मांजराच्या गळ्यात घंटा बांधणे

[adj] bold, intrepid, courageous, daring, fearless, audacious, forward, valiant, brave, resolute, self-confident

धीमान (वि) *पाहा :* **बुद्धिमान**

धीर (पु) मनोधैर्य, धारिष्ट, धैर्य, दम, अवसान, चिकाटी, सहनशक्ती, सहनशीलता, सबुरी, शांतपणा, अविचलता; दिलासा, आश्वासन, आत्मविश्वास; *पाहा :* **धैर्य, तितिक्षा**

[वा] छातीचा कोट करणे, जीव मुठीत धरणे, जिवाचा धडा करणे, जिवात जीव येणे, धीरापोटी फळे गोमटी

(n) fortitude, courage, endurance, patience, forbearance, durability, aplomb; *पाहा :* **धैर्य, तितिक्षा**

[i] to bide one's time

धीर (वि) गंभीर, धीरगंभीर, उदात्त, धीरोदात्त, धिमा, अविचलित, खंबीर, धीराचा, दमदार, धैर्यवान, धाडसी, करारी, निश्चयी, रणगंभीर

[वा] धीर तो गंभीर उतावळा तो बावळा

[adj] courageous, clam, stoical, sober, noble, heroic, resolute, lion-hearted

[i] to keep one's chin up

धीरगंभीर (वि) **धीरोदात्त** (वि) *पाहा :* **धीर** (वि)

धीवर (पु) *पाहा :* **कोळी**

धुकट (वि) *पाहा :* **अस्पष्ट**

धुके (न) *पाहा :* **अभ्र**

धुगधुगी (स्त्री) *पाहा :* **आसन्नमरण**

धुडकावणे (क्रि) *पाहा :* **झिडकारणे,**

खंडन करणे

धुडगूस (पु) *पाहा :* **धांगडधिंगा, अगाजा**

धुडणे (क्रि) **धुंडाळणे** (क्रि) *पाहा :* **अन्वेषण**

धुणे (क्रि) धुलाई करणे, स्वच्छ करणे, खळबळणे, चुबकळणे, चुबकणे, आपटणे, धोपटणे; विसळणे, खंगाळणे; प्रक्षाळणे, क्षालन/प्रक्षालन करणे, मार्जन करणे, आचवणे, निर्वाळणे, निर्मळ/शुद्ध/पवित्र करणे; *पाहा :* **मारणे, अपहरण, धोबी**

(v) wash, clean, cleanse, rinse, launder, shampoo, purify ; *पाहा :* **मारणे, अपहरण, धोबी**

धुतकारणे (क्रि) *पाहा :* **झिडकारणे**

धुंद (वि) गुंग, तर्र, बेहोश, झिंगलेला; उल्लू, फुंद, धुंदफुंद; उन्मत्त, मदोन्मत्त, गर्विष्ठ; गर्क, मग्न, दंग, चूर; अंधूक, अस्पष्ट, आच्छादित; *पाहा :* **मदिर, झिंगणे**

[adj] intoxicated, tipsy, giddy, vain, conceited, absorbed, engrossed, overcast, covered; *पाहा :* **मदिर, झिंगणे**

धुंदावणे (क्रि) *पाहा :* **झिंगणे**

धुंदी (स्त्री) गुंगी, बेहोषी, कैफ, नशा, झिंग, अंमल, गर्व, ताठा, मद, माज, मस्ती, उन्माद

[वा] रंग चढणे

(n) intoxication, inebriety, stupor; insolence, conceit

धुंदुकमुंदुक (न) *पाहा :* **पहाट**

धुधुःकार (पु) *पाहा :* **आवाज**

धुनी (स्त्री) *पाहा :* **अग्नी**

धुपणे (क्रि) *पाहा :* **झिजणे, खंगणे**

धुपाटणे (न) *पाहा :* **भांडे**

धुपारती (स्त्री) *पाहा :* **पूजा, निंदानालस्ती**

धुमश्चक्री (स्त्री) धमाल, धुमाळी, धामधूम, धुमाकूळ, धूमधडाका, गोंधळ, गडबड, अंदाधुंदी, प्रभोक्ष, थैमान, रणधुमाळी, रणकंदन, लढाई, घाई, हातघाई, दांडगाई, धांगडधिंगा; *पाहा :* **अशांतता, अगाजा**

(n) turmoil, tumult, bedlam, riot, chaos, anarchy, unrest, ferment, fury; fighting, warfare; *पाहा :* **अशांतता, अगाजा**

धुमसणे (क्रि) *पाहा :* **अग्नी, संतापणे**

धुमाकूळ (पु) *पाहा :* **दंगल, धुमश्चक्री**

धुमारा (पु) *पाहा :* **अंकुर**

धुमाळी (स्त्री) दंगल, धुमश्चक्री, धुमाकूळ, अराजक, बंडाळी, कल्लोळ, हुल्लड, रणधुमाळी, लढाई; *पाहा :* **ताल, अगाजा**

(n) turmoil, disorder, ananrchy, rowdism, riot, battle *पाहा :* **ताल, अगाजा**

धुरकट (वि) *पाहा :* **अस्वच्छ**

धुरंधर (वि) *पाहा :* **अग्रगण्य, थोर, निपुण**

धुरळा (पु) *पाहा :* **माती**

धुरा (पु) *पाहा :* **जबाबदारी, आघाडी**

धुराडे (न) *पाहा :* **दार, नलिका**

धुरी (स्त्री) *पाहा :* **वायू**

धुरीण (वि) *पाहा :* **अग्रगण्य, अध्यक्ष**
धुरीणत्व (न) *पाहा :* **अधिकार**
धुरे (न) *पाहा :* **अपस्मार**
धुलाई (स्त्री) *पाहा :* **धुणे**
धुवट (वि) धुतलेला, धूत, स्वच्छ, निर्मळ, शुद्ध, पवित्र
[adj] washed, cleansed, pure
धुवण (स्त्री) *पाहा :* **पाणी**
धुवाधार (वि) *पाहा :* **पाऊस**
धुव्वा (पु) *पाहा :* **पराभव, नाश**
धुसफुसणे (क्रि) *पाहा :* **कुढणे, संतापणे, चडफडणे**
धुसफूस (स्त्री) *पाहा :* **संताप**
धुळकट (वि) *पाहा :* **अस्वच्छ**
धुळवड (स्त्री) *पाहा :* **निंदानालस्ती**
धुळाक्षर (न) *पाहा :* **अक्षर, आरंभ**
धूड (न) जड/बोजड/अवजड/जाडजूड/आडमाप/लठ्ठ वस्तू/व्यक्ती
(n) heavy/hulking/jumbo article/person
धूत (वि) *पाहा :* **धुवट**
धून (स्त्री) ध्वनी, स्वरमालिका, *पाहा :* **आवाज** (n) musical, note, tune; *पाहा :* **आवाज**
धूपकाडी (स्त्री) *पाहा :* **अगरबत्ती**
धूम (स्त्री) *पाहा :* **धाव, धावणे, पळणे**
धुमकेतू (पु) शेंडेनक्षत्र; पाहा : **सूर्यमाला** (n) comet; पाहा : **सूर्यमाला**
धूमधडाका (पु) *पाहा :* **धुमश्चक्री, अतिरेक**
धूमधाम (स्त्री) *पाहा :* **गडबड**
धूम्र (पु) *पाहा :* **वायू**
धुम्रपान (न) *पाहा :* **तंबाखू**
धूर (पु) *पाहा :* **वायू**
धूर्त (वि) हुशार, कावेबाज, चलाख, लुच्चा, लबाड, आपमतलबी, स्वार्थी, चाणाक्ष, धोरणी, पातळयंत्री, बेरकी, अट्टल, आतल्या गाठीचा, मुत्सद्दी, राजकारणी
[वा] डोळ्यातले काजळ चोरणारा, आंनदीबाई, चाणक्य
[adj] clever, shrewd, cunning, artful, wily, calculating, self-seeking, astute, crafty, canny, guileful, politician
[i] to live by one's wits
धूली (स्त्री) *पाहा :* **माती**
धूसर (वि) *पाहा :* **अस्पष्ट**
धूळ (स्त्री) *पाहा :* **माती**
धूळदर्शन (न) *पाहा :* **दर्शन, भेट**
धूळधाण (स्त्री) *पाहा :* **नाश, दाणादाण, खेळखंडोबा**
धुळपाटी (स्त्री) *पाहा :* **फळा**
धूळफेक (स्त्री) *पाहा :* **फसवणूक**
धूळभेट (स्त्री) *पाहा :* **दर्शन, भेट**
धृती (स्त्री) धैर्य, मनोधैर्य, मनःस्थैर्य, अविचलता, निर्धार, निश्चय
(n) courage, fortitude, grit, strength of mind, resoluteness
धृष्ट (वि) *पाहा :* **उद्धट**
धेंड (न) *पाहा :* **प्रस्थ**
धेडगुजरी (वि) *पाहा :* **मिश्र**
धेनू (स्त्री) *पाहा :* **गाय**
धैर्य (न) हिंमत, धमक, धडाडी, धाडस, धारिष्ट, धीर, अवसान, प्राज्ञा, बिशाद,

मजाल, दम, धृती, जिद्द, नेट, निर्धार, मनोधैर्य, नीतिधैर्य, आत्मविश्वास, इच्छाशक्ती, कणखरपणा, अढळपणा, दृढनिश्चय, धैर्यावलंबन, पराक्रम; *पाहा :* **धीर, हिंमत**

[वा] जीव धरणे, तोंड देणे, दगडाची छाती, जिवावर उदार होणे, उसने धैर्य, छातीचा कोट करणे

(n) courage, daring, grit, verve, pluck, mettle, fortitude, morale, fibre, gallantry, nerve, self-cofidence, will-power, strength of character, guts; *पाहा :* **धीर, हिंमत**

[i] take the bull by the horns, bell the cat, have heart of oak, Dutch courage, to face up to

धैर्यवान (-शाली) (वि) *पाहा :* **धीट, पराक्रमी, साहसी, उमदा**

धैवत (पु) *पाहा :* **स्वर**

धोकटी (स्त्री) *पाहा :* **पिशवी**

धोका (पु) भय, भीती, काळजी, चिंता, धास्ती, धोकादायक गोष्ट; जोखीम, असुरक्षितता, आणीबाणी, संकट, गांभीर्य, धोकादायकता; ***पाहा :* फसवणूक**

[वा] वाटेतला खड्डा/सापळा; आगीत/अंधारात उडी टाकणे; डोक्यावरची टांगती तलवार; जिवावरचा/जीवनमरणाचा प्रसंग, वैऱ्याची रात्र, प्राणाशी गाठ, प्राणसंकट, इकडे आड तिकडे विहीर, जिवावर बेतणे, जिवाशी गाठ असणे, आगीशी खेळ, विस्तवाशी खेळ, लाल बावटा

[n] danger, hazard, risk, peril, jeopardy, insecurity, seriousness; pitfall, trap; ***पाहा :* फसवणूक**

[i] hang by a thread, stand on a volcano, sit on dynamite, play with fire, skate on thin ice, risk one's neck, the sword of Damocles, dice with death, kiss of death, cry wolf

धोकादायक (वि) भीतिप्रद, भयावह, खतरनाक, धोकेबाज, असुरक्षित, संकटमय, संकटप्रवण, गंभीर, चिंताजनक, स्फोटक, तंग, घसरडा, काट्याकुट्यांनी भरलेला, काटेरी, सकंटक

[adj] dangerous, hazardous, risky, perilous, insecure, vulnerable, explosive, tense, meanacing, alarming, break neck

धोकेबाज (वि) *पाहा :* **फितूर, धोकादायक**

धोटा (पु) *पाहा :* **विणकाम**

धोंड (स्त्री) **धोंडा** (पु) *पाहा :* **दगड, ओझे**

धोधाटा (पु) *पाहा :* **पूर**

धो धो (क्रिवि) *पाहा :* **पाऊस**

धोपट (वि) *पाहा :* **सरळ**

धोपटणे (क्रि) *पाहा :* **मारणे**

धोपटमार्ग (पु) *पाहा :* **मार्ग**

धोपटमार्गी (वि) *पाहा :* **साधा**

धोपटी (स्त्री) *पाहा :* **पिशवी**

धोबड (वि) *पाहा :* **ओबडधोबड**

धोबी (पु) *पाहा :* परीट, रजक, धुणारा (पाहा : **धुणे**) परटीण, धोबीण

(n) washerman (-woman); *पाहा :* **धुणे**

धोरण (न) (विचारांची) दिशा, रोख, कल, स्वरूप; दृष्टी, दृष्टिकोन, दूरदृष्टी, आडाखा, अनुसंधान; रीत, पद्धत, तऱ्हा, वळण, कार्यपद्धती; योजना, कृतियोजना, व्यूह, व्यूहरचना, डावपेच, नीती, राजनीती; साधने, मार्ग, कार्यक्रम, ध्येयधोरणे, उद्दिष्टे; तारतम्य, पोच, सारासारविचार, मागचापुढचा विचार, शहाणपणा, सुज्ञपणा, चातुर्य, व्यवहारचातुर्य

(n) policy, line of action, guidelines, approach, view, method, manner, procedure, plan, scheme, tactics, strategy, modus operandi, means, programme, aims an objectives, sagacity, wisdom, discernment, tact

धोरणी (वि) दूरदर्शी, शहाणा, सुज्ञ, विचारी, समंजस, चाणाक्ष, चतुर, व्यवहारचतुर, अनुसंधानी, धूर्त, कावेबाज

[वा] वारा वाहील तशी पाठ देणे

[adj] prudent, sagacious, judicious, discreet, cautious, diplomatic, tactful, astute, shrewd

धोशा (पु) *पाहा :* **तगादा, आवृत्ती, घोकणी**

धोसरा (पु) *पाहा :* **धाक, छंद**

ध्यान (न) चिंतन, मनन, ध्यास, निदिध्यास, स्मरण, तप; ध्यानधारणा; मुद्रा, मूर्ती, भाव, रूप, डौल, ढब; अवधान, भान, चित्त, मन, लक्ष; बकध्यान: *पाहा :* **अष्टांगयोग, अजागळ, अध्ययन**

[n] contemplation, cogitation, meditiation, rumination, penance; appearance, look, expression, visage; attention, mindfulness;

पाहा : **अष्टांगयोग, अजागळ, अध्ययन**

ध्यानधारणा (स्त्री) *पाहा :* **ध्यान**

ध्यानमग्न (वि) **ध्यानस्थ** (वि) *पाहा :* **गर्क, एकाग्र**

ध्यानीमनी असणे (क्रि) *पाहा :* चिंतणे

ध्यास (पु) चिंतन, निदिध्यास, घोकणी, जप, जपमाळ; छंद, चाळा, टोकळा, व्यसन, वेड

[वा] काशीस जावे नित्य वदावे, मनी वसे ते स्वप्नी दिसे

[n] meditation, rumination, pursuit, yearning, longing, passion, mania

ध्येय (न) साध्य, अंतिमसाध्य, प्राप्तव्य, संपाद्य, संपादितव्य, इतिकर्तव्य, लक्ष्य, उद्दिष्ट, उद्देश, हेतू, इरादा, धोरण, ध्येयधोरण, तत्त्व, आदर्श,

आकांक्षा, महत्त्वाकांक्षा, मनोवांछित, स्वप्न, स्वप्नरंजन
[वा] दिल्ली दूर असणे, ध्रुवतारा
(n) aim, objective, purpose, goal, end, focus, destination, mark, target, motive, raison, d'etre, ideal, ambition, dream, chimera
ध्येयनिष्ठ (वि) *पाहा :* **तत्त्वनिष्ठ**
ध्येयवाक्य (न) *पाहा :* **घोषणा**
ध्येयवादी (वि) *पाहा :* **तत्त्वनिष्ठ, स्वप्नाळू**
ध्रुपद (न) ध्रुवपद, पालुपद (पालवपद), पूर्वपद, अकडकडवे (आकणकडवे); *पाहा :* **गाणे**
(n) chorus, refrain *पाहा :* **गाणे**
ध्रुपद्या (पु) *पाहा :* **अनुचर**
ध्रुव (वि) *पाहा :* **अचल**
ध्रुवा (स्त्री) *पाहा :* **पृथ्वी**
ध्रुवीकरण (-भवन) न *पाहा :* **विभाजन**
ध्वज (पु) झेंडा, निशाण, पताका, बावटा, फरारा, टका, केतन, ध्वजा, गुढी, जरीपटका, काठी, निशाणी, चिन्ह, ध्वजचिन्ह, बिल्ला, राष्ट्रध्वज, विजयध्वज (-पताका)
(n) flag, banner, colours, streamer, pennant, ensign, badge, token
ध्वजसंचलन (न) *पाहा :* **कसरत**
ध्वजस्तंभ (पु) *पाहा :* **काठी**
ध्वजा (स्त्री) *पाहा :* **ध्वज**
ध्वनिचित्रफीत (स्त्री) *पाहा :* **माध्यम**
ध्वनिचित्रमुद्रण (न) *पाहा :* **माध्यम**
ध्वनित (वि) *पाहा :* **गर्भित, अप्रत्यक्ष, गुप्त**
ध्वनितार्थ (पु) *पाहा :* **अभिप्राय**
ध्वनिप्रकाशयोजना (स्त्री) *पाहा :* **माध्यम**
ध्वनिफीत (स्त्री) *पाहा :* **माध्यम**
ध्वनिमुद्रिका (स्त्री) *पाहा :* **माध्यम**
ध्वनिक्षेपक (पु) *पाहा :* **ध्वनिक्षेपण** (न) *पाहा :* **माध्यम**
ध्वनी (पु) *पाहा :* **आवाज, प्रतिध्वनी, अभिप्राय**
ध्वन्वर्थ (पु) *पाहा :* **अभिप्राय**
ध्वम् (पु) *पाहा :* **आयुध**
ध्वंस (पु) *पाहा :* **नाश**
ध्वांत (पु) *पाहा :* **अंधकार**

न

नऊ (वि) *पाहा :* **अंक**

नऊ गुण (पु, अव) बुद्धी, सुख, दुःख, प्रयत्न, इच्छा, द्वेष, संस्कार, पुण्य, पाप

(n, pl) nine dispositions; *पाहा :* **गुण**

नऊ रस (पु, अव) नवरस : शृंगार, वीर, करुण, अद्‌भुत, हास्य, भयानक, बीभत्स, रौद्र, शांत; *पाहा :* **रस**

(n, pl) expressions of nine moods; *पाहा :* **रस**

नऊ स्थायिभाव (पु, अव) प्रेम, उत्साह, शोक, विस्मय, भय, हास्य, जुगुप्सा (निंदा), क्रोध, निर्वेद (वैराग्य); *पाहा :* **चित्तवृत्ती**

(n, pl) nine moods; *पाहा :* **चित्तवृत्ती**

नकटा (वि) थबकट/बसकट/पसरट/चपट्या नाकाचा, नाकचिंबा

[वा] नाकावर म्हशीने पाय देणे, सपाट सुपली

[adj] having a flat/button/snub/squat nose

नकटा बकटा (वि) *पाहा :* **कुरूप**

नकलणे (क्रि) *पाहा :* **प्रत**

नकली (वि) कृत्रिम, खोटा, बनावट, दिखाऊ, सवंग, हलका, नाटकी, वरकरणी, फसवा, तकलादू, काल्पनिक

[adj] counterfeit, fake, forged, fabricated, imitated, cheap, false, feigned

नकल्या (पु) *पाहा :* **अभिनेता**

नकळत (क्रिवि) *पाहा :* **अभावितपणे**

नकार (पु) अस्वीकार, अव्हेर, असंमती, अमान्यता, नामंजुरी, नापसंती, प्रतिकूलता, नाकबुली, इन्कार, खंडन, निषेध, नाइलाज, नकारघंटा, मनाई, मज्जाव, बंदी, प्रतिबंध, प्रतिषेध; राजीनामा, पदत्याग, निरस्त्रीकरण, नि:शस्त्रीकरण; *पाहा :* **अटकाव, अर्धचंद्र** (विरु) **कबुली, अंगीकार**

[क्रि] नाकारणे, न स्वीकारणे, अमान्य/नामंजूर/नापसंत/नाकबूल करणे, अंगाबाहेर टाकणे, अमान्यता/नामंजुरी/नापसंती/नाकबुली दर्शवणे, नाही म्हणणे, मना करणे, नाट लावणे, झिडकारणे, धुडकावणे, नकाराधिकार वापरणे, नको होणे

[वा] अंगठा दाखवणे, नाक मुरडणे, कान झाडणे, अंग झाडणे, अंगाबाहेर टाकणे, अंग काढून घेणे, कानांवर हात ठेवणे, काखाबगला वर करणे, विश्वामित्री पवित्रा घेणे, नाव नको, रामा शिवा गोविंदा, विटाळ नको, वाटाण्याच्या अक्षता लावणे, नन्नाचा पाढा वाचणे

(n) negation, rejection, refusal, denial, disallowance, repudiation, rebuttal, rebuff, noncompliance, prohibition, prevention, veto, disarmament; *पाहा :* **अटकाव, अर्धचंद्र,** (विरु) **कबुली, अंगीकार**

[i] to be out of bounds

नकाराधिकार (पु) *पाहा :* **नकार, अधिकार**

नकाशा (पु) *पाहा :* **आराखडा**

नकुल (पु) **मुंगूस**

(n) mongoose

नको (क्रिवि) *पाहा :* **नकार, तिटकारा, अप्रिय**

नकोसा (वि) *पाहा :* **नापसंत**

नक्कल (स्त्री) *पाहा :* **अनुकरण, अभिनय, नाटक, प्रत**

नक्की (वि) *पाहा :* **निश्चित**

नक्त (न) *पाहा :* **अर्थ, अनशन**

नक्र (पु) मगर, मकर, सुसर, घोरपड

(n) crocodile, alligator

नक्राश्रू (पु, अव) *पाहा :* **अश्रू, खोटेपणा**

नख (न) नखी, नख्या, वाघनखे

(n) nail, fingernail, claw

नखचित्र (न) *पाहा :* **चित्र**

नखभर (क्रिवि) *पाहा :* **अल्प**

नखरा (पु) नट्टापट्टा, चट्टीपट्टी, टाकमटिका, छानछोकी, नोकझोक, डामडौल, थाटमाट, शंगार, नटवेपणा, नटणे मुरडणे, नखरेलपणा, पोशाखीपणा, अटकमटक, टिवल्याबावल्या, लाडीगोडी, शृंगारिक हावभाव/विभ्रम/लीला, अदा, शृंगारचेष्टा/कामचेष्टा/प्रणयचेष्टा, ऐट, तोरा, दिमाख, ठमकारा, विलास, भपका, मिजास; *पाहा :* **नटणे**

[क्रि] मुरकणे, मुरका मारणे, डोळे मोडणे/मुरडणे, मटकणे

(n) conquetry, flirtation affectation, ostentation; cosmetics, toiletry; *पाहा :* **नटणे**

नखरेदार (वि) नखरेबाज, अक्कडबाज, नटवा, पोशाखी, फाकडा, छेलछबिला, ऐटबाज, दिमाखदार, भपकेबाज, नखरेल

[adj] dandyish, foppish, coquetish

नखरेल (वि) नखरा करणारी (*पाहा :* **नखरा**), छचोर, चटकचांदणी; *पाहा :* **अलबेला**

[adj] coquetish; *पाहा :* **नखरा, अलबेला**

नखशिखांत (क्रिवि) *पाहा :* **सर्वस्वी**

नखक्षत (न) *पाहा :* **क्षत**

नखाएवढा (वि) *पाहा :* **लहान**

नखी (स्त्री) *पाहा :* **नांगी**

नग (पु) *पाहा :* **अलंकार, डोंगर, जिन्नस**

नगण्य (वि) पाहा : **अल्प**

नगद (न), **नगदी** (स्त्री) *पाहा :* **अर्थ**

नगद (वि), **नगदी** (स्त्री) *पाहा :* **अस्सल, अर्थ**

नगर (न) *पाहा :* **गाव**

नगरपरिषद (स्त्री), **नगरपालिका** (स्त्री) *पाहा :* **स्थानिक स्वराज्य संस्था**

नगरप्रदक्षिणा (स्त्री) *पाहा :* **परिभ्रमण**
नगरभवानी (स्त्री) *पाहा :* **भटकभवानी, वेश्या**
नगरवासी (पु) *पाहा :* **नागरिक**
नगरशेट (पु) *पाहा :* **अध्यक्ष, व्यापारी**
नगरसेवक (पु), **नगराध्यक्ष** (पु) *पाहा :* **स्थानिक स्वराज्य संस्था**
नगरी (स्त्री) *पाहा :* **गाव**
नंगा (वि) *पाहा :* **अनावृत्त, निर्लज्ज, अकिंचन**
नंगानाच (पु) *पाहा :* **धांगडधिंगा, अनाचार, अत्याचार**
नगारखाना (पु) *पाहा :* **खोली**
नगारा (पु) *पाहा :* **चर्मवाद्य**
नंगी तलवार (स्त्री) *पाहा :* **खड्ग**
नगीननागवा (पु) *पाहा :* **अनावृत**
नगीना (पु), **नगोटा** (पु) *पाहा :* **रत्न**
नग्न (वि), **नग्नदिगंबर** (वि) *पाहा :* **अनावृत**
नग्निका (स्त्री) *पाहा :* **मुलगी**
न चुकता (क्रिवि) *पाहा :* **खचित**
नजर (स्त्री) *पाहा :* **दृष्टी, अवलोकन, टेहळणी, नजराणा, पहारा, अशुभ, अंकुश**
नजरकैद (स्त्री) *पाहा :* **अटक**
नजरगहाण (न) *पाहा :* **अनामत**
नजरचूक (स्त्री) *पाहा :* **अनवधान, चूक**
नजरबंदी (स्त्री) *पाहा :* **जादू, फसवणूक**
नजरभूल (स्त्री) *पाहा :* **भ्रम**
नजरभेट (स्त्री) *पाहा :* **अवलोकन, नजराणा**
नजराणा (पु) उपायन, खंडणी, नजर, नजरभेट, भेटवस्तू, आहेर, उपहार
(n) present, offering, levy
नजरानजर (स्त्री) *पाहा :* **अवलोकन**
नजाकत (स्त्री) *पाहा :* **लालित्य**
नजाकतदार (वि) *पाहा :* **कोमल, नाजूक, ललित**
नजीक (क्रिवि) *पाहा :* **आजूबाजूस**
नट (पु) *पाहा :* **अभिनेता, राग**
नटखट (वि) *पाहा :* **खट्याळ**
नटणे (क्रि) थटणे, सजणे, नटणेमुरडणे, नखरा करणे (*पाहा :* **नखरा**), जामानिमा करणे, टिळाटोपी करणे, शृंगारणे, अलंकार/वस्त्रे/आभूषणे धारण करणे, डौल मिरवणे, ठमकणे, ठुमकणे, दिमाखात/तोऱ्यात चालणे; *पाहा :* **आरास**
[वा] अंग मुरडणे
(v) adorn/ornament/embellish/decorate oneself, dress up, affect airs; *पाहा :* **आरास**
नटनाच (पु) *पाहा :* **अभिनय, वाढ**
नटबिलावल (पु) , **नटमल्हार** (पु) *पाहा :* **राग**
नटमोगरा (वि) *पाहा :* **अक्कडबाज**
नटवणे (क्रि) *पाहा :* **अलंकृत**
नटवर (पु) *पाहा :* **अभिनेता**
नटवा (वि) *पाहा :* **अक्कडबाज, नखरेदार**
नटारंगी (वि) *पाहा :* **चवचाल**
नटी (स्त्री) *पाहा :* **अभिनेत्री**
नट्टापट्टा (पु) *पाहा :* **नखरा**
नड (स्त्री) *पाहा :* **गरज**
नडगी (-घा) (स्त्री, पु) *पाहा :* **पाय**

नडघे (न) *पाहा :* **चर्मवाद्य**

नडणे (क्रि) *पाहा :* **कुंठणे**

नणंद (स्त्री) दिवाणसाहेब, वन्सं
(n) husband's sister

नत (वि), **नतमस्तक** (वि) *पाहा :* **नम्र**

नतद्रष्ट (वि) खाष्ट, दुष्ट, द्वाड, छळवादी, कद्रू, कृपण, अनुदार; अभागी
[adj] coercive, exacting, wicked, niggardly; luckless

नंतर (क्रिवि) मग, मागाहून, मागून, मागे, मागोमाग, लगेच, पश्चात, तदनंतर, त्यानंतर, त्यावर, पुढे, उद्या, परवा, तेरवा, भविष्यकाळात, कालांतराने, उत्तर (भोजनोत्तर, मरणोत्तर, इ.) *पाहा :* **उत्तरोत्तर,** (विरु) **आधी**
[adv] then, afterwards, thereafter, subsequently, later; *पाहा :* **उत्तरोत्तर,** (विरु) **आधी**

नथ (स्त्री), **नथणी** (स्त्री) *पाहा :* **कडी**

नद (पु) *पाहा :* **प्रवाह**

नंदन (पु) *पाहा :* **पुत्र**

नंदनवन (न) *पाहा :* **स्वर्ग**

नंदादीप (पु) *पाहा :* **दिवा**

नंदिनी (स्त्री) *पाहा :* **कामधेनू, कन्या**

नदी (स्त्री) *पाहा :* **प्रवाह**

नंदी (पु), **नंदीबैल** (पु) *पाहा :* **बैल**

नदीकिनारा (पु) *पाहा :* **काठ**

नन्ना (पु) *पाहा :* **नकार**

नपुंसक (पु) षंढ (शंड, शंढ) क्लीब, तृतीयपंथी (-प्रकृती), पुरुषत्वहीन, पौरुषहीन, हिजडा, ढवा, अर्धनारी, प्रतीहार, प्रतिहारी, खोजा, सौरी, निरिंद्रिय, निर्धातुक, नप्पुस; असमर्थ, अक्षम, नामर्द, बायक्या, बायल्या, बायलोबा, बाईलबुद्ध्या, पुचाट, ढमक्या, बुळा (बुळ्या), नेभळट, पराक्रमहीन, शक्तिहीन, अशक्त, निर्वीर्य, भागूबाई, भ्याड, भाभापाडळी, मेणचोट, राशा, कुतंगळ, दुबळा, लुळाखुळा, नालायक; खच्ची केलेला, बडवलेला; *पाहा :* **नपुंसकत्व**
[वा] कमरेचा ढिला, मऊ पायाचा, शिखंडी, पावणेआठ, बांगड्या भरणे, बृहन्नडा
(n) impotent, emasculated, eunuch, neuter, castrated, incapable, debilitated; *पाहा :* **नपुंसकत्व**

नपुंसकत्व (न) क्लैब्य, पुरुषत्वहीनता, दौर्बल्य, कमजोरी, असमर्थता, नालायकी; *पाहा :* (विरु) **पौरुष**
(n) impotence, imasculation, inability, incapacity, weakness; *पाहा :* (विरु) **पौरुष**

नफा (पु) *पाहा :* **फायदा, आवक**

नफा-नुकसान (पु, न) फायदा-तोटा, लाभ-हानी, लाभालाभ, फलाफल, वध-घट, प्राप्ती-खोट, जमा-खर्च, *पाहा :* **चढउतार**
(n) profit and loss; *पाहा :* **चढउतार**

नफेखोरी (स्त्री), **नफेबाजी** (स्त्री) *पाहा :* **फायदा**

नबळा (वि) *पाहा :* **अशक्त**

नबाब (पु) *पाहा :* **अध्यक्ष, राजा**

नभ (न), **नभोमंडप** (पु), **नभोमंडळ** (न) *पाहा :* **अंतराळ**

नभोवाणी (स्त्री) पाहा : **माध्यम**

नमक (न) पाहा : **मीठ**

नमणे (क्रि) लवणे, वाकणे, झुकणे, नम्र होणे, वंदन/नमन करणे (*पाहा :* **अभिवंदन**), गुडघे टेकणे, मान तुकवणे, पड खाणे, नमते घेणे, माघार घेणे, हार जाणे, शरण जाणे; पाहा : ओहटणे

(v) bend, bow, nod, kneel (*पाहा :* **अभिवंदन**) genuflect; yield, capitulate, buckle, crouch, surrender; *पाहा :* **ओहटणे**

नमते घेणे (क्रि) *पाहा :* **नमणे**

नमन (न) प्रार्थना, अभ्यर्थना, आराधना, आळवणी, ईशस्तुती; *पाहा :* अभिवंदन, नमणे, प्रारंभ

(n) prayer, grace, worship; *पाहा :* **अभिवंदन, नमणे, प्रारंभ**

नमवणे (क्रि) *पाहा :* **जिंकणे**

नमस्करण (न), **नमस्कार** (पु), **नमस्ते** (पु) *पाहा :* **अभिवंदन**

नमुना (पु) मासला, दाखला, उदाहरण, चुणूक, झलक; वाण; वानोळा; नक्कल, प्रतिकृती, प्रतिमा, चित्र; आराखडा, नकाशा; आदर्श, प्रमाण, कित्ता; अनुकरण

[वा] कंटाळा त्याचा वानोळा

(n) sample, specimen, snippet, example, illustration; copy, picture; outline, sketch; model, ideal

नमुनेदार (वि) *पाहा :* **आदर्श, प्रातिनिधिक**

नमूद (वि) *पाहा :* **दाखल**

नमोनमः (अ) *पाहा :* **अभिवंदन**

नम्र (वि) लीन, नत, विनत, नतमस्तक, विनीत, विनयशील, विनयी, मर्यादशील, सविनय, सानुनय, अदबशील, मृदू, सौजन्यशील, शालीन, आर्जवी, आदरयुक्त, सादर, निगर्वी, निरहंकारी, निरभिमान, सौम्य, शांत, सौहार्दपूर्ण, गरीब, आज्ञाधारक, लवलेला, वाकलेला, विनम्र, सुलीन, प्रणत, बद्धांजली, कृतांजली

[क्रि] हात जोडणे, मान तुकवणे, गुडघे टेकणे

[वा] खालमानेने चालणे, खाली मुंडी पाताळ धुंडी, गोगलगाय पोटात पाय, मुंगी होऊन साखर खावी हत्ती होऊन लाकडे मोडू नयेत, पायाची वहाण पायातच बरी, दाती तृण धरून बसणे

[adj] humble, meek, modest, polite, respectful, self-effacing, docile, compliant, affable

[i] bend the knee, hang one's head, eat humble pie, swallow one's pride

नम्रता (स्त्री) लीनता, विनय, मर्यादशीलता, मर्यादा, अदब, सौजन्य, आर्जव, सौहार्द, मृदुता, निगर्वीपणा

[वा] मान वर न करणे

(n) modesty, humility, politeness, civility

नयन (पु) *पाहा :* **डोळा**

नयनमनोहर (वि), **नयनरम्य** (वि) *पाहा :* **आकर्षक**

नयनसुख (न) *पाहा :* **आनंद**

नर (पु) *पाहा :* **मानव, पुरुष**

नरक (पु) नरकलोक, नरककुंड, नरकपुरी, नरकवास, रौरव, नरकाडी, घाणीचे आगर, यमपुरी, पाताळ; खोल गर्ता, *पाहा :* **परलोक**

(n) hell, abyss, filth, ordure; *पाहा :* **परलोक**

नरकुंजर (पु), **नरकेसरी** (पु) *पाहा :* **नरश्रेष्ठ**

नरजन्म (पु) मनुष्यजन्म, नरयोनी, मनुष्ययोनी, मानवी आयुष्य, नश्वर देह, नरदेह

(n) human life, mortality

नरडी (-डे) (स्त्री, न) *पाहा :* **कंठ**

नरद (स्त्री) *पाहा :* **सोंगटी**

नरदेह (पु) *पाहा :* **नरजन्म, देह**

नरपती (पु) *पाहा :* **राजा, अध्यक्ष**

नरपशू (पु) *पाहा :* **नराधम**

नरपुंगव (पु) *पाहा :* **नरश्रेष्ठ**

नरबली (-ळी) (पु) *पाहा :* **ठार मारणे, बळी**

नरभक्षक (वि) *पाहा :* **क्रूर**

नरम (वि) मृदू, मुलायम, मऊ, अरुवार, कोमल, नाजूक, गुलगुलीत, मांसल, दुलदुलीत, बिलबिलीत, लिबलिबीत, लोण्यासारखा, नवनीतवत, दबणारा; गरीब, सौम्य, मवाळ, हळुवार; आजारी (तब्येत) नरमगरम; *पाहा :* **मऊ, नरमाई**

[adj] soft, tender, spongy, cushiony, yielding, flabby; mild, mellow, delicate; indisposed; *पाहा :* **मऊ, नरमाई**

नरमगरम (वि) *पाहा :* **उष्ण, नाजूक**

नरमणे (क्रि) कमी/शांत/सौम्य/मंद होणे, कमी तीव्र होणे, मंदावणे, थंडावणे, शमणे, फिकुटणे, बोथटणे, सुसह्य होणे, सैलावणे; माणसाळणे

[वा] नजर मरणे

(v) lessen, moderate, soften, subdue, cool, allay, dull, mitigate, slacken

नरमाई (स्त्री) नरमपणा, मृदुता, मऊपणा, कोमलता, सौम्यपणा (*पाहा :* **नरम**)

(n) softness (*पाहा :* **नरम**)

नरमादी (स्त्री) *पाहा :* **जोडी**

नरमेध (पु) *पाहा :* **हत्या, नाश**

नरयोनी (स्त्री) *पाहा :* **नरजन्म**

नररत्न (न), **नरवर** (पु), **नरशार्दूल** (वि) *पाहा :* **नरश्रेष्ठ**

नरश्रेष्ठ (पु) **नरकुंजर** (-केसरी, -पुंगव,-रत्न, -वर, -शार्दूल, -वीर, -धुरंधर), नरोत्तम, महामानव, विश्वमानव, महात्मा, महामती, महामना, महानुभाव, महाजन, महापुरुष, साधुपुरुष, सत्पुरुष, उत्तमपुरुष, पुरुषोत्तम, पुरुषश्रेष्ठ, पुरुषसिंह, वीरपुरुष, रथी-महारथी, भद्रपुरुष, समाजपुरुष, राष्ट्रपुरुष,

युगपुरुष, अधिकारी पुरुष, दिग्गज, युगंधर, अनभिषिक्त सम्राट, आराध्यदैवत, राजा, दादा, गुरू, जेठी, श्रेष्ठी, मानकरी, मानदंड; *पाहा* : **अध्यक्ष, थोर**

[वा] अतिरथी-महारथी, मुकुटमणी, लाख माणूस, हरीचा लाल

(n) celebrity, bigwig, dignitary, idol, notability, public figure, star, superstar, luminary, hero, man of mark; *पाहा* : **अध्यक्ष, थोर**

[i] leading light

नरसंहार (पु) *पाहा* : **हत्या, नाश**

नराधम (पु) अधम मनुष्य (*पाहा* : **अधम**), नरपशू, नरराक्षस, राक्षस, खवीस, ब्रह्मराक्षस, सैतान, पशू, खल, खलपुरुष, दुष्टात्मा, दुरात्मा, पापात्मा, दुर्जन, भामटा, चांडाळ; चांडाळचौकडी, पाजीपंचक; *पाहा* : **क्रूर**

[वा] यमदूत, दुर्जनं प्रथमं वंदे

(n) vile person (पाहा : अधम), villain,rascal,cad, knave, rogue, scoundrel, blackguard, monster, fiend, bloodsucker; *पाहा* : **क्रूर**

नराधिप (पु), **नरेंद्र** (पु), **नरेश** (पु) *पाहा* : **राजा, अध्यक्ष**

नरोटी (स्त्री) कवटी, करवंटी, भिक्षापात्र

(n) skull, begging bowl

नरोत्तम (पु) *पाहा* : **नरश्रेष्ठ**

नर्तक (पु) *पाहा* : **अभिनेता, कलाकार**

नर्तकी (स्त्री) *पाहा* : **अभिनेत्री, कलावंतीण**

नर्तन (न) *पाहा* : **अभिनय, नाच**

नर्मविनोद (पु) *पाहा* : **विनोद**

नलिका (स्त्री) नळी, नळ, नळा, नळकांडे, भोंगळी, सुरळी; नाळ, आतडे, अन्ननलिका, श्वासनलिका इ; बोगदा, भुयार, भुयारी मार्ग; फुंकणी, धुराडे, चिमणी; पन्हळ, पन्हळी, तोटी, जलवाहिनी; चर, पाट, गटार, मोरी

(n) tube, capillary, duct, spout, pipe, hose, conduit, tunnel

नलिकाकूप (स्त्री) पाहा : **विहीर**

नलिन (न), **नलिनी** (स्त्री) *पाहा* : **कमळ**

नलिनाक्षी (स्त्री) *पाहा* : **सुंदरी**

नव (वि) *पाहा* : **नवा**

नवकाव्य (न) *पाहा* : **काव्य**

नवकोटनारायण (पु) पाहा : **श्रीमंत**

नवखा (वि) *पाहा* : **नवा, नवशिका, परका**

नवग्रह (पु, अव) सूर्य, चंद्र, मंगळ, बुध, गुरू, शुक्र, शनी, राहू, केतू

(n,pl) nine heavenly bodies

नवचैतन्य (न) *पाहा* : **चैतन्य**

नवजवान (वि) *पाहा* : **तरुण**

नवजात (वि) *पाहा* : **बालक**

नवजीवन (न) *पाहा* : **जीवन, उद्धार**

नवज्वर (पु) *पाहा* : **ज्वर**

नवता (स्त्री) *पाहा* : **नवाई**

नवती (स्त्री) *पाहा* : **तारुण्य**

नवथर (वि) *पाहा* : **नवा, नवशिका**

नवद्वारे (न, अव) दोन डोळे, दोन कान, दोन नाकपुड्या, तोंड, गुदद्वार, मूत्रद्वार
(n, pl) nine openings of human body
नवनवोन्मेषशाली (वि) *पाहा :* **सर्जनशील**
नवनिर्मित (वि) *पाहा :* **नवा**
नवनिर्मितिक्षमता (स्त्री) *पाहा :* **प्रतिभा, कल्पकता**
नवनीत (न) लोणी, मस्का; सार, सत्त्व, अर्क, सारभूत अंश, मथित; *पाहा :* **स्निग्ध पदार्थ**
(n) butter; essence; *पाहा :* **स्निग्ध पदार्थ**
नवनीतवत (वि) *पाहा :* **मऊ**
नवम (वि) *पाहा :* **अंक**
नवयौवना (स्त्री) *पाहा :* **तरुण**
नवरत्ने (न, अव) हिरा, माणीक, मोती, गोमेद, इंद्रनील, पाचू, प्रवाळ, पुष्कराज, वैडूर्य (तोरमल्ली); *पाहा :* **रत्न**
(n, pl) nine gems; *पाहा :* **रत्न**
नवरदेव (पु) *पाहा :* **नवरा**
नवरस (पु, अव) *पाहा :* **नऊ रस**
नवरा (पु) वर, स्थळ, नवरदेव, नवरा मुलगा, प्रथमवर, बिजवर, तिजवर, घोडनवरा; घोडजावई; *पाहा :* **पती**
[वा] उष्टा नवरा, कुंकवाला आधार, कुंकवाचा धनी
(n) bridegroom. *पाहा :* **पती**
नवरी (स्त्री) वधू, नववधू, वाग्दत्त वधू, नवी नवरी, नवपरिणीत/नवविवाहित स्त्री, नवोढा, उपवर मुलगी; घोडनवरी; *पाहा :* **पत्नी**
(n) bride; *पाहा :* **पत्नी**
नवल (न) *पाहा :* **आश्चर्य**
नवलकथा (स्त्री) *पाहा :* **कथा**
नवलविशेष (न) *पाहा :* **बातमी**
नवलाई (स्त्री) *पाहा :* **आश्चर्य, नवाई**
नवलाईचा (वि) *पाहा :* **अद्‌भुत, नवा**
नववधू (स्त्री) *पाहा :* **नवरी**
नववा (वि) *पाहा :* **अंक**
नवविध (वि) *पाहा :* **अंक**
नवविधा भक्ती (स्त्री) श्रवण, कीर्तन, स्मरण, पादसेवन, अर्चन, वंदन, दास्य, सख्य, आत्मनिवेदन; *पाहा :* **भक्ती**
(n) ninefold devotion; *पाहा :* **भक्ती**
नवशिका (वि) नवा, नवीन, नवखा, नवथर, अननुभवी, अनभ्यस्त, अपक्व, कच्चा, कोरा, शिकाऊ, हौशी, उमलता, उमेदवार, छात्र; विद्यार्थी; नवशिकी (पहिलटकरीण)
[adj] new, novice, beginner, neophyte, inexperienced, raw, fresh, immature, amateur, apprentice, probationer
नवश्रीमंत (पु) *पाहा :* **श्रीमंत**
नवस (पु), **नवससायास** (पु) *पाहा :* **संकल्प, प्रतिज्ञा**
नवसासायासाचा (वि) *पाहा :* **मौल्यवान**
नवा (वि) नव, नवीन, नूतन, नवाळ, नव्हाळ, अपूर्व, अभूतपूर्व, अपरिचित, अननुभूत, अनोखा, नवलाईचा,

अनवट, नावीन्यपूर्ण, चमत्कृतिपूर्ण, अनोळखी, अप्रसिद्ध, अभिनव, आजचा, सांप्रतचा, अर्वाचीन, आधुनिक, अलीकडचा, ताजा, चालू, तरुण, युवा, नवखा, नवथर, नवोदित, नवशिका, नवागत, उदयोन्मुख, अननुभवी, कच्चा, शिकाऊ, अनभ्यस्त, कोरा, अनुपयोगित, अभुक्त, अक्षत, अक्षुण्ण, नवाकोरा, कोराकरकरीत, नवनिर्मित, नित्यनूतन, सदाहरित, नवनवीन, नवनवोन्मेषशाली; लोकविलक्षण, क्रांतिकारी; *पाहा :* (विरु) **परंपरागत**

[वा] नव्याचे नऊ दिवस, तेरड्याचा रंग तीन दिवस, नवी विटी नवे राज्य

[adj] new, novel, unfamiliar, uncommon, unheard of, quaint, newfangled, fancy, marvellous, modern, unconventional, current, state-of-art, fresh, young, novice, beginner, original, maiden, virgin, unused, brandnew, evergreen; *पाहा :* (विरु) **परंपरागत**

[i] fresh as a daisy, fresh blood

नवाई (स्त्री) नवेनणा, नावीन्य, नवता, नवलाई, अपूर्वता, चमत्कृती, आश्चर्य, अद्भुतता, ताजेपणा, टवटवी, कांती, तेजगी, नवाळी, नव्हाळी, बहर, भर, तारुण्य, तरुणाई, ज्वानी, नवखेपणा, कोरेपणा, नवीनवलाई

(n) newness, novelty, fashion, craze, marvel, originality, uniqueness, freshness, youth, bloom, inexperience

नवागत (वि) पाहा : **बालक, नवा**

नवाब (पु) *पाहा :* **अध्यक्ष**

नवार (स्त्री) *पाहा :* **पट्टा**

नवाळ (वि) *पाहा :* **नवा**

नवाळी (स्त्री) *पाहा :* **नव्हाळी**

नवीन (वि) *पाहा :* **नवा**

नवी नवती (स्त्री) *पाहा :* **तारुण्य**

नवीनीकरण (न) *पाहा :* **पुनरुज्जीवन**

नवोढा (स्त्री) *पाहा :* **विवाहित, नवरी**

नवोदित (वि) *पाहा :* **नवा**

नव्हाळ (वि) *पाहा :* **नवा**

नव्हाळी (स्त्री) नवाळी, नवाई, नावीन्य, नवलाई, नवीनवलाई, ताजेपणा, टवटवी, कांती, अंगकळा, तेजगी, गोडी, लज्जत, माधुरी, तारुण्याचा बहर/भर, ऐन ज्वानी, मुसमुसलेले तारुण्य

(n) novelty, newness, freshness, bloom, radiance, sweetness, prime of youth

नशा (स्त्री) **नशापाशी** (न) *पाहा :* **कैफ, झिंगणे**

नशाबंदी (स्त्री) *पाहा :* **अटकाव**

नशीब (न) *पाहा :* **अदृष्ट, दुर्दैव, सद्भाग्य**

नशीबवान (वि) *पाहा :* **भाग्यवान**

नश्वर (वि) *पाहा :* **क्षणभंगुर**

नष्ट (वि) जमीनदोस्त, उद्ध्वस्त, नेस्तनाबूत, विध्वंसित, विध्वस्त,

नामशेष, भग्न, खंडविखंड, छिन्नभिन्न, गडप, गायब, नाहीसा, लुप्त, निर्बीज, निर्मूल, खलास, खतम, समाप्त, गारद, हत, मृत; समूळ नष्ट, बरबाद, भस्मसात, सपाट, खाक, सफा; *पाहा* : **नाश, दुष्ट**

[adj] ruined, destroyed, shattered, obliterated, vanished, extinct, defunct, annihilated, terminated, dead; *पाहा* : **नाश, दुष्ट**

नष्टचर्य (न) *पाहा* : **दुर्दैव, अवदशा**

नष्टबुद्धी (वि) *पाहा* : **अविचारी**

नष्टविवेक (वि) *पाहा* : **अविचारी**

नष्टवीर्य (वि) *पाहा* : **नेभळट**

नष्टैश्वर्य (वि) *पाहा* : **अकिंचन**

नष्टोपाय (वि) *पाहा* : **अगतिक**

नस (स्त्री) *पाहा* : **रक्तवाहिनी, मन**

नसणे (क्रि) **अभाव असणे** (*पाहा* : **अभाव**), अस्तित्व संपणे (*पाहा* : **अस्तित्व**), नाश पावणे (*पाहा* : **नाश**), लुप्त होणे (*पाहा* : **नष्ट**), लोप पावणे, अंतर्धान पावणे, नाहीसा होणे, संपणे, रद्द होणे, जाणे; *पाहा* : **मरणे,** (विरु) **असणे**

[वा] वार्ता नसणे

(v) be nonexistent (*पाहा* : **अभाव**), cease to exist (*पाहा* : **अस्तित्व**), perish, become extinct, (*पाहा* : **नाश, नष्ट**), disappear, be null and void; *पाहा* : **मरणे,** (विरु) **असणे**

नसता (वि) उगाच, विनाकारण, निष्कारण, व्यर्थ, अनावश्यक; अवास्तव, अयोग्य, अन्याय्य; निष्फळ, बुडीत, नुकसानीचा, तोट्याचा

[adj] needless, unnecessary, superfluous, unreasonable, unjustified, futile, useless, unprofitable

नहर (पु) *पाहा* : **प्रवाह**

नहाण (न) *पाहा* : **स्नान, ऋतुप्राप्ती**

नहाणघर (न), **नहाणी** (स्त्री) *पाहा* : **खोली**

नहाणे (क्रि) *पाहा* : **स्नान**

नळ (पु), **नळा** (पु), **नळी** (स्त्री) *पाहा* : **नलिका**

नक्षत्र (न) तारा, तारका, तारकापुंज, उडू, सत्तावीस नक्षत्रे, नक्षत्रमाला, (अश्विनी, भरणी, कृत्तिका, रोहिणी, मृग: मृगशीर्ष, आर्द्रा, पुनर्वसू, पुष्य, आश्लेषा, मघा, पूर्वा, उत्तरा, हस्त, चित्रा, स्वाती, विशाखा, अनुराधा, ज्येष्ठा, मूळ, पूर्वाषाढा, उत्तराषाढा, श्रवण, धनिष्ठा, शततारका, पूर्वाभाद्रपदा, उत्तराभाद्रपदा, रेवती); अठ्ठाविसावे नक्षत्र अभिजित; *पाहा* : **तारा**

(n) star, stellar constellation; *पाहा* : **तारा**

नक्षत्रनाथ (-पती) (पु) *पाहा* : **चंद्र**

नक्षत्रमंडल (न) *पाहा* : **अंतराळ**

नक्षत्रविद्या (स्त्री) *पाहा* : **ज्योतिषशास्त्र**

नक्षत्रासारखा (वि) *पाहा* : **सुंदर**

नक्षा (पु) *पाहा* : **तोरा, अपमान**

नक्षी (स्त्री), **नक्षीकाम** (न) वेलबुट्टी, वेलपत्ती, कशिदा, कलाकुसर, कारागिरी, खोदकाम, कोरीव काम, खोदीव काम, गोंदण, भरतकाम, जरीकाम, जीगकाम, खडीकाम, चित्र, रांगोळी, रंगावली, रेषाकृती, झेला, गालिचा, महिरप, तास, तासकाम, पैलू, चौकट, जाळी, पानेफुले, बूट, बुट्टी; *पाहा :* **नक्षीदार**

(n) design, pattern, drawing, engraving, etching, carving, cut, woodcut, embroidery, decoration; *पाहा :* **नक्षीदार**

नक्षीदार (वि) वेलबुट्टीदार, भरलेला, भरजरी, जरीचा; सचित्र; जाळीदार, पैलूदार; कोरीव, खोदीव; *पाहा :* **नक्षी**

[adj] decorated, embroidered, illustrated, cut, engraved, carved; *पाहा :* **नक्षी**

नाइलाज (पु) निरुपाय, अनुपाय, अगतिकता, अनन्यगतिकता, लाचारी, हतबलता, असहायता

[वा] नाक मुठीत धरून जाणे, टाकणे टाकणे, हात टेकणे, झक मारीत करणे, मात्रा न चालणे, अडला नारायण गाढवाचे पाय धरी, उखळात डोके घातल्यावर मुसळाला कोण भितो? आपलेच दात आणि आपलेच ओठ, पदरी पडले आणि पवित्र झाले, जावयाचा बेटा, जुलमाचा रामराम

(n) helplessness, powerlessness, disability

नाईक (पु) *पाहा :* **अध्यक्ष**

नाउमेद (वि) *पाहा :* **निराश**

नाक (न) नासिका, नासा, घ्राण, घ्राणेंद्रिय, गंधद्वार, श्वसनेंद्रिय, घोळणा, घोणा, नाकाड; नाकपुडी, नासापुट, नासारंध्र, नासाग्र, शेंडा; धारदार/चाफेकळीसारखे/सरळ/गरुड/अपरे/नकटे/चपटे/बसके/फेंदरे/शिमरे नाक; सोंड, शुंडा, शुंडादंड; पाहा : ज्ञानेंद्रिय, नवद्वारे, खिंडार, मार्ग

(n) nose, olfactory organ, nostril, straight/aquiline/short/flat nose; *पाहा :* **ज्ञानेंद्रिय, नवद्वारे, खिंडार, मार्ग**

नाकचिंबा (वि) *पाहा :* **नकटा**

नाकपुडी (स्त्री) *पाहा :* **नाक**

नाकबुली (स्त्री) *पाहा :* **नकार**

नाकबूल (वि) *पाहा :* **नकार**

नाकर्ता (वि) *पाहा :* **अशक्त, नालायक**

नाकर्तेपण (न) *पाहा :* **दौर्बल्य, नालायकी**

नाकाड (न) *पाहा :* **नाक**

नाकारणे (क्रि) *पाहा :* **नकार, झिडकारणे**

नाके (न) *पाहा :* **अड्डा**

नाकेबंदी (स्त्री) *पाहा :* **अटकाव, गराडा**

नाकेला (वि) पाहा : **आकर्षक**

नाखवा (वि), **नाखुदा** (वि) *पाहा :* **नाविक, अध्यक्ष**

नाखुशी (स्त्री) *पाहा :* **नापसंती, अनावड, अवकृपा**

नाखूश (वि) *पाहा :* **असंतुष्ट,**

पराङ्मुख

नाग (पु) *पाहा :* **साप**

नागडा (वि), **नागडाउघडा** (वि) *पाहा :* **अनावृत**

नागमोडी (वि) *पाहा :* **वक्र**

नागर (वि) शहरी, नागरी, नगरवासी, नागरिक; सुंदर, देखणा, सुरेख, आकर्षक; सुसंस्कृत, अदबशीर, सौजन्यशील, सभ्य, सदभिरुचिसंपन्न; चतुर, चाणाक्ष, सुज्ञ, विदग्ध

[adj] civic, civilian; handsome, personalbe; cultured, cultivated, urbane, gentle, courtly, discreet, sagacious

नांगर (पु) *पाहा :* **औत, गळ**

नांगरट (स्त्री), **नांगरणी** (स्त्री), **नांगरणे** (क्रि) *पाहा :* **शेती**

नागरिक (पु) नगरवासी, शहरवासी, गावकरी, ग्रामस्थ, ग्रामवासी, खेडूत, पौर, पौरजन, पुरवासी, रहिवासी, स्थायिक, प्रजा, देशवासी, देशबांधव; तद्देशीय, एतद्देशीय, आदिवासी; सीमावासीय, झोपडवासीय; सदनिकाधारक; बंगलेवाला; *पाहा :* **मानव, रहिवासी, देशी**

(n) citizen, commoner, subject, townsman, villager, colonist, denizen, inhabitant, resident, compatriot, fellow citizens/cuntrymen; native, aboriginal; *पाहा :* **मानव, रहिवासी, देशी**

नागरी (वि) **नगरासंबंधी** (*पाहा :* **गाव**), **नागरिकत्वासंबंधी** (*पाहा :* **नागरिक**), शहरी, ग्रामीण, उपनगरी, स्थानीय, स्थानिक, क्षेत्रीय, स्वदेशी, देशांतर्गत

[adj] urban, civil, metropolitan, suburban, local, rural, domestic, regional

नागलोक (पु) *पाहा :* **पाताळ**

नागवणूक (स्त्री) *पाहा :* **चोरी, फसवणूक**

नागवणे (क्रि) *पाहा :* **चोरणे, फसवणूक, अनावृत, अपहरण**

नागवा (वि) *पाहा :* **अनावृत, दिवाळखोर, निर्लज्ज**

नागवेल (स्त्री) नागवल्ली, पानवेल, विड्याच्या पानांचा वेल

(n) betel-leaf plant

नांगी (स्त्री) आकडा, नखी, नांगा; *पाहा :* **चावणे**

(n) sting, claw; *पाहा :* **चावणे**

नागोबा (पु) *पाहा :* **साप**

नाच (पु) नर्तन, नृत्य (*पाहा :* **नृत्य**), पदन्यास, हावभाव

[क्रि] नाचणे, थुईथुई/रुणझुण/रुमझुम/छुनछुन/छुमछुम नाचणे, बागडणे, उड्या मारणे, हातवारे करणे, नाचणेउडणे, भिरभिरणे, धांगडधिंगा घालणे; उतावीळ होणे, पाय आपटणे, थैमान घालणे; चाळे करणे, उत्तान अंगविक्षेप करणे

(n) dance (पाहा : **नृत्य**), ball; leap, caper, prance, gambol, frolic, romp, tomfoolery

नाचके (न) *पाहा :* **खिंडार**

नाचक्की (स्त्री) *पाहा :* **अपकीर्ती, अपमान**

नाचणघुगरी (-टिपरी) (स्त्री) *पाहा :* **भटकभवानी, चटकचांदणी**

नाचणे (क्रि) *पाहा :* **नाच**

नाचरा (वि) पुढे पुढे करणारा, लुडबुड्या, उतावळा, अविचारी, असमंजस, तारतम्यहीन

[adj] sycophant, meddlesome, impatient, rash, imprudent

नाचरी (वि) *पाहा :* **चवचाल**

नाचवणे (क्रि) *पाहा :* **छळणे**

नाचानाच (स्त्री) *पाहा :* **खटपट**

नाच्यापोऱ्या (पु) *पाहा :* **तमासगीर, अभिनेता**

नाजूक (वि) कोमल, मुलायम, सुकुमार, सकवार, अरुवार, मृदू, नरम, गुलजार, कोवळा, गोजिरा, गोजिरवाणा, सुरेख, सुंदर, तरल, हलकाफुलका, नाजूकनकसूत, तलम, कौशल्यपूर्ण, नजाकतदार; अशक्त, दुर्बल, कमकुवत, हुळहुळा, नरमगरम; ठिसूळ

[क्रि] हुळहुळणे, गुदगुल्या होणे

[वा] काचेचे भांडे

[adj] delicate, tender, gentle, soft, supple, artistic; week, frail; fragile, brittle

नाझीवाद (पु) *पाहा :* **राज्यपद्धती**

नाट (स्त्री) *पाहा :* **अपशकुन**

नाटक (न) रूपक, नाट्य, सोंग, नक्कल, अभिनय (*पाहा :* **अभिनय**), रंगभूमी, रंगदेवता, संगीत नाटक, संगीतिका, तमाशा, वग, गणगौळण, बतावणी, प्रहसन, भाण, खेळे, दशावतारी खेळ, ललित, पथनाट्य, कळसूत्री बाहुल्या, नृत्यनाट्य, मूकनाट्य, लोकनाट्य, श्रुतिका, रंगीत तालीम, प्रयोग, नाट्यप्रयोग, खेळ, अंक, प्रवेश; पात्रयोजना, प्रकाशयोजना, नेपथ्य, सरकता/फिरता रंगमंच, मखमली पडदा, रंगपट, रंगकर्मी, प्रेक्षागृह, प्रेक्षागार, नाट्यगृह, नाट्यमंदिर, हास्यरसप्रधान रूपक, नाटिका, नाटुकले, (आनंद-, सुख, दुःख-) शोकपर्यवसायी/शोकांत नाटक, शोकात्मिका, शोकांतिका, नाट्यकृती, संहिता; दृश्यकाव्य, ढोंग, देखावा, सोंगढोंग, कांगावा; *पाहा :* **चित्रपट, नाटकी, नाट्य, नाट्यपूर्ण**

(n) drama, play, imitation, mimicry, acting (*पाहा :* **अभिनय**), theatre, stage, opera, pantomina, vaudeville, slapstick, road show, puppet show, rehearsal, stage, curtain, green room, show, act, scene, farce, melodrama, comedy, tragedy, tragi-comedy; performance, script; hypocricy, pretence, makebelieve; auditorium, dressing room; *पाहा :* **चित्रपट,**

नाटकी, नाट्य, नाट्यपूर्ण

नाटकशाळा (स्त्री) *पाहा :* **अंतःपुर, कलावंतीण, रखेली**

नाटकी (वि) नाट्यविषयक, नाटकासंबंधी, नाटकाला योग्य, नाट्यपूर्ण; ढोंगी, भोंदू, लुच्चा, फसवा, सोंगाड्या, दुटप्पी, खोटारडा, कांगावखोर; नकली, अनैसर्गिक, कृत्रिम, दिखाऊ, वरकरणी, बनावट; *पाहा :* **नाटक, नाट्य, नाट्यपूर्ण**

[adj] theatrical, histrionic, farcical, melodramatic; hypocritical, insincere, deceitful, sanctimonious; false, feigned, showy, pompous; *पाहा :* **नाटक, नाट्य, नाट्यपूर्ण**

नाटिका (स्त्री) *पाहा :* **नाटक**

नाट्य (न) नाटक, नाट्यकला, नृत्यकला, अभिनय (*पाहा :* **अभिनय**), नाट्याभिनय, नाट्यगुण; राजकीय नाट्य, थरारनाट्य; नाट्यशास्त्र, भरतशास्त्र; *पाहा :* **नाटक, नाटकी, नाट्यपूर्ण**

(n) drama, dramatic art/form/event/element, dramatics, *पाहा :* **अभिनय, नाटक, नाटकी, नाट्यपूर्ण**

नाट्यकृती (स्त्री) *पाहा :* **नाटक**

नाट्यगीत (न) *पाहा :* **काव्य**

नाट्यगृह (-मंदिर) (न) *पाहा :* **आलय, नाटक**

नाट्यछटा (स्त्री) *पाहा :* **भाषण**

नाट्यपूर्ण (वि) नाट्यमय, रंगदार, रंगतदार, सुरस, सनसनाटी, प्रक्षोभक, खळबळजनक, थरारून सोडणारा, भावना उचंबळविणारा, विचित्र, सुरस व चमत्कारिक, विलक्षण, नाटकी, नाटकात शोभेलसा; *पाहा :* **नाटक, नाटकी, नाट्य**

[adj] dramatic, melodramatic, shocking, startling, breathtaking, sensational, colourful, exciting; *पाहा :* **नाटक, नाटकी, नाट्य**

नाट्याभिनय (पु) *पाहा :* **अभिनय**

नाठाळ (वि) हट्टी, हटवादी, दुराग्रही, अडेलतट्टू, अडमुठा, द्वाड, नष्ट, खट, दुष्ट, हलकट, खोडसाळ, त्रासदायक, छळवादी, व्रात्य, उपद्रवकारक

[adj] obstinate, obdurate, stubborn, intractable, mulish, wicked, evil, mean, ignoble, mischievous, bothersome

नाड (स्त्री) *पाहा :* **रक्तवाहिनी**

नाडणूक (स्त्री) *पाहा :* **नाडणे**

नाडणे (क्रि) लुबाडणे, लुटणे, पिळणे, नागवणे, बुचाडणे, बुडवणे, फसवणे, ठकवणे, छळणे, गांजणे, त्रास देणे; नाडणूक/लुबाडणूक/पिळवणूक/नागवणूक/अडवणूक/छळणूक/गांजणूक/फसवणूक करणे

(v) defraud, rob, plunder, cheat, deceive, harass

नाडा (पु) *पाहा :* **दोर**

नाडी (स्त्री) *पाहा :* **पट्टा, रक्तवाहिनी**

नाणक (न) *पाहा :* **अर्थ**

नाणावलेला (वि) *पाहा :* **कीर्तिमान**

नाणे (न) *पाहा :* **अर्थ**

नाणेनिधी (पु) *पाहा :* **खजिना**

नाणेभीड (स्त्री) *पाहा :* **अभाव**

नातलग (वि) *पाहा :* **आप्त**

नाते (न), **नातेगोते** (न) *पाहा :* **अनुबंध**

नातेवाईक (पु) *पाहा :* **आप्त**

नाथ (पु) *पाहा :* **धनी, पती, त्राता**

नाद (पु) *पाहा :* **आवाज, छंद, खूळ, चटक, चाळा**

नांदणूक (स्त्री) *पाहा :* **अस्तित्व, आचरण**

नांदणे (क्रि) *पाहा :* **असणे, वागणे, टिकणे**

नादब्रह्म (न) *पाहा :* **आवाज, संगीत**

नादमधुर (वि) *पाहा :* **मंजूळ, श्रवणीय**

नादलुब्ध (वि) *पाहा :* **संगीतप्रेमी**

नादस्वरम (न) *पाहा :* **सुषिरवाद्य**

नादान (वि) *पाहा :* **नालायक**

नादानी (स्त्री) *पाहा :* **नालायकी**

नादार (वि) *पाहा :* **दिवाळखोर**

नादावणे (क्रि) नादी भरणे, नादी लागणे, भजनी लागणे, नाद/छंद/ध्यास घेणे, चटक/व्यसन लागणे, मन ओढावणे, वेडे होणे, जपमाळ घेणे; पाहा : **छंद**

[वा] वेड भरणे/लागणे

(v) long for, crave for, have a passion for, become addicted to; *पाहा :* **छंद**

नादिष्ट (वि), **नादी** (वि) *पाहा :* **छांदिष्ट**

नांदी (स्त्री) *पाहा :* **आरंभ, काव्य**

नादुरुस्त (वि) *पाहा :* **अधू**

नाना (वि), **नानाविध** (वि) *पाहा :* **अनेक, चित्रविचित्र**

नानेटा (पु) *पाहा :* **साप**

नापत (स्त्री) *पाहा :* **अपकीर्ती**

नापसंत (वि) नावडता, नकोसा, अप्रिय, अमान्य, अस्वीकृत, असंमत, नामंजूर, नापास, झिडकारलेला, अव्हेरलेला, वगळलेला, त्यक्त, वर्जित, तिरस्कृत, त्याज्य, निषिद्ध; *पाहा :* **नापसंती,** (विरु) **पसंत**

[वा] तोंड/नाक वाकडे करणे, मान वाकडी करणे, तोंड आंबट करणे, नाक मुरडणे/मोडणे, नाकुष्टे मारणे; खांदे उडवणे, मन उडणे, मनातून उतरणे; नावडतीचे मीठ अळणी, शेळी जाते जिवानिशी खाणारा म्हणतो वातड कशी, थंडे स्वागत करणे

[adj] disliked, disapproved, unpopular, disagreeable, rejected, excluded, repulsive, objectionable; *पाहा :* **नापसंती,** (विरु) **पसंत**

[i] have no taste for, go against the grain, stick in the throat, make a wry face at, frown upon, shrug one's shoulders

नापसंती (स्त्री) नावड, अनावड, नाखुशी, नाराजी, इतराजी, खप्पा मर्जी, असंतोष, अरुची, अप्रीती, तिटकारा, कंटाळा, अनिच्छा, नामंजुरी, अव्हेर, अस्वीकार, नकार; *पाहा :* **नापसंत,**

(विरु) **पसंती**

(n) dislike, disapproval, disinclination, dissatisfaction, unwillingness, reluctance, aversion; *पाहा :* **नापसंत,** (विरु) **पसंती**

नापाक (वि) *पाहा :* **अपवित्र**

नापास (वि) **अनुत्तीर्ण;** *पाहा :* **नापसंत**

[adj] failed; *पाहा :* **नापसंत**

नापित (पु) नापिक, वारिक (वारीक), न्हावी, हजाम, केशरचनाकार, केशभूषाकार; *पाहा :* **हजामत**

(n) barber, hair stylist; *पाहा :* **हजामत**

नापीक (वि) *पाहा :* **उजाड, जमीन**

नाबर (वि) *पाहा :* **नालायक**

नाभिकमल (न) *पाहा :* **नाभी**

नाभिस्थान (न) *पाहा :* **अंतरंग, नाभी**

नाभी (स्त्री) बेंबी, नाभिकमल (-स्थान), बेंबट, बोंबी

(n) naval

नाम (न) *पाहा :* **अभिधान**

नामकरण (न) *पाहा :* **संस्कार**

नामघोष (पु) *पाहा :* **उद्घोष**

नामंजुरी (स्त्री) *पाहा :* **नकार, नापसंती**

नामंजूर (वि) *पाहा :* **नापसंत, असंमत**

नामदार (वि) *पाहा :* **कीर्तिमान**

नामधारी (वि) नावापुरता, नावाचा, स्वघोषित, तथाकथित

[adj] titular, nominal, self-styled, so-called

नामधेय (न) *पाहा :* **अभिधान**

नामनिर्देश (पु), **नामनिर्देशन** (न) *पाहा* **: अभिधान, उल्लेख**

नामनिर्देशरहित (वि) *पाहा :* **अनामिक**

नाममात्र (वि) *पाहा :* **अल्प**

नाममुद्रा (स्त्री) *पाहा :* **अभिधान, ठसा**

नामरहित (वि) *पाहा :* **अनामिक**

नामर्द (वि) *पाहा :* **नपुंसक, नेभळट**

नामविधान (न) *पाहा :* **संस्कार**

नामशेष (वि) *पाहा :* **नष्ट**

नामसंकीर्तन (न), **नामस्मरण** (न) *पाहा :* **अनुष्ठान**

नामांकित (वि) *पाहा :* **कीर्तिमान, उत्कृष्ट, प्रसिद्ध, अभिजात**

नामानिराळा (वि) *पाहा :* **अन्य, निर्लेप**

नामाभिधान (न) *पाहा :* **अभिधान**

नामावली (-ळी) (स्त्री) *पाहा :* **अभिधान**

नामी (वि) *पाहा :* **उत्कृष्ट, उमदा**

नामुश्की (स्त्री) *पाहा :* **अपकीर्ती**

नामोहरम (वि) *पाहा :* **पराभूत, निराश**

नायक (वि) *पाहा :* **अध्यक्ष, अभिनेता**

नायकी कानडा (पु) *पाहा :* **राग**

नायकीण (स्त्री) *पाहा :* **कलावंतीण**

नायनाट (पु) *पाहा :* **नाश**

नायब (वि) *पाहा :* **मदतगार, प्रतिनिधी**

नायिका (स्त्री) *पाहा :* **अभिनेता, अष्टनायिका**

नार (स्त्री) *पाहा :* **स्त्री**

नारळ (पु) श्रीफळ, शिर:फल, नारिकेल; असोला नारळ, शहाळे; खोबरे, माड; नारळमाड; कल्पतरू (-द्रुम, -वृक्ष)

(n) coconut

नारा (पु) *पाहा :* **घोषणा**

नाराज (वि) *पाहा :* **असंतुष्ट, अप्रसन्न**

नाराजी (स्त्री) *पाहा :* **असंतोष**

नारायणी (स्त्री) *पाहा :* **लक्ष्मी**
नारिकेल (पु) *पाहा :* **नारळ**
नारिंगी (वि) *पाहा :* **लाल**
नारी (स्त्री) *पाहा :* **स्त्री, पत्नी**
नाल (स्त्री) *पाहा :* **पादत्राण, देठ, चर्मवाद्य, नाळ**
नालस्ती (स्त्री) *पाहा :* **निंदानालस्ती**
नाला (पु) *पाहा :* **प्रवाह**
नालायक (वि) नादान, असमर्थ, अक्षम, अकार्यक्षम, अपात्र, अयोग्य, अयुक्त, निरुपयोगी, कर्तृत्वशून्य (-हीन), नाकर्ता, नपुंसक, षंढ, दुर्बल, नाबर, रडतराऊत; *पाहा :* (विरु) **लायक**
[वा] लहान तोंडी मोठा घास घेणे, मोर नाचतो म्हणून लांडोरही नाचते, प्याद्याचा फर्जी होणे, गाढवाला गुळाची चव काय? गावंढ्या गावात गाढवी सवाष्ण, सूर्यापोटी शनैश्चर, नेसता येईना लुगडे तोकडे - नाचता येईना अंगण वाकडे - स्वयंपाक येईना ओली लाकडे
[adj] incompetent, inadequate, ineffective, powerless, unfit, incapable, inept, useless, worthless, impotent; *पाहा :* (विरु) **लायक**
[i] a bad workman quarrels with his tools, bull in a china shop, bad egg, not cut out for
नालायकी (स्त्री) नादानी, असमर्थता, अकार्यक्षमता, अपात्रता, नाकर्तेपणा, दौर्बल्य, कमजोरी; *पाहा :* (विरु) **लायकी**
(n) incompetence, incapacity, inability, worthlessness, impotence; *पाहा :* (विरु) **लायकी**
नाली (स्त्री) *पाहा :* **प्रवाह**
नाव (स्त्री) *पाहा :* **नौका**
नाव (न) *पाहा :* **अभिधान, कीर्ती, अब्रू, प्रतिष्ठा, किताब**
नावकरी (पु) *पाहा :* **नाविक**
नावगाव (न) *पाहा :* **अभिधान, ठाव**
नावड (स्त्री) *पाहा :* **नापसंती, अनावड**
नावडता (वि) *पाहा :* **नापसंत**
नावनिशाण (न) *पाहा :* **ठाव, अभिधान**
नावनिशी (स्त्री) *पाहा :* **अभिधान, यादी**
नावनोंदणी (स्त्री) *पाहा :* **नोंदणी**
नावबुडव्या (वि) *पाहा :* **घरबुडव्या**
नावरूप (न) *पाहा :* **कीर्ती, आकार**
नावलौकिक (पु) *पाहा :* **कीर्ती, अब्रू**
नावाचा (वि) *पाहा :* **नामधारी**
नावाजणे (क्रि) *पाहा :* **स्तुती**
नावाडी (पु) *पाहा :* **नाविक, चालक**
नावाबरहुकूम (वि) *पाहा :* **अन्वर्थक**
नाविक (पु) नावाडी, नावकरी, खलाशी, वल्हेकरी, डोलकर, दर्यावर्दी, खारवा, सुकाण्या, सुकाणधारी, नाखवा, नाखुदा, तांडेल, तारुवा, सारंग, दर्यासारंग, नौसैनिक, आरमारी सैनिक, कर्णधार, कप्तान, नौकानयन अधिकारी, अंबेकरी
(n) sailor, seaman, marine, mariner, navigator, helmsman, boatman, captain,

naval cadet/officer

नाविकदल (न) *पाहा :* **दल**

नावे (क्रिवि) खर्ची, खर्चाकडे, नावावर, खात्यावर; *पाहा :* **जमाखर्च**

[adv] debit-side; *पाहा :* **जमाखर्च**

नाश (पु) विनाश, सत्यनाश (सत्यानाश), सर्वनाश, ध्वंस, विध्वंस, विध्वंसन, प्रध्वंस, उच्छेद, समुच्छेद, विघात, नायनाट, नि:पात, निर्दालन (निर्दाळण); संहार, नरमेध, नरसंहार, खूनखराबा, दुर्दशा, धूळधाण, धुव्वा, प्रलय; नास, नासाडी, नासधूस, पडझड, मोडतोड, चुराडा, राखरांगोळी, अनर्थ, खेळखंडोबा, विचका, पाचोळा, माती, मातेरे, खोबरे, चुथडा, राळ, वाटोळे, भदे, चपाट, धिंडवडे, बट्ट्याबोळ, वाताहत, दिवाळे, गच्छंती, घात, निर्मूलन, खंडन, उपशम, वषट्कार, नि:संतान (निसंतान), निर्वंश, वंशच्छेद, कुलक्षय, वंशक्षय, तळपट, येळकोट, अस्त, लय, लोप, विलय, विराम, अंत, अखेर, कपाळमोक्ष, वध, हत्या, मृत्यू; हानी, नुकसान, तोटा, अधोगती; पाहा : नाशक

[क्रि] नाश पावणे, नष्ट होणे, संपणे, काळाच्या उदरात गडप होणे, धुळीस/मातीस मिळणे, बारा वाजणे, तीनतेरा/बेंडबाजा/बाजा वाजणे, बारगळणे, निकाल लागणे, नाव (निशाणी) न उरणे, वाट लागणे, बुडणे, नासणे, नाशणे, बिघडणे, न टिकणे, खराब होणे, मोडकळणे, मोडकळीस येणे, मोडणे, तुटणे, भंगणे, रसातळाला जाणे, आटोपणे, गमावणे, वाळणे, सुकणे, आटणे, दबणे, मरणे, मालवणे, विझणे, शांत/थंड होणे, थंडावणे, चुलीत जाणे, जळून खाक होणे, पाणी होणे, पाणी पडणे, टिनपाट वाजणे, बारा वाजणे, उन्हाळा होणे, दिवाळे निघणे, सर्वत्र खराटा फिरणे, फडशा पडणे; उद्ध्वस्त करणे, धुल्ला करणे, चुराडा/चटणी/खुर्दा/तुकडेतुकडे करणे, खेळ करणे, मोडीत काढणे, कंबरडे मोडणे, खच्ची करणे, मुळासकट उपटणे, समूळ नष्ट करणे, होता की नव्हता करणे, उखडून टाकणे, पुसून टाकणे, बळी देणे, फेडणे, काटा काढणे, पाळेमुळे खणून काढणे, राळ करणे, हरताळ फासणे, (घर) बुडवणे, गळ्याला नख लावणे, मुंडी मुरगाळणे, जन्मातून उठवणे, वरवंटा फिरवणे, नांगर फिरवणे, बोळा फासणे/ फिरवणे, विझवणे, मालवणे, मूठमाती देणे

[वा] मुळावर येणे, इमला ढासळणे; माणसातून उठणे, कुसंतानापेक्षा निसंतान बरे, अति तेथे माती, तुला ना मला घाल कुत्र्याला, तेल गेले तूप गेले हाती धुपाटणे आले, विरजण घालणे, गाढवाचा नांगर फिरवणे, सुरुंग लावणे, तीन तेरा नऊ बारा (अठरा) होणे

(n) ruin, destruction, wreck, fall,

downfall, collapse, crash, dabacle, perdition, annihilation, demolition, obliteration, extinction, extermination, dissolution, break-up, end, death; loss, detriment, damage; *पाहा :* **नाशक**

[i] go to dust, crumble to dust, go to the dogs, trample under foot, blow up, kill, burn up, make mincemeat of, strike at the root of, nip in the bud, fall through

नाशक (वि) नाशकारक, विनाशक, विनाशकारी, प्रलयंकारी, विध्वंसक, प्रमाथी, संहारक, घातक, विघातक, प्राणघातक (-की), समाजविघातक, आगलाव्या, हानिकारक, नुकसानकारक, भंजक, मूर्तिभंजक; *पाहा :* **घातक, नाश,** (विरु) **उपकारक, विधायक**

[वा] भस्मासुर, कली

[adj] destructive, pernicious, deadly, lethal, fatal, malignant, suicidal, self-destructive, disruptive, antisocial, subversive, ruinous, incendiary; *पाहा :* **घातक, नाश,** (विरु) **उपकारक, विधायक**

नाशणे (क्रि) *पाहा :* **नाश**

नाशवंत (नाशिवंत) (वि) *पाहा :* **क्षणभंगुर**

नाशाबीत (वि) *पाहा :* **खंडन करणे**

नाश्ता (नाष्टा) (पु) *पाहा :* **अन्न**

नास (पु) *पाहा :* **नाश**

नासका (वि) *पाहा :* **कुजकट, अखाद्य**

नासणे (क्रि) *पाहा :* **नाश, अखाद्य**

नासधूस (स्त्री) *पाहा :* **नाश, उधळपट्टी**

नासमज (वि) *पाहा :* **अविचारी**

नासा (स्त्री), नासाग्र (न) *पाहा :* **नाक, अग्र**

नासाडी (स्त्री) *पाहा :* **नाश, खेळखंडोबा**

नासापुट (-रंध्र) (न) *पाहा :* **नाक**

नासिका (स्त्री) *पाहा :* **नाक**

नास्तिक (वि) *पाहा :* **निरीश्वरवादी**

नास्तिकमत (न) *पाहा :* **पाखंड**

नास्तित्व (न) *पाहा :* **अभाव, अनुपस्थिती**

नाहक (क्रिवि) हकनाक, अन्यायाने, हक्कावाचून, बेकायदेशीरपणे; *पाहा :* **अकारण, उगाच**

[adv] wrongfully, illegally; *पाहा :* **अकारण, उगाच**

नाहणे (क्रि) *पाहा :* **स्नान**

नाही (क्रि) *पाहा :* **नकार**

नाहीतर (क्रिवि) *पाहा :* **अन्यथा**

नाहीसा (वि) नष्ट, नामशेष, अदृश्य, गायब, गडप, गुप्त, लुप्त, बेपत्ता, खलास, खतम, समाप्त, मृत

[क्रि] तोंड लपवणे, पळून जाणे, पलायन/पोबारा करणे, फरारी होणे, दृष्टीआड होणे, काळे करणे, निघून जाणे; टळणे; *पाहा :* **गुप्त**

[adj] vanished, disappered,

extinct, obliterated, dead; *पाहा* : **गुप्त**

नाळ (स्त्री) नाल, वार, नाभिनाडी; *पाहा* : **देठ, नौका, मार्ग**

(n) umbilical chord; *पाहा* : **देठ, नौका, मार्ग**

निकट (क्रिवि) *पाहा* : **आजूबाजूस**

निकटवर्ती (वि) *पाहा* : **जवळचा**

निकटवर्तित्व (न) *पाहा* : **जवळीक**

निकड (स्त्री) घाई, त्वरा, तातडी; गरज, नड, जरुरी, आवश्यकता, आणीबाणी/लकडा, तगादा, झक्कू, नेट, पाठपुरावा, रेटा

(n) haste, hurry; need, necessity, exigency, emergency; urgency, compulsion

निकर (पु) *पाहा* : **आवेश, जिद्द**

निकष (पु) *पाहा* : **कसोटी**

निकस (वि) नि:सत्त्व, सत्त्वहीन, कसहीन, रुक्ष, शुष्क, पोचट, भिकार, निकृष्ट; *पाहा* : **उजाड,** (विरु) **कसदार, पौष्टिक**

[adj] not nutritious; *पाहा* : **उजाड,** (विरु) **कसदार, पौष्टिक**

निका (पु) *पाहा* : **विवाह**

निका (वि) *पाहा* : **चांगला, शुद्ध, खरा**

निकाढा (पु) *पाहा* : **अर्क**

निकामी (वि) *पाहा* : **निरुपयोगी**

निकाल (पु) निर्णय, निवाडा, न्याय, न्यायनिवाडा, फैसला, इन्साफ, निर्वाळा, ठराव, हुकूम, हुकूमनामा, फतवा, निकालपत्र, निवाडापत्र; परिणाम, परिपाक, परिणती, निष्पत्ती, फळ, फलनिष्पत्ती; *पाहा* : **अखेर** (स्त्री)

[वा] एक घाव दोन तुकडे करणे

(n) decision, finding, verdict, judgement, ruling, decree, sentence; result, outcome, fruit, effect, consequence; *पाहा* : **अखेर** (स्त्री)

निकाली (वि) निर्णायक, अंतिम, निर्वाणीचा, निश्चायक

[adj] conclusive, final, decisive

निकाळजी (वि) *पाहा* : **निर्धास्त**

निकुंज (पु) *पाहा* : **कुंज, अरण्य**

निकृष्ट (वि) दर्जाहीन, दरिद्री, भिकार, भंकस, भुक्कड, डबडा, भिकारडा, भिकारचोट, रद्दी, रद्दड, हलक्या प्रतीचा, नकली, सवंग, गौण, वाईट, गल्लाभरू, बाजारी (-रू), सदोष, शोचनीय, क्षुद्र, क्षुल्लक, कवडीमोल, कुचकामी, निकस, नि:सत्त्व, खराब, रोगट, हिणकस; *पाहा* : **अधम**

[वा] धडा ना गोडाचा, पायलीचे पन्नास, कोळसा उगाळावा तितका काळाच, तुळशीत भांग

[adj] poor, inferior, degenerate, bad, low-quality, worthless, paltry, wretched, abysmal, deplorable, base; *पाहा* : **अधम**

[i] black sheep, seamy side, second-rate

निकेतन (न) *पाहा* : **आलय**

निकोप (वि) निरोगी, रोगमुक्त, निरामय,

व्याधिरहित, आरोग्यपूर्ण; धडधाकट, सुदृढ, धट्टाकट्टा, टुणटुणीत, खुटखुटीत, तगडा, सशक्त; पाहा : **अव्यंग, आरोग्य**

[adj] healthy, blooming, sound, robust, hale & hearty, sturdy; *पाहा :* **अव्यंग, आरोग्य**

निखंदणे (क्रि) *पाहा :* **निंदानालस्ती**

निखर्व (पु) *पाहा :* **दशांश स्थाने**

निखळ (वि) *पाहा :* **शुद्ध**

निखळणे (क्रि) *पाहा :* **विभाजन**

निखार (स्त्री) *पाहा :* **ओहोटी**

निखारा (पु) *पाहा :* **अग्नी**

निखालस (वि, क्रिवि) *पाहा :* **निर्विवाद, निरपवाद, केवळ, सर्वस्वी, स्पष्ट, टळटळीत**

निखिल (वि) *पाहा :* **अवघा**

निगडित (वि) *पाहा :* **आनुषंगिक, बद्ध**

निगम (पु) **वेद;** *पाहा :* **धर्मग्रंथ, संस्था**

(n) Vedas; *पाहा :* **धर्मग्रंथ, संस्था**

निगरगट्ट (वि) *पाहा :* **कोडगा, निर्लज्ज**

निगराणी (स्त्री) *पाहा :* **देखरेख**

निगर्वी (वि) *पाहा :* **नम्र**

निगा (स्त्री) देखरेख, देखभाल, सांभाळ, काळजी, संगोपन, जतन, जोपासना, जतणूक, जपणूक, बडदास्त

(n) supervision, management, maintenance, care, nurturing, upkeen

निगुतीने (क्रिवि) *पाहा :* **जपून**

निगूढ (वि) *पाहा :* **गूढ**

निगूढार्थ (पु) *पाहा :* **अभिप्राय**

निगूत (स्त्री) *पाहा :* **कसब, अवधान**

निग्रह (पु) निर्धार, निश्चय, दृढनिश्चय, आग्रह, पक्केपणा, जिद्द, चिकाटी, चिवटपणा, नेट, करारीपणा, बाणा, आत्मविश्वास; शम; इंद्रियदमन, मनोनिग्रह; *पाहा :* **संयम, नियंत्रण**

(n) resoluteness determination; doggedness, firmness, resolve, self-control, composure, tenacity, grit; *पाहा :* **संयम, नियंत्रण**

निग्रही (वि) निश्चयी, दृढप्रतिज्ञ, दृढ, आग्रही, पक्का, जिद्दी, चिवट, कणखर, करारी, बाणेदार, कट्टर, ठाम, खंबीर; *पाहा :* **संयमी**

[adj] resolute, steadfast, stubborn, staunch, firm, tough, tenacious; *पाहा :* **संयमी**

निघंटू (पु) *पाहा :* **कोश**

निघणे (क्रि) बाहेर पडणे, प्रस्थान/गमन/प्रयाण करणे, कूच करणे, चलणे, प्रवासास सुरुवात करणे, बाडबिस्तरा हलवणे, सोडून जाणे, त्यागणे, वेगळे/निराळे होणे, निघून जाणे, निघते होणे; *पाहा :* **प्रयाण, पळणे, उपजणे**

[वा] पाय काढणे, वाट सुधारणे

(v) start, set out, march off, get going, pack off, depart, go out, embark, leave, escape, exit, push off, quit; *पाहा :* **उपजणे, पळणे, प्रयाण**

निघोर (वि) *पाहा :* **निर्धास्त**

निचरणे (क्रि) *पाहा :* **गळणे, चिघळणे**
निचरा (पु) *पाहा :* **गळती, चिघळणे**
निचव (वि) *पाहा :* **चव**
निचिंत (वि) *पाहा :* **निर्धास्त**
निचेष्ट (वि) *पाहा :* **अचेतन**
निज (वि) *पाहा :* **आत्मीय**
निजणे (क्रि) *पाहा :* **झोपणे**
निजानीज (स्त्री) *पाहा :* **शांती, झोपणे**
निडर (वि) *पाहा :* **निर्धास्त**
निढळ (न) *पाहा :* **डोके**
नित (क्रिवि) *पाहा :* **अखंड** (क्रिवि)
नितकोर (पु) *पाहा :* **तुकडा**
नितंब (पु) टिरी, कुल्ला, ढुंगण, पार्श्वभाग, ढुंग, कटिपश्चाद्भाग
(n) buttocks, backside, behind, haunches, posterior
नितंबिनी (स्त्री) *पाहा :* **सुंदरी**
नितळ (वि) *पाहा :* **स्वच्छ, गुळगुळीत**
नितांत (वि) *पाहा :* **अतिशय**
नितांतरम्य (वि) *पाहा :* **आनंददायक**
नितातलेला (वि) *पाहा :* **अधाशी, उतावळा**
नित्य (वि) *पाहा :* **अमर, नियमित, अचल**
नित्य (क्रिवि) *पाहा :* **अखंड** (क्रिवि)
नित्यकर्म (-क्रम) (न, पु) *पाहा :* **दिनक्रम**
नित्यतत्त्व (-द्रव्य) (न) *पाहा :* **परमेश्वर**
नित्यनूतन (वि) *पाहा :* **नवा**
नित्यनेम (पु) **नित्यपाठ** (पु) *पाहा :* **दिनक्रम**
नित्यमुक्त (वि) *पाहा :* **जीवन्मुक्त**
नित्यशः (क्रिवि) *पाहा :* **अखंड** (क्रिवि)
नित्योपयोगी (वि) *पाहा :* **उपकारक**
निथळणे (क्रि) *पाहा :* **आर्द्र**
निथळा (पु) *पाहा :* **द्रव**
निंदक (वि) *पाहा :* **चहाडखोर, निंदानालस्ती**
निंदणी (स्त्री) *पाहा :* **शेती**
निंदणे (क्रि) *पाहा :* **निंदानालस्ती**
निंदनीय (वि) *पाहा :* **गर्हणीय**
निदर्शक (वि) *पाहा :* **दर्शक**
निदर्शन (न) *पाहा :* **दर्शवणे, चळवळ, अटकाव**
निंदा (स्त्री) *पाहा :* **निंदानालस्ती**
निदान (न) *पाहा :* **चिकित्सा**
निदान (क्रिवि) कमीत कमी, किमानपक्षी, निदानपक्षी, गेला बाजार
[adj] at least
निंदानालस्ती (स्त्री) निंदा, अपभाषण, शिवीगाळ, गालिप्रदान, चहाडी, कुटाळी, कुचाळकी, परनिंदा, चारित्र्यहनन, चिखलफेक, धुळवड, उपहास, बदनामी, नालस्ती, भर्त्सना, निर्भर्त्सना, जुगुप्सा. टर, टवाळी, टिंगल, बेअब्रू, निंदाव्यंजक लेख/भाषण, अपवाद, अनादर, अवहेलना, अपमान, हेटाळणी, पाणउतारा, अधिक्षेप, अप्रतिष्ठा, दोषदर्शन, दोषारोप, छिद्रान्वेषण, पावित्र्यविडंबन, छी:थू, धिक्कार, निषेध; जननिंदा, लोकनिंदा, लोकापवाद, कोल्हेकुई; *पाहा :* **आरोप,** (विरु) **स्तुती, कौतुक**
[क्रि] दोष देणे/लावणे, कलंक/बट्टा लावणे, निखंदणे, निंदणे

[वा] शिंतोडे उडवणे, आग पाखडणे, आगपाखड करणे, नावाने खडे फोडणे (-बोटे मोडणे), नावे ठेवणे, उणेदुणे काढणे, लाखोली वाहणे, वाभाडे काढणे, कानफाट्या नाव पाडणे, कावकाव करणे, धुपारती/दिवे ओवाळणे, शंख करणे, जोडे मारणे, तोंडावर थुंकणे, तोंडाला काळोखी फासणे, नाखुष्ट्या मारणे, सूर्यावर थुंकणे/भुंकणे, राळ उडवणे, खेटराने पूजा करणे, बेचाळीस पिढ्यांचा उद्धार करणे, वस्त्रहरण करणे, घालूनपाडून बोलणे, तोंडसुख घेणे, नावे ठेवी लोकाला शेंबूड आपल्या नाकाला, निदंकाचे घर असावे शेजारी

(n) vilification, abuse, aspersion, traducement, slur, invective, defamation, slander, calumny, libel, lampoon, back biting, dishonour, slight, derision, ridicule, censure, accusation, mudslinging; *पाहा* : **आरोप,** (विरु) **स्तुती, कौतुक**

[i] pick holes in, give a dog a bad name and hang him, damn with faint praise, stab in the back, call names, dip the pen in gall, smear campaign

निदिध्यास (पु) एकाग्र चिंतन, मनन, अनुध्यास, ध्यास, घोकणी, खोल विचार, ध्यान, छंद, नाद, वेड

(n) contemplation, cogitation, meditation, cerebration, concentratin, pursuit, passion

निदेश (पु) *पाहा :* **आदेश**

निदेशक (पु) *पाहा :* **अधिकारी**

निदैव (न) *पाहा :* **दुर्दैव**

निंद्य (वि) *पाहा :* **गर्हणीय, अधम**

निंद्यकर्मा (वि) *पाहा :* **अधम**

निद्रा (स्त्री) *पाहा :* **झोप**

निद्राकुल (-क्रांत, -गस्त, -तुर, -धीन) (वि) झोपाळलेला, झोपाळू, पेंगुळलेला, निद्रालू, सुस्त, सुस्तावलेला, निद्रान्वित, निद्रित, निद्रिस्त, सुप्त, झोपलेला, निजलेला; कुंभकर्ण; *पाहा :* **झोप**

[adj] sleepy, somnolent, comatose, drowsy, languid, asleep, dormant; पाहा : **झोप**

निद्रानाश (पु) अनिद्रारोग, निद्राभंग, झोपमोड; *पाहा :* **जाग**

[वा] डोळ्याला डोळा न लागणे, कत्तलची रात्र

(n) insomnia, sleeplessness, disturbed sleep; *पाहा :* **जाग**

निद्रालू (वि), **निद्रित** (वि) *पाहा :* **निद्राकुल**

निधडा (वि) निर्भय, धाडसी, धैर्यवान, बाका, न कचरणारा, शूर, पराक्रमी, सिंहाची छाती असलेला, निधड्या छातीचा, जिवावर उदार; *पाहा :* (विरु) **नेभळट**

[adj] fearless, dauntless, daring, intrepid, valiant, brave, courageous, lion-hearted;

पाहा : (विरु) **नेभळट**

[i] to take the bull by the horns

निधन (न) *पाहा :* **मृत्यू**

निधर्मी (वि) *पाहा :* **तटस्थ**

निधान (न) *पाहा :* **खजिना, स्थान**

निधी (पु) *पाहा :* **खजिना, ठेव, वर्गणी, अनामत, अर्थ**

निनाद (पु) *पाहा :* **आवाज, प्रतिध्वनी**

निनावी (वि) *पाहा :* **अनामिक**

निपचित (वि) *पाहा :* **अचेतन**

निपज (स्त्री) *पाहा :* **उत्पत्ती**

निपजणे (क्रि) *पाहा :* **उपजणे**

निपटनिरंजन (वि) *पाहा :* **दिवाळखोर**

निपटणे (क्रि) *पाहा :* **आटोपणे, पुसणे**

निःपक्षपाती (वि) *पाहा :* **तटस्थ, न्यायी**

निःपात (पु) *पाहा :* **नाश**

निपुण (वि) निष्णात, प्रवीण, पारंगत, विशारद, अभ्यस्त, तज्ज्ञ, तरबेज, वाकबगार, कुशल, कसबी, सुगरण (सुग्रण), गुणी, चतुर, तयार, परिपक्व, जाणता, शिक्षित, हुशार, धुरंधर, अग्रगण्य, बहाद्दर, अट्टल, वस्ताद, सराईत, दर्दी, मुरब्बी, मुरलेला, रापलेला; हातखंडा; पक्का, पटाईत, पटू, पट्टीचा, गाढा, सिद्धहस्त, फरडा (फर्डा), फाकडा, बाजिंदा; गेहेपटू; *पाहा :* **कसबी, नैपुण्य,** (विरु) **अजागळ**

[वा] बारा गावचे पाणी प्यालेला

[adj] proficient, expert, adept, adroit, skilful, deft, accomplished, talented, gifted, capable; *पाहा :* **कसबी, नैपुण्य** (विरु) **अजागळ**

[i] to know one's onions

निपुत्रिक (वि) *पाहा :* **अनपत्य**

निबद्ध (वि) *पाहा :* **बद्ध**

निबंध (पु) लेख, प्रबंध, ग्रंथ, रचना; शोधनिबंध

(n) essay, composition, thesis, dissertation, treatise

निबंधक (पु) *पाहा :* **अधिकारी**

निबंधकार (पु) *पाहा :* **लेखक**

निबंधित (वि) *पाहा :* **बद्ध**

निबर (वि) जून, निबरट, कडक, दडस, ताठर, कोरडा, चिवट, वातड, जुना, घट्ट, टणक, कठीण; थोराड, जरठ, राठ; मजबूत, कणखर; जाड कातडीचा, संवेदनाहीन, शुष्क; *पाहा :* (विरु) **कोवळा**

[adj] hard, rigid, stiff, dry, overgrown, old, rough, strong, stubborn; insensitive, thick-skinned, hardened; *पाहा :* (विरु) **कोवळा**

निबिड (वि) *पाहा :* **दाट**

निभणे (क्रि) *पाहा :* **टिकणे**

निभाव (पु) *पाहा :* **टिकाव**

निभावणे (क्रि) *पाहा :* **टिकणे, असणे**

निभ्रांत (वि, क्रिवि) *पाहा :* **निर्धास्त, खचित**

निम (वि) *पाहा :* **अर्धा**

निमकहराम (वि) *पाहा :* **कृतघ्न, फितूर**

निमकहलाल (वि) *पाहा :* **कृतज्ञ**

निमगोरा (वि) *पाहा :* **गोरा**

निमगोल (पु) *पाहा :* **गोल** (पु)

निमग्न (वि) *पाहा :* **गर्क**

निमचा (पु) *पाहा :* **खड्ग**

निमज्जन (न) *पाहा :* **स्नान, गढणे**

निमणे (क्रि) *पाहा :* **शमणे, संपणे, मरणे**

निमताळा (वि) *पाहा :* **ओशाळा**

निमंत्रण (न) *पाहा :* **आमंत्रण**

निमलष्करी (वि) *पाहा :* **दल, अधिकारी**

निमित्त (न) *पाहा :* **उद्देश, कारण**

निमिष (न) *पाहा :* **क्षण**

निमीलन (न) *पाहा :* **मिटणे**

निमुळता (वि) *पाहा :* **अरुंद**

निमूट (वि) *पाहा :* **अबोल, अचल**

निमूटपणे (क्रिवि) *पाहा :* **गुपचूप**

निमेनिम (वि) *पाहा :* **अर्धा**

निमेष (न) *पाहा :* **क्षण**

निम्न (वि) *पाहा :* **खोल**

निम्नगा (स्त्री) *पाहा :* **प्रवाह**

निम्नोन्नत (वि) *पाहा :* **असमान**

निम्मा (वि), **निम्माअधिक** (वि) **निम्माशिम्मा** (वि) *पाहा :* **अर्धा**

नियत (वि) *पाहा :* **नियमित, निश्चित**

नियतकालिक (न) *पाहा :* **माध्यम**

नियतकालिक (वि) *पाहा :* **नियमित**

नियंता (पु) *पाहा :* **अध्यक्ष, ईश**

नियती (स्त्री) *पाहा :* **अदृष्ट**

नियंत्रक (पु) नियामक, नियंता; निग्रही; प्रबंधक, निर्देशक, कर्णधार, सूत्रधार, सूत्रसंचालक, प्रशासक, शास्ता; ताबेदार, अंमलदार; व्यवस्थापक, पर्यवेक्षक; दूरनियंत्रक; *पाहा :* **नियंत्रण, अध्यक्ष**

(n) governer, regulator, ruler, controller, comptroller, control; director, compere, manager, supervisor, conductor; remote control; *पाहा :* **नियंत्रण, अध्यक्ष**

नियंत्रण (न) निर्बंध, बंधन, दाब; ताबा, अंकुश, पराणी, अंमल, काबू, कबजा, पकड; तावडी, पाश, आटोप, जम, बंध, कळसूत्र, प्रभुत्व, अधिकार, शासन; आवर, आळा, अटकाव, बंदोबस्त, कडेकोट बंदोबस्त/व्यवस्था; शासन, अनुशासन, देखरेख, व्यवस्थापन, सुसूत्रीकरण; नियमन नियमबद्धता, निग्रह; दूरनियंत्रण; रोगनियंत्रण, भावनियंत्रण इ; *पाहा :* **दडपणे, दंडणे, संयम, अधिकार, आवर**

[क्रि] वठणीस येणे, वश होणे, मऊ येणे, सरळ येणे, ताळ्यावर येणे

[वा] अस्वलाचा कान दरवेश्याच्या हातात, नाकात वेसण घालणे, मुठीत ठेवणे, बगलेत असणे, दाढेत सापडणे, हाती शेंडी सापडणे, लगाम हातात ठेवणे

(n) control, curb, check, restraint, restriction, command, domination, influence, authority, sway, management, co-ordination; remote control; *पाहा :* **दडपणे, दंडणे, संयम, अधिकार, आवर**

[i] hold in leash, rein in, keep a tight rein on, clamp down,

bottle up, have the whip hand, have under one's thumb, pull the strings, carry the ball, rule the roost, run the show

नियंत्रित (वि) *पाहा :* **नियमित**

नियम (पु) कायदा, विधी, निर्बंध, आदेश, आज्ञा, दंडक, हुकूम; विधिवाक्य, विधिनियम, वेदवाक्य, शास्त्रनियम, शास्त्रवचन, शास्त्राज्ञा; अधिनियम, पोटनियम, कलम, अट, करार, ठराव, सूत्र, मंत्र, पाठ, संकेत, नेम, बंध, तत्त्व, सिद्धान्त, प्रमेय, शिकवण; घटना, नियमावली, आचारसंहिता; *पाहा :* **रीत, परिमाण, कायदा**

(n) rule, law, regulation, act, code, bylaw, order, edict, instruction, commandment, condition, agreement, restriction, doctrine, precept, maxim, formula, constitution; *पाहा :* **रीत, परिमाण, कायदा**

[i] the golden rule, hard-and-fast rule, rule of thumb

नियमन (न) *पाहा :* **नियंत्रण, संयम**

नियमबद्ध (वि) *पाहा :* **नियमित, कायदेशीर, औपचारिक**

नियमबाह्य (वि) *पाहा :* **अवैध**

नियमभंग (पु) *पाहा :* **बेशिस्त** (स्त्री), **भंग**

नियमित (वि) नियत, ठरीव, ठरावीक, ठरलेला, नेमलेला, निश्चित, सुयोजित, सुनियोजित, सुनिर्धारित, पूर्वयोजित, आखलेला, आखीवरेखीव, बेतीव, योजनाबद्ध, नियमबद्ध, कालबद्ध, नित्य, शिस्तबद्ध, नियंत्रित, बंदिस्त, रचनाबद्ध, साचेबंद, वक्तशीर, सुनिग्रहित, पद्धतशीर, सुव्यवस्थित, प्रमाणबद्ध, बांधेसूद, तालबद्ध, तालशुद्ध, लयबद्ध, छंदोबद्ध, समप्रमाणित, सारखा, सुसंगत, सुसंबद्ध, सुसूत्र; अविचल, नेहमीचा, सामान्य, सरावाचा, रूढिबद्ध, चाकोरीबद्ध, पुनरावर्ती, मोसमी, आळीपाळीचा, चक्रीय; तासातासाचा, दररोजचा, दैनंदिन, नियतकालिक, दैनिक, साप्ताहिक, पाक्षिक, मासिक (माहवार), त्रैमासिक, षण्मासिक, वार्षिक, प्रतिवार्षिक, दरवर्षीचा, दरसालचा, सालोसालचा, सालाबादचा, सांवत्सरिक, प्रतिसांवत्सरिक, शतसांवत्सरिक; *पाहा :* **नियंत्रण,** (विरु) **अनियंत्रित**

[adj] regular, planned, premeditated, systematic, methodical, punctual, orderly, rhythmic, metrical, uniform, even, symmetrical, consistent, steady, normal, customary, usual, conventional, recurrent, seasonal, alternate, cyclical, periodical, hourly, daily, weekly, fortnightly, monthly, yearly, annual, biennial,

centennial; *पाहा :* **नियंत्रण** (विरु) **अनियंत्रित**

[i] as regular as clockwork

नियमितता (स्त्री) नियम, नियोजन, पद्धत, व्यवस्था, सुसंगती, सुसंगतता, सुसूत्रता

(n) regularity, plan, system, method, order, consistency

नियामक (पु) *पाहा :* **अध्यक्ष, ईश, अधिकारी, अधीक्षक**

नियुक्त (वि) नेमलेला, नेमणूक केलेला, योजलेला, नियोजलेला, नियोजित, प्रयुक्त, विनियुक्त, विनियोजित, विन्यस्त, स्थापित, स्थापलेला, प्रतिष्ठित, लावलेला, ठरवलेला, निश्चित केलेला, नेमस्त, अधिकृत, नियुक्ती झालेला; लोकनियुक्त, शासननियुक्त इ; मुक्रर, मुकर्रर; *पाहा :* **निश्चित**

[adj] commissioned, assigned, appointed, delegated, employed, installed, fixed, authorised; *पाहा :* **निश्चित**

नियुक्ती (स्त्री) *पाहा :* **नेमणूक**

नियोजन (न) *पाहा :* **योजना**

नियोजनबद्ध (वि) *पाहा :* **व्यवस्थित, नियमित**

नियोजित (वि) *पाहा :* **नियुक्त**

निरंकुश (वि) *पाहा :* **अनियंत्रित**

निरख (पु) *पाहा :* **किंमत**

निरखणे (क्रि) *पाहा :* **अवलोकन, टेहळणी**

निरंगळी (स्त्री) *पाहा :* **झोप**

निरगाठ (स्त्री) *पाहा :* **गाठ**

निरंजन (पु, वि) *पाहा :* **अव्यंग, परमेश्वर**

निरत (वि) *पाहा :* **आसक्त**

निरंतर (वि, क्रिवि) *पाहा :* **अखंड** (वि, क्रिवि)

निरतिशय (वि) *पाहा :* **अतिशय**

निरनिराळे (वि) *पाहा :* **चित्रविचित्र, अनेक**

निरपणे (क्रि) *पाहा :* **चोखणे, पुसणे**

निरपत्रप (वि) *पाहा :* **निर्लज्ज**

निरपराध (-धी) (वि) *पाहा :* **अनघ**

निरपवाद (वि) विनाअट, विनाहरकत, वादातीत, निर्विवाद, पूर्ण, समग्र, निखालस, निर्दोष; *पाहा :* **अवघा**

[adj] unexceptionable, unrestricted, incontrovertible, perfect, absolute; पाहा : अवघा

निरपेक्ष (वि) *पाहा :* **विरक्त, सिद्ध**

निरभिमान (-नी) (वि) *पाहा :* **नम्र**

निरभिलाष (-षी) (वि) *पाहा :* **विरक्त**

निरभ्र (वि) *पाहा :* **स्वच्छ, टळटळीत**

निरर्गल (वि) *पाहा :* **अनर्गल**

निरर्थक (वि) अर्थशून्य, अर्थहीन, अनर्थक; व्यर्थ, पोकळ, वायफळ, निष्फळ, भाकड; फोल, फुकट; रिकामा; अकारण, निष्कारण, अनावश्यक, निरुपयोगी

[वा] राम नसणे, अव्यापारेषु व्यापार

[adj] meaningless, nonsensical, futile, barren, empty, hollow, vacuous, senseless, purposeless, pointless, fruitless, needless, vain

[i] talk through one's hat, without rhyme or reason

निरलस (वि) *पाहा :* **अनलस, कष्टाळू**

निरवधी (वि) *पाहा :* **अनंत**

निरवयव (वि) *पाहा :* **अमूर्त**

निरवलंब (वि) *पाहा :* **स्वतंत्र, मुक्त**

निरवानिरव (स्त्री) *पाहा :* **व्यवस्था**

निरशन (न) *पाहा :* **अनशन**

निरस (वि) *पाहा :* **गौण**

निरसन (न) उलगडा, उकल, परिहार, निरास, निराकरण, निवारण, परिमार्जन, समाधान, निर्मूलन, खंडन; निवृत्ती; निष्कृती, शंकानिरसन, भ्रमनिरास, संशयनिवृत्ती, समस्यापूर्ती

[क्रि] दूर करणे, काढून टाकणे, निस्तरणे; निवारणे, बाजूला करणे, उपटून टाकणे, नाश करणे, अन्त करणे, मोडून टाकणे, खंडन करणे, खोडून काढणे; फिटणे, फेडणे, वारणे, सारणे, हरणे

[वा] बूँदसे गई सौ हौद से नहीं आती, भ्रमाचा भोपळा फुटणे

(n) decipherment, solution, eliminatin, removal, eradication, abolition, erasure

निरसे (वि) *पाहा :* **ताजा**

निरस्त्रीकरण (न) *पाहा :* **नकार**

निरहंकारी (वि) *पाहा :* **नम्र**

निरक्षर (वि) *पाहा :* **अजाण**

निराकरण (न) *पाहा :* **निरसन**

निराकार (वि) *पाहा :* **अमूर्त**

निराकांक्ष (वि) *पाहा :* **विरक्त**

निरागस (वि) *पाहा :* **साधा, अकृत्रिम**

निरांजन (न) *पाहा :* **दिवा**

निराधार (वि) अगतिक, असहाय, दीन, लाचार; अनाथ, पोरका, मातृपितृविहीन; निराश्रित, अनिकेत, गृहहीन, बेघर, निर्वासित, शरण, शरणार्थी, शरणागत, शरणापन्न, परित्यक्त, बहिष्कृत, असंरक्षित, अधांतरी, अप्रमाण, सैल, संदिग्ध, असत्य; भरमसाट

[वा] रस्त्यावर येणे, उघडा पडणे, पायांखालची वाळू सरकणे, वाऱ्यावर सोडणे, शेंडा ना बुडखा

[adj] helpless, defenceless; desolate, orphan; homeless, destitute, refugee; baseless, loose, vague, unsupported

[i] high and dry, leave in the lurch, beat about the bush, cry wolf

निरानिपटा (पु) *पाहा :* **आटोपणे**

निरामय (वि) निकोप, निरोगी, आरोग्यपूर्ण, आनंदी, कुशल; निश्चिंत, स्वस्थ, विश्रब्ध, भयमुक्त, निर्विघ्न, निर्धोक, सुरक्षित, शांत, सात्त्विक, निरुपाधिक, सुरळीत

[adj] healthful, wholesome, happy, peaceful, cheerful, secure, unencumbered, unhindered

निरामिष (वि) *पाहा :* **अन्न**

निरालस्य (न) *पाहा :* **चापल्य**

निराश (वि) हताश, आशाभग्न (-नष्ट),

खिन्न, उद्विग्न, विषण्ण, नामोहरम, नाउमेद, गतोत्साह, हतोत्साह, निरुत्साही, उदास, बेदिल, हवालदिल, खंडितमनोरथ, भग्नमनोरथ, वैफल्यग्रस्त, भ्रष्टसंकल्प, गलितधैर्य, तेजोहीन, हतबल, पराभूत, उद्ध्वस्त; *पाहा :* **नैराश्य,** (विरु) **आशाळभूत**

[क्रि] आशाभंग/उत्साहभंग होणे, निराशेने ग्रासणे, धीर सुटणे, विरस होणे, हिरमोड होणे, हिरमुसणे, हिरमुष्टी होणे, खचून जाणे, हिंमत हारणे, दम सोडणे/टाकणे

[वा] पाय मोडणे, कंबर खचणे, हातपाय गळणे, हाय खाणे, उरी फुटणे, तोंड उतरणे, तोंड आंबट करणे, नखे कुरतडत बसणे, चुरमुरे खात बसणे, गुडघ्यांत मान घालून बसणे, कोरड्या विहिरीत जीव देणे

[adj] despondent, disappointed, depressed, disheartened, downcast, dejected, dispirited, hopeless, desperate, forlorn; *पाहा :* **नैराश्य** (विरु) **आशाळभूत**

[i] broken-hearted, at the end of one's tether, pull a long face, have one's heart in one's boots, lose heart

निराशा (स्त्री) *पाहा :* **नैराश्य**

निराश्रय (निराश्रित) (वि) *पाहा :* **निराधार**

निरास (पु) *पाहा :* **निरसन**

निराहार (पु) *पाहा :* **अनशन**

निराळ (न) *पाहा :* **अंतराळ**

निराळा (वि) *पाहा :* **आगळा, अन्य, खास**

निरिच्छ (वि) *पाहा :* **विरक्त**

निरिन्द्रिय (वि) *पाहा :* **नपुंसक**

निरी (स्त्री) *पाहा :* **घडी**

निरीश्वरवाद (पु) *पाहा :* **जडवाद**

निरीश्वरवादी (वि) अनीश्वरवादी, नास्तिक, पाखंडी, धर्मलंड, अश्रद्ध, अज्ञेयवादी, नास्तिक्यवादी, चार्वाकवादी, जडवादी

[adj] atheist, heretic, unbeliever, agnostic, sceptic, rationalist, materialist

निरीक्षक (पु) तपासनीस, परीक्षक; *पाहा :* **पहारेकरी, अवलोकन**

(n) observer, inspector, examiner; *पाहा :* **पहारेकरी, अवलोकन**

निरीक्षण (न) *पाहा :* **अवलोकन, टेहळणी**

निरुत्तर (वि) *पाहा :* **खंडन करणे**

निरुत्साह (पु) *पाहा :* **औदासीन्य, अनावड**

निरुत्साही (वि) *पाहा :* **उदास, निराश**

निरुंद (वि) *पाहा :* **अरुंद**

निरुद्देश (वि) *पाहा :* **दिशाहीन, निरुपचार, अकारण**

निरुद्ध (वि) *पाहा :* **बद्ध**

निरुद्योगी (वि) *पाहा :* **आळशी, बेकार, उडाणटप्पू, खुशालचेंडू**

निरुपकार (वि) पाहा : **कृतघ्न**

निरुपचार (वि) निर्हेतुक, अहेतुक, निरुद्देश, निर्निमित्त, अकारण, कारणाशिवाय; शुद्ध

[adj] without motive/cause/ reason; pure

निरुपद्रवी (वि) गरीब, सालस, सौम्य, सात्त्विक

[adj] harmless, innocuous, inoffensive

निरुपम (निरुपम्य) (वि) *पाहा :* **अजोड**

निरुपमा (स्त्री) *पाहा :* **सुंदरी**

निरुपयोगी (वि) अनुपयोगी, अनुपयुक्त, उपयोगशून्य, अनावश्यक, निकामी, कुचकामी, भारभूत, जादा, टाकाऊ, गैरलागू, वावगा, निरर्थक, अप्रयोजक, नालायक, अकार्यक्षम, नाकाम, अयोग्य, नसता, व्यर्थ, वायफळ, वाया, फोल, फुकट, निष्फळ, पोकळ, विफल, फलहीन, वांझ, वांझोटा (-टी) अनुत्पादक; जाया, परिणामशून्य; *पाहा :* **व्यर्थ, अडगळ,** (विरु) **आवश्यक, परिणामकारक**

[वा] अडगळ, कवडी किमतीचा, धडा ना गोडाचा, एक ना धड भाराभार चिंध्या, न देवाय न धर्माय, वरातीमागून घोडे, पालथ्या घागरीवर (घड्यावर) पाणी, अरण्यरुदन, वंध्यामैथुन, नपुंसकाच्या हाती रंभा/ पद्मीण, आंधळ्यापुढे नाच आणि बहिऱ्यापुढे गायन, गाढवापुढे वाचली गीता कालचा गोंधळ बरा होता, मोडीत काढणे, कचऱ्यात टाकणे, खड्यासारखा बाहेर काढणे, खायला काळ आणि भुईला (धरणीला) भार, काखेत कळसा आणि गावाला वळसा, वाऱ्याशी / दगडाशी भांडण, अजागलस्तन, आकाशाला ठिगळ लावणे, ओंफस होणे, हुसूक होणे, निर्माल्य होणे, पाणी पडणे, डाळ न शिजणे, मात्रा न चालणे, हात हालवीत येणे, राजा बोले दळ हाले काजी बोले दाढी हाले, सूर्यापुढे काडवात, न खात्या देवाला नैवेद्य, कामातून जाणे, विधवेला कुंकवाची उठाठेव कशाला? कुत्र्याचे शेपूट वाकडे ते वाकडेच, कोळसा कितीही उगाळला तरी काळा तो काळाच, बैल गेला आणि झोपा केला, शेळी जाते जिवानिशी आणि खाणारा म्हणतो वातड, डोंगर पोखरून उंदीर काढणे, देखने में ढब्बू चलने में शिवराई, येरे माझ्या मागल्या आणि कण्याभाकरी चांगल्या, नळी फुंकिली सोनारे इकडून तिकडे गेले वारे, सगळेच मुसळ केरात, काशीस गंगा नेणे, गोलगोल फिरणे, कोंबड्यापुढे माणीक टाकणे, गाढवाला गुळाची काय चव? अरसिकेषु कवित्व निवेदनम्, आंधळ्याला आरसा, एरंडाला पाणी, खडकावर पेरणी, शेळीचे शेपूट (ना अब्रू झाकी, ना माशा वारी), लष्कराच्या भाकरी भाजणे

[adj] useless, needless, unnecessary, superfluous,

worthless, junk, inappropriate, good for nothing, futile, vain, fruitless, hopeless, pointless, unsuccessful, unprofitable, impractical, wasted, ineffective, barren; *पाहा :* **व्यर्थ, अडगळ** (विरु) **आवश्यक, परिणामकारक**

[i] lock the barn door after the horse is stolen, carry coals to Newcastle, preach to the winds, cry over spilled milk, to end in smoke, to cut no ice, a damp squib, fall on deaf ears, cast pearls before swine, come to nothing, cold comfort, fool's errand, good-for-nothing, merry-go-round, crying in the wilderness

निरुपाधिक (वि) *पाहा :* **निरामय**

निरुपाय (पु, वि) *पाहा :* **नाइलाज, अगतिक**

निरूपण (न) कथन, निवेदन, वर्णन, विवेचन, विवरण, प्रवचन, व्याख्यान, टीका, भाष्य, अर्थविवरण, भावार्थदर्शन, स्पष्टीकरण, प्रतिपादन

(n) narration, description, exposition, elucidation, interpretation, commentary

निरोगी (वि) रोगमुक्त, व्याधिरहित, आरोग्यपूर्ण, निकोप, कुशल, स्वस्थ, तंदुरुस्त, बरा, टुणटुणीत, धट्टाकट्टा, धडधाकट, सुदृढ, निरामय, टवटवीत; *पाहा :* **टणटणीत,** (विरु) **रुग्ण**

[adj] healthy, sound, hale and hearty, robust, sturdy; *पाहा :* **टणटणीत,** (विरु) **रुग्ण**

[i] in fine fettle, as fit as a fiddle, in good shape

निरोध (पु) *पाहा :* **अटकाव**

निरोप (पु) संदेश, सांगावा, वर्दी; पाठवणी, पाठवणूक, बोळवण, रवानगी; रामराम; रजा; *पाहा :* **बातमी, आदेश, अंत**

[क्रि] पाठवणे, बोळवणे, घालवणे, विदा करणे

[वा] विडादक्षिणा देणे, श्रीफळ देणे

(n) message, communication, farewell, goodbye, valediction, leave-taking; *पाहा :* **बातमी, आदेश, अंत**

निरोप्या (पु) *पाहा :* **बातमीदार, अनुचर**

निर्गमन (न) *पाहा :* **जाणे**

निर्गुण (-णी) (वि) *पाहा :* **अमूर्त, परमेश्वर**

निर्घृण (वि) *पाहा :* **क्रूर**

निर्घोर (वि) *पाहा :* **निर्धास्त**

निर्जंतुक (वि) *पाहा :* **शुद्ध**

निर्जन (वि) निर्मनुष्य, मुनष्यविहीन, जनसंपर्कविरहित, एकान्त, एकान्तवासाचा, विजन, एकाकी, दूरचा, निवांत, शून्य, सुना, सुनाट; *पाहा :* **उजाड**

[adj] uninhabited, unpopulated, solitary, secluded, lonely, sequestered, deserted, remote, unfrequented; *पाहा* : **उजाड**

निर्जल (वि) *पाहा* : **कोरडा, उजाड**

निर्जळी (वि) *पाहा* : **अनशन**

निर्जीव (वि) अचेतन, निश्चेष्ट, निपचित, निश्चल, निष्प्राण, मृत; अशक्त, निर्बल, नि:सत्त्व, कमजोर, पोचट; *पाहा* : (विरु) **जिवंत**

[adj] lifeless, motionless, inanimate, inert dead; feeble, infirm; *पाहा* : (विरु) **जिवंत**

निर्झर (पु) *पाहा* : **झरा, प्रवाह**

निर्ढावणे (क्रि) *पाहा* : **कोडगा**

निर्णय (पु) निकाल, निवाडा, फैसला, ठराव, मत; शहानिशा; निश्चय, निग्रह; निर्णयप्रक्रिया, स्वयंनिर्णय; *पाहा* : **ठरणे**

[वा] एक घाव दोन तुकडे

(n) decision, judgement, verdict, result, ruling, outcome, finding, opinion; *पाहा* : **ठरणे**

[i] the die is cast

निर्णायक (वि) *पाहा* : **निकाली, अंतिम**

निर्दय (-यी) (वि) *पाहा* : **क्रूर, कठोर**

निर्दालन (-ळण) (न) *पाहा* : **नाश**

निर्दिष्ट (वि) दर्शित, वर्णित, उपरोक्त, उपरिनिर्दिष्ट, सदर, सदरहू, सूचित, निरूपित, विहित, दाखल, नोंदलेला, विवक्षित, विशिष्ट; *पाहा* : **अमुक**

[adj] shown, described, noted, entered, specified, defined, named, enumerated, particular; *पाहा* : **अमुक**

निर्देश (पु) *पाहा* : **उल्लेख, आदेश**

निर्देशक (पु) *पाहा* : **अधिकारी, दिग्दर्शक**

निर्देशांक (पु) प्रमाण मापक, दर्शक, निदर्शक, सूचक, मोजपट्टी, फूटपट्टी, सूचकांक

(n) index, measure, pointer, gauge, marker, indicator, scale

निर्दोष (निर्दोषी) (वि) दोषरहित, दोषहीन, शुद्ध, चोख, अव्यंग, अनघ, निष्पाप, निष्कलंक, निर्मळ, निरपराध, संशयातीत, अचूक, बिनचूक, नेमका, परिपूर्ण, गुणवान

[वा] बोट ठेवायला जागा नसणे

[adj] faultless, flawless, impeccable, untarnished, innocent, immaculate, spotless, sinless, above suspicion, perfect, virtuous

निर्द्वंद्व (वि) द्वैतरहित, भेदरहित, समतोल, समबुद्धी, सुखदु:खापल्याड

[adj] composed, balanced, equable, poised, unruffled

निर्धन (वि) *पाहा* : **अकिंचन**

निर्धनता (स्त्री) *पाहा* : **गरिबी**

निर्धातुक (वि) *पाहा* : **नपुंसक**

निर्धार (पु) निश्चय, दृढनिश्चय, संकल्प, वज्रसंकल्प, प्रतिज्ञा, बाणा, ठाम

उद्देश, आग्रह, अट्टहास, ठराव, जिद्द, इच्छाशक्ती, ईर्षा, आत्मविश्वास, अभिनिवेश, निग्रह, मनोधैर्य, धैर्यावलंबन

[वा] चंग बांधणे, सतीचे वाण घेणे, कानाला खडा लावणे

(n) determinatin, resolve, fortitude, grit, will, steadfastness, confidence, willpower, single-mindedness, doggedness

[i] set one's teeth, put one's foot down, never say die, be bent upon

निर्धारित (वि) *पाहा :* **निश्चित**

निर्धास्त (वि) बिनधास्त, निर्भय, निर्घोर (निघोर), बिनघोर, बेडर, निडर, बिनधोक, निर्धोक, निधडा, निश्चिंत, निचिंत, निकाळजी, निष्काळजी, निसूर, निरामय, नि:शंक, निभ्रांत, बेफिकीर, बेधडक, अकुतोभय, भयरहित, भयमुक्त, स्वस्त; *पाहा :* **धीट** (विरु) **भीतिग्रस्त, भित्रा**

[वा] गाजराची पुंगी वाजली तर वाजली नाहीतर मोडून खाल्ली, वाऱ्यावरची वरात, आढ्याला पाय लावून निजणे

[adj] fearless, dauntless, unawed, unconcerned, bold, intrepid, calm; *पाहा :* **धीट** (विरु) **भीतिग्रस्त, भित्रा**

निर्धास्तपणे (क्रिवि) *पाहा :* **बेलाशक**

निर्धोक (वि) *पाहा :* **निर्धास्त, रक्षित**

निर्नायकी (स्त्री) *पाहा :* **अराजक**

निर्निमित्त (वि) *पाहा :* **अकारण, निरुपचार**

निर्बंध (पु) *पाहा :* **नियंत्रण, नियम, अटकाव**

निर्बंधित (वि) *पाहा :* **बंदिस्त**

निर्बल (निर्बळ) (वि) *पाहा :* **अशक्त, नेभळट**

निर्बीज (वि) *पाहा :* **नष्ट**

निर्बुद्ध (वि) *पाहा :* **अजाण**

निर्भय (वि) भयरहित, भयमुक्त, अकुतोभय, बेडर, निडर, धीट, साहसी, धाडसी, बेधडक, निर्धास्त, निधडा, न कचरणारा; *पाहा :* (विरु) **भीतिग्रस्त, भित्रा**

[वा] दगडाची छाती असणे

[adj] fearless, bold, daring, brave, unflinching, intrepid, courageous; *पाहा :* (विरु) **भीतिग्रस्त, भित्रा**

निर्भर (वि) भरपूर, भरलेला; आनंदी, हर्षभरित, उत्फुल्ल

[adj] filled, replete; happy, cheerful, buoyant

निर्भर (पु) *पाहा :* **भरवसा**

निर्भर्त्सना (स्त्री) *पाहा :* **निंदानालस्ती, अपभाषण**

निर्भीड (वि) नि:स्पृह, स्पष्टवक्ता, नि:पक्षपाती, न्यायी, समदर्शी, भीडभाड न ठेवणारा, बेपर्वा, स्वच्छ बोलणारा, आतबाहेर न ठेवणारा, प्रामाणिक, नि:संदिग्ध, स्पष्ट, रोखठोक, सडेतोड, छातीठोक, धडकफडक; *पाहा :* **स्पष्ट**

[वा] तोंडाचा फटकळ, तोंडावर सांगणे, निःस्पृहस्य तृणं जगत्, रामशास्त्री
[adj] forthright, outspoken, straightforward, frank, candid, blunt, unhesitating, explicit, unequivocal; *पाहा :* **स्पष्ट**
[i] to call a spade a spade
निर्भेळ (वि) *पाहा :* **शुद्ध, अस्सल, खरा**
निर्भ्रांत (वि) *पाहा :* **निःशंक**
निर्मत्सर (वि) मत्सर/हेवा/आकस/असूया/वैषम्य/खुन्नस/दुष्टावा नसलेला, निर्विष, निर्वैर
[adj] free from malice/envy/jealousy/animus
निर्मनुष्य (वि) *पाहा :* **निर्जन, उजाड**
निर्मम (वि) *पाहा :* **विरक्त**
निर्मल (निर्मळ) (वि) *पाहा :* **स्वच्छ, प्रांजळ, पवित्र, अनघ, अलिप्त**
निर्माण (वि) *पाहा :* **उपजणे**
निर्माता (पु) *पाहा :* **उत्पादक, प्रयोजक**
निर्माल्य (न) *पाहा :* **फूल, निरुपयोगी**
निर्मितिक्षम (वि) *पाहा :* **सर्जनशील, परिणामकारक**
निर्मिती (स्त्री) *पाहा :* **उत्पत्ती, उभारणी**
निर्मूल (वि) *पाहा :* **नष्ट**
निर्मूलन (न) *पाहा :* **नाश, उच्छेद**
निर्याण (न) *पाहा :* **मोक्ष, प्रयाण**
निर्यात (स्त्री) *पाहा :* **पाठवणे, व्यापार**
निर्लज्ज (वि) निलाजरा, लज्जाहीन, बेशरम, लाज सोडलेला, निरपत्रप, असभ्य, नीतिभ्रष्ट अपवित्र, सैल, स्वैर, लाचकोडगा, लागट, लोचट, लतकोडगा, लतखोर, अश्लील, चावट, कोडगा, मुर्दाड, निगरगट्ट, नंगा, नागवा, निसंग, निसुग, डांबरट, बेरड, भोट, झोट, ढालगज, उद्धट; सौरी
[वा] नंगेसे खुदा भी डरता है, निर्लज्जम सदा सुखी, कमरेचे/ढुंगणाचे सोडून डोक्याला गुंडाळणे, एक लज्जां परित्यज्य सर्वत्र विजयी भवेत्, गोचीड
[adj] shameless, brazen, indecent, immodest, loose, wanton, hardened, impudent, barefaced, cheeky, flagrant, unabashed, undisguised
निर्लेप (वि) अलिप्त, नामानिराळा, असंलग्न, निर्मळ, स्वच्छ, पवित्र, शुद्ध, न बरबटलेला, अनघ
[वा] कडब्यात जाऊन पाचोळा अंगाला लागू न देणे
[adj] untainted, undefiled, uncorrupted, pure, clean, unsullied
निर्लोभ (-भी) (वि) *पाहा :* **विरक्त**
निर्वंश (पु) *पाहा :* **नाश**
निर्वाचन (न) *पाहा :* **निवडणूक**
निर्वाण (न) *पाहा :* **अखेर, मोक्ष, मृत्यू**
निर्वाणीचा (वि) *पाहा :* **निकाली, अंतिम**
निर्वात (वि) *पाहा :* **पोकळ**
निर्वासित (पु) *पाहा :* **निराधार,**

अनाथ; बहिष्कृत

निर्वाह (पु) *पाहा :* **उदरनिर्वाह, असणे**

निर्वाहसाधन (न) *पाहा :* **उद्योग**

निर्वाळणे (क्रि) *पाहा :* **धुणे**

निर्वाळा (पु) *पाहा :* **खात्री, निकाल**

निर्विकल्प (वि) विकल्पविरहित, भेदरहित, हेतुविरहित, शुद्ध, अव्यंग, एकाग्र, तल्लीन; *पाहा :* **समाधी**

[adj] pure, firm, rapt, engrossed. *पाहा :* **समाधी**

निर्विकार (वि) विकारशून्य (-रहित), विरक्त, भावनाशून्य, थंड, उदासीन, बेपर्वा, तटस्थ, तिऱ्हाईत, मख्ख, अचल, अविचल, स्थिरचित्त, स्थितप्रज्ञ, स्थिर, संथ, गप्प

[वा] आतल्या गाठीचा

[adj] cold, neutral, dispassionate, frigid, unemotional, apathetic, indifferent, motionless, still

निर्विकारता (स्त्री) *पाहा :* **चित्तस्थैर्य**

निर्विघ्न (वि) *पाहा :* **सुरळीत**

निर्विवाद (वि) वादातीत, ठोस, निश्चित, साफ, नि:संदेह, निखालस, नि:संशय, धडधडीत, नि:संदिग्ध, अबाधित, निरपवाद; *पाहा :* (विरु) **वादग्रस्त**

[adj] unquestionable, categorical, indisputable, positive, doubtless, unexceptionable; incontrovertible, irrefutable, absolute; *पाहा :* (विरु) **वादग्रस्त**

निर्विष (वि) विषरहित, बिनविषारी, *पाहा :* **विष, विषारी, निर्मत्सर**

[adj] non-poisonous; *पाहा :* **विष, विषारी, निर्मत्सर**

निर्वीर्य (वि) *पाहा :* **नपुंसक**

निर्वेध (वि) *पाहा :* **अबाधित**

निर्वैर (वि) *पाहा :* **मनमिळाऊ, निर्मत्सर**

निर्व्यसनी (वि) व्यसनी नसलेला (*पाहा :* **व्यसनी**); *पाहा :* **साधा**

[वा] सुपारीच्या खांडाचेही व्यसन नसणे

[adj] free from bad habits *पाहा :* **साधा, व्यसनी**

निर्व्याज (वि) *पाहा :* **साधा, प्रांजळ**

निर्हेतुक (वि) *पाहा :* **अहेतुक**

निलंबन (न) *पाहा :* **अर्धचंद्र**

निलंबित (वि) *पाहा :* **अर्धचंद्र, बंद**

निलय (न) *पाहा :* **आलय**

निलाजरा (वि) *पाहा :* **निर्लज्ज**

निवड (स्त्री) पसंती, आवड, आवडनिवड, विकल्प; पर्याय; *पाहा :* **निवडणूक**

[क्रि] निवडणे, पंसत करणे, वेचणे, उचलणे, छानणे, निसणे, अंगीकारणे, आलिंगिणे, स्वीकारणे, ठरवणे, नेमणे

(n) choice, selection, pick, prreference, option; *पाहा :* **निवडणूक**

(v) choose, pick, select, adopt, espouse, embrace, prefer, elect, nominate

[i] hobson's choice

निवडक (वि) वेचक, शेलका, पसंतीचा, निवडलेला, खास, विशेष, ठळक, महत्त्वाचा, मुख्य, प्रमुख, प्रातिनिधिक, लक्षणीय, उल्लेखनीय

उत्कृष्ट, अस्सल, गाळीव, वैशिष्ट्यपूर्ण
[adj] select, choice, chosen, picked, special, salient, chief, outstanding, remarkable, distinctive, excellent

निवडणूक (स्त्री) निवड, निर्वाचन, पसंती, मतदान, गुप्त मतदान, आवाजी मतदान, सार्वत्रिक निवडणूक, मध्यावधी (मुदतपूर्व) निवडणूक, पोटनिवडणूक, सार्वमत; राजकीय पक्ष, उमेदवार, अपक्ष उमेदवार, निवडणूक चिन्ह, मतप्रचार, मतदार, मतदाता, माताधिकार, मतदारसंघ, ओळखपत्र, मतदानकेंद्र, मतदान अधिकारी, मतपत्रिका, मतदानकक्ष, मत, फुली, मतपेटी, मतमोजणी, मताधिक्य, निकाल, मतपेटीचा कौल, निवडणूक प्रक्रिया, लोकशाही प्रक्रिया, निवडणूक आयोग; फेरनिवड, फेरनिवडणूक, फेरमतदान; *पाहा :* **मत**
(n) choice, selection, election, poll, ballot, vote, plebiscite, referendum, interim poll, franchise, suffrage, candidate, independent, constituency, canvassing, polling station, presding officer, ballot paper, polling booth, ballot box, counting of votes, election result, election process, democratic process, election commission, repoll; *पाहा :* **मत**

निवडणे (क्रि) *पाहा :* **निवड, अंगीकार**

निवणे (क्रि) *पाहा :* **कमी, गार** (वि)

निवर्तणे (क्रि) *पाहा :* **मरणे**

निवळ (स्त्री) *पाहा :* **द्रव**

निवळ (वि) *पाहा :* **स्वच्छ, केवळ**

निवळशंख (वि) *पाहा :* **स्वच्छ, अजाण**

निवळणे (क्रि) *पाहा :* **कमी, सौम्य**

निवळा (पु) *पाहा :* **गाळ**

निवळी (स्त्री) *पाहा :* **द्रव**

निवाडा (पु) *पाहा :* **निकाल**

निवांत (वि) शांत, नि:शब्द, चिडीचूप, नि:स्तब्ध, उपद्रवरहित, स्तब्ध; स्वस्थचित्त, अक्षुब्ध, निश्चल, निष्काळजी; एकांत, निर्मनुष्य; *पाहा :* **अबोल, शांत, शांती**
[adj] calm, quiet, placid, serene, peaceful, tranquil, still, halcyon; lonely, sequestered, unfrequented, secluded; *पाहा :* **अबोल, शांत, शांती**

निवारण (न) **निवारणे** (क्रि) *पाहा :* **निरसन**

निवारा (पु) *पाहा :* **आश्रय**

निवास (पु), **निवासस्थान** (न) *पाहा :* **आलय, वास्तव्य, आश्रम**

निवासी (पु) रहिवासी, स्थायिक, राहणारा, वसती/वास/मुक्काम करणारा, भाडेकरी (-रू), उतारू, उतारकरू, आवासी
(n) inhabitant, resident, dweller,

tenant, inmate

निविदा (स्त्री) *पाहा :* **अनुमती**

निविष्ट (वि) *पाहा :* **अंतर्गत, दाखल**

निवृत्त (वि) परावृत्त, परतलेला, थांबलेला, बंद झालेला; विरमलेला, मुक्त, संन्यस्त, सेवानिवृत्त

[adj] retired, withdrawn, stopped

निवृत्तिवेतन (न) *पाहा :* **वेतन**

निवृत्ती (स्त्री) विराम, थांबणूक, सेवानिवृत्ती, स्वेच्छानिवृत्ती, निरास, मुक्तता, परावृत्ती, उपरती, विरक्ती, संन्यास, त्याग, कर्मत्याग, सर्वसंगपरित्याग, मुक्ती, मोक्ष

[वा] सोनेरी हस्तांदोलन

(n) retirement, stoppage, withdrawal, renunciatin, asceticism, liberation

[i] golden handshake

निवेदक (पु), **निवेदिका** (स्त्री) **निवेदन करणारा (-री);** *पाहा :* **कथन**

(n) announcer, broadcaster; *पाहा :* **कथन**

निवेदणे (क्रि), **निवेदन** (न) *पाहा :* **कथन, अर्पिणे, अभिव्यक्ती, अभ्यर्थना, जबानी**

निवेश (पु) *पाहा :* **प्रवेश**

निव्वळ (वि) *पाहा :* **केवळ, अवशिष्ट**

निःशंक (वि) शंकारहित, बेशक, निर्भ्रांत, निर्धास्त, बेधडक, निश्चयपूर्ण, विश्वसित, निःसंशय, निःसंदेह; *पाहा :* (विरु) **साशंक**

[adj] sure, without doubt, confident, assured; *पाहा :* (विरु) **साशंक**

निःशब्द (वि) *पाहा :* **निवांत, अबोल**

निःशस्त्र (वि) *पाहा :* **अशक्त**

निःशस्त्रीकरण (न) *पाहा :* **नकार**

निशा (स्त्री) *पाहा :* **रात्र, कैफ**

निशाकर (-पती) (पु) *पाहा :* **चंद्र**

निशाचर (वि) *पाहा :* **असुर, चोर, घुबड**

निशाण (न) *पाहा :* **ध्वज, नेम**

निशाणबाजी (स्त्री) *पाहा :* **तिरंदाजी**

निशाणी (स्त्री) *पाहा :* **खूण, छाप**

निशापती (पु) *पाहा :* **चंद्र**

निशापाणी (न) *पाहा :* **कैफ**

निशिदिनी (क्रिवि) *पाहा :* **अखंड** (क्रिवि)

निशी (स्त्री) *पाहा :* **रात्र**

निःशुल्क (वि) *पाहा :* **फुकट**

निःशेष (वि) *पाहा :* **अवघा**

निश्चय (पु) निर्धार, निर्णय, निकाल, ठराव; व्रिगह, आग्रह, जिद्द, नेट, साक्षेप, चिकाटी, चिवटपणा, पक्केपणा, करारीपणा, निश्चयीपणा, बाणा, मनोबल, कृतनिश्चय; दृढनिश्चय; प्रतिज्ञा; *पाहा :* **खात्री**

[वा] मांडी बांधणे, कानाला खडा लावणे; पक्की खूणगाठ बांधणे, मनाशी गाठ बांधणे, चंग बांधणे, शेंडी तुटो वा पारंबी तुटो

(n) determination, resolve, resoluteness, grit, fortitude, tenacity; *पाहा :* **खात्री**

निश्चयी (वि) *पाहा :* **करारी**

निश्चयीपणा (पु) *पाहा :* **निश्चय**

निश्चल (ळ) (वि) *पाहा :* **अचल, कायम**

निश्चायक (वि) *पाहा :* **निकाली**

निश्चित (वि) नक्की, पक्का, ठरलेला, मुक्रर, मुकर्रर, निर्धारित, योजलेला, संकल्पित, कायम, नियत, आखलेला, बंदिस्त, विशिष्ट, विवक्षित, नेमका, अमुक एक, ठोस, ठरावीक, असंदिग्ध, निर्विवाद, निःसंशय, संशयातीत; हुकमी; *पाहा :* **नियुक्त, खचीत, पक्का, अचल, ठरणे** (विरु) **अनिश्चित**

[वा] हलवून खुंटा बळकट करणे, शिक्कामोर्तब करणे

[adj] definite, fixed, settled, positive, certain, exact, precise, concrete, specific, unequivocal, doubtles; *पाहा :* **नियुक्त, खचीत, पक्का, अचल, ठरणे,** (विरु) **अनिश्चित**

निश्चिंत (वि) *पाहा :* **निर्धास्त**

निश्चिती (स्त्री) *पाहा :* **खात्री**

निश्चिंती (स्त्री) *पाहा :* **शांती**

निश्चेष्ट (वि) *पाहा :* **अचेतन, अचल**

निःश्वास (पु) *पाहा :* **श्वास**

निषाद (पु) *पाहा :* **स्वर, पारधी**

निषिद्ध (वि) *पाहा :* **त्याज्य, असंमत** (विरु) **विहित**

निषेध (पु) *पाहा :* **धिक्कार, नकार**

निषेधार्ह (वि) *पाहा :* **गर्हणीय**

निष्कंटक (वि) *पाहा :* **रक्षित**

निष्कंप (वि) *पाहा :* **अचल**

निष्कपट (-टी) (वि) *पाहा :* **साधा, प्रांजळ, अनघ**

निष्कर्ष (पु) *पाहा :* **तात्पर्य, अखेर**

निष्कलंक (वि) शुद्ध, विशुद्ध, स्वच्छ, उजळ, निर्मळ, पवित्र, प्रांजळ, अनघ, अव्यंग, निर्दोष, निरपराध, निष्पाप, उज्ज्वल, धवल; *पाहा :* (विरु) **कलंकित**

[adj] pure, clean, undefiled, untarnished, flawless, sinless, uncorrupted, bright; *पाहा :* (विरु) **कलंकित**

निष्कांचन (वि) *पाहा :* **अकिंचन**

निष्काम (वि) *पाहा :* **विरक्त**

निष्कारण (वि, क्रिवि) *पाहा :* **अकारण, उगाच**

निष्कासन (न) *पाहा :* **अर्धचंद्र**

निष्काळजी (वि) *पाहा :* **गाफील, निर्धास्त, हलगर्जी, खुशालचेंडू**

निष्काळजीपणा (पु) *पाहा :* **अनवधान, उपेक्षा, कर्तव्यच्युती**

निष्कृती (स्त्री) *पाहा :* **निरसन**

निष्क्रमण (न) *पाहा :* **जाणे**

निष्क्रिय (वि) *पाहा :* **आळशी**

निष्ठा (स्त्री) दृढ भाव, भक्ती, श्रद्धा, आदर, अनुरक्ती, प्रीती, प्रेम, आसक्ती, साक्षेप, बांधिलकी; विश्वास, भरवसा, अवलंबन; इमान, इमानदारी, एकनिष्ठपणा; मार्ग, वाट, रीत; तत्त्वनिष्ठा, मूल्यनिष्ठा, स्वामिनिष्ठा, देशनिष्ठा, राष्ट्रनिष्ठा, राजनिष्ठा; इ.

(n) devotion, dedication, commitment, adherence, allegiance, trust, faith,

loyalty; path, route, mode
[i] sink or swim together

निष्ठावंत (-वान) (वि) भक्तिभावयुक्त, भाविक, भावुक, परायण, श्रद्धाळू, श्रद्धावान, धार्मिक, अनुरक्त, आसक्त, विश्वसित, इमानी, वफादार, नेक, आज्ञाधारक, एकनिष्ठ, अव्यभिचारी, अनन्य, अनन्यगतिक, निस्सीम, नैष्ठिक, कडवा, पक्का, कडकडीत; कट्टर, स्वामिनिष्ठ, राजनिष्ठ, इ; एकपत्नीव्रती; *पाहा :* **पतिव्रता, प्रामाणिक, भक्त, चारित्र्यसंपन्न,** (विरु) **चारित्र्यहीन**
[वा] घट्ट कासोट्याचा (-ची)
[adj] devoted, devout, dedicated, keen, trustful, single minded, faithful, loyal, strict; *पाहा :* **पतिव्रता, प्रामाणिक, भक्त, चारित्र्यसंपन्न** (विरु) **चारित्र्यहीन**

निष्ठुर (वि) *पाहा :* **अकरुण, क्रूर, कजाग**

निष्णात (वि) *पाहा :* **निपुण**

निष्पत्ती (स्त्री) शेवट, अखेर, अंत, समाप्ती, सांगता, पूर्णता, पूर्णावस्था; निकाल, परिणती, परिणाम, परिपाक; उत्पत्ती, उगम, उद्भव, प्रादुर्भाव; फळ, लाभ, फायदा, उपयोग, फलनिष्पत्ती
(n) conclusion, culmination, completion, result, consequence, outcome, fruit, gain, application

निष्पन्न (वि) उत्पन्न झालेले, उद्भवलेले, निघालेले, उपजलेले, जन्मलेले, फळलेले, लाभलेले, प्राप्त, सिद्ध, उघड
[adj] produced, born, gained, resulted

निष्पक्ष (-पाती) (वि) *पाहा :* **तटस्थ, न्यायी**

निष्पाप (वि) *पाहा :* **अनघ, प्रांजळ**

निष्प्रभ (वि) *पाहा :* **तेजोहीन, कळाहीन**

निष्प्राण (वि) *पाहा :* **निर्जीव**

निष्फल (-ळ) (वि) *पाहा :* **निरुपयोगी असार**

निष्फलता (स्त्री) *पाहा :* **विफलता**

निःसंग (निसंग) (वि) *पाहा :* **विरक्त, निर्लज्ज**

निसटणे (क्रि) *पाहा :* **गुंगारा देणे, पळणे, ढळणे**

निसटता (क्रि) *पाहा :* **ओझरता**

निसण (स्त्री) *पाहा :* **जिना**

निसणे (क्रि) *पाहा :* **निवड, सोलणे**

निसंतान (न), **निःसंतान** (वि) *पाहा :* **नाश, अनपत्य**

निःसत्त्व (वि) सत्त्वहीन, कसहीन, निकस, पोषणहीन, निकृष्ट, रसहीन, असार, पोकळ, फोल, पोचट, बलहीन, तेजोहीन, निर्बल, निर्जीव, किरटा, कृश
[adj] non-nutritious unwholesome, hollow, feeble, infirm

निःसंदिग्ध (वि) *पाहा :* **असंदिग्ध**

निःसंदेह (वि) *पाहा :* **निःशंक**

निसरगाठ (स्त्री) *पाहा :* **गाठ**
निसरडा (वि) *पाहा :* **घसरट, गुळगुळीत**
निसरणे (क्रि) *पाहा :* **घसरणे**
निसर्ग (पु) सृष्टी, विश्व, चराचर; प्रकृती; निसग्रक्रम, निसर्गसौंदर्य, सृष्टिसौंदर्य, सृष्टिशोभा; *पाहा :* **नैसर्गिक**
(n) nature, universe, cosmos; ecology, environment; *पाहा :* **नैसर्गिक**
निसर्गक्रम (पु) *पाहा :* **रीत, परंपरा**
निसर्गचित्र (न) *पाहा :* **चित्र**
निसर्गदत्त (वि) *पाहा :* **उपजत**
निसर्गप्रकोप (पु) *पाहा :* **संकट**
निसर्गोपचार (पु) *पाहा :* **इलाज**
निःसंशय (वि, क्रिवि) निर्विवाद, नि:संदेह, नि:शंक, निखालस, निश्चित, संशयातीत, धडधडीत, ठोस; अलबत, खचीत, खात्रीने, हमखास, खरोखर
[adj, adv] doubtless, indisputable, positive, undoubtedly, surely
निःसारण (न) *पाहा :* **अर्धचंद्र**
निसुग (वि) *पाहा :* **निर्लज्ज**
निसुरता (क्रिवि) *पाहा :* **ओझरता**
निसूर (वि) *पाहा :* **निर्धास्त**
निःस्तब्ध (वि) *पाहा :* **अचल, निवांत**
निस्तरणे (क्रि) **निस्तारणे** (क्रि) पुरे करणे, पार पाडणे, तडीस नेणे, चूक सुधारणे, सावरणे, निष्कृती करणे; फळे भोगणे, सुखरूप बाहेर पडणे
(v) complete, finish, execute, correct, recover, endure
निस्तेज (वि) *पाहा :* **तेजोहीन, कळाहीन, अशक्त**
निःस्पृह (निस्पृह) (वि) *पाहा :* **विरक्त, निर्भीड**
निःस्वार्थ (-र्थी) (वि) स्वार्थरहित, दिलदार, उदार, परोपकारी, स्वार्थत्यागी; *पाहा :* **विरक्त,** (विरु) **स्वार्थी**
[adj] selfless, unselfish, benevolent, generous; *पाहा :* **विरक्त** (विरु) **स्वार्थी**
निस्सीम (वि) *पाहा :* **अतिशय**
निहायत (क्रिवि) *पाहा :* **सर्वस्वी**
निळंगळी (स्त्री) *पाहा :* **झापड**
निळा (वि) नील, श्याम, श्यामल, श्यामवर्णी, अस्मानी, आकाशी, घननीळ, मेघवर्ण, मेघश्याम, घनश्याम, सावळा, निळासावळा, नीलवर्ण, श्यामवर्ण, श्यामल, निळाशार, गर्द/जांभळट/हिरवट निळा
[adj] blue, ultramarine, aquamarine, indigo, sapphire, turquoise, azure, sky blue, cobalt, navy blue
निळाई (स्त्री) *पाहा :* **नीलिमा**
निक्षून (क्रिवि) स्पष्टपणे, उघडपणे, असंदिग्धपणे, साफ, हडसून-खडसून, बजावून, रोखठोक
[adj] positively, categorically, explicitly, peremptorily
निक्षेप (पु) *पाहा :* **अनामत, ठेव**
नीच (वि) *पाहा :* **अधम**
नीज (स्त्री) *पाहा :* **झोप**

नीट (वि) सरळ, ठाकठीक, ठीकठाक, व्यवस्थित, नीटनेटका, दुरुस्त, अचूक, दोषरहित, बरोबर, नेटका, साखसुरत
[adj] straight, proper, faultless, right, accurate, neat
नीटनेटका (वि) *पाहा :* **नीट, नीटस**
नीटनेटकेपणा (पु) *पाहा :* **टापटीप**
नीटस (वि) अटकर, बांधेसूद, रेखीव, प्रमाणबद्ध, कमनीय, गोंडस, नेटका, सरळ, नीटनेटका, व्यवस्थित
[adj] shapely, spruce, tidy, well-proportioned, pretty
नीड (न) *पाहा :* **घरटे**
नीतिधैर्य (न) *पाहा :* **धैर्य**
नीतिनियम (पु, अव) *पाहा :* **नीती**
नीतिभ्रष्ट (वि) अनीतिमान, अनैतिक, पापी, दुराचरणी, स्वैरवर्तनी, छचोर, चवचाल, स्वैर, सैल, चारित्र्यहीन, भ्रष्ट, अवनत, अपभ्रष्ट, अधम, शीलभ्रष्ट, भ्रष्टाचारी; *पाहा :* (विरु) **चारित्र्यसंपन्न**
[adj] corrupt, decadent, debauched, degenerate, loose, promiscuous, unethical, unprincipled, reprobate, immoral, depraved, sinful, wanton, licentious, unscrupulous; *पाहा :* (विरु) **चारित्र्यसंपन्न**
नीतिभ्रष्टता (स्त्री) *पाहा :* **अनाचार**
नीतिमत्ता (स्त्री) *पाहा :* **चारित्र्य**
नीतिमान (वि) *पाहा :* **चारित्र्यसंपन्न, धार्मिक**
नीतिवचन (न) *पाहा :* **उक्ती**
नीतिशास्त्र (न) *पाहा :* **नीती**
नीती (स्त्री) आचारसंहिता, शिष्टाचरण, शिष्टसंमत आचार, विहित आचरण, शिष्टाचार, रूढ सभ्यता, व्यवहारशास्त्र, सदाचार-नियम, सद्‌गुण, सद्‌वर्तन, सचोटी, कर्तव्य, न्याय, योग्यता, युक्तता; धोरण, डावपेच, व्यूहरचना, राजनीती, रणनीती, युद्धनीती, दंडनीती, भेदनीती; नीतिनियम, नीतिशास्त्र, नीतितत्त्वे, नैतिक आचारविचार
[वा] फोडा आणि झोडा, कणिकनीती
(n) rules of conduct, morals, moral philosophy, moral rectitude, integrity, morality, scruples, propriety, duty, virtue; policy, strategy, tactics; ethics
[i] divide and rule
नीद (स्त्री) *पाहा :* **झोप**
नीयत (स्त्री) *पाहा :* **दानत**
नीर (न) *पाहा :* **पाणी**
नीरज (न) *पाहा :* **कमळ**
नीरस (वि) रसहीन, कोरडा, शुष्क, रुक्ष, रुचिहीन, बेचव, बोद, मिळमिळीत, गिळगिळीत, पचपचीत, पुळपुळीत, फिकट, अळणी, कंटाळवाणा, रंजिसवाणा, रटाळ, पाल्हाळीक, गद्य, एकसुरी, कल्पनाशून्य, उत्साहशून्य, अरसिक; *पाहा :* (विरु) **रसाळ, रसिक**

[adj] dry, parched, sapless, drab, flat, commonplace, boring, dreary, uninteresting, dull, jejune, prosaic; *पाहा :* (विरु) **रसाळ, रसिक**

[i] in a rut, as dull as ditchwater

नील (वि) *पाहा :* **निळा**

नीलकंठ (पु) *पाहा :* **शंकर**

नीलकांत (-मणी) (पु) *पाहा :* **रत्न**

नीला (स्त्री) *पाहा :* **रक्तवाहिनी**

नीलिमा (पु) निळाई, श्यामिका, नीलवर्ण, श्यामवर्ण, निळेपणा, निळा रंग

(n) blueness, blue colour

नीलोत्पल (न) *पाहा :* **कमळ**

नीहार (न) दव, बर्फ, हिम, तुषार

(n) dew, ice, frost

नुकसान (न), **नुकसानी** (स्त्री) तोटा, आतबट्टा, खोट, खामी, खट, घाटा, तूट, डग, बूड, ठेच, ठोकर, ढका, गोता, अपयश, क्षती, हानी, खराबी, नासाडी, नाश, मरण, जळीत, बिघाड, ऱ्हास, पीछेहाट, झीज, इजा, दुखापत, तोहमत, अपकार, अकल्याण, अपाय; *पाहा :* (विरु) **फायदा**

[वा] चट्टा (खिशाला चाट) बसणे, तडाखा बसणे, बुडीत असणे, बुडणे; बसणे, (पदराला) खार लागणे, अद्दल घडणे, धडा शिकणे, पायावर धोंडा पाडून घेणे, विकत श्राद्ध घेणे, आधी जाते बुद्धी मग जाते भांडवल, हपापाचा माल गपापा, अंगावर पडणे, घोडे मारणे, अंगावर/डोक्यावर शेकणे, तेल गेले तूप गेले हाती धुपाटणे आले, दोन्ही घरचा पाहुणा उपाशी, घोडे खाई भाडे, आगीतून फुफाट्यात पडणे, विळा मोडून खिळा करणे, दानावर दक्षिणा

(n) loss, deficit, damage, detriment, impairment, decline, injury, harm, erosion

[i] go down in the world, go from bad to worse, jump out of the frying pan into the fire, lose ground, dead loss, to burn one's fingers

नुकसानकारक (वि) *पाहा :* **नाशक**

नुसता (वि) *पाहा :* **केवळ**

नूतन (वि) *पाहा :* **नवा**

नूतनवयस्क (वि) *पाहा :* **जाणता**

नूतनीकरण (न) *पाहा :* **पुनरुज्जीवन, बदल**

नूपुर (पु) *पाहा :* **पैंजण**

नूर (पु) थाट, ऐट, रुबाब, झोक, वैभव, देखावा; तेज, पाणी, चमक, कांती, रूप, रंग, मन:स्थिती, मनोरचना, कल, चित्तवृत्ती

(n) pomp, flourish, show; appearance, sparkle, brilliance; mood, disposition, temper

नृत्य (न) अभिनय, हावभाव, पदन्यास, मुखराग, अंगप्रत्यंग; नृत्यकला; कथ्थक, भरतनाट्यम कथकली, मणिपुरी, ओडिसी, तांडवनृत्य,

शिवनृत्य, लास्य; आदिवासी नृत्य; लोकनृत्य; तातकथय्या, नृत्यनाट्य, नृत्यनाटिका; झिम्मा, फुगडी, गरबा; *पाहा :* **नाच**

(n) dance, choreography; ball, discotheque, disco; ballet, tap, rumba, waltz, qickstep, foxtrot, break, square, tango, folk, etc. *पाहा :* **नाच**

नृत्यांगना (स्त्री) पाहा : **कलावंतीण**

नृप (पु), **नृपती** (पु), **नृपाळ** (पु) *पाहा :* **राजा, अध्यक्ष**

नृशंस (वि) *पाहा :* **क्रूर**

नृसिंह (पु) *पाहा :* **अवतार**

ने-आण (स्त्री) *पाहा :* **दळणवळण**

नेक (वि) *पाहा :* **चारित्र्यसंपन्न, निष्ठावंत**

नेकी (स्त्री) *पाहा :* **सचोटी**

नेट (पु) जोर, बल, रेट, रेटा, ताकद, शक्ती; प्रयत्न, श्रम, चिकाटी, चिवटपणा, निर्धार, निश्चय, साक्षेप, उत्साह; जिद्द, उभारी, धमक, अवसान, दम, हिंमत, अभिनिवेश, भलरी; निकड, तगादा, दट्ट्या, पाठपुरावा; *पाहा :* **रेटणे**

(n) force, punch, might; endeavour, tenacity, resoluteness, grit, energy; doggedness, courage; pressure, urgency; *पाहा :* **रेटणे**

नेटका (वि) *पाहा :* **नीटस, नेमका**

नेढे (न) *पाहा :* **खिंडार**

नेणता (वि) *पाहा :* **अजाण**

नेणीव (स्त्री) *पाहा :* **अज्ञान** (न)

नेणे (क्रि) घेऊन जाणे, वाहून नेणे, वहन/परिवहन करणे, वाहतूक करणे, वागवणे, चालवणे, उठवणे, हलवणे, ओढणे, खेचणे, हिसकणे (हिसकावणे), हरणे, हरण/अपहरण/अपहार करणे, लुटणे, उपटणे

(v) carry, transport, relay, transmit, remove, ferry, move, bear, haul, take away, plunder

नेता (वि) *पाहा :* **अध्यक्ष**

नेतृत्व (न) *पाहा :* **अधिकार, आघाडी**

नेत्र (पु) *पाहा :* **डोळा**

नेत्रकटाक्ष (पु) *पाहा :* **अवलोकन**

नेत्रदान (न) *पाहा :* **दान, अंत्येष्टी**

नेत्रदीपक (वि) *पाहा :* **आकर्षक, भव्य**

नेत्रपटल (न) *पाहा :* **डोळा**

नेत्रपल्लवी (स्त्री) *पाहा :* **अवलोकन, खूण**

नेत्रविषय (पु) *पाहा :* **दृश्य**

नेत्रवेधक (वि) *पाहा :* **आकर्षक**

नेत्रसंकेत (पु) *पाहा :* **खूण**

नेत्रसुखद (वि) *पाहा :* **आकर्षक**

नेत्रहीन (वि) *पाहा :* **अंध**

नेत्रांजन (न) *पाहा :* **अंजन**

नेपथ्य (न) *पाहा :* **नाटक, सजावट**

नेभळट (वि), **नेभळा** (वि) भ्याड, भेकड, भित्रा, बावळट, गलथान, अजागळ, दुबळा, लेभळा, निर्बल, नामर्द, वीर्यहीन, नष्टवीर्य, बायकी, स्त्रैण, पुळचट, मेंगळट, शेळपट,

मेषपात्र, पुळपुळीत, फद्या, शामळू; रड्या; *पाहा :* (विरु) **निधडा**

[वा] बांगड्या भरणे, मेल्या आईचे दूध पिणे, रांड्या राणेजी

[adj] timorous, cowardly clumsy, chicken-hearted, diffident, pusillanimous, sheepish, spineless, weak-minded, imbecile; *पाहा :* (विरु) **निधडा**

नेम (पु) नियम, व्रत, वसा, वाणवसा, ठराव, संकेत, ब्रीद, बंध, नेमधर्म; लक्ष्य, निशाण, उद्दिष्ट; रोख, लगाव; संधान; शरसंधान

[क्रि] नेम धरणे/मारणे, किरण साधणे, लक्ष्य वेधणे/टिपणे, रोखणे, वेध घेणे, शब्दवेध करणे

(n) rule, regulation, custom; aim, goal

[i] zero in on something

नेमका (वि) अचूक, बरोबर, थेट, तंतोतंत, शब्दशः, अक्षरशः, बेमालूम, चपखल, समर्पक, सुयोग्य, नेटका, काटेकोर, ठरावीक, विशिष्ट, संकल्पित, अपेक्षित, ठीक; *पाहा :* **अचूक, अनुरूप**

[adj] precise, right, exact, specific, fixed, expected; *पाहा :* **अचूक, अनुरूप**

[i] on the dot

नेमणूक (स्त्री) नियुक्ती, नियोजन, योजना, निवड, स्थापना, प्रतिष्ठापना, राज्याभिषेक; पुनर्नियुक्ती; *पाहा :* **वेतन**

[वा] जागा भरणे

(n) appointment, installation, investiture, commissioning, naming, nomination; *पाहा :* **वेतन**

नेमणे (क्रि) नेमणूक करणे, नियुक्त करणे, पदावर स्थापणे, निश्चित करणे, ठरवणे, नियोजित करणे, कामाला लावणे, कामगिरी सोपवणे, अधिकार सुपूर्द करणे, प्रतिनिधित्व देणे

(v) appoint, install, nominate, commission, delegate, assign, engage, hire

नेमधर्म (पु, अव) *पाहा :* **उपासना, धर्म**

नेमबाजी (स्त्री) *पाहा :* **तिरंदाजी**

नेमस्त (वि) मवाळ, धिमा, मध्यममार्गी, बेताचा, मित, सौम्य; *पाहा :* **नियुक्त**

[adj] moderate, gentle, mild; *पाहा :* **नियुक्त**

[i] middle-of-the-road

नेमाने (क्रिवि) *पाहा :* **अखंड** (क्रिवि)

नेमिष्ठ (वि) *पाहा :* **कट्टर**

नेवता (पु) *पाहा :* **आमंत्रण**

नेसण (न), **नेसणे** (क्रि) *पाहा :* **वस्त्र**

नेस्तनाबूत (वि) *पाहा :* **नष्ट**

नेहमी (क्रिवि) *पाहा :* **अखंड** (क्रिवि), **पुन्हा**

नैतिक (वि) नीतीविषयक, नीतियुक्त; *पाहा :* **नीती**

[adj] moral; *पाहा :* **नीती**

नैपुण्य (न) निपुणता, प्रावीण्य, कौशल्य, कसब, चातुर्य, तयारी, प्रगती, उरक,

हुशारी, वाकबगारी, वस्तादगिरी, हातोटी, पटुत्व, पाटव, परिज्ञान; *पाहा* : **निपुण**

[वा] हात बसणे/चालणे

(n) proficiency, expertise, know-how, skill, dexterity, deftness, talent, knack, accomplishment; *पाहा* : **निपुण**

नैमित्तिक (वि) प्रासंगिक, प्रसंगोपात्त, प्रसंगानुरूप, परिस्थितीजन्य, आनुषंगिक, अनियमित, आकस्मिक, तात्कालिक, समयोचित, विषयानुरूप

[adj] occasional, incidental, casual, contingent, irregular, fitful, infrequent, sporadic; relevant

नैराश्य (न) निराशा, वैफल्य, आशाभंग, मनोभंग, खिन्नता, उद्विग्नता, उद्वेग, विषण्णता, औदासीन्य, मनोदौर्बल्य, हताशपणा, निरुत्साह, हिरमोड, उत्साहभंग, विरस; *पाहा* : **निराश, विरस** (विरु) **आशा**

[वा] आशेची निराशा होणे

(n) disappointment, frustration, despondency, depression, dejection, despair, low spirits, melancholia; *पाहा* : **निराश, विरस** (विरु) **आशा**

नैर्ऋत्य (-ती) (स्त्री) *पाहा* : **दशदिशा**

नैवेद्य (पु) *पाहा* : **पूजा, अर्पिणे, लाच**

नैष्ठिक (वि) *पाहा* : **निष्ठावंत**

नैसर्गिक (वि) निसर्गाचे (*पाहा* : **निसर्ग**), प्राकृत, प्राकृतिक; *पाहा* : **उपजत, अकृत्रिम**

[adj] natural (*पाहा* : **निसर्ग**); *पाहा* : **उपजत, अकृत्रिम**

नोकझोक (पु) *पाहा* : **नखरा**

नोकर, नोकरदार, नोकरमाणूस (सर्व पु) *पाहा* : **अनुचर**

नोकरशहा (पु) *पाहा* : **अधिकारी**

नोकरशाही (स्त्री) *पाहा* : **राज्यपद्धती**

नोकरी (स्त्री) *पाहा* : चाकरी, व्यवसाय

नोंद (स्त्री), **नोंदणी** (स्त्री) टाचण, टिपण, लेख, पंजीकरण, बारनिशी, नोंदवही, दैनंदिनी, रोजनिशी; नावनोंदणी

[क्रि] नोंदणे, दाखल/प्रविष्ट/निविष्ट/नमूद करणे

(n) record, noting, registration, diary

नोंदणीविवाह (पु) *पाहा* : **विवाह**

नोमतोम (न) *पाहा* : **गाणे**

नौका (स्त्री) नाव, होडी, प्लव, जहाज, गलबत, बारकस, तरांडे, तारू, आगबोट, शीडहोडी, किस्ती, मचवा, पडाव, होडकी, फतेमारी, शिबाड, महागिरी, बतेला, बदरा, बांबोट, होडगे, डोंगा, डोंगी, डोणी, डंगी, सांगड, सांगडी, तरणी, तरी, तराफा, क्रीडानौका, शिकारा, जलयान, पाणबुडी, युद्धनौका, विनाशिका, विमानवाहू नौका; शीड, डोलकाठी, शीडकाठी, तळकाठी, वल्हे, अवले, सुकाणू, कर्ण, नाळ

(n) boat, ship, vessel, steamer, launch, ferry, dinghy, punt, raft, yacht, submarine, destroyer; warship, man-of-war, battleship, liner, cruiser, frigate, catamaran, barge, houseboat, lifeboat; sail, mast, boom, oar, paddle, rudder, helm, bow, stern, hull, deck

नौकानयन (न) *पाहा :* **प्रवास**

नौजवान (पु) *पाहा :* **तरुण**

नौदल (न) *पाहा :* **दल**

नौबत (स्त्री) *पाहा :* **चर्मवाद्य, संकट**

नौसेना (स्त्री) *पाहा :* **दल**

नौसैनिक (पु) *पाहा :* **नाविक**

न्याय (पु) योग्यपणा, रास्तपणा, औचित्य, युक्तता, निःपक्षपातीपणा, खरेपणा, तथ्य, यथार्थता, प्रामाणिकपणा, न्यायबुद्धी, नीती, न्यायनीती, न्यायशास्त्र, कायदा, विधी, नियम, पद्धत, तत्त्व, सूत्र, दाखला; *पाहा :* **निकाल, दर्शन,** (विरु) **अन्याय**

(n) justice, rightness, rightfulness, impartiality, equity, fair play, fairness, fitness, propriety; jurisprudence; principle, illustration; *पाहा :* **निकाल, दर्शन** (विरु) **अन्याय**

[i] poetic justice, to bring to book

न्यायपीठ (न) *पाहा :* **न्यायालय**

न्यायमूर्ती (पु) *पाहा :* **न्यायाधीश**

न्यायशास्त्र (न) *पाहा :* **न्याय, कायदा**

न्यायसभा (स्त्री) *पाहा :* **न्यायालय**

न्यायाधीश (पु) न्यायमूर्ती, पंच, मध्यस्थ, कायदेपंडित, कायदातज्ज्ञ, सरन्यायाधीश; रामशास्त्री; मुनसफ; *पाहा :* **न्यायालय**

(n) judge, justice, magistrate, court, coroner, referee; *पाहा :* **न्यायालय**

न्यायालय (न) न्यायसभा, न्यायासन, न्यायपीठ, न्यायमंदिर, कनिष्ठ/दिवाणी/फौजदारी/औद्योगिक/सत्र/कॉरोनर/वरिष्ठ/उच्च/सर्वोच्च/आंतरराष्ट्रीय न्यायालय, लोकन्यायालय, लवाद, खंडपीठ; *पाहा :* **न्यायाधीश**

(n) court, law-court, judiciary, tribunal, civil/criminal/coroner/high/supreme/international court, bench *पाहा :* **न्यायाधीश**

न्यायी (वि) न्यायनिष्ठ, न्यायनिष्ठुर, निर्भीड, निःपक्षपाती (निष्पक्षपाती), प्रामाणिक, विचारी

[adj] just, proper, fair, impartial, unbiased

न्याय्य (वि) न्यायसंमत, योग्य, रास्त, उचित, बरोबर, युक्त, यथातथ्य, नेकीचा, नीतीचा

[adj] just, rightful, equitable, ethical, impartial, lawful, legitimate, proper, fair, dispassionate

न्यारा (वि) *पाहा :* **अन्य, और**

न्यास (पु) स्थापना, निक्षेप, ठेव, प्रतिष्ठान, विश्वस्त संस्था

(n) deposit, trust

न्याहरी (-हा) (स्त्री) *पाहा :* **अन्न, खाणे**

न्याहाळणे (क्रि) *पाहा :* **अवलोकन**

न्यून (वि) *पाहा :* **अभाव, दोष, अधू**

न्यूनगंड (पु) *पाहा :* **चित्तभ्रम**

न्यूनता (स्त्री) *पाहा :* **अभाव, दोष**

न्यूनरहित (वि) *पाहा :* **पूर्ण**

न्यूनाधिक्य (न) *पाहा :* **अंतर**

न्हाण (न) *पाहा :* **ऋतुप्राप्ती**

न्हाणी (स्त्री), **न्हाणीघर** (न) *पाहा :* **खोली**

न्हाणोली (स्त्री), **न्हातीधुती** (स्त्री) *पाहा :* **ऋतुमती**

न्हावी (पु) *पाहा :* **नापित**

प

पंक (पु) *पाहा :* **चिखल**

पंकज (न) *पाहा :* **कमळ**

पकड (स्त्री) *पाहा :* **नियंत्रण, बंध, अधिकार**

पकडणे (क्रि) धरणे, हस्तगत करणे, मुठीत मिळवणे, घेणे, झेलणे, झडप घालणे, अटक करणे, ताब्यात घेणे, तुरुंगात टाकणे, झपाटणे, पछाडणे

[वा] खिंडीत गाठणे, कैचीत पकडणे, जाळ्यात अडकवणे, तंगड्या गळ्यात घालणे, रंगेहाथ पकडणे

[adj] catch, clutch, grab, grasp, hold, grip, capture, seize, apprehend, arrest; possess

[i] catch someone napping, catch red-handed

पक्का (वि) दृढ, ठाम, अढळ, कायम, घट्ट, दृढमूल, बद्धमूल, गच्च, मजबूत, भक्कम, कडेकोट, टिकाऊ; कट्टर, निष्ठावंत, कडवा, खंबीर, खंदा, पुरा, निग्रही; पक्व; पिकलेला, शिजलेला; पाहा : **निश्चित, निपुण, कायम**

[वा] हाडीमासी मुरणे, काळ्या दगडावरची रेघ, वज्रलेप

[adj] firm, secure, fixed, anchored, immovable, tight, solid, rigid, rooted, lasting; staunch, steadfast, resolute, unshakeable, adamant, ripe; cooked; *पाहा :* **निश्चित, निपुण, कायम**

[i] firm as a rock, weather the storm, hold/stand one's ground, steel oneself, thick-skinned

पंक्तिप्रपंच (-भेद) (पु) *पाहा :* **अंतर, पक्षपात**

पंक्ती (स्त्री) *पाहा :* **आवली, अनुक्रम**

पक्व (वि) पिकलेला, शिजलेला, पक्का, पिका, परिपक्व, पोक्त, विकसित, तयार, पूर्ण; पाड लागलेला, पाडाचा; उतरलेला; *पाहा :* (विरु) **कोवळा, अपक्व**

[adj] ripe, cooked, mature, mellow, seasoned, developed, thorough; पाहा : (विरु) **कोवळा, अपक्व**

पक्वान्न (न) *पाहा :* **अन्न**

पक्वाशय (पु) *पाहा :* **उदर**

पंख (पु) पुंख, पक्ष, पाख, पीस, पिच्छ, पर; पिसारा; मोरपीस, मयूरपिच्छ, मोरपिसारा; *पाहा :* **पक्ष**

(n) wing, feather, quilt, plume; *पाहा :* **पक्ष**

पखरडा (पु) *पाहा :* **पसारा**

पखरण (स्त्री) *पाहा :* **सडा, अवगुंठन**

पखरणे (क्रि) पसरणे, उधळणे, विखुरणे, इतस्तत: फेकणे, सडा टाकणे

(v) scatter, strew, disperse, shower, sprinkle

पखवाज (पु) *पाहा :* **चर्मवाद्य**

पंखा (पु) विंझण, विंजणा, व्यजन, भाता; हडपा; *पाहा :* **परिभ्रमण**

[वा] वारा घालणे

(n) fan, blower, ventilator, propeller; *पाहा :* **परिभ्रमण**

पखाल (स्त्री) *पाहा :* **पिशवी**

पगडा (पु) *पाहा :* **अधिकार**

पगडी (स्त्री) *पाहा :* **शिरस्त्राण**

पंगत (स्त्री) *पाहा :* **आवली**

पगदंडी (स्त्री) *पाहा :* **मार्ग**

पगार (पु) *पाहा :* **वेतन**

पंगू (वि) *पाहा :* **अधू**

पघळ (वि) *पाहा :* **अघळपघळ**

पघळणे (क्रि) पाघळणे, वितळणे, विरघळणे, द्रवणे; वाढणे, पसरणे

(v) liquefy, melt, dissolve; run, spread out

पंच (पु) *पाहा :* **न्यायाधीश**

पंच (वि) *पाहा :* **अंक**

पंचउपप्राण (पु, अव) नाग, कूर्म, कृकल, देवदत्त, धनंजय

(n, pl) five secondary life forces

पंचक (न), **पंचकडी** (स्त्री) *पाहा :* **अंक**

पंचकन्या (स्त्री, अव) अहल्या, द्रौपदी, सीता, तारा, मंदोदरी

(n, pl) five pious mythological women

पचका (पु) *पाहा :* **फजिती**

पंचक्रोशी (स्त्री) *पाहा :* **परिसर**

पंचखाद्य (न) खारीक, खोबरे, खसखस, खिसमिस, खडीसाखर

(n) five eatable offerings

पंचगव्य (न) (गाईपासून झालेले) दूध, दही, तूप, गोमूत्र, शेण

(n) mixture of five products from a cow

पचणे (क्रि) जिरणे, पचनी पडणे, अंगी लागणे, उघडकीस न येणे; शिजणे

(v) be digested/absorbed/assimilated; escape detection; be cooked

पंचतत्त्वे (न, अव) *पाहा :* **पंचमहाभूते**

पंचत्व (न) *पाहा :* **मरणे**

पचन (न) *पाहा :* **जिरणे**

पंचपक्वान्ने (न, अव) *पाहा :* **अन्न**

पंच पंच उषःकाल (पु) *पाहा :* **पहाट**

पचपचीत (वि) *पाहा :* **आर्द्र, बेचव**

पंचपात्री (स्त्री), **पंचपाळे** (न) *पाहा :* **भांडे**

पंचप्राण (पु, अव) प्राण, अपान, व्यान, उदान, समान; *पाहा :* **प्राण, प्रिय**

(n, pl) five life forces; पाहा : **प्राण, प्रिय**

पंचम (वि) *पाहा :* **अंक**

पंचम (पु) *पाहा :* **स्वर, तंबाखू**

पंचमस्तंभी (वि) *पाहा :* **हेर, फितूर**

पंचमहाकाव्ये (न, अव) रघुवंश, कुमारसंभव, माघ, किरात, नैषध

(n, pl) five great Sanskrit epics

पंचमहाभूते (न, अव) पंचतत्त्वे; पाच आदितत्त्वे; पृथ्वी, आप, तेज, वायू, आकाश; *पाहा :* **चराचर**

(n, pl) five elements; पाहा : चराचर

पंचरत्ने (न, अव) सोने, हिरा, नीळ, पाच (पाचू), मोती; *पाहा :* **रत्न**

(n, pl) five precious gems; *पाहा :* **रत्न**

पंचविध (वि) *पाहा :* **अंक**

पंचविषय (पु, अव) शब्द, स्पर्श, रूप, रस, गंध

(n, pl) five objectives of sense-organs

पंचशर (पु) *पाहा :* **मदन**

पंचा (पु) *पाहा :* **पुसणे**

पंचाईत (स्त्री) पेच, कोंडी, गोची, वांधा, कुचंबणा, गुंतागुंत, बिकट अवस्था, द्विधा मन:स्थिती, अडचण, गैरसोय, शृंगापत्ती, मारामार; *पाहा :* **पेचप्रसंग**

[वा] इकडे आड तिकडे विहीर; बुचकळ्यात पडणे, दुग्ध्यात पडणे, अवघड जागी दु:ख आणि जावई वैद्य, धरला तर डसतो सोडला तर पळतो, कात्रीत/चिमट्यात सापडणे, आपलेच दात आपलेच ओठ, दात आहेत तर चणे नाहीत चणे आहेत तर दात नाहीत, दाद ना फिर्याद, तोंड दाबून बुक्क्यांचा मार, आई जेवू घालीना आणि बाप भीक मागू देईना, अडकित्त्यात सापडणे, करायला गेलो एक आणि झाले भलतेच, धर्म करता कर्म उभे राहणे

(n) quandary, dilemma, fix, snag, predicament, difficulty, inconvenience; perplexity; *पाहा :* **पेचप्रसंग**

[i] Gordian knot, be in a corner, not know which way to turn, between Scylla and Charybodis, on the horns of a dilemma, between the devil and the deep blue sea, between two fires, catch-22 situation

पंचांग (न) *पाहा :* **दिनदर्शिका**

पंचानन (पु) *पाहा :* **सिंह**

पंचामृत (न) दूध, दही, तूप, मध, साखर

(n) five tasty eatables

पंचायत (स्त्री) *पाहा :* **स्थानिक स्वराज्य संस्था**

पंचायतन (न) शिव, विष्णू, सूर्य, गणपती, देवी; रामपंचायतन (राम, लक्ष्मण, सीता, भरत, शत्रुघ्न; हनुमान)

(n) five deities

पंचारती (स्त्री) *पाहा :* **पूजा**

पंचेंद्रिय (न, अव) *पाहा :* **कर्मेंद्रिय, ज्ञानेंद्रिय**

पंचोपचार (पु) *पाहा :* **पूजा**

पच्ची (स्त्री) *पाहा :* **टर, फजिती, अपमान**

पछाडणे (क्रि) *पाहा :* **पकडणे**

पंजर (पु) पिंजरा, पांजरा, सापळा, खोडा, सांगाडा; अस्थिपंजर, छातीचा पंजर, खोका, फासळ्या, बरगड्या, पिंजर; *पाहा :* **तुरुंग**

(n) cage; pen, frame, enclosure, aviary, coop, hutch ribs; *पाहा*

: तुरुंग
पंजा (पु) *पाहा :* **हात, आघात**
पंजीकरण (न) *पाहा :* **नोंद**
पंजीकृत (वि) *पाहा :* **दाखल**
पट (पु) *पाहा :* **तक्ता, अवगुंठन, डाव**
पटई (स्त्री) *पाहा :* **छत**
पटकणे (क्रि) *पाहा :* **आदळणे**
पट्कन (-दिशी) (क्रिवि) *पाहा :* **अविलंब**
पटकथा (स्त्री) *पाहा :* **कथा**
पटका (पु) *पाहा :* **शिरस्त्राण**
पटकावणे (क्रि) *पाहा :* **घेणे**
पटकूर (न) *पाहा :* **वस्त्र**
पटणे (क्रि) पसंत पडणे, मनास येणे, मानवणे, परवडणे, आवडणे, मान्य होणे, चालणे, स्वीकारले जाणे
(v) be approved/liked/appreciated/accepted/endorsed
पटदीप (पु) *पाहा :* **राग**
पटपट (क्रिवि) *पाहा :* **अविलंब**
पटल (-ळ) (न) *पाहा :* **थर, अवगुंठन**
पटाईत (वि) पाहा : **निपुण**
पटांगण (न) *पाहा :* **अंगण**
पटुत्व (न) *पाहा :* **नैपुण्य**
पटू (वि) *पाहा :* **निपुण**
पट्टण (न) *पाहा :* **गाव**
पट्टमैत्रीण (स्त्री) *पाहा :* **मैत्रीण**
पट्टराज्याभिषेक (पु) *पाहा :* **अधिकारग्रहण**
पट्टराणी (स्त्री) *पाहा :* **राणी**
पट्टशिष्य (पु) *पाहा :* **अंतेवासी**
पट्टा (पु) पट्टी, पट्टिका, नाडी, नाडा, कसा, फीत, लेस, बंद, नवार, चिंधी, तुकडा; दांडपट्टा, गळपट्टा, कमरपट्टा, मेखला, कटिबंध (-सूत्र), प्रदेश
(n) belt, girdle, band, sash, waistband, cummerbund, strip, tape, stripe, zone
पट्टाभिषिक्त (वि) *पाहा :* **स्थापित**
पट्टाभिषेक (पु) *पाहा :* **स्थापना**
पट्टिका (स्त्री) *पाहा :* **पट्टा**
पट्टी (स्त्री) *पाहा :* **पट्टा, वर्गणी, कर, तांबूल**
पट्टीचा (वि) *पाहा :* **निपुण**
पट्टेकरी (-वाला) (पु) *पाहा :* **अनुचर**
पठडी (स्त्री) *पाहा :* **रीत**
पठणे (क्रि) *पाहा :* **घोकणे**
पठन (न) अध्ययन, वाचन, अभ्यास, आवृत्ती, आवर्तन, अभिवाचन, पाठांतर, घोकंपट्टी, *पाहा :* **घोकणे, वाचक, वाचणे**
(n) study, reading, recitation; *पाहा : घोकणे, वाचक, वाचणे*
पठार (न) *पाहा :* **डोंगर, घाटमाथा, जमीन**
पठ्ठा (पु) **पठ्या** (पु) *पाहा :* **अंतेवासी, धष्टपुष्ट, पराक्रमी, अनुचर**
पड (स्त्री) *पाहा :* **नमणे**
पडका (वि) *पाहा :* **चंद्रमौळी, पडणे**
पडगहाण (न) *पाहा :* **अनामत**
पडगी (-गे) (स्त्री, न) **पडघम** (पु) *पाहा :* **चर्मवाद्य**
पडछाया (स्त्री) *पाहा :* **प्रतिकृती, छाया**
पडजमीन (स्त्री) *पाहा :* **जमीन**

पडजीभ (स्त्री) *पाहा :* **जीभ**

पडझड (स्त्री) मोडतोड, पडापडी, पाडापाड, नासधूस, विध्वंस, घात, अध:पात, गळती, भगदाड, खिंडार; *पाहा :* **अधोगती**

(n) breakage, ravage, destruction, disintegration, fall, downfall, crash, gap, breach; *पाहा :* **अधोगती**

पडणे (क्रि) खाली येणे, पतन पावणे, नीच स्थितीस जाणे, कलंडणे, कोलमडणे, स्थानभ्रष्ट होणे, गळणे, विगलित होणे, ढळणे, आदळणे; कोसळणे, ढासळणे, पतित होणे, खितपत पडणे, *पाहा :* **कमी, अधोगती, झोपणे, मरणे**

(v) fall, descend, go down, plummet, drop, trickle, drip, topple, impinge; *पाहा :* **कमी, अधोगती, झोपणे, मरणे**

पडतउभा (वि) *पाहा :* **उभा**

पडताळणी (स्त्री) *पाहा :* **पडताळणे**

पडताळणे (क्रि) पडताळा/प्रचिती/प्रतीती/ताळा पाहणे, पडताळणी करणे, खरेपणा/बिनचूकपणा/यथार्थता ताडून पाहणे/अनुभवणे, अजमावणे, परीक्षा पाहणे, चाचणी करणे, तुलना करणे, मेळ पाहणे, मोजणे, मापणे, तोलणे; प्रयोग करून पाहणे

(v) verify, confirm, validate, corroborate, affirm, ascertain, demonstrate the truth of, test, examine, compare, collate, experiment

पडताळा (पु) *पाहा :* **अनुभव, पडताळणे, प्रात्यक्षिक**

पडदणी (स्त्री) *पाहा :* **वस्त्र**

पडदा (पु) *पाहा :* **अवगुंठन, नाटक, चित्रपट, माध्यम, अंत**

पडप (न) *पाहा :* **कौतुक, प्रस्थ, चांगुलपणा**

पडभिंत (स्त्री) *पाहा :* **भिंत**

पडवी (स्त्री) *पाहा :* **आगाशी, ओटा**

पडशब्द (पु) *पाहा :* **प्रतिध्वनी**

पडशी (स्त्री) *पाहा :* **पिशवी**

पडसाद (पु) *पाहा :* **प्रतिध्वनी, आवाज**

पडसूत्र (न) *पाहा :* **तंतू**

पडसे (न) *पाहा :* **थंडी**

पडळ (न) *पाहा :* **अवगुंठन**

पडापडी (स्त्री) *पाहा :* **पडझड**

पडाव (पु) *पाहा :* **नौका, अड्डा**

पंडित (पु) विद्वान, विद्यासंपन्न, विद्वांस, शास्त्री, सुविद्य, बुध, विबुध, व्यासंगी, अभ्यासी, अभ्यासक, अधीत, प्रकांडपंडित, कलाभिज्ञ, कलावंत, कलामहर्षी; बालसरस्वती; शहाणा, सुज्ञ, परिपक्व; सुशिक्षित, शिकलेला, पढलेला, बहुश्रुत, बहुज्ञ, ज्ञानी; पढीक पंडित; पर्यंकपंडित, पंडिता, विदुषी; *पाहा :* **तज्ज्ञ, ज्ञानी, अध्यापक, आचार्य, उच्चभ्रू, आचारी**

[वा] सरस्वतीचा लाल

(n) savant, luminary, sage, man of learning/letters, scholar, intellectual, academic, pundit, egghead, maestro, virtuoso, artist; *पाहा :* **तज्ज्ञ, ज्ञानी, अध्यापक, आचार्य, उच्चभ्रू, आचारी**

पडीक (-त) (वि) *पाहा :* **जमीन**

पडेल (वि) *पाहा :* **पराभूत**

पढणे (क्रि) *पाहा :* **अध्ययन**

पढतमूर्ख (वि) *पाहा :* **अजाण**

पढीक (वि) **पुस्तकी पांडित्य मिरवणारा;** *पाहा :* **अध्ययन, पंडित**

[adj] pedantic; bookish, doctrinaire; *पाहा :* **अध्ययन, पंडित**

पण (पु) *पाहा :* **प्रतिज्ञा, पैज**

पणजा (पु) *पाहा :* **पणजोबा**

पणजी (स्त्री) प्रपितामही, प्रमातामही; *पाहा :* **आप्त**

(n) paternal/maternal great grand mother; *पाहा :* **आप्त**

पणजोबा (पु) पणजा, प्रपितामह, प्रमातामह; *पाहा :* **आप्त**

(n) paternal/maternal great grand father; *पाहा :* **आप्त**

पणती (स्त्री) *पाहा :* **दिवा, आप्त**

पणन (न) *पाहा :* **विक्री, व्यापार**

पणनकेंद्र (न) *पाहा :* **दुकान**

पण्य (वि) विक्रीचा, बाजारी (-रू)

[adj] put on the market

पण्यवीथिका (स्त्री) *पाहा :* **दुकान**

पण्यांगना (स्त्री) *पाहा :* **वेश्या**

पत (स्त्री) *पाहा :* **अब्रू, प्रतिष्ठा**

पंत (पु) *पाहा :* **थोर**

पतकरणे (क्रि), **पतकरा** (पु) *पाहा :* **अंगीकार**

पतंग (पु) तुक्कल, सपोळा, वावडी; दीपपतंग, शलभ

(n) kite, paper-kite; candle-moth

पतदार (वि) *पाहा :* **प्रामाणिक**

पतन (न) *पाहा :* **अधोगती, गळणे, गळती**

पतपुरवठा (पु) *पाहा :* **कर्ज**

पतपेढी (स्त्री) *पाहा :* **दुकान, संग्रह**

पंतप्रधान (पु) *पाहा :* **अध्यक्ष**

पताक (-का) (स्त्री) *पाहा :* **ध्वज**

पतित (वि) **पडलेला** (*पाहा :* **पडणे**), *पाहा :* **दुर्गुणी**

[adj] fallen (*पाहा :* **पडणे**), *पाहा :* **दुर्गुणी**

पतितपावन (वि), **पतितोद्धार** (वि) *पाहा :* **त्राता**

पतिव्रता (स्त्री) सती, साध्वी, सदाचारिणी, अव्यभिचारी/एकनिष्ठ/पतिपरायण/निष्ठावंत/इमानी/शुद्ध/पवित्र/धर्मपरायण पत्नी, पतिव्रताधर्म/पातिव्रत्य पाळणारी पत्नी; कुलनारी; *पाहा :* (विरु) **कुलटा, जारकर्मी**

[वा] सती सावित्री, घट्ट कासोट्याची

(n) faithful/loyal/devoted/devout/chaste/pious/pure/virtuous wife; *पाहा :* (विरु) **कुलटा, जारकर्मी**

पती (पु) नवरा (*पाहा :* **नवरा**), दादला, दादुला, दाल्ला, अंबुला, भ्रतार, भर्ता, कांत, वल्लभ, रमण, धव,

नाथ, गो, घोव, पुरुष, नर, घरवाला, घरधनी, यजमान, कारभारी, मालक; सहचर; जोडीदार, *पाहा :* **धनी, पुरुष, प्रिय**

[वा] कुंकवाचा धनी, इकडचे, तिकडचे, जोरू का गुलाम, उतरंडीला नसेना दाणा पण दादला असावा पाटील राणा, काही नसो पण दादला पाटील असो

(n) husband, spouse, partner, mate, man; *पाहा :* **नवरा, धनी, पुरुष, प्रिय**

पंतोजी (पु) *पाहा :* **अध्यापक**

पत्करणे (क्रि) *पाहा :* **अंगीकार**

पत्तन (न) *पाहा :* **गाव**

पत्ता (पु) नावगाव, ठाव, ठावठिकाणा, निवासस्थान; शोध, छडा, माग, आगमाग, सुगावा, थांग, थांगपत्ता, धागादोरा, मागमूस, गंधवार्ता, आगापिछा, नावनिशाण; *पाहा :* **बातमी, पान, मायना**

(n) addrress, location, residence; whereabouts, trace; *पाहा :* **बातमी, पान, मायना**

पत्ती (स्त्री) *पाहा :* **पान**

पत्थर (पु) *पाहा :* **दगड**

पत्नी (स्त्री) भार्या, बायको, जाया, दारा, दयिता, अंगना, भामा, अंबुली, अस्तुरी, बाईल, कलत्र, कांता, वल्लभा, कामिनी, रमणी, कुटुंब, मंडळी, घरधनीण, घरवाली, कारभारीण, मागारीण (माघारीण), स्त्री, नारी, अर्धांगिनी, अर्धांगी, धर्मपत्नी, स्वस्त्री, सौभाग्यवती, लक्ष्मी, गृहलक्ष्मी, सहधर्मचारिणी, सहधर्मिणी, सहचरी, सहचारिणी, लग्नाची बायको, पाटाची बायको, बिबी, बेगम, जोरू, जौजा, सपत्नी, सवत, राजपत्नी; *पाहा :* **नवरी, पतिव्रता, राणी, प्रिय**

[वा] पायातली बेडी, भोगदासी

(n) wife, spouse, partner, mate, housewife, better half; *पाहा :* **नवरी, पतिव्रता, राणी, प्रिय**

पत्र (न), **पत्रक** (न) *पाहा :* **पान, पत्रव्यवहार, माध्यम, तक्ता**

पत्रकार (पु) *पाहा :* **पत्रकारिता**

पत्रकारिता (स्त्री) वृत्तपत्रव्यवसाय (-विद्या), पत्रपांडित्य, शोधपत्रकारिता; वृत्तपत्रव्यावसायिक, वृत्तपत्रप्रतिनिधी, पत्रपंडित, पत्रकार, श्रमिक पत्रकार, संपादक, सहसंपादक, उपसंपादक, कार्यकारी संपादक, स्तंभलेखक, प्रकाशक, ग्रंथप्रकाशक; अग्रलेख, स्फुट; लेखन, संपादन, प्रकाशन; *पाहा :* **माध्यम, बातमी, बातमीदार, दळणवळण**

(n) journalism, journalist, working journalist, correspondent, newshound, newspaperman, pressman, reporter, editor, sub-editor, columnist, publisher; leader, article; editing, publishing; *पाहा :* **माध्यम, बातमी, बातमीदार, दळणवळण**

पत्रव्यवहार (पु) पत्र, चिठी (-ठ्ठी), चिठोरे, चिठीचपाटी, कागद, खलिता, पत्रक, परिपत्रक, पत्रिका, श्वेतपत्रिका, साखळीपत्र, टपाल, डाक, हवाई पत्र, प्रेमपत्र, ताजा कलम, बटवडा; पत्रापत्री; संपर्क; *पाहा :* **दळणवळण**
[वा] कागदी घोडे नाचवणे
(n) correspondence, letter, note, memorandum, dispatch, circular, leaflet, chain-letter, post, mail, airmail, love-letter, delivery, post-script; *पाहा :* **दळणवळण**

पत्रा (पु) तक्ता, पान, वर्ख, थर, पापुद्रा, चकती, काचरी, तबकडी; नळीचा पत्रा
(n) sheet, plate, leaf, lamina, layer, flake, foil, film, wafer

पत्रापत्री (स्त्री) *पाहा :* **पत्रव्यवहार**

पत्रास (स्त्री) *पाहा :* **दिमाख, पर्वा**

पत्रिका (स्त्री) लग्नपत्रिका, कुंकुमपत्रिका, आमंत्रणपत्रिका; कार्यक्रमपत्रिका, श्वेतपत्रिका; हस्तपत्रिका; *पाहा :* **कुंडली, पत्रव्यवहार, जाहिरात**
(n) invitation card; programme, schedule, white paper, handbill; *पाहा :* **कुंडली, पत्रव्यवहार, जाहिरात**

पत्री (स्त्री) *पाहा :* **पान**

पथ (पु) *पाहा :* **मार्ग**

पंथ (पु) मार्ग, वाट, संप्रदाय, शाखा, मत, घराणे, कुळ, शाला, परंपरा, विचारप्रणाली; *पाहा :* **मार्ग**
(n) way, path, branch, approach, tradition, school, lineage; *पाहा :* **मार्ग**

पथक (न) *पाहा :* **समुदाय**

पथदर्शक (वि) *पाहा :* **दिग्दर्शक**

पथनाट्य (न) *पाहा :* **नाटक**

पथारी (स्त्री) *पाहा :* **अंथरूण**

पथारीवाला (पु) *पाहा :* **दुकानदार**

पथिक (पु) *पाहा :* **प्रवासी**

पथिकाश्रम (पु) *पाहा :* **आलय**

पंथी (पु) *पाहा :* **अंतेवासी**

पथ्य (न) *पाहा :* **अन्न, हितकर**

पथ्यकर (-कारक) (वि) *पाहा :* **हितकर**

पथ्यपाणी (न) *पाहा :* **शुश्रूषा, अन्न**

पद (न) *पाहा :* **पाय, अवयव, अधिकार, दर्जा, काव्य, परमेश्वर**

पदक (न) बिल्ला, मानचिन्ह, गौरवचिन्ह, मुद्रा, प्रशस्तिमुद्रा, सुवर्णपदक, रौप्यपदक, कांस्यपदक, बक्षीस; भूषण, मंडन, शोभन, बिरुद; ब्रीद; *पाहा :* **पारितोषिक**
(n) medal, medallion, trophy, badge, award, decoration, ornament; *पाहा :* **पारितोषिक**

पदकमल (न) *पाहा :* **पाय**

पदग्रहण (न) *पाहा :* **अधिकारग्रहण**

पदच्युत (वि) *पाहा :* **अर्धचंद्र**

पदत्याग (पु) *पाहा :* **नकार, त्याग**

पददलित (वि) *पाहा :* **दलित**

पदन्यास (पु) *पाहा :* **नृत्य**

पदपथ (पु) *पाहा :* **मार्ग**

पदबंध (पु) *पाहा :* **काव्य**

पदभ्रमण (न) *पाहा :* **चालणे**
पदभ्रष्ट (वि) *पाहा :* **अर्धचंद्र**
पदर (पु) अंचल, पल्लव, शेव, उत्तरीय, ओढणी; ओचा, ओटी, सोगा, शेमला, लफ्फा, घेर, घोळ, फलकारा, दशी, पल्लवसडक; काठ, सर, पेड, लड, भाग, दोरा, सूत्र; थर, पटल, पापुद्रा, आवरण, आच्छादन, अवगुंठन; आसरा, थारा, पाखर, संरक्षण, पालकत्व
(n) border, fold, string, layer, ply, cover, shelter, protection, tulelage
पदरमोड (स्त्री) *पाहा :* **खर्च**
पदरव (पु) *पाहा :* **आवाज**
पदलालित्य (न) *पाहा :* **साहित्यगुण**
पदविका (स्त्री), पदवी (स्त्री) दाखला, किताब, किताबत, बिरुद, बिरुदावली, अभिधान, अधिकार, उपाधी, दर्जा, शैक्षणिक पात्रता; पदवीधर, स्नातक, द्विपदवीधर; पदवीदान समारंभ; *पाहा :* **मायना**
(n) degree, diploma, certificate, title, designation, rank; graduate, master, doctor; convocation; *पाहा :* **मायना**
पदवीधर (वि) *पाहा :* **शिक्षित**
पदव्युत्तर (वि) *पाहा :* **शिक्षण**
पदसिद्ध (वि) *पाहा :* **अधिकारी**
पदाधिकारी (पु) *पाहा :* **अधिकारी**
पदान्वेषी (वि) *पाहा :* **इच्छुक, उमेदवार**
पदाम्बुज (वि) *पाहा :* **पाय**
पदारूढ (वि) *पाहा :* **अधिकारी**
पदारोहण (न) *पाहा :* **अधिकारग्रहण**
पदार्थ (पु) वस्तू, द्रव्य, जिन्नस, नग, चीज, जडद्रव्य, जडपदार्थ, खाद्यपदार्थ
(n) thing, article, object, commodity, matter, substance, edible
पदार्थविज्ञान (न) भौतिकशास्त्र, भौतिकी; *पाहा :* **शास्त्र**
(n) physics; *पाहा :* **शास्त्र**
पदार्पण (न) *पाहा :* **आरंभ**
पदावधी (पु) *पाहा :* **काल**
पदावनती (स्त्री) *पाहा :* **अधोगती**
पदोन्नती (स्त्री) *पाहा :* **उन्नती**
पदोपदी (क्रिवि) *पाहा :* **पुन्हा**
पद्धत (-ती) (स्त्री) *पाहा :* **रीत**
पद्धतशीर (वि) *पाहा :* **नियमित**
पद्म (न) *पाहा :* **दशांशस्थाने, कमळ**
पद्मनाभ (पु) *पाहा :* **विष्णू**
पद्मराग (न) *पाहा :* **रत्न**
पद्मिनी (स्त्री) *पाहा :* **सुंदरी, चतुर्विध**
पद्य (न) *पाहा :* **काव्य**
पद्यकर्ता (पु), **पद्यकार** (पु) *पाहा :* **कवी**
पद्यपंक्ती (स्त्री) *पाहा :* **कडवे**
पंधरवडा (पु) पक्ष, शुक्ल (शुद्ध) पक्ष, **कृष्ण** (वद्य) पक्ष, पितृपक्ष, पितर पंधरवडा, अर्ध चांद्रमास
(n) fortnight; half lunar month
पन्नग (पु) *पाहा :* **साप**
पन्नगमणी (पु), **पन्ना** (पु) *पाहा :* **रत्न**
पन्नाशी (स्त्री) *पाहा :* **वय**
पन्हळ (-ळी) (स्त्री) *पाहा :* **नलिका**

पन्हा (पु) *पाहा :* **विस्तार**
पय (न) *पाहा :* **दूध, पाणी**
पयस्विनी (स्त्री) *पाहा :* **प्रवाह, दूध**
पयोधर (पु) *पाहा :* **स्तन, मेघ**
पयोधी (पु), **पयोनिधी** (पु) *पाहा :* **समुद्र**
पर (पु) *पाहा :* **पंख**
परका (वि) दुसरा, दुजा, दूरचा, बाहेरचा, बाह्य, तटस्थ, त्रयस्थ, तिऱ्हाईत, परकीय, अनोळखी, अपरिचित, परावा, अमित्र, पारखा, नवखा, वेगळा, निराळा, भिन्न, भिन्नदेशीय, परदेशी (-य), विदेशी (-य), परग्रहवासी; परपुरुष, लोक, परस्त्री; *पाहा :* (विरु) **जवळचा**
[वा] घरचा ना घाटचा
[adj] other, distant, alien, extra-terrestrial, foreign, outmodish; unconcerned, unfamiliar, unrelated, strange; *पाहा :* (विरु) **जवळचा**
परकायाप्रवेश (पु) *पाहा :* **चतुर**
परकेपणा (पु) *पाहा :* **दुजाभाव**
परखड (वि) स्पष्ट, स्वच्छ, खरा, सच्चा, मनापासूनचा, प्रामाणिक, पूर्वग्रहरहित, प्रांजळ, सरळ, सीधा, मोकळा
[adj] frank, sincere, candid, blunt, direct no-nonsense, plain, forthright, open, ingenuous
परगणा (पु) *पाहा :* **प्रदेश**
परगमन (न), **परगृह** (न) *पाहा :* **जारकर्म**
परचक्र (न) *पाहा :* **हल्ला**
परजणे (क्रि) उगारणे, फडकावणे, फडफडविणे, दिमाखाने दाखवणे, प्रदर्शन करणे, धार लावणे, तीक्ष्ण/धारदार करणे, पाजळणे, तीव्र करणे
(v) flourish, brandish, flaunt, wave, display; sharpen, whet
परडी (स्त्री) *पाहा :* **करंडा**
परडे (न) *पाहा :* **अंगण**
परतणे (क्रि) उलटणे, पलटणे, बदलणे; भाजणे, शेकणे; परत जाणे, मागे फिरणे, माघारी जाणे, उलट वळणे, पलटी खाणे, उफराटा फिरणे, प्रत्यावर्तन/परावर्तन होणे, मूळपदावर/पूर्वस्थितीस जाणे, निवृत्त होणे; पीछेहाट होणे
[वा] पाठ वळणे/फिरणे, मागल्या पायी येणे, परतीचा प्रवास करणे, आल्या पावली परत फिरणे
[वा] पूर्ण चक्र फिरणे
(v) reverse, turn back; burn, scorch; return, come back, retire, be reflected, boomerang
[i] come full circle, plough back
परतत्त्व (न) *पाहा :* **परमेश्वर**
परतंत्र (वि) परवश, पराधीन, परावलंबी, परस्वाधीन, विवश, गुलाम, दास, दासानुदास, आश्रित, कैदी, बंदिवान, अंकित, मिंधा, उपकारबद्ध, अंगठ्याखाली, टाचेखाली, जोखडाखाली, हातातील खेळणे,

बाईलवेडा; *पाहा :* **रक्षित,** (विरु) **स्वतंत्र, मुक्त**

[वा] नखाबोटांवर नाचवणे, बोटांवर खेळवणे, परस्वाधीन जिणे आणि पुस्तकी विद्या उपयोगी नाही, दगडाखाली हात सापडणे, कळसूत्री बाहुली, ज्याची खावी पोळी त्याची वाजवावी टाळी, वेसणीचा बैल, सत्तेचे गुलाम

[adj] dependent, slave, enslaved, subject, subjugated, imprisoned, under one's thumb, in harness, henpecked *पाहा :* **रक्षित,** (विरु) **स्वतंत्र, मुक्त**

[i] led by the nose, at one's beck and call, tied to one's apron strings

परतफेड (स्त्री) *पाहा :* **फेड, सूड**

परतभेट (स्त्री) *पाहा :* **भेट**

परतावा (पु) *पाहा :* **फेड**

परती (स्त्री) *पाहा :* **परतणे**

परत्र (न) *पाहा :* **परलोक**

परत्व (न) *पाहा :* **दुजाभाव**

परदारा (स्त्री) *पाहा :* **परस्त्री**

परदारागमन (न) *पाहा :* **जारकर्मी**

परदास्य (न) *पाहा :* **गुलामगिरी**

परदेश (पु) *पाहा :* **देश**

परदेशगमन (न) *पाहा :* **प्रवास, देशत्याग**

परदेशी (वि) *पाहा :* **परका, अनुपस्थित**

परद्वार (न) *पाहा :* **जारकर्म**

परद्वारी (वि) *पाहा :* **जारकर्म**

परधन (न) *पाहा :* **अर्थ**

परधर्मीय (वि) *पाहा :* **अन्य**

परधार्जिणा (वि) *पाहा :* **कृतघ्न**

परनार (-री) (स्त्री) *पाहा :* **परस्त्री**

परनिंदा (स्त्री) *पाहा :* **निंदानालस्ती**

परंपरा (स्त्री) रीत, रूढी, धारा, परिपाठ, रिवाज, शिरस्ता, वहिवाट, प्रघात, प्रथा, चालीरीती, रीतीभाती, संस्कृती, पूर्वपरंपरा, लोण, पंथ, संप्रदाय, घराणे, पीठिका; अनुक्रम, क्रम, क्रमवारी, संगतवारपणा; रांग, ओळ, पंक्ती, मालिका, साखळी, शृंखला, ओघ; सृष्टिक्रम, निसर्गक्रम; *पाहा :* **गतानुगतिक**

[वा] मागून आलेले लोण पुढे पोचवणे; खाण तशी माती

(n) custom, tradition, convention, institution, routine, practice, usage; sect, school, following; succession, lineage, chain, sequence, order, progression; line, row; *पाहा :* **गतानुगतिक**

[i] in Rome do as the Romans do, swim with the stream

परंपरागत (वि) पारंपरिक, सनातन, गतानुगतिक, सांप्रदायिक, रूढिबद्ध, चाकोरीबद्ध, ठोकळेबाज, औपचारिक, विधिवत्; *पाहा :* (विरु) **नवा**

[adj] traditional, time-honoured, conventional, customary, ritualistic, orthodox, habitual,

formal; *पाहा :* (विरु) **नवा**

परंपराभिमानी (वि) *पाहा :* **कर्मठ**

परपांडित्य (न) *पाहा :* **उपदेश**

परपीडा (स्त्री) *पाहा :* **जुलूम**

परपुरुष (पु) *पाहा :* **परका, पुरुष**

परपुरुषगमन (न) *पाहा :* **जारकर्म**

परपुष्ट (वि) *पाहा :* **परभृत**

परप्रकाशित (वि) *पाहा :* **प्रकट**

परब्रह्म (न) *पाहा :* **परमेश्वर**

परभारे (क्रिवि) परस्पर, बाहेरच्या बाहेर, अप्रत्यक्षपणे

[वा] परस्पर आणि पावणेबारा, आईजीच्या जिवावर बाईजी उदार

[adv] indirectly, without one's knowledge

परभृत (वि) परपुष्ट, परान्नपुष्ट, परप्रकाशित, भोजनखाऊ, पंक्तिपठाण, परजीवी, परोपजीवी; उपजीवी, सहजीवी, बांडगूळ, बांदे, करट, जळू; ऐतखाऊ; आयतोबा, फुकटखाऊ, फुकट्या, फुकटखोर

[वा] आयत्या बिळात नागोबा, दुसऱ्याच्या जिवावर उड्या मारणे (पोट भरणे), शिकवलेली बुद्धी आणि रांधलेली शिदोरी फार वेळ पुरत नाही

[adj] parastitical; leech; hangeron, sponger; symbiotic, dependent

परम (वि) सर्वश्रेष्ठ, सर्वोच्च, सर्वोत्तम, सर्वोत्कृष्ट, अत्युत्तम, अत्युच्च, अत्युत्कृष्ट; प्रमुख, अग्रगण्य, आद्य, महत्तम, महान, परमोच्च, परमोत्कृष्ट; परात्पर; *पाहा :* **अतिशय**

[adj] sovereign, supreme, greatest, paramount, crowning, foremost, pre-eminent, superlative, infinite, boundless; *पाहा :* **अतिशय**

परमगुरू (पु) *पाहा :* **अध्यापक**

परमतत्त्व (-पुरुष) (पु) *पाहा :* **परमेश्वर**

परमतसहिष्णुता (स्त्री) *पाहा :* **तितिक्षा**

परमधाम (न) *पाहा :* **मोक्ष**

परमपूज्य (वि) *पाहा :* **थोर**

परमवस्तू (स्त्री) *पाहा :* **परमेश्वर**

परमहंस (पु) *पाहा :* **संन्यासी**

परमाणू (पु) *पाहा :* **कण**

परमात्मा (पु) *पाहा :* **परमेश्वर**

परमानंद (पु) *पाहा :* **आनंद**

परमार्थ (पु) ब्रह्मज्ञान, दैविक/आध्यात्मिक/विशुद्ध ज्ञान; सच्चिदानंदरूप परमेश्वराचे ज्ञान; अंतिम सत्य, केवल सत्य, ईश्वरसाधन, मोक्ष, मुक्ती, सद्‌गती

(n) divine knowledge; ultimate/divine/absolute truth; final deliverance/liberation

परमार्थप्राप्ती (स्त्री) *पाहा :* **मोक्ष**

परमावधी (स्त्री) *पाहा :* **अतिरेक, कमाल**

परमेश्वर (पु) परमात्मा, परब्रह्म, परतत्त्व, सततत्व, सत्य, परमतत्त्व, परमपुरुष, परमवस्तू, आदितत्त्व, चिच्छक्ती, चैतन्य, आदिबीज, आदिकारण, आदिपुरुष, ब्रह्म, शून्य, पूर्णब्रह्म, ब्रह्मसार, ब्रह्मतत्त्व, ब्रह्मवस्तू, वस्तू, नित्यतत्त्व (-द्रव्य), प्रणव, ओंकार,

ॐकार, पुरुषोत्तम, विराटपुरुष, महातेज, महाशून्य, सच्चिदानंद, शिव, अर्धनारीनटेश्वर, पार्वतीपरमेश्वर, प्रभू, ईश, ईश्वर, ईशान, अनीश, परेश; विभू; सर्वात्मा, सर्वेश, सर्वेश्वर, सर्वशक्तिमान, सर्वज्ञ, सर्वगत, सर्वमय, सर्वसाक्षी, सर्वदर्शी, सर्वद्रष्टा, सर्वनियंता, सर्वसिद्ध, सर्वव्यापक (सर्वव्यापी), सर्वतोमुख; पूर्णघन; विश्वात्मा, विश्वेश, विश्वेश्वर, विश्वजीवन, विश्वंभर, विश्वबाहू, विश्वतश्चक्षू, विश्वतोमुख; विष्णू, ब्रह्मांडनायक; विधाता; जगत्कारण, जगज्जनक, जगतस्रष्टा, जगज्जीवन, जगजेठी, जगच्चालक, जगत्प्रभू, जगत्पालक, जगदात्मा, जगदीश, जगदीश्वर, जगन्नाथ, जगन्निवास, जगन्नायक, जगन्नियंता, भगवंत, भगवान; षड्गुणैश्वर्यसंपन्न ईश्वर (पाहा : षड्गुण)

सदासिद्ध, आज्ञासिद्ध, अनंत, निर्गुण, निराकार, निरंजन, पद; सुर, देव, देवक, देवता, मातृका, दैवत; विबुध, देवाधिदेव; कुलदैवत, कुळस्वामिनी; आराध्यदैवत; *पाहा :* **आत्मा, शंकर, पार्वती, उपदेवता, ब्रह्मदेव, तेहतीस कोटी देव, त्रिमूर्ती, विष्णू**

[वा] आकाशातला बाप

(n) God, Lord, Supreme Being, Divine Soul/Spirit, Divinity, Providence, Omnipotence, Creator, the Almighty, the Infinite, the Eternal, the Holy Spirit, Deity; *पाहा :* **आत्मा, शंकर, पार्वती, उपदेवता, ब्रह्मदेव, तेहतीस कोटी देव, त्रिमूर्ती, विष्णू**

परमोच्च (वि), **परमोत्कृष्ट** (वि) *पाहा :* **परम, उत्कृष्ट**

पररत (वि) *पाहा :* **जारकर्मी**

परराष्ट्र (न) *पाहा :* **देश**

परलोक (पु) परत्र, स्वर्ग, कैलास, वैकुंठ, विष्णुलोक, पितृलोक; नरक, *पाहा :* **लोकत्रय, सप्तलोक, इहलोक**

(n) heaven, eternity, paradise, hell, purgatory; *पाहा :* **लोकत्रय, सप्तलोक, इहलोक**

परलोकविद्या (स्त्री) *पाहा :* **जादू**

परवचा (पु) उजळणी, पाढे, घोकंपट्टी, संथा, पाठांतर

(n) multiplication tables, recitation

परवड (स्त्री) *पाहा :* **अवदशा**

परवडणे (क्रि) सवड/ताकद असणे, झेपणे, पेलणे, सहन करणे, सह्य असणे, पुरवणे, तरतूद करणे; *पाहा :* **पटणे**

(v) afford, bear, stand, manage, make provision for; पाहा : **पटणे**

परवश (वि) *पाहा :* **परतंत्र**

परवशता (स्त्री) *पाहा :* **गुलामगिरी**

परवा (क्रिवि) *पाहा :* **आधी, नंतर**

परवानगी (स्त्री) *पाहा :* **अनुमती**

परवाना (पु) *पाहा :* **अनुमती, मोकळीक**

परशय्या (स्त्री) *पाहा :* **जारकर्म**

परशुराम (पु) *पाहा :* **अवतार**
परशू (पु) *पाहा :* **आयुध, कुऱ्हाड**
परस (न), **परसदार** (न), **परसू** (न) *पाहा :* **अंगण**
परस्त्री (स्त्री) परदारा, परनार (-नारी); *पाहा :* **स्त्री, परका**
(n) another man's wife; *पाहा :* **स्त्री, परका**
परस्त्रीगमन (न) *पाहा :* **जारकर्म**
परस्पर (वि) *पाहा :* **अन्योन्य**
परस्पर (क्रिवि) *पाहा :* **परभारे**
परस्परपूरक (वि) *पाहा :* **पूरक**
परस्परभाषण (न) *पाहा :* **संभाषण**
परस्परविरुद्ध (-विरोधी) (वि) *पाहा :* **प्रतिकूल**
परस्परव्यवहार (पु) *पाहा :* **दळणवळण**
परस्परसंबंध (पु) *पाहा :* **संबंध**
परस्परसामंजस्य (न) *पाहा :* **मित्रत्व**
परस्पराभाव (पु) *पाहा :* **अभाव**
परस्वाधीन (वि) *पाहा :* **परतंत्र**
परहितदक्ष (वि) *पाहा :* **उदार**
परळ (पु) *पाहा :* **भांडे**
परा (स्त्री) *पाहा :* **वाणी**
पराकाष्ठा (स्त्री) *पाहा :* **अतिरेक, कमाल**
पराकाष्ठेचा (वि), **पराकोटीचा** (वि) *पाहा :* **अतिशय, अनावर**
पराक्रम (पु) शौर्य, वीर्य, वीरता, बहादुरी, मर्दुमकी, मर्दानगी, प्रताप, विक्रम, करामत, करणी, कर्तृत्व, पुरुषार्थ, कर्तबगारी, धाडस, साहस, धैर्य, क्षात्रवृत्ती, क्षात्रतेज, क्षात्रधर्म, शक्ती, बळ, सामर्थ्य, प्रभव, पुरुषत्व, पौरुष, वीरवृत्ती, वीरश्री, शक्तिप्रदर्शन, महत्कृत्य, अचाट/साहसी कृत्य, भीमपराक्रम, स्वपराक्रम, पराक्रमशीलता; *पाहा :* **पराक्रमी**
[वा] तरवार गाजवणे, (अटकेपार) झेंडा लावणे/रोवणे, वाघाची शिकार करणे, पाणी दाखवणे, उजेड पाडणे, दिवे लावणे/पाजळणे, टेंभे पाजळणे, तळहातावर शिर घेणे, अंगात वीरश्री संचारणे, जिवावर उदार होणे, शिवधनुष्य पेलणे, विक्रम मोडणे, विक्रम प्रस्थापित करणे, गगनाला गवसणी घालणे
(n) valour, bravery, prowess, courage, heroism, achievement, exploit, feat, adventure; *पाहा :* **पराक्रमी**
[i] go through fire and water, take the bull by the horns, beard the lion in his den, discretion is the better part of valour
पराक्रमहीन (वि) *पाहा :* **नपुंसक**
पराक्रमी (वि) शूर, वीर, बहादूर (बहाद्दर), मर्द, शूरमर्द, प्रतापी, प्रतापशाली, प्रतापवान, शौर्यशाली, वीर्यशाली, पौरुषपूर्ण, कर्तृत्ववान, कर्तृत्वशाली, कर्तबगार, पुरुषार्थी, गाजी, पठ्ठा, गब्रू, धाडसी, साहसी, विक्रमी, विक्रमवीर, विक्रमशाली, तेजस्वी, बलवान, सामर्थ्यवान, धैर्यशील, निधडा, वीर्यवान, विक्रांत, योद्धा, लढवय्या, सुभट, युद्धकुशल,

तलवारबहाद्दर, समशेरबहाद्दर, रणधुरंधर, रणझुंजार, रणमर्द, रणशूर, रणरंगधीर, वीरराणा, वीरभद्र, वीरश्रेष्ठ, रथी, महारथी, महाप्रतापी, अजिंक्य, अजिंक्यवीर, हुतात्मा, शहीद, धर्मवीर, कर्मवीर, वाचिवीर, शब्दशूर, बालवीर, वीरकन्या; आरंभशूर, गेहेशूर, श्वानशूर; *पाहा :* **पराक्रम** (विरु) **पळपुटा**

[वा] मायेचा पूत, अहीमही, हरीचा लाल

[adj] valiant, valorous, brave, courageous, gallant, daring, adventurous, intrepid, lion-hearted, warlike; *पाहा :* **पराक्रम,** (विरु) **पळपुटा**

परागती (स्त्री) *पाहा :* **अधोगती, माघार, अपयश**

परागंदा (वि) फरारी, पसार, देशत्यागी, देशांतर केलेला, भटक्या, पळून गेलेला, निघून गेलेला, नाहीसा; *पाहा :* **गुंगारा देणे, अनुपस्थित**

[adj] one who has absoconded/decamped/fled/run away; *पाहा :* **गुंगारा देणे, अनुपस्थित**

पराङ्मुख (वि) परावृत्त, परास्त, अनुत्सुक, नाखूश, विरुद्ध, तोंड/पाठ फिरवणारा, उलट फिरणारा, मागेमागे राहणारा, पाठमोरा, विमुख, विन्मुख; *पाहा :* **अंगचुकार**

[क्रि] मागे फिरणे/सरणे/हटणे

[adj] averse, loath, unwilling, opposed, laggard; *पाहा :* **अंगचुकार**

पराजय (पु) *पाहा :* **पराभव**

पराजित (वि) *पाहा :* **पराभूत**

पराणी (स्त्री) *पाहा :* **अणकुची, तगादा**

परात (स्त्री) *पाहा :* **भांडे**

परात्पर (वि) *पाहा :* **परम**

परात्परगुरू (पु) *पाहा :* **अध्यापक**

पराधीन (वि) *पाहा :* **परतंत्र**

परान्न (नि) *पाहा :* **अन्न**

परान्नपुष्ट (वि) *पाहा :* **परभृत**

पराभव (पु) पराजय, पाडाव, मोड, मात, हार, धुव्वा, खुर्दा, फजिती, धूळधाण, दाणादाण, बीमोड; अपयश, माघार, पीछेहाट; *पाहा :* **पराभूत, अंत, अपयश** (विरु) **जिंकणे, जय**

[वा] चटणी करणे, धूळ चारणे, खडे चारणे, खोड मोडणे/जिरवणे, पाणी पाजणे, सत्त्वहरण करणे, नक्षा उतरवणे, ताबूत थंडे करणे, पळता भुई थोडी करणे, उताणा पाडणे, निजवणे, लोळवणे, चारी मुंड्या चीत करणे, ची ची करावयास लावणे, अस्मान दाखवणे, नाकावर पाय देणे; खंडन करणे; नांगी टाकणे, हातपाय गाळणे, बाजी अंगावर येणे, (बिनशर्त) शरणागती पत्करणे, (दाती तृण धरून) शरण जाणे, पांढरे निशाण दाखवणे, गुडघे, टेकणे, नाक मुठीत धरून जाणे, पानिपत होणे

(n) defeat, beating, trouncing, overthrow, failure, rout, debacle, ruin, collapse, fall;

checkmate; *पाहा :* **पराभूत, अंत, अपयश** (विरु) **जिंकणे, जय**

[i] bite the dust, meet one's Waterloo, fall flat, Catch-22 situation, lose the field, make mincemeat of, throw in the towel, go to the wall, throw up the sponge, come a cropper

पराभूत (वि) पराजित, हत, जित, चीत, चीतपट, जमीनदोस्त, भुईसपाट, हतबल, उद्ध्वस्त, नामोहरम, निराश, अपयशी, अपेशी, अयशस्वी, पडेल, हरलेला; *पाहा :* **पराभव** (विरु) **जिंकणे, विजयी**

[adj] defeated, beaten, vanquished, conquered, lost, failed, dejected; *पाहा :* **पराभव** (विरु) **जिंकणे, विजयी**

परामर्श (-र्ष) (पु) विचारपूस, वास्तपुस्त (वासपूस), पास्तपुस्त, पूसतपास, चौकशी, समाचार, क्षेमकुशल विचारणा, कुशलप्रश्न, टीका, टिप्पणी, आढावा, समालोचन, परीक्षण; विचार, विचारविमर्श; अनुभव, जाणीव

[वा] नावगाव विचारणे

(n) cordial inquiries, civilities; critique, appraisal, review; consideration, cognizance

परामानसशास्त्र (न) *पाहा :* **मानसशास्त्र**

परायण (वि) अनुरक्त, रत, निरत, आसक्त, आतुर, उत्सुक, प्रवण, तत्पर, सिद्ध, तल्लीन, वाहिलेला, गढलेला; संबद्ध, बद्ध, निगडित; निष्ठावंत, भक्त

[adj] devoted, attached, eager, absorbed, engrossed; related, associated

परार्ध (पु) *पाहा :* **दशांशस्थाने**

परावर्तन (न) *पाहा :* **परतणे**

परावलंबी (वि) *पाहा :* **परतंत्र**

परावा (वि) *पाहा :* **परका**

परावृत्त (वि) *पाहा :* **पराङ्मुख**

परास्त (वि) दूर केलेला/लोटलेला/सारलेला/मागे पिटाळलेला/परतवलेला, परावृत्त केलेला, पराङ्मुख

[adj] repelled, driven back, repulsed, warded off

परिक्रमण (न) **परिक्रमा** (स्त्री) *पाहा :* **परिभ्रमण**

परिगणन (न) **पाहा : गणणे**

परिग्रह (पु) *पाहा :* **संग्रह**

परिघ (नु) *पाहा :* **परीघ**

परिचय (पु) *पाहा :* ***ओळख***

परिचर्चा (स्त्री) *पाहा :* **चर्चा**

परिचर्या (स्त्री) *पाहा :* **शुश्रूषा**

परिचारक (पु), **परिचारिका** (स्त्री) *पाहा :* **अनुचर**

परिचित (वि, पु) ओळखीचा, तोंडओळखीचा, परिचयाचा, सुपरिचित, बैठकीतला, जाणयायेण्यातला, माहितीचा, शुभचिंतक, स्नेहांकित, मित्र, स्नेही;

पाहा : **माहीत, ओळख** (विरु) **अनोळखी**

[adj] acquaintance, known/familiar person, well-wisher, friend; *पाहा :* **माहीत, ओळख** (विरु) **अनोळखी**

परिच्छिन्न (वि) *पाहा :* **अन्य**

परिच्छेद (पु) *पाहा :* **अध्याय, कलम**

परिणत (वि) *पाहा :* **पूर्ण**

परिणतप्रज्ञ (वि) *पाहा :* **पोक्त, ज्ञानी**

परिणती (स्त्री) *पाहा :* **पूर्णावस्था, परिणाम**

परिणय (पु), **परिणयन** (न)*पाहा :* **विवाह**

परिणाम (पु) अखेर, शेवट, निकाल; परिणती, परिपाक, विपाक, निष्पत्ती, फलनिष्पत्ती, फलश्रुती, सार, फळ, तात्पर्य; असर, प्रभाव, प्रताप, छाप; सुपरिणाम; दुष्परिणाम; दुर्विपाक; *पाहा :* **उपयोग**

[वा] काट्याचा नायटा होणे, करावे तसे भरावे, घी देखा मगर बडगा नहीं देखा, फट् म्हणता ब्रह्महत्या होणे, गुरूची विद्या गुरूला फळली, धर्म करता कर्म उभे राहणे, करायला गेलो एक झाले भलतेच, मस्करीची कुस्करी होणे, नालामुळे घोडा गमावणे (खिळ्यासाठी नाल गेला, नालासाठी घोडा गेला, घोड्यासाठी स्वार गेला), जसे पेरावे तसे उगवते

(n) conclusion, culmination, consequence, effect, outcome, aftermath, repurcussion, impact, result, fruit, influence; *पाहा :* **उपयोग**

[i] as ye sow shall ye reap, the devil to pay, the upshot, after the feast comes the reckoning

परिणामकारक (वि) गुणकारी, गुणावह, रामबाण, फलदायी, उपयोगी, प्रभावी, अमोघ, शक्तिशाली, प्रतापी, कार्यक्षम, निर्मितिक्षम, भारून टाकणारा, छाप पाडणारा

[adj] effective, efficacious, effectual, powerful, efficient, potent, productive, impressive

परिणामशून्य (वि) *पाहा :* **निरुपयोगी**

परिणीत (वि) *पाहा :* **विवाहित**

परितुष्ट (वि) *पाहा :* **आनंदी**

परितृप्ती (स्त्री) *पाहा :* **आनंद**

परितोष (पु) *पाहा :* **आनंद**

परित्यक्त (-क्ता) (वि, स्त्री) सोडलेला, टाकलेला (-ली), निराधार, बेघर, असाहाय, पोरका, अनाथ, त्यक्त, झिडकारलेला, अव्हेरलेला

[adj n] deserted, homeless, abandoned, jilted, destitute

परित्याग (पु) *पाहा :* **त्याग**

परित्राण (न) *पाहा :* **रक्षण**

परित्राता (वि) *पाहा :* **त्राता**

परिदर्शक (पु) *पाहा :* **दृष्टी-उपकरण**

परिधान (न) *पाहा :* **वस्त्र, धरणे, घालणे**

परिपक्व (वि) *पाहा :* **पक्व, निपुण,**

पोक्त

परिपक्वदशा (स्त्री) पाहा : पूर्णावस्था

परिपत्रक (न) *पाहा :* **पत्रव्यवहार**

परिपाक (पु) *पाहा :* **परिणाम**

परिपाठ (पु) *पाहा :* **रीत**

परिपालन (न) *पाहा :* **पालन**

परिपुष्ट (वि) *पाहा :* **पुष्ट**

परिपूर्ण (वि) *पाहा :* **पूर्ण**

परिपूर्ती (स्त्री) *पाहा :* **पूर्णावस्था, चीज**

परिपोष (-ण) (पु) *पाहा :* **पोषण**

परिपोषक (वि) *पाहा :* **पोषक**

परिप्रश्न (पु) *पाहा :* **प्रश्न**

परिप्लुत (वि) *पाहा :* **तुडुंब**

परिभाषा (स्त्री) *पाहा :* **भाषा, तत्त्व**

परिभ्रमण (न) गिरकी, फिरकी, घिरटी, परिवलन, घूर्णन, स्वपरिवलन, विवर्तन, चक्कर, भिरकांडा, वेढा, गरका, फेरा, फेरी, घेरी, भवरी, वळसा, गराडा, पिंगा, रुंजी, हेलपाटा, प्रदक्षिणा, परिक्रमा, भ्रमंती, भ्रमण, फेरफटका, प्रभातफेरी, गिरिभ्रमण, नगरप्रदक्षिणा, येरझारा, अभिसरण, चक्रगती, चक्राकार/वर्तुळाकार गती; भोवरा, आवर्त, विवर्त, चक्रवात, चक्रीवादळ, वावटळ, भिंगरी, भिरभिरे, गिरगिरे, पवनचक्की, पाणचक्की, पंखा, चक्र, चक्री, चरक, घाणा, चरखा, तकली (टकळी), चाक, रीळ, गुंडाळी, रहाट, रहाटगाडगे, चक्रनेमिक्रम, चक्रव्यूह, मंडल, सुदर्शनचक्र, वायुचक्र, संसारचक्र, भ्रमणचक्र, षटचक्र, राशिचक्र

[वा] गाऱ्या गाऱ्या भिंगोऱ्या

[क्रि] भ्रमणे, गरगरणे, भिरभिरणे, गोल/वाटोळे, चक्राकार/गरगर (-रा) फिरणे, लोळणे, गुंडाळणे, गुरफटणे; भटकणे, फिरणे, हिंडणे, रमतगमत फिरणे; पाहा : **खेप, घेरी, प्रवास**

(n) rotation, revolution, gyration, circulation, turn, whirl, whirlpool, circuit, eddy, vortex; roaming, wandering, strolling; round trip, cyclone, whirlwind; wheel, windmill, propeller, fan; *पाहा :* **खेप, घेरी, प्रवास**

परिभ्रमणमार्ग (पु) *पाहा :* **मार्ग**

परिमल (-ळ) (पु) *पाहा :* **सुगंध**

परिमाण (न) माप, मोजमाप, मान, मात्रा, संख्या, प्रमाण, इयत्ता, आकार, परिमिती, आकारमान, आकृतिमान; मापक, एकक; मोजणी, मापन, मिती; मानक; मानदंड; बुद्ध्यंक (*पाहा :* **बुद्धी**), सूचकांक, इ.

(n) quantity, amount, dose, proportion, quantum, measure, standard, yardstick, magnitude, dimension, degree, index, (intelligence) quotient (*पाहा :* **बुद्धी**)

[i] to the nth degree, vital statistics

परिमार्जन (न) *पाहा :* **स्वच्छ (-ता), निरसन**

परिमित (वि) *पाहा :* **मित**

परिमिती (स्त्री) *पाहा :* **परिमाण, परीघ**
परियोजना (स्त्री) *पाहा :* **प्रकल्प, योजना**
परिरक्षक (पु) *पाहा :* **पहारेकरी, त्राता**
परिरक्षण (न) *पाहा :* **रक्षण**
परिरुद्ध (वि) *पाहा :* **बद्ध**
परिलेख (पु) *पाहा :* **आराखडा**
परिवर्तन (न) *पाहा :* **बदल**
परिवर्तनीय (वि) *पाहा :* **चंचल, लवचीक**
परिवलन (न) *पाहा :* **परिभ्रमण**
परिवहन (न) *पाहा :* **नेणे**
परिवार (पु) लवाजमा, कबिला, खटले, बायकामुले, कुटुंब, कुटुंबकबिला, रांडापोरे, आप्तस्वकीय, अनुयायी-गण, नोकरचाकर, इतमाम, तैनात, संरक्षक दल, छबिना; विस्तार; लटांबर, लिगाड; स्वारी
(n) retinue, paraphernalia, family, attendants, escort, bodyguard, entourage, convoy, following; growth
परिवेष (पु) *पाहा :* **वस्त्र**
परिव्राजक (न) *पाहा :* **संन्यासी**
परिव्राजन (न) *पाहा :* **संन्यास**
परिशिष्ट (न) जोड, जोडणी, पुस्ती, पुरवणी, भर, वाढ, ताजा कलम, उपसंहार, भरतवाक्य
(n) appendix, supplement, addition, postscript, epilogue, attachment, appendage
परिशीलन (न) *पाहा :* **अध्ययन, अन्वेषण**
परिशुद्ध (वि) *पाहा :* **शुद्ध**
परिश्रम (वि) *पाहा :* **कष्ट, खटपट**
परिश्रांत (वि) *पाहा :* **श्रांत**
परिषद (स्त्री) *पाहा :* **संस्था, अधिवेशन**
परिष्करण (न) *पाहा :* **सुधारणा**
परिष्कार (पु) *पाहा :* **समर्थन**
परिष्कृत (वि) *पाहा :* **सुधारणे**
परिसणे (क्रि) *पाहा :* **ऐकणे**
परिसमाप्ती (स्त्री) *पाहा :* अखेर, अंत
परिसर (पु) शेजार (पाजार), आसमंत, सभोवताल, पंचक्रोशी, अंगणओसरी, परीघ, आसपासचा प्रदेश, सभोवारची परिस्थिती, भोवतालची सजीव-निर्जीव सृष्टी; पर्यावरण; वातावरण; हवा, हवापाणी; हवामान; *पाहा :* **टापू, अंगण, जवळचा**
(n) neighbourhood, vicinity, locality, region, zone, purlieus, surroundings, environment, environ, precincts, ecology, ecosystem; *पाहा :* **टापू, अंगण, जवळचा**
परिसंवाद (पु) *पाहा :* **चर्चा, अधिवेशन**
परिसंस्था (स्त्री) *पाहा :* **संस्था**
परिसीमा (स्त्री) *पाहा :* **मर्यादा, अखेर, अतिरेक, कमाल**
परिस्थितिजन्य (वि) *पाहा :* **नैमित्तिक**
परिस्थितिशरण (वि) *पाहा :* **अगतिक**
परिस्थिती (स्त्री) *पाहा :* **अवस्था**
परिस्फुट (वि) *पाहा :* **उघड, प्रकट**
परिस्फुटता (स्त्री) *पाहा :* **प्रचार**
परिस्फोट (पु) *पाहा :* **उकल, स्फोट,**

रहस्यभेद

परिहार (पु) *पाहा :* **निरसन**

परिहास (पु) *पाहा :* **थट्टा**

परिज्ञान (न) *पाहा :* **ज्ञान, नैपुण्य**

परी (स्त्री) *पाहा :* **रीत, अप्सरा**

परीकथा (स्त्री) *पाहा :* **कथा**

परीघ (पु) परिघ, घेर, वेढ, परिमिती; कुंपण, कुसू, कोट; सभोवताल, परिसर; पाहा : विस्तार

(n) circumference, perimeter; *पाहा :* **विस्तार**

परीट (पु) *पाहा :* **धोबी**

परीटघडी (स्त्री) *पाहा :* **घडी**

परीस (पु) *पाहा :* **दगड**

परीक्षक (पु) परीक्षा घेणारा/करणारा (*पाहा :* **परीक्षा**), पारखी, चिकित्सक, जाणता, निरीक्षक, समीक्षक, टीकाकार

(n) judge, connoisseur, investigator, examiner, inspector, critic; *पाहा :* **परीक्षा**

परीक्षण (न) परीक्षा, पारख, चिकित्सा, अवलोकन, निरीक्षण, पाहणी, तपासणी, अध्ययन, आलोडन, परिशीलन, आलोचन, पर्यालोचन, समालोचन, परामर्श, टीका, समीक्षा, समीक्षण, गुणदोषचिकित्सा, विवरण, रसग्रहण, आढावा; आत्मपरीक्षण, आत्मशोध, आत्मविश्लेषण; *पाहा :* **अन्वेषण**

(n) investigation, observation, inspection, scrutiny, examination, study, search, probe, quest, commentary, criticism, review; self examination; *पाहा :* **अन्वेषण**

[i] soul-searching

परीक्षा (स्त्री) चाचणी, तपासणी, कसोटी, पाहणी, प्रयोग, पारख, पूर्वपरीक्षा, अन्वेषण, शोध, तपास, छाननी, झडती, परिशीलन, पडताळा, प्रचिती, अनुभव, रोगपरीक्षा, सत्त्वपरीक्षा, दिव्य, वज्रपरीक्षा; शवपरीक्षा, शलाकापरीक्षा, प्रवेशपरीक्षा, घटकचाचणी

[वा] तावून सुलाखून घेणे, मन पाहणे, शितावरून भाताची परीक्षा, सत्त्व पाहणे, अंत पाहणे, घोडामैदान जवळ असणे, विषाची परीक्षा, तारेवरची कसरत

(n) examination, test, trial, assessment, post-mortem, viva-voce, investigation, knowledge, judgement, check-up, scan, diagnosis, ordeal

परेच्छाप्रारब्ध (न) *पाहा :* **अदृष्ट**

परेश (पु) *पाहा :* **परमेश्वर**

परोपकार (पु) *पाहा :* **उपकार, कृपा**

परोपकारबुद्धी (स्त्री) *पाहा :* **औदार्य**

परोपकारी (वि) *पाहा :* **उपकारी, कनवाळू**

परोपजीवी (वि) *पाहा :* **परभृत**

परोपदेश (पु) *पाहा :* **उपदेश**

पर्जन्य (पु) *पाहा :* **पाऊस**

पर्जन्यकाळ (पु) *पाहा :* **पावसाळा**

पर्जन्यवन (न) *पाहा :* **अरण्य**

पर्ण (न) *पाहा :* **पान**

पर्णकुटी (-शाला) (स्त्री) *पाहा :* **कुटी, कुंज, आश्रम**

पर्णहीन (वि) *पाहा :* **कोरडा**

पर्यंक (पु) *पाहा :* **पलंग**

पर्यंकपंडित (पु) *पाहा :* **पंडित, ढोंगी**

पर्यटक (पु) *पाहा :* **प्रवासी**

पर्यवसान (न) *पाहा :* **अखेर** (स्त्री)

पर्यवेक्षक (न) *पाहा :* **अधीक्षक**

पर्यवेक्षण (न) *पाहा :* **देखरेख**

पर्याप्त (वि) पुरेसा, पुरता, पुरा, पाहिजे तेवढा, समाधानकारक, भरपूर, विपुल, पूर्ण, परिपूर्ण

[adj] sufficient, enough, adequate, satisfactory, full, ample

पर्याय (पु) विकल्प, वैकल्पिक गोष्ट; निवड, निवडीची मुभा; अन्योपाय, तरणोपाय, गत्यंतर; पर्यायशब्द, प्रतिशब्द, शब्दभेद, समानार्थक/समानार्थी शब्द, पर्यायी/पर्यायवाचक शब्द/वाक्प्रचार/म्हण; *पाहा :* **रीत, समान, समानता**

(n) alternative, choice, option; synonym, synonymous/equivalent word/idiom/proverb; *पाहा :* **रीत, समान, समानता**

[i] soft option

पर्यालोचन (न) *पाहा :* **परीक्षण**

पर्यावरण (न) *पाहा :* **परिसर**

पर्युत्सुक (वि) *पाहा :* **उत्सुक**

पर्व (न) *पाहा :* **काल, अध्याय**

पर्वणी (स्त्री) *पाहा :* **काल, बहर**

पर्वत (पु) *पाहा :* **डोंगर**

पर्वतप्राय (वि) *पाहा :* **अगडबंब, अकटोविकट**

पर्वा (स्त्री) कदर, फिकीर, तमा, पत्रास, दरकार, भीडभाड, भीडमुरवत, सोयरसुतक, मुलाहिजा, चाड, खिजगणती (खिसगणती), आस्था, काळजी, कळकळ, किंमत, महत्त्व, गरज; *पाहा :* **दिक्कत**

[क्रि] गणणे, मानणे, जुमानणे

[वा] भीक घालणे, गावी नसणे, दाद ना फिर्याद, धूप न घालणे, पिकते तेथे विकत नाही

(n) care, heed, concern, consideration, regard, fondness, need; *पाहा :* **दिक्कत**

पऱ्हा (पु) *पाहा :* **प्रवाह**

पलक (पु) *पाहा :* **डोळा**

पलंग (पु) पर्यंक, मंचक, खाट, बाज, खाटले, बाजले, पलंगडी, चारपाई, चौपाई, छपरी पलंग; शय्या, सुखशय्या, राजशय्या

(n) cot, bedstead, four-poster, truckle-bed

पलंगपोस (पु) *पाहा :* **अवगुंठन**

पलटण (-न) (स्त्री) *पाहा :* **दल**

पलटी (स्त्री) *पाहा :* **परतणे, उफराटा**

पलाण (न) *पाहा :* **खोगीर**

पलायन (न) *पाहा :* **पळणे**

पलायनवादी (वि) *पाहा :* **पळपुटा**

पलिता (पु) *पाहा :* **मशाल**

पलिस्तर (न) *पाहा :* **लेप**

पलीकडे (क्रिवि) पार, पल्याड, पैल, पैलथडी, पैलतीरी, दुसऱ्या बाजूस, दूर, अतीत
[adv] beyond, yonder
पल्लक (पु) *पाहा :* **आंदोळा**
पल्लव (पु) पालवी, पालव, पाने, चैत्रपालवी; अंकुर, कोंब, फूट; शेंडा, शाखाग्र, झुबका; पदर, अंचल, सोगा
(n) foliage, leaves; sprout, shoot; tip, tuft; border, flap, tail
पल्लवसडक (स्त्री) *पाहा :* **पदर**
पल्लवित (वि) *पाहा :* **पल्लव, अंकुरणे**
पल्ला (पु) पोहोच, फेक, धाव, उडी, टप्पा, लाग, आटोका, आवाका, व्याप्ती, मर्यादा, क्षितिज; सामर्थ्य, प्रभाव, क्षमता; अंतर, मजल, अवधी
[वा] सरड्याची धाव कुंपणापर्यंत
(n) range, reach, sweep, sphere, scope; strength, ability; distance, span
पल्लेदार (वि) *पाहा :* **दीर्घ, सुंदर**
पवन (पु) *पाहा :* **वायू**
पवनचक्की (स्त्री) *पाहा :* **परिभ्रमण**
पवाडा (पु) *पाहा :* **काव्य, स्तुती**
पवित्र (वि) शुद्ध, विशुद्ध, परिशुद्ध, निर्मळ, विमल, शुची, शुचिर्भूत, सुस्नात, स्वच्छ, निर्लेप, धूत, धुवट, निष्कलंक, निर्दोष, बावनकशी, अव्यंग, निष्पाप, पापमुक्त, पापरहित, पापभीरू, पाक, तपःपूत, अनघ, अक्षत, पुण्यकारक, पापक्षयकारक, साधू, सोज्ज्वळ, सोवळा, धार्मिक, धर्मनिष्ठ, निरंजन, निर्विकल्प, धन्य, पुनीत, पावन, पुण्यपावन, पूत, पुण्यवंत, पुण्यवान, सद्वर्तनी, सदाचारी, ईश्वरभक्तिपरायण, सात्त्विक, प्रांजळ, शीलवान, नीतिमान, चारित्र्यसंपन्न; पाहा : **पुण्य, कल्याणकारी** (विरु) **अपवित्र**
[वा] धुतल्या तांदळासारखा, कासोट्याचा बळकट
[adj] sacred, holy, pure, chaste, sinless, unblemished, undefiled, divine, godly, hallowed, holy, sacrosanct, uncorrupted, immaculate, righteous, blessed, clean, cleansed; *पाहा :* **पुण्य, कल्याणकारी** (विरु) **अपवित्र**
[i] holy of holies
पवित्रा (पु) ढब, ढाळ, थाट, ठेवण, डौल, झोक, रोख, शरीराकृती, शरीरावस्था, आव, आविर्भाव, भूमिका
(n) posture, stance, pose, attitude, approach, demeanour, bearing, carriage
[i] to strike an attitude
पशुखाद्य (न) *पाहा :* **अन्न**
पशुतुल्य (वि) *पाहा :* **अमानुष, क्रूर**
पशुपती (पु) *पाहा :* **शंकर**
पशुसंग्रहालय (न) *पाहा :* **प्राणिसंग्रहालय**
पशू (पु) *पाहा :* **जनावर, क्रूर, नराधम**
पश्चात्ताप (पु) पस्तावा, अनुताप, दिलगिरी, उपरती, खेद, दुःख, खंत,

टोचणी, हळहळ, रुखरुख, चुटपुट
[क्रि] पश्चात्ताप होणे/पावणे/करणे; पस्तावणे, हळहळणे, मनाला खाणे
(n) repentance, remorse, regret, compunction, penitence, contrition, guilt, self-accusation, self-reproach, shame
[i] to cry over spilt milk
पश्चात्तापदग्ध (वि) *पाहा :* **दिलगीर**
पश्चातबुद्धी (स्त्री) *पाहा :* **बुद्धी**
पश्चिम (स्त्री) मावळती, अस्ताचल; वरुणादिक, वारुणी; पाहा : **दशदिशा, पाश्चात्त्य**
(n) the West; *पाहा :* **दशदिशा, पाश्चात्त्य**
पश्यंती (स्त्री) *पाहा :* **वाणी**
पश्यतोहर (पु) *पाहा :* **चोर, सोनार**
पसंत (वि) मान्य, मनास आलेला, आवडलेला, संमत, स्वीकृत, मंजूर, स्वीकारार्ह, ग्राह्य, इष्ट, कबूल, राजी, अनुकूल, निवडलेला, पटलेला, अंगीकारलेला, प्रिय, सुखकर, मनमोहन, मनपसंत, मनाजोगता, मनोनीत, इच्छित, हवा असलेला, ईप्सित, अभीप्सित, प्रतिगृहीत; राजमान्य; प्रमाणित; *पाहा :* (विरु) **नापसंत**
[adj] approved, endorsed, passed, ratified, liked, acceptable, suitable, acquiescent; *पाहा :* (विरु) **नापसंत**
पसंती (स्त्री) मान्यता, संमती, स्वीकृती, अनुकूलता, राजीखुशी, सहमती, अंगीकार, समाधान, आवड, इच्छा, ओढा, रुची, लोभ; कबुली; मंजुरी, रुकार, होकार, अनुज्ञा (*पाहा :* अनुमती); निवड, मत, कौल, पक्षपात, कैवार; *पाहा :* (विरु) **नापसंती**
[वा] मर्जीस उतरणे, मनाला येणे, मान डोलवणे
(n) approval, approbation, endorsement, liking; acceptance, consent, favour, sanction (*पाहा :* **अनुमती**) partiality, choice, selection; *पाहा :* (विरु) **नापसंती**
पसरट (वि) रुंदट, उथळ, थबकट, बसकट, बसका, बैठा, सपाट, चापट, पसरलेला, विस्तारित, भोंगळ, प्रशस्त; चपटा, चेपटलेला, नकटा, फताडा, फेंदरा
[adj] flat, flattened, squat
पसरणे (क्रि) विस्तारणे, विस्तार पावणे, प्रसरण पावणे, विस्तृत/लांब/रुंद/विस्कळीत/अस्ताव्यस्त होणे/करणे, लांबणे, लांबवणे, फाकणे, वासणे, विचकणे, फुलणे, फुगणे, फिंदारणे, फेंदारणे, मोठे करणे; उघडणे, खोलणे; रुंदावणे; फैलावणे, फुटणे, प्रसारित होणे (*पाहा :* **जाहीर**), दिगंती जाणे, बोकाळणे, दरवळणे, घमघमणे, बहकणे, वास/सुवास सुटणे, पखरणे, विखुरणे, विखरणे,

पघळणे, अभिसरण होणे, पांगणे, पांगापांग होणे, विकीर्ण होणे, विकेंद्रीकरण होणे; *पाहा :* **पसारा, प्रसरण, प्रचार**

(v) spread out, expand, disperse, scatter, strew, stretch, lengthen, broaden, circulate, be rampant; *पाहा :* **जाहीर, पसारा, प्रसरण, प्रचार**

[i] spread like wildfire

पसा (पु) *पाहा :* **ओंजळ**

पसाय (पु), **पसायदान** (न) *पाहा :* **प्रसाद**

पसार (वि) *पाहा :* **पळणे, उत्तीर्ण**

पसारा (पु) अस्ताव्यस्तपणा, पखरडा, अराजक, अव्यवस्था, गोंधळ, गबाळ, अडगळ, बारदान; विस्तार, व्याप, फैलाव, पाल्हाळ, प्रपंच, जोजार, फाफटपसारा, राडा; *पाहा :* **पसरणे**

[वा] दुकान पसरणे, बाजार, मासळीबाजार

(n) disorder, litter, maze, medley; expanse, spread; *पाहा :* **पसरणे**

पस्तावणे (क्रि) *पाहा :* **पश्चात्ताप**

पस्तावा (पु) *पाहा :* **पश्चात्ताप**

पहाट (स्त्री) प्रभात, प्रभातकाळ, प्रात:काळ, उत्तररात्र, भली पहाट, झुंजुमुंजू, झांजड, झांजर, झांजरमांजर, झुंजरूक, धुंदुकमुंदुक, उषा, उषःकाल, पंचपंच उषःकाल, ब्राह्ममुहूर्त; रामप्रहर; अरुणोदय; *पाहा :* **उजाडणे, आरंभ, अभ्युदय, उदय, सकाळ**

[क्रि] चिपाड दिसणे, कोंबडा आरवणे

(n) dawn, daybreak; *पाहा :* **उजाडणे, आरंभ, अभ्युदय, उदय, सकाळ**

[i] crack of dawn, the small hours

पहाड (पु) *पाहा :* **डोंगर**

पहाडी (पु) *पाहा :* **राग**

पहाडी (वि) *पाहा :* **डोंगराळ, तार, उंच, चढा, भव्य**

पहार (स्त्री) *पाहा :* **कांब**

पहारा (पु) राखण, रखवाली, चौकी, चौकीपहारा, खडा/उभा पहारा, मेट, टेहळणी, गस्त, पाळत, देखरेख, नजर, जाग, जागल; संरक्षण, सांभाळ; पाहा : **अवलोकन, रक्षण**

(n) watch, guard, patrol, picket, surveillance; *पाहा :* **अवलोकन, रक्षण**

पहारेकरी (पु) राखणदार, रखवालदार, चौकीदार, मेटकरी, गस्तवाला, रक्षक, संत्री, जागल्या, भालदार, चोपदार, द्वारपाल, द्वाररक्षक, वेत्रधारी, देवडीवाला, दरवान, दारवान, भय्या, गुरखा, शिपाई, संरक्षक, आरक्षक, अंगरक्षक, शरीररक्षक, गारदी (गाडदी), छबिना, रक्षणकर्ता, परिरक्षक, काळजीवाहू, निरीक्षक; विश्वस्त; प्रतीहार, प्रतीहारी, वेत्रवती

(n) watchman, guard, sentry, janitor, sentinel, doorman, doorkeeper, protector; trustee

पहिलटकरीण (स्त्री) पाहा : **गर्भवती**

पहिलवान (पु) पैलवान, मल्ल, कुस्तीगीर, तालीमबाज, पठ्ठ्या, शक्तिमान; *पाहा :* **खेळाडू**

(n) wrestler, athlete, gymnast, strongman, *पाहा :* **खेळाडू**

पहिला (वि) *पाहा :* **आद्य, अग्रगण्य**

पहीपाहुणा (पु) *पाहा :* **अतिथी**

पहुडणे (क्रि) *पाहा :* **झोपणे**

पळ (न) *पाहा :* **घटका**

पळ (पु) *पाहा :* **पळणे**

पळणे (क्रि) धावणे, दौडणे, धूम ठोकणे, धाव घेणे, पळ काढणे, पलायन करणे, यःपलाय करणे, भागणे, पळापळ/धावाधाव/भागाभाग/दौडादौड करणे, सुटणे, निसटणे, निघणे, जाणे, पोबारा करणे; गुंगारा देणे; परागंदा/पसार/फरारी होणे, सटकणे, सुटकणे, सुळकणे, सूंबाल्या करणे; पाहा : **धावणे, अनुपस्थिती**

[वा] हातावर तुरी देणे, लंबा होणे, काळे करणे, तोंड काळे करणे, काढता पाय घेणे, पाठ दाखवणे, काळे तोंड घेऊन जाणे, गाठोडे गुंडाळणे, यःपलायति स जीवति, जीव घेऊन पळणे, शेपूट घालून पळणे, ढुंगणाला पाय लावून पळणे, मृगाचे आधी पेरावे आणि बोंबेचे आधी पळावे

(v) run, bolt, dash, jog, sprint, race, take to one's heels, flee, decamp. escape, abscond; *पाहा :* **धावणे, अनुपस्थिती**

[i] march in double time, show a clean pair of heels, to make oneself scarce

पळपुटा (वि) भित्रा, भेकड, घाबरट, चंचल, उनाड, ओढाळ, पळ काढणारा, पसार होणारा, रणात पाठ दाखवणारा, भागूबाई, भित्री भागूबाई, नामर्द, पळ्या; पलायनवादी, अंगचुकार; *पाहा :* (विरु) **पराक्रमी**

[adj] cowardly, chickenhearted, truant, runaway, vagrant; *पाहा :* (विरु) **पराक्रमी**

[i] hit-and-run

पळवणे (क्रि) *पाहा :* **पिटाळणे, छळणे, चोरणे**

पळवाट (स्त्री) *पाहा :* **मार्ग, कारण, माघार**

पळापळ (स्त्री) *पाहा :* **दाणादाण, पळणे**

पक्ष (पु) *पाहा :* **पंख, बाजू, पंधरवडा, अंत्येष्टी**

पक्षकार (पु) *पाहा :* **उपभोक्ता**

पक्षघात (पु) *पाहा :* **अर्धांगवायू**

पक्षद्रोह (पु) *पाहा :* **द्रोह**

पक्षद्रोही (वि) *पाहा :* **घरबुडव्या**

पक्षपात (पु) भेद, फरक, विषमता, भेदभाव, दुजाभाव, आपपरभाव, सापत्नभाव, पंक्तिभेद, पंक्तिप्रपंच, असमदृष्टी, असमतोल, झुकाव, कल, कैवार, तरफदारी; पक्षपाती/एकतर्फी क्रिया; *पाहा :* **अन्याय**

[वा] डावेउजवे करणे, दुसऱ्याच्या डोळ्यातील कुसळ दिसते स्वतःच्या

डोळ्यातील मुसळ दिसत नाही, झुकते माप, फिरंगी न्याय

(n) partiality, bias, one sidedness, partisanship, inequality, imbalance, *पाहा :* **अन्याय**

पक्षपाती (वि) *पाहा :* **कलुषित, अन्यायकारक, पक्षपात**

पक्षवात (-वायू) (पु), **पक्षाघात** (पु) *पाहा :* **अर्धांगवायू**

पक्षातीत (वि) *पाहा :* **तटस्थ**

पक्षादेश (पु) *पाहा :* **आदेश**

पक्षिणी (स्त्री) *पाहा :* **पक्षी**

पक्षिसंग्रहालय (न) *पाहा :* **प्राणिसंग्रहालय**

पक्षी (पु) पाखरू, खग, शकुंत, विहग, विहंग, विहंगम, रानपाखरू; पक्षिणी; *पाहा :* **प्राणी**

(n) bird, fowl; feathered friend, fledgeling, nestling, birdie; *पाहा :* **प्राणी**

पाईक (पु) *पाहा :* **अनुचर**

पाऊल (न) *पाहा :* **पाय**

पाऊलखूण (स्त्री) *पाहा :* **खूण**

पाऊलबुद्धी (वि) *पाहा :* **चंचल, छांदिष्ट**

पाऊलवाट (स्त्री) *पाहा :* **मार्ग**

पाऊस (पु) पर्जन्य, वृष्टी, वर्षाव, पर्जन्यवृष्टी (-वर्षाव), जलवृष्टी (-वर्षाव), मेघवर्षाव, वरुण (-राज), जलधारा, पाऊसधारा, पर्जन्यधारा, सर, झड, वाकड, रापा, आषाढझड, श्रावणझड, मृगाचा/स्वातीचा/हस्ताचा पाऊस, मुसळधार/धोधो/संततधार/धुवाधार/रिपरिप/रिमझिम/झिमझिम/झिरमिर/थेंबथेंब/बुरबुर/भुरभुर/बारीक पाऊस, भुसे, पावसाचा शिडकावा, शिंतोडे, तुषार, वावझड, थेंब, वळीव, वळवाचा पाऊस, शिरवे, ऊनपाऊस, नागवा पाऊस, ढगफुटी, मोसमी पाऊस, रातवा, पीकपाऊस, पाणीपाऊस, भीजपाऊस, आम्ल पाऊस, खंडवृष्टी; अतिवृष्टी; पाऊसपाणी, पर्जन्यमान; लोंढा, जलौघ, प्रपात, पूर, महापूर, पाणीच पाणी, प्रलय, जलप्रलय, महाप्रलय; अवकाळी पाऊस, अकालवृष्टी; खैरात, भडिमार; *पाहा :* **आबादीआबाद, पावसाळा, पाणी**

[क्रि]पाऊस कोसळणे/बरसणे, पाऊस उघडणे

[वा] जमीन-अस्मान एक होणे

(n) rain, rainfall, precipitation, shower, drizzle, downpour, acid rain, rainstorm, cloudburst, deluge, flood, spate, torrent, inundation;

पाहा : **आबादीआबाद, पावसाळा, पाणी**

[i] to rain cats and dogs

पाऊसकाळ (पु) *पाहा :* **पावसाळा**

पाक (वि) *पाहा :* **पवित्र**

पाक (पु), **पाकक्रिया (-निष्पत्ती, -सिद्धी)** (स्त्री) *पाहा :* **अन्न**

पाकशाला (-ळा) (स्त्री) *पाहा :* **खोली**

पाकशास्त्र (न) *पाहा :* **अन्न**

पाकसिद्धी (स्त्री) *पाहा :* **अन्न**

पाकळी (स्त्री) *पाहा :* **दल**

पाकीट (न) *पाहा :* **पिशवी**
पाख (पु) *पाहा :* **पंख**
पाखंड (न) नास्तिकमत, थोतांड, थोतांडमत, पाखंडमत, ढेंगमत, ठेंगमत, बुद्धिप्रामाण्य, जडवाद, निरीश्वरवाद, वितंडवाद; *पाहा :* **आरोप, कपट, ढोंग**
(n) heresy, blasphemy, nonconformity, atheism, hypocrisy; *पाहा :* **आरोप, कपट, ढोंग**
पाखडणे (क्रि) *पाहा :* **वगळणे**
पाखंडी (वि) *पाहा :* **निरीश्वरवादी, ढोंगी**
पाखर (स्त्री) आच्छादन, आवरण, अवगुंठन, पांघरूण, पखरण, छत्र, गवसणी; छाया, सावली; आसरा, आश्रय, निवारा, संरक्षण; दया, कृपा, माया
(n) cover, shield, shelter, shade, roof, protection patronage, blessing
पाखरू (न) *पाहा :* **पक्षी, चटकचांदणी**
पाखाडी (स्त्री) *पाहा :* **मार्ग**
पाग (पु) *पाहा :* **दोर**
पांग (पु) *पाहा :* **इच्छा**
पागडी (स्त्री) *पाहा :* **लाच**
पांगणे (क्रि) *पाहा :* **पसरणे**
पागल (वि) *पाहा :* **वेडा**
पांगळा (वि) *पाहा :* **अधू**
पागा (स्त्री) *पाहा :* **प्राणिसंग्रहालय**
पांगा (वि) *पाहा :* **अधू**
पांगापांग (स्त्री) *पाहा :* **दाणादाण, पसरणे**
पांगुळगाडा (पु) *पाहा :* **वाहन, आधार**
पांगूळ (वि) *पाहा :* **अधू**
पागोटे (न) *पाहा :* **शिरस्त्राण**
पागोळी (स्त्री) *पाहा :* **प्रवाह**
पांघरूण (न) प्रावरण, आवरण, शाल, शेला, चौघडी, रजई, दुलई, पासोडी, गोधडी, वाकळ, चादर, अवगुंठन; *पाहा :* **वस्त्र, अवगुंठन**
(n) cover-sheet *पाहा :* **वस्त्र, अवगुंठन**
पाघळणे (क्रि) *पाहा :* **द्रवणे**
पाच (पु) *पाहा :* **रत्न, अंक**
पाच (वि) *पाहा :* **अंक**
पाचकळ (वि) *पाहा :* **चावट, चटोर**
पांचजन्य (पु) *पाहा :* **आरोळी**
पांचट (वि) *पाहा :* **चावट, चव, आर्द्र**
पाचपेच (पु, अव) *पाहा :* **डावपेच**
पाचपोच (पु) *पाहा :* **तारतम्य**
पाचर (स्त्री) *पाहा :* **खुंटी, अडकण**
पाचवा (वि) *पाहा :* **अंक**
पाचारण (न) *पाहा :* **आमंत्रण**
पाचुंदा (पु) *पाहा :* **अंक**
पाचू (स्त्री) *पाहा :* **रत्न**
पाचोळा (पु) *पाहा :* **पान, नाश, तलम**
पाजणी (स्त्री) *पाहा :* **गोंद**
पाजणे (क्रि) *पाहा :* **दूध, पिणे**
पांजरपोळ (-रा) (पु) *पाहा :* **प्राणिसंग्रहालय**
पांजरा (पु) *पाहा :* **पंजर**
पाजळणे (क्रि) *पाहा :* **चेतवणे**
पाजी (वि) *पाहा :* **अधम**

पाजीपंचक (न) *पाहा :* **नराधम**

पाझर (पु) *पाहा :* **गळती, झरा**

पाझरणे (क्रि) *पाहा :* **द्रवणे, गळणे, चिघळणे**

पाट (पु) *पाहा :* **आसन, प्रवाह, विवाह**

पाटण (न) *पाहा :* **गाव**

पाटबंधारे (पु, अव) *पाहा :* **जलसंपत्ती**

पाटली (स्त्री) *पाहा :* **कंकण**

पाटलोण (स्त्री) *पाहा :* **विजार**

पाटव (न) *पाहा :* **कसब, नैपुण्य**

पाटी (स्त्री) *पाहा :* **करंडा, फळा**

पाठ (पु) *पाहा :* **धडा**

पाठ (स्त्री) पुठ्ठा, मागची बाजू, पिछाडी, पार्श्वभाग, पृष्ठ, पृष्ठभाग, पार्श्वभूमी, पृष्ठभूमी, कणा, पृष्ठवंश

(n) back, rear, background

पाठ (वि) *पाहा :* **कंठगत, घोकणे**

पाठक (पु) *पाहा :* **अध्यापक**

पाठकोरा (वि) *पाहा :* **कोरा**

पाठचा (वि) *पाहा :* **लहान**

पाठपुरावा (पु) पिच्छा, लकडा, नेट, निकड, झक्कू, टुमणे, पाठलाग; दुजोरा, पुष्टी, समर्थन; *पाहा :* **मदत**

[वा] हात धुऊन मागे लागणे

(n) importuning, goading, pressure, urgency, expedition; support; *पाहा :* **मदत**

पाठबळ (न) *पाहा :* **मदत**

पाठमोरा (वि) *पाहा :* **पराङ्मुख**

पाठराखणी (स्त्री) *पाहा :* **मदत**

पाठलाग (पु) पिच्छा, मागोवा, शोध, छडा, पाठपुरावा, पाठशिवणी; शिकार, पारध, मृगया

[क्रि] मागे लागणे/धावणे; मागेमागे जाणे, मागावर असणे, हात धुऊन पाठीस लागणे

(n) pursuit, chase, hunt, stalking, following

(v) run after, give chase, trail, shadow

पाठवणी (स्त्री), पाठवणूक (स्त्री) *पाहा :* **निरोप**

पाठवणे (क्रि) धाडणे, रवाना करणे, पाठवणी/पाठवणूक/रवानगी करणे, मोकलणे, मार्गस्थ करणे, प्रक्षेपणे; निर्यात करणे; *पाहा :* **प्रेषक**

(v) send, dispatch, mail, post, fax, consign, remit, forward, transmit; export; *पाहा :* **प्रेषक**

पाठशाला (-ळा) (स्त्री) *पाहा :* **विद्यालय**

पाठशिवणी (स्त्री) *पाहा :* **पाठलाग**

पाठांतर (न) *पाहा :* **घोकणे, आवृत्ती**

पाठिंबा (पु) *पाहा :* **टेकू**

पाठीराखा (वि) *पाहा :* **त्राता**

पाठोपाठ (क्रिवि) मागोमाग, लागोपाठ, लागलीच, लगोलग, सातत्याने, पावलावर पाऊल ठेवून, एकामागून एक, ओळीने, धडाधड; *पाहा :* **अनुक्रम, अनुसरणे**

[adv] immediately after, in close succession; *पाहा :* **अनुक्रम, अनुसरणे**

पाठ्यक्रम (पु) *पाहा :* **कार्यक्रम**

पाठ्यपुस्तक (न) *पाहा :* **ग्रंथ**

पाठ्यवृत्ती (स्त्री), **पाठ्यवेतन** (न) *पाहा* : **वेतन**

पाड (पु) किंमत, महत्त्व, योग्यता; बरोबरी, तुलना, साम्य; *पाहा* : **पक्व**

(n) value, worth, importance; equality, comparison; *पाहा* : **पक्व**

पाडणे (क्रि) खाली आणणे, जमीनदोस्त करणे, तोडणे, मोडणे, पाडापाड करणे; सांडणे, गहाळ होणे, गमावणे; टाकणे, वर्षाव करणे; उलथवणे, सत्ताभ्रष्ट करणे, पदच्युत करणे, चीत करणे, पराभूत करणे, पाडाव करणे, उद्‌ध्वस्त करणे

(v) cause to fall, drop, cut, fell, lose, overthrow, bring down, unseat, depose, dethrone, oust, topple

पाडवा (पु) प्रतिपदा, वर्षप्रतिपदा, गुढीपाडवा, बलिप्रतिपदा, दिवाळीचा पाडवा, चांद्रमासारंभ

(n) first day of year; first day of lunar month

पाडस (न) *पाहा* : **मूल**

पाडा (पु) *पाहा* : **मूल, गाव**

पांडा (पु) *पाहा* : **मूल**

पाडाव (पु) *पाहा* : **पराभव**

पांडित्य (न) *पाहा* : **ज्ञान**

पाडी (स्त्री) *पाहा* : **मूल**

पांडुर (वि), **पांडुरवर्ण** (वि) *पाहा* : **पांढरा**

पाडे (न) *पाहा* : **मूल**

पांढरपेशा (पु) उच्चवर्णीय, उच्चवर्गीय, मध्यमवर्गीय, व्यावसायिक, व्यापारी, धंदेवाला; डॉक्टर, वकील, शिक्षक, नोकरदार इत्यादी

(n) person belonging to higher/ middle class, white collar worker

पांढरा (पु) *पाहा* : **साप**

पांढरा (वि) शुभ्र, श्वेत, श्वेतवर्ण, सित, शुक्ल, धवल, सफेत (सफेद), ढवळा, दुधी, पांडुर, पांडुरवर्ण, पांढुरका, पांढरवट, पांढराशुभ्र, पांढरासफेत, पांढरास्वच्छ, पांढराधोप, पांढराफटक, पांढरा फटफटीत, पांढराफेक; हिमशुभ्र, फेनधवल, टिपूर, पिठूर, गोरा; तेजस्वी, उज्ज्वल, निष्कलंक, स्फटिकधवल; रुपेरी, सायीसारखा, पिठासारखा; *पाहा* : (विरु) **काळा**

[adj] white, snow-white, cream, off-white, chalky, ivory, milky, snowy, silver, clean, bright; *पाहा* : (विरु) **काळा**

पांढरी (स्त्री) *पाहा* : **काठी, गाव**

पाढा (पु) *पाहा* : **कोष्टक, धडा, परवचा**

पांढुरका (वि) *पाहा* : **पांढरा**

पाणउतारा (पु) *पाहा* : **अपमान**

पाणकळा (स्त्री) *पाहा* : **पावसाळा**

पाणकोंबडा (पु) *पाहा* : **बदक**

पाणक्या (पु) *पाहा* : **अनुचर**

पाणचक्की (स्त्री) *पाहा* : **परिभ्रमण**

पाणचट (वि) *पाहा* : **आर्द्र, चव**

पाणथळ (स्त्री) *पाहा* : **दलदल**

पाणंद (पाणंदी) (स्त्री) *पाहा* : **मार्ग**

पाणबुडी (स्त्री) *पाहा :* **नौका**

पाणलोटक्षेत्र (न) *पाहा :* **जलसंपत्ती**

पाणशेंग (स्त्री) *पाहा :* **मासा**

पाणसुरुंग (पु) *पाहा :* **स्फोटक**

पाणिग्रहण (न) *पाहा :* **विवाह**

पाणी (पु) *पाहा :* **हात**

पाणी (न) अंब, अंबू, अंभ, उदक, जल (जळ), तोय, नीर, वारी, आप, सलील, पानीय, पय, इरा, जीवन, रस, तीर्थ, अमृत; आपवणी, उन्हवणी, झळवणी, झरवणी, झिरवणी, खारे पाणी, गोडे पाणी, मचूळ पाणी; गंगोदक, तीर्थोदक, पुण्योदक; सडा, शिंपण, शिपका, हबका; भूजल, पृष्ठजल; पेयजल, सांडपाणी; धुवण; विसण; अश्रू; *पाहा :* **दव, हिम, पाऊस, प्रवाह, समुद्र, आर्द्र, जलसंपत्ती, चमक**

(n) water, rainwater, freshwater, sea water, salt water, brine, distilled water, spring water, spa water, tap water, ground water, drinking water, mineral water; *पाहा :* **दव, हिम, पाऊस, प्रवाह, समुद्र, आर्द्र, जलसंपत्ती, चमक**

[i] Adam's ale

पाणीदार (वि) तेजस्वी, चमकदार, सुढाळ; ओजस्वी, धारदार, बाणेदार; *पाहा :* **खमक्या**

[adj] brilliant, sparkling, lustrous, spirited, vigorous; *पाहा :* **खमक्या**

पात (न) *पाहा :* **पान**

पातक (न) *पाहा :* **पाप**

पातकी (वि) *पाहा :* **पापी**

पातणे (क्रि) *पाहा :* **पोचणे**

पातशहा (पु) *पाहा :* **राजा**

पातळ (वि) *पाहा :* **तलम, प्रवाही, आर्द्र, विरळ**

पातळी (स्त्री) तल, प्रमाण, समतल, सपाटी, समप्रमाण, समपातळी, समपृष्ठत्व, उच्च-नीच पातळी; समुद्रसपाटी; *पाहा :* **दर्जा**

(n) level, plane, equality, stratum, grade; *पाहा :* **दर्जा**

पाताळ (पु) नागलोक, सप्तपाताळ (अतल, वितल, सुतल, तलातल, महातल, रसातल, पाताल); नरक; खोल गर्ता; *पाहा :* **चराचर**

(n) abyss, bottomless pit, lower regions, infernal regions, Hades, nether world, underworld, hell; *पाहा :* **चराचर**

पाताळयंत्र (न) *पाहा :* **कपट**

पाताळयंत्री (वि) *पाहा :* **धूर्त, फसवा**

पातिव्रत्य (न) *पाहा :* **पतिव्रता**

पाती (स्त्री) *पाहा :* **अंश, घराणे, भागीदारी**

पातीदार (पु) *पाहा :* **भागीदार**

पाते (न) *पाहा :* **पान, डोळा**

पातेली (-ले) (स्त्री, न) *पाहा :* **भांडे**

पातोडा (पु) *पाहा :* **पापुद्रा**

पात्र (न) *पाहा :* **भांडे, अभिनेता, प्रवाह, रखेली**

पात्र (वि) *पाहा :* **लायक, अनुरूप**
पात्रता (स्त्री) *पाहा :* **लायकी**
पात्रपरिपोष (पु) *पाहा :* **कथन**
पांथ (पु) *पाहा :* **प्रवासी**
पाथर (पु) *पाहा :* **दगड**
पाथरवट (पु) *पाहा :* **कष्टकरी**
पांथस्थ (पु) *पाहा :* **प्रवासी, अतिथी**
पाथेय (न) *पाहा :* **अन्न**
पाद (पु) *पाहा :* **कडवे, पाय**
पादग्रहण (न) *पाहा :* **अभिवंदन**
पादचारी (पु) *पाहा :* **प्रवासी**
पादत्राण (न) पायताण, जोडा, चढाव, खेटर, खडावा, पादुका, वहाण, चप्पल, पैजार, पायपोस; नाल
(n) footwear, horseshoe
पादप (पु) *पाहा :* **झाड**
पादपूजा (स्त्री) *पाहा :* **पूजा**
पादपूरक (न) *पाहा :* **पूरक**
पादप्रहार (पु) *पाहा :* **आघात**
पादवंदन (न) *पाहा :* **अभिवंदन**
पादशहा (पु) *पाहा :* **अध्यक्ष**
पादशाही (स्त्री) *पाहा :* **अधिकार**
पादसेवन (न), **पादस्पर्श** (पु) *पाहा :* **अभिवंदन, नवविधा भक्ती**
पादाकुलक (न) *पाहा :* **वृत्त**
पादाक्रांत (वि) *पाहा :* **ग्रस्त, जिंकणे, आक्रमण**
पादांगुली (स्त्री), **पादांगुष्ठ** (पु) *पाहा :* **बोट**
पांदी (स्त्री) *पाहा :* **मार्ग**
पादुका (स्त्री) *पाहा :* **पादत्राण**
पाद्यपूजा (स्त्री) *पाहा :* **पूजा, आघात, खडसावणे**

पान (न) पर्ण, दल, पत्र, पत्री, पत्ती; पात, पाते, फळ, पल्लव, पाचोळा, पाला, पालापाचोळा; पत्रा, तक्ता, ताव, पृष्ठ, दर्शनी पृष्ठ, मुखपृष्ठ, मलपृष्ठ; बंद, पत्ता; भोजनपात्र, ताट, पत्रावळ; *पाहा :* **तांबूल, जिन्नस, साप, पिणे**
(n) leaf, foliage, sheet, blade, flake, page, folio, card; dish; *पाहा :* **तांबूल, जिन्नस, साप, पिणे**
पानपट्टी (स्त्री) *पाहा :* **तांबूल**
पानवेल (स्त्री) *पाहा :* **नागवेल**
पानसुपारी (स्त्री) *पाहा :* **तांबूल, अगत्य, आदर**
पानीय (न) *पाहा :* **पाणी**
पानवणे (क्रि), **पान्हा** (पु) *पाहा :* **दूध**
पाप (न) अपराध, गुन्हा, दोष, प्रमाद, अपकृत्य, दुष्कृत्य, दुराचार, कुकर्म, कृष्णकृत्य, काळे कर्म, दुष्कर्म, बदकर्म, अधर्माचरण, अनाचार, पापाचरण, पापकर्म, पातक, अघ, दुरित, निषिद्ध/नीतिबाह्य वर्तन; स्खलन, वाममार्ग, महापाप, महापातक; पापवासना, दुष्टवासना, दुष्टावा, कुढा भाव, कश्मल, कल्मष, किल्बिष; *पाहा :* **पापी,** (विरु) **पुण्य**
(n) crime, sin, vice, misdeed, transgression, wrongdoing, desecration, peccadillo, guilt, impiety, impurity, profanity, blasphemy, sacrilege; spite, ill-will, malignity; *पाहा :* **पापी,**

(विरु) **पुण्य**

पापकर्मी (वि) *पाहा :* **पापी**

पापग्रह (पु) मंगळ, शनी, राहू, केतू

(n) evil planet(s)

पापणी (स्त्री) *पाहा :* **डोळा**

पापदृष्टी (स्त्री) *पाहा :* **दृष्टी**

पापपरिमार्जन (-क्षालन) (न) *पाहा :* **प्रायश्चित्त**

पापबुद्धी (स्त्री) *पाहा :* **बुद्धी**

पापभीरू (वि) निष्पाप, पापमुक्त, पापरहित, अनघ, सोज्ज्वळ, सदाचारी, धार्मिक, चारित्र्यसंपन्न, पवित्र; *पाहा :* **पुण्यवंत**

[adj] sinless, righteous, chaste, virtuous; *पाहा :* **पुण्यवंत**

पापमूर्ती (पु) *पाहा :* **पापी**

पापवासना (स्त्री) *पाहा :* **पाप**

पापा (पु) *पाहा :* **चुंबन**

पापाचरणी (वि), **पापात्मा** (पु), **पापिष्ट** (वि) *पाहा :* **पापी**

पापी (वि) अपराधी, गुन्हेगार, दोषी, दुराचारी, बदकर्मी, अधर्माचरणी, पापाचरणी, पापकर्मी (-मूर्ती), पातकी, महापातकी, पापत्मा, दुरात्मा, पापिष्ट, दुर्गुणी, पतित, स्खलित, अधम, वाममार्गी, अनीतिमान, नीतिभ्रष्ट, चंगीभंगी, शीलभ्रष्ट, धर्मभ्रष्ट, चारित्र्यहीन, अपवित्र, मलिन, अभद्र; *पाहा :* **पाप,** (विरु) **पुण्यवंत**

[वा] मातीचे पाय असणे, पापाचा घडा भरणे

[adj] sinful, sinner, corrupt, immoral, sacrilegious, unholy, guilty, criminal, vicious, impious, profane, apostate, wicked; *पाहा :* **पाप,** (विरु) **पुण्यवंत**

पापुद्रा (पु) पदर, पटल, आवरण, पोपडा, पातोडा, त्वचा, थर

(n) layer, ply, cover, film

पाबळ (पु) *पाहा :* **प्रवाह**

पाभर (स्त्री) *पाहा :* **औत**

पामर (वि) *पाहा :* **गरीब, क्षुल्लक**

पाय (पु) पद, चरण, पाद, तंगडी, टांग, ढांग, ढेंग; मांडी, गुडघा, नडगी (-घी), पोटरी, पिंडरी, घोटा, पाऊल, चवडा, तळपाय, टाच, टाप, टापर, दुगाणी, खूर; पादुका, पदकमल, पदांबुज, चरणकमल, चरणारविंद, चरणतल, चरणयुगल, पदयुगल, समचरण; *पाहा :* **चालणे, कर्मेंद्रिय**

(n) leg, thigh, knee, calf, shin, ankle, heel of foot; *पाहा :* **चालणे, कर्मेंद्रिय**

पायउतार (पु) *पाहा :* **मार्ग**

पायउतार होणे (क्रि) *पाहा :* **खाली**

पायगत (स्त्री) *पाहा :* **तल**

पायगुण (पु) *पाहा :* **गुण, कौल**

पायघड्या (स्त्री, अव) *पाहा :* **आदर**

पायघोळ (वि) *पाहा :* **दीर्घ**

पायजमा (पु) *पाहा :* **विजार**

पायटा (पु) *पाहा :* **जिना, रीत**

पायंडा (पु) *पाहा :* **रीत, आरंभ**

पायतण (-ता) (न) *पाहा :* **पादत्राण**

पायथा (पु) *पाहा :* **तल, पाया**
पायदळ (न) *पाहा :* **दल**
पायधरणी (स्त्री) *पाहा :* **अभ्यर्थना**
पायधूळ (स्त्री) *पाहा :* **माती**
पायपिटी (-पीट) (स्त्री) *पाहा :* **चालणे, कष्टणे**
पायपोस (पु) *पाहा :* **पादत्राण**
पायबंद (पु) *पाहा :* **अटकाव**
पायमल्ली (स्त्री) *पाहा :* **तुडवणे, अपमान**
पायरव (पु) *पाहा :* **चाहूल, दळणवळण, आवाज**
पायरस्ता (-वाट) (पु, स्त्री) *पाहा :* **मार्ग**
पायरी (स्त्री) *पाहा :* **जिना, दर्जा**
पायविहीर (स्त्री) *पाहा :* **विहीर**
पायस (न) *पाहा :* **प्रसाद**
पाया (पु) तळ, तळवट, पायथा, बूड, बैठक; मूलाधार, मूळतत्त्व, पीठिका; भूमिका; टेकू, पायाचा दगड; पाहा **: आरंभ, आधार, अधिष्ठान**
(n) base, basis, basic principles; foundation, footing, underpinning, foothold, groundwork, substructure, cornerstone; *पाहा :* **आरंभ, आधार, अधिष्ठान**
पायाभरणी (स्त्री) *पाहा :* **आरंभ**
पायाभूत (वि) मूलभूत, मूलगामी, मूलग्राही, मूलस्पर्शी, मौलिक, मर्मस्पर्शी, वर्मस्पर्शी, वर्मी, प्राथमिक, आवश्यक, महत्त्वाचा
[वा] मुळाशी हात घालणे
[adj] basic, fundamental, underlying, rudimentary, essential, crucial, important
पायाशुद्ध (वि) *पाहा :* **तर्कशुद्ध**
पायाळू (वि) *पाहा :* **उत्पत्ती**
पार (पु) सीमा, मर्यादा, अंत, शेवट, ठाव; थांग, खोली; कड, काठ, किनारा, तीर; कट्टा, ओटा, चबुतरा, चौथरा
[क्रि] पार पाडणे (*पाहा :* **आटोपणे**), पार करणे (*पाहा :* **ओलांडणे, तरणे**)
(n) limit, border, end (ing), depth, profundity; bank, shore; pedestal, platform; *पाहा :* **आटोपणे, ओलांडणे, तरणे**
पार (क्रिवि) *पाहा :* **सर्वस्वी**
पारख (स्त्री) परीक्षा, चाचणी, कसोटी, चिकित्सा, परीक्षण, पाहणी, तपासणी, पारखणी, गुणदोषचिकित्सा; अभिरुची, दृष्टी, रसज्ञता, मार्मिकता
[वा] तावून सुलाखून घेणे, सोने सुलखावे माणूस पारखावे
(n) test, scrutiny, investigation, judgement, appreciation, taste, connoisseurship
पारखा (वि) *पाहा :* **परका**
पारखी (वि) *पाहा :* **चिकित्सक, चोखंदळ, जाणता**
पारंगत (वि) *पाहा :* **निपुण**
पारठा (वि) *पाहा :* **पोक्त**
पारडी (-डू) (स्त्री, न) *पाहा :* **मूल, म्हैस**

पारडे (न) *पाहा :* **तराजू**

पारणे (न) *पाहा :* **आनंद, अन्न**

पारतंत्र्य (न) *पाहा :* **गुलामगिरी**

पारदर्शक (वि) काचेसारखा, स्फटिकासारखा; नितळ, आरस्पानी, स्वच्छ; तलम, झिरझिरीत, विरळ; अर्धपारदर्शक, दुधी; संशयातीत, पारदर्शी, शुद्ध, स्फटिकधवल; स्पष्ट, सुबोध, प्रसादयुक्त, प्रासादिक; *पाहा :* **खुला**

[adj] transparent, glassy, crystalclear, pellucid, lucent, diaphanous, thin, gossamer, sheer, see-through, translucent; clear, lucid; *पाहा :* **खुला**

पारध (स्त्री) शिकार, मृगया, पाठलाग, प्राणिवध

(n) hunt, chase, game, poaching, shooting

पारधी (पु) शिकारी, निषाद, व्याध, लुब्धक, फासेपारधी

(n) hunter, poacher

पारपत्र (न) *पाहा :* **दाखला**

पारंपरिक (वि) *पाहा :* **परंपरागत**

पारंबी (स्त्री) *पाहा :* **मूळ**

पारमार्थिक (वि) आध्यात्मिक, अध्यात्मविषयक, परमार्थविषयक; सत्य, वास्तविक; परमार्थमार्गी, परमार्थी, मोक्षमार्गी, ब्रह्मचिंतक, ब्रह्मनिष्ठ, सत्यान्वेषी; पारलौकिक, परलोकविषयक; ईश्वरी, दैवी, अलौकिक, *पाहा :* **अध्यात्म,** (विरु) **ऐहलौकिक**

[adj] spiritual, spiritualistic; incorporeal, other-worldly, unworldly, heavenly, holy; true, real; supernatural, divine; *पाहा :* **अध्यात्म,** (विरु) **ऐहलौकिक**

पारलौकिक (वि) *पाहा :* **पारमार्थिक**

पारवा (पु) *पाहा :* **कवडा**

पारायण (न) *पाहा :* **आवृत्ती**

पारावार (पु) *पाहा :* **मर्यादा**

पारिजातक (पु) प्राजक्त, पारिजात; *पाहा :* **देवतरू**

(n) *पाहा :* **देवतरू**

पारित (वि) *पाहा :* **मान्य**

पारितोषिक (न) बक्षीस, इनाम, गौरवचिन्ह, ढाल, करंडक, चषक, विश्वचषक (-करंडक), पेला, बिल्ला, मुकुट (दुहेरी, तिहेरी), पुरस्कार; *पाहा :* **पदक, पुरस्कार**

(n) prize, award, laurels, accolade, winnings, decoration, trophy, medal, cup, crown, world cup; *पाहा :* **पदक, पुरस्कार**

पारिपत्य (न) *पाहा :* **शिक्षा**

पारिभाषिक (वि) *पाहा :* **भाषा, अभिधान**

पारी (स्त्री) *पाहा :* **अवगुंठन**

पारुष्य (न) कठोरपणा; निष्ठुरता; *पाहा :* **कठोर**

(n) hardness; mercilessness; *पाहा :* **कठोर**

पारोसा (वि) *पाहा :* **शिळा, अस्वच्छ**

पार्थिव (वि) मृण्मय, मातीचे, जड, नाशवंत, मर्त्य; *पाहा :* **देह, अंत्येष्टी**

[adj] earthen, earthly, perishable, mortal; *पाहा :* **देह, अंत्येष्टी**

पार्वती (स्त्री) आदिमाया (-माता, -शक्ती), शिवपत्नी, उमा, अपर्णा, गौरी, गजगौरी, गिरिजा, मृगी, कात्यायनी, दाक्षायणी, कन्याकुमारी, देवी, काली, महाकाली, कालिका (-ळी), जगदंबा, जगदंबिका, जगन्माता, भवानी, भगवती, महादेवी, दुर्गा, महामाया; *पाहा :* **परमेश्वर**

(n) goddess Parvati; *पाहा :* **परमेश्वर**

पार्श्वगायक (पु) *पाहा :* **गायक**

पार्श्वभाग (पु) *पाहा :* **पाठ, नितंब**

पार्श्वभूमी (स्त्री) *पाहा :* **पाठ**

पाल (न) *पाहा :* **तंबू**

पालक (वि) पालनकर्ता, पोषणकर्ता, पोशिंदा, रक्षणकर्ता, सांभाळकर्ता, वाली, त्राता, भर्ता, आश्रयदाता; विश्वस्त, आईबाप, मातापिता, मायबाप

[adj] guardian, protector; trustee, keeper, preserver, warden, custodian; parent, adoptive parent, foster parent

[i] bread-winner

पालखी (स्त्री) डोली, मेणा, शिबिका, दंडी; *पाहा :* **आसन, वाहन**

(n) palanquin; *पाहा :* **आसन, वाहन**

पालखीनशीन (-पदस्थ) (वि) *पाहा :* **अधिकारी**

पालट (पु), **पालटणे** (क्रि) *पाहा :* **बदल**

पालथा (वि) *पाहा :* **उफराटा**

पालन (न) संभाळ (सांभाळ), संगोपन, रक्षण, संरक्षण, पोषण, संवर्धन, परिपालन, पालनपोषण, भरणपोषण, लालनपालन, जोपासना, जतन, जतणूक, जपणूक, प्रतिपालन, प्रतिपाळ; प्रजापालन, कुटुंबपालन, आज्ञापालन इत्यादी; *पाहा :* **रक्षण, रक्षित**

[क्रि] संभाळणे (सांभाळणे), पाळणे, पोसणे, बाळगणे, वाढवणे, राखणे, सावरणे; मानणे, आचरणे, अनुसरणे, ऐकणे, बधणे

(n) nurturing, upkeep, looking after, maintenance; *पाहा :* **रक्षण, रक्षित**

(v) sustain, foster, cherish, nurse, feed; obey, follow

[i] toe the line

पालव (पु) *पाहा :* **पल्लव**

पालवणे (क्रि) *पाहा :* **अंकुरणे**

पालवी (स्त्री) *पाहा :* **पल्लव**

पाला (पु), **पालापाचोळा** (पु) *पाहा :* **पान**

पालाण (न) *पाहा :* **खोगीर**

पालुपद (न) *पाहा :* **ध्रुपद**

पाल्य (वि, पु) *पाहा :* **रक्षित**

पाल्हाळ (पु) चऱ्हाट, चर्पटपंजरी, वटवट, बडबड, टकळी; विस्तार, पसारा, तपशील, लांबण, विषयांतर;

प्रपंच, व्याप, वाढ
[वा] मारुतीचे शेपूट, शेपूट लांबवणे
(n) yarn, gibberish, chatter, expansion, spread, prolongation, verbosity, circumlocution, longwindedness, repetition, loquacity, garrulity
[i] long drawn out, beating about the bush

पाल्हाळीक (वि) *पाहा :* **अघळपघळ, नीरस**

पाव (वि) *पाहा :* **चतकोर**

पावक (पु) *पाहा :* **अग्नी**

पावका (पु), **पावटी** (स्त्री), **पावठणी** (स्त्री) *पाहा :* **जिना**

पावडे (न) *पाहा :* **फावडे**

पावणे (क्रि) *पाहा :* **पोचणे, मिळणे, कृपा**

पावता (वि) *पाहा :* **दाखल, देणे**

पावती (स्त्री) *पाहा :* **दाखला, पोहोच**

पावन (वि) *पाहा :* **धन्य, पवित्र**

पावरी (स्त्री) *पाहा :* **सुषिरवाद्य**

पावलोपावली (क्रिवि) *पाहा :* **पुन्हा**

पावसाळा (पु) वर्षा, वर्षाकाल (-ळ), वर्षाऋतू, पाऊसकाळ, पर्जन्यकाळ, प्रावृट्काल, प्रावृषा, पाणकळा, रापा, पावसाचा हंगाम; *पाहा :* **ऋतू, पाऊस**
(n) rainy season, monsoon; *पाहा :* **ऋतू, पाऊस**

पावसाळी (वि) *पाहा :* **आर्द्र**

पावा (पु) *पाहा :* **सुषिरवाद्य**

पावित्र्य (न) पवित्रता, शुचिता, शुचित्व, साधुता, शुद्धता, स्वच्छता, निर्मळता, सोज्ज्वळपणा, सात्त्विकता, साधुवृत्ती, गांभीर्य, चांगुलपणा, भलेपणा, सच्छीलता, चारित्र्य, सचोटी, सदाचरण, कौमार्य, अब्रू
(n) holiness, saintliness, purity, piety righteousness, goodness, moral rectitude, sanctity; virginity

पावित्र्यविडंबन (न) *पाहा :* **निंदानालस्ती**

पाव्हणा (पु), **पाव्हणारावळा** (पु) *पाहा :* **अतिथी**

पाश (पु) फास, गाठ, फासकी; जाल, जाळी, जाळे, वागुरा; गळ, आकडा; आटोका, ताबा, काबू, पकड, तावडी, नियंत्रण, बंधन; लोढणे; प्रेमपाश, मायापाश, आशापाश, मोहपाश, मोहजाल; माहिती महाजाल इत्यादी; *पाहा :* **विळखा**
[क्रि] गुंतवणे, गोवणे, अडकवणे, वश करणे, भूल पाडणे, मोहिनी घालणे
(n) noose, catch, snare, trap, net, web; information network; influence, hold; *पाहा :* **विळखा**

पाशरहित (वि) *पाहा :* **मुक्त**

पाशवी (वि) *पाहा :* **क्रूर, अमानुष**

पाशा (पु) *पाहा :* **राजा**

पाश्चात्त्य (वि) पाश्चिमात्य, पश्चिम खंडातील, प्राच्येतर, युरोपीय; *पाहा :* **पश्चिम**
[adj] western, occidental; *पाहा :* **पश्चिम**

पाषाण (पु) *पाहा :* **दगड**
पाषाणहृदयी (वि) *पाहा :* **क्रूर**
पासंग (पु) *पाहा :* **अभंड, वजन**
पासंबा (पु) *पाहा :* **अंकुर**
पासोडा (पु), **पासोडी** (स्त्री) *पाहा :* **पांघरूण**
पास्तपुस्त (स्त्री) *पाहा :* **अन्वेषण, परामर्श**
पाहणी (स्त्री) अवलोकन, निरीक्षण, सर्वेक्षण, अन्वेषण, तपासणी, छाननी, परीक्षा; देखरेख, पाळत, दृष्टी, लक्ष, टेहळणी
(n) observation, inspection, survey; investigation, scrutiny, examination, supervision, watch
पाहणे (क्रि) *पाहा :* **अवलोकन, अनुभव**
पाहिजे (क्रि) *पाहा :* **गरज**
पाहुणचार (पु) *पाहा :* **अगत्य**
पाहुणा (पु), **पाहुणारावळा** (पु) *पाहा :* **अतिथी**
पाहुणेर (पु) *पाहा :* **अगत्य**
पाळ (न) *पाहा :* **मूळ**
पाळणा (पु) *पाहा :* **आंदोळा**
पाळणे (क्रि) *पाहा :* **पालन**
पाळत (स्त्री) *पाहा :* **देखरेख**
पाळी (स्त्री) *पाहा :* **खेप, डाव, ऋतुमती**
पाळीव (वि) *पाहा :* **घरगुती**
पाळे (न) *पाहा :* **खड्डा**
पाक्षिक (न) *पाहा :* **माध्यम**
पाक्षिक (वि) *पाहा :* **नियमित**
पिकणे (क्रि) *पाहा :* **पक्व**
पिका (वि) *पाहा :* **पक्व**
पिकाऊ (वि) *पाहा :* **उपजाऊ**
पिंगट (वि) *पाहा :* **पिवळा, तपकिरी**
पिंगा (पु) *पाहा :* **परिभ्रमण**
पिचकट (वि), **पिचका** (वि) *पाहा :* **पिचणे**
पिचकारी (स्त्री) *पाहा :* **फवारा**
पिचणे (क्रि) फुटणे, मोडणे, तुटणे, तडकणे, चीर/तडा जाणे, पिचकट/पिचका होणे, भेग पडणे, भंगणे, भंग पावणे, ठिसूळ होणे; सडणे, कुजणे, खितपणे, कष्टणे, हाल होणे/करणे; *पाहा :* **विभाजन**
(v) crack, break, split, cleave, chip, fracture; rot, decay, waste, suffer; *पाहा :* **विभाजन**
पिच्छ (न) पाहा : **पंख**
पिच्छा (पु) तगादा, टुमणे, झक्कू, ढोसणी, नेट, निकड; आग्रह, हट्ट, हेका; अध्ययन, संशोधन, शोधाशोध, झाडाझडती
[वा] पिच्छा धरणे/पुरवणे, कच्छपी लागणे, खनपटीला बसणे, मानगुटीस/बोकांडीस बसणे, पाठ पुरवणे, पाठपुरावा करणे, पाठलाग करणे, हात धुऊन पाठीस लागणे, जंगजंग पछाडणे, राशीस लागणे, तुणतुणे लावणे, धोशा लावणे, धरणे, हट्टाला पेटणे, मागे लागणे, गळ घालणे, चिकटपणा करणे; धुंडाळणे, मागोवा घेणे, पिंजून/विंचरून काढणे, खणून काढणे, कोनाकोपऱ्यांत शिरणे, गांजणे,

सतावणे, जेरीस आणणे, गोमाशी
(n) urgency, expedition, goading, pursuit; doggedness, obstinacy; hunt, exploration; harasment
[i] twist one's arm, egg on

पिछाडी (स्त्री) *पाहा :* **पाठ**

पिंजर (स्त्री) *पाहा :* **कुंकू, पंजर**

पिंजरा (पु) *पाहा :* **पंजर**

पिंजरणे (क्रि) विखुरणे, विस्कटणे, विस्तारणे, अस्ताव्यस्त करणे, विस्फारणे; फुलणे, फुलारणे
(v) ruffle, rumple, dishevel, scatter, widen

पिटकुला (वि) *पाहा :* **लहान**

पिटणे (क्रि) *पाहा :* **मारणे**

पिटपिट (स्त्री) *पाहा :* **कटकट**

पिटपिट्या (वि) *पाहा :* **असंतुष्ट**

पिटाळणे (क्रि) हाकलणे, घालवून देणे/लावणे, अव्हेरणे, धुडकावणे, वाटेस लावणे, दूर लोटणे, परास्त करणे; हाकणे, दवडणे, पळवणे, भरधाव सोडणे, दामटणे
(v) send away, drive out, reject, repel, discard; gallop, ride, drive

पिट्टा पडणे (क्रि) *पाहा :* **संपवणे**

पिठा (पु) *पाहा :* **दुकान**

पिठी (स्त्री) *पाहा :* **चूर्ण**

पिठूर (वि) *पाहा :* **पांढरा**

पिंड (पु) गोळा, गोलक, तुकडा, गड्डा; देह, शरीर, काया, कुडी; गर्भ, भ्रूण, जीव; प्रवृत्ती, मनोरचना, कल
(n) chunk, lump, mass; body, person; embryo, foetus; inborn nature, trait

पिडणूक (स्त्री) *पाहा :* **छळ**

पिडणे (क्रि) *पाहा :* **छळणे**

पिंडरी (स्त्री) *पाहा :* **पाय**

पिंडा (पु) *पाहा :* **गुंडाळी**

पिंडी (स्त्री) शिवलिंग, बाण, लिंग
(n) Shiv-phallus

पिढी (स्त्री) *पाहा :* **आप्त**

पिढीजाद (वि) *पाहा :* **आनुवंशिक**

पिणे (क्रि) प्राशणे, प्राशन करणे, पान करणे, ढोसणे, झोकणे, घोटणे, घोट गिळणे, गळ्याखाली उतरवणे, मद्य-/सुरा-/दारू-/पेय-/रस-/दुग्ध-पान करणे, उषःपान करणे, मितपान करणे, स्तनपान करणे, लुचणे, घसा ओला करणे, बाटली/पेला तोंडाला लावणे, चाखत/गटगट/घटघट/लबलब पिणे, भुरकणे, रिचवणे; शोषणे, धूम्रपान/तंबाखूसेवन करणे; पिण्यास देणे, पाजणे; *पाहा :* **खाणे**
(v) drink, sip, suck, suckle; lap, gulp, guzzle, imbibe, wash down, wet one's whistle, carouse; absorb; smoke; *पाहा :* **खाणे**

पितर (पु) *पाहा :* **आप्त**

पिता (पु) जनक, जन्मदाता, जनिता, जननकर्ता, तात, बाप, वडील, तीर्थरूप, पितृ, जनकपिता, दत्तकपिता, बा, बाबा, लेकुरवाळा, कुटुंब-/राष्ट्र-प्रमुख; संस्थापक; *पाहा*

: **आप्त, पुरुष**
(n) father, begetter, parent, sire, patriarch, founder; *पाहा* : **आप्त, पुरुष**
पितामह (पु) *पाहा* : **आजोबा**
पितामही (स्त्री) *पाहा* : **आजी**
पितृ (पु) *पाहा* : **पिता**
पितृऋण (न) *पाहा* : **ऋण**
पितृकर्म (न) *पाहा* : **श्राद्ध**
पितृगण (पु) *पाहा* : **आप्त**
पितृद्रोह (पु) *पाहा* : **द्रोह**
पितृपक्ष (पु) *पाहा* : **पंधरवडा**
पितृप्रेम (न) *पाहा* : **प्रेम**
पितृभक्त (पु) *पाहा* : **भक्त**
पितृभूमी (स्त्री) *पाहा* : **देश**
पितृलोक (पु) *पाहा* : **परलोक**
पितृहत्या (स्त्री) *पाहा* : **हत्या**
पित्त (न) *पाहा* : **जळजळ**
पित्तप्रकोप (स्त्री) *पाहा* : **संताप**
पित्तशामक (वि) *पाहा* : **थंड**
पित्तक्षोभ (पु) *पाहा* : **संताप**
पित्त्या (पु) *पाहा* : **अनुचर**
पिधान (न) *पाहा* : **अवगुंठन, ग्रहण**
पिनाक (न) *पाहा* : **धनुष्य**
पिनाकपाणी (पु) *पाहा* : **शंकर**
पिंप (न) पीप, टीप, बंब, वृत्तचिती, वर्तुळस्तंभ, पंचपात्र, दंडगोल, नळकांडे, नळ
(n) barrel, drum, cylinder, cask, keg, butt, cistern, tank
पिपाणी (स्त्री) *पाहा* : **सुषिरवाद्य**
पिपासा (स्त्री) *पाहा* : **तहान**
पिपासू (वि) *पाहा* : **तहानेला**
पिपीलिका (स्त्री) *पाहा* : **मुंगी**
पिरगळणे (क्रि), पिरगाळणे (क्रि) पिळणे, पिळवटणे, पीळ घालणे, गुंडाळणे, वळवणे, फिरवणे, वाकवणे, मुरडणे, मुरगळणे, मुरगाळणे, लचकणे, पिरगळा/मुरगळा करणे
(v) twist, wring, coil, wind, wrench, screw, warp, turn, wreathe
पिरगळा (पु) *पाहा* : **पीळ, पिरगळणे**
पिरपिर (स्त्री) *पाहा* : **कुरकुर, कटकट**
पिरोजा (न) *पाहा* : **रत्न**
पिलखाना (पु) *पाहा* : **प्राणिसंग्रहालय**
पिलू (न) *पाहा* : **मूल**
पिलू (पु) *पाहा* : **राग**
पिल्लावळ (न) *पाहा* : **मुलेबाळे**
पिल्लू (न) *पाहा* : **मूल**
पिवडी (स्त्री) *पाहा* : **माती**
पिवळट (वि), **पिवळसर** (वि) *पाहा* : **पिवळा**
पिवळा (वि) पीत, पीतवर्ण, पिवळट, पिवळसर, पिंगट, भुरा, पिवळा जर्द/धमक, सोनेरी, हिरण्मय, गहूवर्ण, लिंबूवर्ण, केशरी, कुसुंबी, बसंती, हळदिवा, पिवळट पांढरा, मोतिया, पोपटी, हिरवट पिवळा, तपकिरी पिवळा, रेशमी
[adj] yellow, yellow ochre, chrome yellow, golden, blonde, tawny, lemon, saffron, cream, amber, buff, off-white, orange

पिशवी (स्त्री) थैला, थैली, कोथळा, कोथळी, कंठाळी, पडशी, झोळणा, झोळी, चौपदरी, धोकटी, धोपटी, बगलथैली, शबनम, दप्तर, बटवा, वाटवा, चंची, बदरी, पाकीट, बोरी, कसा, खिसा, लखोटा, लिफाफा, पोतडी, पोतडे, पोते, ठेला, भोत, गोण, गोणी, गोणती, गोणते, बोंदरी, बोरा, बोऱ्या, ओटी, कोश, खोळ, अभ्रा, भाता, भातडी, भस्त्रा, भस्त्री, म्यान, पखाल, मसक (म्हसक), मोट, कावड, बादली, तोबरा; *पाहा :* **अवगुंठन**

(n) bag, sack, haversack, rucksack, shoulderbag, handbag, purse, wallet, pocket, envelope, pouch, skybag, bucket; *पाहा :* **अवगुंठन**

पिशाच (न) पिशाच्च, भूत, समंध, खेचर, खवीस, वेताळ, भूतनाथ, आग्यावेताळ, जिंद, जिन, झोटिंग, बाबर, बाबरझोटिंग, कर्णपिशाच; मुंज्या; पिशाचिका, पिशाची, हडळ, चुडेल, लाव, लावसट, लास, राक्षसी, विवसी, जखीण, डंखीण, डाकीण, डाकिनी, सियारी, चेटकीण; पिशाच्चयोनी, भूतयोनी, दुष्टयोनी, क्षुद्रयोनी, मागेपाय, मृताची छाया, भूतखेत, भूतप्रेत, भूतपिशाच, भुतावळ, भुतेखेते, वेताळसेना, देवचार, भूतग्राम, भूतखाना, भूतसृष्टी; राक्षस, ब्रह्मराक्षस, ब्रह्मसमंध, सैतान, प्रलयभैरव (-वेताळ)

[वा] अंगात येणे, भूत लागणे, भुताने पछाडणे, भूतबाधा होणे, संचार होणे, झाड धरणे

(n) ghost, apparition, evil spirit, spectre, phantom, demon, fiend, devil, incubus, vampire, goblin, hobgoblin, bogy, ogre, ogress, succubus, poltergeist

पिशाचबाधा (स्त्री) *पाहा :* **चित्तभ्रम**

पिशाचविद्या (स्त्री) *पाहा :* **जादू**

पिशुन (वि) *पाहा :* **दुष्ट**

पिष्ट (न) *पाहा :* **चूर्ण**

पिसणे (क्रि) *पाहा :* **दळणे**

पिसा (वि) *पाहा :* **वेडा**

पिसाट (वि) *पाहा :* **वेडा, उन्मत्त**

पिसारा (पु) *पाहा :* **पंख**

पिसाळणे (क्रि) *पाहा :* **अशांत**

पिसे (न) *पाहा :* **चित्तभ्रम, वेड**

पिस्तूल (न) *पाहा :* **आयुध**

पिळणे (क्रि) *पाहा :* **पिरगळणे, छळणे**

पिळदार (वि) *पाहा :* **तगडा, वक्र, घोटीव, बांधेसूद**

पिळपिळीत (वि) *पाहा :* **सैल, अशक्त**

पिळवटणे (क्रि) *पाहा :* **पिरगळणे, दुःख**

पिळवणूक (स्त्री) *पाहा :* **नाडणे**

पिळा (पु) *पाहा :* **पीळ**

पीक (न) कृषि-उत्पादन, शेतमाल; धान्य (*पाहा :* **धान्य**), फळे, भाजीपाला, गवत इ., नगदी पीक, आंतरपीक; खरीप, रब्बी; पीकपाणी; *पाहा :* **वाढ**

(n) crop, agricultural produce, harvest, yield, cash crop; *पाहा :* **धान्य, वाढ**

पीछेहाट (स्त्री) परागती, पुच्छप्रगती, माघार, ऱ्हास, अपकर्ष, अधोगती, ओहोटी, घसरण, घसरगुंडी, उतरती कळा, अपयश, पाडाव, पराभव; *पाहा :* **अधोगती** (विरु) **प्रगती**

[क्रि] मागे हटणे, पाय मागे घेणे, परतणे, माघारी जाणे, मूळपदावर येणे

(n) retrogression, setback, relapse, reverse, retreat, withdrawal, retirement, decline, downfall, defeat; *पाहा :* **अधोगती** (विरु) **प्रगती**

पीटिका (स्त्री) *पाहा :* **गळू**

पीठ (न) *पाहा :* **चूर्ण, आसन, अधिकार, पीठिका**

पीठाधिपती (पु), **पीठाधिष्ठित** (वि), **पीठारूढ** (वि) *पाहा :* **अधिकारी**

पीठिका (स्त्री) पाया, बैठक, मूलाधार, आसन, पीठ, मूळपीठ, मूळपीठिका, स्थान, भूमिका; परंपरा, गोत्र, कूळ, वंश; पूर्वेतिहास, पूर्वपीठिका, मूळपीठिका, पूर्वपरंपरा

(n) basis, foundation, seat, standpoint; tradition, family; history, story

पीडणे (क्रि) *पाहा :* **छळणे**

पीडन (न) *पाहा :* **छळ**

पीडा (स्त्री) *पाहा :* **त्रास, दुःख, आजार, अपाय**

पीडित (वि) त्रस्त, जेर, जर्जर, बेजार, हैराण, घायाळ, जखमी, विव्हळ, आर्त, व्यथित, शापदग्ध, शापित, दु:खी, कष्टी, दु:खित, दुखावलेला, ग्रस्त, पीडाग्रस्त, रुग्ण, व्याधिग्रस्त, व्याधित, आपदग्रस्त, वादळग्रस्त, संकटग्रस्त, भयग्रस्त, धरणग्रस्त, विस्थापित, त्रासलेला, पीडलेला, गांजलेला, पछाडलेला, जेंजारलेला, दडपलेला; *पाहा :* **दलित, ग्रस्त**

[adj] harassed, tormented, vexed, persecuted, oppressed, afflicted, hurt, wounded, annoyed, sorrowful, aggrieved, distressed, displaced; *पाहा :* **दलित, ग्रस्त**

पीत (वर्ण) (वि) *पाहा :* **पिवळा**

पीन (वि) *पाहा :* **लठ्ठ**

पीप (न) *पाहा :* **पिंप**

पीयूष (न) *पाहा :* **अमृत**

पीर (पु) *पाहा :* **साधू, अंत्येष्टी**

पीलखाना (पु) *पाहा :* **प्राणिसंग्रहालय**

पीलवान (पु) *पाहा :* **माहूत**

पीस (न) *पाहा :* **पंख**

पीळ (पु) वळ, वळण, वेटोळे, वलय, गुंडाळी, वळकटी, सुरळी, मुरड, पिळा, पिरगळा, पेळू, पेच; ताठा, आढ्यता, अभिमान, स्वाभिमान, मस्ती, रग, ऐट; अढी, तिढा, आकस; वाकडेपणा, वक्रता

(n) twist, twirl, coil, roll, curl, spiral; pride, egotism, vanity; grudge, bias

पुई (स्त्री) पाहा : **गळू**
पुकार (-रा) (पु) *पाहा :* **आरोळी**
पुकारणे (क्रि) *पाहा :* **ओरडणे**
पुंख (पु) *पाहा :* **पंख**
पुख्खा (पु) *पाहा :* **खाणे**
पुंगळी (स्त्री) *पाहा :* **गुंडाळी**
पुंगी (स्त्री) *पाहा :* **सुषिरवाद्य**
पुंगीवाला (वि) *पाहा :* **गारुडी**
पुचाट (वि) *पाहा :* **नपुंसक**
पुच्छ (न) *पाहा :* **शेपूट**
पुच्छप्रगती (स्त्री) *पाहा :* **पीछेहाट**
पुंज (का) (पु) *पाहा :* **समुदाय**
पुजणे (क्रि) *पाहा :* **पूजा**
पुजारी (पु) गुरव, बडवा, भटजी, सेवेकरी, भोपी (भोप्या)
(n) temple-priest
पुंजाळ (वि) *पाहा :* **तेजस्वी**
पुंजी (स्त्री) *पाहा :* **अर्थ, संग्रह**
पुंजीपती (पु) *पाहा :* **श्रीमंत**
पुट (न) पूट, पूड, पुडी, घडी; पाहा : थर, लेप
(n) hollow; *पाहा :* **थर, लेप**
पुटकुळी (स्त्री) *पाहा :* **गळू**
पुटपुटणे (क्रि) *पाहा :* **बोलणे**
पुठ्ठा (पु) *पाहा :* **पाठ, कागद**
पुंड (वि) *पाहा :* **गुंड, बंडखोर**
पुडका (पु) पुडके, पुडा, पुडी, पुरचुंडी; *पाहा :* **गठ्ठा**
(n) bundle, packet; *पाहा :* **गठ्ठा**
पुंडरीक (न) *पाहा :* **कमळ**
पुंडरीकाक्ष (पु) *पाहा :* **विष्णू**
पुंडाई (स्त्री), **पुंडावा** (पु) *पाहा :* **दंगल, बंड**

पुडी (स्त्री) *पाहा :* **पुडका**
पुंड्र (पु) *पाहा :* **गंध** (न)
पुढाकार (पु) *पाहा :* **आघाडी**
पुढारणे (क्रि) *पाहा :* **प्रगती, पुरोगामी**
पुढारी (पु) *पाहा :* **अध्यक्ष, पुरस्कर्ता**
पुढारीपण (न) *पाहा :* **अधिकार**
पुढील (वि) *पाहा :* **आगामी**
पुढे (क्रिवि) समोर, सन्मुख, संमुख, अभिमुख, तोंडासमोर, सामोरा, समक्ष, साक्षात, सिद्ध, देखत, प्रत्यक्ष, चक्षुर्वैसत्यम्, समोरासमोर, आमनेसामने, परस्परसन्मुख; पुढ्यात; अग्रभागी, पुढारा; *पाहा :* **नंतर**
[वा] हा सूर्य हा जयद्रथ
[adv] in front; *पाहा :* **नंतर**
[i] eyeball to eyeball, face to face
पुढ्यात (क्रिवि) *पाहा :* **पुढे**
पुण्य (न) सत्कृत्य, सदाचरण, सदाचार, परोपकार, दानधर्म, भूतदया, धर्मकृत्य, शुद्धाचरण, पवित्र कर्म, सत्कर्म, सुकर्म, पुण्यकर्म, सुकृत, सात्त्विक/नीतियुक्त आचरण, सद्वर्तन, यज्ञ, तप, तपश्चर्या, व्रताचरण; पापनिरसन (-निष्कृती); धार्मिक/नैतिक गुण; चांगुलपण, श्रेय; पुण्यकर्म- फळ, पुण्यफल, पुण्यसंचय, पुण्याई, पूर्वपुण्याई, पूर्वसंचित, पूर्वसुकृत; *पाहा :* (विरु) **पाप, अनाचार**
(n) pious/religious/holy/sacred/ good deed/act/action; penance; piety religiousness,

holiness; *पाहा :* (विरु) **पाप, अनाचार**

पुण्यकारक (वि) *पाहा :* **पवित्र**

पुण्यकाल (-ळ) (पु) *पाहा :* **काल**

पुण्यतिथी (स्त्री) मृत्युतिथी, मृत्युदिन, श्राद्धतिथी, मयंती; स्मृतिदिन; *पाहा :* **अंत्येष्टी**

(n) death anniversary; *पाहा :* **अंत्येष्टी**

पुण्यधाम (न) *पाहा :* **तीर्थ**

पुण्यपरायण (वि) *पाहा :* **पुण्यवंत**

पुण्यपावन (वि) *पाहा :* **पवित्र**

पुण्यपुंज (वि) *पाहा :* **पुण्यवंत**

पुण्यपुरुष (पु) *पाहा :* **पुण्यवंत, अवतार**

पुण्यप्रतापी (वि) *पाहा :* **पुण्यवंत**

पुण्यभूमी (स्त्री) *पाहा :* **देश**

पुण्यलोक (पु) *पाहा :* **स्वर्ग**

पुण्यवंत (वि) पुण्यवान, पुण्यशील, अनघ, पवित्र, शुद्धाचरणी, सद्गुणी, सदाचरणी, सद्वर्तनी, परोपकारी, धर्मपरायण, नीतिमान, तपी, व्रती, धन्य, पुण्यश्लोक, पुण्यपरायण (-पुंज), पुण्यपुरुष, पुण्यप्रतापी, पुण्यात्मा; *पाहा :* **पापभीरू,** (विरु) **पापी**

[adj] pious, righteous, holy, religious, pure, chaste, sinless, virtuous; *पाहा :* **पापभीरू** (विरु) **पापी**

पुण्यश्लोक (वि) *पाहा :* **पुण्यवंत**

पुण्यस्मरण (न) *पाहा :* **स्मरण, अंत्येष्टी**

पुण्यक्षेत्र (न) *पाहा :* **तीर्थ**

पुण्याई (स्त्री) *पाहा :* **पुण्य**

पुण्यात्मा (पु) *पाहा :* **पुण्यवंत**

पुण्याहवाचन (न) *पाहा :* **आरंभ**

पुण्योदक (न) *पाहा :* **पाणी**

पुण्योदय (न) *पाहा :* **उत्कर्ष**

पुत (पु) *पाहा :* **पुत्र**

पुतळा (पु) *पाहा :* **मूर्ती**

पुत्र (पु) पुत, सुत, तनय, तनुज, अंगज, आत्मज, नंदन, चिरंजीव, मुलगा, पूत, अंडोर, लेक, बेटा, औरसपुत्र, सुपुत्र, पुत्ररत्न, युवराज, राजपुत्र, पुत्रसंतान (-संतती), सावत्र मुलगा, दत्तकपुत्र, मांडपुत्र, कानीन, वंशांकुर, वारस, फर्जंद; मानसपुत्र; कुपुत्र; अनौरसपुत्र, दासीपुत्र, लेकवळा, शिंदा, बंदा, अकरमाशा, जारज, कुलहीन, कमजात, कमअस्सल, दोगला, संकरज, कडू संतती, वेश्यापुत्र, रंडापुत्र, रक्षापुत्र, कुंडगोलक; *पाहा :* **मुलगा, पुरुष**

[वा] कुलदीपक (-तिलक), खाण तशी माती, सूर्यापोटी शनैश्चर, सोळा वर्षे पुत्र मग मित्र, विदुर, कुसंतानापेक्षा नि:संतान बरे, पुत्र व्हावा ऐसा गुंडा ज्याचा तिन्ही लोकी झेंडा, बडे बापके बेटे, म्हातारपणाची काठी

(n) son, male child, boy, inheritor, stepson, prince, bastard, love-child, illicit/illegitimate son; *पाहा :* **मुलगा, पुरुष**

[i] chip of the old block, like father like son

पुत्रपौत्र (पु, अव) *पाहा :* **आप्त**

पुत्रवती (स्त्री) *पाहा :* **स्त्री**

पुत्रवधू (स्त्री) *पाहा :* **सून**
पुत्रहीन (वि) *पाहा :* **अनपत्य**
पुत्री (स्त्री) *पाहा :* **कन्या**
पुनः (क्रिवि) *पाहा :* **पुन्हा**
पुनःप्रत्यय (पु) *पाहा :* **अनुभव**
पुनरपि (क्रिवि) *पाहा :* **पुन्हा**
पुनरागमन (न) *पाहा :* **पुनरावृत्ती**
पुनरावर्तन (न) *पाहा :* **पुनरावृत्ती**
पुनरावर्ती (वि) *पाहा :* **नियमित**
पुनरावाहन (न) *पाहा :* **पुनरावृत्ती, आमंत्रण**
पुनरावृत्ती (स्त्री) पुनरावर्तन, पुनरागमन, प्रत्यागमन, पुन:प्रवेश, पुनर्जन्म, पुनरुत्थान, पुनर्जीवन, नवजीवन, संजीवन, अवतार, नवचैतन्यप्राप्ती, पुनरुज्जीवन, पुनरुत्साह, पुनराशा, पुन:स्थापना, पुन:प्रस्थापन, पुनर्रचना, फेररचना, नूतनीकरण, नवीनीकरण, जीर्णोद्धार, पुनर्बांधणी, फेरजुळणी, उद्धार, सुधारणा, डागडुजी, मरम्मत, पुनरुद्धार, पुनर्वसन, पुनर्नियुक्ती, पुन:प्रक्रिया, पुरुत्पादन, पुनरावाहन, पुनरुच्चार (-ण), पुनरुक्ती, द्विरुक्ती, दित्व, पुनर्वापर, पुनर्विचार, फेरविचार, सिंहावलोकन, संस्मरण, पुन:प्रत्यय, पुन:प्रसारण, पुनर्मीलन (-र्मि), पुनर्भेट, पुनर्विवाह, पुनर्लग्न, विधवाविवाह, पुनर्लेखन, पुनर्मुद्रण, प्रत, नक्कल, प्रतिकृती, पुनर्मूल्यांकन, फेरनिवडणूक, फेरमोजणी, फेरतपासणी, फेरलागवड, परावर्तन, प्रतिध्वनी, पडसाद, प्रतिक्रिया; तोचतोपणा; घालकाढ, उपासाउपस; पाहा : **अनुकरण, आवृत्ती, पुन्हा**

[वा] पूर्वपदावर येणे, येरे माझ्या मागल्या; जप करणे, जपमाळ ओढणे, धोशा लावणे, पहिले पाढे पढ पंचावन, पुनरपि जननम् पुनरपि मरणम्, शिळ्या कढीला ऊत आणणे, मेली मढी उकरणे, हरदासी कथा मूळपदावर, तुणतुणे वाजवणे

(n) repetition, return, re-entry, rebirth, resurrection, renaissance, resuscitation, regeneration,resurgence, reincarnation, recurrence, reappearance, revival, restoration, reconstruction, uplift, reform, rejuvenation, renovation, renewal, facelift, recnditioning, rehabilitation, reiteration, tautology, recycling, reconsideration, recapitulation, recollection, relay, reunion, remarriage, rewriting, reprint, reproduction, duplication, remake, retake, revaluation, reelection, recount, echo, re-echo, reverberation, reaction, recovery; *पाहा :* **अनुकरण, आवृत्ती, पुन्हा**

[i] back to the drawing board, flog a dead horse, go back to square one, the same old story, to harp on the same

string

पुनरुक्ती (स्त्री) *पाहा :* **उक्ती, अनुवाद, पुनरावृत्ती**

पुनरुज्जीवन (न) नूतनीकरण, नवीनीकरण, अर्वाचीनीकरण, जीर्णोद्धार, सुधारणा, पुनर्रचना, पुनर्बांधणी; *पाहा :* **उज्जीवन, पुनरावृत्ती**

(n) revival, resurgence, resurrection, revitalisation, restoration, reconstruction, rejuvenation, renaissance, renewal; *पाहा :* **उज्जीवन, पुनरावृत्ती**

पुनरुत्थान (न) *पाहा :* **अभ्युदय, पुनरावृत्ती**

पुनर्जन्म (पु) *पाहा :* **उत्पत्ती, पुनरावृत्ती**

पुनर्नियुक्ती (स्त्री) *पाहा :* **नेमणूक, पुनरावृत्ती**

पुनर्भेट (स्त्री) पाहा : **भेट, पुनरावृत्ती**

पुनर्मीलन (-र्मि-) (न) *पाहा :* **भेट, पुनरावृत्ती**

पुनर्मुद्रण (न) *पाहा :* **छपाई, आवृत्ती, पुनरावृत्ती**

पुनर्लग्न (न) *पाहा :* **विवाह, पुनरावृत्ती**

पुनर्वसन (न) *पाहा :* **वास्तव्य, पुनरावृत्ती**

पुनर्वापर (पु) *पाहा :* **वापर, पुनरावृत्ती**

पुनर्विचार (पु) *पाहा :* **विचार, पुनरावृत्ती**

पुनर्विवाह (पु) *पाहा :* **विवाह, पुनरावृत्ती**

पुनव (स्त्री) *पाहा :* **पौर्णिमा**

पुनश्च (क्रिवि) *पाहा :* **पुन्हा**

पुनीत (वि) *पाहा :* **पवित्र**

पुन्हा (क्रिवि) पुन:, फिरून, आणखी/परत एकदा, दुसऱ्यांदा, परतून, पुनश्च, पुनरपि; पुन:पुन्हा, पुन्हापुन्हा, वारंवार, वेळोवेळी, वरचेवर, फिरून फिरून, अनेकवार, पावलोपावली, पावलागणीक, इथेतिथे, पदोपदी, प्रतिपदी, सदा, सदाकदा, ऊठसूट, क्षणोक्षणी, घडीघडी, घडोघडी, हरघडी, घटकोघटकी, दिवसानुदिवस, मधूनमधून, अधूनमधून, राहूनराहून, थांबूनथांबून, पुष्कळदा, अनेकदा, नेहमी, हमेशा; शतधा, शतश: पाहा : **पुनरावृत्ती**

[वा] पुनश्च हरि: ओम्, (ग्रामोफोनची) रेकॉर्ड वाजवणे

[adj] again, afresh, once more, often, frequently, repeatedly, day after day, habitually, every now and then, time and again, now and again, again and again; *पाहा :* **पुनरावृत्ती**

पुर (न) *पाहा :* **गाव**

पुरचुंडी (स्त्री) *पाहा :* **पुडका**

पुरणे (क्रि) गाडणे, रोवणे, च्िणणे, मूठमाती देणे, दफन करणे; पुरा होणे, पुरा पडणे, बेताचा/मापाचा होणे, पुरेसा/पाहिजे तितका/पुरता/भरपूर/पूर्ण/पुरेपूर असणे, भागणे, निर्वाह होणे

[वा] माती लोटणे

(v) bury, embed, entomb, lay to

rest; inter, inhume; suffice, do, be sufficient/enough/adequate/complete

पुरता (वि) *पाहा :* **पुरेसा, पूर्ण, अवघा**

पुरंध्री (स्त्री) *पाहा :* **सुंदरी**

पुरवठा (पु) *पाहा :* **देणे** (क्रि)

पुरवणी (स्त्री) *पाहा :* **जोड, परिशिष्ट**

पुरवणे (क्रि) *पाहा :* **देणे** (क्रि)

पुरवासी (पु) *पाहा :* **नागरिक**

पुरश्चरण (न) *पाहा :* **अनुष्ठान**

पुरस्कर्ता (वि) पुरस्कार करणारा, पक्ष/बाजू/कड घेणारा, पक्षपाती, साहाय्यक, मदतगार, शुभचिंतक, उत्तेजन/प्रोत्साहन/पुष्टी/चालना देणारा, पुढे नेणारा, पुढारी, नेता, म्होरक्या, प्रणेता; प्रयोजक (प्रायोजक)

[adj] partisan, supporter, godfather, sponsor, ally, patron; one who promotes/advances/furthers/supports/backs/encourages/aids

पुरस्कार (पु) प्रशंसा, वाखाणणी, वाहवा, शाबासकी, सन्मान, सत्कार, बक्षीस, प्रशस्तिपत्रक, मदत, साहाय्य, उत्तेजन, पुष्टी, पाठिंबा; पुढाकार, नेतृत्व; *पाहा :* **पारितोषिक**

[वा] शिरपेच, मानाचा तुरा, पाठीवर थोपटणे

(n) commendation, acclaim, approval, gift, honour, backing, promotion, furtherance, aid; leadership; *पाहा :* **पारितोषिक**

[i] a feather in one's cap

पुरस्कृत (वि) प्रयोजित (प्रायोजित), प्रवर्तित, मदत/साह्य/पाठिंबा/उत्तेजन/पुष्टी/चालना/प्रेरणा/आश्रय दिलेला, उद्युक्त केलेला, पुढे आणलेला, रूढ केलेला

[adj] aided, backed/supported; sponsored, encouraged, advanced, promoted

पुरळ (-ळा) (पु) *पाहा :* **गळू**

पुरा (वि) *पाहा :* **पुरेसा, पूर्ण, पक्का, अवघा**

पुराण (न) *पाहा :* **कथा, चर्पटपंजरी**

पुराण (-णा) (वि) *पाहा :* **प्राचीन**

पुराणकालीन (वि) *पाहा :* **प्राचीन**

पुराणकाळ (पु) *पाहा :* **भूतकाळ**

पुराणमतवादी (वि) *पाहा :* **कर्मठ**

पुराणिक (पु) *पाहा :* **आचार्य**

पुरातन (वि) *पाहा :* **प्राचीन**

पुरातनकाळ (पु) *पाहा :* **भूतकाळ**

पुरावा (पु) आधार, प्रमाण, गमक, साक्ष, दाखला, वस्तुस्थिती, साक्षीपुरावा, प्रत्यक्ष पुरावा, प्रत्यंतर, पुष्टी, प्रत्यक्षप्रमाण; *पाहा :* **साक्षीदार**

[वा] उंदराला मांजर साक्ष, हातच्या काकणाला आरसा कशाला?, बाप दाखव नाहीतर श्राद्ध कर

(n) evidence, proof, grounds, testimony, support, facts, data, witness; *पाहा :* **साक्षीदार**

[i] the proof of the pudding is in the eating, to give chapter and verse

पुरी (स्त्री) *पाहा :* **गाव**

पुरुष (पु) नर, पुंबीजधारक, बाप्या, बुवा, पुरुषमाणूस, मुलगा, मर्द, मरद; कुमार, अविवाहित पुरुष, वर, प्रथमवर, बिजवर, उपवधू मुलगा, विवाहित पुरुष, गृहस्थ, द्वितीयवर, पुनर्विवाहित पुरुष, घटस्फोटित पुरुष, विधुर, गतस्त्रीक, निपुत्रिक, मुलाबाळांचा धनी; परपुरुष; *पाहा :* **पुत्र, मुलगा, पती, पिता, जारकर्मी; आत्मा**

(n) man, male, boy; *पाहा :* **पुत्र, मुलगा, पती, पिता, जारकर्मी; आत्मा**

पुरुषत्व (न) *पाहा :* **पौरुष**

पुरुषत्वहीन (वि) *पाहा :* **नपुंसक**

पुरुषपात्र (न) *पाहा :* **अभिनेता**

पुरुषार्थ (पु) *पाहा :* **पराक्रम, चार पुरुषार्थ**

पुरुषार्थी (वि) *पाहा :* **पराक्रमी**

पुरुषी (वि) पुरुषयोग्य, पुरुषाला साजेसा, पौरुषपूर्ण, मर्दानी, रांगडा

[adj] masculine, manlike, manly, virile, valiant

पुरुषोत्तम (पु) *पाहा :* **नरश्रेष्ठ, परमेश्वर, विष्णू**

पुरेपूर (वि) *पाहा :* **पूर्ण, अतिशय**

पुरेसा (वि) पुरता, पुरा, बेताचा, मापाचा, पाहिजे तितका, पोटापुरता, गोळाभर, भरपूर

[adj] enough, adequate, ample, sufficient

[i] make the grade

पुरोगामी (वि) बिनीचा, आघाडीचा, पुरोवर्ती, अग्रेसर, अग्रणी, धुरेचा, धुरीण, पुढारलेला, प्रगत, विकसित; नवा, ताजा, अभिनव, आधुनिक; प्रागतिक, प्रगतिशील, प्रगतिप्रिय, प्रगमनशील, होतकरू, प्रगतिपर, विकासाभिमुख, विकासप्रवण; सुधारक, सुधारणाप्रिय, सुधारणावादी, सुधारलेला, उदारमतवादी, चळवळ्या, समाजसुधारक, प्रतिगामी नसलेला; *पाहा :* **प्रगती,** (विरु) **अप्रगत, प्रतिगामी**

[adj] progressive, leading, new, avant-garde, forward looking, revolutionary, modernistic, modern, advanced, developed, radical, reformative, liberal, broad-minded; *पाहा :* **प्रगती** (विरु) **अप्रगत, प्रतिगामी**

[i] up-and-coming

पुरोडाश (पु) *पाहा :* **आहुती**

पुरोवर्ती (वि) *पाहा :* **अग्रगण्य, पुरोगामी**

पुरोहित (पु) *पाहा :* **आचार्य**

पुलक (पु) *पाहा :* **काटा**

पुलकित (वि) *पाहा :* **आनंदित, प्रभावित**

पुलिन (न) *पाहा :* **वाळू**

पुष्कर (न) *पाहा :* **कमळ, जलाशय**

पुष्करणी (पुष्करिणी) (स्त्री) *पाहा :* **जलाशय**

पुष्कराज (न) *पाहा :* **रत्न**

पुष्कळ (वि) *पाहा :* **अतिशय, अनेक,**

उदंड

पुष्कळदा (क्रिवि) *पाहा :* **पुन्हा**

पुष्ट (वि) पोसलेला, वाढलेला, पोषण केलेला, संवर्धन केलेला, गोंडस, गुटगुटीत, बाळसेदार, मांसल; परिपुष्ट; परपुष्ट; *पाहा :* **लठ्ठ, बाळसे**

[adj] nourished, nurtured, well-fed, raised, grown; *पाहा :* **लठ्ठ, बाळसे**

पुष्टगंड (वि) *पाहा :* **गर्विष्ठ**

पुष्टता (स्त्री) *पाहा :* **बाळसे, पुष्ट**

पुष्टिकर (वि), **पुष्टिदायक** (वि), **पुष्टिप्रद** (वि) *पाहा :* **पोषक, मदतगार**

पुष्टी (स्त्री) पाठिंबा, दुजोरा, टेकू, समर्थन, अनुमोदन, पुष्टीकरण, पाठबळ, मदत, बळकटी, साह्य, पाठपुरावा; वाढ, वृद्धी, भरभराट, विकास, उन्नती; पुष्टपणा, लठ्ठपणा, स्थूलत्व, मांसलपणा, गोलाई, जाडी

(n) support, backing, aid, help, succour, ratification; growth, development, enhancement; corpulence, fatness

पुष्प (न) *पाहा :* **फूल**

पुष्पगंधार्क (पु) *पाहा :* **अर्क**

पुष्पगुच्छ (पु), **पुष्पचक्र** (न) *पाहा :* **आदर, फूल**

पुष्पधन्वा (पु) *पाहा :* **मदन**

पुष्पपराग (पु), **पुष्परेणू** (पु) *पाहा :* **कण**

पुष्पवाटिका (स्त्री) *पाहा :* **उद्यान**

पुष्पशेती (स्त्री) *पाहा :* **शेती**

पुष्पाहार (पु) *पाहा :* **आदर, आवली**

पुसट (वि) *पाहा :* **अस्पष्ट, फिकट**

पुसटता (क्रिवि) *पाहा :* **ओझरता**

पुसणे (क्रि) विचारणे, प्रश्न करणे, पूसतपास/चौकशी/विचारणा करणे; समाचार/परामर्श घेणे, वास्तपुस्त/आदरातिथ्य करणे, मानणे, मान देणे, आदर करणे, काळजी घेणे; स्वच्छ/साफ करणे, चोळणे, कोरडा करणे, टिपणे, निपटून घेणे, निरपणे; पुसून टाकणे, नाहीसा/नष्ट करणे, खूणही राहू न देणे, फेडणे; *पाहा :* **अन्वेषण**

[वा] खोदून खोदून विचारणे

(v) ask, question, querry, seek inormation, inquire; care, regard, respect; clean, wipe, rub, mop, swab, dry; obliterate; eradicate; *पाहा :* **अन्वेषण**

पुसणे (न) पोतेरे, फडके, पायपुसणे, हातपुसणे, तोंडपुसणे, अंगपुसणे, रुमाल, हातरुमाल, पंचा, बोळा

(n) mop, swab, sponge, towel, napkin, handkerchief

पुसापुसी (स्त्री) *पाहा :* **अन्वेषण**

पुस्तक (न) *पाहा :* **ग्रंथ**

पुस्तकालय (न) *पाहा :* **ग्रंथालय**

पुस्तकी (वि) *पाहा :* **पढीक**

पुस्तिका (स्त्री) *पाहा :* **ग्रंथ**

पुस्ती (वि) *पाहा :* **जोड, परिशिष्ट**

पुळका (पु) *पाहा :* **उमाळा, प्रेम**

पुळचट (वि) *पाहा :* **नेभळट**

पुळण (स्त्री) *पाहा :* **वाळू**

पुळपुळीत (वी) *पाहा :* **गुळमुळीत, नीरस, नेभळट**

पुळी (स्त्री) *पाहा :* **गळू**

पू (पु) *पाहा :* **रक्त**

पूगीफल (न) *पाहा :* **सुपारी**

पूजक (वि) **पूजा करणारा** (*पाहा :* **पूजा**), *पाहा :* **भक्त, अनुचर, चाहता**

[adj] worshipper (*पाहा :* **पूजा**), *पाहा :* **भक्त, अनुचर, चाहता**

पूजन (न) *पाहा :* **पूजा**

पूजनीय (वि) *पाहा :* **थोर**

पूजा (स्त्री) पूजन, अर्चन, अर्जा, पूजाअर्चा, देवपूजा, देवतार्चन, सेवन, आराधना, प्रार्थना, आळवणी, नमन, ओवाळणी, आरती, धुपारती, पंचारती, काकडआरती, शेजारती; उपासना, कुरवंडी; भजन, भजनपूजन, पूजापाठ, ईशस्तवन, स्तोत्रपठन, अभिषेक, पूजोपचार, पंचोपचार (गंध, पुष्प, धूप, दीप, नैवेद्य), षोडशोपचार-आवाहन, आसन, पाद्य, अर्घ्य, आचमन, स्नान, वस्त्र, यज्ञोपवीत (उपवस्त्र), गंध, पुष्प, धूप, दीप, नैवेद्य (महानैवेद्य), दक्षिणा, प्रदक्षिणा, मंत्रपुष्प (मंत्रपुष्पांजली), देवप्रतिष्ठा, प्राणप्रतिष्ठा; सेवा, पाद्यपूजा, अग्रपूजा, वंदन, सत्कार, सन्मान, आदर, भक्ती, देवभक्ती, देवदेव, देवधर्म, देवस्की; महापूजा, मूर्तिपूजा, व्यक्तिपूजा, विभूतिपूजा, मानसपूजा; अनुष्ठान, होमहवन, यज्ञयाग, अग्निहोत्र, जपजाप्य, नामसंकीर्तन, पुरश्चरण; भूमिपूजन; *पाहा :* **उपासना, अनुष्ठान**

[क्रि] पुजणे, सेवणे, ओवाळणे, वाहणे, अर्पिणे, अर्पण करणे, स्तवणे, स्तवन करणे; आराधणे, भजणे; दृष्ट काढणे, मीठमोहऱ्या ओवाळणे, औक्षण करणे, *पाहा :* **खडसावणे**

[वा] देव्हाऱ्यात बसवणे, करून करून भागला आणि देवपूजेला लागला, भजनी लागणे

(n) worship, prayer, homage, adoration, service, offering, religious rites, propitiation, idolatry, deificatin, hero-worship;

पाहा : **उपासना, अनुष्ठान, खडसावणे**

पूजार्ह (वि) *पाहा :* **थोर**

पूज्य (वि) *पाहा :* **थोर**

पूज्य (न) *पाहा :* **अंक, टिंब, अभाव**

पूज्यबुद्धी (स्त्री) *पाहा :* **आदर**

पूट (न) *पाहा :* **पुट**

पूड (स्त्री) *पाहा :* **चूर्ण, पुट**

पूत (पु) *पाहा :* **पुत्र**

पूत (वि) *पाहा :* **पवित्र**

पूय (न) *पाहा :* **रक्त**

पूर (पु) लोट, लोंढा, जलौघ, लाट, जलप्रपात, प्रलय, जलप्रलय, महापूर, महाप्रलय; धोधाटा; ऊत, उधाण, भर, भरते; निसर्गप्रकोप; *पाहा :* **वैपुल्य, गर्दी, प्रवाह, आवेग**

[क्रि] दुथडी भरून वाहणे, काठ ओलांडून धावणे, पाण्याखाली जाणे, जलमय होणे, सर्वत्र पाणीच पाणी होणे, पुराने व्यापणे, पाण्याची भिंत पुढे

सरकणे, पाणी रों रों करीत/रोरावत/ घोंघावत वाहणे, पूर चढणे, पूर लोटणे, पूर ओसरणे

(n) flood, spate, torrent, freshet, downpour, flash flood, tide, deluge, inundation, cataclysm; *पाहा :* **वैपुल्य, गर्दी, प्रवाह, आवेग**

पूरक (पु) *पाहा :* **प्राणायाम**

पूरक (वि) पुरवणीदाखल, न्यूनतापूरक, जादा, भरीचा, पूर्ण करणारा, भर घालणारा, जोड देणारा, उणेपण घालवणारा, तूट/कमतरता भरून काढणारा, तृप्तिदायक; पूरक अन्न, पूरक कोन, कोटिकोन; पादपूरक, परस्परपूरक

[adj] supplementary, supplemental, complementary, additional, extra, accompanying, auxiliary, supportive

पूरिया (पु), **पूरियाधनाश्री** (पु) *पाहा :* **राग**

पूर्ण (वि) पुरा, पुरता, अवघा, संपूर्ण, परिपूर्ण, षोडशकलापूर्ण, संपन्न, पूर्त, पर्याप्त, पक्का, बालंबाल, अखंड, अशेष, निःशेष, शतप्रतिशत, निरपवाद, एकूण एक, तमाम, समस्त, सर्व, सगळा, सबंध, तब्बल, पुरेसा, इत्थंभूत, सर्वांगीण, सर्वंकष, साद्यंत, यथासांग, समग्र; सटीक, सटीप; गच्च, भरगच्च, भरलेला, भरपूर, पुरेपूर, काठोकाठ, तुडुंब, आकंठ, ओतप्रोत, दुथडी; भरघोस, घसघशीत; पक्व, परिपक्व, परिणत; सफल, सुफल, फलद्रूप, यशस्वी; अट्टल, अव्यंग, आदर्श, निर्दोष, न्यूनरहित, उत्कृष्ट, चौरस, तयार, जय्यत, सिद्ध; समाप्त, संपलेला, हातावेगळा, खलास; बिनशर्त, विनाअट; खग्रास; *पाहा :* (विरु) **कमी**

[वा]अकटोपासून विकटोपर्यंत, अथपासून इतिपर्यंत, शेंडाबुडखा, सोने होणे, सोळा आणे, शंभर नंबरी

[adj] whole, complete, entire, comprehensive, unabrideged, intact, total; full, replete; ripe, developed, mature; fruitful, successful; perfect, faultless, thorough; ideal; concluded, finished; *पाहा :* (विरु) **कमी**

पूर्णकाम (वि) *पाहा :* **आनंदित**

पूर्णकालिक (वि) *पाहा :* **कायम**

पूर्णघन (वि) *पाहा :* **परमेश्वर**

पूर्णचंद्र (पु) *पाहा :* **चंद्र**

पूर्णता (स्त्री), **पूर्णत्व** (न), **पूर्णपणा** (पु) *पाहा :* **पूर्णावस्था, अखेर**

पूर्णपणे (क्रिवि) *पाहा :* **सर्वस्वी, ओतप्रोत, अजिबात**

पूर्णबोध (वि) *पाहा :* **ज्ञानी**

पूर्णब्रह्म (न) *पाहा :* **परमेश्वर**

पूर्णविराम (पु) *पाहा :* **अंत, विराम**

पूर्णांक (पु) *पाहा :* **अंक**

पूर्णान्न (न) *पाहा :* **अन्न**

पूर्णावतार (पु) *पाहा :* **अवतार**
पूर्णावस्था (स्त्री) पूर्णपणा, पूर्णता, पूर्णत्व, परिपूर्णता, पूर्ती, परिपूर्ती, पूर्तता, पुरतेपणा, परिपक्वदशा; साफल्य, सफलता, फलद्रूपता, चीज, जन्मसाफल्य; परिणती, निष्पत्ती, समाप्ती, अखेर, अंत, शेवट; आज्ञापूर्ती, वचनपूर्ती, गणपूर्ती; उद्दिष्टपूर्ती; *पाहा :* **सिद्धी**
[क्रि] फळास येणे
(n) finality, entirety, totality, completion, consummation, culmination, fruition, fulfilment, sufficiency, satisfaction, quorum; *पाहा :* **सिद्धी**
पूर्णाहुती (स्त्री) *पाहा :* **आहुती, मृत्यू**
पूर्णिमा (स्त्री) *पाहा :* **पौर्णिमा**
पूर्णोपमा (स्त्री) *पाहा :* **उपमा**
पूर्त (वि) *पाहा :* **पूर्ण**
पूर्तता (स्त्री), **पूर्ती** (स्त्री) *पाहा :* **पूर्णावस्था, फेड**
पूर्व (स्त्री) उगवती, प्राची, पूर्वदिशा; *पाहा :* **पौर्वात्य**
[वा] उदयाचल, उदयगिरी
(n) the East; *पाहा :* **पौर्वात्य**
पूर्व (वि) *पाहा :* **आधीचा**
पूर्वकथा (स्त्री) *पाहा :* **कथा**
पूर्वकालीन (वि) *पाहा :* **आधीचा**
पूर्वकर्म (न) *पाहा :* **कर्म**
पूर्वग्रह (पु) ग्रह, अढी, तिढा, अपसमज, गैरसमज, वाकडेपणा, आकस, कलुषित मत, किल्मिष, आशंका, जळमट
[वा] (अमक्या) चष्म्यातून पाहणे, दृष्टीला कावीळ होणे
(n) prejudice, grudge, bias, predilection, predisposition, malice, misunderstanding, suspicion
[i] a jaundiced eye
पूर्वग्रहदूषित (वि) *पाहा :* **कलुषित, खोडसाळ**
पूर्वग्रहरहित (वि) *पाहा :* **परखड, प्रांजळ**
पूर्वज (पु) *पाहा :* **आप्त, वंश, आधीचा**
पूर्वजपरंपरा (स्त्री) *पाहा :* **आप्त, घराणे**
पूर्वजन्म (पु) *पाहा :* **उत्पत्ती**
पूर्वतयारी (स्त्री) *पाहा :* **तजवीज**
पूर्वपद (न) *पाहा :* **ध्रुपद**
पूर्वपरंपरा (स्त्री) *पाहा :* **परंपरा, पीठिका**
पूर्वपरीक्षा (स्त्री) *पाहा :* **परीक्षा**
पूर्वपक्ष (पु) उपन्यास, मतमांडणी, मतप्रतिपादन, विषयप्रवेश, उपोद्घात, सिद्धान्त, प्रमेय, प्रतिपादित तत्त्व; *पाहा :* **वाद**
(n) introduction, argument; proposition, thesis; *पाहा :* **वाद**
पूर्वपीठिका (स्त्री) *पाहा :* **पीठिका**
पूर्वपुण्याई (स्त्री) *पाहा :* **पुण्य**
पूर्वयोजना (स्त्री) *पाहा :* **योजना**
पूर्वरात्र (स्त्री) *पाहा :* **रात्र**
पूर्वलक्षी (वि) सिंहावलोकनपर, गतानुवर्ती, चिंतनपर, स्मरणपर
[adj] retrospective, retroactive,

reminiscent

पूर्ववत (क्रिवि) पूर्वीप्रमाणे, यथापूर्व, पहिल्यासारखा, आधीसारखा, मागीलप्रमाणे, होता तसा

[adj] as before

पूर्ववय (न) *पाहा :* **बाल्य**

पूर्ववयस्क (वि), पूर्ववयीन; (वि) *पाहा :* **अल्पवयस्क**

पूर्ववृत्त (न), पूर्ववृत्तान्त (पु) *पाहा :* **कथा, बातमी**

पूर्वसंचित (न) *पाहा :* **पुण्य, अदृष्ट**

पूर्वसंदर्भ (पु) *पाहा :* **संदर्भ**

पूर्वसंध्या (स्त्री) *पाहा :* **संध्याकाळ**

पूर्वसुकृत (न) *पाहा :* **पुण्य**

पूर्वसूचना (स्त्री) *पाहा :* **सूचना**

पूर्वसूरी (वि) *पाहा :* **आधीचा**

पूर्वस्थिती (स्त्री) *पाहा :* **अवस्था**

पूर्वा (पूर्वाफाल्गुनी) (स्त्री), पूर्वाभाद्रपदा (स्त्री), पूर्वाषाढा (स्त्री) *पाहा :* **नक्षत्र**

पूर्वाण्ह (पु) *पाहा :* **सकाळ**

पूर्वानुभव (पु) *पाहा :* **अनुभव**

पूर्वापार (क्रिवि) (*पाहा :* **आधी**)

पूर्वाभ्यास (पु) *पाहा :* **अध्ययन**

पूर्वायुष्य (न) *पाहा :* **आयुष्य**

पूर्वार्ध (पु) *पाहा :* **अंश**

पूर्वावलोकन (न) *पाहा :* **अवलोकन**

पूर्वाश्रम (पु) *पाहा :* **माहेर, आश्रम, अभिधान**

पूर्वी (क्रिवि) *पाहा :* **आधी, राग**

पूर्वेतिहास (पु) *पाहा :* **पीठिका, कथा**

पूल (पु) सेतू, दादर, कमान, फरशी, सांडवा, साकव, बांध; झुलता पूल, झुला, उड्डाणपूल, सेतुमार्ग

(n) bridge, viaduct, causeway, hanging bridge, flyover

पूसतपास (स्त्री) *पाहा :* **अन्वेषण, परामर्श**

पृच्छा (स्त्री) *पाहा :* **प्रश्न, अन्वेषण**

पृथक (वि) *पाहा :* **अन्य, विभक्त**

पृथक्करण (न) *पाहा :* **विभाजन**

पृथगात्म (वि) *पाहा :* **खास, स्वतंत्र, विभक्त**

पृथग्विध (वि) *पाहा :* **चित्रविचित्र**

पृथिवी (स्त्री) *पाहा :* **पृथ्वी**

पृथू (वि) *पाहा :* **लठ्ठ**

पृथ्वी (स्त्री) पृथिवी, अवनी, मेदिनी, वसुधा, वसुंधरा, वसुमती, रसा, क्षमा, क्षोणी, धरा, धरित्री, धरातल, धरणी, धरती, धरणीतल, पृथ्वीतल, भू, भूमी, भूमिका, भूपृष्ठ, भूतल, भूगोल, भूमंडल, भूलोक, उर्वी, वेदवती, अचला, कुंभिनी, ज्या, मही, सुरभी, इला, क्षिती, ध्रुवा, श्रोणवी; नानारत्नवसुंधरा; समुद्रवलयांकित पृथ्वी; जमीन, माती; प्रिथिवी; मानवलोक; इहलोक; उत्तर/दक्षिण गोलार्ध; अक्षवृत्त, अक्षांशवृत्त, विषुववृत्त, कर्कवृत्त, उत्तरध्रुववृत्त, मकरवृत्त, दक्षिणध्रुववृत्त, अक्षांश; रेखावृत्त, याम्योत्तरवृत्त, माध्यान्हवृत्त, रेखांश; *पाहा :* **सूर्यमाला, पंचमहाभूते, वृत्त, चराचर**

(n) earth, globe, planet, ground, land, soil; Northern/ Southern, Hemisphere; parallel of latitude, Equator,

Tropic of Cancer, Arctic Circle, Tropic of Capricorn, Antarctic Circle, Latitude; meridian, Longitude; *पाहा :* **सूर्यमाला, पंचमहाभूते, वृत्त, चराचर**

पृथ्वीमोलाचा (वि) *पाहा :* **मौल्यवान**

पृष्ठ (न) *पाहा :* **पाठ**

पृष्ठजल (न) *पाहा :* **पाणी, जलसंपत्ती**

पृष्ठफळ (न) *पाहा :* **विस्तार**

पृष्ठभाग (पु) *पाहा :* **बाह्यांग, पाठ**

पृष्ठवंश (पु) कणा, मणिस्तंभ, पाठीचा कणा, मेरुदंड

(n) spinal column

पृष्ठवंशीय (वि) *पाहा :* **प्राणी**

पेकाट (न) *पाहा :* **कंबर**

पेंग (स्त्री) *पाहा :* **झोप**

पेंगणे (क्रि) *पाहा :* **झोपणे**

पेंगळा (वि) *पाहा :* **अशक्त, आळशी**

पेंगुळणे (क्रि) *पाहा :* **झोपणे, आळस**

पेच (पु) पीळा, पिळा, पिरगळा, वेढा, आटा, मळसूत्र; *पाहा :* **अडचण, कोडे, पंचाईत, डावपेच, पेचप्रसंग**

(n) twist, turn, spiral, screw; *पाहा :* **अडचण, कोडे, पंचाईत, डावपेच, पेचप्रसंग**

पेचपाच (पु, अव) *पाहा :* **डावपेच**

पेचप्रसंग (पु) कोंडी, पेच, अडचण, विघ्न, धोका, संकटसमय, आणीबाणी, अनिश्चितता; *पाहा :* **पंचाईत**

[adj] quandary, plight, pinch, crisis, emergency; *पाहा :* **पंचाईत**

पेज (स्त्री) **कांजी, कण्हेरी** (कणेरी), **लापशी, खीर, भात**

(n) rice, gruel

पेट (पु) *पाहा :* **अग्नी**

पेटका (पु) *पाहा :* **आवेग, वेदना**

पेटणे (क्रि), **पेटवण** (न) *पाहा :* **अग्नी, संतापणे**

पेटवणे (क्रि) *पाहा :* **चेतवणे, उद्दीपन**

पेटा (पु) *पाहा :* **गाव, प्रदेश**

पेटारा (पु) *पाहा :* **पेटी**

पेटी (स्त्री) पेटिका, पेटारा, संदूक, हडपा, मंजूषा, खोके, करंडा, फणेर (पेटी), डबा, डबी, तिजोरी, खजिना, बाजाची पेटी, संवादिनी, स्वरमंजूषा; शीतपेटी; शवपेटी (-पेटिका); स्मृतिमंजूषा, स्वप्नमंजूषा; *पाहा :* **संग्रह**

(n) box, chest, casket, case, vanity bag, container, crete, trunk, carton, coffer, harmonium; cold storage; coffin; *पाहा :* **संग्रह**

पेठ (स्त्री) *पाहा :* **गाव, दुकान**

पेड (पु) *पाहा :* **पदर**

पेंड (स्त्री) *पाहा :* **गाळ**

पेंडका (पु), **पेंडा** (पु), **पेंडी** (स्त्री) *पाहा :* **गठ्ठा**

पेंडोळे (न) *पाहा :* **गुंडाळी**

पेंढा (पु) *पाहा :* **गवत, गठ्ठा**

पेंढार (न) *पाहा :* **समुदाय**

पेढी (स्त्री) *पाहा :* **दुकान, संग्रह**

पेंढी (स्त्री) *पाहा :* **गठ्ठा**

पेंदी (स्त्री) *पाहा :* **बूड**
पेद्रू (वि) *पाहा :* **अशक्त, भित्रा**
पेय (न) *पाहा :* **द्रव, अन्न**
पेयजल (न) *पाहा :* **पाणी**
पेर (न) *पाहा :* **तुकडा**
पेरणी (स्त्री) *पाहा :* **पेरणे**
पेरणे (क्रि) पेरणी/पेरा करणे, रोपण/बीजारोपण करणे, वृक्षारोपण करणे, बी टाकणे/लावणे/फेकणे/विखुरणे/रोवणे/रोपणे, झाड लावणे, लावणी/लागवण/लागण/लागवड/फेरलागवड करणे, वनीकरण करणे. *पाहा :* **शेती, आरंभ**
(v) sow, scatter, strew, plant; *पाहा :* **शेती, आरंभ**
पेरा (पु) *पाहा :* **पेरणे**
पेरे (न) *पाहा :* **तुकडा**
पेलणे (क्रि) *पाहा :* **झेपणे, परवडणे**
पेला (पु) *पाहा :* **पारितोषिक, भांडे**
पेव (न) *पाहा :* **कणंग**
पेश करणे (क्रि) *पाहा :* **देणे**
पेशवा (पु) *पाहा :* **अधिकारी, प्रधान**
पेशा (पु) *पाहा :* **धंदा, कार्यक्षेत्र**
पेशी (स्त्री) रक्तपेशी (-गोलक), त्वचापेशी, मज्जापेशी, चेतापेशी; पांढऱ्या/तांबड्या पेशी, मूळ पेशी
(n) cell, white/red blood cell; nerve cell (neuron), stem cell
पेहराव (पु) *पाहा :* **वस्त्र**
पेळू (पु) *पाहा :* **पीळ**
पैका (पु) *पाहा :* **अर्थ**
पैगंबरवासी (वि) *पाहा :* **मृत**
पैज (स्त्री) होड, शर्यत; पण, प्रतिज्ञा; *पाहा :* **करार, जुगार**
[वा] पैजेचा विडा उचलणे
(n) bet, wager, stake; *पाहा :* **करार, जुगार**
पैंजण (पु) नूपुर, वाळा, तोरडी, चाळ, साज, घागरी, घुंगरू, घुंगुरवाळा; *पाहा :* **शृंखला**
(n) foot-ornament; *पाहा :* **शृंखला**
पैजार (स्त्री) *पाहा :* **पादत्राण**
पैतृक (न) *पाहा :* **श्राद्ध**
पैदा करणे/होणे (क्रि) *पाहा :* **मिळवणे**
पैदास (स्त्री) *पाहा :* **उत्पादन, उत्पत्ती**
पैपाहुणा (स्त्री) *पाहा :* **अतिथी**
पैपैसा (पु) *पाहा :* **अर्थ**
पैरण (स्त्री) *पाहा :* **कुडता**
पैल (क्रिवि), **पैलतीरी (-थडी)** (क्रिवि) *पाहा :* **पलीकडे**
पैलतीर (पु) *पाहा :* **तट**
पैलवान (पु) *पाहा :* **पहिलवान**
पैलू (पु) *पाहा :* **बाजू**
पैलूदार (वि) *पाहा :* **चमकदार, चतुरस्त्र**
पैशाच विवाह (पु) *पाहा :* **विवाह**
पैस (पु) *पाहा :* **विस्तृत**
पैसा (पु) *पाहा :* **अर्थ, ऐपत**
पैसाअडका (पु) *पाहा :* **अर्थ, धनदौलत**
पैसार (पु) *पाहा :* **विस्तार**
पैसारुका (पु) *पाहा :* **अर्थ**
पैसेखाऊ (वि) *पाहा :* **भ्रष्ट**
पैसेवारी (स्त्री) *पाहा :* **अजमास**
पैसेवाला (वि) *पाहा :* **श्रीमंत**
पोक (न) *पाहा :* **वक्रता**
पोकळ (वि) रिकामा, रिता, रिक्त, शून्य, सुना, अभावात्मक, न भरलेला, भरीव

नसलेला, निर्वात, खाली; कोरडा, औपचारिक, वरवरचा, वरकरणी, निरर्थक, व्यर्थ, वायफळ, बाष्कळ, निष्फळ, फोल, मूर्खपणाचा, खोटा, ढोंगी, फुसका, पोचट, निःसत्त्व, तकलादू, लेचापेचा; गर्विष्ठ, बढाईखोर, अक्कलशून्य

[adj] hollow, empty, vacant, void, blank; insincere, afected, flimsy, pointless, meaningless; inane, vacuous; vain, conceited

पोकळी (स्त्री) पोकळ/रिकामी/रिती/मोकळी/भरावयाची जागा; निर्वात प्रदेश; अवकाश, शून्याकाश, अंतराळ; पोकळपणा, शून्यत्व, रितेपण, रिक्तता, नास्तित्व, उणीव, अभाव, गैरहजेरी; *पाहा :* **विवर**

(n) hollow, vacancy, vacuum, void, space, emptiness, nothingness, absence, blank, nonexistence; *पाहा :* **विवर**

पोक्त (वि) प्रौढ, जाणता, अनुभवी, अनुभवसंपन्न, समंजस, शहाणा, विवेकी, पक्व, परिपक्व, विकसित, प्रगल्भ, प्रगल्भता/प्रागल्भ्य असलेला, प्रबुद्ध, भारदस्त, परिणतप्रज्ञ; गंभीर, खोल, सखोल; थोराड, पारठा, जरठ, वयस्कर; मध्यमवयीन; पोक्तापुरवता, वडीलधारा, पूज्य, वंदनीय, दर्जेदार; *पाहा :* (विरु) **अननुभवी, अल्पवयस्क, पोरकट**

[वा] सटीच्या घुगऱ्या खाल्लेल्या असणे

[adj] mature, ripe, experienced, adult, full grown, grown-up, of age, nubile; developed, consummate, wise, aged, matronly; patriarchal, noble; *पाहा :* (विरु) **अननुभवी, अल्पवयस्क, पोरकट**

पोखरणी (स्त्री) *पाहा :* **जलाशय**

पोखरणे (क्रि) *पाहा :* **खोदणे**

पोंग (न) *पाहा :* **वक्रता**

पोंगा (पु) *पाहा :* **अंकुर, सुषिरवाद्य**

पोच (पु) *पाहा :* **तारतम्य**

पोच (स्त्री) *पाहा :* **दाखला, पोहोच**

पोचट (वि) पोचा/खळगा/खड्डा/खाच/खोबण पडलेला, तकलुपी, कावल, हलका, पोकळ, भरीव नसलेला, टणक नसलेला, फुसका, निःसत्त्व, निर्जीव, निकस

[adj] having a dent/pit, threadbare, hollow, feeble, infirm, unwholesome

पोचणे (क्रि) पोहचणे, पोहोचणे, ठाकणे, थडकणे, दाखल होणे, येऊन पोचणे, पातणे; पावणे, प्राप्त होणे, हाती येणे, मिळणे, प्रविष्ट होणे; *पाहा :* **येणे, जाणे, जाण**

(v) reach, arrive, get to, attain, gain; *पाहा :* **येणे, जाणे, जाण**

पोचपत्र (न), **पोचपावती** (स्त्री) *पाहा :* **दाखला**

पोचमार्ग (पु) *पाहा :* **मार्ग**

पोचा (पु) *पाहा :* **खड्डा**

पोची (स्त्री) *पाहा :* **हात**
पोट (न) *पाहा :* **उदर**
पोटकायदा (पु) *पाहा :* **कायदा**
पोटखर्ची (स्त्री), **पोटगी** (स्त्री) *पाहा :* **वेतन, उदरनिर्वाह**
पोटजात (स्त्री) *पाहा :* **वर्ग**
पोटजीभ (स्त्री) *पाहा :* **जीभ**
पोटतिडीक (स्त्री) *पाहा :* **कळकळ**
पोटदुखी (स्त्री) *पाहा :* **अपचन, असूया**
पोटनियम (पु) *पाहा :* **नियम**
पोटनिवडणूक (स्त्री) *पाहा :* **निवडणूक**
पोटपाणी (न) *पाहा :* **उदरनिर्वाह, अन्न**
पोटपूजा (स्त्री) *पाहा :* **अन्न**
पोटभर (वि) *पाहा :* **आकंठ**
पोटभरू (वि) *पाहा :* **स्वार्थी**
पोटरी (स्त्री) *पाहा :* **पाय, अंकुर**
पोटविभाग (पु) *पाहा :* **वर्ग**
पोटशूळ (पु) *पाहा :* **अपचन, असूया**
पोटातील (वि) *पाहा :* **अंतर्गत**
पोटातून (क्रिवि) *पाहा :* **खरा**
पोटापुरता (वि) *पाहा :* **पुरेसा**
पोटार्थी (वि) *पाहा :* **गरजवंत, स्वार्थी**
पोटुशी (वि) *पाहा :* **गर्भवती**
पोत (पु) *पाहा :* **मशाल, घडण**
पोत (स्त्री) *पाहा :* **आवली**
पोतडी (-डे) (स्त्री, न) *पाहा :* **पिशवी**
पोते (न) *पाहा :* **पिशवी**
पोतेरे (न) *पाहा :* **पुसणे, लेप**
पोथी (स्त्री) *पाहा :* **ग्रंथ**
पोथीनिष्ठ (वि) *पाहा :* **कर्मठ**
पोंद्या (वि) *पाहा :* **लठ्ठ**
पोपट (पु) शुक, राघू, रावा, मिठ्ठू, मिठ्ठूमिया, तोता, कीर, मैना
(n) parrot
पोपटपंची (स्त्री) *पाहा :* **घोकणे, बडबड**
पोपटी (वि) *पाहा :* **पिवळा, हिरवा**
पोपडा (पु) *पाहा :* **थर**
पोफळ (स्त्री) *पाहा :* **सुपारी**
पोबारा (पु) *पाहा :* **पळणे**
पोम (न) *पाहा :* **प्रस्थ**
पोर (पु, स्त्री, न) *पाहा :* **मुलगा, मुलगी, मूल**
पोरकट (वि) पोरबुद्धी, बालिश, बालसदृश, पोरस्वभावचा, लेकुरस्वभावी, अजाण, अपक्व, अप्रबुद्ध, अप्रौढ, छिचोर, थिल्लर, उथळ, बेअकली; क्षुद्र, क्षुल्लक; *पाहा :* (विरु) **पोक्त**
[वा] शिंगे मोडून वासरात शिरणे
[adj] puerile, frivolous, immature, childish, inexperienced, shallow, silly, trivial; *पाहा :* (विरु) **पोक्त**
पोरका (वि) *पाहा :* **अनाथ**
पोरखेळ (पु) **पोरकटपणा** (*पाहा :* पोरकट); *पाहा :* **थेर**
(n) puerility (*पाहा :* **पोरकट**); *पाहा :* **थेर**
पोरगा (पु) *पाहा :* **मुलगा, अल्पवयस्क**
पोरगी (स्त्री) *पाहा :* **मुलगी, अल्पवयस्क**
पोरगेला (वि) *पाहा :* **अल्पवयस्क**
पोरचेष्टा (स्त्री) *पाहा :* **खोडी, चेष्टा, थेर**
पोरटा (पु) *पाहा :* **मुलगा**

पोरटी (स्त्री) *पाहा :* **मुलगी**
पोरबाळ (न) *पाहा :* **मूल**
पोरबुद्धी (वि) *पाहा :* **पोरकट, अजाण**
पोरवडा (पु) *पाहा :* **मुलेबाळे**
पोरवय (न) *पाहा :* **बाल्य**
पोरसवदा (वि) *पाहा :* **अल्पवयस्क**
पोरेटोरे (पु, अव) **पोरेबाळे** (न, अव) *पाहा :* **मुलेबाळे**
पोऱ्या (पु) *पाहा :* **अनुचर**
पोलाद (न) *पाहा :* **लोखंड**
पोलादी (वि) *पाहा :* **भक्कम**
पोवळे (न) *पाहा :* **रत्न**
पोवाडा (पु) *पाहा :* **स्तुती, काव्य**
पोशाक (-ख) (पु) *पाहा :* **वस्त्र**
पोशाखी (वि) दिखाऊ, भडक, भपकेबाज, डामडौली, छानछोकी, अक्कडबाज, नखरेदार, नटवा, उच्चभ्रू, पढीक, शिष्ट, लब्धप्रतिष्ठित
[adj] showy, flashy, gaudy, ostentatious, pompous, dandyish, foppish, priggish, stiffnecked, goody-goody
पोशिंदा (वि) *पाहा :* **पालक**
पोषक (वि) पोषण करणारे, पुष्टिकर, पुष्टिदायक, पुष्टिप्रद, पाठबळ/मदत/बळकटी देणारे, साह्यकारक, साह्यभूत, अनुकूल, वाढ/वृद्धी/विकास करणारे, कसदार, पौष्टिक, संवर्धक, आरोग्यदायक, परिपोषक
[adj] nourishing, nutritious, health-giving, wholesome, sustaining, beneficial, helpful, supporting, nurturing
पोषण (न) पालन, संवर्धन, प्रतिपाळ, पालनपोषण, संगोपन, रक्षण, जोपासना, वाढ, वृद्धी, विकास, उन्नती, परिपोष (-ण); कुपोषण (*पाहा :* **उपासमार**)
[क्रि] पोसणे, वाढवणे, पुष्ट करणे, जतणे, खाऊपिऊ घालणे; *पाहा :* **अन्न**
[वा] अन्नावर वाढणे, अंगी लागणे
(n) nourishment, nutritiion, nutriment, sustenance, nurturing, maintenance, support, growth; malnutrition (*पाहा :* **उपासमार**)
(v) thrive, prosper, flourish, feed; *पाहा :* **अन्न**
पोषणकर्ता (वि) *पाहा :* **त्राता, कर्ता**
पोसणे (क्रि) *पाहा :* **पोषण**
पोस्त (न) *पाहा :* **बक्षीस**
पोहचणे (-हो) (क्रि) *पाहा :* **पोचणे**
पोहणे (क्रि) तरणे, तरंगणे, डुंबणे, डुबकणे, बुडकणे, हातपाय मारणे
[वा] पाणी कापणे
(v) swim, paddle, float, take a dip, go swimming
पोहरा (पु) *पाहा :* **भांडे**
पोहा (पु) *पाहा :* **तांदूळ**
पोहोच (स्त्री) पोच, रसीद, पावती, पोचपावती, पोचपत्र; *पाहा :* **आवाका**
(n) receipt, acknowledgement, voucher; *पाहा :* **आवाका**
पोहोचणे (क्रि) *पाहा :* **पोचणे**
पोळ (पु) *पाहा :* **बैल, मार्ग**
पोळणे (क्रि) *पाहा :* **अग्नी, कष्टणे**

पोळवणे (क्रि) *पाहा :* **डागणे**

पोळी (स्त्री) चपाती, फुलका (फुलकी), घडीची पोळी, रोट, रोटगा (रोडगा), रोटी; पुरणपोळी; भाकरी

(n) chapati

पोळे (न) मोहोळ, मधुकोश, टाळे, मधाचे/मधमाश्यांचे/गांधीलमाश्यांचे पोळे

(n) honeycomb

पौगंडावस्था (स्त्री) *पाहा :* **तारुण्य**

पौत्र (पु), **पौत्री** (स्त्री) *पाहा :* **आप्त**

पौर (पु), **पौरजन** (पु) *पाहा :* **नागरिक**

पौराणिक (वि) *पाहा :* **प्राचीन**

पौरुष (न) पुरुषत्व, संभोगक्षमता; मर्दपणा, मर्दानगी, शौर्य, वीर्य, जोम, रग, शक्ती, सामर्थ्य, तेज, ओज, पाणी, धमक; पराक्रम, प्रताप, बहादुरी, कर्तृत्व, पुरुषार्थ, *पाहा :* (विरु) **नपुंसकत्व, दौर्बल्य**

(n) virility, manliness, masculinity, vigour, potency, vitality, mettle; heroism, valour, prowess; *पाहा :* (विरु) **नपुंसकत्व, दौर्बल्य**

पौरुषपूर्ण (वि) *पाहा :* **ओजस्वी, शक्तिमान, पराक्रमी**

पौरुषहीन (वि) *पाहा :* **नपुंसक**

पौर्णिमा (स्त्री) *पाहा :* **पूर्णिमा, पुनव, पूर्णचंद्राची रात्र, राका**

(n) full moon night

पौर्वात्य (वि) **पूर्वेकडील, प्राच्य;** *पाहा :* (विरु) **पाश्चिमात्य**

[adj] Eastern, oriental; *पाहा :* (विरु) **पाश्चिमात्य**

पौष (पु) *पाहा :* **बारा महिने**

पौष्टिक (वि) पोषक, पुष्टिदायक, संवर्धक, बलवर्धक, धातुपुष्टिकारक, आरोग्यदायक, आयुष्यवर्धक, तेजस्कर, सुखकारक, श्रेयस्कर, कसदार; *पाहा :* (विरु) **निकस**

[adj] nutritious, wholesome, nourishing, restorative, tonic, invigorative, recuperative; *पाहा :* (विरु) **निकस**

प्यादा (-दे) (पु, न) *पाहा :* **अनुचर, सोंगटी**

प्यार (पु) *पाहा :* **प्रेम**

प्यारा (वि) *पाहा :* **प्रिय**

प्याला (पु) *पाहा :* **भांडे**

प्यास (स्त्री) *पाहा :* **तहान**

प्यासा (वि) *पाहा :* **तहानेला**

प्रकट (-ग-) (वि) गोचर, दृश्य, दृश्यमान, प्रत्यक्ष, समक्ष, डोळ्यांदेखत, मूर्त, इंद्रियगोचर, बाह्य, दिसणारा, दाखवलेला, प्रकटलेला, अदृश्य नसलेला; उघड, व्यक्त, आविष्कृत, साकार, साक्षात, स्वच्छ, स्पष्ट, परिस्फुट, प्रकटित, प्रदर्शित, उघडा, अनाच्छादित, अनावृत; उघड, खुला, जाहीर, जगजाहीर, प्रसिद्ध, प्रकाशित, घोषित, प्रकटित, परप्रकाशित, प्रकाश/उजेड टाकलेला. *पाहा :* उघड (विरु) **अप्रत्यक्ष**

[वा] प्रत्यक्षास प्रमाण कशाला?

[adj] visible, perceptible;

observable, external; manifest, exposed, unhidden, uncovered, displayed, disclosed, published; *पाहा :* **उघड** (विरु) **अप्रत्यक्ष**

प्रकटणे (-ग-) (क्रि) प्रकट करणे/होणे (*पाहा :* **प्रकट**), उघडकीस आणणे/येणे, दिसणे/दाखवणे/दर्शवणे, फुटणे, अंकुरणे, उपटणे

[वा] नख्या बाहेर काढणे, हा सूर्य हा जयद्रथ

(v) display (*पाहा :* **प्रकट**), bring out, appear, show, publish; sprout

[i] crop up

प्रकटन (न) आविष्करण, आविष्कार, अभिव्यक्ती, प्रदर्शन, प्रकाशन, प्रसिद्धी, जाहिरात, जाहीरनामा, घोषणा, प्रक्षेपण, प्रसारण, प्रकटीकरण, प्रसिद्धीकरण, विमोचन

(n) exposition, exhibition, demonstration, display, publicity, advertisement, declaration, disclosure, proclamation, revelation, statement, bulletin, announcement, broadast, teleast

प्रकटित (वि) *पाहा :* **प्रकट**

प्रकटीकरण (न) *पाहा :* **प्रकटन**

प्रकटोपमा (स्त्री) *पाहा :* **उपमा**

प्रकरण (न) *पाहा :* **अध्याय, विषय, प्रस्थ, कलम, कुलंगडे**

प्रकर्ष (पु) उत्कर्ष, भरभराट, उन्नती, अभिवृद्धी, समृद्धी, अभ्युदय; विपुलता, वैपुल्य, आधिक्य, बाहुल्य; विशेषत्व, असामान्यत्व, श्रेष्ठत्व, प्रामुख्य, प्राधान्य, उच्चस्थान, कळस, उच्चबिंदू, लौकिक, उत्कृष्टता

(n) prosperity, exuberance, abundance, plenty; speciality, particularity; eminence, excellence, prime, zenith

प्रकल्प (पु) योजना, परियोजना, अभियान, कार्यक्रम, उपक्रम, उद्योग, अंगीकृत कार्य, धाडस

(n) project, plan, scheme, program, undertaking, activity, assignment, venture, enterprise

प्रकांड (वि) *पाहा :* **उत्कृष्ट, प्रचंड**

प्रकांडपंडित (पु) *पाहा :* **पंडित**

प्रकार (पु) रीत, तऱ्हा, पद्धत, तंत्र, प्रणाली, मोड, ढब, धाटणी, धर्ती, शैली, छटा, वर्ग, जात, भेद; पर्याय, विकल्प; विभाग, श्रेणी, कोटी; गुणधर्म; *पाहा :* **घटना**

(n) method, manner, style, shade, tone, kind, class, category, sort, type, mode; *पाहा :* **घटना**

प्रकाश (पु) उजेड, तेज, प्रभा, आभा, दीप्ती, द्युती, आलोक, कांती, झगमग, लखलख, चमचम, चमक, लकाकी, झळाळी, झगझगाट, झुंजुमुंजू, उषा; ज्ञान, उन्मेष, जाणीव,

जागृती, बुद्धिविकास; चित्, चिच्छक्ती, चैतन्य, आत्मज्ञान, सत्य; प्रकाशकिरण, रश्मी, प्रकाशशलाका, झोत, प्रकाशझोत; सूर्यप्रकाश, चंद्रप्रकाश, चांदणे, संधिप्रकाश, संध्याराग, तारकाद्युती; प्रखर/मंद/मिणमिण प्रकाश, लखलखाट, भगभगाट; *पाहा :* **ऊन,** (विरु) **अंधकार**

(n) light, glow, glitter, scintillation, radiance, fire, brilliance, phosphorescence; knowledge, enlightenment, spirit, life force, self-knowledge, truth; ray, beam, sreak, pencil, sunlight, moonlight, starlight, aurora; *पाहा :* **ऊन,** (विरु) **अंधकार**

प्रकाशक (वि, पु) प्रकाशात/उजेडात आणणारा, स्पष्ट/उघड करणारा, ज्ञान देणारा, प्रसिद्ध/जाहीर/प्रकाशित/प्रकाशन करणारा (*पाहा :* **पत्रकारिता**)

[adj, n] one who throws light/illuminates/elucidates/brings out; publisher (*पाहा :* **पत्रकारिता**)

प्रकाशकिरण (पु) *पाहा :* **प्रकाश, किरण**

प्रकाशचित्र (न) छायाचित्र (*पाहा :* **चित्र**)

(n) photograph (*पाहा :* **चित्र**)

प्रकाशणे (क्रि) तळपणे, प्रकाशमान/प्रकाशित होणे, झगझगणे, लखलखणे, चमकणे, चमचमणे, प्रकाश फाकणे, प्रकट/गोचर/दृश्य होणे; प्रकाशात/उजेडात आणणे, जाहीर करणे, प्रकाश टाकणे, जाणणे, जाणवणे, प्रकाश पडणे

(v) shine, glow, beam, blaze, flash, phosphoresce, radiate, glitter, sparkle, twinkle, glimmer, scintillate, flash; light, enlighten, shed light, illuminate

प्रकाशन (न) *पाहा :* **प्रकटन, ग्रंथ, पत्रकारिता, प्रकाशक**

प्रकाशमान (वि) तेजस्वी, दीप्तिमान, कांतिमान, तेजोमय, ज्योतिष्मान, उज्ज्वल, उजळ, सतेज, प्रभावंत, लखलखीत, झगझगीत, प्रकाशित, चमचमता, स्वंप्रकाशी/स्वयंप्रकाश/स्वयंप्रकाशित

[adj] luminous, bright, radiant, resplendent, lustrous, phosphorescent, shining, glowing, luminescent, refulgent

प्रकाशशलाका (स्त्री) *पाहा :* **प्रकाश, किरण**

प्रकाशहीन (वि) *पाहा :* **अंधारा**

प्रकाशित (वि) *पाहा :* **प्रकट, जाहीर, प्रकाशमान**

प्रकृतिमान (न) *पाहा :* **तब्येत**

प्रकृतिसिद्ध (वि) *पाहा :* **उपजत**

प्रकृतिस्वभाव (पु) *पाहा :* **प्रकृती**

प्रकृती (स्त्री) मूळस्वभाव, मूळप्रकृती,

मूलधर्म, गुणधर्म, मनोवृत्ती, मन:प्रवृत्ती, भाव, स्वभाव, प्रकृतिस्वभाव, स्थायिभाव, मन:स्वास्थ्य; (वातज-, पित्तज-, कफज-) प्रकृती; विश्वोत्पत्तीचे मूळकारण/मूलद्रव्य, माया, अविद्या; आदिमाया (-माता, -शक्ती); अष्टविधा प्रकृती (पृथ्वी, आप, तेज, वायू, आकाश; मन, बुद्धी, अहंकार); *पाहा :* **तब्येत, स्वभाव**

(n) constitution, nature, temperament, mental make-up, disposition, health; Maya; *पाहा :* **तब्येत, स्वभाव**

प्रकोप (पु) वाढ, वृद्धी, आधिक्य, अतिरेक, भर, कडाका; दंगा, बंड, थैमान, गोंधळ, क्षोभ, कल्लोळ, उत्पात; *पाहा :* **संताप, संकट, अनर्थ**

(n) rise, aggravation, excess, explosion, intensification, exacerbation; *पाहा :* **संताप, संकट, अनर्थ**

प्रक्रिया (स्त्री) क्रिया, कृती, विधी, संस्कार, प्रयोग, व्यवहार, अंमलबजावणी; कार्यवाही; कार्यपद्धती (*पाहा :* **रीत**); पुन:प्रक्रिया; *पाहा :* **कर्म**

(n) process, system, procedure, action, operation, business, transaction, execution, recycling; *पाहा :* **रीत, कर्म**

प्रखर (वि) तीव्र, कडक, तीक्ष्ण, तेज, तल्लख, कुशाग्र, पराकाष्ठेचा, प्रचंड, अनावर, मनस्वी, उत्कट, जाज्वल्य, तेजस्वी, प्रदीप्त, धगधगीत, रसरशीत, भगभगीत, ज्वलंत, जहाल, जालीम, दु:सह, उग्र, उष्ण, तिखट, जळजळीत, रणरणीत, तिखटजाळ, चरचरीत, धारदार, भेदक

[adj] severe, intense, profound, acute, sharp, extreme, fiery, hot, bright, penetrating, brilliant, dazzling, fierce, biting, cutting

प्रख्यात (वि) *पाहा :* **प्रसिद्ध, कीर्तिमान**

प्रख्यती (स्त्री) *पाहा :* **प्रसिद्धी**

प्रगट (वि), **प्रगटणे** (क्रि) *पाहा :* **प्रकट, प्रकटणे**

प्रगत (वि), **प्रगतिपर** (वि), **प्रगतिशील** (वि) *पाहा :* **पुरोगामी, प्रगती**

प्रगती (स्त्री) भरभराट, उत्कर्ष, चलती, धाव, सद्दी, आगेकूच, दौड, घोडदौड; वाटचाल, मार्गक्रमण, प्रवास; वाढ, बढत, विस्तार, विकास, गुणोत्कर्ष, उत्क्रांती, अभिवृद्धी; उन्नती, पदोन्नती, बढती; कल्याण, अभ्युदय, भाग्योदय; बदल, सुधारणा, सुधार, उद्धार, क्रांती; *पाहा :* **पुरोगामी,** (विरु) **अधोगती, पीछेहाट, माघार**

[क्रि] पुढे जाणे, पुढारणे, पाऊल पुढे पडणे, धाव घेणे, प्रगतिपथावर असणे, प्रगतिपर/प्रगतिशील असणे, भरभराटणे, मजल मारणे, प्रगत होणे, वर जाणे, उंचावणे, वरची पातळी

गाठणे, वृद्धिंगत होणे, प्रावीण्य मिळवणे
[वा] चढती कमान/भांजणी असणे, शुक्लेंदुवत वाढणे, बाळसे धरणे, रूपास/नावारूपास/रंगारूपास येणे, भरारी मारणे, मुसंडी/डुक्करमुसंडी मारणे, भरती येणे, मागे वळून न पाहणे, गरुडझेप, राघोभरारी, वाल्याचा वाल्मीकी होणे
(n) progress, advance (ment), headway, improvement, betterment, reform, development, growth, furtherance, breakthrough, enhancement, march, floodtide, prosperity, rise, uplift, promotion, ascent, evolution, revolution; *पाहा :* **पुरोगामी** (विरु) **अधोगती, पीछेहाट, माघार**
(v) make repid strides, gain leeway, push on/forward, go/forge ahead, gain ground, make one's way, go from strength to strength, on the high road to
[i] be on the up-and up, plain sailing

प्रगल्भ (वि) *पाहा :* **पोक्त, खोल, गंभीर**

प्रगमनशील (वि) *पाहा :* **पुरोगामी**

प्रगाढ (वि) *पाहा :* **गहिरा, अगाध, गहन**

प्रघात (पु) *पाहा :* **रीत**

प्रचंड (वि) अजस्र, अवाढव्य, अकटोविकट, अगडबंब, आडमाप, पर्वतप्राय, महाकाय, जंगी, अफाट, अचाट, अगाध, विशाल, विकट, विस्तीर्ण, विराट, जगड्व्याळ, भव्य, वितंड; तुफान, बेफाम; भरमसाट, भारंभार; जबरदस्त, दांडगा, जोरदार, प्रखर, प्रकांड; राक्षसी; *पाहा :* **अतिशय**
[adj] huge, mammoth, gigantic, colossal, elephantine, gargantuan, giant, mighty, mountainous, enormous, stupendous, vast, prodigious, immense, profound, extensive; *पाहा :* **अतिशय**

प्रचलन (न) *पाहा :* **प्रसार**

प्रचलित (वि) *पाहा :* **चालू, अर्वाचीन**

प्रचार (पु) प्रसार, फैलाव, प्रसारण, अभिसरण, विस्तार, प्रसिद्धी, प्रसिद्धीकरण, जाहिरात, डांगोरा, दवंडी, प्रक्षेपण, वितरण, परिस्फुटता; मतप्रचार, धर्मप्रचार, अपप्रचार
[क्रि] मत बिंबवणे, पटवून देणे, शिकवण देणे, मन वळवणे, गळी उतरवणे, चळवळ उभारणे, मतान्तर/धर्मान्तर घडवणे; *पाहा :* **पसरणे**
(n) propaganda, spread, diffusion, publicity, circulation, broadcast, advertisement, promulgation, canvassing, persuasion,

proselytisation, teaching, indoctrination, movement, crusade; *पाहा :* **पसरणे**

प्रचिती (स्त्री) *पाहा :* **अनुभव**

प्रचुर (वि) *पाहा :* **अतिशय**

प्रचुरता (स्त्री) *पाहा :* **वैपुल्य**

प्रच्छन्न (वि) *पाहा :* **गुप्त, अप्रत्यक्ष, अव्यक्त**

प्रच्छादन (न) *पाहा :* **अवगुंठन**

प्रजनन (न) *पाहा :* **उत्पत्ती**

प्रजननक्षम (वि) *पाहा :* **सर्जनशील**

प्रजा (स्त्री) रयत, प्रजाजन, लोक, जनता, आम जनता, जनसामान्य; नागरिक, देशवासी, समाज; *पाहा :* **संतती, मानव, समाज, सामाजिक**

[adj] subject, people, public, citizens, masses, populace, folk, community society, proletariat; *पाहा :* **संतती, मानव, समाज, सामाजिक**

[i] the grass roots, the man in the street, the rank and file, the silent majority

प्रजाती (स्त्री) *पाहा :* **वर्ग**

प्रजाद्रोह (पु) *पाहा :* **द्रोह**

प्रजापती (पु) *पाहा :* **ब्रह्मदेव, तेहतीस कोटी देव**

प्रजापालन (न) *पाहा :* **पालन**

प्रजासत्ताक (वि) *पाहा :* **राज्यपद्धती**

प्रजोत्पत्ती (स्त्री), **प्रजोत्पादन** (न) *पाहा :* **उत्पत्ती**

प्रज्योत (स्त्री) *पाहा :* **अग्नी**

प्रज्वलन (न), **प्रज्वलित** (वि) *पाहा :* **अग्नी, उद्दीपन, प्रदीप्त, चेतवणे, जलाल**

प्रणत (वि) *पाहा :* **नम्र**

प्रणतवत्सल (वि) *पाहा :* **दयावंत, त्राता**

प्रणती (स्त्री) *पाहा :* **अभिवंदन**

प्रणय (पु), **प्रणयाराधन** (न) *पाहा :* **प्रेम, अनुनय, आराधना**

प्रणयिनी (स्त्री), **प्रणयी** (वि) *पाहा :* **प्रिय, अनुरक्त**

प्रणव (पु) *पाहा :* **ओम, परमेश्वर, चैतन्य**

प्रणाम (पु) *पाहा :* **अभिवंदन**

प्रणाली (स्त्री) *पाहा :* **रीत**

प्रणिपात (पु) *पाहा :* **अभिवंदन**

प्रणेता (वि) *पाहा :* **पुरस्कर्ता**

प्रत (स्त्री) नक्कल, कित्ता, प्रतिकृती, आवृत्ती, प्रतिलिपी, प्रतिलेख, प्रतिमा, छाया, छायाप्रत, स्थळप्रत, मुळाबरहुकूम वस्तू; अनुकरण; पुस्तक, ग्रंथ; *पाहा :* **दर्जा, वर्ग, समानता, प्रतिकृती**

[क्रि] नकलणे

(n) replica, copy, reproduction, duplicate, reprint, facsimile, carbon copy, photocopy, tracing, xerox copy, image, model, clone, shadow; *पाहा :* **दर्जा, वर्ग, समानता, प्रतिकृती**

प्रतल (न) *पाहा :* **तल**

प्रतवारी (स्त्री) *पाहा :* **चाळण**

प्रतान (पु) *पाहा :* **वेल**

प्रताप (पु) सामर्थ्य, शक्ती, प्रभाव, तेज;

प्रभुत्व, प्राबल्य, हुकमत, वचक, दरारा; पात्रता, योग्यता, क्षमता; *पाहा :* **पराक्रम, परिणाम**

(n) prowess, power, authority, command; competence, capability; *पाहा :* **पराक्रम, परिणाम**

प्रतापवान (वि), **प्रतापी** (वि) *पाहा :* **पराक्रमी, परिणामकारक**

प्रतारक (वि) *पाहा :* **फसवा**

प्रतारणा (स्त्री) *पाहा :* **फसवणूक**

प्रतिकार (पु) विरोध, प्रतिबंध, प्रतिरोध, अडवणूक, आडकाठी, अटकाव, अडथळा; प्रतिक्रिया, उलट/विरुद्ध क्रिया, दूरीकरण, अपकर्षण; लढा, झगडा, झुंज; रोगप्रतिकार, अन्यायाचा प्रतिकार; *पाहा :* **सूड**

[वा] उघड्या डोळ्यांनी प्राण जात नाही; तोंड देणे

(n) resistance, opposition, defiance, antagonism, repulsion, immunity; *पाहा :* **सूड**

प्रतिकारशक्ती (स्त्री) *पाहा :* **शक्ती**

प्रतिकूल (-ळ) (वि) विरुद्ध, विरोधी, विषम, उलट, उफराटा, विपरीत, विन्मुख, पराङ्मुख, अपकारक, बाधक, आडमुठा, अनुकूल नसलेला; गैरसोयीचा, धकाधकीचा, कष्टाचा, अडचणीचा; परस्परविरुद्ध; लोकविरुद्ध, अंतर्विरुद्ध; प्रतिकारक, विरोधक, असहमत; *पाहा :* (विरु) **अनुकूल**

[क्रि] उलटणे, बाधणे, बिथरणे

[वा] फासा उलटा पडणे, घर फिरले म्हणजे घराचे वासेही फिरतात, वादळ उठवणे, वदतो व्याघात

[adj] contrary, hostile, rival, antagonistic, adverse, opposed, unfriendly, unfavourable, resistant *पाहा :* (विरु) **अनुकूल**

[i] contradiction in terms, go against the grain

प्रतिकृती (स्त्री) प्रतिरूप, प्रतिमा, प्रतिमंडल, प्रतिबिंब, प्रतिभास, सदृशरूप, अनुकरण, प्रत, आवृत्ती, नक्कल, नमुना, पडछाया, प्रतिछाया, चित्र, शिल्प, शिल्पकृती, मूर्ती, पुतळा, मृत्तिकाशिल्प, लिंग, शिवलिंग *पाहा :* **प्रत**

(n) replica, copy, image, double, imitation, simulation, model, picture, statue *पाहा :* **प्रत**

प्रतिक्रांती (स्त्री) *पाहा :* **क्रांती**

प्रतिक्रिया (स्त्री) प्रतिसाद, उत्तर, प्रत्युत्तर, जबाब, प्रतिटोला, प्रतिघात, प्रत्याघात, उलट क्रिया, प्रतिक्षिप्त क्रिया, प्रतिकार, परतफेड, भरपाई

(n) reaction, response, reply, answer, rejoinder, feedback, backlash, counteraction, reflex action, recompense

प्रतिगमन (न) *पाहा :* **माघार, प्रतिगामी**

प्रतिगामी (वि) परागती / पुच्छप्रगती/ प्रतिगमन/ पीछेहाट करणारा, मागे/

पूर्वस्थितीकडे जाणारा, मागासलेला, पुरातनमतवादी, पुराणमतवादी, सनातनी, कर्मठ *पाहा :* (विरु) **पुरोगामी**

[adj] retrograde, reactionary, reversionary, backsliding, regressive *पाहा :* (विरु) **पुरोगामी**

प्रतिगृहीत (वि) *पाहा :* **पसंत**

प्रतिघात (पु) *पाहा :* **आघात, प्रतिक्रिया**

प्रतिछाया (स्त्री) *पाहा :* **प्रतिकृती**

प्रतिजिव्हा (स्त्री) *पाहा :* **जीभ**

प्रतिजैविक (न) *पाहा :* **औषध**

प्रतिटोला (पु) *पाहा :* **प्रतिक्रिया, आघात**

प्रतिदिनी (क्रिवि) *पाहा :* **अखंड** (क्रिवि)

प्रतिद्वंद्वी (वि) पाहा **प्रतिस्पर्धी**

प्रतिध्वनी (पु) पडसाद, पडशब्द, प्रतिशब्द, निनाद, प्रतिनाद, प्रतिसाद, उपध्वनी, आवाज, प्रत्युत्तर, पुनरुच्चार *पाहा :* **आवाज**

[क्रि] घुमणे, घुमघुमणे, दुमदुमणे, दणाणणे, गाजणे, वाजणे

(n) echo, reverberation; repetition, response *पाहा :* **आवाज**

[v] reverberate, resound, ring

प्रतिनिधित्व (न) *पाहा :* **कैवार, प्रतिनिधी**

प्रतिनिधी (पु) मुखत्यार, वकील, दूत, राजदूत, राजप्रतिनिधी, मुतालिक, नायब, अडत्या, वहिवाटदार, गुमास्ता, मध्यस्थ, दलाल, जासूद, मदतनीस, बदली माणूस, प्रवक्ता; प्रतोद; वकिलात; शिष्टमंडळ; लोकप्रतिनिधी, नगरसेवक, आमदार, खासदार *पाहा :* **कैवार**

(n) representative, delegate, deputy, agent, middleman, envoy, emissary, alternate, substitute, proxy, spokesman; embassy, consulate; *पाहा :* **कैवार**

[i] to play the devil's advocate

प्रतिपदा (स्त्री) *पाहा :* **पाडवा**

प्रतिपदी (क्रिवि) *पाहा :* **पुन्हा**

प्रतिपक्षी (पु) *पाहा :* **प्रतिस्पर्धी**

प्रतिपादणे (क्रि) प्रतिपादन/ विवेचन/ आविष्करण/ समर्थन करणे, ठाम/ ठासून बोलणे, मुद्दा मांडणे/ सांगणे, प्रस्थापित करणे, सिद्ध करणे, युक्तिवाद करणे, बाजू मांडणे, विधान करणे, म्हणणे, भाषण करणे, शब्दांत दाखवणे/व्यक्त करणे, प्रतिपाद्य विषयाचे निरुपण करणे; *पाहा :* **कथन**

प्रतिपादणे (क्रि) *पाहा :* **कथन**

(v) state, assert, express, submit, voice, prove, demonstrate, establish, claim, contend *पाहा :* **कथन**

प्रतिपादन (न) *पाहा :* **प्रतिपादणे, कथन**

प्रतिपाद्य (वि) *पाहा :* **प्रतिपादणे**

प्रतिपाल (-ळ) (पु), **प्रतिपालन** (न) *पाहा :* **पालन, जतन, जोपासना**

प्रतिबद्ध (वि) *पाहा :* **बद्ध**

प्रतिबंध (पु) *पाहा :* **अटकाव**

प्रतिबिंब (न) *पाहा :* **प्रतिकृती,**

अनुकरण

प्रतिभा (स्त्री) अलौकिक स्फूर्ती/ बुद्धी/ ज्ञान/ कल्पनासामर्थ्य, ईश्वरी प्रेरणा, अंत:स्फूर्ती, अंत:प्रेरणा, अंतर्दृष्टी, कल्पकता, नवनिर्मितिक्षमता, सर्जनशक्ती, निसर्गदत्त मन:शक्ती, बुद्धितेज, उपजतबुद्धी ईश्वरी देणगी, कलागुण, चातुर्य, प्रतिभासामर्थ्य, कविप्रतिभा, लेखनप्रतिभा, नवनवोन्मेषशाली प्रतिभा

(n) genius, inspiration, brilliance, imaginative power, intelligence, perspicacity, talent, faculty, endowment, mind's eye, ingenuity, gift, serendipity

प्रतिभावंत (-वान, -शाली, -संपन्न) (वि) अलौकिक स्फूर्तिशाली/ बुद्धिमान/ कल्पनासमर्थ, नवनिर्मितिक्षम, सर्जनशील, स्वयंभू, अभिजात, जातिवंत, सिद्धहस्त, गुणी, कल्पक

[adj] talented, brilliant, endowed, inspired, ingenious, creative, fertile, productive

प्रतिभास (पु) *पाहा :* **प्रतिकृती**

प्रतिभासणे (क्रि) *पाहा :* **दिसणे**

प्रतिभू (पु) *पाहा :* **जबाबदार**

प्रतिभूती (स्त्री) *पाहा :* **भाग, अर्थ**

प्रतिमंडळ (न) *पाहा :* **प्रतिकृती**

प्रतिमा (स्त्री) *पाहा :* **प्रतिकृती, उपमा, खूण, अनुकरण**

प्रतिमाग्राहक (पु) *पाहा :* **दृष्टी-उपकरण**

प्रतियोगिता (स्त्री) *पाहा :* **स्पर्धा**

प्रतियोगी (पु) *पाहा :* **प्रतिस्पर्धी**

प्रतिरुप (न) *पाहा :* **प्रतिकृती**

प्रतिरोध (पु) *पाहा :* **प्रतिकार**

प्रतिलिपी (स्त्री), **प्रतिलेख** (पु) *पाहा :* **प्रत**

प्रतिलोम (वि) *पाहा :* **उफराटा**

प्रतिवचन (न), **प्रतिवाद** (पु) *पाहा :* **उत्तर**

प्रतिवर्षी (क्रिवि) *पाहा :* **अखंड** (क्रिवि)

प्रतिवादी (पु) *पाहा :* **प्रतिस्पर्धी**

प्रतिवार्षिक (वि) *पाहा :* **नियमित**

प्रतिवृत्त (न) *पाहा :* **अहवाल**

प्रतिशब्द (पु) *पाहा :* **पर्याय, प्रतिध्वनी**

प्रतिशोध (पु) *पाहा :* **सूड**

प्रतिषिद्ध (वि) *पाहा :* **त्याज्य**

प्रतिषेध (पु) *पाहा :* **अटकाव, नकार**

प्रतिष्ठा (स्त्री) पत, इज्जत, इभ्रत, आब, बूज, बोज, वजन, वग, वट, शान, अब्रू, मान, मान्यता, माननीयता, थोरवी, दर्जा, स्थान, महत्त्व, माहात्म्य, बडेजाव, वैभव, प्रभा, कीर्ती, लौकिक, नाव, नावलौकिक, ख्याती, प्रसिद्धी, लोकप्रियता, आदर, दबदबा, अधिकार; स्थापना, नियुक्ती, प्रतिष्ठापना, प्राणप्रतिष्ठा; *पाहा :* **तोरा, गृहप्रवेश**

(n) prestige, honour, dignity, note, standing, credit, glory, regard, status, importance, name, mark, repute, fame, reputation, reputability, authority, popularity; installation, induction *पाहा :* **तोरा, गृहप्रवेश**

प्रतिष्ठान (न) *पाहा :* **न्यास**

प्रतिष्ठापना (स्त्री) *पाहा :* **प्रतिष्ठा, स्थापना**

प्रतिष्ठित (वि) इज्जतदार, वजनदार, अब्रूदार, शिष्ट; संभावित, मातबर (मातब्बर), मानार्ह, मान्य, सन्मान्य, सन्माननीय, सभ्य, कुलीन, घरंदाज, भारदस्त, राजमान्य, राजश्री, आदरणीय, लौकिकवान, नावाजलेला, सद्‌गृहस्थ, तालेवार, लब्धप्रतिष्ठित, प्रसिद्ध, प्रख्यात; प्रस्थापित, झब्बू; नियुक्त, कायम, स्थिर, दृढमूल; *पाहा :* **प्रस्थ, उच्चभ्रू, अभिजन**

[वा] पाचामुखी परमेश्वर

[adj] prestigious, honourable, august, celebrated, distinguished, high-ranking, pre-eminent, dignified, respectable, reputed; firm, established, installed; *पाहा :* **प्रस्थ, उच्चभ्रू, अभिजन**

प्रतिष्ठेखोर (वि) *पाहा :* **गर्विष्ठ**

प्रतिसाद (पु) *पाहा :* **प्रतिक्रिया, प्रतिध्वनी**

प्रतिसारण (न) *पाहा :* **ढकलणे**

प्रतिसांवत्सरिक (वि)पाहा *:* **नियमित**

प्रतिसूचना (स्त्री) *पाहा :* **सूचना**

प्रतिसूर्य (वि) *पाहा :* **तेजस्वी**

प्रतिस्पर्धा (स्त्री) *पाहा :* **स्पर्धा**

प्रतिस्पर्धी (वि) स्पर्धक, विरोधक, शत्रू, प्रतिद्वंद्वी (-पक्षी, -योगी, -वादी), विपक्ष, प्रतिपक्ष

[adj] rival, competitor, contestant, contender, opponent, antagonist

प्रतिक्षिप्त (वि) *पाहा :* **प्रतिक्रिया**

प्रतिज्ञा (स्त्री) शपथ, आण, आणभाक, आणशपथ, आणप्रमाण, भाक, वचन, वचनभाक, बोलभाक, पण, निश्चय, निर्धार, संकल्प, बाणा, ब्रीद, करार, बोली, कबुली, कबुलात, ठराव, आश्वासन, खात्री, हमी, शब्द, अभिवचन, बेलभंडार, नवस, नवससायास; पैज, होड; भीष्मप्रतिज्ञा; रामवचन, रामप्रतिज्ञा

[वा] कंकण बांधणे, पैजेचा विडा उचलणे, सतीचे वाण

(n) oath, pledge, vow, promise, word, undertaking, assurance, commitment, contract, warranty, guarantee; bet, wager, stake

प्रतिज्ञापत्र (-लेख) (न, पु) *पाहा :* **करार**

प्रतीक (न) *पाहा :* **खूण, उदाहरण, अवतार**

प्रतीकात्मक (वि) *पाहा :* **लाक्षणिक**

प्रतीत (वि) अनुभवाला/ प्रचितीला/ प्रतीतीला/ प्रत्ययाला आलेला, दिसलेला, जाणवलेला, भासलेला, वाटलेला, उमगलेला, ज्ञात

[adj] experienced, seen, felt, known

प्रतीती (स्त्री) *पाहा :* **अनुभव**
प्रतीहार (पु), **प्रतीहारी** (स्त्री) *पाहा :* **पहारेकरी, नपुंसक**
प्रतीक्षा (स्त्री) अपेक्षा, आतुरता, उत्कंठा; मार्गप्रतीक्षा
[क्रि] वाट पाहणे, थांबून/खोळंबून राहणे, वाटेकडे डोळे लावून बसणे, तिष्ठणे, खुंटणे
[वा] डोळ्यांत वात घालून बसणे, डोळ्यांत प्राण आणून वाट पाहणे, चातकासारखी वाट पाहणे
(n) expectation, waiting, anticipation, anxiety
प्रतीक्षालय (न) *पाहा :* **खोली**
प्रतोद (पु) *पाहा :* **आसूड, प्रतिनिधी**
प्रत्यंचा (स्त्री) *पाहा :* **दोरी**
प्रत्यंतर (न), **प्रत्यय** (पु) *पाहा :* **अनुभव, दाखला**
प्रत्यर्पण (न), *पाहा :* **अर्पिणे**
प्रत्यवाय (पु) *पाहा :* **अटकाव, दिक्कत**
प्रत्यही (क्रिवि) *पाहा :* **अखंड** (क्रिवि)
प्रत्यक्ष (वि, क्रिवि) *पाहा :* **धडधडीत, पुढे, गोचर, खरा**
प्रत्यक्षप्रमाण (न) *पाहा :* **पुरावा**
प्रत्यक्षवादी (वि) *पाहा :* **तर्कशुद्ध**
प्रत्यक्षज्ञान (न), **प्रत्यक्षानुभव** (पु) *पाहा :* **अनुभव**
प्रत्याघात (पु) *पाहा :* **प्रतिक्रिया**
प्रत्यारोप (पु) *पाहा :* **आरोप**
प्रत्यावर्तन (न) *पाहा :* **परतणे**
प्रत्याहार (पु) *पाहा :* **आत्मनिग्रह, अष्टांगयोग**
प्रत्युत्तर (न) *पाहा :* **उत्तर, प्रतिक्रिया, प्रतिध्वनी**
प्रत्युपकार (पु) *पाहा :* **उपकार, फेड**
प्रत्येक (वि) दरएक, हर, हरएक, एक एक, प्रत्येकजण, जो पहावा तो, जो उठला तो, जो तो, वेगवेगळा, पृथकपृथक, सर्व, शतप्रतिशत; *पाहा :* **अवघा**
[adj] each, every, everything, everyone, everybody, all *पाहा :* **अवघा**
[i] all and sundry
प्रथम (वि) *पाहा :* **आद्य, अग्रगण्य, अंक**
प्रथम (तः) (क्रिवि) *पाहा :* **आधी**
प्रथमदशा (स्त्री) *पाहा :* **आरंभ**
प्रथमवयसाकाळ (पु) *पाहा :* **तारुण्य**
प्रथमवर (पु) *पाहा :* **नवरा**
प्रथमस्थान (न) *पाहा :* **अग्र**
प्रथमारंभ (पु) *पाहा :* **आरंभ**
प्रथमोपचार (पु) *पाहा :* **इलाज**
प्रथा (स्त्री) *पाहा :* **रीत, परंपरा**
प्रथित (वि) *पाहा :* **प्रसिद्ध**
प्रथितयश (वि) *पाहा :* **विजयी**
प्रदर्शक (वि) *पाहा :* **दर्शक**
प्रदर्शन (न) आविष्करण, आविष्कार, अभिव्यक्ती, प्रकटन, प्रसिद्धी, जाहिरात, देखावा, आरास, शोभा, तमाशा, बतावणी, मांडणी, डामडौल, भपका; प्रत्यक्ष प्रदर्शन, प्रात्यक्षिक *पाहा :* **अवडंबर**
[क्रि] दाखवणे, दर्शवणे, प्रकट/ उघड/ व्यक्त/ प्रदर्शित करणे; मिरवणे
[वा] अंगापेक्षा बोंगा मोठा

(n) exhibition, exposition, expo, presentation, demonstration, show, display, publicity, expression *पाहा :* **अवडंबर**

प्रदर्शित (वि) *पाहा :* **प्रकट**

प्रदक्षिणा (स्त्री) फेरी, परिक्रमा; सोमसूत्री/ मळसूत्री प्रदक्षिणा; *पाहा :* **परिभ्रमण**

[वा] उजवी घालणे, डावी घालणे, पार झिजवणे

(n) going round; *पाहा :* **परिभ्रमण**

प्रदाता (वि) *पाहा :* **दाता**

प्रदान (न) *पाहा :* **दान, देणे**

प्रदीप (पु) *पाहा :* **दिवा**

प्रदीपन (न) *पाहा :* **अग्नी**

प्रदीप्त (वि) प्रज्वलित, उद्दीपित, पेटलेला, जळता, भडकलेला, पाजळलेला, प्रखर, धगधगीत, जलाल, तप्त, ज्वलंत, जाज्वल्य, चेवलेला, चेतलेला, उत्तेजित, जागृत, उज्ज्वल, तेजस्वी, प्रकाशमान; *पाहा :* **अग्नी, उद्दीपन, चेतवणे**

[adj] enkindled, inflamed, fiery, hot, excited, bright, radiant; *पाहा :* **अग्नी, उद्दीपन, चेतवणे**

प्रदीर्घ (वि) *पाहा :* **दीर्घ**

प्रदूषण (न) अशुद्धता, भेसळ, अस्वच्छता, बिघाड, अपवित्रता; जलप्रदूषण, वायुप्रदूषण, ध्वनिप्रदूषण, तेलप्रदूषण, मूल्यप्रदूषण

[क्रि] दूषित/ प्रदूषित/ अशुद्ध/ अस्वच्छ/ भेसळयुक्त/ खराब/ मलिन/ विषारी/ अनारोग्यकारक/ भ्रष्ट/ अपवित्र/ अमंगल करणे, बिघडवणे, मळवणे *पाहा :* (विरु) **आरोग्यदायक**

(n) pollution, contamination, adulteration, defilement, uncleanness, impurity, deterioration, poisoning; water-air-noise-oil-pollution *पाहा :* (विरु) **आरोग्यदायक**

प्रदेश (पु) देशविभाग, भूभाग, भूमिभाग, परगणा, पेटा, टापू, सुभा, इलाखा, जिल्हा, तालुका, महाल, क्षेत्र, मंडल, मुलूख, प्रांत, परिसर, भाग, विभाग, गावदरी, पंचक्रोशी, पट्टा, आसमंत; लोक; *पाहा :* **देश, टापू**

(n) territory, region, zone, tract, district, locality, neighbourhood; *पाहा :* **देश, टापू**

प्रदोष (काल) (पु) *पाहा :* **संध्याकाळ**

प्रद्युम्न (पु) *पाहा :* **मदन**

प्रधान (पु) दिवाण, वजीर, अमात्य, सुमंत, सचिव, राजसल्लागार, प्रधानमंत्री, पेशवा, मंत्री, कारभारी, अष्टप्रधान (प्रधान, अमात्य, सचिव, मंत्री, डबीर, न्यायाधीश, न्यायशास्त्री, सेनापती); *पाहा :* **अधिकारी**

(n) premier, prime minister; counsellor, secretary, minister; *पाहा :* **अधिकारी**

प्रधान (वि) *पाहा :* **प्रमुख**

प्रधानमंत्री (पु) *पाहा :* **अध्यक्ष**

प्रध्वंस (पु) *पाहा :* **नाश**

प्रपंच (पु) जग, चराचर, संसार, इहलोक,

भवसागर, भवचक्र; प्रवृत्ती; प्रवृत्तिमार्ग; घर, घरदार, घरसंसार, बायकामुले, खटले; प्रापंचिक जीवन; योगक्षेम, चरितार्थ, उदरनिर्वाह, पोटपाणी; व्याप, पसारा, विस्तार, तपशील, पाल्हाळ, लांबण; *पाहा :* **विवरण; संसार**

[वा] संसाराचा गाडा

(n) world, universe, worldly life; home, domestic life; livelihood, sustenance; yarn, detail, prolongation, *पाहा :* **विवरण, संसार**

प्रपाठक (पु) *पाहा :* **अध्यापक**

प्रपात (पु) *पाहा :* **प्रवाह**

प्रपिता (पु), **प्रपितामह** (पु), **प्रमातामह** (पु), **प्रपितामही** (स्त्री), **प्रमातामही** (स्त्री) *पाहा :* **आजोबा, पणजोबा, पणजी, आप्त**

प्रपौत्र (पु), **प्रपौत्री** (स्त्री) पणतू, पणती (पणतोली) *पाहा :* **आप्त**

(n) great grandson/daughter *पाहा :* **आप्त**

प्रफुल्ल (वि) प्रफुल्लित, फुललेले, उमललेले, विकसलेले, बहरलेले, विकसित, उत्फुल्ल, आनंदित, हर्षभरित, हर्षोत्फुल्ल, प्रसन्न, उल्हसित, टवटवीत, ताजातवाना, तेजस्वी, अम्लान *पाहा :* (विरु) **खिन्न**

[adj] blooming, blossoming, full-blown, vivacious, elated, delighted, jubilant, cheerful, bright, radiant *पाहा :* (विरु) **खिन्न**

प्रबंध (पु) *पाहा :* **निबंध, कथा, काव्य, तजवीज**

प्रबंधक (पु) *पाहा :* **अधिकारी**

प्रबल (-ळ) (वि) *पाहा :* **शक्तिमान**

प्रबुद्ध (वि) *पाहा :* **पोक्त, बुद्धिमान, जागृत, जीवन्मुक्त**

प्रबोध (पु) *पाहा :* **जाग, ज्ञान, बोध**

प्रबोधन (न) *पाहा :* **जाग, शिकवण, बोध**

प्रबोधिका (-नी) (स्त्री) *पाहा :* **विद्यालय**

प्रभंजन (पु) *पाहा :* **वायू**

प्रभव (पु) *पाहा :* **पराक्रम, कारण, उत्पत्ती, ऐश्वर्य**

प्रभा (स्त्री) तेज, दीप्ती, कांती, प्रकाश, आभा, शोभा, लकाकी, चमक, पाणी, सौंदर्य; कीर्ती, लौकिक, प्रतिष्ठा, वैभव, माहात्म्य; प्रभामंडल

(n) radiance, brilliance, splendour, lustre, light, glitter, beauty; glory, fame, renown; corona

प्रभाकर (पु) *पाहा :* **सूर्य**

प्रभाग (पु) *पाहा :* **भाग**

प्रभात (स्त्री) *पाहा :* **पहाट, सकाळ**

प्रभात (पु) *पाहा :* **राग**

प्रभातफेरी (स्त्री) *पाहा :* **परिभ्रमण, मिरवणूक**

प्रभामंडल (न) *पाहा :* **प्रभा, वलय**

प्रभार (पु) *पाहा :* **जबाबदारी**

प्रभारी (वि) *पाहा :* **अधिकारी**

प्रभाव (पु) प्रभुत्व, सामर्थ्य, प्रताप, प्राबल्य, वर्चस्व, वचक, अधिकार, वजन, दबाव; महत्त्व, मोठेपणा, दबदबा; वैभव, ऐश्वर्य, तेज; राज्य, आटोका, व्याप्ती; ठसा, छाप, असर, परिणाम, गुण, फायदा *पाहा :* **प्रभावित, प्रभावी**

[वा] मी म्हणणे

(n) influence, might, command, weight, pressure, preponderance, importance, power, sway, reign, reach, effect, impact *पाहा :* **प्रभावित, प्रभावी**

[i] steal the show

प्रभावशाली (वि) *पाहा :* **प्रभावी**

प्रभावित (वि) भारलेला, दिपलेला, थरारलेला, मंत्रमुग्ध, मोहित, लुब्ध, भुरळ पडलेला, रोमांचित, पुलकित, दिङ्मूढ, अवाक, हतबुद्ध, दबलेला, भारावलेला, स्तंभित, थक्क, गुंग, स्तिमित, चकित; पूर्वग्रहदूषित, कलुषित; प्रेरित; गद्गदित, सद्गदित *पाहा :* **प्रभावित, प्रभावी**

[क्रि] डोळे दिपणे, डोळे विस्फारणे, तीनताड उडणे, ताडमाड उडणे, छातीचा/हृदयाचा ठोका चुकणे, आ वासून पाहणे, चक्रावणे, वेड लागणे, अंगावर काटा उभा राहणे, तहानभूक हरपणे, धक्का बसणे

[adj] spellbound, charmed, enchanted, fascinated, infatuated, bewitched, speechless, aghast, thunderstruck, impressed, influenced; prejudiced *पाहा :* **प्रभावित, प्रभावी**

[i] turn one's head, take away one's breath, make one's eyes pop, make one's hair stand on end, boggle the mind, sweep someone off his/her feet, bring the house down, worked-up

प्रभावी (वि) प्रभावशाली, प्रभुत्व गाजवणारा, समर्थ, जबरदस्त, शक्तिमान, उर्ज्वस्वल, जोरदार, प्रतापी, प्रबळ, वजनदार, महान, अमोघ, असरदार, परिणामकारक, गुणावह, गुणकारी, हेलावणारा, भारून टाकणारा, हृदयद्रावक, प्रभावित करणारा (*पाहा :* **प्रभावित**) *पाहा :* **प्रभाव**

[adj] powerful, overwhelming, overpowering, forceful, impressive, weighty, effective, efficacious, potent, moving, stirring; *पाहा :* **प्रभावित, प्रभाव**

प्रभाहीन (वि) *पाहा :* **तेजोहीन**

प्रभुत्व (न) *पाहा :* **प्रभाव, अधिकार, अनुशासन**

प्रभुसत्ता (स्त्री) *पाहा :* **अधिकार**

प्रभू (पु) *पाहा :* **अधिकारी, परमेश्वर**

प्रमत्त (वि) *पाहा :* **उन्मत्त**

प्रमथन (न) *पाहा :* **चळवळ**

प्रमदा (स्त्री) *पाहा :* **सुंदरी**

प्रमाण (न) पुरावा, आधार, प्रत्यंतर, दाखला, गमक, निशाणी, साक्ष, कसोटी; सत्यता, विश्वसनीयता, खात्री; मान, मात्रा, माप, बेत, परिमाण, पातळी, गुणोत्तर, समप्रमाण, विषमप्रमाण; मापक, निर्देशांक; आदर्श, नमुना; सीमा, मर्यादा, हद्द, युक्तता, औचित्य; प्रत्यक्ष प्रमाण, प्रात्यक्षिक

[वा] प्रत्यक्षास प्रमाण कशाला? हातच्या काकणाला आरसा कशाला? बाप दाखव नाहीतर श्राद्ध कर, हा सूर्य हा जयद्रथ

(n) evidence, proof, authentication, testimonial; mark, sign, test; degree, measure, ratio, index; level, grade; indicator, yardstick; model, ideal; limit, edge, propriety; demonstration

प्रमाणपत्र (न) *पाहा :* **दाखला**

प्रमाणबद्ध (वि) बांधेसूद, नीटस, अटकर, रेखीव, आखीवरेखीव, सुबक, ठाकठीक, गोंडस, कमनीय, घाटदार, कळाशीदार, सुडौल, आटोपशीर, बेतशीर, प्रमाणशीर, टुमदार, डौलदार, सुढाळ, बेतासबात, मोजीवमापीव, जिथल्या तिथे, बेतीव, मित

[adj] shipshape, well-proportioned, neat, tidy, graceful

प्रमाणभाषा (स्त्री) *पाहा :* **भाषा**

प्रमाणभूत (वि) प्रमाण/ पुरावा/ आधार/ गमक/ निशाणी/ परिमाण/ माप असलेला; प्रामाण्य पावलेला, आदर्शभूत, नमुनेदार, सत्य, अस्सल, विश्वसनीय

[adj] evidential, documentary, indicative, supportive, ideal, authentic, genuine

प्रमाणवेळ (स्त्री) *पाहा :* **काल**

प्रमाणशीर (वि) *पाहा :* **प्रमाणबद्ध**

प्रमाणाबाहेर (वि) *पाहा :* **अतिशय**

प्रमाणित (वि) मान्य, संमत, मंजूर, अधिकृत, प्राधिकृत, मान्यताप्राप्त, लोकमान्य, अनुज्ञाप्राप्त, सरकारमान्य, शासनसंमत, आज्ञापित, अनुलक्षित, कायदेशीर, नेमलेला, अस्सल, खात्रीशीर; परवानगी/ अनुमती/ परवाना/ संमती/ मंजुरी/ दाखला असलेला

[adj] authorised, recognised, licensed, permitted, certified, sanctioned, prescribed, lawful, authenticated, warranted, genuine

प्रमाथी (वि) *पाहा :* **शक्तिमान, नाशक, बंडखोर**

प्रमाद (पु) *पाहा :* **अपराध, चूक** (स्त्री), **अविचार**

प्रमादपूर्व (वि) *पाहा :* **चूक** (वि)

प्रमादी (वि) *पाहा :* **गुन्हेगार, गाफील**

प्रमुख (वि) प्रधान, मुख्य, ठळक, निवडक, खास, लक्षणीय,

उल्लेखनीय, महत्त्वपूर्ण, कळीचा, श्रेष्ठ, परम, सर्वोत्कृष्ट, शिरोमणी, अग्रगण्य, अग्रेसर, सर, प्रथमस्थानीचा, उत्सवमूर्ती, आद्य, थोर, धुरंधर, ज्येष्ठ, वरिष्ठ, राजा; सूत्रधार, कर्णधार, सारथी, सर्वेसर्वा

[adj] chief, principal, prime, prominent, leading, outstanding, notable, foremost, supreme, paramount, topmost, greatest

[i] all in all, the top brass, the big guns

प्रमुदित (वि) *पाहा :* **आनंदित**

प्रमेय (न) सिद्धान्त, तत्त्व, नियम, पूर्वपक्ष, विधान

(n) theorem, principle, tenet, thesis, statement

प्रमोद (पु) *पाहा :* **आनंद**

प्रमोदित (वि) *पाहा :* **आनंदित**

प्रयत्न (पु) यत्न, प्रयास, आयास, सायास, दीर्घोद्योग, उद्यम, खटपट, धडपड, आटापिटा, अट्टहास, नेट, कसोशी, कष्ट, परिश्रम; महत्प्रयत्न, महाप्रयास; हरप्रयत्न, शर्थ, प्रयत्नांची शर्थ, शर्थीचे प्रयत्न

[वा] आकाशपाताळ एक करणे, रक्ताचे पाणी करणे, भगीरथ प्रयत्न करणे, कसब पणाला लावणे, कोंड्याचा मांडा करणे, गळ/ दगड/ धोंडा टाकून पाहणे, टाकीचे घाव सोसल्यावाचून देवपण येत नाही, टिटवीदेखील समुद्र आटवते, प्रयत्नांती परमेश्वर, हात हलवणे, हातपाय झाडणे, (निढळाचा) घाम गाळणे

(n) effort, endeavour, attempt, essay, exertion, toil, struggle, striving, industry, labour

[i] to move heaven and earth, elbow-grease, wild goose chase, to put one's best foot forward, leave no stone unturned, the sweat of one's brow, to move mountains

प्रयत्नशील (वि) *पाहा :* **क्रियाशील**

प्रयाण (न) गमन, कूच, प्रस्थान; निर्याण; *पाहा :* **मृत्यू**

[क्रि] निघणे, पाय काढणे, जाणे, प्रवासाला निघणे, बाहेर पडणे; प्रस्थान ठेवणे/करणे; *पाहा :* **निघणे**

(n) departure, embarkation; *पाहा :* **मृत्यू, निघणे**

प्रयास (पु) *पाहा :* **प्रयत्न**

प्रयुक्त (वि) *पाहा :* **नियुक्त**

प्रयोग (पु) उपयोग, वापर, योजना; क्रिया, प्रक्रिया, विधी, कृती, कृत्य: प्रात्यक्षिक, चाचणी, परीक्षा; नाट्यप्रयोग, नाटक, खेळ, कार्यक्रम; वाक्यरचना (कर्तरी, कर्मणी, भावे)

(n) use, operation, trial; experiment (ation), exercise; test, assay; performance, program (me), trail and error

प्रयोगसाहित्य (न) *पाहा :* **उपकरण**

प्रयोगात्मक (वि), **प्रयोगाधिष्ठित** (वि) *पाहा :* **प्रायोगिक**

प्रयोजक (वि) प्रायोजक, आयोजक, योजक, संयोजक, प्रवर्तक, प्रेरक, कार्यप्रवर्तक, करविता, पुरस्कर्ता, प्रेरणा/उत्तेजन देणारा, उत्पादक , निर्माता, आश्रयदाता, संस्थापक, शिल्पकार, घडवणारा; योजना करणारा (*पाहा :* **योजना)**

[वा] योजकस्तत्र दुर्लभ:

[adj] Sponsor, patron, promoter, backer, godfather, creator, originator, architect, producer; planner (*पाहा :* **योजना)**

प्रयोजन (न) *पाहा :* **गरज, कारण, कार्य, उद्देश**

प्रयोजित (वि) *पाहा :* **पुरस्कृत**

प्रलंबित (वि) *पाहा :* **दीर्घ, बंद**

प्रलय (पु) प्रळय, कल्पांतीचा जगाचा अंत (*पाहा :* **कल्प)**, कल्पान्त, युगान्त; जगबुडी; महाप्रलय (महाकल्पांतीचा विश्वाचा अंत), ब्रह्मप्रलय; *पाहा :* **पूर, अनर्थ, नाश, कल्प, अराजक**

(n) deluge at the end of an epoch; *पाहा :* **पूर, अनर्थ, नाश, कल्प, अराजक**

प्रलयकारी (वि) *पाहा :* **नाशक**

प्रलयभैरव (-वेताळ) (पु) *पाहा :* **पिशाच**

प्रलयवीज (-सौदामिनी) (स्त्री) *पाहा :* **वीज**

प्रलयाग्नी (पु) *पाहा :* **अग्नी**

प्रलाप (पु) *पाहा :* **बडबड**

प्रलोभन (न) *पाहा :* **आमिष**

प्रलोभित (वि) मोहित, लुब्ध, आकृष्ट, आसक्त, मोहव्याप्त, लोभाविष्ट, लोभी, लोभावलेला, भुललेला, लालचावलेला, जिभा चाटणारा, फूस लावलेला

[adj] enticed, tempted, allured, attracted, fascinated, bewitched, seduced, desirous

प्रवक्ता (पु) *पाहा :* **प्रतिनिधी, वक्ता**

प्रवचन (न) भाषण, व्याख्यान, विवरण, निरूपण, कथाकीर्तन, स्पष्टीकरण, उपदेश, बडबड

(n) speech, talk, discourse, sermon, elucidation, advice, gibberish

प्रवचनकार (पु) *पाहा :* **आचार्य, अध्यापक**

प्रवण (वि) *पाहा :* **परायण, उद्युक्त**

प्रवर (पु) *पाहा :* **आप्त**

प्रवर्तक (वि) *पाहा :* **प्रयोजक**

प्रवर्तन (न) *पाहा :* **आरंभ, उत्तेजन**

प्रवर्तित (वि) *पाहा :* **पुरस्कृत**

प्रवाद (पु) *पाहा :* **अफवा**

प्रवाल (-ळ) *पाहा :* **रत्न**

प्रवास (पु) पर्यटन, सफर, सहल, सैर, यात्रा, वारी, भ्रमण, भ्रमंती, भटकंती, संचार, देशाटन, देशभ्रमण, मार्गाटन, वाटचाल, तीर्थाटन, तीर्थयात्रा, क्षेत्रसंचार, दौरा, फिरती,

मुशाफरी (मुशाफिरी), परिभ्रमण, स्थलांतर, स्थानांतरण, देशांतर, परदेशप्रवास (-गमन, -भ्रमण, -संचार), फेरी, फेरफटका, मार्गक्रमण, गिरिभ्रमण, गिर्यारोहण, मोहीम, मुलूखगिरी, खुश्कीचा प्रवास, जलपर्यटन, जलप्रवास (-यात्रा), नौकानयन, समुद्रपर्यटन, विमानप्रवास, हवाई प्रवास, अवकाशप्रवास (-यात्रा), अंतरिक्षप्रवास (-यात्रा), त्रिस्थळी (तिरस्थळी) यात्रा; *पाहा :* **प्रगती, भटकणे**

[क्रि] हिंडणे, फिरणे, भटकणे, मजल-दरमजल/ कूचदरकूच करणे

(n) travel, wayfaring, journey, voyage, excursion, tour, trip, trek, hike, expedition, safari, pilgrimage, globe-trotting, peregrination, cruise, odyssey, air travel, space travel; *पाहा :* **प्रगती, भटकणे**

प्रवासभत्ता (पु) *पाहा :* **वेतन**

प्रवाससाधन (न) *पाहा :* **वाहन**

प्रवासी (पु) पर्यटक, यात्रेकरू, यात्रिक, यात्री, तीर्थयात्री, पथिक, पांथस्थ, पांथ, पादचारी, वाटसरू, मुशाफर (मुशाफिर), उतारू, उतारकरू, वारकरी, फिरस्ता, फेरीवाला, मार्गस्थ, भटक्या, गिर्यारोहक, हवाई यात्रेकरू, अवकाशयात्री (-प्रवासी), अंतरिक्षप्रवासी

(n) traveler, wayfarer, voyager, tourist, trekker, pilgrim, passenger, wanderer, peripatetic, mountaineer, spaceman

प्रवाह (पु) ओघ, लोट, लोंढा, स्रोत, झोत, लोळ, झुळूक; ओहळ, ओहोळ, ओघळ, ओढा, वहाळ (वाहाळ), खळाळ; निर्झर, निर्झरिणी, झरा, झिरा, झिरपा, ओझर, झिरपणी, झरी, वाहणी; नहर, नाला, नाली, मोरी, गटार, पाट, पाबळ, पऱ्हा, सांडवा, चारी, कालवा; जलौघ, जलप्रवाह, नदी (उगम, प्रवाह, मुख), आपगा, नद, महानदी, पयस्विनी, सरिता, तटिनी, तरंगिणी, निम्नगा, लोकमाता, उपनदी, हिमनदी, हिमनद; खाडी; प्रपात, जलप्रपात, धबधबा; पात्र; पूर; जलवाहिनी; धार, धारा, चिरकांडी (चिळकांडी), चीळ; पाझर; पागोळी; गंगा; गावगंगा, गटारगंगा; अभिसरण, रुधिराभिसरण; विद्युत्प्रवाह; *पाहा :* **रीत, कल, प्रवाही, वाहक, वाहणे, पाणी**

(n) flow, current, flux, cascade, gush, course, stream, brook, spring, fountain, canal, creek, river, rivulet, waterway, freshet, flood; cataract; *पाहा :* **रीत, कल, प्रवाही, वाहक, वाहणे, पाणी**

प्रवाहपतित (वि) *पाहा :* **गतानुगतिक**

प्रवाही (वि) वाहणारा, ओघवान, ओघवती, गतिमान, झिरपणारा,

धावणारा, कोसळणारा, द्रवरूप, पातळ, सरबरीत, पातळपाणी, गळणारा, स्रवणारा, पाझरणारा, वायुरूप; *पाहा :* **द्रवणे, प्रवाह**

[adj] fluid, flowing, moving, fluent, oozing, dripping, cascading; *पाहा :* **द्रवणे, प्रवाह**

प्रवाळ (न) *पाहा :* **रत्न**

प्रविष्ट (वि) प्रवेशलेला, शिरलेला, घुसलेला, खुपसलेला, घुसडलेला, रोवलेला, ढोसलेला; दाखल, सन्निविष्ट; *पाहा :* **अंतर्गत**

[adj] entered, penetrated, pierced, inserted; *पाहा :* **अंतर्गत**

प्रवीण (वि) *पाहा :* **निपुण**

प्रवृत्त (वि) *पाहा :* **उद्युक्त**

प्रवृत्तिमार्ग (पु) *पाहा :* **प्रपंच**

प्रवृत्ती (स्त्री) *पाहा :* **कल, ओढ, प्रपंच, रीत**

प्रवेग (पु) *पाहा :* **गती**

प्रवेश (पु) शिरकाव, रिघाव, निवेश, सन्निवेश, अंतर्भाव, अंत:प्रवेश, चंचुप्रवेश, वाव, घुसखोरी, आगंतुकी, पुन:प्रवेश, आरोपण; संचार; अवगाहन *पाहा :* **आरंभ, दार, गृहप्रवेश, नाटक, येणे, अध्याय**

[क्रि] प्रवेशणे, शिरणे, रिघणे, आत येणे, शिरकणे, घुसणे, संचरणे, संचारणे, प्रविष्ट होणे, समाविष्ट होणे; घुसडणे, खुपसणे, रोवणे, ठोसणे; *पाहा :* **येणे**

[वा] उंबरा चढणे, दार ओलांडणे, दीक्षा घेणे, बोट/नख शिरकणे, भटाला दिली ओसरी भट हातपाय पसरी, चंचुप्रवेशे मुसलप्रवेश:

(n) entry, entrance, ingress, influx, penetration, infiltration, intrusion, insertion, introduction, injection, implantation, access, admission; *पाहा :* **आरंभ, दार, गृहप्रवेश, नाटक, येणे, अध्याय**

प्रवेशणे (क्रि) *पाहा :* **प्रवेश**

प्रवेशद्वार (न) *पाहा :* **दार**

प्रवेशपरीक्षा (स्त्री) *पाहा :* **परीक्षा**

प्रशम (पु), **प्रशमन** (न) *पाहा :* **उपशम**

प्रशंसणे (क्रि) *पाहा :* **स्तुती**

प्रशंसनीय (वि) *पाहा :* **स्तुत्य**

प्रशंसा (स्त्री) *पाहा :* **स्तुती**

प्रशंसापात्र (वि) *पाहा :* **स्तुत्य**

प्रशस्त (वि) विस्तृत, लांबरुंद, लंबाचौडा, ऐसपैस, औरसचौरस, मोकळा, विशाल, विस्तीर्ण; आटपाट; अघळपघळ, मनमोकळा, खुला, दिलदार, उदार; *पाहा :* **स्तुत्य, उचित**

[adj] spacious, roomy, commodious, capacious; frank, open, expansive, large-hearted; *पाहा :* **स्तुत्य, उचित**

प्रशस्तिपत्रक (न) *पाहा :* **दाखला, पुरस्कार**

प्रशस्ती (स्त्री) *पाहा :* **स्तुती**

प्रशंस्य (वि) *पाहा :* **स्तुत्य**

प्रशांत (वि) *पाहा :* **शांत**

प्रशाला (स्त्री) *पाहा :* **विद्यालय**
प्रशासक (पु) *पाहा :* **अधिकारी, अध्यक्ष**
प्रशासन (न) *पाहा :* **अधिकारी, अधिकार, व्यवस्था**
प्रशिक्षक (पु) *पाहा :* **अध्यापक**
प्रशिक्षण (न) *पाहा :* **शिक्षण**
प्रशिक्षणार्थी (पु) *पाहा :* **विद्यार्थी, अननुभवी**
प्रश्न (पु) विचारणा, पृच्छा, सवाल, परिप्रश्न, प्रश्नचिन्ह; प्रश्नमाला (-मालिका), प्रश्नमंजूषा, प्रश्नावली; उपप्रश्न; अडचण, शंका, संशय, चिंता, काळजी, अस्वस्थता; मुद्दा, बाब, विवाद्य गोष्ट; *पाहा :* **कोडे, अन्वेषण**
[क्रि] पुसणे, विचारणे
[वा] कळीचा प्रश्न, यक्षप्रश्न, रोकडा सवाल
(n) question, querry, interrogation, poser, problem; doubt, anxiety; *पाहा :* **कोडे, अन्वेषण**
[v] ask, question, interrogate
[i] a burning question, a sixtyfour (thousand) dollar question, a vexed question
प्रश्नचिन्ह (न) *पाहा :* **प्रश्न**
प्रसंग (पु) वेळ, काळ, समय, योग, काळवेळ (वेळकाळ); स्थिती, परिस्थिती, अवस्था, स्थान; संकट, विपत्ती, आपत्काळ, बिकट अवस्था, घटना, बनाव, विधिघटना, आकस्मिक गोष्ट; तानमान, रागरंग, वेळप्रसंग; प्रसंगमान, प्रसंगविशेष, सोहळा (सोहाळा); *पाहा :* **बेतणे**
[वा] जात्यावर बसले म्हणजे ओवी सुचते (गीत आठवते), असेल तर दिवाळी नसेल तर शिमगा, कधी गाडीवर नाव कधी नावेवर गाडी
(n) occasion, circumstance, time, situation, condition, predicament, dilemma, adversity, difficulty, event, enentuality, contingency; *पाहा :* **बेतणे**
प्रसंगवशात (क्रिवि) *पाहा :* **अधूनमधून**
प्रसंगावधान (न) *पाहा :* **अवधान, चतुराई**
प्रसंगोचित (वि) *पाहा :* **उचित**
प्रसंगोपात्त (क्रिवि) *पाहा :* **क्वचित**
प्रसन्न (वि) प्रफुल्ल, प्रफुल्लित, उत्फुल्ल, आनंदी, हसतमुख, उल्हसित, टवटवीत, सतेज, प्रसन्नवदन; प्रसन्नचित्त, संतुष्ट, संतोषी, समाधानी, आनंदित, आल्हादित, सदाहरित; आनंददायी, संतोषप्रद; स्वच्छ, निरभ्र, शांत, शुद्ध, निर्मळ; सुप्रसन्न *पाहा :* (विरु) **अप्रसन्न, असंतुष्ट, खिन्न**
[adj] cheerful, sparkling, buoyant, blooming, radiant, delightful, pleasant; happy, delighted; clear, pure; cloudless; *पाहा :* (विरु) **अप्रसन्न, असंतुष्ट, खिन्न**

प्रसन्नता (स्त्री) *पाहा :* **आनंद, प्रसाद, टवटवी**

प्रसर (पु), **प्रसरण** (न), प्रसार, प्रसारण, फैलाव, अभिसरण, विकिरण, विस्तार, विस्तारीकरण, वाढ, वृद्धी, आकारविस्तार, फुगवटा, लांबण, लांबवण, रुंदीकरण; प्रक्षेपण, प्रकटन, पुनःप्रसारण, प्रचलन, प्रचार; वैश्विकीकरण; साथ; वारे

[क्रि] पसरणे, प्रसरणे, फैलावणे, विखुरणे, पांगणे, उधळणे, विस्तारणे, फुलणे, फुगणे, प्रसरण पावणे, मोठा होणे, लांबणे, रुंदावणे; प्रसार करणे, प्रसारित करणे, सर्वत्र/दूरवर पोचवणे, वितरण करणे, वितरित करणे, *पाहा :* **प्रचार** (विरु) **आकुंचन**

[वा] पाय फुटणे

(n) diffusion, circulation, spreading, disseminating, extension, expansion, enlargement, increase, growth, widening, lengthening; broadcast, telecast; *पाहा :* **प्रचार** (विरु) **आकुंचन**

प्रसव (पु), **प्रसवणे** (क्रि) *पाहा :* **उत्पत्ती**

प्रसवती (स्त्री) *पाहा :* **माता**

प्रसववेदना (स्त्री, अव) प्रसूतिवेदना (-व्यथा), वेणा, कळा; *पाहा :* **वेदना, आरंभ**

(n, pl) throes of childbirth; *पाहा :* **वेदना, आरंभ**

प्रसाद (पु) अनुग्रह, कृपा, कृपाप्रसाद, आशीर्वाद, दुवा, मेहेरबानी, कौल, साक्षात्कार, पसाय, पसायदान, वर, वरदान, उपदेश, दीक्षा, गुरुमंत्र, प्रसादवस्तू, देणगी, प्रसादी, पायस, यज्ञावशिष्ट, तीर्थप्रसाद, महाप्रसाद; साहित्यगुण (सरलता, सुबोधता, स्पष्टार्थता, पारदर्शकत्व, प्रसन्नता)

(n) divine gift/blessing, favour, bounty; clarity/ lucidity/ transparency in literature

[i] manna from heaven

प्रसादगुणयुक्त (वि) *पाहा :* **प्रासादिक**

प्रसाधन (न) सौंदर्य-प्रसाधन, रूपसंवर्धन, सौंदर्यसेवा; वेणीफणी, नट्टापट्टा, कुंकूकाजळ, रंगरंगोटी; प्रसाधनगृह, पोशाखघर

(n) make-up, beautification

प्रसार (पु), **प्रसारण** (न) *पाहा :* **प्रसर**

प्रसारमाध्यम (न) *पाहा :* **माध्यम**

प्रसारित (वि) *पाहा :* **प्रसृत**

प्रसिद्ध (वि) प्रख्यात, विख्यात, नाणावलेला, नावाजलेला, नामांकित, ख्यातनाम, सर्वज्ञात, सर्वश्रुत, विश्रुत, प्रथित, कीर्तिमान, श्रुतकीर्ती, सुप्रसिद्ध, सुविख्यात, मशहूर, महशूर, जगप्रसिद्ध, लोकप्रसिद्ध; कुप्रसिद्ध, कुख्यात, कुविख्यात; *पाहा :* **जाहीर, माहीत, गाजणे, थोर** (विरु) **अप्रसिद्ध**

[वा] दिवे लावणे, मशाल पाजळणे, नाव करणे/ काढणे/ गाजवणे, सांगोवांगी/ कर्णोपकर्णी/ षट्कर्णी होणे, येन केन प्रकारेण प्रसिद्धः

पुरुषो भवेत्

[adj] renowned, reputed, famous, well-known, celebrated; notorious; *पाहा :* **जाहीर, माहीत, गाजणे, थोर** (विरु) **अप्रसिद्ध**

[i] in the limelight

प्रसिद्धिपत्रक (न) *पाहा :* **जाहिरात**

प्रसिद्धिपराङ्मुख (वि) *पाहा :* **साधा**

प्रसिद्धी (स्त्री) ख्याती, प्रख्याती, कीर्ती, लौकिक, नावलौकिक, महिमा, महिमान, डंका, डिंडिम, डांगोरा, गवगवा, गाजावाजा, वाजट, बोलबाला; बभ्रा, बोभाटा, वाच्यता, हाकाटी, स्फोट; कुप्रसिद्धी; *पाहा :* **अपकीर्ती, जाहिरात**

[वा] टिमकी वाजवणे, खाणे थोडे मचमच फार

(n) renown, fame, repute, eminence; notoriety, disrepute; *पाहा :* **अपकीर्ती, जाहिरात**

प्रसिद्धीकरण (न) *पाहा :* **प्रकटन**

प्रसूत (वि) *पाहा :* **उत्पत्ती**

प्रसूतिवेदना (स्त्री) *पाहा :* **प्रसववेदना**

प्रसूतिवैराग्य (न) *पाहा :* **विरक्ती**

प्रसूती (स्त्री) *पाहा :* **उत्पत्ती**

प्रसून (न) *पाहा :* **फूल**

प्रसृत (वि) प्रसारित, पसरलेला, फैलावलेला, विखुरलेला, प्रसार झालेला, रूढ, प्रकटित, प्रक्षेपित; *पाहा :* **जाहीर**

[adj] spread, circulated, disseminated, published, broadcast, telecast; *पाहा :* **जाहीर**

प्रस्तर (पु) *पाहा :* **दगड**

प्रस्ताव (पु) योजना, बेत; सूचना, ठराव, विनंती; उल्लेख, निर्देश; *पाहा :* **आरंभ, कथन**

(n) proposal, proposition, plan, motion, request; mention; *पाहा :* **आरंभ, कथन**

प्रस्तावना (स्त्री) *पाहा :* **उपोद्घात, आरंभ**

प्रस्तुत (वि) *पाहा :* **चालू**

प्रस्थ (न) धेंड, प्रकरण, खटले, टिकोजी(राव), बाजीराव, बडे प्रस्थ; प्रतिष्ठित/लब्धप्रतिष्ठित व्यक्ती, स्तोम, पोम, अवडंबर, बडेजाव, पडप, वजन, महत्त्व, माहात्म्य, देव्हारे, ढोंग, थोतांड, रिकामा लौकिक/मोठेपणा, खोटी प्रतिष्ठा, पोकळ गर्व/आढ्यता *पाहा :* **अन्न**

[वा] बडे बापके बेटे

(n) personage, dignitary, bigwig, big gun, VIP; greatness, importance, weight *पाहा :* **अन्न**

प्रस्थान (न) *पाहा :* **प्रयाण**

प्रस्थानत्रयी (स्त्री) मोक्षप्राप्तीचे तीन मार्ग (उपनिषदे, ब्रह्मसूत्रे (वेदान्त) व भगवद्गीता)

(n) three paths to God

प्रस्थापन (-ना) (न, स्त्री) *पाहा :* **स्थापना**

प्रस्थापित (वि) *पाहा :* **स्थापित,**

प्रतिष्ठित, उच्चभ्रू, कायम

प्रस्फुट (वि), **प्रस्फुटित** (वि) *पाहा :* **विकसित, उघड**

प्रहर (पु) तीन तास, दिवसाचा आठवा भाग

(n) three hours

प्रहसन (न) *पाहा :* **नाटक**

प्रहार (पु) *पाहा :* **आघात, हल्ला**

प्रहारक्षमता (स्त्री) *पाहा :* **शक्ती**

प्रहास (पु) *पाहा :* **थट्टा**

प्रहेलिका (स्त्री) *पाहा :* **कोडे**

प्रळय (पु) *पाहा :* **प्रलय**

प्रक्षालन (न), **प्रक्षाळणे** (क्रि) *पाहा :* **धुणे**

प्रक्षिप्त (वि) फेकलेला, टाकलेला, घुसडलेला, दडपलेला, बनावट, मुळात नसलेला, प्रक्षेप केलेला

[adj] thrown, tossed, inserted, spurious

प्रक्षुब्ध (वि) *पाहा :* **अशांत, चेतवणे**

प्रक्षेप (पु) *पाहा :* **प्रक्षिप्त**

प्रक्षेपण (न) प्रसारण, प्रकटन, प्रसार, प्रचार, फैलाव, प्रसिद्धी, पुनःप्रक्षेपण; *पाहा :* **माध्यम; प्रेषक, प्रेषित**

[क्रि] फेकणे, टाकणे, सोडणे, प्रक्षेपणे, प्रक्षेप करणे, प्रक्षिप्त करणे, प्रक्षेपित करणे, प्रसृत करणे

(n) broadcast, telecast, relay, announcement, publicity, circulation; *पाहा :* **माध्यम, प्रेषक, प्रेषित**

प्रक्षेपित (वि) *पाहा :* **प्रक्षेपण, प्रसृत**

प्रक्षोभ (पु) *पाहा :* **अशांतता, उद्रेक, चळवळ**

प्रक्षोभक (वि) क्षोभकारक, क्षोभवणारे, प्रक्षुब्ध करणारे, उत्तेजक, चेववणारे, चिथावणारे, भडकवणारे, पेटवणारे, खळबळजनक, वादळी, तुफानी, त्वेष/ चैतन्य/ स्फुरण/ ईर्षा/क्रोध उत्पन्न करणारे, भावना उद्दीपित करणारे, सनसनाटी, थरारक, चित्तथरारक

[adj] provocative, inciting, instigating, exciting, thrilling, sensational, spirited

प्रज्ञा (स्त्री) *पाहा :* **बुद्धी**

प्रज्ञावंत (-वान) (वि) *पाहा :* **बुद्धिमान**

प्राक् (क्रिवि) *पाहा :* **आधी**

प्राकाम्य (न) *पाहा :* **सिद्धी**

प्राकार (पु) *पाहा :* **अंगण, कुंपण**

प्राकृत (वि) *पाहा :* **सामान्य, नैसर्गिक, अजाण**

प्राकृत (स्त्री) (संस्कृतोद्भव) जनभाषा, देशीभाषा

(n) vernacular (from Sanskrit)

प्राकृतिक (वि) *पाहा :* **नैसर्गिक**

प्राक्काल (पु) *पाहा :* **भूतकाळ**

प्राक्कालीन (वि) *पाहा :* **प्राचीन**

प्राक्तन (न) *पाहा :* **अदृष्ट**

प्रांगण (न) *पाहा :* **अंगण**

प्रागतिक (वि) *पाहा :* **पुरोगामी**

प्रागल्भ्य (न), **प्रागल्भ्यता** (स्त्री) प्रगल्भता, *पाहा :* **पोक्त**

प्रागैतिहासिक (वि) *पाहा :* **प्राचीन**

प्राचार्य (पु) *पाहा :* **अध्यापक, अध्यक्ष**

प्राची (स्त्री) *पाहा :* **पूर्व**

प्राचीन (वि) पुरातन, पुराण, पुराणा, पुराणकालीन, प्राक्कालीन, प्रागैतिहासिक, इतिहासकालपूर्व, पौराणिक, अतिप्राचीन, आर्ष, स्मृतकालापलीकडील; जुना, जुनाट, जुनापुराणा, इतिहासजमा, अप्रचलित, मृत; *पाहा :* **आधीचा, अतीत,** (विरु) **अर्वाचीन, चालू**

[वा] पुराणातली वांगी पुराणात

[adj] ancient, primitive, primeval, prehistoric, primordial, mythological, antique, antediluvial, antiquated, archaic, immemorial; old, hoary; *पाहा :* **आधीचा, अतीत,** (विरु) **अर्वाचीन, चालू**

प्राचुर्य (न) *पाहा :* **वैपुल्य**

प्राच्य (वि) *पाहा :* **पौर्वात्य**

प्राच्येतर (वि) *पाहा :* **पाश्चात्त्य**

प्रांजल (-ळ) (वि) स्पष्ट, उघड, स्वच्छ, खरा, परखड; सुगम, सुलभ, सोपा; मनापासूनचा, पूर्वग्रहरहित; अव्याज, निर्व्याज, मोकळ्या मनाचा, निष्कपटी (निष्कपट), खुला, निष्पाप, निर्मळ, निष्कलंक, शुद्ध, पवित्र; प्रामाणिक, सचोटीचा, सरळ, सच्चा, सीधा, साधा, छक्केपंजे नसलेला, भाबडा, अकृत्रिम *पाहा :* **साधा**

[adj] frank, open, sincere, candid, ingenuous, straight-forward, forthright, honest, upright, uncorrupted, sinless, pure *पाहा :* **साधा**

प्राजापत्य (पु) *पाहा :* **विवाह**

प्राण (पु) जीव, श्वास, उच्छ्वास, अस्तित्व, आयुष्य, चेतना, चैतन्य, जोम, अवसान, प्राणशक्ती, पंचप्राण (प्राण, अपान, व्यान, उदान, समान); जान

(n) life, vital force, breath, existence, stimulus, energy, verve, life force, fire

प्राणघात (पु) *पाहा :* **हत्या**

प्राणघातक (-की) (वि) *पाहा :* **खुनी, नाशक**

प्राणत्याग (पु) *पाहा :* **मरणे**

प्राणदंड (पु) *पाहा :* **मृत्यू**

प्राणदान (न) *पाहा :* **मरणे**

प्राणधारण (-णा) (न, स्त्री) *पाहा :* **असणे**

प्राणनाथ (पु) *पाहा :* **प्रिय**

प्राणप्रतिष्ठा (स्त्री) *पाहा :* **पूजा**

प्राणप्रिय (वि) *पाहा :* **प्रिय**

प्राणवायू (पु) *पाहा :* **वायू**

प्राणविसावा (पु) *पाहा :* **प्रिय**

प्राणशक्ती (स्त्री) *पाहा :* **चेतना, चैतन्य**

प्राणसंकट (न) *पाहा :* **धोका, संकट**

प्राणसखा (पु) *पाहा :* **प्रिय**

प्राणांत (पु) *पाहा :* **मृत्यू**

प्राणांतिक (वि) *पाहा :* **अतिशय, अनशन**

प्राणायाम (पु) श्वासनिरोध; पूरक, कुंभक, रेचक; द्राविडी प्राणायाम

(n) regulation of breathing

प्राणार्पण (न) *पाहा :* **मरणे, बलिदान**

प्राणिवध (पु) *पाहा :* **हत्या**

प्राणिवृंद (पु) *पाहा :* **प्राणी**

प्राणिशास्त्र (न) *पाहा :* **शास्त्र**

प्राणिसंग्रहालय (न) पशुसंग्रहालय, पक्षीसंग्रहालय, पाखरखाना, शिकारखाना, कबुतरखाना, सर्पगृह (सर्पोद्यान), मत्स्यालय, मधुमक्षिकागृह, कुक्कुटगृह, हत्तीखाना, पिलखाना (पीलखाना), गजशाला, घोडशाळा, अश्वशाला, पागा, तबेला, गोठा, गोशाळा, पांजरापोळ, कोंडवाडा, ढोरवाडा, अभयारण्य

(n) zoo, zoological park, safari park, aviary, serpentarium, aquarium, apiary, poultry, menagerie, stable, mews, corral, cowshed, kennel, pen, dovecote

प्राणिहत्या (स्त्री) *पाहा :* **हत्या**

प्राणिहिंसा (स्त्री) *पाहा :* **हत्या**

प्राणी (पु) सजीव, जीव, जीवजंतू, जंतू, सूक्ष्मजीव, एकपेशीय प्राणी, जिवाणू, विषाणू, कृमी, किडा, कीटक, पशू, पक्षी, सरपटणारे प्राणी, भूचर/जलचर/ भूजलचर (उभयचर) प्राणी, समुद्रप्राणी, समुद्रपक्षी, मुके प्राणी, जनावर, चतुष्पाद प्राणी, वन्यप्राणी, वन्यजीव, वनचर, जंगली/ रानटी प्राणी, शिकार, हिंस्र पशू, पाळीव/घरगुती/माणसाळलेला प्राणी, गुरेढोरे, दुभती जनावरे, शेतीची जनावरे, सस्तन प्राणी, पृष्ठवंशीय प्राणी, द्विपद प्राणी, मनुष्यप्राणी, मानवप्राणी, मानवजात, जीवसृष्टी, प्राणिसृष्टी; भूत, भूतजात, जीवमात्र, सचेतन प्राणी, प्राणिवृंद

(n) animal, living being, creature, protozoa, microbe, bacteria, virus, germ, worm, insect, bird, fowl, reptile, rodent, fish, crustacean, amphibian, dumb animal, beast, quadruped, wild animal, predator, game, domestic animal, cattle, livestock, mammal, vertebrate, invertebrate, biped, man, humankind, animal kingdom

प्राणेश (पु), **प्राणेश्वर** (पु), **प्राणेश्वरी** (स्त्री) *पाहा :* **प्रिय**

प्राणोत्क्रमण (न) *पाहा :* **मृत्यू**

प्रांत (पु) *पाहा :* **प्रदेश, कार्यक्षेत्र, अधिकार**

प्रातःकाल (-ळ) (पु) *पाहा :* **पहाट**

प्रातर्विधी (पु) *पाहा :* **दिनक्रम**

प्रातःस्नान (न) *पाहा :* **दिनक्रम, स्नान**

प्रातःस्मरण (न) *पाहा :* **दिनक्रम, स्मरण**

प्रातःस्मरणीय (वि) *पाहा :* **थोर**

प्रातिनिधिक (वि) उदाहरणादाखल, निदर्शक, नमुनेदार, मासलेवाईक; *पाहा :* **निवडक**

[adj] representative, characteristic, typical,

illustrative; *पाहा :* **निवडक**

प्रात्यक्षिक (न) प्रत्यक्ष प्रदर्शन, प्रयोग, उदाहरण, प्रत्यक्ष प्रमाण, चाचणी, पडताळा

(n) demonstration, experiment, trial, test, verification

प्राथमिक (वि) पहिला, प्रथमस्थानीचा, आद्य, आरंभीचा, सुरुवातीचा, प्रास्ताविक; आधीचा, अगोदरचा; मूळचा, मूलभूत, पायाभूत; अप्रगल्भ, अविकसित, प्रथमावस्थेतील, *पाहा :* **अंक**

[adj] primary, initial, original, first, introductory, elementary, fundamental, basic, rudimentary, incipient *पाहा :* **अंक**

प्राथमिका (स्त्री) *पाहा :* **बोट**

प्राथम्य (न) *पाहा :* **प्राधान्य**

प्राथम्यक्रम (पु) *पाहा :* **अनुक्रम**

प्राथम्यांकन (न) *पाहा :* **अनुक्रम**

प्रादुर्भाव (पु), **प्रादुर्भूत** (वि) *पाहा :* **उत्पत्ती, आरंभ; उपजणे, दिसणे, अंकुरणे**

प्रादेशिक (वि) स्थानिक, स्थानीय, परिसरातला, जवळचा, विभागीय, प्रांतीय, देशी, राष्ट्रीय; संकुचित, मर्यादित; गावठी; गावरान; आंतरप्रांतीय, आंतरविभागीय

[adj] territorial, regional, sectional, local, provincial, parochial; inter-state, inter-regional, interregional

प्राधान्य (न) प्रामुख्य, मुख्यत्व, प्रकर्ष, प्राथम्य, अग्रस्थान, अग्रमानांकन, अग्रक्रम, अग्रहक्क, आघाडी, पूर्वगामित्व; उच्चस्थान, वर्चस्व, वरचढपणा, वरचष्मा, श्रेष्ठता, मोठेपण; महत्त्व, जोर, रेखांकन

(n) priority, primacy, prominence, precedence, predominance, lead, importance, emphasis

प्राधान्यक्रम (पु) *पाहा :* **अनुक्रम**

प्राधिकृत (वि) *पाहा :* **प्रमाणित**

प्राध्यापक (पु) *पाहा :* **अध्यापक**

प्रापंचिक (वि) *पाहा :* **ऐहलौकिक, कुटुंबवत्सल**

प्राप्त (वि) मिळवलेला, संपादलेला, संपादित, कमावलेला, अर्जित, लब्ध, सहजप्राप्त; पोचलेला, पावलेला, उपलब्ध, हाती आलेला, दाखल झालेला, येऊन ठेपलेला; काढलेला, निघालेला; उद्‌भवलेला, उपजलेला, वाट्याला आलेला; अटळ, अपरिहार्य, भाग, आवश्यक, क्रमप्राप्त

[adj] acquired, earned, achieved, obtained, gained; arrived, reached, received, available; arisen, befallen; imperative, essential

प्राप्तव्य (न) *पाहा :* **ध्येय, फायदा**

प्राप्तवांश (पु), **प्राप्तांश** (पु) *पाहा :* **फायदा**

प्राप्तिकर (पु) *पाहा :* **कर**

प्राप्ती (स्त्री) *पाहा :* **संपादन, आवक, फायदा**

प्राप्य (वि) *पाहा :* **शक्य**

प्राबल्य (न) प्रबलता, बळ, प्रभाव, सामर्थ्य, प्रभुत्व, वर्चस्व, वरचढपणा, वरचष्मा, श्रेष्ठत्व, महत्त्व, वजन, दबाव

(n) power, influence, preponderance; predominance, importance, dominance

प्रामाणिक (वि) सच्चा, इमानी, इमानदार, विश्वासू, विश्वसनीय, विश्वासार्ह, विश्वासपात्र, चोख, खात्रीलायक, सालस, सचोटीचा, दानतदार, शहाजोग, पतदार, सत्यनिष्ठ; सत्यप्रतिज्ञ (-प्रिय, -वक्ता, -वचनी, -व्रत, -शील, -संकल्प), सत्त्वनिष्ठ (-मूर्ती, -शील), शुद्ध, स्वच्छ, खरा, खणखणीत, प्रांजळ, ऋजू, सरळ, चारित्र्यसंपन्न, सत्त्वसंपन्न, सत्त्वस्थ, खुला, निष्कपटी; परखड, पूर्वग्रहरहित, मनापासूनचा; *पाहा :* **निष्ठावंत, विश्वासू** (विरु) **फसवा, विश्वासघातकी, द्रोह**

[वा] भरवशाचे कूळ, उजवा हात, बोले तैसा चाले त्याची वंदावी पाउले, शब्दास/इमानास जागणे, वचनाचा धड

[adj] honest, trustworthy, above-board, faithful, truthful, veracious, clean, open, artless, upright, candid, sincere; *पाहा :* **निष्ठावंत, विश्वासू** (विरु) **फसवा, विश्वासघातकी, द्रोह**

[i] fair deal, fair play, be as good as one's word, a man of his word, square deal

प्रामाणिकपणा (पु) *पाहा :* **इमान, सचोटी**

प्रामाण्य (न) प्रमाण, आधार, पुरावा, साक्ष, कसोटी; सत्यता, सप्रमाणता, विश्वसनीयता, सर्वोच्च अधिकार; बुद्धिप्रामाण्य, वेदप्रामाण्य

[adj] evidence, proof, trustworthiness, dependability, veracity

प्रामादिक (वि) *पाहा :* **चूक**

प्रामुख्य (न) *पाहा :* **प्राधान्य**

प्रायः (क्रिवि), **प्रायशः** (क्रिवि) *पाहा :* **बहुतेक**

प्रायश्चित्त (न) पापपरिमार्जन, पापक्षालनार्थ (-निरसनार्थ, -निराकरणार्थ) केलेले कर्म (यज्ञ, दान, तप, उपवास, आत्मदंडन, इ.), शुद्धी, पापमुक्ती, भरपाई, आत्मबलिदान

(n) expiation, penance, purgation, atonement, redemption, reparation

प्रायोगिक (वि) प्रयोगात्मक, प्रयोगाधिष्ठित, अनुभवसिद्ध; चाचणीवजा; उमेदवारी, हौशी,

अव्यावसायिक
[adj] experimental, empirical, tentative, on trial, non-professional, amateur, probationary
प्रायोजक (वि) *पाहा :* **प्रयोजक**
प्रायोजित (वि) *पाहा :* **पुरस्कृत**
प्रायोपवेशन (न) *पाहा :* **अनशन**
प्रारण (न) *पाहा :* **किरण**
प्रारब्ध (न), **प्रारब्धगती** (स्त्री), **प्रारब्धयोग** (पु), **प्रारब्धसूत्र** (न) *पाहा :* **अदृष्ट**
प्रारंभ (पु) *पाहा :* **आरंभ**
प्रारंभिक (वि) *पाहा :* **आधीचा**
प्रार्थणे (क्रि), **प्रार्थना** (स्त्री) *पाहा :* **अभ्यर्थना, आराधना, गयावया**
प्रार्थनास्थळ (न) *पाहा :* **देऊळ**
प्रार्थनीय (वि) *पाहा :* **थोर, उचित**
प्रावरण (न) *पाहा :* **पांघरूण, अवगुंठन**
प्रावीण्य (न) *पाहा :* **नैपुण्य**
प्रावृट्काल (पु), **प्रावृषा** (स्त्री) *पाहा :* **पावसाळा**
प्राशणे (क्रि), **प्राशन** (न) *पाहा :* **खाणे, पिणे**
प्रास (पु) *पाहा :* **अलंकार**
प्रासंगिक (वि) *पाहा :* **नैमित्तिक**
प्रासाद (पु) *पाहा :* **इमारत**
प्रासादतुल्य (वि) *पाहा :* **भव्य, आलिशान**
प्रासादिक (वि) प्रसादगुणयुक्त, सरल, सुबोध, अर्थवाही, सुगम, पारदर्शक
[adj] lucid, clear, understandable, meaningful, transparent
प्रास्ताविक (न, वि) *पाहा :* **उपोद्घात, प्राथमिक**
प्राज्ञ (वि) *पाहा :* **बुद्धिमान**
प्राज्ञा (स्त्री) *पाहा :* **धैर्य, शक्ती**
प्रिथिवी (स्त्री) *पाहा :* **पृथ्वी**
प्रिय (वि,पु) आवडता, प्रेमाचा, जिवलग, घनिष्ठ, सलगीचा, घरोब्याचा, जिव्हाळयाचा, वेल्हाळ, जीवश्चकंठश्च, जीवप्राण (जीव की प्राण), पंचप्राण, प्राणप्रिय, प्राणसखा, राजीव, मनमोहन, लाडका, लाडला, लाल, राया, सोनुला, सोनुकला, जिवाभावाचा, जिगरजान, जानी, प्यारा, हवाहवासा, प्रियतम, प्रियोत्तम, रमण, प्रेमी, प्रणयी, प्रियकर, प्रियपात्र, प्रेमपात्र, प्रीतिपात्र, पियू, कांत, वल्लभ, सजण, साजण, सखा, दिलवर, प्राणेश्वर, प्राणेश, प्राणनाथ, प्राणविसावा, प्रेमाचे माणूस, प्रेमीजन, प्रणयीजन, प्रेमिक; लोकप्रिय, समाजप्रिय, सर्वप्रिय, अभीप्सित, प्रिया, प्रियतमा, प्रेमिका,कांता, वल्लभा, सजणी, साजणी, सखी, प्राणेश्वरी, प्रेयसी, प्रणयिनी, नायिका, कामिनी, दयिता; *पाहा :* **प्रेमळ, प्रेमिक, प्रेम, पती, पत्नी, जार, अष्टनायिका, पसंत, प्रेय** (विरु) **अप्रिय**
[वा] कंठमणी, गळ्यातला ताईत, जिवाचा कलिजा, जिवापलीकडे प्रिय, तळहातावरचा फोड, नाकातला बाल, सोन्याची सुरी झाली म्हणून काय

उरी घालावी?

[adj, n] beloved, darling, dear, attached, intimate, close, lovable; lover, suitor, favourite, sweetheart, fiance; *पाहा :* **प्रेमळ, प्रेमिक, पती, पत्नी, जार, अष्टनायिका, पसंत, प्रेय** (विरु) **अप्रिय**

[i] apple of one's eye, blue-eyed boy, ewe lamb, lady-killer

प्रियकर (पु), **प्रियतम** (वि, पु), **प्रिया** (स्त्री) *पाहा :* **प्रिय**

प्रियाराधन (न) *पाहा :* **प्रेम, अनुनय**

प्रीत (स्त्री) *पाहा :* **प्रेम**

प्रीतिकलह (पु) *पाहा :* **भांडण**

प्रीतिभोजन (न) *पाहा :* **अन्न**

प्रीतिविवाह (पु) *पाहा :* **विवाह**

प्रीती (स्त्री) *पाहा :* **प्रेम**

प्रेत (न), **प्रेतकर्म** (न), **प्रेतभूमी** (स्त्री), **प्रेतयात्रा** (स्त्री), **प्रेतसंस्कार** (पु) पाहा **अंत्येष्टी**

प्रेम (न) प्रीत, प्रीती, वालभ, राग, स्नेह, आपुलकी, सौरस्य, कौतुक, जिव्हाळा, कळकळ, आस्था, ओलावा, स्निग्धता, माया, ममता, वात्सल्य, लोभ, ममत्व, मायाळूपणा, ममताळूपणा, प्रेमळपणा; निष्ठा, भक्ती, आदर, प्रेमादर, एकनिष्ठ प्रेम, दोघुलेपण, अद्वैत; मन, मर्जी, कृपा; आवड, पसंती, रुची, कल, गोडी, पुळका; इच्छा, शौक, चटक; मोह, भुरळ, आसक्ती, अनुरक्ती, आकर्षण, ओढ, प्रेमवेड; लाड, लाडीगोडी, लाडिकपणा, लवटव, लळा, लाग; प्रणय, प्रणयक्रीडा, प्रेमचेष्टा, विभ्रम, कामक्रीडा; प्रणयाराधन, प्रियाराधन, प्रेमयाचना; प्रेमभावना, प्रेमोत्कटता, प्रेमपान्हा, प्रेमा, प्रेमविकार, प्रेमरोग, प्रेमरज्जू, प्रेमपाश; प्रेमप्रकरण, कुलंगडे, प्रेमसंबंध; शुद्ध प्रेम, शाब्दिक प्रेम, निष्काम प्रेम, मानसिक/अशरीरी प्रेम; शारीरिक/ शारीर/ वैषयिक/ वासनिक प्रेम; विरोधी प्रेम; मनुष्यप्रेम, माणुसकी, भ्रातृभाव, मातृप्रेम, पितृप्रेम, मातृपितृप्रेम, भ्रातृप्रेम, बंधुप्रेम, भगिनीप्रेम, अपत्यप्रेम, शेजारप्रेम, देशप्रेम, राष्ट्रप्रेम, इत्यादी; पाहा **आपुलकी, मन, इश्क, काम, प्रिय, प्रेमळ, प्रेमिक, प्रेय** (विरु) **अप्रिती**

[वा] मन बसणे, जीव लोभावणे, जीव बसणे, जीव की प्राण करणे, जीव टाकणे, जीव ओवाळणे, जीव कुर्बान करणे, जीव लावणे, मायेची शाल, प्रेमाची ऊब, जाळावाचून कढ नाही मायेवाचून रड नाही, मांजरीचे दात तिच्या पिलांना लागत नाहीत, आपला तो बाब्या दुसऱ्याचे ते कारटे, मातीचे कुल्ले चिकटत नाहीत, घासातला घास काढून देणे, थोडी तो गोडी फार तो लबाडी (थोड्यात गोडी फारात लबाडी), प्रेमाचा त्रिकोण, आंधळे प्रेम, आतड्याची माया, रुक्मिणीचे तुळशीपत्र, रेशीमगाठ, सुदाम्याचे पोहे, विदुरा घरच्या कण्या,

शबरीची बोरे

(n) love, affection, fondness, tenderness, attachment, devotion, liking, inclination, affinity, infatuation, yearning, passion, desire, courtship, wooing, flirtation, coquetry, maternal/paternal/parental/brotherly/sisterly love; calf love, Platonic love; lust; *पाहा :* **आपुलकी, मन, इश्क, काम, प्रिय, प्रेमळ, प्रेमिक, प्रेम,** (विरु) **अप्रीती**

[i] to pay court to have a crush on, the eternal triangle, head over heels in love, carry the torch for someone

प्रेमपूर्वक (क्रिवि) *पाहा :* **मनःपूर्वक, प्रेम**

प्रेमप्रकरण (न) *पाहा :* **कुलंगडे**

प्रेमबद्ध (वि) *पाहा :* **अनुरक्त, बद्ध**

प्रेमयाचना (स्त्री) *पाहा :* **अनुनय, अभ्यर्थना**

प्रेमवीर (पु), **प्रेमवेडा** (पु) *पाहा :* **प्रेमिक, अनुरक्त**

प्रेमळ (वि) प्रीतियुक्त, स्नेहल, स्नेहाळ, सस्नेह, स्नेहपूर्ण, स्नेहशील, स्नेहभरा, स्निग्ध, आपुलकीचा, कळकळीचा, मायेचा, मैत्रीपूर्ण, सौहार्दपूर्ण, आस्थेवाईक, सौजन्यपूर्ण, कौतुकमिश्रित; मायाळू, ममताळू, लोभस, लोभसवाणा, दयाशील, कनवाळू, कोमलहृदयी, उदार, कृपाळू, दयाळू, सहृदय, चित्तसंपन्न; प्रेमार्द्र, प्रेमपूर्ण, वत्सल, लाडिक, लडिवाळ, आर्जवी, लाघवी; प्रेमविव्हल; *पाहा :* **प्रेम, प्रिय, प्रेमिक, प्रेय** (विरु) **दुष्ट, कजाग**

[adj] loving, fond, affectionate, tender, kind, benevolent, courteous; *पाहा :* **प्रेम, प्रिय, प्रेमिक, प्रेय** (विरु) **दुष्ट, कजाग**

प्रेमा (पु) *पाहा :* **प्रेम**

प्रेमार्द्र (वि) *पाहा :* **प्रेमळ**

प्रेमाश्रू (पु) *पाहा :* **अश्रू**

प्रेमिक (पु) प्रेमी, प्रेममग्न, प्रेमबद्ध, प्रेमव्याकूळ, प्रेमवीर, प्रेमवेडा, कामेच्छू, कामातुर, कामव्यथित, विरहव्याकूळ, प्रेमिका, रागिणी, प्रेमी युग्म (जोडपे), *पाहा :* **प्रिय, प्रेम, प्रेमळ, प्रेय**

[वा] प्रणयपंढरीचा वारकरी, लैला- मजनू, रोमियो-ज्यूलियट, आशूक-माशूक

(n) lover, lovelorn, lovesick, amorous, romantic *पाहा :* **प्रिय, प्रेम, प्रेमळ, प्रेय**

प्रेय (न) ऐहिक/ भौतिक/ लौकिक/ ऐहलौकिक, सांसारिक सुख, इंद्रियसुख, विषयसुख; *पाहा :* **प्रिय, प्रेम, प्रेमळ, प्रेमिक**

(n) material/worldly/mundane/temporal pleasure/happiness *पाहा :* **प्रिय, प्रेम, प्रेमळ, प्रेमिक**

प्रेयसी (स्त्री) *पाहा :* **प्रिय**

प्रेरक (वि) प्रेरणा/ उत्तेजन/ स्फूर्ती/ स्फुरण/ चैतन्य/ गती देणारा, उत्तेजक,

स्फूर्तिदायक, स्फूर्तिप्रद, चैतन्यदायी, गतिप्रद, प्रवृत्त/ उद्युक्त/ उत्सुक/ उन्मुख करणारा, प्रेरणादायी, संप्रेरक, उत्प्रेरक, साहाय्यक, संजीवक, जीवनदायी, विचारप्रवर्तक

[adj] stimulating, inspiring, encouraging, inducing, moving, catalyst

प्रेरणा (स्त्री) प्रेरकशक्ती, जोर; उत्तेजन, प्रोत्साहन, चेतना, उत्तेजना, स्फूर्ती, अंत:स्फूर्ती, चोदना, चालकशक्ती, गती, कार्यप्रेरणा, वेग, चालना; अंत:प्रेरणा, सहजप्रेरणा, बाह्यप्रेरणा, प्रेरणास्रोत, मूलस्रोत

(n) force, push, encouragement, impetus, stimulation; momentum, motion; origin, source, fountainhead

प्रेरित (वि) प्रेरणा/ उत्तेजन/ स्फूर्ती/ स्फुरण/गती/ चालना मिळालेला, उत्तेजित, भारलेला, प्रभावित, प्रवृत्त, उद्युक्त, कार्यप्रवृत्त

[adj] stimulated, inspired, roused, spurred, imbued, initiated

प्रेषक (वि) पाठवणारा, धाडणारा, रवाना करणारा, प्रक्षेपक (*पाहा :* **प्रक्षेपण)** *पाहा :* **पाठवणे**

[adj] sender, dispatcher, transmitter (*पाहा :* **प्रक्षेपण**) *पाहा :* **पाठवणे**

प्रेषित (वि) पाठवलेला, धाडलेला, रवाना केलेला, प्रक्षेपित (*पाहा :* **प्रक्षेपण),** ईश्वराचा दूत, धर्मोपदेशक

[adj] sent, dispatched, transmitted (*पाहा :* **प्रक्षेपण**), apostle, evangelist

प्रेक्षक (वि) पाहणारा, बघणारा, अवलोकन/ निरीक्षण/ प्रेक्षण करणारा; दर्शक; *पाहा :* **श्रोता, अवलोकन**

[adj] spectator, viewer, onlooker, watcher; audience; *पाहा :* **श्रोता, अवलोकन**

प्रेक्षण (न), **प्रेक्षा** (स्त्री) *पाहा :* **अवलोकन**

प्रेक्षणीय (वि) *पाहा :* **सुंदर, उचित**

प्रेक्षागार (न), **प्रेक्षागृह** (न) *पाहा :* **नाटक, आलय**

प्रोत (पु) *पाहा :* **विणकाम**

प्रोत्साहक (वि) *पाहा :* **उत्तेजक, आश्वासक**

प्रोत्साहन (न) *पाहा :* **उत्तेजन, चालना, अनुग्रह**

प्रोषितभर्तृका (स्त्री) *पाहा :* **अष्टनायिका**

प्रोक्षण (न) *पाहा :* **अभिषेक**

प्रौढ (वि) *पाहा :* **पोक्त**

प्रौढी (स्त्री) *पाहा :* **तोरा, अभिमान**

प्लव (पु) *पाहा :* **नौका**

फ

फकिरी (स्त्री) *पाहा :* **गरिबी, भिक्षाटन**
फकीर (पु) *पाहा :* **साधू, भिक्षेकरी, अकिंचन, कलंदर**
फक्कड (वि) *पाहा :* **सुंदर, ऐटबाज**
फक्की (स्त्री) *पाहा :* **चूर्ण, अन्न**
फजिती (स्त्री) फजिता, फज्जा, फजीतवाडा, फटफजिती, दुर्दशा, पच्ची, पचका, बोऱ्या, तमाशा, हसू, हसे, हबेलंडी, भंबेरी, रेवडी, भिर्रेवडी, खेळखंडोबा, विचका, दाणादाण, दैना, धूळधाण, धुव्वा, राळ, अपमान, बेअब्रू, छी:थू, अप्रतिष्ठा, विटंबना, मुखभंग, गर्वहरण, फुकटफजिती, लाजिरवाणी/ लज्जित/ ओशाळगत स्थिती, अवदशा
[वा] फेफे उडणे, तंतरणे, बोजवारा उडणे, बोऱ्या उडणे, दात पडणे, ओम्‌फस होणे, फसणे, बारगळणे, पत जाणे, मोरया होणे, गर्वाचे घर खाली होणे, तोंडात शेण घालणे, तोंडाला काळोखी फासणे, नाक कापणे/ठेचणे, दात पाडणे, चक्री उडवणे, राळ उडवणे, तोंडघशी पडणे, शोभा होणे, त्रिफळा उडणे, दोन्ही घरचा पाहुणा उपाशी
(n) fiasco, rout, debacle, wreck, mortification, humiliation, embarrassment, discomfiture, disgrace, loss of face
फजीत (वि) अपमानित, लज्जित, ओशाळगत, खजील, विन्मुख, फजीतखोर
[adj] humiliated, abashed, crest-fallen
फजीतवाडा (पु) *पाहा :* **फजिती**
फज्जा (पु) *पाहा :* **फजिती**
फट (स्त्री) *पाहा :* **खिंडार, अवकाश**
फटकडी (वि, स्त्री) *पाहा :* **चुणचुणीत, चटकचांदणी**
फटकळ (वि) स्पष्टवक्ता, तडकफडक, तुटक, तुसडा, उद्धट, अनादरकारक
[adj] blunt, forthright, outspoken, curt, sharp, brusque
फटका (पु) *पाहा :* **आघात, काव्य, वृत्त**
फटकारणे (क्रि) *पाहा :* **खडसावणे, झिडकारणे**
फटकारा (पु) *पाहा :* **आघात**
फटफजिती (स्त्री) *पाहा :* **फजिती**
फटफटणे (क्रि) *पाहा :* **उजाडणे**
फटफटीत (वि) *पाहा :* **पांढरा, तेजोहीन**
फटमर (वि) *पाहा :* **भित्रा**
फटरांड (स्त्री) *पाहा :* **वेश्या**
फटवणे (क्रि) *पाहा :* **फसवणूक**
फटाकडा (पु) *पाहा :* **स्फोटक**
फटाकडा (डी) (वि) *पाहा :* **चुणचुणीत, चटकचांदणी**
फटाका (पु) *पाहा :* **स्फोटक**
फटिंग (पु, वि) नि:स्पृह, नि:संग, विरक्त,

विरागी, अनासक्त, अवलिया, फकीर; *पाहा :* **एकटा, अकिंचन**
(n, adj) selfless, self-denying, renunciatory, ascetic; *पाहा :* **एकटा, अकिंचन**
फड (पु) *पाहा :* **अड्डा, अंगण**
फंड (पु) *पाहा :* **अर्थ**
फडकणे (क्रि) *पाहा :* **आंदोलन**
फडकरी (पु) *पाहा :* **तमासगीर**
फडका (-के) (पु, न) *पाहा :* **वस्त्र, पुसणे** (न)
फंडगुंड (पु) *पाहा :* **भिक्षेकरी**
फडताळ (न) *पाहा :* **कपाट**
फडतूस (वि) *पाहा :* **कुचकामी**
फडफड (स्त्री) *पाहा :* **आंदोलन, आवाज**
फडफडणे (क्रि) *पाहा :* **थरथरणे**
फडफडवणे (क्रि) *पाहा :* **परजणे**
फडफडाट (पु) *पाहा :* **आवाज**
फडफडीत (वि) *पाहा :* **कोरडा**
फडशा पाडणे/ उडवणे/ करणे
[क्रि] *पाहा :* **आटोपणे, अखेर, अंत**
फडा (पु, स्त्री) फणी, फणा, फडी, कांदा, गड्डा, कुडे, घोस, घड; झाडू
(n) hood, bunch, broom
फडाड (पु) *पाहा :* **आवाज**
फडी (स्त्री) *पाहा :* **फडा**
फणकारा (पु), **फणफण** (स्त्री), **फणफणणे** (क्रि), **फणफणाट** (पु) *पाहा :* **वेदना, संताप, संतापणे**
फणा (पु), **फणी** (स्त्री) *पाहा :* **फडा, कंगवा**
फणींद्र (पु) *पाहा :* **साप**
फतकल (स्त्री) *पाहा :* **बसणे**
फतमाय (स्त्री) *पाहा :* **लट्ठ**
फतवा (पु) *पाहा :* **आदेश, निकाल**
फताडा (वि) *पाहा :* **पसरट**
फतेमारी (स्त्री) *पाहा :* **नौका**
फत्तर (पु) *पाहा :* **दगड**
फत्ते (स्त्री, वि) *पाहा :* **जय, विजयी**
फंद (पु) *पाहा :* **छंद**
फदफदणे (क्रि) *पाहा :* **आवाज**
फंदफितुरी (स्त्री) *पाहा :* **कपट, फितुरी**
फंदी (वि) *पाहा :* **चंगीभंगी**
फद्या (वि) *पाहा :* **नेभळट, बावळट**
फन्ना उडवणे/ करणे (क्रि) *पाहा :* **आटोपणे, खाणे**
फरक (पु) *पाहा :* **अंतर**
फरकटणे (क्रि) *पाहा :* **खरडणे**
फरजंद (पु) *पाहा :* **पुत्र**
फरडा (वि) *पाहा :* **निपुण**
फरपट (स्त्री) *पाहा :* **अवदशा**
फरपटणे (क्रि) सरपटणे, घसटणे, खरडणे, ओढणे
(v) drag, pull, crawl
फरफर (स्त्री) *पाहा :* **आवाज**
फरशी (स्त्री) *पाहा :* **कुऱ्हाड, दगड, पूल**
फरसबंदी (वि) *पाहा :* **चिरेबंदी**
फरा (पु) *पाहा :* **अस्थी, आवली**
फराटा (पु) *पाहा :* **चितारणे**
फरारा (पु) *पाहा :* **ध्वज**
फरारी (वि) *पाहा :* **परागंदा, गुंगारा देणे**
फराळ (पु) *पाहा :* **अन्न, खाणे**
फराळघर (न) *पाहा :* **भोजनगृह**

फरी (स्त्री) *पाहा :* **चिलखत**
फरेबी (वि) *पाहा :* **कुटिल**
फर्ज (पु) *पाहा :* **कर्तव्य**
फर्जंद (पु) *पाहा :* **पुत्र**
फर्डा (वि) *पाहा :* **निपुण**
फर्मा (पु) *पाहा :* **आकार**
फर्मान (न) *पाहा :* **आदेश**
फर्मावणे (क्रि) *पाहा :* **ताकीद**
फर्मास (वि) *पाहा :* **उत्कृष्ट**
फल (न) फळ, बोंड, फळफळावळ, फायदा, किफायत, लाभ, प्राप्ती, मिळकत, मोबदला, बक्षीस, उत्पत्ती, उत्पन्न, उपज, उत्पादन, फलित, फलितार्थ, फलप्राप्ती, चीज, साफल्य, फलोत्पत्ती, फलश्रुती, निष्पत्ती, फलनिष्पत्ती, फलाफल, परिणाम, परिणती, अखेर, शेवट; *पाहा :* **अद्दल**
[वा] करावे तसे भरावे, डोंगर पोखरून उंदीर काढणे, अधिकस्य अधिकम् फलम्, जशी दानत तसे फळ, पेर तसे फळ, जसे पेरावे तसे उगवते, शुद्ध बीजापोटी फळे रसाळ गोमटी
(n) fruit, yield, gain, profit, return, reward/fulfilment, outcome, fallout, corollary, produce, product, output, outgrowth, effect, result, consequence; *पाहा :* **अद्दल**
फलक (पु) *पाहा :* **फळा**
फलकारा (पु) *पाहा :* **पदर**
फलज्योतिष (न) *पाहा :* **ज्योतिष**
फलत्यागी (वि) *पाहा :* **विरक्त**
फलदायी (वि) *पाहा :* **फायदेशीर, अनुकूल**
फलद्रूप (वि), **फलप्रद** (वि) *पाहा :* **फायदेशीर, पूर्ण**
फलनिष्पत्ती (स्त्री) *पाहा :* **फल, उपयोग**
फलप्राप्ती (स्त्री) *पाहा :* **फल, उपयोग, चीज**
फलवांछा (स्त्री) *पाहा :* **आशा**
फलशेती (स्त्री) *पाहा :* **शेती**
फलश्रुती (स्त्री) *पाहा :* **फल**
फलहीन (वि) *पाहा :* **निरुपयोगी**
फलाकांक्षा (स्त्री) *पाहा :* **आशा**
फलांग (स्त्री) *पाहा :* **उडी**
फलाणा (वि) *पाहा :* **अमुक**
फलाफल (न) *पाहा :* **नफा-नुकसान, फल**
फलाशा (स्त्री) *पाहा :* **आशा**
फलासक्त (वि) *पाहा :* **आसक्त, इच्छुक**
फलासक्ती (स्त्री) *पाहा :* **आसक्ती**
फलाहार (पु) *पाहा :* **अन्न**
फलित (न) *पाहा :* **फल**
फलितार्थ (पु) *पाहा :* **फल**
फलोत्पत्ती (स्त्री) *पाहा :* **फल**
फलोत्पादन (न) *पाहा :* **शेती**
फलोद्यान (न) *पाहा :* **उद्यान**
फवारा (पु) झोत, जलोत्क्षेप, जलयंत्र, कारंजे, हजारी कारंजे, किणकिणी, पिचकारी; *पाहा :* **थेंब**
[क्रि] थुईथुई उडणे, फवारणे, उसळणे
(n) Jet, spurt, spout, spray, fountain; *पाहा :* **थेंब**
फसगत (स्त्री), **फसणूक** (स्त्री) *पाहा :* **फसवणूक**

फसणे (क्रि) *पाहा :* **फजिती, फसवणूक, बिघडणे, चकणे, अडकणे, अपयश**

फसफसणे (क्रि) *पाहा :* **फेस, अखाद्य**

फसवणूक (स्त्री) फसणूक, फसगत, ठकवणूक, झकवणूक, दिशाभूल, हुलकावणी, हूल, विलोभन, ठकबाजी, ठकवाठकवी, छकवाछकवी, बनवाबनवी, बनवेगिरी, सोदेगिरी, फसवेगिरी, शाठ्य, लाघव, कपट, खोटेपणा, लपंडाव, दगा, दगलबाजी, विश्वासघात, द्रोह, वचनभंग, प्रतारणा, वंचणूक, वंचना, वंचन, फितुरी, तोतयेगिरी, ठगी, ढोंग, बहाणा, नाटक, धूळफेक, दुटप्पीपणा, लटपटपंची, भोंदूगिरी, लबाडी, लबाडकी, लुच्चेगिरी, लांडीलबाडी, चोरीलबाडी, हेराफेरी, थापाथापी, खोटेपणा, असत्य, अप्रामाणिकपणा, कल्पितकथा, चलाखी, हातचलाखी, हस्तलाघव, छक्केपंजे, चापलुसी, नजरबंदी, थातुरमातुर, गोलमाल, दिशाभूल, भुलवणी, भुलभुलावणी, भुलावणी, भूलभुलैया, भ्रम, भानगड, लुबाडणूक, नागवणूक, हजामत; अफरातफर, आत्मवंचना; *पाहा :* **फसवा, ढोंग, थाप, कपट**

[क्रि] फसणे, ठकणे, चकणे, छकणे, वंचणे, भुलणे, बनणे, बुडणे, फशी पडणे, ठकवले जाणे, भुरळणे; फसवणे, फुसलावणे, चोरणे, ठकवणे, छकवणे, भोंदणे, बनवणे, फटवणे, भुलवणे, वंचणे, गुंगवणे, गटवणे, गंडवणे, गंडा घालणे, चकवणे, नागवणे, लुबाडणे, बुडवणे, धोका देणे, हुलकावणे, झुलवणे, चाळवणे, खेळवणे

[वा] अंगठा दाखवणे, टांग मारणे, गंडा घालणे, टाळूवर हात फिरवणे, डोक्यावर हात ठेवणे, टोपी घालणे, डोळे बांधणे, डोळ्यांत धूळ फेकणे, डोळा चुकवणे, हातोहात फसवणे, हातावर तुरी देणे, चाट मारणे, मामा बनवणे, पोपट बनवणे, पटवणे, हुलकावणी/झुलकावणी देणे, धुरी देणे, गुंगारा देणे, धत्तुरा दाखवणे, गोड बोलून मान कापणे, केसाने गळा कापणे, पाठीत खंजीर खुपसणे, साखरेची सुरी चालवणे, तोंडाला पाने पुसणे, ध चा मा करणे, या बोटाची थुंकी त्या बोटावर करणे, मागे एक पुढे एक, आत एक बाहेर एक, दोन्ही दरडींवर हात ठेवणे, अस्वलाच्या गुदगुल्या, मयसभा, घटोत्कचाची माया, घोडे पेंड खाणे, खायचे दात वेगळे आणि दाखवायचे दात वेगळे, बळी पडणे, आंधळी कोशिंबीर खेळणे, लांडगा आला रे आला

(n) deception, bluff, trick, confidence, trick, deceit, subterfuge, swindle, falsehood, fraud, cheating, knavery, deceitfulness, trickery, jugglery, treachery, betrayal, hocus-pocus, hanky-panky, hoax, hypocrisy, sham, fabrication, mendacity, prevarication; *पाहा :* **फसवा, ढोंग, थाप, कपट**

[v] deceive, defraud, cheat, betray, double-cross, dupe, outwit, swindle, hoodwink, beguile, delude, bamboozle, brainwash

[i] take in, play one false, blind one's eyes, take for a ride, throw dust into the eyes, hook, make a fool of, play at hide and seek, pull one's leg, double-dealing, pull the wool over someone's eyes, eye wash, stab someone in the back, lead someone up the garden path, cry wolf

फसवणे (क्रि) *पाहा :* **फसवणूक**

फसवा (वि) फसवणारा, ठकवणारा, भुलवणारा, गुंगवणारा, दिशाभूल करणारा, चकवणारा, शठ, छट, ठक, भोंदू, सोदा, लुच्चा, लफंगा, बनेल, कावेबाज, कुटिल, छद्मी, कपटी, दगलबाज, दगाबाज, विश्वासघातकी, निमकहराम, बदमाश, बेइमान, हरामखोर, फितूर, तोतया, ढोंगी, उपटसुंभ, पाताळयंत्री, नाटकी, दुटप्पी, द्विजिव्ह, दुतोंडी, दुतोंड्या, लबाड, थापेबाज, थापाड्या, अप्रामाणिक, लाट्यागंगाजी, गोलमाल, बनावट, भ्रामक, खोटा, अविश्वसनीय, प्रतारक, वंचक, पिशुन, मतलबी, इरसाल, डांबरट, झोट, चालू, अट्टल; *पाहा :* **ठक, कावेबाज, कुटिल, ढोंगी, फसवणूक** (विरु) **प्रामाणिक**

[वा] शकुनीमामा, सोनेरी टोळी, तोंडावर गोड, मुखमें राम बगलमें छुरी, अस्तनीतील निखारा, ओठात एक अन् पोटात एक, वचस्येकं मनस्येकं, चारशेवीस, पायघोळ संत, लबाडाचे आमंत्रण जेवल्यावर खरे, गोगलगाय अन् पोटात पाय, गोरागोमटा आणि कपाळकरंटा, खालमान्या

[adj] deceptive, deceitful, tricky, false, fraudulent, mendacious, misleading, specious, treacherous, dishonest, insincere, cheat, mock, sham, hypocritical, double-dealing, make-believe, bogus, imposter, pretender, counterfeit, spurious; *पाहा :* **ठक, कावेबाज, कुटिल, ढोंगी, फसवणूक** (विरु) **प्रामाणिक**

[i] wolf in sheap's clothing, Judas, to run with the hare and hunt with the hounds, a snake in the grass

फसवेगिरी (स्त्री) *पाहा :* **फसवणूक**

फस्त (वि) *पाहा :* **खाणे, अंत**

फळ (न) पाते, फळ, भाल; *पाहा :* **फल**

(n) blade; *पाहा :* **फल**

फळझाड (न) *पाहा :* **झाड**

फळफळणे (क्रि) *पाहा :* **वाढ, सद्‌भाग्य**

फळबाग (स्त्री) *पाहा :* **उद्यान**

फळा (पु) फलक, तक्ता, पाटी, धूळपाटी, सूचनाफलक, धावफलक, फळी

(n) board, blackboard, plank, pannel

फळी (स्त्री) तक्ता, पाटी, पट्टी; ओळ, रांग, पंक्ती, साखळी, तट, तटबंदी; पंथ, कंपू, गट

(n) plank, board, strip; line, chain, barricade, wing, faction

फाक (स्त्री) *पाहा :* **तुकडा, अपभाषण**

फाकडा (वि) *पाहा :* **ऐटबाज, तडफदार, गुलजार**

फाकणे (क्रि) फुलणे, उमलणे, विकसणे; *पाहा :* **पसरणे**

(v) open out; *पाहा :* **पसरणे**

फाका (पु) *पाहा :* **खाणे, अनशन**

फाकेकंगाल (वि) *पाहा :* **अकिंचन**

फाजील (वि) *पाहा :* **अतिशय, चावट, चहाटळ, अधिक**

फाजीलपणा (पु) *पाहा :* **चावट, अतिप्रसंग**

फाटक (न) *पाहा :* **दार**

फाटका (वि) *पाहा :* **जीर्ण, फाडणे, कृश, क्षुल्लक**

फाटणे (क्रि) टरकणे, फाडला जाणे, जीर्ण/फाटका होणे, दुभंगणे, भिन्न होणे, दुरावा येणे (*पाहा :* **दुजाभाव),** विदीर्ण होणे, उलणे; *पाहा :* **दुःख, विभाजन**

(v) be torn/ ripped/ tattered/ split/ lacerated; *पाहा :* **दुःख, विभाजन, दुजाभाव**

फाटा (पु) *पाहा :* **अंकुर, शाखा**

फाटाफूट (स्त्री) *पाहा :* **विभाजन**

फाटी (स्त्री) *पाहा :* **शाखा**

फाड्कन (क्रिवि) *पाहा :* **आवाजासह**

फाडणे (क्रि) टरकावणे, फाटका करणे, दुभंगणे, दुभागणे, चिरणे, कापणे, विच्छेदन करणे, तुकडे करणे, चिंध्या करणे, विदीर्ण करणे, फाडाफाड/ कापाकाप करणे; *पाहा :* **विभाजन**

(v) tear, cut, lacerate, shred, pull, apart, sever, rip, split, dissect; *पाहा :* **विभाजन**

फाडाफाड (क्रिवि) *पाहा :* **अखंड, आवाजासह**

फाणस (पु) *पाहा :* **दिवा**

फांदी (स्त्री), **फांदोरी** (स्त्री) *पाहा :* **शाखा**

फापटपसारा (पु) *पाहा :* **पसारा**

फापरा (वि) *पाहा :* **तोतरा**

फाफलणे (क्रि) *पाहा :* **अडखळणे**

फा फू (न) *पाहा :* **जादू**

फायदा (पु) नफा, किफायत, लाभ, धनलाभ, फळ, हित, घबाड, प्राप्ती, प्राप्तव्य, प्राप्तव्यांश, प्राप्तांश, लभ्य, लभ्यांश, लाग, टिक्का, मिळकत, निष्पत्ती, उपयोग, उपयुक्तता, गुण, प्रभाव; वाढ, व्याज, सरळव्याज, चक्रवाढव्याज; गैरफायदा, नफेखोरी, नफेबाजी; *पाहा*

: **अर्थ, फायदेशीर,** (विरु) **नुकसान**
[वा] अलभ्य लाभ होणे, दामदुप्पट होणे, उखळ पांढरे होणे, घबाड साधणे/ लाभणे, पथ्यावर पडणे, पोळी पिकणे, उदरी शनी येणे, लखलाभ होणे, चांदी होणे, भले होणे, लाडू मिळणे, टिक्का लागणे, वाहत्या गंगेत हात धुणे, मऊ दिसले म्हणून कोपराने खणणे, भटाला दिली ओसरी भट हातपाय पसरी, आवळा देऊन कोहळा काढणे; आळशावर गंगा येणे/लोटणे, गाजराची पुंगी वाजली तर वाजली नाहीतर मोडून खाल्ली, दुभती गाय, दुभत्या गायीच्या लाथा गोड, आखूडशिंगी बहुदुधी, तळे राखील तो पाणी चाखील, चोराच्या हातची लंगोटी, वाहिली ती गंगा राहिले ते तीर्थ, दोन्ही डगरींवर हात ठेवणे, शिंके तुटले आणि बोक्याचे फावले, डोंगर पोखरून उंदीर काढणे, दोघांचे भांडण तिसऱ्याचा लाभ, एक दगडात दोन पक्षी मारणे, आंधळा मागतो एक डोळा देव देतो दोन
(n) profit, gain, return, yield, appreciation, value, use, benefit, advantage, windfall *पाहा :* **अर्थ, फायदेशीर** (विरु) **नुकसान**
[i] to kill two birds with one stone, to have a cake and eat it too, to have the best of both worlds, to fish in troubled waters, a sprat to catch a mackerel, to make the most of, a pot-boiler, to make a capital out of

फायदा-तोटा (पु) *पाहा :* **नफा नुकसान**

फायदेशीर (वि) किफायतशीर, लाभदायक, किफायती, सफल, सुफल, फलद्रुप, फलदायी, फलप्रद, उपयुक्त, उपयोगी, प्रभावी, हितकारक, हितावह; *पाहा :* **फायदा**
[वा] सोन्याचे अंडे देणारी कोबंडी, दुभती गाय
[adj] profitable, beneficial, enriching, rewarding, worthwhile, useful, fruitful, gainful, lucrative, remunerative, advantageous; *पाहा :* **फायदा**

फाया (पु) *पाहा :* **बोळा**

फार (वि) *पाहा :* **अतिशय, अधिक**

फारकत (स्त्री) *पाहा :* **घटस्फोट, विभाजन**

फालतू (वि) *पाहा :* **अधिक, कुचकामी**

फाल्गुन (पु) *पाहा :* **बारा महिने**

फाल्गुनवाद्य (न) *पाहा :* **आरोळी**

फावडे (न) फावडा, फावडी, पावडे, खोरे (n) hoe

फावणे (क्रि) सवड मिळणे, वेळ/ मोकळीक मिळणे, संधी सापडणे, मिळणे, लाभणे, प्राप्त होणे, समजणे, आकलन होणे, अनुभवास येणे
(v) get leisure/ spare time/

opportunity/ chance, grasp, understand

फाशी (स्त्री) *पाहा :* **ठार करणे, मरणे**

फास (पु), **फासकी** (स्त्री) *पाहा :* **पाश, गाठ**

फासटणे (क्रि) *पाहा :* **चोपडणे**

फासणी (स्त्री) *पाहा :* **खिंडार**

फासणे (क्रि) *पाहा :* **चोपडणे**

फासळी (स्त्री) *पाहा :* **पंजर**

फासा (पु) *पाहा :* **जुगार**

फासेपारधी (पु) *पाहा :* **पारधी**

फाळ (पु) पाते, फळ, औत, नांगर

(n) blade, ploughshare

फाळका (पु) *पाहा :* **तुकडा**

फाळणी (स्त्री) *पाहा :* **विभाजन**

फाळा (पु) *पाहा :* **तुकडा, कर**

फिकट (वि) फिक्कट, फिका, फिक्का; अस्पष्ट, अंधूक, पुसट, धूसर; मंद, उभरंग, उभरा, पांढुरका; पाणचट, बेचव, अळणी, मिळमिळीत, अगोड; नीरस, परिणामशून्य; विटलेला, फिकुटलेला, कोमेजलेला, निस्तेज, म्लान, गोरामोरा, फटफटीत, पांढराफट्ट, प्रेतकळा/मरणकळा आलेला; कमजोर, तेजोहीन, कळाहीन, रंगहीन, निष्प्रभ

[adj] pale, dim, faint, mild, misty, hazy, light, dull, faded, weak, anaemic, cadaverous, ashen, pallid, colourless, lack-lustre, gloomy, lifeless, insipid, bland

फिकीर (स्त्री) चिंता, विवंचना, काळजी, कदर, पर्वा, क्षती (क्षिती), तमा, आस्था, आच, कळकळ

(n) concern, worry, anxiety, care, heed, consideration, regard

फिकुटणे (क्रि) *पाहा :* **कोमेजणे, फिकट**

फिक्कट (वि), **फिक्का** (वि) *पाहा :* **फिकट**

फिटणे (क्रि) सुटणे, सैल/ढिले होणे, फेड / परतफेड होणे, फेडले जाणे, निरसन/ निराकरण/निवारण/परिहार/ निवृत्ती होणे; *पाहा :* **फेडणे**

(v) become loose/ untied/ free; get repaid/ cleared; *पाहा :* **फेडणे**

फिटंफाट (स्त्री) *पाहा :* **फेड**

फितणे (क्रि) *पाहा :* **फितुरी**

फितुरी (स्त्री) विश्वासघात, बेइमानी, निमकहरामी, दगाबाजी, द्रोह, देशद्रोह, राजद्रोह, बंड, कपट, फंदफितुरी, फितवा, फसवणूक, स्वपक्षत्याग

[क्रि] फितणे, फोडणे

(n) treachery, perfidy, disloyalty, dishonesty, duplicity, faithlessness, betrayal, treason, sedition, revolt, double-crossing, defection

फितूर (वि) विश्वासघातकी, बेइमान, निमकहराम, हरामखोर, दगाबाज, द्रोही, देशद्रोही, राजद्रोही, स्वामिद्रोही,

बंडखोर, बंडवाला, फसवा, धोकेबाज, अप्रामाणिक, निसरडा, पक्षबदलू, घरभेद्या; *पाहा :* **घरबुडव्या**

[वा] कुऱ्हाडीचा दांडा गोतास काळ, पंचमस्तंभी, सूर्याजी पिसाळ

[adj] treacherous, perfidious, deceitful, double-dealing, disloyal, faithless, renegade, slippery, deserter; *पाहा :* **घरबुडव्या**

[i] fifth columnist

फिदफिदणे (क्रि) *पाहा :* **हसणे**

फिदा (वि) *पाहा :* **आसक्त**

फिंदारणे (क्रि) *पाहा :* **पसरणे**

फिदीफिदी (क्रिवि) *पाहा :* **हसणे**

फिरक (स्त्री) *पाहा :* **आंदोलन**

फिरकणे (क्रि) जाणे, येणे, भेटणे, संचार करणे, हिंडणे, फेरा/वळसा घेणे, हालचाल करणे

(v) go, come, visit, roam, take a turn, move

फिरकी (स्त्री) *पाहा :* **आंदोलन, परिभ्रमण, खडसावणे**

फिरंगी (पु) टोपीवाला, इष्टुर फाकडा, युरोपियन, गोरा

(n) european, white man

फिरणे (क्रि) भ्रमणे, गरगरणे, गोलाकार/ मंडलाकार गती असणे, गिरकी घेणे, चक्कर घेणे/ येणे, भिरभिर फिरणे, परिभ्रमण करणे, फेरी/चक्कर मारणे; वळणे, दिशा बदलणे, नवी दिशा घेणे; चालणे, फिरावयास जाणे, रमतगमत जाणे, सैर करणे, हिंडणे, वावरणे, भटकणे, भटकंती करणे, फेरफटका करणे, रपेट करणे, रखडपट्टी करणे, वणवण करणे, प्रवास करणे (*पाहा :* **प्रवास**); सहल करणे, हवा खाणे, पालटणे, बदलणे, फेरफार होणे, फरक पडणे; परतणे, उलटणे, विरुद्ध होणे; अभिसरण होणे, वाहणे *पाहा :* **चालणे**

[वा] तोंड बाहेर काढणे, पायावर नक्षत्र पडणे, पायावर भोवरा असणे, पाय न ठरणे, पाय मोकळे करणे, फलकारे मारणे, मोर्चा वळवणे

(v) turn, revolve, gyrate, rotate; roam, saunter, wander, stroll, walk about, travel (*पाहा :* **प्रवास**); change, alter, deviate; return, shift; circulate, run; *पाहा :* **चालणे**

फिरत (स्त्री) *पाहा :* **तान**

फिरता (वि) *पाहा :* **चंचल**

फिरती (स्त्री) *पाहा :* **प्रवास**

फिरवाफिरव (स्त्री) *पाहा :* **बदल, अपलाप**

फिरस्ता (पु) *पाहा :* **प्रवासी, भटक्या**

फिरून (क्रिवि) *पाहा :* **पुन्हा**

फिर्याद (स्त्री) कज्जा, खटला, दावा, आरोप, आरोपपत्र, अपराधनिवेदन, अभियोग, चौकशीआयोग, तक्रार, दाद, गाऱ्हाणे, न्यायाची मागणी, चौकशीअर्ज

[वा] कोर्टकचेऱ्या करणे

(n) law-suit, allegation, charge, complaint, dispute, grievance

फिर्यादी (पु) वादी, दावा लावणारा (n) plaintiff, disputant

फिसकटणे (क्रि), **फिसकणे** (क्रि) *पाहा :* **बिघडणे, अधोगती**

फिसकारणे (क्रि) *पाहा :* **आवाज**

फिसके (न) *पाहा :* **गळू**

फिसफिस (स्त्री) *पाहा :* **आवाज**

फीत (स्त्री) *पाहा :* **पट्टा, काठ**

फुंक (स्त्री) *पाहा :* **वायू, फुंकणे**

फुकट (वि, क्रिवि) फुकटचा, फुकटाईचा, फुका, फुकटफाकट, चकटफू, फुकटवारी; मोफत, विनामूल्य, निःशुल्क, पैशाशिवाय, मोबदल्याशिवाय, श्रमाशिवाय, नफ्याशिवाय, भेट म्हणून, धर्मादाय, धर्मार्थ; विनावेतन, अवेतन, बिनपगारी, मानद, मानसेवी; आयता, विनायास, अनायास, सहजप्राप्त; गवशा; व्यर्थ, वृथा, फोल, वायफळ; विनाकारण, निष्कारण, अकारण, उगाच; निरर्थक, निरुपयोगी, अनावश्यक, कुचकामी [adj, adv] gratis, without charge, free of cost, without effort, complimentary, as gift, honorary; gratuitous, futile, barren, worthless, unnecessary

फुकटखाऊ (-खोर) (पु) *पाहा :* **परभृत**

फुकटफजिती (स्त्री) *पाहा :* **फजिती**

फुकटफाकट (-वारी) (क्रिवि) *पाहा :* **फुकट, उगाच**

फुकटा (-ट्या) (वि) *पाहा :* **परभृत**

फुकटाईचा (वि) *पाहा :* **फुकट**

फुंकणी (स्त्री) *पाहा :* **नलिका**

फुंकणे (क्रि) फुंक मारणे, फुंकर घालणे, फू फू करणे; फुसफुस करणे, फूत्कार/फुंकार टाकणे, श्वास टाकणे; फुंकवाद्य/ वायुवाद्य/ सुषिरवाद्य/ मुखवाद्य वाजवणे; जाळणे, पेटवणे, अग्नी देणे, भस्मसात करणे; उधळणे, उधळपट्टी करणे, विल्हेवाट/वासलात लावणे, विकून टाकणे, गमावणे (v) blow, puff, hiss, fizz; burn, cremate; squander, waste, misspend, sell, spill

फुंकर (स्त्री) *पाहा :* **वायू, फुंकणे**

फुंकवाद्य (न) *पाहा :* **सुषिरवाद्य**

फुका (चा) (क्रि) *पाहा :* **फुकट**

फुंकार (पु) *पाहा :* **फुंकणे**

फुंग (पु) *पाहा :* **अभिमान**

फुगट (वि) *पाहा :* **फुगीर**

फुगडी (स्त्री) *पाहा :* **नृत्य**

फुगणे (क्रि) फुगीर/ फुगट/ फुगरा होणे, फुगवटा येणे, वाढणे, विस्तारणे, सुजणे, पुढे/वर येणे, टापसणे, टरारणे, तरारणे, डवरणे, डंबारणे, तटतटणे, फुलणे, भरणे, प्रसरण पावणे, डब्ब होणे, लठ्ठ/ स्थूल/ गुबगुबीत/ मोठा होणे; (पाणी) तुंबणे/ चढणे, पातळी वाढणे; फुशारणे, गर्व/ताठा भरणे, उन्मत्त होणे; रुसणे, रागावणे, घुस्सा येणे, दुर्मुखणे, फुरंगटणे *पाहा :* **फुगवटा, फुगीर**

(v) swell, bulge, expand, grow, enlarge, fatten, inflale, dilate, increase, puff up, protrude, billow, swagger, be displeased/angry/cross/sulky *पाहा :* **फुगवटा, फुगीर**

फुगरा (वि) *पाहा :* **फुगीर**

फुगवटा (पु) फुगीरपणा, गुबारा, फुगलेपणा, वाढ, सूज, गळू, बेटकुळी, फोड, फुगा, फुगारा, टेंगूळ, बुडबुडा, बुदबुद, फेस, टापसा, उंचवटा, भराव, बहिर्वक्रता, गोलाई, टपोरेपण, डंबारा, लट्ठपणा; तुंबलेपणा, तुंबारा; बोंगा, ढेंबूस; *पाहा :* **वक्रता, फुगणे, फुगीर**

(n) convexity, bulge, swelling, bump, distension, hump, protrusion, protuberance, lump, growth, rotundity, corpulence; *पाहा :* **वक्रता, फुगणे, फुगीर**

फुगा (पु) *पाहा :* **फुगवटा, ताठा**

फुगारा (पु) *पाहा :* **फुगवटा**

फुगीर (वि) फुगट, फुगरा, फुगलेला (*पाहा :* **फुगणे**), तर्र, वाढलेला, डब्ब, सुजट, सुजरा, पुढे/बाहेर/वर आलेला, ताठलेला, ताठरलेला, तट्ट, टपोरा, गोल, गरगरीत, वाटोळा, बहिर्वक्र, बहिर्गोल *पाहा :* **फुगवटा**

[adj] swollen, bulging, round, rotund, bulbous, convex, protuberant, dilated; *पाहा :* **फुगणे, फुगवटा**

फुंज (पु) *पाहा :* **ताठा**

फुटक (वि) *पाहा :* **खंडित**

फुटकळ (वि) *पाहा :* **किरकोळ**

फुटका (वि) *पाहा :* **खंडित, भग्न**

फुटणे (क्रि) तुटणे, तडकणे, मोडणे, चीर/तडा जाणे, भेग पडणे, उकलणे; पिचणे, टिचणे, वाढवणे; विभक्त/ वेगळे/ अलग/ विलग होणे, विभागणे, भंगणे, तुकडे/छकले/ ठिकऱ्या होणे, खळकन/फटकन/ ताडकन फुटणे, तट/फूट पडणे, फुटाफूट होणे, अंकुरणे, उपजणे, उद्‌भवणे, प्रकटणे; पसरणे, फैलावणे, जाहीर होणे, माहीत होणे; *पाहा :* **विभाजन**

(v) break, burst, split, crack, smash to smithereens, snap, splinter, fracture, shatter; separate, part, polarise, divide, rupture; sprout, burgeon, spring up; *पाहा :* **विभाजन**

[i] to fall apart /asunder

फुटवा (पु) *पाहा :* **अंकुर**

फुटाणा (पु) *पाहा :* **हरभरा, तरतरीत**

फुटाफूट (स्त्री) *पाहा :* **विभाजन**

फुटीर (वि) **फुटीरवादी** (वि) *पाहा :* **विभक्त, बंडखोर, अतिरेकी**

फुणगी (स्त्री) *पाहा :* **अग्नी**

फुणफुण (स्त्री) *पाहा :* **वेदना, संताप**

फुणफुणणे (क्रि) *पाहा :* **संतापणे**

फुंद (पु, वि) *पाहा :* **अभिमान, धुंद**

फुंदणे (क्रि) *पाहा :* **रडणे**

फुपाटा (पु) **फुफाटा** (पु) *पाहा :* **माती, राख**

फुप्फुस (न) *पाहा :* **श्वसनसंस्था**

फुरंगटणे (क्रि) *पाहा :* **संतापणे, कुढणे**

फुरफुरणे (क्रि) *पाहा :* **आवाज, थरथरणे**

फुरसत (स्त्री) *पाहा :* **उसंत, संधी, अवकाश**

फुरसे (न) *पाहा :* **साप**

फुलका (-की) (पु, स्त्री) *पाहा :* **पोळी**

फुलझाड (न) *पाहा :* **झाड**

फुलझाडणी (-झाडू) (स्त्री, पु) *पाहा :* **झाडणी**

फुलणे (क्रि) **उमलणे, बहरणे, डवरणे, फुगणे, पिंजारणे**

फुलबाग (स्त्री) *पाहा :* **उद्यान**

फुलमाळी (पु) *पाहा :* **शेतकरी**

फुलारणे (क्रि) *पाहा :* **बहरणे, डवरणे**

फुलारी (पु) *पाहा :* **शेतकरी**

फुली (स्त्री) *पाहा :* **खूण**

फुलोरा (पु) *पाहा :* **फूल**

फुशारकी (स्त्री) बढाई, शेखी, प्रौढी, ऐटी, तोरा, आढ्यता, घमेंड, प्रतिष्ठा, बडेजाव, पोकळ बढाई, रिकामा डौल, लब्धशूरत्व, आत्मस्तुती, आत्मप्रौढी, जावईशोध, ठोसराई, वल्गना, जल्पना, दर्पोक्ती, गर्वोक्ती *पाहा :* **जल्पना, अतिशयोक्ती**

[वा] मी मी म्हणणे, उड्या मारणे, स्वर्ग दोन बोटे उरणे, टिऱ्या बडवणे, मिशांवर ताव देणे, झेंडा नाचवणे, यंव त्यंव करणे, चुटक्यांचा मांडव उभारणे, उथळ पाण्याला खळखळाट फार, मियां मूठभर दाढी हातभर, बोलणे सोपे करणे कठीण, वडिलांचे बुडुख आणि नाचे तुडुकतुडुक

(n) boasting, bragging, gloating, swagger, egotism, self-esteem, bluff, bombast, tall talk, grandiloquence, heroics *पाहा :* **जल्पना, अतिशयोक्ती**

[i] to blow one's own trumpet, hot air

फुशारखोर (वि) *पाहा :* **गर्विष्ठ**

फुशारणे (क्रि) फुशारकी मिरवणे (*पाहा :* **फुशारकी),** चढून जाणे, फुगणे

(v) swagger, brag, be vain; *पाहा :* **फुशारकी**

फुसकट (न) *पाहा :* **त्वचा, चूर्ण**

फुसकट (वि), **फुसका** (वि) *पाहा :* **तकलादू, फोल**

फुसडी (स्त्री) *पाहा :* **दोरी**

फुसफुस (स्त्री) *पाहा :* **आवाज**

फुसलावणी (स्त्री) *पाहा :* **आमिष**

फुसलावणे (क्रि) *पाहा :* **आमिष**

फुस्स (न) *पाहा :* **आवाज**

फुळकवणी (स्त्री) **फुळकापाणी** (न) *पाहा :* **द्रव**

फू फू (न) *पाहा :* **आवाज**

फूट (स्त्री) *पाहा :* **अंकुर, विभाजन**

फूटतूट (स्त्री) *पाहा :* **विभाजन**

फूटपट्टी (स्त्री) *पाहा :* **निर्देशांक**

फूत्कार (पु), **फूत्कारणे** (क्रि) *पाहा :* **आवाज**

फूल (न) पुष्प; कुसुम, सुम, सुमन,

प्रसून, मंजरी (मंजिरी), मोहर (मोहोर), तुरा, फुलोरा; बहर; आम्रवृक्षमंजरी, पुष्पगुच्छ, गोटा, पुष्पचक्र, पुष्पमाला, हार, पुष्पहार; निर्माल्य, रानफूल, जाई-जुई, मोगरा (मल्लिका), चमेली, चाफा (चंपक), निशिगंध, झेंडू, गुलाब, रातराणी, शेवंती, सूर्यफूल, कमळ, आम्रमंजिरी इ. *पाहा :* **कलिका**

(n) flower, bloom, blossom, garland, wreath; jasmine, champak, tuberose, marigold, rose, carnation, daffodil, daisy, gladiolus, lilac, lily, orchid, petunia, tulip, snowdrop, violet, forget, me-not, etc. *पाहा :* **कलिका**

फूस (स्त्री) *पाहा :* **आमिष, उत्तेजन**

फेक (स्त्री) पल्ला, पोच (पोहोच), झेप, धाव, क्षेप, टप्पा, आवाका, मजल, सामर्थ्य

(n) throw, reach, range, extent, scope, ability

फेकणे (क्रि) क्षेप/ क्षेपण/ प्रक्षेपण करणे, क्षेपणे/ प्रक्षेपणे, (दूर) टाकणे, उडवणे, छिडकणे, शिंपडणे, शिंपणे, शिंपण करणे, उधळणे, भिरकावणे, पखरणे, झोकणे, झुगारणे, लोटणे, ढकलणे, (घोडा) चौखूर पळवणे, भरधाव सोडणे

(v) throw, fling, hurl, sling, cast, bowl, pitch, toss, scatter, catapult, propel, project

फेंगडा (वि) वाकडा, वेडावाकडा, धनुष्याकृती पायाचा; *पाहा :* **किजबिड, वक्र**

[adj] bent, crooked; bow-legged; *पाहा :* **किजबिड, वक्र**

फेटा (पु) *पाहा :* **शिरस्त्राण**

फेटाळणे (क्रि) *पाहा :* **झिडकारणे**

फेड (स्त्री) परतावा, परतफेड, निरास, परिहार, कर्जफेड, ऋणविमोचन; पूर्ती, पूर्तता, भरपाई; प्रत्युपकार, प्रत्युत्तर, प्रतिटोला; फिटंफाट, मोबदला; वटाव; *पाहा :* **फिटणे, फेडणे**

[क्रि] वटवणे, मोडणे

[वा] बाकी न ठेवणे, उतराई होणे, माप पदरात घालणे

(n) repayment, reimbursement, rebate, refund; reaction; *पाहा :* **फिटणे, फेडणे**

[i] rob Peter to pay Paul

फेडणे (क्रि) फेड करणे (*पाहा :* **फेड),** परत करणे, परिहारणे, कर्जबाकी न ठेवणे, चुकता करणे, ऋणमुक्त होणे; (कपडा) सोडणे, उतरवणे, सैल/ ढिला करणे; नाशणे, नाहीसा करणे, पुसून टाकणे; *पाहा :* **फिटणे**

(v) repay, compensate, settle, reimburse, refund, return, recompense; undress, loosen dress; *पाहा :* **फेड, फिटणे**

फेण (पु) *पाहा :* **फेस**

फेंदरा (वि) *पाहा :* **वक्र, पसरट, नाक**

फेंदारणे (क्रि) *पाहा :* **पसरणे**
फेन (पु) *पाहा :* **फेस**
फेनधवल (वि) *पाहा :* **पांढरा**
फेनिल (वि) *पाहा :* **फेसाळ**
फेपरे (फेफरे) (न) *पाहा :* **अपस्मार**
फे फे (स्त्री) *पाहा :* **फजिती, घाई**
फेर (पु) रंगण, रिंगण, गोल, फेरा, फेरी; *पाहा :* **अंतर, बदल**
[क्रि] फेर धरणे, कडे करणे, रिंगण घालणे
(n) circle, ring, loop, cycle; *पाहा :* **अंतर, बदल**
फेरजुळणी (स्त्री) *पाहा :* **जम, पुनरावृत्ती**
फेरतपासणी (स्त्री) *पाहा :* **तपासणी, पुनरावृत्ती, अन्वेषण**
फेरनिवड (णूक) (स्त्री) *पाहा :* **निवड**
फेरफटका (पु) *पाहा :* **फिरणे, परिभ्रमण, चालणे**
फेरफार (पु) *पाहा :* **बदल, अंतर**
फेरबदल (पु) *पाहा :* **बदल**
फेरमांडणी (स्त्री) *पाहा :* **मांडणी, बदल**
फेरमोबदला (पु) *पाहा :* **देवाणघेवाण**
फेररचना (स्त्री) *पाहा :* **रचना, पुनरावृत्ती, बदल**
फेरलागवड (स्त्री) *पाहा :* **पेरणे**
फेरविचार (पु) *पाहा :* **विचार, बदल**
फेरा (पु) *पाहा :* **परिभ्रमण, संकट, खेप**
फेरी (स्त्री) *पाहा :* **परिभ्रमण, खेप, फिरणे**
फेरीवाला (पु) *पाहा :* **दुकानदार, प्रवासी**

फेस (पु) फेन, फेण, बुडबुडे
[क्रि] फेसणे, फेणणे, फेसाळणे, फसफसणे
(n) foam, froth, lather, suds, bubbles, effervescence, head
फेसाळ (वि) फेनिल, फेसयुक्त, फेसाळलेला
[adj] foamy, frothy
फैर (स्त्री) *पाहा :* **तडाखा**
फैलाव (पु) *पाहा :* **प्रसर**
फैलावणे (क्रि) *पाहा :* **पसरणे**
फैसला (पु) *पाहा :* **निकाल**
फोक (पु) *पाहा :* **काठी**
फोड (पु) *पाहा :* **गळू**
फोड (स्त्री) *पाहा :* **तुकडा, उकल**
फोडणे (क्रि) *पाहा :* **विभाजन**
फोपसा (-शा) (वि) *पाहा :* **लठ्ठ**
फोफावणे (क्रि) *पाहा :* **वाढ, बहरणे**
फोल (वि) निष्फळ, विफल, निरुपयोगी, निकामी, व्यर्थ, वाया, वायफळ, फुकट, कोरडा, नि:सत्त्व, निकस, असार, पोचट, फुसका, पोकळ, मिथ्या
[वा] बोऱ्या वाजणे
[adj] worthless, useless, wasted, barren, in vain, hollow, futile, abortive, ineffectual, unproductive, sterile, idle, empty
फोलकट (-पट) (न) *पाहा :* **त्वचा, अवगुंठन**
फौज (स्त्री), **फौजफाटा** (पु) *पाहा :* **दल**

ब

बई (स्त्री) *पाहा :* **माता**
बक (पु) **बगळा, बलाक**
(n) heron
बकणा (पु) **बकणी** (स्त्री) *पाहा :* **अन्न**
बकणे (क्रि) *पाहा :* **बडबडणे**
बकध्यान (न) *पाहा :* **ढोंग, ध्यान**
बकध्यानी (पु) *पाहा :* **ढोंगी**
बकबक (स्त्री) *पाहा :* **बडबड**
बकरा (पु) *पाहा :* **अज**
बकवास (पु) *पाहा :* **थाप, गप्पा**
बकाणा (पु) *पाहा :* **अन्न**
बकाबका (क्रिवि) *पाहा :* **खाणे**
बकाल (वि) *पाहा :* **असंस्कृत, अव्यवस्थित**
बकासुर (पु) *पाहा :* **अधाशी, असुर**
बखर (स्त्री) *पाहा :* **कथा**
बखळ (स्त्री) *पाहा :* **अंगण, जमीन**
बखेडा (पु) *पाहा :* **भांडण**
बखोटा (पु) *पाहा :* **हात**
बख्खळ (वि) *पाहा :* **अतिशय, अनेक**
बख्तर (न) *पाहा :* **चिलखत**
बगड (न) *पाहा :* **कंबर**
बगल (स्त्री) *पाहा :* **हात, बाजू**
बगलथैली (स्त्री) *पाहा :* **पिशवी**
बगलबच्चा (पु) *पाहा :* **अनुचर**
बंगला (पु) *पाहा :* **इमारत**
बंगलाट (पु) *पाहा :* **आरोप**
बगळा (पु) *पाहा :* **बक**
बगाड (न) *पाहा :* **गळ**
बंगाली दृष्टबंधन/ विद्या (स्त्री) *पाहा :* **जादू**
बगी (-ग्गी) (स्त्री) *पाहा :* **वाहन**
बगिचा (पु) *पाहा :* **उद्यान**
बगुणी (-णे) (स्त्री, न) *पाहा :* **भांडे**
बगोटा (-टे) (पु, न) *पाहा :* **हात**
बघणे (क्रि) *पाहा :* **अवलोकन**
बचक (-का) (स्त्री, पु) *पाहा :* **हात**
बचत (स्त्री) *पाहा :* **अर्थ, अवशिष्ट**
बचतपत्र (न) *पाहा :* **अर्थ**
बचबच (स्त्री) *पाहा :* **गोंधळ**
बचाव (पु) *पाहा :* **रक्षण, टिकाव**
बचावणे (क्रि) *पाहा :* **अवशिष्ट, तरणे**
बच्चा (पु) *पाहा :* **मूल**
बछडा (पु) *पाहा :* **मूल**
बजबजपुरी (स्त्री) *पाहा :* **अराजक**
बजरबट्टू (वि) *पाहा :* **आटोपशीर**
बजवय्या (पु) *पाहा :* **वादक**
बजावणे (क्रि) *पाहा :* **ताकीद, वाद्य**
बजावून (क्रिवि) *पाहा :* **निक्षून**
बट (स्त्री) *पाहा :* **केस**
बटकी (स्त्री) *पाहा :* **अनुचर**
बटबटीत (वि) *पाहा :* **कुरूप**
बटवडा (पु) *पाहा :* **पत्रव्यवहार, देणे**
बटवा (पु) *पाहा :* **पिशवी**
बटीक (स्त्री) *पाहा :* **अनुचर**
बटुक (पु) *पाहा :* **मुलगा**
बटुकरण (न) *पाहा :* **उपनयन**
बटुमूर्ती (स्त्री) *पाहा :* **लहान, ठेंगणा**
बटू (पु) *पाहा :* **मुलगा, ब्रह्मचारी**

बट्टा (पु) *पाहा :* **कलंक**

बट्ट्याबोळ (पु) *पाहा :* **नाश**

बठ्या (वि) *पाहा :* **आळशी**

बंड (न) अशांतता, अस्थैर्य, प्रक्षोभ, लोकक्षोभ, चळवळ, उठाव, उठावणी, विद्रोह, बंडाळी, पुंडाई, पुंडावा, बंडाई, दंगा, दंगल, उलथापालथ, अराजक, क्रांती, राजद्रोह

(n) agitation, unrest, ferment, disobedience, insurgency, riot, uprising, insurrection, revolt, rebellion, mutiny, revolution, sedition

[i] to be up in arms

बंड (वि) *पाहा :* **अगोचर**

बंडखोर (वि) अशांत, अस्थिर, चळवळ्या, पुंड, दंगेखोर, दंगलखोर, विद्रोही, फुटीर, फुटीरवादी, गद्दार, राजद्रोही, प्रमाथी, क्रांतिकारक, क्रांतिकारी, स्वातंत्र्यसैनिक, बंडवाला; पाखंडी, मूर्तिभंजक; *पाहा :* **अगोचर**

[adj, n] agitated, restless, insurgent, riotous, rebellious, revolutionary; seditious, rebel; anarchist, mutineer, dissenter, freedom fighter, heretic, iconoclast; *पाहा :* **अगोचर**

बडगा (पु) *पाहा :* **काठी**

बडतर्फ (वि) **बडतर्फी** (स्त्री) *पाहा :* **अर्धचंद्र**

बडदास्त (स्त्री) *पाहा :* **तजवीज, जोपासना, आदर**

बडबड (स्त्री) बकबक, लबलब, लवलव, लुबलुब, वटवट, वचवच, टकळी, चावटी, चऱ्हाट, गुऱ्हाळ, शब्दपाल्हाळ, शब्दपांडित्य, शब्दजाल, शब्दावडंबर, चर्पटपंजरी, जल्पना, वाग्‌जाळ, वाचाळता, वाचाळपंचविशी, वाचाळी, चावळी, प्रलाप, बकवास, भंकस, मुक्ताफळे, मचमच, भाषण, रिक्त भाषण, पोपटपंची, गप्पा, गप्पाटप्पा, तोंडपाटिलकी, तोंडाळपणा, तोंडपिटी, तोंडपट्टा, तोंडसुख, अकांडतांडव; *पाहा :* **बडबडणे, भाषण, बडबड्या**

[वा] उचलली जीभ लावली टाळ्याला, क्रियेवीण वाचाळता व्यर्थ आहे, एरंडाचे गुऱ्हाळ, कोल्हेकुई, खाणे थोडे मचमच फार, पाटीभर बोलणे गुंजभर अर्थ, मुखमस्तीति वक्तव्यम्, रामायण लावणे, बोलाचीच कढी बोलाचाच भात, मियां मूठभर दाढी हातभर

(n) chatter, prattle, gabble, palaver, blabber, gibberish, gossip, bombast; *पाहा :* **बडबडणे, भाषण, बडबड्या**

बडबडणे (क्रि) बकणे, भकणे, बरळणे, चावळणे, अरंबळणे, बोलणे, वल्गणे (वलगणे); *पाहा :* **बडबड, बडबड्या**

[वा] जीभ पाघळणे/ पाजळणे, जीभ मोकळी सोडणे, जिभेचा पट्टा सोडणे, तोंड करणे/ सोडणे/ चालवणे/

वाजवणे/ पिटणे/ पाघळणे, तोंडाचा पट्टा सोडणे, तोंडाची वाफ दवडणे, तोंडावर/जिभेवर नक्षत्र पडणे, तोंडावर ताबा नसणे, तोंडात तीळ न भिजणे, तुणतुणे लावणे/वाजवणे, कर्मकथा सांगत बसणे, मुक्ताफळे उधळणे, (अकलेचे) तारे तोडणे, घसा कोरडा करणे, चऱ्हाट वळणे, मुखरस पाघळणे, गाडी सोडणे, बाता झोकणे

(v) chatter, gabble, blabber, patter, drivel; *पाहा :* **बडबड, बडबड्या**

[i] spin out, harp, talk oneself hoarse, shoot off one's mouth, talk the hind leg off a donkey, talk nineteen to the dozen

बडबड्या (वि) वाचाळ, तोंडाळ, मुखर, वाग्वीर, वाचिवीर, गप्पिष्ट, गप्पीदास, वावदूक, तोंडपाटील, तोंडफटाल्या, बोलघेवडा, बोलका, भडभड्या, बोंबल्या गणेश, बोलभांड; मुलुखमैदान (स्त्री); *पाहा :* **बडबड, बडबडणे, अघळपघळ** (विरु) **अबोल, घुमा**

[वा] बोलेल तो करील काय गरजेल (गर्जेल) तो पडेल (वर्षेल) काय? मेमटा हिमटा घेतो चिमटा बडबड्याचा बोभाटा, गजघंटा

[adj] chatty, talkative, glib, long winded, voluble, gossipy, garrulous, loquacious, chatterbox; *पाहा :* **बडबड, बडबडणे, अघळपघळ** (विरु) **अबोल, घुमा**

बडमी (स्त्री) *पाहा :* **समुदाय**

बंडल (स्त्री) *पाहा :* **थाप**

बंडल (वि) *पाहा :* **खोटा**

बडवणे (क्रि) *पाहा :* **मारणे, वाद्य, नपुंसक**

बडवा (पु) *पाहा :* **पुजारी**

बडा (वि) *पाहा :* **थोर**

बंडाई (-ळी) (स्त्री) *पाहा :* **बंड, अराजक, गडबड**

बडिवार (पु) *पाहा :* **तोरा, थोरवी**

बंडी (स्त्री) *पाहा :* **कुडता, वाहन**

बडेजाव (पु) *पाहा :* **अवडंबर, प्रतिष्ठा**

बढत (स्त्री) *पाहा :* **प्रगती, तान**

बढती (स्त्री) *पाहा :* **प्रगती**

बढाई (स्त्री) *पाहा :* **फुशारकी, जल्पना**

बढाईखोर (वि) *पाहा :* **गर्विष्ठ**

बतावणी (स्त्री) अभिनय, हावभाव, आविर्भाव, सोंग; *पाहा :* **ढोंग, तमाशा**

(n) acting, imitation; *पाहा :* **ढोंग, तमाशा**

[i] put on an act

बतेला (पु) *पाहा :* **नौका**

बत्ता (पु) *पाहा :* **कांब**

बत्तिशी (स्त्री) *पाहा :* **दात, भाषण, वय**

बत्ती (स्त्री) *पाहा :* **दिवा**

बथ्थड (वि) *पाहा :* **अजाण, बधिर**

बंद (वि) कुंठित, खंडित, स्थगित, संस्थगित, ठप्प, तहकूब, रोधित, रुद्ध; कुंठलेला, थांबलेला, अडलेला,

खीळ घातलेला, थोपलेला; बुजलेला, चोंदलेला, कोंडलेला, कोंदलेला; मनाई केलेला, प्रलंबित, निलंबित; झाकलेला, आच्छादलेला, बुजवलेला, बूच बसवलेला, मिटलेला, लावलेला; बंदिस्त, कोंदट; कुलूपबंद, हवाबंद, डबाबंद, इ.; जलाभेद्य, वाताभेद्य, इ.; *पाहा :* **अटकाव, रक्षित, चळवळ**

(adj) Held up, stopped, ceased, halted, blocked, covered, plugged, shut; water-tight, air-tight etc; *पाहा :* **अटकाव, रक्षित, चळवळ**

बंद (पु) *पाहा :* **पट्टा**

बदक (न) पाणकोंबडा, कलहंस

(n) duck, waterbird

बदकर्म (न) *पाहा :* **अपराध, जारकर्म**

बदकर्मी (वि) *पाहा :* **गुन्हेगार, जारकर्मी**

बदख्याली (वि) *पाहा :* **जारकर्मी**

बंदगी (स्त्री) *पाहा :* **गुलामगिरी**

बदडणे (क्रि) *पाहा :* **मारणे**

बदनाम (वि) *पाहा :* **कलंकित**

बदनामी (स्त्री) *पाहा :* **अपकीर्ती, निंदानालस्ती, अपभाषण**

बदफैली (वि) *पाहा :* **जारकर्मी, चंगीभंगी, अनैतिक, अधम**

बदफैलीपणा (पु) *पाहा :* **जारकर्म**

बदबदा (क्रिवि) *पाहा :* **आवाजासह**

बदमाश (वि) *पाहा :* **गुंड, फसवा, अट्टल**

बंदर (न) गोदी, धक्का, निवारा, समुद्रकिनारा, सिंधुद्वार

(n) harbour, port, quay, mole, seafron

बदरा (पु) *पाहा :* **नौका**

बदरी (स्त्री) *पाहा :* **पिशवी**

बदल (पु) पालट, फेरफार, फेर, फेरबदल, हेरफेर, फरक, दुरुस्ती; भिन्नता, भिन्नत्व, निराळेपणा, वेगळेपणा, विकृती; उलथापालथ, आलटापालट, अदलाबदल, बदलाबदल, विनिमय, फिरवाफिरव; परिवर्तन, बदली; नूतनीकरण, सुधारणा, संस्कार; फेरविचार, फेरमांडणी, फेररचना, कलाटणी, वळसेवेलांट्या; अंतर, अवस्थांतर, विकार, स्थित्यंतर, संक्रमण, युगांतर; संक्रांत; स्थानांतरण, स्थानच्युती, स्थलांतर, देशांतर, मतान्तर, धर्मान्तर, मार्गच्युती; भाषांतर, रूपांतर, अनुवाद; मतपरिवर्तन, फेरविचार, मनोबदल, हृदयपालट, पक्षबदल, सत्ताबदल, जागाबदल, दिशाबदल, रूपबदल, लिंगबदल, धर्मबदल, आमूलाग्र बदल, कायाकल्प, घूमजाव; उत्परिवर्तन, तोंडपालट, जिव्हापालट, जीभपालट, रुचिपालट, कायापालट, थारेपालट, खांदेपालट; *पाहा :* **अपभ्रंश, क्रांती**

[क्रि] बदलणे, पालटणे, फिरणे, वळणे, उलटणे, परतणे, वर्ग करणे

[वा] पगडी फिरवणे, बोलणे फिरवणे, आयाराम गयाराम, पारडे फिरणे, वारा फिरणे, यक्षिणीची कांडी फिरणे,

रूप पालटणे, चर्या पालटणे, रूळ बदलणे, नवे रक्त आणणे, चार दिवस सासूचे चार दिवस सुनेचे, बदलती समीकरणे, कोसळणारे पुतळे, मनू पालटणे, घर फिरले म्हणजे घराचे वासेही फिरतात, सरड्यासारखा रंग बदलणे, घोडेबाजार, खो-खोचा खेळ, 'ध' चा 'मा' करणे,

(n) change, alteration, rearrangement, recorganisation, V-turn, modification, conversion, transformation, metamorphosis, transition, shift, floor crossing, revision, translation, transfer, reform, upheaval, innovation, modulation, deviation, sex change, mutation; *पाहा :* **अपभ्रंश, क्रांती**

[i] turn over a new leaf, turn the tide/scale, take a turn for the better/worse, introduce new blood, shuffle the cards, play fast and loose, to turn one's coat, to backpedal, change hourses in midstrem, to be in the melting pot, second thoughts, switch over, turn the tables on, change hands, ups and downs

बदलणे (क्रि) *पाहा :* **बदल**

बदलता (वि) *पाहा :* **बदल, चंचल**

बदला (पु) *पाहा :* **सूड**

बदलाबदल (पु) *पाहा :* **बदल**

बदली (स्त्री) *पाहा :* **बदल**

बदली (वि) *पाहा :* **तात्पुरता**

बदलौकिक (पु) *पाहा :* **अपकीर्ती**

बदसल्ला (पु) *पाहा :* **उपदेश**

बदसुरत (वि) *पाहा :* **कुरूप**

बदसूर (वि, पु) *पाहा :* **बेसूर, दुजाभाव**

बंदा (पु) *पाहा :* **अनुचर, पुत्र**

बदामी (वि) *पाहा :* **तपकिरी**

बंदिवान (वि) *पाहा :* **कैदी**

बंदिवास (पु) *पाहा :* **अटक**

बंदिश (स्त्री) *पाहा :* **घडण, संगीत**

बंदिस्त (वि) बंद, निरुद्ध, कोंडलेला, बांधलेला, सीमित, मर्यादित, तकडबंद (तगडबंद), कुलूपबंद, कडीकुलपात बंद, संयमित, नियमित, निर्बंधित, आखलेला, बद्ध, सीमाबद्ध, चाकोरीबद्ध, प्रमाणबद्ध, सुरचित, सुव्यवस्थित; *पाहा :* **कैदी**

[वा] कुंपण घालणे, बांध घालणे

[adj] restricted, bound, pent up, enclosed, imprisoned, restrained, confined, limited, closed, compact; *पाहा :* **कैदी**

बंदी (स्त्री) पाह*ा :* **अटकाव**

बंदी (पु) *पाहा :* **कैदी**

बंदीखाना (पु) *पाहा :* **तुरुंग**

बंदीजन (पु) *पाहा :* **कैदी**

बंदीमोक्ष (पु) *पाहा :* **मोक्ष**

बंदीशाळा (स्त्री) *पाहा :* **तुरुंग**

बंदूक (स्त्री) *पाहा :* **आयुध**

बंदूकशाही (स्त्री) *पाहा :* **दडपशाही**

बंदोबस्त (पु) *पाहा :* **तजवीज, नियंत्रण,**

जम

बद्द (वि) *पाहा :* **कर्कश, बधिर**

बद्दू (वि) *पाहा :* **कलंकित, अपकीर्ती**

बद्ध (वि) बांधलेला, जखडलेला, जडलेला, चिकटलेला, सांधलेला, अनुस्यूत, बिलगलेला, खिळलेला, सुबद्ध, सुरचित, एकत्रित, संमीलित, मिलाफ झालेला, संलग्न, संश्लिष्ट, संसक्त, संसृष्ट, निगडित, निर्बंधित, प्रतिबंधित, प्रतिबद्ध, निबद्ध, निरुद्ध, संबद्ध, परिरुद्ध, संयुक्त, बंदिस्त, जेरबंद, ठाणबंद; प्रीतिबद्ध, वचनबद्ध, बाहुबद्ध, विवाहबद्ध, उपकारबद्ध, रूढिबद्ध, शापबद्ध, इत्यादी; मिंधा, परतंत्र; *पाहा :* **कैदी** (विरु) **मुक्त, स्वतंत्र, स्वैर**

[वा] हात बांधलेले असणे, नाड्या आवळल्या जाणे, मुठीत ठेवणे

[adj] bound, secured, tied, fastened, stuck, attached, wedded, fixed, constrained, duty-bound, time-bound, restrained; *पाहा :* **कैदी** (विरु) **मुक्त, स्वतंत्र, स्वैर**

बद्धता (स्त्री) *पाहा :* **बंध**

बद्धपरिकर (वि) *पाहा :* **उद्युक्त, सज्ज**

बद्धमुष्टी (वि) *पाहा :* **कंजूष**

बद्धमूल (वि) *पाहा :* **पक्का, दृढ**

बद्धांजली (वि) *पाहा :* **नम्र**

बंध (पु) नियम, निर्बंध, बंधन, कायदा, दंडक, अट, करार, संकेत, नेम; शृंखला, बेडी, बंधन, पकड, पाश, विळखा, बद्धता, जखडणूक, जखडबंदी, मिठी, मगरमिठी; मोहजाल, मोहपाश; गाठ, सांधा, दुवा; आळा, आवर, नियंत्रण, नियमन, धरबंध, अटकाव, बांध, मर्यादा, सीमा, हद्द; अनुबंध, संबंध, परस्परसंबंध, लागाबांधा, नाते, स्नेहसंबंध, बांधिलकी, कर्तव्य, जबाबदारी; रचना, बांधणी, जुळणी, उभारणी; योगमुद्रा (उड्डियानबंध, इ.); *पाहा :* **अनुबंध, बांधणे**

[वा] नाळ जोडणे, नाकात वेसण घालणे

(n) rule, regulation, condition, bond, curb, inhibition, proviso, restriction; chain, bond, tie, fetter; control, restraint, check, limit; connection, relationship, link, interconnection, affinity; commitment, involvement; composition, configuration, formation; *पाहा :* **अनुबंध, बांधणे**

बधणे (क्रि) जुमानणे, ऐकणे, (आज्ञा) पाळणे; इच्छेनुरूप/सांगितल्याप्रमाणे वागणे/बोलणे; वश/अधीन/अनुकूल होणे, बोटचेपा असणे, कह्यात जाणे, शरण जाणे, स्वाधीन होणे, संमती/अनुमती देणे, मान्य करणे

(v) yield, succumb, surrender, assent, comply, obey

बंधन (न) *पाहा :* **बंध**

बंधनकारक (वि) *पाहा :* **आवश्यक**

बंधमुक्त (वि) *पाहा :* **मुक्त**

बंधमुक्ती (-मोक्ष, -विमोचन) (स्त्री,

पु, न) *पाहा :* **मुक्ती**

बंधारा (पु) *पाहा :* **बांध**

बधिर (वि) संवेदनशून्य, संवेदनाहीन (-रहित), स्पर्शानभिज्ञ, स्पर्शज्ञानरहित, सुस्त, मुंग्या आलेला, अर्धांगग्रस्त, गुंगी/भूल दिलेला, गोठलेला, गारठलेला, बोथट, चैतन्यहीन, कुंठितमती, सुन्न, मंद, बद्द, बथ्थड, शून्य, भावनाशून्य, विचारशून्य; *पाहा :* **बहिरा**

[adj] numb, deadened, desensitised, frozen, paralysed, anaesthetised, dull, torpid, dazed, insensitive, unfeeling; *पाहा :* **बहिरा**

[i] be asleep

बंधुजन (पु, अव) *पाहा :* **आप्त**

बंधुत्व (न) *पाहा :* **मित्रत्व**

बंधुप्रेम (न) *पाहा :* **प्रेम**

बंधुभाव (पु) *पाहा :* **मित्रत्व**

बंधुराज (पु) *पाहा :* **भाऊ**

बंधुवर्ग (पु) *पाहा :* **आप्त**

बंधू (पु) *पाहा :* **भाऊ**

बन (न) *पाहा :* **अरण्य**

बनकर (पु) *पाहा :* **शेतकरी**

बनणे (क्रि) *पाहा :* **घडणे**

बनवणे (क्रि) *पाहा :* **करणे, फसवणूक**

बनवाबनवी (स्त्री) *पाहा :* **कपट, फसवणूक, खोटेपणा**

बनाव (पु) *पाहा :* **कट, योजना, घटना, अनुसंधान**

बनावट (वि) नकली, खोटा, फसवा, लबाडीचा, कृत्रिम, दिखाऊ, नाटकी, वरकरणी, भ्रामक, रचलेला, काल्पनिक *पाहा :* (विरु) **अस्सल**

[adj] artificial, fake, forged, counterfeit, untrue, feigned, fictitious *पाहा :* (विरु) **अस्सल**

बनावट (स्त्री) *पाहा :* **घडण**

बनेल (वि) *पाहा :* **अट्टल, फसवा**

बन्सी (स्त्री) *पाहा :* **सुषिरवाद्य**

बंब (पु) *पाहा :* **पिंप**

बबर्जी (पु) *पाहा :* **आचारी**

बंबाळ (पु) *पाहा :* **समुदाय, आवाज**

बभ्रा (पु) *पाहा :* **प्रसिद्धी, अगाजा**

बया (स्त्री) *पाहा :* **स्त्री**

बयाणा (पु) *पाहा :* **अनामत**

बरकत (स्त्री) *पाहा :* **उत्कर्ष**

बरखास्त (वि) *पाहा :* **समाप्त**

बरखास्ती (स्त्री) *पाहा :* **अखेर**

बरगडी (स्त्री) *पाहा :* **पंजर**

बरची (स्त्री) *पाहा :* **आयुध**

बरड (वि) *पाहा :* **उजाड, जमीन**

बरडबाकोळा (पु) *पाहा :* **खोगीरभरती**

बरणी (स्त्री) *पाहा :* **कुपी**

बरबटणे (क्रि) *पाहा :* **चोपडणे, कलंकित**

बरबाद (वि) *पाहा :* **नष्ट**

बरव (स्त्री) *पाहा :* **शोभा**

बरवा (वि) *पाहा :* **चांगला**

बरसात (स्त्री) *पाहा :* **वर्षाव**

बरळणे (क्रि) *पाहा :* **बडबडणे**

बरा (वि) *पाहा :* **कामचलाऊ, चांगला, निरोगी**

बराक (स्त्री) *पाहा :* **खोली**

बरेच (वि) *पाहा :* **अनेक**
बरेवाईट (न) *पाहा :* **मृत्यू**
बरोबर (वि) *पाहा :* **अचूक, नेमका, समान, उचित, अन्वर्थक, सर्मपक**
बरोबरी (स्त्री) *पाहा :* **तुलना, स्पर्धा, समानता, अनुरूप, अनुकरण**
बर्ची (स्त्री) *पाहा :* **आयुध**
बर्फ (न) *पाहा :* **हिम**
बल (न) *पाहा :* **शक्ती**
बलक (पु) *पाहा :* **गर**
बलदंड (वि) *पाहा :* **शक्तिमान**
बलवत्तर (वि) *पाहा :* **शक्तिमान**
बलवर्धक (वि) *पाहा :* **पौष्टिक**
बलवर्धन (न) *पाहा :* **व्यायाम**
बलवंत (-वान, -शाली) (वि) *पाहा :* **शक्तिमान**
बलस्थान (न) शक्तिस्थळ, (-स्थान) बालेकिल्ला
(n) strong point, stronghold
बला (स्त्री) *पाहा :* **संकट, त्रास**
बलाक (पु) *पाहा :* **बक**
बलाढ्य (वि) *पाहा :* **शक्तिमान**
बलात्कार (पु) जबरी, जबरी संभोग, धर्षण, जबरदस्ती, अत्याचार, कुकर्म, कृष्णकृत्य, पाशवी कृत्य, जुलूम, अन्याय, दडपशाही, बलप्रयोग, बळात्कार
[वा] अब्रू घेणे/सुटणे
(n) rape, sexual attack, atrocity, abuse, violation, criminal assault, violence, brute force, outrage
बलाबल (न) *पाहा :* **शक्ती**
बलामत (स्त्री) *पाहा :* **संकट, आरोप**
बलिदान (न) आत्मबलिदान, आत्मसमर्पण, आत्माहुती, आत्मार्पण, प्राणार्पण, प्राणदान, आत्मदहन, आत्मयज्ञ; बळी, दान; जोहार, हाराकिरी, सती, हौतात्म्य; *पाहा :* **त्याग, यज्ञ**
(n) self-sacrifice, martyrdom, oblation, offering; *पाहा :* **त्याग, यज्ञ**
बलिप्रतिपदा (स्त्री) *पाहा :* **पाडवा**
बलिष्ठ (वि) *पाहा :* **शक्तिमान**
बली (वि) *पाहा :* **शक्तिमान**
बली (पु) बळी, अर्पणवस्तू, आहुती, *पाहा :* **मृत्यू, अर्पिणे**
[वा] बळीचा बकरा बनवणे, अजापुत्रं बलिं दद्यात्
(n) oblation, sacrifice; *पाहा :* **मृत्यू, अर्पिणे**
बलीवर्द (पु) *पाहा :* **बैल**
बलुते (न) *पाहा :* **भाग, वेतन**
बलुतेदार (पु) *पाहा :* **भागीदार, कष्टकरी**
बल्लव (पु) *पाहा :* **आचारी**
बल्ली (स्त्री) *पाहा :* **काठी, स्तंभ**
बश्या (वि) *पाहा :* **आळशी**
बसकट (वि) *पाहा :* **पसरट, बैठा**
बसकण (स्त्री) *पाहा :* **बसणे**
बसकर (न) *पाहा :* **आसन**
बसका (वि) *पाहा :* **पसरट, बैठा, चपटा**
बसणी (स्त्री) *पाहा :* **बैठक**
बसणे (क्रि) उपविष्ट होणे, आसन ठोकणे,

बैठक मारणे, जमवणे, बैठणे, बैसणे, टेकणे, बूड टेकणे, बसकण मारणे/घेणे, थबकण घालणे, मांडी घालणे/ठोकणे, खुरमांडी घालणे, उकिडवे बसणे, पद्मासन घालणे, फतकल मारणे, जेठा मारणे, मेट मारून बसणे, ठाण मांडणे, ठिय्या देणे, आसनस्थ/स्थानापन्न /अधिष्ठित/सिंहासनाधिष्ठित होणे, गादीवर/राज्यावर येणे/ बसणे, विराजमान होणे, स्थिरावणे; निरुद्योगी/रिकामटेकडा/कामधंद्याविना/बेकार असणे; *पाहा :* **दबणे, नुकसान, घोगरा**

(v) sit, be seated, seat oneself, take a seat, squat, perch, be situated; enthrone; be unemployed; *पाहा :* **दबणे, नुकसान, घोगरा**

बसंत (पु) *पाहा :* **राग**

बसंती (वि) *पाहा :* **पिवळा**

बसवणे (क्रि) *पाहा :* **ठेवणे, लादणे**

बसवी (स्त्री) *पाहा :* **वेश्या**

बस्ता (पु) *पाहा :* **गठ्ठा**

बस्तान (न) *पाहा :* **जम**

बहकणे (क्रि) वाहवणे, भटकणे, भरकटणे, भकणे, घसरणे, चुकणे, चकणे, झकणे, चळणे, बिघडणे, बिथरणे, रस्ता चुकणे (*पाहा :* **आडमार्ग**); *पाहा :* **पसरणे**

[वा] रानात/आडरानात शिरणे

(v) go astray, drift, wander, swerve; *पाहा :* **आडमार्ग, पसरणे**

[i] get carried away

बहर (पु) भर, समृद्धी, भरभराट, संपन्नता, उधाण, ऊत, उत्कर्ष, अभिवृद्धी, सुगी, सराई, वैपुल्य, बहार,मोहर, मोहोर, भार, हंगाम, मोसम, नव्हाळी, टवटवी, तेजगी, रंग, जोम, मौज, मजा, रंगत, रसोत्कर्ष, रंगबहार, पर्वणी

(n) blossom, bloom, superabundance, opulence, prosperity, upsurge, radiance, gaiety

बहरणे (क्रि) मोहोरणे, डवरणे, फुलारणे, उमलणे, फुलणे, भरभराटणे, वाढणे, फोफावणे, तरारणे, रंगणे

(v) Blossom, bloom, flower, burgeon, prosper, flourish, develop, grow

बहाणा (पु) *पाहा :* **कारण, ढोंग**

बहादर (-दुर, -दूर, -द्दर) (वि) *पाहा :* **पराक्रमी, निपुण**

बहादुरी (स्त्री) *पाहा :* **पराक्रम**

बहार (पु) *पाहा :* **बहर, राग**

बहारदार (वि) *पाहा :* **मजेदार**

बहाल करणे (क्रि) *पाहा :* **देणे**

बहिरंग (पु) *पाहा :* **बाह्यांग**

बहिरट (वि) *पाहा :* **बहिरा**

बहिरा (वि) कर्णबधिर, कानाचा जड, बधिर, मूकबधिर, संवेदनाहीन, बहिरट, बहिरंभट; ठार बहिरा; बहिरोबा; बेरकट

[वा] कान फुटणे, कानांत दडे बसणे, कानठळ्या बसणे, कान न देणे, बहिरोबाची सेवा करणे, दीडकानाचा

[adj] deaf, earless, hard of hearing, stone-deaf, deafmute

बहिर्गोल (वि) *पाहा :* **गोल, फुगीर**

बहिर्भाग (पु) *पाहा :* **बाह्यांग**

बहिर्मुख (वि) इंद्रियासक्त, प्रपंचासक्त, सुखलोलुप, उथळ; *पाहा :* (विरु) **अंतर्मुख**

[adj] extrovert, outgoing, sociable, worldly, pleasure-seeking *पाहा :* (विरु) **अंतर्मुख**

बहिर्लापिका (स्त्री) *पाहा :* **कोडे**

बहिर्वक्र (वि) *पाहा :* **गोल, फुगीर**

बहिर्वर्ती (वि) *पाहा :* **बाह्य**

बहिर्व्यसन (न) *पाहा :* **जारकर्म**

बहिर्व्यसनी (वि) *पाहा :* **जारकर्मी**

बहिष्कार (पु), **बहिष्कारणे** (क्रि) *पाहा :* **बहिष्कृत**

बहिष्कृत (वि) बहिष्कार टाकलेला, बहिष्कारलेला, जातीबाहेर/पंथाबाहेर टाकलेला, वाळीत टाकलेला, वर्ज्य, त्यक्त, वगळलेला, बाहेर घालवलेला, हुसकलेला, हुसकावलेला, काढून टाकलेला, अंतर्भाव न केलेला, अंतर्भूत न केलेला, हद्दपार/तडीपार केलेला, गृहहीन, निर्वासित, काळ्या यादीत घातलेला; जातिबहिष्कृत, धर्मबहिष्कृत, समाजबहिष्कृत, धर्मबाह्य; *पाहा :* **अर्धचंद्र**

[वा] ग्रामण्य घालणे

[adj] boycotted, outcast, ostracised, excommunicated, expelled, eliminated, excluded, blacklisted, banished, exiled; *पाहा :* **अर्धचंद्र**

बहिःस्थ (वि) *पाहा :* **बाह्य**

बहीण (स्त्री) भगिनी, ताई, अक्का, दीदी, जिजी; सख्खी/सावत्र, इ. बहीण, भावंड

[वा] पाठीला पाठ लावून जन्मणे, जेष्ठा-कनिष्ठा

(n) Sister

बहीणभावंडे (न, अव) *पाहा :* **आप्त**

बहुआयामी (वि) *पाहा :* **चतुरस्त्र**

बहुउद्देशीय (वि) *पाहा :* **बहुविध**

बहुगुणी (वि) *पाहा :* **चतुरस्त्र, गुणी**

बहुजनसमाज (पु) *पाहा :* **मानव**

बहुढंगी (वि) *पाहा :* **चतुरस्त्र**

बहुत (वि) *पाहा :* **अतिशय, अनेक**

बहुतकरून (क्रिवि) *पाहा :* **बहुतेक**

बहुतेक (क्रिवि) बहुतकरून, बहुशः, बहुधा, बहुतांशी, बह्वंशी, प्रायः, प्रायशः, सहसा, सामान्यपणे, सामान्यतः, साधारणपणे

[adj] generally, in general, by and large, for the most part, probably, presumably, normally, usually

बहुदुधी (वि) *पाहा :* **गुणी**

बहुधा (क्रिवि) *पाहा :* **बहुतेक**

बहुपदरी (वि), **बहुपेडी** (वि) *पाहा :* **चतुरस्त्र**

बहुप्रद (वि) *पाहा :* **उदार**

बहुप्रसवा (वि) *पाहा :* **सर्जनशील**

बहुभाषक (-भाषी) (वि) अनेक-

भाषाकोविद, भाषाप्रभू; *पाहा :* **चतुरस्र**
[adj] liguist, multilingual *पाहा :* **चतुरस्र**
बहुमत (न) *पाहा :* **मत**
बहुमान (पु) *पाहा :* **आदर**
बहुमुखी (वि) *पाहा :* **चतुरस्र**
बहुमूल्य (-मोल) (वि) *पाहा :* **मौल्यवान**
बहुरंगी (वि) *पाहा :* **चतुरस्र**
बहुराष्ट्रीय (वि) *पाहा :* **बहुविध**
बहुरूपी (पु) *पाहा :* **अभिनेता**
बहुल (वि) *पाहा :* **अनेक**
बहुविध (वि) अनेकविध, नानाविध, विविध, अनेक, भिन्नभिन्न; बहुउद्देशीय, बहुराष्ट्रीय, इ.; *पाहा :* **चतुरस्र, मिश्र**
[adj] various, manifold, multifarious, numerous, several, divers; *पाहा :* **चतुरस्र, मिश्र**
बहुव्याप्त (वि) *पाहा :* **दूरगामी**
बहुशः (क्रिवि) *पाहा :* **बहुतेक**
बहुश्रुत (वि) *पाहा :* **पंडित**
बहुसंख्य (वि) *पाहा :* **अधिक**
बहुज्ञ (वि) *पाहा :* **पंडित**
बहू (वि) *पाहा :* **अतिशय**
बहूपयोगी (वि) *पाहा :* **उपकारक**
बह्वंशी (क्रिवि) *पाहा :* **बहुतेक**
बळ (न) *पाहा :* **शक्ती**
बळकट (वि) *पाहा :* **शक्तिमान**
बळकटी (स्त्री) *पाहा :* **शक्ती**
बळकावणे (क्रि) *पाहा :* **घेणे, चोरणे, अपहरण**
बळजबरी (स्त्री), **बळजोरी** (स्त्री) *पाहा :* **जबरदस्ती, अपहरण, जुलूम**
बळद (न) *पाहा :* **विवर**
बळदर्प (पु) *पाहा :* **दर्प**
बळभद्र (वि) *पाहा :* **शक्तिमान**
बळवंत (वि), **बळवान** (वि) *पाहा :* **शक्तिमान**
बळात्कार (पु) *पाहा :* **जबरदस्ती**
बळावणे (क्रि) *पाहा :* **वाढ**
बळी (वि) *पाहा :* **शक्तिमान**
बळी (पु) *पाहा :* **बली, नाश**
बळीराजा (पु) *पाहा :* **शेतकरी**
बळेच (बळेबळे) (क्रिवि) *पाहा :* **मुद्दाम**
बक्षिशी (-सी) (स्त्री) *पाहा :* **बक्षीस**
बक्षीस (न) बक्षिशी (-सी), इनाम, देणगी, दान, पारितोषिक, फळ, बिदागी, मोबदला, पुरस्कार, वाहवा, शाबासकी, पदक, मानचिन्ह, गौरवचिन्ह, आहेर, भेट, आंदण, पोस्त, दौलतजादा, प्रशस्तिपत्रक, बक्षीसपत्र
(n) gift, present, donation, fruit, return, award, medal, trophy, prize, commendation
[i] a prize on someone's head
बा (पु) *पाहा :* **पिता**
बाइल्या (वि) *पाहा :* **नपुंसक**
बाई (स्त्री) *पाहा :* **स्त्री, रखेली**
बाईमाणूस (न) *पाहा :* **स्त्री**
बाईल (स्त्री) *पाहा :* **पत्नी**
बाऊ (पु) *पाहा :* **भीती**
बाक (पु) *पाहा :* **वक्रता, आसन**
बाकदार (वि) *पाहा :* **वक्र**
बाका (वि) *पाहा :* **अवघड, निधडा**
बाकी (वि, स्त्री) *पाहा :* **अवशिष्ट**

बाग (स्त्री) *पाहा :* **उद्यान, आगर, अरण्य**

बांग (स्त्री) *पाहा :* **आरोळी, आवाज**

बागडणे (क्रि) *पाहा :* **करमणूक**

बांगडी (स्त्री) *पाहा :* **कंकण**

बागनेट (न) *पाहा :* **आयुध**

बागवान (पु) *पाहा :* **शेतकरी**

बागाइतदार (पु) *पाहा :* **शेतकरी**

बागाइती (-य-) (वि) *पाहा :* **जमीन**

बागाईत (-य-) (स्त्री) *पाहा :* **शेती**

बागुलबुवा (पु) *पाहा :* **भीती**

बागेश्री (पु), **बागेसरी** (पु) *पाहा :* **राग**

बाचकणे (क्रि) *पाहा :* **भीती, चपापणे**

बाचके (न) *पाहा :* **गठ्ठा**

बाचाबाची (स्त्री) *पाहा :* **भांडण**

बाज (स्त्री) *पाहा :* **पलंग**

बाज (पु) *पाहा :* **ढब**

बाजले (न) *पाहा :* **पलंग**

बाजा (पु) *पाहा :* **सुषिरवाद्य, नाश**

बाजार (पु) *पाहा :* **दुकान, पसारा**

बाजारअफवा (-गप्प) (स्त्री) *पाहा :* **अफवा**

बाजारनिरख (पु) *पाहा :* **किंमत**

बाजारपेठ (स्त्री) *पाहा :* **दुकान**

बाजारबसवी (स्त्री) *पाहा :* **वेश्या**

बाजारबुणगा (पु) *पाहा :* **खोगीरभरती**

बाजारभरणा (पु) *पाहा :* **खोगीरभरती**

बाजारभाव (पु) *पाहा :* **किंमत**

बाजारवाडा (पु) *पाहा :* **दुकान**

बाजारहाट (पु) *पाहा :* **दुकान, मिळवणे**

बाजारी (-रू) (वि) *पाहा :* **निकृष्ट, पण्य**

बाजिंदा (वि) *पाहा :* **निपुण**

बाजी (स्त्री) *पाहा :* **क्रीडा, जिंकणे**

बाजीगर (पु) *पाहा :* **जादूगार**

बाजीगरी (स्त्री) *पाहा :* **जादू**

बाजू (स्त्री) कड, कडा, काठ, किनार, बगल, कुशी, कूस, भुज, भुजा; किनारा, तट; पक्ष, फळी; अंग, पैलू, भाग, विभाग, शाखा; कल, प्रवृत्ती, कसब
(n) side, edge, flank, wing; bank; facet, faction, branch, talent, faculty

बाट (पु) *पाहा :* **कलंक**

बाटगा (वि), **बाटणे** (क्रि) *पाहा :* **जातिभ्रष्ट**

बाटली (स्त्री) *पाहा :* **कुपी**

बाठ (-ठी) (स्त्री) *पाहा :* **बी**

बाड (न) *पाहा :* **ग्रंथ, गठ्ठा**

बांड (न) *पाहा :* **वस्त्र**

बाडगा (वि) *पाहा :* **जुलमी**

बांडगूळ (न) *पाहा :* **परभृत**

बाडबिस्तरा (पु) *पाहा :* **चंबूगबाळे**

बांडा (वि) *पाहा :* **कमी**

बाडी (स्त्री) *पाहा :* **अंगण**

बाण (पु) तीर, शर, सायक, विशिख; रोप, तुक्का; शिवलिंग, पिंडी; मदनबाण (अरविंद, अशोक, चूत: आम्रमंजिरी, नवमल्लिका: मोगरा, नीलोत्पल); मदनशर; अग्निबाण; दिशादर्शक खूण
(n) arrow, pointer, sign, rocket

बाणणे (क्रि) *पाहा :* **बिंबणे**

बाणा (पु) निर्धार, निश्चय, पण, संकल्प, प्रतिज्ञा; ब्रीद, शील; निग्रह,

अभिनिवेश, करारीपणा, जिद्द; स्वाभिमान; *पाहा :* **विणकाम**

(n) determination, resolve, pledge, commitment, doggedness, pride; *पाहा :* **विणकाम**

बाणेदार (वि) निग्रही, निश्चयी, करारी, तेजस्वी, पाणीदार, प्रतापी, स्वाभिमानी, मानी

[adj] resolute, firm, staunch, brilliant, spirited, proud

बात (स्त्री) *पाहा :* **थाप, कथा**

बातचीत (स्त्री) *पाहा :* **चर्चा**

बातमी (स्त्री) वार्ता, वृत्त, वर्तमान, वृत्तान्त, हकिकत (-गत), कथा, संदेश, निरोप, वर्दी, इहवृत्त, पूर्ववृत्त, पूर्ववृत्तान्त, वृत्तपत्रीय अहवाल, वर्णन, माहिती, समाचार, नवलविशेष, खबर, खबरबात, खुशखबर, शुभवार्ता, सुवार्ता, पत्ता, गंधवार्ता, कुणकुण, काणकूण, कथा, बातमीपत्र, ताजी बातमी, प्रक्षेपण, धावते वर्णन; उडत बातमी, ऐकीव बातमी; बित्तंबातमी; *पाहा :* **अफवा, पत्रकारिता, दळणवळण**

(n) news, information, intelligence, tidings, word, message, communication, dispatch, newscast, newsflash, newsletters, headline, report, story, press release, commentary, running commentary *पाहा :* **अफवा, पत्रकारिता, दळणवळण**

[i] a bombshell

बातमीदार (पु) वार्ताहर, वार्तिक, निरोप्या, जासूद, दूत (दूतिका, दूती), राजदूत, देवदूत, खबऱ्या, संदेशवाहक, संपर्कदाता, वृत्तनिवेदक, हेर, हरकारा (-ऱ्या), प्रतिनिधी; सांडणीस्वार; *पाहा :* **पत्रकारिता, दळणवळण**

[वा] संजय

(n) newsman, newsperson, reporter, columnist, newscaster, photojournalist, correspondent, announcer, commentator, messenger, courier, herald, agent; *पाहा :* **पत्रकारिता, दळणवळण**

[i] a stool-pigeon

बातमीपत्र (न) *पाहा :* **बातमी, माध्यम**

बाताड्या (पु) *पाहा :* **गप्पिष्ट**

बाद (वि) *पाहा :* **कमी**

बादरायण संबंध (पु) *पाहा :* **संबंध**

बादशहा (पु) *पाहा :* **राजा**

बादशाही (वि) *पाहा :* **आलिशान**

बांदे (न) *पाहा :* **परभृत**

बाध (पु) *पाहा :* **अटकाव, दोष, अपवाद**

बांध (पु) बंधारा, ताल, वरवंडी, भराव, तट, भिंत, धक्का, बांधबंदिस्ती, धरण; बंध, बंधन, अटकाव, आळा, आवर, मर्यादा

(n) bund, weir, dyke, levee, wall, embankment, barrier, dam;

restraint, check, limit

बाधक (वि) बाधा उत्पन्न करणारे (*पाहा* : **बाधा),** अपायकारक, हानिकारक, अपकारक, उपद्रवकारक, घातक, त्रासदायक, प्रतिकूल, विकारी; *पाहा* : **त्रासदायक** (विरु) **उपकारक**

[adj] detrimental, harmful, damaging, deleterious, injurious, pernicious, adverse; *पाहा* : **बाधा, त्रासदायक** (विरु) **उपकारक**

बांधकाम (न) *पाहा* : **बांधणे**

बांधणी (स्त्री) घडण, जडण, रचना, मांडणी, घाट, जडणघडण, उभारणी, निर्मिती, जोडणी, सांधणी, संघटन; पुनर्बांधणी, पुनरुभारणी, मोर्चेबांधणी *पाहा* : **बांधणे**

(n) construction, formation, fabrication, structure, form, production, organisation *पाहा* : **बांधणे**

बाधणे (क्रि) बाधक होणे (*पाहा* : **बाधक)**

(v) be harmful (*पाहा* : **बाधक)**

बांधणे (क्रि) बांधकाम करणे, उभारणे, बनवणे, रचणे, निर्मिणे, आखणे, योजणे, जुळवणे, बांधणी करणे (*पाहा* : **बांधणी),** जोडणे, एकत्र करणे, संघटित करणे, सांधणे, डांबणे, डांभणे, बंधनात ठेवणे, बद्ध/बंदिस्त करणे, जखडणे, धरून ठेवणे, खिळणे, आवळणे, कसणे, गाठ मारणे, घट्ट करणे, गुंडाळणे, मुसक्या आवळणे/ बांधणे, गठडी वळणे *पाहा* : **बंध, बांधीव**

(v) build, construct, erect, make, raise, set-up, fabricate, create, compose, plan, join, unite, bind, fasten, tighten, secure; *पाहा* : **बांधणी, बंध, बांधीव**

बांधव (पु) *पाहा* : **आप्त, भाऊ**

बाधा (स्त्री) अपाय, उपद्रव, पीडा, उपसर्ग, त्रास, दुःख, व्याधी, विकार, दोष, आजार; लागण, संसर्ग; भूतबाधा, पिशाचबाधा, बाहेरची बाधा, अशुभाची बाधा, रोगाची बाधा, 'ग' ची बाधा, विषबाधा *पाहा* : **बाधक**

(n) harm, detriment, injury, vexation, disease, malady, suffering *पाहा* : **बाधक**

बांधा (पु) शरीराकृती, अंगयष्टी, ठेवण, चण, ढब, रूप, आकार, घाट, घडण, बाह्यांग, बाह्याकृती

(n) form, figure, shape, outline, mould, make

बांधाबांध (स्त्री) *पाहा* : **तजवीज**

बांधिलकी (स्त्री) *पाहा* : **बंध, निष्ठा**

बांधीव (वि) संघटित, एकत्रित, आखीवरेखीव, सुरचित, बांधलेला (*पाहा* : **बांधणे)**

[adj] united, secured, planned, erected, built *पाहा* : **बांधणे**

बांधेसूद (वि) प्रमाणबद्ध, रेखीव, सुबक, सुडौल, घाटदार, कमनीय, अटकर,

सुघटित; सुघट, गोंडस, नीटस, सौष्ठवपूर्ण, घोटीव, कमावलेले, गोटीबंद, पिळदार

[adj] well-proportioned, shapely, trim, tidy, graceful

बाप (पु) *पाहा :* **पिता**

बापजादे (पु, अव) *पाहा :* **आप्त**

बापडा (वि), **बापुडा** (वि), **बापुडवाणा** (वि) *पाहा :* **केविलवाणा, गरीब**

बाप्तिस्मा (पु) *पाहा :* **दीक्षा**

बाप्या (पु) *पाहा :* **पुरुष**

बाब (स्त्री), **बाबत** (स्त्री) *पाहा :* **कलम**

बाबर (झोटिंग) (पु) *पाहा :* **पिशाच**

बाबरओठ (पु) *पाहा :* **ओठ**

बाबा (पु) *पाहा :* **पिता**

बाबागाडी (स्त्री) *पाहा :* **वाहन**

बाबावाक्य (न) *पाहा :* **मत, आदेश**

बांबुळी (स्त्री) *पाहा :* **शेवाळ**

बांबू (पु) कळक, वेळू, वेणू, वंश, कीचक, टोकर, चिवा, माणगा; कामटी, बोरू, वेणुदंड; वेळूचे/बांबूचे बन

(n) reed, bamboo

बांबोट (स्त्री) *पाहा :* **नौका**

बायकामुले (न, अव) *पाहा :* **परिवार**

बायकी (वि) बायक्या, बायल्या, स्त्रैण, शामळू, नेभळट, जनानी; *पाहा :* **स्त्रीसुलभ**

[वा] चुलीजवळ शौर्य दाखवणे, नथीतून तीर मारणे

[adj] womanish, effeminate, unmanly; *पाहा :* **स्त्रीसुलभ**

[i] tied to a woman's apron-strings

बायको (स्त्री) *पाहा :* **पत्नी**

बायकोवेल्हाळ (वि) *पाहा :* **स्त्रीलंपट**

बायक्या (-ल्या) (वि) *पाहा :* **बायकी, नपुंसक**

बार (पु) *पाहा :* **स्फोट, तंबाखू**

बारकस (न) *पाहा :* **नौका**

बारका (न) *पाहा :* **बारीक**

बारकाई (स्त्री) सूक्ष्मदृष्टी, बारीक दृष्टी/नजर, काळजीपूर्वकता, कसोशी, काटेकोरपणा; बारकावा, नाजूकपणा, गुप्तता, गूढता, अचूकपणा, बारीकपणा

(n) minuteness, meticulousness, carefulness, precision, subtlety, fineness

बारगळणे (क्रि) *पाहा :* **फजिती, नाश**

बारगीर (पु) *पाहा :* **अनुचर**

बारदान (न) *पाहा :* **वस्त्र, पसारा**

बारदाना (पु) *पाहा :* **कबिला**

बारनिशी (स्त्री) *पाहा :* **नोंद**

बारमहा (क्रिवि) *पाहा :* **अखंड** (क्रिवि)

बारसे (न) *पाहा :* **संस्कार**

बाराखडी (स्त्री) *पाहा :* **अक्षर**

बारा ज्योतिर्लिंगे (न, अव) सोरटी सोमनाथ, मल्लिकार्जुन, महांकालेश्वर, ओंकार अमलेश्वर (मांधाता), परळी वैजनाथ, भीमाशंकर, अवंढ्या नागनाथ, काशी विश्वनाथ, त्र्यंबकेश्वर, केदारेश्वर, घृष्णेश्वर, रामेश्वर

(n, pl) twelve temples of Shiv

बाराबंदी (स्त्री) *पाहा :* **कुडता**

बारा महिने (पु, अव) चैत्र, वैशाख, ज्येष्ठ, आषाढ, श्रावण, भाद्रपद

(भादवा), आश्विन, कार्तिक, मार्गशीर्ष (मागेसर), पौष, माघ, फाल्गुन *पाहा* : **महिना**

(n, pl) twelve months *पाहा* : **महिना**

बारा राशी (स्त्री, अव) मेष, वृषभ, मिथुन, कर्क, सिंह, कन्या, तूळ, वृश्चिक, धनू, मकर, कुंभ, मीन

(n, pl) twelve signs of the zodiac, (Aries, Taurus, Gemini, Cancer, Leo, Virgo, Libra, Scorpio, Sagittarious, Capricorn, Aquarius, Pisces)

बारावा (पु) *पाहा* : **अंत्येष्टी**

बारी (स्त्री) *पाहा* : **खेप, आवली**

बारीक (वि) सूक्ष्म, कणरूप, लहान, बारका, कमी जाड, आकाराने लहान; पातळ, तलम, अलवार; काटेकोर, बारकाईचा, सूक्ष्मदृष्टीचा, काळजीपूर्वक; गूढ, गहिरा, दुर्ज्ञेय; *पाहा* : **कृश, अल्प**

[adj] fine, small, tiny, microscopic; thin, filmy; meticulous, minute; hidden, inscrutable; *पाहा* : **कृश, अल्प**

बारीकराव (वि) *पाहा* : **कृश**

बारीकसारीक (वि) *पाहा* : **किरकोळ, खोगीरभरती**

बारूद (स्त्री) *पाहा* : **स्फोटक**

बारे (न) *पाहा* : **खिंडार**

बाल (बालक) (न, पु, वि) बाळ, बाळक, अर्भक, तान्हुले, लहान/तान्हे/ताने/तानुले/नवजात/ नवागत/दूधपिते मूल, लेकरू, छकुले, छकुडे, छबडे; बालगोपाल (बाळगोपाळ), शिशुवर्ग, शिशु, कुकुबाळ, रांगते मूल; *पाहा* : **मूल, लहान, अल्पवयस्क, अजाण**

[वा] ओठावरचे दूध वाळलेले नसणे, ओठ पिळले तर दूध निघेल असा

[n, adj] child, baby, babe, infant, newborn/nascent child, neonate, suckling, nurseling, tiny tot, toddler; *पाहा* : **मूल, लहान, अल्पवयस्क, अजाण**

बालकल्याण (न) *पाहा* : **कल्याण**

बालकामगार (पु) *पाहा* : **कष्टकरी**

बालक्रीडा (स्त्री) *पाहा* : **क्रीडा**

बालंट (न) *पाहा* : **आरोप**

बालदशा (स्त्री), **बालपण** (न) *पाहा* : **बाल्य**

बालबच्ची (पु, अव) *पाहा* : **मुलेबाळे**

बालंबाल (वि) *पाहा* : **पूर्ण**

बालबुद्धी (स्त्री, वि) *पाहा* : **बुद्धी, अजाण**

बालबोध (वि) देवनागरी (लिपी); *पाहा* : **साधा, लिपी**

बालब्रह्मचारी (पु) *पाहा* : **अविवाहित**

बालभाषा (स्त्री) *पाहा* : **भाषा**

बालमजूर (पु) *पाहा* : **कष्टकरी**

बालमित्र (पु) *पाहा* : **मित्र**

बालरोग (पु) *पाहा* : **आजार**

बालवयीन (वि) *पाहा* : **अल्पवयस्क**

बालविधवा (स्त्री) *पाहा* : **विधवा**

बालविवाह (पु) *पाहा* : **विवाह**

बालवीर (पु) *पाहा* : **पराक्रमी**

बालसंगोपन (न) *पाहा* : **घरकाम**

बालसरस्वती (वि) *पाहा :* **बुद्धिमान**
बालसूर्य (पु) *पाहा :* **सूर्य**
बालहत्या (स्त्री) *पाहा :* **हत्या**
बाला (स्त्री), **बालिका** (स्त्री) *पाहा :* **मुलगी**
बालिश (वि) *पाहा :* **पोरकट**
बालेकिल्ला (पु) *पाहा :* **किल्ला, बलस्थान**
बाल्य (न) बालदशा, बाळदशा, बालवय, अर्भकावस्था, शैशव, शैशवावस्था, लेकुरपण (-णा), बाल्यावस्था; बालत्व, बालपण, पोरवय, पूर्ववय, अल्पवय, लहानपण, कौमार्य (दशा); *पाहा :* **अल्पवयस्क, वय**
(n) childhood, infancy, babyhood, boyhood, maidenhood; *पाहा :* **अल्पवयस्क, वय**
बाल्या (पु) *पाहा :* **अनुचर**
बाव (स्त्री) *पाहा :* **विहीर**
बावचळणे (क्रि) *पाहा :* **गांगरणे**
बावटा (पु) *पाहा :* **ध्वज**
बावनकशी (वि) *पाहा :* **उत्कृष्ट, पवित्र**
बावनखणी (स्त्री) *पाहा :* **वेश्यागृह**
बावरणे (क्रि) *पाहा :* **गांगरणे, घोटाळणे**
बावरा (वि) *पाहा :* **दिङ्मूढ**
बावळट (वि) अजागळ, गलथान, बेंगरूळ, वेंधळा; खुळा, खुळचट, दूधखुळा; अर्धवट, वेडगळ, बेअकली, मूर्ख; नेभळट, बुळा, बुळ्या, ढिला, गयावळ, फद्या, मेंगळा, मेषपात्र; बावळा, भोळसर, भोळाभाबडा, साधा
[वा] गुळाचा गणपती, बोळ्याने दूध पिणे, बावळी मुद्रा देवळी निद्रा, तोंडावरची/ नाकावरची माशी न उडणे
[adj] silly, clumsy, lubberly, gauche, idiot, stupid, imbecile
बावळा (वि) *पाहा :* **बावळट**
बावा (पु) *पाहा :* **साधू**
बावी (स्त्री) *पाहा :* **विहीर**
बाशिंग (न) *पाहा :* **शिरस्त्राण**
बाशिंगबळ (न) *पाहा :* **अदृष्ट, सद्‌भाग्य**
बाशी (वि) *पाहा :* **शिळा**
बाष्कळ (वि) आचरट, अर्वाच्य, वाह्यात, वायफळ, पोकळ, चटोर, स्वैर, बेलगाम; *पाहा :* **उच्छृंखल**
[adj] scandalous, reckless, frivolous, empty; *पाहा :* **उच्छृंखल**
बाष्प (न) *पाहा :* **वायू, अभ्र**
बासरी (स्त्री) *पाहा :* **सुषिरवाद्य**
बासा (वि) *पाहा :* **शिळा**
बाहणे (क्रि) *पाहा :* **आमंत्रण**
बाहिरी (स्त्री) *पाहा :* **जारकर्मी**
बाही (स्त्री) *पाहा :* **हात**
बाहुटा (पु) *पाहा :* **हात**
बाहुदंड (पु) *पाहा :* **हात**
बाहुबल (-ळ) (न) *पाहा :* **शक्ती**
बाहुयुद्ध (न) *पाहा :* **कुस्ती**
बाहुला (पु) *पाहा :* **मूर्ती, अनुचर**
बाहुली (स्त्री) *पाहा :* **मूर्ती, डोळा**

बाहुल्य (न) *पाहा :* **वैपुल्य**
बाहू (पु) *पाहा :* **हात**
बाहेरख्याली (वि) *पाहा :* **जारकर्मी, चंगीभंगी**
बाहेरचा (वि) *पाहा :* **बाह्य, परका**
बाह्य (वि) बाहेरचा, बाहेरील, बहि:स्थ, बहिर्वर्ती, पृष्ठभागावरचा, सीमेपलीकडील; सीमापार; गोचर, इंद्रियसंवेद्य, दृश्य, दर्शनी; वरवरचा; वरकरणी, वरपांगी; परका, असंबंधित
[adj] external, outer, superficial, visible, extraneous, alien, unrelated
बाह्यतः (क्रिवि) बाह्यात्कारी, वरवर, वरपांगी, बाहेरून
[adv] outwardly, superficially
बाह्यत्वचा (स्त्री) *पाहा :* **त्वचा**
बाह्यरुग्ण (पु) *पाहा :* **रुग्ण**
बाह्यस्वरूप (न) *पाहा :* **बाह्यांग**
बाह्याकृती (स्त्री) *पाहा :* **आकार, बाह्यांग**
बाह्यांग (न) बहिरंग, बहिर्भाग, दर्शनी भाग, पृष्ठभाग, रूप, बाह्यस्वरूप, बाह्य देखावा; घाट, घडण, बांधा, बाह्याकृती; सफाईदारपणा, देखणेपणा, खडबडीतपणा; इ. *पाहा :* (विरु) **अंतरंग**
[adv] exterior, outside, surface, finish; polish, gloss, coarseness etc. *पाहा :* (विरु) **अंतरंग**
बाह्यात्कारी (क्रिवि) *पाहा :* **बाह्यतः**
बाह्योपचार (पु) *पाहा :* **इलाज**
बाळ (न, पु), **बाळक** (न) *पाहा :* **बाल**
बाळकडू (न) *पाहा :* **शिक्षण**
बाळगणे (क्रि) राखणे, जवळ ठेवणे, पदरी ठेवणे, आश्रय देणे, ताब्यात/ छत्राखाली ठेवणे; सांभाळणे, काळजी घेणे, पालन/ संगोपन/ जोपासना/ सांभाळ करणे; धरणे, धारण करणे, मनात आणणे, मानणे; *पाहा :* (विरु) **त्यागणे**
(v) keep, possess, own, hold; employ, maintain, foster, bring up, nurture, keep in mind *पाहा :* (विरु) **त्यागणे**
बाळगोपाळ (पु, अव) *पाहा :* **बाल**
बाळंत (वि) *पाहा :* **उत्पत्ती**
बाळंतपण (न) *पाहा :* **उत्पत्ती, व्यवस्था**
बाळंतीण (स्त्री) *पाहा :* **उत्पत्ती**
बाळदात (पु) *पाहा :* **दात**
बाळबोध (वि) *पाहा :* **बालबोध**
बाळलेणे (न) *पाहा :* **अलंकार**
बाळसे (न) पुष्टता, गुटगुटीतपणा, गोलाई, मांसलपणा, लठ्ठपणा; कांती, तजेला
(n) rotundity, plumpness, well-fed look; luster, bloom
बाळसेदार (वि) *पाहा :* **गोंडस, पुष्ट, तजेलदार**
बाळा (स्त्री) *पाहा :* **मुलगी**
बिकट (वि) *पाहा :* **अवघड**
बिंग (न) *पाहा :* **अवगुण, रहस्य**
बिगार (स्त्री) *पाहा :* **काम** (न)
बिगारी (पु) *पाहा :* **अनुचर, कष्टकरी**

बिगिबिगी (क्रिवि) *पाहा :* **अविलंब**

बिघडणे (क्रि) खराब/ वाईट/ नादुरुस्त/ अधू/ अक्षम होणे, मोडतोड/ तूटफूट/ पडझड/ घातपात होणे, कळकणे, विटणे, नासणे, बिघाड/ दोष/ आजार/ विकृती/ खराबी/ अपाय/ नुकसान उत्पन्न होणे, फसणे, फिसकटणे, फिसकणे, नासणे, बिनसणे, ओंफस होणे, हुसुक होणे, दुरावा/बदसूर/बेबनाव/वैर निर्माण होणे; चिघळणे, विकोपाला जाणे; गंभीर होणे; बिथरणे, चळणे, बहकणे, आडमार्गाला जाणे, अधोगतीला जाणे, *पाहा :* **नाश, अधोगती** (विरु) **सुधारणे**

[वा] घोडे मारणे, प्रथमग्रासे मक्षिकापातः, घडी विस्कटणे, दुधात मिठाचा खडा, बिब्बा घालणे

(v) worsen, aggravate; exacerbate, heighten, to get spoilt/damaged/ impaired/ corrupt; break down, go from bad to worse, ill will/ alienation/ animosity be generated; to go haywire/ astray/downhill; *पाहा :* **नाश, अधोगती** (विरु) **सुधारणे**

[i] to be out of order

बिघाड (पु) *पाहा :* **बिघडणे, अपाय, गडबड**

बिचकणे (क्रि) *पाहा :* **चपापणे**

बिचवा (पु) *पाहा :* **चाकू**

बिचारा (वि) *पाहा :* **गरीब**

बिछाईत (स्त्री), **बिछाना** (पु), **बिछायत** (स्त्री) *पाहा :* **आसन, अंथरूण**

बिजली (स्त्री) *पाहा :* **वीज**

बिजवर (पु) *पाहा :* **नवरा**

बिजागरी (स्त्री) *पाहा :* **जोडणी**

बिट्टा (वि) *पाहा :* **लहान**

बिंडा (पु), **बिंडोळे** (न) *पाहा :* **गठ्ठा, गुंडाळी**

बिढार (न) *पाहा :* **घर**

बित्तंबातमी (स्त्री) *पाहा :* **बातमी**

बिथरणे (क्रि) अस्वस्थ/ बेचैन/ क्षुब्ध/ उत्तेजित होणे, चेवणे, खवळणे, चिडणे, रागावणे, विरोधी/प्रतिकूल होणे, उलटणे, बिघडणे, बहकणे

(v) be agitated/ excited/ jittery/ wild, lose temper, become unfriendly/hostile, go astray

बिदागी (स्त्री) *पाहा :* **बक्षीस, वेतन**

बिदी (स्त्री) *पाहा :* **मार्ग**

बिंदू (पु) बिंदुले, बिंदुकले, बिंदुकली, टिंब, ठिपका, टिपका, ठिबका, टिकला, टिकली, टिपूस, थेंब, जलबिंदू, तुषार, द्रवबिंदू, दवबिंदू; अनुस्वार, शीर्षबिंदू; *पाहा :* **टिंब**

(n) drop, dot, globule, nasal sign; *पाहा :* **टिंब**

बिनघोर (वि) *पाहा :* **निर्धास्त**

बिनचूक (वि) *पाहा :* **अचूक**

बिनडोक (वि) *पाहा :* **अजाण**

बिनतक्रार (क्रिवि) *पाहा :* **गुपचूप**

बिनतारी (वि) *पाहा :* **माध्यम**

बिनतोड (वि) *पाहा :* **अजोड**

बिनदिक्कत (क्रिवि) *पाहा :* **बेलाशक**

बिनधास्त (वि), **बिनधोक** (वि) *पाहा* : **निर्धास्त**
बिनपगारी (वि) *पाहा* : **फुकट**
बिनबुडाचा (वि) *पाहा* : **खोटा**
बिनबोभाट (क्रिवि) *पाहा* : **सहज**
बिनमहत्त्वाचा (वि) *पाहा* : **गौण**
बिनविरोध (क्रिवि) एकमताने, सर्वानुमतीने, मतदान न होता
[adj] unopposed
बिनविषारी (वि) *पाहा* : **निर्विष**
बिनशर्त (वि) विनाअट, अटीविरहित, अमर्यादित, आडपडदा न ठेवलेला, हातचे न राखलेला, खुला, पूर्ण *पाहा* : (विरु) **सशर्त**
[adj] unconditional, unqualified, unreserved, full, absolute *पाहा* : (विरु) **सशर्त**
बिनसणे (क्रि) *पाहा* : **बिघडणे**
बिनी (स्त्री) *पाहा* : **आघाडी, अग्र**
बिंब (न) मंडल, वर्तुळ, वलय, चकती, गोल; सूर्यबिंब, चंद्रबिंब, इ.; मूर्ती, प्रतिबिंबजनक मूळ पदार्थ
(n) disc, circle; body (which is reflected)
बिबटा (ट्या) (पु) *पाहा* : **वाघ**
बिंबणे (क्रि) ठसणे, उमटणे, वठणे, बाणणे, सुस्थिर होणे, मूळ धरणे, रुजणे, आरोपित होणे, आकलन होणे, गळी उतरणे, दृढावणे; बिंबित/प्रतिबिंबित होणे
[adj] take root, get fixed/settled/impressed in mind, form image
[i] to drive home
बिबळा (-ळ्या) (पु) *पाहा* : **वाघ**
बिंबाधरा (वि) *पाहा* : **सुंदरी**
बिंबित (वि) *पाहा* : **बिंबणे**
बिबी (स्त्री) *पाहा* : **पत्नी**
बिंबोष्ठ (पु) *पाहा* : **ओठ**
बिंबोष्ठी (स्त्री) *पाहा* : **सुंदरी**
बिभास (पु) *पाहा* : **राग**
बिभीषा (स्त्री) *पाहा* : **भीती**
बिमारी (स्त्री) *पाहा* : **आजार**
बियाणे (न) *पाहा* : **बी**
बिरडे (न) *पाहा* : **खिंडार**
बिरादरी (स्त्री) *पाहा* : **वर्ग**
बिरुद (न), **बिरुदावली** (स्त्री) *पाहा* : **खूण, पदवी, पदक**
बिऱ्हाड (न) *पाहा* : **घर, वास्तव्य**
बिऱ्हाडकरू (पु) *पाहा* : **रहिवासी**
बिऱ्हाडबाजले (न) *पाहा* : **चंबूगबाळे**
बिलकूल (क्रिवि) *पाहा* : **अजिबात**
बिलगणे (क्रि) *पाहा* : **आलिंगन, चिकटणे**
बिलंदर (वि) *पाहा* : **अट्टल**
बिलबिलीत (वि) *पाहा* : **नरम**
बिलवर (पु) *पाहा* : **कंकण**
बिलामत (स्त्री) *पाहा* : **आरोप**
बिलावल (पु) *पाहा* : **राग**
बिलोरी (वि) *पाहा* : **आरसा**
बिल्ला (पु) *पाहा* : **पदक, खूण**
बिशाद (स्त्री) *पाहा* : **धैर्य, शक्ती**
बिसतंतू (पु) *पाहा* : **तंतू**
बिस्तरा (पु) *पाहा* : **अंथरूण**
बिहाग (पु), **बिहागडा** (पु) *पाहा* : **राग**

बी (स्त्री, न) बीज, बीजिका, बियाणे, बेणे, बी-बियाणे; अठळी, आठोळी, कोय, बाठ, बाठी, सरकी, गाभा, चिंचोका; *पाहा :* **उगम**

(n) seed, germ, pip, pit, stone, grain, core; *पाहा :* **उगम**

बीज (न) *पाहा :* **बी, आरंभ**

बीजगणित (न) *पाहा :* **गणित**

बीजभांडवल (न) *पाहा :* **अर्थ**

बीजमंत्र (पु) *पाहा :* **मंत्र**

बीजांड (न) *पाहा :* **अंडे**

बीजारोपण (न) *पाहा :* **आरंभ**

बीजाक्षर (न) *पाहा :* **अक्षर**

बीड (न) *पाहा :* **लोखंड**

बीन (न) *पाहा :* **तंतुवाद्य**

बीबियाणे (न) *पाहा :* **बी**

बीभत्स (पु) *पाहा :* **नऊ रस**

बीभत्स (वि) ओंगळ, घाणेरडे, गलिच्छ, किळसवाणे, अमंगळ, अभद्र, हीन, अपवित्र, अश्लील, ग्राम्य, असंस्कृत;

[adj] foul, filthy, smutty, dirty, disgusting, sordid, nauseating, unholy, lewd, obscene, vulgar;

बीमोड (पु) *पाहा :* **पराभव**

बीरविद्या (स्त्री) *पाहा :* **जादू**

बीळ (न) *पाहा :* **विवर**

बुकटी (-णी) (स्त्री) *पाहा :* **चूर्ण**

बुकलणे (क्रि) *पाहा :* **मारणे**

बुक्का (पु), **बुक्की** (स्त्री) *पाहा :* **चूर्ण, आघात**

बुचकळणे (क्रि) *पाहा :* **बुडवणे**

बुचका (पु) *पाहा :* **समुदाय**

बुचकुळी (स्त्री) *पाहा :* **बुडी**

बुचडा (पु) *पाहा :* **केस**

बुचबुच (स्त्री), **बुचबुचाट** (पु) *पाहा :* **गर्दी, वैपुल्य**

बुचाडणे (क्रि) *पाहा :* **चोरणे, अनावृत**

बुच्चा (वि) *पाहा :* **अनावृत**

बुजगावणे (न) *पाहा :* **भीती**

बुजणे (क्रि) *पाहा :* **बंद, भीती**

बुजबुजाट (पु) *पाहा :* **गर्दी, वैपुल्य**

बुजरा (वि) *पाहा :* **लाजाळू, भित्रा**

बुजवणे (क्रि) *पाहा :* **बंद**

बुजुर्ग (वि) *पाहा :* **थोर**

बुझावणी (स्त्री) *पाहा :* **सांगणे**

बुटका (वि) *पाहा :* **ठेंगणा**

बुटकुली (-ले) (स्त्री, न) *पाहा :* **भांडे**

बुटकुळी (स्त्री) *पाहा :* **बुडी**

बुटंगा (वि) *पाहा :* **ठेंगणा**

बुटबैंगण (वि), **बुट्टा** (वि) *पाहा :* **ठेंगणा**

बुट्टी (स्त्री) *पाहा :* **नक्षी, करंडा, सुटी**

बुडकणे (क्रि) *पाहा :* **पोहणे**

बुडकी (स्त्री) *पाहा :* **विहीर**

बुडखा (पु) *पाहा :* **देठ**

बुडणे (क्रि) पाण्यात/द्रवात खोल जाणे, डुबणे, बुडी घेणे/मारणे; सूर मारणे, जलसमाधी घेणे; गर्क/निमग्न/चूर होणे, गढून जाणे; व्याप्त/ग्रस्त होणे, घेरला/ग्रासला जाणे; नष्ट होणे, नाशणे, नाहीसा होणे, अस्त पावणे, क्षितिजाखाली जाणे, मावळणे, संपणे; व्यर्थ/ निष्फळ/

निरुपयोगी होणे; फसवला जाणे, नुकसान/तोटा होणे, ऱ्हास पावणे, बूड येणे (*पाहा :* **अधोगती**): *पाहा :* **बुडवणे, बुडी, बुडीत**

(v) sink, be drowned/immersed/ submerged; be engrossed/ overwhelmed; be ruined/ annihilated; set, end; be useless/ worthless, suffer loss (*पाहा :* **अधोगती**) : *पाहा :* **बुडवणे, बुडी, बुडीत**

[i] up to one's ears in

बुडबुडा (पु) *पाहा :* **फुगवटा, क्षणभंगुर**

बुडवणे (क्रि) बुचकळणे; डुबवणे; *पाहा :* **बुडणे, नाश, बुडी, बुडीत**

(v) dip; immerse; *पाहा :* **बुडणे, नाश, बुडी, बुडीत**

बुडी (स्त्री) बुचकुळी, बुटकुळी, चुबकळी, डुबकळी, डुबी, डुबकी, गटांगळी, सूर, सुरकांडी; *पाहा :* **बुडणे**

(n) dip, plunge, dive, *पाहा :* **बुडणे**

बुडीत (वि) बुडणारा, बुडता, बुडलेला (*पाहा :* **बुडणे**); नुकसानीतला, तोट्याचा, आतबट्ट्याचा

[adj] sinking (*पाहा :* **बुडणे**), suffering loss

बुडूख (न) *पाहा :* **देठ**

बुतका (पु) *पाहा :* **आघात**

बुंथ (-थी) (स्त्री) *पाहा :* **अवगुंठन**

बुंदका (पु) *पाहा :* **थेंब**

बुदगुल (वि) *पाहा :* **ठेंगणा, लठ्ठ**

बुद्दू (वि) *पाहा :* **अजाण**

बुद्ध (पु) *पाहा :* **अवतार**

बुद्ध (वि) *पाहा :* **ज्ञानी, अवतार**

बुद्धिकौशल्य (न) *पाहा :* **हुशारी**

बुद्धिगम्य (-ग्राह्य) (वि) *पाहा :* **तर्कशुद्ध**

बुद्धिचातुर्य (-चापल्य) (न) *पाहा :* **हुशारी**

बुद्धिजीवी (वि) *पाहा :* **उच्चभ्रू**

बुद्धिदौर्बल्य (न) *पाहा :* **अज्ञान** (न)

बुद्धिनिष्ठ (वि) *पाहा :* **तर्कशुद्ध**

बुद्धिपुरःसर (-पूर्वक) (क्रिवि) *पाहा :* **मुद्दाम**

बुद्धिप्रमाण (वि) *पाहा :* **तर्कशुद्ध**

बुद्धिप्रामाण्यवाद (पु) *पाहा :* **तर्क**

बुद्धिप्रामाण्यवादी (पु) *पाहा :* **तर्कशुद्ध**

बुद्धिबळ (-सामर्थ्य) (न) *पाहा :* **बुद्धी**

बुद्धिभेद (पु) हेतुबदल, मनोबदल, बौद्धिक/ मानसिक गोंधळ, विचारबदल, मतपालट; *पाहा :* **दुजाभाव, चित्तभ्रम**

(n) change of intention/mind/ thought/opinion; brain-washing; *पाहा :* **दुजाभाव, चित्तभ्रम**

बुद्धिभ्रम (-भ्रंश) (पु) *पाहा :* **चित्तभ्रम**

बुद्धिमत्ता (स्त्री) *पाहा :* **बुद्धी**

बुद्धिमंद (वि) *पाहा :* **अजाण, अधू**

बुद्धिमांद्य (न) *पाहा :* **अज्ञान** (न)

बुद्धिमान (वि) बुद्धिमंत (-वंत, -वान), तीक्ष्णबुद्धी, तैलबुद्धी, शीघ्रबुद्धी, कुशाग्रबुद्धी, धीमान, मतिमान, प्रज्ञावंत (-वान), मेधावी, मेधाविनी, प्राज्ञ, प्रबुद्ध, अक्कलवान, डोकेबाज, हुशार, शहाणा, खोलबुद्धीचा,

चाणाक्ष, तल्लख, चतुर, कल्पक, विचारी, चित्तसंपन्न, सुजाण, सुबुद्ध, सुज्ञ, विद्वान, बालसरस्वती *पाहा :* (विरु) **अजाण**

[वा] डोके सुपीक असणे

[adj] intelligent, bright, brilliant, sagacious, brainy, sharp, perceptive, ingenious *पाहा :* (विरु) **अजाण**

बुद्धिवाद (पु) *पाहा :* **उपदेश, तर्क**

बुद्धिवादी (वि) *पाहा :* **तर्कशुद्ध, उच्चभ्रू**

बुद्धिविकास (पु) *पाहा :* **उन्मेष**

बुद्धिवैभव (न), **बुद्धिसामर्थ्य** (न) *पाहा :* **बुद्धी**

बुद्धिस्वातंत्र्य (न) *पाहा :* **स्वातंत्र्य**

बुद्धी (स्त्री) धी, मती, प्रज्ञा, मेधा, ज्ञानशक्ती, ज्ञातृत्व, विचारशक्ती, आकलनशक्ती, ग्रहणशक्ती, धारणाशक्ती; प्रतिभा, उन्मेष, चिच्छक्ती, चेतना, प्रेरणा, मनःशक्ती, जाणीव, धारणा, जाण, समज, ज्ञान, आकलन, विचार, मत, समजूत, इच्छा, भावना, हेतू, अंतःप्रवृत्ती, चित्त, मन, दृष्टी; अक्कल, हुशारी (हुषारी), सुज्ञपणा, शहाणपण, डोके, अक्कलहुशारी, चातुर्य; तर्कबुद्धी, तारतम्यबुद्धी, सारासारबुद्धी, सदसद्विवेकबुद्धी, तीक्ष्ण/तल्लख बुद्धी, सद्बुद्धी, सन्मती, उपजतबुद्धी, पोरबुद्धी, बाळबुद्धी, पापबुद्धी, पश्चात्बुद्धी, तैलबुद्धी, भिकारबुद्धी; बुर्णूसबुद्धी, विवेकबुद्धी, बुद्धिबळ (-सामर्थ्य), बुद्धिवैभव, बुद्धिमत्ता; बुद्ध्यंक (*पाहा :* **परिमाण**); *पाहा :* **अक्कल**

(n) intellect, rationality, intelligence, sagacity, comprehension, understanding, perception, perspicacity, genius, inspiration, talent, wisdom, acumen, commansence, head, brains, mind, opinion; IQ (intelligence quotient) (*पाहा :* **परिमाण**); *पाहा :* **अक्कल**

बुद्ध्या (क्रिवि) *पाहा :* **मुद्दाम**

बुद्बुद (पु) *पाहा :* **फुगवटा**

बुद्रुक (वि) *पाहा :* **थोर**

बुध (पु) *पाहा :* **सूर्यमाला**

बुध (वि) *पाहा :* **पंडित**

बुधला (-ली) (पु, स्त्री) *पाहा :* **कुपी**

बुंधा (पु) *पाहा :* **तळ, देठ**

बुबुळ (न) *पाहा :* **डोळा**

बुभुःकार (पु) *पाहा :* **आवाज**

बुभुक्षा (स्त्री) *पाहा :* **भूक**

बुभुक्षित (वि), **बुभुक्षू** (वि) *पाहा :* **अधाशी, क्षुधित**

बुरखा (पु) *पाहा :* **अवगुंठन**

बुरणूस (न) *पाहा :* **वस्त्र**

बुरबुर (स्त्री) *पाहा :* **पाऊस**

बुरशी (स्त्री) *पाहा :* **शेवाळ**

बुरसट (वि), **बुरसटलेला** (वि) *पाहा :* **जुना, अखाद्य**

बुरा (पु) *पाहा :* **शेवाळ**

बुरूज (पु) *पाहा :* **किल्ला**

बुलंद (वि) उंच, भव्य, थोर, टोलेजंग,

उत्तुंग, धिप्पाड, पहाडी, कणखर, भक्कम, समर्थ

[adj] tall, lofty, towering; powerful, strong

बुवा (पु) माणूस, पुरुष, व्यक्ती, बोवा; (*पाहा :* **पुरुष**); गोसावी, साधू, हरिदास (*पाहा :* **साधू**)

(n) man, person, individual (*पाहा :* **पुरुष**); sage, ascetic; (*पाहा :* **साधू**)

बुवाबाजी (स्त्री) *पाहा :* **ढोंग**

बुळबुळीत (वि) *पाहा :* **स्निग्ध, घसरट**

बुळा (बुळ्या) (वि) *पाहा :* **नपुंसक, बावळट**

बूच (न) *पाहा :* **झाकण**

बूज (स्त्री) *पाहा :* **आदर, प्रतिष्ठा**

बूट (पु) *पाहा :* **नक्षी, टूम**

बूटपुश्या (वि) *पाहा :* **स्तुतिपाठक**

बूड (न) तळ, पाया, पायथा, अधोभाग, खालचा भाग, बैठक, पेंदी, आधार *पाहा :* (विरु) **कळस**

(n) bottom, base, foot, basis, foundation *पाहा :* (विरु) **कळस**

बूड (स्त्री) *पाहा :* **नुकसान**

बृहत (वि) *पाहा :* **विस्तृत**

बृहस्पती (पु , वि) *पाहा :* **सूर्यमाला, ज्ञानी**

बेअकली (वि) *पाहा :* **अजाण, खुळा**

बेअदबी (स्त्री) *पाहा :* **अपमान**

बेअब्रू (स्त्री) *पाहा :* **फजिती, अपकीर्ती, अपमान, निंदानालस्ती**

बेइज्जत (स्त्री) *पाहा :* **अपमान**

बेइमान (वि) *पाहा :* **फसवा, फितूर, कृतघ्न**

बेइमानी (स्त्री) *पाहा :* **द्रोह**

बेकायदा (वि), **बेकायदेशीर** (वि) *पाहा :* **अवैध, अनियंत्रित, अन्यायकारक**

बेकार (वि) बेरोजगार, कामधंद्याविना, रिकामा, मोकळा, नोकरीधंदा नसलेला; निरुद्योगी; सुशिक्षित बेकार

[वा] घरी बसणे, रिकामा न्हावी भिंतीला तुंबड्या लावी, माशा मारणे

[adj] unemployed, jobless; educated unemployed

बेकारभत्ता (पु) *पाहा :* **वेतन**

बेकारी (स्त्री) बेरोजगारी, रिकामपण

(n) unemployment

बेकी (स्त्री) *पाहा :* **विभाजन**

बेगडी (वि) *पाहा :* **दिखाऊ**

बेगम (स्त्री) *पाहा :* **स्त्री, पत्नी**

बेगमी (स्त्री) *पाहा :* **संग्रह**

बेंगरूळ (वि) *पाहा :* **बावळट, अव्यवस्थित**

बेगुमान (वि) *पाहा :* **उन्मत्त**

बेघर (वि) *पाहा :* **निराधार, अनाथ**

बेचके (न) *पाहा :* **दुबेळके**

बेचव (वि) रुचिहीन, मळमळीत, मिळमिळीत, कवकवीत, अळणी (आळणी), सपक, पचपचीत, मचूळ, फिकट, शिळे, बासे; *पाहा :* **चव, नीरस, अखाद्य** (विरु) **खमंग**

[adj] tasteless, insipid, wishy-washy, flat; stale; *पाहा :* **चव, नीरस, अखाद्य** (विरु) **खमंग**

बेचिराख (वि) *पाहा :* **उद्ध्वस्त**
बेचैन (वि) *पाहा :* **अशांत, अधीर**
बेचैनी (स्त्री) *पाहा :* **अशांतता, उलघाल**
बेचोबा (पु) *पाहा :* **तंबू**
बेछूट (वि) *पाहा :* **अनियंत्रित, अनर्गल**
बेजबाबदार (वि) *पाहा :* **हलगर्जी**
बेजार (वि) *पाहा :* **त्रस्त**
बेजोड (वि) *पाहा :* **अजोड**
बेट (न) *पाहा :* **जमीन**
बेटकुळी (स्त्री) *पाहा :* **फुगवटा, बेडूक**
बेटा (पु) *पाहा :* **मुलगा, पुत्र**
बेटी (स्त्री) *पाहा :* **मुलगी, कन्या**
बेटीव्यवहार (पु) *पाहा :* **विवाह, सरमिसळ**
बेंड (न) *पाहा :* **गळू**
बेंडबाजा (पु) *पाहा :* **ओरडणे, नाश**
बेडर (वि) *पाहा :* **निर्भय**
बेडी (स्त्री) *पाहा :* **शृंखला, कडी**
बेडूक (पु) **दर्दुर, मंडूक, भेक; बेडकी, बेटकुळी, मंदोदरी**
बेडौल (वि) *पाहा :* **कुरूप**
बेढंग (वि) *पाहा :* **अनियंत्रित**
बेढब (वि) *पाहा :* **कुरूप, अगडबंब**
बेणणी (स्त्री) *पाहा :* **शेती**
बेणे (न) *पाहा :* **बी**
बेत (पु) योजना, पूर्वयोजना, रचना, कार्यक्रम, घाट, बनाव, प्रस्ताव, कल्पना, अनुसंधान, आराखडा, आखणी, रूपरेषा, व्यूह, डाव, कट, मसलत, कारस्थान; इरादा, विचार, संकल्प, उद्देश, रोख, हेतू, उद्दिष्ट; व्यवस्था, तयारी, मांडणी, जुळणी, टापटीप, बेतबात; प्रमाण, मान, माप, परिमाण
(n) plan, scheme, strategy, design, programme, outline, plot, intrigue, idea, conception, intention, view, arrangement, preparation, measure
बेतणे (क्रि) गुदरणे, कोसळणे, बितणे, घडणे, प्रसंग/ संकट/ विपत्ती येणे, *पाहा :* **शिवणे**
(v) befall, happen, transpire; *पाहा :* **शिवणे**
बेतबात (स्त्री) *पाहा :* **बेत**
बेतशीर (वि) *पाहा :* **प्रमाणबद्ध**
बेताचा (वि) *पाहा :* **अल्प, मित**
बेताल (वि) *पाहा :* **अनियंत्रित, अनर्गल, विसंगत**
बेतालपणे (क्रिवि) *पाहा :* **अद्वातद्वा**
बेतासबात (वि) *पाहा :* **प्रमाणबद्ध**
बेतीव (वि) *पाहा :* **प्रमाणबद्ध, नियमित**
बेथू (वि) *पाहा :* **दांडगा**
बेदम (वि) *पाहा :* **अतिशय, मारणे**
बेदरकार (वि) *पाहा :* **बेपर्वा**
बेदरकारी (स्त्री) *पाहा :* **बेपर्वाई**
बेदिक्कत (क्रिवि) *पाहा :* **बेलाशक**
बेदिल (वि) *पाहा :* **दुःखी**
बेदिली (स्त्री) *पाहा :* **दुःख**
बेधडक (क्रिवि) *पाहा :* **बेलाशक**
बेनामी (वि) *पाहा :* **अनामिक**
बेपत्ता (वि) *पाहा :* **गडप**
बेपर्वा (वि) उदासीन, निर्विकार, तटस्थ, थंड, आस्थाशून्य, बेदरकार, बेफिकीर, गाफील, निष्काळजी, हलगर्जी,

बेगुमान, उद्धट; *पाहा :* **बेपर्वाई** (विरु) **आस्थेवाईक**

[वा] उडत जाणे, हसतील त्यांचे दात दिसतील, गरज सरो वैद्य मरो, गुंडाळून ठेवणे, नाकावर टिच्चून करणे, धाब्यावर बसवणे

[adj] indifferent, cold, neutral, insouciant, uncaring, unmoved, lackadaisical, nonchalant, negligent, insolent; *पाहा :* **बेपर्वाई** (विरु) **आस्थेवाईक**

[i] not care a damn, not bat an eyelash, not care a straw, turn a cold shoulder, devil may care

बेपर्वाई (स्त्री) औदासीन्य, थंडपणा, अनास्था, बेदरकारी, बेफिकिरी, उपेक्षा, अनवधान, दुर्लक्ष, हेळसांड, निष्काळजीपणा, औद्धत्य; *पाहा :* **बेपर्वा** (विरु) **आस्था**

[वा] लागोभागो दिवाळी, कदर न करणे, हिंग लावून न पुसणे, ढुंकून न पाहणे

(n) indifference, coldness, callousness, unconcern, apathy, insouciance, nonchalance, neglect, insolence *पाहा :* **बेपर्वा** (विरु) **आस्था**

बेपर्वाईने (क्रिवि) *पाहा :* **अद्वातद्वा**

बेफाट (वि) *पाहा :* **अचाट, अतिशयोक्त, विसंगत**

बेफाम (वि) अनियंत्रित, अनावर, बेलगाम, बेबंद, बेछूट, बेभान, बेताल, अनर्गल, अशांत, वादळी, आक्रस्ताळी, तुफान, भरमसाट, सुसाट, चौखूर *पाहा :* **अतिशय**

[adj] unrestrained, uncontrollable, unchecked, wild, violent, excessive *पाहा :* **अतिशय**

बेफामपणे (क्रिवि) *पाहा :* **अद्वातद्वा**

बेफिकिरी (स्त्री) *पाहा :* **बेपर्वाई**

बेफिकीर (वि) *पाहा :* **बेपर्वा, निर्धास्त, गाफील**

बेंबट (न) *पाहा :* **नाभी**

बेबंद (वि) *पाहा :* **अनियंत्रित, उच्छृंखल, अनर्गल**

बेबंदशाही (स्त्री) *पाहा :* **दडपशाही, अराजक**

बेबनाव (पु) कलह, वाद, मतभेद, वितुष्ट, तेढ, दुजाभाव, बिघाड, तंटा, भांडण, वैमनस्य, वैर, वाकडे *पाहा :* **भांडण, अंतर** (विरु) **मित्रत्व**

[वा] फुटले मोती तुटले मन सांधू न शके विधाता, तापल्या पाण्याला चव नसते

(n) disunity, rift, schism, dispute, wrangle, quarrel, enmity *पाहा :* **भांडण, अंतर** (विरु) **मित्रत्व**

बेंबी (स्त्री) *पाहा :* **नाभी**

बेभान (वि) *पाहा :* **बेफाम, बेशुद्ध**

बेमालूम (वि) सफाईदार, कळाशीदार, कौशल्यपूर्ण; हुबेहूब, नेमका, थेट *पाहा :* **तंतोतंत**

[adj] fine, neat, skillful, exact,

lifelike, precise *पाहा :* **तंतोतंत**

बेमुदत (क्रिवि) *पाहा :* **अनिश्चित**

बेमुर्वतखोर (वि) *पाहा :* **उद्धट**

बेरकट (वि) *पाहा :* **बहिरा**

बेरकी (वि) *पाहा :* **धूर्त**

बेरंग (पु) *पाहा :* **विरस**

बेरड (वि) *पाहा :* **डांबरट, कोडगा**

बेरीज (स्त्री) *पाहा :* **मिळवणे**

बेरोजगार (वि), **बेरोजगारी** (स्त्री) *पाहा :* **बेकार, बेकारी**

बेलगाम (वि) *पाहा :* **अनियंत्रित**

बेलभंडार (पु) *पाहा :* **प्रतिज्ञा**

बेलाशक (क्रिवि) नि:शंकपणे, निर्धास्तपणे, निश्चिंतपणे, बेदिक्कत, बिनदिक्कत, विनापरवाना, बेधडक, बेशक; राजरोस, उघडपणे

[वा] मागेपुढे न पाहता, डोळे मिटून, उजळ माथ्याने

[adv] unhesitatingly, without doubt, boldly

बेवडा (पु) *पाहा :* **मद्य**

बेवारशी (वि) *पाहा :* **अनाथ**

बेवारस (वि) *पाहा :* **अनपत्य**

बेश (वि) *पाहा :* **चांगला**

बेशक (क्रिवि) *पाहा :* **बेलाशक**

बेशरम (वि) *पाहा :* **निर्लज्ज**

बेशिस्त (वि) अव्यवस्थित, गोंधळाचा, बेबंद, विस्कळीत, गैदी, गबाळग्रंथी, वावशासारखा, अनियमित, लहरी, अनियंत्रित; गैरशिस्त, बेलगाम, शिस्त/वळण नसलेला, आज्ञा न पाळणारा, नियमबाह्य वर्तन करणारा *पाहा :* (विरु) **काटेकोर, शिस्तबद्ध**

[adj] disorderly, slovenly, irregular, anarchical; disobedient, mutinous, riotous, uncontrollable, unruly, undisciplined, recalcitrant *पाहा :* (विरु) **काटेकोर, शिस्तबद्ध**

बेशिस्त (स्त्री) अव्यवस्था, अंदाधुंदी, अराजक, अनागोंदी, गोंधळ; आज्ञाभंग, नियमभंग, आज्ञातिक्रम, अवज्ञा, अधिक्षेप, शिस्तीचा अभाव, शिस्तभंग *पाहा :* (विरु) **शिस्त**

(n) disorder, anarchy, chaos, confusion, lawlessness; disobedience, non-compliance, indiscipline *पाहा :* (विरु) **शिस्त**

बेशुद्ध (वि) शुद्धीवर/भानावर नसलेला, गुंगी/ ग्लानी/ बेहोशी/ मूर्च्छा/ बेशुद्धी/ बेशुद्धावस्था आलेला, जाणीव नसलेला, भूल दिलेला, बेभान, बेहोश, धुंद, बेसावध, अचेतन, जड, निश्चेष्ट, मूर्च्छित

[adj] unconscious, insensible, in a coma/stupor

[i] to pass out

बेशुद्धी (स्त्री) *पाहा :* **बेशुद्ध**

बेसावध (वि) गैरसावध, गाफील, अनवधानी, लक्ष/ ध्यान/ अवधान नसलेला, अन्यमनस्क, व्यग्रचित्त, हलगर्जी, सुस्त, बेशुद्ध *पाहा :* (विरु) **दक्ष, जागृत**

[adj] inattentive, inadvertent, absent-minded, negligent,

unconscious *पाहा :* (विरु) **दक्ष, जागृत**

बेसावधपणा (पु) *पाहा :* **अनवधान**

बेसुमार (वि) *पाहा :* **अतिशय**

बेसूर (वि) बदसूर, सुरात नसलेला, सुस्वर नसलेला, कर्णकटू *पाहा :* (विरु) **मंजूळ**

[adj] dissonant, discordant, out of tune, cacophonous, jarring, harsh *पाहा :* (विरु) **मंजूळ**

बेहद्द (वि) *पाहा :* **अतिशय**

बेहिशेबी (वि) *पाहा :* **अजागळ**

बेहेत्तर (वि) *पाहा :* **चांगला**

बेहोश (वि) *पाहा :* **धुंद, बेशुद्ध**

बेहोशी (स्त्री) *पाहा :* **धुंदी, कैफ, गुंगी**

बेळके (न), **बेळफाटा** (पु), **बेळे** (न) *पाहा :* **दुबेळके**

बैंगणी (वि) *पाहा :* **करडा**

बैठक (स्त्री) बसणी, मांडी; दिवाणखाना, बसावयाची खोली (*पाहा :* **खोली**); *पाहा :* **अडणी, आसन, पाया, अधिष्ठान, अधिवेशन, जलसा, तालीम, बसणे**

(n) seat; lounge, sitting room (*पाहा :* **खोली**); *पाहा :* **अडणी, आसन, पाया, अधिष्ठान, अधिवेशन, जलसा, तालीम, बसणे, अड्डा**

बैठा (वि) बसलेला (*पाहा :* **बसणे**), बसकट, बसका; पसरट, टुमदार; बसून करण्याचा; *पाहा :* **क्रीडा**

[adj] sitting (*पाहा :* **बसणे**), squat, flat, low; sedentary; *पाहा :* **क्रीडा**

बैदा (पु) *पाहा :* **गोंधळ, अंडे**

बैदुल (पु) *पाहा :* **गोल**

बैरागी (पु) *पाहा :* **साधू**

बैल (पु) वृष, वृषभ, ऋषभ, नंदी, नंदीबैल, बलीवर्द, वसू, वळू, वासरू, पाडा, गोऱ्हा, सांड, खोंड, पोळ, आक्या, कठाळ्या; गवा, रानरेडा;

(n) bull, ox, male calf;

बैलगाडी (स्त्री) *पाहा :* **वाहन**

बैलोबा (वि) *पाहा :* **अजाण, अडमुठा**

बैसणे (क्रि) *पाहा :* **बसणे**

बोकड (पु) *पाहा :* **अज**

बोकणा (पु) *पाहा :* **अन्न**

बोकलणे (क्रि) *पाहा :* **खाणे**

बोका (पु) *पाहा :* **मांजर**

बोकांडी (स्त्री) *पाहा :* **मान** (स्त्री), **पिच्छा**

बोकाणा (पु) *पाहा :* **अन्न**

बोकाळणे (क्रि) *पाहा :* **पसरणे**

बोकेसंन्यास (पु) *पाहा :* **संन्यास, ढोंग**

बोकेसंन्यासी (पु) *पाहा :* **संन्यासी, ढोंगी**

बोखा (पु) *पाहा :* **अंकुर**

बोगदा (पु) *पाहा :* **खिंडार, नलिका**

बोंगा (पु) *पाहा :* **फुगवटा**

बोंगाडा (-ड्या) (वि) *पाहा :* **अजागळ, ओबडधोबड**

बोच (स्त्री) *पाहा :* **टोचणी**

बोचक (वि) *पाहा :* **खरपूस**

बोचका (-के) (पु, न) *पाहा :* **तुकडा, गठ्ठा**

बोचकारा (पु) *पाहा :* **चरा**

बोचणी (स्त्री) *पाहा :* **टोचणी**

बोचणे (क्रि) *पाहा :* **टोचणे, खुपणे**

बोचरा (वि) बोचणारा (*पाहा :* **टोचणे**), *पाहा :* **दातपडका**

[adj] piercing (*पाहा :* **टोचणे**), *पाहा :* **दातपडका**

बोज (पु) *पाहा :* **प्रतिष्ठा**

बोजड (वि) *पाहा :* **अवजड, ओबडधोबड**

बोजवारा (पु) *पाहा :* **फजिती**

बोजा (पु) *पाहा :* **ओझे, गठ्ठा, कर्ज**

बोट (न) अंगुली; अंगठा, अंगुष्ठ, धत्तुरा; तर्जनी, प्राथमिका; मध्यमा; अनामिका; करंगळी, करांगुली, कनिष्ठिका; पादांगुष्ठ, पादांगुली; *पाहा :* **कलंक**

(n) finger, toe; thumb, forefinger, middle finger, ring finger, little finger; *पाहा :* **कलंक**

बोटचेपा (वि) *पाहा :* **बधणे, मऊ, सौम्य**

बोटभर (वि) *पाहा :* **अल्प**

बोटूक (न) *पाहा :* **तुकडा**

बोड (न) *पाहा :* **डोके**

बोंड (न) *पाहा :* **अग्र, फल**

बोडका (वि) *पाहा :* **अनावृत, उजाड**

बोडकी (स्त्री) *पाहा :* **विधवा**

बोडके (न) *पाहा :* **डोके**

बोडणे (क्रि) *पाहा :* **हजामत, चोरणे, खडसावणे**

बोडंती (स्त्री) *पाहा :* **खडसावणे, हजामत**

बोंडले (न) *पाहा :* **भांडे**

बोंडशी (स्त्री); **बोंडी** (स्त्री), **बोंडूक** (न) *पाहा :* **अग्र**

बोत्रा (वि) *पाहा :* **दातपडका**

बोथ (स्त्री) *पाहा :* **अवगुंठन**

बोथट (वि) मंड, मंद धारेचा, धार नसलेला, *पाहा :* **बधिर** (विरु) **धारदार**

[adj] blunt, unsharpened, dull; *पाहा :* **बधिर** (विरु) **धारदार**

बोथटणे (क्रि) बोथट होणे (*पाहा :* **बोथट**), बधिर होणे (*पाहा :* **बधिर**), *पाहा :* **नरमणे**

(v) become blunt/dull (*पाहा :* **बोथट, बधिर**); *पाहा :* **नरमणे**

बोथरा (वि) *पाहा :* **दातपडका**

बोथाटी (स्त्री) *पाहा :* **काठी**

बोथी (स्त्री) *पाहा :* **अग्र**

बोद (वि) *पाहा :* **कर्कश, नीरस**

बोदड (वि) *पाहा :* **अवजड, ओबडधोबड**

बोंदरा (वि) *पाहा :* **अजागळ**

बोंदरी (स्त्री) *पाहा :* **पिशवी**

बोदलोबा (पु) *पाहा :* **लठ्ठ**

बोध (पु) आकलन, अर्थबोध, ओळख, जाण; जाणीव, ज्ञान, परिज्ञान, आत्मबोध, प्रबोध, ब्रह्मज्ञान; समजूत, ग्रह, कल्पना, समज, अपसमज, उमज; जाण, जागृती, बोधन, उद्‌बोधन, प्रबोधन; माहिती; स्पष्टीकरण, विशदीकरण; उपदेश, शिकवण,

अनुग्रह, प्रसाद, सूचना, मार्गदर्शन, पाठ, धडा; ब्रह्माहमस्मिबोध

(n) comprehension, perception, understanding, appreciation, realisation, knowledge, cognizance, enlightenment, elucidation, instruction, counsel, sermon

[i] come to grips with, see : through, catch on

बोधकथा (स्त्री) *पाहा :* **कथा**

बोधन (न) *पाहा :* **बोध**

बोधभाषा (स्त्री) *पाहा :* **भाषा**

बोधलाबाबा (पु) *पाहा :* **लट्ठ**

बोंब (स्त्री) *पाहा :* **आरोळी, अभाव**

बोबडकांदा (पु), **बोबडा** (वि) *पाहा :* **तोतरा**

बोबडी (स्त्री) *पाहा :* **तोतरा, भीती, अबोल**

बोंबलणे (क्रि) *पाहा :* **ओरडणे**

बोंबलपट्टी (स्त्री) *पाहा :* **आकांत**

बोंबल्यागणेश (पु) *पाहा :* **बडबड्या**

बोंबाबोंब (स्त्री) *पाहा :* **आकांत**

बोंबाळ (पु) *पाहा :* **गोंधळ**

बोंबी (स्त्री) *पाहा :* **नाभी**

बोभाटा (पु) *पाहा :* **प्रसिद्धी, अगाजा, तक्रार, अफवा**

बोरा (पु) *पाहा :* **पिशवी**

बोरी (स्त्री) *पाहा :* **पिशवी**

बोरू (पु) *पाहा :* **बांबू**

बोऱ्या (पु) *पाहा :* **पिशवी, फजिती**

बोल (पु) आवाज, ध्वनी, स्वर; बोलणे, वाणी, वच, उक्ती, शब्द, विधान, भाषण, वचन; वज्रवाणी; उच्चार, उद्गार; ठेका, ताल; *पाहा :* **विचार, बोलणे, आरोप**

(n) sound, musical note, speech, saying, articulation, utterance, expression; beat; *पाहा :* **विचार, बोलणे, आरोप**

बोलका (वि), **बोलघेवडा** (वि) *पाहा :* **गप्पिष्ट, अघळपघळ, बडबड्या**

बोलणे (क्रि) बोल उच्चारणे, शब्द उच्चारणे, शब्दोच्चार करणे, उद्गारणे, शब्दांत व्यक्त करणे, शब्दांकित करणे, मुखरित करणे, (स्वरयंत्राने) ध्वनी उत्पन्न करणे, म्हणणे, कथणे, कथन करणे, वदणे, सांगणे, निवेदणे, प्रतिपादणे, कळवणे, माहिती देणे, भाषा वापरणे, संभाषण करणे, चर्चा करणे, पुटपुटणे, तोंडातल्या तोंडात बोलणे, ततपप करणे, गुलूगुलू बोलणे, स्वगत करणे, गेंगणे, गेंगारणे, व्याख्यान देणे, भाषण करणे, शब्दांचा भडिमार करणे; संबोधणे, संबोधन करणे, उद्देशून बोलणे, हाक मारणे, पुकारणे; *पाहा :* बडबडणे, **सांगणे, संतापणे**

[वा] अधिकउणे अक्षर काढणे, तोंड उघडणे, तोंडातून ब्र काढणे, तोंड भरून बोलणे, तोंड करणे, (मध्ये) तोंड घालणे, तारे तोडणे, तुणतुणे वाजवणे/लावणे, कंठ फुटणे, वाचा फुटणे, मन मोकळे करणे, नाकात बोलणे, फुटाणे उडणे, सरबत्ती करणे, खेकसणे, तोंडसुख घेणे, ताडताड बोलणे, (वर) तोंड करून बोलणे,

बोलणे करणे (*पाहा :* **चर्चा**), बोलणी करणे (*पाहा :* **तडजोड**), घसा कोरडा करणे, गोष्ट काढणे, कानाशी लागणे, तोंडची वाफ दवडणे, तोंडात साखर असणे, साखर पेरणे; अमृत शिंपणे, नाक दाबले की तोंड उघडते, वचने किं दरिद्रता, शुभ बोल रे नाऱ्या तर म्हणे मांडवाला आग लागली, बोलाचीच कढी बोलाचाच भात

(v) speak, talk, say, utter, tell, articulate, vocalise, voice, fulminate, pronounce, blurt out, converse, inform, chatter, mutter, mumble, blubber, soliloquize; *पाहा :* **बडबडणे, सांगणे, संतापणे, चर्चा, तडजोड**

[i] open one's mouth, speak one's mind, give voice, think aloud, come out with, blow the lid off, wash one's dirty linen in public, bill and coo, small talk

बोलणेचालणे (न) *पाहा :* **आचरण**

बोलतान (स्त्री) *पाहा :* **तान**

बोलपट (पु) *पाहा :* **चित्रपट**

बोलबाला (पु) *पाहा :* **कीर्ती, प्रसिद्धी**

बोलबोलता (क्रिवि) *पाहा :* **अविलंब**

बोलभाक (स्त्री) *पाहा :* **प्रतिज्ञा**

बोलभांड (वि) *पाहा :* **भांडकुदळ, बडबड्या**

बोलवणे (क्रि) *पाहा :* **आमंत्रण**

बोलवा (स्त्री) *पाहा :* **अफवा**

बोलाचाली (स्त्री) *पाहा :* **संभाषण, भांडण, चर्चा**

बोलावणे (क्रि) *पाहा :* **आमंत्रण**

बोली (स्त्री) *पाहा :* **भाषा, करार**

बोलीभाषा (स्त्री) *पाहा :* **भाषा**

बोलूनचालून (क्रिवि) *पाहा :* **अखेर** (क्रिवि)

बोलेनासा (वि) *पाहा :* **अबोल**

बोवा (पु) *पाहा :* **बुवा**

बोहणी (-नी) (स्त्री) *पाहा :* **विक्री, आरंभ**

बोळ (पु) *पाहा :* **मार्ग**

बोळके (न) *पाहा :* **भांडे, तोंड**

बोळवण (स्त्री) **बोळवणे** (क्रि) *पाहा :* **निरोप, अर्धचंद्र, अखेर**

बोळा (पु) गोळा, गुंडाळी, चिंधी, फाया, पोतेरे, फडके, बूच, दट्ट्या

(n) swab, mop, stopper

बौद्ध (पु) *पाहा :* **अवतार**

ब्याद (स्त्री) *पाहा :* **आजार, लचांड**

ब्र (पु) *पाहा :* **अबोल**

ब्रह्म (न) *पाहा :* **परमेश्वर, आत्मा, चित्, चैतन्य**

ब्रह्मकर्म (न) *पाहा :* **धर्म**

ब्रह्मगाठ (स्त्री) *पाहा :* **गाठ**

ब्रह्मगोलक (पु) *पाहा :* **चराचर**

ब्रह्मघोटाळा (पु) *पाहा :* **घोटाळा**

ब्रह्मचर्य (न) स्त्रीसंगत्याग, एकपत्नीव्रत; नाडबंदी; कौमार्य; ब्रह्मचर्याश्रम (*पाहा :* **आश्रम)**

(n) celibacy, batchelorhood, chastity; continence, purity, virginity, spinsterhood, *पाहा :*

आश्रम
ब्रह्मचारी (पु) स्त्रीसंगपरित्यागी, व्रती, बटू, मुंजामुलगा, अविवाहित, बालब्रह्मचारी; एकपत्नीव्रती
[वा] शुक्राचार्य, कार्तिकस्वामी
(n) celibate, chaste, unmarried
ब्रह्मचिंतक (वि) *पाहा :* **पारमार्थिक, चिंतनशील**
ब्रह्मतत्त्व (न) *पाहा :* **परमेश्वर**
ब्रह्मतेज (न) *पाहा :* **तेज**
ब्रह्मदेव (पु) ब्रह्मा (*पाहा :* **त्रिमूर्ती**), कमळजन्मा, कमलासन, चतुरानन, चतुर्मुख, धाता, विधाता, विरंची, त्वष्टा, विश्वकर्मा, सृष्टिकर्ता, स्रष्टा, विधी, प्रजापती, सत्यलोकनायक; *पाहा :* **परमेश्वर**
(n) God Brahma *पाहा :* **त्रिमूर्ती, परमेश्वर**
ब्रह्मनिर्वाण (न) *पाहा :* **मोक्ष**
ब्रह्मनिष्ठ (वि) *पाहा :* **पारमार्थिक**
ब्रह्मप्रलय (पु) *पाहा :* **प्रलय**
ब्रह्मप्राप्ती (स्त्री) *पाहा :* **मोक्ष**
ब्रह्मभुवन (न) सत्यलोक, ब्रह्मलोक (-सदन)
(n) abode of ब्रह्मदेव
ब्रह्मराक्षस (पु) *पाहा :* **पिशाच, नराधम**
ब्रह्मरेषा (स्त्री), **ब्रह्मलिखित** (न) *पाहा :* **अदृष्ट**
ब्रह्मलोक (पु) *पाहा :* **ब्रह्मभुवन**
ब्रह्मविद् (वि) *पाहा :* **ज्ञानी**
ब्रह्मविद्या (स्त्री) *पाहा :* **आत्मज्ञान**
ब्रह्मवेत्ता (वि) *पाहा :* **ज्ञानी**
ब्रह्मसमंध (पु) *पाहा :* **पिशाच**
ब्रह्मसायुज्य (न) *पाहा :* **मोक्ष**
ब्रह्मसुख (न) *पाहा :* **सुख, आनंद**
ब्रह्मसूत्रे (न, अव) *पाहा :* **धर्मग्रंथ**
ब्रह्महत्या (स्त्री) *पाहा :* **अनर्थ**
ब्रह्मज्ञ (वि) *पाहा :* **ज्ञानी**
ब्रह्मज्ञान (न) *पाहा :* **ज्ञान, अध्यात्म**
ब्रह्मज्ञानी (वि) *पाहा :* **ज्ञानी**
ब्रह्मा (पु) *पाहा :* **ब्रह्मदेव, ऋत्विज**
ब्रह्मांड (न) *पाहा :* **चराचर, अवकाश**
ब्रह्मांड (वि) *पाहा :* **अतिशय**
ब्रह्मांडगोलक (पु) *पाहा :* **चराचर**
ब्रह्मांडनायक (पु) *पाहा :* **परमेश्वर**
ब्रह्मानंद (पु) *पाहा :* **आनंद**
ब्रह्मास्त्र (न) *पाहा :* **आयुध**
ब्रह्माहमस्मिबोध (पु) *पाहा :* **बोध**
ब्रह्माक्षर (न) *पाहा :* **आत्मा**
ब्रह्मीभूत (वि) ब्रह्मस्वरूप, त्रिगुणातीत, स्थितप्रज्ञ; मृत (संन्यासी)
[adj] merged with ब्रह्म; dead (संन्यासी)
ब्राह्मण (पु) *पाहा :* **वर्णव्यवस्था**
ब्राह्मण (पु) द्विज, विप्र, भट, भटजी, भिक्षुक; *पाहा :* **वर्णव्यवस्था**
(n) brahmin; *पाहा :* **वर्णव्यवस्था**
ब्राह्ममुहूर्त (पु) *पाहा :* **पहाट**
ब्राह्मविवाह (पु) *पाहा :* विवाह
ब्राह्मणभोजन (न) *पाहा :* **अन्न**
ब्रीद (न) प्रतिज्ञा, पण, संकल्प, व्रत, नेम, बाणा, तत्त्व, शील; बिरुद, पदक; ब्रीदवाक्य
(n) vow, pledge, commitment, regulation, principle; medal
ब्रीदवाक्य (न) *पाहा :* **घोषणा, ब्रीद**

भ

भकणे (क्रि) *पाहा :* **बहकणे, बडबडणे**

भंकस (स्त्री) *पाहा :* **बडबड**

भंकस (वि) *पाहा :* **निकृष्ट**

भकाट (न), **भकाटी** (स्त्री) *पाहा :* **उदर, अनशन**

भकास (वि) *पाहा :* **उजाड**

भकाळी (स्त्री) *पाहा :* **उदर, अनशन**

भक्कम (वि) मजबूत, बळकट, दांडगा, कणखर, शिसवी, पोलादी, बुलंद, दृढ, ठाम, अचल, पक्का, खंबीर, करारी, भरभक्कम, घटमूट, चिरेबंदी; सज्जड; *पाहा :* **अतिशय, टिकाऊ**

[adj] strong, hefty, firm, unbending, secure, impregnable, immovable, solid, unyielding, stable; *पाहा :* **अतिशय, टिकाऊ**

भक्त (पु) पूजक, वंदक, उपासक, सेवक, अंतेवासी, शिष्य, चाहता, श्रद्धाळू, निष्ठावंत, आसक्त, अनुरक्त, परायण; भक्तिमार्गी; मातृ-पितृ-गुरू-हरि- भगवद् -भक्त; देवभक्त, सद्भक्त; वारकरी; *पाहा :* **चार भक्त, देशभक्त, निष्ठावंत**

(n) devotee, follower, disciple, adherent, admirer; fan *पाहा :* **चार भक्त, देशभक्त, निष्ठावंत**

भक्तकामकल्पद्रुम (वि), **भक्तवत्सल** (वि) *पाहा :* **दयावंत**

भक्तिगीत (न) *पाहा :* **काव्य**

भक्तिभाव (पु) *पाहा :* **भक्ती**

भक्तिमार्ग (पु) *पाहा :* **मार्ग**

भक्तिमार्गी (पु) *पाहा :* **भक्त**

भक्तियोग (पु) *पाहा :* **योग**

भक्ती (स्त्री) उपासना, पूजा, आराधना, दृढभाव, भजन-पूजन, प्रार्थना, सेवा, श्रद्धा, भावभक्ती, निष्ठा, पूज्यभाव, भक्तिभाव, आसक्ती, अनुरक्ती, प्रीती, परायणता, देवभक्ती, मधुराभक्ती, ऐक्य; *पाहा :* नवविधा **भक्ती**

[वा] देव्हाऱ्यात बसवणे, पंचप्राणांची आरती ओवाळणे

(n) devotion, dedication, prayer, worship, faith; allegiance, fanaticism, attachment; *पाहा :* **नवविधा भक्ती**

भक्तीण (स्त्री) *पाहा :* **देवदासी**

भग (न) *पाहा :* **अदृष्ट, ऐश्वर्य, खिंडार, जननेंद्रिय**

भंग (पु) तूट, फूट, बिघाड, विध्वंस, नाश, उल्लंघन, अतिक्रमण; (*पाहा :* **भंगणे, विभाजन**), आज्ञाभंग, आशाभंग, तेजोभंग, नियमभंग, कायदेभंग, व्रतभंग, इ. *पाहा :* **भग्न**

(n) break, breach, rift, rupture, discontinuance, disruption, destruction; trespass; *पाहा :* **भंगणे, विभाजन, भग्न**

भंगड (वि) *पाहा :* **चंगीभंगी**

भंगणे (क्रि) तुटणे, फुटणे, पिचणे,

तडा जाणे, तडकणे, टिचणे, तुकडे होणे, फूट पडणे, खंडित होणे, नाशणे, पडझड होणे, मोडणे, भग्न पावणे (*पाहा* : **भग्न**); *पाहा* : **विभाजन, भंग** (विरु) **जोडणे**

(v) break, crack-up, split, shatter, fracture, divide; *पाहा* : **भग्न, विभाजन, भंग** (विरु) **जोडणे**

भगत (पु) *पाहा* : **देवऋषी**

भगदाड (न) *पाहा* : **खिंडार**

भगभग (स्त्री) *पाहा* : **दाह**

भगभगाट (पु) *पाहा* : **दाह, प्रकाश**

भगभगीत (वि) *पाहा* : **प्रखर**

भगरा (ळा) (पु) *पाहा* : **चूर्ण**

भगली (पु) *पाहा* : **ढोंगी**

भगवंत (पु) *पाहा* : **परमेश्वर**

भगवती (स्त्री) *पाहा* : **पार्वती**

भगवा (वि) *पाहा* : **लाल**

भगवान (पु) *पाहा* : **परमेश्वर**

भगाड (न) *पाहा* : **खिंडार**

भंगार (न) *पाहा* : **अडगळ**

भगिनी (स्त्री) *पाहा* : **बहीण, स्त्री**

भंगी (पु) *पाहा* : **अनुचर**

भंगुर (वि) *पाहा* : **क्षणभंगुर**

भग्न (वि) भंगलेला, फोडलेला, खांडलेला, शकले उडवलेला, तोडलेला, खंडविखंड, फुटका, फुटलेला, मोडलेला, फाडलेला, तुटलेला, विभक्त, विभागलेला, विध्वंस केलेला, तुकडेतुकडे झालेला, उधळलेला, अस्ताव्यस्त, नष्ट, उद्‌ध्वस्त, छिन्न, छिन्नभिन्न, विछिन्न, छिन्नविच्छिन्न, विशीर्ण, विदीर्ण, खंडित, त्रुटित; *पाहा* : **विभक्त, भंग, भंगणे, विभाजन** (विरु) **अखंड** (वि)

[वा] ठिकऱ्या ठिकऱ्या होणे

[adj] shattered, destroyed, crashed, splintered, disintegrated, broken, crumbled, ruined *पाहा* : **विभक्त, भंग, भंगणे, विभाजन** (विरु) **अखंड** (वि)

भग्नमनोरथ (वि) *पाहा* : **निराश**

भग्नावशेष (पु) *पाहा* : **अवशेष**

भग्नोत्साह (वि) *पाहा* : **खिन्न**

भंजक (वि) *पाहा* : **नाशक**

भजणे (क्रि), **भजन** (न), **भजनपूजन** (न) *पाहा* : **पूजा, उपासना**

भजनीय (वि) *पाहा* : **थोर**

भट (पु) *पाहा* : **ब्राह्मण, लढवय्या**

भटकणे (क्रि) हिंडणे, फिरणे, प्रवास करणे (*पाहा* : **प्रवास**), भटकंती/भ्रमंती करणे, भटक्या मारणे, एका जागी न राहणे, वणवण करणे, दिशाहीन चालणे; मार्गच्युत होणे, आडमार्गाला/वाममार्गाला लागणे, रस्ता चुकणे, भरकटणे, बहकणे, वाहवत जाणे *पाहा* : **भटक्या**

[वा] पाय न ठरणे, पायाला भिंगरी/भोवरा असणे, पायावर नक्षत्र पडणे, घरे पुजणे

(v) roam, wander, stroll, rample, rove, saunter, travel (*पाहा* : **प्रवास**), deviate, go astray *पाहा*

: **भटक्या**

भटकंती (स्त्री) *पाहा :* **प्रवास, भटकणे**

भटकभवानी (स्त्री) गावभवानी, गावगौर, नगरभवानी, चाळकभवानी, नाचणघुगरी (-टिपरी); उनाड मैना, छबेली, हेलकी, चटकचांदणी, टाकमटिकली, स्वैरिणी, सौरी, धिंडका, वावटळ, स्वैराचारी/ चवचाल/ चावट/ छचोर/ चटोर/ नखरेल/ नटवी/ नखरेबाज/ रंगेल स्त्री; *पाहा :* **उडाणटप्पू, स्वैराचारी,** (विरु) **सती**

(n) coquette, flirt, wench, loose/ frolicsome/ dissolute/ wanton woman; *पाहा :* **उडाणटप्पू, स्वैराचारी,** (विरु) **सती**

भटके-विमुक्त (पु, अव) *पाहा :* **दलित**

भटक्या (वि) कलंदर, स्वच्छंद, रमताराम, फिरस्ता, हिप्पी, जिप्सी, उडाणटप्पू, उंडगा, स्वैर, कामचुकार, टोळभैरव; भणंग, भटकणारा (*पाहा :* **भटकणे**), भटके जीवन जगणारा *पाहा :* **अस्थिर, अनिकेत**

[वा] बारा पिंपळावरचा मुंज्या, विंचवाचे बिऱ्हाड पाठीवर

[adj] truant, vagrant, wayward, nomadic, warfaring, wandering, itinerant, peripatetic; *पाहा :* **भटकणे, अस्थिर, अनिकेत**

भटजी (पु) भट, ब्राह्मण, भिक्षुक, वैदिक, पुरोहित, उपाध्याय, दीक्षित, पुजारी, किरवंत

(n) brahmin, priest

भटारखाना (पु) *पाहा :* **खोली**

भटियार (पु) *पाहा :* **राग**

भट्ट (पु) *पाहा :* **आचार्य**

भट्टी (स्त्री) *पाहा :* **अग्नी, घडण, अड्डा**

भडक (वि) झळकदार, चमकदार, गडद; दिखाऊ, सवंग, भपकेबाज, बेगडी; उघड, असंस्कृत, रुचिहीन, उत्तान

[adj] bright, dazzling, gaudy, flamboyant, flashy, loud, tawdry, showy, cheap, crude, tasteless

भडकणे (क्रि) *पाहा :* **अग्नी, संतापणे**

भडका (पु) *पाहा :* **अग्नी, दाह, उद्रेक**

भडकावणे (क्रि) *पाहा :* **चेतवणे, मारणे**

भडंग (पु) *पाहा :* **तांदूळ**

भंडपुराण (न) *पाहा :* **चर्पटपंजरी**

भडभडणे (क्रि) *पाहा :* **अग्नी, दुःख**

भडभडाट (पु) *पाहा :* **अग्नी, संताप**

भडभडीत (वि) फटफटीत, स्वच्छ; *पाहा :* **उजाडणे**

[adj] clear, bright; *पाहा :* **उजाडणे**

भडभड्या (वि) *पाहा :* **बडबड्या**

भडभुंजा (वि) *पाहा :* **अलताभलता**

भडाग्नी (पु) *पाहा :* **अंत्येष्टी**

भडाड (पु), **भडाडणे** (क्रि) *पाहा :* **अग्नी**

भंडारा (पु) *पाहा :* **अन्न**

भंडावणे (क्रि) *पाहा :* **छळणे**

भडिमार (पु) *पाहा :* **तडाखा, वर्षाव**

भणंग (वि), **भणंगभिकारी** (वि) *पाहा* : **अकिंचन, भटक्या**
भणभणणे (क्रि) *पाहा* : **आवाज, वेदना**
भतका (पु) *पाहा* : **आघात**
भत्ता (पु) *पाहा* : **वेतन**
भदाड (न) *पाहा* : **खिंडार**
भदे (न) *पाहा* : **नाश**
भद्र (न, पु) *पाहा* : **कल्याण, हत्ती**
भद्रंकर (वि) *पाहा* : **कल्याणकारी**
भद्रजाती (पु) *पाहा* : **हत्ती**
भद्रपुरुष (पु) *पाहा* : **नरश्रेष्ठ**
भद्रलोक (पु) *पाहा* : **सज्जन**
भन्नाट (वि) *पाहा* : **तुफान**
भंपक (वि) *पाहा* : **उडाणटप्पू**
भपका (पु) *पाहा* : **डामडौल, ऐट**
भपकारा (पु) *पाहा* : **गंध**
भपकेदार (-बाज) (वि) *पाहा* : **दिखाऊ**
भंबेरी (स्त्री) *पाहा* : **फजिती**
भय (न) *पाहा* : **भीती**
भयकंप (पु) *पाहा* : **आंदोलन, भीती**
भयंकर (वि) *पाहा* : **भीतिदायक, अघोरी, अतिशय**
भयगंड (पु) *पाहा* : **भीती**
भयग्रस्त (-चकित, -पीडित, -भीत) (वि) *पाहा* : **भीतिग्रस्त**
भयमुक्त (-रहित) (वि) *पाहा* : **निर्धास्त**
भयविव्हल, भयव्याप्त, भयाकुल, भयाक्रांत (सर्व वि) *पाहा* : **भीतिग्रस्त**
भयाण (वि) *पाहा* : **भीतिदायक**
भयातुर (वि) *पाहा* : **भीतिग्रस्त**
भयानक (पु) *पाहा* : **नऊ रस**
भयानक (वि) *पाहा* : **भीतिदायक**
भयान्वित (वि), **भयार्त** (वि) *पाहा* : **भीतिग्रस्त**
भयावह (वि), **भयासुर** (वि) *पाहा* : **भीतिदायक**
भय्या (पु) *पाहा* : **भाऊ, अनुचर**
भर (पु) उत्कर्ष, भरभराट, अभिवृद्धी, ऊत, उधाण, लोट, पूर, बहर, बहार, भार, रंग, वैपुल्य, आधिक्य, कळस, प्रकोप; उत्तेजन, प्रोत्साहन, उत्साह; जोर, आघात, कटाक्ष, महत्त्व; मस्ती, माज, कामुकावस्था, ज्वानी, तारुण्य; कल, ओढा, प्रवृत्ती *पाहा* : **वाढ**
[वा] रंग भरणे, दुधात साखर पडणे, रंगात येणे
(n) abundance, exuberance, prosperity; aggravation, excess; encouragement, stimulus; emphasis, accent; heat, prime bent, disposition *पाहा* : *पाहा* : **वाढ**
भर (स्त्री) जोड, पुस्ती, पुरवणी, पुरण, भराव, भरती, भरणा, भरणी, भरताड; *पाहा* : **भरणे**
(n) addition, supplement, stuffing material; *पाहा* : **भरणे**
भरकटणे (क्रि) *पाहा* : **बहकणे, खरडणे**
भरकन् (-दिशी) *पाहा* : **अविलंब**
भरगच्च (वि) *पाहा* : **पूर्ण, तुडुंब**
भरघोस (वि) *पाहा* : **पूर्ण, अतिशय, घसघशीत**
भरजरी (वि) *पाहा* : **नक्षीदार**
भरड (वि) *पाहा* : **ओबडधोबड**

भरणपोषण (न) *पाहा :* **पालन, उदरनिर्वाह, अन्न**

भरणा (पु) *पाहा :* **भर** (स्त्री), **आवक**

भरणी (स्त्री) *पाहा :* **भर** (स्त्री), **नक्षत्र**

भरणे (क्रि) पूर्ण करणे; बुजवणे; ठासणे, कोंबणे, आत ओतणे, रिचवणे; माखले/लेपले जाणे; भरणा करणे, भर घालणे; दळदार/ भरदार/ जाड/ गुबगुबीत होणे, फुगणे, तटतटणे; पूर्ण/पुरा होणे *पाहा :* **भर** (स्त्री)

[वा] भरल्या गाड्याला सुपाचे ओझे

(v) fill up, pack; become full; get smeared; make payment; swell, puff up; be complete *पाहा :* **भर** (स्त्री)

भरतकाम (न) *पाहा :* **नक्षी**

भरतखंड (-वर्ष) *पाहा :* **भारत**

भरतवाक्य (न) *पाहा :* **उपसंहार, अखेर**

भरतशास्त्र (न) *पाहा :* **नाट्य**

भरताड (न) *पाहा :* **भर** (स्त्री)

भरती (स्त्री) उथव, समा, उधाण, पूर, बहर, लोट, ऊत; अभिवृद्धी, उत्कर्ष, भरभराट, चलती, पूर्णता, समृद्धी, भर, भरण, भरते, उमाळा, उसळी; सैन्यभरती; भांगाची भरती; *पाहा :* **दाखल**

(n) flood-tide, freshet, spring tide, neap tide, upsurge, growth, rise, swell, spate, prosperity, *पाहा :* **दाखल**

भरते (न) *पाहा :* **भरती**

भरदार (वि) भरलेल्या अंगाचा, उफाड्याचा, सुदृढ, तगडा, धष्टपुष्ट, मजबूत बांध्याचा, पिळदार, दळदार, भरीव, टपोरा, टचटचीत, ठसठशीत, गिरदार, गच्च, भरलेला, गरगरीत, गिरेंबाज, पूर्ण वाढ झालेला, उभार, उन्नत

[adj] full, well-filled, well-stocked, brimming, bursting, well-developed, robust, sturdy, solid, rounded, raised

भरधाव (क्रिवि) *पाहा :* **अविलंब**

भरपाई (स्त्री) फेड, परतफेड, पूर्तता; परिमार्जन, प्रायश्चित्त; नुकसानभरपाई; मोबदला

[वा] पै दक्षिणा आणि लक्ष प्रदक्षिणा

(n) compensation, reparation, reprisal, requital

[v] to make amends, to make up for something

भरपूर (वि) *पाहा :* **अतिशय, ओतप्रोत, घसघशीत**

भरपेट (वि) *पाहा :* **आकंठ**

भरभक्कम (वि) *पाहा :* **भक्कम**

भरभर (क्रिवि) *पाहा :* **अविलंब**

भरभराट (स्त्री) *पाहा :* **प्रगती, उत्कर्ष**

भरभराटणे (क्रि) *पाहा :* **बहरणे, प्रगती**

भरभरीत (वि) *पाहा :* **ओबडधोबड, चरचरीत**

भरभरून (वि) *पाहा :* **अतिशय**

भरमसाट (वि) *पाहा :* **अतिशय, बेफाम, अनियंत्रित**

भररस्ता (पु) *पाहा :* **मार्ग**

भरवसा (पु) भरोसा, विश्वास, खात्री, निश्चिंतता, निर्भर; आश्वासन, आधार, पाठबळ, उमेद, दिलासा; श्रद्धा, अवलंबन, भिस्त
(n) trust, confidence, faith, reassurance, support; reliance, belief
भराभर (-रा) (क्रिवि) *पाहा :* **अविलंब**
भरारणे (क्रि) *पाहा :* **उडणे**
भरारी (स्त्री) *पाहा :* **उडणे, प्रगती**
भराव (पु) *पाहा :* **भर** (स्त्री)
भरिभार (पु) *पाहा :* **जबाबदारी, भार**
भरीव (वि) भरलेले, ठासलेले, घन, घट्ट, दळदार, भरदार, ठसठशीत, घौस, घटमूट, घणसर, टणक; ठोक, ठोस, कसदार
[adj] solid, dense, massive, concrete, substantial, well-filled
भरोसा (पु) *पाहा :* **भरवसा**
भर्ता (पु) *पाहा :* **पती, पालक**
भर्त्सना (स्त्री) *पाहा :* **निंदानालस्ती**
भलता (वि) *पाहा :* **अलताभलता, अतिशय**
भलतासलता (वि), **भलभलता** (वि) *पाहा :* **अलताभलता**
भलरी (स्त्री) *पाहा :* **नेट, काव्य**
भला (वि) *पाहा :* **चांगला**
भलाई (स्त्री) *पाहा :* **चांगुलपणा**
भलाबुरा (वि) *पाहा :* **चांगलावाईट**
भलावण (स्त्री) *पाहा :* **स्तुती**
भले (न) *पाहा :* **कल्याण**
भलेपण (न) *पाहा :* **चांगुलपण**
भव (पु), **भवचक्र** (न), **भवसागर** (पु) *पाहा :* **संसार**
भवई (स्त्री) *पाहा :* **भिवई**
भवति न भवति (स्त्री) *पाहा :* **खल**
भवन (न) *पाहा :* **आलय**
भवरा (पु) *पाहा :* **भुंगा**
भवरी (स्त्री) *पाहा :* **परिभ्रमण**
भवानी (स्त्री) *पाहा :* **पार्वती, विक्री, आरंभ**
भवार्णव (न) *पाहा :* **संसार, समुद्र**
भवितव्य (न) *पाहा :* **अदृष्ट**
भविष्य (न) *पाहा :* **अदृष्ट**
भविष्यकथन (-वाणी) (न, स्त्री) *पाहा :* **अदृष्ट**
भविष्यकाल (पु) *पाहा :* **काल, आगामी**
भविष्यकालीन (पु) *पाहा :* **आगामी**
भविष्यकाळात (क्रिवि) *पाहा :* **नंतर**
भविष्यदर्शी (वि) *पाहा :* **दूरदर्शी**
भविष्यमाण (न) *पाहा :* **अदृष्ट, आगामी**
भविष्यवादी (-वेत्ता) (पु) *पाहा :* **जोशी**
भविष्यज्ञ (वि) *पाहा :* **जोशी, दूरदर्शी**
भव्य (वि) उंच, उत्तुंग, टोलेजंग, बुलंद, पहाडी, गगनचुंबी; प्रचंड, अवाढव्य, जंगी, अकटोविकट, विशाल, विराट, वाड, जगड्व्याळ, विस्तृत, लांबरुंद, भव्यादिव्य, भव्यतम, उदात्त, भव्योदात्त, थोर, श्रेष्ठ; नेत्रदीपक, घवघवीत, ठसठशीत, शोभिवंत; आलिशान, शानदार, शाही, बादशाही, प्रासादतुल्य
[adj] high, lofty, towering; huge, vast, gigantic; noble, exalted;

imposing, majestic, grand, spectacular, grandiose, magnificent, monumental, aweinspiring

भव्यता (स्त्री) *पाहा :* **थोरवी**

भसभोंगळ (वि) *पाहा :* **सैल**

भसाडा (वि) *पाहा :* **ओबडधोबड, कर्कश**

भस्म (न) *पाहा :* **राख**

भस्मसात (वि) *पाहा :* **अग्नी, नष्ट**

भस्मस्नान (न) *पाहा :* **स्नान**

भस्मासुर (पु) *पाहा :* **असुर**

भस्त्रा (पु), **भस्त्री** (स्त्री) *पाहा :* **पिशवी**

भळभळ (-ळा) (क्रिवि) *पाहा :* **अविलंब**

भळभळणे (क्रि) *पाहा :* **वाहणे**

भक्ष (न) *पाहा :* **भक्ष्य**

भक्षक (वि) खाणारा (*पाहा :* **खाणे**), भक्षी; तृणभक्षक, मांसभक्षक, इ.; *पाहा* : **उपभोक्ता**

[adj] one who eats (*पाहा :* **खाणे**) *पाहा* : **उपभोक्ता**

भक्षण (न), **भक्षणे** (क्रि) *पाहा :* **खाणे**

भक्षी (वि) *पाहा :* **भक्षक**

भक्ष्य (न), **भक्ष्यभोज्य** (न), **भक्ष्यभाक्ष्य** (न) *पाहा :* **अन्न, आमिष**

भाई (पु) *पाहा :* **भाऊ, मित्र**

भाईचारा (पु) *पाहा :* **मित्रत्व**

भाईबंद (पु, अव) *पाहा :* **आप्त**

भाईभाई (पु, अव) *पाहा :* **भाऊ, मित्र**

भाऊ (पु) बंधू, भ्राता, भ्रातृ, भाई, भय्या, दादा; दूधभाऊ; बंधुराज; बांधव; भावंड, एकोदर, सहोदर, सोदर, अग्रज, अनुज; थोरला/ पाठचा/ सखखा/ सावत्र/चुलत, इ. भाऊ. गुरुबंधू, धर्मबंधू, वर्गबंधू, आडनावबंधू, व्यवसायबंधू इ.; दीनबंधू, विश्वबंधू, इ.; भाईभाई, भाऊभाऊ; जातभाई, ज्ञातिबांधव; पगडीभाई, भोजनभाऊ; *पाहा :* **मित्र**

[वा] पाठीला पाठ लावून जन्मणे, रामलक्ष्मणाची जोडी

(n) brother, cousin, *पाहा :* **मित्र**

भाऊगर्दी (स्त्री) *पाहा :* **गर्दी, खोगीरभर्ती**

भाऊबंद (पु, अव) *पाहा :* **आप्त**

भाऊबंदकी (स्त्री) *पाहा :* **भांडण**

भाक (स्त्री) *पाहा :* **प्रतिज्ञा, उक्ती**

भाकड (वि) *पाहा :* **निरर्थक, दूध**

भाकडकथा (स्त्री) *पाहा :* **गप्पा**

भाकणे (क्रि) *पाहा :* **अभ्यर्थना**

भाकर (-री) (स्त्री), **भाकरतुकडा** (पु) *पाहा :* **अन्न, पोळी**

भाकीत (न) *पाहा :* **अदृष्ट, अजमास**

भाग (न) *पाहा :* **अदृष्ट**

भाग (पु) अंश, घटक, अवयव, पदर, अंक, तुकडा, हप्ता, शाखा, वाटा, बलुते, हिस्सा, हिस्सेदारी, भागीदारी, शेर/सहभाग, वर्गणी, तट, पक्ष, गट, वाटणी, विभागणी (*पाहा :* **विभाजन**); खाते, प्रभाग, विभाग, पृथक्भाग, पोटभाग; समभाग, प्रतिभूती; कप्पा, खण, पूड, खिसा, चोरकप्पा (-खण, -खिसा), कक्ष;

पाहा : **प्रदेश, अध्याय, कलम, थकवा, आवश्यक, भागीदार, भागीदारी, जबरदस्ती, अंतर्गत**
(n) part, component, department, section, sector, unit, portion, segment, branch, fraction, division, share *पाहा :* **प्रदेश, अध्याय, कलम, थकवा, आवश्यक, भागीदार, भागीदारी, जबरदस्ती, अंतर्गत, विभाजन**

भांग (पु) *पाहा :* **रेषा, भरती, ओहोटी**

भांग (स्त्री) *पाहा :* **मादक द्रव्ये**

भागणे (क्रि) *पाहा :* **थकणे, पुरणे**

भागधारक (पु) *पाहा :* **भागीदार**

भागधेय (न) *पाहा :* **अदृष्ट**

भागभांडवल (न) *पाहा :* **अर्थ**

भांगमोड (स्त्री) *पाहा :* **ओहोटी**

भांगलणी (स्त्री) *पाहा :* **शेती**

भागवटा (पु) *पाहा :* **थकवा**

भागाभाग (स्त्री) *पाहा :* **पळणे**

भांगार (न) *पाहा :* **सोने**

भागी (स्त्री) *पाहा :* **भागीदारी**

भागीदार (पु) वाटेकरी, हिस्सेदार, बलुतेदार, पातीदार, सरकती; सदस्य, सभासद, वर्गणीदार, सभाजन, सहयोगी, सहभागी; भागधारक; *पाहा :* **भाग, भागीदारी, मित्र**
[वा] एकाच नावेचे प्रवासी, वाटा उचलणे, सिंहाचा वाटा, पदरचे घालणे, सगळ्या गलबतात अर्धी सुपारी माझी, खारीचा वाटा
(n) partner, accomplice, ally, bed-fellow, collaborator, comrade, confederate, associate, sharer, co-worker, co-owner, shareholder, member; *पाहा :* **भाग, भागीदारी, मित्र**
[i] lion's share

भागीदारी (स्त्री) भागी, पाती, वाटा, हिस्सा, हिस्सेदारी, सरकत, बटई, वाटणी, सहभाग, सहयोग; *पाहा :* **मदत, भागीदार, भाग, अंतर्भाव**
[वा] अंग घालणे, एकमेका साह्य करू अवघे धरू सुपंथ, बारभाईची शेती काय लागेल हाती?
(n) partnership, association, affiliation, alliance, confederation, syndicate, complicity, collaboration, co-ownership; involvement *पाहा :* **मदत, भागीदार, भाग, अंतर्भाव**
[i] go hand in hand with, row in the same boat, too many cooks spoil the broth, to have a finger in the pie, to have a stake in something

भागीरथी (स्त्री) *पाहा :* **गंगा**

भागूबाई (वि) *पाहा :* **पळपुटा, भित्रा**

भांगोरे (न) *पाहा :* **दिवाळखोर**

भाग्य (न) *पाहा :* **अदृष्ट, ऐश्वर्य, सद्भाग्य** (विरु) **दुर्दैव**

भाग्यवान (वि) भाग्यवंत, भाग्यशाली, सुदैवी, दैववान, सदैव, नशीबवान, किस्मतवाला, ऐश्वर्यवान,

धन्य, कृतार्थ, सुखी, सुभग, महाभाग; सुभगा *पाहा :* **सद्‌भाग्य** (विरु) **अभागी**

[वा] शिकंदर, साखरेचे खाणार त्याला देव देणार

[adj] fortunate, lucky, blessed, auspicious, propitious, providential *पाहा :* **सद्‌भाग्य** (विरु) **अभागी**

[i] born with a silver spoon in one's mouth, born under a lucky star

भाग्यशाली (वि) *पाहा :* **भाग्यवान**

भाग्यहीन (वि) *पाहा :* **अभागी**

भाग्योदय (पु) *पाहा :* **उत्कर्ष, अभ्युदय**

भाजणे (क्रि) *पाहा :* **अग्नी**

भाजन (न) *पाहा :* **स्थान, भांडे**

भाजी (स्त्री) शाक, शाकपाला, शाकभाजी, भाजीपाला, फळभाजी, पालेभाजी

(n) vegetables, leafy vegetables

भाजीभाकर (स्त्री) *पाहा :* **अन्न, उदरनिर्वाह**

भाज्य (न) *पाहा :* **अन्न**

भाट (पु) *पाहा :* **कवी, स्तुतिपाठक**

भाट (स्त्री) *पाहा :* **जमीन**

भाटी (स्त्री) *पाहा :* **मांजर, जमीन**

भाटीव (न) *पाहा :* **स्तुती**

भांडकुदळ (वि) कलभांड, बोलभांड, कजाग, भांडखोर, हुज्जतखोर, तक्रारखोर, कलागत्या, कज्जेदलाल, तामसी, युद्धखोर, युद्धपिपासू, युद्ध्यमान; मुलूखमैदान *पाहा :* **भांडण, लढवय्या, आक्रमक**

[वा] आडव्या जिभेचा, गजघंटा

[adj] quarrelsome, contentious, agrumentative, bad tempered, cantankerous, trculent, belligerent, pugnacious; *पाहा :* **भांडण, लढवय्या, आक्रमक**

भांडण (न) तंटा, बखेडा, झगडा, कलह, कज्जा, दावा, कलागत, कळ, वाद, दुही, वैर, वितुष्ट, कली, बेबनाव, दुजाभाव, मतभेद, दुमत, कुरबूर, संघर्ष, विग्रह, लढा; चकमक, खटका, तक्रार, भांडाभांडी, लाथाळी, भांडणतंडण; भांडणतंटा, सुंदोपसुंदी, कज्जाकलह, वैरवितुष्ट, तंटाबखेडा, लटके भांडण, प्रीतिकलह, शृंगारकलह, कुटुंबकलह, गृहकलह, अंतःकलह, भाऊबंदकी, यादवी, वर्गविग्रह, वर्गयुद्ध; बोलाचाली, तोंडातोंडी, शब्दाशब्दी, शाब्दिक चकमक, बाचाबाची, वादावादी, अधिक प्रसंग, भाषिक प्रसंग, उत्तरप्रत्युत्तर, वाग्युद्ध, झकाझकी, खडाजंगी, खडाष्टक; चकमक, झटापट, मारामारी, लठ्ठालठ्ठी, साठमारी, हातघाई, लाथाळी, झोंबाझोंबी, झुंज, द्वंद्व, दंडादंडी, खणाखणी; *पाहा :* **लढाई, वैर, अपभाषण, भांडकुदळ, लढणे,** (विरु) **मित्रत्व**

[क्रि] भांडणे, तंडणे, भांडकुदळपणा

करणे, वाजणे, झमकणे, वर्दळीवर येणे, झगडणे

[वा] दगडाशी भांडण, वाऱ्याशी भांडण, कळीचा नारद, एका हाताने टाळी वाजत नाही, माळ्याचा मका आणि कोल्ह्यांचे भांडण, दोघांचे भांडण तिसऱ्याचा लाभ, तुला न मला घाल कुत्र्याला, जुने उकरून काढणे, मेला मुर्दा उकरणे, खाजवून खरूज काढणे, आग लावणे, आगीत तेल ओतणे, कण्या टाकून कोंबडे झुंजवणे, पोटात कली संचारणे, मधून विस्तव न जाणे, कुरापत काढणे, मस्करीची कुस्करी करणे, एकेरीवर येणे, गट्टी फू करणे, मीतूवर येणे, तू मी करणे, अरेतुरे करणे, हमरीतुमरीवर येणे, भांड्याला भांडे लागणे, तोंडावर तोंड पडणे, उखाळ्यापाखाळ्या काढणे, शिरा ताणणे, मुद्द्यावरून गुद्द्यावर येणे, दोन हात करणे, हातघाईवर येणे, घर फुटणे, गाढवाचा गोंधळ आणि लाथांचा सुकाळ

(n) quarrel, conflict, dispute, strife, discord, dissension, bickering, feud, wrangle, clash, confrontation, contravarsy, row, squabble, altercation, infighting, civil war; *पाहा :* **लढाई, वैर, अपभाषण, भांडकुदळ, लढणे** (विरु) **मित्रत्व**

[i] war of words, bone of contention, fall out, have it out, have words with, cat and dog life, to be at loggerheads, to cross swords, to be at each other's throat

भांडणे (क्रि) *पाहा :* **भांडण**

भांडवल (न) *पाहा :* **अर्थ**

भांडवलदार (पु) *पाहा :* **श्रीमंत**

भांडवलशाही (स्त्री) *पाहा :* **राज्यपद्धती**

भांडवली (वि) *पाहा :* **आर्थिक**

भांडाभांडी (स्त्री) *पाहा :* **भांडण**

भांडार (न) भांडारगृह, भांडारखाना, कोठार, कोश, कोशागार, खजिना, तिजोरी, जामदारखाना, द्रव्यकोश, ठेवा, निधी, साठा, संचय, संग्रह (*पाहा :* **संग्रह**), संचयस्थान, संग्रहालय, आगर, गोदाम, वखार; द्रव्यभांडार, वस्त्रभांडार, ज्ञानभांडार, इ.

(n) treasure, treasury, reserve, store, storehouse, godown, depot; cashe; *पाहा :* **संग्रह**

भाडे (न) किराया, भाडेखर्च; घरभाडे, जागाभाडे, भुईभाडे, प्रवासभाडे, गाडीभाडे, विमानभाडे, दुकानभाडे, इ.

(n) rent, fare, passage

भांडे (न) पात्र, भाजन, कलश, कळशी, कळसा, कुंभ, कासंडी, कढई, गंज, गुंड, गुंडा, गुंडी, गिंडी, गडवा, गडू, कमंडलू, गंगाळ (घंगाळ), घट, घडा, घागर, घटिकापात्र,

घमेले, चंबू, लोटा, लोटी, चषक, चरवी, चहादाणी, झारी, टोप, डेरा, खुजा, सुरई, माठ, रांजण, खापर, गाडगे, मडके, सुगड, गेळा, तवा, ताट, ताटली, तबक, तबकडी, ताम्हण (-न), स्थाली, थाळा (-ळी), तगारी, तपेली (-ले), पातेले, बगुणी (-णे), सतेले, परळ, तसराळे, परात, तस्त, तांबली, तांब्या, वाळ्याचा तांब्या, पोहरा, धुपाटणे, पंचपात्री, पंचपाळे, पेला, प्याला, बुधला (-ली), बोंडले, बोळके, बुटकुले, मूस, हंडी, हंडा, अत्तरदाणी, गुलाबदाणी; कावड; *पाहा :* **कटोरा**

(n) container, receptacle, vessel, utensil, pot, pitcher, jar, jug, vase, flask, glass, bowl, cup. goblet, crucible, pan, plate, dish, platter, saucepan, urn; *पाहा :* **कटोरा**

भाडेकरी (पु) *पाहा :* **उपभोक्ता**

भाडोत्री (वि) *पाहा :* **अनुचर**

भाण (न) *पाहा :* **नाटक**

भाणवसा (पु) *पाहा :* **ओटा**

भात (न, पु) *पाहा :* **तांदूळ**

भात (स्त्री) *पाहा :* **रीत**

भातुकली (स्त्री) *पाहा :* **क्रीडा**

भातडी (स्त्री) *पाहा :* **पिशवी**

भातुके (न) *पाहा :* **अन्न**

भादरणे (क्रि) *पाहा :* **हजामत**

भादरपट्टी (स्त्री) *पाहा :* **खडसावणे**

भादवा (पु), **भाद्रपद** (पु) *पाहा :* **बारा महिने**

भान (न) शुद्धी, शुद्ध, देहभान, जागृती, जाग, जाणीव, जाण, जागरूकता, सावधपणा, अवधान, लक्ष, चित्त, मन, ध्यान, अनुसंधान, काळजी, स्मरण; आठवण, संस्मरण; कदर, पर्वा; प्रतीती, अनुभूती, साक्षात्कार

(n) conciousness, awareness, attention, mindfulness, heed, consideration, concern, regard, remembrance, realisation

भानगड (स्त्री) *पाहा :* **घोटाळा, गोलमाल, कुलंगडे**

भानामती (स्त्री) *पाहा :* **जादू**

भानू (पु) *पाहा :* **सूर्य**

भांब (स्त्री) *पाहा :* **विहीर**

भाबडा (वि) *पाहा :* **साधा**

भांबावणे (क्रि) *पाहा :* **गांगरणे**

भाभापाडळी (स्त्री) *पाहा :* **नपुंसक**

भाम (स्त्री) *पाहा :* **विहीर**

भामटा (पु) *पाहा :* **चोर, गुंड, नराधम**

भामा (स्त्री) *पाहा :* **पत्नी, स्त्री**

भामिनी (स्त्री) *पाहा :* **स्त्री**

भार (पु) वजन, ओझे, बोजा, जडपणा, गुरुत्व; दाब, दडपण; जबाबदारी, धुरा, भरिभार, काळजी; भर, बहर; फळभार, पुष्पभार, सैन्यभार, दळभार, इ.; भूभार *पाहा :* **दाबणे, रेलणे**

[वा] खायला काळ आणि भुईला भार

(n) weight, load, burden, pressure; gravity, worry; blossom; *पाहा :* **दाबणे, रेलणे**

भारणे (क्रि) मंतरणे, मोहवणे, मोहून टाकणे, वश करणे, प्रभावित करणे, भुरळ पाडणे, उत्तेजन देणे, नादी लावणे *पाहा :* **भारावणे**
(v) bewitch, fascinate, charm, infatuate, influence *पाहा :* **भारावणे**
भारत (पु) भरतखंड, भरतभूमी, भरतवर्ष, भारतवर्ष, हिंदुस्तान (-स्थान) हिंद, हिंददेश, भारतीय उपखंड
(n) india, Indian subcontinent
भारती (स्त्री) *पाहा :* **वाणी**
भारदस्त (वि) पोक्त, प्रगल्भ, गंभीर, धीरगंभीर, धिमा, शांतचित्त, संयमी, विवेकी, विचारशील; महत्त्वपूर्ण, वजनदार; *पाहा :* **प्रतिष्ठित**
[adj] mature, dignified, august, sedate, grave, thoughtful, stoical, noble, grand, majestic, weighty; *पाहा :* **प्रतिष्ठित**
भारद्वाज (पु) कुकुरकुंभा, कुरकुट, सोनकावळा
(n) lark, pheasant
भारंभार (वि) *पाहा :* **समान, प्रचंड**
भारभूत (वि) *पाहा :* **अवजड, निरुपयोगी**
भारवाहक (-वाही) (पु) हमाल, ओझेवाला (-करी), हेलकरी, मजूर; धुरावाहक, जबाबदार
[वा] ओझ्याचा बैल; ज्याचे त्याला आणि गाढव ओझ्याला, पालखीचे भोई
(n) coolie, porter, beast of burden
भारा (पु) *पाहा :* **गठ्ठा, ओझे**
भारावणे (क्रि) अधिक जड/ भारी/ अवजड/ वजनदार होणे, भारले जाणे (*पाहा :* **भारणे**), प्रभावित होणे (*पाहा :* **प्रभावित**)
(v) become heavy/burdensome, get fascinated (*पाहा :* **भारणे, प्रभावित**)
भारी (वि) जड, अवजड, वजनदार; डोईजड, शिरजोर; उंची, किमती, मौल्यवान, खर्चीक, महाग; *पाहा :* **उपजाऊ, अतिशय, अवघड**
[adj] weighty, burdensome, domineering, costly; *पाहा :* **उपजाऊ, अतिशय, अवघड**
भारूड (न) *पाहा :* **कथा, चर्पटपंजरी**
भार्या (स्त्री) *पाहा :* **पत्नी**
भाल (न), **भालप्रदेश** (पु) *पाहा :* **डोके**
भालचंद्र (पु) *पाहा :* **शंकर**
भालदार (पु) *पाहा :* **अनुचर, पहारेकरी**
भाला (पु) *पाहा :* **आयुध, दोरी**
भालाईत (पु) *पाहा :* **अनुचर**
भालू (पु) *पाहा :* **अस्वल**
भाव (पु) *पाहा :* **अभिप्राय, श्रद्धा, चित्तवृत्ती, किंमत, चेहरा**
भावगर्भ (वि) *पाहा :* **आशयघन**
भावगीत (न) *पाहा :* **काव्य**
भावंड (न) भाऊ, बहीण
(n) brother, sister
भावणे (क्रि) आवडणे, मनास येणे, मानवणे, पटणे, समजणे, वाटणे

(v) like, be agreeable, belive, imagine

भावदर्शन (न) *पाहा :* **अभिनय**

भावना (स्त्री) *पाहा :* **चित्तवृत्ती, ग्रह**

भावनाप्रधान (वि) भावनाप्रवण, हळवा, संवेदनक्षम, मायाळू, विकारवश, भावविवश, भावाकुल, भावुक, कोमलहृदयी

[adj] sentimental, sensitive, oversensitive, tenderhearted, emotional, passionate, hypersensitive, temperamental, thin-skinned, touchy

भावनाशून्य (वि) *पाहा :* **निर्विकार**

भावबंध (पु) *पाहा :* **अनुबंध**

भावभक्ती (स्त्री) *पाहा :* **भक्ती**

भावभावना (स्त्री) *पाहा :* **चित्तवृत्ती**

भाववाचक (वि) *पाहा :* **अभिधान**

भाववाढ (स्त्री) *पाहा :* **महागाई**

भावविभोर (वि) *पाहा :* **तरल**

भावविवश (वि) *पाहा :* **भावनाप्रधान**

भाववृत्ती (स्त्री) *पाहा :* **चित्तवृत्ती, अभिप्राय**

भावाकुल (वि) *पाहा :* **भावनाप्रधान**

भावातीत (वि) *पाहा :* **तटस्थ, ईश्वरी**

भावार्थ (पु) *पाहा :* **अभिप्राय**

भावार्थदर्शन (न) *पाहा :* **टीका, निरूपण**

भावावस्था (स्त्री) *पाहा :* **चित्तवृत्ती**

भावाविष्कार (पु) *पाहा :* **अभिव्यक्ती**

भाविक (वि) *पाहा :* **निष्ठावंत**

भावी (वि) *पाहा :* **आगामी**

भावीण (स्त्री) *पाहा :* **देवदासी**

भावुक (वि) *पाहा :* **निष्ठावंत, भावनाप्रधान**

भावोत्कट (वि) *पाहा :* **उत्कट**

भाष (स्त्री) *पाहा :* **भाषा**

भाषण (न) व्याख्यान, तोंडी विवेचन/ विवरण, कथन, प्रवचन, निरूपण, जाहीर भाषण, सदीप व्याख्यान, वक्तृत्व, वक्तव्य, वदंती, घोषणा, अभिभाषण, प्रतिपादन, विषयप्रतिपादन, उक्ती, वचन, वाणी, उच्चार, अभिव्यक्ती, उद्गार, विधान, बोल; वच, बडबड, वटवट, कटुभाषण, शब्द- पारुष्य, वाग्बाण, शब्दकार्पण्य, मितभाषण; वदनामृत; बत्तिशी, स्वगत (भाषण), नाट्यछटा, कंठाळी (भाषण) *पाहा :* **संभाषण, दळणवळण, भाषा, अपभाषण, वक्तृत्व**

[क्रि] बोलणे, उच्चारणे, वदणे, सांगणे, म्हणणे, वक्तवणे, प्रतिपादणे, उद्गारणे, बडबडणे

[वा] तोंडाची वाफ दवडणे, वचने कीं दरिद्रता? राणा भीमदेवी थाट, घूत्कार

(n) speech, talk, lecture, address, diatribe, homily, sermon, tirade, discourse, oration, elocution, articulation, delivery, expression, utterance, exclamation, prattle; *पाहा :* **संभाषण, दळणवळण, भाषा, अपभाषण, वक्तृत्व**

[i] pep-talk

भाषणबंदी (स्त्री) *पाहा :* **अटकाव, तोंडमारा**

भाषा (स्त्री) बोली, गिरा, वाणी, वाचा, भाष; शब्दसृष्टी, जन्मभाषा, मातृभाषा, मायभाषा (-बोली), बोधभाषा, बालभाषा, जनभाषा, जानपदभाषा, लोकभाषा, प्राकृत (भाषा), बोलीभाषा, पोटभाषा, भाषाभेद, प्रमाणभाषा; राजभाषा, राष्ट्रभाषा; मृतभाषा; वाक्संप्रदाय, शब्दप्रयोग; वाक्प्रचार, म्हण, वचन, वाक्य, भाषित, विधान, शब्दरचना, शब्दयोजना, शब्दकळा; परिभाषा, पारिभाषिक शब्द; शब्द, शब्दमूळ, शब्दावयव, शब्दसमुदाय, वाक्यांश, वाक्य; व्याख्या, अनुवाद; भाषांतर; भाषाशास्त्र, व्याकरणशास्त्र, व्युत्पत्तीशास्त्र; शब्दसंग्रह, शब्दकोश; भाषाशास्त्रज्ञ, भाषाकोविद, व्याकरणकार, वैयाकरणी; दुभाषी (-ष्या), अनुवादक, भाषांतरकार; शब्दमाधुर्य (-लालित्य, -सौंदर्य), शब्दश्री *पाहा :* **भाषण**

[वि] भाषिक, बहुभाषिक, मितभाषी, मधुरभाषी, पारिभाषिक, संज्ञाविषयक, भाषक

(n) language, speech, tongue, mother-tongue, dialect, slang, idiom, phraseology, terminology, word, phrase, sentence, definition, interpretation, translation, paraphrase, linguistics, grammer, etymology, vocabulary, lexicon, dictionary, thesaurus, linguist, philologist, grammarian, lexicographer, interpreter, translator *पाहा :* **भाषण**

[adj] linguistic; multilingual, terminological

भाषांतर (न) *पाहा :* **अनुवाद**

भाषालंकार (पु) साहित्यगुण; शब्दालंकार (अनुप्रास, प्रास, यमक, श्लेष, इ.), अर्थालंकार (उपमा, उत्प्रेक्षा, अपन्हुती, रूपक, अतिशयोक्ती, दृष्टान्त, अर्थान्तरन्यास, स्वभावोक्ती, अन्योक्ती, विरोधाभास, व्याजस्तुती, इ.); *पाहा :* **अलंकार**

(n) figures of speech; *पाहा :* **अलंकार**

भाष्य (न) टीका, टिप्पणी, विवरण, विवेचन, स्पष्टीकरण, विशदीकरण, व्याख्या, निरूपण, उक्ती, वचन, वक्तव्य, मखलाशी, सारवासारव *पाहा :* **टीका**

(n) commentary, criticism, critique, elucidation, exposition, interpretation, statement *पाहा :* **टीका**

भाष्यकार (पु) *पाहा :* **टीकाकार**

भास (पु) *पाहा :* **आभास**

भासणे (क्रि) भास होणे (*पाहा :*

आभास), वाटणे, मनात येणे, समजणे, दिसणे, जाणवणे, प्रतीत होणे, भासमान होणे, तरळणे, मानणे
(v) seem, appear, look, occur
भासमान (वि) *पाहा :* **भासणे**
भासवणे (क्रि) *पाहा :* **दर्शवणे**
भास्कर (पु) *पाहा :* **सूर्य**
भाळ (न) *पाहा :* **डोके**
भाळणे (क्रि) *पाहा :* **भुरळणे**
भिकार (वि) *पाहा :* **निकृष्ट, खराब**
भिकारडा (वि) *पाहा :* **निकृष्ट, अकिंचन, भिक्षेकरी**
भिकारबुद्धी (स्त्री) *पाहा :* **बुद्धी**
भिकारलक्षण (न) *पाहा :* **खूण**
भिकारी (पु) *पाहा :* **अकिंचन, भिक्षेकरी**
भिंग (न) *पाहा :* **दृष्टी-उपकरण**
भिंगरी (स्त्री) *पाहा :* **परिभ्रमण**
भिंगुळवाणा (वि), **भिंगूळ** (वि) *पाहा :* **भीतिदायक, विचित्र**
भिजकट (वि), **भिजका** (वि), **भिजट** (वि), **भिजणे** (क्रि) *पाहा :* **आर्द्र**
भिडणे (क्रि) जवळ येणे, लगटणे, चिकटणे, बिलगणे, संलग्न होणे, खेटणे, स्पर्शणे, तटणे, जुळणे, आलिंगिणे, आलिंगन देणे, झोंबणे, झुंजणे; समोरासमोर येणे
[वा] (डोळ्याला डोळा)/ (दृष्टीला दृष्टी) भिडणे
(v) meet, encounter, touch, osculate, embrace
भिडस्त (वि) *पाहा :* **लाजाळू**
भिडू (पु) *पाहा :* **मित्र**
भिणे (क्रि) *पाहा :* **भीती**
भिंत (स्त्री) तट, दिवाल, भित्ती, भिंताड, तटबंदी, कोट, वरंबा, बांध, धक्का, धरण, कुंपण, वरंड (-डी), वरवंडी, पडभिंत, पडदी, अटकाव
(n) wall, rampart, seawall, quay, dam, fence, partition, barrier
भितरा (वि) *पाहा :* **भित्रा**
भित्तिचित्र (न) *पाहा :* **चित्र**
भित्तिपत्रक (न) *पाहा :* **माध्यम, जाहिरात**
भित्ती (स्त्री) *पाहा :* **भिंत**
भित्रा (वि) भित्रट, भितरा, घाबरट, भेड, भेडका, भेडसर, भेसर, भिहूड, डरपोक, भीरू, भेकड, भेदड, भ्याड, फटमर, भेदरट, अवसानघातकी, पेद्रू, दळुबाई, दळ्या, नामर्द, पळपुटा, बुजरा, भेजुड, गेहेशूर; *पाहा :* **भीती, भीतिग्रस्त, भीतिदायक**
[वा] भित्री भागुबाई, शेंदाडशिपाई, भित्यापाठी ब्रह्मराक्षस, हाणत्यांच्या गागे पळत्यांच्या पुढे, आडून गोळी मारणे, दिवाभीत
[adj] timorous, timid, faint-hearted, chicken-hearted, weak-minded, shaky, pusillanimous, coward(ly), nervous, panicky; *पाहा :* **भीती, भीतिग्रस्त, भीतिदायक**
[i] to show the white feather, lily-livered

भिनणे (क्रि) *पाहा :* **जिरणे, दृढावणे**

भिन्न (वि) *पाहा :* **विभक्त, अन्य, असमान**

भिन्नता (स्त्री), **भिन्नत्व** (न) *पाहा :* **बदल, विभाजन, अंतर**

भिन्नभाव (पु) *पाहा :* **विभाजन**

भिन्नभिन्न (वि) *पाहा :* **बहुविध, अनेक**

भिरकांडणे (क्रि) *पाहा :* **भिरकावणे**

भिरकांडा (पु) *पाहा :* **परिभ्रमण**

भिरकावणे (क्रि) भिरकांडणे, झुगारणे, फेकणे, उडवणे, झोकणे, झोकून देणे, टाकणे

(v) hurl, toss, fling, throw, cast, pitch, pelt, catapult

भिरकुंड (न) *पाहा :* **गर**

भिरके (न) *पाहा :* **वाहन**

भिरभिर (क्रिवि) *पाहा :* **फिरणे**

भिरभिरणे (क्रि) *पाहा :* **परिभ्रमण**

भिरभिरे (न) *पाहा :* **परिभ्रमण**

भिरे (न) *पाहा :* **समुदाय**

भिर्रेवडी (स्त्री) *पाहा :* **फजिती, टर**

भिवई (स्त्री) भ्रुकुटी (भृकुटी), भुवई, भवई, भ्रू, भ्रूपल्लव, भ्रूलता

[क्रि] भिवया चढवणे, भ्रुकुटीभंग/भ्रूभंग करणे, भिवया नाचवणे

(n) eyebrow

भिववणे (क्रि) *पाहा :* **भीती**

भिशी (स्त्री) *पाहा :* **संग्रह**

भिषज (पु), **भिषग्वर्य** (पु) *पाहा :* **वैद्य**

भिस्त (स्त्री) *पाहा :* **विश्वास, अवलंबन**

भिस्ती (पु) *पाहा :* **अनुचर**

भिहूड (वि) *पाहा :* **भित्रा**

भिक्षा (स्त्री) भीक, दान, धर्म, दानधर्म, धर्मादाय; भिक्षावळ; भिक्षेकरी, माधुकरी; जोगवा, कोरान्न; *पाहा :* **उपकार, अन्न, भिक्षाटन, भिक्षेकरी**

[वा] भीक नको पण कुत्रा आवर, अन्न अन्न करीत हिंडणे, चौपदरी हाती येणे, चार खुंटाची जहागीर असणे, कोरडी भिक्षा, ओली भिक्षा

(n) alms, alms-giving, charity dole; *पाहा :* **उपकार, अन्न, भिक्षाटन, भिक्षेकरी**

भिक्षाटन (न) भैक्ष्य, भैक्ष्यचर्या (-वृत्ती), भिक्षावृत्ती फकिरी; भिक्षुकवृत्ती, याचकवृत्ती *पाहा :* **भिक्षेकरी, अभ्यर्थना, भिक्षा**

[वा] झोळी घेऊन फिरणे, अन्नअन्न/दोमदोम करीत हिंडणे, हातात करवंटी/नरोटी घेणे, हात पसरणे, ओम् भवति भिक्षांदेही करणे, तोंड वेंगाडणे/विचकणे/वासणे, भिकेला लागणे; भिकेची भाकरी आणि म्हणे शिळी का, अन्नछत्री जेवणे आणि मिष्टान्न मागणे

(n) mendicancy; *पाहा :* **भिक्षेकरी, अभ्यर्थना, भिक्षा**

[i] to dine upon charity and ask for sauce

भिक्षार्थी (वि) *पाहा :* **भिक्षेकरी**

भिक्षावृत्ती (स्त्री) *पाहा :* **भिक्षाटन**

भिक्षुक (पु) *पाहा :* **ब्राह्मण**

भिक्षुकवृत्ती (स्त्री) *पाहा :* **भिक्षाटन**

भिक्षू (पु) *पाहा :* **साधू**

भिक्षेकरी (पु) भिक्षार्थी, भिकारी, भिक्षोपजीवी, माधुकरी, फकीर, भिकारडा, भीकमाग्या, याचक, फंडगुंड, शरण, शरणागत, शरणापन्न, शरणार्थी; जोगतीण (स्त्री); *पाहा :* **भिक्षाटन, भिक्षा**

(n) beggar, cadger, mendicant, pauper; *पाहा :* **भिक्षाटन, भिक्षा**

भी (स्त्री) *पाहा :* **भीती**

भीक (स्त्री) *पाहा :* **भिक्षा, अभाव, पर्वा**

भीकमाग्या (पु) *पाहा :* **भिक्षेकरी**

भीड (स्त्री) *पाहा :* **अभाव, आदर, लाज, अनमान**

भीडभाड (स्त्री), **भीडमुरवत** (स्त्री) *पाहा :* **पर्वा**

भीत (वि) *पाहा :* **भीतिग्रस्त**

भीतिग्रस्त (वि) भयग्रस्त, भयचकित, भयपीडित, भयभीत, भयविव्हल, भयव्याप्त, भयाकुल, भयाक्रांत, भयातुर, भयान्वित, भयार्त; भीत, भ्यालेला, घाबरलेला, घाबरा, कावराबावरा, चिंताक्रांत, चिंताकुल; *पाहा :* **भीती, भित्रा, भीतिदायक** (विरु) **निर्धास्त, निर्भय**

[adj] afraid, terrified, frightened, alarmed, panic-stricken, awestricken, breathless, apprehensive; *पाहा :* **भीती, भित्रा, भीतिदायक** (विरु) **निर्धास्त, निर्भय**

भीतिदायक (वि) भीतिप्रद, भयंकर, भयजनक, भयोत्पादक, घोर, दारुण, भयाण, भयपूर्ण, भयानक, भयावह, भयासुर, भ्यासुर, भेसूर, भीषण, भिंगूळ, भिंगुळवाणा, उग्र, रौद्र, रौद्रभीषण, कराल, विकट, विक्राळ, अक्राळविक्राळ, क्रूर, तामसी, अघोरी, राक्षसी, अमानुष, चिंताजनक, धक्कादायक, धोकादायक, खतरनाक, उदास, ओसाड, उद्ध्वस्त; *पाहा :* **भीती, भित्रा, भीतिग्रस्त**

[adj] terrible, terrifying, shocking, dreadful, horrid, horrible, horrifying, alarming, appalling, sinister, spine chilling, hair raising, blood curdling, ghastly, frightful, fearsome, fierce, monstrous, dreary, gloomy; *पाहा :* **भीती, भित्रा, भीतिग्रस्त**

भीती (स्त्री) भय, धास्ती, दहशत, भी, भे, भेउरे, भेड, भेव, भ्या, डग, डर, धडकी, धसका, वचक, धाक, धाकदपटशा, दरारा, जरब, आतंक, बिभीषा, घबराट, तणाव, चिंता, काळजी, धाकधूक, धोका, जोखीम, संकट, थरार, घोर, बाऊ, बागुलबुवा, बुजगावणे, भुलोबा, संदेह, शंका, आशंका, भयगंड, भयकंप, भीतीची लहर, भित्रेपणा, भीरुता, भेकडपणा, भ्याडपणा; चोरभय, लोकभय, पापभय, जीवभय; मृत्युभय, *पाहा :* **भित्रा, भीतिग्रस्त, भीतिदायक**

[क्रि] भिणे, भय पावणे, धास्तावणे,

डरणे, धसकणे, घाबरणे, भेदरणे, भयभीत/ भयाकुल/ भययुक्त/ घाबरा होणे, घाबरगुंडी उडणे, गांगरणे, बाचकणे, चपापणे, वचकणे, टरकणे, तंतरणे, त्रेधा/तिरपीट उडणे, दबकणे, बुजणे, डगणे, दबणे, भीतीने व्याकूळ होणे; भिववणे, घाबरवणे, भेवडावणे, भेडसावणे, धमकावणे

[वा] घाम/ झेंडू फुटणे, जीव उडणे/ (गोळा होणे)/ (अधांतरी राहणे)/ धडधडणे, तोंडचे पाणी पळणे, तोंडाला कोरड पडणे, थरथर/ चळचळा कापणे, पाय कापणे, कापरे भरणे, ततपप होणे, माटमुट करणे, जिवाचा थरकाप होणे, अंगावर काटा उभा राहणे, दे माय धरणी ठाय होणे, हाय खाणे, धाबे दणाणणे, कंबक्ती भरणे, हबेलंडी उडणे, गाळण उडणे, गर्भगळीत होणे, पाचावर धारण बसणे, कंठी प्राण येणे, काळजाचा ठोका चुकणे, काळजाचे पाणी होणे, काळीज लकलकणे/ धडकणे, छाती धडधडणे, छातीत धस्स होणे, ऊर दडपणे, चित्ताने ठाव सोडणे, मन कापणे, डोळ्यांपुढे काजवे चमकणे, डोळे पांढरे होणे, बोबडी वळणे, दातखीळ बसणे, हातपाय कापणे, शेपूट घालणे, पोटात गोळा उभा राहणे, पोटात चर्र होणे, बाऊ वाटणे, भित्यापाठी ब्रह्मराक्षस, कर नाही त्याला डर कशाला? चोराच्या मनात चांदणे

(n) fear, fright, dread, terror, alarm, awe, panic, scare, phobia, dismay, anxiety, worry, concern, tension, apprehension, misgiving, consternation, foreboding, suspicion, jitters, trepidation, creeps, shivers, goose flesh, cold sweat, bugbear, scarecrow; *पाहा :* **भित्रा, भीतिग्रस्त, भीतिदायक**

[v] fear, be afraid/frightened, have qualms, be apprehensive, cower, crouch, take fright/alarm, panic; threaten, frighten, intimidate, terrorise

[i] shiver in one's shoes, make one's flesh creep, make one's hair stand on end, make one's blood run cold, white as a sheet, frightened to death, give one the creeps, lose one's nerve, stage frigt, be in a cold sweat, show the white feather

भीमकाय (वि) *पाहा :* **अकटोविकट, अगडबंब**

भीमटोला (पु) *पाहा :* **आघात**

भीमतुंबा (पु) *पाहा :* **तंतुवाद्य**

भीमपराक्रम (पु) *पाहा :* **पराक्रम**

भीमपलासी (पु) *पाहा :* **राग**

भीरू (वि) *पाहा :* **भित्रा**

भीषण (वि) *पाहा :* **भीतिदायक, अघोरी**
भीष्मप्रतिज्ञा (स्त्री) *पाहा :* **प्रतिज्ञा**
भीस (स्त्री) *पाहा :* **केस**
भुई (स्त्री) *पाहा :* **जमीन**
भुईकोट (वि) *पाहा :* **किल्ला**
भुईभाडे (न) *पाहा :* **भाडे**
भुईसपाट (वि) *पाहा :* **सपाट, जमीनदोस्त**
भुईसरपट (क्रिवि) *पाहा :* **सपाट**
भुकटा (-टी, -णी) (पु, स्त्री) *पाहा :* **चूर्ण**
भुंकण (न) *पाहा :* **कुत्रा**
भुंकणे (क्रि) *पाहा :* **ओरडणे, आवाज**
भुकाळ (-ळू) (वि), **भुकिस्त** (वि) *पाहा :* **अधाशी**
भुकी (स्त्री) *पाहा :* **चूर्ण**
भुकेकंगाल (-बंगाल) (वि) *पाहा :* **अकिंचन, अधाशी**
भुकेजला (-लेला), भुकेला (-लेला) (सर्व वि) *पाहा :* **अधाशी, क्षुधित, उपाशी, अधीर**
भुक्कड (वि) *पाहा :* **निकृष्ट**
भुक्ती (स्त्री) *पाहा :* **उपभोग**
भुगा (पु) *पाहा :* **चूर्ण, चेंदा**
भुंगा (पु) भृंग, भ्रमर, द्विरेफ, षट्पद, मिलिंद, मधुकर, मधुप, अली, भवरा *पाहा :* **कटकट**
(n) black bee *पाहा :* **कटकट**
भुज (पु) *पाहा :* **हात, बाजू**
भुजंग (पु) *पाहा :* **साप**
भुजंगप्रयात (न) *पाहा :* **वृत्त**
भुजदंड (पु) *पाहा :* **हात**
भुजा (स्त्री) *पाहा :* **हात, बाजू**
भुट्टेचोर (पु) *पाहा :* **चोर**
भुडकी (स्त्री) *पाहा :* **विहीर**
भुडभुडगंगा (स्त्री) *पाहा :* **स्नान**
भुंडा (वि) *पाहा :* **अनावृत**
भुणभुण (स्त्री) *पाहा :* **कटकट, कुरकुर, तगादा**
भुताटकी (स्त्री) *पाहा :* **जादू**
भुतावळ (स्त्री) *पाहा :* **पिशाच, समुदाय**
भुतेखेते (पु, अव) *पाहा :* **पिशाच**
भुत्या (पु) *पाहा :* **देवऋषी**
भुपकार (पु), **भुभुःकार** (पु) *पाहा :* **आवाज**
भुमका (स्त्री) *पाहा :* **अफवा**
भुयार (न) *पाहा :* **विवर**
भुयारी गाडी (स्त्री) *पाहा :* **वाहन**
भुरकट (वि) *पाहा :* **करडा**
भुरकणे (क्रि) *पाहा :* **खाणे, पिणे**
भुरकन (-दिशी) (क्रिवि) *पाहा :* **अविलंब**
भुरटा (वि) *पाहा :* **चोर**
भुरभुरणे (क्रि) *पाहा :* **उडणे, टाकणे**
भुररे (न) *पाहा :* **जादू**
भुरळ (स्त्री) मोहिनी, मोह, ओढ, आवड, चटक, आकर्षण, आसक्ती, प्रेम, वेड, भ्रम, भूल, भुलवणी, भुलभुलावणी, भूलभुलय्या, भुली, आभास, चेटूक, जादू, जंतरमंतर, मोहजाल
(n) infatuation, fascination, passion, craze, attraction, charm, delusion, magic spell
[वा] हुरळली मेंढी लागली कोल्ह्याच्या

मागे

भुरळणे (क्रि) मोह/ मोहिनी पडणे, मोहित/ लुब्ध/ फिदा/ आकर्षित होणे, भुलणे, भूल पडणे, हुरळणे, भ्रमणे, गुंगणे, भाळणे, चकणे; *पाहा :* **फसवणूक**

(v) Be fascinated/ allured/ bewitched, captivated/ enchanted; *पाहा :* **फसवणूक**

भुरा (वि) *पाहा :* **तपकिरी**

भुरुभरु (क्रिवि) *पाहा :* **उडणे**

भुरे (न) *पाहा :* **अपस्मार**

भुर्दंड (पु) *पाहा :* **शिक्षा, खर्च**

भुलणे (क्रि) *पाहा :* **भुरळणे, चकणे**

भूलभुलावणी (स्त्री), **भूलभुलय्या** (पु), **भुलवणी** (स्त्री) *पाहा :* **भुरळ, फसवणूक**

भुलवणे (क्रि) भूल घालणे (*पाहा :* **भुरळ**), *पाहा :* **फसवणूक, चाळवणे**

(v) fascinate (*पाहा :* **भुरळ**), *पाहा :* **फसवणूक, चाळवण**

भुलावणी (स्त्री) *पाहा :* **फसवणूक**

भुली (स्त्री) *पाहा :* **भुरळ**

भुलोबा (पु) *पाहा :* **भीती**

भुवई (स्त्री) *पाहा :* **भिवई**

भुवन (न) *पाहा :* **चराचर, आलय**

भुवनदीप (पु) *पाहा :* **सूर्य**

भुवनसुंदर (वि) *पाहा :* **सुंदर**

भुवर्लोक (पु) *पाहा :* **सप्तलोक**

भुसकट (न) *पाहा :* **चूर्ण, छळणे**

भुसभुशीत (वि) *पाहा :* **अरुवार**

भुसा (पु) *पाहा :* **चूर्ण**

भुसार (पु) *पाहा :* **जिन्नस**

भुसारपेठ (स्त्री) *पाहा :* **दुकान**

भुसारी (पु) *पाहा :* **दुकानदार**

भुसे (न) *पाहा :* **पाऊस, अभ्र**

भुस्सा (पु) *पाहा :* **चूर्ण**

भू (स्त्री) *पाहा :* **पृथ्वी, जमीन**

भूक (स्त्री) क्षुधा, बुभुक्षा, क्षुधातिशय, वखवख, *पाहा :* **इच्छा, अधाशी, क्षुधित, उपासमार**

[वा] जठरानल/जठराग्नी प्रदीप्त होणे, पोटात (कावळे कोकलणे/ ओरडणे)/ (आग पेटणे)/ (ब्रह्मराक्षस उठणे), रान खवळणे, खा खा सुटणे, कोरडी आग पुरवते पण ओली पुरवत नाही, पाठीवर मारा, पण पोटावर मारू नका, अंतकाळापेक्षा मध्यान्हकाळ कठीण, उपाशी/भुके मरणे, आधी पोटोबा मग विठोबा

(n) hunger, appetite, hungriness, emptiness; voracity, greed, craving; *पाहा :* **इच्छा, अधाशी, क्षुधित, उपासमार**

भूकंप (पु) *पाहा :* **आंदोलन**

भूकबळी (पु) *पाहा :* **मृत्यू**

भूकलाडू (पु) *पाहा :* **अन्न**

भूखंड (पु) *पाहा :* **जमीन**

भूगर्भवायू (पु) *पाहा :* **वायू**

भूगोल (पु) *पाहा :* **पृथ्वी**

भूचर (वि) *पाहा :* **प्राणी**

भूजल (न) *पाहा :* **पाणी, जलसंपत्ती**

भूत (वि) *पाहा :* **अतीत**

भूत (न) *पाहा :* **पिशाच, प्राणी, चराचर, पंचमहाभूते**

भूतकाळ (पु) गतकाळ, प्राक्काल, पुराणकाळ, पुरातनकाळ, प्राचीन काळ; *पाहा :* **अतीत, काल**
(n) past, olden times, bygone days, remote past, antiquity; *पाहा :* **अतीत, काल**
भूतखाना (पु), **भूतखेत** (न) *पाहा :* **पिशाच**
भूतचेष्टा (स्त्री) *पाहा :* **चित्तभ्रम, जादू**
भूतजात (न) *पाहा :* **प्राणी, चराचर**
भूतदया (स्त्री) *पाहा :* **कृपा, अनुकंपा**
भूतपती (पु) *पाहा :* **शंकर**
भूतपूर्व (वि) *पाहा :* **अतीत**
भूतप्रेत (न) *पाहा :* **पिशाच**
भूतबाधा (स्त्री) *पाहा :* **चित्तभ्रम**
भूतभविष्य (न) *पाहा :* **अतीत, अदृष्ट**
भूतयोनी (स्त्री) *पाहा :* **पिशाच**
भूतल (न) *पाहा :* **पृथ्वी, जमीन**
भूतवैद्य (पु) *पाहा :* **देवऋषी**
भूतसंचार (पु) *पाहा :* **चित्तभ्रम**
भूतसृष्टी (स्त्री) *पाहा :* **चराचर**
भूतात्मा (पु) *पाहा :* **आत्मा**
भूदान (न) *पाहा :* **दान**
भूधर (पु) *पाहा :* **डोंगर, साप**
भूप (पु) *पाहा :* **राग**
भूप, भूपती, भूपाल (सर्व पु) *पाहा :* **राजा**
भूपाली (पु) *पाहा :* **राग**
भूपाळी (स्त्री) *पाहा :* **काव्य**
भूपृष्ठ (न) *पाहा :* **पृथ्वी, जमीन**
भूभाग (पु) *पाहा :* **प्रदेश, टापू**
भूभार (पु) *पाहा :* **भार**
भूमंडल (न) *पाहा :* **पृथ्वी**
भूमिकंप (पु) *पाहा :* **आंदोलन**
भूमिका (स्त्री) *पाहा :* **पीठिका, पवित्रा, अवस्था, अभिनय, पृथ्वी, जमीन, अवतार, चित्तवृत्ती**
भूमिगत (वि) *पाहा :* **गडप, गुप्त**
भूमितल (न) *पाहा :* **जमीन**
भूमिती (स्त्री) *पाहा :* **गणित**
भूमिपुत्र (पु) *पाहा :* **शेतकरी**
भूमिपूजन (न) *पाहा :* **पूजा, आरंभ**
भूमिभाग (पु) *पाहा :* **प्रदेश**
भूमी (स्त्री) *पाहा :* **पृथ्वी, जमीन**
भूर्जपत्र (न) *पाहा :* **कागद**
भूल (स्त्री) गुंगी, झापड, बेहोशी, बधिरता, संवेदनशून्यता, बेशुद्धी, मूर्च्छा; *पाहा :* **भुरळ, चित्तभ्रम, चूक, विस्मरण**
(n) numbness, unconsciousness, anaesthesia; *पाहा :* **भुरळ, चित्तभ्रम, चूक, विस्मरण**
भूलचूक (स्त्री) *पाहा :* **चूक**
भूलथाप (स्त्री) *पाहा :* **थाप**
भूलोक (पु) *पाहा :* **इहलोक, पृथ्वी, चराचर**
भूशिर (न) *पाहा :* **जमीन**
भूषण (न) *पाहा :* **अलंकार, पदक**
भूषणप्रद, भूषणावह, भूषणास्पद (सर्व वि) *पाहा :* **स्तुत्य**
भूषा (स्त्री) *पाहा :* **अलंकार**
भूषित (वि) *पाहा :* **अलंकृत**
भूस (न) *पाहा :* **चूर्ण**
भूसुत (पु) *पाहा :* **शेतकरी**
भूसेना (स्त्री) *पाहा :* **दल**
भृकुटी (स्त्री) *पाहा :* **भिवई**

भृंग (पु) *पाहा* : **भुंगा**
भृत्य (पु) *पाहा* : **अनुचर**
भे (न), **भेउरे** (न) *पाहा* : **भीती**
भेक (न) *पाहा* : **बेडूक**
भेकड (वि) *पाहा* : **भित्रा**
भेकणे (क्रि) *पाहा* : **रडणे**
भेकर (न) *पाहा* : **हरीण**
भेकाड (न) *पाहा* : **तोंड, रडणे**
भेग (स्त्री) *पाहा* : **खिंडार**
भेजा (पु) *पाहा* : **मज्जासंस्था**
भेजुड (वि) *पाहा* : **भित्रा, लाजाळू**
भेट (स्त्री) गाठ, मुलाखत, गाठभेट, भेटगाठ, संयोग, संघटण, संगम, संपर्क, स्पर्श, भेटी, एकी, मीलन/मिलन, दर्शन; वास्तव्य; डोळेभेट, दृष्टभेट (दृष्टिभेट), पुसटती/धावती भेट, धूळभेट, धूळदर्शन, वाटभेट, पुनर्भेट, परतभेट, पुनर्मीलन (-र्मि-), जिवाशिवाची भेट; भेटाभेट, समसमासंयोग; *पाहा* : **आलिंगन, आहेर, भेटणे**
[वा] दोन डोळे शेजारी भेट नाही संसारी, पायधूळ झाडणे, पाय घरास लागणे, भरतभेट
(n) meeting, assembly, gathering, get-together, pow-wow, encounter, interview, contact, visit, call, sojourn; *पाहा* : **आलिंगन, आहेर, भेटणे**
[i] a flying visit
भेटणे (क्रि) भेट घेणे/ देणे (*पाहा* : **भेट**), एकत्र येणे, सहवासात येणे, ओळख होणे, आढळणे, दृष्टादृष्ट होणे, डोळ्याला डोळा भिडणे, दर्शन होणे, फिरकणे, डोकावणे, गाठणे, भिडणे, मिळणे
[वा] वाट चुकणे, गाठ पडणे/ घेणे, तोंडावर तोंड पडणे
(v) meet (*पाहा* : **भेट**), join, encounter, come into contact, come together, assemble, run/come across, interview, call, drop in, stop by, see, run into, bump into
भेटवस्तू (स्त्री) *पाहा* : **आहेर**
भेटाभेट (स्त्री) *पाहा* : **भेट**
भेटी (स्त्री) *पाहा* : **भेट**
भेड (न) *पाहा* : **भीती**
भेड, भेडका, भेडसर (सर्व वि) *पाहा* : **भित्रा**
भेडसावणे (क्रि) *पाहा* : **भीती**
भेंड (न) *पाहा* : **गर**
भेंडोळे (न) *पाहा* : **गुंडाळी**
भेद (पु) *पाहा* : **अंतर, विभाजन, वर्ग, उपाय**
भेदक (वि) *पाहा* : **प्रखर, खरपूस**
भेदड (वि) *पाहा* : **भित्रा**
भेदणे (क्रि) *पाहा* : **विभाजन**
भेदनीती (स्त्री) *पाहा* : **नीती**
भेदबुद्धी (स्त्री) *पाहा* : **दुजाभाव**
भेदभाव (पु) *पाहा* : **विभाजन, अंतर, दुजाभाव**
भेदरट (वि) *पाहा* : **भित्रा**
भेदरणे (क्रि) *पाहा* : **भीती**
भेदरहित (वि) *पाहा* : **अभिन्न, निर्द्वंद्व**
भेदाभेद (पु) *पाहा* : **विभाजन**

भेर (स्त्री), **भेरी** (स्त्री) *पाहा :* **चर्मवाद्य**
भेलकंडणे (क्रि) *पाहा :* **चालणे**
भेलकंडी (स्त्री) *पाहा :* **झोकांडी**
भेली (स्त्री) *पाहा :* **ढेप**
भेव (न) *पाहा :* **भीती**
भेवडावणे (क्रि) *पाहा :* **भीती**
भेषज (न) *पाहा :* **औषध**
भेसर (वि) *पाहा :* **भिन्ना**
भेसळ (स्त्री) *पाहा :* **सरमिसळ**
भेसळयुक्त (वि) *पाहा :* **भेसळ, अखाद्य**
भेसूर (वि) *पाहा :* **भीतिदायक, अघोरी**
भेळ (स्त्री) *पाहा :* **सरमिसळ**
भैरव (पु) *पाहा :* **राग, शंकर**
भैरवी (स्त्री) *पाहा :* **राग, अंत**
भैषज्य (न) *पाहा :* **औषध**
भैक्ष्य (न), **भैक्ष्यचर्या (-वृत्ती)** (स्त्री) *पाहा :* **भिक्षाटन**
भोई (पु) *पाहा :* **अनुचर**
भोक (न) *पाहा :* **खिंडार**
भोकाड (न) *पाहा :* **तोंड, रडणे**
भोक्ता (वि) *पाहा :* **उपभोक्ता, चाहता**
भोक्तृत्व (न) *पाहा :* **अदृष्ट**
भोग (पु) *पाहा :* **उपभोग, अदृष्ट, दुःख**
भोगणे (क्रि) उपभोगणे, उपभोग घेणे (*पाहा :* **उपभोग**), उपयोग/वापर करणे, वहिवाटणे, वापरणे, सेवणे, ताब्यात असणे, अनुभवणे, सहन करणे, साहणे, सोसणे, निस्तरणे *पाहा :* **अनुभव,** (विरु) **त्यागणे**
(v) enjoy, use, utilise, avail of, possess, experience, bear, suffer, undergo, endure; *पाहा :* **उपभोग, अनुभव** (विरु) **त्यागणे**
भोगलोलुप (वि) *पाहा :* **विलासी**
भोगलोलुपता (वि) *पाहा :* **चंगळवाद**
भोगवटा (पु) *पाहा :* **वापर, उपभोग**
भोगवाद (पु) *पाहा :* **चंगळवाद**
भोगविलास (पु) *पाहा :* **विलास**
भोंगळ (वि), **भोंगळसूत्री** (वि) *पाहा :* **सैल, अव्यवस्थित, अरळ, अजागळ**
भोंगळी (स्त्री) *पाहा :* **नलिका**
भोंगा (पु) *पाहा :* **सुषिरवाद्य, आवाज**
भोगायतन (न) *पाहा :* **अंतःपुर**
भोगासक्त (वि), **भोगी** (वि) *पाहा :* **विलासी, चैनबाज**
भोगेच्छा (स्त्री) *पाहा :* **काम** (पु)
भोचक (वि) *पाहा :* **चोंबडा**
भोज (न), **भोजन** (न) *पाहा :* **अन्न, खाणे**
भोजनगृह (न) खाणावळ, जेवणघर, फराळघर, उपाहारगृह, आहारगृह
(n) eating house, inn, cafeteria, restaurant
भोजनभाऊ (पु) *पाहा :* **आळशी, भाऊ**
भोज्य (न) *पाहा :* **अन्न**
भोट (वि) *पाहा :* **गुंड, निर्लज्ज**
भोंड (स्त्री) *पाहा :* **घेरी**
भोत (पु) *पाहा :* **पिशवी**
भोंदणे (क्रि) *पाहा :* **फसवणूक**
भोंदू (वि) *पाहा :* **फसवा, ठक**
भोंदूगिरी (स्त्री) *पाहा :* **फसवणूक**
भोपी (-प्या) (पु) *पाहा :* **पुजारी**
भोरपी (पु) *पाहा :* **अभिनेता**
भोलेनाथ (पु) *पाहा :* **शंकर**

भोवंड (स्त्री) *पाहा :* **घेरी**
भोवणे (क्रि) *पाहा :* **त्रासणे**
भोवताली (क्रिवि), **भोवती** (क्रिवि) *पाहा :* **आजूबाजूस**
भोवरा (पु) *पाहा :* **परिभ्रमण**
भोवळ (स्त्री) *पाहा :* **घेरी**
भोसकणे (क्रि) पाहा **खुपसणे, टोचणे**
भोसडणे (क्रि), **भोसडपट्टी** (स्त्री) *पाहा :* **खडसावणे, भोळवट, भोळसर, भोळा, भोळाभाळा, भोळाभाबडा, भोळासांब** (सर्व वि) *पाहा :* **साधा**
भौतिक (वि) *पाहा :* **ऐहलौकिक, शास्त्र**
भौतिकशास्त्र (न), **भौतिकी** (स्त्री) *पाहा :* **पदार्थविज्ञान**
भौम (पु) *पाहा :* **सूर्यमाला**
भ्या (न) *पाहा :* **भीती**
भ्याड (वि) *पाहा :* **भित्रा**
भ्यासुर (वि) *पाहा :* **भीतिदायक**
भ्रतार (पु) *पाहा :* **पती**
भ्रम (पु) मनाचा/ विचारांचा गोंधळ/ घोटाळा/ विसंगतपणा, भ्रांती, संभ्रम, संभ्रमावस्था, मोह, व्यामोह, संमोह, मोहावस्था, मोहजाल, भ्रमलेपण, बुद्धिभ्रंश, मंत्रचळ, भुरळ, चकवा, भास, आभास, कल्पना, भूल, चूक, गैरसमज, मिथ्याज्ञान, विपरीत ज्ञान, भ्रांत, संशय, शंका, अनिश्चितता, साशंकवृत्ती; उन्माद, वेड (*पाहा :* **चित्तभ्रम**), दृष्टिभ्रम, शब्दभ्रम, नजरभूल, दिशाभूल, फसवणूक; विस्मरण, स्मृतिनाश *पाहा* **: भ्रमणे, भ्रमिष्ट, भ्रांत, भ्रामक**
[वा] दुरून डोंगर साजरे, दही खाऊ की मही खाऊ, दुग्ध्यात पडणे
(n) delusion, illusion, hallucination, mental confusion, self-deception, misconception, mirage, fantasy, doubt, derangement, psychosis (*पाहा :* **चित्तभ्रम**) *पाहा* **: भ्रमणे, भ्रमिष्ट, भ्रांत, भ्रामक**
[i] fool's paradise
भ्रमण (न) *पाहा :* **परिभ्रमण**
भ्रमणे (क्रि) चक्रावणे, घोटाळणे, गोंधळणे, तरळणे, बावरणे, दिङ्मूढ होणे, चकणे, चुकणे, फसणे, *पाहा* **: भुरळणे, परिभ्रमण, भ्रम, भ्रमिष्ट, भ्रांत, भ्रामक**
(v) wander, confuse, waver, falter, err, slip, drift; *पाहा :* **भुरळणे, परिभ्रमण, भ्रम, भ्रमिष्ट, भ्रांत, भ्रामक**
भ्रमंती (स्त्री) *पाहा :* **परिभ्रमण, प्रवास**
भ्रमनिरास (पु) *पाहा :* **निरसन, विरस**
भ्रममूलक (वि) *पाहा :* **तर्कशून्य, भ्रामक**
भ्रमर (पु) *पाहा :* **भुंगा**
भ्रमलेपण (न) *पाहा :* **भ्रम**
भ्रमिष्ट (वि) भ्रम/ चित्तभ्रम/ मतिभ्रम झालेला, भ्रमलेला, भ्रांतचित्त, संभ्रमित, संभ्रांत, साशंक, बुद्धिभ्रष्ट, गोंधळलेला, बावरलेला, बावचळलेला; वावसा; विमनस्क, अन्यमनस्क, उद्विग्न; खुळचट,

खुळा, खूळ/पिसे लागलेला, वेडगळ, वेडसर, अर्धवट, डोके फिरलेला, मंत्रचळ्या, लहरी, नादी, छांदिष्ट *पाहा :* **भ्रम, भ्रमणे, भ्रांत, भ्रामक**

[adj] crazy, deranged, unbalanced, psychotic, confused, demented, berserk, hysterical, frenzied, absent-minded, distraught, eccentric

पाहा : **भ्रम, भ्रमणे, भ्रांत, भ्रामक**

भ्रमिष्टपणा (पु) *पाहा :* **चित्तभ्रम**

भ्रंश (पु) अध:पात, अपकर्ष, पतन, ऱ्हास, घसरण, स्थानच्युती, नाश, विलय; बुद्धिभ्रंश, मतिभ्रंश, अपभ्रंश

[क्रि] भ्रंशणे, भ्रष्टणे, घसरणे, गडगडणे, ढासळणे, खालावणे, च्युत होणे, नष्ट होणे, नाशणे, नाहीसे होणे

(n) decline, deterioration, fall, downfall, ruin

भ्रष्ट (वि) अपवित्र, अभद्र, कलंकित, मलिन, बरबटलेला, दूषित, प्रदूषित, बदनाम, नापाक, हिणकस, दुर्गुणी, दुराचारी, अनैतिक, पापी, पतित, अवनत, अध:पतित, च्युत, घसरलेला, ढासळलेला, पडलेला, बदललेला, विकृत, सुटलेला, सडलेला, कुजलेला, नासलेला, बिघडलेला; भ्रष्टलेला, स्थानभ्रष्ट, नीतिभ्रष्ट, शीलभ्रष्ट, अपभ्रष्ट, धर्मभ्रष्ट; चारित्र्यहीन, अप्रामाणिक, लबाड, लाचखाऊ, लाचखोर, खाबू, पैसेखाऊ, भ्रष्टाचारी; *पाहा :* **लाच**

[वा] पेंडीचे गुरू

[adj] corrupt, unholy, unclean, foul, decadent, demoralised, depraved, rotten, polluted, spoiled, vicious, fallen, profane; *पाहा :* **लाच**

भ्रष्टणे (क्रि) भष्ट होणे (*पाहा :* **भ्रष्ट**)

(v) be corrupt (*पाहा :* **भ्रष्ट**)

भ्रष्टसंकल्प (वि) *पाहा :* **निराश**

भ्रष्टाचार (पु) *पाहा :* **अनाचार, भ्रष्ट**

भ्रष्टाचारी (वि) *पाहा :* **भ्रष्ट**

भ्रांत (स्त्री) *पाहा :* **भ्रम, अभाव**

भ्रांत (वि) भ्रमलेला, चक्रावलेला, गोंधळलेला, बावरलेला, दिशाहीन, मूढ, दिङ्मूढ, द्विधा, संभ्रांत, विभ्रांत, संभ्रमित, अनिश्चित, डळमळीत, साशंक, भ्रांतचित्त, भ्रांतमती, भ्रमिष्ट *पाहा :* **भ्रम, भ्रमणे, भ्रमिष्ट, भ्रामक**

[adj] confused, perplexed, puzzled, mystified, unsettled, undecided, dubious, crazy *पाहा :* **भ्रम, भ्रमणे, भ्रमिष्ट, भ्रामक**

भ्राता (पु) *पाहा :* **भाऊ**

भ्रांती (स्त्री) *पाहा :* **भ्रम**

भ्रातृ (पु) *पाहा :* **भाऊ**

भ्रातृत्व (न) *पाहा :* **मित्रत्व**

भ्रातृप्रेम (न) **भ्रातृभाव** (पु) *पाहा :* **प्रेम**

भ्रातृहत्या (स्त्री) *पाहा :* **हत्या**

भ्रामक (वि) आभासमय, काल्पनिक, कल्पित, भ्रमोत्पादक, भ्रममूलक,

फसवा, खोटा, मायावी, मिथ्या, असत्य, दिशाभूल करणारा, लुटुपुटीचा, बनावट, बेगडी, दिखाऊ, कपटवेषधारी *पाहा :* **भ्रम, भ्रमणे, भ्रमिष्ट, भ्रांत** (विरु) **सत्य** (वि)

[adj] illusory, delusive, imaginary, untrue, false, fictitious, mock, deceptive, spurious, tinsel, disguised *पाहा :* **भ्रम, भ्रमणे, भ्रमिष्ट, भ्रांत** (विरु) **सत्य** (वि)

भ्रुकुटिभंग (पु) *पाहा :* **भिवई**

भ्रुकुटी (स्त्री), **भ्रू** (स्त्री) *पाहा :* **भिवई**

भ्रूण (पु) *पाहा :* **गर्भ**

भ्रूणहत्या (स्त्री) *पाहा :* **गर्भपात, हत्या**

भ्रूपल्लव (पु), **भ्रूभंग** (पु), **भ्रूलता** (स्त्री) *पाहा :* **भिवई**

भ्रूसंकेत (पु) *पाहा :* **खूण**

म

मऊ (वि) मृदू, नरम, मुलायम, तलम, रेशमी, गर्भरेशमी, रेशमासारखा, सुळसुळीत, झुळझुळीत, मखमली, कोमल, नाजूक, मृदुल, सांद्र, गुळगुळीत, नितळ, मोहरेदार, निसरडा, घसरडा, चिकण, चिकणचोपडा, गुलगुलीत, दबणारा, शिल्लट, लिवलिवीत, शिथिल, गिचगिचीत, गिलगिलीत, गिळगिळीत, मऊसर, मऊसूत, मऊमेण, लुसलुशीत, लोण्यासारखा, नवनीतवत, बोटचेपा; सौम्य, शांत, हळुवार, नम्र, सौजन्यशील *पाहा :* **नरम**

[adj] soft, malleable, pliable, spongy, supple, silky, velvety, mild, tender, glazed, smooth, slippery, flabby, pliant, flexible, gentle, mellow, modest *पाहा :* **नरम**

मऊसर (-सूत) (वि) *पाहा :* **मऊ**

मकडी (स्त्री) *पाहा :* **वानर**

मकबरा (पु) *पाहा :* **अंत्येष्टी**

मकर (पु) *पाहा :* **नक्र, पृथ्वी, बारा राशी**

मकरंद (पु) *पाहा :* **मध**

मकरध्वज (पु) *पाहा :* **मदन**

मकरवृत्त (न) *पाहा :* **पृथ्वी**

मकार (पु) *पाहा :* **ओम्**

मक्ता (पु), **मक्तेदारी** (स्त्री) *पाहा :* **ठेका, अधिकार**

मख (पु) *पाहा :* **यज्ञ**

मखमल (स्त्री) *पाहा :* **वस्त्र**

मखमली (वि) *पाहा :* **मऊ, तलम, गुळगुळीत**

मखर (न) *पाहा :* **चौकट**

मखलाशी (स्त्री) *पाहा :* **भाष्य, युक्ती, समर्थन**

मख्ख (वि) *पाहा :* **निर्विकार**

मख्खी (स्त्री) *पाहा :* **खुबी**

मख्खीचूस (वि) *पाहा :* **कंजूष**

मग (क्रिवि) *पाहा :* **नंतर**

मगज (पु) *पाहा :* **गर, मज्जासंस्था**

मगजी (स्त्री) *पाहा :* **काठ**

मगदूर (पु) *पाहा :* **शक्ती**

मगर (पु, स्त्री) *पाहा :* **नक्र**

मगरमस्त (वि) *पाहा :* **धष्टपुष्ट, उन्मत्त**

मगरमिठी (स्त्री) *पाहा :* **बंध, आलिंगन**

मगरूर (वि) *पाहा :* **उन्मत्त**

मंगल (न) *पाहा :* **कल्याण**

मंगल (वि) *पाहा :* **कल्याणकारी**

मंगलकार्य (न) *पाहा :* **कार्य**

(n) auspicious/sacred function

मंगलदायक (वि) *पाहा :* **कल्याणकारी**

मंगलमूर्ती (पु) *पाहा :* **गणपती**

मंगलस्नान (न) *पाहा :* **स्नान**

मंगलाचरण (न) *पाहा :* **आरंभ, उपासना**

मंगलाक्षता (स्त्री) *पाहा :* **तांदूळ**

मंगळ (पु) *पाहा :* **सूर्यमाला**
मग्न (वि) *पाहा :* **गर्क**
मग्रूर (वि) *पाहा :* **उन्मत्त, गर्विष्ठ**
मघवा (पु) *पाहा :* **इंद्र**
मघा (स्त्री) *पाहा :* **नक्षत्र**
मंच (पु), **मंचक** (पु) *पाहा :* **आसन, पलंग**
मचकमचक (क्रिवि) *पाहा :* **आवाजासह**
मंचकारोहण (न) *पाहा :* **अधिकारग्रहण**
मचमच (स्त्री) *पाहा :* **आवाज, बडबड**
मचवा (पु) *पाहा :* **नौका**
मचाण (न) *पाहा :* **आसन, मजला**
मचूळ (वि) *पाहा :* **बेचव, क्षारयुक्त**
मच्छ (पु) *पाहा :* **मासा**
मच्छर (पु) *पाहा :* **जीवजंतू**
मच्छीमार (पु) *पाहा :* **कोळी**
मजकूर (पु) *पाहा :* **लेख**
मंजन (न) *पाहा :* **चूर्ण**
मजबुती (स्त्री) *पाहा :* **शक्ती**
मजबूत (वि) *पाहा :* **शक्तिमान, भक्कम**
मंजरी (स्त्री) *पाहा :* **फूल, घनवाद्य**
मजल (स्त्री) *पाहा :* **पल्ला**
मजलदरमजल (स्त्री) *पाहा :* **प्रवास**
मजला (पु) माळा, माडी, ताल, पोटमाळा, पोटमजला, आटाळे, गच्ची; मचाण; *पाहा :* **थर, इमारत**
(n) storey, floor, mezzanine floor, loft, terrace; *पाहा :* **थर, इमारत**
मजा (स्त्री) *पाहा :* **करमणूक**
मजाल (स्त्री) *पाहा :* **धैर्य, शक्ती**
मंजिरी (स्त्री) *पाहा :* **फूल, घनवाद्य**
मजुरी (स्त्री) *पाहा :* **कष्ट, वेतन, काम**
मंजुरी (स्त्री) *पाहा :* **अनुमती**
[वा] गळ्यावर गाणे, तालासुरावर गाणे
[adj] melodious, tuneful, sonorous, resonant, rich, lilting, sweet-sounding, pleasant, soft, deep-toned, musical; *पाहा :* **श्रवणीय,** (विरु) **कर्कश, बेसूर**
मजूर (पु) *पाहा :* **कष्टकरी, अनुचर**
मंजूर (वि) *पाहा :* **पसंत, मान्य**
मंजूषा (स्त्री) *पाहा :* **पेटी**
मंजूळ (वि) मंजुळवाणा, मंजू, मंजुमधुर, मधुर, कर्णमधुर, श्रुतिमधुर, नादमधुर, गानमधुर, गोड, कानाला गोड, सुश्राव्य, सुरेल, सुस्वर, सुमधुर, सौम्य, मंद, मंदमधुर, रिझवणारा; *पाहा :* **श्रवणीय,** (विरु) **कर्कश, बेसूर**
मजेदार (वि) गमतीदार, गंमतशीर, मनोरंजक, चित्तवेधक, चित्ताकर्षक, आनंददायक, करमणूकप्रधान, विनोदी, हास्यरसपूर्ण, हास्यकारक, हास्योत्पादक, खुमासदार, बहारदार, रंगदार, रंगतदार, रंगीला, सुरस, रसपूर्ण, रसभरित, रसाळ, रसदार, चटकदार, खुबीदार, रोचक
[adj] interesting, absorbing, engaging, embrossing, facinating, entertaining, amusing, joyous, humorous

मज्जा (स्त्री) *पाहा :* **अस्थी, मज्जासंस्था, करमणूक**
मज्जातंतू (पु), **मज्जापेशी** (स्त्री), **मज्जारज्जू** (पु) *पाहा :* **मज्जासंस्था**
मज्जाव (पु) *पाहा :* **अटकाव, नकार**
मज्जासंस्था (स्त्री) चेतासंस्था, मेंदू (लहान, मोठा), मगज, भेजा, मज्जारज्जू, पृष्ठवंशरज्जू, मज्जातंतू, मज्जापेशी
(n) nervous system, brain, spinal chord, nerve, neuron, nerve cell
मटकणे (क्रि) *पाहा :* **खाणे, नखरा**
मटकमटक (क्रिवि) *पाहा :* **आवाजासह**
मटका (पु) *पाहा :* **जुगार, मडके**
मटकावणे (क्रि) *पाहा :* **खाणे**
मटमट (क्रिवि) *पाहा :* **आवाजासह, अविलंब**
मटामट (-टा) (क्रिवि) *पाहा :* **आवाजासह**
मट्ट्यास येणे (क्रि) *पाहा :* **त्रासणे**
मठ (पु) *पाहा :* **आश्रम**
मठपती, मठाधिकारी, मठाधिपती, मठाधीश (सर्व पु) *पाहा :* **अधिकारी**
मठी (स्त्री) *पाहा :* **आश्रम, घर**
मठ्ठ (वि) *पाहा :* **अजाण, खुळा**
मंड (वि) *पाहा :* **बोथट**
मंडई (स्त्री) *पाहा :* **दुकान**
मडके (न) *पाहा :* **भांडे**
मंडण (-न) (न) *पाहा :* **अलंकार**
मंडप (-पी) (पु, स्त्री) *पाहा :* **छत**
मंडल (न) वलय, वर्तुळ, मंडळ, गोल, रिंगण, चक्र, कडे, आकृती; बिंब; सूर्यमंडल, चंद्रमंडल, प्रभामंडल, नभोमंडल, भूमंडल, मुखमंडल इ.; *पाहा :* **प्रदेश, परिभ्रमण, समुदाय, अध्याय**
[adj] ring, annulus, halo, loop, circle, disc; *पाहा :* **प्रदेश, परिभ्रमण, समुदाय, अध्याय**
मंडलाकार (वि) *पाहा :* **गोल** (वि)
मंडलाधिकारी (पु), **मंडलेश्वर** (पु) *पाहा :* **अधिकारी**
मंडळ (न) *पाहा :* **मंडल, समुदाय, संस्था, अड्डा**
मंडळी (स्त्री) *पाहा :* **पत्नी, समुदाय**
मंडित (वि) *पाहा :* **अलंकृत**
मंडूक (पु) *पाहा :* **बेडूक**
मंडूर (न) *पाहा :* **कलंक**
मढणे (क्रि), **मढवणे** (क्रि) *पाहा :* **अवगुंठन**
मढे (न) *पाहा :* **अंत्येष्टी**
मणका (पु) *पाहा :* **अस्थी**
मणगट (न) *पाहा :* **हात, शक्ती**
मणिबंध (पु) *पाहा :* **हात**
मणिस्तंभ (पु) *पाहा :* **पृष्ठवंश**
मणी (पु) *पाहा :* **रत्न, गोळी**
मण्यार (स्त्री) *पाहा :* **साप**
मत (न) अभिप्राय, विचार, विचारसरणी, दृष्टिकोन, मनोगत, मनोवृत्ती, मानस, स्वमत; ग्रह, धारणा, कल्पना, भावना, बुद्धी, कल, रोख; अहवाल, शेरा, टिप्पणी; निर्णय, निश्चय, निवाडा; निवड, पसंती, स्वीकृती, संमती, मान्यता, अनुमती;

पंथ, संप्रदाय, पक्ष, तत्त्व, सिद्धान्त, बाबावाक्य; निवडीचा हक्क; मताधिकार; मतप्रदर्शन, मतप्रवाह, मतप्रणाली, मतभिन्नता, मतभेद, मतमतांतरे; बहुमत, जनमत, लोकमत, सार्वमत, जनमानस, लोकमानस; जनवाणी, लोकवाणी; *पाहा :* **निवडणूक**

(n) opinion, assesment, estimate, notion, disc., felling, way of thinking, view, viewpoint, belief, impression, idea, mind, thought; report, comment, remark; decision, judgement; consent, sanction, approval; creed, doctrine, sect; franchise, suffrage; referendum, voice, vote; show of hands *पाहा :* **निवडणूक**

मतंगज (पु) *पाहा :* **हत्ती**

मतदान (न) *पाहा :* **निवडणूक**

मतप्रणाली (स्त्री) *पाहा :* **मत**

मतप्रदर्शन (न) *पाहा :* **टीका**

मतभेद (पु) मतभिन्नता, मतमतांतर; भिन्न/ विरुद्ध/ प्रतिकूल मत, दुमत, मतवैविध्य, विरोध, विकल्प; *पाहा :* **बेबनाव, भांडण, अंतर** (विरु) **एकमत**

[वा] पिंडे पिंडे मतिर्भिन्ना, व्यक्ती तितक्या प्रकृती

(n) difference/divergence of opinion; *पाहा :* **बेबनाव, भांडण, अंतर** (विरु) **एकमत**

[i] two of a trade seldom agree

मंतरणे (क्रि) मंत्रणे, मंत्रप्रयोग करणे, मंत्रित/अभिमंत्रित करणे, मंत्र घालणे, *पाहा :* **भारणे**

(v) cast a charm; *पाहा :* **भारणे**

मतलई (वि) *पाहा :* **वायू**

मतलब (पु) *पाहा :* **अभिप्राय, तात्पर्य, उद्देश**

मतलबी (वि) *पाहा :* **स्वार्थी, फसवा**

मतस्वातंत्र्य (न) *पाहा :* **स्वातंत्र्य**

मतांतर (न) *पाहा :* **मतभेद**

मताभिमान (पु) *पाहा :* **अभिमान**

मतिभ्रम (पु) *पाहा :* **चित्तभ्रम**

मतिमंद (वि) *पाहा :* **अधू**

मतिमान (वि) *पाहा :* **बुद्धिमान**

मतिहीन (वि) *पाहा :* **अजाण**

मती (स्त्री) *पाहा :* **बुद्धी, मन**

मतैक्य (न) *पाहा :* **एकमत**

मत्त (वि) *पाहा :* **उन्मत्त**

मत्ता (स्त्री) *पाहा :* **संपत्ती**

मंत्र (पु) गूढशक्तीपर वचन, वेदमंत्र, वेदसंहिता, ईशस्तुतिपर वचन, उपदेश, प्रसाद, दीक्षा, गुरुमंत्र, मंत्रोपदेश, गुप्त सल्ला, कानमंत्र, मंत्रतंत्र, ऋचा, गायत्रीमंत्र, त्रिपदा; बीजमंत्र, मूलमंत्र; मंत्रजागर, मंत्रघोष, वेदघोष; महामंत्र, महावाक्य; वषट्कार, युक्ती

(n) incantation, spell, charm; mumbo-jumbo, advice, counsel

मंत्रकौटाल (न) *पाहा :* **जादू**

मंत्रचळ (पु) *पाहा :* **वेड, भ्रम**
मंत्रचळ्या (वि) *पाहा :* **वेडा, भ्रमिष्ट**
मंत्रणे (क्रि) *पाहा :* **मंतरणे**
मंत्रतंत्र (पु, अव) *पाहा :* **जादू, डावपेच**
मंत्रद्रष्टा (वि) *पाहा :* **दूरदर्शी, ऋषी**
मंत्रप्रयोग (पु) *पाहा :* **मंतरणे**
मंत्रमुग्ध (वि) *पाहा :* **लुब्ध, प्रभावित**
मंत्रविद्या (स्त्री) *पाहा :* **जादू, धर्मग्रंथ**
मंत्रशास्त्र (न) *पाहा :* **धर्मग्रंथ**
मंत्रज्ञ (वि) *पाहा :* **मांत्रिक**
मंत्राग्नी (पु) *पाहा :* **अंत्येष्टी**
मंत्राक्षता (स्त्री, अव) *पाहा :* **तांदूळ**
मंत्रित (वि) *पाहा :* **मंतरणे**
मंत्री (पु) प्रधान, अमात्य, सल्लागार; पंतप्रधान, प्रधानमंत्री, महामंत्री, उपपंतप्रधान, मुख्यमंत्री, महामात्र, उपमंत्री, राज्यमंत्री, बिनखात्याचा मंत्री; मंत्रिमंडळ, मंत्रिपरिषद; मंत्रालय *पाहा :* **मांत्रिक**
(n) minister, prime minister, premier, cabinet minister, deputy minister, chief minister, minister of state, minister without portfolio, cabinet; *पाहा :* **मांत्रिक**
मत्सर (पु) *पाहा :* **असूया, जळजळ**
मत्सरग्रस्त (वि), **मत्सरी** (वि) *पाहा :* **द्वेषी**
मत्स्य (पु) *पाहा :* **मासा, अवतार**
मत्स्यालय (न) *पाहा :* **प्राणिसंग्रहालय**
मथणे (क्रि) *पाहा :* **एकवटणे, घुसळणे**
मंथणे (क्रि) *पाहा :* **घुसळणे**
मंथन (न) *पाहा :* **घुसळणे, ऊहापोह**
मथळा (पु) *पाहा :* **शीर्षक**
मथित (न), **मथितार्थ** (पु) *पाहा :* **तात्पर्य, नवनीत, अभिप्राय**
मद (पु) *पाहा :* **उन्माद, काम, कैफ, अभिमान**
मंद (वि) धिमा, संथ, संथगती, मंदगती, मंदगामी, विलंबित, हळू, हळुबाई; सौम्य, गोड, मंजूळ, मंदमधुर, मोहक, रम्य; *पाहा :* **अस्पष्ट, तेजोहीन, अजाण, अशक्त, आळशी** (विरु) **गतिमान, बुद्धिमान**
[adj] slow, tardy, leisurely; soft, tender, mellow, faint, low; *पाहा :* **अस्पष्ट, तेजोहीन, अजाण, अशक्त, आळशी** (विरु) **गतिमान, बुद्धिमान**
मंदगती (वि), **मंदगामी** (वि) *पाहा :* **धिमा, मंद**
मदत (स्त्री) साह्य (सहाय्य, साहाय्य), संवाहन, हातभार, उत्तेजन, प्रोत्साहन, धीर, जोड, टेकू, दुजोरा, पुष्टी, पाठिंबा, सहकार, सहकारिता, सहकार्य, इर्जिक, सहयोग, योगदान, साथ, साथसंगत, सामिलकी, हातमिळवणी, मित्रत्व, कैवार, तरफदारी, अनुमोदन, पाठराखणी, पाठबळ, कुमक, रसद, पुरस्कार, वशिला, आधार, सारथ्य, संरक्षण, आश्रय, उपयोग, देणगी, अर्थसाह्य, अनुदान, सानुग्रह अनुदान, दान, उपकार, सेवा, चाकरी; *पाहा :* **भागीदारी, मदतगार, पाठपुरावा**
[वा] खतपाणी, ऊब, छाया, खांद्याला

खांदा लावणे/भिडवणे, बळ देणे, पाठीशी असणे, पाठ राखणे, बाजू घेणे/राखणे, वकीलपत्र घेणे, लाज राखणे, सढळ हाताने मदत करणे, नैतिक बळ देणे, गोवर्धन पर्वत उचलणे, जगन्नाथाचा रथ, जिवाला जीव देणे, तळी भरणे, टाळूवर तेल ओतणे, भीक नको पण कुत्रा आवर, काही सोन्याचा तर काही सवागीचा गुण असणे, उजवा हात, हात देणे, उभा राहणे, (हाताला) हात लावणे, सिंहाचा वाटा असणे

(n) help, aid, succour, support, moral support, backing, encouragement, boost, stimulation, espousal, shelter, patronage, grant, subsidy, endowment, gift, favour, assitance; *पाहा :* **भागीदारी, मदतगार, पाठपुरावा**

[i] give/lend a hand, fetch and carry, give one a lift, take up the cudgels for, give moral support, side with, back up, pull through, a short in the arm, yeomen service

मदतगार (वि) मदतनीस, सहकारी, साह्यकर्ता, साहाय्यक, साहाय्यकारी, साह्यकारी, साह्यभूत, सहायक, धीरदाता, जोडीदार, मित्र, कैवारी, अनुमोदक, पुष्टिकर, पुष्टिदायक, पुष्टिप्रद, पुरस्कर्ता, प्रेरक, पाठीराखा, आधारवड, संरक्षक, त्राता, सारथी, आश्रयदाता, देणगीदार, उपकारकर्ता, साथी, साथकरी, साथीदार, सहयोगी, दुय्यम, नायब, हाताखालचा, हस्तक, सेवक, चाकर, अंतेवासी, स्वयंसेवक; *पाहा :* **भागीदार, मदत, आधार, अनुचर**

[n] helper, abettor, accomplice, collaborator, helpmate, partisan, supporter, ally, patron, godfather, benefactor, assistant, subsidiary; *पाहा :* **भागीदार, मदत, आधार, अनुचर**

[i] right arm, right hand man

मदतनीस (वि) *पाहा :* **मदतगार**

मंददृष्टी (वि) *पाहा :* **अंध**

मदन (पु) अनंग, काम, कामदेव, कंदर्प, मार, पंचशर, प्रद्युम्न, पुष्पधन्वा, कुसुमचाप, कुसुमशर, मकरध्वज, मीनकेतन, स्मर, मनोज, मनोभव, मन्मथ, रतिराय, रतिपती, रतिनाथ; *पाहा :* **काम** (पु)

(n) God of Love; cupid; *पाहा :* **काम** (पु)

मदनक्रीडा (स्त्री) *पाहा :* **संभोग**

मदनज्वर (पु), **मदनदाह** (पु) *पाहा :* **काम** (पु)

मदनबाण (पु) *पाहा :* **बाण, काम** (पु)

मदनबाधा (स्त्री) *पाहा :* **काम** (पु)

मदनमंजिरी (स्त्री) *पाहा :* **सुंदरी**

मदनमस्त (वि) *पाहा :* **कामातुर**

मदनविव्हल (वि) *पाहा :* **कामातुर**
मदनशर (पु) *पाहा :* **बाण, काम** (पु)
मदनांतक (पु), **मदनारी** (पु) *पाहा :* **शंकर**
मदनिका (स्त्री) *पाहा :* **सुंदरी**
मंदपणा (पु) *पाहा :* **जडत्व**
मंदबुद्धी (वि) पाहा : **अजाण**
मंदभाग्य (वि) *पाहा :* **अभागी**
मंदमती (वि) *पाहा :* **अजाण**
मंदमधुर (वि) *पाहा :* **मंद, गोड**
मंदवात (पु) *पाहा :* **वायू**
मदवी (स्त्री) *पाहा :* **वस्त्र**
मंदस्मित (न) *पाहा :* **हास्य**
मंदाकिनी (स्त्री) *पाहा :* **गंगा, आकाशगंगा**
मंदाक्रांता (न) *पाहा :* **वृत्त**
मंदाग्नी (पु) *पाहा :* **अग्नी**
मदांध (वि) *पाहा :* **उन्मत्त, गर्विष्ठ**
मदार (स्त्री) *पाहा :* **अवलंबन, विश्वास, डोंगर**
मंदार (पु) *पाहा :* **देवतरू**
मंदारमाला (न) *पाहा :* **वृत्त**
मदारी (पु) *पाहा :* **जादूगार, कोल्हाटी**
मदालसा (स्त्री) *पाहा :* **सुंदरी**
मंदावणे (क्रि) *पाहा :* **नरमणे**
मदिर (वि) धुंद/ मत्त/ गुंग/ तर्र/ बेहोश/ धुंदफुंद करणारा, कैफ/ नशा/ झिंग आणणारा, मादक, कैफी
[adj] intoxicating, heady, exalting
मंदिर (न) *पाहा :* **देऊळ, आलय, इमारत**
मदिरा (स्त्री) *पाहा :* **मद्य**
मदिराक्षी (स्त्री) *पाहा :* **सुंदरी**
मंदी (स्त्री) *पाहा :* **अधोगती**
मंदील (पु) *पाहा :* **शिरस्त्राण**
मंदोदरी (स्त्री) *पाहा :* **बेडूक**
मदोन्मत (वि) *पाहा :* **उन्मत्त, गर्विष्ठ**
मंदोष्ण (वि) *पाहा :* **उष्ण**
मद्दड (वि) *पाहा :* **अजाण**
मद्य (न) मदिरा, सुरा, माधवी (माध्वी), मधुर, वारुणी, द्राक्षरस (द्राक्षारस), दारू, शराब, मद्यार्क, मद्यार्कयुक्त पेय, गावठी/ देशी/ विलायती दारू, शिंदी, माडी, ताडी, बेवडा
[वा] बाटली, बाई आणि बाटली, मदिरा आणि मदिराक्षी, पेटते पाणी, एकच प्याला
(n) wine, the grape, liquor, the bottle, alcohol, spirits, alcoholic drink, booze;
[i] night cap, one for the road
मद्यपान (न) दारूपान, सुरापान; *पाहा :* **कैफ, झिंगणे**
[वा] बाटली तोंडाला लावणे, दारू ढोसणे, अपेयपान करणे
(n) drinking, imbibing; *पाहा :* **कैफ, झिंगणे**
मद्यपी (पु) मधुप, दारुडा (-ड्या), दारूबाज, शराबी, बाटलीबहाद्दर, व्यसनी *पाहा :* **झिंगणे**
(n) drunkard, alcoholic, dipsomaniac, toper, tippler *पाहा :* **झिंगणे**
मद्यार्क (पु) *पाहा :* **मद्य**
मंद्र (पु), **मंद्रनाद** (पु) *पाहा :* **स्वर,**

आवाज

मंद्रसप्तक (न) *पाहा :* **स्वरसप्तक**

मध (पु) मकरंद, मधु, पुष्परस

(n) honey, nectar

मधभरा (वि) *पाहा :* **गोड**

मधमादसारंग (पु) *पाहा :* **राग**

मधमाशी (स्त्री) *पाहा :* **माशी**

मधला (वि) *पाहा :* **अंतरिम, अंतर्गत**

मधाळ (वि) *पाहा :* **गोड**

मधील (वि) *पाहा :* **अंतरिम, अंतर्गत**

मधुकर (पु) *पाहा :* **भुंगा**

मधुकुल्या (स्त्री, अव) *पाहा :* **वैपुल्य**

मधुचंद्र (पु) आनंदमास

(n) honeymoon

मधुप (पु) *पाहा :* **भुंगा, मद्यपी**

मधुमक्षिका (स्त्री) *पाहा :* **माशी**

मधुर (पु) *पाहा :* **षड्रस**

मधुर (वि) *पाहा :* **गोड**

मधुरिमा (पु) *पाहा :* **गोडी**

मधुरोष्ण (वि) *पाहा :* **उष्ण**

मधूनमधून (क्रिवि) *पाहा :* **अधूनमधून**

मध्य (पु) *पाहा :* **अंतरंग, कंबर, तडजोड, दशांश स्थाने**

मध्यबिंदू (पु), **मध्यभाग** (पु) *पाहा :* **अंतरंग**

मध्यम (पु) *पाहा :* **स्वर**

मध्यम (वि) *पाहा :* **अंतरिम, कामचलाऊ**

मध्यमगती (वि) *पाहा :* **धिमा**

मध्यमवयस्क (वि) मध्यमवयीन, प्रौढ, चाळिशीतला, पोक्त

[adj] middle-aged

मध्यमवर्गीय (वि) *पाहा :* **पांढरपेशा**

मध्यमा (स्त्री) *पाहा :* **वाणी, बोट**

मध्यरात्र (स्त्री) *पाहा :* **रात्र**

मध्यलय (स्त्री) *पाहा :* **लय**

मध्यवर्ती (वि) *पाहा :* **केंद्रवर्ती, अंतरिम**

मध्यसप्तक (न) *पाहा :* **स्वर**

मध्यस्थ (पु) अडत्या, दलाल, पंच, लवाद; *पाहा :* **तडजोड, माध्यम, वशिला**

(n) Middleman, intermediary, go-between, referee, mediator; *पाहा :* **तडजोड, माध्यम, वशिला**

मध्यस्थी (स्त्री) *पाहा :* **तडजोड, कैवार, अडत**

मध्यांतर (न) *पाहा :* **अंतर, अवकाश**

मध्यानरात (स्त्री) *पाहा :* **रात्र**

मध्यान्ह (पु), **मध्यान्हकाळ (-समय)** (पु) *पाहा :* **दुपार, उदरनिर्वाह**

मध्यावधी (वि) *पाहा :* **अंतरिम**

मन (न) अंत:करण, चित्त, मानस, अंतर्याम, अभ्यंतर, अंतरंग, अंतर, अंतरकळा, अंतरात्मा, चिच्छक्ती, संकल्पविकल्पात्मक अंत:करणवृत्ती, अंत:करणचतुष्टय, निश्चयशक्ती, इच्छा, इच्छाशक्ती, अंत:शक्ती, मनपिंगळा, मनोदेवता, सदसद्विवेकबुद्धी, आतला आवाज, मती, भान, सावधपणा, चेतना, जाणीव, मन:शक्ती, मन:सामर्थ्य, मन:प्रवृत्ती, नस, मानसिकता, चित्तवृत्ती, हृदय, काळीज, जिव्हार, दिल, अंतर्मन, अबोध मन, अबोध जाणीव, सुप्तमन, आवड, ओढ,

आकर्षण, जीव, प्रेम, प्रीती, मर्जी, लक्ष, ध्यान, स्मृती, मनोव्यापार, विचार, भावना, मनोरचना; आत्माराम, मनाजीपंत; मानससृष्टी; मनोविश्व, समूहमन; *पाहा :* **चित्त**

[वा] मन साक्ष असणे, अंतश्चक्षू

(n) mind, psyche, consciousness, mentality, heart, soul, spirit, will, free will, volition, extrasensory perception, intuition, conscience, inner voice, subconscious, disposition, frame of mind, liking, desire, inclination, attention, mindfulness, memory, thoughts, feelings; mass mind; *पाहा :* **चित्त**

[i] mind's eye, heart of heart

मनकवडा (वि) *पाहा :* **चतुर**

मनगट (न) *पाहा :* **हात, शक्ती**

मनःचक्षू (पु) *पाहा :* **कल्पना, डोळा, अंतर्दृष्टी**

मनधरणी (स्त्री) *पाहा :* **आर्जव, अनुनय, अभ्यर्थना**

मनन (न) *पाहा :* **चिंतन**

मननशील (वि) *पाहा :* **चिंतनशील**

मननीय (वि) *पाहा :* **उल्लेखनीय**

मनपसंत (वि) *पाहा :* **पसंत**

मनपिंगळा (स्त्री) *पाहा :* **मन**

मन:पीडा (स्त्री) *पाहा :* **त्रास**

मन:पूत (क्रिवि) *पाहा :* **मनसोक्त**

मन:पूर्वक (क्रिवि) अंत:करणपूर्वक, मनापासून, मनोभावे, हृदयाच्या गाभ्यातून, हार्दिक, दिलखुलास, जीव ओतून, जिवापाड, प्रेमपूर्वक, जिवेभावे, जाणीवपूर्वक, लक्षपूर्वक, लक्ष लावून, मन:पूर्वकतेने, अंतरात्म्याला/मनोदेवतेला स्मरून, प्रामाणिकपणे, प्रांजळपणे, खरोखर, उत्कट

[वा] बेंबीच्या देठापासून

[adv] sincerely, with all one's heart, from the bottom of one's heart, whole-heartedly, honestly, truly, with open arms, heartfelt, heart-to-heart

मन:प्रवृत्ती (स्त्री) *पाहा :* **मन, चित्तवृत्ती**

मनमानी (वि) *पाहा :* **अनियंत्रित**

मनमिळाऊ (वि) खेळकर, खिलाडू, उमदा, सुस्वभावी, आनंदी, निर्वैर, अजातशत्रू, जगन्मित्र, समाजप्रिय, गोड स्वभावाचा, मिळून मिसळून राहणारा

[adj] genial, affable, amiable, cordial, easy going, warm hearted, sociable, sportive, jolly, cheerful, good- natured

मनमुक्त (क्रिवि), **मनमुराद** (क्रिवि) *पाहा :* **मनसोक्त**

मनमोकळा (वि) *पाहा :* **अघळपघळ, खुला**

मनमोहक (वि) *पाहा :* **आकर्षक**

मनमोहन (वि) *पाहा :* **आकर्षक, प्रिय**

मनमौजी (वि) *पाहा :* **लहरी**

मनलज्जा (स्त्री) *पाहा :* **लाज**

मनवणे (क्रि) *पाहा :* **उद्युक्त**

मन:शक्ती (स्त्री) *पाहा :* **चिच्छक्ती**

मन:शांती (स्त्री) *पाहा :* **चित्तस्थैर्य, दिलासा**

मन:सामर्थ्य (न) *पाहा :* **मन**

मनसुबा (पु) *पाहा :* **इच्छा, अभिप्राय**

मनसोक्त (क्रिवि) यथेच्छ, यथेष्ट, यथेप्सित, यथाकाम, मन:पूत, मनमुराद, मनमुक्त, स्वैर, स्वच्छंद, स्वेच्छ, वाटेल तसे, मनाजोगे, मनाला येईल तसे, मन मानेल तसे, अनिर्बंधपणे; *पाहा :* **अतिशय**

[adv] at will/pleasure, of one's own free will, wholeheartedly, unrestrained; *पाहा :* **अतिशय**

[i] to one's hearts content

मनस्तप्त (वि) *पाहा :* **दु:खी**

मनस्ताप (पु) *पाहा :* **दु:ख, चटका, छळ**

मन:स्थिती (स्त्री) *पाहा :* **चित्तवृत्ती, अवस्था**

मन:स्थैर्य (न) *पाहा :* **चित्तस्थैर्य, धृती**

मन:स्वास्थ्य (न) *पाहा :* **चित्तस्थैर्य, तब्येत**

मनस्वी (वि) *पाहा :* **स्वैर, लहरी, छांदिष्ट, अतिशय**

मन:क्षोभ (पु) *पाहा :* **अशांतता**

मना (वि), **मनाई** (स्त्री) *पाहा :* **अटकाव, नकार**

मनाजीपंत (पु) *पाहा :* **मन**

मनाजोगता/मनाजोगा (वि) *पाहा :* **पसंत, मनसोक्त**

मनापासून (क्रिवि) *पाहा :* **मन:पूर्वक**

मनी (स्त्री) *पाहा :* **मांजर**

मनीषा (स्त्री) *पाहा :* **आकांक्षा, इच्छा**

मनुज (पु) *पाहा :* **मानव**

मनुष्य (पु) *पाहा :* **मानव, असामी**

मनुष्यॠण (न) *पाहा :* **ॠण**

मनुष्यगण (पु) *पाहा :* **मानव, समुदाय**

मनुष्यजन्म (-योनी) (पु, स्त्री) *पाहा :* **नरजन्म**

मनुष्यपण (न) *पाहा :* **माणुसकी**

मनुष्यबल (-ळ) (न) *पाहा :* **शक्ती**

मनुष्ययज्ञ (पु) *पाहा :* **हत्या**

मनुष्यरूप (न) *पाहा :* **अवतार**

मनुष्यलोक (पु) *पाहा :* **इहलोक**

मनुष्यवध (पु) *पाहा :* **हत्या**

मनुष्यविहीन (वि) *पाहा :* **निर्जन**

मनुष्यागम्य (वि) *पाहा :* **अमानवी**

मनू (पु) *पाहा :* **काळ, मन्वंतर**

मनेच्छा (स्त्री) *पाहा :* **इच्छा**

मनेप्सित (वि) *पाहा :* **इष्ट**

मनोकामना (स्त्री) *पाहा :* **इच्छा**

मनोगत (न) *पाहा :* **इच्छा, विचार, अभिप्राय**

मनोज (पु) *पाहा :* **मदन**

मनोजय (पु) *पाहा :* **आत्मनिग्रह**

मनोती (स्त्री) *पाहा :* **इच्छा**

मनोदय (पु) *पाहा :* **इच्छा**

मनोदेवता (स्त्री) *पाहा :* **मन, चित्त सदसद्विवेकबुद्धी**

मनोदौर्बल्य (न) *पाहा :* **दौर्बल्य, नैराश्य**

मनोधर्म (पु) *पाहा :* **चित्तवृत्ती**

मनोधारणा (स्त्री) *पाहा :* **चित्तवृत्ती**

मनोधैर्य (न) *पाहा :* **धैर्य, चित्तस्थैर्य, इच्छाशक्ती, चित्तवृत्ती**
मनोनिग्रह (पु) *पाहा :* **आत्मनिग्रह**
मनोनीत (वि) *पाहा :* **पसंत**
मनोबल (न) *पाहा :* **शक्ती, इच्छाशक्ती, चिकाटी**
मनोभंग (पु) *पाहा :* **नैराश्य**
मनोभव (पु) *पाहा :* **मदन**
मनोभाव (पु) *पाहा :* **चित्तवृत्ती**
मनोभावे (क्रिवि) *पाहा :* **मनःपूर्वक**
मनोभिराम (वि) *पाहा :* **आकर्षक**
मनोभूमिका (स्त्री) *पाहा :* **चित्तवृत्ती**
मनोमन (क्रिवि) मनातल्या मनात, अंतर्मनात, आतल्या आत, काळजाच्या गाभ्यात, आतल्या आवाजाने
[adv] at heart, inwardly
मनोमय (वि) *पाहा :* **काल्पनिक**
मनोमालिन्य (न) *पाहा :* **औदासीन्य**
मनोरचना (स्त्री) *पाहा :* **चित्तवृत्ती**
मनोरंजक (वि) *पाहा :* **आनंददायक, आकर्षक**
मनोरंजन (न) *पाहा :* **करमणूक, क्रीडा**
मनोरथ (पु) *पाहा :* **इच्छा, मनोराज्य**
मनोरम (वि) *पाहा :* **आनंददायक, आकर्षक**
मनोरा (पु) *पाहा :* **स्तंभ**
मनोराज्य (न) दिवास्वप्न, कल्पनातरंग, काल्पनिक सुखसाम्राज्य, मृगजळ, कल्पना, आशा, आशाआकांक्षा, मनोरथ (*पाहा :* **इच्छा**), स्वप्न, कल्पनाविलास, कल्पनासाम्राज्य
[वा] आशेचे इमले, हवेतले मनोरे, मनातले मांडे
(n) daydream, pipedream, woolgathering, fantasy, Utopia, castles in the air, fond dreams, mirage, fancy; *पाहा :* **इच्छा**
मनोरुग्ण (पु) *पाहा :* **वेडा, रुग्ण**
मनोवांछित (वि) *पाहा :* **उद्दिष्ट, इच्छा**
मनोविकार (पु) *पाहा :* **चित्तवृत्ती**
मनोविकृती (स्त्री) *पाहा :* **चित्तभ्रम**
मनोविनोदन (न) *पाहा :* **करमणूक**
मनोविश्लेषण (न) *पाहा :* **चिकित्सा**
मनोवृत्ती (स्त्री) *पाहा :* **चित्तवृत्ती, अभिप्राय**
मनोवेग (पु) *पाहा :* **चित्तवृत्ती**
मनोवेधक (वि) *पाहा :* **आकर्षक**
मनोव्यापार (पु) *पाहा :* **मन, चित्तवृत्ती**
मनोहर, मनोहारी, मनोज्ञ (सर्व वि) *पाहा :* **आकर्षक, सुंदर**
मन्मथ (पु) *पाहा :* **मदन**
मन्वंतर (न) मनू, मनूचा शक (३०,६७,२०,००० वर्षे); *पाहा :* **काल**
(n) epoch of Manu; *पाहा :* **काल**
ममता (स्त्री) *पाहा :* **प्रेम, माया**
ममताळू (वि) *पाहा :* **प्रेमळ, कनवाळू**
ममत्व (न) *पाहा :* **प्रेम, माया**
मयंक (पु) *पाहा :* **चंद्र**
मयत (वि) *पाहा :* **मृत**
मयसभा (स्त्री) *पाहा :* **फसवणूक**
मयूर (पु) *पाहा :* **मोर**
मयूरपिच्छ (न) *पाहा :* **पंख**
मरगळ (स्त्री) *पाहा :* **थकवा,**

औदासीन्य

मरगळणे (क्रि) *पाहा :* **थकणे**

मरगी (स्त्री) *पाहा :* **अपस्मार**

मरण (न) *पाहा :* **मृत्यू, नुकसान, संकट**

मरणकळा (स्त्री) *पाहा :* **फिकट**

मरणप्राय (वि), **मरणांतिक** (वि) *पाहा :* **असह्य**

मरणासन्न (वि) *पाहा :* **आसन्नमरण**

मरणे (क्रि) मरण/मृत्यू पावणे, निवर्तणे, वारणे, मरण/मृत्यू ओढवणे, मृत्युमुखी पडणे, मृत्यूने गाठणे, देवाज्ञा होणे, देवाघरचे बोलावणे येणे, देवाघरी जाणे, कैलासवासी/ वैकुंठवासी/ स्वर्गवासी/ परलोकवासी/ पैगंबरवासी/ ख्रिस्तवासी होणे, इहलोक सोडणे, दिवंगत होणे, देह टाकणे/ सोडणे/ ठेवणे/ पडणे, देहत्याग करणे, आयुष्य संपणे, आयुष्याची दोरी तुटणे, चैतन्य हरपणे, ठाव सरणे, जाणे, दगावणे, खपणे, चचणे, गचकणे, उलथणे, टाचा घासून मरणे, निमणे, आता नसणे, धडपड संपणे, थंड होणे, डोळे मिटणे, अखेरचा श्वास घेणे, राम म्हणणे, जीवनयात्रा संपवणे, जीव जाणे/ सोडणे/ गमावणे, जिवानिशी जाणे, जिवाला मुकणे, ज्योत/प्राणज्योत/ जीवनज्योत विझणे/ मालवणे/ निमणे, ग्रंथ आटोपणे, धडपड विसावणे, अंत होणे, अंतकाळ ओढवणे, शंभर वर्षे भरणे, अनंतात विलीन होणे, आत्मा पंचत्वात विलीन होणे, पंचत्वास जाणे, निजधामास जाणे, जगाचा निरोप घेणे, महायात्रेला जाणे, चिरंतनाच्या प्रवासास जाणे, चिरविश्रांती/ समाधी घेणे, प्राण जाणे/ सोडणे/ गमावणे, प्राण निघून जाणे, प्राणोत्क्रमण होणे, प्राणत्याग करणे, प्राण/प्राणाहुती देणे, प्राणदान करणे, प्राणार्पण करणे, अग्निकाष्ठ भक्षण करणे, धारातीर्थी पतन पावणे, वीरगती प्राप्त होणे, हुतात्मा/शहीद होणे, कालवश होणे, काळाने झडप घालणे, काळ ओढवणे, काळाच्या दाढेत सापडणे, काळाच्या पडद्याआड जाणे, काळसर्पाचा दंश होणे, काळाच्या तोंडी जाणे, बळी पडणे, भूकबळी होणे, फाशी जाणे, आगीच्या/रोगाच्या इ. भक्ष्यस्थानी पडणे, जिवंत समाधी मिळणे, कुत्र्याच्या मोतीने मरणे, यमाचे बोलावणे येणे, यमलोकी/ यमसदनास/ यमपुरीस जाणे, यमाच्या दाढेत जाणे, यमलोकाची वाट धरणे, यमपाश आवळला जाणे; *पाहा :* **मृत्यू, आत्मघात, ठार करणे, मृत, अंत्येष्टी; नाश, कष्टणे, आसन्नमरण,** (विरु) **असणे, टिकणे**

(v) die, expire, meet one's end, fall/drop dead, pass away, return to dust, bite the dust, succumb, breathe one's last, cease to breathe, depart this life, lay down one's life, lose one's life, decease/ be no more, close one's eyes, go the way of all flesh, receive one's death warrant, come to one's end; *पाहा :* **मृत्यू, आत्मघात, ठार करणे, मृत, अंत्येष्टी; नाश; कष्टणे, आसन्नमरण,** (विरु) **असणे, टिकणे**

[i] to kick the bucket, the supreme sacrifice

मरणोन्मुख (वि) *पाहा :* **आसन्नमरण**

मरतमढे (वि), **मरतुकडा** (वि) *पाहा :* **अशक्त**

मरद (पु) *पाहा :* **पुरुष**

मरहूम (वि) *पाहा :* **मृत**

मराठमोळा (वि) *पाहा :* **साधा**

मराल (-ळ) (पु) *पाहा :* **हंस**

मरुत (पु) *पाहा :* **वायू**

मरुदेश (पु), **मरुभूमी** (स्त्री) *पाहा :* **जमीन**

मर्कट (पु) *पाहा :* **वानर**

मर्कटचेष्टा (स्त्री) *पाहा :* **चेष्टा**

मर्गळी (स्त्री) *पाहा :* **जडत्व**

मर्जी (स्त्री) संमती, अनुमती, मान्यता, सहमती, परवानगी; खुशी, राजीखुशी, आपखुशी, इच्छा, पसंती; आवड, प्रेम, मन; मनोवृत्ती, कल, लहर, तब्येत; कृपा, लोभ, अनुग्रह, वरदहस्त, प्रसन्नता, मेहेरबानी; खप्पा मर्जी *पाहा :* (विरु) **अप्रीती, अवकृपा**

(n) consent, acquiescence, concurrence, permission, assent, approval, compliance; endorsement, pleasure, goodwill; preference, fondness; temper, mood, disposition; favour, blessing; *पाहा :* (विरु) **अप्रीती, अवकृपा**

[i] in one's good books

मर्तिक (न) *पाहा :* **अंत्येष्टी**

मर्त्य (वि) *पाहा :* **क्षणभंगुर**

मर्त्य (पु) *पाहा :* **मानव**

मर्द (पु) *पाहा :* **पुरुष**

मर्द (वि) *पाहा :* **पराक्रमी**

मर्दणे (क्रि) *पाहा :* **चोळणे, खलणे**

मर्दन (न) *पाहा :* **चोळणे**

मर्दपणा (पु) *पाहा :* **पौरुष**

मर्दानगी (स्त्री) *पाहा :* **पराक्रम**

मर्दानी (वि) *पाहा :* **पुरुषी**

मर्दुमकी (-गी) (स्त्री) *पाहा :* **पराक्रम**

मर्फा (पु) *पाहा :* **चर्मवाद्य**

मर्म (न) रहस्य, बिंग, गुपित, इंगित, कळ, खुबी, मख्खी, मेख, खाचाखोचा, खूण, युक्ती, गुरुकिल्ली; तात्पर्य, मथितार्थ, गर्भितार्थ, गूढार्थ, मुद्दा, रोख, अंत:स्थ हेतू; नाजूक भाग/ अवयव, जिव्हाळी, जिव्हार, वर्म, छिद्र, मर्मस्थळ, मर्मस्थान, नाभिस्थान; *पाहा :* **अवगुण**

(n) secret, gist, crux, pith, essence, import, implication; trick, speciality, key; vital spot; *पाहा :* **अवगुण**

मर्मग्राही (वि) *पाहा :* **सूक्ष्म, चिकित्सक**

मर्मभेदक (-भेदी, -वेधक, -वेधी) (वि) *पाहा :* **खरपूस, चिकित्सक, औपरोधिक, कटू, जलाल**

मर्मर (स्त्री) *पाहा :* **आवाज**

मर्मर (पु) संगमरवर

(n) marble

मर्मस्थळ (न), **मर्मस्थान** (न) *पाहा :* **मर्म, अंतरंग**

मर्मस्पर्शी (वि) *पाहा :* **खरपूस, चिकित्सक, पायाभूत**

मर्मज्ञ (वि) *पाहा :* **दर्दी, चिकित्सक, चोखंदळ, जाणता**

मर्मज्ञता (स्त्री) *पाहा :* **अभिरुची, मर्मज्ञ**

मर्मान्वेषण (न) *पाहा :* **अन्वेषण**

मर्मान्वेषी (वि) *पाहा :* **चिकित्सक**

मर्यादशील (वि) *पाहा :* **नम्र**

मर्यादशीलता (स्त्री) *पाहा :* **नम्रता**

मर्यादा (स्त्री) सीमा, हद्द, सरहद्द, सीमारेषा, ताबारेषा, धाराशिव, काठ, कड, परिसीमा, चतु:सीमा, कक्षा, शीव; क्षेत्र, आवाका, आटोका, पल्ला, पोहोच, धावा, क्षितिज, टप्पा, इयत्ता; आवर, आळा, दाब, अंकुश, अटकाव, बंधन, बांध; प्रमाण, परिमाण, मान, पातळी, पारावार, सुमार; आडपडदा, संकोच, लाज, भीड, भीडभाड; *पाहा :* **धाव, अदब**

[वा] लक्ष्मणरेषा, रेघ आखणे, सरड्याची धाव कुंपणापर्यंत

(n) limit, boundary, line of control, field, scope, reach, range, degree, measure, control, restraint, restriction, modesty; *पाहा :* **अदब, धाव**

[i] draw the line

मर्यादातिक्रमण (न) *पाहा :* **अतिक्रमण**

मर्यादित (वि) *पाहा :* **बंदिस्त, मित**

मल (पु) *पाहा :* **कश्मल**

मलई (स्त्री) *पाहा :* **स्निग्ध पदार्थ, सार**

मलंग (पु) *पाहा :* **साधू**

मलपृष्ठ (न) *पाहा :* **पान**

मलम (न) *पाहा :* **थर**

मलमपट्टी (स्त्री) *पाहा :* **थर, सुधारणा, उपाय**

मलमल (स्त्री) *पाहा :* **वस्त्र**

मलिदा (पु) *पाहा :* **अन्न, लाच, अर्क**

मलिन (वि) अस्वच्छ, गलिच्छ, घाणेरडा, मळकट, मळका, धुळकट, खराब; मळलेला, कलंकित, डागाळलेला, बरबटलेला, लिप्त, लिप्ताळलेला, काळवंडलेला; अपवित्र, अमंगल, ओंगळ; पातकी, पापी, दोषी, शीलभ्रष्ट; कलुषित, पूर्वग्रहदूषित *पाहा :* (विरु) **स्वच्छ, निष्कलंक**

[adj] dirty, dusty, soiled; stained, sullied, smudged, tarnished; unholy, impure, filthy, foul; corrupt, rotten, sinful, prejudiced *पाहा :* (विरु) **स्वच्छ, निष्कलंक**

मलूल (वि) *पाहा :* **खिन्न**

मलूलपणा (पु) *पाहा :* **ग्लानी**

मल्ल (पु) *पाहा :* **पहिलवान**
मल्लयुद्ध (न) *पाहा :* **कुस्ती**
मल्लिका (स्त्री) मोगरा, नवमल्लिका, *पाहा :* **बाण, फूल**
(n) jasmine; *पाहा :* **बाण, फूल**
मल्लिकार्जुन (पु) *पाहा :* **बारा ज्योतिर्लिंगे**
मल्लिनाथी (स्त्री) *पाहा :* **टीका, समर्थन**
मल्हार (पु) *पाहा :* **राग**
मवारी (स्त्री) *पाहा :* **स्निग्धता**
मवाली (वि) *पाहा :* **गुंड, उडाणटप्पू**
मवाळ (वि) *पाहा :* **नरम**
मशगुल (मश्गुल) (वि) *पाहा :* **गर्क**
मशहूर (वि) *पाहा :* **प्रसिद्ध**
मशागत (स्त्री) *पाहा :* **कष्ट, शेती, जोपासना**
मशारनिल्हे (वि) *पाहा :* **आधीचा**
मशाल (स्त्री) चूड, टेंभा, पलिता, हिलाल, दिवटा, दिवटी, दिवी, चुडी, तोडा, बत्ती, काकडा, पोत; *पाहा :* **दिवा**
(n) torch; *पाहा :* **दिवा**
मशी (-षी) (स्त्री) **शाई**
(n) ink
मशीद (स्त्री) *पाहा :* **देऊळ**
मस (पु) *पाहा :* **गळू**
मसक (स्त्री) *पाहा :* **पिशवी**
मसण (न), **मसणखाई (-वट)** (स्त्री) *पाहा :* **अंत्येष्टी**
मसणा (पु) *पाहा :* **अमुक**
मसनद (स्त्री) *पाहा :* **आसन**
मसलत (स्त्री) *पाहा :* **खलबत, उपदेश**
मसालेदार (वि) *पाहा :* **खमंग**
मसुदा (पु) *पाहा :* **आराखडा**
मस्करी (स्त्री) *पाहा :* **चेष्टा**
मस्त (वि) *पाहा :* **उन्मत्त, गर्क, चांगला**
मस्तक (न) *पाहा :* **डोके**
मस्तकावघ्राण (न) *पाहा :* **हुंगणे**
मस्तवाल (वि) *पाहा :* **उन्मत्त**
मस्तिष्क (न) *पाहा :* **डोके**
मस्ती (स्त्री) *पाहा :* **ताठा, धुंदी, दांडगाई, खुमखुमी**
महत (वि) *पाहा :* **थोर**
महंत (पु) *पाहा :* **साधू, आचार्य**
महती (स्त्री) *पाहा :* **महत्त्व**
महत्कष्ट (पु, अव) *पाहा :* **कष्ट**
महत्कृत्य (न) *पाहा :* **पराक्रम**
महत्तम (वि) *पाहा :* **परम**
महत्ता (स्त्री) *पाहा :* **महत्त्व**
महत्त्व (न) महती, महंता, महत्ता, महात्मता, माहात्म्य, मोठेपणा, श्रेष्ठत्व, थोरवी, योग्यता, प्रतिष्ठा, गरिमा, महिमा, महिमान; प्रभाव, वजन, वचक, दबदबा; प्रस्थ, स्तोम, पडप, प्राबल्य, प्राधान्य, वर्चस्व, वरचष्मा; किंमत, पर्वा, पाड, मातब्बरी; स्थानमाहात्म्य, वर्णमाहात्म्य, इ.;
[वा] नाकापेक्षा मोती जड होणे, लाखातली गोष्ट, डोक्यावर बसवणे, दगडाला शेंदूर फासणे
(n) importance, greatness; prestige, honour, standing; influence, weight; dominance, preponderance,

prominence; significance, worth

महत्त्वपूर्ण (वि) *पाहा :* **उल्लेखनीय**

महत्त्वाकांक्षा (स्त्री) *पाहा :* आकांक्षा

महदंतर (न) *पाहा :* **अंतर**

महद्‌भाग्य (न) *पाहा :* **सद्‌भाग्य**

महनीय (वि) *पाहा :* **थोर**

महन्मंगल (वि) *पाहा :* **कल्याणकारी**

महर्घता (स्त्री) *पाहा :* **महागाई**

महर्षी (पु) *पाहा :* **ऋषी**

महशूर (वि) *पाहा :* **प्रसिद्ध**

महसूल (पु) *पाहा :* **कर**

महा (वि) *पाहा :* **अतिशय**

महा (पु) *पाहा :* **महिना**

महाकल्प (न) *पाहा :* **कल्प**

महाकाय (वि) *पाहा :* **अगडबंब**

महाकाल (पु) *पाहा :* **शंकर, बारा ज्योतिर्लिंगे**

महाकाली (स्त्री) *पाहा :* **पार्वती**

महाकाव्य (न) *पाहा :* **काव्य**

महाकाश (न) *पाहा :* **अंतराळ**

महाग (वि) जास्त भावाचा/ किमतीचा/ मोलाचा, महागडा, किमती, किंमतवान, मौल्यवान, उंची, भारी, खर्चीक; दुष्प्राप्य, दुर्मिळ *पाहा :* (विरु) **स्वस्थ**

[adj] dear, expensive, over-priced, high-priced, costly, up-market, precious; rare, scarce *पाहा :* (विरु) **स्वस्थ**

महागाई (स्त्री) महर्घता, मूल्यवृद्धी, तंगी, तेजी, भाववाढ, दरवाढ, चलनवाढ, चलनफुगवटा; *पाहा :* **अभाव**

(n) dearness, costliness, high price, inflation; *पाहा :* **अभाव**

महागाईभत्ता (पु) *पाहा :* **वेतन**

महागिरी (स्त्री) *पाहा :* **नौका**

महाजन (पु) *पाहा :* **नरश्रेष्ठ, व्यापारी**

महाजाल (न) *पाहा :* **पाश**

महाठक (पु) *पाहा :* **ठक**

महात (पु) *पाहा :* **माहूत**

महातल (न) *पाहा :* **पाताळ**

महातेज (न) *पाहा :* **परमेश्वर, सूर्य**

महात्मा (पु) *पाहा :* **थोर, नरश्रेष्ठ**

महादेव (पु) *पाहा :* **शंकर**

महादेवी (स्त्री) *पाहा :* **पार्वती**

महाद्वार (न) *पाहा :* **दार**

महान (वि) *पाहा :* **थोर, परम**

महानगर (न) *पाहा :* **गाव**

महानगरपालिका (स्त्री) *पाहा :* **स्थानिक स्वराज्य संस्था**

महानिद्रा (स्त्री) *पाहा :* **मृत्यू**

महानुभाव (वि) *पाहा :* **नरश्रेष्ठ**

महानैवेद्य (पु) *पाहा :* **पूजा**

महापद्म (न) *पाहा :* **दशांश स्थाने**

महापातक (न) *पाहा :* **पाप**

महापातकी (वि) *पाहा :* **पापी**

महापुरुष (पु) *पाहा :* **नरश्रेष्ठ, अवतार**

महापूजा (स्त्री) *पाहा :* **पूजा**

महापूर (पु) *पाहा :* **पूर**

महापौर (पु) *पाहा :* **स्थानिक स्वराज्य संस्था, अध्यक्ष**

महाप्रतापी (वि) *पाहा :* **पराक्रमी**

महाप्रयास (पु) *पाहा :* **प्रयत्न**

महाप्रलय (पु) *पाहा :* **प्रलय**

महाप्रसाद (पु) *पाहा :* **प्रसाद**
महाप्रस्थान (न) *पाहा :* **मृत्यू**
महाबली (वि) *पाहा :* **शक्तिमान**
महाभाग (वि) *पाहा :* **भाग्यवान, थोर**
महाभारत (न) *पाहा :* **कथा**
महाभूत (न) *पाहा :* **पंचमहाभूते**
महामंडळे (न) *पाहा :* **समुदाय, संस्था**
महामती (-मना) (वि) *पाहा :* **थोर**
महामंत्र (पु) *पाहा :* **मंत्र**
महामंत्री (पु) *पाहा :* **मंत्री**
महामात्र (पु) *पाहा :* **माहूत, मंत्री**
महामानव (पु) *पाहा :* **नरश्रेष्ठ**
महामाया (स्त्री) *पाहा :* **पार्वती**
महामारी (स्त्री) *पाहा :* **संकट, युद्ध**
महामार्ग (पु) *पाहा :* **मार्ग**
महामूर (वि) *पाहा :* **अतिशय, आकंठ**
महामूर्ख (वि) *पाहा :* **अजाण**
महायात्रा (स्त्री) *पाहा :* **अंत्येष्टी**
महायुद्ध (न) *पाहा :* **लढाई**
महारथी (वि) *पाहा :* **नरश्रेष्ठ**
महाराज (-जा) (पु) *पाहा :* **अधिकारी**
महाराणी (-ज्ञी) (स्त्री) *पाहा :* **अधिकारी**
महारोग (पु) *पाहा :* **कुष्ठ**
महार्णव (पु) *पाहा :* **समुद्र**
महाल (पु) *पाहा :* **प्रदेश, इमारत, अंतःपुर**
महालय (न) *पाहा :* **आलय, देऊळ**
महावस्त्र (न) *पाहा :* **वस्त्र**
महावाक्य (न) *पाहा :* **मंत्र**
महावात (पु) *पाहा :* **वायू**
महाविद्यालय (न) *पाहा :* **विद्यालय**
महाव्याधी (स्त्री) *पाहा :* **कुष्ट**
महाशब्द (पु) *पाहा :* **आरोळी**
महाशय (पु) *पाहा :* **असामी**
महाशून्य (न) *पाहा :* **परमेश्वर**
महासंगणक (पु) *पाहा :* **गणक**
महासत्ता (स्त्री) *पाहा :* **अधिकार, देश**
महासभा (स्त्री) *पाहा :* **संस्था**
महासागर (पु) *पाहा :* **समुद्र**
महासिद्धान्त (पु) *पाहा :* **सिद्धान्त**
महासिद्धी (स्त्री) *पाहा :* **सिद्धी**
महासुख (न) *पाहा :* **आनंद**
महिना (पु) मास, चांद्रमास (२९ दिवस, १४ तास, १४ मिनिटे), यौतिकमास, माह, महा; *पाहा :* **बारा महिने**
(n) month, lunar month; *पाहा :* **बारा महिने**
महिमा (पु), **महिमान** (न) *पाहा :* **महत्त्व, प्रसिद्धी**
महिरप (स्त्री) *पाहा :* **कमान, नक्षी**
महिला (स्त्री) *पाहा :* **स्त्री**
महिष (पु) *पाहा :* **रेडा**
महिषी (स्त्री) *पाहा :* **म्हैस, राणी**
मही (स्त्री) *पाहा :* **पृथ्वी**
महीधर (पु) *पाहा :* **डोंगर**
महीपती (पु) *पाहा :* **राजा**
महीपाल (पु) *पाहा :* **राजा**
महेंद्र (पु) *पाहा :* **इंद्र**
महेश (पु), **महेश्वर** (पु) *पाहा :* **शंकर, त्रिमूर्ती**
महोत्सव (पु) *पाहा :* **उत्सव**
महोदधी (पु) *पाहा :* **समुद्र**
मळ (पु) *पाहा :* **घाण**
मळकट (वि), **मळका** (वि) *पाहा :*

मलिन

मळखाऊ (वि) *पाहा :* **रंग**

मळणी (स्त्री) *पाहा :* **शेती**

मळणे (क्रि) मलिन होणे (*पाहा :* **मलिन**), *पाहा :* **चोळणे, तिंबणे, घोटणे**

(v) become dirty (*पाहा :* **मलिन**), *पाहा :* **चोळणे, तिंबणे, घोटणे**

मळभ (न) *पाहा :* **अभ्र**

मळमळ (स्त्री), **मळमळणे** (क्रि) *पाहा :* **कळमळ, ढवळणे, ओकारी, असंतोष**

मळवट (पु) *पाहा :* **कुंकू**

मळसूत्र (न) *पाहा :* **पेच**

मळा (पु) *पाहा :* **आगर, शेत**

मळी (स्त्री) *पाहा :* **गाळ**

मळेकरी (पु) *पाहा :* **शेतकरी**

मक्षिका (स्त्री) *पाहा :* **माशी**

मक्षिकापात (पु) *पाहा :* **अपशकुन**

मा (स्त्री) *पाहा :* **माता**

माउली (स्त्री) *पाहा :* **माता**

माऊ (स्त्री) *पाहा :* **मांजर**

माकड (न) *पाहा :* **वानर**

माकडचेष्टा (स्त्री) *पाहा :* **चेष्टा**

माकडटोपी (स्त्री) *पाहा :* **शिरस्त्राण**

माकडमेवा (पु) *पाहा :* **अन्न**

माखण (न) *पाहा :* **लेप, स्निग्ध पदार्थ**

माखणे (क्रि) *पाहा :* **चोपडणे, चोळणे**

माग (पु) *पाहा :* **मार्ग, अन्वेषण, पत्ता, चाहूल, विणकाम**

मागचा (वि) *पाहा :* **आधीचा**

मागणी (स्त्री) *पाहा :* **अभ्यर्थना, विवाह, गरज, अपेक्षा**

मागणे (क्रि) *पाहा :* **अभ्यर्थना**

मागमूस (पु) *पाहा :* **पत्ता**

मागलट (स्त्री) *पाहा :* **दिरंगाई**

मांगल्य (न) *पाहा :* **कल्याण**

मागस (वि) *पाहा :* **दलित**

मागारीण (स्त्री) *पाहा :* **पत्नी**

मागास, मागासलेला, मागासवर्गीय (सर्व वि) *पाहा :* **दलित, अप्रगत**

मागाहून (क्रिवि) *पाहा :* **नंतर**

मागील (वि) *पाहा :* **आधीचा**

मागून (क्रिवि) *पाहा :* **नंतर**

मागे (क्रिवि) पाठीकडे (*पाहा :* **पाठ**); माघारी, *पाहा :* **आधी, नंतर, रेंगाळणे**

[adv] at the back (*पाहा :* **पाठ**), *पाहा :* **आधी, नंतर, रेंगाळणे**

मागे पाय (वि) *पाहा :* **पिशाच**

मागेपुढे (क्रिवि) *पाहा :* **आजूबाजूस, घोटाळणे**

मागोमाग (क्रिवि) *पाहा :* **पाठोपाठ**

मागोवा (पु) *पाहा :* **अन्वेषण, पाठलाग**

माघ (पु) *पाहा :* **बारा महिने**

माघार (स्त्री) परागती, प्रतिगमन, पीछेहाट, पुच्छप्रगती, निवृत्ती, पूर्वदशाप्राप्ती, पराभव, अपयश, अवनती, ऱ्हास, शरणागती, पळवाट *पाहा :* (विरु) **प्रगती**

[क्रि] माघार घेणे, मागे फिरणे/हटणे, परतणे, परत फिरणे, उलटणे, परावृत्त होणे, पाय/पाऊल मागे घेणे/काढणे, कचरणे, काढता पाय घेणे, मूळपदावर/पूर्वस्थितीवर येणे, पड खाणे/ घेणे, नमणे, नमते घेणे,

दबणे, शरण जाणे

(n) retreat, drawing back, regression, reversion, return, backsliding, withdrawal, retirement, defeat, debacle, setback, departure, escape, capitulation *पाहा :* (विरु) **प्रगती**

[i] to back out, to cave in, to eat humble pie

माघारी (क्रिवि) *पाहा :* **उफराटा, मागे**

माघारीण (स्त्री) *पाहा :* **पत्नी**

माच (पु), **माची** (स्त्री) *पाहा :* **आसन**

माज (पु) *पाहा :* **ताठा, धुंदी, कैफ, काम**

माजखोर (वि) *पाहा :* **गर्विष्ठ**

माजघर (न) *पाहा :* **गर्भगृह, अंतःपुर**

माजण (न) *पाहा :* **लेप**

माजणे (क्रि) *पाहा :* **उन्मत्त, वाढ**

मांजर (न, स्त्री) मार्जार, बोका, भाटी, मनी, मांजरी, माऊ; रानमांजर, ऊदमांजर, खवल्या मांजर

[वा] वाघाची मावशी

(n) cat, pussy, feline, kitten, tabby, tom, tomcat

माजवण (न) *पाहा :* **मादक द्रव्ये**

मांजा (पु) *पाहा :* **गोंद, दोरा**

माजी (वि) *पाहा :* **आधीचा**

माजोरा (वि) *पाहा :* **उन्मत्त**

माटमुट (क्रिवि) *पाहा :* **भीती**

माठ (पु) *पाहा :* **भांडे**

माठ (वि) *पाहा :* **अजाण**

माड (पु) *पाहा :* **नारळ**

मांड (पु) *पाहा :* **राग, मांडणी**

मांडचोळणा (पु) *पाहा :* **विजार**

मांडणी (स्त्री) मांड, मांडणूक, रचना, संरचना, संहिता, बांधणी, आकृतिबंध, आखणी, उभारणी, हाताळणी, लावालाव, ठेवण, घाट, डौल, जुळणी, आरास, प्रदर्शन, सादरीकरण, प्रतिपादन; मांडोवा; पुनर्रचना, पुनर्बांधणी; फेरमांडणी, फेररचना, व्यूह; *पाहा :* **घडण, मांडणे, अभिव्यक्ती**

[वि] रचनात्मक, आखीव (रेखीव)

(n) arrangement, alignment, grouping, positioning, design, layout, decor, exposition, presentation; *पाहा :* **घडण, मांडणे, अभिव्यक्ती**

मांडणे (क्रि) मांडणी करणे (*पाहा :* **मांडणी**), रचणे, बांधणे, गुंफणे, घडवणे, उभारणे, निर्मिणे, ठेवणे, स्थापणे, लादणे, थाटणे, प्रदर्शित करणे, सादर करणे, प्रतिपादणे

[वा] उभा करणे, मांड मांडणे

(v) build, arrange, construct, contrive, set up, exhibit, present, state, express

मांडपुत्र (पु) *पाहा :* **पुत्र**

मांडलिक (पु) *पाहा :* **राजा**

मांडव (पु) *पाहा :* **छत**

मांडवपरतणी (-णे) (स्त्री, न) *पाहा :* **अन्न**

मांडवशोभा (स्त्री) *पाहा :* **शोभा**

मांडवी (स्त्री) *पाहा :* **छत, संग्रह**

माडा (पु) *पाहा :* **झाड**

माडी (स्त्री) *पाहा :* **मजला, मादक द्रव्ये**

मांडी (स्त्री) अंक, ऊरू, जघन, जांघ; *पाहा :* **पाय**

(n) thigh; *पाहा :* **पाय**

मांडीमोड (स्त्री) *पाहा :* **कष्ट, अध्ययन**

माण (स्त्री) *पाहा :* **माती**

माणसाळणे (क्रि) *पाहा :* **नरमणे, घरगुती**

माणिक (न) *पाहा :* **रत्न**

माणुसकी (स्त्री) माणूसपण, मनुष्यपण, मानवधर्म, मानवता, मानवी भावना/आचारविचार, सत्त्वगुणसमुच्चय, सभ्यता, सुसंस्कृतता, दयाशीलता, क्षमाशीलता, सहृदयता, सहानुभूती, कळवळा, अनुकंपा, परोपकारबुद्धी, औदार्य, मित्रत्व, बंधुत्व, प्रेम

(n) human feeling, consideration, humaneness, humanity, civility, courtesy, culture, kindheartedness, mercy, benevolence, sympathy, fellow-feeling, brotherliness, love

माणूस (पु) *पाहा :* **मानव, कष्टकरी, अनुचर**

माणूसघाणा (वि) *पाहा :* **एकलकोंडा**

माणूसपण (न) *पाहा :* **माणुसकी**

माणूसबळ (न) *पाहा :* **शक्ती**

मात (स्त्री) *पाहा :* **जिंकणे, अपयश**

मातकट (वि) *पाहा :* **रंग**

मातंग (पु) *पाहा :* **हत्ती**

मातणे (क्रि) *पाहा :* **उन्मत्त, वाढ**

मातबर (वि), **मातब्बर** (वि) *पाहा :* **प्रतिष्ठित, श्रीमंत**

मातब्बरी (स्त्री) *पाहा :* **महत्त्व**

माता (स्त्री) आई, जननी, जन्मदात्री, प्रसवती, आय, बई, अंबा, माय, मा, मातृ, मातृका, मातृश्री, माउली, मायमाउली, मातुश्री (मातुःश्री), मातोश्री; वरमाय (-ई), लेकुरवाळी; मातापिता, मातापितरे, आईबाप, जन्मदाते, पालक; सख्खी आई, सावत्र/सापत्न आई, विमाता, उपमाता, दूध आई *पाहा :* **स्त्री**

[वा] जिच्या हाती पाळण्याची दोरी ती जगाते उद्धरी

(n) mother, mamma, mummy, parent, biological/surogate mother *पाहा :* **स्त्री**

मातामह (पु) *पाहा :* **आजोबा**

मातामही (स्त्री) *पाहा :* **आजी**

माती (स्त्री) मृत्तिका, मृद्, धूली, धूळ, धुरळा, फुफाटा, खकाणा, पायधूळ, चरणधूली, गेहू, काव, शाडू, माण, चिकणमाती, चिनी माती, काळी माती, पिवडी; रेवण; रजःकण; गोपीचंदन, *पाहा :* **चिखल, पृथ्वी, नाश, जमीन**

(n) earth, soil, humus, dust; *पाहा :* **चिखल, पृथ्वी, नाश, जमीन**

मातीमोल (वि) *पाहा :* **तुच्छ, क्षुल्लक**

मातुश्री (मातुःश्री) (स्त्री), **मातृ** (स्त्री) *पाहा :* **माता**

मातृका (स्त्री) *पाहा :* **अक्षर, ठसा, माता, परमेश्वर**
मातृद्रोह (पु) *पाहा :* **द्रोह**
मातृ- पितृ - भक्त (पु) *पाहा :* **भक्त**
मातृपितृविहीन (वि) *पाहा :* **अनाथ**
मातृप्रेम (न) *पाहा :* **प्रेम**
मातृभाषा (स्त्री) *पाहा :* **भाषा**
मातृभूमी (स्त्री) *पाहा :* **घर, देश**
मातृभोजन (न) *पाहा :* **अन्न**
मातृश्री (स्त्री) *पाहा :* **माता**
मातेरे (न) *पाहा :* **नाश**
मात्र (क्रिवि) *पाहा :* **केवळ**
मात्रा (स्त्री) *पाहा :* **परिमाण, इलाज**
मात्रात्रय (न) *पाहा :* **ओम्**
मात्रावृत्त (न) *पाहा :* **वृत्त**
मांत्रिक (पु) मंत्रज्ञ, मंत्री, देवऋषी; *पाहा :* **जादूगार**
(n) one who practises incantations; *पाहा :* **जादूगार**
माथा (पु) *पाहा :* **कळस, डोके, अग्र**
माथाडी (वि) *पाहा :* **कष्टकरी**
माथे (न) *पाहा :* **डोके**
माथेफिरू (स्त्री) *पाहा :* **डोकेफोड**
माथेफोड (वि) *पाहा :* **संतापी, खुनशी, अविवेकी, अतिरेकी**
मादक (वि) *पाहा :* **मदिर**
मादकद्रव्ये (न, अव) अमली/ कैफी/ मदिर पदार्थ; कैफ/ धुंदी/ नशा/ निशा/ अंमल/ झिंग/ गुंगी/ उन्माद आणणारा पदार्थ; अफू (अफीण, अफीम), चंडोल, भांग (घोटा), शांभवी, गांजा, चरस, माजवण, ताडी, माडी, दारू, मद्य, इ. [वा] गोळी चढवणे, (मद्य, इ.) चढणे
(n, pl) intoxicating substance; drug, dope, narcotic, opiate; barbiturate, hallucinogen, tranquiliser; canabis, cocaine, hashish, heroine, marijuana, opium, alcohol, etc.
मांदियाळी (स्त्री) *पाहा :* **समुदाय**
मादी (स्त्री) *पाहा :* **स्त्री**
मांद्य (न) *पाहा :* **जडत्व**
माधव (पु) *पाहा :* **वसंत, विष्णू**
माधवी (स्त्री) *पाहा :* **वसंत, मद्य**
माधुकरी (स्त्री) *पाहा :* **भिक्षा**
माधुकरी (पु) *पाहा :* **भिक्षेकरी**
माधुरी (स्त्री), **माधुर्य** (न) *पाहा :* **गोडी**
माध्यम (न) साधन, साहित्य, उपकरण, घटक, उपाय, मध्यस्थ; संपर्कमाध्यम, शिक्षणमाध्यम, प्रसारमाध्यम, पत्र, वृत्तपत्र, वर्तमानपत्र, वार्तापत्र, समाचारपत्र, बातमीपत्र, मुखपत्र, दैनिक, साप्ताहिक, पाक्षिक, मासिक, द्वैमासिक, त्रैमासिक, षण्मासिक, वार्षिक, द्वैवार्षिक, नियतकालिक, अनियतकालिक; ग्रहपत्रिका, पत्रक, प्रसिद्धिपत्रक, माहितीपत्रक (-पुस्तिका), भित्तिपत्रक; ध्वनिमुद्रिका, ध्वनिफीत, ध्वनिचित्रफीत, ध्वनिचित्रमुद्रण, इलेक्ट्रानिक माध्यम, दृक्‌श्राव्यमाध्यम, संदेशयंत्रणा, आकाशवाणी, नभोवाणी,

दूरचित्रवाणी, चित्रवाणी, छोटा पडदा, चित्रवाहिनी, बिनतारी संदेशवहन, प्रक्षेपण, ध्वनिक्षेपण, ध्वनिक्षेपक, ध्वनिप्रकाश योजना, तार, तारायंत्र दूरध्वनी, दूरसंचार, ओळखपत्र; *पाहा* : **दळणवळण, चित्रपट, पत्रकारिता**

(n) medium, means, instrument, vehicle, agency, intermediary; mass media, communication media, electronic media; audio-visual media; print media, press, newspaper, fourth estate, magazine, daily, weekly, fortnightly, monthly, quarterly, annual, biennial, journal, bulletin; house journal, radio, television, channel, wireless, cable, wire, telegraphy, telephone, broadcast; microphone, loudspeaker, light and sound system, gramophone record, audio tape, video tape, compact disc, identity card, credit card; pager; *पाहा* : **दळणवळण, चित्रपट, पत्रकारिता**

[i] the gutter press

माध्यान्ह (स्त्री), **माध्यानकाळ** (पु) *पाहा* : **दुपार**

माध्यान्हवृत्त (न) *पाहा* : **पृथ्वी**

माध्वी (स्त्री) *पाहा* : **मद्य**

मान (स्त्री) ग्रीवा, गर्दन, मानगूट, गोकटी, बोकांडी, गच्ची; *पाहा* : **कंठ**

(n) neck, scruff *पाहा* : **कंठ**

मान (पु) *पाहा* : **आदर, अभिमान, अधिकार**

मान (न) *पाहा* : **परिमाण**

मानक (न) *पाहा* : **परिमाण**

मानकरी (वि) *पाहा* : **नरश्रेष्ठ, अमीर**

मानखंडना (स्त्री) *पाहा* : **अपमान, अपकीर्ती**

मानगूट (स्त्री) *पाहा* : **मान**

मानचिन्ह (न) *पाहा* : **पदक**

मानणे (क्रि) समजणे, लेखणे, गणणे, गृहीत धरणे, कल्पना असणे, वाटणे, चिंतणे, ग्रह/ अनुमान/ अटकळ असणे, ऐकणे, मान्य करणे, पालन करणे, पुसणे, मान/ महत्त्व देणे *पाहा* : **आदर, अध्याहृत**

(v) think, understand, believe, hold, fancy, heed, obey, regard, respect *पाहा* : **आदर, अध्याहृत**

मानद (वि) *पाहा* : **फुकट**

मानदंड (पु) *पाहा* : **परिमाण**

मानधन (न) *पाहा* : **वेतन**

माननीय (वि) *पाहा* : **थोर**

मानपत्र (न) *पाहा* : **आदर**

मानपान (पु) *पाहा* : **आदर**

मानबिंदू (पु) अभिमानस्थान, आदरस्थान, पूज्यस्थान, गौरवस्थान

(n) point of honour/respect

मानभंग (पु) *पाहा* : **अपमान**

मानभाव (-वी) (वि) *पाहा* : **ढोंगी**

मानमरातब (पु) *पाहा :* **आदर**
मानमर्यादा (स्त्री) *पाहा :* **आदर**
मानमान्यता (स्त्री) *पाहा :* **आदर, कीर्ती**
मानव (पु) माणूस, मनुष्य, मनुज, नर, मर्त्य, पुरुष, पुरुषजात, नारी, स्त्री, स्त्रीजात; व्यक्ती, असामी, इसम, व्यष्टी, समष्टी, मानवता, मानववंश, मानवप्राणी, मानवजात, मनुष्यजात, मनुष्यगण, मनुष्ययोनी, विश्वमानव; सामान्य माणूस, सामान्यजन, जनसामान्य, प्रजा, बहुजनसमाज, जनपद, जन, लोक, चारचौघे, मानवलोक, समाज, जनता, आमजनता, राष्ट्र, देश, जग, नागरिक, जमाव, झुंड, लोकसमूह, जनसागर; *पाहा :* **समाज, प्रजा, सामाजिक**
[वा] पाचामुखी परमेश्वर, डोके
(n) man, person, individual, human being, humanity, human race/species, mankind, homo sapien, mortal, woman, womankind, the common man, people, folk, public, world, citizen, community, populace, masses, proletariat; *पाहा :* **समाज, प्रजा, सामाजिक**
मानवणे (क्रि) पटणे, मनास येणे, भावणे; सोसणे, पचनी पडणे, उपकारक/ हितकारी असणे
(v) be appreciated/ liked/ acceptable/ agreeable
मानवता (स्त्री) *पाहा :* **मानव, माणुसकी**
मानवतावादी (वि) *पाहा :* **दयावंत**
मानवंदना (स्त्री) *पाहा :* **अभिवंदन**
मानवधर्म (पु) *पाहा :* **माणुसकी**
मानवनिर्मित (वि) *पाहा :* **कृत्रिम**
मानवलोक (पु) *पाहा :* **मानव, पृथ्वी**
मानववंश (पु) *पाहा :* **मानव**
मानवहत्या (स्त्री) *पाहा :* **कत्तल, खून**
मानवी (वि) मनुष्याचा, मनुष्यसुलभ, मानवजातीचा, सामान्य माणसाचा, मनुष्यस्वभावाला धरून, मानुष (-षी) *पाहा :* (विरु) **अमानवी**
[adj] human *पाहा :* (विरु) **अमानवी**
मानस (न) मन, चित्त, अंतःकरण, अंतर्याम; अंतःकरणप्रवृत्ती, मनोवृत्ती, मानसिकता; इच्छा, इरादा, अंतःशक्ती; मत, अभिप्राय, मनोगत, मनोभूमिका; उद्देश, रोख, हेतू, उद्दिष्ट; लोकमानस, जनमानस, झुंडमानस इ.; *पाहा :* **चित्तवृत्ती**
[वा] अंतरीची खूण
(n) mind, mentality, intention, desire, opinion, view, objective, motive; public mind, mass mind; *पाहा :* **चित्तवृत्ती**
मानसकन्या (स्त्री) *पाहा :* **कन्या**
मानसन्मान (पु) *पाहा :* **आदर, अगत्य**
मानसपुत्र (पु) *पाहा :* **पुत्र**
मानसपूजा (स्त्री) *पाहा :* **पूजा**
मानसशास्त्र (न) मनोविज्ञान, परामानसशास्त्र, झुंडीचे

मानसशास्त्र, बालमानसशास्त्र
(n) psychology, parapsychology, mass psychology, child psychology

मानससृष्टी (स्त्री) *पाहा :* **मन**

मानसिक (वि) मनासंबंधी; मानसशास्त्रासंबंधी, भावनिक, व्यक्तिगत, आत्मनिष्ठ *पाहा :* **काल्पनिक**
[adj] mental; psychological, emotional, subjective; *पाहा :* **काल्पनिक**

मानसिकता (स्त्री) *पाहा :* **मन, मानस**

मानसेवी (वि) *पाहा :* **फुकट**

मानसोपचार (पु) *पाहा :* **इलाज**

मानहानी (स्त्री) *पाहा :* **अपकीर्ती, अपमान**

मानांकन (न) *पाहा :* **अनुक्रम, अधिकार**

मानांकित (वि) *पाहा :* **उल्लेखनीय, थोर**

मानापमान (पु) *पाहा :* **आदर, अपमान**

मानार्ह (वि) *पाहा :* **प्रतिष्ठित**

मानिनी (स्त्री) मानी स्त्री (*पाहा :* **मानी**)
(n) proud lady (*पाहा :* **मानी**)

मानी (वि) अभिमानी, स्वाभिमानी, तेजस्वी, बाणेदार; अहंकारी, अहंमन्य, गर्विष्ठ; मानीपानी, शिष्ट, अधिकारयुक्त *पाहा :* **मानिनी**
[वा] ताकाला जाऊन भांडे लपवणे
[adj] proud, degnified, self-respecting; vain, egoistic, imperious *पाहा :* **मानिनी**

मानीपानी (वि) *पाहा :* **मानी**

मानीव (वि) *पाहा :* **काल्पनिक**

मानुष (-षी) (वि) *पाहा :* **मानवी**

मान्य (वि) पसंत, अभिमत, अनुमत; संमत, स्वीकृत, मंजूर, पारित, कबूल; स्वीकारार्ह, ग्राह्य; विद्वन्मान्य; जगन्मान्य; सर्वमान्य; सर्वसंमत; मान्यताप्राप्त; *पाहा :* **मानणे, प्रमाणित, थोर**
[adj] acceptable, approved, passed; *पाहा :* **मानणे, प्रमाणित, थोर**

मान्यता (स्त्री) *पाहा :* **अनुमती, आदर, दर्जा, कबुली**

मान्यताप्राप्त (वि) *पाहा :* **प्रमाणित, मान्य**

मान्यवर (वि) *पाहा :* **थोर, प्रसिद्ध**

माप (न) मापन, मोजणी, मोजमाप, मोजदाद, गणना; गणती, मिती; मापण्याचे साधन, मापटे, मापक; मापदंड, मोजपट्टी, मूल्यांकन, पुनर्मूल्यांकन; *पाहा :* **परिमाण**
[क्रि] माप घेणे, मापणे, मोजणे, गणणे
(n) measure, measurement, mensuration, assessment; evaluation; criterian, standard, yardstick; *पाहा :* **परिमाण**

मापक (पु) *पाहा :* **निर्देशांक, माप**

मापटे (न) *पाहा :* **माप**

मापणे (क्रि), **मापन** (न) *पाहा :* **माप, गणणे, गणित**

माफ (वि) *पाहा :* **क्षमा**

माफक (वि) *पाहा :* **अल्प, मित**
माफी (स्त्री) *पाहा :* **क्षमा, सूट**
मामला (पु) *पाहा :* **कलम, काम**
मामुली (वि) *पाहा :* **किरकोळ**
माय (स्त्री) *पाहा :* **माता**
मायदेश (पु) *पाहा :* **घर, देश**
मायना (पु) पत्रारंभ, संबोधन, नाव, पत्ता, संज्ञा, अभिधान, उपाधी, पदवी, किताब, गुणवाचक विशेषण
(n) address, name, title, honorific, form of address
मायपोट (न) *पाहा :* **आश्रय, उगम**
मायबाप (पु, अव) *पाहा :* **पालक**
मायबोली (-भाषा) (स्त्री) *पाहा :* **भाषा**
मायभूमी (स्त्री) *पाहा :* **घर, देश**
मायमाउली (स्त्री) *पाहा :* **माता**
माया (स्त्री) ममता, ममत्व, जिव्हाळा, ऊब, आपुलकी, आत्मीयता, ओलावा, स्नेह, प्रेम, मायाममता, आसक्ती, जीव लावणे; अनुकंपा, कळवळा, सहानुभूती, मायाळूपणा; पैसाअडका, धनदौलत, पुंजी, डबोले, ऐवज, मालमत्ता; मोकळी जागा, समास; नामरूपात्मक विश्व, नाशवंत जग, सृष्टिप्रपंच, मायाचक्र (-जाल, -पटल, -पाश, -लाघव), मिथ्या कल्पना, भास, आभास, अविद्या, अज्ञान; ईश्वरी शक्ती, प्रकृती; ऐंद्रजाल, गारुड, किमया
(n) tenderness, affection, attachment, warmth, love; fellow-feeling, compassion, pity; wealth, riches, fortune; blank space, margin; the mortal world, illusion, mirage; divine power; magic, charm
मायावरण (न) *पाहा :* **अवगुंठन**
मायावी (वि) *पाहा :* **खोटा, भ्रामक**
मायाळू (वि) *पाहा :* **प्रेमळ, कनवाळू**
मायाळूपणा (पु) *पाहा :* **प्रेम**
मार (पु) *पाहा :* **आघात, मदन, मारणे**
मारक (वि) *पाहा :* **घातक**
मारझोड (-पीट, -हाण) (स्त्री) *पाहा :* **आघात, मारणे**
मारणे (क्रि) पिटणे, ठोकणे, सडकणे, फोडणे, झोडणे, झोडपणे, बडवणे, बदडणे, ताडणे, मार देणे, समज देणे, चोपणे, चोप देणे, दंडणे, दांडकणे, कुबलणे, बुकलणे, कुचलणे, शेकणे, चेचणे, चेचलणे, खुंदलणे, घोळसणे, घुसळणे, ठेचणे, चेंदणे, तुडवणे, भरडणे, चिरडणे, कुटणे, कुटाई/पिटाई करणे, फोडून काढणे, मारझोड (पिट-हाण), हाणामारी/मारामारी/ठोकाठोक करणे, मणके ढिले करणे, लाथा देणे, लाथाबुक्क्यांनी तुडवणे, लाथाडणे, दणके देणे, दणकावणे, धक्काबुक्की करणे, धक्केचपेटे देणे, धोपटणे, हातघाईवर येणे, पीठ करणे, मुका मार देणे, कणीक तिंबणे, हड्डी नरम करणे, कांडात काढणे, पाठ मऊ करणे, पाठीचे धिरडे करणे, धुलाई करणे,

धुणे, बेदम/ प्राणांतिक मारणे, खरपूस समाचार घेणे, चामडी लोळवणे/ लोंबवणे, हात टाकणे, हात दाखवणे, दोन हात करणे, टिकवणे, हाणणे, लगावणे, थोबाडणे, तोंड/ थोबाड/ बत्तिशी रंगवणे/ फोडणे, श्रीमुखात/ तोंडात/ थोबाडीत/ मुसकाडात/ गालात/ थोतरीत देणे/ भडकावणे, मुखभंग करणे, बत्तिशी रंगवणे/ पाडणे; आघात करणे (*पाहा :* **आघात**); गोळी घालणे, मारून टाकणे (*पाहा :* **ठार करणे**)

[वा] लकडीवाचून मकडी वळत नाही, चौदावे रत्न दाखवणे, उठता लाथ बसता बुक्की देणे, सूर्याची पिल्ले दाखवणे, शहाण्याला शब्दाचा मार

(v) strike, hit, beat, batter, bludgen, flog, lash, punch, thrush, attack, kick, ambush, pound, thump, crush, pulverise, slap; pounce upon, bear down upon; pelt; *पाहा :* **आघात, ठार करणे**

[i] to come to blows

मारपीट (स्त्री) *पाहा :* **आघात, मारणे**

मारवा (पु) *पाहा :* **राग**

मारहाण (स्त्री) *पाहा :* **आघात, मारणे**

मारा (पु) *पाहा :* **हल्ला, तडाखा, टप्पा**

मारामार (स्त्री) *पाहा :* **पंचाईत, अभाव**

मारामारी (स्त्री) *पाहा :* **दंगल, भांडण, मारणे**

मारुत (पु) *पाहा :* **वायू**

मारू (वि) *पाहा :* **आकर्षक, ऐटबाज**

मारेकरी (पु) *पाहा :* **खुनी, हल्लेखोर**

मार्क्सवाद (पु) *पाहा :* **राज्यपद्धती**

मार्ग (पु) रस्ता, सडक, पथ, वाट, सरणी; राजमार्ग, राजरस्ता, राजपथ, हमरस्ता, भररस्ता; महामार्ग, द्रुतमार्ग, जलमार्ग, विमानमार्ग, आकाशमार्ग, खुश्कीचा मार्ग, लोहमार्ग, रूळ; सेतुमार्ग; गाडीरस्ता, पायरस्ता, पाणंद (-दी), पायवाट, पाऊलवाट, पगदंडी, पदपथ; वाटुली; घाटनाळ, घाट, घाटमार्ग; गल्ली, बोळ, पोळ, आळी, गल्लीकुची, बिदी, मोहल्ला, आडगल्ली, चोरगल्ली, चोरवाट; पांदी, पाखाडी, सरी, नाळ, पायउतार, माग; वक्रमार्ग, आडरस्ता, आडवाट, आडमार्ग, रानवाट; वाहता/रहदारीचा रस्ता, एकेरी रस्ता, जोडरस्ता, काटरस्ता, उपमार्ग, मार्गिका, धोपटमार्ग, चाकोरी, पोचमार्ग, मार्ग-अमार्ग (मार्गामार्ग); मोकळीक, स्वातंत्र्य; पळवाट, निष्ठा, दिशा, धोरण; मोक्षमार्ग (कर्ममार्ग, भक्तिमार्ग, ज्ञानमार्ग, इ.); सुपंथ, सन्मार्ग, सुमार्ग; कक्षा, संचारमार्ग, गतिमार्ग, परिभ्रमणमार्ग; कुमार्ग, दुर्मार्ग, कुपंथ; वाकडी वाट; मध्यममार्ग, खिंड, *पाहा :* **पंथ, रीत, आडमार्ग**

[वा] नाक; पायाखालची वाट

(n) way, road, path, street, roadway, highway, freeway, waterway, aerial route, land route, railway, causeway, route, passage, track, corridor, aisle, footpath, avenue, boulevard, arcade, turnpike, lane, alley, byway, byroad, bypass, side street, beaten path, thoroughfare, one-way, approach road; faith, direction, strategy; *पाहा* : **पंथ, रीत, आडमार्ग**

मार्गक्रमण (न) *पाहा* : **प्रवास**

मार्गच्युती (स्त्री) *पाहा* : **आडमार्ग**

मार्गदर्शक (पु), **मार्गदर्शी** (वि) *पाहा* : **दिग्दर्शक, अध्यापक**

मार्गदर्शन (न) *पाहा* : **दिग्दर्शन, उपदेश**

मार्गप्रतीक्षा (स्त्री) *पाहा* : **प्रतीक्षा**

मार्गशीर्ष (पु) *पाहा* : **बारा महिने**

मार्गस्थ (वि) *पाहा* : **प्रवासी, जाणे, पाठवणे**

मार्गाटन (न) *पाहा* : **प्रवास**

मार्गामार्ग (पु, अव) *पाहा* : **मार्ग**

मार्जन (न) *पाहा* : **धुणे, अभिषेक**

मार्जार (पु) *पाहा* : **मांजर**

मार्तंड (पु) *पाहा* : **सूर्य**

मार्दव (न) *पाहा* : **कोवळीक**

मार्मिक (वि) *पाहा* : **चिकित्सक, सूक्ष्म**

माल (पु) *पाहा* : **संपत्ती, जिन्नस**

मालक (पु) *पाहा* : **धनी, पती, जार, अध्यक्ष**

मालकंस (पु) *पाहा* : **राग**

मालकी (स्त्री) *पाहा* : **अधिकार**

मालगाडी (स्त्री) *पाहा* : **वाहन**

मालगुजार (पु) *पाहा* : **जमीनदार**

मालजादी (स्त्री) *पाहा* : **वेश्या**

मालण (स्त्री) *पाहा* : **सुंदरी**

मालदार (वि) *पाहा* : **श्रीमंत**

मालमत्ता (स्त्री) *पाहा* : **धनदौलत, अर्थ, ऐपत**

मालमसाला (पु) *पाहा* : **साधन**

मालमोटार (स्त्री) *पाहा* : **वाहन**

मालवणे (क्रि) *पाहा* : **नाश**

मालवी (पु) *पाहा* : **राग**

माला (स्त्री), **मालिका** (स्त्री) *पाहा* : **आवली**

मालिनी (न) *पाहा* : **वृत्त**

मालिन्य (न) *पाहा* : **कलंक**

मालीश (न) *पाहा* : **चोळणे**

मावणे (क्रि) *पाहा* : **समावणे**

मावळणे (क्रि) *पाहा* : **अंत**

मावळती (स्त्री) *पाहा* : **पश्चिम**

माशी (स्त्री) मक्षिका, मधुमक्षिका, मधमाशी, राणीमाशी, कामकरी माशी, गोमाशी, गांधिलमाशी, घरमाशी, घोडमाशी, इ.

(n) fly, bee, honeybee, cattle fly, gadfly, housefly, etc.

माशुक (स्त्री) *पाहा* : **चटकचांदणी**

मास (पु) *पाहा* : **महिना**

मांस (न) आमिष, मांसमच्छर

(n) flesh, meat

मांसल (वि) पुष्ट, नरम, दुलदुलीत, गुबगुबीत, गोंडस

[adj] flabby, soft, tender, fat

मासला (पु) *पाहा* : **उदाहरण, चुणूक, झलक**

मासलेवाईक (वि) *पाहा* : **खास**

मासळी (स्त्री) *पाहा :* **मासा**
मासळीबाजार (पु) *पाहा :* **अराजक**
मासा (पु) मीन, मत्स्य, मच्छ, मच्छी, मासळी, मासोळी, पाणशेंग; देवमासा
(n) fish; whale
मांसाहारी (वि) *पाहा :* **अन्न**
मासिक (वि) *पाहा :* **नियमित**
मासिक (न) *पाहा :* **माध्यम**
मासोळी (स्त्री) *पाहा :* **मासा**
मास्तर (पु) *पाहा :* **अध्यापक**
माह (पु) *पाहा :* **महिना**
माहवार (वि) *पाहा :* **नियमित**
माहात्म्य (न) *पाहा :* **महत्त्व**
माहीतगार (वि) *पाहा :* **दर्दी, जाणता**
माहीतगारी (स्त्री) *पाहा :* **माहिती**
माहिती (स्त्री) ज्ञान, बोध, ओळख, परिचय, गम्य, जाण, अनुभव; बातमी, अहवाल, वृत्तान्त, हकिकत, कथा, वर्णन; उद्‌बोधन, सूचना, ज्ञानप्रसार; दखलगिरी, माहीतगारी; माहितीचा विस्फोट; माहिती तंत्रज्ञान; माहिती, महाजाल *पाहा :* **माहीत, शास्त्र**
[वा] खडान्‌खडा ठाऊक असणे, जिभेवर असणे
(n) information, enlightenment, knowledge, awareness, acquaintance, intelligence, data, report, account, tidings, story, description; information explosion; information technology; information network; *पाहा :* **माहीत, शास्त्र**
[i] have at one's fingertips, staight from the horse's mouth, to have wind of something
माहितीपट (पु) *पाहा :* **चित्रपट**
माहितीपत्रक (न) *पाहा :* **माध्यम**
माहितीपुस्तिका (स्त्री) *पाहा :* **माध्यम, ग्रंथ**
माहितीप्रद (वि) *पाहा :* **उपकारक**
माहीत (वि) ठाऊक, ज्ञात, विज्ञात, परिचित, सुपरिचित, ओळखीचा, अवगत, अनुभूत, गोचर, कळलेला, समजलेला, फुटलेला, जाहीर, सूचित, जाणलेला, नावीन्य नसलेला, शिळा; *पाहा :* **प्रसिद्ध, माहिती** (विरु) **अप्रसिद्ध, अनोळखी**
[adj] known, well-known, familiar, publicized, acquainted, trite, hackneyed; *पाहा :* **प्रसिद्ध, माहिती** (विरु) **अप्रसिद्ध, अनोळखी**
माहूत (पु) महात, पीलवान, महामात्र
(n) elephant driver
माहेर (न) मातृगृह, जन्मस्थान, उत्पत्तिस्थान, माहेरघर, आईबापांचे घर; पूर्वाश्रम; *पाहा :* **आश्रय**
(n) parental house, *पाहा :* **आश्रय**
माहेरकरीण (-वाशीण) (स्त्री) *पाहा :* **स्त्री**
माहेरवास (पु) *पाहा :* **वास्तव्य**
माळ (स्त्री) *पाहा :* **आवली**

माळ (पु) *पाहा :* **जमीन, अरण्य**
माळका (स्त्री) *पाहा :* **आवली**
माळणे (क्रि) *पाहा :* **गुंफणे, घालणे**
माळरान (न) *पाहा :* **जमीन, अरण्य**
माळवद (न) *पाहा :* **छत**
माळा (पु) *पाहा :* **मजला**
माळी (पु) *पाहा :* **शेतकरी**
मिचकावणे (क्रि), **मिचमिच** (स्त्री) *पाहा :* **अवलोकन**
मिजाज (-स) (स्त्री) *पाहा :* **ताठा, डामडौल, अभिमान**
मिजासखोर (वि) *पाहा :* **गर्विष्ठ**
मिटकी (स्त्री) *पाहा :* **खाणे**
मिटणे (क्रि) बंद होणे/करणे, लागणे, झाकणे; संपणे, थांबणे, शेवट होणे, तुटणे; आकुंचन पावणे, मीलन/निमीलन होणे; *पाहा :* (विरु) **उघडणे, उमलणे**
(v) close, shut, cover, end *पाहा :* (विरु) **उघडणे, उमलणे**
मिठागर (न) *पाहा :* **शेत**
मिठांश (पु), **मिठास** (स्त्री) *पाहा :* **गोडी**
मिठी (स्त्री) *पाहा :* **आलिंगन**
मिठू (पु) *पाहा :* **पोपट**
मिठ्ठास (वि) *पाहा :* **गोड**
मिठ्ठू/मिठ्ठूमिया (पु) *पाहा :* **पोपट**
मिणमिण (वि) *पाहा :* **अस्पष्ट, तेजोहीन**
मित (वि) मोजका, माफक, बेताचा, प्रमाणशीर, मध्यम, परिमित, जितक्यास तितका, थोडका, नेमस्त, संयमित, मर्यादित, मोजीवमापीव, आखीवरेखीव, अल्प; *पाहा :* (विरु) **अतिशय**
[adj] moderate, modest, limited, restricted, measured *पाहा :* (विरु) **अतिशय**
मितपान (न) *पाहा :* **पिणे**
मितभाषण (न) *पाहा :* **भाषण, काटकसर**
मितभाषी (वि) *पाहा :* **अबोल, संयमी, काटकसरी**
मितव्यय (पु) *पाहा :* **काटकसर**
मितव्ययी (वि) *पाहा :* **कंजूष, काटकसरी**
मिताहार (पु) *पाहा :* **अन्न, अनशन**
मिताहारी (वि) *पाहा :* **संयमी**
मिती (स्त्री) *पाहा :* **माप, दिनांक**
मित्र (पु) स्नेही, सुहृद, सखा, सोबती, सांगाती, सवंगडी, सौंगडी, मैत्र, जोडीदार, सहचर, सहकारी, सहगामी, सहव्यवसायी, सहवासी, सहप्रवासी; दोस्त, यार, सजण, साजण, साथी, साथीदार, भिडू, गडी, भागीदार, वाटेकरी, सहभागी, शय्यासोबती, मदतनीस, ऋणानुबंधी, स्नेहांकित, शुभचिंतक, हितचिंतक, सल्लागार, भाई, भाईभाई, बांधव; सहाध्यायी, वर्गमित्र, वर्गबंधू, बालमित्र, शाळासोबती, शाळूसोबती, लंगोटीयार, खेळगडी, जिवलग मित्र, मित्रवर्य, वाटसखा, जिवाचा सखा, सन्मित्र, जगन्मित्र; परिचित, स्नेहांकित, ओळखीचा, माहितीचा; पत्रमित्र, मित्रपरिवार; *पाहा :* **मैत्रीण,**

मित्रत्व, सूर्य, भाऊ (विरु) **वैरी**
[वा] जिवास जीव देणे, एका ताटात जेवणे, असतील शिते तर जमतील भुते, हात ओला तर मैत्र भला
(n) friend, comrade, confident, mate, ally, crony, chum, playmate, play-fellow, bed-fellow, companion, colleague, associate, partner, school-fellow, fast/bosom friend, well-wisher, acquaintance, pen-friend, boy-friend, girl-friend; company; *पाहा :* **सूर्य, मित्रत्व, मैत्रीण, भाऊ** (विरु) **वैरी**
[i] where wealth there friends, fair weather friend

मित्रत्व (न) मैत्री, स्नेह, स्नेहभाव, मित्रभाव, सख्य, सलोखा, सलूक, मैत्र, दोस्ती, गट्टी, सूत, सूत्र, सलगी, जवळीक, विश्रंभ, रहस्य, घरोबा, एकी, गोडी, गोडी-गुलाबी, स्निग्धता, स्नेहसंबंध, सौहार्द, जिव्हाळा, साहचर्य, सहकार, सहभाग, मित्राचार, सोबत, शय्यासोबत, लोकसंग्रह, भागीदारी, मदत, मैत्रीसंबंध, हितसंबंध, परिचय, ओळख, बंधुत्व, भ्रातृत्व, बंधुभाव, भाईचारा, विश्वबंधुत्व; सामंजस्य, परस्परसामंजस्य; सुसंवाद; अद्वैत; *पाहा :* **मित्र, मैत्रीण, आपुलकी** (विरु) **बेबनाव, वैर, भांडण**
[वा] गळ्यात गळा घालणे, हातात हात घालणे, जिवास जीव देणे, गूळपीठ, मेतकूट, रसायन, लगट, लाळ गळणे, तोंडात तोंड घालणे, तारा जुळणे, सूर जुळणे, मने मिळणे, आपला म्हणणे, घर जोडणे, तुझेमाझे जमेना तुझ्यावाचून करमेना, समानशीलव्यसनेषु सख्यम्, काठीं मारल्याने पाणी दुभंगत नाही, असंगाशी संग आणि प्राणाशी गाठ
(n) friendship, comradeship, fellowship, alliance, amity, friendliness, familiarity, intimacy, harmony, brotherhood, *पाहा :* **मित्र, मैत्रीण, आपुलकी** (विरु) **बेबनाव, वैर, भांडण**
[i] go hand in hand with, warm up to, take to, rub shoulders, tie up with, with open arms

मित्रदेश (पु, अव) *पाहा :* **देश**

मित्रद्रोह (पु) *पाहा :* **द्रोह**

मित्रभाव (पु) *पाहा :* **मित्रत्व**

मित्रहीन (वि) *पाहा :* **एकलकोंडा**

मित्राचार (पु) *पाहा :* **मित्रत्व**

मिथुन (न) *पाहा :* **जोडपे, बारा राशी, संभोग**

मिथ्या (वि) *पाहा :* **खोटा, क्षणभंगुर**

मिथ्यापवाद (पु), **मिथ्यारोप** (पु) *पाहा :* **आरोप**

मिंधा (वि) *पाहा :* **ओशाळा, परतंत्र**

मिनतवारी (स्त्री) *पाहा :* **गयावया, अभ्यर्थना**

मिना (पु) *पाहा :* **थर**

मियामल्हार (पु) *पाहा :* **राग**
मिरगी (स्त्री) *पाहा :* **अपस्मार**
मिरमिरणे (क्रि) *पाहा :* **चुरचुरणे**
मिरमुटणे (क्रि) *पाहा :* **कुंठणे, खिन्न**
मिरवणूक (स्त्री) दिंडी, वरात, वरयात्रा, वरघोडा, वऱ्हाड, दिंडीपताका, स्वारी, मोर्चा, प्रभातफेरी, शोभायात्रा, जुलूस, छबिना; ग्रंथदिंडी, वृक्षदिंडी; अंत्ययात्रा, धिंड
(n) procession, parade, cavalcade, cortege, march, march-past, motorcade, train
मिरवणे (क्रि) *पाहा :* **प्रदर्शन**
मिरास (स्त्री) वतन, वतनदारी, खोती, वृत्ती, स्थावर मालमत्ता, हक्क, अधिकार; *पाहा :* **जमीनदार**
(n) hereditary property / office; *पाहा :* **जमीनदार**
मिरासदार (पु) *पाहा :* **जमीनदार, अधिकारी**
मिरी (स्त्री) *पाहा :* **घडी**
मिलन (न) *पाहा :* **भेट, एकवटणे, संभोग**
मिलाफ (पु) *पाहा :* **एकी, जम, एकवटणे**
मिलिंद (पु) *पाहा :* **भुंगा**
मिशाळ (वि) *पाहा :* **केसाळ**
मिशी (स्त्री) *पाहा :* **केस**
मिश्र (वि) संमिश्र, एकत्र, एकत्रित, संयुक्त, मिसळलेला, मिश्रजातीय (-धर्मीय, -वर्णीय, -पंथीय, -वंशीय), संकरित, संकरज, संकुलित, संकीर्ण, विविध, बहुविध, विविध घटकांचा, व्यामिश्र, एकजिनसी नसलेला, गुंतागुंतीचा, गंगाजमनी, रंगीबेरंगी, धेडगुजरी, आंतरराष्ट्रीय (-प्रांतीय, -धर्मीय, -जातीय इ.); बहुराष्ट्रीय; *पाहा :* **चित्रविचित्र, सरमिसळ**
[adj] mixed, combined, amalgamated, composite, manifold, heterogeneous, complex, motley, knotty, hybrid, mongrel; miscellaneous; assorted, multifarious, varied, international, multinational; *पाहा :* **चित्रविचित्र, सरमिसळ**
मिश्रखत (न) *पाहा :* **खत**
मिश्रण (न) *पाहा :* **सरमिसळ, एकवटणे**
मिश्रप्रजनन (न) *पाहा :* **सरमिसळ**
मिष (न) *पाहा :* **कारण, ढोंग**
मिष्ट (वि) *पाहा :* **गोड, खमंग**
मिष्टान्न (न) *पाहा :* **अन्न**
मिसरूड (स्त्री) *पाहा :* **केस**
मिसळ (स्त्री) *पाहा :* **सरमिसळ**
मिसळणे (क्रि) *पाहा :* **एकवटणे, मिळवणे, मिश्र**
मिहिर (पु) *पाहा :* **सूर्य**
मिळकत (स्त्री) *पाहा :* **आवक, फायदा, धनदौलत**
मिळणी (स्त्री) *पाहा :* **एकी**
मिळणे (क्रि) प्राप्त होणे, प्राप्ती होणे, हाती येणे, लभणे, लाभणे, संपादन होणे, लाधणे, लाहणे, हस्तगत होणे,

पावणे, पदरी पडणे, सापडणे, साधन होणे, आढळणे, दृष्टोत्पत्तीस येणे, दिसणे, उद्भवणे; फावणे, जुळणे, अनुरूप होणे, बरोबरीचे होणे; भेटणे, भिडणे, टेकणे, गाठ पडणे, संयुक्त होणे, संगम होणे; मिसळणे, एकत्रित होणे, एकरूप/ एकजीव होणे, एकवटणे; बाजूचा/ पक्षाचा/ मताचा/ धोरणाचा होणे *पाहा :* **मिळवणे**

[वा] पदरात पडणे, पदरी पडले पवित्र झाले, हाताला लागणे, उखळ पांढरे होणे

(v) get, obtain, procure, acquire, beget; receive, win, retrieve, suit, befit, fit; meet, encounter, assemble; mix, combine, blend, compound; join, unite, affiliate *पाहा :* **मिळवणे**

मिळताजुळता (वि) *पाहा :* **अनुरूप**

मिळमिळीत (वि) *पाहा :* **नीरस, मुळमुळीत**

मिळवणे (क्रि) संपादणे, संपादन करणे, कमवणे (कमावणे), घेणे, पैदा करणे, प्राप्त करून घेणे, जोडणे, हस्तगत करणे, अर्जन करणे, आत्मसात करणे, आपलेसे करणे, अवगत करून घेणे, आकलन करणे, टिपणे, जिंकणे, पकडणे, झेलणे, हिसकावणे, लाभ उठवणे; खरेदी करणे, विकत घेणे, बाजार (हाट) करणे; जप्त करणे, सरकारजमा करणे, जप्ती/ टाच आणणे; हरण करणे, ताबा घेणे, सामील करून घेणे; हासडणे, बळकावणे, कब्जा करणे, खिशात घालणे; एकत्र करणे, गोळा करणे, सावडणे, मिसळणे, मिळवणी करणे, मीलन/मिलन करणे, बेरीज करणे, जमा करणे; जमवणे, जमवाजमव करणे, साठवणे, धनसंपादन/ धनार्जन/ द्रव्यार्जन/ विद्यार्जन करणे *पाहा :* **मिळणे** (विरु) **गमावणे**

[वा] खोऱ्याने/फावड्याने पैसा मिळवणे/ ओढणे, हात मारणे, जळत्याघरचा पळता वासा, चोराच्या हातची लंगोटी

(v) acquire, gain, get, obtain, win, earn; purchase, seize, snatch, confiscate, annex, attach, usurp, capture, pocket, amass, gather, add, collect, reap, assimilate, absorb *पाहा :* **मिळणे** (विरु) **गमावणे**

[i] to have one's pound of flesh

मिळवता (वि) *पाहा :* **कमावता, कर्ता**

मी (स) *पाहा :* **अस्मादिक**

मीठ (न) लवण, क्षार, खार, नमक, सैंधव, सेंदेलोण (शेंदेलोण); खाणमीठ; खारे मीठ; खडेमीठ, समुद्रमीठ, आयोडिनयुक्त मीठ

(n) salt, dry salt, rock-salt, iodized salt

मीठभाकर (स्त्री) *पाहा :* **अन्न**

मींड (स्त्री) *पाहा :* **स्वर, वाद्य**

मीतूपणा (पु) *पाहा :* **दुजाभाव**

मीन (पु) *पाहा :* **मासा, बारा राशी**
मीनकेतन (पु) *पाहा :* **मदन**
मीपणा (पु) *पाहा :* **अभिमान, तोरा**
मीमांसा (स्त्री) *पाहा :* **दर्शन, चिकित्सा, उपपत्ती**
मीलन (न) *पाहा :* **भेट, आलिंगन, एकवटणे, मिटणे, संभोग**
मुकणे (क्रि) *पाहा :* **गमावणे**
मुकदमा (पु) *पाहा :* **कज्जा**
मुकद्दर (वि) *पाहा :* **नियुक्त**
मुकर्रर (वि) *पाहा :* **निश्चित, नियुक्त**
मुका (पु) *पाहा :* **चुंबन**
मुका (वि), **मुकाट** (वि) *पाहा :* **अबोल, अधू**
मुकाट्याने (क्रिवि) *पाहा :* **गुपचूप**
मुकादम (पु) *पाहा :* **अधीक्षक**
मुकाबला (पु) *पाहा :* **लढाई**
मुकामार (पु) *पाहा :* **आघात**
मुकुट (पु) *पाहा :* **शिरस्त्राण, पारितोषिक**
मुकुटमणी (पु) *पाहा :* **नरश्रेष्ठ**
मुकुर (पु) *पाहा :* **आरसा**
मुकुल (पु) *पाहा :* **कलिका**
मुकुलित (वि) अर्धवट मिटलेले/ उघडलेले/ उमललेले; अर्धोन्मीलित; *पाहा :* **संक्षिप्त**
[adj] half closed/open; *पाहा :* **संक्षिप्त**
मुक्काम (पु) *पाहा :* **वास्तव्य, अड्डा**
मुक्त (वि) मोकळा, खुला, सुटलेला, सुटका झालेला, सोडलेला, फेकलेला, बंधमुक्त, पाशरहित, विमुक्त, विनिर्मुक्त, अबाधित, अनिर्बंध, अनियंत्रित (*पाहा :* **अनियंत्रित**), स्वतंत्र, स्वाधीन, मुखत्यार, स्वावलंबी, निरवलंब, निर्वेध, स्वैर, बेलगाम, स्वच्छंदी, स्वेच्छ; चिंतामुक्त, नि:पक्षपाती, विनाअट, विनाहरकत; मुक्ती/ मोक्ष मिळालेला (*पाहा :* **मुक्ती**), परब्रह्मात मिसळलेला, संसारपाशरहित, देहातीत, विदेही, जीवन्मुक्त; शापमुक्त *पाहा :* **स्वतंत्र,** (विरु) **बद्ध, परतंत्र**
[वा] ग्रहण सुटणे, गळा सोडवणे, (बारा) वाटा मोकळ्या असणे
[adj] free, liberated, unrestricted, unrestrained, unchecked, unbridled, unconditional, unbiased, carefree; *पाहा :* **अनियंत्रित, मुक्ती, स्वतंत्र** (विरु) **बद्ध, परतंत्र**
[i] to break loose, scot free
मुक्तच्छंद (-छं-) (पु) *पाहा :* **वृत्त**
मुक्तता (स्त्री) *पाहा :* **मुक्ती**
मुक्तद्वार (पु) *पाहा :* **दार, मोकळीक, अन्नछत्र**
मुक्ता (स्त्री) *पाहा :* **मोती**
मुक्ताफळ (न) *पाहा :* **मोती, बडबड**
मुक्तिका (स्त्री) *पाहा :* **मोती**
मुक्तिदाता (पु) *पाहा :* **त्राता**
मुक्तिसंग्राम (पु) *पाहा :* **लढाई**
मुक्ती (स्त्री) मुक्तता, मोकळीक, सुटका, सूट, सुटणूक, सोडवणूक, मोचन, विमोचन, विमुक्ती, बंधमुक्ती, बंधविमोचन, स्वातंत्र्य, स्वाधीनता; मोक्ष (*पाहा :* **चार पुरुषार्थ, मोक्ष**),

मोक्षण, जन्ममरणातून सुटका, कैवल्य, मुक्तिपद, चतुर्विध मुक्ती (सलोकता, समीपता, सरूपता, सायुज्यता), उद्धार; स्त्रीमुक्ती, दास्यमुक्ती इ., विदेहस्थिती, ब्रह्मस्थिती, सिद्धी, निर्वाण *पाहा :* **मुक्त, स्वातंत्र्य, चतुर्विध,** (विरु) **गुलामगिरी**

[वा] ग्रहण सुटणे, जीव भांड्यात पडणे, हातीपायी/सहीसलामत सुटणे,

(n) liberation, liberty, escape, deliverance, independence, freedom, emancipation, salvation, final beatitude; *पाहा :* **चार पुरुषार्थ, मोक्ष, मुक्त, स्वातंत्र्य, चतुर्विध,** (विरु) **गुलामगिरी**

[i] a close shave

मुक्रर (वि) *पाहा :* **निश्चित**

मुख (न) *पाहा :* **तोंड, आरंभ, प्रवाह**

मुखकमल (-चंद्र, -चर्या) (न, पु, स्त्री) *पाहा :* **तोंड, चेहरा**

मुखजड (वि) *पाहा :* **घुमा**

मुखंड (पु) *पाहा :* **अध्यक्ष**

मुखडा (पु) *पाहा :* **तोंड**

मुखत्यार (पु) *पाहा :* **अधिकारी, प्रतिनिधी**

मुखत्यारी (स्त्री) *पाहा :* **अधिकार**

मुखदुर्बळ (वि) *पाहा :* **अबोल, घुमा**

मुखपत्र (न) *पाहा :* **माध्यम**

मुखपृष्ठ (न) *पाहा :* **पान**

मुखभंग (पु), **मुखभंजन** (न) *पाहा :* **अपमान**

मुखमार्जन (न) *पाहा :* **दिनक्रम, धुणे**

मुखर (वि) *पाहा :* **गप्पिष्ट, बडबड्या, अध्यक्ष**

मुखरस (पु) *पाहा :* **लाळ**

मुखराग (पु) *पाहा :* **तजेला**

मुखरित (वि) *पाहा :* **बोलणे**

मुखलेप (पु) *पाहा :* **आमिष, लाच**

मुखवटा (पु) *पाहा :* **तोंड, अवगुंठन**

मुखवाद्य (न) *पाहा :* **सुषिरवाद्य**

मुखशुद्धी (स्त्री) *पाहा :* **अन्न**

मुखश्री (स्त्री) *पाहा :* **तोंड, चेहरा**

मुखस्तंभ (वि) *पाहा :* **अबोल, घुमा**

मुखोद्‌गत (वि) *पाहा :* **कंठगत, घोकणे**

मुख्य (वि) *पाहा :* **प्रमुख, अग्रगण्य**

मुख्यत्व (न) *पाहा :* **प्राधान्य**

मुख्यालय (न) *पाहा :* **कचेरी**

मुंगळा (पु), **मुंगा** (पु) *पाहा :* **मुंगी**

मुंगी (स्त्री) पिपीलिका, मुंगळा, मुंगा, डोंगळा

(n) ant

मुगुट (पु) *पाहा :* **शिरस्त्राण**

मुंगूस (पु) **नकुल**

(n) mongoose

मुग्ध (वि) *पाहा :* **अस्पष्ट, अबोल**

मुग्धा (स्त्री) *पाहा :* **मुलगी, सुंदरी**

मुचलका (पु) *पाहा :* **करार**

मुंज (स्त्री) *पाहा :* **उपनयन**

मुजरा (पु) *पाहा :* **अभिवंदन**

मुजोर (वि) *पाहा :* **उद्धट, दांडगट**

मुजोरी (स्त्री) *पाहा :* **दांडगाई**

मुंज्या (पु) *पाहा :* **पिशाच**

मुटका (पु) *पाहा :* **आघात, उडी**

मुंड (न), **मुंडकी (-के)** (स्त्री, न)

पाहा : **डोके**

मुंडण (-न) (न), **मुंडणे** (क्रि) *पाहा :* **हजामत**

मुंडंती (स्त्री) *पाहा :* **हजामत**

मुडदा (पु) *पाहा :* **अंत्येष्टी**

मुडदेफरास (पु) *पाहा :* **अंत्येष्टी**

मुंडन (न) *पाहा :* **हजामत**

मुडपणे (क्रि) *पाहा :* **घडी**

मुंडमोचन (न) *पाहा :* **ठार करणे**

मुडा (पु), **मुडी** (स्त्री) *पाहा :* **गठ्ठा**

मुंडी (स्त्री) *पाहा :* **डोके**

मुंडीमोचन (न) *पाहा :* **ठार करणे**

मुतालीक (पु) *पाहा :* **प्रतिनिधी**

मुत्सद्दी (पु, वि) *पाहा :* **राजकारणी, धूर्त**

मुत्सद्देगिरी (स्त्री) *पाहा :* **राजकारण**

मुदत (स्त्री) *पाहा :* **काल**

मुदतठेव (स्त्री) *पाहा :* **ठेव, अर्थ**

मुदपाकखाना (पु) *पाहा :* **खोली**

मुदल (न) *पाहा :* **अर्थ**

मुदित (वि) *पाहा :* **आनंदित**

मुदी (स्त्री) *पाहा :* **अंगठी**

मुद्दल (न) *पाहा :* **अर्थ**

मुद्दा (पु) *पाहा :* **कलम, तात्पर्य, अभिप्राय**

मुद्दाम (क्रिवि) जाणूनबुजून, (-सवरून -उमजून) समजूनउमजून, बुद्धिपूर्वक, बुद्धिपुरस्सर, हेतुपुरस्सर, हेतुतः, सकारण, सहेतुक, बुद्ध्या, बळेच, बळेबळे, कळूनसवरून, हट्टाने, दाटून, विचारपूर्वक, अगत्य, आवर्जून *पाहा :* (विरु) **अकारण, सहज**

[वा] उघड्या डोळ्यांनी

[adj] deliberately, intentionally, purposfully *पाहा :* (विरु) **अकारण, सहज**

[i] in cold blood

मुद्देमाल (पु) *पाहा :* **संपत्ती**

मुद्देसूद (वि) *पाहा :* **तर्कशुद्ध**

मुद्रक (पु), **मुद्रण** (न), मुद्रणकला (स्त्री) *पाहा :* **छपाई**

मुद्रणदोष (पु) *पाहा :* **चूक**

मुद्रणस्वातंत्र्य (न) *पाहा :* **स्वातंत्र्य**

मुद्रणालय (न) *पाहा :* **छपाई**

मुद्रा (स्त्री) *पाहा :* **छाप, खूण, अभिनय, चेहरा, आविर्भाव, शरीराकृती, अंगठी, अर्थ**

मुद्रांक (पु) *पाहा :* **ठसा**

मुद्रांकशुल्क (न) *पाहा :* **कर**

मुद्रांकित (वि) चिन्हित, चिन्हांकित, तारांकित, मुद्रित

[adj] marked, stamped

मुद्राभिनय (पु) *पाहा :* **अभिनय**

मुद्राराक्षस (पु) *पाहा :* **चूक**

मुद्रिका (स्त्री) *पाहा :* **अंगठी**

मुद्रित (न) *पाहा :* **छपाई**

मुद्रित (वि) *पाहा :* **मुद्रांकित**

मुनशी (पु) *पाहा :* **कारभारी**

मुनसफ (पु) *पाहा :* **न्यायाधीश**

मुनी (पु) *पाहा :* **ऋषी**

मुनीम (पु) *पाहा :* **अडत्या, अनुचर**

मुबलक (वि) *पाहा :* **अतिशय, अनेक**

मुभा (स्त्री) *पाहा :* **मोकळीक**

मुमुक्षा (स्त्री) *पाहा :* **इच्छा**

मुमुक्षू (पु) *पाहा :* **इच्छुक**

मूमूर्षा (स्त्री) *पाहा :* **इच्छा**

मुमूर्षू (पु) *पाहा :* **इच्छुक, आसन्नमरण**
मुरकणे (क्रि), **मुरका** (पु) *पाहा :* **नखरा**
मुरकुंडी (स्त्री) *पाहा :* **हसणे**
मुरगळणे (-गा-) (क्रि) *पाहा :* **पिरगळणे**
मुरड (स्त्री) *पाहा :* **घडी, पीळ**
मुरडणे (क्रि) *पाहा :* **घडी, पिरगळणे, नटणे**
मुरडा (पु) *पाहा :* **वेदना**
मुरणे (क्रि) *पाहा :* **जिरणे, निपुण**
मुरब्बी (वि) *पाहा :* **निपुण**
मुरमाड (वि) *पाहा :* **जमीन**
मुरमुरा (पु) *पाहा :* **तांदूळ**
मुरली (स्त्री) *पाहा :* **सुषिरवाद्य**
मुरवण (न) विरजण
(n) curdling agent
मुरळी (स्त्री) *पाहा :* **देवदासी**
मुरूम (पु) *पाहा :* **दगड, गळू**
मुर्दा (पु) *पाहा :* **अंत्येष्टी**
मुर्दाड (वि) *पाहा :* **निर्लज्ज**
मुऱ्हे (न) *पाहा :* **अभ्र**
मुलकी (वि) *पाहा :* **देशी, अधिकारी**
मुलखाचा (वि) *पाहा :* **अतिशय**
मुलखावेगळा (वि) *पाहा :* **खास**
मुलगा (पु) पोर, पोरगा, पोरटा, बाल, बाळ, बालक, छोकरा, छोट्या, बटू, बटुक, बेटा, कारटा, किशोर, कुमार, कुमारिका, तरुण; लग्नाचा/उपवधू मुलगा; *पाहा :* **पुत्र, पुरुष**
(n) boy, lad, kid, urchin; *पाहा :* **पुत्र, पुरुष**
मुलगी (स्त्री) पोर, पोरगी, पोरटी, बाला, बाळा, बालिका, छोकरी, छोटी, बेटी, कारटी, नग्निका, किशोरी, कुमारी, कुमारिका, मुग्धा, तरुणी; लग्नाची/उपवर मुलगी; *पाहा :* **कन्या, स्त्री**
[वा] जेष्ठा-कनिष्ठा
(n) girl, lass, damsel, maid; virgin, tomboy *पाहा :* **कन्या, स्त्री**
मुलतानी (पु) *पाहा :* **राग**
मुलाखत (स्त्री) *पाहा :* **भेट**
मुलामा (पु) *पाहा :* **थर**
मुलायम (वि) *पाहा :* **मऊ, अरुवार, कोमल**
मुलाहिजा (पु) *पाहा :* **पर्वा**
मुलुखगिरी (स्त्री) *पाहा :* **प्रवास, हल्ला**
मुलूख (पु) *पाहा :* **टापू**
मुलूखमैदान (स्त्री) *पाहा :* **बडबड्या, भांडकुदळ**
मुलेबाळे (न, अव) मुलेलेकरे, पोरेबाळे (-टोरे), लेकरेबाळे (-सोरे), कच्चीबच्ची, बालबच्ची, तान्हीपारठी, चिलीपिली, पोरवडा, पिल्लावळ, संतती, अपत्ये, प्रजा, रयतावा; *पाहा :* **आप्त**
(n, pl) children, kids, youngsters, little folk, offspring, progency *पाहा :* **आप्त**
मुलेमाणसे (न, अव) *पाहा :* **कबिला, आप्त**
मुल्ला (पु) *पाहा :* **आचार्य**
मुशाफर (पु) *पाहा :* **प्रवासी**
मुशाफरी (स्त्री) *पाहा :* **प्रवास**
मुशाहिरा (पु) *पाहा :* **वेतन**

मुश्कील (वि) *पाहा :* **अवघड**
मुष्टिघात (-प्रहार, -प्रयोग, -मोदक) (पु) *पाहा :* **आघात**
मुष्टियुद्ध (न) *पाहा :* **लढाई**
मुष्टी (स्त्री) *पाहा :* **मूठ**
मुसक्या (स्त्री, अव) *पाहा :* **बांधणे, कैदी**
मुसंडी (स्त्री) *पाहा :* **प्रगती, घुसणे**
मुसमुसणे (क्रि) *पाहा :* **तरुण, रडणे**
मुसळधार (वि) *पाहा :* **पाऊस**
मुसळस्नान (न) *पाहा :* **स्नान**
मुसाफर (-फि-) (पु) *पाहा :* **प्रवासी**
मुस्कट (न) *पाहा :* **तोंड**
मुस्कटदाबी (स्त्री) *पाहा :* **तोंडमारा, अबोल**
मुस्काड (न) *पाहा :* **तोंड**
मुहूर्त (पु) *पाहा :* **काल, आरंभ**
मुहूर्तमेढ (स्त्री) *पाहा :* **आरंभ**
मुळमुळ (क्रिवि) *पाहा :* **रडणे**
मुळमुळीत (वि) *पाहा :* **गुळमुळीत**
मुळारंभ (पु) *पाहा :* **आरंभ**
मुळाक्षर (न) *पाहा :* **अक्षर**
मुळी (स्त्री) *पाहा :* **मूळ**
मुळीच (क्रिवि) *पाहा :* **अजिबात**
मुळुमुळु (क्रिवि) *पाहा :* **रडणे**
मूक (वि) *पाहा :* **अबोल, अधू**
मूकनट (पु) *पाहा :* **अभिनेता**
मूकनाट्य (न) *पाहा :* **नाटक, अभिनय**
मूकबधिर (वि) *पाहा :* **बहिरा, अधू**
मूकसंमती (स्त्री) *पाहा :* **अनुमती**
मूकाभिनय (पु) *पाहा :* **अभिनय**
मूठ (स्त्री) मुष्टी; वज्रमूठ
(n) fist
मूठभर (वि) *पाहा :* **अल्प**
मूठमाती (स्त्री) *पाहा :* **अंत्येष्टी, पुरणे**
मूढ (मती) (वि) *पाहा :* **अजाण, भ्रांत**
मूत्र (न) मूत, लघवी (लघ्वी), लघुशंका, गोमूत्र, स्वमूत्र, शिवाम्बू
(n) urine
मूद (स्त्री) *पाहा :* **गोल**
मूर्ख (वि) *पाहा :* **अजाण, खुळा, उल्लू**
मूर्खपणा (पु) *पाहा :* **दुर्बुद्धी, अज्ञान**
मूर्खशिरोमणी (वि) *पाहा :* **अजाण**
मूर्च्छना (स्त्री), **मूर्च्छा** (स्त्री) *पाहा :* **घेरी**
मूर्च्छित (वि) *पाहा :* **बेशुद्ध**
मूर्त (वि) साकार, सरूप, सगुण, सावयव, साक्षात, मूर्तिमंत (-मान), प्रत्यक्ष, प्रकट, देहधारी, अवतारधारी, चालताबोलता;
[वा] आकारास येणे
[adj] incarnate, corporeal, real
मूर्त (स्त्री) *पाहा :* **मूर्ती**
मूर्तस्वरूप (न) *पाहा :* **रूप**
मूर्तिपूजा (स्त्री) *पाहा :* **पूजा**
मूर्तिभंजक (वि) *पाहा :* **नाशक**
मूर्तिमंत (वि) *पाहा :* **मूर्त, धडधडीत**
मूर्ती (स्त्री) मूर्त, प्रतिमा, पुतळा, प्रतिकृती, प्रतिरूप, बाहुला (-ली); अवतार; आकार, आकृती, बाह्याकृती, रूप, चण, ठेवण, बांधा, घाट, ध्यान; देह, शरीर, व्यक्ती
(n) image, figure, replica, avatar, incarnation; form, mould,

outline, appearance; body, person

मूर्धा (स्त्री) *पाहा :* **डोके**

मूर्धाभिषिक्त (वि) *पाहा :* **अधिकारी, स्थापित**

मूर्धाभिषेक (पु) *पाहा :* **स्थापना**

मूल (न) बालक, अपत्य, अर्भक, पोर, लेकरू, पोरबाळ, मूलबाळ, पोटचा गोळा, गृहरत्न, वत्स, बच्चा, पिलू (-ल्लू), बछडे, शेंडेफळ; जुळे, तिळे; पाडस, वासरू, गोवत्स, पाडा, पांडा, गोऱ्हा, खोंड, पोळ, पारडी (-डू), पाडी, पाडे, छावा, शिंगरू, कोकरू, शावक; *पाहा :* **बाल, संतती, मुलगा, मुलगी**

(n) child, infant, new born, urchin, toddler, babe; lamb, filly, whelp, foal, fawn, pup, cub, cygnet, duckling, tadpole, kitten, calf, colt; *पाहा :* **बाल, संतती, मुलगा, मुलगी**

मूलगामी (वि), **मूलग्राही** (वि) *पाहा :* **पायाभूत**

मूलतत्त्व (न) *पाहा :* **तत्त्व**

मूलतत्त्ववादी (पु, वि) *पाहा :* **अतिरेकी, कर्मठ**

मूलद्रव्य (न) *पाहा :* **द्रव्य**

मूलधर्म (पु) *पाहा :* **कल, धर्म**

मूलबाळ (न) *पाहा :* **मूल**

मूलभूत (वि), **मूलस्पर्शी** (वि) *पाहा :* **पायाभूत, उपजत**

मूलमंत्र (पु) *पाहा :* **मंत्र**

मूलस्रोत (पु) *पाहा :* **प्रेरणा, उगम**

मूलाधार (पु) *पाहा :* **आधार, कणा**

मूलोद्योग (पु) *पाहा :* **उद्योग**

मूल्य (न) *पाहा :* **किंमत, तत्त्व**

मूल्यनिष्ठ (वि) *पाहा :* **तत्त्वनिष्ठ**

मूल्यनिष्ठा (स्त्री) *पाहा :* **निष्ठा**

मूल्यमापन (न) *पाहा :* **टीका**

मूल्यवान (वि) *पाहा :* **मौल्यवान**

मूल्यविवेक (पु) *पाहा :* **विवेक**

मूल्यवृद्धी (स्त्री) *पाहा :* **महागाई**

मूल्यांकन (न) *पाहा :* **माप**

मूषक (पु) *पाहा :* **उंदीर**

मूषकध्वज (-वाहन) (पु) *पाहा :* **गणपती**

मूस (स्त्री) आटणी, रसपात्र, साचा; *पाहा :* **घडण**

(n) crucible, mould, matrix; *पाहा :* **घडण**

मूळ (न) मुळी, जडी, पाळ, कंद, कंदमूळ; पारंबी; पाळेमुळे; *पाहा :* **आरंभ, उगम, कारण**

(n) root, radicle; tap-root, tuber; *पाहा :* **आरंभ, उगम, कारण**

मूळचा (वि) *पाहा :* **अनादी**

मूळचिठ्ठी (स्त्री) *पाहा :* **आमंत्रण**

मूळपद (न) *पाहा :* **परतणे**

मूळपीठ (न) *पाहा :* **उगम, पीठिका**

मूळपीठिका (स्त्री) *पाहा :* **पीठिका**

मुळपुरुष (पु) *पाहा :* **आप्त**

मूळप्रकृती (-स्वभाव) (स्त्री, पु) *पाहा :* **प्रकृती, स्वभाव**

मूळाक्षर (न) *पाहा :* **अक्षर**

मृग (पु) *पाहा :* **हरीण, नक्षत्र**

मृगजळ (न) *पाहा :* **आभास**

मृगतृष्णा (स्त्री) *पाहा :* **तहान, आभास**

मृगनयना (-नेत्रा, -लोचना) *पाहा :* **सुंदरी**

मृगया (स्त्री) *पाहा :* **पारध**

मृगराज (पु) *पाहा :* **सिंह**

मृगलांछन (पु) *पाहा :* **चंद्र**

मृगशीर्ष (पु) *पाहा :* **नक्षत्र**

मृगांक (पु) *पाहा :* **चंद्र**

मृगाजिन (न) *पाहा :* **आसन, त्वचा**

मृगी (स्त्री) *पाहा :* **हरीण**

मृगेंद्र (पु) *पाहा :* **सिंह**

मृणाल (पु) *पाहा :* **देठ**

मृणालिनी (स्त्री) *पाहा :* **कमळ**

मृण्मय (वि) *पाहा :* **क्षणभंगुर**

मृत (वि) मेलेला (*पाहा :* **मरणे**), मेला, प्राण गेलेला, गतप्राण, गतायू, गतायुषी (-ष्य), दिवंगत, कालवश, स्वर्गवासी, कैलासवासी, वैकुंठवासी, परलोकवासी, ख्रिस्तवासी, पैगंबरवासी, ब्रह्मीभूत, शहीद, हुतात्मा, गारद, ठार (*पाहा :* **ठार करणे**), हत, मयत, खलास, मरहूम, निर्जीव, अचेतन, नष्ट, अप्रचलित, प्राचीन, जीवन्मृत; *पाहा :* **मृत्यू, अंत्येष्टी, आसन्नमरण** (विरु) **जिवंत**

[adj] dead, deceased, demised, departed, late, lifeless, inanimate, defunct, extinct; martyr; *पाहा :* **मरणे, ठार करणे, मृत्यू, अंत्येष्टी, आसन्नमरण** (विरु) **जिवंत**

मृतदेह (पु) *पाहा :* **अंत्येष्टी**

मृतप्राय (वि) *पाहा :* **आसन्नमरण**

मृतभाषा (स्त्री) *पाहा :* **भाषा**

मृती (स्त्री) *पाहा :* **मृत्यू**

मृत्तिका (स्त्री) *पाहा :* **माती**

मृत्युंजय (पु) *पाहा :* **शंकर**

मृत्युतिथी (स्त्री) *पाहा :* **पुण्यतिथी**

मृत्युदंड (पु) *पाहा :* **ठार करणे**

मृत्युदिन (पु) *पाहा :* **पुण्यतिथी**

मृत्युदेवता (स्त्री) *पाहा :* **यम**

मृत्युपत्र (न) *पाहा :* **करार**

मृत्युभय (न) *पाहा :* **संकट, भीती**

मृत्युरहित (वि) *पाहा :* **अमर**

मृत्युलेख (पु) *पाहा :* **अंत्येष्टी**

मृत्युलोक (पु) *पाहा :* **इहलोक, चराचर**

मृत्यू (पु) मरण, मृती, अंत, अखेर, शेवट, काल, काळ, चरमकाल, अंतकाळ, प्राणोत्क्रमण, प्राणांत, निधन, देहान्त, देहावसान, देहत्याग, देहपतन, देहपात, देहविसर्जन, देहप्रयाण, प्रयाण, स्वर्गवास, चिरनिद्रा, दीर्घनिद्रा, कालनिद्रा, महानिद्रा, श्मशाननिद्रा, काळझोप, अखेरची झोप, महाप्रस्थान, निर्वाण, महानिर्वाण, चिरविश्रांती, पूर्णाहुती, हौतात्म्य, वीरमरण, बळी, प्राणदंड, भूकबळी, वियोग; नैसर्गिक/ अचानक/ अपघाती मृत्यू, कपाळमोक्ष, काळमृत्यू, अकाली मृत्यू, बालमृत्यू, अपमृत्यू, इच्छामरण (स्वेच्छामरण), आत्महत्या, दुर्मरण; मौत; गच्छंती; *पाहा :* **मरणे, नाश, मोक्ष,**

अंत्येष्टी, मृत, आसन्नमरण (विरु) **उत्पत्ती**
[वा] बरेवाईट होणे, शेवटची घटका भरणे, डोळे मिटणे, लाख जाय लाखांचा पोशिंदा न जाय, ग्रंथसमाप्ती;
(n) death, demise, expiry, end, departure, passing away, eternal rest, loss, bereavement, natural/ sudden/violent death, euthanasia, suicide, untimely end; *पाहा :* **मरणे, नाश, मोक्ष, अंत्येष्टी, मृत, आसन्नमरण** (विरु) **उत्पत्ती**
[i] the way of all flesh
मृद् (स्त्री) *पाहा :* **माती**
मृदंग (पु) *पाहा :* **चर्मवाद्य**
मृदुभाषी (वि) *पाहा :* **सौम्य**
मृदुमधुर (वि) *पाहा :* **गोड**
मृदुल (वि), **मृदू** (वि) *पाहा :* **मऊ, अरुवार, कोमल**
मेख (स्त्री) *पाहा :* **खुंटी, खिळा, खुबी, अडकण**
मेखला (स्त्री) *पाहा :* **पट्टा**
मेखलाबंधन (न) *पाहा :* **उपनयन**
मेंगळट (वि) *पाहा :* **नेभळट**
मेघ (पु) घन, जलद, ढग, अंबुद, अब्द, जलधर, धाराधर, पयोधर, अंबुधर, जीमूत; मेघपटल, मेघमंडल, मेघमाला, मेघडंबर, मेघपंक्ती, घनावळी, पावसाळी ढग, कृष्णमेघ; *पाहा :* **अभ्र**
(n) cloud, cloud cover, cirrus, nimbus, raincloud, *पाहा :* **अभ्र**
मेघगंभीर (वि) *पाहा :* **गंभीर**
मेघगर्जना (स्त्री) *पाहा :* **गर्जना**
मेघडंबर (न) *पाहा :* **मेघ**
मेघडंबरी (स्त्री) *पाहा :* **छत**
मेघपटल (-मंडल, -माला), (न, स्त्री) *पाहा :* **मेघ**
मेघमल्हार (पु) *पाहा :* **राग**
मेघवर्षाव (पु) *पाहा :* **पाऊस**
मेघश्याम (वि) *पाहा :* **निळा**
मेघाच्छादित (वि) ढगाळ, अभ्राच्छादित
[वा] आभाळ (लोंबून) येणे
[adj] cloudy, overcast
मेज (न) *पाहा :* **अडणी**
मेजवानी (स्त्री) *पाहा :* **अन्न, खाणे**
मेट (न) *पाहा :* **पहारा**
मेटकरी (पु) *पाहा :* **पहारेकरी**
मेटाकुटी (स्त्री) *पाहा :* **जिकीर, थकणे, त्रासणे**
मेंढपाळ (पु) *पाहा :* **गुराखी**
मेंढा (पु) मेष, एडका, मेंढरू, मेंढी (स्त्री)
(n) ram
मेणघुणा (वि) *पाहा :* **घुमा**
मेणचोट (वि) *पाहा :* **नपुंसक**
मेणबत्ती (स्त्री) *पाहा :* **दिवा**
मेणा (पु) *पाहा :* **पालखी**
मेतकूट (न) *पाहा :* **मित्रत्व**
मेद (पु) *पाहा :* **स्निग्ध पदार्थ**
मेदिनी (स्त्री) *पाहा :* **पृथ्वी**
मेंदू (पु) *पाहा :* **मज्जासंस्था**
मेंदूज्वर (पु) *पाहा :* **ज्वर**
मेधा (स्त्री) *पाहा :* **बुद्धी**

मेधाविनी (स्त्री), **मेधावी** (वि) *पाहा :* **बुद्धिमान**
मेनका (स्त्री) *पाहा :* **अप्सरा**
मेमटा (वि) *पाहा :* **कावेबाज**
मेर (स्त्री) *पाहा :* **काठ**
मेरुदंड (पु) *पाहा :* **पृष्ठवंश**
मेरुमणी (पु) *पाहा :* **आधार**
मेलन (न) *पाहा :* **एकवटणे**
मेला (वि) *पाहा :* **मृत**
मेवा (मिठाई) (पु, स्त्री) *पाहा :* **अन्न**
मेष (पु) *पाहा :* **मेंढा, बारा राशी**
मेषपात्र (न) *पाहा :* **नेभळट, अजाण**
मेहतर (पु) *पाहा :* **अनुचर**
मेहनत (स्त्री) *पाहा :* **कष्ट, तालीम**
मेहनताना (पु) *पाहा :* **वेतन**
मेहनती (वि) *पाहा :* **कष्टाळू**
मेहूण (न) *पाहा :* **जोडपे**
मेहेरनजर (स्त्री) *पाहा :* **कृपा**
मेहेरबान (वि) *पाहा :* **दयावंत**
मेहेरबानी (स्त्री) *पाहा :* **कृपा, अनुग्रह**
मेळ (पु) *पाहा :* **जम, समुदाय, अद्वैत**
मेळा (पु), **मेळावा** (पु) *पाहा :* **समुदाय, अधिवेशन, उत्सव**
मैत्र (न), **मैत्री** (स्त्री) *पाहा :* **मित्र, मित्रत्व**
मैत्रीण (स्त्री) सखी, सई, सहचरी, सहचारिणी, सजनी, सजणी, साजणी, सहेली, गडणी, पट्टमैत्रीण; *पाहा :* **मित्र, मित्रत्व**
(n) girl friend; *पाहा :* **मित्र, मित्रत्व**
मैत्रीपूर्ण (वि) *पाहा :* **प्रेमळ**
मैथुन (न) *पाहा :* **संभोग**
मैथुनवैराग्य (न) *पाहा :* **विरक्ती**
मैंद (वि) *पाहा :* **आळशी, अजाण**
मैदान (न) *पाहा :* **अंगण**
मैदानी (वि) *पाहा :* **क्रीडा**
मैना (स्त्री) *पाहा :* **पोपट**
मैफल (स्त्री) *पाहा :* **जलसा**
मैला (पु) *पाहा :* **घाण**
मोकलणे (क्रि) *पाहा :* **पाठवणे**
मोकळा (वि) मुक्त, स्वतंत्र, बंधमुक्त, पाशरहित, निर्वेध; अनियंत्रित, अनिर्बंध, मोकाट, सुसाट, सुटलेला, अप्रतिबद्ध; रिकामा, रिता, रिक्त, न भरलेला/व्यापलेला; खुला, उघडा, बंद नसलेला; ऐसपैस, प्रशस्त, लांबरुंद; अघळपघळ, मोकळाचाकळा (-ढाकळा), मनमोकळा, दिलखुलास; बेकार, निरुद्योगी, कामधंदा नसलेला, मोकळीक मिळालेला (*पाहा :* **मोकळीक);** अलगअलग, वेगवेगळा, न गुरफटलेला, विभक्त; रिक्तहस्त; *पाहा :* **खुला**
[adj] free, unrestricted, unrestrained, empty, void, vacant; open, unstopped; spacious, roomy, commodious; frank, ingenuous, open-hearted; unemployed, idle; separate, isolated; *पाहा :* **मोकळीक, खुला**
मोकळाचाकळा (-ढाकळा) (वि) *पाहा :* **मोकळा, अघळपघळ**
मोकळीक (स्त्री) मुक्तता, स्वातंत्र्य,

स्वाधीनता, स्वैरता; खुलेपणा, मुक्तद्वार, अनुमती, परवानगी, परवाना, ढील, मुभा; सुटका, रिकामपण, उसंत, अवकाश, सवड, फावला वेळ, सुटी, रजा; मोकळी जागा, मार्ग, वाट; *पाहा* : **मोकळा, स्वातंत्र्य**

[वा] मोकळे रान, चारी/बारा वाटा मोकळ्या होणे, वारा पिणे, दोरी सैल सोडणे, आपला हात जगन्नाथ, वाट सोडणे

(n) freedom, liberty, latitude, leave, permission; leisure, spare time; *पाहा* : **मोकळा, स्वातंत्र्य**

[i] have one's own way, go at large, give one enough rope, free hand, free for all

मोका (पु) *पाहा* : **संधी**

मोकाट (वि) *पाहा* : **मोकळा, अनियंत्रित**

मोगलाई (स्त्री) *पाहा* : **अराजक, दडपशाही**

मोघम (वि) *पाहा* : **अरळ, अनिश्चित, संदिग्ध**

मोघमपणा (पु) *पाहा* : **अनिश्चितता**

मोचन (न) *पाहा* : **मुक्ती**

मोची (पु) *पाहा* : **चांभार**

मोजका (वि) *पाहा* : **अल्प, मित**

मोजणी (स्त्री) *पाहा* : **गणणे**

मोजणे (क्रि) *पाहा* : **गणणे**

मोजदाद (स्त्री) *पाहा* : **गणणे, आकडेमोड**

मोजपट्टी (स्त्री) *पाहा* : **निर्देशांक**

मोजमाप (न) *पाहा* : **गणणे, परिमाण**

मोजीवमापीव (वि) *पाहा* : **प्रमाणबद्ध**

मोट (स्त्री) *पाहा* : **पिशवी**

मोटकुळी (स्त्री), **मोटली** (स्त्री) *पाहा* : **गट्ठा**

मोठा (वि) *पाहा* : **थोर, विस्तृत, अतिशय**

मोठेपणा (पु) *पाहा* : **थोरवी, प्राधान्य, कीर्ती**

मोड (स्त्री) *पाहा* : **खुर्दा, घडी, रीत, अंकुर**

मोडकळणे (क्रि) *पाहा* : **नाश, मोडणे**

मोडका (वि) *पाहा* : **अधू, चंद्रमौली**

मोडणी (स्त्री) *पाहा* : **रीत**

मोडणे (क्रि) *पाहा* : **विभाजन, नाश, अधोगती**

मोडता (पु) *पाहा* : **अटकाव**

मोडतोड (स्त्री) *पाहा* : **बिघडणे, नाश**

मोडी (स्त्री) *पाहा* : **लिपी**

मोतद्दार (पु) *पाहा* : **गुराखी, अनुचर**

मोताद (वि) *पाहा* : **अकिंचन**

मोतिया (वि) *पाहा* : **पिवळा**

मोती (पु) मुक्ता, मुक्ताफळ, मुक्तिका, मौक्तिक; नकली/कल्चर्ड मोती

(n) pearl

मोद (पु) *पाहा* : **आनंद**

मोदित (वि) *पाहा* : **आनंदित**

मोदीखाना (पु) *पाहा* : **संग्रह**

मोना (वि) *पाहा* : **अबोल**

मोफत (वि) *पाहा* : **फुकट**

मोबदला (पु) *पाहा* : **वेतन, फेड, अडत**

मोर (पु) मयूर, केकी, कलापी, तनमोर; मयूरी, लांडोर
(n) peacock, peahen
मोरचेल (पु) *पाहा :* **कुंचला**
मोरपिसारा (पु), **मोरपीस** (न) *पाहा :* **पंख**
मोरया (पु) *पाहा :* **गणपती**
मोरी (स्त्री) *पाहा :* **प्रवाह, खोली**
मोर्चा (पु), **मोर्चेबंदी, मोर्चेबांधणी** (स्त्री) *पाहा :* **मिरवणूक, डावपेच, तजवीज**
मोल (न) *पाहा :* **किंमत, वेतन**
मोलकरी (ण) (पु, स्त्री) *पाहा :* **कष्टकरी, अनुचर**
मोलमजुरी (स्त्री) *पाहा :* **कष्ट, चाकरी**
मोसम (पु) *पाहा :* **ऋतू, बहर**
मोह (पु) *पाहा :* **चित्तभ्रम, भुरळ, आकर्षण**
मोहक (वि) *पाहा :* **आकर्षक, अलबेला, गुलजार**
मोहकता (स्त्री) *पाहा :* **आकर्षण, खुमारी**
मोहजाल (न) *पाहा :* **बंध, भुरळ**
मोहनिद्रा (स्त्री) *पाहा :* **झोप**
मोहपाश (पु) *पाहा :* **बंध**
मोहमयी (वि) *पाहा :* **आकर्षक**
मोहर (स्त्री) *पाहा :* **छाप**
मोहर (पु) *पाहा :* **फूल, बहर**
मोहरणे (क्रि) *पाहा :* **डवरणे, उमलणे, बहरणे, उत्फुल्ल**
मोहरा (पु) *पाहा :* **आघाडी, अध्यक्ष**
मोहरी (स्त्री) राई, *पाहा :* **सुषिरवाद्य**
(n) mustard seed; *पाहा :* **सुषिरवाद्य**
मोहरे (न) *पाहा :* **सोंगटी**
मोहरेदार (वि) *पाहा :* **गुळगुळीत**
मोहल्ला (पु) *पाहा :* **मार्ग, टापू**
मोहवणे (क्रि) *पाहा :* **चाळवणे, भारणे**
मोहित (वि) *पाहा :* **अनुरक्त, लुब्ध**
मोहिनी (स्त्री) *पाहा :* **भुरळ, आकर्षण, अनुरक्ती**
मोहीम (स्त्री) *पाहा :* **कार्य, प्रवास, हल्ला**
मोहोर (स्त्री) *पाहा :* **छाप**
मोहोर (पु) *पाहा :* **फूल, बहर**
मोहोळ (न) *पाहा :* **पोळे, समुदाय**
मोळा (पु) *पाहा :* **खिळा**
मोळी (स्त्री) *पाहा :* **गठ्ठा, देह**
मोक्ष (पु) मुक्ती, ब्रह्मप्राप्ती, ब्रह्मस्वरूपता, ब्रह्मसायुज्य, ब्रह्मनिर्वाण, चरमगती, सद्‌गती, सुगती, निर्याण, निर्वाण, निवृत्ती, बंदिमोक्ष, मुक्तावस्था, स्वस्वरूपसाक्षात्कार, सायुज्यप्राप्ती, परमार्थप्राप्ती, मोक्षपद, जन्म-मरणफेऱ्यांतून सुटका, शांती, परमानंदप्राप्ती, दुःखनिवृत्ती, अत्यानंद, कैवल्य, परमधाम, सायुज्य, जीव-परमात्मा-ऐक्य, ईश्वरतादात्म्य; *पाहा :* **मुक्ती, मृत्यू**
(n) liberation, emancipation, deliverance, salvation, redemption, ecstasy, final beatitude; *पाहा :* **मुक्ती, मृत्यू**
मोक्षकाम (वि) *पाहा :* **इच्छुक**
मोक्षकाल (पु) *पाहा :* **ग्रहण**

मोक्षण (न) *पाहा :* **मुक्ती**
मोक्षपद (न) *पाहा :* **मोक्ष**
मोक्षमार्ग (पु) *पाहा :* **मार्ग**
मौक्तिक (न) *पाहा :* **मोती**
मौज (स्त्री), **मौजमजा** (स्त्री) *पाहा :* **करमणूक, ऐशआराम, चैन, क्रीडा, खुमारी**
मौंज (स्त्री), **मौंजीबंधन** (न) *पाहा :* **उपनयन**
मौजूद (वि) *पाहा :* **उपस्थित**
मौजे (न) *पाहा :* **गाव**
मौढ्य (न) *पाहा :* **अज्ञान, दुर्बुद्धी**
मौत (स्त्री) *पाहा :* **मृत्यू**
मौन (न), **मौनव्रत** (न) *पाहा :* **अबोला**
मौन (वि) *पाहा :* **अबोल**
मौनव्रती (वि), **मौनी** (वि) *पाहा :* **अबोल**
मौर्ख्य (न) *पाहा :* **अज्ञान, दुर्बुद्धी**
मौर्वी (स्त्री) *पाहा :* **दोरी**
मौल (स्त्री) *पाहा :* **डोके, जादू**
मौलवी (पु), **मौलाना** (पु) *पाहा :* **आचार्य**
मौलिक (वि) *पाहा :* **पायाभूत, तात्त्विक, मौल्यवान**
मौली (पु) *पाहा :* **डोके**
मौल्य (न) *पाहा :* **किंमत**
मौल्यवान (वि) मूल्यवान, बहुमोल, लाखमोलाचा, पृथ्वीमोलाचा, मौलिक, वाणीतिणीचा, नवसासायासाचा, किमती, किंमतवान, उंची, भारी, महाग, महागाईचा, खर्चीक; अमूल्य, अमोल, अनमोल, अमोलिक, बिनमोल, अपरूप (अप्रूप) *पाहा :* (विरु) **क्षुल्लक, स्वस्त**
[adj] precious, dear, rich, costly, expensive; priceless, invaluable, prized, treasured; valued; *पाहा :* (विरु) **क्षुल्लक, स्वस्त**
[i] worth its weight in gold
म्यान (न) *पाहा :* **अवगुंठन**
म्लान (वि) *पाहा :* **खिन्न, तेजोहीन**
म्हण (स्त्री) *पाहा :* **उक्ती**
म्हणणे (क्रि) *पाहा :* **बोलणे**
म्हणताम्हणता (क्रिवि) *पाहा :* **अविलंब**
म्हसक (स्त्री) *पाहा :* **पिशवी**
म्हातारचळ (पु) *पाहा :* **चित्तभ्रम**
म्हातारा (वि), **म्हाताराकोतारा** (वि) *पाहा :* **वृद्ध**
म्हैस (स्त्री) महिषी, रेडी, टोणगी, म्हसरू, पारडी, वाठ; *पाहा :* **रेडा**
(n) she-buffalo *पाहा :* **रेडा**
म्होतूर (पु) *पाहा :* **विवाह**
म्होरक्या (वि) *पाहा :* **अध्यक्ष**

य

य:कश्चित (वि) *पाहा :* **क्षुल्लक**
यच्चयावत (क्रिवि) *पाहा :* **अवघा**
यजन (न) *पाहा :* **यज्ञ**
यजमान (पु) *पाहा :* **धनी, पती, जार**
यजुर्वेद (पु) *पाहा :* **धर्मग्रंथ**
यति (पु) *पाहा :* **साधू**
यत्किंचित (क्रिवि) *पाहा :* **अल्प**
यत्ता (स्त्री) *पाहा :* **इयत्ता**
यत्न (पु) *पाहा :* **प्रयत्न**
यत्नसाध्य (वि) *पाहा :* **शक्य**
यत्नसिद्ध (वि) *पाहा :* **सिद्ध**
यंत्र (न) *पाहा :* **साधन, चित्र**
यंत्रणा (स्त्री) *पाहा :* **व्यवस्था**
यंत्रशाला (स्त्री) *पाहा :* **उत्पादनगृह**
यंत्रसामग्री (स्त्री) *पाहा :* **साधन**
यंत्रज्ञ (वि) *पाहा :* **ज्ञानी**
यथाकाम (क्रिवि) *पाहा :* **मनसोक्त**
यथाकाल (क्रिवि), **यथाक्रम** (क्रिवि) *पाहा :* **अनुक्रमे**
यथातथा (वि) *पाहा :* **सामान्य**
यथातथ्य (क्रिवि) *पाहा :* **न्याय्य**
यथानुक्रम (क्रिवि) *पाहा :* **अनुक्रमे**
यथापूर्व (क्रिवि) *पाहा :* **पूर्ववत**
यथाबुद्धी (-मती) (क्रिवि) *पाहा :* **यथाशक्ती**
यथायुक्त (क्रिवि), **यथायोग्य** (क्रिवि) *पाहा :* **अनुरूप, उचित**
यथार्थ (क्रिवि) *पाहा :* **समर्पक, अन्वर्थक, खरा**
यथावकाश (क्रिवि) *पाहा :* **सावकाश**
यथावसर (क्रिवि) *पाहा :* **यथाशक्ती**
यथाशक्ती (क्रिवि) यथासामर्थ्य, यथाबुद्धी, यथामती, यथावसर, यथासंभव
[adj] as one's strength/ capacity/ intellect/ time etc permits
यथासांग (क्रिवि) *पाहा :* **पूर्ण, सर्वस्वी, इत्थंभूत**
यथास्थित (क्रिवि) *पाहा :* **व्यवस्थित, अतिशय**
यथेच्छ (क्रिवि), **यथेप्सित** (क्रिवि), यथेष्ट (क्रिवि) पाहा **मनसोक्त, अतिशय**
यथोचित (क्रिवि) *पाहा :* **उचित**
यदृच्छ (वि) *पाहा :* **अनियंत्रित**
यदृच्छया (क्रिवि) *पाहा :* **सहज**
यदृच्छा (स्त्री) *पाहा :* **योगायोग**
य:पलाय (न) *पाहा :* **पळणे**
यम (पु) कृतांत, अंतक, काल, काळ, कळिकाळ, काळपुरुष, दंडधर, मृत्युदेवता, यमधर्म; *पाहा :* **कर्दनकाळ, अष्टांगयोग, संयमन**
(n) God of Death; *पाहा :* **कर्दनकाळ, अष्टांगयोग, संयमन**
यमक (न) *पाहा :* **भाषालंकार**
यमजाच (पु), **यमजाचणी** (स्त्री) *पाहा :* **त्रास**
यमतुल्य (वि) *पाहा :* **कर्दनकाळ**
यमदूत (पु) *पाहा :* **कर्दनकाळ**
यमधर्म (पु) *पाहा :* **यम**

यमन (न) *पाहा :* **संयम**
यमन (पु), **यमनकल्याण** (पु) *पाहा :* **राग**
यमनियम (पु, वि) *पाहा :* **व्रत**
यमनी बिलावल (पु) *पाहा :* **राग**
यमपाश (पु) *पाहा :* **मरणे**
यमपुरी (स्त्री) *पाहा :* **ठार करणे, मरणे, नरक, तुरुंग**
यमयातना (स्त्री) *पाहा :* **दुःख**
यमलोक (पु), **यमसदन** (न) *पाहा :* **ठार करणे, मरणे**
यश (न) *पाहा :* **जय**
यशवंत (वि) *पाहा :* **विजयी**
यशस्कर (वि) *पाहा :* **कल्याणकारी**
यशस्विता (स्त्री) *पाहा :* **चीज**
यशस्वी (वि) *पाहा :* **विजयी**
यशापयश (न) *पाहा :* **जय, अपयश**
यशोगाथा (स्त्री) *पाहा :* **जयगान**
यशोधन (न) *पाहा :* **जय**
यष्टिका (स्त्री), **यष्टी** (स्त्री) *पाहा :* **काठी**
यक्ष (पु) *पाहा :* **उपदेवता**
यक्षप्रश्न (पु) *पाहा :* **प्रश्न**
यज्ञ (पु) याग, होम, हवन, मख, क्रतू, यजन, ग्रहमख, सत्र, यज्ञयाग, होमहवन, वषट्कार, पूजा, धर्मकृत्य, व्रताचरण; *पाहा :* **त्याग, बलिदान**
(n) sacrifice, offering, holy fire, pious/sacred deed; *पाहा :* **त्याग, बलिदान**
यज्ञकर्ता (पु) *पाहा :* **ऋत्विज**
यज्ञकुंड (न) होमकुंड, वेदी
(n) sacrificial pit
यज्ञनारायण (पु) *पाहा :* **अग्नी**
यज्ञावशिष्ट (पु) *पाहा :* **प्रसाद**
यज्ञोपवीत (पु) *पाहा :* **उपनयन**
याकूत (न) *पाहा :* **रत्न**
याग (पु) *पाहा :* **यज्ञ**
याचक (पु) *पाहा :* **भिक्षेकरी**
याचकवृत्ती (स्त्री) *पाहा :* **भिक्षाटन**
याचणे (क्रि), **याचन** (न), **याचना** (स्त्री), **याचिका** (स्त्री) *पाहा :* **अभ्यर्थना, आराधना**
याजक (पु), **याजी** (पु) *पाहा :* **ऋत्विज**
यातना (स्त्री) *पाहा :* **दुःख**
यातायात (स्त्री) *पाहा :* **दगदग, कष्ट, जंजाळ**
यात्रा (स्त्री) *पाहा :* **प्रवास**
यात्रिक (पु), **यात्रेकरू** (पु) *पाहा :* **प्रवासी**
याद (स्त्री) *पाहा :* **स्मरण**
यादवी (स्त्री) *पाहा :* **भांडण**
यादी (स्त्री) सूची, जंत्री, सारणी, तालिका, पट, सूचिपत्र, तक्ता, कोष्टक, अनुक्रमणिका, विषयसूची, हजेरीपत्रक (-पट), खानेसुमारी, नावनिशी, गुणवत्ता यादी; *पाहा :* **कोश**
(n) list, index, roll, roster, catalogue, table, muster, directory, inventory, census; *पाहा :* **कोश**
यान (न) *पाहा :* **वाहन, अंतरिक्षप्रवास**
यामिनी (स्त्री) *पाहा :* **रात्र**
यामिनीचर (पु) *पाहा :* **असुर**
यार (पु) *पाहा :* **जार, मित्र**

यावच्चंद्रदिवाकरौ (क्रिवि) *पाहा :* **अखंड** (क्रिवि)

यावज्जीव (क्रिवि) *पाहा :* **आजन्म, अखंड** (क्रिवि)

यावा (पु) *पाहा :* **येणे**

याज्ञिक (पु) *पाहा :* **ऋत्विज**

युक्त (वि) *पाहा :* **उचित, ग्राह्य**

युक्तता (स्त्री) *पाहा :* **औचित्य**

युक्ताहार (पु) *पाहा :* **अन्न**

युक्तिबाज (-वान) (वि) कल्पक, हिकमती, कसबी, चतुर, डोकेबाज, योजक, उचापत्या, उलाढाल्या, ढवंढाळ, खटपट्या

[adj] ingenious, clever, skillful, resourceful, deft, artful, inventive

युक्तिवाद (पु) *पाहा :* **उपपत्ती, प्रतिपादणे, ऊहापोह**

युक्ती (स्त्री) क्लृप्ती, शक्कल, युगत, जुगत, हातोटी, हातवटी, खुबी, मख्खी, मेख, कळ, किल्ली, कसब, कल्पना, मखलाशी, कौशल्य, डावपेच, हिकमत, युक्तिकौशल्य, युक्तिप्रयुक्ती, मार्ग, तोड, तंत्र, टूम, उपाय, साधन; *पाहा :* **उपाय, अनुसंधान**

[वा] वेळ मारून नेणे, दोन्ही डगरींवर हात ठेवणे, रामाय स्वस्ति रावणाय स्वस्ति, वारा येईल तशी पाठ देणे, हसत्याबरोबर हसणे रडत्याबरोबर रडणे; किल्ली फिरवणे, गनिमी कावा, येन केन प्रकारेण प्रसिद्धः पुरुषो भवेत्, आवळा देऊन कोहळा काढणे, यक्षिणीची कांडी, गुरुकिल्ली

(n) trick, artifice, ruse, stratagem, subterfuge, gimmick, knack, skill, instrument, device; *पाहा :* **उपाय, अनुसंधान**

[i] trick of the trade

युग (न) *पाहा :* **काल, चार युगे**

युगत (स्त्री) *पाहा :* **युक्ती**

युगंधर (वि) *पाहा :* **थोर**

युगधर्म (पु) *पाहा :* **कल, धर्म**

युगपुरुष (पु) *पाहा :* **नरश्रेष्ठ**

युगप्रवर्तक (वि) *पाहा :* **थोर**

युगल (न), **युग्म** (न) *पाहा :* **जोडपे, जोडी**

युगान्त (पु) *पाहा :* **प्रलय**

युगान्तर (न) *पाहा :* **बदल, आरंभ**

युती (स्त्री) *पाहा :* **जोडणी, एकी**

युद्ध (न) *पाहा :* **लढाई**

युद्धकैदी (पु) *पाहा :* **कैदी**

युद्धखोर (वि) *पाहा :* **भांडकुदळ, आक्रमक**

युद्धनीती (स्त्री) *पाहा :* **नीती**

युद्धनौका (स्त्री) *पाहा :* **नौका**

युद्धपिपासू (वि) *पाहा :* **भांडकुदळ**

युद्धबंदी (स्त्री, पु) *पाहा :* **तडजोड, कैदी**

युद्धभूमी (-क्षेत्र) (स्त्री, न) *पाहा :* **रणांगण**

युद्धमद (पु) *पाहा :* **उन्माद**

युद्ध्यमान (वि) *पाहा :* **भांडकुदळ**

युवक (पु), **युवती** (स्त्री) *पाहा :* **तरुण**

युवराज (पु) *पाहा :* **पुत्र**

युवराज्ञी (स्त्री) *पाहा :* **कन्या**

युवा (पु) *पाहा :* **तरुण**

युवावस्था (स्त्री) *पाहा :* **तारुण्य**

युवाशक्ती (स्त्री) *पाहा :* **तरुण, शक्ती**

यूथ (पु) *पाहा :* **समुदाय**

यूप (पु) *पाहा :* **स्तंभ**

ये-जा (स्त्री) *पाहा :* **खेप**

येडपट (वि), **येडा** (वि) *पाहा :* **वेडा**

येणे (क्रि) आगमन/ आगम/यावा करणे, पोचणे, पावणे, पातणे, परतणे, दाखल होणे, ठाकणे, उपस्थित/ हजर होणे, जवळ जाणे, प्राप्त होणे, फिरकणे, येऊन धडकणे, प्रवेश करणे, आगंतुकी करणे; पुनरागमन/ प्रत्यागमन करणे, उद्‌भवणे, उत्पन्न होणे, उपजणे; जाणे; *पाहा :* (विरु) **जाणे**

[वा] पायधूळ झाडणे, घराला पाय लागणे, उभा ठाकणे, दत्त म्हणून उभा राहणे

(v) come, reach, arrive, approach, draw near, visit, near, move toward, return; land; arise; *पाहा :* (विरु) **जाणे**

येणे (न) *पाहा :* **कर्ज**

येणेजाणे (न) *पाहा :* **खेप, दळणवळण**

येताजाता (क्रिवि) *पाहा :* **अखंड** (क्रिवि)

येरझार (-रा) (स्त्री) *पाहा :* **खेप, चालणे**

येळकोट (पु) *पाहा :* **नाश, खेळखंडोबा**

येळकोटमल्हार (पु) *पाहा :* **अर्धचंद्र**

योग (पु) जुळणी, जोडणी, संयोग, एकत्व, ऐक्य; संलग्नता, संगत, साहचर्य; परस्परसंबंध, ऋणानुबंध; साधन, मार्ग; योगासन; सुयोग, कपिलाषष्ठीचा योग, दैवयोग, कर्मयोग, भक्तियोग, अष्टांगयोग, हठयोग, इ.; कुयोग, घातवार, अशुभ योग; *पाहा :* **योगायोग, अष्टांगयोग**

(n) union, integration, unification; togetherness, association; instrument, way; *पाहा :* **योगायोग, अष्टांगयोग**

योगदान (न) *पाहा :* **काम, मदत**

योगक्षेम (पु) *पाहा :* **उदरनिर्वाह, जीवन**

योगायोग (पु) यदृच्छा, सहजगती, योग, संयोग, कर्मधर्मसंयोग, दैवयोग, अपघात, दैवगती; *पाहा :* **सहज, अनुबंध**

[वा] काकतालीय न्याय, कावळा बसायला आणि फांदी मोडायला गाठ पडणे, बोला- फुलाला गाठ पडणे, एकसमयावच्छेदे करून घडणे

(n) coincidence, chance, fortuity, fluke,accident, concomitance; *पाहा :* **सहज, अनुबंध**

योगासन (न) *पाहा :* **योग, शरीराकृती**

योगिनी (स्त्री) *पाहा :* **योगी**

योगी (पु) योगाभ्यासी, मुमुक्षू, साधक, यती, सिद्ध, सिद्धपुरुष, योगेश्वर, योगिनी (स्त्री); क्रमयोगी, कर्मयोगी, इ.; *पाहा :* **साधू**

(n) sage, ascetic, one who practices yoga; *पाहा :* **साधू**

योग्य (वि) *पाहा :* **उचित**

योग्यता (स्त्री) *पाहा :* **औचित्य, दर्जा,**

महत्त्व, लायकी, अधिकार, गुण

योजक (पु) *पाहा :* **प्रयोजक, युक्तिबाज, चतुर, कल्पक**

योजकता (स्त्री) *पाहा :* **चतुराई**

योजणे (क्रि) लावणे, नेमणे, ठरवणे, चिंतणे, आयोजित करणे, योजना करणे (*पाहा :* **योजना**), निश्चित करणे, नेमस्त करणे; *पाहा :* **नियुक्त**
(v) appoint, designate, decide, determine, fix; plan/devise, arrange; *पाहा :* **नियुक्त, योजना**

योजना (स्त्री) बेत, धोरण, घाट, बनाव, डाव, संकल्प, संकेत, कल्पना, युक्ती, उपाय, आराखडा, आखणी, डावपेच, आयोजन, नियोजन, तजवीज, पूर्वयोजना, विनियोग, व्यवस्था, ठराव, प्रस्ताव, प्रकल्प, परियोजना, कृतियोजना, अनुसंधान; *पाहा :* **नेमणूक, योजणे, प्रयोजक**
(n) plan, project, scheme, design, conception, sketch, outline, proposition, proposal; action plan; strategy; *पाहा :* **नेमणूक, योजणे, प्रयोजक**

योजनाबद्ध (वि) *पाहा :* **नियमित**

योद्धा (पु) *पाहा :* **लढवय्या**

योनी (स्त्री) *पाहा :* **वर्ग, उगम, जननेंद्रिय**

योषा (स्त्री), **योषिता** (स्त्री) *पाहा :* **स्त्री, जारकर्मी**

यौतिकमास (पु) *पाहा :* **महिना**

यौनसंबंध (पु) *पाहा :* **संभोग**

यौवन (न) *पाहा :* **तारुण्य**

यौवराज्य (न) *पाहा :* **अधिकार**

र

रईस (पु) *पाहा :* **जमीनदार, श्रीमंत**

रंक (वि) *पाहा :* **अकिंचन**

रकटा (-टे) (पु, न) *पाहा :* **वस्त्र**

रंकपण (न) *पाहा :* **गरिबी**

रकम (स्त्री) *पाहा :* **अर्थ**

रकाना (पु) *पाहा :* **स्तंभ**

रक्कम (स्त्री) *पाहा :* **अर्थ**

रक्त (न) रुधिर, शोणित, लोहित, रगत; रज, आर्तव; पू, पूय; रक्तद्रव

(n) blood, serum, gore

रक्त (वि) *पाहा :* **लाल**

रक्तकमल (न) *पाहा :* **कमळ**

रक्तदान (न) *पाहा :* **दान**

रक्तपात (पु) *पाहा :* **हत्या**

रक्तपिती (स्त्री) *पाहा :* **कुष्ठ**

रक्तपिपासू (वि) *पाहा :* **क्रूर, खुनी**

रक्तपेढी (स्त्री) *पाहा :* **संग्रह**

रक्तपेशी (स्त्री) *पाहा :* **पेशी**

रक्तबंबाळ (वि) रक्तभरित, रक्तरंजित, रक्तलांछित

[adj] bloody, gory, bloodstained

रक्तरंजित (वि) *पाहा :* **रक्तबंबाळ**

रक्तवर्ण (-वर्णीय) (वि) *पाहा :* **लाल**

रक्तवाहिनी (स्त्री) धमनी, नाडी, रोहिणी, नीला, नस, नाड, शीर, शुद्धरक्तवाहिनी, अशुद्धरक्तवाहिनी, रुधिरवाहिनी

(n) blood-vessel, vein, artery, capillary

रक्तविहीन (वि) *पाहा :* **क्रांती**

रक्तसंबंध (पु) *पाहा :* **अनुबंध**

रक्तस्राव (पु) *पाहा :* **गळती**

रक्ताशय (पु) *पाहा :* **हृदय**

रक्तिमा (पु) *पाहा :* **लाली**

रक्तोत्पल (न) *पाहा :* **कमळ**

रखडणे (क्रि) *पाहा :* **चालणे, कष्टणे**

रखडपट्टी (स्त्री) *पाहा :* **फिरणे**

रखरख (स्त्री), **रखरखाट** (पु) उष्णता, आग, भगभग, धगधग, दाह, ताप, जाळ; तहान, शोष, भूक, पोटात आग, खाखा; कोरडेपणा, रुक्षता, शुष्कपणा *पाहा :* **अग्नी**

(n) heat, burning, scorching; thirst, parchedness, hunger, dryness, aridness *पाहा :* **अग्नी**

रखरखणे (क्रि) *पाहा :* **अग्नी**

रखरखीत (वि) *पाहा :* **कोरडा, टळटळीत**

रखवालदार (पु) *पाहा :* **पहारेकरी**

रखवाली (स्त्री) *पाहा :* **पहारा, रक्षण**

रखाडी (स्त्री) *पाहा :* **राख**

रखेली (स्त्री) अंगवस्त्र, उपस्त्री, उपवस्त्र, उपपत्नी, ठेवलेली स्त्री/बाई, रक्षा, राख, रांड, दासी, रंडी, नाटकशाळा, पाखरू, पात्र, प्रेमपात्र; *पाहा :* **वेश्या, स्त्री ठेवणे**

(n) concubine, mistress, *पाहा :* **वेश्या, स्त्री ठेवणे**

रग (स्त्री) *पाहा :* **पौरुष, शक्ती, ताठा, खुमखुमी, वेदना**

रंग (पु) वर्ण, वाण, छटा, रंगच्छटा, रंगद्रव्य; डूब, वर्णपट, नूर; राग, सप्तरंग (तांबडा, नारिंगी, पिवळा, हिरवा, निळा, पारवा, जांभळा); गडद/ भडक/ फिकट/ मळखाऊ/ मातकट रंग; फिरता रंग; जलरंग, तैलरंग, लाली, हिरवाई, निळाई; रंगकाम, रंगसफेती, रंगरंगोटी, रंगरोगण; रंगारी (रंगरेज); *पाहा :* **तेज, करमणूक, खूण, भर, रंगीत**
[क्रि] रंगवणे, रंग खेळणे/ शिंपणे/ उडवणे
(n) colour, dye, pigment, hue, tint, tinge, shade, colouration, spectrum, VIBGYOR (violet, indigo, blue, green, yellow, orange, red); complexion; *पाहा :* **तेज, करमणूक, खूण, भर, रंगीत**

रंगकर्मी (पु) *पाहा :* **नाटक**

रंगकाम (न) *पाहा :* **रंग**

रगड (वि) *पाहा :* **अतिशय, अनेक**

रगडणे (क्रि) *पाहा :* **चेपणे, घोटणे**

रगडा (पु) *पाहा :* **चेंदा**

रगडून (क्रिवि) *पाहा :* **अतिशय**

रंगढंग (पु, अव) *पाहा :* **थेर**

रंगण (न) *पाहा :* **फेर, मंडल, अंगण**

रंगणे (क्रि) *पाहा :* **गर्क**

रगत (न) *पाहा :* **रक्त**

रंगत (स्त्री) *पाहा :* **बहर**

रंगतदार (वि), **रंगदार** (वि), **रंगीला** (वि) *पाहा :* **मजेदार**

रंगदेवता (स्त्री) *पाहा :* **नाटक, अभिनेत्री**

रंगबहार (स्त्री) *पाहा :* **बहर**

रंगभंग (पु) *पाहा :* **विरस**

रंगभूमी (स्त्री) *पाहा :* **नाटक**

रंगमंच (पु) *पाहा :* **नाटक**

रंगमहाल (पु) *पाहा :* **अंतःपुर**

रंगरंगोटी (-सफेती) (स्त्री) *पाहा :* **रंग, थर, प्रसाधन**

रंगरूट (पु) *पाहा :* **अनुचर**

रंगरूप (न) *पाहा :* **रूप**

रंगवणे (क्रि) *पाहा :* **चितारणे**

रंगहीन (वि) *पाहा :* **कळाहीन, अरसिक**

रगाडा (पु) *पाहा :* **गर्दी**

रंगांधळा (वि) *पाहा :* **अंध**

रंगावली (स्त्री) *पाहा :* **चित्र**

रंगीढंगी (वि) *पाहा :* **चंगीभंगी**

रंगीत (वि) रंगीन, रंगवलेले, दुरंगी, तिरंगी, चौरंगी, पंचरंगी, गंगाजमनी, रंगीबेरंगी; उभरंग, विटलेले; चित्रविचित्र; भडक; *पाहा :* **रंग**
[adj] dyed, coloured, painted, multi-coloured; *पाहा :* **रंग**

रंगीबेरंगी (वि) *पाहा :* **रंगीत, चित्रविचित्र**

रंगेल (वि) *पाहा :* **खुशालचेंडू**

रगेल (वि) *पाहा :* **उन्मत्त, चवचाल**

रच (पु) *पाहा :* **डोंगर, समुदाय**

रचणे (क्रि) *पाहा :* **मांडणे, करणे**

रचना (स्त्री) *पाहा :* **मांडणी, ठेवण, उभारणी**

रचनात्मक (वि) *पाहा :* **विधायक, सर्जनशील**

रचयिता (पु) *पाहा :* **उत्पादक, कर्ता**

रज (न) *पाहा :* **कण, गुण, रक्त, ऋतुमती**

रंज (पु) *पाहा :* **दु:ख**

रजई (स्त्री) *पाहा :* **पांघरूण**

रजक (पु) *पाहा :* **धोबी**

रंजक (वि) *पाहा :* **आनंददायक**

रज:कण (पु) *पाहा :* **माती**

रंजणे (क्रि) *पाहा :* **कष्टणे**

रजत (न) *पाहा :* **चांदी**

रजतपट (पु) *पाहा :* **चित्रपट**

रजतमहोत्सव (पु) *पाहा :* **उत्सव**

रंजन (न) *पाहा :* **करमणूक**

रजनी (स्त्री) *पाहा :* **रात्र**

रजनीनाथ (पु) *पाहा :* **चंद्र**

रजस्वला (स्त्री) *पाहा :* **ऋतुमती**

रजा (स्त्री) *पाहा :* **अनुमती, निरोप, मोकळीक**

रंजिसवाणा (वि) *पाहा :* **नीरस, त्रासदायक**

रंजीस (वि) *पाहा :* **त्रस्त**

रजोगुण (पु) *पाहा :* **गुण**

रजोदर्शन (न) *पाहा :* **ऋतुप्राप्ती**

रज्जू (स्त्री, पु) *पाहा :* **दोरी**

रटफ करणे (क्रि) *पाहा :* **अडखळणे**

रटरटणे (क्रि) *पाहा :* **आवाज, शिजणे**

रटारटा (क्रिवि) *पाहा :* **आवाजासह**

रटाळ (वि) *पाहा :* **नीरस**

रट्टा (पु) *पाहा :* **आघात**

रड (स्त्री) *पाहा :* **अभाव, तक्रार**

रडकथा (स्त्री) *पाहा :* **कथा**

रडका (वि) *पाहा :* **खिन्न**

रंडकी (स्त्री) *पाहा :* **विधवा**

रडकुंडा (वि) *पाहा :* **खिन्न**

रडखडणे (क्रि) *पाहा :* **चालणे**

रडगाणे (न) *पाहा :* **कथा**

रडगेला (वि) *पाहा :* **खिन्न**

रडणे (क्रि) रुदन/ रोदन/स्फुंदन करणे, अश्रू गाळणे/ ढाळणे/ पाझरणे/ ओघळणे, अश्रुपात करणे, स्फुंदणे, फुंदणे, मुसमुसणे, उमाळे येणे, हुंदके देणे, कण्हणे, रडकुंडीस येणे, रडे काढणे, डोळ्यांतून पाणी काढणे, डोळे पुसणे, डोळे पाझरणे, डोळे भरून येणे, रडू कोसळणे, भेकणे, आ पसरणे, ट्यांहा करणे, गळा काढणे, कंठ मोकळा करणे, गळा मोठा करून रडणे, भोकाड पसरणे, टाहो फोडणे, हंबरडा फोडणे, आकांत/आक्रोश करणे (*पाहा :* **आकांत)**, धायधाय रडणे, धाय मोकलून रडणे, मुळमुळ/ मुळूमुळू/ घळघळा/ ढळढळा/ ढसढसा/ ओक्साबोक्षी रडणे, शोक करणे, विलाप करणे; गहिवरणे; *पाहा :* **खिन्न, आवाज** (विरु) **हसणे**

[वा] डोळ्यांतून गंगायमुना वाहणे (डोळ्यांत गंगाजमना येणे), ऊर बडवणे; अरण्यरुदन करणे, नक्राश्रू गाळणे; सूर काढणे/धरणे, एकपुती रडे आणि सातपुतीही रडे, जीव सुकणे

(v) weep, cry, shed tears, burst into tears, ululate, wail, sob, snivel, blubber, mewl, whimper, moan, lament; *पाहा :* **आकांत, खिन्न, आवाज** (विरु) **हसणे**

[i] cry one's eyes out, beat one's breast, tear one's hair

रडतखडत (क्रिवि) *पाहा :* **अळेबळे**

रडतराऊत (पु) *पाहा :* **नालायक, उदास**

रडवा (वि), **रडवेला** (वि) *पाहा :* **खिन्न**

रंडा (स्त्री) *पाहा :* **विधवा, जारकर्मी**

रंडापंडित (पु) *पाहा :* **गर्विष्ठ**

रंडापुत्र (पु) *पाहा :* **पुत्र**

रडारड (स्त्री) *पाहा :* **आकांत**

रडी (स्त्री) *पाहा :* **संतापणे, खोटा**

रंडी (स्त्री) *पाहा :* **रखेली, वेश्या, जारकर्मी**

रंडीबाज (वि) *पाहा :* **जारकर्मी, चंगीभंगी**

रंडीबाजी (स्त्री) *पाहा :* **जारकर्म**

रडू (न), **रडे** (न) *पाहा :* **रडणे**

रड्या (वि) *पाहा :* **उदास, नेभळट**

रण (न) *पाहा :* **रणांगण, लढाई, जमीन**

रणकंदन (न) *पाहा :* **लढाई, थैमान, अगाजा**

रणगंभीर (वि) *पाहा :* **धीर** (वि)

रणगाडा (पु) *पाहा :* **वाहन**

रणझुंजार (पु) *पाहा :* **पराक्रमी**

रणतुंबळ (न) *पाहा :* **लढाई**

रणद्वीप (न) *पाहा :* **जमीन**

रणधुमाळी (स्त्री) *पाहा :* **धुमश्चक्री, लढाई**

रणधुरंधर (वि) *पाहा :* **पराक्रमी**

रणनीती (स्त्री) *पाहा :* **नीती, डावपेच**

रणभूमी (स्त्री) *पाहा :* **रणांगण**

रणभेरी (स्त्री) *पाहा :* **चर्मवाद्य**

रणमर्द (वि) *पाहा :* **पराक्रमी**

रणमर्दिनी (स्त्री) *पाहा :* **वीरांगना**

रणयज्ञ (पु) *पाहा :* **लढाई**

रणरंगधीर (वि) *पाहा :* **पराक्रमी**

रणरण (स्त्री) *पाहा :* **धग, उकाडा**

रणरणणे (क्रि) *पाहा :* **तापणे, ऊन**

रणरणीत (वि) *पाहा :* **प्रखर**

रणवाद्य (न) *पाहा :* **वाद्य**

रणशिंग (न) *पाहा :* **सुषिरवाद्य**

रणशूर (वि) *पाहा :* **पराक्रमी**

रणक्षेत्र (न) *पाहा :* **रणांगण**

रणांगण (न) रण, रणभूमी, रणक्षेत्र, समरभूमी, समरांगण, युद्धभूमी, युद्धक्षेत्र, धारातीर्थ, वीरशय्या, कुरुक्षेत्र

(n) battlefield (-ground), theatre of war, field of combat, arena, front

रत (न) *पाहा :* **संभोग**

रत (वि) *पाहा :* **अनुरक्त, गर्क, आसक्त**

रतिचळ (पु) *पाहा :* **काम** (पु)

रतिनाथ (-पती -राय) (पु) *पाहा :* **मदन**

रतिमात्र (वि) *पाहा :* **अल्प**

रतियुद्ध (न) *पाहा :* **संभोग**

रतिरंग (पु) *पाहा :* **काम** (पु)

रतिशास्त्र (न) *पाहा :* **कामशास्त्र**

रतिसुख (न) *पाहा :* **संभोग, आनंद**

रती (स्त्री) *पाहा :* **आसक्ती**

रतीब (पु) *पाहा :* **अन्न, उकाडा**

रत्न (न) जवाहर (जवाहीर), अलंकार (*पाहा :* **अलंकार**); महारत्ने (नवरत्ने): हिरा, (हीर/हीरक), मोती,

प्रवाळ, गोमेद, इंद्रनील, वैडूर्य (वैदूर्य), नीलोत्पल, तोरमल्ली, वज्रमणी, पुष्कराज, पाचू, माणिक; उपरत्ने, वैक्रांत, सूर्यकांत, चंद्रकांत, राजावर्त, पिरोजा, अकीक, केयूर, मणी, कौस्तुभमणी, चिंतामणी, सीमंतमणी, नीलमणी (नीलकांत), स्यमंतक, लाल, लालडी, पद्मराग, पन्नगमणी, पन्ना, याकूत, जमुनिया, ओपल, जेड, नगीना, नगोटा, पोवळे, खडा, गार, रत्नदीप, जडजवाहीर, रत्नालंकार; *पाहा :* **चौदा रत्ने, पंचरत्ने**

(n) gem, jewel, precious stone, diamond, emerald, sapphire, ruby, topaz, turquoise, amethyst, pearl, agate, garnet, opal, beryl, peridot, spinel, zircon, jacinth, hyacinth, carbuncle, lapis lazuli, chrysolite, selenite, felspar, coral; *पाहा :* **चौदा रत्ने, पंचरत्ने, अलंकार**

रत्नखचित (-जडित) (वि) *पाहा :* **अलंकृत**

रत्नदीप (पु) *पाहा :* **रत्न**

रत्नपारखी (वि) *पाहा :* **चिकित्सक**

रत्नाकर (पु) *पाहा :* **समुद्र**

रत्नाभरण (न), **रत्नालंकार** (पु) *पाहा :* **अलंकार**

रथ (पु) *पाहा :* **वाहन**

रथी (पु) *पाहा :* **चालक, नरश्रेष्ठ**

रद (पु), **रदन** (पु) *पाहा :* **दात**

रदबदली (स्त्री) *पाहा :* **कैवार**

रदी (पु) *पाहा :* **हत्ती**

रद्द (वि), **रद्दबातल** (वि) *पाहा :* **असंमत**

रद्दड (वि) *पाहा :* **निकृष्ट**

रद्दा (पु) *पाहा :* **चिखल**

रद्दी (स्त्री) *पाहा :* **कागद**

रद्दी (वि) *पाहा :* **निकृष्ट**

रंधणे (क्रि) *पाहा :* **छिलणे**

रंधा (पु) *पाहा :* **गुळगुळीत**

रंध्र (न) *पाहा :* **खिंडार**

रपका (पु), **रपाटा** (पु) *पाहा :* **आघात**

रपेट (स्त्री) *पाहा :* **फिरणे**

रफू (पु) *पाहा :* **विणणे**

रबडा (पु) *पाहा :* **चिखल**

रबी (स्त्री), **रब्बी** (स्त्री) *पाहा :* **पीक**

रंभा (स्त्री) *पाहा :* **केळ, अप्सरा**

रंभापुतळी (स्त्री) *पाहा :* **सुंदरी**

रमण (पु, वि) *पाहा :* **पती, प्रिय**

रमणा (पु) *पाहा :* **उद्यान**

रमणी (स्त्री) *पाहा :* **सुंदरी, पत्नी**

रमणीय (वि) *पाहा :* **आकर्षक, आनंददायक, सुंदर**

रमणीयता (स्त्री) *पाहा :* **सौंदर्य**

रमणे (क्रि) *पाहा :* **करमणूक**

रमतगमत (क्रिवि) *पाहा :* **सावकाश**

रमताराम (पु) *पाहा :* **भटक्या**

रममाण (वि) *पाहा :* **गर्क**

रमल (न) *पाहा :* **ज्योतिष**

रमा (स्त्री) *पाहा :* **लक्ष्मी**

रमाकांत (-नाथ, -नायक, -पती, -रमण, -वर) (पु) *पाहा :* **विष्णू**

रम्य (वि) *पाहा :* **आकर्षक, आनंददायक, सुंदर**

रयत (स्त्री) *पाहा :* **प्रजा**
रयतावा (पु) *पाहा :* **मुलेबाळे**
रया (स्त्री) *पाहा :* **तेज**
रव (पु) *पाहा :* **आवाज**
रवंथ (पु) *पाहा :* **खाणे, चावणे, चिंतन**
रवरव (स्त्री) *पाहा :* **चुरचुरणे**
रवा (पु) *पाहा :* **कण**
रवानगी (स्त्री) *पाहा :* **निरोप**
रवाना (वि) *पाहा :* **प्रेषित, पाठवणे**
रवाळ (वि) *पाहा :* **दाणेदार**
रवी (पु) *पाहा :* **सूर्य**
रश्मिकर (पु) *पाहा :* **किरण**
रश्मिराज (पु) *पाहा :* **सूर्य**
रश्मी (पु) *पाहा :* **किरण**
रस (पु) चव, रुची, गोडी, आवड, राम, स्वारस्य, सौरस्य, औत्सुक्य, कुतूहल, जिज्ञासा, प्रीती, प्रेम; द्रव, जलांश, चीक, स्राव, अर्क, पाक, रस्सा, द्रवपदार्थ, पाणी, दूध, अन्नरस; जिव्हेचा विषय; *पाहा :* **नऊ रस**
(n) interest, liking, charm, curiosity, taste, flavour; liquid, fluid, juice; *पाहा :* **नऊ रस**
रसग्रहण (न) गुणग्रहण, गुणदोष-विवेचन, रसविमर्श, रसास्वाद, मूल्यमापन, परीक्षण, आलोचना, समीक्षा, दाद, टीका
(n) appreciation, appraisal, review; critique, criticism
रसद (स्त्री) *पाहा :* **अन्न, साधन, मदत**
रसदार (वि) *पाहा :* **मजेदार, रसाळ**
रसना (स्त्री), **रसनेंद्रिय** (न) *पाहा :* **जीभ**
रसपरिपोष (पु) *पाहा :* **कवित्व**
रसपूर्ण (वि) *पाहा :* **मजेदार, रसाळ**
रसप्रवणता (स्त्री) *पाहा :* **अभिरुची**
रसभंग (पु) *पाहा :* **विरस**
रसभरित (वि) *पाहा :* **मजेदार, रसाळ**
रसरशीत (वि), **रसरसणे** (क्रि) *पाहा :* **तारुण्य, प्रखर**
रसायन (न) *पाहा :* **सरमिसळ, औषध, मित्रत्व, कट**
रसवंती (स्त्री) *पाहा :* **वाणी**
रसवत्ता (स्त्री) *पाहा :* **कवित्व**
रसविमर्श (पु) *पाहा :* **रसग्रहण, टीका**
रससिद्धी (स्त्री), **रससोय** (स्त्री) *पाहा :* **अन्न**
रसहीन (वि) *पाहा :* **नीरस**
रसज्ञ (वि) *पाहा :* **दर्दी, रसिक**
रसज्ञता (स्त्री) *पाहा :* **अभिरुची, पारख**
रसा (स्त्री) *पाहा :* **पृथ्वी**
रसातल (-ळ) (पु) *पाहा :* **पाताळ**
रसास्वाद (पु) *पाहा :* **रसग्रहण, आस्वाद**
रसाळ (वि) रसदार, रसपूर्ण, रसभरित, रसयुक्त, सुरस, मधुर, मुरलेला, गोड, स्वादिष्ट; *पाहा :* **मजेदार, आर्द्र** (विरु) **नीरस**
[adj] juicy, sappy, succulent, tasty, sweet; *पाहा :* **मजेदार, आर्द्र** (विरु) **नीरस**
रसिक (वि) रसज्ञ, रसीला, गुणज्ञ, मर्मज्ञ, गुणग्राहक, गुणग्राही, पारखी, चोखंदळ, जाणकार, दर्दी,

सौंदर्यासक्त, अभिरुचिसंपन्न, रसप्रवण, सहृदय, उत्साही, हौशी, रसिकाग्रणी, कलारसिक, चित्ररसिक, गानरसिक इ. कलाभिज्ञ, कलाप्रेमी; *पाहा :* (विरु) **अरसिक, नीरस**

[adj] connoisseur, appreciative, tasteful, discerning, art lover, music-lover etc. *पाहा :* (विरु) **अरसिक, नीरस**

रसिकता (स्त्री) *पाहा :* **अभिरुची**

रसीद (स्त्री) *पाहा :* **पोहोच, दाखला**

रसीला (वि) *पाहा :* **रसिक**

रसोत्कर्ष (पु) *पाहा :* **बहर**

रसौषधी (स्त्री) *पाहा :* **औषध**

रस्ता (पु) *पाहा :* **मार्ग**

रस्तोरस्ती (क्रिवि) *पाहा :* **सर्वत्र**

रस्सा (पु) *पाहा :* **रस**

रस्सी (स्त्री) *पाहा :* **दोरी**

रस्सीखेच (स्त्री) *पाहा :* **स्पर्धा**

रहदारी (स्त्री) *पाहा :* **दळणवळण**

रहस्य (न) गूढ, गुपित, गौप्य, गुह्य, गूज, हितगूज, गुजगोष्ट, कानगोष्ट, मर्म, इंगित, गौडबंगाल, राजगुह्य, कूट, कोडे, पेच, काळेबेरे, बिंग, अंडीपिल्ली; *पाहा :* **खुबी, मित्रत्व, तात्पर्य, अभिप्राय**

[वा] तुकारामबुवाची मेख

(n) secret, mystery, puzzle, riddle, enigma; *पाहा :* **खुबी, मित्रत्व, तात्पर्य, अभिप्राय**

[i] open secret, skeleton in the cupboard;

रहस्यभेद (पु) गौप्यस्फोट, परिस्फोट *पाहा :* **उघड**

[वा] अंडीपिली बाहेर काढणे, बुरखा फाडणे, सत्यस्वरूप उघडे करणे, चव्हाट्यावर आणणे, वाच्यता करणे, पितळ उघडे/बाहेर पडणे, भांडाफोड करणे, बेंड फुटणे, भिंतीला कान असतात;

(n) exposure, disclosure, unveiling, unmasking *पाहा :* **गूढ**

[i] to let the cat out of the bag, spill the beans, walls have ear

रहस्यमय (वि) *पाहा :* **गूढ**

रहाट (पु), **रहाटगाडगे** (न) *पाहा :* **परिभ्रमण**

रहाटी (स्त्री) *पाहा :* **रीत**

रहित (वि) *पाहा :* **खंडित**

रहिवास (पु) *पाहा :* **वास्तव्य**

रहिवासी (पु) निवासी, राहणारा, बिऱ्हाडकरू, भाडेकरू, चाळकरी, बंगलेवाला; अधिष्ठाता; *पाहा :* **नागरिक, वास्तव्य**

(n) inhabitant, resident, denizen, dweller, occupant, tenant, inmate; *पाहा :* **नागरिक, वास्तव्य**

रक्षक (वि) *पाहा :* **त्राता, पहारेकरी, रक्षण**

रक्षण (न) संरक्षण, आरक्षण, रक्षा, सुरक्षा, सांभाळ, जपणूक, जतन, त्राण, परित्राण, परिरक्षण, प्रतिपाळ, जोपासना, पालन, रखवाली, राखण,

राखणी, रक्षावा, तारण, बचाव, आधार, आसरा, आच्छादन, सुरक्षितता; स्वसंरक्षण, स्वसुरक्षा, आत्मसंरक्षण; *पाहा :* **पहारा ठेवणे, रक्षित**

[वा] पाठीशी घालणे, पांघरूण घालणे, जगवणे; तळे राखील तो पाणी चाखील, केसाला धक्का लागू न देणे, आभाळाला ठिगळ कोठवर लावणार?, ढाल बनणे;

(n) protection, preservation, conservation, maintenance, shelter, cover, custody, guardianship, patronage, tutelage, care, safekeeping, safeguarding; *पाहा :* **पहारा, ठेवणे, रक्षित**

रक्षणकर्ता (पु) *पाहा :* **त्राता**

रक्षा (स्त्री) *पाहा :* **रक्षण, राख, रखेली**

रक्षापुत्र (पु) *पाहा :* **पुत्र**

रक्षित (वि) संरक्षित, सुरक्षित, शाबूत, सुखरूप, सहीसलामत, आरक्षित, पाल्य, राखीव, पालन केलेला (*पाहा :* **पालन),** सनाथ, आश्रित, आच्छादित, कुलूपबंद, नांगर टाकलेले, धोक्याबाहेर; निर्धोक, निष्कंटक, *पाहा :* **परतंत्र, रक्षण** (विरु) **अनाथ, असुरक्षित**

[वा] शिर सलामत तो पगडी पचास, समर्थाघरचे श्वान

[adj] protected, preserved, guarded, sheltered, invulnerable, safe, secure, under lock and key, at anchor, out of danger; *पाहा :* **परतंत्र, पालन, रक्षण** (विरु) **अनाथ, असुरक्षित**

[i] ivory tower, under lock and key

राई (स्त्री) मोहरी, *पाहा :* **झाड, अरण्य, कण, आवली**

(n) mustard seed; *पाहा :* **झाड, अरण्य, कण, आवली**

राईभर (वि) *पाहा :* **अल्प**

राउटी (स्त्री) *पाहा :* **तंबू**

राऊ (पु) *पाहा :* **राजा**

राऊत (पु) *पाहा :* **चालक**

राऊळ (न) *पाहा :* **देऊळ**

राकट (वि) *पाहा :* **थोराड**

राका (स्त्री) *पाहा :* **पौर्णिमा**

राकेश (पु) *पाहा :* **चंद्र**

राख (स्त्री) रक्षा, भस्म, विभूती, अंगारा, राखाडी, फुफाटा; *पाहा :* **रखेली**

(n) ash; *पाहा :* **रखेली**

राखण (स्त्री) *पाहा :* **रक्षण**

राखणदार (पु) *पाहा :* **पहारेकरी**

राखणी (स्त्री) *पाहा :* **रक्षण**

राखणे (क्रि) *पाहा :* **ठेवणे, रक्षण**

राखण्या (पु) *पाहा :* **गुराखी**

राखरांगोळी (स्त्री) *पाहा :* **नाश**

राखाडी (स्त्री) *पाहा :* **राख**

राखीव (वि) *पाहा :* **रक्षित, गुप्त**

राग (पु) रंग (*पाहा :* **रंग),** प्रेम (*पाहा :* **प्रेम**), संताप (*पाहा :* **संताप);** स्वरमालिका, स्वररचना, थाट,

रागिणी; अडाणा, अहीरभैरव, आसावरी, कलाश्री, कानडा, काफी, कामोद, कालिंगडा, केदार, कौशी, खमाज, गारा, गुजरी तोडी, गुणकली, गौडमल्हार, गौडसारंग, गौरी, चंद्रकंस, चांदणीकेदार, छायानट, जयजयवंती, जोगिया, जौनपुरी, झिंजोटी, तिलककामोद, तिलंग, तोडी, दरबारी कानडा, दीप (दीपक), दुर्गा, देवगांधार, देवगिरी बिलावल, देसकार, देस, देसी, धनाश्री, धानी, नट, नटबिलावल, नटमल्हार, नायकी कानडा, पटदीप, पहाडी, पिलू, पूरिया, पूरियाधनाश्री, पूर्वी, प्रभात, बसंत, बहार, बागेश्री, बिभास, बिलावल, बिहाग, बिहागडा, भटियार, भीमपलासी, भूप, भूपाळी, भैरव, भैरवी, मधमादसारंग, मल्हार, मांड, मारवा, मालकंस, मालवी, मियामल्हार, मुलतानी, मेघमल्हार, यमन, यमनकल्याण, यमनी बिलावल, रागेश्री, रामकली, ललत, वसंत, वसंतमुखारी, बिलासखानी तोडी, वृंदावनी सारंग, शंकरा, शिवरंजनी, शुक्लबिलावल, शुद्धकल्याण, शुद्धसारंग, श्री, सावनी कल्याण, सिंधभैरवी, सोहनी, हमीर, हंसध्वनी, हिंडोल, हेम; इत्यादी; *पाहा :* **स्वर**

[adj] colour, (*पाहा :* **रंग),** love (*पाहा :* **प्रेम**), anger (*पाहा :* **संताप**); musical mode *पाहा :* **स्वर**

रांग (स्त्री) *पाहा :* **आवली, अनुक्रम**

रांगडा (वि) *पाहा :* **अजाण, ओबडधोबड**

रांगणे (क्रि) *पाहा :* **चालणे**

रागदारी (स्त्री) *पाहा :* **संगीत**

रागरंग (पु) *पाहा :* **तानमान, अवस्था**

रागलोभ (पु) *पाहा :* **चित्तवृत्ती**

रागवणे (क्रि) *पाहा :* **संतापणे**

रागविस्तार (पु) *पाहा :* **तान**

रागज्ञान (न) *पाहा :* **ज्ञान**

रागावणे (क्रि) *पाहा :* **संतापणे**

रागिणी (स्त्री) *पाहा :* **प्रेमिक, राग**

रागिष्ट (वि), **रागीट** (वि) *पाहा :* **संतापी**

रागेजणे (क्रि) *पाहा :* **संतापणे**

रागेश्री (पु) *पाहा :* **राग**

रांगोळी (स्त्री) *पाहा :* **चित्र, नक्षी**

राघू (पु) *पाहा :* **पोपट**

राजकन्या (स्त्री) *पाहा :* **कन्या**

राजकवी (पु) *पाहा :* **कवी**

राजकारण (पु) मुत्सद्देगिरी, धूर्तपणा, कावेबाजपणा, व्यवहारचातुर्य, कारस्थान, चाणक्यनीती; राज्यशास्त्र, राजनीती; *पाहा :* **राज्यपद्धती**

(n) politics, political science, public affairs, statecraft, statemanship, cunning, craft, diplomacy, machination, Machiavellianism; *पाहा :* **राज्यपद्धती**

राजकारणी (वि) मुत्सद्दी, धूर्त, व्यवहारचतुर, धोरणी, कारस्थानी, कावेबाज, राज्यशास्त्रनिपुण,

राजकारणधुरंधर, राजनीतिज्ञ [adj] politician, diplomat, schemer, crafty, machiavelli
राजकुमार (पु), **राजकुमारी** (स्त्री) *पाहा* : **पुत्र, कन्या**
राजकृपा (स्त्री) *पाहा* : **कृपा**
राजगादी (स्त्री) *पाहा* : **आसन**
राजगुह्य (न) *पाहा* : **रहस्य**
राजगृह (न) *पाहा* : **इमारत**
राजघराणे (न) *पाहा* : **घराणे**
राजचिन्ह (न) *पाहा* : **खूण**
रांजण (पु) *पाहा* : **भांडे**
राजतख्त (न) *पाहा* : **आसन**
राजतेज (न) *पाहा* : **तेज**
राजदंड (पु) *पाहा* : **काठी, शिक्षा**
राजदरबार (पु) *पाहा* : **अधिवेशन**
राजदूत (पु) *पाहा* : **प्रतिनिधी**
राजद्रोह (पु) *पाहा* : **द्रोह**
राजधर्म (पु) *पाहा* : **धर्म**
राजधानी (स्त्री) *पाहा* : **गाव**
राजनर्तकी (स्त्री) *पाहा* : **कलावंतीण**
राजनिष्ठ (वि) *पाहा* : **निष्ठावंत**
राजनिष्ठा (स्त्री) *पाहा* : **निष्ठा**
राजनीती (स्त्री) *पाहा* : **नीती, राजकारण**
राजपत्नी (स्त्री) *पाहा* : **पत्नी, राणी**
राजपत्र (न) *पाहा* : **आदेश**
राजपथ (पु) *पाहा* : **मार्ग**
राजपद (न) *पाहा* : **अधिकार**
राजपीठ (न) *पाहा* : **आसन**
राजपुत्र (पु) *पाहा* : **पुत्र**
राजपुरोहित (पु) *पाहा* : **आचार्य**
राजप्रतिनिधी (पु) *पाहा* : **प्रतिनिधी**
राजप्रासाद (पु) *पाहा* : **इमारत**
राजबंदी (पु) *पाहा* : **कैदी**
राजबिंडा (वि) *पाहा* : **सुंदर**
राजभवन (न) *पाहा* : **इमारत**
राजभाषा (स्त्री) *पाहा* : **भाषा**
राजमंदिर (न) *पाहा* : **राजमहाल** (पु) *पाहा* : **इमारत**
राजमान्य (वि) *पाहा* : **पसंत, प्रतिष्ठित**
राजमार्ग (पु) *पाहा* : **मार्ग**
राजमुद्रा (स्त्री) *पाहा* : **छाप**
राजयक्ष्मा (पु) *पाहा* : **क्षय**
राजरस्ता (पु) *पाहा* : **मार्ग**
राजराजेश्वर (पु) *पाहा* : **राजा**
राजरोस (क्रिवि) *पाहा* : **बेलाशक, धडधडीत**
राजर्षी (पु) *पाहा* : **ऋषी**
राजलक्षण (न) *पाहा* : **खूण**
राजवट (स्त्री) *पाहा* : **कारकीर्द, अधिकार**
राजवंश (पु) *पाहा* : **वंश**
राजवाडा (पु) *पाहा* : **इमारत**
राजविलास (पु) *पाहा* : **करमणूक, विलास**
राजवैभव (न) *पाहा* : **ऐश्वर्य**
राजवैद्य (पु) *पाहा* : **वैद्य**
राजशय्या (स्त्री) *पाहा* : **आसन, पलंग, अंथरूण**
राजश्री (पु) *पाहा* : **प्रतिष्ठित**
राजस (वि), **राजसवाणा** (वि) *पाहा* : **सुंदर**
राजसत्ता (स्त्री) *पाहा* : **अधिकार**
राजसत्ताक (वि) *पाहा* : **राज्यपद्धती**
राजसदन (न) *पाहा* : **इमारत**

राजसभा (स्त्री) *पाहा :* **अधिवेशन**
राजसल्लागार (पु) *पाहा :* **सल्लागार, प्रधान**
राजसवाणा (वि) *पाहा :* **सुंदर**
राजहत्या (स्त्री) *पाहा :* **हत्या**
राजा (पु) नृप, नृपती, नृपाल, नरेश, नरेंद्र, नरपती, नराधिप, भूप, भूपती, भूपाल, महीपाल, महीपती, पृथ्वीपती, क्षोणीपती, क्षितीश, विशांपती, छत्रपती, सिंहासनाधीश, सिंहासनाधीश्वर, सिंहासनारूढ, तख्तनशीन, राजेंद्र, राजराजेंद्र, राजाधिराज, राजराजेश्वर, अवनीश, राऊ, राय, राव, चक्रवर्ती राजा, सार्वभौम राजा, सम्राट, मांडलिक राजा, सामंत, संस्थानिक, राज्यकर्ता, राणा, शहा, बादशहा, शेहनशहा, पाशा, हुकूमशहा, अमीर, सुलतान; शेख, झार, नबाब, राजेरजवाडे (अव); *पाहा :* **अध्यक्ष, प्रमुख, अधिकारी**
[वा] राजा कालस्य कारणम्
(n) king, crowned head, monarch, emperor, sovereign, ruler, prince, dictator; *पाहा :* **अध्यक्ष, प्रमुख, अधिकारी**
राजाधिराज (पु) *पाहा :* **राजा**
राजावर्त (पु) *पाहा :* **रत्न**
राजाश्रय (पु) *पाहा :* **आश्रय**
राजाज्ञा (स्त्री) *पाहा :* **आदेश**
राजी (वि) *पाहा :* **उद्युक्त**
राजी (स्त्री) *पाहा :* **आवली, समुदाय**
राजीखुशी (स्त्री) *पाहा :* **अनुमती, मर्जी, कबुली**
राजीनामा (पु) *पाहा :* **नकार**
राजीव (पु) *पाहा :* **प्रिय**
राजीव (न) *पाहा :* **कमळ**
राजीवलोचन (वि) *पाहा :* **सुंदर**
राजीवनयना (स्त्री) *पाहा :* **सुंदरी**
राजेंद्र (पु) *पाहा :* **राजा**
राजेरजवाडे (पु, अव) *पाहा :* **राजा**
राजेशाही (वि) *पाहा :* **आलिशान**
राजैश्वर्य (न) *पाहा :* **ऐश्वर्य**
राज्य (न) *पाहा :* **अधिकार, देश, राज्यपद्धती**
राज्यकर्ता (पु) *पाहा :* **अधिकारी, अध्यक्ष**
राज्यकारभार (पु) *पाहा :* **अधिकार, कारभार**
राज्यक्रांती (स्त्री) *पाहा :* **क्रांती**
राज्यघटना (स्त्री) *पाहा :* **घटना**
राज्यपद्धती (स्त्री) शासनव्यवस्था, शासनप्रणाली, राज्यव्यवस्था, राज्यकारभारपद्धती, राज्ययंत्रणा, राज्यव्यवहार, शासन, सरकार, राजेशाही, राजसत्ताक, राज्यपद्धती, एकाधिकारशाही, एकात्म/एकखांबी/एकछत्री/ एकतंत्री/ एकसत्ताक राज्यपद्धती, झारशाही, कौटुंबिक राज्यपद्धती, हुकूमशाही, फॅसिझम, नाझीवाद, सरंजामशाही, सावकारशाही, लष्करशाही, जुलुमशाही, धर्मसत्ताक राज्यपद्धती, साम्राज्यशाही, वसाहतवाद, भांडवलशाही, प्रातिनिधिक शासन, स्वायत्तता, स्वराज्य, शिवशाही,

घटनात्मक राज्यपद्धती, संघराज्यपद्धती, लोकशाही, लोकराज्य, लोकसत्ता, लोकसत्ताक/ लोकानुवर्ती/ लोकाभिमुख/ प्रजासत्ताक राज्यपद्धती, लोकनियंत्रित राजसत्ता, पक्षीय लोकशाही, संसदीय राज्यपद्धती, नोकरशाही, लाल फितीचा कारभार, साम्यवाद, मार्क्सवाद, समाजवाद, समाजसत्तावाद, अराजकवाद, उच्छेदवाद, दहशतवाद; रामराज्य, सुराज्य, धर्मराज्य; रावणराज्य, झोटिंगशाही, झुंडशाही *पाहा :* **दडपशाही, अधिकार, राजकारण**

(n) government, forms of government, monarchy, autocracy, monolithic government, czarism, patriarchy, dictatorship, authoritarianism, fascism, nazism, feudalism, plutocracy, despotism, tyranny, theocracy, imperialism, capitalism, representative government, autonomy, homerule, constitutional government, federal government, democracy, republic, people's republic, bureaucracy, red tape, communism, marxism, socialism, anarchism, nihilism, terrorism *पाहा :* **दडपशाही, अधिकार, राजकारण**

राज्यपाल (पु) *पाहा :* **अध्यक्ष**

राज्ययंत्रणा (स्त्री) *पाहा :* **राज्यपद्धती**

राज्यव्यवहार (पु) *पाहा :* **राज्यपद्धती**

राज्यसभा (स्त्री) *पाहा :* **अधिवेशन**

राज्यसंस्था (स्त्री) *पाहा :* **अधिकारी**

राज्याभिषेक (पु), **राज्यारोहण** (न) *पाहा :* **अधिकारग्रहण, नेमणूक, अभिषेक**

राज्यासन (न) *पाहा :* **आसन**

राठ (वि) *पाहा :* **निबर**

राड (स्त्री) *पाहा :* **चिखल**

रांड (स्त्री) *पाहा :* **विधवा, रखेली, वेश्या**

राडा (पु) *पाहा :* **चिखल, पसारा**

रांडापोरे (न, अव) *पाहा :* **परिवार**

राडी (स्त्री) *पाहा :* **चिखल**

राणा (पु) *पाहा :* **राजा**

राणी (स्त्री) राज्ञी, राजपत्नी, पट्टराणी, महाराणी, सम्राज्ञी, महिषी; *पाहा :* **पत्नी**

(n) queen, empress; *पाहा :* **पत्नी**

राणीमाशी (स्त्री) *पाहा :* **माशी**

राणीव (स्त्री) *पाहा :* **अधिकार**

राणीवसा (पु) *पाहा :* **अंतःपुर**

रात (स्त्री) *पाहा :* **रात्र**

रातवा (पु) *पाहा :* **पाऊस**

रातांधळा (वि) *पाहा :* **अंध**

राती (स्त्री) *पाहा :* **रात्र**

रातोत्पल (न) *पाहा :* **कमळ**

रातोरात (क्रिवि) *पाहा :* **अविलंब**

रात्र (स्त्री) रात, राती, रजनी, रात्री,

निशा, निशी, क्षपा, यामिनी, शशिनी, शर्वरी, कलापिनी, त्रियामा, चांदणी रात्र, चांदरात; पूर्वरात्र, उत्तररात्र, अपरात्र, मध्यरात्र, मध्यानरात; काळरात्र; अंधारी रात्र, तमिस्रा, तमी; *पाहा :* **अंधकार**

[वा] कत्तलची रात्र

(n) night, nightfall, evening, eventide, midnight; *पाहा :* **अंधकार**

[i] dead of night, small hours

रात्रंदिवस (क्रिवि) *पाहा :* **अखंड** (क्रिवि)

रात्रिंचर (पु) *पाहा :* **असुर**

रात्री (स्त्री) *पाहा :* **रात्र**

रांधणे (क्रि), **रांधप** (न) *पाहा :* **अन्न**

रांधा (पु) *पाहा :* **सरमिसळ**

रान (न) *पाहा :* **अरण्य, गवत, शेत, जमीन**

रानटी (वि) *पाहा :* **असंस्कृत, अघोरी, अमानुष**

रानदांडगा (वि) *पाहा :* **दांडगा**

रानफूल (न) *पाहा :* **फूल**

रानभरी (वि) *पाहा :* **अशांत**

रानमांजर (न) *पाहा :* **मांजर**

रानवट (वि) *पाहा :* **असंस्कृत**

रानवन (न) *पाहा :* **अरण्य**

रानवाट (स्त्री) *पाहा :* **मार्ग**

रानोमाळ (क्रिवि) *पाहा :* **अव्यवस्थित**

राप (पु) *पाहा :* **थर**

रापणे (क्रि) *पाहा :* **निपुण, अग्नी**

रापा (पु) *पाहा :* **पाऊस, पावसाळा**

राब (स्त्री) *पाहा :* **गाळ, जमीन**

राब (पु) *पाहा :* **कष्ट**

राबडणे (कि) *पाहा :* **कष्टणे**

राबणूक (स्त्री) *पाहा :* **कष्ट**

राबणे (क्रि) *पाहा :* **कष्टणे**

राबता (पु) *पाहा :* **दळणवळण, गर्दी**

राम (पु) *पाहा :* **जीव, कस, अवतार**

रामकली (पु) *पाहा :* **राग**

रामटोला (पु) *पाहा :* **आघात**

रामदूत (पु) *पाहा :* **वानर**

रामपंचायतन (न) *पाहा :* **पंचायतन**

रामप्रतिज्ञा (स्त्री) *पाहा :* **प्रतिज्ञा**

रामप्रहर (पु) *पाहा :* **पहाट**

रामबाण (वि) *पाहा :* **अमोघ, अचूक**

रामरगाडा (पु) *पाहा :* **गर्दी**

रामरट्टा (पु) *पाहा :* **आघात**

रामराज्य (न) *पाहा :* **राज्यपद्धती**

रामराम (पु) *पाहा :* **अभिवंदन, निरोप**

रामवचन (न) *पाहा :* **प्रतिज्ञा**

रामायण (न) *पाहा :* **कथा**

राय (पु) *पाहा :* **राजा**

रायवळ (वि) *पाहा :* **साधा**

राया (पु) *पाहा :* **प्रिय**

राव (पु) *पाहा :* **राजा, श्रीमंत**

रावटी (स्त्री) *पाहा :* **तंबू**

रावणराज्य (न) *पाहा :* **अराजक, राज्यपद्धती**

रावण्या (स्त्री, अव) *पाहा :* **अभ्यर्थना**

रावा (पु) *पाहा :* **पोपट**

राशा (वि) *पाहा :* **नपुंसक**

राशी (स्त्री) रास, *पाहा :* **बारा राशी**

राष्ट्र (न) *पाहा :* **देश**

राष्ट्रकुल (न) *पाहा :* **समुदाय**

राष्ट्रगीत (न) *पाहा :* **काव्य**

राष्ट्रधुरीण (वि) *पाहा :* **अध्यक्ष**

राष्ट्रध्वज (पु) *पाहा :* **ध्वज**
राष्ट्रपती (पु) *पाहा :* **अध्यक्ष**
राष्ट्रपुरुष (पु) *पाहा :* **नरश्रेष्ठ**
राष्ट्रप्रेम (न) *पाहा :* **प्रेम**
राष्ट्रभक्त (वि) *पाहा :* **देशभक्त**
राष्ट्रभाषा (स्त्री) *पाहा :* **भाषा**
राष्ट्राध्यक्ष (पु) *पाहा :* **अध्यक्ष**
रास (पु) *पाहा :* **क्रीडा**
रास (स्त्री) *पाहा :* **बारा राशी, समुदाय, डोंगर**
रासक्रीडा (-लीला) (स्त्री) *पाहा :* **क्रीडा**
रासन्हाण (न) *पाहा :* **स्नान**
रासभ (पु) *पाहा :* **गाढव**
रासभ्य (न) *पाहा :* **अज्ञान** (न), **दुर्बुद्धी**
रासवट (वि) *पाहा :* **असंस्कृत**
रास्त (वि) *पाहा :* **न्याय्य, उचित**
राहटी (स्त्री) *पाहा :* **रीत, राहणी**
राहणी (स्त्री) जीवनमान, राहणीमान, जीवनस्तर, आचरण, वागणूक, रीतभात, आचारविचार, राहटी, चालचलणूक, जीवनक्रम, दिनक्रम, शिरस्ता, नांदणूक, वास्तव्य, मुक्काम
(n) standard of living, behaviour, conduct, custom, daily routine, stay
राहणे (क्रि) असणे, जगणे, नांदणे, वागणे, वसणे, वसती/वस्ती/ मुक्काम/ वास्तव्य करणे, स्थायिक असणे, स्थित असणे, वाचणे, टिकणे, तगणे, शाबूत असणे, ठरणे, मावणे, समावणे, उरणे, शिल्लक/ बाकी राहणे, कायम असणे
(v) exist, subsist, live, stay, survive, be contained, remain, be permanent
राहाटी (स्त्री) *पाहा :* **रीत**
राहुटी (स्त्री) *पाहा :* **तंबू**
राहूनराहून (क्रिवि) *पाहा :* **पुन्हा**
राळ (स्त्री) *पाहा :* **फजिती, नाश, गोंद**
राक्षस (पु) *पाहा :* **असुर, पिशाच, नराधम**
राक्षसगण (पु) *पाहा :* **समुदाय**
राक्षसविवाह (पु) *पाहा :* **विवाह**
राक्षसवेळ (स्त्री) *पाहा :* **संध्याकाळ**
राक्षसी (वि) *पाहा :* **अघोरी, अमानुष, क्रूर, खुनी, प्रचंड**
राज्ञी (स्त्री) *पाहा :* **राणी**
रिकामटेकडा (वि) *पाहा :* **आळशी**
रिकामपण (न) *पाहा :* **उसंत, बेकारी**
रिकामा (वि) *पाहा :* **पोकळ, निरर्थक, मोकळा, बेकार**
रिकीब (स्त्री) *पाहा :* **कडी**
रिक्त (वि) *पाहा :* **पोकळ, मोकळा**
रिक्तता (स्त्री) *पाहा :* **पोकळी**
रिक्तहस्त (वि) *पाहा :* **मोकळा**
रिंगण (न) *पाहा :* **गोल, फेर**
रिंगी (स्त्री) *पाहा :* **वाहन**
रिघणे (क्रि) *पाहा :* **प्रवेश**
रिघाव (पु) *पाहा :* **प्रवेश**
रिचवणे (क्रि) *पाहा :* **भरणे, पिणे, खाणे**
रिझणे (क्रि) *पाहा :* **आनंद**
रिणकरी (पु), **रिणको** (पु) *पाहा :*

ऋणकरी

रिता (वि) *पाहा :* **पोकळ, अभाव, अतृप्त**

रितेपण (न) *पाहा :* **अभाव, पोकळी**

रिद्धी (स्त्री) *पाहा :* **ऋद्धी**

रिपरिप (स्त्री) *पाहा :* **पाऊस, आवाज**

रिपू (पु) *पाहा :* **वैरी**

रियाज (पु) *पाहा :* **तालीम**

रियासत (स्त्री) *पाहा :* **अधिकार, देश**

रिवाज (पु) *पाहा :* **रीत**

री (स्त्री) *पाहा :* **अनुमती, अनुकरण**

रीघ (स्त्री) *पाहा :* **आवली, उसंत**

रीण (न) *पाहा :* **ऋण**

रीत (स्त्री) रीती, प्रघात, शिरस्ता, रिवाज, परिपाठ, क्रम, रहाटी (राहाटी), पायंडा, पायटा, दस्तूर, खाक्या, पठडी, ठाकी, दंडक, प्रवृत्ती; कार्यक्रम, कार्यपद्धती, कार्यशैली, प्रक्रिया, विधी, आचारपद्धती; पद्धत, पद्धती, परी, तऱ्हा, वळण, वाहणी, धोरण, तंत्र, प्रणाली, मोड, मोडणी; चाल, सराव, सवय, वागणूक, आचरण, प्रचार, वहिवाट, भात, रीतभात, रीतिरिवाज, उपचार, व्यवहार, व्यवहारकौशल्य, चालरीत, जनरीत, जनाचार, जनरहाटी, जगरहाटी, लोकरीत, लोकप्रवाह, लोकव्यवहार, लोकसंकेत, लोकशिरस्ता, रूढी, जनरूढी, प्रथा, परंपरा, आचारपरंपरा, कुलाचार, शिष्टाचार, नियम, धारा, प्रवाह, संप्रदाय, शिष्टसंप्रदाय, मार्ग, निष्ठा; नित्यक्रम, दिनक्रम, गतानुगतिकता; सृष्टिक्रम, निसर्गक्रम; प्रकार, जात, भेद, पर्याय, विकल्प, वर्ग; धाटणी, शैली, धर्ती, लकब, सरणी, लपेट, ढब, टूम; दिशा; हरतऱ्हा; चाल (दुडकी/ धावरी/ तुर्की/ डुलत/ तुरतुर/ दुडदुड/ चवड्यावर/ भरधाव)

(n) manner, custom, practice, usage, program(me), procedure, technique, method, way, mode, kind, form, system, style, fashion, direction, gait

रीतसर (वि) *पाहा :* **उचित, व्यवस्थित**

रीस (पु) *पाहा :* **अस्वल**

रुई (स्त्री) *पाहा :* **कापूस**

रुकार (पु) *पाहा :* **अनुमती, कबुली**

रुकावट (स्त्री) *पाहा :* **अटकाव**

रुक्म (न) *पाहा :* **सोने**

रुखरुख (स्त्री) *पाहा :* **टोचणी, खंत, चटका**

रुखा (सुखा) (वि) *पाहा :* **कोरडा**

रुग्ण (वि, पु) रोगी, रोगग्रस्त, व्याधिग्रस्त, आजारी, विकारी, दुखणाईत, रुग्णाईत, दुखणेकरी; रोगिष्ट; रोगट, व्यथित, पीडित, व्याधित, अस्वस्थ, नरम; बाह्यरुण, मनोरुण, इत्यादी *पाहा :* (विरु) **निरोगी**

[वा] अंथरूण धरणे, अंथरुणाला खिळणे, घर धरणे

[adj, n] ill, ailing, unwell, sick, indisposed, confined,

bedridden, invaild, patient *पाहा :* (विरु) **निरोगी**

[i] out of sorts

रुग्णपरिचर्या (स्त्री) *पाहा :* **शुश्रूषा**

रुग्णवाहिनी (-का) (स्त्री) *पाहा :* **वाहन**

रुग्णसेवा (स्त्री) *पाहा :* **शुश्रूषा**

रुग्णाईत (पु) पाहा **रुग्ण**

रुग्णालय (न) *पाहा :* **चिकित्सालय**

रुचकर (वि) *पाहा :* **खमंग, गोड**

रुचणे (क्रि) *पाहा :* **आवड**

रुचिकर (वि) *पाहा :* **खमंग**

रुचिर (वि) *पाहा :* **आकर्षक**

रुचिहीन (वि) *पाहा :* **बेचव**

रुची (स्त्री) *पाहा :* **आवड, अभिरुची**

रुच्य (वि) *पाहा :* **खमंग**

रुजणे (क्रि) *पाहा :* **अंकुरणे, बिंबणे**

रुजवण (न) *पाहा :* **अंकुर, झाड**

रुजवात (स्त्री) *पाहा :* **अनुभव**

रुजामा (पु) *पाहा :* **आसन**

रुंजी (स्त्री) *पाहा :* **गुंजन, परिभ्रमण**

रुजू (वि) *पाहा :* **दाखल**

रुटुखुटू (क्रिवि) *पाहा :* **सावकाश**

रुंड (न) *पाहा :* **डोके**

रुणझुण (स्त्री), **रुणझुणणे** (क्रि) *पाहा :* **आवाज**

रुतणे (क्रि) *पाहा :* **टोचणे, अडकणे**

रुंद (वि), **रुंदट** (वि) *पाहा :* **विस्तृत**

रुदंती (स्त्री) *पाहा :* **आकांत**

रुदन (न) *पाहा :* **रडणे, आकांत, आवाज**

रुंदावणे (क्रि) *पाहा :* **विस्तारणे**

रुंदी (स्त्री) *पाहा :* **विस्तार**

रुंदीकरण (न) *पाहा :* **वाढ**

रुद्ध (वि) *पाहा :* **बंद**

रुद्धकंठ (वि) *पाहा :* **दुःखी, अबोल**

रुद्र (पु) *पाहा :* **शंकर**

रुद्रभूमी (स्त्री) *पाहा :* **अंत्येष्टी**

रुद्रवीणा (स्त्री) *पाहा :* **तंतुवाद्य**

रुद्रावतार (पु) *पाहा :* **संतापणे**

रुंधणे (क्रि) *पाहा :* **अटकाव**

रुधिर (न) *पाहा :* **रक्त**

रुधिर (वि) *पाहा :* **लाल**

रुधिरवाहिनी (स्त्री) *पाहा :* **रक्तवाहिनी**

रुधिराभिसरण (न) *पाहा :* **प्रवाह**

रुपडे (न) *पाहा :* **रूप**

रुपण (स्त्री) *पाहा :* **दलदल**

रुपणे (क्रि) *पाहा :* **टोचणे**

रुपया (पु), **रुपयापैसा** (पु) *पाहा :* **अर्थ**

रुपे (न) *पाहा :* **चांदी**

रुपेरी (वि) *पाहा :* **पांढरा**

रुबाब (पु) *पाहा :* **ऐट**

रुबाबदार (-शीर) (वि) *पाहा :* **ऐटबाज**

रुमझुम (स्त्री) *पाहा :* **आवाज**

रुमाल (पु) *पाहा :* **पुसणे, वस्त्र, गठ्ठा**

रुष्ट (वि) *पाहा :* **असंतुष्ट, संतप्त**

रुष्टता (स्त्री) *पाहा :* **अवकृपा**

रुसणे (क्रि) *पाहा :* **संतापणे**

रुसवा (पु), **रुसवाफुगवा** (पु) *पाहा :* **संताप, अबोला**

रुळणे (क्रि), **रुळावणे** (क्रि) *पाहा :* **आंदोलन, शोभणे, लोंबणे, दृढावणे, जमणे**

रुक्ष (वि) *पाहा :* **रूक्ष**

रू (पु) *पाहा :* **कापूस**
रूख (पु) *पाहा :* **झाड**
रूढ (वि) *पाहा :* **चालू, प्रसृत**
रूढिप्रिय (वि) *पाहा :* **कर्मठ**
रूढिबद्ध (वि) *पाहा :* **गतानुगतिक, बद्ध, कर्मठ, औपचारिक, ठोकळेबाज**
रूढिवादी (वि) *पाहा :* **कर्मठ**
रूढी (स्त्री) *पाहा :* **रीत**
रूप (न) बाह्यांग, बहिरंग, बाह्यस्वरूप, देखावा, चेहरा, मुद्रा, तोंडवळा, ध्यान; रंगरूप, रूपरंग, रुपडे/रूपडे; नेत्रविषय; ठेवण, घडण, घाट, चण, अंगलट, बांधा, आकार; अवस्था, स्थिती; रूपरेषा (-रेखा), आराखडा; मूर्तस्वरूप; मूलधर्म, गुणधर्म, स्वभावविशेष; नमुना, मासला, नूर, तानमान; रूपसंपदा, सौंदर्य, शोभा, तेज; *पाहा :* **स्वरूप**
(n) appearance, vista, aspect, bearing, demeanour, exteriar, look, mien, face, profile; form, shape, build; state, disposition; outline, sketch; speciality, attribute, feature; charm, attractiveness, beauty, bloom; *पाहा :* **स्वरूप**
रूपक (न) *पाहा :* **नाटक, भाषालंकार**
रूपक (पु) *पाहा :* **ताल**
रूपगर्विता (स्त्री) *पाहा :* **सुंदरी**
रूपडे (न) *पाहा :* **रूप**
रूपमती (वि, स्त्री) *पाहा :* **सुंदरी**
रूपरेखा (-षा) (स्त्री) *पाहा :* **आराखडा**
रूपलावण्य (न) *पाहा :* **सौंदर्य**
रूपवती (वि, स्त्री) *पाहा :* **सुंदरी**
रूपवान (वि) *पाहा :* **सुंदर**
रूपस (वि) *पाहा :* **सुंदर**
रूपसंपदा (स्त्री) *पाहा :* **सौंदर्य**
रूपांतर (न) *पाहा :* **बदल, अनुवाद**
रूपाभिमान (पु) *पाहा :* **अभिमान**
रूप्य (न) *पाहा :* **चांदी**
रूळ (पु) *पाहा :* **काठी, मार्ग**
रूक्ष (वि) *पाहा :* **कोरडा, नीरस, अरसिक**
रेकणे (क्रि) *पाहा :* **ओरडणे**
रेकला (पु) *पाहा :* **वाहन**
रेख (स्त्री) *पाहा :* **रेषा**
रेखणे (क्रि) *पाहा :* **चितारणे**
रेखा (स्त्री) *पाहा :* **रेषा**
रेखांकन (न) *पाहा :* **प्राधान्य**
रेखाकृती (स्त्री) *पाहा :* **आराखडा, चित्र**
रेखाचित्र (न) *पाहा :* **चित्र**
रेखाटणी (स्त्री) *पाहा :* **आराखडा**
रेखाटणे (क्रि) *पाहा :* **चितारणे**
रेखाटन (न) *पाहा :* **चित्र, अभिव्यक्ती**
रेखावृत्त (न), **रेखांश** (पु) *पाहा :* **पृथ्वी**
रेखीव (वि) *पाहा :* **प्रमाणबद्ध, टुमदार**
रेंगाळणे (क्रि) मागे पडणे/राहणे, घोटाळणे, घुटमळणे, वेळ घालवणे, मंदगतीने/रमतगमत काम करणे/होणे, रे रे करणे, आळसावणे, गमणे, सुस्तावणे; *पाहा :* **सावकाश, अळंटळं, अडखळणे**

(v) linger, dawdle, dally, hang about, stay behind, stick around, loiter, drag one's feet, slack down, waste time, hang back, idle about; *पाहा :* **सावकाश, अळंटळं, अडखळणे**

रेंगी (स्त्री) *पाहा :* **वाहन**

रेघ (स्त्री), **रेघोटी** (स्त्री) *पाहा :* **रेषा**

रेच (पु), **रेचक** (न) *पाहा :* **जुलाब**

रेचक (पु) *पाहा :* **प्राणायाम**

रेट (पु) *पाहा :* **नेट**

रेटणे (क्रि) लोटणे, सारणे, ढकलणे, ढोसणे, सरकवणे, गती देणे, खुपसणे, घुसडणे, दाब देणे; नेटाने पार पाडणे, कष्टाने चालवणे; दिवस/काळ कंठणे; खाणे, गिळणे *पाहा :* **नेट**

(v) push, shove, thrust, insert, penetrate; get along, drag on; gulp down *पाहा :* **नेट**

रेटा (पु) *पाहा :* **नेट, निकड**

रेटारेटी (स्त्री) *पाहा :* **गर्दी**

रेड (स्त्री) *पाहा :* **वैपुल्य**

रेडा (पु) टोणगा, हेला, हेलगा, हल्या, महिष, म्हशीचा प्राणनाथ; रेडकू; रानरेडा, गवा *पाहा :* **म्हैस**

(n) male buffalo *पाहा :* **म्हैस**

रेडी (स्त्री) *पाहा :* **म्हैस**

रेणू (पु) *पाहा :* **कण**

रेत (पु) *पाहा :* **वीर्य**

रेताड (वि) *पाहा :* **उजाड**

रेती (स्त्री) *पाहा :* **वाळू**

रेंद (वि) *पाहा :* **आळशी**

रेंदा (पु) *पाहा :* **चिखल**

रेंदाड (वि) *पाहा :* **गढूळ**

रेप (स्त्री) *पाहा :* **वर्षाव**

रेंबट्या (वि) *पाहा :* **आळशी**

रेबड (स्त्री) *पाहा :* **चिखल**

रेम्याडोक्या (वि) *पाहा :* **अजाण**

रे रे (न) *पाहा :* **रेंगाळणे**

रेल (स्त्री), **रेलचेल** (स्त्री) *पाहा :* **वैपुल्य**

रेलणे (क्रि) कलणे, झुकणे, लवणे, कलंडणे, तिरके होणे, एका बाजूवर पडणे; टेकणे, भार देणे; ढासळणे, खचणे, धसणे, सैल होणे, बसणे *पाहा :* **अधोगती**

(v) lean, slant, incline, recline, bank, keel over, tilt, tip, repose; press, weigh down, crumble *पाहा :* **अधोगती**

रेल्वेगाडी (स्त्री) *पाहा :* **आगगाडी**

रेव (स्त्री) *पाहा :* **कण, दगड, वाळू**

रेवट (वि) *पाहा :* **उजाड**

रेवडी (स्त्री) *पाहा :* **टर, उपहास**

रेवण (स्त्री) *पाहा :* **माती, दलदल**

रेवती (स्त्री) *पाहा :* **नक्षत्र**

रेशमी (वि) *पाहा :* **मऊ, गुळगुळीत**

रेशीम (न) *पाहा :* **तंतू**

रेशीमगाठ (स्त्री) *पाहा :* **गाठ**

रेष (स्त्री), **रेषा** (स्त्री) रेख, रेघ, रेखा; ओळ, रेघोटी; भांग, काट, छेका, घडी, शीर; सरळरेषा, वक्ररेषा, लक्ष्मणरेषा; *पाहा :* **तंतू**

(n) line, crease, corrugation,

furrow, fold, groove, fibre; *पाहा :* **तंतू**

रेषाकृती (स्त्री) *पाहा :* **चित्र**

रोकड (स्त्री) *पाहा :* **अर्थ**

रोकडा (वि) *पाहा :* **स्पष्ट, अविलंब**

रोख (वि) *पाहा :* **तयार, अर्थ**

रोख (पु) कल, प्रवृत्ती, अवधान, कटाक्ष, ओढा, लगाव, झोक, वळण; मन, मानस, मनोगत; अभिप्राय, मत; उद्देश, हेतू, बेत, धोरण; दिशा, दृष्टी

(n) tendency, inclination, bias, disposion, leaning, bent, bearing; mind, intention, objective, view

[i] to drive at

रोखठोक (वि) *पाहा :* **स्पष्ट, निर्भीड**

रोखणे (क्रि) *पाहा :* **नेम, अवलोकन, अटकाव, टोकणे**

रोखा (पु) *पाहा :* **अर्थ**

रोखीचा (-ने) (वि) *पाहा :* **तयार**

रोखेबाजार (पु) *पाहा :* **अर्थ**

रोग (पु) *पाहा :* **आजार**

रोगग्रस्त (वि) *पाहा :* **रुग्ण**

रोगट (वि) *पाहा :* **रुग्ण, निकृष्ट**

रोगण (न) *पाहा :* **थर**

रोगनिदान (न) *पाहा :* **चिकित्सा**

रोगनियंत्रण (न) *पाहा :* **नियंत्रण, आरोग्य**

रोगनिवारक (वि) *पाहा :* **आरोग्यदायक**

रोगपरीक्षा (स्त्री) *पाहा :* **चिकित्सा**

रोगप्रतिबंधक (वि) *पाहा :* **आरोग्यदायक**

रोगमुक्त (वि) *पाहा :* **निकोप**

रोगमुक्तता (स्त्री) *पाहा :* **आरोग्य**

रोगराई (स्त्री) *पाहा :* **आजार**

रोगलक्षण (न) *पाहा :* **खूण**

रोगिष्ट (वि), **रोगी** (वि) *पाहा :* **रुग्ण**

रोगोपचार (पु) *पाहा :* **इलाज**

रोचक (वि) *पाहा :* **गोड, मजेदार**

रोज (पु) *पाहा :* **वेतन**

रोज (क्रिवि), **रोज उठून** (क्रिवि) *पाहा :* **अखंड** (क्रिवि)

रोजकरी (पु) *पाहा :* **अनुचर**

रोजकीर्द (स्त्री), **रोजखर्डा** (पु) *पाहा :* **जमाखर्च**

रोजगार (पु) *पाहा :* **उद्योग, वेतन**

रोजंदारी (स्त्री) *पाहा :* **वेतन**

रोजनिशी (स्त्री) *पाहा :* **दिनक्रम**

रोजमजुरी (स्त्री), **रोजमुरा** (पु) *पाहा :* **वेतन**

रोजा (पु) *पाहा :* **अनशन**

रोजी (स्त्री) *पाहा :* **वेतन**

रोजीरोटी (स्त्री) *पाहा :* **अन्न**

रोट (पु), **रोटका** (पु), **रोटा** (पु), **रोटी** (स्त्री) *पाहा :* **पोळी**

रोटी (बेटी) व्यवहार (पु) *पाहा :* **सरमिसळ**

रोड (वि), **रोडका** (वि) *पाहा :* **कृश**

रोडगा (पु) *पाहा :* **पोळी**

रोडगेला (वि) *पाहा :* **कृश**

रोडणे (क्रि), **रोडावणे** (क्रि) *पाहा :* **झडणे, कृश, झिजणे**

रोडारोडा (पु) *पाहा :* **दगड**

रोदन (न) *पाहा :* **रडणे**

रोध (पु), **रोधणे** (क्रि) *पाहा :* **अटकाव**
रोप (पु) *पाहा :* **बाण**
रोप (न), **रोपटा** (पु), **रोपटे** (न), **रोपा** (पु) *पाहा :* **झाड**
रोपण (न), **रोपणे** (क्रि) *पाहा :* **पेरणे, खुपसणे**
रोपवाटिका (स्त्री) *पाहा :* **उद्यान**
रोम (न) *पाहा :* **केस**
रोमरंध्र (न) *पाहा :* **खिंडार**
रोमहर्षक (वि) *पाहा :* **आकर्षक**
रोमांच (पु) *पाहा :* **केस, काटा**
रोमांचकारी (वि) *पाहा :* **आकर्षक**
रोमांचित (वि) *पाहा :* **आनंदित, प्रभावित**
रोमावळी (स्त्री) *पाहा :* **केस**
रोवणे (क्रि) *पाहा :* **खुपसणे**
रोवळी (स्त्री) *पाहा :* **चाळण**
रोषणाई (स्त्री) *पाहा :* **आरास**
रोष (पु) *पाहा :* **संताप, अढी**
रोहिणी (स्त्री) *पाहा :* **नक्षत्र, रक्तवाहिनी**
रोहिणीजळ (न) *पाहा :* **आभास**
रौद्र (वि) *पाहा :* **भीतिदायक, नऊ रस**
रौप्य (न) *पाहा :* **चांदी**
रौप्यपदक (न) *पाहा :* **पदक**
रौप्यमहोत्सव (पु) *पाहा :* **उत्सव**
रौप्यमुद्रा (स्त्री) *पाहा :* **अर्थ**
रौप्यशृंखला (स्त्री) *पाहा :* **शृंखला**
रौरव (पु) *पाहा :* **नरक**
ऱ्हस्व (वि) *पाहा :* **कमी, घट**
ऱ्हस्वदृष्टी (स्त्री) *पाहा :* **दृष्टी**
ऱ्हास (पु) *पाहा :* **अधोगती**

ल

लई (वि) *पाहा :* **अतिशय**
लक्कन् (क्रिवि) *पाहा :* **अविलंब**
लकडा (पु) *पाहा :* **तगादा**
लकब (स्त्री) *पाहा :* **रीत, सवय**
लकलकणे (क्रि) *पाहा :* **चमकणे, उलघाल**
लकलकीत (वि) *पाहा :* **चमकदार**
लकवा (पु) *पाहा :* **अर्धांगवायू**
लकाकणे (क्रि) *पाहा :* **चकाकणे**
लकाकी (स्त्री) *पाहा :* **चमक, चकचकाट, उजाळा**
लकेर (स्त्री) चुणूक, झलक, झाक, चमक; छटा; आलाप, तान, स्वरमालिका, गाण्याची/ आवाजाची/ रंगाची लकेर
(n) flash, tinge, glimpse, flavour, tone, tune, melody, strain
लत्तर (न) *पाहा :* **वस्त्र**
लखणी (स्त्री) *पाहा :* **झोप**
लखपती (वि) *पाहा :* **श्रीमंत**
लखलखणे (क्रि) *पाहा :* **चमकणे, प्रकाशणे**
लखलखाट (पु) *पाहा :* **चकचकाट, प्रकाश**
लखलखीत (वि) *पाहा :* **चकचकीत, चमकदार, उजळ**
लखलाभ (पु) *पाहा :* **लाभ**
लखोटा (पु) *पाहा :* **पिशवी**
लख्ख (वि) *पाहा :* **स्पष्ट, चमकदार**
लगट (स्त्री), **लगटणे** (क्रि) *पाहा :* **मित्रत्व, चिकटणे, झोंबणे**
लगड (स्त्री) कांब, वीट
(n) bar, brick
लगडणे (क्रि) *पाहा :* **चिकटणे**
लंगडणे (क्रि) *पाहा :* **चालणे**
लंगडा (वि) *पाहा :* **अधू**
लगत (क्रिवि) *पाहा :* **आजूबाजूस**
लगदा (पु) *पाहा :* **गोल, कागद**
लगबग (स्त्री) *पाहा :* **घाई**
लगबग (-गा) (क्रिवि) *पाहा :* **अविलंब**
लंगर (पु) *पाहा :* **गळ**
लगलग (स्त्री) *पाहा :* **घाई**
लगलग (क्रिवि) *पाहा :* **अविलंब**
लगाम (पु) *पाहा :* **दोरी, आवर, अकुंश**
लगाव (पु) *पाहा :* **नेम, रोख**
लगावणे (क्रि) *पाहा :* **मारणे**
लगीन (न) *पाहा :* **विवाह**
लगीनघाई (स्त्री) *पाहा :* **घाई**
लगुडप्रहार (पु) *पाहा :* **आघात**
लगेच (क्रिवि) *पाहा :* **अविलंब**
लगेढोल (पु) *पाहा :* **स्तुती**
लगेढोल (क्रिवि), **लगेधूम** (क्रिवि) *पाहा :* **अविलंब**
लंगोटीयार (पु) *पाहा :* **मित्र**
लगोलग (क्रिवि) *पाहा :* **अविलंब, पाठोपाठ**
लग्गा (पु) *पाहा :* **संधान**
लग्न (न) *पाहा :* **विवाह**
लग्नकार्य (न) *पाहा :* **विवाह**

लग्नकुंडली (स्त्री) *पाहा :* **कुंडली**
लग्नघटिका (स्त्री), **लग्नघडी** (स्त्री) *पाहा :* **काल**
लग्नघर (न) *पाहा :* **घर**
लग्नचिठ्ठी (स्त्री) *पाहा :* **आमंत्रण**
लग्नचुडा (पु) *पाहा :* **कंकण**
लग्नपत्रिका (स्त्री) *पाहा :* **आमंत्रण**
लग्नमंडप (पु) *पाहा :* **छत**
लग्नमुहूर्त (-वेळ, -वेळा) (पु, स्त्री) *पाहा :* **काल**
लग्नसराई (स्त्री) *पाहा :* **ऋतू**
लग्नसोहळा (पु) *पाहा :* **विवाह**
लग्नाचा (वि) *पाहा :* **मुलगा**
लग्नाची (वि) *पाहा :* **मुलगी**
लग्नाक्षता (स्त्री) *पाहा :* **तांदूळ**
लंघन (न) *पाहा :* **अनशन, अतिक्रमण**
लघवी (स्त्री) *पाहा :* **मूत्र**
लघळ (वि) *पाहा :* **चिकट, चोंबडा, चावट**
लघाळ (स्त्री) *पाहा :* **आवली**
लघाळ (वि) *पाहा :* **गप्पिष्ट**
लघिमा (पु) कमीपणा/हलकेपणा *पाहा :* **सिद्धी, घट**
(n) smallness/lightness *पाहा :* **सिद्धी, घट**
लघुउद्योग (पु) *पाहा :* **उद्योग**
लघुकथा (स्त्री) *पाहा :* **कथा**
लघुग्रह (पु) *पाहा :* **सूर्यमाला**
लघुत्व (न) *पाहा :* **घट**
लघुपट (पु) *पाहा :* **चित्रपट**
लघुलेखन (न) *पाहा :* **लिहिणे**
लघुशंका (स्त्री) *पाहा :* **मूत्र**
लघ्वाहार (पु) *पाहा :* **अन्न**
लघ्वी (स्त्री) *पाहा :* **मूत्र**
लचक (स्त्री) *पाहा :* **वेदना**
लचकणे (क्रि) *पाहा :* **पिरगळणे**
लचका (पु) *पाहा :* **तुकडा, चावणे**
लचांड (न) झंझट, झेंगट, झोंबट, झटझोंबट, खेकटे, खेंगटे, लफंगे, लफडे, लिगाड; कुलंगडे, भानगड; शुक्लकाष्ठ, तोहमत, संकट, पेच, ब्याद, ससेमिरा; नसते लचांड; त्रांगडे
[वा] गळ्यात घोंगडे/घोरपड, विकत श्राद्ध
(n) troublesome/annoying affair, complication, embarassment
लज्जत (स्त्री) *पाहा :* **खुमारी, गोडी, चव**
लज्जतदार (वि) *पाहा :* **खुमासदार, स्वादिष्ट**
लज्जा (स्त्री) *पाहा :* **लाज**
लज्जालू (वि) *पाहा :* **लाजाळू**
लज्जाशील (वि) *पाहा :* **सभ्य, लाजाळू**
लज्जाहीन (वि) *पाहा :* **निर्लज्ज**
लज्जित (वि) *पाहा :* **खजील, लाजणे**
लट (स्त्री) *पाहा :* **केस**
लटक (स्त्री) *पाहा :* **सवय, तलफ**
लटकणे (क्रि) *पाहा :* **लोंबणे**
लटका (वि) *पाहा :* **खोटा**
लटकावणे (क्रि) *पाहा :* **टांगणे**
लटपट (स्त्री) *पाहा :* **चलाखी, अशांतता**
लटपट (क्रिवि) *पाहा :* **ठुमकणे**
लटपटणे (क्रि) *पाहा :* **डळमळणे, अडखळणे**
लटपटपंची (स्त्री) *पाहा :* **फसवणूक**

लटपटीत (वि) *पाहा :* **डळमळणे**
लटपट्या (वि) *पाहा :* **चलाख**
लटलट (क्रिवि), **लटलटणे** (क्रि) *पाहा :* **थरथरणे, डळमळणे**
लटिका (वि) *पाहा :* **खोटा**
लट्टू (वि) *पाहा :* **आसक्त**
लठ्ठ (वि) स्थूल, तुंद, तुंदिल, तुंदिलतनू, पीन, पृथू, जाड, जाडगेला, जाडजूड, जाडा, जडबोका, जाडसर, फोफसा, फोपशा, गब्बू, गबदुल, गडदू, लडदू, पोंद्या, ढब्बू, ढब्बा, झोज्या, दोंदाळ, दोंदिल,लंबोदर, ढेरपोट्या, ढेबरपोट्या, ढेबरा, ढेल, टेण्या, ढेण्या, ढोण्या, ढोल्या, ढमाल्या, गरगरीत, गटगटीत, गबगबीत, गुटगुटीत, गुबगुबीत, गोबरा, गुलगुलीत, दुलदुलीत, बोदलोबा, बोधलाबाबा, बुदगुल, टणटणीत, पुष्ट, परिपुष्ट, पोसलेला, भरदार, मांसल, गलेलठ्ठ, लठ्ठमुठ्ठ, लठ्ठंभारती, लठ्ठनिरंजन, लठ्ठेश्वर, लठ्ठा, लठ्ठू, लठ्ठ्या, लोठ्या, अंगजड, अवजड, अगडबंब, आडमाप, बोजड, बेढब, बेडौल, फुगीर, आडव्या अंगाचा, सुटलेला, धिप्पाड, धष्टपुष्ट, फतमाय (स्त्री), भक्कम, धसाडा, भसाडा, घवघवीत, मोठा, अजस्र *पाहा :* (विरु) **कृश**
[वा] पोट सुटणे, वात भरणे, आसन रुंदावणे, वातूळ शरीराचा, गाठोडे होणे, अंगाने भरणे, चुरमुऱ्याचे पोते, ठाणवई, पखाल पार्वती
[adj] fat, plump, corpulent, obese, bulky, stout, portly, burly, dumpy, flabby, over weight, heavy, paunchy, pot-bellied, tubby, chubby, fleshy, well-fed, big, large, jumbo, whopping, giant *पाहा :* (विरु) **कृश**
[i] to fill out, broad in the beam
लठ्ठंभारती (वि) *पाहा :* **लठ्ठ, अगडबंब**
लठ्ठालठ्ठी (स्त्री) *पाहा :* **भांडण**
लड (स्त्री) *पाहा :* **आवली, गुंडाळी**
लडथडणे (क्रि) *पाहा :* **अटकाव**
लडदू (वि) *पाहा :* **लठ्ठ**
लडबडणे (क्रि) *पाहा :* **डळमळणे**
लडिवाळ (वि) *पाहा :* **प्रेमळ**
लड्डु (वि) *पाहा :* **अजाण**
लढणे (क्रि) लढाई करणे (*पाहा :* **लढाई),** झुंजणे, जुंपणे, झुमकणे; लढा देणे; झगडणे; स्पर्धा करणे (*पाहा :* **स्पर्धा);** झोंबणे; *पाहा :* **भांडण**
[वा] रंगणात येणे, प्राणपणाने लढणे, तळहाती शिर घेऊन लढणे, प्राणाची बाजी लावणे, तोंड देणे
(v) fight (*पाहा :* **लढाई),** combat, battle, engage, war, wage war, come to blows, encounter, take up cudgels, compete (*पाहा :* **स्पर्धा),** cope, race; *पाहा :* **भांडण**
[i] fight tooth and nail
लढत (स्त्री) *पाहा :* **लढाई, स्पर्धा**
लढवय्या (वि) झुंजार, योद्धा, वीर,

शूर, भट, रणधीर, रणशूर, रणधुरंधर, रणमर्द, तलवारबहाद्दर, जबरजंग, प्रतापी, पराक्रमी; जिगीषू, स्पर्धालू; लढाऊ, लढण्यास योग्य/तत्पर; *पाहा :* **भांडकुदळ, सैनिक**

[वा] तळहातावर शिर घेणे

[n] combatant, fighter, crusader, warrior, veteran; *पाहा :* **भांडकुदळ, सैनिक**

लढा (पु) *पाहा :* **लढाई, स्पर्धा**

लढाई (स्त्री) लढा, झगडा, सामना, संघर्ष, झुंज, झोंबी, टक्कर, गाठ, लढत, मुकाबला, चकमक, मारामारी, साठमारी, धुमश्चक्री, कापाकापी, जिहाद, धर्मयुद्ध, रण, संग्राम, संगर, समर, कंदन, युद्ध, द्वंद्व, रणसंग्राम, रणकंदन, रणधुमाळी, रणतुंबळ, रणयज्ञ, तुमुल/ तुंबळ/ घनघोर युद्ध, घेघेमार लढाई, कुस्ती, मल्लयुद्ध, मुष्टियुद्ध, द्वंद्वयुद्ध, गनिमी काव्याचे युद्ध, धर्मयुद्ध, भारतीय युद्ध, महायुद्ध, जागतिक युद्ध, शीतयुद्ध, अणुयुद्ध, जिवाणुयुद्ध, वर्गयुद्ध, टोळीयुद्ध, इत्यादी; स्वातंत्र्यलढा, अहिंसक लढा, चळवळ, सत्याग्रह, कायदेभंग; मुक्तिसंग्राम, अघोषित युद्ध *पाहा :* **भांडण, स्पर्धा, लढणे**

(n) battle, fight, combat, clash, conflict, war, warfare, struggle, campaign, fighting, hostilities, military action, civil war, guerilla war, religious war, jehad, crusade, holy war, world war, cold war, nuclear war, biological war, etc; non-violent struggle, independence struggle, movement; *पाहा :* **भांडण, स्पर्धा, लढणे**

लढाऊ (वि) *पाहा :* **लढवय्या**

लत (स्त्री) *पाहा :* **सवय**

लतकोडगा (वि), **लतखोर** (वि) *पाहा :* **कोडगा, निर्लज्ज**

लता (स्त्री) *पाहा :* **वेल**

लताकुंज (-गृह, -मंडप) (पु, न, पु) *पाहा :* **कुंज**

लतिका (स्त्री) *पाहा :* **वेल**

लत्ता (स्त्री), **लत्ताप्रहार** (पु) *पाहा :* **आघात**

लद्दा (पु), **लपका** (पु) *पाहा :* **गोल, अंश**

लंपट (वि) *पाहा :* **आसक्त, कामुक, उल्लू**

लपंडाव (पु) *पाहा :* **फसवणूक, कपट**

लपणे (क्रि), **लपूनछपून** (क्रिवि), **लपतछपत** (क्रिवि) *पाहा :* **दडणे, गुप्त, चोरून**

लपवणे (क्रि) दडवणे, छपवणे, झाकणे, लपवाछपवी (-लपवी)/ छपवाछपवी/ दडपादडपी/ जिरवाजिरव/ दाबादाबी करणे, गोपन करणे, गुप्त ठेवणे; चोरणे, दिसू न देणे; *पाहा :* **अवगुंठन, दडणे**

[वा] लपंडाव खेळणे, पांघरूण घालणे

(v) hide, conceal, cover, mask, blot out, screen, shroud, veil,

disguise, comouflage, keep secret *पाहा :* **अवगुंठन, दडणे**
[i] play hide and seek, black out; sweep something under the carpet
लपवाछपवी (-लपवी) (स्त्री) *पाहा :* **उडवाउडवी, लपवणे, अपलाप**
लंपास करणे (क्रि) *पाहा :* **चोरणे**
लपूनछपून (क्रिवि) *पाहा :* **दडणे, चोरून**
लपेट (स्त्री) *पाहा :* **अवगुंठन, रीत**
लपेटणे (क्रि) *पाहा :* **अवगुंठन, गुंडाळणे**
लफंगा (वि) *पाहा :* **फसवा**
लफंगे (न) *पाहा :* **लचांड**
लफडे (न) *पाहा :* **लचांड, कुलंगडे**
लफ्फा (पु) *पाहा :* **पदर**
लफ्फेदार (वि) *पाहा :* **दीर्घ**
लंब (पु) ओळंबा, लंबक
(n) plummet, pendulum
लंब (वि) *पाहा :* **दीर्घ, उभा**
लंबक (पु) *पाहा :* **लोंबणे**
लंबकर्ण (पु) *पाहा :* **गाढव**
लबदा (पु) *पाहा :* **गोल**
लबदालोळ (वि) *पाहा :* **आर्द्र**
लबलब (स्त्री) *पाहा :* **बडबड**
लबलबीत (वि) *पाहा :* **आर्द्र**
लंबवर्तुळ (न) *पाहा :* **गोल**
लंबा (वि) *पाहा :* **जमीनदोस्त**
लंबाचवडा (वि) *पाहा :* **दीर्घ, प्रशस्त**
लंबाटा (वि) *पाहा :* **उंच, कृश**
लबाड (वि) *पाहा :* **फसवा, अट्टल, डांबरट**
लबाडी (स्त्री) *पाहा :* **फसवणूक, कपट**
लंबूटांग (वि) *पाहा :* **उंच**
लबेदा (पु) *पाहा :* **कबिला**
लंबोदर (पु) *पाहा :* **गणपती**
लब्ध (वि) *पाहा :* **प्राप्त**
लब्धप्रतिष्ठा (स्त्री) *पाहा :* **तोरा**
लब्धप्रतिष्ठित (वि) *पाहा :* **प्रतिष्ठित, उच्चभ्रू, गर्विष्ठ**
लब्धशूरत्व (न) *पाहा :* **फुशारकी**
लभणे (क्रि) *पाहा :* **मिळणे**
लभ्य (न) *पाहा :* **फायदा**
लभ्य (वि) *पाहा :* **शक्य**
लभ्यांश (पु) *पाहा :* **फायदा**
लय (स्त्री, पु) समकाल, तालातील विश्रांतिकाल (द्रुत, मध्य, विलंबित), एकतानता, एकाग्रता, तद्रूपता, अभिन्नता; *पाहा :* **काल, नाश, उपशम, अंत**
(n) rhythm, harmony, unity, integration, union; *पाहा :* **काल, नाश, उपशम, अंत**
लयबद्ध (वि) *पाहा :* **नियमित**
लयलूट (स्त्री) *पाहा :* **वैपुल्य**
ललकार (स्त्री), **ललकारणी** (स्त्री) *पाहा :* **आरोळी**
ललकारणे (क्रि) *पाहा :* **ओरडणे**
ललकारी (स्त्री) *पाहा :* **आरोळी**
ललत (पु) *पाहा :* **राग**
ललना (स्त्री) *पाहा :* **स्त्री**
ललाट (न) *पाहा :* **डोके**
ललाटरेखा (-षा) (स्त्री) *पाहा :* **ललाटलिखित** (न) *पाहा :* **अदृष्ट**

ललाम (न) *पाहा :* **अलंकार, खूण**

ललामभूत (वि) *पाहा :* **स्तुत्य, अलंकार**

ललित (वि) सुंदर, सुरेख, सौंदर्यपूर्ण, मोहक, रमणीय, चित्ताकर्षक, आल्हादक, ललितरम्य, सुखकारक, मधुर, गोड; कोमल, मृदू, तरल, हलकाफुलका; कौशल्यपूर्ण, लालित्यपूर्ण, कलापूर्ण; सुसंस्कृत, अभिरुचिसंपन्न; शुद्ध, श्रेष्ठ *पाहा :* **लालित्य**

[adj] lovely, charming, alluring, delightful, pleasant, sweet; soft, gentle, delicate; skilled, artistic, subtle; refined, polished; pure, superior *पाहा :* **लालित्य**

ललितकला (स्त्री) काव्य, गायन, वादन, नृत्य, चित्रकला, शिल्पकला, मूर्तिकला, इत्यादी; *पाहा :* **कला**

(n) poetry, music, dance, drawing, painting, sculpture, etc.; *पाहा :* **कला**

ललितरम्य (वि) *पाहा :* **ललित**

ललिता (स्त्री) *पाहा :* **सुंदरी**

लल्ला (पु) *पाहा :* **आमिष**

लव (स्त्री) *पाहा :* **केस**

लव (पु) *पाहा :* **कण**

लव (वि) *पाहा :* **अल्प**

लवकर (क्रिवि) *पाहा :* **अविलंब**

लवचीक (वि) स्थितिस्थापक, ताणता येण्यासारखा, पूर्वस्थितीवर येणारा, लवलवीत, सौम्य, बोटचेपा, परिवर्तनीय

[adj] elastic, tensile, springy, resilient, flexible, pliable

लवटव (स्त्री) *पाहा :* **प्रेम**

लवंडणे (क्रि) *पाहा :* **वाकणे**

लवण (न) *पाहा :* **मीठ**

लवणे (क्रि) *पाहा :* **नमणे, आंदोलन**

लवथवणे (क्रि) *पाहा :* **लोंबणे**

लवमात्र (वि) *पाहा :* **अल्प**

लवलव (स्त्री) *पाहा :* **आंदोलन, बडबड**

लवलवणे (क्रि) *पाहा :* **थरथरणे**

लवलवीत (वि) *पाहा :* **लवचीक**

लवलाही (-हे) (क्रिवि) *पाहा :* **अविलंब**

लवलेश (पु) *पाहा :* **कण, अंश**

लवाजमा (पु) *पाहा :* **परिवार, इतमाम, कबिला**

लवाद (पु) *पाहा :* **मध्यस्थ, तडजोड**

लव्हाळे (न) *पाहा :* **गवत**

लष्कर (न) *पाहा :* **दल**

लष्करशाही (स्त्री) *पाहा :* **राज्यपद्धती**

लस (स्त्री) *पाहा :* **द्रव**

लसलशीत (वि) *पाहा :* **टवटवीत**

लसलसणे (क्रि) *पाहा :* **अशांत, टवटवीत**

लहडणे (क्रि) *पाहा :* **चिकटणे, लोंबणे**

लहणा (वि) *पाहा :* **अनुकूल**

लहर (स्त्री) आवेग, मनोवेग, उमाळा, ऊर्मी, शिरशिरी, सुरसुरी, उसळी, हुक्की, (हुकी), तलफ; इच्छा, प्रवृत्ती, मन:प्रवृत्ती, पित्तवृत्ती, कल, तब्येत, मर्जी; खूळ, चळ, विक्षिप्तपणा, वेड; पेटका, झटका, वेग; झुळूक, झोत, लोट; *पाहा :* **लाट**

(n) caprice, impulse, fancy,

whim, temper, mood, humour, disposition, outburst, upsurge; ripple, wave, breeze; *पाहा :* **लाट**

लहरा (पु) *पाहा :* **तान**

लहरी (वि) छांदिष्ट, नादिष्ट, एककल्ली, मनस्वी, स्वच्छंदी, कलंदर, मनमौजी, अस्थिर, चंचल, स्वैर, तऱ्हेवाईक, विक्षिप्त, हेकेखोर, एकतंत्री, जुलमी, अनियंत्रित, बेशिस्त, अनियमित, धरसोड करणारा

[वा] अवलिया

[adj] capricious, whimsical, changeable, fitful, flighty, impulsive, moody, mercurial, temperamental, fanciful, restless, fidgety, eccentric, wilful, irregular

लहरीदार (वि) *पाहा :* **वक्र**

लहान (वि) चिमणा, चिमुकला, चिटुकला, चिटकुला, चिनुला, चिनुकला, चिमुरडा, इवला, इटुकला, नखाएवढा, बिट्टा, टुल्लू, पिटुकला, पिटकुला, पिटुला, सान, साना, सानुला, बाल, बटुमूर्ती, लहानखुरा, लहानगा, लेकुरडा; छोटा, छोटुकला, छोटेखानी, एवढासा, धाकटा, धाकुटा (-ला), थेकुटा, कनिष्ठ, पाठचा; खुर्द; लघुत्तम, आखूड, आवळ, आकुंचलेला, आटलेला; लहानसर, थोकडा, लहानसहान, लहानथोर (-मोठा); *पाहा :* **अल्प, कमी, अल्पवयस्क, ठेंगणा**

[वा] नकटे व्हावे पण धाकटे होऊ नये, मुलाचे पाय पाळण्यात दिसतात, लिंबूटिंबू

[adj] small, little, puny, tiny, petite, miniature, short; *पाहा :* **अल्प, कमी, अल्पवयस्क, ठेंगणा**

लहानथोर (-मोठा) (वि) *पाहा :* **असमान**

लहानपण (न) *पाहा :* **बाल्य**

लहानसर (वि) *पाहा :* **लहान, आटोपशीर**

लहानसहान (वि) *पाहा :* **लहान, किरकोळ**

लहालहा (क्रिवि) *पाहा :* **धाप**

लळतलोंबत (क्रिवि) *पाहा :* **लोंबणे**

लळा (पु) *पाहा :* **प्रेम, लाड**

लळित (लळीत) (न) *पाहा :* **नाटक**

लक्ष (पु), शतसहस्र, लाख, लाखोली; *पाहा :* **दशांशस्थाने, अंक**

(n) hundred thousand; lakh *पाहा :* **दशांशस्थाने, अंक**

लक्ष (न) *पाहा :* **अवधान, टेहळणी, चित्त**

लक्षण (न) *पाहा :* **खूण, तानमान, गुण**

लक्षणा (स्त्री) *पाहा :* **अभिप्राय**

लक्षणीय (वि) *पाहा :* **उल्लेखनीय, ठळक**

लक्षपूर्वक (क्रिवि) *पाहा :* **मनःपूर्वक**

लक्षवेधक (लक्षवेधी) (वि) *पाहा :* **आकर्षक, उल्लेखनीय**

लक्षाधिपती (पु), **लक्षाधीश** (पु) *पाहा*

: **श्रीमंत**

लक्षानुलक्ष (वि), **लक्षावधी** (वि) *पाहा :* **अनेक**

लक्षिणे (क्रि) *पाहा :* **अवलोकन**

लक्षित (न) *पाहा :* **उद्दिष्ट**

लक्षेश्वरी (स्त्री) *पाहा :* **श्रीमंती**

लक्ष्मणरेषा (स्त्री) *पाहा :* **मर्यादा**

लक्ष्मी (स्त्री) इंदिरा, कमला, कमळजा, पद्मा, रमा, ऋद्धी, श्री, विष्णुपत्नी, नारायणी, हरिप्रिया, धन/ संपत्ती/ वैभव/ ऐश्वर्य/ उत्कर्ष/ सौंदर्य-देवता, संपत्ती, सुदैव; *पाहा :* **पत्नी**
(n) (Goddess of) wealth, fortune; *पाहा :* **पत्नी**

लक्ष्मीपती (पु) *पाहा :* **विष्णू**

लक्ष्मीपती (-पुत्र, -वंत, -वान) (वि) *पाहा :* **श्रीमंत**

लक्ष्य (न) *पाहा :* **उद्दिष्ट**

लक्ष्यभेदी (वि) *पाहा :* **अचूक, तिरंदाज**

लक्ष्यवेधी (वि) *पाहा :* **अचूक**

लक्ष्यार्थ (पु) *पाहा :* **अभिप्राय**

लाकूड (न) काष्ठ; इमारती/जळाऊ/ जंगली लाकूड; लाकूडफाटा; सरपण; ओंडका; लोढणे; *पाहा :* **टणक, अग्नी**
(n) wood, timber, lumber; *पाहा :* **टणक, अग्नी**

लाख (पु) *पाहा :* **लक्ष, अंक**

लाखमोलाचा (वि) *पाहा :* **मौल्यवान**

लाखो (वि) *पाहा :* **अनेक**

लाखोपती (पु) *पाहा :* **श्रीमंत**

लाखोली (स्त्री) *पाहा :* **लक्ष**

लाग (पु) *पाहा :* **संधी, संधान, अनुबंध, उद्दिष्ट, अन्वेषण, पल्ला, फायदा, प्रेम, संभोग**

लागट (वि) *पाहा :* **आसक्त, निर्लज्ज, खरपूस**

लागण (स्त्री) *पाहा :* **बाधा, पेरणे**

लागणे (क्रि) *पाहा :* **चिकटणे, मिटणे, अंकुरणे, आढळणे, खटकणे, अग्नी, आरंभ**

लागत (स्त्री) *पाहा :* **खर्च**

लागतगुण (पु) *पाहा :* **गुण**

लागभाग (पु) *पाहा :* **संबंध**

लागमाग (पु) *पाहा :* **संबंध, उपाय**

लागलीच (क्रिवि) *पाहा :* **अविलंब, पाठोपाठ**

लागवड (स्त्री), **लागवण** (स्त्री) *पाहा :* **पेरणे**

लागाबांधा (पु) *पाहा :* **संबंध, अनुबंध**

लागू (वि) *पाहा :* **आनुषंगिक**

लांगूल (न) *पाहा :* **शेपूट**

लांगूलचालन (न) *पाहा :* **अनुनय**

लागोपाठ (क्रिवि) *पाहा :* **पाठोपाठ**

लाघव (न) *पाहा :* **आर्जव, कसब, करामत, चतुराई, चापल्य, फसवणूक**

लाघवी (वि) *पाहा :* **प्रेमळ**

लाच (स्त्री) लालूच, प्रलोभन, आमिष, बक्षिसी, चिरीमिरी, भाड, हप्ता, मलिदा, मुखलेप, लाचरिश्वत, लाचखोरी, लाललुचपत; लाचलूच, *पाहा :* **अनाचार, आमिष, भ्रष्ट**
[वा] पैसे चारणे, हात ओला करणे, हात/मूठ दाबणे, वजन ठेवणे, टेबलाखालून सारणे, तोंड गोड करणे, तोंड दाबणे, आंबोण दाखवणे,

मुखलेप, मृदंगो मुखलेपेन करोति मधुरध्वनिः, नैवेद्य, गूळखोबरे, चहापानी, पानसुपारी, पोटपूजा, सर्वारंभास्तंडुला; पागडी, दक्षिणा, वरदक्षिणा; लाच खाणे, पैसे खाणे

(n) bribe, graft, grease, bait, hush money; protection money; *पाहा :* **अनाचार, आमिष, भ्रष्ट**

[i] grease the palm, (buy) under the counter, buy off

लाचकोडगा (वि) *पाहा :* **निर्लज्ज**

लाचखाऊ (-खोर) (वि) *पाहा :* **भ्रष्ट**

लाचखोरी (स्त्री), **लाचलुचपत** (स्त्री), **लाचलूच** (स्त्री) *पाहा :* **लाच, अनाचार**

लाचार (वि) *पाहा :* **अगतिक, गरीब**

लाचारी (स्त्री) *पाहा :* **नाइलाज, गुलामगिरी, अवदशा**

लांच्छन (लांछन) (न) *पाहा :* **खूण, कलंक**

लांच्छनास्पद (-छ-) (वि) *पाहा :* **गर्हणीय**

लांच्छित (लांछित) (वि) *पाहा :* **कलंकित**

लाज (स्त्री) लज्जा, शरम, मर्यादा, संकोच, विनय, अनमान, आडपडदा, भीड, भीडभाड, भिडस्तपणा, बुजरेपणा, सभ्यता, टोचणी; लाजकाज (-भीड, -मर्यादा, -लज्जा); जनलज्जा, लोकलज्जा, मनलज्जा; *पाहा :* **खजील, अब्रू, लाजणे, लाजाळू**

[वा] अवघड वाटणे, ताकाला जाऊन भांडे लपवणे, भीड भिकेची बहीण

(n) shame, modesty, shyness, politeness, reserve, timidity, bashfulness; embarassment *पाहा :* **खजील, अब्रू, लाजणे, लाजाळू**

[i] a crying shame

लाजट (वि) *पाहा :* **लाजाळू**

लाजणे (क्रि) शरमणे, वरमणे, संकोचणे, लज्जित/ सलज्ज/ लज्जायुक्त/ शरमिंदे होणे; ओशाळणे, चपापणे; *पाहा :* **लाज, लाजाळू, खजील**

[वा] तोंड गोरेमोरे होणे, गाल लाल होणे, लाजून चूर होणे, दृष्टी खाली वळवणे, अंगठ्याने जमीन उकरणे, तोंड झाकून घेणे, मान खाली घालणे, चोरट्यासारखे होणे,जीभ चावणे

(v) be ashamed, blush, colour, flush, redden, go red, hang one's head; *पाहा :* **लाज, लाजाळू, खजील**

लाजरा (वि) *पाहा :* **लाजाळू**

लाजलज्जा (स्त्री) *पाहा :* **लाज**

लाजलावणा (वि) *पाहा :* **लाज, अनुचित**

लाजवट (वि) *पाहा :* **लाजाळू**

लाजवाब (वि) *पाहा :* **उत्कृष्ट, अजोड**

लाजाळू (वि) लाजट, लाजवट, लाजरा, लज्जाशील, संकोची, भिडस्त, भेजूड, बुजरा, लज्जालू, लाजराबुजरा, सलज्ज, विनयशील, मागेमागे राहणारा; *पाहा*

*: **लाजणे, लाज, खजील***

[वा] लाजाळूचे झाड

[adj] shy, coy, bashful, timid, mousy, sheepish, withdrawn, reserved, self-conscious; *पाहा :* **लाजणे, लाज, खजील**

[i] to stand on ceremony

लाजिरवाणा (वि) *पाहा :* **गर्हणीय, ओशाळा**

लाट (स्त्री) तरंग, लहर, वीची, जलतरंग, जललहरी, झुळूक, कल्लोळ; भरती, उधाण, पूर, लोंढा, आवेग, ऊर्मी; *पाहा :* **वाढ**

(n) wave, ripple, swell, surf, breaker, roller, billow, upsurge, tide, tidal wave, bore; flood, outburst; *पाहा :* **वाढ**

लाटणे (क्रि) *पाहा :* **चेपणे, चोरणे**

लाटी (स्त्री) *पाहा :* **गोल**

लाट्यागंगाजी (पु) *पाहा :* **फसवा**

लाठी (स्त्री) *पाहा :* **काठी**

लाठीमार (पु) *पाहा :* **अत्याचार, आघात**

लाठीराज्य (न) *पाहा :* **दडपशाही**

लाड (पु) लालन, प्रेम, माया, कोड, लाडकोड, कौतुक, कोडकौतुक, चोज, लळा, लालनपालन, चोचला, गमजा, लाडीगोडी

[क्रि] लाड/लळा पुरवणे, चोचले पुरवणे, हौस पुरवणे, हौसमौज करणे, लाडावणे, लाडीगोडी लावणे/करणे, कुरवाळणे, गोंजारणे, आंजारणे-गोंजारणे

[वा] डोक्यावर बसवणे, लाडोबा/लाडुबाई करून ठेवणे, लाडाने वेडे आणि गुळाने बोबडे

(n) coaxing, caressing, fondling

[i] spare the rod and spoil the child

लाडका (वि), **लाडला** (वि) *पाहा :* **प्रिय**

लाडनाव (न) *पाहा :* **अभिधान**

लांडा (वि) *पाहा :* **कमी, अनावृत**

लांडा कारभार (पु) *पाहा :* **चबढब**

लांडाबांडा (वि) *पाहा :* **कमी**

लांडाबुच्चा (वि) *पाहा :* **अनावृत**

लांडाभुंडा (वि) *पाहा :* **कमी**

लांडालटका (वि) *पाहा :* **खोटा**

लाडावणे (क्रि) *पाहा :* **लाडलाडिक** (वि) *पाहा :* **प्रेमळ**

लाडिकपणा (पु) *पाहा :* **प्रेम**

लाडीगोडी (स्त्री) *पाहा :* **लाड, चाळवणे, चुचकारणे, प्रेम**

लांडीलबाडी (स्त्री) *पाहा :* **फसवणूक**

लाडुबाई (स्त्री) *पाहा :* **लाड**

लाडोबा (पु) *पाहा :* **लाड**

लांडोर (स्त्री) *पाहा :* **मोर**

लात (-थ) (स्त्री) *पाहा :* **आघात**

लाथाडणे (क्रि) *पाहा :* **मारणे, त्यागणे**

लाथाळी (स्त्री) *पाहा :* **भांडण**

लादणे (क्रि) ठेवणे, चढवणे, रचणे, बसवणे, सोपवणे, आरोप करणे, ओझे घालणे

(v) load, burden, charge

लादा (पु) *पाहा :* **गोल**

लादी (स्त्री) *पाहा :* **दगड**

लाधणे (क्रि) *पाहा :* **मिळणे**

लापट (वि) *पाहा :* **सैल**

लापशी (स्त्री) *पाहा :* **खीर**

लाफा (स्त्री, अव) *पाहा :* **अतिशयोक्ती, थाप**

लाफ्या (वि) *पाहा :* **गप्पिष्ट**

लांब (वि) *पाहा :* **दीर्घ, दूर**

लांबकान्या (पु) *पाहा :* **गाढव**

लांबट (वि) *पाहा :* **दीर्घ**

लांबटांग्या (वि) *पाहा :* **उंच**

लांबडा (पु) *पाहा :* **साप**

लांबडा (वि) *पाहा :* **दीर्घ**

लांबण (स्त्री) *पाहा :* **दिरंगाई, पाल्हाळ, ढकलणे**

लांबणे (क्रि) लांब होणे (*पाहा :* **दीर्घ**); (v) lengthen; *पाहा :* **दीर्घ**

लांबरुंद (वि) *पाहा :* **अघळपघळ, प्रशस्त**

लांबलचक (वि) *पाहा :* **दीर्घ, अघळपघळ**

लांबवणे (क्रि) *पाहा :* **ताणणे, चोरणे, पाल्हाळ**

लांबसडक (वि) *पाहा :* **सरळ; दीर्घ**

लांबसर (वि) *पाहा :* **दीर्घ**

लांबी (स्त्री) *पाहा :* **विस्तार, गोंद**

लांबोडा (वि) *पाहा :* **दीर्घ**

लाभ (पु) *पाहा :* **फायदा, आवक, संपादन, कल्याण**

लाभणे (क्रि) *पाहा :* **मिळणे**

लाभदायक (वि) *पाहा :* **फायदेशीर, कल्याणकारी**

लाभदृष्टी (स्त्री) *पाहा :* **इच्छा**

लाभलोभ (पु) *पाहा :* **लोभ**

लाभहानी (स्त्री) *पाहा :* **नफा-नुकसान**

लाभक्षेत्र (न) *पाहा :* **जलसंपत्ती**

लाभार्थी (वि) *पाहा :* **इच्छुक, गरजवंत**

लाभालाभ (पु) *पाहा :* **नफा-नुकसान**

लामणदिवा (पु) *पाहा :* **दिवा**

लामा (पु) *पाहा :* **साधू**

लायक (वि) योग्य, सुयोग्य, युक्त, उचित, इष्ट, पात्र, समर्थ, शक्त, सक्षम, कार्यक्षम; अनुरूप, साजेसा, शोभेसा, जुळणारा, चपखल; सत्पात्र; अर्हतापात्र; *पाहा :* **लायकी** (विरु) **नालायक**

[adj] fit, worthy, appropriate, deserving, capable, competent, eligible, proper, suitable; *पाहा :* **लायकी** (विरु) **नालायक**

[i] cut out for, made to order, of one piece, fit like a glove, upto the mark

लायकी (स्त्री) योग्यता, पात्रता, अर्हता, क्षमता, सामर्थ्य; शहामत, दर्जा, प्रतिष्ठा, प्रत, पायरी; *पाहा :* **लायक, अधिकार,** (विरु) **नालायकी**

[वा] पायीची वहाण पायीच बरी/ छान, वळचणीचे पाणी आढ्याला जात नाही, चांभाराच्या देवाला खेटराची पूजा, लहान तोंडी मोठा घास घेणे, हिरा तो हिरा गार ती गार, आंधळ्यात काणा राजा, वासरांत लंगडी गाय शहाणी, गावढ्या गावात गाढवी सवाशीण, राजा बोले दळ हाले आणि

काजी बोले दाढी हाले, सरड्याची धाव कुंपणापर्यंत, एरंडोऽपि द्रुमायते

(n) eligibility, suitability, capability; worth, merit, rank; *पाहा :* **लायक, अधिकार** (विरु) **नालायकी**

लाल (वि) तांबडा, आरक्त, रक्त, शोण, रक्तवर्ण (-वर्णीय), लोहित, ताम्र, ताम्रवर्णी, लालबुंद, लालभडक, तांबडाभडक, तांबडालाल, इंगळासारखा, गुंजेसारखा, तांबारलेला, लालजर्द, लालचुटुक, जास्वंदी, किरमिजी, हिंगुळी, अंजिरी, शेंदरी, काषाय, भगवा, रुधिर, लालसर, लालट, तांबसर, तांबडसर, तांबट, तांबूस, खडूळ,पिंगट, गुळी, रूज, गुलाबी, गुलाली, डाळिंबी, नारिंगी; *पाहा :* **प्रिय, रत्न**

[adj] red, scarlet, vermilion, crimson, carmine, maroon, carnation red, blood red, ruby, rouge, pink, rosy, auburn, orange; *पाहा :* **प्रिय, रत्न**

लालचावणे (क्रि) *पाहा :* **लोभी**

लालची (वि) *पाहा :* **लोभी**

लालडी (स्त्री) *पाहा :* **रत्न**

लालन (न), **लालनपालन** (न) *पाहा :* **लाड, पालन**

लाल फीत (स्त्री) *पाहा :* राज्यपद्धती

लालसा (स्त्री) *पाहा :* **अभिलाषा, आसक्ती**

लालित्य (न) सौंदर्य, मोहकता, रमणीयता, माधुर्य, गोडवा, तरलता, कलापूर्णता; विभ्रम *पाहा :* **ललित**

(n) grace, charm, beauty, delicacy, refinement, elegance *पाहा :* **ललित**

लालित्यपूर्ण (वि) *पाहा :* **ललित, लालित्य**

लालिमा (पु) *पाहा :* **लाली**

लाली (स्त्री) लालिमा, रक्तिमा, अरुणिमा, तांबडेपणा, रंग

(n) redness, colour

लालूच (स्त्री) *पाहा :* **आमिष**

लाले (न) *पाहा :* **अबोला**

लाव (स्त्री) *पाहा :* **पिशाच**

लावण (वि) *पाहा :* **चव**

लावणी (स्त्री) *पाहा :* **पेरणे, काव्य**

लावणे (क्रि) *पाहा :* **थाटणे, चोपडणे, पेरणे, बंद**

लावण्य (न) *पाहा :* **सौंदर्य**

लावण्यखनी (-लतिका, -वती) (स्त्री) *पाहा :* **सुंदरी**

लावण्यसंपन्न (वि) *पाहा :* **सुंदर**

लावतोड (स्त्री) *पाहा :* **कष्ट, घाई, खटपट**

लावसट (स्त्री) *पाहा :* **पिशाच**

लावालाव (-वी) (स्त्री) *पाहा :* **मांडणी, चहाडी, कागाळी**

लावालाव्या (वि) *पाहा :* **चहाडखोर**

लास (पु), **लासरू** (न), **लासे** (न) *पाहा :* **डाग**

लास (स्त्री) *पाहा :* **पिशाच**

लास्य (न) *पाहा :* **नृत्य**

लाहडा (वि) *पाहा :* **अधाशी**

लाहणे (क्रि) *पाहा :* **मिळणे**
लाही (स्त्री) *पाहा :* **तलखी**
लाहोटा (पु) *पाहा :* **लोभ**
लाळ (स्त्री) थुंकी, मुखरस, द्रव
(n) saliva, spittle, sputum
लाळघोट्या (वि) *पाहा :* **स्तुतिपाठक**
लाक्षणिक (वि) ज्ञापक, सूचक, दर्शक, वैशिष्ट्यबोधक, प्रतीकात्मक, सांकेतिक, अप्रत्यक्ष, आलंकारिक, औपचारिक
[adj] symbolic, allusive, indirect, figurative, allegorical, metaphorical
लिकलिकणे (क्रि) *पाहा :* **चमकणे**
लिखाण (न) *पाहा :* **लेख, लिहिणे**
लिखापढी (स्त्री) *पाहा :* **लिहिणे**
लिखित (वि) *पाहा :* **लिहिणे**
लिंग (न) *पाहा :* **पिंडी, जननेंद्रिय**
लिगटणे (क्रि) *पाहा :* **चिकटणे**
लिंगपिसाट (वि) *पाहा :* **वेडा**
लिंगबदल (पु) *पाहा :* **बदल**
लिंगभेद (पु) *पाहा :* **विभाजन**
लिगाड (न) *पाहा :* **लचांड, परिवार**
लिडबिडणे (क्रि) *पाहा :* **डळमळणे, चोपडणे**
लिंपण (न) *पाहा :* **गिलावा, लेप**
लिंपणे (क्रि) *पाहा :* **चोपडणे**
लिपिक (पु) *पाहा :* **कारकून**
लिपी (स्त्री) लेखनपद्धती, अक्षर, अक्षरलेखन, हस्ताक्षर; सुलेखन, देवनागरी, बालबोध, मोडी, गुजराती, बंगाली, गुरुमुखी, कानडी, उर्दू, रोमन, रशियन, चिनी, जपानी; चित्रलिपी
(n) script, writing, handwriting, calligraphy
लिप्त (वि) *पाहा :* **चोपडणे, मलिन**
[adj] smeared; *पाहा :* **चोपडणे, अडकणे, मलिन**
लिप्ताळणे (क्रि) *पाहा :* **मलिन**
लिप्ताळा (वि) *पाहा :* **ओशाळा**
लिप्सा (स्त्री) *पाहा :* **लोभ**
लिफाफा (पु) *पाहा :* **पिशवी**
लिबलिबीत (वि) *पाहा :* **नरम, थलथलीत**
लिंबूवर्ण (वि) *पाहा :* **पिवळा**
लिलाव (पु) *पाहा :* **विक्री**
लिवलिवीत (वि) *पाहा :* **मऊ**
लिहिणे (क्रि) लिखाण/ लेखन/ लिखापढी/ शब्दांकन/ वाङ्मयनिर्मिती/ खर्डेघाशी/ लेखनकामाठी/ संपादन/ पुनर्लेखन/ लघुलेखन करणे, लेखी/लिखित करणे, ग्रंथरचना करणे, लेखनकला अंगीकारणे, लेखक/लेखिका/ साहित्यिक होणे, साहित्य प्रसवणे, लिहिणे-वाचणे करणे; *पाहा :* **खरडणे, लेख, लेखक**
[वा] पांढऱ्यावर काळे करणे, मांडमोड करणे, कागदोपत्री करणे, बोलका ढलपा
(v) write, pen, scribble; jot, pen, scrawl, inscribe, engrave, take down, dodble, be an author; *पाहा :* **खरडणे, लेख, लेखक**
[n] calligraphy, hieroglyphics,

handwriting, longhand, shorthand
[i] black and white, penmanship, hammer out
लीन (वि) *पाहा :* **नम्र, अभिन्न, गरीब**
लीलया (क्रिवि) *पाहा :* **विनायास**
लीला (-ळा) (स्त्री) *पाहा :* **क्रीडा, करामत, करणी, कला**
लीलावती (स्त्री) *पाहा :* **सुंदरी**
लुकड (-डा, -ड्या) (वि) *पाहा :* **कृश**
लुकण (लुंकण) (न) *पाहा :* **गोंद, लेप**
लुकलुकणे (क्रि) *पाहा :* **चमकणे**
लुकलुकी (स्त्री) *पाहा :* **चमक**
लुक्कड (वि) *पाहा :* **कृश**
लुंगासुंगा (वि) *पाहा :* **अलताभलता, क्षुल्लक**
लुचणे (क्रि) *पाहा :* **पिणे**
लुचपत (स्त्री) *पाहा :* **लाच**
लुचाडणे (क्रि) *पाहा :* **चोरणे**
लुच्चा (वि) *पाहा :* **फसवा, अट्टल**
लुच्चेगिरी (स्त्री) *पाहा :* **फसवणूक, कपट**
लुटणे (क्रि) *पाहा :* **चोरणे, अपहरण**
लुटारू (वि) *पाहा :* **चोर**
लुटालूट (स्त्री) *पाहा :* **चोरी, दंगल**
लुटुपुटीचा (लुटुपुटू) (वि) *पाहा :* **खोटा**
लुडकणे (क्रि) *पाहा :* **झोपणे**
लुडबुड (स्त्री), **लुडबुडणे** (क्रि) *पाहा :* **चबढब, अटकाव, अडमडणे**
लुडबुड्या (वि) *पाहा :* **चोंबडा**
लुंडमुंड (वि) *पाहा :* **अचेतन**
लुंडा (वि) *पाहा :* **अधू**
लुंडाभुंडा (वि) *पाहा :* **अनावृत**
लुतरा (वि) *पाहा :* **चोंबडा**
लुप्त (वि) *पाहा :* **गुप्त, गडप**
लुबलुब (स्त्री) *पाहा :* **बडबड**
लुबाडणूक (स्त्री) *पाहा :* **चोरी**
लुबाडणे (क्रि) *पाहा :* **चोरणे, अपहरण**
लुब्ध (वि) आकृष्ट, आकर्षित, मोहित, अनुरक्त, आसक्त, रत, फिदा, लट्टू, प्रभावित, मंत्रमुग्ध, भुरळ पडलेला, प्रलोभित, लोभाविष्ट, लोभावलेला, लोभी, लोलुप, गोडावलेला *पाहा :* **लोभी, आकर्षण**
[adj] attracted, charmed, enamoured, enchanted, fascinated, infatuated, greedy *पाहा :* **लोभी, आकर्षण**
लुब्धक (पु) *पाहा :* **पारधी**
लुब्रा (वि) *पाहा :* **चोंबडा, चिकट**
लुला (वि) *पाहा :* **अधू**
लुल्ल (वि) *पाहा :* **झिंगणे**
लुस (वि), **लुसलुशीत** (वि) *पाहा :* **कोवळा, मऊ**
लुसलुस (स्त्री) *पाहा :* **इच्छा**
लुळा (-खुडा, -खुळा, -पांगळा) (वि) *पाहा :* **अधू, नपुंसक**
लू (स्त्री) *पाहा :* **वायू, झळ**
लूट (स्त्री) *पाहा :* **चोरी, वैपुल्य**
लेइणे (क्रि) *पाहा :* **वस्त्र, धरणे**
लेक (पु) *पाहा :* **पुत्र**
लेक (स्त्री) *पाहा :* **कन्या**
लेकरू (न) *पाहा :* **मूल, बाळ**
लेकरेबाळे (-सोरे) (न, अव) *पाहा :*

मुलेबाळे
लेकवळा (पु) *पाहा :* **पुत्र**
लेकुरडा (वि) *पाहा :* **लहान**
लेकुरछंद (पु) *पाहा :* **छंद**
लेकुरपण (-णा) (न, पु) *पाहा :* **बाल्य**
लेकुरवाळा (वि) *पाहा :* **पिता**
लेकुरवाळी (स्त्री) *पाहा :* **माता**
लेकुरस्वभाव (पु) *पाहा :* **पोरकट, स्वभाव**
लेख (पु) लिहिलेला (मजकूर), लिखाण, लेखन, वाङ्मय, साहित्य, निबंध, प्रबंध, टाचण, टिपण, नोंद, अहवाल, उतारा, अग्रलेख, संपादकीय, लेखांक, स्तंभलेखन, हस्तलिखित, कागद, दस्तऐवज, शिलालेख *पाहा :* **लिहिणे, लेखक**
(n) written matter, writing, literature, penmanship, composition, essay, article, leader, note, jotting, report, manuscript, text, work, document, monograph, inscription *पाहा :* **लिहिणे, लेखक**
लेखक (पु) ग्रंथकर्ता, साहित्यिक, साहित्यकार, निबंधकार, कथाकार, कादंबरीकार, नाटककार, पत्रलेखक, स्तंभलेखक, संपादक, कोशकार, कवी, कलमबहाद्दर, लेखणीबहाद्दर, लेखणीहाक्या; लेखनिक; लेखिका (स्त्री), कवयित्री (स्त्री) *पाहा :* **लिहिणे, लेख, ग्रंथकर्ता**
(n) writer, litterateur, author, bard, essayist, story-writer, novelist, playwright, editor, lexicographer, scribe, penman, wordsmith; *पाहा :* **लिहिणे, लेख, ग्रंथकर्ता**
लेखखंड (पु) *पाहा :* **अध्याय**
लेखणी (स्त्री) कलम, टाक, बोरू, झरणी (n) pen, fountain pen, ball point, felt tip, quill
लेखणीबहाद्दर (-हाक्या) (पु) *पाहा :* **लेखक**
लेखणे (क्रि) *पाहा :* **मानणे, गणणे**
लेखन (न) *पाहा :* **लिहिणे, लेख, अभिव्यक्ती**
लेखनबंदी (स्त्री) *पाहा :* **अटकाव, तोंडमारा**
लेखनस्वातंत्र्य (न) *पाहा :* **स्वातंत्र्य**
लेखनिक (पु) *पाहा :* **कारकून, लेखक**
लेखा (पु) *पाहा :* **जमाखर्च**
लेखिका (स्त्री) *पाहा :* **लेखक**
लेखी (वि) *पाहा :* **लिहिणे**
लेचापेचा (वि) *पाहा :* **अशक्त, तकलादू, अधू**
लेंढार (न) *पाहा :* **समुदाय**
लेणे (न) *पाहा :* **अलंकार, विवर**
लेणे (क्रि) *पाहा :* **धरणे, वस्त्र**
लेप (पु) उटी, उटणे, अंगविलेपन, अंगराग, चोपडण, लेपन, विलेपन; रंग, गंध, टिळा, सारवण, माखण, लिंपण, भाजण, ओढा, लेपाटा, लेपाळा; गिलावा, गिलीट, रोगण, लुकण (लुक्कण), लुंकण, शाई,

पूट, लेवा, आवरण, पलिस्तर, पोतेरे; *पाहा :* **थर, अवगुंठन, चोपडणे**
(n) emollient, skin bracer, cosmetic; plaster, coat, smearing, cover, lining, layer, varnish; *पाहा :* **थर, अवगुंठन, चोपडणे**
लेपणे (क्रि) *पाहा :* **चोपडणे**
लेपन (न), **लेपाळा** (पु) *पाहा :* **लेप**
लेभळा (वि) *पाहा :* **नेभळट**
लेवा (पु) *पाहा :* **लेप**
लेश (पु) *पाहा :* **कण**
लेह्य (न) *पाहा :* **अन्न**
लोक (पु) *पाहा :* **मानव, प्रजा, वर्ग, परका, प्रदेश, लोकत्रय, सप्तलोक, इहलोक, परलोक**
लोककथा (स्त्री) *पाहा :* **कथा**
लोकगान (-गीत) (न) *पाहा :* **काव्य**
लोकत्रय (न) स्वर्गलोक, मृत्युलोक, पाताळलोक *पाहा :* **सप्तलोक, इहलोक, परलोक**
(n) three abodes *पाहा :* **सप्तलोक, इहलोक, परलोक**
लोकनाट्य (न) *पाहा :* **नाटक**
लोकनायक (पु) *पाहा :* **अध्यक्ष**
लोकनिंदा (स्त्री) *पाहा :* **निंदानालस्ती**
लोकनियुक्त (वि) *पाहा :* **नियुक्त**
लोकनृत्य (न) *पाहा :* **नृत्य**
लोकन्यायालय (न) *पाहा :* **न्यायालय**
लोकपाल (पु) *पाहा :* **अधिकारी**
लोकप्रतिनिधी (पु) *पाहा :* **प्रतिनिधी**
लोकप्रवाद (पु) *पाहा :* **अफवा**
लोकप्रवाह (पु) *पाहा :* **रीत**
लोकप्रसिद्ध (वि) *पाहा :* **प्रसिद्ध**
लोकप्रिय (वि) *पाहा :* **प्रिय**
लोकबाह्य (वि) *पाहा :* **त्याज्य**
लोकभय (न) *पाहा :* **भीती**
लोकभाषा (स्त्री) *पाहा :* **भाषा**
लोकमत (-मानस) (न) *पाहा :* **मत, मानस**
लोकमान्य (वि) *पाहा :* **अध्यक्ष, थोर**
लोकर (स्त्री) *पाहा :* **केस**
लोकरंजन (न) *पाहा :* **करमणूक, अनुनय**
लोकराज्य (न) *पाहा :* **राज्यपद्धती**
लोकरीत (स्त्री) *पाहा :* **रीत**
लोकलज्जा (स्त्री) *पाहा :* **लाज**
लोकवाणी (स्त्री) *पाहा :* **मत**
लोकवार्ता (स्त्री) *पाहा :* **अफवा**
लोकविरुद्ध (वि) *पाहा :* **त्याज्य, प्रतिकूल**
लोकविलक्षण (वि) *पाहा :* **विलक्षण**
लोकव्यवहार (पु) *पाहा :* **रीत**
लोकशाही (स्त्री) *पाहा :* **राज्यपद्धती**
लोकशिरस्ता (पु) *पाहा :* **रीत**
लोकशिक्षण (न) *पाहा :* **शिक्षण**
लोकश्रद्धा (स्त्री) *पाहा :* **श्रद्धा**
लोकसंख्या (स्त्री) *पाहा :* **अंक, गणणे**
लोकसंग्रह (पु) *पाहा :* **मित्रत्व, संग्रह**
लोकसत्ता (स्त्री), **लोकसत्ताक** (वि) *पाहा :* **राज्यपद्धती**
लोकसभा (स्त्री) *पाहा :* **अधिवेशन**
लोकसाहित्य (न) *पाहा :* **साहित्य**
लोकसेवक (पु) *पाहा :* **अनुचर**
लोकहित (न) *पाहा :* **हित**
लोकहितैषी (वि) *पाहा :* **इच्छुक**

लोकक्षोभ (पु) *पाहा :* **अशांतता, अराजक, चळवळ**
लोकाग्रणी (पु) *पाहा :* **अग्रगण्य, अध्यक्ष**
लोकानुरंजन (न) *पाहा :* **अनुनय**
लोकानुवर्ती (स्त्री) *पाहा :* **राज्यपद्धती**
लोकापवाद (पु) *पाहा :* **निंदानालस्ती, अफवा, अपकीर्ती**
लोकाभिमुख (वि) *पाहा :* **राज्यपद्धती**
लोकेषणा (स्त्री) *पाहा :* **इच्छा**
लोकोक्ती (स्त्री) *पाहा :* **उक्ती**
लोकोत्तर (वि) *पाहा :* **अग्रगण्य, दिव्य, थोर, अजोड, अद्‌भुत**
लोकोत्सव (पु) *पाहा :* **उत्सव**
लोकोद्धार (पु) *पाहा :* **उद्धार**
लोखंड (न) लोह, बीड, घडीव/ओतीव लोखंड, पोलाद, तिखे
(n) iron, wrought/cast iron, steel
लोंगर (पु) *पाहा :* **समुदाय**
लोचट (वि) *पाहा :* **निर्लज्ज, चिकट**
लोचदार (वि) *पाहा :* **गोड**
लोचन (पु) *पाहा :* **डोळा**
लोट (पु) *पाहा :* **पूर, ऊत**
लोटणे (क्रि) *पाहा :* **ढकलणे, झुगारणे, पूर, संपणे**
लोटपोट (स्त्री) *पाहा :* **वैपुल्य, हसणे**
लोटा (-टी) (पु, स्त्री) *पाहा :* **भांडे**
लोटांगण (न) *पाहा :* **अभिनंदन**
लोटालोटी (स्त्री) *पाहा :* **गर्दी**
लोठ्या (वि) *पाहा :* **लठ्ठ**
लोड (पु) *पाहा :* **उशी**
लोढणे (न) *पाहा :* **अटकाव, पाश, लाकूड**
लोंढा (पु) *पाहा :* **पूर**
लोण (न) *पाहा :* **परंपरा**
लोणकढी (स्त्री) *पाहा :* **थाप**
लोप (पु), **लोपणे** (क्रि) *पाहा :* **गुप्त, नाश, अंत**
लोंबकळणे (क्रि) *पाहा :* **लोंबणे, अनिश्चित**
लोंबणे (क्रि) लटकणे, लोंबकळणे, टांगलेला/ झिळमिळा/ लळतलोंबत असणे, लहडणे, ओथंबणे, लवथवणे, रुळणे; अनिश्चित असणे; *पाहा :* **टांगणे**
[ना] लंबक, झुंबर, हार, माळ, झिरमिळी, झिळमिळी, शिंकाळी (-ळे), शिंके, कर्णभूषण, झुलता पूल, फास
(v) hang, dangle, droop, be suspended; *पाहा :* **टांगणे**
[n] pendulum, chandelier, necklace, earring, sling, suspension bridge, noose
लोंबर (न), **लोंबी** (स्त्री) *पाहा :* **कणीस**
लोभ (पु) इच्छा, तृष्णा, स्पृहा, लालसा, आसक्ती, अभिलाषा, हाव, हावरेपणा, अधाशीपणा, लौल्य, जिव्हालौल्य, लाहाडेपणा, असोशी, हव्यास; लाहोटा, लिप्सा, लाभलोभ; द्रव्यलोभ, धनतृष्णा, धनलोभ; धनाशा, कार्पण्य, कंजूषपणा, (*पाहा :* **कंजूष)**; मर्जी, मेहेरबानी, कृपा, कृपादृष्टी; आपुलकी, आस्था, माया, ममता, प्रीती, प्रेम, अनुग्रह
[क्रि] लोभणे, लोभावणे, लोभाविष्ट होणे (*पाहा :* **लोभी)** गोडावणे

[वा] ऊस गोड लागला म्हणून मुळासकट खाऊ नये

(n) desire, passion, craving, lust, hunger. thirst, greed, avarice, cupidity; kindness, blessing, patronage, affection, soft spot, warmth, fondness; *पाहा :* **कंजूष, लोभी**

लोभनीय (वि) *पाहा :* **आकर्षक**

लोभस (वि), **लोभसवाणा** (वि) *पाहा :* **आकर्षक, प्रेमळ**

लोभाविष्ट, लोभाळू, लोभिष्ट (सर्व वि) *पाहा :* **लोभी, कंजूष**

लोभी (वि) लोभाविष्ट, लोभाळू, लोभिष्ट, अभिलाषी, साभिलाष; इच्छुक, आशाळभूत, लालची, लालसी, आसक्त, हावरा, हावरट, अतृप्त, अधाशी, हव्यासी, लुब्ध, प्रलोभित; लोभावलेला, लालचावलेला; स्तुतिप्रिय; धनलोभी, धनलुब्ध; *पाहा :* **कंजूष, लोभ, लुब्ध**

[वा] गुळावरच्या माश्या

[adj] desirous, greedy, avaricious; covetous, rapacious, mercenary, attracted, infatuated; venal; *पाहा :* **कंजूष, लोभ, लुब्ध**

लोम (न, पु) *पाहा :* **केस**

लोमविलोम (पु) *पाहा :* **सरमिसळ**

लोल (वि) *पाहा :* **चंचल, आतुर, आसक्त**

लोलिंगता (स्त्री) *पाहा :* **अनुनय**

लोलुत्व (न) *पाहा :* **आसक्ती**

लोलुप (वि) *पाहा :* **आसक्त, लुब्ध**

लोलो (पु) *पाहा :* **घोकणे**

लोष्ठ (न) *पाहा :* **तुकडा**

लोह (न) *पाहा :* **लोखंड**

लोहचुंबक (न) लोहकांत, चुंबक, विद्युत्चुंबक

(n) magnet, loadstone, electric magnet

लोहमार्ग (पु) *पाहा :* **मार्ग**

लोहार (पु) लोहकार, घिसाडी, लोहारकाम करणारा

(n) smith

लोहित (न) *पाहा :* **रक्त**

लोहित (वि) *पाहा :* **लाल**

लोळ (पु) *पाहा :* **प्रवाह, अग्नी, लोळणे**

लोळघोळ (पु) *पाहा :* **घोटाळा**

लोळणे (क्रि) लोळण/ लोळकण घेणे, लोळ घालणे, पडणे, झोपणे, पसरणे, लोळी घेणे, लोळणेघोळणे

(v) roll, sleep

लोळणेघोळणे (क्रि) *पाहा :* **खल, लोळणे**

लोळवणे (क्रि) *पाहा :* **पराभव**

लोळा (पु), **लोळागोळा** (पु) *पाहा :* **गोल**

लोळी (स्त्री) *पाहा :* **गोल, लोळणे**

लौकर (क्रिवि) *पाहा :* **अविलंब**

लौकिक (पु) *पाहा :* **कीर्ती, ऐहलौकिक, अब्रू**

लौकिकवान (वि) *पाहा :* **कीर्तिमान**

लौकिकाचार (पु) *पाहा :* **शिष्टाचार**

लौल्य (न) *पाहा :* **लोभ**

व

वई (स्त्री) *पाहा :* **कुंपण**

वकल (न) *पाहा :* **कबिला**

वकिलात (स्त्री) *पाहा :* **प्रतिनिधी**

वकिली (स्त्री) *पाहा :* **कैवार**

वकील (पु) *पाहा :* **प्रतिनिधी**

वकूब (पु) *पाहा :* **शक्ती**

वक्कल (न) *पाहा :* **कबिला**

वक्तव्य (न) *पाहा :* **भाषण, भाष्य, अभिव्यक्ती, जबानी**

वक्तशीर (वि) *पाहा :* **नियमित**

वक्ता (पु) व्याख्याता, प्रवचनकार, भाष्यकार, बोलणारा, भाषण करणारा, प्रवक्ता, भाषणपटू; वाक्पटू, वाक्पंडित; *पाहा :* **वक्तृत्व**

[वा] वक्ता दशसहस्रेषु, सभा जिंकणे

(n) speaker, lecturer, orator, spokesman, spokesperson, mouthpiece; *पाहा :* **वक्तृत्व**

वक्तृत्व (न) भाषण, प्रवचन, वक्तव्य,अभिव्यक्ती; वक्तृत्वशक्ती, वाचाशक्ती, वाचासिद्धी, वाक्सिद्धी, वाक्पाटव, वाक्पटुत्व, वाक्पांडित्य, वाग्विलास, वाक्चातुर्य, वाक्चापल्य, वक्तृत्वकला, भाषणकला, बोलण्याची शैली; वाक्सृष्टी, शब्दपांडित्य, भाषापांडित्य, तोंडबळ; तोंडपाटिलकी, बडबड, वटवट; *पाहा :* **वक्ता, भाषण**

(n) eloquence, elocution, oratory, magniloquence, delivery, grandiloquence, declamation, rhetoric, expression; *पाहा :* **वक्ता, भाषण**

[i] gift of the gab

वक्त्र (न) *पाहा :* **तोंड**

वक्र (वि) वाकडा, वाकलेला, वळलेला, बाकदार, वळणदार, वळता, वळसेदार, पिळदार, धनुष्याकृती, कमानदार, नागमोडी, सर्पाकृती, सर्पिल, लहरदार, (लहरीदार), वळणावळणाचा, वेडावाकडा, कतरकतर, वक्रगतीचा, वाकड्या चालीचा, कुबडा, फेंगडा, फेंदरा, कानोडा, वाकड, तेढा, वाकडातिकडा, आडवातिडवा; वाकीव; अंतर्वक्र, बहिर्वक्र; *पाहा :* **तिरकस, कुटिल, गोल, वक्रता** (विरु) **सरळ**

[adj] curved, bent, tortuous, crooked, zigzag, serpentine, crescent-shaped; concave, convex, sinuous, convoluted, arched, bowed, buckled, hunched, warped; *पाहा :* **तिरकस, कुटिल, गोल, वक्रता** (विरु) **सरळ**

वक्रता (स्त्री) वाकडेपणा, वळण, वाकण, वाक, बाक, वळसा, वेढा, गोलाई, वक्रगती; पीळ, पोक, पोंग, कुबड; *पाहा :* **वक्र, कपट,**

फुगवटा

(n) curvature, flexure, bend, turn; *पाहा :* **वक्र, कपट, फुगवटा**

[i] U-turn

वक्रतुंड (पु) *पाहा :* **गणपती**

वक्रदृष्टी (स्त्री) *पाहा :* **अवकृपा**

वक्रदृष्टी (वि) *पाहा :* **काणा**

वक्रोक्ती (स्त्री) *पाहा :* **उक्ती, टोमणा**

वखवख (स्त्री), **वखवखणे** (क्रि) *पाहा :* **भूक, अभिलाषा, अधाशी**

वखार (स्त्री) *पाहा :* **संग्रह**

वग (पु) *पाहा :* **प्रतिष्ठा, वशिला, तमाशा**

वंगण (न) *पाहा :* **स्निग्ध पदार्थ**

वगळ (पु) *पाहा :* **गाळ**

वगळणे (क्रि) त्यागणे, टाकणे, सोडणे, डावलणे, झिडकारणे, अव्हेरणे, बहिष्कृत करणे, हद्दपार करणे, वाळीत टाकणे, अपवाद करणे, नापसंत करणे, फाटा देणे, गाळणे, पाखडणे, चाळणे, रोळणे; *पाहा :* **अभाव, अव्हेर,** (विरु) **बाळगणे, अंगीकार**

[वा] खड्यासारखा वगळणे, काळ्या यादीत घालणे, काट मारणे

(v) reject, exclude, cast off, set aside, skip, banish, debar, black-list, keep out, leave out, omit, rule out, shut out, put an embargo on, ostracize, discard; *पाहा :* **अभाव, अव्हेर,** (विरु) **बाळगणे, अंगीकार**

[i] put in cold storage

वच (पु) *पाहा :* **भाषण, बोल**

वचक (पु) *पाहा :* **दरारा, भीती, जरब**

वंचक (वि) *पाहा :* **फसवा**

वचकणे (क्रि) *पाहा :* **भीती**

वंचणूक (स्त्री) *पाहा :* **फसवणूक**

वंचणे (क्रि) *पाहा :* **फसवणूक**

वचन (न) *पाहा :* **भाषण, प्रतिज्ञा, करार, उक्ती**

वंचन (न) *पाहा :* **फसवणूक**

वचनबद्ध (वि) *पाहा :* **बद्ध**

वचनभंग (पु) *पाहा :* **फसवणूक, द्रोह**

वचनभाक (स्त्री) *पाहा :* **प्रतिज्ञा**

वंचना (स्त्री) *पाहा :* **फसवणूक**

वचपा (पु) *पाहा :* **सूड**

वचवच (स्त्री) *पाहा :* **बडबड**

वज (स्त्री) *पाहा :* **काळजी**

वजन (न) गुरुत्व, जडत्व, जडपणा; वस्तुमान; ओझे, भार, बोजा; दडपण, दाब, दबाव; वजनमाप; पासंग, तोल; तुला, सुवर्णतुला इ. *पाहा :* **प्रतिष्ठा, वशिला, ओझे, अभंड, अधिकार**

[क्रि] तोलणे, तुकणे

(n) heaviness; weight, load, burden; *पाहा :* **प्रतिष्ठा, वशिला, ओझे, अभंड, अधिकार**

वजनदार (वि) *पाहा :* **अवजड, प्रतिष्ठित**

वजनयंत्र (न) *पाहा :* **तराजू**

वजनरहित (वि) *पाहा :* **अंतरिक्षप्रवास**

वजा (स्त्री), **वजाबाकी** (स्त्री) *पाहा :* **कमी**

वजीर (पु) *पाहा :* **प्रधान**
वज्र (न) *पाहा :* **आयुध, वीज**
वज्रगाठ (स्त्री) *पाहा :* **गाठ**
वज्रचूडेमंडित (वि) *पाहा :* **स्त्री**
वज्रजिव्ह (वि) *पाहा :* **कठोर**
वज्रदेही (वि) *पाहा :* **शक्तिमान**
वज्रपरीक्षा (स्त्री) *पाहा :* **परीक्षा**
वज्रपात (पु) *पाहा :* **आघात, संकट**
वज्रप्रयोग (पु) *पाहा :* **उपाय**
वज्रप्रहार (पु) *पाहा :* **आघात, संकट**
वज्रमणी (पु) *पाहा :* **रत्न**
वज्रमिठी (स्त्री) *पाहा :* **आलिंगन**
वज्रमूठ (स्त्री) *पाहा :* **मूठ**
वज्रलेप (वि) *पाहा :* **कायम**
वज्रवाणी (स्त्री) *पाहा :* **बोल**
वज्रसंकल्प (पु) *पाहा :* **निर्धार**
वज्रहृदयी (वि) *पाहा :* **कठोर**
वज्रांगी (स्त्री) *पाहा :* **चिलखत**
वज्राघात (पु) *पाहा :* **आघात, संकट**
वज्रानल (पु) *पाहा :* **वीज**
वज्रास्त्र (न) *पाहा :* **आयुध**
वट (पु) *पाहा :* **प्रतिष्ठा, ऐट**
वटवट (स्त्री) *पाहा :* **बडबड, चर्पटपंजरी, जल्पना**
वटवणे (क्रि) *पाहा :* **फेड**
वटहुकूम (पु) *पाहा :* **आदेश**
वटारणे (क्रि) *पाहा :* **अवलोकन**
वटाव (पु) *पाहा :* **फेड**
वटिका (स्त्री), **वटी** (स्त्री) *पाहा :* **गोळी**
वठणीस येणे (क्रि) *पाहा :* **नियंत्रण**
वठणे (क्रि) *पाहा :* **बिंबणे, कोरडा**
वडवाग्नी (पु), **वडवानल** (पु) *पाहा :* **अग्नी**
वडिलोपार्जित (वि) *पाहा :* **आनुवंशिक**
वडी (स्त्री) *पाहा :* **तुकडा**
वडील (पु) *पाहा :* **पिता**
वडील (वि) *पाहा :* **थोर**
वडीलकी (स्त्री) *पाहा :* **थोरवी**
वडीलधारा (वि) *पाहा :* **थोर, पोक्त**
वण (पु) *पाहा :* **चट्टा**
वणवण (स्त्री) *पाहा :* **कष्ट, भटकणे**
वणवणणे (क्रि) *पाहा :* **कष्टणे**
वणवा (पु) *पाहा :* **अग्नी**
वणिक (पु) *पाहा :* **व्यापारी**
वतन (न) *पाहा :* **मिरास, वेतन**
वतनदार (पु) *पाहा :* **जमीनदार, अधिकारी**
वतनदारी (स्त्री) *पाहा :* **मिरास**
वतनवाडी (स्त्री) *पाहा :* **घरदार**
वत्स (न) *पाहा :* **मूल**
वत्सर (न) *पाहा :* **वर्ष**
वत्सल (वि) *पाहा :* **प्रेमळ, दयावंत**
वंदक (वि) *पाहा :* **भक्त**
वदणे (क्रि) *पाहा :* **बोलणे**
वंदणे (क्रि) *पाहा :* **अभिवंदन**
वदंता (स्त्री) *पाहा :* **अफवा**
वदंती (स्त्री) *पाहा :* **अफवा, भाषण**
वदतोव्याघात (पु) *पाहा :* **विसंगत**
वदन (न) *पाहा :* **तोंड**
वंदन (न) *पाहा :* **अभिवंदन**
वदनामृत (न) *पाहा :* **भाषण**
वंदनीय (वि) *पाहा :* **थोर**
वदनेंदू (पु) *पाहा :* **तोंड**
वद्य (वि) *पाहा :* **पंधरवडा**
वंद्य (वि) *पाहा :* **थोर, उचित**

वध (पु) *पाहा :* **ठार करणे, हत्या, अंत**

वधघट (स्त्री) *पाहा :* **चढउतार**

वधणे (क्रि) *पाहा :* **ठार मारणे**

वधारणे (क्रि) *पाहा :* **वाढ**

वधू (स्त्री) *पाहा :* **नवरी**

वधूवर (पु, स्त्री, अव) *पाहा :* **जोडपे**

वंध्या (स्त्री) *पाहा :* **अनपत्य**

वंध्यासुत (पु) *पाहा :* **अशक्य**

वन (न) *पाहा :* **अरण्य**

वनचर (वि) *पाहा :* **प्राणी**

वनभोजन (न) *पाहा :* **खाणे, अन्न**

वनराई (स्त्री) *पाहा :* **अरण्य**

वनराज (पु) *पाहा :* **सिंह**

वनराजी (स्त्री) *पाहा :* **अरण्य**

वनवास (पु) *पाहा :* **वास्तव्य, अवदशा**

वनशेती (स्त्री) *पाहा :* **शेती**

वनश्री (स्त्री) *पाहा :* **शोभा, अरण्य**

वनस्पती (स्त्री) *पाहा :* **झाड, सजीव**

वनक्षेत्र (न) *पाहा :* **अरण्य**

वनिता (स्त्री) *पाहा :* **स्त्री**

वनीकरण (न) *पाहा :* **पेरणे**

वनोद्यान (न) *पाहा :* **अरण्य**

वनौषधी (स्त्री) *पाहा :* **औषध**

वन्य (वि) *पाहा :* **प्राणी**

वन्ही (पु) *पाहा :* **अग्नी**

वपन (न) *पाहा :* **हजामत**

वपू (पु) *पाहा :* **देह**

वफादार (वि) *पाहा :* **निष्ठावंत**

वमन (न) *पाहा :* **ओकारी**

वय (न) आयुर्मान, आयुष्य, उमर; विशी, पंचविशी, तिशी, पस्तिशी, चाळिशी, पन्नाशी, साठी, षष्ट्यब्दी, सत्तरी, नव्वदी, शंभरी; वयोवस्था; पोरवय, वाढवय; *पाहा :* **बाल्य, तारुण्य, वृद्धावस्था**

[वा] गद्धेपंचविशी, साठी बुद्धी नाठी, म्हातारा इतुका न अवघे पाउणशे वयमान, विशी विद्या तिशी धन, घोडा होणे, घोडी होणे

(n) age; advancing years, teen, twenties, thirties etc; *पाहा :* **बाल्य, तारुण्य, वृद्धत्व**

वयस्क (र) (वि) *पाहा :* **पोक्त, वृद्ध**

वयातीत (वि) *पाहा :* **वृद्ध**

वयोवस्था (स्त्री) *पाहा :* **वय**

वयोवृद्ध (वि) *पाहा :* **वृद्ध**

वर (पु) *पाहा :* **नवरा, आशीर्वाद, प्रसाद, कृपा**

वरकड (वि) *पाहा :* **अवशिष्ट, अधिक**

वरकडी (स्त्री) *पाहा :* **वर्चस्व**

वरकरणी (वि), **वरकर्मी** (वि) वरकांती, वरपांगी, बाह्य, वरवरचा, उथळ, तोंडदेखला, औपचारिक, दिखाऊ, नकली, नाटकी, खोटा, कृत्रिम, पोकळ

[वा] पैठणी आग्रह/आदर

[adj] superficial, shallow, skin-deep, passing, perfunctory, ostensible, affected, pretended, feigned, insincere, artificial, false

वरकस (वि) *पाहा :* **धान्य**

वरकांती (वि) *पाहा :* **वरकरणी**

वरकाम (न) *पाहा :* **काम**

वरखर्च (पु) *पाहा :* **खर्च**

वरघोडा (पु) *पाहा :* **मिरवणूक**

वरचढ (वि) वरताण, सरस, वरच्या दर्जाचा, गुरुतर, श्रेष्ठतर, सवाई, जास्त, अधिक, वरचष्मा/ वर्चस्व/ प्राबल्य/ प्राधान्य असलेला, कुरघोडी करणारा, शिरजोर, डोईजड, जिंकणारा; *पाहा :* **जिंकणे**

[वा] शेरास सव्वाशेर, चोरावर मोर, बापसे बेटा सवाई, कानामागून येऊन तिखट होणे, डोक्यावर चढणे/ बसणे/ मिरे वाटणे, बारशाला जेवणे, (बारशाच्या घुगऱ्या खाणे), नाकापेक्षा मोती जड, चोर तो चोर वर शिरजोर, हुकमाचा एक्का हाती असणे

[adj] superior, better, higher, greater, exceeding, dominating, more than a match; *पाहा :* **जिंकणे**

[i] steal a march on, beat hollow, throw into the shade, have the upper hard, hold all the trumps, play first fiddle, break the record, have an edge on

वरचष्मा (पु) *पाहा :* **वरचढ**

वरचेवर (क्रिवि) *पाहा :* **पुन्हा**

वरंड (-डी) (स्त्री) *पाहा :* **भिंत**

वरणे (क्रि) *पाहा :* **विवाह**

वरताण (वि) *पाहा :* **वरचढ**

वरद (पु) *पाहा :* **गणपती**

वरदहस्त (पु) *पाहा :* **कृपा, आशीर्वाद**

वरदक्षिणा (स्त्री) *पाहा :* **दान**

वरदान (न) *पाहा :* **आशीर्वाद, दान**

वरदूध (न) *पाहा :* **दूध**

वरपांगी (वि) *पाहा :* **वरकरणी**

वरंबा (पु) *पाहा :* **भिंत**

वरमणे (क्रि) *पाहा :* **चपापणे**

वरमाय (-ई) (स्त्री) *पाहा :* **माता**

वरयात्रा (स्त्री) *पाहा :* **मिरवणूक**

वरवंडी (स्त्री) *पाहा :* **भिंत**

वरवरचा (वि) *पाहा :* **वरकरणी**

वरात (स्त्री) *पाहा :* **मिरवणूक**

वराह (पु) *पाहा :* **अवतार, डुक्कर**

वरिष्ठ (वि) ज्येष्ठ, वडील, वरचा, मुख्य, प्रमुख, प्रधान, मोठा, श्रेष्ठ, उच्च, बडा *पाहा :* (विरु) **कनिष्ठ**

[adj] senior, superior, higher, high- ranking, top-ranking, chief, principal *पाहा :* (विरु) **कनिष्ठ**

वरीस (न) *पाहा :* **वर्ष**

वरुण (राज) (पु) *पाहा :* **पाऊस**

वरुणदिक (स्त्री) *पाहा :* **पश्चिम**

वरुष (न) *पाहा :* **वर्ष**

वर्ख (पु) *पाहा :* **पत्रा**

वर्ग (पु) श्रेणी, इयत्ता, विभाग, तुकडी; वंश, कुळ, घराणे, गोत्र, अवलाद, जात, जमात, जातगंगा, जातगोत, बिरादरी, जातपात, संघ, समूह, गट, लोक; प्रत, दर्जा, थर, प्रकार, विल्हे, सदर, तऱ्हा, भेद, वर्गभेद, जाती, जातकुळी, ज्ञाती, कोटी; गुणधर्म; वर्ण (ब्राह्मण, क्षत्रिय, वैश्य, शूद्र); पोटजात, प्रजाती, पोटविभाग; प्राणिवर्ग, योनी (८४ लक्ष योनी; २० लक्ष वृक्ष, ९ लक्ष जलचर,

११ लक्ष कीटक, १० लक्ष पक्षी, ३० लक्ष पशू, ४ लक्ष मानव)
(n) class, division, family, genus, species, breed, race, tribe, clan, type, kind, genre, nature, character, rank, standard, caste, subcaste; **वर्गणी** (स्त्री) पट्टी, निधी, फंड; *पाहा :* **अंश, किंमत**
(n) subscription, contribution; *पाहा :* **अंश, किंमत**
वर्गणीदार (पु) हिस्सेकरी, वाटेकरी, भागीदार; ग्राहक, सभासद, उपभोक्ता
(n) partner, subscriber, customer, member, consumer
वर्गबंधू (पु) *पाहा :* **भाऊ, मित्र**
वर्गमित्र (पु) *पाहा :* **मित्र**
वर्गयुद्ध (न) *पाहा :* **भांडण**
वर्गवारी (स्त्री) *पाहा :* **विभाजन**
वर्गविग्रह (पु) *पाहा :* **भांडण**
वर्गीकरण (न) *पाहा :* **विभाजन**
वर्चस्व (न) वरचढपणा, वरचष्मा, वरकडी, प्राबल्य, प्राधान्य, श्रेष्ठत्व, प्रभुत्व, उच्चस्थान, अधिकार, अधिसत्ता, स्वामित्व, आघाडी, छाप, कुरघोडी, शिरजोरी, विजय
(n) superiority, upper hand, dominance, supremacy, primacy, preeminence, authority, lead, victory
वर्ज (वि) *पाहा :* **त्यक्त**
वर्जणे (न) *पाहा :* **त्यागणे**
वर्जन (न) *पाहा :* **त्याग**
वर्जनीय (वि) *पाहा :* **त्याज्य**
वर्जित (वि) *पाहा :* **त्यक्त**
वर्ज्य (वि) *पाहा :* **त्याज्य**
वर्ण (पु) *पाहा :* **रंग, वर्ग, अक्षर**
वर्णचतुष्टय (न) *पाहा :* **वर्णव्यवस्था**
वर्णणे (क्रि), **वर्णन** (न) *पाहा :* **कथन, स्तुती, कथा, चित्र, अनुवाद, अभिव्यक्ती, अहवाल**
वर्णनीय (वि) *पाहा :* **स्तुत्य**
वर्णभेद (पु) *पाहा :* **विभाजन, अंतर**
वर्णमाला (स्त्री) *पाहा :* **अक्षर**
वर्णविद्वेष (पु) *पाहा :* **द्वेष, विभाजन**
वर्णव्यवस्था (स्त्री) चातुर्वर्ण्य, वर्णाश्रम, चार वर्ण : वर्णचतुष्टय (ब्राह्मण, क्षत्रिय, वैश्य, शूद्र), सवर्ण, त्रैवर्णिक
(n) the four castes
वर्णसंकर (पु) *पाहा :* **सरमिसळ**
वर्णानुक्रम (पु) *पाहा :* **अनुक्रम**
वर्णाश्रम (पु) *पाहा :* **वर्णव्यवस्था**
वर्तणूक (स्त्री) *पाहा :* **आचरण**
वर्तणे (क्रि) *पाहा :* **वागणे, असणे**
वर्तन (न) *पाहा :* **आचरण**
वर्तमान (न) *पाहा :* **बातमी, अवस्था**
वर्तमान (वि) *पाहा :* **अर्वाचीन, चालू**
वर्तमानकाळ (पु) *पाहा :* **काल**
वर्तमानपत्र (न) *पाहा :* **माध्यम**
वर्तुळ (न) *पाहा :* **गोल** (पु)
वर्तुळाकार (वि) *पाहा :* **गोल** (वि)
वर्दळ (स्त्री) *पाहा :* **दळणवळण, गर्दी**
वर्दी (स्त्री) *पाहा :* **बातमी, आदेश, वस्त्र**
वर्धणे (क्रि), **वर्धन** (न), **वर्धमान**

(वि) *पाहा :* **वाढ**
वर्धापनदिन (पु) *पाहा :* **जन्मदिन**
वर्धिष्णू (वि) *पाहा :* **वाढ**
वर्म (न) *पाहा :* **मर्म, दोष**
वर्मस्पर्शी (वि), **वर्मी** (वि) *पाहा :* **खरपूस**
वर्ष (न) संवत्सर, वत्सर, अब्द, वरुष, बारा महिने, साल, शक, सन, संवत, वरीस, चांद्रवर्ष, सौरवर्ष, आर्थिक वर्ष, नववर्ष, गतवर्ष, सालगुदस्त
(n) year, twelve months, calendar/fiscal year, New Year
वर्षगाठ (स्त्री) *पाहा :* **जन्मदिन**
वर्षण (न) *पाहा :* **वर्षाव**
वर्षप्रतिपदा (स्त्री) *पाहा :* **पाडवा**
वर्षफल (-भविष्य) (न) *पाहा :* **अदृष्ट**
वर्षा (स्त्री), **वर्षाऋतू (-काल)** (पु) *पाहा :* **पावसाळा**
वर्षारंभ (पु) *पाहा :* **आरंभ**
वर्षाव (पु) वृष्टी, वर्षण, अभिषेक, खैरात, भडिमार, प्रोक्षण, सिंचन, झिमझिम, बरसात, झड, सडा, झिंबड, रेप; *पाहा :* **पाऊस, अभिषेक**
(n) shower, sprinkling, volley, fall, spate, downpour; *पाहा :* **पाऊस, अभिषेक**
वर्षावन (न) *पाहा :* **अरण्य**
वर्षासन (न) *पाहा :* **वेतन**
वऱ्हाड (न) *पाहा :* **मिरवणूक, समुदाय**
वऱ्हाडी (पु) *पाहा :* **अतिथी**
वलगणे (क्रि) *पाहा :* **बडबडणे, फुशारकी**
वलन (न) *पाहा :* **हालचाल**
वलय (न) कडे, वेटोळे, वळे, कडी, कंगणी, कंकण, वर्तुळ, मंडल, चक्र, चाकोरी, रिंगण, गोल; तेज, तेजोवलय, प्रभामंडळ, किरीट
(n) ring, circle, coil, curl, annulus, band, gridle, hoop, loop; corona, halo
वलयांकित (वि) वेढलेले, वेष्टिलेले; *पाहा :* **तेजस्वी, थोर**
[adj] encircled; *पाहा :* **तेजस्वी, थोर**
वलाटी (स्त्री) *पाहा :* **जमीन**
वल्कल (न) *पाहा :* **वस्त्र, त्वचा**
वल्गना (स्त्री) *पाहा :* **जल्पना, फुशारकी**
वल्गणे (क्रि) *पाहा :* **बडबडणे, फुशारकी**
वल्मिक (न) *पाहा :* **वारूळ**
वल्लभ (पु) *पाहा :* **पती, प्रिय**
वल्लभा (स्त्री) *पाहा :* **पत्नी, प्रिय**
वल्लरी (स्त्री) *पाहा :* **वेल**
वल्ली (स्त्री) *पाहा :* **वेल**
वल्ली (पु) *पाहा :* **तऱ्हेवाईक**
वल्हे (न) *पाहा :* **नौका**
वश (वि) *पाहा :* **आधीन**
वंश (पु) कूळ, कुल, कुलपरंपरा, गोत्र, गोत, गोतावळा, आप्त, आप्तस्वकीय, वर्ग, जाती, घराणे, मागच्या पुढच्या पिढ्या, पिढ्यानुपिढ्या, वंशावळ (-ळी), वंशवेल, वंशवृक्ष, वंशविस्तार; पूर्वज, वंशज; वंशपरंपरा; मानववंश,

राजवंश, रघुवंश, इत्यादी; *पाहा :* **संतती, बांबू, आप्त**
(n) family, lineage, geneology, race, ethnic group, clan, genus, breed, species, stock, family tree; *पाहा :* **संतती, बांबू, आप्त**
[i] blue blood
वंशच्छेद (पु) *पाहा :* **नाश**
वंशज (पु) *पाहा :* **संतती, वंश**
वंशपरंपरा (स्त्री) *पाहा :* **वंश**
वंशपरंपरागत (वि) *पाहा :* **आनुवंशिक**
वंशवाद (न) *पाहा :* **विभाजन**
वंशवाद्य (न) *पाहा :* **सुषिरवाद्य**
वंशविस्तार (पु) *पाहा :* **वंश**
वंशवृद्धी (स्त्री) *पाहा :* **संतती**
वंशवृक्ष (पु), **वंशवेल** (स्त्री) *पाहा :* **वंश**
वंशहत्या (स्त्री) *पाहा :* **हत्या**
वंशक्षय (पु) *पाहा :* **नाश**
वंशांकुर (पु) *पाहा :* **पुत्र, संतती**
वंशावळ (-ळी) (स्त्री) *पाहा :* **वंश, अनुक्रम**
वशिंड (न) *पाहा :* **डोंगर**
वशिला (पु) वग, टिक्का, टेकू, वजन, छाप, शिफारस, ओळख, वळण, संधान, मदत, आधार, साह्य, पाठिंबा; मध्यस्थ; घबाड वशिला
[वा] वशिल्याचे तट्टू, बांगडीचा वशिला
(n) influence, pull, weight, leverage, aid, recommendation, patronage; intermediary
[i] pull string
वंशी (स्त्री) *पाहा :* **सुषिरवाद्य**
वशीकरण (न) *पाहा :* **जादू**
वषट्‌कार (पु) *पाहा :* **मंत्र, यज्ञ, नाश, तेहतीस कोटी देव**
वसकन (क्रिवि) *पाहा :* **संतापणे**
वसणे (क्रि) *पाहा :* **राहणे**
वसंत (पु) ऋतुराज, ऋतुपती, कुसुमाकर, माधव, माधवी; *पाहा :* **ऋतू, राग**
(n) the spring, vernal season; *पाहा :* **ऋतू, राग**
वसंततिलका (न) *पाहा :* **वृत्त**
वसंतमुखारी (पु) *पाहा :* **राग**
वसतिगृह (न), **वसतिस्थान** (न) *पाहा :* **आलय, आश्रम**
वसती (स्त्री) *पाहा :* **वास्तव्य, अड्डा**
वसन (न) *पाहा :* **वस्त्र**
वसवसणे (क्रि) *पाहा :* **संतापणे**
वसा (स्त्री) *पाहा :* **स्निग्ध पदार्थ**
वसा (पु) *पाहा :* **नेम**
वसाहत (स्त्री) *पाहा :* **आलय, गाव**
वसाहतवाद (पु) *पाहा :* **राज्यपद्धती**
वसुंधरा, वसुधा, वसुमती (सर्व स्त्री) *पाहा :* **पृथ्वी**
वसुली (स्त्री) *पाहा :* **आवक**
वसू (पु) *पाहा :* **बैल, तेहतीस कोटी देव**
वसूल (पु) *पाहा :* **आवक, कर**
वसौटा (पु) *पाहा :* **आलय**
वस्तरा (पु) *पाहा :* **चाकू**
वस्ताद (पु) *पाहा :* **अध्यापक, निपुण, खमक्या, खमंग**
वस्ती (स्त्री) *पाहा :* **आलय, वास्तव्य**

वस्तुकथन (न) *पाहा :* **कथन**
वस्तुजात (न) *पाहा :* **वस्तू**
वस्तुतः (क्रिवि) *पाहा :* **वास्तविक**
वस्तुनिष्ठ (वि) *पाहा :* **खरा**
वस्तुपाठ (पु) *पाहा :* **धडा**
वस्तुमान (न) *पाहा :* **वजन**
वस्तुसंग्रहालय (न) *पाहा :* **संग्रह**
वस्तुस्थिती (स्त्री) *पाहा :* **अवस्था**
वस्तू (स्त्री) पदार्थ, जिन्नस, चीज, वस्त, द्रव्य, गोष्ट, नग, डाग; वस्तुजात, आकारजात, विश्व; *पाहा :* **परमेश्वर**
(n) thing, article, object, item, body, entity, substance, commodity; *पाहा :* **परमेश्वर**
वस्त्र (न) अंबर, पट, वसन, प्रावरण, परिधान, वस्त्रप्रावरण, चिरगूट, कपडा; पोशाक (पोशाख), पेहराव, नेसण, आच्छादन, वेष, परिवेष, वेषभूषा, जामानिमा; गणवेष, वर्दी; कपटवेष; महावस्त्र, शाल, शालजोडी, उत्तरीय, उपरणे, उपवस्त्र, अंगवस्त्र, शेला, पांघरूण, मदवी, पडदणी, कटिवस्त्र, अंतर्वस्त्र, जुनेर, धडुते, पटकूर, लक्तर, रकटा (-टे), कडतर, सुडका, रुमाल, फडके; कापड, तागा, ठाण, सणंग, बांड, सुताडा, बुरणूस, तरट, गोणपाट, जोट (जोठ), कंतान, ताडपत्री, बारदान; सुती/ रेशमी/ कृत्रिम धाग्याचे वस्त्र; दुकूल, मलमल, मखमल, किनखाप, इ; कपडालत्ता, कापडचोपड; काषाय, वल्कल, *पाहा :* **पांघरूण, कुडता, विजार**
[क्रि] नेसणे, वेढणे, पांघरणे, परिधान करणे, धारण करणे, चढवणे, लेइणे, लेणे
[वा] आड करणे, अंगावर घेणे, खोगीर चढवणे, एक नूर आदमी दस नूर कपडा
(n) clothing, clothes, garment, apparel, wear, attire, dress, uniform, mufti, costume, outfit, underwear, *पाहा :* **पांघरूण, कुडता, विजार**
[i] fine feathers make fine birds, someone's Sunday best
वस्त्रप्रावरण (न) *पाहा :* **वस्त्र, चंबूगबाळे**
वस्त्रहरण (न) *पाहा :* **अनावृत**
वस्त्रहीन (वि) *पाहा :* **अनावृत**
वहन (न) *पाहा :* **नेणे**
वहाण (स्त्री) *पाहा :* **पादत्राण**
वहाळ (पु) *पाहा :* **प्रवाह**
वहिला (वि) *पाहा :* **आद्य**
वहिवाट (स्त्री) *पाहा :* **कारभार, उपभोग, रीत, कायदा**
वहिवाटणे (क्रि) *पाहा :* **भोगणे**
वहिवाटदार (पु) *पाहा :* **कारभारी, प्रतिनिधी**
वही (स्त्री) *पाहा :* **ग्रंथ**
वहीम (पु) *पाहा :* **शंका**
वळ (पु) *पाहा :* **चट्टा, पीळ**
वळकटी (स्त्री) *पाहा :* **घडी, गुंडाळी**
वळघ (स्त्री) *पाहा :* **आलिंगन**
वळचण (स्त्री) *पाहा :* **छत**
वळण (न) *पाहा :* **वक्रता, कल,**

रीत, शिस्त, **वशिला**

वळणदार (वि) *पाहा :* **घोटीव, वक्र**

वळणावळणाचा (वि) *पाहा :* **वक्र**

वळणे (क्रि) *पाहा :* **फिरणे, अधीन**

वळता (वि) *पाहा :* **वक्र, कमी**

वळवणे (क्रि) *पाहा :* **पिरगळणे**

वळवळ (स्त्री) *पाहा :* **चळवळ, हालचाल**

वळवळणे (क्रि) *पाहा :* **अशांत**

वळवाचा पाऊस (पु) *पाहा :* **पाऊस**

वळसा (पु) *पाहा :* **वक्रता, परिभ्रमण**

वळसेदार (वि) *पाहा :* **वक्र**

वळसेवेलांट्या (स्त्री, अव) *पाहा :* **बदल**

वळी (स्त्री) *पाहा :* **घडी**

वळीव (पु) *पाहा :* **पाऊस**

वळू (पु) *पाहा :* **बैल**

वळे (न) *पाहा :* **कडी, अंगठी**

वक्ष (न), **वक्षप्रदेश** (पु) **वक्षस्थल (न)** *पाहा :* **ऊर**

वक्षसंभार (पु), **वक्षोज** (पु), **वक्षोरुह** (पु) *पाहा :* **स्तन**

वाईट (वि) *पाहा :* **अनुचित, अभद्र, निकृष्ट, खराब;** (विरु) **चांगला**

वाईटपणा (पु) *पाहा :* **अवगुण**

वाईटसाईट (वि) *पाहा :* **अनुचित, अभद्र**

वाक (पु) *पाहा :* **वक्रता**

वाकड (स्त्री) *पाहा :* **पाऊस**

वाकड (वि), **वाकडा** (वि) *पाहा :* **वक्र**

वाकडे (न) *पाहा :* **वैर**

वाकडेपणा (पु) *पाहा :* **अढी, द्वेष, वक्रता**

वाकण (न) *पाहा :* **वक्रता**

वाकणे (क्रि) कलणे, झुकणे, झोकणे, वळणे, लवणे, रेलणे, ओणवणे, ओथंबणे, कलंडणे, लवंडणे, पडणे; *पाहा :* **नमणे**

(v) bend, lean, curve, arch, bow, buckle, flex, incline, recline; *पाहा :* **नमणे**

[i] on all fours

वाकबगार (वि) *पाहा :* **कसबी, निपुण**

वाकळ (स्त्री) *पाहा :* **पांघरूण**

वाका (पु) *पाहा :* **सुषिरवाद्य**

वाकीव (वि) *पाहा :* **वक्र**

वाकुडपण (-णा) (न, पु) *पाहा :* **द्वेष**

वाकुल्या (स्त्री, अव) *पाहा :* **थट्टा, अभिनय**

वाक्चतुष्टय (न) *पाहा :* **वाणी**

वाक्चातुर्य (-चापल्य) (न) *पाहा :* **वक्तृत्व**

वाक्ताडन (न) *पाहा :* **अपभाषण, खडसावणे**

वाक्पटू (वि), **वाक्पंडित** (पु) *पाहा :* **वक्ता**

वाक्पाटव (न), **वाक्पांडित्य** (न) *पाहा :* **वक्तृत्व**

वाक्प्रचार (पु) *पाहा :* **उक्ती**

वाक्य (न) *पाहा :* **उक्ती, भाषा**

वाक्शून्य (वि) *पाहा :* **अबोल**

वाक्सिद्धी (स्त्री) *पाहा :* **वक्तृत्व**

वाक्सृष्टी (स्त्री) *पाहा :* **वक्तृत्व**

वाख (पु) *पाहा :* **ताग**

वाखाणणी (स्त्री) *पाहा :* **स्तुती**

वाखाणणे (क्रि) *पाहा :* **स्तुती**
वांग (पु) *पाहा :* **डाग**
वागणूक (स्त्री) *पाहा :* **आचरण**
वागणे (क्रि) वर्तणे, नांदणे, राहणे, आचरण करणे (*पाहा :* **आचरण**); बेफाम/ बेताल होणे, विथरणे, उंडारणे
[वा] गुण उधळणे/ पाजळणे, गुण्यागोविंदाने राहणे
(v) behave, function, operate, conduct, live (*पाहा :* **आचरण**)
वागिंद्रिय (स्त्री) *पाहा :* **कर्मेंद्रिय**
वागुरा (स्त्री) *पाहा :* **पाश**
वाग्जाल (न) *पाहा :* **बडबड**
वाग्दत्त (वि) *पाहा :* **नवरी**
वाग्दोष (पु) *पाहा :* **दोष**
वाग्बाण (पु) *पाहा :* **अपभाषण**
वाग्युद्ध (न) *पाहा :* **भांडण, वाद**
वाग्विलास (पु) *पाहा :* **वक्तृत्व**
वाग्वीर (पु) *पाहा :* **बडबड्या**
वाघ (पु) व्याघ्र, शार्दूल, बिबटा, बिबळ्या, चित्ता, वाघरू, ढाण्या, पट्टेरी वाघ
(n) tiger, leopard
वाङ्निश्चय (पु) *पाहा :* **विवाह**
वाङ्मय (न) *पाहा :* **साहित्य**
वाङ्मयचौर्य (न) *पाहा :* **चोरी**
वाङ्मयनिर्मिती (स्त्री) *पाहा :* **लिहिणे**
वाचक (पु) वाचणारा, वाचन/पठन करणारा; *पाहा :* **पठन**
[वा] पुस्तकातला किडा
(n) reader; *पाहा :* **पठन**
[i] a bookworm
वाचणे (क्रि) वाचन/ पठन/ अध्ययन करणे; चाळणे *पाहा :* **टिकणे, पठन**
[वा] डोळे फोडून (डोळ्यांत तेल घालून) वाचणे
(v) read, peruse, study; *पाहा :* **टिकणे, पठन**
वाचन (न) *पाहा :* **पठन, अध्ययन**
वाचनालय (न) *पाहा :* **ग्रंथालय**
वाचवणे (क्रि) *पाहा :* **जगवणे, तारणे**
वाचा (स्त्री) *पाहा :* **वाणी, कर्मेंद्रिय**
चतुर्विध वाचाशक्ती (स्त्री), **वाचासिद्धी** (स्त्री) *पाहा :* **वक्तृत्व**
वाचाळ (वि) *पाहा :* **बडबड्या, गप्पिष्ट, अघळपघळ**
वाचाळता (स्त्री), **वाचाळपंचविशी** (स्त्री), **वाचाळी** (स्त्री) *पाहा :* **बडबड, अतिशयोक्ती**
वाचिवीर (वि) *पाहा :* **बडबड्या, पराक्रमी**
वांच्छा (स्त्री) *पाहा :* **इच्छा**
वांच्छित (वि) *पाहा :* **इष्ट**
वाच्यता (स्त्री) *पाहा :* **जाहिरात, प्रसिद्धी**
वाच्यार्थ (पु) *पाहा :* **अभिप्राय**
वाजट (न) *पाहा :* **प्रसिद्धी**
वाजणे (क्रि) *पाहा :* **गाजणे, भांडण, काल**
वाजंत्री (न, अव) *पाहा :* **वाद्य**
वाजवणे (क्रि) *पाहा :* **वाद्य**
वाजवी (वि) *पाहा :* **उचित**
वाजी (पु) *पाहा :* **अश्व**
वांझ (स्त्री, वि), **वांझोटा** (वि), **वांझोटी** (वि) *पाहा :* **अनपत्य, निरुपयोगी**
वाट (स्त्री) *पाहा :* **मार्ग, दार, प्रतीक्षा,**

उपाय, अखेर

वाटखर्च (-र्ची) (पु, स्त्री) *पाहा :* **खर्च**

वाटचाल (स्त्री) *पाहा :* **प्रवास**

वाटणी (स्त्री) *पाहा :* **विभाजन**

वाटणे (क्रि) *पाहा :* **विभाजन, भासणे, घोटणे, देणे**

वाटप (न) *पाहा :* **विभाजन, देणे**

वाटभेट (स्त्री) *पाहा :* **भेट**

वाटमारी (स्त्री) *पाहा :* **चोरी**

वाटमाऱ्या (पु) *पाहा :* **चोर**

वाटसखा (पु) *पाहा :* **मित्र**

वाटसरू (पु) *पाहा :* **प्रवासी, अतिथी**

वाटा (पु) *पाहा :* **भाग, भागीदारी**

वाटाघाट (स्त्री) *पाहा :* **चर्चा, ऊहापोह**

वाटाड्या (पु) *पाहा :* **दिग्दर्शक**

वाटावाट (स्त्री) *पाहा :* **विभाजन, देणे**

वाटिका (स्त्री) *पाहा :* **उद्यान**

वाटी (स्त्री) *पाहा :* **कटोरा**

वाटुली (स्त्री) *पाहा :* **मार्ग**

वाटेकरी (पु) *पाहा :* **भागीदार**

वाटोळा (वि) *पाहा :* **गोल, नाश**

वाटोळे (न) *पाहा :* **नाश**

वाठ (स्त्री) *पाहा :* **म्हैस**

वाड (वि) *पाहा :* **भव्य**

वांड (वि) *पाहा :* **उडाणटप्पू, खट्याळ**

वाडगा (पु) *पाहा :* **कटोरा**

वाडगे (न) *पाहा :* **अंगण**

वाडवडील (पु, अव) *पाहा :* **आप्त**

वाडवडिलार्जित (वि) *पाहा :* **आनुवंशिक**

वाडा (पु) *पाहा :* **इमारत**

वाडी (स्त्री) *पाहा :* **गाव, उद्यान, अंगण**

वाढ (स्त्री) वृद्धी, अभिवृद्धी, वर्धन, आधिक्य, प्रमाणाधिक्य, वाढावा, विस्तार, विकास, प्रसरण, रुंदीकरण, लांबवणूक, फुगवटा, सूज, शोथ; प्रकोप, प्रकर्ष, नटनाच, बाहुल्य, भर, तडका, कडाका, पीक, पूर, लाट, सुधारणा, गुणाकार, दामदुप्पट, चक्रवाढ, ऋद्धी, समृद्धी; चलनवाढ, भाववाढ, मुदतवाढ, इत्यादी; व्याज, सरळव्याज, चक्रवाढव्याज; *पाहा :* **प्रगती, फायदा, परिशिष्ट, भर** (विरु) **कपात, घट**

[क्रि] वाढणे, वर्धणे, वधारणे, वृद्धिंगत होणे, वर्धमान/वर्धिष्णू असणे, वाढता असणे, वाढीस/ वाढणीस लागणे, मोठे/ उंच/ लांब/ जाड इ. होणे, विस्तारणे, प्रमाण/ माप/ संख्या/ वय/ शक्ती इ. अधिक होणे, सुधारणे, दुणावणे, द्विगुणित/ दुप्पट, त्रिगुणित/ तिप्पट, चौपट इ. होणे, शतगुणित होणे, उफाळणे, बळावणे, थोरावणे, विरूढणे, जोरावणे, मातणे, फोफावणे, फळफळणे, फैलावणे, पसरणे, दुणावणे, दृढावणे, उठावणे, उंचावणे, फुगणे, फुलणे, सुजणे, माजणे, ऊत येणे, चढणे, विकोपाला जाणे, पघळणे, बहरणे, पिंजारणे, विस्फारणे

[वा] दुष्काळात तेरावा महिना, शेंडी फुटणे, पाय फुटणे, आधीच मर्कट तशातही मद्य प्याला, आधीच उल्हास

त्यात फाल्गुनमास, आगीत तेल ओतणे, फाटक्यात पाय जाणे, बाऊ करणे, फाटे फोडणे, मी म्हणणे, भरल्या गाड्याला सुपाचे काय ओझे? अधिकस्य अधिकं फलम्, घरचे झाले थोडे आणि व्याह्याने धाडले घोडे, दगडाला शेंदूर फासणे, दुःखावर डागण्या देणे, दुधात साखर पडणे

(n) increase, increment, addition, growth, enlargement, extension, expansion, development, amplification, build-up, inflation, escalation, rise, crescendo, upsurge, upturn, intensification, proliferation, augmentation, appreciation, multiplication; *पाहा :* **प्रगती, फायदा, परिशिष्ट, भर** (विरु) **कपात, घट**

[i] add fuel to the fire, puff up, shoot up, fresh/new blood

वाढण (न) *पाहा :* **अन्न**

वाढणे (क्रि) *पाहा :* **वाढ, देणे, अंकुरणे**

वाढता (वि) *पाहा :* **वाढ**

वाढदिवस (पु) *पाहा :* **जन्मदिन**

वाढप (न) *पाहा :* **अन्न**

वाढपी (पु) *पाहा :* **अनुचर**

वाढवणे (क्रि) *पाहा :* **पालन, फुटणे**

वाढा (पु) *पाहा :* **संतती**

वाढावा (पु) *पाहा :* **वाढ**

वाढे (न) *पाहा :* **अग्र**

वाण (पु) *पाहा :* **रंग, नमुना**

वाण (स्त्री) *पाहा :* **अभाव, अनुपस्थिती, अकाल**

वाण (न) *पाहा :* **आहेर**

वाणणे (क्रि) *पाहा :* **स्तुती**

वाणवसा (पु) *पाहा :* **नेम**

वाणसवदा (पु), **वाणसामान** (न) *पाहा :* **जिन्नस**

वाणसी (स्त्री) *पाहा :* **वेश्या**

वाणिज्य (न) *पाहा :* **देवाणघेवाण**

वाणी (स्त्री) वाचा, गिरा, भारती, वाक, वाक्‌चतुष्टय (चार वाणी; परा, पश्यंती, मध्यमा, वैखरी); घोष, ध्वनी, नाद, आकार, भाषा, बोली, भाषण, रसवंती, सरस्वती, जिव्हा, रसना, आवाज, शब्द, वचन, बोल; आकाशवाणी, देववाणी, नभोवाणी, इत्यादी; *पाहा :* **दुकानदार**

(n) speech, language, tongue, dialect, idiom, parlance, sound, voice, utterance, discourse *पाहा :* **दुकानदार**

वाणीतिणीचा (वि) *पाहा :* **मौल्यवान, दुर्मीळ**

वात (पु) *पाहा :* **वायू, दिवा**

वातचक्र (न) *पाहा :* **वायू**

वातड (वि) *पाहा :* **निबर, चिवट**

वातानुकूलित (वि) *पाहा :* **गार**

वातायन (न) *पाहा :* **खिडकी**

वातावरण (न) *पाहा :* **वायू, अवस्था, परिसर, अंतराळ**

वाताहत (स्त्री) *पाहा :* **नाश**

वांती (स्त्री) *पाहा :* **ओकारी**

वात्रट (वि) *पाहा :* **खट्याळ, चहाटळ**

वात्सल्य (न) *पाहा :* **प्रेम**

वाद (पु) चर्चा, संभाषण, ऊहापोह, खल, विवाद, वादविवाद, वादसंवाद, परिसंवाद, वादप्रतिवाद, वादानुवाद, भवति न भवति, बोलाचाली, वादावादी, शब्दाशब्दी, शब्दच्छल, विचारसंघर्ष, वितंडवाद, वादंग, वाग्युद्ध, घासाघीस, हुज्जत, काथ्याकूट, उत्तरप्रत्युत्तर, पूर्वपक्ष-उत्तरपक्ष; खंडनमंडन; *पाहा :* **भांडण, खंडन करणे, कज्जा**

[वा] बोलण्यावरून बोलणे वाढणे, तोंडी लागणे, शिरा ताणणे, सभा जिंकणे, फड मारणे, वादे वादे जायते तत्त्वबोध:, पेल्यातील वादळ, समुद्रमंथन, साठमारी

(n) debate, argument, controversy, discussion, conversation, deliberation, forum, polemic, dialectic, war of words; *पाहा :* **भांडण, खंडन करणे, कज्जा**

[i] cross swords with, take sides, lock horns, join an issue

वादक (पु) बजवय्या, साजिंदा, सतारिया, सारंगिया, तबलजी, सनईवाला, इत्यादी; वाद्यवादक, कलाकार; वादन/ वृंदवादन करणारा; *पाहा :* **वाद्य, संगीत**

(n) musician, player, performer, artist; *पाहा :* **वाद्य, संगीत**

वादंग (न) *पाहा :* **वाद**

वादग्रस्त (वि) विवाद्य, विवादास्पद, बहुचर्चित, अनिश्चित; *पाहा :* (विरु) **निर्विवाद**

[adj] controversial, moot, debatable *पाहा :* (विरु) **निर्विवाद**

वादन (न) *पाहा :* **वादक**

वादविवाद (पु), **वादसंवाद** (पु) *पाहा :* **वाद, ऊहापोह, खल, घासाघीस**

वादळ (न) *पाहा :* **वायू, अशांतता**

वादळग्रस्त (वि) *पाहा :* **पीडित**

वादळी (वि) *पाहा :* **प्रक्षोभक, अशांत, गतिमान**

वादातीत (वि) *पाहा :* **निर्विवाद**

वादी (स्त्री) *पाहा :* **दोरी**

वादी (पु) *पाहा :* **फिर्यादी**

वादी (वि) *पाहा :* **स्वर**

वाद्य (न) संगीतसाधन; वाजंत्री, मंगलवाद्य, रणवाद्य, जयवाद्य, इत्यादी; वाद्यवृंद; *पाहा :* **तंतुवाद्य, चर्मवाद्य, घनवाद्य, सुषिरवाद्य, वादक**

[क्रि] वाजवणे, बजावणे, छेडणे, बोटे फिरवणे, साथ करणे, दिडदादिडदा करणे, बोल काढणे, मींड काढणे, बडवणे

(n) musical instrument; orchestra; *पाहा :* **तंतुवाद्य, चर्मवाद्य, घनवाद्य, सुषिरवाद्य, वादक**

वांधा (पु) *पाहा :* **पंचाईत**

वानगी (स्त्री) *पाहा :* **चुणूक**

वानणे (क्रि) *पाहा :* **स्तुती**

वानप्रस्थ (पु) *पाहा :* **आश्रम**

वानर (पु) माकड, मर्कट,

कपि; गोरिला, चिंपांझी, इत्यादी; देवजी धसाडा; हुप्या; वानरी, माकडीण, मर्कटी, मकडी, रत्नी.
[वा] रामदूत
(n) monkey, ape, primate, simian
वानरचेष्टा (स्त्री) *पाहा :* **चेष्टा**
वानवा (स्त्री) *पाहा :* **शंका, अभाव**
वानोळा (पु) *पाहा :* **जिन्नस, नमुना**
वापर (पु) उपयोग, उपभोग, प्रयोग, भोग, भोगवटा, वहिवाट, राबता; गैरवापर, दुरुपयोग; पुनर्वापर; *पाहा :* **वापरणे**
(n) use, utilisation, usage, exploitation, employment, practice; misuse *पाहा :* **वापरणे**
वापरणे (क्रि) वापर करणे (*पाहा :* **वापर),** भोगणे, उपभोगणे, वहिवाटणे
(v) use, utilize, enjoy; *पाहा :* **वापर**
वापरलेला (वि) *पाहा :* **जुना**
वापिका (स्त्री), **वापी** (स्त्री) *पाहा :* **विहीर**
वाफ (स्त्री) *पाहा :* **वायू**
वाफसा (पु) *पाहा :* **जमीन, वायू**
वाफा (पु) *पाहा :* **शेत**
वाफारा (पु) *पाहा :* **आच**
वांब (स्त्री) *पाहा :* **आवेग, वेदना**
वांबाळ (न) *पाहा :* **अभ्र**
वाभाडा (पु) *पाहा :* **टीका**
वाम (वि) *पाहा :* **डावा**
वाम (न) *पाहा :* **कर्ज**
वामकुक्षी (स्त्री) *पाहा :* **झोप**
वामन (पु) *पाहा :* **अवतार**
वामन (वि), **वामनमूर्ती** (वि) *पाहा :* **ठेंगणा**
वाममार्ग (पु *पाहा :* **आडमार्ग, पाप**
वाममार्गी (वि) *पाहा :* **पापी, अनैतिक, चारित्र्यहीन**
वामा (स्त्री), **वामांगी** (स्त्री) *पाहा :* **स्त्री, सुंदरी**
वामाचार (पु) *पाहा :* **अनाचार**
वायगोळा (पु) *पाहा :* **वेदना**
वायचळ (पु) *पाहा :* **वेड**
वायदा (पु) *पाहा :* **करार**
वायन (न) *पाहा :* **आहेर**
वायफट (-ळ) (वि) *पाहा :* **व्यर्थ**
वायव्य (स्त्री) *पाहा :* **दशदिशा**
वायस (पु) *पाहा :* **कावळा**
वाया (वि) *पाहा :* **व्यर्थ**
वायुनौका (स्त्री) *पाहा :* **विमानप्रवास**
वायुवाद्य (न) *पाहा :* **सुषिरवाद्य**
वायुसेना (स्त्री) *पाहा :* **दल**
वायू (पु) वात, मारुत, मरुत, अनिल, पवन, समीर, समीरण, वारा (खारा, मतलई, सोसाट्याचा, भर्राट/ झुळझुळ/ मंदमंद, इ. वाहणारा), हवा, फुंक, फुंकर, झुळूक, मंदवात, विंझणवारा, झोत, लू, लोट, लहर; वादळ, वावटळ, वादळवारा, झंझावात, जौळ, तारे, वायुक्षोभ, प्रभंजन; भवरी, भोवरा, आवर्त, वातचक्र, चक्रवात, चक्रीवादळ, तुफान, महावात; हिमवादळ, बर्फवादळ; व्यापारी वारे; वातावरण; भूगर्भवायू; प्राणवायू, नत्रवायू, इत्यादी; झळ; झळई,

बाष्प, वाफ; वाफसा; धूर, धूम्र, धुरी; पहाटवारा; पंचप्राणवायू (प्राण, अपान, व्यान, उदान, समान); सौरवात

(n) wind, air-current, breeze, draught, zephyr, gust, blast, gale, storm, tempest, squall, hurricane, cyclone, typhoon, tornado, whirlwind, snowstorm, blizzard, trade winds, atmosphere, steam, vapour, smoke, fume; solar wind

वार (पु) *पाहा :* **दिवस, आठवडा, उशीर**

वारकरी (पु) *पाहा :* **भक्त**

वारण (पु) *पाहा :* **हत्ती**

वारणे (क्रि) *पाहा :* **मरणे, निरसन**

वारनारी (-युवती, -योषिता, -वधू) (स्त्री) *पाहा :* **वेश्या**

वारंवार (क्रिवि) *पाहा :* **पुन्हा**

वारविलासिनी (स्त्री) *पाहा :* **वेश्या**

वारस (पु) उत्तराधिकारी, वारसदार, हक्कदार, वाली, अपत्य, वालीवारस, दायाद

[वा] अवचितराव

(n) heir, inheritor, beneficiary

वारसा (पु) उत्तराधिकार, पैतृक हक्क, वडिलोपार्जित मिळकत

(n) heritage, inheritance

वारस्त्री (स्त्री) *पाहा :* **वेश्या**

वारा (पु) *पाहा :* **वायू**

वारांगना (स्त्री) *पाहा :* **वेश्या**

वारावार (-सार) (स्त्री) *पाहा :* **व्यवस्था**

वारिक (पु) *पाहा :* **नापित**

वारिज (न) *पाहा :* **कमळ**

वारिराशी (पु) *पाहा :* **समुद्र**

वारी (न) *पाहा :* **पाणी**

वारी (स्त्री) *पाहा :* **खेप, प्रवास**

वारुणी (स्त्री) *पाहा :* **मद्य, पश्चिम**

वारू (पु) *पाहा :* **अश्व**

वारुळ (न) वल्मिक, *पाहा :* **विवर, घर**

(n) ant-hill; *पाहा :* **विवर, घर**

वारे (न) *पाहा :* **वायू, ऊर्मी, प्रसार, उत्साह, खूळ**

वारेमाप (वि, क्रिवि) *पाहा :* **अद्वातद्वा, अतिशय**

वार्ता (स्त्री) *पाहा :* **बातमी, अफवा**

वार्तांकन (न) *पाहा :* **अहवाल**

वार्ताचित्र (न), **वार्तापट** (पु) *पाहा :* **चित्रपट**

वार्तापत्र (न) *पाहा :* **माध्यम**

वार्तालाप (पु) *पाहा :* **चर्चा**

वार्ताहर (पु) *पाहा :* **बातमीदार**

वार्तिक (पु) *पाहा :* **बातमीदार, टीकाकार**

वार्तिक (न) *पाहा :* **टीका**

वार्धक्य (न) *पाहा :* **वृद्धत्व**

वार्षिक (वि) *पाहा :* **नियमित**

वार्षिक (न) *पाहा :* **माध्यम**

वार्षिकोत्सव (पु) *पाहा :* **उत्सव**

वालभ (न) *पाहा :* **प्रेम**

वाली (पु) *पाहा :* **त्राता**

वालीफ (स्त्री) *पाहा :* **अवगुंठन**

वालीफ (वि) *पाहा :* **तलम**
वालीवारस (पु) *पाहा :* **वारस**
वालुका (स्त्री) *पाहा :* **वाळू**
वालुकामय (वि) *पाहा :* **उजाड**
वाव (स्त्री) *पाहा :* **विहीर**
वाव (पु) *पाहा :* **उसंत, प्रवेश, अवकाश**
वावगा (वि) *पाहा :* **अनुचित, निरुपयोगी**
वावझड (स्त्री) *पाहा :* **पाऊस**
वावटळ (स्त्री) *पाहा :* **वायू, भटकभवानी**
वावडा (वि) *पाहा :* **त्याज्य**
वावडी (स्त्री) *पाहा :* **पतंग, अफवा**
वावडे (न) *पाहा :* **त्यक्त**
वावदूक (वि) *पाहा :* **बडबड्या**
वावर (पु), **वावरणे** (क्रि) *पाहा :* **दळणवळण, फिरणे, जाग**
वावसा (वि) *पाहा :* **भ्रमिष्ट, अव्यवस्थित**
वावी (स्त्री) *पाहा :* **खिडकी**
वाशेळा (वि) *पाहा :* **कुजकट, अखाद्य**
वास (पु) *पाहा :* **गंध, वास्तव्य, अस्तित्व**
वासकट (वि) *पाहा :* **कुजकट, अखाद्य**
वासकसज्जा (स्त्री) *पाहा :* **अष्टनायिका**
वासणे (क्रि) *पाहा :* **पसरणे**
वासना (स्त्री) *पाहा :* **इच्छा, आसक्ती, काम**
वासपूस (स्त्री) *पाहा :* **परामर्श**
वासर (पु) *पाहा :* **दिवस**
वासरमणी (पु) *पाहा :* **सूर्य**
वासरी (स्त्री) *पाहा :* **दिनक्रम**
वासरू (न) *पाहा :* **गाय, मूल**
वासलात (स्त्री) *पाहा :* **अखेर**
वासा (पु) *पाहा :* **काठी, स्तंभ**
वासुकी (पु) *पाहा :* **साप**
वास्तपुस्त (स्त्री) *पाहा :* **परामर्श, अन्वेषण**
वास्तव (वि) *पाहा :* **खरा**
वास्तवदर्शी (वि) *पाहा :* **उचित, खरा**
वास्तविक (वि) *पाहा :* **खरा**
वास्तविक (क्रिवि) वस्तुत:, परमार्थत:, तत्त्वत:, खरोखर, खरे पाहता
[adv] truly, in reality, as a matter of fact
वास्तव्य (न) वास, अधिवास, अधिष्ठान, अस्तित्व, रहिवास, निवास, वसती, वस्ती, मुक्काम, आसरा, ठिय्या, थांबा, तळ, वनवास, विजनवास, अरण्यवास, माहेरवास, अज्ञातवास; पुनर्वसन; *पाहा :* **रहिवासी**
[वा] घर करणे/थाटणे, बिऱ्हाड करणे, ठाण मांडणे, तळ देणे/ठोकणे, उतरणे
(n) residence, habitation, stay, halt, stop, sojourn, stop-over; *पाहा :* **रहिवासी**
वास्तुप्रवेश (पु) *पाहा :* **गृहप्रवेश**
वास्तुविद्या (-शास्त्र), (स्त्री, न) *पाहा :* **शास्त्र**
वास्तुशांत/वास्तुशांती (स्त्री) *पाहा :* **गृहप्रवेश**
वास्तुशिल्प (न), **वास्तू** (स्त्री) *पाहा :* **इमारत**

वाहक (पु, वि) वाहणारा, नेणारा, वाहून नेणारा, भारवाही, भारवाहक, मार्गदर्शक; वाहिनी (जल-, तेल, रक्त-, विद्युत्-, संदेश-, इत्यादी); *पाहा :* **वाहणे, अनुचर, प्रवाह**

(n, adj) conductor, channel, guide, escort; carrier; *पाहा :* **वाहणे, अनुचर, प्रवाह**

वाहणी (स्त्री) *पाहा :* **प्रवाह, रीत**

वाहणे (क्रि) प्रवाहित होणे, गतिमान/ ओघवान होणे, अभिसरण होणे, झुळझुळणे, झुळकणे, द्रवणे, चिघळणे, भळभळणे, स्रवणे, पाझरणे, गळणे, ठिबकणे; ओसंडणे, भरून वाहणे, उतू जाणे; थेंबथेंब/भळभळ/धोधो वाहणे; वाहतूक करणे, हाताने/ खांद्यावरून/ डोक्यावरून/ पाठीवरून/ वाहनातून, इ. नेणे, खांदा देणे, भार सोसणे, मनात धरणे/बाळगणे; *पाहा :* **अर्पिणे, प्रवाह, वाहक**

[वा] लोण पुढे नेणे

(v) flow, stream, run, flush, gush, flood, ebb, leak, seep, spill, overflow, spurt, trickle, circulate, breeze, bleed, ooze, drip; carry, transpost, bear; *पाहा :* **अर्पिणे, प्रवाह, वाहक**

वाहतूक (स्त्री) *पाहा :* **दळणवळण**

वाहतूकदार (पु) *पाहा :* **व्यावसायिक**

वाहतूकसाधन (न) *पाहा :* **वाहन**

वाहन (न) वाहतूकसाधन, प्रवाससाधन, यान, गाडी, घोडागाडी, बैलगाडी, छकडा, खटारा, दमणी, धमणी (-नी), सारवट, एक्का, रेकला, रेंगी, रिंगी, टांगा (तांगा), टमटम, बंडी, भिरके, झटका, बग्गी, हातगाडी, ढकलगाडी, बाबागाडी, गाडा, शकट; पांगुळगाडा, दुचाकी, तिचाकी, चारचाकी, मेणा (*पाहा :* **पालखी)**, रथ, चित्ररथ, स्वयंचलित वाहन, मोटारगाडी, बसगाडी, आरामगाडी, रुग्णवाहिका, मालमोटार, रणगाडा, शववाहिनी, आगगाडी, अग्निरथ, आगीनगाडी, रेलगाडी, भुयारी गाडी, मालगाडी, वाघीण, वातानुकूलित गाडी, शयनयान, घसरगाडी, पाणबुडी, जहाज (*पाहा :* **नौका)**, विमान, आकाशयान, अवकाशयान, चांद्रयान, मानवनिर्मित उपग्रह, अवकाशप्रयोगशाळा, देवांची वाहने (गणपती : मूषक, विष्णू : गरुड, सरस्वती : मोर, शंकर : नंदी, इंद्र : ऐरावत, यम : रेडा, इ.); *पाहा :* **आसन**

(n) vehicle, transportation, conveyance, car, cart, trap, hansom, palanquin (*पाहा :* **पालखी)**, coach, bullock-cart, hand-cart, perambulator, two-three-four- wheeler, wheelchair, carriage, chariot, automobile, limousine, lorry, van, omnibus, cab, taxi, rikshaw, tank, ambulance, hearse, train, locomotive, subway, tube, metro, streetcar, wagon, chair car, sleeper, freight train, sled, sleigh, submarine, boat (*पाहा :* **नौका),** aeroplane, space vehicle, lunar module, manmade satellite, spacelab, vehicles of gods; *पाहा :* **आसन**

वाहनतळ (पु) *पाहा :* **अड्डा**

वाहवणे (क्रि) *पाहा :* **बहकणे**

वाहवा (स्त्री) *पाहा :* **स्तुती**

वाहाळ (पु) *पाहा :* **प्रवाह**

वाहिनी (स्त्री) *पाहा :* **वाहक**

वाह्यात (वि) *पाहा :* **आचरट, अनियंत्रित, चहाटळ, अशिष्ट**

वाळका (वि) *पाहा :* **कोरडा, कृश**

वाळणे (क्रि) *पाहा :* **कोरडा, कृश, त्यागणे, कोमेजणे**

वाळवंट (न) *पाहा :* **जमीन, वाळू**

वाळा (पु) *पाहा :* **पैंजण**

वाळीत टाकणे (क्रि) *पाहा :* **जातिभ्रष्ट, अर्धचंद्र**

वाळू (स्त्री) वालुका, सिकता, रेती, रेव; पुलिन, पुळण, वाळवंट, समुद्रकिनारा; *पाहा :* **दगड**

(n) sand, silica, silicon, grit, dune, beach; *पाहा :* **दगड**

विकट (वि) *पाहा :* **प्रचंड, भीतिदायक, कुरूप**

विकणे (क्रि) विक्री करणे (*पाहा :* **विक्री)** किंमत घेऊन देणे

(v) sell, vend (*पाहा :* **विक्री)**

विकरा (पु) *पाहा :* **विक्री**

विकल, विकलगात्र, विकलांग, विकलितगात्र (सर्व वि) *पाहा :* **अधू**

विकल्प (पु) शंका, आशंका, संशय, संदेह, किंतू, कुतर्क; पर्याय, निवड, गत्यंतर, वैकल्पिक गोष्ट; मतभेद; भिन्न/ विरुद्ध/ प्रतिकूल मत; भिन्नभाव, दुजाभाव, भेद, फरक

(n) doubt, apprehension, hesitation, misgiving; alternative; option, choice; divergence of opinion, difference

विकसणे (क्रि) *पाहा :* **उमलणे**

विकसन (न) *पाहा :* **विकास**

विकसनशील (वि) *पाहा :* **अप्रगत**

विकसित (वि) विकासित, फुललेला, उमललेला, बहरलेला, मोहोरलेला, उन्मीलित, प्रस्फुट, प्रस्फुटित, प्रफुल्ल, प्रफुल्लित, टवटवीत; प्रगत, पुढारलेला, सुधारलेला; पक्व, पोक्त *पाहा :* **विकास,** (विरु) **कोमेजणे, अप्रगत**

[adj] blooming, blossoming, flowering; developed, advanced, ripe, mature *पाहा :* **विकास,** (विरु) **कोमेजणे, अप्रगत**

विकाऊ (वि) *पाहा :* **जिन्नस**

विकान (न) *पाहा :* **दुकान**

विकार (पु) *पाहा :* **आजार, बदल,**

अपभ्रंश, चित्तवृत्ती

विकाररहित (वि) *पाहा :* **निर्विकार, विरक्त**

विकारवश (वि) *पाहा :* **कलुषित, आसक्त**

विकारशून्य (वि) *पाहा :* **निर्विकार**

विकारी (वि) *पाहा :* **रुग्ण, बाधक, क्षणभंगुर**

विकास (पु) विकसन, विकासन, उत्क्रांती, प्रफुल्लितपणा (*पाहा :* **उमलणे**); *पाहा :* **वाढ, प्रगती, विकसित, पुरोगामी, उत्कर्ष,** (विरु) **पीछेहाट, अधोगती**

(n) development, growth, expansion; *पाहा :* **उमलणे, वाढ, प्रगती, विकसित, पुरोगामी, उत्कर्ष,** (विरु) **पीछेहाट, अधोगती**

विकासणे (क्रि) *पाहा :* **उमलणे**

विकासप्रवण (वि), **विकासाभिमुख** (वि) *पाहा :* **पुरोगामी**

विकासित (वि) *पाहा :* **विकसित**

विकिरण (न) *पाहा :* **प्रसरण**

विकीर्ण (वि) *पाहा:* **पसरणे**

विकृत (वि) विपर्यस्त, दूषित, कलुषित, अपभ्रष्ट, बिघडलेला, बदललेला, झुकलेला, तिरकस, अन्यायकारक

[adj] perverted, distorted, twisted, corrupt, prejudiced, changed, cooked

विकृती (स्त्री) *पाहा :* **आजार, बिघडणे, बदल, अपभ्रंश**

विकेंद्रीकरण (न) *पाहा :* **पसरणे**

विकोपाला जाणे (क्रि) *पाहा :* **बिघडणे, वाढ, चिघळणे**

विक्रम (पु) *पाहा :* **पराक्रम**

विक्रमवीर (पु), **विक्रमशाली** (वि) *पाहा :* **पराक्रमी**

विक्रय (पु), **विक्रा** (पु) *पाहा :* **विक्री**

विक्रांत (वि) *पाहा :* **पराक्रमी**

विक्राळ (वि) *पाहा :* **भीतिदायक**

विक्री (स्त्री) विक्रय, विक्रा, विकरा, बोहणी (-नी), भवानी, अडत, पणन, लिलाव, अदलाबदल; शरीरविक्रय; *पाहा :* **विकणे, जिन्नस**

[वा] बाजारात मांडणे

(n) sale, selling, auction, disposal, barter, flesh trade; *पाहा :* **विकणे, जिन्नस**

विक्रीडित (न) *पाहा :* **क्रीडा**

विक्रीस्थान (न) *पाहा :* **दुकान**

विक्रेता (पु) *पाहा :* **दुकानदार**

विख (न) *पाहा :* **विष**

विखरणे (क्रि) *पाहा :* **पसरणे**

विखार (पु) *पाहा :* **विष**

विखारी (वि) *पाहा :* **विषारी**

विखुरणे (क्रि) *पाहा :* **पसरणे**

विख्ख (न) *पाहा :* **विष, कडू**

विख्यात (वि) *पाहा :* **प्रसिद्ध, कीर्तिमान**

विगत (वि) *पाहा :* **अतीत**

विगतविषय (वि) *पाहा :* **विरक्त**

विगलित (वि) पडलेला *पाहा :* **सैल, पडणे**

विगलितगात्र (वि) *पाहा :* **अशक्त**

विग्रह (पु) *पाहा :* **भांडण, विभाजन**

विघटन (न) *पाहा :* **विभाजन**

विघटित (वि) *पाहा :* **विभक्त**

विघरणे (क्रि) *पाहा :* **द्रवणे**
विघात (पु) *पाहा :* **नाश**
विघातक (वि) *पाहा :* **नाशक**
विघ्न (न) *पाहा :* **अटकाव, संकट, अडचण**
विघ्नसंतोषी (वि) *पाहा :* **कुचकट, दुष्ट**
विघ्ननाशन (-राज, -हर्ता) (पु) *पाहा :* **गणपती**
विचकट (वि) *पाहा :* **अश्लील**
विचकणे (क्रि) *पाहा :* **पसरणे**
विचका (पु) अव्यवस्था, अनागोंदी, गोंधळ, गुंतागुंत, विस्कळीतपणा, तिंगस्तिंगा; खेळखंडोबा, चुथडा, नासाडी, खराबी, धूळधाण; फजिती, फज्जा, बोऱ्या, दाणादाण
(n) disorder, chaos, mess; fiasco, complete failure, wreck; rout, debacle
[i] confusion worse confounded
विचकुरा (पु) *पाहा :* **चरा, चिमटा**
विंचरणे (क्रि) *पाहा :* **स्वच्छ, अन्वेषण**
विचलन (न) *पाहा :* **चूक, अपभ्रंश, आडमार्ग**
विचलित (वि) *पाहा :* **दिशाहीन, ढळणे**
विचक्षण (वि) *पाहा :* **चिकित्सक, दूरदर्शी, चोखंदळ, चिंतनशील**
विचक्षणा (स्त्री) *पाहा :* **चिकित्सा, अन्वेषण, अभिरुची**
विचार (पु) मनोगत, मनोदय, कल्पना, ग्रह; उद्देश, हेतू, इच्छा, इरादा, बेत, संकल्प; मन, बुद्धी, अभिप्राय, मत; अभ्यास, चिंतन, मनन, चिकित्सा, तर्क; विवेक, तारतम्य, समंजसपणा, सामंजस्य, सारासारविचार, विमर्श, धोरण, सदसद्विचार; विचारविनिमय (-विमर्श), विचारमंथन, चर्चा, खल, विवेचन; उथळ/ थिल्लर/ पोक्त/ खोल विचार, पुनर्विचार, फेरविचार, विचारधारा, विचारप्रवाह (-सरणी), विचारलहरी (-तरंग), विचारशक्ती; सुविचार, सद्विचार, पश्चात्बुद्धी; चिंता; कुविचार, दुर्विचार, कुशंका, *पाहा :* **डोकेफोड, बोल, विचारी, विवेक, विवेचन,** (विरु) **अविचार**
[वा] डोके देणे/ चालवणे/ खाजवणे/ घालणे/ फोडणे; शिजणे, घाटणे; मनात/डोक्यात घोळणे/घोळवणे, हिशेबात घेणे, चिंता वाहणे, अक्कल खर्ची घालणे, ऐकावे जनाचे करावे मनाचे
(n) thought, thinking, reflection, cerebration, consideration; idea, intention, view, opinion, plan, design; study, contemplation, speculation; discrimination, discernment; deliberation, discussion; thoughtfulness; afterthought, second thought; *पाहा :* **डोकेफोड, बोल, विचारी, विवेक, विवेचन,** (विरु) **अविचार**
[i] rack one's brains, sweat over, take into one's head, have on one's mind, ruminate, someone's brainchild

विचारगर्भ (वि) *पाहा :* **विचारी**
विचारणा (स्त्री) *पाहा :* **अन्वेषण, प्रश्न**
विचारणीय (वि) *पाहा :* **उल्लेखनीय**
विचारणे (क्रि) *पाहा :* **पुसणे, टोकणे, छेडणे**
विचारपरिप्लुत (वि) *पाहा :* **विचारी**
विचारपूर्वक (क्रिवि) *पाहा :* **मुद्दाम**
विचारपूस (स्त्री) *पाहा :* **परामर्श, अन्वेषण**
विचारप्रणाली (स्त्री) *पाहा :* **पंथ**
विचारप्रवण (वि) *पाहा :* **विचारी**
विचारप्रवर्तक (वि) *पाहा :* **प्रेरक**
विचारमग्न (वि) *पाहा :* **गर्क, गंभीर, विचारी**
विचारवंत (पु, वि) *पाहा :* **विचारी**
विचारविनिमय (-विमर्श) (पु) *पाहा :* **चर्चा, विचार, ऊहापोह**
विचारशक्ती (स्त्री) *पाहा :* **विचार, शक्ती**
विचारशील (वि) *पाहा :* **विचारी**
विचारशून्य (वि) *पाहा :* **अविचारी**
विचारक्षम (वि) *पाहा :* **विचारी**
विचाराई (वि) *पाहा :* **उल्लेखनीय, उचित**
विचारी (वि) विवेकी, विवेकवंत, सुज्ञ, सद्विचारी, विचारशील, विचारप्रवण, विचारक्षम, विचारमग्न, विचारवंत, चिंतनशील, तत्त्वचिंतक, गंभीर, सखोल, भारदस्त, प्रगल्भ, धिमा, नेमस्त, धोरणी, न्यायी, समंजस, समजूतदार, शहाणा, बुद्धिवान, समयज्ञ, सुजाण, अभ्यासू; विचारगर्भ, विचारपरिप्लुत; विवेचक; समविचारी; *पाहा :* **विचार, विवेक, विवेचन, अंतर्मुख,** (विरु) **अविचारी**
[adj] thoughtful, contemplative, sedate, sagacious, judicious, considerate, introspective, conscientious, scrupulous, meditative, philosophical, pensive, studious, wise, sensible, sober; *पाहा :* **विचार, विवेक, विवेचन, अंतर्मुख,** (विरु) **अविचारी**
विचिकित्सा (स्त्री) *पाहा :* **चिकित्सा**
विचित्र (वि) चमत्कारिक, विलक्षण, अजब, आश्चर्यकारक, अघटित, विपरीत, उफराटा, भिंगुळवाणा, वेगळा, निराळा, तऱ्हेवाईक, विक्षिप्त, लहरी, चक्रम, और; वैचित्र्यपूर्ण, तऱ्हेतऱ्हेचा, चित्रविचित्र
[वा] तिसरेच एक
[adj] strange, odd, queer, quaint, curious, unimaginable, unusual, abnormal, bizarre, unheard-of, mysterious, offbeat, eccentric, whimsical; multifarious
[i] catch-22 situation
विंचू (पु) वृश्चिक, इंगळी
(n) scorpion
विचूक (वि) *पाहा :* **विसंगत**
विच्छिन्न (वि) *पाहा :* **भग्न**
विच्छेद (पु), **विच्छेदन** (न) *पाहा :*

विभाजन, चिकित्सा

विजन (न); **विजनवास** (पु) *पाहा :* **निर्जन, वास्तव्य**

विजय (पु) *पाहा :* **जय, जयगान**

विजयी (वि) यशस्वी, फत्ते, सफल (-ळ); जेता, विजेता, जगज्जेता, विश्वविजेता, विश्वविजयी, दिग्विजयी, यशवंत, जयवंत, जयशाली, विजयशाली, प्रथितयश, कृतकृत्य; *पाहा :* **जिंकणे, जय, जयगान,** (विरु) **पराभूत**

[वा] यशश्री खेचून आणणे, इमारत फळास येणे

[adj] victorious, successful, triumphant, unbeaten, master; *पाहा :* **जिंकणे, जय, जयगान,** (विरु) **पराभूत**

[i] come off with flying colours, carry the day, romp home, to ride high, a smash hit

विजयोन्माद (पु) *पाहा :* **उन्माद**

विजातीय (वि) *पाहा :* **अन्य**

विजार (स्त्री) इजार, चोळणा, पायजमा, पाटलोण, सुरवार, तुमान, मांडचोळणा, चड्डी; *पाहा :* **कुडता, वस्त्र**

(n) trousers *पाहा :* **कुडता, वस्त्र**

विजिगीषा (स्त्री) *पाहा :* **इच्छा, जिगीषा**

विजिगीषू (वि) *पाहा :* **इच्छुक, जिगीषा**

विजेता (वि) *पाहा :* **विजयी**

विजेतेपद (न) *पाहा :* **जय**

विजेरी (स्त्री) *पाहा :* **दिवा**

विजोड (वि) *पाहा :* **असमान, विसंगत**

विंझण (पु) *पाहा :* **पंखा**

विंझणवारा (पु) *पाहा :* **वायू**

विझणे (क्रि) *पाहा :* **नाश**

विट (पु) *पाहा :* **जार**

विटकरी (वि) *पाहा :* **तपकिरी**

विटका (वि) *पाहा :* **कळाहीन**

विटणे (क्रि) *पाहा :* **कंटाळा, अखाद्य, कळाहीन, फिकट**

विटंबना (स्त्री) *पाहा :* **अपमान**

विटाळ (पु) *पाहा :* **दोष, ऋतुप्राप्ती**

विटाळणे (क्रि) *पाहा :* **अपवित्र**

विटाळशी (वि) *पाहा :* **ऋतुमती**

विडंबन (न) *पाहा :* **उपहास, अनुकरण**

विडा (पु) *पाहा :* **तांबूल, नागवेल**

विडी (स्त्री) *पाहा :* **तंबाखू**

विणकर (पु) कोष्टी, साळी, तंतुवाय, कोळी, विणणारा

(n) weaver

विणकाम (न) विणण्याची कला/कृती (*पाहा :* **विणणे**)**;** माग, हातमाग, यंत्रमाग, धोटा, ताणा (प्रोत), बाणा (ओत), वीण, पोत

(n) weaving, texture

विणणे (क्रि) विणकाम करणे, गुंफणे, ग्रंथन करणे, तुणणे, दोरा भरणे, जाळीकाम करणे, टाके घालणे, वीण घालणे, रफू करणे; जुळवणे

(v) weave, spin, criss-cross, interlace, entwine, plait, braid; contrive

विणे (क्रि) *पाहा :* **उत्पत्ती**

वितंड (वि) *पाहा :* **प्रचंड**

वितंडवाद (पु) *पाहा :* **वाद**

वितरण (न) *पाहा :* **देणे, प्रचार**
वितर्क (पु) *पाहा :* **तर्क**
वितळणे (क्रि) *पाहा :* **द्रवणे, पाघळणे**
वितान (न) *पाहा :* **छत**
वितुष्ट (न) *पाहा :* **बेबनाव, कज्जा**
वित्त (न) *पाहा :* **अर्थ**
वित्तीय (वि) *पाहा :* **आर्थिक**
विथरणे (क्रि) *पाहा :* **वागणे**
विदग्ध (वि) चतुर, कुशल, सुंदर, नागर, सभ्य, विद्वत्तापूर्ण, अभिजात, खानदानी, अभिरुचिपूर्ण, कलापूर्ण, सुसंस्कृत, परिपक्व
[adj] adroit, lovely, noble, classical, elegant, cultured, cultivated, urbane, courtly
विदा (पु) *पाहा :* **निरोप**
विंदाण (न) *पाहा :* **कसब**
विदारक (वि) *पाहा :* **तीव्र**
विदारणे (क्रि) *पाहा :* **विभाजन**
विदित (वि) *पाहा :* **जाहीर**
विदीर्ण (वि) *पाहा :* **भग्न**
विदुषी (स्त्री) *पाहा :* **ज्ञानी, पंडित**
विदूषक (पु) *पाहा :* **अभिनेता**
विदूषकी (स्त्री) *पाहा :* **अभिनय**
विदेश (पु) *पाहा :* **देश**
विदेशगमन (-वास) (न, पु) *पाहा :* **देशत्याग**
विदेशी (य) (वि) *पाहा :* **परका**
विदेहस्थिति (स्त्री) *पाहा :* **मुक्ती, समाधी**
विदेही (वि) *पाहा :* **मुक्त, जीवन्मुक्त**
विद्ध (वि) *पाहा :* **टोचणे**
विद्यमान (वि) *पाहा :* **अर्वाचीन, चालू**
विद्या (स्त्री) *पाहा :* **ज्ञान, कला, चौदा विद्या**
विद्यागुरू (पु), **विद्यादाता** (पु) *पाहा :* **अध्यापक**
विद्यादान (न) *पाहा :* **दान, शिक्षण**
विद्याधन (न) *पाहा :* **ज्ञान**
विद्यानंद (पु) *पाहा :* **आनंद**
विद्यापीठ (न) *पाहा :* **विद्यालय**
विद्याभ्यास (पु) *पाहा :* **अध्ययन**
विद्यामंदिर (न) *पाहा :* **विद्यालय**
विद्यार्थी (पु), विद्याभ्यासी, ज्ञानार्थी, ज्ञानेच्छू, ज्ञानपिपासू; शिष्य, चेला, छात्र, शागीर्द, पट्टशिष्य, अंतेवासी, उमेदवार, नवशिका, प्रशिक्षणार्थी; शालेय/ शाळकरी/ महाविद्यालयीन/ विद्यापीठीय/ पदव्युत्तर विद्यार्थी; विद्यार्थिनी
(n) student, scholar, pupil, disciple, learner, novice, trainee, apprentice, schoolboy (-girl), collegian, undergraduate, graduate/ postgraduate
विद्यालय (न) शाळा (पूर्वप्राथमिक, प्राथमिक, माध्यमिक, उच्च माध्यमिक), शाला, प्रशाला, प्रबोधिका, प्रबोधिनी, विद्यामंदिर, शिक्षणमंदिर, गुरुकुल, पाठशाळा, आश्रम; आश्रमशाळा, वस्तीशाळा, शेतीशाळा, तंत्रशाळा; सैनिकी विद्यालय, महाविद्यालय, कला/ संगीत/ नृत्य/ चित्रकला/ वास्तुकला/ वाणिज्य/ शास्त्र/ वैद्यक/ पशुवैद्यक/ अभियांत्रिकी/ कृषी/ विधी/

व्यवस्थापन/ शिक्षण विद्यालय; विद्यापीठ, विश्वविद्यालय, अभिमत विद्यापीठ, मुक्त विद्यापीठ
(n) educational institution, kindergarten, nursery school, preparatory school, school (pre-primary, primary, secondary, higher secondary), highschool, grammar school, public school, academy, alma mater, day/boarding school, military school, technical school, college of arts/ music/ dance/ painting/ architecture/ commerce/ science/ medicine/ engineering/ management/ education; university, deemed university, open university

विद्यावंत (-वान) (वि) *पाहा :* **ज्ञानी**

विद्यावेतन (न) *पाहा :* **वेतन**

विद्यासंपन्न (वि) *पाहा :* **ज्ञानी**

विद्याहीन (वि) *पाहा :* **अजाण**

विद्युत (स्त्री) *पाहा :* **वीज**

विद्युद्दाहिनी (स्त्री) *पाहा :* **अंत्येष्टी**

विद्युद्दीप (पु) *पाहा :* **दिवा**

विद्युत्प्रवाह (पु) *पाहा :* **प्रवाह**

विद्युत्वाहक (-वाहिनी) (पु, स्त्री) *पाहा :* **वाहक**

विद्युल्लता (स्त्री) *पाहा :* **वीज**

विद्योत (पु) *पाहा :* **तेज**

विद्रधी (पु) *पाहा :* **गळू**

विद्रूप (वि) *पाहा :* **कुरूप**

विद्रोह (पु) *पाहा :* **वैर, द्रोह, बंड**

विद्रोही (वि) *पाहा :* **बंडखोर**

विद्वज्जड (वि) *पाहा :* **ज्ञानी**

विद्वज्जन (पु) *पाहा :* **ज्ञानी**

विद्वत्ता (स्त्री) *पाहा :* **ज्ञान**

विद्वत्तापूर्ण (वि) *पाहा :* **ज्ञानी**

विद्वत्ताप्रचुर (वि) *पाहा :* **ज्ञानी**

विद्वत्सभा (स्त्री) *पाहा :* **अधिवेशन**

विद्वन्मान्य (वि) *पाहा :* **मान्य**

विद्वान (वि) *पाहा :* **ज्ञानी, पंडित**

विद्वांस (वि) *पाहा :* **ज्ञानी, पंडित**

विद्वेष (पु) *पाहा :* **द्वेष**

विद्वेषी (वि), **विद्वेष्टा** (वि) *पाहा :* **द्वेषी**

विंधणे (क्रि) *पाहा :* **टोचणे**

विंधनविहीर (स्त्री) *पाहा :* **विहीर**

विधर्मी (वि), **विधर्मीय** (वि) *पाहा :* **अन्य**

विधवा (स्त्री) गतधवा, गतभर्तृका, अभर्तृका, वैधव्य प्राप्त झालेली, बालविधवा, रंडकी, बोडकी, विकेशा, सकेशा; *पाहा :* **स्त्री**
[वा] घरी/माघारी येणे, तोंडावर/नाकावर पदर येणे, केशवपन होणे, सोवळी बाई, पांढऱ्या कपाळाची/पायाची, कपाळ फुटणे, गंगाभागीरथी, बांगडी फुटणे
(n) widow; *पाहा :* **स्त्री**

विधवाविवाह (पु) *पाहा :* **विवाह**

विधाता (पु) *पाहा :* **परमेश्वर, ब्रह्मदेव**

विधान (न) *पाहा :* **उक्ती, कायदा,**

अभिव्यक्ती

विंधान (न) *पाहा :* **संधान**

विधानपरिषद (स्त्री), **विधानसभा** (स्त्री) *पाहा :* **अधिवेशन**

विधायक (वि) स्थापना/ उभारणी/ बांधणी/ घडण/ जोडणी/ योजना/ आखणी करणारा; सकारात्मक, रचनात्मक; *पाहा :* (विरु) **नाशक**

[adj] constructive, productive, creative; positive, affirmative *पाहा :* (विरु) **नाशक**

विधिघटना (स्त्री) *पाहा :* **अदृष्ट**

विधिनिषेध (पु) *पाहा :* **अटकाव, दिक्कत**

विधिपूर्वक (वि) *पाहा :* **कायदेशीर**

विधिमंडळ (न) *पाहा :* **अधिवेशन**

विधियुक्त (वि), **विधिवत** (क्रिवि) *पाहा :* **कायदेशीर, औपचारिक**

विधिलिखित (न) *पाहा :* **अदृष्ट**

विधिवाक्य (न) *पाहा :* **नियम**

विधिसंकेत (पु) *पाहा :* **अदृष्ट**

विधी (पु) *पाहा :* **कायदा, नियम, रीत, कर्म, अदृष्ट, ब्रह्मदेव**

विधुर (पु) *पाहा :* **पुरुष**

विधू (पु) *पाहा :* **चंद्र**

विधेयक (न) *पाहा :* **कायदा**

विध्वंस (पु) *पाहा :* **नाश, खेळखंडोबा, चुराडा**

विध्वंसक (वि) *पाहा :* **नाशक**

विध्वंसन (न) *पाहा :* **नाश**

विध्वंसित (वि), **विध्वस्त** (वि) *पाहा :* **नष्ट**

विनत (वि) *पाहा :* **नम्र**

विनती (स्त्री), **विनंती** (स्त्री) *पाहा :* **अभ्यर्थना**

विनम्र (वि) *पाहा :* **नम्र**

विनय (पु) *पाहा :* **नम्रता**

विनयभंग (पु) *पाहा :* **त्रास**

विनयशील (वि), **विनयी** (वि) *पाहा :* **नम्र**

विनवणी (स्त्री), **विनवणे** (क्रि) *पाहा :* **अभ्यर्थना, आराधना, गयावया**

विनाअट (वि) *पाहा :* **निरपवाद, बिनशर्त**

विनाकारण (क्रिवि) *पाहा :* **अकारण**

विनापत्य (वि) *पाहा :* **अनपत्य**

विनापरवाना (क्रिवि) *पाहा :* **बेलाशक**

विनापाश (वि) *पाहा :* **एकटा**

विनायक (पु) *पाहा :* **गणपती**

विनायास (क्रिवि) विनासायास, विनाश्रम, आयता, प्रयत्नावाचून, सहज, अनायासे, लीलया

[वा] आयत्या बिळावर/पिठावर नागोबा, आळशावर गंगा

[adv] easily, readily, effortlessly

विनाविलंब (क्रिवि) *पाहा :* **अविलंब**

विनावेतन (वि, क्रिवि) *पाहा :* **फुकट**

विनाश (पु) *पाहा :* **नाश, अधोगती**

विनाशक (-कारी) (वि) *पाहा :* **नाशक**

विनाशिका (स्त्री) *पाहा :* **नौका**

विनाशी (वि) *पाहा :* **क्षणभंगुर**

विनाश्रम, विनासायास (वि, क्रिवि) *पाहा :* **विनायास**

विनाहरकत (वि, क्रिवि) *पाहा :* **निरपवाद, अबाधित**

विनिमय (पु) *पाहा :* **देवाणघेवाण**

विनियुक्त (वि), **विनियोजित** (वि) *पाहा :* **नियुक्त**

विनियोग (पु) *पाहा :* **उपयोग, योजना, खर्च**

विनिर्मुक्त (वि) *पाहा :* **मुक्त**

विनीत (वि) *पाहा :* **नम्र**

विनोद (पु) थट्टा, मस्करी, चेष्टा, गंमत, हास्यविनोद, हासपरिहास, मनोविनोदन, विदूषकी; चुटका, हास्यकणिका, नर्मविनोद, कोपरखळी, चटकदार वाक्य, (शाब्दिक) कोटी, श्लेष, कोटिक्रम; छेकोक्ती, छेकापन्हुती; विनोदबुद्धी; *पाहा :* **करमणूक**

(n) humour, wit, pleasantry, jest, tomfoolery, banter, fun, joke, absurdity, comedy, satire, quips, witticism, pun, wordplay; sense of humour/ fun; *पाहा :* **करमणूक**

[i] a damp squib, to crack a joke, a practical joke, a shaggy dog story

विनोदी (वि) थट्टेखोर, चेष्टेखोर, गमत्या, खट्याळ, खिलाडू, हसवणारा, विदूषकी; गमतीदार, मजेदार, चटकदार, मनोरंजक, हास्यकारक, हास्यरसपूर्ण, कोटिबाज, विनोदपूर्ण; *पाहा :* (विरु) **गंभीर**

[adj] humorous, witty, funny, amusing, comic, farcical, hilarious, laughable, slapstick, side-splitting, uproarious, jocose, jocular, waggish, playful, facetious *पाहा :* (विरु) **गंभीर**

विन्मुख (वि) *पाहा :* **पराङ्मुख, फजीत, प्रतिकूल**

विन्यस्त (वि) *पाहा :* **नियुक्त**

विन्यास (पु) *पाहा :* **ठेव, व्यवस्था**

विपत्काल (पु), **विपत्ती** (स्त्री), **विपदा** (स्त्री) *पाहा :* **संकट, अवदशा**

विपन्न (वि) *पाहा :* **ग्रस्त**

विपन्नावस्था (स्त्री) *पाहा :* **अवदशा, गरिबी**

विपरीत (वि), **विपर्यस्त** (वि), **विपर्यास** (पु) *पाहा :* **उफराटा, तिरकस, विकृत, अभद्र, अपलाप, खोटेपणा**

विपक्ष (पु) *पाहा :* **प्रतिस्पर्धी**

विपाक (पु) *पाहा :* **परिणाम**

विपिन (न) *पाहा :* **अरण्य**

विपुल (वि) *पाहा :* **अतिशय, अनेक**

विपुलता (स्त्री) *पाहा :* **वैपुल्य**

विप्र (पु) *पाहा :* **ब्राह्मण**

विप्रलंभ (पु) *पाहा :* **शृंगार**

विफल (-ळ) (वि) *पाहा :* **फोल**

विफलता (स्त्री) वैफल्य, निष्फलता, फोलपणा, व्यर्थपणा, निरुपयोगिता, अनुत्पादकता

(n) futility, uselessness, unproductiveness

विबुध (पु) *पाहा :* **परमेश्वर, पंडित**

विभक्त (वि) अलग, विलग, वेगळा, निराळा, पृथक, पृथगात्म, व्यतिरिक्त, व्यवच्छिन्न, सुटा, भिन्न, भग्न, खंडित,

विभाजित; त्रुटित, विघटित, फुटीर, सवता, स्वतंत्र, अलिप्त, तुटक; घटस्फोटित; वर्गीकृत; अलगअलग, वेगवेगळा, विभिन्न, न गुरफटलेला, अपवादित, मोकळा; तोडलेला, फोडलेला, विभागलेला, तुटलेला, फुटलेला, इ.; विरहिणी, विरही; *पाहा :* **विभाजन, भग्न, अन्य,** (विरु) **अभिन्न, अविभक्त, संयुक्त**

[adj] disjointed, detached, apart, divorced, unattached, separate, isolated, divided, discrete, discontinuous, broken; *पाहा :* **विभाजन, भग्न, अन्य,** (विरु) **अभिन्न, अविभक्त, संयुक्त**

विभव (न) *पाहा :* **ऐश्वर्य**

विभाकर (पु) *पाहा :* **सूर्य**

विभाग (पु) *पाहा :* **भाग, कलम, अध्याय, अंग**

विभागणी (स्त्री), **विभागणे** (क्रि) *पाहा :* **विभाजन**

विभागीय (वि) *पाहा :* **प्रादेशिक**

विभाजन (न) विभागणी, विच्छेदन, विच्छेद, भंग, छेदन, विघटन, फाळणी, पृथक्करण, विग्रह, वाटणी, वाटप, वाटावाट, वर्गवारी, वर्गीकरण, विल्हेवारी, हिस्सेरशी, श्रमविभागणी, ध्रुवीकरण, ऐक्यभंग, फोड, फूट, तूटफूट, फुटाफूट, फाटाफूट, पांगापांग, तुटातूट, कापाकाप, कातरकाम, फाडाफाड, मोडतोड, तोडमोड, तोडातोड, फोडाफोड, ताटातूट, वियोग, विरह, चिरविरह, तुटी, दुही, बेकी, फारकत, तुटातुटी, दूरीकरण, बेबनाव, मतभेद, वितुष्ट, दुरावा, दुजाभाव, भिन्नभाव, पृथक्‌भाव, विसंवाद, भिन्नता, भिन्नत्व, वेगळेपणा, वेगळीक, अलगपणा, विकल्प, भेद, द्वित्व, भेदभाव, भेदाभेद; (वंश-, वर्ग-, वर्ण-, पंक्ति-, जाति-, लिंग-) भेद, वर्णविद्वेष, जातपात, शिवाशीव; वंशवाद; *पाहा :* **विभक्त, घटस्फोट, भाग, अंतर, भग्न** (विरु) **जोडणी, जोडणे, एकी**

[क्रि] विभागणे, विभक्त करणे, भेदणे, तोडणे, मोडणे, छिंदणे, फोडणे, छाटणे, काटणे, कापणे, कर्तन करणे, कातरणे, कातरकाम करणे, कातणे, चिरणे, फाडणे, छिलणे, छेदणे, कलम करणे, खुडणे, तुकडे/ हिस्से/ छकले/ भाग/ वाटे करणे, वाटणे, विदारणे, खंडणे, खांडणे, खापलणे, खच्ची करणे, खंडविखंड करणे, भग्न करणे, दुभागणे, तुटणे, फुटणे, भंगणे, भंग पावणे, दुभंगणे, फाटणे, मोडणे, निखळणे, तडकणे, पिचणे, कचकणे, तडा जाणे, खिंडार पडणे, तट पडणे (*पाहा :* **तट**), फूट पडणे, गट्टी फुटणे, दुरावणे, अंतरणे, सुटणे, पाठवणी/ बोळवण करणे, निरोप देणे/ घेणे

[वा] वेगळी चूल मांडणे, सवतासुभा करणे, घर फोडणे, तिघांच्या तीन वाटा होणे, नाळ तोडणे

(n) separation, division, subdivision, dismemberment, amputation, dissociation, severance, fission, fragmentation, rift, breakup, spiltting, detachment, segregation, apartheid, disunion, fracture, rupture, decomposition, fissure, polarisation, parting; *पाहा :* **विभक्त, घटस्फोट, भाग, अंतर, भग्न** (विरु) **जोडणी, जोडणे, एकी, तट**

[v] divide, separate, break, cut, sever, split, dissect, disintegrate, dismember, disband, amputate

[i] fall to pieces, call it quits, cut loose, crumble, tear down

विभिन्न (वि) *पाहा :* **विभक्त, अन्य**

विभू (पु) *पाहा :* **परमेश्वर**

विभूतिपूजा (स्त्री) *पाहा :* **पूजा**

विभूती (स्त्री) *पाहा :* **अवतार, राख**

विभूषण (न) *पाहा :* **अलंकार**

विभूषित (वि) *पाहा :* **अलंकृत**

विभ्रम (पु) *पाहा :* **नखरा, लालित्य**

विभ्रांत (वि) *पाहा :* **भ्रांत**

विमनस्क (वि) *पाहा :* **खिन्न**

विमर्श (पु) *पाहा :* **विचार, चर्चा**

विमल (वि) *पाहा :* **पवित्र, अनघ**

विमा (पु) *पाहा :* **अनामत**

विमाता (स्त्री) *पाहा :* **माता**

विमानतळ (पु) *पाहा :* **अड्डा, विमानप्रवास**

विमानप्रवास (पु) विमान, आकाशयान (-नौका), वायुयान (-नौका), प्रवासी/ लढाऊ/ बॉम्बफेकी विमान, विमानपर्यटन, हवाई प्रवास, विमानतळ, हवाई तळ, धावपट्टी, नियंत्रण कक्ष, वैमानिक, कप्तान, सहवैमानिक, वैमानिक- कक्ष, हवाई सुंदरी, प्रस्थान, उड्डाण, विमानोड्डाण, विमानमार्ग, आकाशमार्ग, अवकाशविहार, अंतराळविहार, दिशादर्शक, उंचीमापक, पंखा, पंख, सुकाणू, गिरकी, घिरटी, अवतरण, आगमन, विमानविद्या; *पाहा :* **प्रवास**

(n) air travel, aviation, aeroplane, aircraft, fighter plane, bomber, airport, aerodrome, runway, control tower, pilot, captain, co-pilot, cockpit, air hostess, flight, take-off, air route, soaring, navigation, propeller, wing, rudder, turn, landing, arrival, aeronautics; *पाहा :* **प्रवास**

विमुक्त (वि) *पाहा :* **मुक्त**

विमुख (वि) *पाहा :* **पराङ्मुख**

विमोचन (न) पाहा : **मुक्ती, प्रकटन**

वियोग (पु) *पाहा :* **विभाजन**

विरक्त (वि) अनासक्त, निरिच्छ, निरभिलाष (षी), निराकांक्ष, निष्काम, नि:स्पृह, निरपेक्ष, अनपेक्ष, उदासीन, निर्विकार, जीवन्मुक्त, संन्यस्त, विरत,

विरागी, वैरागी, भोगपराङ्मुख, विषयपराङ्मुख, वासनारहित, विकाररहित, आशापाशरहित, ममत्वरहित, विगतविषय, नि:संग (निसंग), नि:स्वार्थी, निर्लोभी, निर्मम, सेवाभावी, त्यागी, स्वार्थत्यागी, फलत्यागी, फलेच्छाविरहित, सर्वसंगपरित्यागी, निवृत्त, कलंदर, अवलिया, अवधूत, फटिंग; वीतकाम (-क्रोध, -लोभ, -मोह, -राग) *पाहा :* **विरक्ती, त्याग** (विरु) **आसक्त**

[वा] नि:स्पृहस्य तृणं जगत्

[adj] undesirous, disinterested, detached, ascetic, spartan, selfless, self-denying, renunciatory *पाहा :* **विरक्ती, त्याग** (विरु) **आसक्त**

विरक्ती (स्त्री) अनासक्ती, वैराग्य, निरिच्छता, निरभिलाषा, उदासीनता, संन्यस्तवृत्ती, विराग, विरती, उपरती, निवृत्ती, भोगपराङ्मुखता, नि:स्वार्थीपणा, त्यागवृत्ती, सर्वसंगपरित्याग; मैथुन-/ प्रसूति - वैराग्य, स्मशानवैराग्य; *पाहा :* **विरक्त** (विरु) **आसक्ती**

[वा] फकिरी बाणा

(n) detachment, aseticism, selflessness, renunciation, withdrawal, retirement *पाहा :* **विरक्त** (विरु) **आसक्ती**

विरंगुळा (पु) करमणूक, मनोविनोदन, छंद, नाद, विसावा, आराम, दिलासा, खेळ, क्रीडा; *पाहा :* **करमणूक**

(n) recreation, pastime, relaxation, diversion, hobby; *पाहा :* **करमणूक**

विरघळणे (क्रि) *पाहा :* **द्रवणे**

विरंची (पु) *पाहा :* **ब्रह्मदेव**

विरणे (क्रि) *पाहा :* **द्रवणे, दबणे, विरळ**

विरत (वि) *पाहा :* **विरक्त**

विरती (स्त्री) *पाहा :* **विरक्ती**

विरमणे (क्रि) *पाहा :* **चपापणे**

विरविरीत (वि) *पाहा :* **जीर्ण, विरळ**

विरस (पु) रंगभंग, बेरंग, रसभंग, मनोभंग, उत्साहभंग, आशाभंग, अपेक्षाभंग, नाराजी, निराशा, हिरमोड, वैफल्य, भ्रमनिरास; *पाहा :* **नैराश्य** (विरु) **उत्तेजन**

[क्रि] विरसणे, मन मोडणे, मस्करीची कुस्करी होणे

[वा] भरवशाच्या म्हशीला टोणगा, विरजण पडणे, भ्रमाचा भोपळा फुटणे, हात चोळत बसणे, करायला गेलो एक आणि झाले भलतेच

(n) disappointment, discouragement, chagrin, frustration, broken heart, disillusionment, despair *पाहा :* **नैराश्य** (विरु) **उत्तेजन**

[i] pour cold water on, bring down to earth

विरह (पु) *पाहा :* **विभाजन**

विरहदु:ख (न) *पाहा :* **दु:ख**

विरहिणी (स्त्री), **विरही** (पु) *पाहा :*

विभक्त

विरळ (वि) विरविरीत, झिरझिरीत, विरलेला, पातळ, झिल्लट, दूरदूर, अंतराअंतरावर, तुरळक, विखुरलेला; *पाहा :* **दुर्मीळ**

[adj] threadbare, sparse, thin, rare, infrequent, few and far between; *पाहा :* **दुर्मीळ**

विरळा (वि) *पाहा :* **दुर्मीळ**

विराग (पु) *पाहा :* **विरक्ती**

विरागी (वि) *पाहा :* **विरक्त**

विराज (पु) *पाहा :* **तेज, शोभा**

विराजणे (क्रि) *पाहा :* **शोभणे**

विराजमान (वि) *पाहा :* **शोभिवंत**

विराट (वि) *पाहा :* **भव्य, अकटोविकट**

विराटपुरुष (पु) *पाहा :* **परमेश्वर**

विराणी (स्त्री) *पाहा :* **काव्य**

विराम (पु) विश्रांती, विसावा, आराम, अवकाश, थांबणूक, मध्यांतर, टप्पा, लय, नाश, अंत, शेवट; विरामचिन्ह; (स्वल्प-, अर्ध-) पूर्णविराम

(n) rest, repose, stoppage, pause, break, breather, interlude, halt, end, termination; punctuation mark

विरी (स्त्री) *पाहा :* **शक्ती**

विरुद्ध (वि) *पाहा :* **प्रतिकूल, उफराटा, असमान**

विरूढणे (क्रि) *पाहा :* **वाढ, अंकुरणे**

विरूप (वि) *पाहा :* **कुरूप, अधू**

विरूपाक्ष (पु) *पाहा :* **शंकर**

विरोध (पु) *पाहा :* **अटकाव, अंतर, आक्षेप, प्रतिकूल**

विरोधाभास (पु) *पाहा :* **आभास, भाषालंकार**

विरोधी (वि) *पाहा :* **प्रतिकूल, उफराटा, असमान**

विरोळा (पु) *पाहा :* **साप**

विलग (वि) *पाहा :* **विभक्त, अन्य**

विलंब (पु) *पाहा :* **उशीर, खोळंबा, चालढकल**

विलंबित (वि) *पाहा :* **मंद**

विलय (पु) *पाहा :* **अखेर, नाश, अंत**

विलसणे (क्रि) *पाहा :* **शोभणे**

विलसित (वि) *पाहा :* **शोभिवंत**

विलक्षण (वि) असामान्य, असाधारण, अलौकिक, लोकोत्तर, लोकविलक्षण, अचाट, अद्‌भुत, अघटित, अपूर्व, अजब, आश्चर्यकारक, चमत्कारिक, विचित्र, नाट्यपूर्ण, नावीन्यपूर्ण, अनोखा, अफलातून

[वा] न भूतो न भविष्यति

[adj] extraordinary, exceptional, fantastic, amazing, outstanding, fenominal, strange, unusual, marvellous, novel, singular;

विलाप (पु) *पाहा :* **आकांत, दुःख**

विलायत (स्त्री) *पाहा :* **देश**

विलास (पु) चैन, मौजमजा, गंमतजंमत, ऐशआराम, हौसमौज, शौक, ख्यालीखुशाली, रंगेलपणा, क्रीडा, खेळ, विहार, करमणूक, कालविनोदन, उपभोग, स्वैरभोग,

विषयोपभोग, विषयलौलुप्य, भोगविलास, राजविलास, सुख, विषयसुख, सुखविलास, सुखोपभोग, सुखासक्ती, इश्क, इश्कबाजी, रंगढंग, कामचेष्टा, शृंगारचेष्टा, रतिसुख, नखरा, भ्रूसंकेत, लाजणे -मुरडणे, अटकमटक, सुखवाद, चंगळवाद; *पाहा :* **आनंद**

(n) amusement, entertainment, enjoyment, fun, frolic, pleasantry, merrymaking, skylarking, dalliance, sensuality, hedonism, coquetry; materialism *पाहा :* **आनंद**

[i] creature comforts, live off the fat of the land, bed of roses

विलासखानी तोडी (पु) *पाहा :* **राग**

विलासी (वि) चैनी, चैनबाज, गुलहौशी, अलबेला, शौकीन, खुशालचेंडू, रंगेल, आनंदी, क्रीडासक्त, भोगी, भोगासक्त, भोगलोलुप, चंगीभंगी, विषयबद्ध (-लंपट), विषयासक्त, विषयी, विषयांध, विषयलोलुप, सुखासक्त, सुखासीन, सुखलोलुप, सुखभोगी, सुखार्थी, इश्कबाज, कामी, कामुक, लंपट, चंगळवादी, भोगवादी; शिश्नोदरपरायण; नखरेल, विलासिनी

[adj] epicurean, pleasure loving, voluptuous, sensual, lustful, philanderer, playboy, playgirl, flirt, coquette

विलीन (वि) *पाहा :* **एकवटणे**

विलीनीकरण (न) *पाहा :* **एकी**

विलेपन (न) *पाहा :* **लेप, चोपडणे**

विलोकणे (क्रि), **विलोकन** (न) *पाहा :* **अवलोकन**

विलोभन (न) *पाहा :* **फसवणूक**

विलोभनीय (वि) *पाहा :* **आकर्षक**

विलोम (वि) *पाहा :* **उफराटा**

विलोल (वि) *पाहा :* **चंचल**

विल्हे (पु) *पाहा :* **वर्ग**

विल्हेवाट (स्त्री) *पाहा :* **अखेर**

विल्हेवारी (स्त्री) *पाहा :* **विभाजन**

विवंचना (स्त्री) *पाहा :* **चिंता, काळजी**

विवर (न) छिद्र, भोक, घर, टोचा, पोकळी, गुहा, गव्हर, गुफा (गुंफा), खड्डा, दरी, गिरिकंदर, कपार, खबदाड, बीळ, बळद, भुयार, कोटर, ढोली, कोरीव लेणे, चैत्य, कृष्णविवर;

(n) hole, aperture, cavity, cave, cavern, gap, hollow, burrow, pit, pot-hole, opening, chasm, black hole;

विवरण (न) उकल, उलगडा, फोड, खुलासा, स्पष्टीकरण, विशदीकरण, टीका, टिप्पणी, भाष्य, प्रपंच, निरूपण, विवेचन, ऊहापोह, विवृती, व्यक्तीकरण, उपपत्ती, अनुवाद;

(n) elucidation, explanation, exposition, interpretation, clarification, account, commentary

[i] to spell out

विवर्जन (न) *पाहा :* **त्याग**

विवर्जित (वि) *पाहा :* **त्यक्त**
विवर्ण (वि) *पाहा :* **कळाहीन**
विवर्त (पु), **विवर्तन** (न) *पाहा :* **परिभ्रमण**
विवश (वि) *पाहा :* **परतंत्र**
विवसन (वि) *पाहा :* **अनावृत**
विवसी (स्त्री) *पाहा :* **पिशाच**
विवस्त्र (वि) *पाहा :* **अनावृत**
विवस्वान (पु) *पाहा :* **सूर्य**
विवळणे (क्रि) *पाहा :* **कण्हणे**
विवक्षा (स्त्री) *पाहा :* **उद्देश**
विवक्षित (वि) *पाहा :* **निर्दिष्ट, अमुक**
विवाद (पु) *पाहा :* **वाद**
विवादास्पद (वि), **विवाद्य** (वि) *पाहा :* **वादग्रस्त**

विवाह (पु) लग्न, शुभमंगल, सोयरीक, परिणय, परिणयन, पाणिग्रहण, दारग्रहण, करग्रहण, स्वयंवर, लगीन, घरोबा, संबंध, विवाहसंबंध, शरीरसंबंध, अष्टविवाह (ब्राह्म, दैव, आर्ष, प्राजापत्य, आसुर, गांधर्व, राक्षस, पैशाच), निका, साटेलोटे, बेटीव्यवहार, प्रेमविवाह (प्रीतिविवाह), नोंदणीविवाह, आंतरजातीय विवाह, अनुलोम/प्रतिलोम विवाह, सगोत्र विवाह, बालविवाह, जरठकुमारीविवाह, विधवाविवाह, पुनर्विवाह, पुनर्लग्न, द्वितीयसंबंध, पाट, म्होतूर, गंधर्व, विवाहविधी (-संस्कार, -कार्य, -सोहळा, -समारंभ), लग्नकार्य, वाङ्निश्चय, साखरपुडा, कन्यादान, सप्तपदी; ऐक्य, साहचर्य; एकपत्नीव्रत, एकपतिकत्व, द्विभार्याविवाह, बहुपत्नीकत्व, बहुपतिकत्व; *पाहा :* **विवाहित**

[क्रि] वरणे, माळ घालणे, कुंकू लावणे

[वा] हळद लागणे, हात पिवळे होणे, दोनाचे चार (हात) होणे, चतुर्भुज होणे, (मुलगी) उजवणे, हातात हात देणे, जन्माची गाठ/ब्रह्मगाठ, मागणी घालणे, टाळी वाजणे, (डोक्यावर) अक्षता पडणे, बार उडवणे, वरसंशोधन, वधूसंशोधन, स्थळ पाहणे, मुलगी सांगून येणे;

(n) marriage, wedlock, wedding, matrimony, nuptial tie, intermarriage, mixed marriage, common-law marriage, remarriage, engagement, betrothal, cohabitation, companionship; monogamy, bigamy, polygamy, polyandry; *पाहा :* **विवाहित**

[i] leading to the alter, wedded bliss, temple of Hymen, to tie the knot, a shotgun wedding

विवाहविच्छेदन (न) *पाहा :* **घटस्फोट**

विवाहित (वि) विवाहबद्ध, चतुर्भुज, परिणीत, नवविवाहित, नवपरिणीत, नवोढा, पुनर्विवाहित, लग्न झालेला *पाहा :* **विवाह** (विरु) **अविवाहित**

[adj] married, wedded, engaged, bethrothed *पाहा :*

विवाह (विरु) **अविवाहित**

विविध (वि), **विविधलक्षी** (वि) *पाहा* : **अनेक, चित्रविचित्र**

विविधता (स्त्री) *पाहा* : **अनेकता**

विविधा (स्त्री) *पाहा* : **सरमिसळ**

विविधांगी (वि) *पाहा* : **चतुरस्त्र**

विवृत (वि) *पाहा* : **स्पष्ट**

विवृती (स्त्री) *पाहा* : **विवरण**

विवेक (पु) विचार, बुद्धी, तारतम्य, तारतम्यबुद्धी, सारासारविचार, विचाराची परिपक्वता, सदसद्विवेक; मूल्यविवेक; समज, जाण, तर्क, तर्कबुद्धी; अक्कल, सुज्ञपणा, समंजसपणा, सामंजस्य; संयम, चित्तवृत्तिनिरोध; *पाहा* : **साधन, विचार, विचारी, विवेचन** (विरु) **अविचार, दुर्बुद्धी**

(n) discretion, discernment, discrimination, conscience, compunction, scruples, reservations, ethics, sagacity, wisdom; *पाहा* : **साधन, विचार, विचारी, विवेचन** (विरु) **अविचार, दुर्बुद्धी**

विवेकभ्रष्ट (वि) *पाहा* : **अविचारी**

विवेकभ्रष्टता (स्त्री) *पाहा* : **अविचार, चित्तभ्रम**

विवेकवंत (वि) *पाहा* : **विचारी**

विवेकवादी (वि) *पाहा* : **तर्कशुद्ध**

विवेकशून्य (-हीन) (वि) *पाहा* : **अविचारी**

विवेकशून्यता (स्त्री) *पाहा* : **अविचार**

विवेकी (वि) *पाहा* : **विचारी**

विवेचक (वि) *पाहा* : **विचारी, विवेचन**

विवेचन (न) विवरण, स्पष्टीकरण, खल, उकल, भाष्य, टीका, टीकाटिप्पणी; विचार, सर्व बाजूंनी विचार, विस्तार, प्रपंच

(n) elucidation, exposition, clarification, discussion, reasoning

विव्हल (वि) *पाहा* : **दुःखी, त्रस्त, कासावीस, आर्त, कातर, घायाळ**

विव्हळणे (क्रि) *पाहा* : **कण्हणे**

विशद (वि) *पाहा* : **उघड**

विशदीकरण (न) *पाहा* : **विवरण, टीका, अभिव्यक्ती**

विशाखा (स्त्री) *पाहा* : **नक्षत्र**

विशांपती (पु) *पाहा* : **राजा**

विशारद (वि) *पाहा* : **निपुण**

विशाल (वि) *पाहा* : **भव्य, विस्तृत, अचाट, अकटोविकट**

विशालहृदयी (वि) *पाहा* : **चित्तसंपन्न**

विशिख (पु) *पाहा* : **बाण**

विशिष्ट (वि) *पाहा* : **निर्दिष्ट, नेमका, ठरावीक, अमुक**

विशी (स्त्री) *पाहा* : **वय**

विशीर्ण (वि) *पाहा* : **जीर्ण, भग्न**

विशुद्ध (वि) *पाहा* : **शुद्ध, चारित्र्यसंपन्न**

विशेष (पु) *पाहा* : **गुण**

विशेष (वि) *पाहा* : **खास**

विशेषनाम (न) *पाहा* : **अभिधान**

विशेषाधिकार (पु) *पाहा* : **अधिकार**

विशोभित (वि) *पाहा* : **अप्रयोजक, कुरूप**

विश्रब्ध (वि) *पाहा* : **निरामय**

विश्रंभ (पु) *पाहा :* **मित्रत्व, विश्वास**
विश्रांत (वि) *पाहा :* **श्रांत**
विश्रांतीस्थान (न) *पाहा :* **स्थान, आश्रय**
विश्रांती (स्त्री), **विश्राम** (पु) *पाहा :* **आराम**
विश्रुत (वि) *पाहा :* **प्रसिद्ध**
विश्लेषक (वि) *पाहा :* **चिकित्सक**
विश्लेषण (न) *पाहा :* **चिकित्सा, टीका**
विश्व (न) *पाहा :* **चराचर, अंतराळ, अवकाश**
विश्वकरंडक (-चषक) (पु) *पाहा :* **पारितोषिक**
विश्वकुटुंब (न) *पाहा :* **घर**
विश्वकोश (पु) *पाहा :* **कोश**
विश्वबंधुत्व (न) *पाहा :* **मित्रत्व**
विश्वंभर (पु) *पाहा :* **परमेश्वर**
विश्वमानव (पु) *पाहा :* **मानव, नरश्रेष्ठ**
विश्वविद्यालय (न) *पाहा :* **विद्यालय**
विश्वव्यापक (-व्यापी) (वि) *पाहा :* **व्यापक**
विश्वसनीय (वि) *पाहा :* **प्रामाणिक**
विश्वसुंदरी (स्त्री) *पाहा :* **सुंदरी**
विश्वस्त (पु) *पाहा :* **पहारेकरी, पालक**
विश्वस्तसंस्था (स्त्री) *पाहा :* **न्यास**
विश्वास (पु) भरवसा, खात्री, निश्चिती, निश्चिंतता, विश्वासार्हता, इमानदारी, निष्ठा, श्रद्धा, आशा, विश्रंभ, उमेद, दिलासा, हमी, भिस्त, मदार, *पाहा :* **आत्मविश्वास, अवलंबन, प्रामाणिक** (विरु) **अविश्वास, द्रोह, विश्वासघातकी**
[वि] विश्वासक, आश्वासक, आशादायक, उत्साहवर्धक
[क्रि] विश्वासणे; विसंबणे
[वा] बोलण्यावर जाणे, साप म्हणू नये धाकला नवरा म्हणू नये आपला, पोटात शिरणे
(n) trust, faith, confidence, belief, credence, reliance, conviction, reassurance; *पाहा :* **आत्मविश्वास, अवलंबन, प्रामाणिक** (विरु) **अविश्वास, द्रोह, विश्वासघातकी**
[i] gulp down, swallow hook line and sinker, fall for, take at face value, take at one's word, strength from the horse's mouth, seeing is believing;
विश्वासघात (पु) *पाहा :* **द्रोह, कपट, विश्वासघातकी**
विश्वासघातकी (वि) बेइमान, निमकहराम, कृतघ्न, अप्रामाणिक, कपटी, कुटिल, लबाड, फसवा, गळेकापू, दगाबाज, दगलबाज, गारदी, देशद्रोही, गद्दार, स्वामिद्रोही, पक्षद्रोही, घरबुडव्या, फितूर; गुप्तशत्रू, *पाहा :* **द्रोह** (विरु) **प्रामाणिक**
[वा] कुऱ्हाडीचा दांडा गोतास काळ; भरवशाच्या म्हशीला टोणगा, अस्तनीतील निखारा, केसाने गळा कापणे, कुंपणाने शेत खाणे; तोंडघशी पाडणे, पाठीत सुरा खुपसणे, शब्द फिरवणे;

[adj] treacherous, perfidious, dishonest, disloyal, renegade; *पाहा :* **द्रोह** (विरु) **प्रामाणिक**

[i] break one's word, play false, double-cross, stab in the back

विश्वासपात्र, विश्वासार्ह, विश्वासू (सर्व वि) *पाहा :* **प्रामाणिक, जबाबदार**

विश्वेश (पु), **विश्वेश्वर** (पु) *पाहा :* **परमेश्वर**

विष (न) जहर, विख (वीख), विखार, विख्ख, हलाहल, कालकूट, बचनाग, गरळ, सर्पविष; विषार; विषबाधा; विषवल्ली; *पाहा :* **ठार मारणे, विषारी, निर्विष** (विरु) **अमृत**

(n) poison, venom; bane, toxin *पाहा :* **ठार मारणे, विषारी, निर्विष** (विरु) **अमृत**

विषकंठ (पु) *पाहा :* **शंकर**

विषण्ण (वि) *पाहा :* **खिन्न, कष्टी, चिंताकुल**

विषप्रयोग (पु) *पाहा :* **ठार मारणे**

विषम (वि) *पाहा :* **असमान, प्रतिकूल**

विषमता (स्त्री) *पाहा :* **अंतर**

विषमभोजन (न), **विषमान्न** (न) *पाहा :* **अन्न**

विषय (पु) मुद्दा, प्रकरण, बाब, गोष्ट, कलम; इंद्रियगोचर वस्तू, विकारसंबद्ध गोष्ट, कार्यक्षेत्र; काम, कामेच्छा, कामवासना; विषयपंचक (शब्द, स्पर्श, रूप, रस, गंध)

(n) subject, motif, point, matter; object, area of work; sex, sensuality, lust

विषयतृष्णा (स्त्री) *पाहा :* **अभिलाषा**

विषयप्रतिपादन (न) *पाहा :* **प्रतिपादणे, भाषण**

विषयप्रवेश (पु) *पाहा :* **उपोद्घात**

विषयबद्ध (-लंपट, -लोलुप) (वि) *पाहा :* **विलासी, कामुक**

विषयवासना (स्त्री) *पाहा :* **काम**

विषयसुख (न) *पाहा :* **उपभोग, विलास**

विषयान्तर (न) *पाहा :* **आडमार्ग, पाल्हाळ**

विषयांध (वि), **विषयासक्त** (वि) *पाहा :* **विलासी, कामुक, अनैतिक, चंगीभंगी**

विषयी (वि) *पाहा :* **कामुक, विलासी, चंगीभंगी**

विषयासक्ती (स्त्री) *पाहा :* **काम**

विषयोपभोग (पु) *पाहा :* **उपभोग**

विषवल्ली (स्त्री) *पाहा :* **विष, वेल**

विषाण (न) *पाहा :* **शिंग, दात**

विषाणू (पु) *पाहा :* **जीव**

विषाद (पु) *पाहा :* **दुःख**

विषादकारक (वि) *पाहा :* **अप्रिय**

विषार (पु) *पाहा :* **विष**

विषारी (वि) जहरी, विखारी, विषमय, विषयुक्त, विषालू; *पाहा :* **विष, साप**

[adj] poisonous, venomous *पाहा :* **विष, साप**

विष्टंभ (पु) *पाहा :* **अटकाव**

विष्ठा (स्त्री) *पाहा :* **घाण**

विष्णुलोक (पु) *पाहा :* **परलोक**

विष्णू (पु) केशव, माधव, अच्युत, जनार्दन, त्रिविक्रम, (आदि) नारायण, रमा (लक्ष्मी) कांत (-नाथ, -नायक, -पति, -रमण, -वर), कमलापती, कमलावर, वैकुंठनाथ (-नायक), श्रीनिवास, श्रीवल्लभ, श्रीपती, श्रीधर, श्रीवत्सलांछन, पुरुषोत्तम, पुंडरीकाक्ष, गरुडध्वज, हरी, पद्मनाभ, अक्षज, अधोक्षज, इत्यादी; *पाहा :* **परमेश्वर, त्रिमूर्ती**

(n) God Vishnu, *पाहा :* **परमेश्वर, त्रिमूर्ती**

विसकटणे (क्रि) *पाहा :* **अव्यवस्थित**

विसंगत (वि) असंबद्ध, अप्रस्तुत, अप्रयोजक, अप्रासंगिक, गैरलागू, मुद्द्याला सोडून, बेताल, सैल, अरळ, भरमसाट, बेफाट, बेसूर, बदसूर, असमान, विजोड, विचूक, तुटक, विरोधी, विरुद्ध, विसंगती/विसंवाद असलेले, मेळ नसलेले; सुसंगती नसलेले, विसंवादी; कालविसंगत, तर्कविसंगत, इ. *पाहा :* (विरु) **अनुरूप, अन्वर्थक**

[वा] बोलात बोल नसणे, वडाची साल पिंपळाला लावणे, वदतोव्याघात

[adj] irrelevant, unrelated, inconsistent, incoherent, discordant, disjointed, extraneous, inappropriate, malapropos, pointless, contradictory, inapplicable *पाहा :* (विरु) **अनुरूप, अन्वर्थक**

[i] beside the point, neither here nor there; to blow hot and cold

विसंगतता (स्त्री), **विसंगती** (स्त्री) *पाहा :* **अंतर, विसंगत**

विसण (न) *पाहा :* **पाणी**

विसदृश (वि) *पाहा :* **असमान**

विसंबणे (क्रि) *पाहा :* **विश्वास**

विसर (पु), **विसरणे** (क्रि) *पाहा :* **विस्मरण**

विसरभोळा (वि) विसराळू, विसरणारा (*पाहा :* **विस्मरण**), गाफील, हलगर्जी, निष्काळजी

[वा] आठवणीचा खंदक

[adj] forgetful, absent-minded, amnesiac, unmindful, oblivious; *पाहा :* **विस्मरण**

[i] wool-gathering

विसराळू (वि) *पाहा :* **विसरभोळा**

विसराळूपणा (पु) *पाहा :* **अनवधान**

विसर्ग (पु) मृदू महाप्राण, ह्कार; *पाहा :* **त्याग**

(n) *पाहा :* **त्याग**

विसर्जणे (क्रि) *पाहा :* **त्यागणे**

विसर्जन (न) *पाहा :* **त्याग, अखेर**

विसर्जित (वि) *पाहा :* **समाप्त**

विसंवाद (पु) *पाहा :* **विसंगत, विभाजन**

विसंवादी (वि) *पाहा :* **विसंगत**

विसविशीत (वि) *पाहा :* **थलथलीत**

विसळणे (क्रि) *पाहा :* **धुणे**

विसार (पु) *पाहा :* **अनामत**

विसावणे (क्रि), **विसावा** (पु) *पाहा :* **आराम, थांबणे**

विस्कटणे (क्रि) *पाहा :* **अव्यवस्थित**
विस्कळीत (वि) *पाहा :* **अव्यवस्थित**
विस्कळीतपणा (पु) *पाहा :* **अराजक**
विस्तव (पु) *पाहा :* **अग्नी**
विस्तार (पु) पसारा, फैलाव, प्रसरण; पाल्हाळ, लांबण, विस्तारण; लांबवण, रुंदीकरण; वाढ, वृद्धी, प्रगती, विकास, गुणाकार; जागतिकीकरण; व्याप, पैसार, कार्यक्षेत्र, आयाम; विवेचन, प्रपंच; आकार, आटोप, लांबी, रुंदी, उंची, खोली, जाडी, चौडाई, पन्हा; त्रिज्या, व्यास, परीघ; क्षेत्रफळ, पृष्ठफळ, घनफळ, इत्यादी; *पाहा :* **संतती, वाढ** (विरु) **आकुंचन**
[वा] पाय पसरणे, दृष्टी फाकणे
(n) expansion, extension, spread, enlargement, prolongation, amplification, growth, globalisation; development, size, length, breadth, volume; *पाहा :* **संतती, वाढ** (विरु) **आकुंचन**
विस्तारणे (क्रि) *पाहा :* **विस्तार, वाढ**
विस्तारित (वि) *पाहा :* **विस्तृत**
विस्तीर्ण (वि) *पाहा :* **विस्तृत**
विस्तृत (वि) विस्तीर्ण, विशाल, विराट, बृहत, अफाट, अवाढव्य, भव्य, मोठा, प्रशस्त, पैस, विस्तारित, विस्तारलेला, पसरलेला, व्यापक, वाढलेला, दीर्घ, आडवा, चौडा, रुंद, रुंदट, लांब, लांबट, लांबरुंद, ऐसपैस, औरसचौरस, अघळपघळ; *पाहा :* (विरु) **आटोपशीर**
[adj] vast, huge, large, expansive, extensive, roomy, spacious *पाहा :* (विरु) **आटोपशीर**
विस्थापित (वि) *पाहा :* **पीडित**
विस्फारणे (क्रि) *पाहा :* **वाढ**
विस्फोट (पु) *पाहा :* **स्फोट**
विस्मय (पु) *पाहा :* **आश्चर्य**
विस्मयजनक (वि) *पाहा :* **अद्‌भुत**
विस्मर (पु) *पाहा :* **विस्मरण**
विस्मरण (न) विसर, विस्मर, विस्मृती, स्मृतिनाश (-भ्रंश), विस्मृत स्थिती, स्मरणशक्तीचा ऱ्हास, विसराळूपणा; दुर्लक्ष, गाफीलपणा, भूल, भ्रम, भ्रांती; *पाहा :* **विसरभोळा,** (विरु) **स्मरण**
[क्रि] विसरणे, स्मरण/आठवण नसणे, लक्षात/स्मृतीत नसणे, स्मरणशक्तीने दगा देणे
[वा] पुढे पाठ मागे सपाट, एका कानाने ऐकून दुसऱ्या कानाने सोडून देणे, झाले गेले विसरणे, चतुराक्षरी मंत्र जपणे ('विसरलो')
(n) oblivion, forgetfulness, lapse of memory, absence of mind, amnesia *पाहा :* **विसरभोळा,** (विरु) **स्मरण**
[i] let bygones be bygones, forgive and forget
विस्मित (वि) *पाहा :* **आश्चर्य**
विस्मृत (वि), **विस्मृती** (स्त्री) *पाहा :* **विस्मरण**
विहग, विहंग, विहंगम (सर्व पु) *पाहा*

: पक्षी

विहंगमावलोकन (न) *पाहा :* **अवलोकन, दृश्य**

विहरणे (क्रि) *पाहा :* **करमणूक**

विहार (पु) *पाहा :* **करमणूक, क्रीडा, आश्रम**

विहित (वि) शास्त्रसंमत, धर्मसंमत, धर्मशास्त्रविहित, वेदोक्त, नीतिसंमत, धार्मिक, निर्दिष्ट, कायदेशीर; *पाहा :* **उचित** (विरु) **अकरणीय, असंमत, अवैध, त्याज्य**

[adj] prescribed, advocated, ordained, canonical; *पाहा :* **उचित** (विरु) **अकरणीय, असंमत, अवैध, त्याज्य**

विहीर (स्त्री) आड, कूप, वाव, बरव, बाव, बावी, वापिका, वापी, कुवा, बुडकी, भांब, भाम, भुडकी; पायविहीर, विंधनविहीर, कूपनलिका, नलिकाकूप, तेलविहीर; *पाहा :* **जलाशय**

(n) well, waterhole; artesian well, borewell, tubewell, wishing-well, gusher, oil-well *पाहा :* **जलाशय**

विळखा (पु) *पाहा :* **वेढा, आलिंगन, पाश**

विळविळीत (वि) *पाहा :* **थलथलीत**

विळा (पु) *पाहा :* **औत**

विक्षिप्त (वि) *पाहा :* **तऱ्हेवाईक, छांदिष्ट, कलंदर**

विक्षिप्तपणा (पु) *पाहा :* **चित्तभ्रम, लहर**

विक्षेप (पु) *पाहा :* **अटकाव, गोंधळ, अंतर**

विज्ञप्ती (स्त्री) *पाहा :* **अभ्यर्थना**

विज्ञात (वि) *पाहा :* **माहीत**

विज्ञान (न) भौतिक ज्ञान; *पाहा :* **शास्त्र, ज्ञान**

(n) science; *पाहा :* **शास्त्र, ज्ञान**

विज्ञानकथा (स्त्री) *पाहा :* **कथा**

विज्ञापक (वि) *पाहा :* **अध्यापक**

विज्ञापन (न) *पाहा :* **शिक्षण, उपदेश, जाहिरात**

विज्ञापना (स्त्री) *पाहा :* **अभ्यर्थना, जाहिरात**

वीख (न) *पाहा :* **विष**

वीची (स्त्री) *पाहा :* **लाट**

वीज (स्त्री) विद्युत, विद्युल्लता, सौदामिनी, अशनी, चपला, क्षणप्रभा, दामिनी, तडित, बिजली, वज्र, प्रलयवीज (-विद्युत), वज्रानल, विजेचा लोळ, तडिताघात, घर्षणजन्य विद्युत, स्थिरविद्युत, धनविद्युत, ऋणविद्युत, जलविद्युत, अणुविद्युत; विद्युतच्छक्ती; *पाहा :* **ऊर्जा**

[क्रि] वीज कडाडणे/ कडकडणे/ लखलखणे, वीज पडणे/ कोसळणे, वज्रपात / वज्राघात होणे

[वा] पांढरा कोळसा

(n) lightening, thunderbolt, electricity, static electricity, electric power; *पाहा :* **ऊर्जा**

वीट (पु) *पाहा :* **कंटाळा, अनावड, लगड,**

वीण (स्त्री) *पाहा :* **उत्पत्ती, विणणे, घडण**

वीणा (स्त्री) *पाहा :* **तंतुवाद्य**

वीतकाम (-क्रोध, इ.) (वि) *पाहा :* **विरक्त**

वीर (पु, वि) *पाहा :* **नरश्रेष्ठ, पराक्रमी**

वीरगर्जना (स्त्री) *पाहा :* **गर्जना**

वीरता (स्त्री) *पाहा :* **पराक्रम**

वीररस (पु) *पाहा :* **नऊ रस**

वीरवृत्ती (स्त्री) *पाहा :* **पराक्रम**

वीरशय्या (स्त्री) *पाहा :* **रणांगण**

वीरश्री (स्त्री) *पाहा :* **पराक्रम, स्फूर्ती**

वीरांगना (स्त्री) **वीरस्त्री** (स्त्री) शूरस्त्री, रणमर्दिनी

[वा] झाशीची राणी

(n) a valiant women

[i] Amazon

वीरोचित (वि) *पाहा :* **उचित**

वीर्य (न) रेत, शुक्र, धातू; *पाहा :* **पौरुष**

(n) Semen; *पाहा :* **पौरुष**

वीर्यशाली (वि) *पाहा :* **पराक्रमी**

वीर्यहीन (वि) *पाहा :* **नेभळट**

वीक्षण (न) *पाहा :* **अवलोकन**

वृत्त (न) अक्षरगणवृत्त (इंद्रवज्रा, उपेंद्रवज्रा, भुजंगप्रयात, वसंततिलका, मालिनी, शिखरिणी, मंदाक्रांता, पृथ्वी, हरिणी, शार्दूलविक्रीडित, स्त्रग्धरा, मंदारमाला, इ.), मात्रावृत्त (जाती) (दिंडी, आर्या, पादाकुलक, उद्धव, साकी, फटका, अक्रूर, इ.), छंद (अभंग, ओवी, अनुष्टुभ, मुक्तछंद); *पाहा :* **बातमी, पृथ्वी**

(n) metre of verse; *पाहा :* **बातमी, पृथ्वी**

वृत्तचिती (स्त्री) *पाहा :* **पिंप**

वृत्तनिवेदक (पु) *पाहा :* **बातमीदार**

वृत्तपत्र (न) *पाहा :* **माध्यम**

वृत्तपत्रविद्या (-व्यवसाय) (स्त्री, पु) *पाहा :* **पत्रकारिता**

वृत्तान्त (पु) *पाहा :* **अहवाल, बातमी, कथन**

वृत्ती (स्त्री) *पाहा :* **आचरण, धंदा, उद्योग, चित्तवृत्ती, मिरास, वेतन**

वृथा (वि) *पाहा :* **व्यर्थ**

वृथाभिमान (पु) *पाहा :* **अभिमान**

वृंद (पु) *पाहा :* **समुदाय**

वृंदगायन (-वादन) (न) *पाहा :* **गाणे, वादक, संगीत**

वृंदावन (न) *पाहा :* **कुंड**

वृद्ध (वि) वयस्क, वयस्कर, ज्येष्ठ, उतारवयीन, वयातीत, वयोवृद्ध, गतायू, गलितयौवन, म्हातारा, म्हाताराकोतारा, जरठ, जराजर्जर, सुरकुतलेला, थोराड, वृद्धकपी, थेरडा, जख्ख म्हातारा, जख्खड, म्हातारडा; ज्ञानवृद्ध, तपोवृद्ध, इ.; दीर्घायुषी, दीर्घायू, शतायुषी, शतायू; *पाहा :* **वृद्धत्व, आयुष्मान** (विरु) **तरुण, अल्पवयस्क**

[वा] वय होणे, काळ्याचे पांढरे होणे, केस पांढरे होणे, केसाची अंबाडी होणे, पिकले पान, जुनाट खोड, खोकड, थकणे, मान हलणे, तोंडाचे बोळके होणे, गोवऱ्या मसणात जाणे, अवघे पाऊणशे वयमान, साठी बुद्धी नाठी, ज्येष्ठ नागरिक, जांबुवंत

[adj] old, aged, elderly, senior,

overage, graying, matronly, wrinkled, ripe, senile, past one's prime, advanced in years, superannuated; geriatric; *पाहा :* **वृद्धत्व, आयुष्मान** (विरु) **तरुण, अल्पवयस्क**

[i] graying, run to seed, having one foot in the grave, old as Methuselah, senior citizen, the old guard

वृद्धत्व (न) वय, उतारवय, वार्धक्य, वृद्धाप्य, वृद्धापकाळ, वृद्धावस्था, म्हातारपण, जरा, निबर वय, म्हातारचळ; *पाहा :* **वृद्ध, वय** (विरु) **तारुण्य**

[वा] दुसरे बालपण, साठी/सत्तरी उलटणे

(n) age, ripe old age, oldness, senility, superannuation, dotage; *पाहा :* **वृद्ध, वय** (विरु) **तारुण्य**

[i] declining years, second childhood

वृद्धापकाळ (पु), **वृद्धावस्था** (स्त्री) *पाहा :* **वृद्धत्व**

वृद्धाश्रम (पु) *पाहा :* **आश्रम**

वृद्धिंगत (वि) *पाहा :* **वाढ**

वृद्धी (स्त्री) *पाहा :* **वाढ**

वृश्चिक (पु) *पाहा :* **विंचू, बारा राशी**

वृष (पु), **वृषभ** (पु) *पाहा :* **बैल, बारा राशी**

वृष्टी (स्त्री) *पाहा :* **वर्षाव, पाऊस**

वृक्ष (पु) *पाहा :* **झाड**

वृक्षराजी (स्त्री) *पाहा :* **उद्यान, अरण्य**

वृक्षवाटिका (स्त्री) *पाहा :* **उद्यान, अरण्य**

वृक्षारोपण (न) *पाहा :* **पेरणे**

वेग (पु) *पाहा :* **गती, आवेग, आवेश**

वेंग (स्त्री) *पाहा :* **आलिंगन**

वेगवान (वि) *पाहा :* **गतिमान**

वेगवेगळे (वि) *पाहा :* **अनेक, विचविचित्र**

वेगळा (वि) *पाहा :* **विभक्त, खास, अन्य, आगळा**

वेगळीक (स्त्री) *पाहा :* **विभाजन, गुण**

वेंगाडणे (क्रि) *पाहा :* **गयावया**

वेच (पु) *पाहा :* **खर्च**

वेचक (वि) *पाहा :* **निवडक**

वेचणे (क्रि) *पाहा :* **खर्च, अर्पिणे, निवड**

वेचा (पु) *पाहा :* **उतारा**

वेज (न) *पाहा :* **खिंडार**

वेटाळणे (क्रि) *पाहा :* **वेढा**

वेटाळी, वेटाळणी (सर्व स्त्री) *पाहा :* **वेढा**

वेठ, वेठबिगार, वेठबिगारी (सर्व स्त्री) *पाहा :* **काम, गुलामगिरी**

वेड (न) मनोविकृती (-विकार), बुद्धिभ्रंश, चित्तभ्रम, उन्माद, भ्रम, भ्रांती, कावरे, तारे, पिसे, भुरळ, मंत्रचळ, धुंदी, खूळ, मूर्खपणा, अविचार, वायचळ, घालवेड, कामवेड, दुभंगलेले व्यक्तिमत्त्व; आसक्ती, मोह, आकर्षण, छंद, नाद, चटक, ध्यास, लहर, चाळा, टूम; थेर; *पाहा :* **वेडा**

[वा] डोके फिरणे/सरकणे, वेड घेऊन पेडगावला जाणे, वेड पांघरणे, वेड्यांचा बाजार, आधीच तारे त्यात शिरले वारे, आधीच मर्कट तशातही मद्य प्याला, वेडे चाळे

(n) mental disorder/illness, aberration, madness, neurosis, insanity, dementia, psyhosis, hysteria, schizophrenia, paranoia, craze, mania, fad, craziness; *पाहा :* **वेडा**

[i] be out of one's mind, lose one's head, have a screw loose

वेडा (पु, वि) मनोरुण, मनोविकृत, खुळा, भ्रमिष्ट, पिसा, पिसाट, पागल, अर्धवट, चक्रम, खुळचट, वेडगळ, वेडगेला, वेडपट, वेडसर, वेडाखुळा, वेडापिसा, वेडबंबू, येडा, येडपट, मूर्ख, उल्लू, दिवाणा, छांदिष्ट, नादी, वेडापीर, वेडाबागडा, किंकर्तव्यमूढ, भ्रांत; लिंगपिसाट, कामवेडा; घरवेडा; *पाहा :* **वेड**

[वा] ठार वेडा, चिंध्या फाडणारा, स्क्रू ढिला असणे

(n, adj) insane, lunatic, mad, madman, neurotic, demented, deranged, maniacal, psychotic, schizophrenic, paranoid, idiotic, unbalanced, eccentic, crazy; *पाहा :* **वेड**

[i] crackpot, nut, far gone, loony, crank, moonstruck, off one's head, stark mad, as mad as a hatter, take leave of one's senses, have an unsound mind, have bats in the belfry

वेडावणे (क्रि) *पाहा :* **खिजवणे, अनुकरण, अभिनय**

वेडावाकडा (वि) *पाहा :* **वक्र, असमान**

वेडाविद्रा (वि) *पाहा :* **कुरूप**

वेडेचार (पु, अव) *पाहा :* **थेर**

वेढणे (क्रि) *पाहा :* **वेढा, अवगुंठन**

वेढा (पु) गराडा, फेरा, घेरा, घेराव, वेढ, वळसा, विळखा, वेटाळी, वेटाळणी, वेष्टन, गुंडाळी, गिरकी, फेरी, वर्तुळ, पेच; *पाहा :* **परिभ्रमण, गराडा**

[क्रि] वेढणे, घेरणे, गुंडाळणे, वेटाळणे, वेष्टणे, लपेटणे, नेसणे; कबजात/ताब्यात घेणे, आक्रमण करणे, व्यापणे, ग्रासणे

(n) circle, wrap, envelop, embrace, girdle, loop, siege, *पाहा :* **परिभ्रमण, गराडा**

वेढे (न) *पाहा :* **कडी, अंगठी**

वेणा (स्त्री, अव) *पाहा :* **वेदना**

वेणी (स्त्री) *पाहा :* **गुंफणे, केस**

वेणीफणी (स्त्री) *पाहा :* **प्रसाधन**

वेणू (पु) *पाहा :* **बांबू, सुषिरवाद्य**

वेत (पु), **वेताटी** (स्त्री) *पाहा :* **काठी**

वेत (न) *पाहा :* **उत्पत्ती**

वेतन (न) पगार, मोबदला, मेहनताना, मजुरी, रोज, रोजमुरा, रोजंदारी, रोजी,

रोजगार, स्वयंरोजगार, जीवनवेतन, निवृत्तिवेतन, पोटगी, पोटखर्ची, खावटी, अन्नवस्त्र, भत्ता, (महागाई-, घरभाडे-, प्रवास- इ.) भत्ता, बेकारभत्ता, विद्यावेतन, पाठ्यवेतन, पाठ्यवृत्ती, शिष्यवृत्ती, गौरववृत्ती, मानधन, सन्मानवेतन, दक्षिणा, बिदागी, बक्षिसी, भरपाई, मोल, बलुते, शुल्क, सेवाशुल्क, तनखा, मुशाहिरा, वर्षासन, साल, नेमणूक, वृत्ती, वतन; वेतनश्रेणी; *पाहा :* **आवक, अर्थ**

[वा] लक्ष प्रदक्षिणा आणि पैसा दक्षिणा

(n) salary, pay, emolument, remuneration, wage, pension, alimony, stipend, scholarship, fellowship, allowance, earnings, honorarium, retainer, compensation, bonus, fee, hire; *पाहा :* **आवक, अर्थ**

वेताळ (पु) *पाहा :* **पिशाच**

वेत्ता (वि) *पाहा :* **तज्ज्ञ**

वेत्र (पु) *पाहा :* **काठी**

वेत्रधारी (पु), **वेत्रवती** (स्त्री) *पाहा :* **पहारेकरी**

वेद (पु) *पाहा :* **धर्मग्रंथ**

वेदना (स्त्री) दुःख, पीडा, यातना, क्लेश; तिडीक, चणका, सणक, सणका, शिणक (शिणका, शिणीक), फणका, फणकारा, झणका, झणकारा, टणकारा, ठणक, ठणका, ठणकारा, ठसठस, ठुसठुस, तडस, रग; शूल, शूळ, कळ, चमक, उसण, करक, लचक, कचक, सळक; सळसळ, जळजळ, फणफण, फुणफुण, चुणचुण, चुरचुर, दाह, पोटशूळ, मुरडा; वायगोळा, पेटका, वांब; डोकेदुखी, पोटदुखी, इत्यादी; प्रसववेदना, प्रसूतिवेदना, वेणा, कळा; मनःपीडा, मनोव्यथा, हृदयवेदना, प्रणयवेदना, इत्यादी

[क्रि] दुखणे, सणकणे, ठणकणे, ठुणठुणणे, ठुसठुसणे (ठसठसणे), जळजळणे, फुणफुणणे, खुपणे, झोंबणे, भणभणणे, तडतडणे, चुणचुणणे, चरचरणे, झणझणणे, झिणझिणणे, सणसणणे, ठणठणणे, शिणकणे

(n) pain (acute, sharp, shooting, burning, gnawing etc), ache, smart, pang, cramp, spasm, gripe; agony, anguish, suffering; headache, backache etc; heartache, love-sickness etc.

वेदवती (स्त्री) *पाहा :* **पृथ्वी**

वेदवाक्य (न) *पाहा :* **नियम**

वेदांग (न) *पाहा :* **छंद**

वेदान्त (पु) *पाहा :* **ज्ञान, अध्यात्म**

वेदांती (वि) *पाहा :* **ज्ञानी**

वेदाज्ञा (स्त्री) *पाहा :* **आदेश**

वेदी (स्त्री) *पाहा :* **ओटा**

वेदोक्त (वि) *पाहा :* **विहित**

वेध (पु) *पाहा :* **चिंता, नेम, अन्वेषण**

वेधक (वि) *पाहा :* **आकर्षक**

वेधणे (क्रि) *पाहा :* **टोचणे, आकर्षण**

वेंधळा (वि) *पाहा :* **बावळट, अजागळ**

वेल (पु, स्त्री) वेली, लता, लतिका, वल्ली, वल्लरी, प्रतान; विषवल्ली

(m, f) creeper, vine

वेलपत्ती (-बुट्टी) (स्त्री) *पाहा :* **नक्षी**

वेला (स्त्री) *पाहा :* **काल**

वेलांटी (स्त्री) *पाहा :* **गोल**

वेली (स्त्री) *पाहा :* **वेल**

वेल्हाळ (वि) *पाहा :* **प्रिय, सुंदर, अघळपघळ**

वेश्या (स्त्री) पण्यांगना, वाणसी, अंगहीना, वारांगना, वारस्त्री, वारनारी (-युवती, -योषिता, -वधू, -विलासिनी), बसवी, बाजारबसवी, गावमावशी (-मेव्हणी, सवाष्ण), ग्राम्यस्त्री, देवदासी, वेसवा, कुंटण, कुंटीण, कसबीण, मालजादी, रंडी, रांड, फटरांड; *पाहा :* **कलावंतीण, रखेली; जारकर्म, वेश्यागृह, देवदासी, स्त्री**

[वा] वाईट चालीची बाई, अखंड सौभायवती, जन्मसवाशीण, गावसवाष्ण, नगरभवानी, पोस्टाचे तिकीट, उष्टी पत्रावळ, मिशी लावणे; अंगाखाली घालणे, उकिरडे फुंकणे, देहविक्रय/शरीरविक्रय करणे

(n) prostitute, whore, scarlet woman, street walker, call girl, sex worker, strumpet, harlot, tart, wench, trollop; *पाहा :* **कलावंतीण, रखेली; जारकर्म, वेश्यागृह, देवदासी, स्त्री**

[i] woman of easy virtue, fallen woman, lady of the evening

वेश्यागमन (न) *पाहा :* **जारकर्म**

वेश्यागमनी (वि) *पाहा :* **चंगीभंगी, जारकर्मी**

वेश्यागृह (न) वेश्यागार, वेश्यालय, कुंटणखाना, छिनालखाना, बावनखणी *पाहा :* **वेश्या**

(n) brothel, house of ill repute, whore house, red-light district *पाहा :* **वेश्या**

वेश्यापुत्र (पु) *पाहा :* **पुत्र**

वेष (पु), **वेशभूषा** (स्त्री) *पाहा :* **वस्त्र**

वेष्टणे (क्रि) *पाहा :* **वेढा, गुंडाळणे**

वेष्टन (न) *पाहा :* **वेढा, अवगुंठन**

वेस (स्त्री) *पाहा :* **दार**

वेसण (स्त्री) *पाहा :* **कडी, आवर**

वेसवा (स्त्री) *पाहा :* **वेश्या**

वेळ (पु, स्त्री) *पाहा :* **काल, उशीर, उसंत, अवकाश**

वेळअवेळ (स्त्री), **वेळकाळ** (पु), **वेळप्रसंग** (पु) *पाहा :* **काळ, प्रसंग**

वेळकाढूपणा (पु) *पाहा :* **दिरंगाई**

वेळा (स्त्री) *पाहा :* **काठ, काल**

वेळापत्रक (न) *पाहा :* **कोष्टक, कार्यक्रम**

वेळावणे (क्रि) *पाहा :* **गोल**

वेळोवेळा (-ळी) (क्रिवि) *पाहा :* **पुन्हा**

वेळू (पु) *पाहा :* **बांबू**

वैकल्पिक (वि) *पाहा :* **गौण, अन्य**

वैकुंठ (न) *पाहा :* **परलोक**

वैकुंठनाथ (-नायक) (पु) *पाहा :*

विष्णू
वैकुंठवासी (वि) *पाहा :* **मृत**
वैखरी (स्त्री) *पाहा :* **वाणी**
वैगुण्य (न) *पाहा :* **दोष, अवगुण**
वैचारिक (वि) *पाहा :* **तात्त्विक**
वैचित्र्य (न) *पाहा :* **अनेकता**
वैचित्र्यपूर्ण (वि) *पाहा :* **चित्रविचित्र**
वैजयंती (स्त्री) *पाहा :* **आवली**
वैडूर्य (न) *पाहा :* **रत्न**
वैताग (पु) *पाहा :* **कंटाळा, त्रास**
वैतागणे (क्रि) *पाहा :* **त्रासणे**
वैतालिक (पु) *पाहा :* **स्तुतिपाठक**
वैदू (पु) *पाहा :* **वैद्य**
वैदूर्य (न) *पाहा :* **रत्न**
वैद्य (पु) भिषक, भिषग्वर्य, चिकित्सक, वैद्यराज, राजवैद्य, मिश्रवैद्य, शस्त्रवैद्य, शल्यचिकित्सक, वैद्यकी करणारा, वैद्यक-तज्ज्ञ, सद्वैद्य; वैदू, सुईण
[वा] धन्वंतरी, अश्विनीकुमार
(n) doctor, medical practitioner, physician, surgeon; quack
वैद्यक (वि) *पाहा :* **चिकित्सा**
वैध (वि) *पाहा :* **कायदेशीर**
वैधर्म्य (न) *पाहा :* **अनेकता**
वैधव्य (न) *पाहा :* **विधवा**
वैधानिक (वि) *पाहा :* **कायदेशीर**
वैपुल्य (न) विपुलता, प्राचुर्य, प्रचुरता, बाहुल्य, समृद्धी, समृद्धता, सुकाळ, सुबत्ता, आबादीआबाद, प्रकर्ष, बहर, पूर, पाऊस, प्रलय, लूट, लयलूट, रेल, रेलचेल, लोटपोट, ठेलाठेल, ढस्मर, चंगळ, रेड, डू, भरपूरपणा, अतिशयितता, अतिरेक, झोड, सरबत्ती, उद्रेक, बुचबुच, बुचबुचाट, बुजबुज, बुजबुजाट, सुळसुळाट; *पाहा :* **गर्दी; अतिरेक** (विरु) **अभाव**
[वा] घृतकुल्या मधुकुल्या, दह्यादुधाचे पाट, वाहती गंगा, दिवाळी
(n) abundance, profusion, plenty, superabundance, luxuriance, prosperity, opulence; *पाहा :* **गर्दी, अतिरेक** (विरु) **अभाव**
वैफल्य (न) *पाहा :* **नैराश्य, विफलता**
वैफल्यग्रस्त (वि) *पाहा :* **निराश**
वैभव (न) *पाहा :* **ऐश्वर्य, थोरवी**
वैभवशाली (वि) *पाहा :* **श्रीमंत, समृद्ध, थोर, आलिशान**
वैमनस्य (न) *पाहा :* **वैर**
वैमानिक (पु) *पाहा :* **चालक**
वैयक्तिक (वि) *पाहा :* **खाजगी**
वैयाकरणी (पु) *पाहा :* **तज्ज्ञ, भाषा**
वैर (न) शत्रुत्व, वैमनस्य, दावा, अदावत, हेवादावा, दावेदारी, आकस, खुन्नस, किल्बिष, किल्मिष, द्वेष, विद्वेष, तेढ, असूया, चुरस, वाकडे, वैरभाव, सूडबुद्धी, अंतर्वैर, द्वेषभाव, खडाष्टक, विद्रोह, बेबनाव, कलह, भांडण (*पाहा :* **भांडण**), वितुष्ट, दीर्घद्वेष, जन्मजात वैर, हाडवैर; *पाहा :* (विरु) **मित्रत्व**
[वा] छत्तिसाचा आकडा, दात धरणे, जळात/पाण्यात राहून माशाशी वैर करणे, अहिनकुल न्याय (संबंध), विळ्याभोपळ्याचे सख्य, मधून विस्तव न जाणे, एका म्यानात दोन तलवारी, अन्नावर उठणे, अन्नाआड

येणे, पोटावर पाय आणणे, उभा दावा, उभे वैर, जिवावर उठणे, फुटले मोती तुटले मन सांधू न शके विधाता, मुळावर येणे, वाकडा डोळा करून पाहणे, एखाद्यावर उठणे

(n) enmity, antipathy, antagonism, hostility, rancour, hate, ill will, spite, animus, feud, malice, vengefulness, vindictiveness; *पाहा :* **भांडण,** (विरु) **मित्रत्व**

[i] to be at daggers drawn, bad blood, to be at loggerheads

वैरण (स्त्री) *पाहा :* **गवत, अन्न**

वैरागी (पु) *पाहा :* **विरक्त**

वैराग्य (न) *पाहा :* **विरक्ती**

वैराण (वि) *पाहा :* **उजाड**

वैरी (पु) शत्रू, दावेकरी, दावेदार, अरी, रिपू, दुश्मन (दुष्मन), गनीम, सूडकरी, द्वेष्टा, हितशत्रू, गुप्तशत्रू, प्रतिस्पर्धी; मारक; दीर्घद्वेषी; *पाहा :* (विरु) **मित्र**

[वा] अस्तनीतील निखारा, उंदराला मांजर साक्ष, कंटक, साता जन्माचा वैरी, जन्मांतरीचा वैरी, बारावा बृहस्पती, तक्षक, अहिनकुल

(n) enemy, foe, adversary, attacker, opponent, antagonist, rival *पाहा :* (विरु) **मित्र**

वैविध्य (न) *पाहा :* **अनेकता**

वैविध्यपूर्ण (वि) *पाहा :* **चित्रविचित्र**

वैशाख (पु) *पाहा :* **बारा महिने**

वैशाखनंदन (पु) *पाहा :* **गाढव**

वैशिष्ट्य (न) *पाहा :* **गुण, खुबी**

वैशिष्ट्यपूर्ण (वि) *पाहा :* **निवडक, खास, आगळा**

वैशिष्ट्यबोधक (वि) *पाहा :* **लाक्षणिक**

वैश्य (पु) *पाहा :* **वर्णव्यवस्था, द्विज, दुकानदार**

वैश्यवृत्ती (स्त्री) *पाहा :* **देवाणघेवाण**

वैश्वानर (पु) *पाहा :* **अग्नी**

वैश्विक (वि) *पाहा :* **व्यापक, सार्वत्रिक**

वैश्वीकरण (न) *पाहा :* **एकी**

वैषम्य (न) *पाहा :* **असूया, दुःख**

वैषयिक (वि) *पाहा :* **कामुक, उत्तान**

वैषयिकता (स्त्री) *पाहा :* **काम**

वैज्ञानिक (वि) *पाहा :* **शास्त्रीय**

वैज्ञानिक (पु) *पाहा :* **तज्ज्ञ**

व्यक्त (वि) *पाहा :* **प्रकट, अभिव्यक्ती**

व्यक्तिगत (वि) *पाहा :* **खाजगी**

व्यक्तिचित्र (न), **व्यक्तिचित्रण** (न) *पाहा :* **चित्र, अभिनय**

व्यक्तित्व (न) *पाहा :* **चारित्र्य**

व्यक्तिदर्शन (न) *पाहा :* **चित्र**

व्यक्तिपूजा (स्त्री) *पाहा :* **पूजा**

व्यक्तिमत्त्व (न) *पाहा :* **चारित्र्य**

व्यक्तिरेखा (स्त्री) *पाहा :* **चित्र**

व्यक्तिवैशिष्ट्य (न) *पाहा :* **गुण**

व्यक्तिस्वातंत्र्य (न) *पाहा :* **स्वातंत्र्य**

व्यक्ती (स्त्री) *पाहा :* **मानव**

व्यक्तीकरण (न) *पाहा :* **विवरण**

व्यंग (न) अधूपणा, पंगुत्व, अपंगत्व, विकलता; वैगुण्य, उणेपणा, न्यून, न्यूनता, कमतरता; अवगुण, दोष, बिंग, खोड, वर्म, खुसपट; *पाहा :*

अधू
[वा] लंगडी बाजू
(n) disability, handicap, infirmity, impairment, defect, fault, deformity, deficiency, faling, imperfection, shortfall, shortcoming; *पाहा :* **अधू**
[i] Achille's heel
व्यंगचित्र (न) *पाहा :* **चित्र**
व्यंग्य (वि) *पाहा :* **गर्भित**
व्यंग्यार्थ (पु) *पाहा :* **अभिप्राय**
व्यंग्योक्ती (स्त्री) *पाहा :* **उक्ती, टोमणा**
व्यग्र (वि) *पाहा :* **गर्क, खिन्न, चिंताकुल, ग्रस्त**
व्यंजक (वि) *पाहा :* **गर्भित**
व्यजन (न) *पाहा :* **पंखा**
व्यंजन (न) *पाहा :* **अक्षर, खूण, उपरोध**
व्यंजना (स्त्री) *पाहा :* **उपरोध**
व्यतिक्रम (पु) *पाहा :* **अनुक्रम**
व्यतिक्रांत (वि) *पाहा :* **उफराटा**
व्यतिरिक्त (वि) *पाहा :* **विभक्त**
व्यतिरेक (पु) *पाहा :* **अभाव**
व्यत्यय (पु) *पाहा :* **अटकाव, अडचण**
व्यत्यास (पु) *पाहा :* **उफराटा**
व्यथा (स्त्री) *पाहा :* **दुःख, आजार, काचणी**
व्यथित (वि) *पाहा :* **पीडित, आर्त, घायाळ**
व्यभिचार (पु) अप्रामाणिकपणा, कृतघ्नपणा, बेइमानी, एकनिष्ठेचा अभाव; अनाचार, दुराचार, स्वैराचार; *पाहा :* **जारकर्म, व्यभिचारी**
(n) infidelity, fickleness, wantonness, profligacy; *पाहा :* **जारकर्म, व्यभिचारी**
व्यभिचारिणी (स्त्री) *पाहा :* **कुलटा**
व्यभिचारी (वि) व्यभिचार करणारा (*पाहा :* **व्यभिचार**), अप्रामाणिक, कृतघ्न, बेइमान; दुराचारी, स्वैराचारी, व्यसनी; *पाहा :* **जारकर्मी, अधम, चंगीभंगी, चारित्र्यहीन,** (विरु) **चारित्र्यसंपन्न**
[adj] dishonest, insincere, unfaithful, dissolute; *पाहा :* **जारकर्मी, व्यभिचार, अधम, चंगीभंगी, चारित्र्यहीन,** (विरु) **चारित्र्यसंपन्न**
व्यय (पु) *पाहा :* **खर्च**
व्यर्थ (वि) वृथा, मिथ्या, असार, निष्फळ, वाया, वायफळ, फुकट, भाकड, फोल, पोकळ, बाष्कळ, शुष्क, निरुपयोगी, निरर्थक, अकारण, निष्कारण, उगाच, नाहक; *पाहा :* **निरुपयोगी**
[वा] पाणी पडणे, तेल गेले तूप गेले हाती धुपाटणे आले, लिपिमात्र पुस्तक योनिमात्र स्त्री, जन्मा आला हेला पाणी वाहता मेला, खायला काळ भुईला भार, गुणाची माती होणे
[adj] futile, ineffectual, idle, useless, vain, hollow, empty, abortive, sterile, fruitless, unproductive, unprofitable, barren, worthless, purposeless; *पाहा :* **निरुपयोगी**

[i] to melt into thin air, go down the drain, a wild-goose chase

व्यवच्छिन्न (वि) *पाहा :* **विभक्त**

व्यवच्छेदक (वि) *पाहा :* **खास**

व्यवधान (न) *पाहा :* **अटकाव**

व्यवसाय (पु) उद्योग, धंदा, पेशा, वृत्ती, व्यापार, व्यवहार, नोकरी, काम, कामधंदा, रोजगार, स्वीकृतकार्य, कार्यक्षेत्र, उपजीविकेचा उद्योग, नेमलेले काम; अभियांत्रिकी, वास्तुकला, वैद्यक, शिक्षण, वाणिज्य, इत्यादी; *पाहा :* **व्यावसायिक**

(n) profession, occupation, vocation, pursuit, business, calling, career, trade, employment, undertaking, enterprise, venture, work, job, assignment; engineering, architecture, medicine, teaching, trading etc. *पाहा :* **व्यावसायिक**

व्यवसायबंधू (पु) *पाहा :* **मित्र, भाऊ**

व्यवस्था (स्त्री) योजना, आखणी, आयोजन, संयोजन; नियोजन; संविधान; तयारी, तजवीज, इंतजाम, सोय, बंदोबस्त, सज्जता, यंत्रणा, विन्यास; व्यवस्थापन, प्रशासन, कारभार, देखरेख, उस्तवारी; रचना, मांडणी, जुळणी; शिस्त, घडी, जम, थाट, रचनाबद्धता, शिस्तबद्धता, सुव्यवस्था, समन्वय, व्यवस्थितपणा, पद्धतशीरपणा; निरवानिरव, आवरसावर, वारावार, वारासार, विल्हेवाट; *पाहा :* **कार्यवाही करणे** (विरु) **अराजक, गोंधळ**

[वा] बाळंतपण

(n) arrangement, plan, design, preparation, organisation, layout, setting out, coordination, discipline, order, orderliness, system, management, administration; *पाहा :* **कार्यवाही करणे** (विरु) **अराजक, गोंधळ**

व्यवस्थापक (पु) *पाहा :* **कारभारी, अधीक्षक, चालक**

व्यवस्थापन (न) *पाहा :* **व्यवस्था**

व्यवस्थित (वि) नीटनेटका, टापटिपीचा, ठाकठीक, ठीकठाक, झकपक, नीट, सुरचित, सुयोजित, सुनियोजित, नियोजनबद्ध, यथायोग्य, पद्धतशीर, शिस्तशीर, शिस्तबद्ध, बेतशीर, आटोपशीर, यथास्थित, सुव्यवस्थित, समाहित, सुरळीत, रीतसर; *पाहा :* (विरु) **अव्यवस्थित**

[adj] orderly, neat, tidy, shipshape, spruce, methodical, organised, well-arranged, systematic *पाहा :* (विरु) **अव्यवस्थित**

[i] in apple-pie order

व्यवस्थितपणा (पु) *पाहा :* **टापटीप**

व्यवहार (पु) *पाहा :* **आचरण, रीत, कर्म, व्यवसाय, देवाणघेवाण**

व्यवहारकुशल (-चतुर, -दक्ष, -

निपुण, -ज्ञ) (वि) *पाहा :* **व्यवहारी, चतुर, दक्ष, निपुण, चाणाक्ष**

व्यवहारकौशल्य (-चातुर्य) (न) *पाहा :* **चतुराई, रीत**

व्यवहारशास्त्र (न) *पाहा :* **नीती**

व्यवहारशून्य (वि) *पाहा :* **अजाण**

व्यवहारज्ञ (वि) *पाहा :* **व्यवहारी**

व्यवहारज्ञान (न) *पाहा :* **अक्कल**

व्यवहारी (वि) व्यवहारकुशल (-चतुर, -दक्ष, -ज्ञ), व्यवहारशुद्ध, चोख; व्यवहारोपयोगी, व्यावहारिक, व्यवहार्य, धंदेविषयक; धंदेवाईक, व्यापारी; *पाहा :* (विरु) **स्वप्नाळू**

[adj] clever, adept, practical, down-to-earth, matter-of-fact, businesslike, functional, pragmatic, practicable, professional, vocational *पाहा :* (विरु) **स्वप्नाळू**

व्यवहार्य (वि) *पाहा :* **व्यवहारी, शक्य**

व्यष्टी (स्त्री) *पाहा :* **मानव**

व्यसन (न) *पाहा :* **सवय, चटक, छंद**

व्यसनी (वि) नादिष्ट, नादी, व्यसनाधीन, चटक/ खोड/ सवय/ व्यसन लागलेला; दारूबाज, दारुड्या, मद्यपी, गांजेकस, अफीमबाज, व्यभिचारी, इ.; दुर्व्यसनी; *पाहा :* **मद्यपी, जारकर्मी, सवय**

[adj] faddist, addict, slave, drunkard, alcoholic, drug addict, debaucherous etc; *पाहा :* **मद्यपी, जारकर्मी, सवय**

व्यस्त (वि) *पाहा :* **उफराटा**

व्याकरणदुष्ट (वि) *पाहा :* **चूक**

व्याकुल (वि), **व्याकूळ** (वि) *पाहा :* **कासावीस, चिंताकुल, कष्टी**

व्याकुळता (वि) *पाहा :* **उलघाल**

व्याख्या (स्त्री) *पाहा :* **टीका, भाष्य, अभिधान**

व्याख्याता (पु) *पाहा :* **टीकाकार, वक्ता, अध्यापक**

व्याख्यान (न) *पाहा :* **भाषण, उपदेश**

व्याघात (पु) *पाहा :* **अटकाव**

व्याघ्र (पु) *पाहा :* **वाघ**

व्याघ्रचर्म (न), **व्याघ्रांबर** (न) *पाहा :* **त्वचा**

व्याज (न) *पाहा :* **किंमत, वाढ, फायदा**

व्याजबट्टा (पु) *पाहा :* **कर्ज**

व्याजस्तुती (स्त्री), **व्याजोक्ती** (स्त्री) *पाहा :* **टोमणा, उपरोध, स्तुती, भाषालंकार**

व्याध (पु) *पाहा :* **पारधी**

व्याधिग्रस्त (वि), **व्याधित** (वि) *पाहा :* **पीडित, रुग्ण**

व्याधिरहित (वि) *पाहा :* **निकोप**

व्याधी (स्त्री) *पाहा :* **आजार**

व्यान (पु) *पाहा :* **वायू**

व्याप (पु) पसारा, विस्तार, व्याप्ती, अभिव्याप्ती, बहुव्याप्ती, व्यवहार, जबाबदाऱ्या, प्रपंच, उद्योग, कार्यक्षेत्र, आटोप, पल्ला, आवाका

[क्रि] व्यग्र/ गर्क/ निमग्न/ गढलेला/ गुंतलेला/ व्यापलेला असणे

[वा] व्याप तितका संताप

(n) work, occupation, span,

sphere, extent, expanse, business

व्यापक (वि) व्यापणारा, विस्तृत, विशाल, समावेशक, सर्वसमावेशक, सर्वस्पर्शी, उदार, दूरगामी, वैश्विक, सर्वव्यापक (-व्यापी), विश्वव्यापक, बहुव्याप्त, सर्वंकष; *पाहा :* **सार्वत्रिक** (विरु) **संकुचित**

[adj] extensive, expansive, vast, comprehensive, generous, all-embracing, broad, catholic, encyclopaedic, exhaustive, wide-ranging, sweeping, wide-spread, far-reaching, universal; *पाहा :* **सार्वत्रिक** (विरु) **संकुचित**

व्यापणे (क्रि) *पाहा :* **व्यापक, आक्रमण**

व्यापार (पु) क्रिया, कार्य, काम, कारभार, हालचाल, चलनवलन, चयापचय, वर्तन, वर्तणूक, व्यवहार, उद्यम, उद्योग, व्यवसाय, धंदा, उद्योगधंदा, उदीम, व्यापारउदीम, उलाढाल, अडत, देवघेव, देवाणघेवाण, वाणिज्य, पणन, विनिमय, सौदा, क्रय-विक्रय, खरेदी-विक्री, सट्टा, सट्टाबट्टा, सट्टेबाजी, आयात-निर्यात, दळणवळण; शरीरव्यापार, मनोव्यापार इ.;

(n) work, conduct, behaviour, activity, motion, metabolism, trade, commerce, business;

व्यापारपेठ (स्त्री) *पाहा :* **दुकान**

व्यापारी (पु) वणिक, उदमी, दुकानदार, पेढीवाला, घाऊक/किरकोळ व्यापारी, शेट, नगरशेट, महाजन, सावकार, सराफ, सौदागर

(n) tradesman, trader, stockist, supplier, dealer, retailer, shopkeeper, seller, sales-person, merchant, businessman

व्याप्त (वि) *पाहा :* **ग्रस्त**

व्याप्ती (स्त्री) *पाहा :* **व्याप, कार्यक्षेत्र, पल्ला**

व्यामिश्र (वि) *पाहा :* **मिश्र**

व्यामोह (पु) *पाहा :* **भ्रम**

व्यायाम (पु) मेहनत, तालीम (दंड, बैठका, जोर, इ.), कसरत, कवायत, खेळ, क्रीडा, शरीरसंवर्धन, बलवर्धन, योगासने; बौद्धिक/शारीरिक व्यायाम

[वा] शरीर कमावणे

(n) exercise, drill, warm-up work-out, callisthenics, gymnastics, athletics, acrobatics, sport, yoga; mental/physical exercise

[i] daily dozen

व्यायामशाळा (स्त्री) *पाहा :* **क्रीडासंकुल**

व्याल (पु) *पाहा :* **साप**

व्यावसायिक (पु, स्त्री) व्यवसाय करणारा, धंदेवाला, नोकरीवाला, स्वयंरोजगार असणारा, शास्त्रज्ञ, अभियंता, वास्तुविशारद, कंत्राटदार, बांधकाम व्यावसायिक, वैद्य, भिषग्वर, व्यापारी, उद्योगपती, उद्योजक, शिक्षक, सुतार, लोहार,

चांभार इ., दुकानदार, वाहतूकदार, दलाल, शेअरदलाल, मंदीवाला, तेजीवाला, वायदेवाला, सट्टेबाज, सटोडिया, भांडवलदार, सावकार; इत्यादी; *पाहा :* **व्यवसाय**

(n) employed, self-employed, scientist, engineer, architect, contractor, builder, doctor, businessman, merchant, industrialist, entrepreneur, teacher, carpenter, iron-smith etc, shopkeeper, broker, bear, bull, speculator, financier; etc. *पाहा :* **व्यवसाय**

व्यावहारिक (वि) *पाहा :* **व्यवहारी**

व्यास (पु) *पाहा :* **विस्तार**

व्यासंग (पु) *पाहा :* **अध्ययन, कष्ट**

व्यासंगी (वि) *पाहा :* **चिंतनशील, पंडित, जिज्ञासू**

व्यासपीठ (न) *पाहा :* **आसन**

व्याळ (पु) *पाहा :* **साप**

व्युत्क्रम (पु) *पाहा :* **अनुक्रम**

व्युत्पत्ती (स्त्री) *पाहा :* **भाषा**

व्युत्पन्न (वि) *पाहा :* **ज्ञानी**

व्युत्पन्नत्व (न) *पाहा :* **ज्ञान**

व्यूह (पु) रचना, मांडणी, आखणी, व्यूहरचना, सैन्यरचना, बेत, योजना, कृतियोजना, कट, कारस्थान, मसलत, युक्ती, धोरण, डाव, डावपेच, नीती, रणनीती, युद्धनीती; चक्रव्यूह

(n) design, plan, plot, scheme, strategy, tactics, intrigue, conspiracy, military array

व्योम (न) *पाहा :* **अंतराळ**

व्योमकेश (पु) *पाहा :* **शंकर**

व्रण (पु) वण, डाग, चट्टा, खूण; *पाहा :* **क्षत**

(n) scar, mark; *पाहा :* **क्षत**

व्रत (न) नेम, नियम, दंडक, यमनियम, वसा, वाणवसा, ब्रीद, बाणा, संकल्प, पण, प्रतिज्ञा, व्रतवैकल्य

[वा] असिधाराव्रत

(n) self-regulation, rule, religious observance, resolve, pledge, vow, commitment

व्रतबंध (पु) *पाहा :* **उपनयन**

व्रतभंग (पु) *पाहा :* **भंग**

व्रतस्थ (वि) व्रताचरणी, व्रती, तपी; ब्रह्मचारी, स्त्रीसंगपरित्यागी

[adj] resolute, chaste, celibate

व्रताचरण (पु) *पाहा :* **तप, पुण्य**

व्रती (वि) *पाहा :* **व्रतस्थ, पुण्यवंत**

व्रात्य (वि) *पाहा :* **उच्छृंखल, द्वाड, अगोचर, खट्याळ**

श

शक (पु) *पाहा :* **काल, वर्ष**
शकट (पु) *पाहा :* **वाहन**
शकणे (क्रि) *पाहा :* **शक्य**
शंकर (पु) शिव, हर, महादेव, महेश, महेश्वर, पिनाकपाणी, शूलपाणी, कर्पूरगौर, उमापती, चंद्रशेखर, शशिशेखर, चंद्रमौली, चंद्रचूड, भालचंद्र, व्योमकेश, केदार, त्रिनयन, त्रिनेत्र, त्रिलोचन, त्र्यंबक, त्रिपुरारी, मदनांतक, मदनारी, स्मरारी, विरूपाक्ष, सांब, शंभू, सदाशिव, गंगाधर, कैलासनाथ, भोलेनाथ, नीलकंठ, विषकंठ, पशुपती, भूतपती, आदिनाथ, रुद्र, महाकाल, भैरव, कालभैरव, मृत्युंजय; *पाहा :* **परमेश्वर**
(n) God Shankar; *पाहा :* **परमेश्वर**
शंकर (वि) *पाहा :* **कल्याणकारी**
शंकरा (पु) *पाहा :* **राग**
शकल (न) *पाहा :* **तुकडा**
शंका (स्त्री) आशंका, अविश्वास, संशय, संदेह, साशंकता, अनिश्चितता, वहीम, संदिग्धता, विकल्प, कुतर्क, किंतू, अढी, किल्बिष (किल्मिष), कुशंका, काळेबेरे, आक्षेप, हरकत, अनिर्णय, प्रश्न, कोंडी, पेच, कल्पना, अजमास, भय, अडचण, व्यत्यय; शंकास्पदता, शंकेखोरपणा, संशयग्रस्तता, संशयखोरपणा; संशयपिशाच; *पाहा :* (विरु) **खात्री**
[क्रि] खात्री नसणे, धास्ती वाटणे; दुग्ध्यात पडणे
[वा] शंकेची पाल चुकचुकणे, संशयाची सुई
(n) doubt, disbelief, apprehension, reservation, incredulity, hesitation, misgiving, suspicion, fear, uncertainty, suspense, dilemma, scepticism *पाहा :* (विरु) **खात्री**
[i] doubting Thomas, dark horse, have cold feet, take with a grain of salt, smell a rat, sit on the fence, hang in the balance, Caeser's wife must be above suspicion, to call in question, shadow of a doubt, to be undere a cloud
शंकास्पद (वि) *पाहा :* **साशंक, अनिश्चित**
शंकित (वि) *पाहा :* **साशंक**
शकुंत (पु) *पाहा :* **पक्षी**
शकुन (पु) *पाहा :* **कौल**
शंकू (पु) *पाहा :* **अणकुची, दशांशस्थाने**
शंकेखोर (वि) *पाहा :* **साशंक**
शक्कल (स्त्री) *पाहा :* **युक्ती, कल्पना**
शक्त (वि) *पाहा :* **शक्तिमान**
शक्तिमान (वि) शक्तिवान

(-वंत, -शाली), समर्थ, सामर्थ्यवान (-शाली), पौरुषपूर्ण, प्रमाथी, बलवान (-शाली), बलदंड, वज्रबाहू, बली, महाबली, बळी, बळभद्र, सबल (-ळ), बळकट, बळवंत, भक्कम, बुलंद, कणखर, जोमदार, जोरदार, जोरकस, दणदणीत, जोशपूर्ण, जोशिला, सणसणीत, जबरदस्त, घणाघाती, तडाखेबंद, ताकदवान, ताकददार, पहिलवान, दादा, सशक्त, सत्राण, धष्टपुष्ट, धडधाकट, तगडा, मजबूत, दणकट, वज्रदेही, वज्रमुष्टी, दृढ, सुदृढ, प्रबल (-ळ), बलिष्ठ, बलाढ्य, बलवत्तर, प्रभावी, प्रभावशाली, हुकमी, परिणामकारक, सक्षम, लायक, योग्य, कार्यक्षम, खमक्या, खंबीर, दमदार, प्रेरक, स्फूर्तिदायक, ओजस्वी, सकस, कसदार, अमोघ, अजिंक्य, सर्वशक्तिमान; सशस्त्र, शस्त्रधारी, हत्यारबंद; *पाहा :* (विरु) **अशक्त, क्षीण**

[वा] ज्याच्या हाती ससा तो पारधी, हुकमी एक्का; आंधळ्यांत काणा राजा, वासरांत लंगडी गाय शहाणी, शेरास सव्वाशेर, बळी तो कान पिळी, शापादपि शरादपि, बलभीम

[adj] strong, powerful, vigorous, robust, mighty, forceful, potent, capable, energetic, almighty; armed; *पाहा :* (विरु) **अशक्त, क्षीण**

[i] Hercules, Samson, strong as a lion, Big Brother, strong arm methods, might is right

शक्तिस्थल (न) *पाहा :* **बलस्थान**

शक्तिहीन (वि), **शक्तिक्षीण** (वि) *पाहा :* **अशक्त**

शक्ती (स्त्री) सामर्थ्य, बल, बळ, जोर, ताकत (-द), कुवत, मगदूर, आवाका, अंगबळ, बाहुबळ, जोम, दम, रग, वकूब, स्वसामर्थ्य, मनगट, मनगटातील ताकद, जेतृत्व, जीव, प्रताप, पौरुष, अवसान, आवेश, आवेग, जोश, अभिनिवेश, त्राण, सत्राण, प्राण, सत्त्व, सार, विरी, कस, प्रभाव, प्राबल्य, क्षमता, लायकी, पात्रता, कार्यक्षमता, आटोप, बलाबल (बळाबळ), प्राज्ञा, बिशाद, मजाल, मातब्बरी, ओज, तेज, वीर्य, उत्साह, तकवा, हुशारी, उभारी, चेव, चैतन्य, चेतना, चालना, चालकशक्ती, प्रेरणा, अंत:प्रेरणा, स्फुरण, स्फूर्ती, अंत:शक्ती, मन:शक्ती, मनोबल, प्राणशक्ती, आत्मशक्ती (-बल) (*पाहा :* **इच्छाशक्ती),** विचारशक्ती, तपोबल, तप:सामर्थ्य, सहनशक्ती, सोशीकपणा, आकर्षणशक्ती, प्रतिकारशक्ती, व्याप्ती, पल्ला, फेक, भर, वेग, सोसाटा, झपाटा, बळकटी, मजबुती, पुष्टी, भक्कमपणा, दृढता, पक्केपणा, दाब, भार, ताण, नेट, ओढ, ऊर्जा, अश्वशक्ती; दंडशक्ती, युवाशक्ती, नारीशक्ती, इ.; परमेश्वरी शक्ती; आत्मिक बळ, स्वबळ, द्रव्यबळ,

मनुष्यबळ, माणूसबळ, संख्याबळ, संख्यात्मक बळ, गुणात्मक बळ, हातबळ, पायबळ, तोंडबळ, इ.; ऐपत; प्रहारक्षमता, विचारक्षमता इ. *पाहा :* **ऊर्जा,** (विरु) **दौर्बल्य**

[वा] वासवी शक्ती, पाशवी बळ/शक्ती, शक्तिप्रदर्शन करणे, इंगा दाखवणे, पाणी पाजणे, ओढूनताणून चंद्रबळ आणणे, अंथरूण पाहून पाय पसरणे, टिटवीदेखील समुद्र आटवते

(n) strength, power, vigour, might, force, energy, stamina, punch, vitality, immunity, virility, potency, ability, capability, mettle, verve, dash, pressure, tension, torque; manpower; *पाहा :* **इच्छाशक्ती, ऊर्जा,** (विरु) **दौर्बल्य**

[i] brute force, law of the jungle, the prime mover, to get up steam

शक्य (वि) संभाव्य, संभवनीय, घटमान, होण्याजोगा, घडण्याजोगा, शक्य कोटीतला, शक्यता असलेला; साध्य, यत्नसाध्य, कष्टसाध्य, सुसाध्य, आटोक्यातील, सुगम, सुलभ, लभ्य, गम्य, प्राप्य, संपाद्य, संपादितव्य, मिळण्याजोगा; आकलनीय, सुगम्य, समजण्याजोगा, जाणवण्याजोगा; कल्पनीय, अनुमेय, विचारणीय, चिंतनीय, करणीय, व्यवहार्य; विश्वसनीय; उल्लंघनीय, ओलांडण्याजोगा; जुळेलसा, जमेलसा; खाद्य, भक्ष्य, भोज्य, खाण्याजोगा; सह्य, सुसह्य, हस्तांतरणीय, देय; तुलनीय; दंडनीय; *पाहा :* (विरु) **अशक्य**

[क्रि] शकणे, समर्थ असणे, शक्यता असणे, संभवणे, जुळणे, जमणे, साधणे

[वा] परसातली भाजी, हातचा मळ

[adj] possible, likely, probable, achievable, attainable, accessible, obtainable, comprehensible, understandable, perceptible, conceivable, imaginable, practicable, workable, feasible, viable, realisable, plausible, credible, surmountable, compatible, adaptable, edible, eatable, transferable, comparable, punishable *पाहा :* (विरु) **अशक्य**

शक्यता (स्त्री) संभव, संभवनीयता, संभावना, संभूती, सुसाध्यता, सुगमता, सुलभता, व्यवहार्यता, विश्वसनीयता

(n) possibility, likelihood, chance, probability, accessibility, feasibility, plausibility, practicability, odds, credibility

[i] to have an even chance, a fighting chance, there's many a slip twixt cup and lip,

a sporting chance

शंक्वाकृती (वि) *पाहा :* **अणकुचीदार, तीक्ष्ण**

शंख (वि), **शंखोबा** (वि) *पाहा :* **अजाण**

शंख (पु) *पाहा :* **आरोळी, ओरडणे, सुषिरवाद्य**

शंखध्वनी (पु) *पाहा :* **आरोळी, ओरडणे**

शठ (वि) *पाहा :* **फसवा**

शंड (-ढ) (वि) *पाहा :* **नपुंसक**

शड्डू (पु) *पाहा :* **आव्हान**

शत (वि) शंभर; शे; *पाहा :* **दशांशस्थाने, अंक**

(adj) Hundred; *पाहा :* **दशांशस्थाने, अंक**

शतक (न) *पाहा :* **अंक**

शतकृत्य (न) *पाहा :* **कर्म**

शतचूर्ण (न) *पाहा :* **चूर्ण**

शततारका (स्त्री) *पाहा :* **नक्षत्र**

शतधा (क्रिवि) *पाहा :* **पुन्हा**

शतपावली (स्त्री) *पाहा :* **चालणे**

शतप्रतिशत (वि) *पाहा :* **प्रत्येक, पूर्ण**

शतमूर्ख (वि) *पाहा :* **अजाण**

शतशः (क्रिवि) *पाहा :* **पुन्हा**

शतसांवत्सरिक (वि) *पाहा :* **उत्सव**

शतायुषी (वि), **शतायू** (वि) *पाहा :* **वृद्ध**

शत्रुत्व (न) *पाहा :* **वैर**

शत्रू (पु) *पाहा :* **वैरी**

शनी (पु), **शनैश्चर** (पु) *पाहा :* **सूर्यमाला**

शनैःशनैः (क्रिवि) *पाहा :* **सावकाश**

शपथ (स्त्री) *पाहा :* **प्रतिज्ञा**

शपथपूर्वक (क्रिवि) *पाहा :* **खचित**

शबल (वि) *पाहा :* **चित्रविचित्र, गढूळ**

शब्द (पु) आवाज, ध्वनी, नाद, स्वर, श्रवणेंद्रियाचा विषय; बोल, उक्ती, उच्चार, उद्गार, विधान; अभिधान, संज्ञा; शब्दावयव; ब्रीदवाक्य; परवलीचा शब्द; पारिभाषिक शब्द; *पाहा :* **आदेश, प्रतिज्ञा, बोलणे**

(n) word, sound, voice; syllable; coinage; speech, utterance, expression, remark, statement; name, term, technical term, nomenclature; byword; password; *पाहा :* **आदेश, प्रतिज्ञा, बोलणे**

शब्दकळा (स्त्री) *पाहा :* **भाषा**

शब्दकार्पण्य (न) *पाहा :* **भाषण**

शब्दकोश (पु) *पाहा :* **कोश**

शब्दकौशल्य (-चातुर्य) (न) *पाहा :* **कसब**

शब्दखंडन (न) *पाहा :* **टीका, खंडन करणे**

शब्दचित्र (न) *पाहा :* **कथन, चित्र, अभिव्यक्ती**

शब्दच्छल (पु) श्लेष, कोटी; *पाहा :* **वाद, द्व्यर्थी, टीका**

(n) pun, wordplay; *पाहा :* **द्व्यर्थी, वाद, टीका**

शब्दजाल (न) *पाहा :* **बडबड**

शब्दताडन (न) *पाहा :* **अपभाषण, खडसावणे**

शब्दपांडित्य (न) *पाहा :* **वक्तृत्व, बडबड, टीका**
शब्दपारुष्य (न) *पाहा :* **भाषण**
शब्दपाल्हाळ (पु) *पाहा :* **बडबड**
शब्दप्रहार (पु) *पाहा :* **अपभाषण, खडसावणे**
शब्दबद्ध करणे (क्रि) *पाहा :* **कथन**
शब्दबंबाळ (वि) *पाहा :* **अघळपघळ**
शब्दब्रह्म (न) *पाहा :* **धर्मग्रंथ**
शब्दभेद (पु) *पाहा :* **पर्याय**
शब्दभ्रम (पु) *पाहा :* **भ्रम, अभिनय**
शब्दमाधुर्य (-लालित्य, -सौंदर्य, -योजना, -रचना) (न, न, न, स्त्री, स्त्री) *पाहा :* **भाषा**
शब्दवेध (पु) *पाहा :* **नेम**
शब्दशः (वि) *पाहा :* **नेमका**
शब्दशूर (वि) *पाहा :* **पराक्रमी**
शब्दश्री (स्त्री) *पाहा :* **भाषा**
शब्दसंग्रह (पु) *पाहा :* **कोश**
शब्दसृष्टी (स्त्री) *पाहा :* **भाषा, साहित्य**
शब्दांकन (न) *पाहा :* **लिहिणे**
शब्दातीत (वि) *पाहा :* **अतिशय**
शब्दार्थ (पु) *पाहा :* **अभिप्राय**
शब्दालंकार (पु) *पाहा :* **भाषालंकार**
शब्दावडंबर (न) *पाहा :* **बडबड**
शब्दाशब्दी (स्त्री) *पाहा :* **भांडण, वाद**
शब्दोच्चार (पु) *पाहा :* **बोलणे**
शंभर (वि) *पाहा :* **शत**
शंभरनंबरी (वि) *पाहा :* **उत्कृष्ट**
शंभरी (स्त्री) *पाहा :* **अंक**
शंभू (पु) *पाहा :* **शंकर**
शम (पु) *पाहा :* **निग्रह, शांतता, कर्तव्य**
शमणे (क्रि) शांत/ स्थिर/ स्तब्ध/ निश्चल/ थंड होणे, स्थिरावणे, कमी होणे, ओसरणे, ओहटणे, निमणे, नरमणे, शमन/ शांतवन/ सांत्वन/ उपशम/ उपशमन होणे, निवणे, थंडावणे, थंडावा येणे; *पाहा :* **थकणे**
[वा] दुःखावर फुंकर, डोळे पुसणे
(v) subdue, lessen, decrease, subside, soften, abate, dull, tone down, tranquilise, quieten, calm, cool, quell, sober; *पाहा :* **थकणे**
[i] to pour oil on troubled waters
शमन (न) *पाहा :* **शमणे, उपशम**
शयन (न) *पाहा :* **झोप, अंथरूण**
शयनयान (न) *पाहा :* **वाहन**
शय्या (स्त्री) *पाहा :* **अंथरूण, पलंग**
शय्यागृह (न) *पाहा :* **खोली**
शय्यासोबत (स्त्री) *पाहा :* **मित्रत्व**
शय्यासोबती (पु) *पाहा :* **मित्र**
शर (पु) *पाहा :* **बाण**
शरण, शरणागत, शरणापन्न, (सर्व वि) *पाहा :* **निराधार, अगतिक, भिक्षेकरी, अभ्यर्थना, पराभव**
शरणागती (स्त्री) *पाहा :* **माघार, पराभव**
शरणार्थी (वि) *पाहा :* **निराधार, भिक्षेकरी**
शरत, शरत्काल, शरद, शरदऋतू (सर्व पु) *पाहा :* **ऋतू**
शरम (स्त्री) *पाहा :* **लाज**
शरमणे (क्रि) *पाहा :* **लाजणे, चपापणे**
शरमिंदा (-धा) (वि) *पाहा :* **खजील, ओशाळा**

शरसंधान (न) *पाहा :* **नेम, तिरंदाजी**
शराब (स्त्री) *पाहा :* **मद्य**
शराबपाणी (न) *पाहा :* **कैफ**
शराबी (वि) *पाहा :* **मद्यपी**
शरीर (न) *पाहा :* **देह, अंग**
शरीरकष्ट (पु) *पाहा :* **कष्ट**
शरीरत्राण (न) *पाहा :* **चिलखत**
शरीरप्रकृती (स्त्री) *पाहा :* **तब्येत**
शरीरभर (क्रिवि) *पाहा :* **सर्वस्वी**
शरीरभोग (पु) *पाहा :* **उपभोग, दुःख, अदृष्ट**
शरीरयष्टी (स्त्री) *पाहा :* **अंगयष्टी**
शरीररक्षक (पु) *पाहा :* **पहारेकरी**
शरीरश्रम (पु) *पाहा :* **कष्ट**
शरीरसंपत्ती (स्त्री) *पाहा :* **आरोग्य**
शरीरसंबंध (पु) *पाहा :* **संबंध, विवाह**
शरीरसंवर्धन (न) *पाहा :* **व्यायाम**
शरीरस्वास्थ्य (न) *पाहा :* **आरोग्य**
शरीराकृती (स्त्री) आसन, बैठक, ठाण, आंगठाण, ठेवण, पवित्रा, मुद्रा, योगासन
(n) figure, form, configuration, stance, position
शर्करा (स्त्री) साखर, खडीसाखर, साखऱ्या, सितोपल, पिठीसाखर
(n) sugar
शर्करावगुंठित (वि) *पाहा :* **गोड**
शर्त (स्त्री) *पाहा :* **अट**
शर्थ (स्त्री) *पाहा :* **अतिरेक, प्रयत्न**
शर्यत (स्त्री) *पाहा :* **पैज**
शर्वरी (स्त्री) *पाहा :* **रात्र**
शर्विलक (पु) *पाहा :* **चोर**
शलभ (पु) *पाहा :* **पतंग**
शलाका (स्त्री) *पाहा :* **काठी**
शलकापरीक्षा (स्त्री) *पाहा :* **परीक्षा**
शल्य (न) *पाहा :* **टोचणी**
शल्यचिकित्सक (पु) *पाहा :* **चिकित्सक**
शल्यचिकित्सा (स्त्री) *पाहा :* **चिकित्सा**
शव (न), **शवच्छेदन** (न), **शवपरीक्षा** (स्त्री),, **शवपेटी** (स्त्री), **शवयात्रा** (स्त्री), **शववाहिनी** (स्त्री) *पाहा :* **अंत्येष्टी**
शश (पु) ससा
(n) hare, rabbit
शशधर, शशांक, शशी (सर्व पु) *पाहा :* **चंद्र**
शशविषाण (न), **शशशृंग** (न) *पाहा :* **अशक्य**
शशिनी (स्त्री) *पाहा :* **रात्र**
शशिशेखर (पु) *पाहा :* **शंकर**
शशी (पु) *पाहा :* **चंद्र**
शष्प (न) *पाहा :* **गवत, केस**
शस्त्र (न) *पाहा :* **आयुध**
शस्त्रक्रिया (स्त्री) *पाहा :* **इलाज**
शस्त्रधारी (वि) *पाहा :* **सशस्त्र**
शस्त्रवैद्य (पु) *पाहा :* **वैद्य**
शस्त्रसंधी (पु) *पाहा :* **तडजोड**
शस्त्रसाठा (पु), **शस्त्रागार** (न) *पाहा :* **संग्रह**
शस्त्रास्त्रे (न, अव) *पाहा :* **आयुध**
शह (पु) *पाहा :* **डावपेच**
शहर (न) *पाहा :* **गाव**
शहरवासी (पु) *पाहा :* **नागरिक**
शहरी (वि) *पाहा :* **नागरी**
शहा (पु) *पाहा :* **राजा**
शहाजोग (वि) *पाहा :* **प्रामाणिक**

शहाणपण (न) *पाहा :* **अक्कल, चाणाक्ष**

शहाणा (वि), **शहाणासुरता** (वि) *पाहा :* **चाणाक्ष, जाणता, बुद्धिमान**

शहाणी (वि) *पाहा :* **ऋतुमती**

शहानिशा (स्त्री) *पाहा :* **अन्वेषण, निर्णय**

शहामत (स्त्री) *पाहा :* **हिंमत, लायकी**

शहारा (पु) *पाहा :* **काटा**

शहाळे (न) *पाहा :* **नारळ**

शहीद (पु) *पाहा :* **मृत; पराक्रमी, मरणे**

शाई (स्त्री) मशी (-षी), *पाहा :* **लेप**

(n) ink; *पाहा :* **लेप**

शाक (स्त्री), **शाकपाला** (पु), **शाकभाजी** (स्त्री) *पाहा :* **भाजी**

शाकारणी (स्त्री), **शाकारणे** (क्रि) *पाहा :* **अवगुंठन**

शाकाहारी (वि) *पाहा :* **अन्न**

शाखा (स्त्री) अंश, अंग, अवयव, भाग, विभाग, प्रकरण; फाटी, फांदी, फांदोरी, खांदी, झाप, झावळी, डहाळी, डाहाळी, डाहळा, टहाळ (-ळा, -ळी); पंथ, संप्रदाय, पक्ष, गण; फाटा, बाजू; कचेरी, खाते, कक्ष; शाखोपशाखा, उपशाखा, उपविभाग

(n) part, portion, segment, department, division, section, branch, member, arm, limb, side; bough, shoot, offshoot

शागिर्दी (स्त्री) *पाहा :* **चाकरी**

शागीर्द (पु) *पाहा :* **अनुचर, अंतेवासी**

शाठ्य (न) *पाहा :* **फसवणूक**

शाडू (पु) *पाहा :* **माती**

शांत (पु) *पाहा :* **नऊ रस**

शांत (वि) प्रशांत, निवांत, नि:शब्द, चिडीचूप, एकांत, निर्मनुष्य, स्थिरस्थावर, स्तब्ध, नि:स्तब्ध, निश्चल; अक्षुब्ध, निर्विकार, शांतिपूर्ण, तणावमुक्त, चिंतामुक्त, स्वस्थचित्त, सुचित, सुचित्त, सुचिंत, समचित्त, समतोल, अविचलित, निर्द्वंद्व, धिमा, सात्त्विक, सत्त्वगुणी, गरीब, निर्द्वेषी; संतुष्ट, समाधानी, प्रसन्न; शमलेला, विझलेला, थंड; *पाहा :* **शांती, अबोल, निवांत, कमी** (विरु) **अशांत, संतप्त, संतापी**

[adj] quiet, tranquil, silent, still, peaceful, serene, calm, placid, relaxed, composed, cheerful, subdued, cool *पाहा :* **शांती, अबोल, निवांत, कमी** (विरु) **अशांत, संतप्त, संतापी**

[i] cool as a cucumber, not to turn a hair, keep a stiff upper lip, take it easy

शांतता (स्त्री) *पाहा :* **शांती**

शांतताभंग (पु) *पाहा :* **अशांतता**

शांतवन (न) *पाहा :* **शमणे, शांती**

शांतिसेना (स्त्री) *पाहा :* **दल**

शांती (स्त्री) शांतता, निवांतपणा, नि:शब्दता, शुकशुकाट, सन्नाटा, सामसूम, सुनसान, निजानीज, एकांत; स्तब्धता, स्थिरता, स्थैर्य, स्वस्थता, स्वास्थ्य, अविचलता, शम,

निर्विकारता, मन:शांती, मन:स्वास्थ्य, चित्तस्थैर्य, निश्चिंती, क्षांती, संतोष, समाधान, सौम्यपणा, मृदुता, शमन, उपशमन, शांतवन, मुक्तता, सुटका, मुक्ती, मोक्ष; स्मशानशांतता *पाहा :* **शांत, स्थैर्य, चित्तस्थैर्य** (विरु) **अस्थैर्य, अशांतता**

[वा] शुक्क होणे; जीव खाली पडणे, जीव भांड्यात पडणे, हायसे वाटणे, डोळे निवणे, देव पावणे

(n) quietude, tranquility, silence, solitude, calm, peacefulness, composure, aplomb, peace of mind, repose, softness, abatement, liberation, final beatitude *पाहा :* **शांत** (विरु) **अशांतता**

[i] pin-drop silence, olive branch, to pour oil on troubled waters

शान (स्त्री) *पाहा :* **प्रतिष्ठा, डौल**

शानदार (वि) *पाहा :* **आकर्षक, भव्य**

शाप (पु) अनिष्टचिंतन, अभिशाप, शापवाणी, तळतळाट; अपशब्द, शिवी, शिव्याशाप; क्लेशकारण, विनाशकारण; पीडा, भोग, दुर्दैव, परमेश्वरी कोप, कमनशीब, नष्टचर्य; उ:शाप

[क्रि] तळतळणे, (नावाने) बोटे मोडणे

[वा] कावळ्याच्या शापाने गाई मरत नसतात

(n) curse, imprecation, bane, scourge, plague, abuse, vilification, misery, suffering, affliction, misfortune, evil lot

शापदग्ध (वि) *पाहा :* **पीडित**

शापबद्ध (वि) *पाहा :* **बद्ध**

शापमुक्त (वि) *पाहा :* **मुक्त**

शापित (वि) *पाहा :* **पीडित, अभागी**

शाबर (न), **शाबरी विद्या** (स्त्री) *पाहा :* **जादू**

शांबरी (स्त्री) *पाहा :* **जादूगार**

शाबासकी (स्त्री) *पाहा :* **पुरस्कार**

शाबिती (स्त्री) *पाहा :* **सिद्धता**

शाबीत (वि) *पाहा :* **सिद्ध**

शाबूत (वि) *पाहा :* **टिकणे, अखंड**

शाबुती (स्त्री) *पाहा :* **टिकाव**

शामळू (वि) *पाहा :* **नेभळट**

शामियाना (पु) *पाहा :* **छत**

शार्दूल (पु) *पाहा :* **वाघ**

शार्दूलविक्रीडित (न) *पाहा :* **वृत्त**

शाल (स्त्री) *पाहा :* **पांघरूण**

शाला (स्त्री) *पाहा :* **आलय, विद्यालय, पंथ**

शालीन (वि) *पाहा :* **नम्र, कुलीन**

शालीनता (स्त्री) *पाहा :* **नम्रता**

शावक (न) *पाहा :* **मूल**

शाश्वत (वि) *पाहा :* **अखंड, कायम, अमर, अनंत**

शाश्वती (स्त्री) *पाहा :* **खात्री**

शासक (वि) *पाहा :* **अधिकारी**

शासन (न) *पाहा :* **शिक्षा, अधिकार, नियंत्रण, अनुशासन, कारभार**

शासनपद्धती (-प्रणाली,-व्यवस्था) (स्त्री) *पाहा :* **राज्यपद्धती**

शासनसंमत (वि) *पाहा :* **प्रमाणित**

शासनसंस्था (स्त्री) *पाहा :* **अधिकारी**

शास्ता (वि) *पाहा :* **अधिकारी, अध्यक्ष**

शास्त्र (न) धार्मिक ग्रंथ/नीतिनियम (वेदान्त, न्याय, इ.), नियमबद्ध/ सिद्धान्तग्रथित ज्ञानशाखा, तत्त्वज्ञान, निरीक्षण-/ सिद्धान्तग्रथन-/ प्रयोग- / पडताळा-/ युक्त तर्कशुद्ध/ सुसूत्र मांडणी, विज्ञान, तंत्रज्ञान (-शास्त्र, -विज्ञान), शुद्ध/ उपयोजित भौतिक शास्त्र (गणित, पदार्थविज्ञान, रसायन, खगोल, जीव, इ.), समाजशास्त्र (राज्य, अर्थ, मानस, इ.), प्राणिशास्त्र, वास्तुविद्या (-शास्त्र), अभियांत्रिकी (स्थापत्य, यंत्र, विद्युत, संगणक इ.); माहिती तंत्रज्ञान, जैवतंत्रज्ञान, जैवअभियांत्रिकी

(n) religious scriptures, science, systematic and formulated knowledge, systematic study, organized knowledge, philosophy, observation- theorization- experimentation- verification, pure/applied physical/ natural science (mathematics, physics, chemistry, biology, etc.), social science (politics, economics, psychology, etc.), technology, engineering (civil, mechanical, computer, etc.); information technology, biotechnology, genetic engineering

शास्त्रपारंगत (वि) *पाहा :* **तज्ज्ञ**

शास्त्रविहित (वि) *पाहा :* **शास्त्रीय, विहित**

शास्त्रवेत्ता (वि) *पाहा :* **तज्ज्ञ**

शास्त्रशुद्ध (वि) *पाहा :* **शास्त्रीय**

शास्त्रसंमत (वि) *पाहा :* **विहित**

शास्त्रज्ज्ञ (पु) *पाहा :* **तज्ज्ञ**

शास्त्री (पु) *पाहा :* **पंडित**

शास्त्रीय (वि) शास्त्रशुद्ध, शास्त्रोक्त, शास्त्रविहित, यथाशास्त्र, सशास्त्र, धार्मिक, कायदेशीर, वैज्ञानिक, प्रायोगिक, तर्कशुद्ध, सुसूत्र

[adj] scientific, philosophical, theoretical, experimental, logical, analytical, methodical, organized, rational, systematic

शाही (वि) *पाहा :* **भव्य**

शाहीर (पु) *पाहा :* **कवी**

शाळकरी (वि) *पाहा :* **अल्पवयस्क**

शाळा (स्त्री) *पाहा :* **विद्यालय**

शाळामास्तर (पु) *पाहा :* **अध्यापक**

शाळासोबती (पु), **शाळूसोबती** (पु) *पाहा :* **मित्र**

शिकणे (क्रि) *पाहा :* **अध्ययन**

शिकंदर (वि) *पाहा :* **भाग्यवान**

शिकवण (स्त्री) उपदेश, पाठ, बोध, संथा, उद्बोधन, प्रबोधन, समाजप्रबोधन, शिकवणूक, दिग्दर्शन, मार्गदर्शन, गुरुमंत्र, दीक्षा, आदेश;

पाहा : **शिक्षण**
(n) teaching, education, instruction, advice, guidance, training, enlightenment; *पाहा :* **शिक्षण**
शिकवणी (स्त्री) *पाहा :* **शिक्षण**
शिकवणूक (स्त्री) *पाहा :* **शिकवण**
शिकवणे (क्रि) शिक्षण/शिकवण/उपदेश देणे; *पाहा :* **शिक्षण, शिकवण, उपदेश**
(v) instruct, coach, educate, teach, train, lecture, tutor, indoctrinate, advise, direct, guide; *पाहा :* **शिक्षण, शिकवण, उपदेश**
शिकस्त (स्त्री) *पाहा :* **कमाल, अतिरेक**
शिकस्तीचा (वि) *पाहा :* **अतिशय**
शिकाऊ (वि) नवशिका, उमेदवार, नवा, अननुभवी, अभ्यासक
[adj] novice, amateur, probationer, apprentice
शिकार (स्त्री) *पाहा :* **पारध, जनावर**
शिकारखाना (पु) *पाहा :* **प्राणिसंग्रहालय**
शिकारा (पु) *पाहा :* **नौका**
शिकारी (पु) *पाहा :* **पारधी**
शिंकाळी (-ळे) (स्त्री, न), **शिंके** (न) *पाहा :* **लोंबणे, पिशवी**
शिक्का (पु), **शिक्काकट्यार** (स्त्री), **शिक्कामोर्तब** (न) *पाहा :* **छाप, खूण**
शिखर (न) *पाहा :* **कळस, अग्र**
शिखरिणी (न) *पाहा :* **वृत्त**
शिखा (स्त्री) *पाहा :* **तुरा, अग्नी**
शिंग (न) शृंग, विषाण; *पाहा :* **सुषिरवाद्य, अणकुची**
(n) horn; *पाहा :* **सुषिरवाद्य, अणकुची**
शिंगरू (न) *पाहा :* **अश्व, मूल**
शिगोशीग (क्रिवि) *पाहा :* **ओतप्रोत**
शिजणे/ शिजवणे (क्रि) रांधणे, उकळणे, उकडणे, कढणे, वाफवणे, तळणे; भाजणे, परतणे; खदखदणे, रटरटणे; *पाहा :* **अन्न**
(v) cook, boil, steam, roast, bake, fry; *पाहा :* **अन्न**
शिटी (स्त्री) *पाहा :* **सुषिरवाद्य**
शिडकाव (पु) *पाहा :* **पाऊस, अभिषेक**
शिडशिडीत (वि) *पाहा :* **कृश**
शिडी (स्त्री) *पाहा :* **जिना**
शिणक (शिणका, शिणीक) (स्त्री, पु, स्त्री) *पाहा :* **वेदना, आवेग**
शिणकणे (क्रि) *पाहा :* **वेदना**
शिणगार (पु) *पाहा :* **शृंगार**
शिणणे (क्रि) *पाहा :* **थकणे**
शिणवटा (पु), **शिणोटा** (पु) *पाहा :* **थकवा**
शिताफी (स्त्री) *पाहा :* **चलाखी**
शिंतोडा (पु) *पाहा :* **थेंब**
शिथिल (वि) *पाहा :* **सैल, थलथलीत**
शिथिलगात्र (वि) *पाहा :* **अशक्त**
शिंदळ (वि) *पाहा :* **जारकर्मी, चंगीभंगी**
शिंदळकी (स्त्री) *पाहा :* **जारकर्म**
शिंदा (पु) *पाहा :* **पुत्र**
शिंदी (स्त्री) *पाहा :* **मद्य**
शिदोरी (स्त्री) *पाहा :* **अन्न**

शिधा (पु), **शिधासामग्री** (स्त्री) *पाहा* : **अन्न**
शिपका (पु) *पाहा* : **पाणी, अभिषेक**
शिंपडणे (क्रि), **शिंपण** (न), **शिंपणे** (क्रि) *पाहा* : **अभिषेक, फेकणे**
शिपाई (पु), **शिपाईगडी** (पु), **शिपाईप्यादा** (पु) *पाहा* : **अनुचर, पहारेकरी, सैनिक**
शिप्तर (न) *पाहा* : **करंडा**
शिफारस (स्त्री) *पाहा* : **स्तुती, वशिला**
शिबंदी (स्त्री) *पाहा* : **दल**
शिबाड (न) *पाहा* : **नौका**
शिबिका (स्त्री) *पाहा* : **पालखी**
शिबिर (न) *पाहा* : **अड्डा**
शिबे (न) *पाहा* : **कुष्ट**
शिमगा (पु) *पाहा* : **अपभाषण**
शिमटी (स्त्री) *पाहा* : **काठी**
शिर (न) *पाहा* : **डोके, कळस**
शिरकणे (क्रि) *पाहा* : **प्रवेश**
शिरकमल (न) *पाहा* : **डोके**
शिरकवणे (क्रि) *पाहा* : **खुपसणे**
शिरकाण (न) *पाहा* : **हत्या**
शिरकाव (पु) *पाहा* : **प्रवेश, अंतर्भाव, अतिक्रमण**
शिरगणना (-ती) (स्त्री) *पाहा* : **गणणे**
शिरच्छेद (पु) *पाहा* : **ठार करणे**
शिरजोर (वि) *पाहा* : **डोईजड, वरचढ, अरेराव, जुलमी**
शिरजोरी (स्त्री) *पाहा* : **वर्चस्व, दांडगाई**
शिरटोप (पु) *पाहा* : **शिरस्त्राण**
शिरणे (क्रि) *पाहा* : **प्रवेश, समावणे**
शिरपुटी (स्त्री) *पाहा* : **काठी**
शिरपेच (पु) *पाहा* : **तुरा, पुरस्कार**
शिरःफल (न) *पाहा* : **नारळ**
शिरवणे (क्रि) *पाहा* : **खुपसणे**
शिरवे (न) *पाहा* : **पाऊस**
शिरशिरणे (क्रि) *पाहा* : **थरथरणे**
शिरशिरी (स्त्री) *पाहा* : **काटा**
शिरसावंद्य (वि) *पाहा* : **थोर**
शिरसाष्टांग दंडवत/नमस्कार (न, पु) *पाहा* : **अभिवंदन**
शिरस्ता (पु) *पाहा* : **रीत**
शिरस्तेदार (पु) *पाहा* : **कारकून**
शिरस्त्राण (न) टोपी, पगडी, पागोटे, पटका, फेटा, रुमाल, मुंडासे, टापशी, मंदील, टोप, शिरटोप, जिरेटोप, ताज, मुकुट, मुगूट, किरीट, शिरोभूषण, बाशिंग, कानटोपी, माकडटोपी, टोपडे, कुंचडे, कुंची; *पाहा* : **अवगुंठन**
(n) Headdress, headgear; *पाहा* : **अवगुंठन**
शिराळ (न) *पाहा* : **अभ्र**
शिरोधार्य (वि) *पाहा* : **थोर**
शिरोबिंदू (पु) *पाहा* : **कळस**
शिरोभाग (पु) *पाहा* : **डोके, कळस, अग्र**
शिरोभूषण (न) *पाहा* : **शिरस्त्राण, तुरा**
शिरोमणी (पु) *पाहा* : **प्रमुख**
शिलकी (वि) *पाहा* : **अवशिष्ट**
शिलगावणे (क्रि) *पाहा* : **अग्नी, उद्दीपन, चेतवणे**
शिला (स्त्री) *पाहा* : **दगड**
शिलान्यास (पु) *पाहा* : **आरंभ**
शिलालेख (पु) *पाहा* : **लेख**

शिलेदार (पु) *पाहा :* **सैनिक, अनुचर**
शिल्प (न), **शिल्पकृती** (स्त्री) *पाहा :* **प्रतिकृती**
शिल्पकला (स्त्री) *पाहा :* **कला**
शिल्पकार (पु), **शिल्पी** (पु) *पाहा :* **कर्ता, कलाकार**
शिल्लक (स्त्री) *पाहा :* **अवशिष्ट**
शिल्लट (वि) *पाहा :* **मऊ**
शिव (पु) *पाहा :* **शंकर, परमेश्वर**
शिव (वि) *पाहा :* **कल्याणकारी**
शिवण (स्त्री), **शिवणकाम** (न) *पाहा :* **शिवणे**
शिवणे (क्रि) शिवणकाम करणे, शिवण/दूण घालणे, टाका/धावदोरा/ टक/ टाचा/टीप/ हेम/ मुरड/ दोरा घालणे, टाचणे, कापणे, बेतणे, तुरपणे, तुणणे, रफू करणे, शिवणटिपण करणे; *पाहा :* **चिकटणे, स्पर्श**
(v) Sew, stitch, seam, mend; baste, tack, hem, darn; *पाहा :* **चिकटणे, स्पर्श**
शिवरंजनी (पु) *पाहा :* **राग**
शिवराळ (वि) *पाहा :* **अशिष्ट**
शिवराळपणा (पु) *पाहा :* **अपभाषण**
शिवलिंग (न) *पाहा :* **पिंडी**
शिवशाही (स्त्री) *पाहा :* **राज्यपद्धती**
शिवशिवणे (क्रि) *पाहा :* **थरथरणे**
शिवळ (स्त्री) *पाहा :* **अडकण**
शिवार (न) *पाहा :* **शेत, टापू**
शिवाशीव (स्त्री) *पाहा :* **स्पर्श, सरमिसळ**
शिवी (स्त्री), **शिवीगाळ** (स्त्री), **शिव्याशाप** (पु, अव) *पाहा :* **अपभाषण**
शिशिर (पु) *पाहा :* **ऋतू, थंडी**
शिशी (स्त्री) *पाहा :* **कुपी**
शिशुगृह (न) *पाहा :* **आलय**
शिशुवर्ग (पु), **शिशू** (पु) *पाहा :* **बाल**
शिश्न (न) *पाहा :* **जननेंद्रिय**
शिश्नोदरपरायण (वि) *पाहा :* विलासी
शिष्ट (वि) *पाहा :* **प्रतिष्ठित, उच्चभ्रू, गर्विष्ठ, अवशिष्ट**
शिष्टपणा (पु) *पाहा :* **अभिमान**
शिष्टमंडळ (न) *पाहा :* **प्रतिनिधी**
शिष्टसंप्रदाय (पु) *पाहा :* **रीत**
शिष्टसंमत (वि) *पाहा :* **उचित**
शिष्टाई (स्त्री) *पाहा :* **तडजोड, कैवार**
शिष्टाचार (पु) शिष्टागम, संभावित आचार, चालरीत, रीतभात (*पाहा :* **रीत**), रूढी, उपचार, लौकिकाचार, जनरीत, परंपरा, संकेत, औपचारिकता, औचित्य, नीती, सदाचरण, सदाचार, शिष्टाचारपालन; राजशिष्टाचार; *पाहा :* **आहेर, अगत्य**
(n) etiquette, social behaviour, civility, courtesy, propriety, protocol, manners, decorum, formality, custom, convention; *पाहा :* **रीत, आहेर, अगत्य**
शिष्य (पु) *पाहा :* **अंतेवासी**
शिष्यवृत्ती (स्त्री) *पाहा :* **वेतन**
शिसवी (वि) *पाहा :* **भक्कम**
शिसळ (न) *पाहा :* **केस**
शिसा (पु) *पाहा :* **कुपी**
शिसारी (स्त्री) *पाहा :* **किळस**

शिसी (स्त्री) *पाहा :* **कुपी**

शिस्त (स्त्री) पद्धत, वळण, रीत, पद्धतशीरपणा, व्यवस्था, व्यवस्थितपणा, घडी, टापटीप, नीटनेटकेपणा, नियमितता, वक्तशीरपणा, ताळ, ताळतंत्र, अनुशासन, नियमन, नियंत्रण, आवर, दडपशाही, संयमन, आत्मसंयमन, आज्ञापालन, इमानदारी; शिस्तबद्धता, शिस्तीशीरपणा; स्वयंशिस्त; *पाहा :* (विरु) **बेशिस्त** (स्त्री)

[वा] (तलवारीच्या) धारेवर धरणे, उभा धरणे, शिस्तीचा बडगा

(n) discipline, order, orderliness, neatness, punctuality, method, system, restraint, control, regulation, regimentation, repression, obedience, loyalty *पाहा :* (विरु) **बेशिस्त** (स्त्री)

शिस्तबद्ध (वि) शिस्तवार, शिस्तशीर, शिस्तीचा, काटेकोर, पद्धतशीर, सुव्यवस्थित, नीटनेटका, वक्तशीर, कालबद्ध, नियमबद्ध, सुनियंत्रित, संयमित, आज्ञाधारक, आज्ञेत; *पाहा :* (विरु) **बेशिस्त** (वि)

[adj] disciplined, orderly, neat, punctual, methodical, systematic, co-ordinated, organized, regimented, regulated, obedient *पाहा :* (विरु) **बेशिस्त** (वि)

शिस्तभंग (पु) *पाहा :* **बेशिस्त** (स्त्री)

शिळवड (स्त्री) *पाहा :* **शिळा** (वि)

शिळा (स्त्री) *पाहा :* **दगड**

शिळा (वि) बासा, पारोसा, बाशी, अखाद्य, विटलेला, बेचव, चव बदललेला, नासलेला, वाशेळा, बुरसटलेला, शिळवड झालेला, शिळापाका, जीर्ण, जुना, जून; *पाहा :* **माहीत** (विरु) **ताजा**

[adj] Stale, tasteless, rancid, rotten, old, out-of-date; *पाहा :* **माहीत** (विरु) **ताजा**

शिळीक (स्त्री) *पाहा :* **काटा**

शिळोपा (पु) *पाहा :* **थंडी, गप्पा**

शिक्षक (पु) *पाहा :* **अध्यापक**

शिक्षण (न) अध्ययन, ज्ञानसंपादन, विद्याभ्यास, स्वाध्याय; अध्यापन, ज्ञानदान, विद्यादान, विज्ञापन, शिक्षणदान; शिकवणी, धडा, दीक्षा, बोध, शिकवण, शिकवणूक, बिंबवणूक; उद्‌बोधन, मार्गदर्शन, संस्कार, संगोपन, बाळकडू; प्रशिक्षण, प्रबोधन, लोकशिक्षण, साक्षरता, अक्षरओळख, साक्षरताप्रसार, ज्ञानप्रसार; पूर्वप्राथमिक/ प्राथमिक/ माध्यमिक/ उच्च/ पदव्युत्तर शिक्षण; *पाहा :* **उपदेश, शिक्षित, शिक्षा**

(n) education, teaching, coaching, tuition, instruction, schooling, training, guidance, enlightenment, lesson, indoctrination *पाहा :* **उपदेश, शिक्षित, शिक्षा**

[i] the three R's

शिक्षा (स्त्री) शासन, दंडन, ताडन, दंड, राजदंड, पारिपत्य, सजा, ठेच, भुर्दंड; देहान्त शासन (प्रायश्चित्त), फाशी, सश्रम कारावास, सक्तमजुरी, कच्ची कैद, साधी कैद, एकांतवास, एकांतकोठडी, जन्मठेप, काळेपाणी, फटके, नजरकैद, समज, ताकीद; *पाहा :* **दंडणे, अटक, शिक्षण, अद्दल**

[वा] रग मोडणे, इंगा दाखवणे, तापल्या तव्यावर उभे करणे, धडा देणे/शिकवणे, लकडीशिवाय मकडी वळत नाही, छडी वाजे (लागे) छमछम विद्या येई घमघम, उठता लाथ बसता बुक्की, काट्याने काटा काढणे, आपलेच दात आपलेच ओठ, पाठीवर मारावे पण पोटावर मारू नये, साप साप म्हणून भुई धोपटणे, शहाण्याला शब्दांचा मार आणि मूर्खाला टोणप्याचा, काकडीची चोरी आणि फाशीची शिक्षा

(n) punishment, penalty, punitive mesure, castigation, chastisement, judgement; sentence, capital punishment, hard labour, solitary confinement, lashes, reprimand, warning; *पाहा :* **दंडणे, अटक, शिक्षण, अद्दल**

[i] give a lesson to , serve one right, skin alive, face the music, spare the rod and spoil the child, to bring someone to book

शिक्षित (वि) शिकलेला, शिक्षण घेतलेला/दिलेला, प्रशिक्षित; शिकला सवरलेला; साक्षर, अक्षरओळख असलेला, लिहितावाचता येणारा; माहीतगार, शिकवलेला, पढवलेला; पदवीधर, द्विपदवीधर, स्नातक, उच्चशिक्षित, उच्चविद्याविभूषित, सुविद्य, सुशिक्षित; निपुण, तज्ज्ञ, ज्ञानी; अर्धशिक्षित; उच्चभ्रू, सुसंस्कृत; स्वयंशिक्षित; *पाहा :* **शिक्षण**

[adj] educated, trained, taught, instructed, lettered, literate, well-informed, enlightened, accomplished, expert, cultured, self-educated *पाहा :* **शिक्षण**

शीग (स्त्री) *पाहा :* **कळस**

शीघ्र (क्रिवि) *पाहा :* **अविलंब**

शीघ्रकवी (पु) *पाहा :* **कवी**

शीघ्रकोपी (वि) *पाहा :* **संतापी**

शीघ्रगती (वि) *पाहा :* **गतिमान**

शीघ्रबुद्धी (वि) *पाहा :* **बुद्धिमान**

शीघ्रसंतापी (वि) *पाहा :* **संतापी**

शीड (न), **शीडकाठी** (स्त्री) *पाहा :* **नौका**

शीडहोडी (स्त्री) *पाहा :* **नौका**

शीण (पु), **शीणभाग** (पु) *पाहा :* **थकवा**

शीत (न) *पाहा :* **तांदूळ, थंडी**

शीत (वि) *पाहा :* **गार**

शीतकाल (पु) *पाहा :* **थंडी**

शीतगृह (न) *पाहा :* गार

शीतपेटिका (स्त्री), **शीतपेटी** (स्त्री) *पाहा :* **पेटी, गार**
शीतयुद्ध (न) *पाहा :* **लढाई**
शीतल (वि) *पाहा :* **गार**
शीतोष्ण (वि) *पाहा :* **उष्ण**
शीर (स्त्री) *पाहा :* **रक्तवाहिनी, रेषा**
शीर्ण (वि) *पाहा :* **जीर्ण**
शीर्ष (न) *पाहा :* **डोके**
शीर्षक (न) *पाहा :* **अभिधान**
शीर्षबिंदू (पु) *पाहा :* **अनुनासिक, टिंब**
शील (न) *पाहा :* **चारित्र्य, ब्रीद**
शीलभ्रष्ट (वि) *पाहा :* **चारित्र्यहीन, अधम**
शीलभ्रष्टता (स्त्री) *पाहा :* **अनाचार**
शीलवन्त (-वान) (वि) *पाहा :* **चारित्र्यसंपन्न**
शीव (स्त्री) *पाहा :* **मर्यादा**
शीळ (स्त्री) *पाहा :* **आवाज**
शुक (पु) *पाहा :* **पोपट**
शुकशुकाट (पु) *पाहा :* **शांती**
शुक्र (पु) *पाहा :* **सूर्यमाला**
शुक्र (न) *पाहा :* **वीर्य**
शुक्ल (वि) *पाहा :* **पांढरा**
शुक्लकाष्ठ (न) *पाहा :* **लचांड, तगादा**
शुक्लपक्ष (पु) *पाहा :* **पंधरवडा**
शुक्लबिलावल (पु) *पाहा :* **राग**
शुक्लेंदु (पु) *पाहा :* **चंद्र**
शुचिता (स्त्री), **शुचित्व** (न) *पाहा :* **पावित्र्य**
शुचिर्भूत (वि) *पाहा :* **पवित्र**
शुचिष्मंत (वि), **शुचिष्मान** (वि) *पाहा :* **चारित्र्यसंपन्न**
शुद्ध (स्त्री) *पाहा :* **जाग, जाणीव**
शुद्ध (वि) निर्दोष, दोषरहित, अव्यंग, अक्षत, अस्सल, चोख, निके, निर्मळ, धुवट, निष्कलंक, उजळ, पवित्र, विशुद्ध, परिशुद्ध, विमल, स्वच्छ, निर्लेप, निरुपचार, निर्विकल्प, निखळ, ओतीव, बावनकशी, शंभर नंबरी, अट्टल, शुचिर्भूत, निष्पाप, अनघ, तपःपूत, सोज्ज्वळ, पुनीत, पावन, प्रांजळ, चारित्र्यसंपन्न, प्रामाणिक; निर्भेळ, भेसळविरहित, कोरे, साजूक, हस्तस्पर्शविरहित, निर्जंतुक, जंतुविरहित, रोगजंतुविरहित, आरोग्यपूर्ण, आरोग्यदायक; अचूक, बिनचूक, व्याकरणशुद्ध; *पाहा :* **पंधरवडा, केवळ, अकृत्रिम**
[वा] धुतल्या तांदळासारखा
[adj] faultless, flawless, untarnished, pure, sacred, holy, chaste, sinless, clean, honest; unadulterated, unpolluted, genuine, sterile, sterilised; wholesome, healthy; *पाहा :* **पंधरवडा, केवळ, अकृत्रिम**
[i] as pure as the driven snow
शुद्धकल्याण (पु) *पाहा :* **राग**
शुद्धता (स्त्री) *पाहा :* **शुद्धी**
शुद्धबुद्ध (स्त्री) *पाहा :* **जाग, जाणीव**
शुद्धसारंग (पु) *पाहा :* **राग**
शुद्धाचरण (न) *पाहा :* **पुण्य**
शुद्धाचरणी (वि) *पाहा :* **चारित्र्यसंपन्न**
शुद्धिपत्र (न) *पाहा :* **तक्ता**

शुद्धी (स्त्री) शुद्धता, निर्दोषता, निर्मळता, पावित्र्य, शुचिता, शुचित्व, शौच, स्वच्छता; शोधन, शुद्धीकरण, संशुद्धी, निर्जंतुकीकरण; शुद्ध; आत्मशुद्धी, चित्तशुद्धी, *पाहा :* **जाग, जाणीव**

(n) purity, cleanness, refinement, purification, sterilisation, self-purification; *पाहा :* **जाग, जाणीव**

शुभ (न) *पाहा :* **कल्याण**

शुभ (वि) *पाहा :* **कल्याणकारी**

शुंभ (वि) *पाहा :* **अजाण**

शुभकारक (वि), **शुभंकर** (वि) *पाहा :* **कल्याणकारी, अनुकूल**

शुभंकर (न) *पाहा :* **खूण**

शुभकामना (स्त्री) *पाहा :* **अभीष्टचिंतन**

शुभकार्य (न) *पाहा :* **मंगलकार्य**

शुभचिंतक (पु) *पाहा :* **मित्र**

शुभचिंतन (न) *पाहा :* **अभीष्टचिंतन, आशीर्वाद**

शुभमंगल (न) *पाहा :* **विवाह**

शुभवार्ता (स्त्री) *पाहा :* **बातमी**

शुभवेळ (स्त्री) *पाहा :* **काल**

शुभांगी (स्त्री), **शुभानना** (स्त्री) *पाहा :* **सुंदरी**

शुभारंभ (पु) *पाहा :* **आरंभ**

शुभाशुभ (वि) *पाहा :* **कल्याण, अशुभ**

शुभाशुभफलपरिज्ञान (न) *पाहा :* **ज्योतिष**

शुभेच्छा (स्त्री) *पाहा :* **इच्छा, अभीष्टचिंतन**

शुभ्र (वि) *पाहा :* **पांढरा**

शुभ्रांशू (पु) *पाहा :* **चंद्र**

शुल्क (न) *पाहा :* **वेतन, किंमत**

शुश्रूषा (स्त्री) शुश्रूषण, परिचर्या, रुग्णपरिचर्या, पथ्यपाणी, सेवा, रुग्णसेवा, सेवाशुश्रूषा, चाकरी; *पाहा :* **चिकित्सा**

[वा] दुखणे काढणे

(n) nursing, attendance *पाहा :* **चिकित्सा**

शुष्क (वि) *पाहा :* **कोरडा, नीरस, व्यर्थ, उजाड**

शूद्र (पु) *पाहा :* **वर्णव्यवस्था**

शून्य (न) *पाहा :* **अभाव, अंक, पोकळी, परमेश्वर**

शून्य (वि) *पाहा :* **पोकळ, उजाड, बधिर**

शून्यता (स्त्री), **शून्यत्व** (न) *पाहा :* **अनुपस्थिती, अभाव**

शून्याकाश (न) *पाहा :* **अवकाश**

शून्यावस्था (स्त्री) *पाहा :* **अभाव**

शूर (वि) *पाहा :* **पराक्रमी, निधडा**

शूरस्त्री (स्त्री) *पाहा :* **वीरांगना**

शूर्पकर्ण (पु) *पाहा :* **गणपती**

शूल (पु) *पाहा :* **अणकुची, वेदना**

शूलपाणी (पु) *पाहा :* **शंकर**

शूळ (पु) *पाहा :* **अणकुची, वेदना**

शृंखला (स्त्री) साखळी, साखळ, माळ (*पाहा :* **आवली**), कडी, साखळदंड, बेडी, हातकडी, सोनेरी/रुपेरी बेडी, बंधन (*पाहा :* **बंध**), हस्तबंधन, पदबंधन, जंजीर, अटकाव, सुवर्णशृंखला, रौप्यशृंखला; *पाहा :* **पैंजण, परंपरा**

(n) chain, fetters, shackles, handcuffs, bond, bondage, check, restraint, string, serial; *पाहा :* **आवली, बंध, पैंजण, परंपरा**

शृंग (न) *पाहा :* **शिंग, कळस**

शृंगापत्ती (स्त्री) *पाहा :* **पंचाईत**

शृंगार (पु) कामुक/ शृंगारिक व्यवहार/ हावभाव/ चाळा/ चेष्टा/ आविर्भाव/ लीला/ विभ्रम, शृंगारचेष्टा, इश्क, शृंगारलालन, दौलतजादा, अनंगरंग, कामचेष्टा, कामक्रीडा; नखरा, नट्टापट्टा, साजशृंगार, शिणगार; विप्रलंभ, संभोग; *पाहा :* **आरास, अलंकार, नऊ रस, अटकमटक**

(n) amorous display/ play/ pranks/ frolic, erotic love; coquetry; *पाहा :* **आरास, अलंकार, नऊ रस, अटकमटक**

शृंगारकलह (पु) *पाहा :* **भांडण**

शृंगारचेष्टा (स्त्री) *पाहा :* **शृंगार, चाळा**

शृंगारणे (क्रि) *पाहा :* **आरास, अलंकृत**

शृंगारनायिका (स्त्री) *पाहा :* **अष्टनायिका**

शृंगारिक (वि) *पाहा :* **कामुक, उत्तान, चावट, चटोर**

शृगाल (पु) *पाहा :* **कोल्हा**

शे (वि) *पाहा :* **शत**

शेक (पु) *पाहा :* **आच, चटका**

शेकडा (पु) *पाहा :* **अंक**

शेकडो (वि) *पाहा :* **अनेक**

शेकणे (क्रि) *पाहा :* **अग्नी, मारणे**

शेकाटा (वि) *पाहा :* **कृश, उंच**

शेकोटी (स्त्री) *पाहा :* **अग्नी**

शेख (पु) *पाहा :* **राजा**

शेखर (पु) *पाहा :* **अग्र**

शेखी (स्त्री) *पाहा :* **फुशारकी, जल्पना**

शेखीबाज (वि) *पाहा :* **गर्विष्ठ**

शेगडी (स्त्री) *पाहा :* **अग्नी**

शेज (स्त्री) *पाहा :* **अंथरूण**

शेजघर (न) *पाहा :* **खोली**

शेजार (पु) *पाहा :* **परिसर**

शेजारती (स्त्री) *पाहा :* **पूजा**

शेजारधर्म (पु) *पाहा :* **धर्म**

शेजारपाजार (पु) *पाहा :* **परिसर**

शेजारप्रेम (न) *पाहा :* **घरोबा, प्रेम**

शेजारी (पु), **शेजी** (स्त्री) *पाहा :* **जवळचा**

शेट (पु) *पाहा :* **व्यापारी, धनको**

शेट (न) *पाहा :* **केस**

शेठ (पु) *पाहा :* **धनको**

शेंडा (पु) *पाहा :* **अग्र, नाक, कळस**

शेंडाबुडखा (पु) *पाहा :* **पूर्ण**

शेंडी (स्त्री) *पाहा :* **तुरा**

शेंडेनक्षत्र (न) *पाहा :* **धूमकेतू**

शेंडेफळ (न) *पाहा :* **मूल, अखेर**

शेणामेणाचा (वि) *पाहा :* **अशक्त**

शेत (न) क्षेत्र, शेतजमीन, लागवडी-खालील क्षेत्र/जमीन, शिवार, मळा, रान, खळे, केदार, शेतमळा, खाचर, वावर, वाफा, आळे, कुळागर, मिठागर

(n) farm, field, farmstead, plantation, ranch, bed, plot, salt-pan

शेतकरी (पु) कृषक, कृषीवल,

कृषिजीवी, किसान, कास्तकार, नांगरधारी, हलधर, बागवान, बनकर, माळी, शेतमालक, खंडकरी, वाटेकरी, कूळ, कुळवाडी, अल्पभूधारक, शेतमजूर; धान्योत्पादक, फलोत्पादक, फुलारी, फुलमाळी, बागाईतदार, मळेकरी, भूसुत, भूमिपुत्र, बळीराजा

(m) farmer, peasant, cultivator, tiller, agriculturist, gardener, horticulturist

शेतकी (स्त्री) *पाहा :* **शेती**

शेतजमीन (स्त्री) *पाहा :* **शेत**

शेतभात (स्त्री) *पाहा :* **शेती**

शेतमजूर (पु) *पाहा :* **कष्टकरी, शेतकरी**

शेतमळा (पु) *पाहा :* **शेत**

शेतमाल (पु) *पाहा :* **पीक**

शेतसारा (पु) *पाहा :* **कर**

शेती (स्त्री) कृषी, शेतकी, शेतीभाती, शेतभात, शेतीवाडी, शेतकाम, बागकाम, कृषिकर्म, मशागत, आंतरमशागत, नांगरणी, नांगरट, दुनवणी, कुळवणी, निंदणी, भांगलणी, बेणणी, कोळपणी, खुरपणी, कापणी, छाटणी, तोडणी, मळणी; बागायत (बागाईत), जितराब, जिरायत (जिराईत), धान्योत्पादन, फलोत्पादन; फलशेती, पुष्पशेती, वनशेती, मत्स्यशेती, इ.; सामूहिक शेती; उद्यानशिल्प; हरितक्रांती

[क्रि] जमीन कसणे/नांगरणे, पीक काढणे, *पाहा :* **पेरणे**

(n) agriculture, farming, agronomy, husbandry, cultivation, horticulture, floriculture, tillage, gardening, landscape architecture; *पाहा :* **पेरणे**

शेतीवाडी (स्त्री) *पाहा :* **शेती, घरदार**

शेंदरी (वि) *पाहा :* **लाल**

शेंदाडशिपाई (पु) *पाहा :* **भित्रा**

शेपटा (पु), **शेपटी** (स्त्री) *पाहा :* **शेपूट, गुंफणे**

शेपाळा (वि) *पाहा :* **कामुक**

शेपूट (न) पुच्छ, लांगूल, शेपटा, शेपटी; आंत्रपुच्छ; अखेर, शेवट; *पाहा :* **अवशिष्ट**

(n) tail, end, extremity; appendix; *पाहा :* **अवशिष्ट**

शेफारणे (क्रि) *पाहा :* **उन्मत्त, गर्विष्ठ**

शेमला (पु) *पाहा :* **पदर**

शेर (पु) *पाहा :* **भाग**

शेरडी (स्त्री), **शेरडू** (न) *पाहा :* **अज**

शेरा (पु), **शेरेबाजी** (स्त्री) *पाहा :* **अभिप्राय, टीका**

शेलका (वि) *पाहा :* **निवडक**

शेला (पु) *पाहा :* **वस्त्र**

शेलाटा (वि) *पाहा :* **उंच, कृश**

शेलापागोटे (न) *पाहा :* **आहेर**

शेव (पु) *पाहा :* **पदर**

शेवट (पु) *पाहा :* **अंत, उपसंहार, निष्पत्ती, अग्र**

शेवाळ (न) शैवाल, शेवाळी, गोंडाळ, बुरशी, बुरा, बांबुळी

(n) moss

शेष (पु) *पाहा :* **साप**
शेष (वि) *पाहा :* **अवशिष्ट**
शेसाळणे (क्रि) *पाहा :* **अशांत**
शेळपट (वि) *पाहा :* **नेभळट**
शेळी (स्त्री) *पाहा :* **अज**
शैत्य (न) *पाहा :* **थंडी**
शैथिल्य (न) *पाहा :* **आळस, दौर्बल्य, जडत्व, ग्लानी, कंटाळा**
शैल (पु) *पाहा :* **डोंगर**
शैली (स्त्री) *पाहा :* **रीत**
शैलीदार (वि) *पाहा :* **ऐटबाज**
शैवाल (न) *पाहा :* **शेवाळ**
शैशव (न), **शैशवावस्था** (स्त्री) *पाहा :* **बाल्य**
शोक (पु) *पाहा :* **दुःख, आकांत, आवड, चैन**
शोकग्रस्त (वि) *पाहा :* **दुःखी**
शोकपर्यवसायी (वि) *पाहा :* **नाटक, दुःखी**
शोकप्रदर्शन (न) *पाहा :* **अंत्येष्टी**
शोकमग्न (वि) *पाहा :* **दुःखी**
शोकाकुल (वि) *पाहा :* **दुःखी**
शोकांत (वि) *पाहा :* **दुःखी**
शोकांतिका (स्त्री), **शोकात्मिका** (स्त्री) *पाहा :* **नाटक**
शोकाविष्ट (वि) *पाहा :* **दुःखी**
शोकास्पद (वि) *पाहा :* **करुण**
शोचनीय (वि) *पाहा :* **करुण, निकृष्ट**
शोण (वि) *पाहा :* **लाल**
शोणित (न) *पाहा :* **रक्त**
शोथ (पु) *पाहा :* **वाढ**
शोध (पु) *पाहा :* **अन्वेषण**
शोधक (वि) *पाहा :* **जिज्ञासू, चौकस, कल्पक**
शोधकबुद्धी (स्त्री) *पाहा :* **कल्पकता, जिज्ञासा**
शोधणे (क्रि) *पाहा :* **अन्वेषण**
शोधन (न) *पाहा :* **अन्वेषण, शुद्धी**
शोधनिबंध (पु) *पाहा :* **निबंध**
शोधपत्रकारिता (स्त्री) *पाहा :* **पत्रकारिता**
शोधाशोध (स्त्री) *पाहा :* **अन्वेषण**
शोभणे (क्रि) सुंदर/ सुरेख/ कांतिमान/ तेजस्वी/ शोभिवंत दिसणे, साजणे, खुलणे, विलसणे, झळकणे, रुळणे, विराजणे, तळपणे, प्रकाशणे, योग्य/ युक्त/ शोभायमान असणे; *पाहा :* **शोभा, शोभिवंत**
(v) look beautiful/ lovely/ elegant/ charming/ radiant, be proper/ becoming/ seemly *पाहा :* **शोभा, शोभिवंत**
शोभन (न) *पाहा :* **अलंकार**
शोभा (स्त्री) सौंदर्य, देखणेपणा, रमणीयता; सुषमा; प्रभा, आभा, दीप्ती, तेज, चमक, कांती, तजेला, झळाळी; बरव, विराज; आरास, खुलावट, सजावट; वनश्री; मांडवशोभा; *पाहा :* **अलंकार, अवडंबर, शोभणे, शोभिवंत**
(n) beauty, charm; radiance, brilliance, lustre, spectacle, splendour *पाहा :* **अलंकार, अवडंबर, शोभणे, शोभिवंत**
शोभादर्शक (न) *पाहा :* **दृष्टी-उपकरण**
शोभादायक (वि) *पाहा :* **स्तुत्य,**

अलंकार
शोभायमान (वि) *पाहा :* **शोभिवंत, अलंकृत**
शोभायात्रा (स्त्री) *पाहा :* **मिरवणूक**
शोभिवंत (वि) शोभणारा, शोभायमान, सुंदर, सुरेख, तेजस्वी, कांतिमान, विराजमान, साजणारा, विलसणारा, विलसित, अलंकृत; सजदार; *पाहा :* **शोभणे, शोभा**
[adj] splendid, beautiful, gorgeous, resplendent, brilliant, elegant; *पाहा :* **शोभणे, शोभा**
शोभेसा (वि) *पाहा :* **अनुरूप**
शोष (पु) *पाहा :* **कोरडा, तहान**
शोषण (न) पिळणूक, पिळवणूक, उपयोग, नाडणूक; *पाहा :* **शोषणे**
(n) exploitation, utilisation; *पाहा :* **शोषणे**
शोषणे (क्रि) शोषून घेणे, ओढून घेणे, प्राशन करणे, पिणे, आटवणे, संपवणे, आर्द्रता/ओलावा आकर्षिणे, शोषण करणे, चोखणे, टिपणे, जिरणे; *पाहा :* **शोषण**
(v) absorb, suck up, take in, dry up; *पाहा :* **शोषण**
शोषित (वि) *पाहा :* **दलित**
शौक (पु) *पाहा :* **आवड, विलास; चैन, छंद**
शौकीन (वि) *पाहा :* **विलासी**
शौच (न) *पाहा :* **शुद्धी**
शौर्य (न) *पाहा :* **पराक्रम**
श्मशान (न) *पाहा :* **अंत्येष्टी**
श्मशाननिद्रा (स्त्री) *पाहा :* **मृत्यू**
श्मशानवैराग्य (न) *पाहा :* **विरक्ती**
श्मश्रू (स्त्री) *पाहा :* **हजामत**
श्याम, श्यामल, श्यामवर्ण (सर्व वि) *पाहा :* **निळा, काळा**
श्यामा (स्त्री) *पाहा :* **सुंदरी**
श्यामिका (स्त्री) *पाहा :* **नीलिमा**
श्रद्धा (स्त्री) पूज्यबुद्धी, आदर, आदरभाव; भक्ती, भाव, भक्तिभाव, निष्ठा, दृढभाव; विश्वास, भरवसा, भिस्त, अवलंबन; आस्तिक्यबुद्धी; लोकश्रद्धा, अंधश्रद्धा
[वा] मानला तर देव नाहीतर धोंडा
(n) faith, trust, conviction, creed, reliance, respect, reverence, devotion, allegiance, superstition
श्रद्धांजली (स्त्री) *पाहा :* **अभिवंदन, अंत्येष्टी**
श्रद्धालू, श्रद्धावान, श्रद्धाळू (सर्व वि) *पाहा :* **निष्ठावंत, कर्मठ**
श्रद्धेय (वि) *पाहा :* **थोर**
श्रम (पु) *पाहा :* **कष्ट**
श्रमजीवी (वि) *पाहा :* **कष्टकरी**
श्रमणक (पु) *पाहा :* **संन्यासी**
श्रमणे (क्रि) *पाहा :* **कष्टणे**
श्रमदान (न) *पाहा :* **कष्ट**
श्रमपरिहार (पु) *पाहा :* **आराम**
श्रमविभागणी (स्त्री) *पाहा :* **विभाजन, कष्ट**
श्रमसंस्कृती (स्त्री) *पाहा :* **कष्ट**
श्रमिक (पु) *पाहा :* **कष्टकरी**
श्रवण (न) *पाहा :* **कर्ण, कान, ऐकणे,**

नक्षत्र, नवविधा भक्ती

श्रवणीय (वि) श्राव्य, सुश्राव्य, ऐकण्यायोग्य, ऐकण्याजोगा, श्रूयमाण; गभीर, खर्जातला, दुमदुमणारा, घुमणारा, टिपेतला, नादमधुर; कर्णमधुर; समृद्ध; *पाहा :* **मंजूळ;** (विरु) **कर्कश**

[adj] fit to be heard, audible, melodious; *पाहा :* **मंजूळ;** (विरु) **कर्कश**

श्रवणे (क्रि) *पाहा :* **ऐकणे**

श्रवणेंद्रिय (न) *पाहा :* **कान**

श्रांत (वि) थकलेला, दमलेला, श्रमलेला, कष्टी, कंटाळलेला; परिश्रांत, विश्रांत *पाहा :* **थकणे, थकवा**

[adj] tired, exhausted, wearied *पाहा :* **थकणे, थकवा**

[i] run down, to run out of steam, washed out

श्राद्ध (न) *पाहा :* **अंत्येष्टी**

श्राद्धतिथी (स्त्री) *पाहा :* **पुण्यतिथी**

श्रावण (पु) *पाहा :* **बारा महिने**

श्रावणझड (स्त्री) *पाहा :* **पाऊस**

श्राव्य (वि) *पाहा :* **श्रवणीय**

श्री (स्त्री) *पाहा :* **ऐश्वर्य, लक्ष्मी**

श्री (पु) *पाहा :* **राग**

श्रीगणेशा (पु) *पाहा :* **आरंभ**

श्रीधर, श्रीनिवास, श्रीपती (सर्व पु) *पाहा :* **विष्णू**

श्रीपाद (पु) *पाहा :* **संन्यासी**

श्रीफल (-ळ) (न) *पाहा :* **नारळ**

श्रीमंत (वि) सधन, धनवंत, धनवान, धनिक, धनंतर, धनाढ्य, धनेश्वर, संपत्तिमान, संपन्न, श्रीमान, श्रीपती, लक्ष्मीपती, लक्ष्मीवंत, लक्ष्मीपुत्र, ऐश्वर्यवंत, वैभवशाली, कनकनारायण, कुबेर, दौलतदार, मालदार, ऐपतदार, रईस, तालेवार, मातबर (मातब्बर), गबर (गब्बर), लक्षाधीश, लक्षाधिपती, लखपती, लाखोपती, क्रोडोपती, करोडपती, कोट्यधीश, नवकोटनारायण, अब्जाधिपती, राव, गर्भश्रीमंत, पैसेवाला, भांडवलदार, पुंजीपती, थैलीशहा, धनदांडगा, धनमत्त, धनांध; नवश्रीमंत; समर्थ; सुस्थित, सुखवस्तू; *पाहा :* **समृद्ध, श्रीमंती, अमीर** (विरु) **अकिंचन**

[वा] दारावर हत्ती झुलणे, खोऱ्याने/फावड्याने पैसा ओढणे/मिळवणे, तोंडात चांदीचा चमचा घेऊन जन्मणे, खिसा गरम होणे, खाण सापडणे, बाजीरावाचा बेटा, सोन्याचा धूर निघणे, ताटावरचे पाटावर पाटावरचे ताटावर, पैसा खुळखुळणे, खाऊनपिऊन सुखी, राजाला दिवाळी काय माहीत? सुवर्णभूमी

[adj] wealthy, affluent, rich; well-to-do, opulent, well off, filthy rich, plutocratic, prosperous, in the lap of luxury, sitting pretty, nouveau riche; millionaire, multi-millionaire, billionaire; *पाहा :* **समृद्ध, श्रीमंती, अमीर** (विरु) **अकिंचन**

[i] roll in money, wallow in wealth, hit the jackpot, tycoon, as rich as Croesus, Midas touch, have money to burn; born with a silver spoon in one's mouth, El Dorado, the jet set, strike it rich

श्रीमंती (स्त्री) सधनता, धनाढ्यता, ऐश्वर्य, श्री, लक्ष्मी, विभव, ऐपत, ऋद्धी, वैभव, धनदौलत, संपत्ती, पैसा, पुंजी, अमीरी, द्रव्यबळ, द्रव्यानुकूल्य, संपन्नता, सुस्थिती, गजांतलक्ष्मी, लक्षेश्वरी; *पाहा :* **श्रीमंत, समृद्धी, संपत्ती, ऐश्वर्य** (विरु) **गरिबी**

[वा] लक्ष्मी अवतरणे, लक्षेश्वरी की भिक्षेश्वरी, सोन्याची खाण, लंकेत सोन्याच्या विटा, साहस केल्यावाचून लक्ष्मी मिळत नाही, काप गेले आणि भोके राहिली, गजांतलक्ष्मी

(n) wealth, affluence, riches, opulence, fortune; *पाहा :* **श्रीमंत, समृद्धी, संपत्ती, ऐश्वर्य** (विरु) **गरिबी**

श्रीमन्महा (पु) *पाहा :* **आरंभ**

श्रीमान (वि) *पाहा :* **श्रीमंत**

श्रीवत्सलांछन (पु), **श्रीवल्लभ** (पु) *पाहा :* **विष्णू**

श्रुत (वि) ऐकलेले, कानांवर पडलेले, ज्ञात, ख्यात, प्रख्यात, सर्वश्रुत

[adj] heard, known, reputed

श्रुतकीर्ती (वि) *पाहा :* **प्रसिद्ध**

श्रुतिका (स्त्री) *पाहा :* **नाटक**

श्रुतिमधुर (वि) *पाहा :* **मंजूळ**

श्रुती (स्त्री) *पाहा :* **ऐकणे, कान, कर्ण, आवाज, धर्मग्रंथ**

श्रूयमाण (वि) *पाहा :* **श्रवणीय**

श्रेढी (स्त्री) *पाहा :* **आवली**

श्रेणी (स्त्री) *पाहा :* **वर्ग, आवली**

श्रेय (न) *पाहा :* **कल्याण, हित**

श्रेयस्कर (वि) *पाहा :* **कल्याणकारी, हितकर, उपकारक**

श्रेष्ठ (वि) *पाहा :* **थोर, अग्रगण्य**

श्रेष्ठकनिष्ठ (वि) *पाहा :* **असमान**

श्रेष्ठता (स्त्री) *पाहा :* **थोरवी**

श्रेष्ठी (पु) *पाहा :* **अध्यक्ष, नरश्रेष्ठ, धनको**

श्रोणवी (स्त्री) *पाहा :* **पृथ्वी**

श्रोणी (स्त्री) *पाहा :* **कंबर**

श्रोता (पु) ऐकणारा, श्रोतृवर्ग, श्रोतृसमाज, श्रोतृवृंद; *पाहा :* **प्रेक्षक**

(n) listener, audience; *पाहा :* **प्रेक्षक**

श्रोत्र (न), **श्रोत्रेन्द्रिय** (न) *पाहा :* **कान**

श्लाघणे (क्रि) *पाहा :* **स्तुती**

श्लाघनीय (वि) *पाहा :* **स्तुत्य**

श्लाघा (स्त्री) *पाहा :* **स्तुती**

श्लाघ्य (वि) *पाहा :* **स्तुत्य**

श्लिष्ट (वि), **श्लेष** (पु) *पाहा :* **द्व्यर्थी; विनोद, भाषालंकार**

श्लोक (पु) *पाहा :* **काव्य**

श्वशुर (पु) सासरा

(n) father-in-law

श्वसन (न) *पाहा :* **श्वास**

श्वसनसंस्था (स्त्री) नाक, श्वासमार्ग

(-नलिका), फुप्फुसे
(n) nose, trachea, lungs
श्वसनेंद्रिय (न) *पाहा :* **नाक**
श्वान (पु, न) *पाहा :* **कुत्रा**
श्वानवृत्ती (स्त्री) *पाहा :* **अनुनय**
श्वानशूर (वि) *पाहा :* **पराक्रमी**
श्वापद (न) *पाहा :* **जनावर**
श्वास (पु) दमा, धाप, सुस्कारा, उच्छ्वास, श्वासोच्छ्वास, श्वसन, नि:श्वास, दम, श्वासकास, प्राण, अस्तित्व
(n) breath, inhalation, exhalation, respiration, asthma, life, existence
श्वेत (वि) *पाहा :* **पांढरा**
श्वेतपत्रिका (स्त्री) *पाहा :* **पत्रिका**
श्वेतबटू (पु) *पाहा :* **तारा**
श्वेतवर्णीय (वि) *पाहा :* **गोरा**

ष

षटक (न) *पाहा :* **अंक**
षट्कर्णी (वि) *पाहा :* **जाहीर**
षट्कार (पु) *पाहा :* **अंक**
षट्पद (पु) *पाहा :* **भुंगा**
षड्ऋतू (पु, अव) *पाहा :* **ऋतू**
षड्गुण (पु, अव) यश, श्री, ज्ञान, ऐश्वर्य, धर्म, वैराग्य
(n, pl) six virtues
षड्गुणैश्वर्यसंपन्न (वि) *पाहा :* **परमेश्वर**
षड्ज (पु) *पाहा :* **स्वर**
षट्दर्शने (न, अव) *पाहा :* **दर्शन**
षड्यंत्र (न) *पाहा :* **कट, कपट**
षड्रस (पु, अव) अन्नरस (कटू, अम्ल, मधुर, लवण, तिक्त, कषाय)
(n, pl) six flavours of food
षड्रसभोजन (न) *पाहा :* **अन्न**
षड्रिपू (पु, अव) काम, क्रोध, लोभ, मोह, मद, मत्सर
(n, pl) six enemies
षंढ (वि) *पाहा :* नपुंसक
षण्मासिक (न) *पाहा :* **माध्यम**
षष्ट्यब्दी (स्त्री) *पाहा :* **वय**
षष्ठ (वि) *पाहा :* **अंक**
षोडश (वि) सोळा
[adj] sixteen
षोडशकलापूर्ण (वि) *पाहा :* **अवतार, पूर्ण**
षोडशसंस्कार (पु, अव) *पाहा :* **संस्कार**
षोडशवर्षा (स्त्री), **षोडशा** (स्त्री) *पाहा :* **तरुण**
षोडशोपचार (पु, अव) *पाहा :* **पूजा**

स

सई (स्त्री) *पाहा :* **मैत्रीण**

सईस (पु) *पाहा :* **अनुचर**

संकट (न) आपत्ती, विपत्ती, आपदा, विपदा, आफत, आबदा, आपत्काळ, विपत्काळ, कळिकाळ, संकटसमय, कंबक्ती, काळवेळ, प्रसंग, गंडांतर, किटाळ (किडाळ), महामारी, अरिष्ट, इडापिडा, साडेसाती, विघ्न, उपाधी, त्रास, टकेटोणपे, हालअपेष्टा, धकाधकी, काहूर, नौबत, जोखीम, असुरक्षितता, धोका, गोता, बला, बलामत, दुर्दशा, दुर्दैव, अवदशा, अनर्थ, महासंकट, प्रकोप, प्रलय, मृत्युभय, अपघात, अपमृत्यू, मरण, आणीबाणी, प्राणसंकट, धर्मसंकट, साकडे, पेचप्रसंग, विवंचना, प्रतिकूलता, दुष्टचक्र, चक्रापत्ती, संकटपरंपरा, निसर्गप्रकोप (अतिवृष्टी, ढगफुटी, पूर, जलप्रलय, भूकंप, चक्रीवादळ, तुफान, हिमवर्षाव, कडे कोसळणे, ज्वालामुखी-उद्रेक, अनावृष्टी, उल्कापात, धूमकेतूचा फटकारा, इत्यादी); इष्टापत्ती

[वा] फेऱ्यात/भोवऱ्यात सापडणे; इकडे आड तिकडे विहीर; हत्तीच्या पावली येणे आणि मुंगीच्या पावली जाण; जिवावरची गोष्ट, जिवावर/प्राणावर बेतणे, पायावर धोंडा पाडून घेणे, घरचे झाले थोडे व्याह्याने धाडले घोडे, काळाचा तडाखा, गळ्यात घोंगडे पडणे, दुष्काळात तेरावा महिना, आगीतून निघून फुफाट्यात पडणे, दगडापेक्षा वीट मऊ, आकाशाची कुऱ्हाड, अस्मानी संकट, अस्मानी-सुलतानी, अस्मानचपेटा, अक्काबाईचा फेरा, परमेश्वरी कोप, संक्रांत, काळी रात्र, आकाश/आभाळ कोसळणे/ फाटणे, वज्रपात, वज्रप्रहार, वज्राघात, वीज कोसळणे, डोंगर कोसळणे, कर्म ओढवणे (आड ठाकणे); धर्म करता कर्म उभे राहणे, काळ आला होता पण वेळ आली नव्हती, घर फिरले म्हणजे घराचे वासेही फिरतात, आकाश फाटल्यावर ठिगळ कुठवर लावणार? नकटीच्या लग्नाला सतराशे विघ्ने, प्रथमग्रासे मक्षिकापातः, तोफेच्या तोंडी देणे, टाकीचे घाव सोसल्याशिवाय देवपण येत नाही

(n) difficulty, danger, calamity, cataclysm, disaster, misfortune, hardship, curse, mishap, adversity, vicious circle

[i] pack of troubles, ups and downs of life, hell upon earth, frowns of fortune, from the frying pan into the

fire, bolt from the blue, between the devil and the deep sea, in deep water, in hot water, in a spot, through thick and thin

सकंटक (वि) *पाहा :* **धोकादायक**

संकटग्रस्त (वि) *पाहा :* **पीडित**

संकटप्रवण (वि), **संकटमय** (वि) *पाहा :* **धोकादायक**

संकर (पु) *पाहा :* **सरमिसळ, एकी**

संकरज (वि) *पाहा :* **मिश्र, संतती**

संकरित (वि) *पाहा :* **मिश्र**

सकरुण (वि) *पाहा :* **दयावंत**

संकर्षण (न) *पाहा :* **आकर्षण**

सकल (वि) *पाहा :* **अवघा**

सकलगुणमंडित (वि), **सकलगुणसंपन्न** (वि) *पाहा :* **गुणी**

संकलन (न) एकत्रीकरण, मिळवणी, जुळवणी, बेरीज, संघटन; *पाहा :* **संग्रह, सरमिसळ**

[क्रि] गोळा करणे, जमवणे, एकत्र करणे, संकलित/एकत्रित करणे

(n) collection, compilation, accumulation, assortment, conglomeration, compendium; *पाहा :* **संग्रह, सरमिसळ**

संकलित (वि) *पाहा :* **संकलन, संक्षिप्त**

संकल्प (पु) इच्छा, मनोदय, मनोकामना, अंत:स्फूर्ती, स्फुरण, मनोविकार, वासना, निश्चय, ठराव, योजना, निर्धार, प्रतिज्ञा, बाणा, दृढसंकल्प, वज्रसंकल्प, नवस, नवससायास

[वा] उदक सोडणे, सत्यसंकल्पाचा दाता नारायण

(n) wish, hope, desire, longing, resolve, determination, pledge, vow, commitment

संकल्पचित्र (न), **संकल्पना** (स्त्री) *पाहा :* **आराखडा, कल्पना**

संकल्पशक्ती (स्त्री) *पाहा :* **इच्छाशक्ती**

संकल्पित (वि) *पाहा :* **निश्चित**

सकवार (वि) *पाहा :* **नाजूक**

सकस (वि) *पाहा :* **कसदार**

सकळ (वि) *पाहा :* **अवघा**

सकाम (वि) *पाहा :* **इच्छुक, कामुक**

सकारण (क्रिवि) *पाहा :* **मुद्दाम**

सकारात्मक (वि) *पाहा :* **विधायक, अनुकूल**

सकाळ (स्त्री) प्रात:काळ, प्रभात, पूर्वाण्ह, सुप्रभात, सकाळची वेळ, चढती वेळ, बोहणीचा प्रहर, सूर्योदयाची वेळ; *पाहा :* **पहाट, उजाडणे**

[वा] दिवस उगवणे, फटफटणे, कोंबडा आरवणे, सूर्य कासराभर वर येणे

(n) morning, daybreak, sunrise; *पाहा :* **पहाट, उजाडणे**

संकीर्ण (वि) *पाहा :* **मिश्र**

संकीर्तन (न) *पाहा :* **स्तुती**

संकुचित (वि) आकसलेला, चिंचोळा, आखडलेला; आकुंचित, मर्यादित, कोता, अनुदार, कृपण, निर्बंधित; कूपमंडूक, आखडू, एककल्ली, अडमुठा, दुराग्रही, असहिष्णू; लहान, क्षुद्र; प्रादेशिक, जातीय, इ.; जात्यंध,

धर्मांध, इ. *पाहा :* (विरु) **व्यापक**
[वा] तळ्यातला बेडूक, शेणकिडा
[adj] narrow, confined, limited, insular; narrow-minded; bigoted, conservative, hidebound, straight-laced, reactionary; obstinate, obdurate; small; parochial, communal, etc. *पाहा :* (विरु) **व्यापक**
संकुल (न) *पाहा :* **समुदाय, सरमिसळ**
संकुलित (वि) *पाहा :* **मिश्र**
सकृप (वि) *पाहा :* **दयावंत**
संकेत (पु) *पाहा :* **ठराव, योजना, खूण, अट, करार**
संकेतशब्द (पु) *पाहा :* **अभिधान**
संकेतस्थळ (-स्थान) (न) *पाहा :* **स्थान**
सकेशा (स्त्री) *पाहा :* **विधवा**
संकोच (पु) *पाहा :* **आकुंचन, कपात, लाज, अनमान, आडपडदा**
संकोचणे (क्रि) *पाहा :* **लाजणे**
संकोची (वि) *पाहा :* **लाजाळू**
सक्त (वि) *पाहा :* **कठोर**
सक्तमजुरी (स्त्री) *पाहा :* **शिक्षा**
सक्ती (स्त्री) *पाहा :* **जबरदस्ती**
संक्रमण (न) *पाहा :* **बदल**
संक्रांत (-ती) (स्त्री) *पाहा :* **बदल, संकट**
सक्रिय (वि) *पाहा :* **क्रियाशील**
सखल (वि) *पाहा :* **उथळ, सपाट**
सखा (पु), **सखी** (स्त्री) *पाहा :* **मित्र, मैत्रीण**
सखेद (क्रिवि) खेदाने, दुःखाने, *पाहा :* **दुःख**
[adv] sadly/regretfully; *पाहा :* **दुःख**
सखोल (वि) *पाहा :* **खोल, गंभीर, अगाध**
सख्खा (वि) *पाहा :* **जवळचा, आप्त**
सख्य (न) *पाहा :* **जवळीक, मित्रत्व, अनुबंध, अद्वैत**
संख्या (स्त्री) *पाहा :* **अंक, गणणे**
संग (पु) *पाहा :* **सहवास, संभोग**
संगणक (पु) *पाहा :* **गणक**
संगणकप्रणाली (स्त्री) *पाहा :* **कार्यक्रम**
संगत (स्त्री) *पाहा :* **सहवास, जम**
संगतगुण (पु) *पाहा :* **गुण**
संगतवार (वि) *पाहा :* **तर्कशुद्ध**
संगतवारपणा (पु) *पाहा :* **अनुक्रम**
संगती (स्त्री) *पाहा :* **सहवास, जम, संदर्भ**
संगदोष (पु) *पाहा :* **दोष**
संगनमत (न) *पाहा :* **कट**
संगम (पु) *पाहा :* **एकी**
संगमरवर (पु) *पाहा :* **दगड**
संगमरवरी (वि) *पाहा :* **चिरेबंदी**
संगर (न) *पाहा :* **लढाई**
सगळा (वि) *पाहा :* **अवघा, अखंड**
सगा (पु), **सगासोयरा** (पु) *पाहा :* **आप्त**
संगीत (न) स्वरशास्त्र, गायन, गाणे, बंदिश, गायकी, गायनकला, गंधर्वविद्या (-वेद), नादब्रह्म, वादन, गायनवादन, गाणेबजावणे, वाद्यसंगीत, नृत्यसंगीत, शास्त्रीय/ उपशास्त्रीय/ सुबद्ध/ सुगम संगीत;

रागदारी, लोकसंगीत, स्वरसाज, स्वरशिल्प; जलसा, मैफल, बैठक, जुगलबंदी, वृंदगायन, वृंदवादन; *पाहा* : **करमणूक, वादक**

(n) music, instrumental/vocal/orchestral/choral/chamber/disco/dance music, classical/popular/light music, jazz, pop, rock; harmony, melody; concert *पाहा* : **करमणूक, वादक**

संगीतप्रेमी (वि) नादलुब्ध, गानरसिक, संगीतज्ञ, गायक, वादक, कलाकार, संगीतकार, संगीतमहर्षी

[adj] music-lover, musician, composer, vocalist, singer, instrumentalist, player, artist

संगीतिका (स्त्री) *पाहा* : **नाटक**

संगीन (स्त्री) *पाहा* : **आयुध**

सगुण (वि) साकार, प्रत्यक्षानुभूत, मूर्त, समूर्त, शरीरी, देहधारी, साक्षात

[adj] incarnate, corporeal

सगोत्र (पु) *पाहा* : **आप्त**

संगोपन (न) *पाहा* : **जोपासना, पालन, जतन**

संग्रह (पु) साठा, संचय, कोश, कोठार, भांडार, खजिना, गुदाम, गोदाम, वखार, मांडवी, खाण, कोठी, पेव, धान्यकोठार, मोदीखाना, आगर, आलय; समुदाय, संच, संभार, जमाव, रास, ढीग, गड्डा; संकलन, ग्रथन, एकत्रीकरण, संघटण, समाहृती, संग्रहण, संचयन, साठवण, साठवणूक, साटोपा, परिग्रह, बेगमी; भरणा, ठेव, ठेवा, पुंजी, पेटी; गल्ला; पेढी, पतपेढी, भिशी, रक्तपेढी, इत्यादी; वस्त्रागार, ग्रंथागार, शस्त्रागार, इत्यादी; ग्रंथसंग्रह, वस्तुसंग्रह, शब्दसंग्रह, लोकसंग्रह इत्यादी; संग्रहालय, प्राणिसंग्रहालय, वस्तुसंग्रहालय, इत्यादी; द्रव्यसंचय, राखीव/शिलकी साठा; *पाहा* : **भांडार, समुदाय**

[क्रि] साठणे, संचणे, जमा/एकत्र होणे, साठेबाजी करणे

[वा] समुद्र; सागर; गाठीस असणे, गाठचा एक बाहेरच्या शंभराबरोबर, थेंबे थेंबे तळे साचे

(n) collection, accumulation, assortment, store, store house, reserve, repository, mine, treasury, zoo, museum, granary, warehouse; *पाहा* : **भांडार, समुदाय**

संग्रहालय (न) *पाहा* : **संग्रह**

संग्राम (पु) *पाहा* : **लढाई**

संघ (पु) *पाहा* : **समुदाय, अड्डा**

संघटण (न) *पाहा* : **भेट, संग्रह**

संघटन (न) *पाहा* : **एकी, अनुबंध, घरोबा**

संघटना (स्त्री) *पाहा* : **एकी**

संघटित (वि) *पाहा* : **एकवटणे, बांधणे, बांधीव**

सघन (वि) *पाहा* : **दाट**

संघनायक (पु) *पाहा* : **अध्यक्ष**

संघराज्य (न) *पाहा* : **देश**

संघर्ष (पु) *पाहा* : **भांडण, स्पर्धा**

संघात (पु) *पाहा :* **समुदाय**
संच (पु) *पाहा :* **संग्रह, उपकरण**
सचकार (पु) *पाहा :* **अनामत**
संचणे (क्रि) *पाहा :* **संग्रह**
संचय (पु), **संचयन** (न) *पाहा :* **संग्रह**
संचरणे (क्रि) *पाहा :* **प्रवेश**
संचलन (न) *पाहा :* **कसरत**
संचार (पु) *पाहा :* **प्रवास, प्रवेश**
संचारणे (क्रि) *पाहा :* **प्रवेश**
संचारबंदी (स्त्री) *पाहा :* **अटकाव**
संचारमार्ग (पु) *पाहा :* **मार्ग**
संचालक (पु) *पाहा :* **चालक**
संचालन (न) *पाहा :* **चालक, चालवणे**
संचित (न) *पाहा :* **अदृष्ट, कर्म, साठणे**
सचिंत (वि) *पाहा :* **चिंताकुल**
सचित्र (वि) *पाहा :* **चित्रमय**
सचिव (पु) *पाहा :* **प्रधान**
सचेतन (वि) *पाहा :* **जिवंत, प्राणी**
सचैल (वि) *पाहा :* **स्नान**
सचोटी (स्त्री) प्रामाणिकपणा, सच्चेपणा, चोखपणा, इमान, नेकी, दानत, पत, शील, विश्वास, प्रांजळपणा, सदसद्विवेकबुद्धी
(n) honesty, integrity, probity, morality, principle, rectitude, sincerity, uprightness, trustworthiness, conscience
सच्चरित्र (वि) *पाहा :* **चारित्र्यसंपन्न**
सच्चा (वि) *पाहा :* **प्रामाणिक**
सच्चिदानंद (पु) *पाहा :* **परमेश्वर**
सच्छिद्र (वि) छिद्रमय, छिद्रे/भोके असलेला, जाळीदार, चाळणी झालेला, विरलेला
[adj] porous, pervious, perforated
सच्छिष्य (पु) *पाहा :* **अंतेवासी**
सच्छील (वि) *पाहा :* **चारित्र्यसंपन्न**
सजण (पु), **सजणी** (स्त्री) *पाहा :* **प्रिय, मित्र, मैत्रीण**
सजणे (क्रि) *पाहा :* **नटणे, उद्युक्त**
सजदार (वि) *पाहा :* **शोभिवंत**
सजल (वि) *पाहा :* **आर्द्र**
सजवणे (क्रि) *पाहा :* **अलंकृत**
सजा (स्त्री) *पाहा :* **शिक्षा**
सजाण (वि) *पाहा :* **जाणता**
सजातीय (वि) *पाहा :* **अभिन्न, समान**
संजाब (पु) *पाहा :* **काठ**
सजावट (स्त्री) *पाहा :* **आरास**
सजीव (वि) *पाहा :* **जिवंत**
सजीव (पु) जिवंत प्राणी/जिताजीव/वनस्पती, सजीव कोटी
(n) living organism
संजीवक (वि) *पाहा :* **प्रेरक**
संजीवन (न) नवजीवन, पुनरुज्जीवन, पुनरुत्थान, दिव्यजीवनप्राप्ती
(n) new birth, resurrection, rejuvenation, renaissance
सज्ज (वि) सिद्ध, तयार, तत्पर, उद्युक्त, उत्सुक, उभा, कटिबद्ध, बद्धपरिकर, सायसंगीत, सुसज्ज, पूर्ण; शस्त्रसज्ज, अण्वस्त्रसज्ज, फौजबंद, ससैन्य, इत्यादी; *पाहा :* **तजवीज**
[क्रि] सजणे
[वा] एका पायावर तयार असणे, कंबर कसणे/बांधणे, अस्तन्या वर सारणे,

दंड/बाहू फुरफुरणे/स्फुरणे, आखाड्यात उतरणे, रंगणात येणे, शड्डू ठोकणे

[adj] ready, prepared, equipped; primed, ripe; *पाहा :* **तजवीज**

[i] gird up one's loins, all systems go, up in arms, armed to the teeth, to clear the decks, be on one's toes, all set, done

सज्जड (वि) *पाहा :* **भक्कम**

सज्जता (स्त्री) *पाहा :* **तजवीज**

सज्जन (पु, वि) सत्प्रवृत्त/सभ्य मनुष्य; सुष्ट, भद्रलोक *पाहा :* **चारित्र्यसंपन्न, सभ्य, असामी**

(n, adj) gentleman; *पाहा :* **चारित्र्यसंपन्न, सभ्य, असामी**

सज्जा (पु) *पाहा :* **आगाशी**

सटकणे (क्रि) *पाहा :* **पळणे, गुंगारा देणे**

सटका (पु) *पाहा :* **आघात**

सटरफटर (न) *पाहा :* **खोगीरभरती, अडगळ**

सटीक (वि), **सटीप** (वि) *पाहा :* **पूर्ण**

सटीसामाशी (क्रिवि) *पाहा :* **क्वचित**

सटोडिया (पु) *पाहा :* **जुगारी**

सट्टा (पु), **सट्टाबट्टा** (पु), **सट्टेबाजी** (स्त्री) *पाहा :* **व्यापार, जुगार**

सड (पु) *पाहा :* **स्तन**

सडक (स्त्री) *पाहा :* **मार्ग**

सडकणे (क्रि) *पाहा :* **मारणे, आदळणे**

सडकसख्याहरी (पु) *पाहा :* **उडाणटप्पू**

सडका (वि) *पाहा :* **कुजका**

सडकून (क्रिवि) *पाहा :* **अतिशय**

सडणे (क्रि) *पाहा :* **दळणे, कुजका, अखाद्य**

सडपातळ (वि), **सडसडीत** (वि) *पाहा :* **कृश, अटकर**

सडा (पु) पखरण, विखरण, उधळणी; सडासंमार्जन; *पाहा :* **वर्षाव, अभिषेक**

(n) sprinkling, scattering; *पाहा :* **वर्षाव, अभिषेक**

सडा, सडाफटिंग, सडासोट (सर्व वि) *पाहा :* **एकटा**

सडेतोड (वि) *पाहा :* **निर्भीड, स्पष्ट, खरपूस**

सढळ (वि) *पाहा :* **उदार**

सढळपणा (पु) *पाहा :* **औदार्य**

सण (पु) उत्सव, आनंदोत्सव, समारंभ; सणसुदी, सणवार, सुदिन, आनंददिन; आहेर, वाण; *पाहा :* **ताग**

[वा] साधुसंत येती घरा तोचि दिवाळी दसरा, सोन्याचा दिवस

(n) festival, carnival, fair, gala, jamboree, festivity, fete, merrymaking, celebration, gift; *पाहा :* **ताग**

[i] red-letter day

सणक (स्त्री) *पाहा :* **आवेग, वेदना**

सणका (पु) *पाहा :* **वेदना**

सणंग (न) *पाहा :* **वस्त्र**

सणसणणे (क्रि) *पाहा :* **वेदना**

सणसणीत (वि) *पाहा :* **शक्तिमान**

संत (पु) सत्पुरुष, पुण्यपुरुष, साधुपुरुष,

देवमाणूस, धर्मराज, धर्मावतार, धर्मात्मा, भगवद्भक्त, साधुसंत; *पाहा :* **साधू**

[वा] पायघोळ संत

(n) saint, pietist, apostle; *पाहा :* **साधू**

सतत (क्रिवि), **संतत** (क्रिवि) *पाहा :* **अखंड** (क्रिवि), **उत्तरोत्तर**

संततधार (स्त्री) *पाहा :* **अभिषेक, पाऊस**

संततिनियमन (न) *पाहा :* **कुटुंबनियोजन**

संतती (स्त्री) अपत्य, मूलबाळ, संतान, लेकरू, अवलाद (औलाद), पुत्र, कन्या, गृहरत्न, अंकुर, वंश, वंशांकुर, वंशज, वंशवृद्धी, वंशविस्तार, वंशावळ, प्रजा, वीण, औरस (गोड)/ अनौरस (कडू)/ संकरज संतती; कुसंतान; वारस; पुढची पिढी; *पाहा :* **मूल**

[वा] चाराचे सहा (हात) होणे, पोटी येणे, पोटचा गोळा

(n) offspring, family, issue, child, projeny, descendents, lineage, natural/illegitimate child, heir, succeeding generation; *पाहा :* **मूल**

संतप्त (वि) क्रुद्ध, क्रोधायमान, क्रोधाविष्ट, कुपित, कोपायमान, कोपाविष्ट, रुष्ट, सरोष, गरम, तप्त, संतापलेला, संतापदग्ध, रागावलेला, चिडलेला, खवळलेला, क्रोध अनावर झालेला, रागाने लाल झालेला; *पाहा :* **संतापणे, असंतुष्ट, संताप, संतापी** (विरु) **शांत**

[adj] enraged, indignant, inflamed, incensed, irate, angry, wrathful, mad with rage; *पाहा :* **संतापणे, असंतुष्ट, संताप, संतापी** (विरु) **शांत**

[i] in high dudgeon, steamed up, blue in the face, up in arms, on the warpath

सतरंजी (स्त्री) *पाहा :* **आसन**

सतर्क (वि) *पाहा :* **दक्ष**

संतर्पण (न) *पाहा :* **आनंद**

संतर्पित (वि) *पाहा :* **आनंदित**

सताड (वि) *पाहा :* **सर्वस्वी**

संतान (न) *पाहा :* **संतती**

संतानाक्षम (वि) *पाहा :* **अनपत्य**

संताप (पु) क्रोध, कोप, राग, क्रोधाग्नी, कोपाग्नी, कोपानल, रोष, अंगार, दाह, असंतोष, रुसवाफुगवा, नाखुशी, अप्रीती, अवकृपा, चीड, तिडीक, क्षोभ, त्वेष, चिडचिड, चिरड, तडतड, चिणक (चिणकारा), फणकारा, फुणफुण, फुणफुणाट, तणफण, धुसफूस, तिनखारा, घुस्सा, जळजळ, जळफळाट, भडभडाट, तडफडाट, थयथयाट, तांडव, तळतळाट, त्रागा, चित्तक्षोभ, रागाचा झटका, इसाळापिसाळा, प्रकोप, आक्रस्ताळेपणा, अकांडतांडव, क्रोधावेश, पित्तक्षोभ, पित्तप्रकोप, संतापीपणा, संतापातिरेक; कृतककोप; *पाहा :* **संतापणे, संतप्त, संतापी**

(n) anger, rage, wrath, ire,

indignation, resentment; temper, fury, outrage, angry fillings *पाहा :* **संतापणे, संतप्त, संतापी**

[i] stir up a hornet's, nest

संतापजनक (वि) *पाहा :* **गर्हणीय**

संतापणे (क्रि) रागावणे (रागवणे), खिजणे, खवळणे, चिडणे, संताप येणे, संतप्त होणे, तापणे, पेटणे, भडकणे, तावणे, क्षोभणे, कावणे, कोपणे, कातावणे, खेकसणे, गागावणे, तडकणे, डाफरणे, चडफडणे, तणतणणे, बिथरणे, चवताळणे, उसळणे, उखडणे, चिडचिडणे, धुसफुसणे, चिरडीला येणे, धुमसणे, फुणफुणणे, फणफणणे, जळफळणे, रागे भरणे, वसवसणे, वसकन ओरडणे; तंबी देणे; रागेजणे, रुसणे, फुगणे, फुरंगटणे, अबोला धरणे; *पाहा :* **संतप्त, संताप, संतापी**

[वा] डोळे वटारणे/ पिंजारणे/ तांबारणे/ फाडणे, डोळे मोठे / तांबडे पिवळे/ लाल/ इंगळासारखे/ खदिरांगारासारखे करणे, भिवया चढवणे, दात-ओठ खाणे, नाकावर राग न मावणे, नाकपुड्या फेंदारणे, राग नाकावर असणे, नाकावर माशी बसू न देणे, नाकात काड्या जाणे, खकाणा होणे, अंगात राघोबाचा संचार होणे, अंगाची आग/ लाही/ होळी होणे, अंगाचा तिळपापड होणे, पित्त उसळणे/भडकणे/खवळणे, पारा चढणे, डोक्यात राख घालणे, अंगुष्ठाची/तळपायाची आग मस्तकाला जाणे, पायाची तिडीक मस्तकाला जाणे, डोके चढणे/फिरणे, डोके तापवून घेणे, रडी खाणे, गाल फुगवणे, आदळआपट करणे, पिसाळणे, लळितावर येणे, अंगावर येणे, तुटून पडणे, शिरा फुगवणे, हिरवानिळा होणे, रुद्रावतार/ नरसिंहावतार धारण करणे, तृतीयनेत्र (तिसरा डोळा) उघडणे, आकाशपाताळ एक करणे, फुटाण्यासारखा उडणे, थैमान करणे, तावातावाने बोलणे, आग पाखडणे, आगपाखड करणे, फाडून खाणे, खाऊ का गिळू करणे, नाना प्रकार करणे, डोळे चढवून बोलणे, वड्याचे तेल वांग्यावर काढणे, रुसूबाई रुसू कोपऱ्यात बसू, शेषं कोपेन पूरयेत्

(v) be angry/ enraged/ displeased, rage, storm, snarl, growl, lose one's temper; *पाहा :* **संतप्त, संताप, संतापी**

[i] flare up, boil with indignation, boil over, look daggers, grind one's teeth, fly into a rage, have a fit, burst with anger, foam at the mouth, blow one's top, vent one's spleen

संतापविणे (क्रि) *पाहा :* **खिजवणे**

संतापी (वि) क्रोधिष्ट, कोपिष्ट, कोपी, रागीष्ट, रागीट, तापट, तापिष्ट,

सरोष, तामस, तामसी, तमोगुणी, चिडका, चिडखोर, चिडचिडा, तडतड्या, आक्रस्ताळा, तुसडा, तिरसट, हिरवट, तिरशिंगराव, चढा, चिरचिऱ्या, उग्र, जलाल, माथेफिरू, शीघ्रकोपी, शीघ्रसंतापी; *पाहा :* **संतापणे, संतप्त, संताप** (विरु) **शांत**

[वा] आग्यावेताळ, अकरावा रुद्र, जमदग्नी, दुर्वास, पित्त प्रकृती असणे, राग नाकावर असणे

[adj] irascible, irritable, hot-headed, short-tempered, quick-tempered; choleric, snappy, edgy, fractious, cross; *पाहा :* **संतापणे, संतप्त, संताप** (विरु) **शांत**

सतार (स्त्री) *पाहा :* **तंतुवाद्य**

सतावणी (स्त्री), **सतावणूक** (स्त्री) *पाहा :* **छळ**

सतावणे (क्रि) *पाहा :* **छळणे, खुपणे**

सती (स्त्री) पतिव्रता, साध्वी, योगिनी, सदाचारिणी, तपस्विनी, पतिपरायण/ अव्यभिचारी / एकनिष्ठ / पवित्र पत्नी, मृतपतीबरोबर सहगमन करणारी, सहमरण पत्करणारी, सतीसावित्री *पाहा :* (विरु) **भटकभवानी**

[वा] सती जाणे, अनिकाष्ठ भक्षण करणे, अग्निप्रवेश करणे

(n) chaste/ pious/ devout/ faithful wife, one who embraces death on her husband's funeral pyre *पाहा :* (विरु) **भटकभवानी**

संतुलन (न) *पाहा :* **तोल**

संतुष्ट (वि) *पाहा :* **आनंदित, प्रसन्न**

संतृप्त (वि) *पाहा :* **आनंदित**

सतेज (वि) *पाहा :* **तेजस्वी, टवटवीत, चकचकीत**

सतेले (न) *पाहा :* **भांडे**

संतोष (पु) *पाहा :* **आनंद**

संतोषकारक (जनक) (वि) *पाहा :* **आनंददायक**

संतोषी (वि) *पाहा :* **प्रसन्न**

सत्कर्म (न) *पाहा :* **पुण्य**

सत्कार (पु) *पाहा :* **आदर, अभिवंदन**

सत्कृत्य (न) *पाहा :* **पुण्य**

सत्ता (स्त्री) *पाहा :* **अधिकार, अस्तित्व, ऐश्वर्य**

सत्ताधारी (वि), **सत्ताधीश** (वि) *पाहा :* **अधिकारी**

सत्ताबदल (पु) *पाहा :* **बदल, क्रांती**

सत्ताभ्रष्ट (वि) *पाहा :* **अर्धचंद्र**

सत्तामत्ता (स्त्री) *पाहा :* **अधिकार**

सत्तारूढ (वि) *पाहा :* **अधिकारी**

सत्त्व (न) बल, तेज, स्वाभिमान, शक्ती, तत्त्व, जिवंतपणा, कस, पाणी; *पाहा :* **गुण, अस्तित्व, अर्क, सार**

(n) strength, tenacity, pride, power, principle, vigour; *पाहा :* **गुण, अस्तित्व, अर्क, सार**

सत्त्वगुण (पु) *पाहा :* **गुण**

सत्त्वनिष्ठ (वि) *पाहा :* **प्रामाणिक, चारित्र्यसंपन्न**

सत्त्वपरीक्षा (स्त्री) *पाहा :* **परीक्षा**

सत्त्वमूर्ती (वि) *पाहा :* **प्रामाणिक, चारित्र्यसंपन्न**
सत्त्वयुक्त (वि) *पाहा :* **कसदार**
सत्त्वशील (वि), **सत्त्वसंपन्न** (वि), **सत्त्वस्थ** (वि) *पाहा :* **प्रामाणिक, चारित्र्यसंपन्न**
सत्त्वहीन (वि) *पाहा :* **निःसत्त्व, चारित्र्यहीन**
सत्त्वान्न (न) *पाहा :* **अन्न**
सत्त्वांश (पु) *पाहा :* **अर्क, सार**
सत्पात्र (वि) *पाहा :* **लायक**
सत्पुरुष (पु) *पाहा :* **संत, नरश्रेष्ठ**
सत्प्रवृत्त (वि) *पाहा :* **चारित्र्यसंपन्न**
सत्य (न) अस्तित्व, अस्तिभाव, असलेपण, वास्तविकता, वास्तव, वस्तुस्थिती, सत्यस्थिती, सत्यपरिस्थिती; तत्त्व, सिद्धान्त, परमार्थ; खरेपणा, अस्सलपणा, सत्यता, तथ्य; तथ्यांश, खरी गोष्ट, घटना, प्रत्यक्ष अनुभव; निश्चितता; प्रामाणिकपणा, सचोटी, इमान, नेकी; कल्पित सत्य, चक्षुर्वैसत्य, विदारक सत्य, वैश्विक सत्य, वैज्ञानिक/शास्त्रीय सत्य, पूर्ण सत्य, त्रिकालाबाधित सत्य, शाश्वत सत्य, अंतिम सत्य, परमेश्वर; *पाहा :* **चार युगे** (विरु) **असत्य** (न) **आभास**

(n) existence, truth, reality, actuality, fact, authenticity, plain/naked truth, the whole truth, final truth; truthfulness, veracity, certainty; honesty, integrity, probity; truism, axiom; *पाहा :* **चार युगे** (विरु) **असत्य** (न) **आभास**

[i] the hard facts

सत्य (वि) असणारे, अस्तित्व/चेतना असलेले, नाहीसे न होणारे, ऋत, अनृत नसलेले, खरे, खोटे नसलेले, खरोखरीचे, वास्तविक, काल्पनिक/तार्किक नसलेले, प्रत्यक्ष, अस्सल, नकली नसलेले, मूळ, शुद्ध; खरा, खरे बोलणारा, प्रामाणिक, सचोटीचा, नेकीचा, इमानदार, सत्यनिष्ठ, सत्यप्रतिज्ञ, सत्यप्रिय, सत्यवक्ता, सत्यवचनी, सत्यव्रत, सत्यशील, सत्यसंकल्प; *पाहा :* (विरु) **खोटा, काल्पनिक, भ्रामक**

[वा] चक्षुर्वैसत्यम्, कान व डोळे यात चार बोटांचेच अंतर असते, रुजवात घालून देणे

[adj] existing, true, real, factual, right, veritable, genuine, authentic, exact, right, bona fide; truthful, veracious, sincere, loyal, faithful; *पाहा :* (विरु) **खोटा, काल्पनिक, भ्रामक**

[i] seeing is beliveing, come clean

सत्यगोपन (न) *पाहा :* **अपलाप**
सत्यनिष्ठ (वि) *पाहा :* **प्रामाणिक, तत्त्वनिष्ठ, सत्य** (वि)
सत्यप्रतिज्ञ (-प्रिय, -वक्ता, -वचनी, -व्रत, -शील, -संकल्प) (वि),

पाहा : **सत्य** (वि), **प्रामाणिक**
सत्ययुग (न) *पाहा :* **चार युगे**
सत्यलोक (पु) *पाहा :* **ब्रह्मभुवन**
सत्याग्रह (पु) *पाहा :* **चळवळ, अटकाव**
सत्यानाश (पु) *पाहा :* **नाश**
सत्यान्वेषण (न) *पाहा :* **अन्वेषण**
सत्यापलाप (पु) *पाहा :* **अपलाप, खोटेपणा**
सत्र (न) *पाहा :* **अधिवेशन, यज्ञ, अनुक्रम**
संत्रस्त (वि) *पाहा :* **त्रस्त**
सत्राण (वि) *पाहा :* **शक्तिमान**
संत्री (पु) *पाहा :* **पहारेकरी**
सत्वर (क्रिवि) *पाहा :* **अविलंब**
सत्‌शिष्य (सच्छिष्य) (पु) *पाहा :* **अंतेवासी**
सत्संग (पु) *पाहा :* **सहवास**
संथ (वि) *पाहा :* **धिमा, निर्विकार**
संथळ (वि) *पाहा :* **सपाट**
संथा (स्त्री) *पाहा :* **आवृत्ती, शिकवण, घोकणे**
सदन (न) *पाहा :* **इमारत, घर**
सदन्न (न) *पाहा :* **अन्न**
सदभिरुचिहीन (वि) *पाहा :* **अशिष्ट**
सदभिरुची (स्त्री) *पाहा :* **अभिरुची**
सदभ्यास (पु) *पाहा :* **अध्ययन**
सदय (वि) *पाहा :* **दयावंत**
सदयता (स्त्री) *पाहा :* **अनुकंपा**
सदर (वि), **सदरहू** (वि) *पाहा :* **निर्दिष्ट**
सदरा (पु) *पाहा :* **कुडता**
संदर्भ (पु) संगती, संबंध, नाते, जोडणी, अनुषंग, अनुसंधान, सूत्र, दुवा, सांधा; उगमस्थान; उल्लेख, पूर्वोल्लेख, पूर्वसंदर्भ, आगापिछा, ठावठिकाणा;
(n) reference, relation, connection, link; origin; allusion, mention
संदर्भग्रंथ (पु) *पाहा :* **ग्रंथ, कोश**
सदसद्विचार (पु), **सदसद्विचारबुद्धी** (स्त्री), **सदसद्विवेक** (पु), **सदसद्विवेकबुद्धी** (स्त्री) सारासारविचार, तारतम्य, विवेक, विचारशक्ती, तारतम्यबुद्धी, सुज्ञपणा, मूल्यविवेक, इमान, सचोटी, नैतिकता, प्रामाणिकपणा, पापभीरुता, मन, शुद्ध मन, मनोदेवता
[वा] मन खात असणे, टोचणी लागणे, झोप न लागणे
(n) conscience, moral sense/rectitude, morality, morals, principles, qualm, compunction, probity, integrity, honour, conscientiousness, scrupulousness,
सदस्य (पु) *पाहा :* **भागीदार**
सदा (क्रिवि), **सदाकदा** (क्रिवि) *पाहा :* **अखंड, पुन्हा**
सदाचरण (न), **सदाचार** (पु) *पाहा :* **पुण्य, आचरण**
सदाचरणी (वि), **सदाचारी** (वि) *पाहा :* **पुण्यवंत, चारित्र्यसंपन्न**
सदावर्त (न) *पाहा :* **अन्नछत्र**
सदाशिव (पु) *पाहा :* **शंकर**
सदासर्वकाळ (क्रिवि), **सदासर्वदा** (क्रिवि) *पाहा :* **अखंड** (क्रिवि)
सदासिद्ध (वि) *पाहा :* **अखंड, परमेश्वर**

सदासुखी (वि) *पाहा :* **आनंदी, खिलाडू**

सदाहरित (वि) *पाहा :* **प्रसन्न, नवा, हिरवा, अमर**

संदिग्ध (वि) अस्पष्ट, धूसर, मोघम, अनिश्चित, संशयास्पद; गुळमुळीत, डळमळीत, ठाम नसलेले, घोटाळ्याचे; द्व्यर्थी, दुटप्पी, उडवाउडवीचे, चुकवाचुकवीचे; *पाहा :* (विरु) **असंदिग्ध**

[वा] नरो वा कुंजरो वा, जरतारी भाषा

[adj] equivocal, vague, unclear, non-specific, dubious, uncertain, ambiguous, double-meaning, oblique, evasive, round about, circumlocutory, *पाहा :* (विरु) **असंदिग्ध**

संदिग्धता (स्त्री) *पाहा :* **अनिश्चितता**

संदिग्धमती (वि) *पाहा :* **दिङ्‌मूढ**

सदिच्छा (स्त्री) *पाहा :* **इच्छा, अभीष्टचिंतन**

सदीप (वि) *पाहा :* **भाषण**

सदुपदेश (पु) *पाहा :* **उपदेश**

सदुपयोग (पु) *पाहा :* **उपयोग**

संदूक (स्त्री) *पाहा :* **पेटी**

सदृश (वि) *पाहा :* **समान**

संदेश (पु) *पाहा :* **बातमी, आदेश**

संदेशयंत्रणा (स्त्री) *पाहा :* **माध्यम**

संदेशवहन (न) *पाहा :* **दळणवळण**

संदेशवाहक (पु) *पाहा :* **बातमीदार**

संदेह (पु) *पाहा :* **शंका**

संदेहग्रस्त (वि) *पाहा :* **द्विधा**

सदैव (वि) *पाहा :* **भाग्यवान**

सदैव (क्रिवि), **सदोदित** (क्रिवि) *पाहा :* **अखंड**

सदोष (वि) दोषयुक्त, वैगुण्य/ उणीव/ न्यून/ कमतरता/ व्यंग/ बिघाड/ खोड असलेला, अधू, अपुरा; चूक, प्रमादपूर्ण; अपराधी, गुन्हेगार

[adj] faulty, defective, deficient, impaired, incorrect, erroneous; culprit, criminal

सद्‌गती (स्त्री) *पाहा :* **मोक्ष, अखेर**

सद्‌गद (वि), **सद्‌गदित** (वि) *पाहा :* **गहिवरणे**

सद्‌गुण (पु) *पाहा :* **गुण**

सद्‌गुणी (वि) *पाहा :* **गुणी, चारित्र्यसंपन्न, अनघ**

सद्‌गुरू (पु) *पाहा :* **अध्यापक, आचार्य**

सद्‌गृहस्थ (पु) *पाहा :* **प्रतिष्ठित, असामी**

सद्दी (स्त्री) *पाहा :* **प्रगती, सद्‌भाग्य**

सद्धर्म (पु) *पाहा :* **धर्म**

सद्‌बुद्धी (स्त्री) *पाहा :* **बुद्धी**

सद्‌भक्त (पु) *पाहा :* **भक्त**

सद्‌भाव (पु) *पाहा :* **आस्था, कळकळ, कृपा**

सद्‌भाग्य (न) भाग्य, सौभाग्य, भाग्ययोग, महद्‌भाग्य, सुदैव, सुयोग, घबाड दैव, सद्दी; *पाहा :* **अदृष्ट, भाग्यवान** (विरु) **दुर्दैव**

[वा] भाग्य फळास येणे, दैव अनुकूल होणे, दैव प्रसन्न होणे, कपाळ खुलणे, कपाळाची रेषा उमटणे/उघडणे, ललाटरेषा उजळणे (उभी राहणे),

नशीब उदयणे (उदयाला येणे), नशीब फळफळणे, नशीब शिकंदर असणे, नशीब काढणे, देव (नवसाला) पावणे, बाशिंगबळ असणे, आंधळा मागतो एक डोळा देव देतो दोन, साखरेचे खाणार त्याला देव देणार, काळ आला होता पण वेळ आली नव्हती, आळश्यावर गंगा येणे

(n) luck, blessing, good fortune, good times; serendipity; *पाहा* : **अदृष्ट, भाग्यवान** (विरु) **दुर्दैव**

[i] lucky star, windfall, fair weather, sunshine, golden time, bed of roses

सद्यःकालीन (वि) *पाहा* : **अर्वाचीन, चालू**

सद्यःस्थिती (-परिस्थिती) (स्त्री) *पाहा* : **अवस्था**

सद्वर्तन (न) *पाहा* : **पुण्य, आचरण**

सद्वर्तनी (वि) *पाहा* : **पुण्यवंत, चारित्र्यसंपन्न**

सद्वासना (स्त्री) *पाहा* : **इच्छा**

सद्विचार (पु) *पाहा* : **विचार**

सद्वैद्य (पु) *पाहा* : **वैद्य**

सद्हेतू (पु) *पाहा* : **उद्देश, उद्दिष्ट**

सधन (वि) *पाहा* : **श्रीमंत**

सधनता (स्त्री) *पाहा* : **श्रीमंती**

सधवा (स्त्री) *पाहा* : **स्त्री**

संधान (न) योजना, उपाययोजना, तरतूद; अनुसंधान, वळण, लग्गा, लाग, संबंध, विंधान, सूत्र; वग, वशिला; प्रवृत्ती, कल, रोख, लक्ष, अवधान; नेम, निशाण, लक्ष्य; युक्ती, कावा

(n) plan, scheme, design; preparation, provision, connection, nexus, link; influence, leverage; inclination, predisposition; aim, goal; guile, trick

संधिकाल (पु) *पाहा* : **काल**

संधिप्रकाश (पु) *पाहा* : **प्रकाश, झांझड, संध्याकाळ**

संधिवेला (स्त्री) *पाहा* : **संध्याकाळ**

संधिसाधू (वि) *पाहा* : **स्वार्थी**

संधी (स्त्री) अनुकूल/ योग्य/ उचित/ ऐन वेळ, मोका, पर्वणी, पर्वकाल; काळवेळ; अवसर, उसंत, फुरसत, अवकाश, सुसंधी, सुवर्णसंधी; गवस, लाग; *पाहा* : **तडजोड, जोडणी, एकी**

[क्रि] लाग लागणे, टपून बसणे

[वा] तापल्या तव्यावर भाकरी/पोळी भाजणे, वाहत्या गंगेत हात धुणे, वेळ/समय साधणे, आली अंगावर घेतली शिंगावर, चार दिवस सासूचे चार दिवस सुनेचे, डाव साधणे

(n) occassion, opening, scope, opportunity, expedience, nick of time, chance, break, turning point, interval, golden opportunity; *पाहा* : **तडजोड, जोडणी, एकी**

[i] strike while the iron is hot, make hay while the sun shines, take time by the forelock, every dog has his

day, golden opportunity, time and tide wait for no man;
सध्या (क्रिवि) *पाहा :* **हल्ली**
संध्या (स्त्री) *पाहा :* **दिनक्रम, संध्याकाळ**
संध्याकाल (-ळ) (स्त्री) संध्या, संध्यासमय, सायंकाळ, सांज, सांजवेळ, सूर्यास्तसमय, अस्तमान, (करकरीत) तिन्हीसांजा (तिनिसांजा), संधिवेला, कातरवेळ, उतारवेळ, असुरवेळा, राक्षसवेळ, फुटकी तिन्हीसांज, तांबडसांज, अपराण्ह, प्रदोषकाळ, तिसरा प्रहर, सूर्यास्त, दिवेलागणी, पूर्वसंध्या; झांजड, झावळे, संधिप्रकाश; *पाहा :* **सांध्य**
[वा] सावल्या लांब होणे, कासराभर दिवस राहणे, शिळोप्याची वेळ, शिळावेळ
(n) evening, eventide, dusk, nightfall, sunset, sundown, twilight, eve *पाहा :* **सांध्य**
संध्याराग (पु) *पाहा :* **प्रकाश**
संध्यावंदन (न) *पाहा :* **दिनक्रम**
सन (पु) *पाहा :* **वर्ष**
सनई (स्त्री) *पाहा :* **सुषिरवाद्य**
सनईवाला (पु) *पाहा :* **वादक**
सनद (स्त्री) *पाहा :* **आदेश**
सनदशीर (वि), **सनदी** (वि) *पाहा :* **कायदेशीर, अधिकारी**
सनसनाटी (वि) *पाहा :* **प्रक्षोभक**
सनातन (वि) *पाहा :* **परंपरागत, अखंड**
सनातनमतवादी (वि), **सनातनी** (वि) *पाहा :* **कर्मठ, गतानुगतिक**
सनाथ (वि) *पाहा :* **धन्य, रक्षित**
सन्नाटा (पु) *पाहा :* **आवेश, शांती**
सन्निध (क्रिवि) *पाहा :* **आजूबाजूस**
सन्निविष्ट (वि) *पाहा :* **प्रविष्ट**
सन्निवेश (पु) *पाहा :* **प्रवेश**
सन्निहित (वि) *पाहा :* **आजूबाजूस**
सन्मती (स्त्री) *पाहा :* **बुद्धी**
सन्मान (पु) *पाहा :* **आदर, पुरस्कार**
सन्माननीय (वि) *पाहा :* **थोर, प्रतिष्ठित**
सन्मानवेतन (न) *पाहा :* **वेतन**
सन्मानित (वि) *पाहा :* **थोर**
सन्मान्य (वि) *पाहा :* **थोर, प्रतिष्ठित, अभिजन**
सन्मार्ग (पु) *पाहा :* **मार्ग**
सन्मित्र (पु) *पाहा :* **मित्र**
सन्मुख (वि) *पाहा :* **पुढे**
संन्यस्त (वि) *पाहा :* **जीवन्मुक्त, संन्यासी**
संन्यास (पु) संसारत्याग, कुटुंबत्याग, कर्मत्याग, सर्वत्याग, सर्वस्वत्याग; जोग, *पाहा :* **त्याग, आश्रम** (विरु) **उपभोग**
(n) renunciation; *पाहा :* **त्याग, आश्रम** (विरु) **उपभोग**
संन्यासी (पु) संन्याशी, सर्वस्वत्यागी, सर्वसंगत्यागी, चतुर्थाश्रमी, विरक्त, विरागी, संन्यस्त वृत्तीचा, तपस्वी, जोगी, त्रिदंडी, श्रीपाद, परमहंस, यती, परिव्राजक, श्रमणक, फकीर; संन्यासिनी, जोगतीण, जोगीण, बोकेसंन्यासी; *पाहा :* **विरक्त**
(n) asetic, hermit, anchorite *पाहा*

: **विरक्त**

संप (पु) *पाहा :* **चळवळ, अटकाव**

सपक (वि) *पाहा :* **बेचव**

सपका (पु) *पाहा :* **अभिषेक**

संपणे (क्रि) अंत/ अखेर/ शेवट होणे, अंतास/शेवटास जाणे, समाप्त होणे, विराम पावणे, सरणे, आटोपणे, उपसंहार होणे, निकालात निघणे, खलास/खतम/ नष्ट होणे, निमणे, नि:शेष होणे, व्यतीत होणे, खर्च होणे; संपुष्टात येणे, नसणे, तुटणे, थांबणे, लोटणे, खपणे, बुडणे; *पाहा :* **अंत, मरणे, थांबणे** (विरु) **टिकणे**

[वा] पडदा पडणे, पिट्टा पडणे, सूप वाजणे, ग्रंथ आटोपणे, घटका भरणे, फडशा पडणे

(v) end, come to end, cease, halt, expire, lapse, be expended/ exhausted/ finished/ terminated/concluded; *पाहा :* **अंत, मरणे, थांबणे** (विरु) **टिकणे**

[i] to cut short, to bring down the curtain on;

संपत्तिमान (-वान) (वि) *पाहा :* **श्रीमंत**

संपत्ती (स्त्री) संपत, संपदा, लक्ष्मी, धन, धनदौलत, धनसंपदा, पैसा, रोकड, द्रव्य, ऐवज, जडजवाहीर, सोनेनाणे, सोनेरुपे, ऐपत, अर्थ, ऋद्धी, दौलत, ऐश्वर्य, वैभव, पुंजी, मिळकत, मत्ता, जिंदगी, माल, मालमत्ता, मुद्देमाल, स्थावर, जंगम, जायदाद, खजिना, तिजोरी, गंगाजळी; वनसंपत्ती, जलसंपत्ती, खनिज संपत्ती, मानवी साधनसंपत्ती, इत्यादी; *पाहा :* **श्रीमंती**

(n) wealth, fortune, riches, money, asset, possessions, property, treasures, coffers, resources; *पाहा :* **श्रीमंती**

संपदा (स्त्री) *पाहा :* **संपत्ती**

संपन्न (वि) *पाहा :* **समृध्द, श्रीमंत, अर्जित, पूर्ण, समाप्त**

संपन्नता (स्त्री) *पाहा :* **श्रीमंती, समृध्दी**

संपर्क (पु) संबंध, संयोग, संसर्ग, स्पर्श, भेट, सहवास; *पाहा :* **दळणवळण, पत्रव्यवहार**

(n) contact, connection, touch, meeting; *पाहा :* **दळणवळण, पत्रव्यवहार**

संपर्कदाता (पु) *पाहा :* **बातमीदार**

संपर्कमाध्यम (न) *पाहा :* **माध्यम**

संपवणे (क्रि) *पाहा :* **आटोपणे, संपणे**

सपशेल (क्रिवि) *पाहा :* **सर्वस्वी**

सपाट (वि) समतल, समथळ, सथल (-ळ), समपातळीत, उथळ, चपटा, पसरट, गुळगुळीत, क्षितिजसमांतर, भुईसरपट, भुईसपाट; सरसपाट; आडवा; *पाहा :* **नष्ट,**

[adj] flat, level, plane, horizontal; prostrate, supine; *पाहा :* **नष्ट**

सपाटा (पु) *पाहा :* **झपाटा**

सपाटी (स्त्री) *पाहा :* **पातळी**

सपाटून (वि) *पाहा :* **अतिशय**

सपाटेबंद (वि) *पाहा :* **तडाखेबंद**

संपात (पु) *पाहा :* **एकी**
संपादक (पु) *पाहा :* **ग्रंथकर्ता, पत्रकारिता**
संपादकीय (न) *पाहा :* **लेख**
संपादणी (स्त्री), **संपादणूक** (स्त्री) *पाहा :* **संपादन**
संपादणे (क्रि) *पाहा :* **मिळवणे**
संपादन (न) संपादणी, संपादणूक, अर्जन, साधन, कमाई, प्राप्ती, पैदास, सिद्धी; लाभ, पुत्रलाभ, धनलाभ, इत्यादी; अर्थसंपादन, धनसंपादन, विद्यासंपादन, ज्ञानार्जन, ज्ञानसाधन, इत्यादी; *पाहा :* **पत्रकारिता, सुधारणा**
(n) acquisition, procurement, accumulation, earning, production; *पाहा :* **पत्रकारिता, सुधारणा**
संपादित (वि) *पाहा :* **अर्जित, सुधारणे, संक्षिप्त**
संपादितव्य (वि), **संपाद्य** (वि) *पाहा :* **शक्य, ध्येय**
सपासप (क्रिवि) *पाहा :* **अविलंब**
संपुट (न) *पाहा :* **ओंजळ**
संपुष्टात येणे (क्रि) *पाहा :* **संपणे**
संपूर्ण (वि) *पाहा :* **अवघा, पूर्ण, समाप्त**
संपूर्णतया (क्रिवि) *पाहा :* **सर्वस्वी**
संपृक्त (वि) *पाहा :* **आर्द्र**
सपोळा (पु) *पाहा :* **पतंग**
सप्तक (न) *पाहा :* **अंक, स्वर**
सप्तपाताळ (पु, अव) *पाहा :* **पाताळ**
सप्तम (वि) *पाहा :* **अंक**
सप्तरंग (पु, अव) *पाहा :* **रंग**
सप्तलोक (पु, अव) भूलोक, भुवर्लोक, स्वर्लोक, महर्लोक, तपोलोक, जनलोक, सत्यलोक *पाहा :* **इहलोक, चराचर, लोकत्रय, परलोक**
(n, pl) seven abodes *पाहा :* **इहलोक, चराचर, लोकत्रय, परलोक**
सप्तसूर (-स्वर) (पु, अव) *पाहा :* **स्वर**
सप्ताश्व (पु) *पाहा :* **सूर्य**
सप्ताह (पु) *पाहा :* **आठवडा**
संप्रदान (न) *पाहा :* **देणे** (क्रि)
संप्रदाय (पु) *पाहा :* **रीत, पंथ, घराणे**
संप्रदायी (पु) *पाहा :* **अनुचर**
सप्रेम (वि) *पाहा :* **अभिवंदन, आहेर**
संप्रेरक (पु) *पाहा :* **प्रेरक**
सफर (स्त्री) *पाहा :* **प्रवास**
सफल (-ळ) (वि) *पाहा :* **फायदेशीर, विजयी, पूर्ण**
सफलता (स्त्री) *पाहा :* **जय, पूर्णावस्था**
सफा (वि) *पाहा :* **नष्ट**
सफाई (स्त्री) *पाहा :* **स्वच्छता, कसब**
सफाईदार (वि) *पाहा :* **गुळगुळीत, कसबी, कळाशीदार, सुबक**
सफाचट (वि) *पाहा :* **स्वच्छ**
सफेत (-द) (वि) *पाहा :* **पांढरा**
सबगोलंकार (पु) *पाहा :* **सरमिसळ, गोलमाल**
संबद्ध (वि) *पाहा :* **आनुषंगिक**
संबंध (वि) *पाहा :* **पूर्ण, अवघा, अविभक्त, अखंड**
संबंध (पु) संयोग, संपर्क, संसर्ग, संस्पर्श,

समवाय, संधान, अन्वय, अनुषंग, संदर्भ, धागादोरा, आगापिछा, दुवा, जोडणी, लाग, लागभाग, लागमाग, लागाबांधा, सोयरसुतक, नाते, नातेगोते, नातेसंबंध, बंध, हितसंबंध, परस्परसंबंध, अन्योन्यसंबंध, अनुबंध, ऋणानुबंध, रक्तसंबंध, यौनसंबंध, शरीरसंबंध, साक्षात्संबंध, आप्तसंबंध, विवाहसंबंध, सोयरीक; *पाहा :* **विवाह**

[वा] बादरायण संबंध, वडाची साल पिंपळाला लावणे, आगीदुगीत/अध्यात मध्यात नसणे, लावणीजुंपणीचे नाते, पोटाचे गुडघे पोटाकडेच वळतात, नाळ जोडणे

(n) connection, link, bond, interconnection, nexus, liaison, relation, relationship, correlation, correspondence, relevance, association, kinship; *पाहा :* **विवाह**

संबंधित (वि), **संबंधी** (वि) *पाहा :* **आनुषंगिक, आप्त**

सबब (स्त्री) *पाहा :* **कारण, ढोंग**

सबल (-ळ) (वि) *पाहा :* **शक्तिमान**

संबळ (स्त्री) *पाहा :* **चर्मवाद्य**

संबळी (स्त्री) *पाहा :* **करंडा**

सबाह्य (क्रिवि), **सबाह्याभ्यंतर** (क्रिवि) *पाहा :* **ओतप्रोत**

सबुरी (स्त्री) *पाहा :* **धीर** (पु)

संबोधणे (क्रि) *पाहा :* **बोलणे**

संबोधन (न) *पाहा :* **बोलणे, मायना**

सभर्तृका (स्त्री) *पाहा :* **स्त्री**

संभव (पु) *पाहा :* **शक्यता, उत्पत्ती**

संभवणे (क्रि) *पाहा :* **शक्य**

संभवनीय (वि) *पाहा :* **शक्य**

संभवनीयता (स्त्री) *पाहा :* **शक्यता**

सभा (स्त्री) *पाहा :* **अधिवेशन, समुदाय, अड्डा**

सभागृह (न) *पाहा :* **खोली**

सभाजन (पु) *पाहा :* **भागीदार**

सभाधीट (वि) *पाहा :* **धीट**

सभाध्यक्ष (पु), **सभापती** (पु) *पाहा :* **अध्यक्ष**

सभामंडप (पु) *पाहा :* **खोली**

संभार (पु) *पाहा :* **संग्रह**

संभावना (स्त्री) *पाहा :* **आदर, शक्यता**

संभावित (वि) *पाहा :* **प्रतिष्ठित**

संभाव्य (वि) *पाहा :* **शक्य**

संभाषण (न) संवाद, परस्परभाषण, सल्लामसलत, वाटाघाट, विचारविनिमय, चर्चा, खल, खलबत, गुजगोष्टी, सुसंवाद, गप्पा, दळणवळण, वादविवाद, बोलाचाली; *पाहा :* **बोलणे, भाषण**

(n) dialogue, conversation, conference, discussion, dissourse, exchange of views, heart to heart, intercourse, gossip, communication, colloquy; *पाहा :* **बोलणे, भाषण**

सभासद (पु) *पाहा :* **भागीदार**

संभाळ (पु) *पाहा :* **पालन, जतन**

संभाळणे (क्रि) *पाहा :* **पालन, जतन, सोसणे**

संभूती (स्त्री) *पाहा :* **उत्पत्ती, शक्यता**

संभोग (पु) रतिसुख, मैथुन, संग, अंगसंग, रत, सुरत, रतिसुरत, रतियुद्ध, सुरतक्रीडा, सुरतभोग, कामक्रीडा, मदनक्रीडा, कंदर्पकेली, शृंगार, उपभोग, विषयोपभोग, अंगमेळ, अंगसुख, अंगलग, लाग, मिथुन, झोंबट, मिलन/मीलन, समागम, स्त्रीपुरुषसमागम, यौनसंबंध, स्त्रीगमन, स्त्रीसंग, स्त्रीसंभोग; परस्त्रीगमन; स्त्रीसुख; *पाहा :* **बलात्कार**

[वा] पलंगसेवा, जवळ जाणे/झोपणे, जुगणे

(n) sexual intercourse/congress, coitus; sex, consummation of marriage, copulation, fornication, mating, incest, rape; *पाहा :* **बलात्कार**

[i] sleep with someone, go to bed with, couple

संभोगक्षमता (स्त्री) *पाहा :* **पौरुष**

संभोगेच्छा (स्त्री) *पाहा :* **काम** (पु)

सभोवताल (पु) *पाहा :* **परिसर**

सभोवताली, सभोवती, सभोवार (सर्व क्रिवि) *पाहा :* **आजूबाजूस**

सभ्य (वि) नागर, कुलीन, संभावित, शिष्ट, इज्जतदार, अब्रूदार, सुसंस्कृत, सज्जन, प्रतिष्ठित, अदबशीर, सौजन्यपूर्ण, अभिरुचिपूर्ण, अभिजात, सौहार्दपूर्ण, लज्जाशील, आर्जवी, ऋजू, सद्गुणी; *पाहा :* **चारित्र्यसंपन्न, सुजन** (विरु) **अशिष्ट, असंस्कृत**

[adj] gentlemanly, well-bred, noble, cultured, gallant, genteel, gracious, polished well mannered, well-spoken, courteous, courtly, cultivated, polite; *पाहा :* **चारित्र्यसंपन्न, सुजन** (विरु) **अशिष्ट, असंस्कृत**

सभ्यता (स्त्री) *पाहा :* **अदब, संस्कृती**

संभ्रम (पु), **संभ्रमावस्था** (स्त्री) *पाहा :* **भ्रम**

संभ्रांत (वि) *पाहा :* **भ्रांत**

सम (स्त्री) *पाहा :* **ताल**

सम (वि) *पाहा :* **समान**

समई (स्त्री) *पाहा :* **दिवा**

समकक्ष (वि) *पाहा :* **समान**

समकालीन (वि) *पाहा :* **समान, अर्वाचीन**

समग्र (वि) *पाहा :* **अवघा, अखंड, पूर्ण**

समचरण (पु, अव) *पाहा :* **पाय**

समचित्त (वि) *पाहा :* **तटस्थ, शांत**

समज (स्त्री) *पाहा :* **बुद्धी, ताकीद, जाण, जाणीव**

समज (पु) *पाहा :* **बोध, कल्पना, ग्रह**

समजणे (क्रि) *पाहा :* **उमगणे, अध्याहृत, आकलन, जाण, गणणे**

समजदार (वि) *पाहा :* **जाणता, चाणाक्ष**

समंजस (वि) *पाहा :* **विचारी, चित्तसंपन्न**

समजावणे (क्रि) *पाहा :* **सांगणे, कुरवाळणे**

समजूत (स्त्री) *पाहा :* **बोध, सांगणे, कल्पना, ग्रह**

समजूतदार (वि) *पाहा :* **विचारी**

समजूनउमजून (क्रिवि) *पाहा :* **मुद्दाम**

समझोता (पु) *पाहा :* **तडजोड**

संमत (वि) *पाहा :* **पसंत**

समंततः (क्रिवि) *पाहा :* **आजूबाजूस**

समतल (न) *पाहा :* **पातळी**

समतल (वि) *पाहा :* **सपाट**

समता (स्त्री) *पाहा :* **समानता**

संमती (स्त्री) *पाहा :* **पसंती, अनुमती, कौल, कबुली**

समतोल (वि) *पाहा :* **तटस्थ, शांत, समान, तोल**

समथळ (वि) *पाहा :* **सपाट**

समदर्शी (वि) *पाहा :* **तटस्थ**

समदुःखी (वि) *पाहा :* **दुःखी, समान**

समदृष्टी (वि) *पाहा :* **तटस्थ**

समंध (पु) *पाहा :* **पिशाच**

समधर्मी (वि) *पाहा :* **समान**

समन्वय (पु) *पाहा :* **जोडणी, व्यवस्था**

समपातळी (स्त्री) *पाहा :* **पातळी**

समप्रमाण (न) *पाहा :* **प्रमाण, समानता**

समबुद्धी (वि) *पाहा :* **निर्द्वंद्व**

समभाग (पु) *पाहा :* **भाग, अर्थ**

समभाव (पु) *पाहा :* **समानता**

समय (पु) *पाहा :* **काल**

समयसूचक (वि) हजरजबाबी, प्रसंगावधानी, प्रत्युत्पन्नमती
[adj] ready-wit, having presence of mind

समयस्फूर्त (वि) *पाहा :* **स्फूर्त**

समयज्ञ (वि) *पाहा :* **विचारी**

समयोचित (वि) *पाहा :* **उचित, नैमित्तिक**

समर (न) *पाहा :* **लढाई**

समरभूमी (स्त्री) *पाहा :* **रणांगण**

समरस (वि) *पाहा :* **एक**

समरसणे (क्रि) *पाहा :* **एकवटणे**

समरांगण (न) *पाहा :* **रणांगण**

समरूप (वि) *पाहा :* **समान**

समर्थ (वि) *पाहा :* **शक्तिमान, कर्तबगार, श्रीमंत**

समर्थक (पु) समर्थन देणारा (*पाहा :* **समर्थन**), पुष्टीकारक, अनुमोदक, साक्षीदार
(n) supporter (*पाहा :* **समर्थन**) advocate, champion, defender

समर्थन (न) पुष्टी, दुजोरा, अनुमोदन, पाठपुरावा, परिष्कार, मल्लिनाथी, साक्ष, सिद्धता, स्पष्टीकरण, कारण, सारवासारव, मखलाशी; *पाहा :* **समर्थक** (विरु) **खंडन करणे**
(n) support, backing, justification, vindication, proof, substantiation, explanation, apology, whitewashin; *पाहा :* **समर्थक** (विरु) **खंडन करणे**

समर्थनीय (वि) *पाहा :* **उचित**

समर्पक (वि) नेमका, चपखल, अन्वर्थक, यथार्थ, सार्थ, चोख; उचित, समयोचित, प्रसंगोचित, औचित्यपूर्ण; रीतसर, योग्य, सुयोग्य, बरोबर, यथायोग्य, लायक, अनुरूप, शोभेसा,

जुळणारा, साजणारा, साजेसा; *पाहा* : **अन्वर्थक**

[adj] appropriate, proper, fit, right, suitable, fitting, becoming, compatible, pertinent, to the point, exact, precise; *पाहा* : **अन्वर्थक**

समर्पण (न), **समर्पिणे** (क्रि) *पाहा* : **अर्पिणे**

समवयस्क (वि) *पाहा* : **समान**

समवाय (पु) *पाहा* : **समुदाय, संबंध**

समविचारी (वि) *पाहा* : **विचारी**

समविषम (वि) *पाहा* : **असमान**

समशीतोष्ण (वि) *पाहा* : **समान**

समशेर (स्त्री) *पाहा* : **खड्ग**

समशेरबहाद्दर (वि) *पाहा* : **पराक्रमी**

समष्टी (स्त्री) *पाहा* : **समुदाय, मानव**

समसमान (वि) *पाहा* : **समान**

समसमासंयोग (पु) *पाहा* : **भेट, समान**

समस्त (वि) *पाहा* : **अवघा, पूर्ण**

समस्या (स्त्री) *पाहा* : **कोडे**

समस्यापूर्ती (स्त्री) *पाहा* : **उकल, निरसन**

समक्ष (वि) *पाहा* : **प्रकट, पुढे**

समाईक (वि) *पाहा* : **अविभक्त**

समागम (पु) *पाहा* : **सहवास, संभोग**

समाचार (पु) *पाहा* : **बातमी, परामर्श**

समाचारपत्र (न) *पाहा* : **माध्यम**

समाज (पु) जनता, प्रजा, जनसामान्य, लोक, चार लोक, बहुजनसमाज, समाजपुरुष, मानवसमाज, जनसमूह, लोकसमूह, मानवसमूह, सर्वसामान्य लोक, सामान्यजन, चारचौघे, संस्था, मंडळ, मंडळी, सभा, जमाव, गट, समूह, गर्दी; *पाहा* : **मानव, प्रजा, सामाजिक**

(n) people, (general) public, masses, populace, the multitude, common people, folk, society, humanity, mob, group, community, league; *पाहा* : **मानव, प्रजा, सामाजिक**

समाजकंटक (पु) *पाहा* : **गुंड**

समाजकार्य (न) *पाहा* : **कार्य, उपकार**

समाजजागृती (स्त्री) *पाहा* : **जाग, चळवळ**

समाजधुरीण (पु) *पाहा* : **अध्यक्ष, उच्चभ्रू, अभिजन**

समाजपुरुष (पु) *पाहा* : **नरश्रेष्ठ**

समाजप्रिय (वि) *पाहा* : **प्रिय, मनमिळाऊ**

समाजबहिष्कृत (वि) *पाहा* : **दलित, बहिष्कृत**

समाजवाद (पु) *पाहा* : **राज्यपद्धती**

समाजविघातक (वि) *पाहा* : **नाशक**

समाजशास्त्र (न) *पाहा* : **शास्त्र**

समाजसत्तावाद (पु) *पाहा* : **राज्यपद्धती**

समाजसुधारक (पु) *पाहा* : **पुरोगामी**

समाजसेवक (सेविका) (पु, स्त्री) *पाहा* : **अनुचर, देशभक्त**

समाजहित (न) *पाहा* : **हित**

समाधान (न) *पाहा* : **आनंद, शांती, चित्तस्थैर्य, दिलासा, निरसन, खात्री**

समाधानी (वि) *पाहा* : **आनंदी, शांत**

समाधिस्थ (वि) *पाहा* : **गर्क, एकाग्र**

समाधी (स्त्री) इंद्रियवृत्तिनिरोध, विदेहस्थिती, चित्त-एकाग्रता, एकतानता, तंद्री, टाळी, निर्विकल्प/सविकल्प समाधी, सहजसमाधी, समतोल मनोवृत्ती; संजीवन समाधी; वृंदावन, छत्री; जलसमाधी; *पाहा :* **अष्टांगयोग, गर्क, चार अवस्था**

(n) meditation; *पाहा :* **अष्टांगयोग, गर्क, चार अवस्था**

समान (पु) *पाहा :* **पंचप्राण**

समान (वि) सम, सदृश, सारखा, सरिसा, सरसा, तुल्य, तुलनीय, तोलाचा, तोलामोलाचा, बरोबरीचा, जोडीचा, जोडीदार, तोडीस तोड, तोडीचा, जुळता, समसमान, समसमासंयोग झालेला, परस्परसमान, तसाच, तत्सम, तादृश, जुळा, समांतर, सरूप, तुल्यरूप, तत्तुल्य, बरोबरचा, अभिरूप, समरूप, तोच, एकच, तंतोतंत, हुबेहूब, एकसारखा, अभिन्न, भेदरहित, एकरूप, एक, एकात्म; समतोल, तुल्यबळ, भारंभार; समकालीन, समवयस्क, समदुःखी, समानशील, समानधर्मी, समविचारी, समकक्ष, सजातीय, स्वजातीय, समशीतोष्ण, समानार्थी, पर्यायी, पर्यायवाचक; *पाहा :* **समानता, तुलना** (विरु) **असमान**

[वा] एका पंक्तीला बसणे, पुरा पडणे, एका माळेचे मणी, सब घोडे बारा टक्के, एका मुशीतले, खाण तशी माती, आपल्यावरून जग ओळखावे, जशास तसे, ताटात सांडले काय आणि वाटीत सांडले काय एकच, एकाच नावेत बसणे, यथा राजा तथा प्रजा, पळसाला पाने तीनच, वाघ म्हटले तरी खातो वाघोबा म्हटले तरी खातोच, घरोघरी मातीच्याच चुली, आपण भला तर जग भले आपण मेलो जग बुडाले, ज्या गावच्या बोरी त्याच गावच्या बाभळी, आगीतून फुफाट्यात पडणे, घरोघरी त्याच परी न सांगेल ती बरी

[adj] similar, like, alike, akin, analogous, comparable, compitabel, harmonious, matching, resembling, analogous, equivalent, parallel, symmetrical, equal, identical, indistinguishable, congruent, one, the same, twin, tantamount, synonymous; *पाहा :* **समानता, तुलना** (विरु) **असमान**

[i] cast in the same mould, the very picture of, the very image of, birds of the same feather, in the same boat, keep one's end up, even money, have an even chance, be a match for, take the rough with the smooth, what's sauce for goose is sauce for the gander, take after someone

समानता (स्त्री) समता, साम्य, सादृश्य,

साधर्म्य, सारखेपणा, बरोबरी, जोडी, तुल्यता, समरूपता, सरूपता, सारूप्य, अभिन्नत्व, एकरूपता, एकत्व, समप्रमाण, प्रमाणबद्धता, तोल, समभाव, सर्वधर्मसमभाव, एकवाक्यता, एकमत, सहमती, सर, सरी, तुल्यबलता, तुलना, उपमा; समीकरण; *पाहा :* **पर्याय, प्रत, उपमा, समान** (विरु) **अंतर**

(n) similarity, likeness, resemblance, closeness, congruity, correspondence, parellelism, sameness, similitude, equivalence, equality, parity, balance, symmetry, oneness; *पाहा :* **पर्याय, प्रत, उपमा, समान** (विरु) **अंतर**

समानार्थी (वि) *पाहा :* **पर्याय, समान**

समापन (न) *पाहा :* **अखेर**

समाप्त (वि) समापन्न, समापित, संपन्न, पूर्ण, संपूर्ण, खलास, खतम, संपलेला, सरलेला, आटोपलेला, उरकलेला, अखेर झालेला, शेवटास गेलेला, संस्थगित, बरखास्त, विसर्जित, नष्ट, मृत

[adj] complete, completed, concluded, finished, adjourned, terminated, ended, over, dead

समाप्ती (स्त्री) *पाहा :* **अखेर, अंत, पूर्णावस्था, उपसंहार**

समारंभ (पु) *पाहा :* **उत्सव**

समाराधन (न) *पाहा :* **अन्न, आर्जव**

समारोप (पु) *पाहा :* **उपसंहार, अखेर**

समारोह (पु) *पाहा :* **उत्सव**

संमार्जन (न) *पाहा :* **स्वच्छता**

समालोचन (न) *पाहा :* **परीक्षण, कथन, टीका**

समावणे (क्रि) सामावणे, मावणे, आत राहणे, भरून राहणे, अंतर्भूत होणे, शिरणे, प्रवेश करणे, समावेश होणे, समाविष्ट होणे, अंतर्गत असणे

(v) be included/ contained/ admitted/ taken in/ incorporated

समाविष्ट (वि) *पाहा :* **अंतर्गत, गर्भित**

समावेश (पु) *पाहा :* **अंतर्भाव, अंतर्गत**

समावेशक (वि) *पाहा :* **व्यापक**

समाश्रय (पु) *पाहा :* **आश्रय**

समास (पु) *पाहा :* **काठ, जोडणी, अध्याय**

समाहार (पु) *पाहा :* **समुदाय**

समाहित (वि) *पाहा :* **एकाग्र, व्यवस्थित**

समिती (स्त्री) *पाहा :* **समुदाय**

समिंदर (पु) *पाहा :* **समुद्र**

समिधा (स्त्री) *पाहा :* **अग्नी**

संमिश्र (वि) *पाहा :* **मिश्र**

समीकरण (न) *पाहा :* **समानता**

समीप (क्रिवि) *पाहा :* **आजूबाजूस**

समीपता (स्त्री) *पाहा :* **जवळीक**

समीर (पु), **समीरण** (पु) *पाहा :* **वायू**

संमीलन (न) *पाहा :* **एकवटणे**

समीक्षक (पु) *पाहा :* **टीकाकार, चिकित्सक**

समीक्षण (न), **समीक्षा** (स्त्री) *पाहा :* **टीका, चिकित्सा**

संमुख (वि) *पाहा :* **पुढे**

समुचित (वि) *पाहा :* **उचित**

समुच्चय (पु) *पाहा :* **समुदाय**

समुच्छेद (पु) *पाहा :* **नाश**

समुत्कट (वि) *पाहा :* **अतिशय**

समुत्थान (न) *पाहा :* **आदर**

समुदाय (पु) समुच्चय, समूह, समवाय, समाहार, समष्टी, संघात, संकुल, संच, मोहोळ; राजी, गण, मनुष्यगण, राक्षसगण, इ.; वृंद, मांदियाळी, जथा, जमाव, वऱ्हाड, घोळका, थवा, झुंड, गर्दी, झिंबड, झुंबड, झिम्मड, टोळी, टोळके, पथक, तुकडी, सेना, सैन्य, फौज, गट, चमू, कंपू, कुटाळकंपू, गण, मेळ, मेळा, अड्डा, आखाडा; कबिला, लेंढार, पेंढार, भुतावळ; समाज, संघ, संघटन, संघटना, मंडल, मंडळ, मंडळी, महामंडळ, संस्था, परिवार, जमात, समिती, महासमिती, राष्ट्रकुल, राष्ट्रसंघ, संघराज्य; सभा, संमेलन, मेळावा, स्नेहमेळावा; खिल्लार, कळप, काफिला, कारवान, यूथ, तांडा, ताफा, टोळधाड, भिरे; झुपका (झुबका), बुचका, चुबका, गुच्छ, गेंद, झेला, पुष्पगुच्छ, स्तबक, घोस, लोंगर, पुंज, पुंजका, घड, गोटा, गोंडा, तुरा, जुडगा, जुडा, जुंबाड, जुडी, गड्डी, पेंढी, गठ्ठा, बिंडा, भारा; गाठोडे, दिंड, बस्ता, चंबूगबाळे; रास, राशी, ढीग, ढिगारा, ढिगोल, खच, डोंगर, थप्पी, रच, चवड, चळत, गंज, गंजी, खंडमेरू; गुंता, गुंताड, गुंतवळ, बंबाळ; *पाहा :* **संग्रह**

[वा] पेव फुटणे, बारभाई

(n) assemblage, accumulation, conglomeration, group, crowd, throng, mob, horde, pack, gang, crew, band, squad, batch, battery, asssembly, gathering, meeting, congregation, convocation, congress, caravan, convoy, swarm, flock, herd, bevy, galaxy, constellation, community, body, league, union, cluster, bundle, bale, pile; *पाहा :* **संग्रह**

[i] a mixed bag

समुद्भव (पु) *पाहा :* **उत्पत्ती**

समुद्र (पु) सागर, महासागर, दर्या (दरिया), अर्णव, महार्णव, सिंधू, जलनिधी, जलधी, उदधी, महोदधी, उदकराशी, अब्धी, अंबुधी, अंबुनिधी, अंभोनिधी, अपांपती, पयोनिधी, पयोधी, तोयराशी, वारिराशी, रत्नाकर, समिंदर; सप्तसागर; क्षीरसागर; क्षीराब्धी; उपसागर, खाडी, तरी, आखात, सामुद्रधुनी, बंदर, जलाशय; *पाहा :* **संग्रह, जलाशय, पाणी**

(n) sea, ocean, the main, the deep, the great sea, high seas, Seven Seas; gulf, strait, bay, cove, fiord, harbour; *पाहा :* **संग्रह, जलाशय, पाणी**

समुद्रकिनारा (पु) *पाहा :* **तट**

समुद्रपर्यटन (न) *पाहा :* **प्रवास**

समुद्रवलयांकित (वि) *पाहा :* **पृथ्वी**

समुद्रसपाटी (स्त्री) *पाहा :* **पातळी**

समुद्रस्नान (न) *पाहा :* **स्नान**

समुपदेशक (पु) *पाहा :* **सल्लागार**

समूह (पु) *पाहा :* **समुदाय**

समूहमन (न) *पाहा :* **मन**

समूळ (क्रिवि) *पाहा :* **सर्वस्वी, अवघा**

समृद्ध (वि) परिपूर्ण, भरगच्च, भरलेला; संपन्न, वैभवशाली, भरभराटलेला, वाढ/ विकास / अभिवृद्धी झालेला; समृद्धी उपभोगणारा (*पाहा :* **समृद्धी**) *पाहा :* **श्रीमंत**

[adj] full, replete, overflowing, rich, prosperous, luxurient, affluent, abundant; *पाहा :* **समृद्धी, श्रीमंत**

समृद्धी (स्त्री) परिपूर्णता, वैपुल्य, रेलचेल, लयलूट, आबादीआबाद, पूर, बहर, बाहुल्य, चंगळ, सुकाळ, सुबत्ता, ऋद्धी, ऐश्वर्य, संपन्नता, भरभराट, उत्कर्ष, अभिवृद्धी, उधाण, सुखसमृद्धी; *पाहा :* **श्रीमंती, समृद्ध** (विरु) **अभाव**

[वा] दह्यादुधाचे पाट, घृतकुल्या मधुकुल्या, दिवाळी, गोकुळ

(n) profusion, abundance, superabundance, plenty, luxuriance, opulence, affluence, prosperity *पाहा :* **श्रीमंती, समृद्ध** (विरु) **अभाव**

[i] milk and honey, flood, deluge, it never rains it pours

समेट (पु) *पाहा :* **तडजोड**

संमेलन (न) *पाहा :* **अधिवेशन, जलसा**

समोर (क्रिवि) *पाहा :* **पुढे**

समोरासमोर (क्रिवि) *पाहा :* **पुढे**

संमोह (पु) *पाहा :* **भ्रम**

सम्यक (वि) *पाहा :* **उचित, उत्कृष्ट**

सम्राट (पु) *पाहा :* **राजा, अध्यक्ष**

सम्राज्ञी (स्त्री) *पाहा :* **राणी**

सय (स्त्री) *पाहा :* **स्मरण**

संयत (वि) *पाहा :* **संयमित**

संयंत्र (न) *पाहा :* **साधन**

संयम (पु) संयमन, संयती, यम, यमन, नियमन, निग्रह, दमन, नियंत्रण, ताबा, अंकुश, काबू, आवर, आवरशक्ती, अटकाव, आळा, दाब, प्रतिरोध, निर्बंध, बंधन, नियम, व्रत, मर्यादा, देहदंडन, मनोनिग्रह, आत्मनिग्रह (-संयमन), इंद्रियनिग्रह (-दमन), ध्यान- धारणा- समाधी; अहिंसा

[वा] मन मारणे, उरावर धोंडा ठेवणे, जीव जाळणे, तोंड आवरणे/ सांभाळणे, अंथरूण पाहून पाय पसरणे

(n) control, curb, check, restraint, regulation, self-control, self-denial, composure

[i] to bottle up, to pull oneself together

संयमन (न) *पाहा :* **संयम**

संयमित (वि) संयत, नियमित, निग्रहित, नियंत्रित, दमन केलेला, आवर घातलेला, काबूतला, मर्यादित, मित, बंदिस्त; *पाहा :* **संयमी** (विरु) **अनियंत्रित**

[adj] controlled, curbed, checked, restrained, regulated; *पाहा :* **संयमी** (विरु) **अनियंत्रित**

संयमी (वि) स्थितप्रज्ञ, स्थिरबुद्धी, ज्ञानी, आत्मज्ञानी, योगी, तपस्वी, जिन, व्रती, शांत, निग्रही, आत्मसंयमी, जितेंद्रिय, संयतेंद्रिय, इंद्रियनिग्रही; मिताहारी, मितभाषी; *पाहा :* **संयमित**

[adj] stoical, ascetic, self-controlled, inexcitable, resigned, dispassionate, sedate, philosophical; *पाहा :* **संयमित**

संयुक्त (वि) एकत्र, एकत्रित, एकवटलेला, जुळलेला, जोडलेला, सांधलेला, संलग्न, संबद्ध, अविभक्त; *पाहा :* **मिश्र, एकवटणे, जुळा** (विरु) **विभक्त**

[adj] united, unified, joint, collective, co-operative, collaborative, combined, common, undivided; *पाहा :* **मिश्र, एकवटणे, जुळा** (विरु) **विभक्त**

सयुक्तिक (वि) *पाहा :* **तर्कशुद्ध, उचित**

संयोग (पु) *पाहा :* **भेट, संपर्क, सरमिसळ, अद्वैत**

संयोजक (वि) *पाहा :* **कारभारी**

संयोजन (न) *पाहा :* **व्यवस्था**

सर (पु) *पाहा :* **पदर, आवली, प्रमुख**

सर (स्त्री) *पाहा :* **पाऊस, समानता**

सरकगाठ (स्त्री) *पाहा :* **गाठ**

सरकटणे (क्रि) *पाहा :* **घसरणे**

सरकणे (क्रि) *पाहा :* **घसरणे, ढळणे**

सरकत (स्त्री) *पाहा :* **भागीदारी**

सरकतदार (पु), **सरकती** (पु) *पाहा :* **भागीदार**

सरकफास (पु) *पाहा :* **गाठ**

सरकवणे (क्रि) *पाहा :* **ढकलणे**

सरकार (न) *पाहा :* **अधिकार, अधिकारी, राज्यपद्धती**

सरकारजमा (वि) *पाहा :* **मिळवणे**

सरकारमान्य (वि) *पाहा :* **प्रमाणित**

सरकारस्वारी (स्त्री) *पाहा :* **अधिकारी**

सरकी (स्त्री) *पाहा :* **बी**

सरगम (स्त्री) *पाहा :* **स्वर**

सरगाठ (स्त्री) *पाहा :* **गाठ**

संरचना (स्त्री) *पाहा :* **मांडणी**

सरंजाम (पु) *पाहा :* **उपकरण, इतमाम, डामडौल**

सरंजामदार (पु) *पाहा :* **जमीनदार**

सरंजामशाही (स्त्री) *पाहा :* **राज्यपद्धती**

सरण (न) *पाहा :* **अंत्येष्टी**

सरणी (स्त्री) *पाहा :* **रीत, आवली, मार्ग**

सरणे (क्रि) *पाहा :* **ढळणे, संपणे**

सरतेशेवट (-टी) (क्रिवि) *पाहा :* **अखेर**

सरदार (पु) *पाहा :* **अधिकारी, अमीर**

सरदारकी (स्त्री) *पाहा :* **अधिकार**

सरदेशमुखी (स्त्री) *पाहा :* **कर**

सरधोपट (वि) *पाहा :* **सरळ**
सरपंच (पु) *पाहा :* **स्थानिक स्वराज्य संस्था**
सरपटणे (क्रि) *पाहा :* **चालणे, फरपटणे**
सरपण (न) *पाहा :* **लाकूड, अग्नी**
सरबत्ती (स्त्री) *पाहा :* **वैपुल्य, आघात**
सरबराई (स्त्री) *पाहा :* **अगत्य**
सरबरीत (वि) *पाहा :* **प्रवाही**
सरभेसळ (स्त्री) *पाहा :* **सरमिसळ**
सरमिसळ (स्त्री) सरभेसळ, मिश्रण, संयोग, रसायन, रांधा, काला, गरगट, खिचडी, (अठरा धान्यांचे) कडबोळे, गोधडी, गोतांबील, भेळ, भेसळ, मिसळ, संकलन, संकीर्ण संकलन, संकुल, विविधा, शिवाशीव, प्रदूषण, संकर, वर्णसंकर, जातिसंकर, सबगोलंकार, लोमविलोम, मिश्रप्रजनन, आंतरजातीय (-धर्मीय, -वर्णीय) विवाह, रोटीबेटी- व्यवहार; *पाहा :* **मिश्र**
(n) medley, jumble, hotchpotch, mixture, mishmash, potpouri, intermingling, motely, mosaic, crossbreeding, miscegenation, intermarriage; *पाहा :* **मिश्र**
सरल (वि) *पाहा :* **प्रासादिक, सरळ**
सरलता (स्त्री) *पाहा :* **प्रसाद**
सरशी (स्त्री) *पाहा :* **जय, उत्कर्ष**
सरस (पु) *पाहा :* **गोंद**
सरस (वि) *पाहा :* **वरचढ, उत्कृष्ट, कसदार, चांगला**
सरसनीरस (वि) *पाहा :* **असमान**
सरसपाट (वि) *पाहा :* **सपाट**
सरसर (क्रिवि) *पाहा :* **अविलंब**
सरसा (वि) *पाहा :* **समान**
सरसावणे (क्रि) *पाहा :* **उद्युक्त, धजणे**
सरसिज (न) *पाहा :* **कमळ**
सरस्वती (स्त्री) वाग्देवता, काश्मिरी; *पाहा :* **वाणी**
(n) Goddess of Learning; *पाहा :* **वाणी**
सरहद्द (स्त्री) *पाहा :* **मर्यादा**
सरळ (वि) समोर, एका रेषेत, थेट, नीट, उजू, ॠजू, सरळसोट, लांबसडक, धोपट, सरधोपट, नाकासमोर; सरळमार्गी, प्रामाणिक, निष्कपट, प्रांजळ, परखड; स्पष्ट, उघड; सरल, सोपा, साधा, सुबोध; सुरळीत; सुलट, सुतासारखा; *पाहा :* (विरु) **वक्र**
[adj] straight, rectilinear, aligned, undeviating, direct; straightforward, honest, artless, clear, lucid *पाहा :* (विरु) **वक्र**
[i] as the crow files
सरळमार्गी (वि) *पाहा :* **सात्त्विक, साधा**
सरळव्याज (न) *पाहा :* **फायदा**
सरळसरळ (क्रिवि) *पाहा :* **धडधडीत**
संरक्षक (वि) *पाहा :* **पहारेकरी, रक्षण**
संरक्षण (न) *पाहा :* **रक्षण**
संरक्षित (वि) *पाहा :* **रक्षित**
सराई (स्त्री) *पाहा :* **ॠतू, बहर, आलय**
सराईत (वि) *पाहा :* **निपुण**

सराफ (पु) *पाहा :* **व्यापारी**

सराव (पु) अभ्यास, आवृत्ती, व्यासंग; तालीम, मेहनत; परिपाठ, सवय, राबता, पालन

(n) practice, drill, exercise; habit, usage, observance, workout,

[i] practise makes a man perfect

सरावणे (क्रि) सवय होणे, रुळणे, दृढावणे, वहिवाटणे

(v) get used to, fall into a custom, take root

सरासर (क्रिवि) *पाहा :* **अविलंब, सर्वस्वी**

सरासरी (स्त्री) ठोकळ/ढोबळ मान, सामान्य प्रमाण, अंदाज, ठोकताळा

(n) average, mean, norm, standard, expectation

सरिता (स्त्री) *पाहा :* **प्रवाह**

सरिसा (वि) *पाहा :* **समान**

सरी (स्त्री) *पाहा :* **समानता, मार्ग**

सरूप (वि) *पाहा :* **समान, अभिन्न**

सरोज (न), **सरोजिनी** (स्त्री), **सरोरुह** (न) *पाहा :* **कमळ**

सरोवर (न) *पाहा :* **जलाशय**

सरोष (वि) *पाहा :* **संतापी, संतप्त**

सर्ग (पु) *पाहा :* **अध्याय**

सर्जन (न) *पाहा :* **उत्पत्ती**

सर्जनशक्ती (स्त्री) *पाहा :* **प्रतिभा**

सर्जनशील (वि) प्रतिभावंत, निर्मितिक्षम, उत्पादनक्षम, कल्पक, नवनवोन्मेषशाली, रचनात्मक, सुपीक, जननक्षम, प्रजननक्षम, बहुप्रसवा

[adj] creative, ingenious, original, inspired, constructive, imaginative, productive, fertile

सर्द (वि) *पाहा :* **आर्द्र, आश्चर्य**

सर्दी (स्त्री) *पाहा :* **थंडी**

सर्प (पु) *पाहा :* **साप**

सर्पमांत्रिक (पु) *पाहा :* **गारुडी**

सर्पाकृती (वि), **सर्पिल** (वि) *पाहा :* **वक्र**

सर्पोद्यान (न) *पाहा :* **प्राणिसंग्रहालय**

सर्व (वि) *पाहा :* **अवघा**

सर्वंकष (वि) *पाहा :* **सार्वत्रिक, पूर्ण**

सर्वकाल (क्रिवि) *पाहा :* **अखंड**

सर्वगुणसंपन्न (वि) *पाहा :* **गुणी**

सर्वतोपरी (क्रिवि) *पाहा :* **सर्वस्वी**

सर्वत्र (क्रिवि) सगळीकडे, जिकडे-तिकडे, ठिकठिकाणी, ठायीठायी, जागोजाग, जिथेतिथे (जेथेतेथे), पावलोपावली, हाकेहाकेवर, रस्तोरस्ती, घरटी, सर्वदूर, चौफेर, चोहीकडे, चहूकडे, कोनाकोपऱ्यांत, घरीदारी, दशदिशांत, आसेतुहिमाचल, जगभर, या टोकापासून त्या टोकापर्यंत, रावापासून रंकापर्यंत

[adv] everywhere, far and wide, all over, all the world over, in all quarters, here and there

[i] under the sun

सर्वथा (क्रिवि) *पाहा :* **सर्वस्वी**

सर्वथैव (क्रिवि) *पाहा :* **सर्वस्वी**
सर्वदर्शी (वि) *पाहा :* **परमेश्वर**
सर्वदा (क्रिवि) *पाहा :* **अखंड**
सर्वधर्मसमभाव (पु) *पाहा :* **समानता**
सर्वनाम (न) *पाहा :* **अभिधान**
सर्वनाश (पु) *पाहा :* **नाश, अपयश**
सर्वप्रिय (वि) *पाहा :* **प्रिय**
सर्वभक्षक (वि) *पाहा :* **अधाशी**
सर्वमान्य (वि) *पाहा :* **मान्य**
सर्वव्यापक (-व्यापी) *पाहा :* **व्यापक, सार्वत्रिक**
सर्वशक्तिमान (वि) *पाहा :* **परमेश्वर, शक्तिमान**
सर्वश्रुत (वि) *पाहा :* **जाहीर**
सर्वश्रेष्ठ (वि) *पाहा :* **थोर, अग्रगण्य, अजोड**
सर्वसंगपरित्याग (पु) *पाहा :* **त्याग**
सर्वसंगपरित्यागी (वि) *पाहा :* **विरक्त, कलंदर**
सर्वसत्ताधारी (पु), **सर्वसत्ताधीश** (पु) *पाहा :* **अधिकारी, अध्यक्ष, जुलमी**
सर्वसंमत (वि) *पाहा :* **मान्य**
सर्वसमावेशक (वि) *पाहा :* **व्यापक**
सर्वसाधारण (-सामान्य) (वि) *पाहा :* **ठोकळ, सार्वत्रिक, सामान्य**
सर्वसाक्षी (वि) *पाहा :* **परमेश्वर**
सर्वस्पर्शी (वि) *पाहा :* **व्यापक**
सर्वस्व (न) तनमनधन, सारसर्वस्व, चीजवस्तू, घरदार
(n) one's all; body, soul and belongings; all assets
सर्वस्वी (क्रिवि) पूर्णपणे, संपूर्णपणे, पुरतेपणी, सर्वतोपरी, कायावाचामनेकरून, तनमनधनाने, संपूर्णतया, सर्वथा, सर्वथैव, निखालस, अगदी, सपशेल, सरासर, धडधडीत, टक्क, सताड, समूळ, ठार, पार, घसघशीत, अजिबात; आपादमस्तक, शरीरभर, नखशिखांत, आमूलाग्र, यथासांग, सांगोपांग, निहायत;
[adv] totally, wholly, entirely, absolutely, completely
[i] heart and soul, hook, line and sinker
सर्वज्ञ (वि) *पाहा :* **ज्ञानी**
सर्वज्ञात (वि) *पाहा :* **प्रसिद्ध**
सर्वांग (न) *पाहा :* **अंग**
सर्वांगसुंदर (वि) *पाहा :* **सुंदर**
सर्वांगीण (वि) *पाहा :* **पूर्ण**
सर्वाधिक (वि) *पाहा :* **अधिक**
सर्वाधिकार (पु) *पाहा :* **अधिकार**
सर्वाधिकारी (पु) *पाहा :* **अधिकारी**
सर्वानुमती (स्त्री) *पाहा :* **एकमत, अनुमती**
सर्वानुमते (क्रिवि) *पाहा :* **अविरोध**
सर्वेसर्वा (वि) *पाहा :* **अधिकारी, प्रमुख**
सर्वेक्षण (न) *पाहा :* **अन्वेषण, पाहणी**
सर्वोच्च (वि) *पाहा :* **परम, उंच**
सर्वोत्कृष्ट (वि), **सर्वोत्तम** (वि) *पाहा :* **उत्कृष्ट, परम, अजोड**
सर्वोदय (पु) *पाहा :* **कल्याण**
सर्वोपयोगी (वि) *पाहा :* **उपकारक**
सल (पु) *पाहा :* **टोचणी**
सलकडे (न) *पाहा :* **कंकण**
सलग (वि) *पाहा :* **अखंड**

सलगी (स्त्री) *पाहा :* **मित्रत्व, जवळीक, अतिप्रसंग**

संलग्न (वि) *पाहा :* **बद्ध, अविभक्त, चिकटणे**

सलज्ज (वि) *पाहा :* **लाजणे**

सलणे (क्रि) *पाहा :* **टोचणे, खुपणे**

सलाम (पु) *पाहा :* **अभिवंदन**

सलामी (स्त्री) *पाहा :* **अभिवंदन, आरंभ**

सलिल (न) *पाहा :* **पाणी**

सलूक (पु) *पाहा :* **तडजोड, मित्रत्व**

सलोकता (स्त्री) *पाहा :* **मुक्ती**

सलोखा (पु) *पाहा :* **मित्रत्व, तडजोड, जवळीक, घरोबा**

सल्तनत (स्त्री) *पाहा :* **दौलत**

सल्ला (पु, स्त्री) *पाहा :* **उपदेश**

सल्लागार (पु) मार्गदर्शक, वाटाड्या, उपदेशक, समुपदेशक, शिक्षक, हितचिंतक, मित्र, मंत्री, प्रधान, अमात्य, राजसल्लागार; *पाहा :* **अध्यापक**

[वा] उंटावरून शेळ्या हाकणे, उंटावरचा शहाणा

(n) adviser, guide, counsellor, instructor, well-wisher, friend, mentor, confident, consultant, minister *पाहा :* **अध्यापक**

सल्लामसलत (स्त्री) *पाहा :* **चर्चा, खल**

सवकणे (क्रि) *पाहा :* **सवय, चटक**

सवंग (वि) *पाहा :* **नकली, निकृष्ट, स्वस्त**

सवंगडी (पु) *पाहा :* **मित्र**

सवड (स्त्री) *पाहा :* **उसंत**

संवत (न) *पाहा :* **वर्ष**

सवत (स्त्री) *पाहा :* **पत्नी**

सवता (वि) *पाहा :* **विभक्त**

सवतासुभा (पु) *पाहा :* **विभाजन**

संवत्सर (न) *पाहा :* **वर्ष**

सवय (स्त्री) रीत, चाल, परिपाठ, सराव, राबता, सवई, नाद, छंद, खोड, चट, चटक, लटक, लत, गोडी, आसक्ती, व्यसन, तलफ; स्वाभाविक वृत्ती; कल, लकब, जन्मखोड, दुर्व्यसन;

[क्रि] अंगवळणी पडणे, सवकणे, सोकणे, सोकावणे, दृष्टी (नजर) मरणे

[वा] जित्याची खोड मेल्याशिवाय जात नाही, ये रे माझ्या मागल्या कण्याभाकरी चांगल्या, पाचवीला पुजलेला असणे, रोज मरे त्याला कोण रडे

(n) habit, routine, practice, convention, custom, matter of course, hobby, passion, penchent, inurement, second nature, idiosyncrasy

सवर्ण (वि) *पाहा :* **वर्णव्यवस्था**

संवर्धक (वि) *पाहा :* **पोषक**

संवर्धन (न) *पाहा :* **पोषण**

सवलत (स्त्री) *पाहा :* **उसंत, सूट**

सवाई (वि) *पाहा :* **वरचढ**

संवाद (पु) *पाहा :* **संभाषण**

संवादिनी (स्त्री) *पाहा :* **सुषिरवाद्य**

सवाल (पु) *पाहा :* **प्रश्न**

सवाशीण (स्त्री), **सवाष्ण** (स्त्री) *पाहा* : **स्त्री**
संवाहन (न) *पाहा* : **मदत, चेपणे**
सविता (पु) *पाहा* : **सूर्य**
संवित्ती (स्त्री) *पाहा* : **ज्ञान**
संविदा (स्त्री) *पाहा* : **करार**
संविधान (न) *पाहा* : **व्यवस्था, कायदा**
संविधानक (न) *पाहा* : **कथा**
सविनय (वि) *पाहा* : **नम्र, चळवळ**
सविस्तर (वि) *पाहा* : **इत्थंभूत**
संवेदनशून्य (वि) *पाहा* : **बधिर**
संवेदनक्षम (वि) *पाहा* : **भावनाप्रधान, कोवळा**
संवेदनक्षमता (स्त्री) *पाहा* : **कोवळीक**
संवेदना (स्त्री) *पाहा* : **जाणीव**
सव्य (वि) *पाहा* : **डावा**
सव्यसाची (वि) *पाहा* : **चतुरस्र**
सव्याज (वि) *पाहा* : **अधिक**
सव्यापसव्य (न) *पाहा* : **दगदग**
सशक्त (वि) *पाहा* : **शक्तिमान**
संशय (पु) *पाहा* : **शंका**
संशयखोर (-ग्रस्त) (वि) *पाहा* : **साशंक, कलुषित**
संशयनिवृत्ती (स्त्री) *पाहा* : **खात्री, निरसन**
संशयातीत (वि) *पाहा* : **निःसंशय, निश्चित, पारदर्शक**
संशयास्पद (वि) *पाहा* : **अनिश्चित**
संशयित (वि) *पाहा* : **गुन्हेगार**
संशयी (वि) *पाहा* : **साशंक**
सशर्त (वि) अट/ शर्त/ बंध/ निर्बंध/ सीमा/ मर्यादा/ संकेत घातलेला, बिनशर्त नसलेला; *पाहा* : (विरु) **बिनशर्त**
[adj] conditional, restricted, with a proviso *पाहा* : (विरु) **बिनशर्त**
सशस्त्र (वि) शस्त्रधारी, शस्त्रासहित (*पाहा* : **आयुध**), हत्यारबंद, हत्यारी
[adj] armed (*पाहा* : **आयुध**)
सशास्त्र (वि) *पाहा* : **शास्त्रीय**
संशुद्धी (स्त्री) *पाहा* : **शुद्धी**
संशोधक (पु) *पाहा* : **तज्ज्ञ, जिज्ञासू**
संशोधन (न) *पाहा* : **अन्वेषण, अध्ययन**
संश्लिष्ट (वि) *पाहा* : **बद्ध**
संश्लेष (पु) *पाहा* : **आलिंगन**
संसक्त (वि) *पाहा* : **बद्ध, आसक्त**
संसद (स्त्री) लोकसभा, राज्यसभा
(n) parliament, upper/lower house
संसदीय (वि) *पाहा* : **राज्यपद्धती**
संसर्ग (पु) *पाहा* : **सहवास**
संसर्गजन्य (वि) *पाहा* : **आजार**
ससा (पु) शश
(n) hare, rabbit
संसार (पु), प्रपंच, घरदार, घरसंसार, बायकामुले; योगक्षेम, चरितार्थ, उदरनिर्वाह; प्रपंचाचा / संसाराचा गाडा, संसारचक्र (-यात्रा, -रहाटी), व्यवहार, उद्योग, कामधाम, गृहकृत्य, घरगाडा, संसारधंदा, आयुष्यक्रम, मानवी जीवित, दुनियादारी, संसारसागर, भव, भवचक्र (-सागर, -पाश), भवार्णव, संसारताप (-दुःख, -यातना), जीवनकलह, भवव्यथा, प्रापंचिक चिंता;

इहलोक, जग, सृष्टी, विश्व, विश्वपरंपरा, संसृती; *पाहा :* **प्रपंच, घरकाम**

[वा] घर चालवणे, घर थाटणे, चौऱ्याऐंशीचा फेरा, संन्याशाचा संसार

(n) worldly life/duties, home, domestic life; livelihood, sustenance, daily routine/ chores/business; worldly sufferings; earth, world, universe, cosmos; *पाहा :* **प्रपंच, घरकाम**

संसारत्याग (पु) *पाहा :* **संन्यास**

संसारी (वि) *पाहा :* **कुटुंबवत्सल**

संसिद्धी (स्त्री) *पाहा :* **सिद्धी**

संसृती (स्त्री) *पाहा :* **संसार**

संसृष्ट (वि) *पाहा :* **बद्ध**

ससेमिरा (पु) *पाहा :* **तगादा**

ससेहोलपट (स्त्री) *पाहा :* **त्रास**

संस्करण (न) *पाहा :* **संस्कार**

संस्कार (पु) विधी, कृती, क्रिया, प्रक्रिया, शुद्धीकरण, संस्करण, सोपस्कार, सुधारणा, दुरुस्ती, बदल, रूपांतर; छाप, ठसा, परिणाम; शिक्षण, संगोपन, सुसंस्कार; धार्मिक विधी, सोळा/षोडश संस्कार (गर्भाधान, नामकरण, बारसे, उपनयन, विवाह वगैरे)

[वा] गवयाचे पोर रडले तरी सुरावरच रडणार

(n) process, action, purification, refinement, modification, enlightenment, indoctrination, upbringing, education, nurture, training, imprint, religious rites

संस्कारहीन (वि) *पाहा :* **असंस्कृत**

संस्कारक्षम (वि) *पाहा :* **अल्पवयस्क**

संस्कृत भाषा (स्त्री) गीर्वाणभाषा (-वाणी, -भारती), देवभाषा, देववाणी

(n) Sanskrit language

संस्कृतिसंरक्षक (पु) *पाहा :* **उच्चभ्रू**

संस्कृती (स्त्री) समाजस्थिती (सामाजिक, शैक्षणिक, धार्मिक, नैतिक, साहित्य-कला- ज्ञान- तत्त्वज्ञान- शास्त्र, इत्यादीविषयक), परंपरा, चालीरीती, रीतीभाती, आचार, सुसंस्कृतता, सुधारणा, विकास, सभ्यता, अर्थप्रधान/ पोटभरू संस्कृती; *(पाहा :* **चंगळवाद**)

(n) civilization, culture, cultivation, state of humanity (social, educational, religious, moral, relating to literature- art- learning-philosophy- science etc.), tradition, customs, mores way of life; refinement;

सस्तन (वि) *पाहा :* **प्राणी**

संस्थगिती (स्त्री) *पाहा :* **अटकाव**

संस्था (स्त्री) मंडळ, मंडळी, समाज, संघटना, संघ, गट, समूह, कुटुंब, सभा, महासभा, महामंडळ, परिषद, परिसंस्था, आयोग, संस्थान, निगम, केंद्र, अड्डा, फड, आखाडा; धर्मादाय संस्था, स्वयंसेवी संस्था,

सहकारी संस्था, इत्यादी; योजना, मांडणी, रचना, व्यवस्था, यंत्रणा; *पाहा :* **अधिवेशन**

(n) institution, institute, association, society, foundation, union, league, guild, syndicate, corporation, body, community; system, organisation, arrangement; *पाहा :* **अधिवेशन**

संस्थान (न) *पाहा :* **देश, संस्था**

संस्थानिक (पु) *पाहा :* **राजा**

संस्थापक (पु) *पाहा :* **प्रयोजक**

संस्थापन (-ना) (न, स्त्री) *पाहा :* **स्थापना**

संस्थापित (वि), **संस्थित** (वि) *पाहा :* **स्थापित**

सस्नेह (वि) *पाहा :* **प्रेमळ**

संस्पर्श (पु) *पाहा :* **स्पर्श, संबंध**

संस्मरण (न) *पाहा :* **स्मरण**

संस्मरणीय (वि) *पाहा :* **उल्लेखनीय**

सस्मित (वि) *पाहा :* **आनंदित**

सस्य (न) *पाहा :* **धान्य**

सहआरोपी (पु) *पाहा :* **गुन्हेगार**

सहकंप (पु) *पाहा :* **सहानुभूती**

सहकार (पु), **सहकारिता** (स्त्री) *पाहा :* **मदत**

सहकारी (पु) *पाहा :* **मदतगार, मित्र, अंतेवासी**

सहकार्य (न) *पाहा :* **मदत**

सहगमन (न) *पाहा :* **सती**

सहगामी (पु) *पाहा :* **मित्र**

सहचर (पु) *पाहा :* **मित्र, पती**

सहचरी (स्त्री), **सहचारिणी** (स्त्री) *पाहा :* **मैत्रीण, पत्नी**

सहज (वि) *पाहा :* **उपजत, अकृत्रिम, साधा, अनौपचारिक**

सहज (क्रिवि) उगीच, निर्हेतुक, अहेतुक, स्वाभाविकत:, कारणाविना, एरवी; योगायोगाने, आपोआप, यदृच्छया; लीलया, सुलभतेने, अनायासे, विनायास, विनासायास, सहजगत्या, सहजरीत्या, सहजासहजी, हातोहात, सुखासुखी, सुखेनैव, सुखाने, बिनबोभाट; घरबसल्या; *पाहा :* **योगायोग** (विरु) **मुद्दाम**

[वा] गाजराची पुंगी वाजली तर वाजली नाहीतर मोडून खाल्ली, औषधावाचून खोकला जाणे, ताटात वाढून येणे

[adv] unintentionally, casually; spontaneously, effortlessly *पाहा :* **योगायोग** (विरु) **मुद्दाम**

[i] handed on a plate

सहजगती (स्त्री) *पाहा :* **योगायोग**

सहजप्राप्त (वि) *पाहा :* **प्राप्त, फुकट, साधा**

सहजप्रेरणा (स्त्री) *पाहा :* **प्रेरणा**

सहजसमाधी (स्त्री) *पाहा :* **समाधी**

सहजसिद्ध (वि) *पाहा :* **उपजत**

सहजस्फूर्त (वि) *पाहा :* **स्फूर्त**

सहजीवन (न) *पाहा :* **सहवास, जीवन**

सहजीवी (वि) *पाहा :* **उपजीवी**

सहणे (क्रि) *पाहा :* **सोसणे**

संहती (स्त्री) *पाहा :* **एकी**

सहधर्मचारिणी (स्त्री), **सहधर्मिणी** (स्त्री) *पाहा :* **पत्नी**

सहन (न) *पाहा :* **सोसणे**
सहनशक्ती (स्त्री) *पाहा :* **शक्ती, धीर, सोशीक, जिद्द**
सहनशील (वि) *पाहा :* **सोशीक**
सहनशीलता (स्त्री) *पाहा :* **तितिक्षा, सोशीक**
सहप्रवासी (पु) *पाहा :* **मित्र, अंतेवासी**
सहभाग (पु) *पाहा :* **भागीदारी, काम** (न)
सहभागी (पु) *पाहा :* **भागीदार**
सहभोजन (न) *पाहा :* **अन्न**
सहमती (स्त्री) *पाहा :* **अनुमती, एकमत, जम**
सहमरण (न) *पाहा :* **सती**
सहयोग (पु) *पाहा :* **मदत, भागीदारी**
सहयोगी (पु) *पाहा :* **मदतगार, भागीदार**
सहर्ष (क्रिवि) *पाहा :* **आनंदाने**
सहल (स्त्री) *पाहा :* **प्रवास, फिरणे**
सहवास (पु) साहचर्य, सान्निध्य, संघटन, मैत्री, साथ, संग, संगत, सोबत, संगती, संयोग, संपर्क, समागम, संबंध, संसर्ग, स्पर्श, सत्संग, सुसंगती, साथसंगत, सहजीवन; कुसंगती, दुष्ट संगत
[वा] जेथे धूर तेथे अग्नी, ढवळ्याशेजारी बांधला पवळ्या वाण नाही पण गुण लागला, गाड्याबरोबर नळ्याची यात्रा, पडलेले शेण माती घेऊन उठते, असंगाशी संग प्राणाशी गाठ, वारा/वारे लागणे, घोडा मरे भारे शिंगरू मरे येरझारे, कोरड्याबरोबर ओले जळते, सोनार शिंपी कुलकर्णी अप्पा यांची संगत नको रे बाप्पा, एका म्यानात दोन तलवारी राहत नाहीत, मांडीला मांडी लावून बसणे, इंद्राय तक्षकाय स्वाहा, तुझे माझे जमेना तुझ्यावाचून करमेना, तुळशीत भांग आणि भांगेत तुळस, पाचवीला पुजलेले असणे
(n) association, company, togetherness, companionship, fellowship, intimacy, friendship, touch
[i] row in the same boat, go hand in hand, shoulder to shoulder, side-by-side, get along, rub shoulders, put heads together, fall in with, two's company three's a crowd
सहव्यवसायी (पु) *पाहा :* **मित्र**
सहसंपादक (पु) *पाहा :* **पत्रकारिता**
सहसंवेदना (स्त्री) *पाहा :* **सहानुभूती, अनुकंपा, अनुभव**
सहसा (क्रिवि) *पाहा :* **अकस्मात, बहुतेक**
सहस्र (वि) *पाहा :* **अंक, दशांशस्थाने**
सहस्रक (न) पाहा : **अंक**
सहस्रकर (पु) *पाहा :* **सूर्य**
सहस्रभोजन (न) *पाहा :* **अन्न**
सहस्ररश्मी (पु) *पाहा :* **सूर्य**
सहस्रावधी (वि) *पाहा :* **अनेक**
सहक्षेपण (न) *पाहा :* **दळणवळण**
सहा (वि) *पाहा :* **अंक**
सहाध्यायी (पु) *पाहा :* **मित्र**
सहानुभूती (स्त्री) सहसंवेदना, सहकंप,

अनुकंपा, करुणा, कळवळा, कदर, सहृदयता, माणुसकी, समदु:खित्व, दु:खप्रदर्शन, सांत्वन, परकायाप्रवेश; *पाहा :* (विरु) **दुजाभाव**

[वा] आपल्यावरून जग ओळखावे, जावे त्याच्या वंशा तेव्हा कळे, रोज मरे त्याला कोण रडे? जगा आणि जगू द्या

(n) sympathy, fellow-feeling, compassion, consideration, commiseration, concern, tenderness, charity, humanity, empathy, condolence *पाहा :* (विरु) **दुजाभाव**

[i] live and let live, the milk of human kindness

सहाय्य (न) *पाहा :* **मदत**

संहार (पु) *पाहा :* **नाश, हत्या, अंत**

संहारक (वि) *पाहा :* **नाशक**

सहावा (वि) *पाहा :* **अंक**

संहिता (स्त्री) *पाहा :* **मांडणी, ग्रंथ, कथा**

सहिष्णुता (स्त्री) *पाहा :* **तितिक्षा**

सहिष्णू (वि) *पाहा :* **सोशीक**

सही (स्त्री) स्वाक्षरी, दस्तखत, स्वदस्तूर, हस्ताक्षर

(n) signature, autograph, endorsement

सही (वि) *पाहा :* **उचित, चांगला**

सहीसलामत (वि) *पाहा :* **रक्षित, कुशल**

सहीसही (वि) *पाहा :* **तंतोतंत, अनुकरण**

सहृदय (वि) *पाहा :* **प्रेमळ, कनवाळू, चित्तसंपन्न**

सहृदयता (स्त्री) *पाहा :* **माणुसकी, अनुकंपा**

सहेतुक (वि, क्रिवि) *पाहा :* **मुद्दाम**

सहेली (स्त्री) *पाहा :* **मैत्रीण**

सहोदर (पु, वि) *पाहा :* **भाऊ**

सह्य (वि) *पाहा :* **सौम्य**

सळ (पु) *पाहा :* **अभिमान, आवेश, घडी**

सळई (स्त्री) *पाहा :* **कांब**

सळक (स्त्री) *पाहा :* **वेदना**

सळसळ (स्त्री) *पाहा :* **आवाज, वेदना**

सळसळणे (क्रि) उकळणे, खदखदणे, उसळणे, उफाळणे, उचंबळणे, शिवशिवणे, तटतटणे, हुळहुळणे, मुसमुसणे (*पाहा :* **तारुण्य**)

(v) boil, stew, surge, flare up, shoot up, throb, bubble; (*पाहा :* **तारुण्य**)

सळी (स्त्री) *पाहा :* **कांब**

संक्षिप्त (वि) संक्षेप केलेले, थोडक्यात/ साररूपाने/सारांशरूपाने/ संक्षेपत: मांडलेले, लहान/ आखूड/ कमी केलेले, कपात/काटछाट केलेले, कापलेले, मुकुलित, संपादित, संकलित, त्रोटक; *पाहा :* **सार**

[adj] abridged, shortened, condensed, digested, abbreviated, edited, cut, curtailed, abstracted; bowdlerized *पाहा :* **सार**

[i] in a nutshell, to cut a long story short

संक्षेप (पु) *पाहा :* **संक्षिप्त, सार, कपात**

संज्ञा (स्त्री) *पाहा :* **अभिधान, चेतना**

सज्ञान (वि) *पाहा :* **जाणता, ऋतुमती**

संज्ञापन (न) *पाहा :* **दळणवळण**

साउली (स्त्री) *पाहा :* **छाया**

साकडे (न) *पाहा :* **कोडे, संकट**

साकव (पु) *पाहा :* **पूल**

साकळणे (क्रि) *पाहा :* **गोठणे**

साका (पु) *पाहा :* **गाळ**

साकार (वि) *पाहा :* **मूर्त**

साकांक्ष (वि) *पाहा :* **इच्छुक**

साकी (स्त्री) *पाहा :* **वृत्त**

सांकेतिक (वि) *पाहा :* **लाक्षणिक**

साखर (स्त्री) *पाहा :* **शर्करा**

साखरचुंबा (पु) *पाहा :* **चुंबन**

साखसुरत (वि) *पाहा :* **नीट**

साखळ (स्त्री), **साखळदंड** (पु), **साखळी** (स्त्री) *पाहा :* **शृंखला, कडी**

साखळणे (क्रि) *पाहा :* **गोठणे**

सांख्य (न) *पाहा :* **दर्शन**

सांगकाम्या (वि) *पाहा :* **आळशी**

सांगड (-डी) (स्त्री) *पाहा :* **जोडणी, जोडणे, नौका**

सांगणे (क्रि) कथणे, कथन करणे, कळवणे, दर्शवणे, सुचवणे, उपदेश करणे, आज्ञा करणे, बजावणे, सुनावणे, ऐकवणे, समजावणे, समजूत घालणे, बुझावणी करणे; *पाहा :* **बोलणे, आमंत्रण** (विरु) **ऐकणे**

[वा] पाढा वाचणे, कानीकपाळी ओरडणे, कानाशी लागणे, कानउघाडणी करणे, ठणकावून सांगणे, दाताच्या कण्या करणे

(v) tell, relate, narrate, speak, communicate, disclose, inform, notify, convey, indicate, suggest, advise, instruct; *पाहा :* **बोलणे, आमंत्रण** (विरु) **ऐकणे**

[i] get something off one's chest

सांगता (स्त्री) *पाहा :* **अखेर, अंत**

सागर (पु) *पाहा :* **समुद्र, संग्रह**

सागरपुत्र (पु) *पाहा :* **कोळी**

सांगाडा (पु) *पाहा :* **चौकट, पंजर**

सांगाती (पु) *पाहा :* **मित्र**

सांगावा (पु) *पाहा :* **निरोप**

सांगोपांग (वि) *पाहा :* **इत्थंभूत**

सांगोवांगी (स्त्री) *पाहा :* **गप्पा**

साग्र (वि), **साग्रसंगीत** (वि) *पाहा :* **इत्थंभूत**

साच (वि) *पाहा :* **खरा**

साचणे (क्रि) *पाहा :* **साठणे, अडकणे**

साचा (पु) *पाहा :* **मूस**

साचूल (पु) *पाहा :* **चाहूल**

साचेबंद (वि) *पाहा :* **नियमित**

साज (पु) *पाहा :* **थाट, पैंजण, उपकरण**

सांज (स्त्री) *पाहा :* **संध्याकाळ**

साजण (पु), **साजणी** (स्त्री) *पाहा :* **प्रिय, मित्र, मैत्रीण**

साजणे (क्रि) *पाहा :* **शोभणे**

सांजदिवा (पु) *पाहा :* **दिवा**

साजरा (गोजरा) (वि) *पाहा :* **सुंदर, गोजिरवाणा**
सांजवात (स्त्री) *पाहा :* **दिवा**
सांजवेळ (स्त्री) *पाहा :* **संध्याकाळ**
साजशृंगार (पु) *पाहा :* **थाट, डामडौल**
सांजसकाळ (क्रिवि) *पाहा :* **अखंड**
साजसरंजाम (पु) *पाहा :* **थाट, उपकरण**
साजिंदा (पु) *पाहा :* **वादक**
साजिरा (गोजिरा) (वि) *पाहा :* **सुंदर**
साजूक (वि) *पाहा :* **ताजा, शुद्ध**
साजेसा (वि) *पाहा :* **अनुरूप**
साटा (पु) *पाहा :* **चौकट**
साटेलोटे (न) *पाहा :* **देवाणघेवाण**
साटोप (पु) *पाहा :* **आवेश**
साटोपा (पु) *पाहा :* **संग्रह**
साठणे (क्रि) साचणे, गोळा/एकत्र होणे, जमणे, संचय/साठा/साठवण/साठवणूक होणे (*पाहा :* **संग्रह**) संचित होणे
(v) get accumulated/collected/gathered/amassed/piled up (*पाहा :* **संग्रह**)
साठमारी (स्त्री) *पाहा :* **लढाई**
साठवण (स्त्री), **साठवणूक** (स्त्री) *पाहा :* **संग्रह**
साठा (पु) *पाहा :* **संग्रह**
साठी (स्त्री) *पाहा :* **वय**
साठेबाजी (स्त्री) *पाहा :* **संग्रह**
सांड (पु) *पाहा :* **बैल, दार**
सांडणी (स्त्री) उंटीण
(n) female camel
सांडणीस्वार (पु) *पाहा :* **बातमीदार, चालक**
सांडणे (क्रि) पडणे, पाडणे, उपडे होणे, टाकणे, त्यागणे, हरवणे, गहाळ होणे, गमावणे; सांडलवंड/सांडासांड करणे; ओसंडणे, भरून वाहणे, ऊतू जाणे
(v) spill, pour out, drop, abandon, give up, lose; flow over, tip over
सांडपाणी (न) *पाहा :* **पाणी**
सांडवा (पु) *पाहा :* **दार, प्रवाह**
साडेसाती (स्त्री) *पाहा :* **काल, संकट**
सांडोसांड (क्रिवि) *पाहा :* **ओतप्रोत**
सात (वि) *पाहा :* **अंक**
सातत्य (न) *पाहा :* **अखंड, तडाखा, पाठोपाठ, चिकाटी**
सातवा (वि) *पाहा :* **अंक**
सात्त्विक (वि) सत्त्वशील, सत्त्वगुणी, सत्त्वगुणसंपन्न, सद्‌गुणी, सत्यवचनी, प्रामाणिक, पवित्र, शुद्ध, चारित्र्यसंपन्न, देवभोळा, सरळमार्गी, गरीब, अजातशत्रू, पापभीरू; सहज, अकृत्रिम; सौम्य, हितकर, पुष्टिकर, रोगनिवारक; *पाहा :* (विरु) **तामस**
[adj] holy, sacred, saintly, sinless, god-fearing, solemn, pure, honest, undefiled; mild, wholesome *पाहा :* (विरु) **तामस**
[i] on the straight and narrow path
सात्त्विकता (स्त्री) *पाहा :* **पावित्र्य**
सात्त्विकभाव (पु, अव) *पाहा :* **चित्तवृत्ती**
सांत्वन (न) *पाहा :* **शमणे, दिलासा,**

सहानुभूती

साथ (स्त्री), **साथसंगत** (स्त्री) *पाहा :* **सहवास, मदत, वाद्य**

साथकरी (पु), **साथी,** (पु) **साथीदार** (पु) *पाहा :* **मदतगार, मित्र, अंतेवासी**

साद (स्त्री) *पाहा :* **आरोळी, आवाज, प्रतिध्वनी, चाहूल**

सादर (वि) *पाहा :* **दाखल, नेणे, नम्र**

सादरीकरण (न) *पाहा :* **मांडणी**

सांदी (स्त्री) *पाहा :* **कोपरा**

सादृश्य (न) *पाहा :* **समानता**

साद्यंत (वि) *पाहा :* **इत्थंभूत, पूर्ण**

सांद्र (वि) *पाहा :* **दाट, मऊ**

साधक (वि) *पाहा :* **साधू, उपकारक**

साधकबाधक (वि) *पाहा :* **तानमान, चांगला वाईट**

सांधकाम (न), **सांधणी** (स्त्री) *पाहा :* **जोडणी**

साधणे (क्रि) *पाहा :* **घडणे, जमणे**

सांधणे (क्रि) *पाहा :* **जोडणे, चिकटवणे**

साधन (न) सामग्री, साहित्य, साधनसामग्री, सामानसुमान, इतमाम, उपकरण, हत्यार, आयुध, उपाय, क्लृप्ती, शक्कल, कळ, परवाना, पायरी, व्रत, योग, मध्यस्थ, साम-दाम-दंड-भेद, परवलीचा शब्द, तिळा उघड; यंत्र, संयंत्र, यंत्रसामग्री; संसाधन, साधनसंपत्ती; मालमसाला, रसद, साधनचतुष्टय (वस्तुविवेक, वैराग्य, शमादी षट्संपत्ती, मुमुक्षुत्व); *पाहा :* **संपादन**

(n) instrument, apparatus, appliance, contraption, mechanism, device, tool, contrivance, equipment, gadget, hardware, password, stepping stone, open sesame, machinery, means, resources; *पाहा :* **संपादन**

[i] the end justifies the means, by fair means or foul, a guineapig, by hook or by crook, to make a cat's paw of

साधना (स्त्री) *पाहा :* **तप**

साधर्म्य (न) *पाहा :* **समानता**

साधा (वि) सरळ, ऋजू, अकृत्रिम, अनलंकृत, साधासीधा, निर्व्याज, सरळ/मोकळ्या मनाचा, खुल्या दिलाचा, साळढाळ, साधाभोळा, भोळाभाबडा, भाबडा, भोळासांब, भोळवट, भोळसर, भोळा, भोळाभाळा, बावळा, निष्कपट (-टी), सच्चा, सत्यनिष्ठ, प्रामाणिक, छक्केपंजे नसलेला, साळसूद, शुद्ध, अनघ, सालस, निरागस, अल्लड, निष्पाप, अजातशत्रू, प्रसिद्धिपराङ्मुख, सरळमार्गी, धोपटमार्गी, निरुपद्रवी, निर्व्यसनी, गरीब, प्रांजळ, पारदर्शक, सज्जन; स्पष्टवक्ता, निर्भीड, रोखठोक, सडेतोड, स्पष्ट, उघड, धडकफडक, आडपडदा नसलेला, नि:स्पृह; सोपा, सह्य, सुसह्य, सुकर, सुलभ, सुगम, सुवाच्य, सुबोध,

सहज, सहजप्राप्त, प्रासादिक, बाळबोध; मराठमोळा; रायवळ, जंगली; *पाहा :* **प्रांजळ**

[वा] नाकासमोर जाणारा, लंकेची पार्वती, सांबाचा अवतार; सुदाम्याचे पोहे, भाजीभाकरी, कानाचा हलका, (तळ) हातचा मळ, पोरखेळ, पोरचेष्टा, तोंडची गोष्ट, ना गाढव ना ब्रह्मचारी, कोणाच्या अध्यात न मध्यात, बावळी मुद्रा आणि देवळी निद्रा, भोळा भाव सिद्धीस जाय

[adj] simple, plain, unadorned, unsophisticated, artless, guileless, ingenuous, child-like, simple minded, unassuming, innocent, honest, upright, straightforward, austere, pure, chaste, naive; outspoken, forthright, blunt; easy, light, unexacting, simplified, lucid *पाहा :* **प्रांजळ**

[i] no-frills, down-to-earth, down to brass tacks, straight from the shoulder, in plain English, babe in the wood, childs play

सांधा (पु) *पाहा :* **जोडणी, अनुबंध**

साधारण (वि) *पाहा :* **अविभक्त, सामान्य, अन्योन्य**

साधारणपणे (क्रिवि) *पाहा :* **बहुतेक**

सांधासांध (स्त्री) *पाहा :* **जोडणी, तडजोड**

साधुता (स्त्री) *पाहा :* **पावित्र्य**

साधुपुरुष (पु) *पाहा :* **संत**

साधुवृत्ती (स्त्री) *पाहा :* **चित्तस्थैर्य, पावित्र्य**

साधुसंत (पु, अव) *पाहा :* **संत**

साधू (पु) ऋषी, मुनी, योगी, सिद्ध, सिद्धपुरुष, द्रष्टा, मुमुक्षू, साधक, यती, जोगी, गोसावी, बैरागी, संन्यासी; संत, महात्मा, सत्पुरुष, हरिदास, भगवद्भक्त, महंत, मलंग, जिन, तीर्थंकर, अर्हत, जिनमतानुयायी, भिक्षू, क्षपणक, लामा, फकीर, पीर, अवलिया, फटिंग, बाबा, बुवा; साध्वी, योगिनी, जोगीण, जोगतीण, सती; *पाहा :* **ऋषी**

(n) saint, sage, ascetic, pietist, apostle, theist, monk, anchorite, recluse; *पाहा :* **ऋषी**

सांधेजोड (स्त्री) *पाहा :* **जोडणी**

साध्य (वि) *पाहा :* **शक्य**

साध्य (न) *पाहा :* **उद्दिष्ट, आदर्श**

सांध्य (वि) सायंकालीन; *पाहा :* **संध्याकाळ**

[adj] of evening; *पाहा :* **संध्याकाळ**

साध्वी (स्त्री) *पाहा :* **सती, साधू**

सान (वि) *पाहा :* **अल्प, लहान**

सानंद (क्रिवि) *पाहा :* **आनंदाने**

साना (वि) *पाहा :* **लहान**

सानिका (स्त्री) *पाहा :* **सुषिरवाद्य**

सानुकंप (वि) *पाहा :* **दयावंत**

सानुकूल (वि) *पाहा :* **अनुकूल**

सानुनय (वि) *पाहा :* **नम्र**

सानुनासिक (वि) *पाहा :* **अनुनासिक**

सानुला (वि) *पाहा :* **लहान**

साप (पु) सर्प, पन्नग, उरग, द्विजिव्ह, अही, व्याल (-ळ), भुजंग, नाग, नागोबा, नागराज, फुरसे, घोणस, मण्यार, धामण, हरणटोळ, अजगर, लांबडा, डोंबा, कांडर, पांढरा, पाचपावली, विरोळा, नानेटा, पाणसर्प, जिवाणू, किरडू, पान, जनावर, दुतोंडे; शेष, फणींद्र, भूधर, वासुकी, तक्षक; विषारी/बिनविषारी साप

(n) serpent, snake, cobra, king cobra, reptile; poisonous/ non-poisonous snake

सापट (स्त्री) *पाहा :* **खिंडार**

सापडणे (क्रि) *पाहा :* **आढळणे, अडकणे**

सांपत्तिक (वि) *पाहा :* **आर्थिक**

सापत्न (वि) *पाहा :* **आप्त**

सापत्नभाव (पु) *पाहा :* **दुजाभाव**

सापळा (पु) *पाहा :* **पंजर**

सांपार्श्विक (वि) *पाहा :* **अनामत**

सापेक्ष (वि) तौलनिक, तुलनात्मक, संबद्ध, अनुबद्ध, परस्परसंबद्ध

[adj] relative, comparative, associated

साप्ताहिक (वि) *पाहा :* **नियमित**

साप्ताहिक (न) *पाहा :* **माध्यम**

सांप्रत (क्रिवि) *पाहा :* **हल्ली**

सांप्रतचा (वि) *पाहा :* **अर्वाचन**

सांप्रदायिक (वि) *पाहा :* **परंपरागत, कर्मठ**

साफ (वि) *पाहा :* **स्वच्छ, गुळगुळीत, खुला**

साफल्य (न) *पाहा :* **पूर्णावस्था, चीज**

साफसफाई (स्त्री), **साफसुफी** (स्त्री) *पाहा :* **स्वच्छता**

साफसूफ (वि) *पाहा :* **स्वच्छ, गुळगुळीत**

सांब (पु) *पाहा :* **शंकर**

सांबर (न) *पाहा :* **हरीण**

सांभाळ (पु), **सांभाळणे** (क्रि) *पाहा :* **पालन, जतन, जोपासना**

सांभाळकर्ता (पु) *पाहा :* **पालक**

साभिप्राय (वि) *पाहा :* **आशयघन**

साभिलाष (वि) *पाहा :* **लोभी**

साम (पु) *पाहा :* **धर्मग्रंथ, उपाय**

सामग्री (स्त्री) *पाहा :* **साधन**

सामंजस्य (न) *पाहा :* **विवेक, मित्रत्व**

सामंत (पु) *पाहा :* **राजा**

सामना (पु) *पाहा :* **लढाई, क्रीडा, स्पर्धा**

सामरस्य (न) *पाहा :* **एकी, अद्वैत, एकात्मता**

सामर्थ्य (न) *पाहा :* **शक्ती**

सामर्थ्यवान (-शाली) (वि) *पाहा :* **शक्तिमान**

सामसूम (स्त्री) *पाहा :* **शांती**

सामाजिक (वि) समाजविषयक; सार्वजनिक, सामुदायिक, जातीजमातींचा; *पाहा :* **समाज, मानव, प्रजा**

[adj] social; public, collective, communal; *पाहा :* **समाज, मानव, प्रजा**

सामान (सुमान) (न) *पाहा :* **साधन,**

जिन्नस, चंबूगबाळे

सामान्य (वि) साधारण, मध्यम, दुय्यम प्रतीचा, दुसऱ्या दर्जाचा, सरासरी, सर्वसामान्य, सर्वसाधारण, सुमार, यथातथा, अकुशल, कामचलाऊ, चालू, नेहमीचा, प्रचारातला, ठरीव, प्राकृत, सार्वत्रिक; *पाहा :* (विरु) **अजोड**

[वा] एक ना धड भाराभर चिंध्या, खुर्दा

[adj] ordinary, medium, mediocre, second-rate, average, commonplace, common, usual, mundane, every day, normal, general, universal *पाहा :* (विरु) **अजोड**

[i] jack of all trades but master of none, run-of-the-mill

सामान्यजन (पु, अव) *पाहा :* **समाज**

सामान्यतः (क्रिवि) *पाहा :* **बहुतेक**

सामान्यनाम (न) *पाहा :* **अभिधान**

सामान्यपणे (क्रिवि) *पाहा :* **बहुतेक**

सामावणे (क्रि) *पाहा :* **समावणे**

सामिली (करण) (स्त्री, न) *पाहा :* **एकी**

सामिष (वि) *पाहा :* **अन्न**

सामिप्य (न) *पाहा :* **जवळीक**

सामील (वि) *पाहा :* **अंतर्गत, दाखल**

सामुदायिक (वि) *पाहा :* **सार्वत्रिक**

सामुद्रिक (न) *पाहा :* **ज्योतिष**

सामूहिक (वि) *पाहा :* **सार्वत्रिक**

सामोपचार (पु), **सामोपाय** (पु) *पाहा :* **उपाय, तडजोड, गोडी**

सामोरा (वि) *पाहा :* **पुढे**

साम्य (न) *पाहा :* **समानता**

साम्यवाद (पु) *पाहा :* **राज्यपद्धती**

साम्राज्य (न) *पाहा :* **देश**

साम्राज्यशाही (स्त्री) *पाहा :* **राज्यपद्धती**

साय (स्त्री) *पाहा :* **स्निग्धपदार्थ, सार**

सायक (पु) *पाहा :* **बाण**

सायंकाळ (स्त्री) *पाहा :* **संध्याकाळ**

सायसंगीत (वि) *पाहा :* **सज्ज**

सायास (पु) *पाहा :* **कष्ट**

सायुज्य (न) *पाहा :* **मुक्ती, एकी, अद्वैत**

सार (न) सत्त्व, सत्त्वांश, अर्क, सारभूत अंश, अर्थ, तथ्य, तथ्यांश, तत्त्व, तत्त्वार्थ, तत्त्वांश, तात्पर्य, तात्पर्यार्थ, मथितार्थ, इत्यर्थ, सारांश, संक्षेप, अभिप्राय; अखिलार्थ, गोषवारा, गोळाबेरीज, ग्राह्यांश; साय, मलई, नवनीत, रस, मध, मगज; *पाहा :* **अर्क, शक्ती, संक्षिप्त**

(n) essence, gist, pith, substance, crux, core, kernel, heart, sense, purport, principle, summary, digest, extract; *पाहा :* **अर्क, शक्ती, संक्षिप्त**

सारक (वि) *पाहा :* **जुलाब**

सारखा (वि) *पाहा :* **समान, अभिन्न**

सारंग (पु) *पाहा :* **नाविक, राग**

सारंगिया (पु) *पाहा :* **वादक**

सारंगी (स्त्री) *पाहा :* **तंतुवाद्य**

सारणी (स्त्री) *पाहा :* **कोष्टक**

सारणे (क्रि) *पाहा :* **ढकलणे**

सारथी (पु) *पाहा :* **चालक, प्रमुख,**

मदतगार

सारथ्य (न) *पाहा :* **मदत**

सारमंडळ (न) *पाहा :* **तंतुवाद्य**

सारमेय (पु) *पाहा :* **कुत्रा**

सारवट (स्त्री) *पाहा :* **वाहन**

सारवण (न), **सारवणे** (क्रि) *पाहा :* **लेप, चोपडणे**

सारवान (पु) *पाहा :* **चालक**

सारवासारव (स्त्री) *पाहा :* **समर्थन**

सारस्वत (वि) *पाहा :* **ज्ञानी**

सारस्वत (न) *पाहा :* **साहित्य**

सारा (वि) *पाहा :* **अवघा**

सारा (पु) *पाहा :* **कर, थर, अवगुंठन**

सारांश (पु) *पाहा :* **सार**

सारासारबुद्धी (स्त्री) *पाहा :* **बुद्धी**

सारासारविचार (पु) *पाहा :* **विचार**

सारूप्य (न) *पाहा :* **समानता, अद्वैत**

सार्थ (वि) अर्थासह, अर्थयुक्त, *पाहा :* **अन्वर्थक**

[adj] provided with meaning/ interpretation; *पाहा :* **अन्वर्थक**

सार्थक (न) *पाहा :* **चीज**

सार्द्र (वि) *पाहा :* **आर्द्र**

सार्वकालिक (वि) *पाहा :* **अखंड**

सार्वजनिक (वि) *पाहा :* **सार्वत्रिक**

सार्वत्रिक (वि) सामान्य, सर्वसामान्य, सर्वसाधारण, सामुदायिक, सामूहिक, सार्वजनिक, सार्वराष्ट्रीय, सार्वलौकिक, लोकांचा, एकत्रित, दूरगामी, सर्वव्यापी, विश्वव्यापी (विश्वव्यापक), सर्वंकष, वैश्विक, जागतिक, जगभरचा; *पाहा :* **व्यापक**

[adj] general, collective, public, common, popular, combined, sweeping, widespread, global, universal, cosmic; *पाहा* **: व्यापक**

सार्वभौम (वि) *पाहा :* **अधिकार, राजा, अजोड**

सार्वमत (न) *पाहा :* **मत**

सार्वलौकिक (वि) *पाहा :* **सार्वत्रिक**

साल (स्त्री) *पाहा :* **त्वचा, अवगुंठन**

साल (न) *पाहा :* **वर्ष, वेतन**

सालगाठ (स्त्री) *पाहा :* **जन्मदिन**

सालगुदस्त (न) *पाहा :* **वर्ष**

सालटी (-टे, -डी) (स्त्री, न, स्त्री) *पाहा :* **त्वचा**

सालदरसाल (क्रिवि) *पाहा :* **अखंड**

सालपट (न) *पाहा :* **त्वचा, अवगुंठन**

सालस (वि) *पाहा :* **प्रामाणिक, गरीब**

सालाना, सालाबादप्रमाणे, सालोसाल, सालिना, (सर्व क्रिवि) *पाहा :* **अखंड**

साव (पु) *पाहा :* **चारित्र्यसंपन्न**

सावकार (पु) *पाहा :* **धनको**

सावकाश (क्रिवि) हळू, हळूहळू, शनैः शनैः, मंदगतीने, संथगतीने, गजगतीने, आस्ते (आस्ते), शांतपणे, धिमेपणाने, स्वस्थपणे, सावकाशीने, विलंबाने, विलंबितपणे, उशिराने, वेळ लावून, रमतगमत, रेंगाळत, रुटुखुटू, अळंटळं करीत, थांबून थांबून, यथावकाश, दमादमाने, थेंबाथेंबाने, पायरीपायरीने, तसूतसूने, थोडेथोडे, पुरवून पुरवून; *पाहा :* **रेंगाळणे** (विरु)

अविलंब

वा] गोगलगाईच्या गतीने, हत्तीच्या पायाने, मुंगीच्या पावलाने, कूर्मगतीने, दळूबाई

[adv] slowly, leisurely, gradually, step by step, drop by drop, bit by bit, at a snail's pace *पाहा :* **रेंगाळणे** (विरु) **अविलंब**

सावकाशी (स्त्री) संथगती, गजगती, मंदगती, स्वस्थता, विलंब, उशीर, अळंटळं, दिरंगाई; *पाहा :* (विरु) **घाई**

(n) slowness, leisureliness, slackening, lateness, delay *पाहा :* (विरु) **घाई**

सावचित्त (वि) *पाहा :* **दक्ष**

सावचोर (पु) *पाहा :* **चोर**

सावज (न) *पाहा :* **जनावर**

सावट (न) *पाहा :* **छाया**

सावत्र (वि) *पाहा :* **आप्त**

सांवत्सरिक (वि) *पाहा :* **नियमित**

सावध (वि) *पाहा :* **दक्ष, जागृत**

सावधगिरी (स्त्री) *पाहा :* **दक्षता, चिंता, कसोशी**

सावधान (वि) *पाहा :* **दक्ष, जागृत**

सावधानता (स्त्री) *पाहा :* **दक्षता, कसोशी, अवधान**

सावन (वि) *पाहा :* **सौर**

सावनी कल्याण (पु) *पाहा :* **राग**

सावयव (वि) *पाहा :* **मूर्त**

सावरणे (क्रि) *पाहा :* **सुधारणे, पालन**

सावली (स्त्री) *पाहा :* **छाया**

सावळा (वि) *पाहा :* **काळा, निळा**

सावळागोंधळ (पु) *पाहा :* **गोंधळ, अनाचार, गोलमाल**

साशंक (वि) खात्री/ विश्वास नसलेला, शंका/आशंका/ अविश्वास/ संदेह/ संशय असलेला, शंकित, शंकाग्रस्त, संशयग्रस्त, कचरणारा, कोड्यात/ दुग्ध्यात पडलेला, शंकेखोर, संशयखोर, संशयी, संशयात्मा; शंकास्पद, अविश्वसनीय, अनिश्चित, संदिग्ध, अनिर्णीत, विवाद्य, वादग्रस्त; *पाहा :* (विरु) **निःशंक**

[adj] doubtful, incredulous, agnostic, cynical, undecided, sceptical, suspicious, uncertain, dubious, suspect, questionable, debatable, incredible, ambiguous *पाहा :* (विरु) **निःशंक**

साशंकता (स्त्री) *पाहा :* **शंका**

साश्रुनयन (वि), **साश्रू** (वि) *पाहा :* **खिन्न**

साष्टांग (वि) *पाहा :* **अभिवंदन**

सासरा (पु) श्वशुर

(n) father-in-law

सांसर्गिक (वि) *पाहा :* **आजार**

सांसारिक (वि) *पाहा :* **ऐहलौकिक**

सासुरवास (पु) *पाहा :* **त्रास**

साहचर्य (न) *पाहा :* **सहवास**

साहजिक (वि) *पाहा :* **स्वाभाविक**

साहणे (क्रि) *पाहा :* **सोसणे**

साहस (न) धाडस, धैर्य, धारिष्ट, धार्ष्ट्य, हिंमत, अवसान, पराक्रम, बहादुरी, झपाटा; अविचार, दुःसाहस

[वा] जिवाचा धडा करणे, जिवावर उदार

होणे, विषाची परीक्षा पाहणे, सुळावरची पोळी, आगीत उडी घेणे, (तळ) हातावर शिर घेणे, चढेल तो पडेल पोहेल तो बुडेल, साहस केल्यावाचून लक्ष्मी मिळत नाही

(n) adventure, venture, enterprise, boldness, dash, courage, daring, valour, rashness, escapade, exploit, feat;

[i] take the plunge, take the bull by the horns, go through fire and water, beard the lion in his den

साहसकथा (स्त्री) *पाहा :* **कथा**

साहसी (वि) धाडसी (-शी) धैर्यवान (-शाली), धारिष्टवान, हिंमतवान, हिंमतबहाद्दर, हिमती, साहसप्रिय, अकुतोभय, निधडा, धीट, पराक्रमी, बहाद्दर; बेपर्वा, अविचारी, आततायी,

[वा] मायेचा पूत, हरीचा लाल

[adj] adventurous, enterprising, bold, dashing, brave, courageous, venturesome, daredevil, rash, desperado, foolhardy, swashbuckling;

साहाय्य (न) *पाहा :* **मदत**

साहाय्यक (वि), **साहाय्यकारी** (वि) *पाहा :* **मदतगार, अनुकूल, उपकारक, गौण**

साहित्य (न) वाङ्मय, सारस्वत, शब्दसृष्टी, ग्रंथसंपदा; काव्य, नाटक, कथा, कादंबरी इत्यादी; ग्रामीण साहित्य, लोकसाहित्य, दलित साहित्य, इत्यादी; *पाहा :* **साधन, करमणूक**

(n) literature, creative writing, books; brochure, pamplet, etc; poetry, drama, play, story, novel, fiction, journalism; etc; *पाहा :* **साधन, करमणूक**

साहित्यकार (पु) साहित्यिक, लेखक, ग्रंथकर्ता, कवी, नाटककार, कादंबरीकार, इत्यादी

(n) litterateur, writer, author, poet, dramatist, novelist etc.

साहित्यगुण (पु) अलंकार, माधुर्य, ओज, प्रसाद, पदलालित्य, सुबोधता, स्पष्टार्थता, रसाळपणा, जीवनानुभव, इत्यादी

(n) attributes of literature

साहित्यिक (पु) *पाहा :* **साहित्यकार**

साहेब (पु) *पाहा :* **अधिकारी**

साह्य (न) *पाहा :* **मदत, उपयोग**

साह्यकर्ता (पु) *पाहा :* **मदतगार, त्राता**

साह्यकारक (वि), **साह्यकारी** (वि), **साह्यभूत** (वि) *पाहा :* **मदतगार, पोषक**

साळ (स्त्री) *पाहा :* **तांदूळ**

साळकाया-माळकाया (स्त्री, अव), **साळकोजी-माळकोजी** (पु) *पाहा :* **अलताभलता**

साळढाळ (वि) *पाहा :* **साधा**

साळढोकपणा (पु) *पाहा :* **दुर्लक्ष**

साळसूद (वि) *पाहा :* **साधा**

साळी (पु) *पाहा :* **कोष्टी**

साक्ष (स्त्री) *पाहा :* **जबानी, पुरावा**

साक्षर (वि) *पाहा :* **शिक्षित**

साक्षरता (स्त्री) *पाहा :* **शिक्षण**

साक्षात (वि, क्रिवि) *पाहा :* **प्रकट, धडधडीत, पुढे**

साक्षात्कार (पु) *पाहा :* **अनुभव, दर्शन**

साक्षात्कारी (वि) *पाहा :* **दूरदर्शी, ज्ञानी**

साक्षात्संबंध (पु) *पाहा :* **संबंध**

साक्षीदार (पु) साक्ष देणारा (*पाहा :* **जबानी, पुरावा),** माफीचा साक्षीदार, प्रत्यक्षदर्शी साक्षीदार

(n) witness; eyewitness; bystander; *पाहा :* **जबानी, पुरावा**

साक्षेप (पु) नेट, चिकाटी, दक्षता, कसोशी, निष्ठा, आस्था, अगत्य, आवड, कल, अभ्यास, व्यासंग, निश्चय, निर्धार, आग्रह, उद्योग, दीर्घोद्योग, खटपट

(n) tenacity, resoluteness, perseverence, mindfulness, dedication, keenness, solicitude, liking, inclination, study, toil

साक्षेपी (वि) व्यासंगी, चिकाटीचा, दीर्घोद्योगी, चिंतनशील, चिकित्सक, चोखंदळ, निश्चयी, दक्ष, अभ्यासपूर्ण

[adj] studious, careful, sedulus, discerning, thoughtful, judicious, diligent, assiduous, keen, dedicated, meticulous

सिकता (स्त्री) *पाहा :* **वाळू**

सिंचणे (क्रि), **सिंचन** (न) *पाहा :* **अभिषेक**

सित (वि) *पाहा :* **पांढरा**

सिद्ध (पु) *पाहा :* **साधू, स्थितप्रज्ञ**

सिद्ध (वि) स्थापित, प्रस्थापित, शाबीत, यत्नसिद्ध, प्रतिपादित; स्वत:सिद्ध, स्वयंसिद्ध, स्वयंभू; निरपेक्ष, पूर्ण, संपवलेले; शिजवलेले; *पाहा :* **सज्ज, पुढे, उद्युक्त**

[adj] established, proved, absolute; finished, completed, cooked; *पाहा :* **सज्ज, पुढे, उद्युक्त**

सिद्धता (स्त्री) स्थापना, प्रस्थापना, शाबिती, पुष्टी, समर्थन, प्रतिपादन; सिद्धी; *पाहा :* **तजवीज**

(n) proof, substantiation, demonstration; *पाहा :* **तजवीज**

सिद्धपुरुष (पु) *पाहा :* **साधू**

सिद्धसाधक (पु, अव) *पाहा :* **ढोंगी**

सिद्धहस्त (वि) *पाहा :* **प्रतिभावंत, निपुण**

सिद्धान्त (पु) (प्रतिपादित) तत्त्व, (प्रस्थापित) सत्य, प्रमेय, पूर्वपक्ष, नियम, निर्णय, महासिद्धान्त, उपपत्ती

(n) theorem, doctrine, established truth, rule, law, decision

सिद्धान्न (न) *पाहा :* **अन्न**

सिद्धिविनायक (पु) *पाहा :* **गणपती**

सिद्धी (स्त्री) दैवी विलक्षण / अपूर्व शक्ती/ सामर्थ्य/ नैपुण्य/ योगसामर्थ्य;

आत्मज्ञान, पूर्णज्ञान (*पाहा* : **मुक्ती**); कार्यसिद्धी, फलप्राप्ती, इष्टप्राप्ती; संसिद्धी; अष्टमहासिद्धी (अणिमा, महिमा, लघिमा, प्राप्ती, प्राकाश्य, ईशिता, वशिता, प्राकाम्य); *पाहा* : **जय, सिद्धता, पूर्णावस्था**

(n) divine power, enlightenment, divine knowledge, achievement; *पाहा* : **मुक्ती, जय, सिद्धता, पूर्णावस्था**

सिंधभैरवी (स्त्री) *पाहा* : **राग**

सिंधुद्वार (न) *पाहा* : **बंदर**

सिंधू (पु) *पाहा* : **समुद्र**

सियारी (स्त्री) *पाहा* : **पिशाच**

सिंह (पु) केसरी, वनराज, मृगराज, मृगेंद्र, पंचानन; सिंहाडा; *पाहा* : बारा **राशी**

(n) lion *पाहा* : बारा **राशी**

सिंहकटी (स्त्री) *पाहा* : **सुंदरी**

सिंहगर्जना (स्त्री) *पाहा* : **गर्जना**

सिंहद्वार (न) *पाहा* : **दार**

सिंहनाद (पु) *पाहा* : **गर्जना**

सिंहावलोकन (न) *पाहा* : **आढावा, अवलोकन**

सिंहासन (न) *पाहा* : **आसन, अधिकार**

सिंहासनाधिष्ठित (वि) *पाहा* : **अधिकारी**

सिंहासनाधीश (-धीश्वर) (पु) *पाहा* : **राजा, अध्यक्ष**

सिंहासनारोहण (न) *पाहा* : **अधिकार, ग्रहण**

सीत्कार (पु) *पाहा* : **आवाज**

सीमा (स्त्री) *पाहा* : **मर्यादा, अतिरेक, अखेर**

सीमापार (वि) *पाहा* : **बाह्य**

सीमाबद्ध (वि) *पाहा* : **बंदिस्त**

सीमाभंग (पु) *पाहा* : **घुसखोरी, अतिक्रमण**

सीमारेषा (स्त्री) *पाहा* : **मर्यादा**

सीमित (वि) *पाहा* : **बंदिस्त**

सीमोल्लंघन (न) *पाहा* : **ओलांडणे**

सुई (स्त्री) *पाहा* : **अणकुची**

सुईण (स्त्री) *पाहा* : **वैद्य, अनुचर, उत्पत्ती**

सुकट (वि), **सुकणे** (क्रि) *पाहा* : **कोरडा, कोमेजणे**

सुकर (वि) *पाहा* : **साधा**

सुकर्म (न) *पाहा* : **पुण्य, कर्म**

सुंकले (न) *पाहा* : **कडी**

सुका (वि) *पाहा* : **कोरडा**

सुकाणू (न) *पाहा* : **नौका**

सुकाळ (पु) *पाहा* : **वैपुल्य**

सुकुमार (वि) *पाहा* : **कोमल, कोवळा, गुलजार, अरुवार**

सुकृत (न) *पाहा* : **पुण्य**

सुकेशा (स्त्री) *पाहा* : **सुंदरी**

सुकोमल (वि) *पाहा* : **कोमल, अरुवार**

सुख (न) *पाहा* : **प्रेय, आनंद, कल्याण, उपभोग, विलास**

सुखकर (-द, -दायक, -दायी) (वि) *पाहा* : **आनंददायक, अनुकूल**

सुखदुःख (न) *पाहा* : **चढउतार, आनंद, दुःख**

सुखनिद्रा (स्त्री) *पाहा* : **झोप**

सुखपर्यवसायी (वि) *पाहा* : **आनंदी, नाटक**

सुखप्रसव (-प्रसूती) (पु, स्त्री) *पाहा* : **उत्पत्ती**
सुखभोगी (वि) *पाहा* : **विलासी**
सुखरूप (वि) *पाहा* : **कुशल, रक्षित**
सुखलोलुप (वि) *पाहा* : **विलासी**
सुखवणे (क्रि) *पाहा* : **गुदगुल्या करणे, आनंद**
सुखवस्तू (वि) *पाहा* : **श्रीमंत**
सुखवाद (पु) *पाहा* : **विलास, चंगळवाद**
सुखशयन (न) *पाहा* : **अंथरूण, झोप**
सुखशय्या (स्त्री) *पाहा* : **अंथरूण, पलंग**
सुखसोय (स्त्री) *पाहा* : **सोय**
सुखसोहळा (पु) *पाहा* : **उत्सव**
सुखारुखा (वि) *पाहा* : **कोरडा**
सुखावह (वि) *पाहा* : **आनंददायक**
सुखासक्त (वि) *पाहा* : **विलासी**
सुखासन (न) *पाहा* : **आसन**
सुखासीन (वि) *पाहा* : **विलासी, खुशालचेंडू, आनंदी**
सुखासुखी (क्रिवि) *पाहा* : **सहज**
सुखी (वि) *पाहा* : **आनंदी, कुशल**
सुखेनैव (क्रिवि) *पाहा* : **सहज**
सुखोपभोग (पु) *पाहा* : **विलास, चैन**
सुगड (न) *पाहा* : **भांडे**
सुगती (स्त्री) *पाहा* : **मोक्ष**
सुगंध (पु) सुवास, मधुर वास, आमोद, सुरभी, परिमळ, सौरभ (सौरभ्य), दृती (द्रुती), मकरंद, स्वाद; *पाहा* : **गंध**

(n) fragrance, aroma, perfume, incense, scent; redolence *पाहा* : **गंध**

सुगंधित (वि), **सुगंधी** (वि) सुवासिक, गंधयुक्त, दरवळणारा, घमघमणारा, घमघमीत, घवघवीत, सुवासित, सुरभी

[adj] scented, perfumed, fragrant, aromatic, sweet smelling, redolent

सुगंधी (पु) *पाहा* : **अतार**
सुगम (वि) *पाहा* : **साधा**
सुगरण (वि, स्त्री) *पाहा* : **निपुण**
सुगावा (पु) *पाहा* : **चाहूल, पत्ता**
सुगी (स्त्री) *पाहा* : **बहर, ऋतू**
सुगृहिणी (स्त्री) *पाहा* : **स्त्री**
सुग्रण (वि, स्त्री) *पाहा* : **निपुण**
सुग्रास (पु, वि) *पाहा* : **अन्न**
सुघट (वि), **सुघटित** (वि) *पाहा* : **बांधेसूद**
सुचणे (क्रि) *पाहा* : **स्फुरणे**
सुचरित्र (वि) *पाहा* : **चारित्र्यसंपन्न**
सुचवणे (क्रि) *पाहा* : **दर्शवणे**
सुचित, सुचिंत, सुचित्त (सर्व वि) *पाहा* : **शांत, दक्ष**
सुचिन्ह (न) *पाहा* : **खूण**
सुजट (वि) *पाहा* : **फुगीर**
सुजणे (क्रि) *पाहा* : **फुगणे**
सुजन (पु) सत्प्रवृत्त मनुष्य; *पाहा* : **चारित्र्यसंपन्न, सभ्य**

(n) gentleman; *पाहा* : **चारित्र्यसंपन्न, सभ्य**

सुजरा (वि) *पाहा* : **फुगीर**
सुजाण (वि) *पाहा* : **सुज्ञ**
सुटकणे (क्रि) *पाहा* : **पळणे**

सुटका (स्त्री), **सुटणूक** (स्त्री) *पाहा :* **मुक्ती, उद्धार, उत्पत्ती**

सुटणे (क्रि) *पाहा :* **मुक्त, पळणे**

सुटसुटीत (वि) *पाहा :* **आटोपशीर**

सुटा (वि) *पाहा :* **विभक्त, किरकोळ**

सुटी (सुट्टी) (स्त्री) अनध्याय, मोकळीक, सूट, रजा, कामाला टाळा/ दांडी/ बुट्टी, अनुपस्थिती

[वा] शिष्टागमने अनध्याय:

(n) leave, holiday, furlough, subbatical, vacation; break, day off, time off

सुडौल (वि) *पाहा :* **प्रमाणबद्ध, डौलदार, कमनीय**

सुढाळ (वि) *पाहा :* **प्रमाणबद्ध, पाणीदार**

सुणे (न) *पाहा :* **कुत्रा**

सुत (पु) *पाहा :* **पुत्र**

सुतक (न) *पाहा :* **अंत्येष्टी**

सुतकी (वि) *पाहा :* **खिन्न**

सुतराम (क्रिवि) *पाहा :* **अजिबात**

सुताडा (पु) *पाहा :* **वस्त्र**

सुंदर (वि) सौंदर्यवान, सौंदर्यसंपन्न, सौंदर्यपूर्ण, लावण्यसंपन्न, लावण्यपूर्ण, रूपवान, सुरभी, रूपसंपन्न, रूपस, सुस्वरूप, सुरूप, स्वरूपसुंदर, स्वरूपवान, मदनाचा पुतळा, देखणा, सुरेख, नाकीडोळी नीटस, नाकेला, कांतिमान, राजबिंडा, राजस, राजसवाणा, राजीव, राजीवलोचन, कमनीय, सुडौल, अटकर, गोंडस, साजरा (गोजरा), साजिरा (गोजिरा), सर्वांगसुंदर, अभिराम, चारू, रम्य, सुरम्य, रमणीय, मोहक, गोजिरवाणा, गोमटा, गोड, ललित, वेल्हाळ, मनोरम, मनोहर, मनोहारी, मनोज्ञ, विलोभनीय, लोभस, चित्रासारखा, नक्षत्रासारखा, छबीदार, छबेला, गुलजार, अलबेला, फाकडा, फक्कड, मारू, पल्लेदार, लफ्फेदार, वेलबुट्टीदार, कमानदार, शोभिवंत, सुशोभित, दिव्य, (त्रि)भुवनसुंदर, दर्शनीय, प्रेक्षणीय; *पाहा :* **गोजिरवाणा, आकर्षक, सुंदरी** (विरु) **कुरूप**

[adj] beautiful, pretty, lovely, charming, handsome, good-looking, dainty, comely, graceful, cute, shapely, curvaceous; glamorous, ravishing, exquisite; *पाहा :* **आकर्षक, सुंदरी, गोजिरवाणा** (विरु) **कुरूप**

सुंदरी (स्त्री) सौंदर्यवती, सौंदर्यखनी, सौंदर्यसम्राज्ञी, लावण्यवती, लावण्यखनी, लावण्यलतिका, रूपवती, रूपसंपन्ना, रूपगर्विता, रूपसुंदरी, रूपमती, स्वरूपवती, मदनाची पुतळी/छडी, मदनिका, मदनमंजिरी, अप्सरा, कांतिमती, चापेगौरी, कमलनयना, नलिनाक्षी, कुरंगनयना, मृगनयना, मृगनेत्रा, मृगलोचना, हरिणाक्षी, राजीवनयना, मदिराक्षी, चंद्रमुखी, चंद्रवदना, इंदुवदना, शुभानना, चंद्रानना, चंद्रावळी, सुकेशा, बिंबोष्ठी, बिंबाधरा,

रमणी, ललिता, मालण, चपला, पद्मिनी, लीलावती, नागकन्या, निरुपमा, चारुगात्री, तन्वंगी, कोमलांगी, शुभांगी, कृशांगी, सिंहकटी, सुमध्यमा, तनुमध्या, नितंबिनी, गजगामिनी, हंसगती (-गामिनी), (त्रि)भुवनसुंदरी, विश्वसुंदरी, शामा, मदालसा, वामा, वामांगी, मुग्धा, प्रमदा, पुरंध्री, विलासिनी, जादूगारीण, चटकचांदणी, रंभापुतळी, टाकमटिकली; हवाई सुंदरी; *पाहा :* **सुंदर**

(n) beauty, beauty queen, belle, charmer, enchantress, Venus; *पाहा :* **सुंदर**

सुदिन (पु) *पाहा :* **सण**

सुदूर (वि) *पाहा :* **दूर**

सुदृढ (वि) *पाहा :* **कणखर, निरोगी, घोटीव**

सुदैव (न) *पाहा :* **सद्‌भाग्य, कल्याण**

सुदैवी (वि) *पाहा :* **भाग्यवान**

सुंदोपसुंदी (स्त्री) *पाहा :* **भांडण**

सुंद्री (स्त्री) *पाहा :* **सुषिरवाद्य**

सुधा (स्त्री) *पाहा :* **अमृत**

सुधाकर (पु) *पाहा :* **चंद्र**

सुधार (पु) *पाहा :* **सुधारणा**

सुधारक (वि) *पाहा :* **पुरोगामी**

सुधारगृह (न) *पाहा :* **तुरुंग**

सुधारणा (स्त्री) सुधार, प्रगती, उत्कर्ष, विकास, उन्नती, अभिवृद्धी, उद्धार, नूतनीकरण, पुनरुज्जीवन, जीर्णोद्धार, दुरुस्ती, डागडुजी, मलमपट्टी, मरम्मत, संस्करण, परिष्करण, संपादन, बदल, फेरविचार, फेरमांडणी, परिवर्तन, क्रांती; *पाहा :* **सुधारणे, वाढ** (विरु) **अधोगती, बिघडणे**

(n) improvement, betterment, advancement, progress, amelioration, reformation, development, uplift, renovation, repair, recovery, correction, modification, reform, revision, editing, change, revolution

सुधारणावादी (वि) *पाहा :* **पुरोगामी**

सुधारणे (क्रि) सुधारणा करणे/ होणे (*पाहा :* **सुधारणा**), सुधारित/ प्रगत/ विकसित/ उन्नत/ परिष्कृत/ संपादित करणे/ होणे, उंचावणे, सावरणे; निस्तरणे; *पाहा :* **सुधारणा** (विरु) **बिघडणे**

[वा] मान वर करणे, गाडी रुळांवर येणे, वठणीवर/ताळ्यावर/ मार्गावर/ वाटेवर येणे, डोळे उघडणे

(v) improve, better, advance, progress, develop, recover, correct, mend, revise, modify, rectify, amend, edit, update; *पाहा :* **सुधारणा** (विरु) **बिघडणे**

[i] gain ground, turn over a new leaf, take a turn for the better, turn the corner, come a long way, give a face lift, pick up, look up, turn the

corner

सुधारस (पु) *पाहा :* **अमृत**

सुधारित (वि) *पाहा :* **सुधारणे**

सुधांशू (पु) *पाहा :* **चंद्र**

सुनसान (न) *पाहा :* **शांती**

सुना (वि), **सुनाट** (वि) *पाहा :* **पोकळ, निर्जन**

सुनावणी (स्त्री) *पाहा :* **जबानी**

सुनावणे (क्रि) *पाहा :* **ताकीद, सांगणे, खडसावणे**

सुनियोजित (वि), **सुनिर्धारित** (वि) *पाहा :* **नियमित**

सुनीत (न) *पाहा :* **काव्य**

सुने (न) *पाहा :* **कुत्रा**

सुन्न (वि) *पाहा :* **बधिर**

सुपंथ (पु) *पाहा :* **मार्ग**

सुपरिचित (वि) *पाहा :* **परिचित**

सुपरिणाम (पु) *पाहा :* **परिणाम**

सुपारी (स्त्री) पूगीफल, पोफळ

(n) betelnut

सुपीक (वि) *पाहा :* **उपजाऊ, सर्जनशील**

सुपूर्त (-र्द) (क्रिवि) *पाहा :* **देणे** (क्रि)

सुप्त (वि) झोपलेला, निजलेला, निद्रित, निद्रिस्त, निद्राधीन; बधिर, स्पर्शज्ञानरहित, संवेदनाशून्य; गुप्त, अप्रकट, अव्यक्त, अनुद्भुत, दडलेला, अबोध *पाहा :* (विरु) **जागृत**

[adj] asleep, gone to sleep; numb, sensless, insensitive, dead; hidden, latent, dormant, hybernating, comatose *पाहा :* (विरु) **जागृत**

सुप्तोपमा (स्त्री) *पाहा :* **उपमा**

सुप्रभात (स्त्री) *पाहा :* **सकाळ**

सुप्रसन्न (वि) *पाहा :* **प्रसन्न**

सुप्रसिद्ध (वि) *पाहा :* **प्रसिद्ध**

सुफल (-ळ) (वि) *पाहा :* **फायदेशीर, पूर्ण**

सुबक (वि) नीटस, नीटनेटके, ठाकठीक, गोंडस, रेखीव, आटोपशीर, सुटसुटीत, टुमदार, घाटदार, कमनीय, अटकर, बांधेसूद, प्रमाणबद्ध, छानदार, डौलदार, सफाईदार, कातीवकोरीव, घोटीव

[adj] neat, tidy, orderly, compact, elegant, dainty, pretty, natty, well-proportioned, well-formed, graceful, pretty

[i] shipshape, spik and span

सुबकपणा (पु) *पाहा :* **टापटीप**

सुबत्ता (स्त्री) *पाहा :* **समृद्धी**

सुबद्ध (वि) *पाहा :* **बद्ध**

सुबुद्ध (वि) *पाहा :* **सुज्ञ, बुद्धिमान, जाणता**

सुबोध (वि) *पाहा :* **साधा**

सुंभ (पु) *पाहा :* **दोर**

सुभग (वि) **सुभगा** (वि, स्त्री) *पाहा :* **भाग्यवान, स्त्री**

सुभट (वि) *पाहा :* **पराक्रमी**

सुभा (पु) *पाहा :* **प्रदेश**

सुभाषित (न) *पाहा :* **उक्ती**

सुभेदार (पु) *पाहा :* **अधिकारी, अनुचर**

सुम (न) *पाहा :* **फूल**

सुमंत (पु) *पाहा :* **प्रधान**

सुमन (न) *पाहा :* **फूल**
सुमार (पु) *पाहा :* **अजमास, मर्यादा**
सुमार (वि) *पाहा :* **सामान्य, कामचलाऊ**
सुमार्ग (पु) *पाहा :* **मार्ग**
सुमुख (पु) *पाहा :* **गणपती**
सुमुहूर्त (पु) *पाहा :* **काल**
सुयश (न) *पाहा :* **जय**
सुयोग (पु) *पाहा :* **काल, योग**
सुयोग्य (वि) *पाहा :* **उचित,अनुकूल**
सुयोजित (वि) *पाहा :* **योजनाबद्ध**
सुर (पु) *पाहा :* **परमेश्वर**
सुरई (स्त्री) *पाहा :* **भांडे**
सुरकांडी (स्त्री) *पाहा :* **जाणे, बुडी**
सुरकुती (स्त्री) *पाहा :* **घडी**
सुरगाठ (स्त्री) *पाहा :* **गाठ**
सुरगायक (पु) *पाहा :* **गंधर्व**
सुरचित (वि) *पाहा :* **बांधीव**
सुरत (न), **सुरतक्रीडा** (स्त्री) *पाहा :* **संभोग**
सुरधनू (न) *पाहा :* **धनुष्य**
सुरधेनू (स्त्री) *पाहा :* **कामधेनू**
सुरभी (वि) *पाहा :* **सुगंधी, सुंदर**
सुरभी (स्त्री) *पाहा :* **कामधेनू, पृथ्वी, सुगंध**
सुरमा (पु) *पाहा :* **अंजन**
सुरम्य (वि) *पाहा :* **आकर्षक, सुंदर**
सुरयुवती (स्त्री) *पाहा :* **अप्सरा**
सुरलोक (पु) *पाहा :* **स्वर्ग**
सुरवात (स्त्री) *पाहा :* **आरंभ**
सुरस (वि) *पाहा :* **रसाळ, नाट्यपूर्ण**
सुरसा (पु) *पाहा :* **खिळा**
सुरसुरी (स्त्री) *पाहा :* **उत्साह, लहर, खवखव**
सुरळी (स्त्री) *पाहा :* **गुंडाळी**
सुरळीत (वि, क्रिवि) निर्विघ्न, निर्धोक, बिनधोक, स्वस्थ, अडचणीशिवाय, निरामय, व्यवस्थित, सरळ
[वा] सुती/ सुतीपाती/ चालीसुती/ मार्गी लागणे, गाडी वळणावर येणे, वंगण घालणे
[adj, adv] without hindrance/ obstruction/ interruption/ difficulty; orderly, systematic
सुरक्षा (वि) *पाहा :* **रक्षण**
सुरक्षित (वि) *पाहा :* **रक्षित**
सुरा (स्त्री) *पाहा :* **मद्य**
सुरा (पु) *पाहा :* **चाकू**
सुरांगना (स्त्री) *पाहा :* **अप्सरा**
सुराज्य (न) *पाहा :* **राज्यपद्धती**
सुरापान (न) *पाहा :* **मद्यपान**
सुरामारी (स्त्री) *पाहा :* **दंगल**
सुरी (स्त्री) *पाहा :* **चाकू**
सुरुंग (पु) *पाहा :* **स्फोटक** (न)
सुरुवात (स्त्री) *पाहा :* **आरंभ**
सुरुवातीचा (वि) *पाहा :* **आधीचा**
सुरू (वि) *पाहा :* **चालू**
सुरूप (वि) *पाहा :* **सुंदर**
सुरेख (वि) *पाहा :* **सुंदर, कमनीय**
सुरेल (वि) *पाहा :* **मंजूळ**
सुलट (वि) सुलटा, उताणा, अनुलोम, उजू, सरळ *पाहा :* (विरु) **उफराटा**
[adj] face up, right *पाहा :* (विरु) **उफराटा**
सुलतान (पु) *पाहा :* **राजा**
सुलभ (वि) *पाहा :* **साधा, शक्य**

सुलक्षण (न) *पाहा :* **खूण**
सुलक्षणी (वि) *पाहा :* **गुणी**
सुलीन (वि) *पाहा :* **नम्र, अभिन्न**
सुवर्ण (न) *पाहा :* **सोने**
सुवर्णकार (पु) *पाहा :* **सोनार**
सुवर्णतुला (स्त्री) *पाहा :* **वजन**
सुवर्णपदक (न) *पाहा :* **पदक**
सुवर्णमध्य (पु) *पाहा :* **तडजोड**
सुवर्णमहोत्सव (पु) *पाहा :* **उत्सव**
सुवर्णमुद्रा (स्त्री) *पाहा :* **अर्थ**
सुवर्णमृग (पु) *पाहा :* **हरीण**
सुवर्णसंधी (स्त्री) *पाहा :* **संधी**
सुवाच्य (वि) *पाहा :* **साधा**
सुवार्ता (स्त्री) *पाहा :* **बातमी**
सुवास (पु) *पाहा :* **सुगंध**
सुवासिक (वि), **सुवासित** (वि) *पाहा :* **सुगंधी**
सुवासिनी (स्त्री) *पाहा :* **स्त्री**
सुविख्यात (वि) *पाहा :* **प्रसिद्ध**
सुविचार (पु) *पाहा :* **विचार**
सुविद्य (वि) *पाहा :* **शिक्षित, पंडित**
सुविधा (स्त्री) *पाहा :* **सोय**
सुवेळ (स्त्री) *पाहा :* **काल**
सुव्यवस्थित (वि) *पाहा :* **व्यवस्थित**
सुशिक्षित (वि) *पाहा :* **शिक्षित, उच्चभ्रू**
सुशील (वि) *पाहा :* **चारित्र्यसंपन्न**
सुशोभित (वि) *पाहा :* **अलंकृत, सुंदर**
सुश्राव्य (वि) *पाहा :* **मंजूळ**
सुषमा (स्त्री) *पाहा :* **शोभा**
सुषिरवाद्य (न) वायुवाद्य, फुंकवाद्य, मुखवाद्य, कंठवाद्य, अलगूज, पावा, वेणू, बासरी, मुरली, वंशवाद्य, वंशी, बन्सी, सानिका, मोहरी, पावरी, पिपाणी, शिटी, पुंगी, सनई, सुंद्री, वाका, तुतारी, कर्णा, शिंग, बिगूल, पोंगा, भोंगा, शंख, बाजा, बाजाची पेटी, स्वरमंजूषा, संवादिनी, नादस्वरम, रणशिंग *पाहा :* **वाद्य**
(n) flute, fife, pipe, trumpet, clarinet, bugle, horn, saxophone, bagpipe, harmonium *पाहा :* **वाद्य**
सुषुप्ती (स्त्री) *पाहा :* **झोप, चार अवस्था**
सुष्ट (वि) *पाहा :* **कल्याणकारी, चांगला, सज्जन**
सुसंगत (वि) *पाहा :* **नियमित, अनुरूप**
सुसंगती (स्त्री) *पाहा :* **सहवास, नियमितता**
सुसंधी (स्त्री) *पाहा :* **संधी**
सुसंबद्ध (वि) *पाहा :* **नियमित**
सुसर (स्त्री) *पाहा :* **नक्र**
सुसंवाद (पु) *पाहा :* **मित्रत्व, दळणवळण, एकात्मता**
सुसंस्कृत (वि) *पाहा :* **सभ्य, अभिजात, उच्चभ्रू**
सुसंस्कृतता (स्त्री) *पाहा :* **अभिरुची, अदब**
सुसह्य (वि) *पाहा :* **साधा, शक्य**
सुसाट (वि) *पाहा :* **गतिमान, अनियंत्रित**
सुसाध्य (वि) *पाहा :* **शक्य**
सुसूत्र (वि) *पाहा :* **नियमित**
सुसूत्रीकरण (न) *पाहा :* **नियंत्रण**
सुस्कारा (पु) *पाहा :* **उसासा**
सुस्त (वि) *पाहा :* **आळशी, निद्राग्रस्त**
सुस्तपणा (पु), **सुस्ताई** (स्त्री), **सुस्ती**

(स्त्री) *पाहा :* **आळस, झापड, गुंगी, ग्लानी, जडत्व**

सुस्थित (वि) *पाहा :* **श्रीमंत, टिकणे**

सुस्थिती (स्त्री) *पाहा :* **श्रीमंती, टिकाव**

सुस्नात (वि) *पाहा :* **स्वच्छ, पवित्र**

सुस्पष्ट (वि) *पाहा :* **स्पष्ट**

सुस्वभाव (पु) *पाहा :* **स्वभाव**

सुस्वभावी (वि) *पाहा :* **खिलाडू**

सुस्वर (वि) *पाहा :* **मंजूळ**

सुस्वरूप (वि) *पाहा :* **सुंदर**

सुहास्य (न) *पाहा :* **हास्य**

सुहास्यवदन (वि) *पाहा :* **आनंदी**

सुहृद (वि) *पाहा :* **मित्र**

सुहित (न) *पाहा :* **हित**

सुळकणे (क्रि) *पाहा :* **पळणे**

सुळका (पु) *पाहा :* **कडा, अणकुची**

सुळसुळाट (पु) *पाहा :* **वैपुल्य**

सुळसुळीत (वि) *पाहा :* **तलम, मऊ**

सुळा (पु) *पाहा :* **दात**

सुळी देणे (क्रि) *पाहा :* **ठार करणे**

सुज्ञ (वि) चतुर, व्यवहारज्ञ, चाणाक्ष, धोरणी, दूरदर्शी, मर्मज्ञ, दर्दी, जाणकार, विचारी, चित्तसंपन्न, शहाणा, सुजाण, सुबुद्ध, समंजस, विद्वान, बुद्धिवान, ज्ञानी *पाहा :* (विरु) **अजाण**

[वा] सुज्ञास अधिक सांगणे नलगे

[adj] clever, astute, judicious, discreet, wise, prudent, intelligent, thoughtful, sensible, well-informed *पाहा :* (विरु) **अजाण**

सुज्ञपणा (पु) *पाहा :* **अक्कल**

सू (क्रिवि) *पाहा :* **आवाज**

सूक्त (न) *पाहा :* **कडवे**

सूचक (वि) निदर्शक, द्योतक, दर्शक, प्रातिनिधिक; गर्भित, सूचित, ध्वनित, अप्रत्यक्ष; सूचना देणारा/ मांडणारा (*पाहा :* **सूचना**), सूचित करणारा

[adj] suggestive, indicative, reminiscent, symbolic, hidden *पाहा :* **सूचना**

सूचकांक (पु) *पाहा :* **निर्देशांक**

सूचना (स्त्री) इशारा, इशारत, चेतवणी, संकेत, खूण, चाहूल, उपदेश, सल्ला, मार्गदर्शन, उद्‌बोधन, आदेश, अनुदेश, अधिसूचना, ताकीद, संदेश, प्रकटन, जाहिरात, प्रस्ताव, ठराव; पूर्वसूचना, उपसूचना, प्रतिसूचना; *पाहा :* **सूचक**

(n) notice, notification, intimation, suggestion, hint, signal, indication, advice, instruction, announcement, proposal, motion, premonition *पाहा :* **सूचक**

[i] to give the cue

सूचित (वि) *पाहा :* **सूचक, गर्भित, गुप्त**

सूचितार्थ (पु) *पाहा :* **अभिप्राय**

सूची (स्त्री) *पाहा :* **यादी, अणकुची**

सूज (स्त्री) *पाहा :* **फुगवटा**

सूट (स्त्री) सवलत, माफी, क्षमा, मुक्तता, मोकळीक, सुटका, सोडवणूक, उसंत, सुटी; तडजोड

[वा] भटाला दिली ओसरी भट हातपाय पसरी

(n) exemption, remission, pardon, leave, liberty; adjustment

सूड (पु) बदला, वचपा, प्रतिशोध, उट्टे, परतफेड, भरपाई, पारिपत्य; प्रतिकार, प्रतिक्रिया, वैर; प्रतिसूड

[वा] काटा काढणे, कुसर काढणे, दावा घेणे/उगवणे/साधणे, उसने फेडणे, शठं प्रति शाठ्यम्, लबाडाशी लबाड, जशास तसे, पाहून घेणे, दात पाडून हातावर देणे, प्रायश्चित्त देणे, डाव साधणे

(n) revenge, retaliation, requital, reprisal, retribution, vengeance, avengement, vendetta, blow for blow, tit for tat

[i] pay in the same coin, pay off/ settle, old scores, settle accounts, strike back, get even with

सूडकरी (पु) *पाहा :* **वैरी**

सूडबुद्धी (स्त्री) *पाहा :* **वैर**

सूत (न) *पाहा :* **तंतू, मित्रत्व**

सूत (पु) *पाहा :* **चालक**

सूतिका (स्त्री) *पाहा :* **उत्पत्ती**

सूतिकागृह (न) *पाहा :* **चिकित्सालय**

सूती (स्त्री) *पाहा :* **उत्पत्ती**

सूतोवाच (न) *पाहा :* **आरंभ**

सूत्र (न) *पाहा :* **तंतू, नियम, तत्त्व, मित्रत्व, अनुबंध**

सूत्रधार (पु) *पाहा :* **चालक, अभिनेता**

सूत्रसंचालन (न) *पाहा :* **दिग्दर्शन, चालक**

सून (स्त्री) स्नुषा, पुत्रवधू

(n) daughter-in-law

सूपशास्त्र (न) *पाहा :* **अन्न**

सूंबाल्या (न) *पाहा :* **पळणे**

सूर (पु) *पाहा :* **स्वर, आवाज, उडी, बुडी**

सूर्य (पु) अर्क, आदित्य, मित्र, भानू, रवी, सविता, भास्कर, गभस्ती, चंडांशू, मार्तंड, मिहिर, विवस्वान, तरणी, तमारी, भुवनदीप, दिवाकर, दिनकर, दिनमणी, दिनपती, दिनेश, वासरमणी, प्रभाकर, अंशुमाळी, सहस्रकर, सहस्ररश्मी, रश्मिराज, तेजाकार, विभाकर, महातेज, तपन, सप्ताश्व, बालसूर्य, सूर्यनारायण, ग्रहेश

(n) Sun, sol, daystar

सूर्यकमळ (न) *पाहा :* **कमळ**

सूर्यकर (पु) *पाहा :* **किरण**

सूर्यकांत (पु) *पाहा :* **रत्न**

सूर्यकिरण (पु) *पाहा :* **किरण**

सूर्यग्रहण (न) *पाहा :* **ग्रहण**

सूर्यप्रकाश (न) *पाहा :* **ऊन**

सूर्यबिंब (-मंडल) (न) *पाहा :* **बिंब**

सूर्यमाला (स्त्री) सूर्य, ग्रह- बुध, शुक्र, पृथ्वी, मंगळ (भौम), लघुग्रह, गुरू, (बृहस्पती), शनी (शनैश्चर), युरेनस, नेपच्यून, प्लूटो; उपग्रह, चंद्र; धूमकेतू (शेंडेनक्षत्र)

(n) Sun, planets, Mercury,

Venus, Earth, Mars, Asteroids, Jupiter, Saturn, Uranus, Neptune, Pluto; satellite, moon; comet

सूर्यस्नान (न) *पाहा :* **स्नान**

सूर्यास्त (समय) (पु) *पाहा :* **संध्याकाळ**

सूर्योदय (पु) *पाहा :* **उदय, सकाळ**

सूळ (पु) *पाहा :* **अणकुची**

सूक्ष्म (वि) बारीक, कणरूप, लहान, लघु, सान, इवला; अल्प, अल्पस्वल्प, अल्पप्रमाण, थोडा, किंचित; काटेकोर, बारकाईचा; तरल, नाजूक, हलकाफुलका; मर्मग्राही, मार्मिक, विचक्षण, भेदक, तीक्ष्ण; अतिसूक्ष्म, सूक्ष्मातिसूक्ष्म, अत्यल्प, अंगुष्ठमात्र *पाहा :* **अल्प**

[adj] fine, miniscule, tiny, little, small, microscopic, minute, precise, subtle, delicate, ethereal, penetrating, discerning *पाहा :* **अल्प**

सूक्ष्मदर्शक (पु) *पाहा :* **दृष्टी-उपकरण**

सूक्ष्मदृष्टी (वि) *पाहा :* **चिकित्सक**

सृष्टिक्रम (पु) *पाहा :* **रीत, परंपरा**

सृष्टी (स्त्री) *पाहा :* **चराचर**

सेक (पु) *पाहा :* **अभिषेक**

सेतुमार्ग (पु) *पाहा :* **पूल, मार्ग**

सेतू (पु) *पाहा :* **पूल**

सेना (स्त्री), **सेनादल** (पु) *पाहा :* **दल**

सेनापती (पु) *पाहा :* **अध्यक्ष**

सेवक (पु) *पाहा :* **अनुचर**

सेवणे (क्रि) *पाहा :* **भोगणे, खाणे, पूजा**

सेवन (न) *पाहा :* **उपभोग, खाणे, पूजा**

सेवा (स्त्री) *पाहा :* **चाकरी, शुश्रूषा, उपकार**

सेवाकाल (पु) *पाहा :* **काल**

सेवाज्येष्ठता (स्त्री) *पाहा :* **थोरवी**

सेवाधर्म (पु) *पाहा :* **धर्म**

सेवानिवृत्त (वि) *पाहा :* **निवृत्त**

सेवानिवृत्ती (स्त्री) *पाहा :* **निवृत्ती**

सेवाभावी (वि) *पाहा :* **उपकारी, विरक्त, अनुचर**

सेवामुक्त (पु) *पाहा :* **अर्धचंद्र**

सेवाशर्त (स्त्री) *पाहा :* **अट**

सेवाशुल्क (न) *पाहा :* **वेतन**

सेवासुविधा (स्त्री) *पाहा :* **सोय**

सेविका (स्त्री) *पाहा :* **अनुचर**

सेवेकरी (पु) *पाहा :* **अनुचर, पुजारी**

सैतान (पु) *पाहा :* **पिशाच, कर्दनकाळ**

सैतानी (वि) *पाहा :* **अघोरी, अधम, खुनी, अमानुष**

सैद्धान्तिक (वि) *पाहा :* **सिद्धान्त, तत्त्वनिष्ठ, कर्मठ**

सैंधव (न) पाहा **मीठ**

सैनापत्य (न) पाहा **अधिकार**

सैनिक (पु) जवान, शिपाई, शिलेदार, रंगरूट, सोजीर; सेनानी, सेनाध्यक्ष, स्वातंत्र्यसैनिक, स्वातंत्र्यसेनानी *पाहा :* **लढवय्या, अनुचर**

(n) soldier; fighter, warrior, recruit, serviceman; freedom-fighter; *पाहा :* **लढवय्या, अनुचर**

सैन्य (दळ) (न) *पाहा :* **दल**

सैर (वि) *पाहा :* **स्वैर**

सैर (स्त्री) *पाहा :* **प्रवास, फिरणे**

सैरट (वि) *पाहा :* **स्वैर**

सैरंध्री (स्त्री) *पाहा :* **अनुचर**

सैरभैर (वि) *पाहा :* **अशांत**

सैराट (वि) *पाहा :* **स्वैर**

सैराट (क्रिवि) *पाहा :* **गतिमान**

सैरावैरा (क्रिवि) इतस्तत:, इकडेतिकडे, वाट फुटेल तिकडे, दाही दिशांनी, मोकाटपणे, बेबंदपणे, स्वैरपणे, घाईघाईने, गोंधळाने

[adv] helter-skelter, pell-mell, in a disorderly manner, in all directions, hastily

सैल (वि) ढिला, ढगळ, डगळ, भोंगळ, भसभोंगळ, घळघळीत, घेरदार, घोळदार, अघळपघळ; लापट, लटपटीत, खिळखिळा; शिथिल, विगलित, पिळपिळीत, थलथलीत, रेललेला; स्वैरवर्तनी, चवचाल, नीतिभ्रष्ट; ढिसाळ, भोंगळसूत्री; *पाहा :* **विसंगत, हलगर्जी, अधू** (विरु) **तंग**

[क्रि] सैलावणे, लटपटणे, रेलणे

[adj] loose, slack, loose-fitting, baggy, free, unbound, flowing; unfixed, unsteady; dissolute, wanton; *पाहा :* **विसंगत, हलगर्जी, अधू** (विरु) **तंग**

सैलावणे (क्रि) *पाहा :* **सैल, आळस**

सोई (स्त्री) *पाहा :* **सोय**

सोकणे (क्रि) **सोकावणे** (क्रि) *पाहा :* **चटक, सवय**

सोयिस्कर (वि) *पाहा :* **अनुकूल**

सोकणे (क्रि), **सोकावणे** (क्रि) *पाहा :* **चटक, सवय**

सोंग (न) *पाहा :* **अभिनय, ढोंग**

सोंगटी (स्त्री) सोकटी, मोहरे, प्यादे, नरद

(n) chessman

सोंगढोंग (न) *पाहा :* **ढोंग**

सोगा (पु) *पाहा :* **पदर**

सोंगाड्या (वि, पु) **सोंगीढोंगी** (वि) *पाहा:* **ढोंगी, अभिनेता**

सोजीर (पु) *पाहा :* **सैनिक**

सोज्ज्वळ (वि) *पाहा :* **पवित्र**

सोट (पु), **सोटगा** (पु) *पाहा :* **काठी**

सोटभैरव (पु) *पाहा :* **एकटा**

सोटा (पु) *पाहा :* **काठी**

सोंड (स्त्री) *पाहा :* **नाक**

सोडगा (पु) *पाहा :* **काठी**

सोडचिठ्ठी (स्त्री) *पाहा :* **घटस्फोट**

सोडणे (क्रि) मुक्त/ मोकळा/खुला करणे; *पाहा :* **त्यागणे**

(v) release, liberate, let go; *पाहा :* **त्यागणे**

सोडत (स्त्री) *पाहा :* **जुगार**

सोडवणूक (स्त्री) *पाहा :* **मुक्ती**

सोत्कंठ (वि), **सोत्कंठित** (वि) *पाहा :* **उत्सुक**

सोदर (वि) *पाहा :* **भाऊ**

सोदा (वि) *पाहा :* **फसवा, ठक**

सोदेगिरी (स्त्री) *पाहा :* **फसवणूक**

सोनकेळ (स्त्री) *पाहा :* **केळ**

सोनखत (न) *पाहा :* **खत**

सोनपरीस (पु) *पाहा :* **दगड**
सोनार (पु) सुवर्णकार
[वा] पश्यतोहर
(n) goldsmith
सोनुकला (वि), **सोनुला** (वि) *पाहा :* **प्रिय**
सोने (न) सुवर्ण, कनक, कांचन, स्वर्ण, रुक्म, हिरण्य, हेम, भांगार, पंधरे, हाटक; जांबूनद; तप्तकांचन; आपट्याची पाने
[वा] परीसस्पर्श
(n) gold, bullion
[i] the Midas touch
सोनेनाणे (न) *पाहा :* **संपत्ती, अर्थ**
सोनेरी (वि) *पाहा :* **पिवळा**
सोनेरी टोळी (स्त्री) *पाहा :* **फसवा**
सोनेरुपे (न) *पाहा :* **संपत्ती, अर्थ**
सोपट (न) *पाहा :* **त्वचा**
सोपणे (क्रि), **सोपवणे** (क्रि) *पाहा :* **देणे**
सोपस्कार (पु) *पाहा :* **संस्कार, उपचार**
सोपा (वि) *पाहा :* **साधा**
सोपा (पु) *पाहा :* **आगाशी, ओटा**
सोपान (पु), **सोपानमार्ग** (पु) *पाहा :* **जिना**
सोबत (स्त्री) *पाहा :* **सहवास**
सोबती (पु) *पाहा :* **मित्र, अंतेवासी**
सोम (पु) *पाहा :* **चंद्र**
सोमट (वि) *पाहा :* **उष्ण**
सोमाजीगोमाजी (पु), **सोम्यागोम्या** (पु) *पाहा :* **अलताभलता**
सोय (स्त्री) अनुकूलता, उपयुक्तता, हित, टिक्की, फायदा, मदत, साह्य, व्यवस्था, सुविधा, सेवासुविधा, सुखसोय, साधन, सुखसाधन सोई; *पाहा :* (विरु) **गैरसोय**
[वा] उडला तर पक्षी बुडला तर दगड आणि तरला तर मासा; गाजराची पुंगी वाजली तर वाजली नाहीतर मोडून खाल्ली, पथ्यावर पडणे, वर्णी लागणे
(n) convenience, utility, advantage, help, aid, expedience, service, comfort, accommodation *पाहा :* (विरु) **गैरसोय**
सोयरसुतक (न) *पाहा :* **संबंध, पर्वा**
सोयरा (धायरा) (पु) *पाहा :* **आप्त**
सोयरीक (स्त्री) *पाहा :* **संबंध**
सोयिस्कर (वि) *पाहा :* **अनुकूल**
सोल (पु) *पाहा :* **दोर**
सोलणे (क्रि) साल/ टरफल/ फोलपट काढणे, निसणे
(v) peel, skin, bare
सोलीव (वि) सोललेला; अस्सल, चोख
[adj] peeled; real, sterling
सोवळा (वि) *पाहा :* **पवित्र, अलिप्त**
सोवळी बाई (स्त्री) *पाहा :* **विधवा**
सोवळे भांडे (न) *पाहा :* **चंबूगबाळे**
सोशीक (वि) सोसणारा, सहन करणारा, सहनशील, सहनशक्ती/ सहनशीलता/ सोशीकपणा/ तितिक्षा असणारा (*पाहा :* **तितिक्षा**), क्षमावंत (-वान, -शील), सहिष्णू, क्षांत, धीराचा, चिवट
[adj] patient, tolerant,

forbearing, tenacious, composed, resigned; stoical, uncomplainning, accomodating *पाहा :* **तितिक्षा**

सोशीकपणा (पु) *पाहा :* **सोशीक, तितिक्षा**

सोस (पु) *पाहा :* **असोशी, छंद**

सोसणे (क्रि) सहणे, साहणे, सहन करणे, भोगणे, कंठणे, झेपणे, संभाळून घेणे; मानवणे, पचनी पडणे; गिळणे *पाहा :* **अनुभव**

[वा] अंगावर काढणे

(v) bear, endure, suffer, sustain, put up with, tolerate; be agreeable/acceptable *पाहा :* **अनुभव**

[i] to face the music, to bite the bullet, to run the gauntlet of, to grin and bear it, to take someting lying down, to stick it out, to sweat it out

सोसमावशी (स्त्री) *पाहा :* **हाव**

सोसाटा (पु) *पाहा :* **शक्ती, वायू**

सोहनी (पु) *पाहा :* **राग**

सोहळा (सोहाळा) (पु) *पाहा :* **उत्सव, प्रसंग**

सोळा (वि) **षोडश**

(adj) sixteen

सोक्षमोक्ष (पु) *पाहा :* **अखेर**

सौख्य (न) *पाहा :* **आनंद**

सौंगडी (पु) *पाहा :* **मित्र**

सौजन्य (न) *पाहा :* **अदब, नम्रता, आर्जव**

सौजन्यपूर्ण (-शील) (वि) *पाहा :* **नम्र, प्रेमळ, ऋजू**

सौंदर्य (न) सुंदरता, लावण्य, देखणेपणा, रूप, रूपसंपदा, रूपलावण्य, स्वरूप, रमणीयता, चारुता, मोहकता, आकर्षकता; लालित्य, गोडवा, खुमारी; तेज, प्रभा, आभा, शोभा, विराज, बरव; सौष्ठव, बांधेसूदपणा, प्रमाणबद्धता

(n) beauty, grace, charm, loveliness, attractiveness, elegance, radiance, splendour; symmetry, balance

सौंदर्यखनी (स्त्री) *पाहा :* **सुंदरी**

सौंदर्यदृष्टी (स्त्री) *पाहा :* **अभिरुची**

सौंदर्यपूर्ण (वि) *पाहा :* **सुंदर**

सौंदर्यप्रसाधन (न) *पाहा :* **प्रसाधन**

सौंदर्यवती (स्त्री) *पाहा :* **सुंदरी**

सौंदर्यसंपन्न (वि) *पाहा :* **सुंदर**

सौंदर्यसम्राज्ञी (स्त्री) *पाहा :* **सुंदरी**

सौंदर्याभिरुची (स्त्री) *पाहा :* **अभिरुची**

सौंदर्यासक्त (वि) *पाहा :* **रसिक**

सौदा (पु) *पाहा :* **देवाणघेवाण, व्यापार**

सौदागर (पु) *पाहा :* **व्यापारी**

सौदामिनी (स्त्री) *पाहा :* **वीज**

सौध (पु) *पाहा :* **इमारत**

सौभाग्य (न) अहेवपण, सवाष्णपण; *पाहा :* **सद्भाग्य**

[वा] मिळमिळीत सौभाग्यापेक्षा ढळढळीत वैधव्य बरे,चुडेदान देणे

(n) happy wifehood; *पाहा :* **सद्भाग्य**

सौभाग्यचिन्ह (-लेणे) (न) *पाहा :* **कुंकू**

सौभाग्यवती (वि, स्त्री) *पाहा :* **स्त्री, पत्नी**

सौम्य (वि) शांत, स्वस्थचित्त, सात्त्विक; गोडबोल्या, मृदुभाषी; मंद, मंजूळ, गोड, कोवळा, कोमल, हळुवार, मृदू; शमलेला, निवळलेला, ओसरलेला, उतार पडलेला, सह्य, कमी, हलका, लवचीक, बोटचेपा *पाहा :* (विरु) **उग्र, कठोर, कर्कश**

[adj] calm, composed, placid, even-tempered, level-headed, mild, amiable, serene, peaceful, pleasant, soft, tender, subdued, subsided, bearable *पाहा :* (विरु) **उग्र, कठोर, कर्कश**

सौर (वि) सूर्यासंबंधी, सावन

[adj] solar

सौरभ (पु), **सौरभ्य** (न) *पाहा :* **सुगंध**

सौरवर्ष (न) *पाहा :* **वर्ष**

सौरस (पु), **सौरस्य** (न) इच्छा, आसक्ती, वासना, आवड, चव, गोडी, रस, प्रेमभाव, स्वारस्य, औत्सुक्य

(n) interest, liking, fondness, desire, taste, preference

सौरी (वि, स्त्री) *पाहा :* **निर्लज्ज, नपुंसक, भटकभवानी**

सौष्ठव (न) *पाहा :* **सौंदर्य, बांधेसूद**

सौष्ठवपूर्ण (वि) *पाहा :* **बांधेसूद**

सौहार्द (न) *पाहा :* **जिव्हाळा, मित्रत्व, अदब**

सौहार्दपूर्ण (वि) *पाहा :* **प्रेमळ**

स्कंद (पु) *पाहा :* **अध्याय**

स्कंध (पु) *पाहा :* **हात, अध्याय**

स्खलन (न) *पाहा :* **गळणे, पाप, गळती, अधोगती**

स्खलित (वि) *पाहा :* **पाणी**

स्तन (पु) उरोज, उरोरुह, उरसिज, वक्षोज, वक्षोरुह, वक्षसंभार, कुच, कुचकुंभ, पयोधर, थान, अमा, ऊर, छाती (*पाहा :* **ऊर**), अचळ, आचळ, सड, ओटी, अडण, कास, अढे; स्तनभार, कुचभार, तारुण्य, ज्वानी, जोबन

(n) breast, bosom, mamma *पाहा :* ऊर

स्तनपान (न) *पाहा :* **पिणे**

स्तनाग्र (न) *पाहा :* **अग्र**

स्तन्य (न) *पाहा :* **दूध**

स्तबक (न) *पाहा :* **समुदाय, अध्याय**

स्तब्ध (वि) *पाहा :* **अचल, अबोल, कुंठणे**

स्तंभ (पु) खांब, डांब, सोट, यूप, डांभा, मेढा, खुंट, खुंटा, खोड; वासा, दांडा, तुळई, बल्ली; मनोरा, मिनार, दीपस्तंभ, दीपमाळ, बुरूज; आधारस्तंभ, आधार, कणा; जयस्तंभ, विजयस्तंभ, स्मारकस्तंभ, इत्यादी; रकाना; *पाहा :* **काठी**

(n) pillar, post, baluster, column, obelisk; beam, girder, shaft, minar, minaret; support, backbone, mainstay; *पाहा :*

काठी

स्तंभन (न) *पाहा :* **अटकाव**

स्तंभलेखक (पु) *पाहा :* **पत्रकारिता, लेखक**

स्तंभित (वि) *पाहा :* **दिङ्मूढ, आश्चर्य, प्रभावित**

स्तर (पु) *पाहा :* **थर**

स्तव (पु), **स्तवणे** (क्रि), **स्तवन** (न) *पाहा :* **स्तुती**

स्तवनीय (वि), **स्तव्य** (वि) *पाहा :* **स्तुत्य**

स्तिमित (वि) *पाहा :* **आश्चर्य, प्रभावित**

स्तुतिपाठक (पु, वि) भाट, वैतालिक, चारण, स्तोता; खुशामतखोर, खुशमस्कऱ्या, टाळकुट्या, हांजीहांजीखोर, तोंडपुज्या, गोंडाघोळू, थुंकीझेलू, लाळघोट्या, बूटपुश्या, चमचा; *पाहा :* **अनुचर; स्तुती, स्तुत्य**

[वा] बैल गाभण तर म्हणे नववा महिना, असतील शिते तर जमतील भुते, चालत्या घोड्यावरच्या गोमाश्या

(n, adj) sycophant, flatterer, boot-licker, toady; obsequious *पाहा :* **अनुचर, स्तुती, स्तुत्य**

[i] to curry favour with

स्तुतिप्रिय (वि) *पाहा :* **लोभी**

स्तुती (स्त्री) स्तव, स्तवन, प्रशंसा, प्रशस्ती, वाखाणणी, वाहवा, भाटीव, वर्णन, गुणवर्णन, गुणसंकीर्तन, गुणगान, गुणगौरव, स्तोत्र, स्तोत्रपठन, स्तुतिस्तोत्र, स्तुतिपाठ, देवस्तुती, ईशस्तुती, कीर्तन, संकीर्तन, कौतुक, अभिनंदन, तारीफ, कदर, टाळ्यांचा गजर, चार चांगले शब्द, शिफारस, भलावण, पुरस्कार, गौरव, गौरवोद्गार, प्रशंसोद्गार, जयघोष, जयगान, जयजयकार; उदोउदो, उदात्तीकरण, खुशमस्करी, अनुनय, खुशामत, चाटुस्तुती; श्लाघा, आत्मश्लाघा, आत्मप्रौढी, आत्मस्तुती, स्वप्रशंसा, स्वस्तुती, आपस्तुती; व्याजस्तुती; कपटस्तुती; *पाहा :* **अनुनय, स्तुतिपाठक, स्तुत्य** (विरु) **निंदानालस्ती**

[क्रि] स्तवणे, प्रशंसणे, वानणे, वाणणे, वाखाणणे, वर्णणे, गुण गाणे, नावाजणे, श्लाघणे, गौरवणे, चाह करणे, चुचकारणे, शाबासकी देणे; स्तोम माजवणे

[वा] चवरी ढाळणे, स्तुतिसुमने उधळणे, गोडवे गाणे, पोवाडे (पवाडे) गाणे, कीर्तन करणे, बिरुदावली गाणे, देव्हारे माजवणे, डोक्यावर घेणे, लगेढोल/ढोलके वाजवणे/ पिटणे, मुजरा करणे, टिमकी वाजवणे, टाळी वाजवणे (ज्याची खावी पोळी त्याची वाजवावी टाळी), दिवे ओवाळणे, अहो रूपम् अहो ध्वनिः करणे, (हरभऱ्याच्या झाडावर) चढवणे, चांगभले करणे, पाठ थोपटणे, तोंडदेखली गोष्ट, मेल्या म्हशीस मणभर दूध

(n) praise, commendation,

recommendation, laudation, good word, tribute, acclaim (ation), applause, accolade, ovation, eulogy, flattery, adulation, panegyric, homage, thanksgiving; self-esteem; *पाहा :* **अनुनय, स्तुतिपाठक, स्तुत्य** (विरु) **निंदानालस्ती**

[i] praise to the skies, sing someone's praises, pay court to, butter up, backhanded, compliment, damn with faint praise

स्तुत्य (वि) स्तवनीय, स्तव्य, स्तोतव्य, प्रशंसनीय, वर्णनीय, कौतुकास्पद, अभिनंदनीय, गौरवास्पद, नामी, चांगला, शोभादायक, स्तुतीस पात्र, प्रशंसापात्र, स्पृहणीय, प्रशस्त, आदरणीय, प्रशंस्य, श्लाघ्य, श्लाघनीय, ललामभूत, भूषणप्रद, भूषणावह, भूषणास्पद, स्वागतार्ह, अभिमानास्पद *पाहा :* **स्तुतिपाठक, स्तुती** (विरु) **गर्हणीय**

[adj] praiseworthy, commendable, laudable, admirable, meritorious, creditable *पाहा :* **स्तुतिपाठक, स्तुती** (विरु) **गर्हणीय**

स्तूप (पु) चैत्य, विहार

(n) stupa

स्तेन (न) *पाहा :* **चोर**

स्तेय (न) *पाहा :* **चोरी**

स्तोतव्य (वि) *पाहा :* **स्तुत्य**

स्तोता (पु) *पाहा :* **स्तुतिपाठक**

स्तु (न) *पाहा :* **काव्य, स्तुती**

स्तोत्र (न) *पाहा :* **काव्य, स्तुती**

स्तोम (न) *पाहा :* **प्रस्थ, स्तुती**

स्त्री (स्त्री) नारी, ललना, वनिता, महिला, अंगना, योषा, योषिता, भामा, भामिनी, वामा, वामांगी, नार, कामिनी, कांता, मादी, अबला, भगिनी, ताई, बाई, बाईमाणूस, बया, आऊ, आवा, देवी; कुलीन स्त्री; कुमारी, अविवाहिता, जरठकुमारी; वधू, उपवर कन्या; विवाहिता, सभर्तृका, सधवा, अविधवा, अहेव, सौभायवती, सुभगा, सुवासिनी, सवाष्ण, सवाशीण, वज्रचूडेमंडित स्त्री, गृहिणी, सुगृहिणी, गृहलक्ष्मी, माहेरकरीण (-वाशीण), सासुरवाशीण; पुनर्विवाहित/पाटाची स्त्री; परित्यक्ता, टाकलेली स्त्री; घटस्फोटिता; विधवा, निपुत्रिका, पुत्रवती; परस्त्री; बेगम, आयाबाया (अव); *पाहा :* **कन्या, मुलगी, पत्नी, माता, कुलनारी, विधवा, कलावंतीण, रखेली, देवदासी, जारकर्मी, वेश्या**

(n) woman, lady, female, virgin, hoyden, matron, matriarch, housewife, unmarried/ married/ divorced woman, widow, dowager *पाहा :* **कन्या, मुलगी, पत्नी, माता, कुलनारी, विधवा, कलावंतीण, रखेली, देवदासी, जारकर्मी, वेश्या**

[i] the fair sex, the gentle sex

स्त्रीगमन (न) *पाहा :* **संभोग**

स्त्रीजाती (स्त्री, अव) *पाहा :* **चतुर्विध**

स्त्रीदाक्षिण्य (न) *पाहा :* **अदब**

स्त्रीधन (न) *पाहा :* **धनदौलत**

स्त्रीपात्र (न) *पाहा :* **अभिनेता/अभिनेत्री**

स्त्रीबुद्धी (वि), **स्त्रीलंपट** (वि) बाईल बुद्ध्या (-वेडा, -पिसा), बायल्या, स्त्रीवश, स्त्रीवेल्हाळ, बायक्या, स्त्रैण, बायकोवेल्हाळ, भार्यासक्त, बायकोचा बंदा/गुलाम; कामुक, कामी, विषयासक्त

[adj] uxorious, lewd, lascivious, henpecked

स्त्रीसंग (पु), **स्त्रीसुख** (न) *पाहा :* **संभोग**

स्त्रीसुलभ (वि) स्त्रीयोग्य, स्त्रियोचित, स्त्रीला शोभेलसा, जनानी

[adj] womanlike, ladylike, womanly, feminine

स्त्रैण (वि) *पाहा :* **स्त्रीबुद्धी**

स्थगित (वि) *पाहा :* **बंद, खंडित**

स्थगिती (स्त्री) *पाहा :* **अटकाव**

स्थंडिल (न) *पाहा :* **ओटा**

स्थल (न) *पाहा :* **स्थान**

स्थलांतर (न) *पाहा :* **प्रवास, बदल**

स्थळ (न) *पाहा :* **स्थान, नवरा**

स्थान (न) स्थल, स्थळ, निधान, जागा, ठिकाण, धाम, भाजन, हौदा, क्षेत्र; स्थानक, तळ, अड्डा, थांबा, गाडीतळ, वाहनतळ, आगार; आसन, अधिष्ठान, अधिकरण, बैठक, ठाण; पद, हुद्दा, अधिकार, किताब; आश्रयस्थान, विश्रांतिस्थान, विश्रामस्थान, उच्चस्थान, संकेतस्थळ, इत्यादी; *पाहा :* **प्रसंग**

[वा] **ध्रुवपद, नंदनवन**

(n) place, site, spot, location; field; station, stand, terminal, depot; seat, perch, abode; position, post, office, rank; rendezvous, website *पाहा :* **प्रसंग**

स्थानक (न) *पाहा :* **स्थान, अड्डा**

स्थानच्युत (वि) *पाहा :* **अर्धचंद्र; ढळणे**

स्थानत्याग (पु) *पाहा :* **त्याग**

स्थानबद्ध (वि, पु) *पाहा :* **कैदी**

स्थानभ्रष्ट (वि) *पाहा :* **अर्धचंद्र, ढळणे**

स्थानमाहात्म्य (न) *पाहा :* **महत्त्व**

स्थानांतरण (न) *पाहा :* **प्रवास, बदल**

स्थानापन्न (वि) *पाहा :* **बसणे, दाखल, स्थापित, अधिकारी**

स्थानिक (वि) *पाहा :* **नागरी, प्रादेशिक, जवळचा**

स्थानिक स्वराज्य संस्था (स्त्री) ग्रामपंचायत, पंचायत, नगरपालिका, नगरपरिषद, महापालिका, महानगरपालिका; नगरसेवक, नगरपिता, नगराध्यक्ष, महापौर; ग्रामसेवक (-सेविका); पंच, सरपंच; पंचायती राज्य

(n) local self-government; grampanchayat; mayor, municipality, municipal corporation, senator, sarpanch

स्थानीय (वि) *पाहा :* **नागरी, प्रादेशिक,**

जवळचा

स्थापक (पु) संस्थापक, रचयिता, प्रस्थापक, उद्‌गाता, उभारणारा, स्थापना करणारा (*पाहा :* **स्थापना**); *पाहा :* **स्थापणे, स्थापित**

(n) founder, originator, constructor (*पाहा :* **स्थापना**) *पाहा :* **स्थापणे, स्थापित**

स्थापणे (क्रि) स्थापना करणे (*पाहा :* **स्थापना**), उभारणे, आरंभणे, पाया घालणे, रचणे, मांडणे, ठेवणे, बसवणे, स्थापित करणे (*पाहा :* **स्थापित**); *पाहा :* **स्थापक**

(v) set up, found, establish, institute, originate, put, place, lay, build, construct (*पाहा :* **स्थापना, स्थापित**) *पाहा :* **स्थापक**

स्थापत्य (न), **स्थापत्यशास्त्र** (न) *पाहा :* **कला, शास्त्र**

स्थापना (स्त्री) प्रस्थापना, संस्थापना, आस्थापना, आरंभ, उभारणी, न्यास, प्रतिष्ठापना, पुन:स्थापना, नेमणूक, पट्टाभिषेक, मूर्धाभिषेक, राज्याभिषेक *पाहा :* **स्थापक, स्थापणे, स्थापित**

(n) foundation, establishment, institution, construction, endowment *पाहा :* **स्थापक, स्थापणे, स्थापित**

स्थापित (वि) संस्थापित, संस्थित, स्थानापन्न, पट्टाभिषिक्त, मूर्धाभिषिक्त, सिंहासनाधिष्ठित, प्रस्थापित, रूढ, मान्य, प्रतिष्ठित *पाहा :* **स्थापक, स्थापणे, स्थापना**

[adj] established, originated, instituted, accepted *पाहा :* **स्थापक, स्थापणे, स्थापना**

स्थायिक (वि) *पाहा :* **राहणे**

स्थायिभाव (पु) *पाहा :* **चित्तवृत्ती, नऊ स्थायिभाव**

स्थायी (वि) *पाहा :* **कायम**

स्थाली (स्त्री) *पाहा :* **भांडे**

स्थावर (न) *पाहा :* **संपत्ती**

स्थावर (वि) *पाहा :* **अचल**

स्थावरजंगम (न) *पाहा :* **घरदार, चराचर**

स्थित (वि) *पाहा :* **अचल, राहणे**

स्थितप्रज्ञ (वि) स्थिरबुद्धी, स्थिरचित्त, निर्विकार, समबुद्धी, संयमी, शांत, गंभीर, त्रिगुणातीत, ब्रह्मस्वरूप, ब्रह्मीभूत, सिद्ध, जीवन्मुक्त

[adj] sedate, staid, serious, self-controlled, self-possessed, stoical, emancipated

स्थितिस्थापक (वि) *पाहा :* **लवचीक**

स्थिती (स्त्री) *पाहा :* **अवस्था, अवदशा**

स्थित्यंतर (न) *पाहा :* **बदल**

स्थिर (वि) *पाहा :* **अचल, कायम, खंबीर**

स्थिरचित्त (वि) *पाहा :* **स्थितप्रज्ञ, निर्विकार**

स्थिरचित्र (न) *पाहा :* **चित्र**

स्थिरता (स्त्री) *पाहा :* **स्थैर्य**

स्थिरबुद्धी (वि) *पाहा :* **स्थितप्रज्ञ**

स्थिरविद्युत (स्त्री) *पाहा :* **वीज**

स्थिरस्थावर (वि) *पाहा :* **शांत**

स्थिरावणे (क्रि) *पाहा :* **थांबणे, शमणे,**

जमणे

स्थूल (-ळ) (वि) *पाहा :* **लट्ठ, अवजड**

स्थूलबुद्धी (वि) *पाहा :* **अजाण**

स्थूलमान (न) *पाहा :* **अजमास**

स्थैर्य (न) स्थिरता, अविचलता, पक्केपणा, ठामपणा, भक्कमपणा, अढळता, दृढता, दार्ढ्य, कालसातत्य *पाहा :* **चित्तस्थैर्य, शांती** (विरु) **अस्थैर्य, अशांतता**

(n) stability, balance, equilibirium, steadiness, soundness, constancy, immobility, firmness *पाहा :* **चित्तस्थैर्य, शांती** (विरु) **अस्थैर्य, अशांतता**

स्नातक (पु) *पाहा :* **शिक्षित**

स्नान (न) अंघोळ, स्नानविधी, अभ्यंग (स्नान), मंगलस्नान, प्रात:स्नान, स्नानसंध्या, तीर्थस्नान, अपस्नान, अवभृथस्नान, अभिषेक, सचैल स्नान, रासन्हाण, सूर्यस्नान, मृत्तिकास्नान, समुद्रस्नान, मुसळस्नान, दंडस्नान, काकस्नान, भस्मस्नान, भुडभुडगंगा, बुडबुड बुडुश्शा; तोतो, बोरनहाण, नहाण

[क्रि] न्हाणे, नहाणे, नाहणे, अंग धुणे, सुस्नात होणे, न्हाऊ घालणे, न्हाऊमाखू घालणे, अवगाहन/ निमज्जन करणे, पोहणे, डुंबणे, बुडी/ बुचकळी मारणे, खरारा करणे

[वा] कावळ्याची अंघोळ, स्नान करून पुण्य घडे तर पाण्यात काय बेडूक थोडे?

(n) bath, shower (bath), sauna (bath), bathing, swimming, ablution, sponging

स्नानगृह (न) *पाहा :* **खोली**

स्नायुबंध (पु), **स्नायू** (पु) *पाहा :* **तंतू**

स्निग्ध (वि) तेलकट, ओशट, तुपट, तुपकट, चरबीयुक्त; चिकट, चिकणवट, तेल्या, बुळबुळीत; *पाहा :* **प्रेमळ**

[adj] oily, greasy, soft, sticky, slippery, slithery, emollient; *पाहा :* **प्रेमळ**

स्निग्धता (स्त्री) तेलकटपणा, ओशटपणा, चिकणाई, मवारी; स्निग्धांश, *पाहा :* **प्रेम, मित्रत्व**

(n) oiliness, softness; *पाहा :* **प्रेम, मित्रत्व**

स्निग्ध पदार्थ (पु, अव) तेल, तैल, लोणी, नवनीत, मस्का, तूप, घृत, मलई, साय, चरबी, मेद, वसा, माखण, वंगण, मेण, मलम; स्नेह

(n, pl) oil, fat, grease, wax, lubricant, ointment

स्नुषा (स्त्री) *पाहा :* **सून**

(n) daughter-in-law

स्नेह (पु) *पाहा :* **प्रेम, मित्रत्व, अनुबंध, स्निग्ध पदार्थ, एकी, ओलावा**

स्नेहपूर्ण (वि) *पाहा :* **प्रेमळ**

स्नेहभाव (पु) *पाहा :* **मित्रत्व**

स्नेहभोजन (न) *पाहा :* **अन्न**

स्नेहमेळावा (पु) *पाहा :* **उत्सव, समुदाय**

स्नेहल (वि), **स्नेहशील** (वि) *पाहा :* **प्रेमळ**

स्नेहसंबंध (पु) *पाहा :* **अनुबंध, मित्रत्व**
स्नेहसंमेलन (न) *पाहा :* **उत्सव**
स्नेहांकित (वि) *पाहा :* **मित्र, परिचित**
स्नेहाळ (वि) *पाहा :* **प्रेमळ**
स्नेही (पु) *पाहा :* **मित्र**
स्पंदक (पु) *पाहा :* **तारा**
स्पंदन (न) *पाहा :* **आंदोलन**
स्पर्धक (पु) *पाहा :* **प्रतिस्पर्धी, खेळाडू**
स्पर्धा (स्त्री) चढाओढ, अहमहमिका, चुरस, रस्सीखेच; ईर्षा, जिगीषा; टक्कर, लढा, लढत, झगडा, संघर्ष; सामना, क्रीडा, क्रीडास्पर्धा, जुगलबंदी, प्रतियोगिता, प्रतिस्पर्धा *पाहा :* **लढणे, लढाई**
[वा] बरोबरी करणे, इरेस पेटणे, मांडीला मांडी लावणे
(n) emulation, rivalry, envy, jealosy, strife, struggle, race, competition, contest, sports *पाहा :* **लढणे, लढाई**
[i] the rat race, diamond cut diamond
स्पर्श (पु) संसर्ग, संपर्क, संयोग, संस्पर्श; स्पर्शेंद्रियाचा (त्वचेचा) विषय; स्पर्शज्ञान; स्पर्शास्पर्श, शिवाशीव; पुसटता स्पर्श, हस्तस्पर्श, चरणस्पर्श, इत्यादी; लेश, लवलेश, अल्पांश, डूब
[क्रि] स्पर्शणे, शिवणे, भिडणे, लगटणे, खेटणे, तटणे, चिकटणे, चाचपणे, चाचपडणे, चाटणे, कुरवाळणे, हाताळणे
(n) touch, contact, osculation, brush, graze, tap, caress, lick; sensation; iota, modicum
स्पर्शकाल (पु) *पाहा :* **ग्रहण**
स्पर्शणे (क्रि) *पाहा :* **चिकटणे, स्पर्श**
स्पर्शमणी (पु) *पाहा :* **दगड**
स्पर्शानभिज्ञ (वि) *पाहा :* **बधिर**
स्पर्शेंद्रिय (न) *पाहा :* **त्वचा**
स्पष्ट (वि) स्वच्छ, साफ, लखख, ठळक, असंदिग्ध, प्रकट, उघड, खुला, विवृत, सुस्पष्ट, चित्रदर्शी, प्रांजळ, प्रासादिक, पारदर्शक, ठोस, परखड, रोकडा, रोखठोक, सडेतोड, निर्भीड; टिच्चून, निखालस; ठसठशीत, टळटळीत, धडधडीत *पाहा :* **निर्भीड** (विरु) **अस्पष्ट, गुळमुळीत**
[वा] उठून दिसणे, तटका तोडणे, तुकडा तोडून देणे, बाप दाखव नाहीतर श्राद्ध कर, हा सूर्य हा जयद्रथ
[adj] clear, plain, bright, vivid, open, lucid, transparent, picturesque, evident, obvious, frank, candid, forthright, unequivocal, cut & dried *पाहा :* **निर्भीड** (विरु) **अस्पष्ट, गुळमुळीत**
[i] to make no bones, to make a clean breast of, to put one's cards on the table, not to mince matters
स्पष्टपणे (क्रिवि) *पाहा :* **निक्षून**
स्पष्टवक्ता (पु) *पाहा :* **निर्भीड, स्पष्ट**
स्पष्टीकरण (न) *पाहा :* **विवरण,**

समर्थन, अनुवाद
स्पृहणीय (वि) *पाहा :* **स्तुत्य**
स्पृहा (स्त्री) *पाहा :* **इच्छा, आकांक्षा**
स्फटिकधवल (वि) *पाहा :* **पांढरा**
स्फुट (वि) *पाहा :* **किरकोळ, पत्रकारिता**
स्फुंदणे (क्रि), **स्फुंदन** (न) *पाहा :* **रडणे**
स्फुरण (न) *पाहा :* **आंदोलन, उमाळा, चेव, स्फूर्ती**
स्फुरणे (क्रि) सुचणे, मनात येणे, कल्पना येणे/तरळणे, आठवणे, वाटणे; *पाहा :* **आंदोलन**
(v) occur, come to mind, imagine, fancy; *पाहा :* **आंदोलन**
स्फुलिंग (-ल्लिं) (पु) *पाहा :* **अग्नी**
स्फूर्त (वि) स्फुरलेले, सुचलेले, वाटलेले, मनात आलेले/प्रादुर्भूत झालेले, उत्स्फूर्त, स्वयंस्फूर्त, स्वयंप्रेरित, सहजस्फूर्त, समयस्फूर्त, आयत्या वेळचे; स्वाभाविक, सहजप्रवृत्तीचे
[adj] imagined, struck to the mind, spontaneous, impromptu, extempore, natural
[i] off the cuff
स्फूर्तिदायक (-प्रद) (वि) *पाहा :* **प्रेरक, उत्तेजक**
स्फूर्ती (स्त्री) उत्तेजन, उद्दीपन, प्रोत्साहन, उत्तेजना, प्रेरणा, चालना, चेतना, क्षोभना, स्फुरण, स्वयंस्फूर्ती, अंत:स्फूर्ती, अंत:प्रेरणा, आतला आवाज, उमाळा, चेव, वीरश्री, संचार, प्रादुर्भाव, उन्मेष; सर्जनशीलता, निर्मितिक्षमता; *पाहा :* **प्रतिभा**
[वा] जात्यावर बसले म्हणजे गीत आठवते (ओवी सुचते), स्फूर्तिदेवता
(n) inspiration, brainwave, mind's eye, insight, revelation, imagination, creativity, stimulation, motivation, impetus, encouragement; *पाहा :* **प्रतिभा**
स्फोट (पु) धमाका, बार, धडाका, भडका, परिस्फोट, विस्फोट *पाहा :* **प्रसिद्धी, रहस्यभेद, उद्रेक**
(n) explosion, blast, detonation; *पाहा :* **प्रसिद्धी, रहस्यभेद, उद्रेक**
स्फोटक (वि) *पाहा :* **धोकादायक**
स्फोटक (न) विस्फोटक, दारू, फटकडा, फटाका, आपटबार, शोभेची दारू, दारूकाम, दारूखाना, दारूगोळा, सुरुंग, पाणसुरुंग, बारूद, टीएनटी, आरडीएक्स
(n) explosive, detonator, gunpowder, dynamite, TNT, RDX
स्मर (पु) *पाहा :* **मदन**
स्मरण (न) आठवण, आठव, सय; स्मृती, स्मरणशक्ती, धारणाशक्ती; पाठांतरशक्ती, भान, याद, स्मृतिमंजूषा; संस्मरण, चिंतन, मनन, उजळणी, ध्यास, ध्यान; ईशस्मरण,

प्रात:स्मरण , चिरस्मरण, इत्यादी; ओळख; पूर्वस्मृती; सिंहावलोकन; स्मृतिचिन्ह, स्मरणिका (*पाहा :* **ग्रंथ),** स्मरणपत्र; स्मारक, पुण्यस्मरण *पाहा :* (विरु) **विस्मरण**

[क्रि] स्मरणे, आठवणे, आठवण होणे/ काढणे, स्मृतिशेष होणे, मनात ठेवणे/ येणे/ आणणे, मनीमानसी वसणे, पूर्वस्मृतींना उजाळा देणे, जिव्हाग्री/ जिभेवर असणे, डोके खाजवणे, मढी उकरून काढणे

(n) recollection, remembrance, reminiscence, retrospection, memory, retentiveness, reminder, souvenir, keepsake, memorial *पाहा :* (विरु) **विस्मरण**

[i] rack/cudgel one's brains, call to mind, ring a bell, to be on the tip of one's tongue

स्मरणे (क्रि) *पाहा :* **स्मरण**

स्मरारी (पु) *पाहा :* **शंकर**

स्मशान (न) **स्मशानभूमी** (स्त्री) *पाहा :* **अंत्येष्टी**

स्मशानशांतता (स्त्री) *पाहा :* **शांती**

स्मारक (न) *पाहा :* **स्मरण, अंत्येष्टी**

स्मित (न) *पाहा :* **हसणे**

स्मृत (वि) स्मरलेले, *पाहा :* **स्मरण**

[adj] remembered, *पाहा :* **स्मरण**

स्मृतकालपूर्व (वि) *पाहा :* **प्राचीन**

स्मृतिचिन्ह (न) *पाहा :* **स्मरण, खूण**

स्मृतिदिन (पु) *पाहा :* **पुण्यतिथी**

स्मृतिशेष (वि) *पाहा :* **स्मरण**

स्मृतिस्तंभ (पु) *पाहा :* **अंत्येष्टी**

स्मृती (स्त्री) *पाहा :* **स्मरण, धर्मग्रंथ**

स्रग्धरा (न) *पाहा :* **वृत्त**

स्रजणे (क्रि) *पाहा :* **उत्पत्ती**

स्रवणे (क्रि) *पाहा :* **गळणे, चिघळणे**

स्रष्टा (पु) *पाहा :* **ब्रह्मदेव, उत्पादक**

स्राव (पु) *पाहा :* **गळती**

स्रोत (पु) *पाहा :* **प्रवाह**

स्वकर्तव्य (न), **स्वकर्म** (न) *पाहा :* **कर्तव्य**

स्वकष्टार्जित (वि) *पाहा :* **अर्जित**

स्वकीय (वि) *पाहा :* **आप्त, जवळचा**

स्वगत (न) *पाहा :* **भाषण**

स्वघोषित (वि) *पाहा :* **नामधारी**

स्वच्छ (वि) निर्मल, निर्मळ, निर्लेप, निष्कलंक, शुद्ध, साफ, सफाचट, साफसूफ, धुतलेला, धुवट, सुस्नात, प्रक्षाळित; उजळ, चकचकीत; नितळ, आरस्पानी; निवळ, निवळशंख; निरभ्र, अभ्ररहित; पारदर्शक *पाहा :* **स्वच्छता, पवित्र, स्पष्ट, धुणे** (विरु) **अस्वच्छ, मलिन, गढूळ**

[वा] स्फटिकासारखा

[adj] clean, spotless, stainless, cleaned, cleansed, washed, shining, immaculate, pure, clear, transparent, *पाहा :* **स्वच्छता, पवित्र, स्पष्ट, धुणे** (विरु) **अस्वच्छ, मलिन, गढूळ**

[i] clear as crystal

स्वच्छता (स्त्री) सफाई, साफसफाई, साफसुफी, झाडलोट, झाडझूड, केरवारे, मार्जन, मुखमार्जन,

संमार्जन, सडासंमार्जन, प्रक्षालन, चकचकाट, निर्मळपणा; *पाहा :* **स्वच्छ, स्नान, पावित्र्य, टापटीप**

[क्रि] झाडणे, झटकणे, फटकणे, परिमार्जन करणे

[वा] हात फिरणे

(n) cleanliness, cleansing, purification, sweeping, brushing; *पाहा :* **स्वच्छ, स्नान, पावित्र्य, टापटीप**

स्वच्छतागृह (न) *पाहा :* **खोली**

स्वच्छंद (वि), **स्वच्छंदी** (वि) *पाहा :* **स्वैर, उच्छृंखल, छांदिष्ट, अगोचर**

स्वजन (पु) *पाहा :* **आप्त**

स्वतः (क्रिवि) जातीने, जात्या, स्वयं, स्वयमेव, स्वये, आपण होऊन, स्वभावतः, खुद्द, दस्तुरखुद्द, स्वता, स्वयंस्फूर्तीने

[adv] by oneself, spontaneously

स्वतःचा (वि) *पाहा :* **खाजगी**

स्वतंत्र (वि) स्वाधीन, आत्मनिर्भर; मोकळा, मुक्त, बंधमुक्त, दास्यमुक्त, आझाद, निर्बंधमुक्त, बंधनातीत, निरवलंब, अनिर्बंध, पाशरहित, विनापाश, सुटा, सुटलेला; स्वायत्त; स्वयंशासित; अपक्ष, पक्षातीत; निर्वेध, पूर्ण मालकीचा; स्वयंपूर्ण, स्वावलंबी, स्वयंभू; पृथगात्म; *पाहा :* **स्वैर, विभक्त, खास, अभिजात, अन्य** (विरु) **परतंत्र, बद्ध**

[वा] देणं नास्ति घेणं नास्ति, सवता सुभा, स्वतःच्या पायावर उभे राहणे

[adj] free, independent, non-aligned, sovereign, self-governing, self-reliant, liberated, unfettered, unconfined, self-supporting, freehold; self-sufficient; untrammelled; autonomous; non-partisan; *पाहा :* **स्वैर, विभक्त, खास, अभिजात, अन्य** (विरु) **परतंत्र, बद्ध**

[i] to stand on one's own feet

स्वतंत्रता (स्त्री) *पाहा :* **स्वातंत्र्य**

स्वतःसिद्ध (वि) *पाहा :* **सिद्ध**

स्वता (क्रिवि) *पाहा :* **स्वतः**

स्वत्व (न) *पाहा :* **अभिमान, अस्मिता, आत्मा**

स्वत्वाभिमान (पु) *पाहा :* **अभिमान**

स्वदस्तूर (न) *पाहा :* **सही**

स्वदेश (पु) *पाहा :* **देश, घर**

स्वदेशाभिमान (पु) *पाहा :* **अभिमान**

स्वदेशाभिमानी (वि) *पाहा :* **देशभक्त**

स्वदेशी (वि) देशी, राष्ट्रीय, नागरी

[adj] national, vernacular

स्वधर्म (पु) *पाहा :* **कर्तव्य, धर्म**

स्वन (पु) *पाहा :* **आवाज**

स्वनातीत (वि) *पाहा :* **गतिमान**

स्वपरभाव (पु) *पाहा :* **दुजाभाव**

स्वप्न (न) भास, आभास, भ्रम, कल्पनाचित्र, छाया; दिवास्वप्न, मनोराज्य, कल्पनासाम्राज्य, स्वप्नरंजन, स्वप्नप्रपंच, स्वप्नसृष्टी; मृगजळ; मनीषा, आकांक्षा, ध्येय, उद्दिष्ट; सुखस्वप्न; दुःस्वप्न, भय, धास्ती, बागुलबुवा, भूत, पिशाच,

राक्षस; *पाहा :* **चार अवस्था, स्वप्नाळू**

[वा] हवेतले इमले, मनातले मांडे, मनी वसे ते स्वप्नी दिसे

(n) dream, vision, fancy, fantasy, phantom, reverie, castles in the air, daydream, figment of the imagination, nightmare, mirage, hallucination, chimera; aspiration, ideal, goal; *पाहा :* **चार अवस्था, स्वप्नाळू**

[i] fool's paradise, Utopia, a pipe dream

स्वप्नवत (वि) *पाहा :* **खोटा, काल्पनिक**

स्वप्नाळू (वि) स्वप्नसृष्टीत वावरणारा, कल्पनाविलासात दंग, मनोराज्यात गुंग, ध्येयवादी, आशाळभूत; अव्यवहारी, अव्यवहार्य, अवास्तव, आभासयुक्त, काल्पनिक *पाहा :* **स्वप्न** (विरु) **व्यवहारी**

[adj] dreamy, starry-eyed, fanciful, visionary, idealistic, impractical, unrealistic *पाहा :* **स्वप्न** (विरु) **व्यवहारी**

स्वभाव (पु) मनोधर्म, मनःप्रवृत्ती, चित्तवृत्ती, वृत्ती, कल, नस, प्रकृती, प्रकृतीगुण, मूळप्रकृती (-स्वभाव), सहजधर्म, नैसर्गिक धर्म, स्वभावधर्म, उपजत गुण, तब्येत, अंगस्वभाव, देहस्वभाव, जन्मस्वभाव, जातीस्वभाव, खोड, प्रकृतिस्वभाव, स्वभावविशेष, स्वभाववैशिष्ट्य / गुण, सुस्वभाव, लेकुरस्वभाव, हट्टी / भोळा/ नाजूक स्वभाव, *पाहा :* **आपोआप, उपजत**

[वा] स्वभावो दुरतिक्रमः, स्वभावाला औषध नाही, कुत्र्याचे शेपूट वाकडे ते वाकडेच, आधी होता वाघ्या दैवयोगे झाला पाग्या त्याचा येळकोट राहीना मूळस्वभाव जाईना, व्यक्ती/मूर्ती तितक्या प्रकृती, पिंडे पिंडे मतिर्भिन्ना, भिन्नरुचिर्हि लोकः, जित्याची खोड मेल्याशिवाय जात नाही, रक्तात असणे, जातीवर जाणे

(n) temperament, attitude, charatcer, cframe of mind, personality, disposition, (human) nature, bent, constitution, humour, inclination *पाहा :* **आपोआप, उपजत**

[i] run in the blood, be born to, flesh and blood

स्वभावतः (क्रिवि) *पाहा :* **आपोआप, स्वभाव**

स्वभावसिद्ध (वि) *पाहा :* **उपजत, स्वभाव**

स्वभावोक्ती (स्त्री) *पाहा :* **भाषालंकार**

स्वमताभिमानी (वि) *पाहा :* **तत्त्वनिष्ठ**

स्वयं (क्रिवि) *पाहा :* **स्वतः**

स्वयंचलित (वि) *पाहा :* **वाहन**

स्वयंनिर्णय (पु) *पाहा :* **निर्णय, स्वातंत्र्य**

स्वयंनिर्भरता (स्त्री) *पाहा :* **स्वातंत्र्य**

स्वयंपाक (पु) *पाहा :* **अन्न**

स्वयंपाकघर (न) *पाहा :* **खोली**

स्वयंपाकपाणी (न) *पाहा :* **घरकाम**

स्वयंपाकी (पु) *पाहा :* **आचारी**
स्वयंपूर्ण (वि) *पाहा :* **स्वतंत्र**
स्वयंप्रकाश (-प्रकाशित, -प्रकाशी) (वि) *पाहा :* **प्रकाशमान**
स्वयंभू (वि) *पाहा :* **स्वतंत्र, अभिजात, अनादी, अकृत्रिम**
स्वयमेव (क्रिवि) *पाहा :* **स्वतः**
स्वयंरोजगार (पु) *पाहा :* **उद्योग**
स्वयंवर (न) *पाहा :* **विवाह**
स्वयंशासित (वि) *पाहा :* **स्वतंत्र**
स्वयंशिक्षित (वि) *पाहा :* **शिक्षित**
स्वयंसिद्ध (वि) *पाहा :* **सिद्ध, अनादी**
स्वयंसेवक (पु) *पाहा :* **मदतगार**
स्वयंसेवी (वि) *पाहा :* **संस्था**
स्वयंस्फूर्त (वि) *पाहा :* **स्फूर्त, अहेतुक, अकृत्रिम**
स्वयंस्फूर्ती (स्त्री) *पाहा :* **स्फूर्ती, इच्छाशक्ती, अभिनिवेश**
स्वये (क्रिवि) *पाहा :* **स्वतः**
स्वर (पु) नाद, ध्वनी, रव, सूर, श्रुती, बोल, आवाज; सप्तस्वर (षड्ज, ऋषभ, गांधार, मध्यम, पंचम, धैवत, निषाद); तीव्र/ कोमल/ वादी/ संवादी स्वर; सरगम, स्वरमालिका, स्वरावली, आरोह, अवरोह; मींड, गत; स्वरसप्तक (मंद्र/ खर्ज, मध्य, तार); *पाहा :* **तान, राग, अक्षर**
(n) note, tune, sound; *पाहा :* **तान, राग, अक्षर**
स्वरमंजूषा (स्त्री) *पाहा :* **सुषिरवाद्य**
स्वरमंडल (न) *पाहा :* **तंतुवाद्य**
स्वरशिल्प (न), **स्वरसाज** (पु) *पाहा :* **संगीत**
स्वरसाथ (स्त्री) *पाहा :* **गाणे**
स्वराज्य (न) *पाहा :* **राज्यपद्धती, स्वातंत्र्य**
स्वरूप (न) रूप, चेहरामोहरा, तोंडवळा, मुद्रा, आकृती, बाह्याकृती, ठेवण; *पाहा :* **सौंदर्य, आत्मा, रूप, अवतार, आकार**
(n) visage, countenance, nature, appearance, features; *पाहा :* **सौंदर्य, आत्मा, रूप, अवतार, आकार**
स्वरूपवान (वि) *पाहा :* **सुंदर**
स्वरूपज्ञान (न) *पाहा :* **आत्मज्ञान**
स्वर्ग (पु) देवलोक, सुरलोक, स्वर्लोक, इंद्रलोक, चंद्रलोक, ऊर्ध्वलोक, पुण्यलोक, परलोक, ब्रह्मलोक; नंदनवन *पाहा :* **अंतराळ, आनंद**
(n) heaven, kingdom of God, paradise, celestial bliss, eternal rest, Elysium, the next world, after-life, the hereafter, nirvana; *पाहा :* **अंतराळ, आनंद**
स्वर्गवास (पु) *पाहा :* **मृत्यू**
स्वर्गवासी (वि) *पाहा :* **मृत**
स्वर्गसुख (न) *पाहा :* **आनंद**
स्वर्गस्त्री (स्त्री) *पाहा :* **अप्सरा**
स्वर्गीय (वि) *पाहा :* **दिव्य**
स्वर्ण (न) *पाहा :* **सोने**
स्वर्धेनू (स्त्री) *पाहा :* **कामधेनू**
स्वल्प (वि) *पाहा :* **अल्प**
स्वस्त (वि) अल्पमोली, कमी किमतीचा, सवंग, कवडीमोल, मातीमोल, *पाहा*

: (विरु) **महाग, मौल्यवान**

[वा] अल्पमोली बहुगुणी, पैशाला पासरी

[adj] cheap, low-priced, inexpensive, dirt-cheap *पाहा :* (विरु) **महाग, मौल्यवान**

[i] for a song

स्वस्ति (वचन) (न) *पाहा :* **आशीर्वाद, कल्याण**

स्वस्तिक (न) *पाहा :* **खूण**

स्वस्त्री (स्त्री) *पाहा :* **पत्नी**

स्वस्थ (वि) कुशल, खुशाल, सुखी, समाधानी, स्वस्थचित्त, अक्षुब्ध, तणावमुक्त, शांत, निवांत, स्तब्ध; निरोगी, निकोप, तंदुरुस्त, निरामय *पाहा :* **आराम, आरोग्य, उसंत, शांती**

[वा] जीव खाली पडणे, तळीराम गार होणे

[adj] well, hale and hearty, happy, contented, peaceful, calm; healthy, sound *पाहा :* **आराम, आरोग्य, उसंत, शांती**

[i] sitting pretty, self-possessed

स्वस्थता (स्त्री) *पाहा :* **आराम, शांती, उसंत**

स्वहित (न) *पाहा :* **स्वार्थ**

स्वहितदक्ष (-परायण) (वि) *पाहा :* **स्वार्थी**

स्वागत (न) *पाहा :* **अगत्य**

स्वागतकक्ष (पु) *पाहा :* **खोली**

स्वागतार्ह (वि) *पाहा :* **स्तुत्य**

स्वातंत्र्य (न) स्वतंत्रता, स्वराज्य, स्वयंशासन, स्वाधीनता, मुखत्यारी, निरावलंबित्व, स्वायत्तता, स्वयंनिर्णय, स्वावलंबन, आत्मनिर्भरता, स्वयंनिर्भरता, स्वयंपूर्णता; मुक्तता, सोडवणूक, सुटका; मुक्ती, बंधमुक्ती, (-विमोचन), दास्यमुक्ती, रोगमुक्ती इत्यादी; मोकळीक, खुलेपणा, स्वैरता, परवाना, ढील, मुभा, सूट; आचार-विचार-बुद्धा-इच्छा- मत- आविष्कार-लेखन- भाषण- मुद्रण- स्वातंत्र्य; व्यक्तिस्वातंत्र्य, नागरिकस्वातंत्र्य; *पाहा :* **मोकळीक, स्वतंत्र, मुक्ती** (विरु) **गुलामगिरी, अवलंबन, अटकाव**

[वा] मोकळे रान, दाही दिशा मोकळ्या, दोरी सैल सुटणे, ढिली दोरी देणे, लगाम सैल सोडणे, बारा वाटा मोकळ्या

(n) freedom, independence, liberty, self-government, self- dertermination, liberation, emancipation, deliverance, release, licence, latitude, lee way, free-hand, autonomy; *पाहा :* **मोकळीक, स्वतंत्र, मुक्ती** (विरु) **गुलामगिरी, अवलंबन, अटकाव**

स्वाती (स्त्री) *पाहा :* **नक्षत्र**

स्वात्मानुभव (पु) *पाहा :* **अनुभव**

स्वाद (पु) चव, लज्जत, गोडी, रुची, आस्वाद, खुमारी, सुवास

(n) flavour, taste, savour, tang

स्वादिष्ट (वि) चविष्ट, चवदार, लज्जतदार, रुचकर, मधुर, गोड,

खुमासदार; *पाहा :* **खमंग, अन्न**
[adj] tasty, flavourful, savoury, sweet, spicy; *पाहा :* **खमंग, अन्न**
स्वाधीन (वि) *पाहा :* **स्वतंत्र, आधीन**
स्वाधीनता (स्त्री) *पाहा :* **स्वातंत्र्य**
स्वाध्याय (पु) *पाहा :* **अध्ययन**
स्वानंद (पु) *पाहा :* **आनंद**
स्वानुभव (पु), **स्वानुभूती** (स्त्री) *पाहा :* **अनुभव**
स्वाभाविक (वि) स्वभावसिद्ध, मूळचा, साहजिक, सहजप्राप्त, अकृत्रिम, नैसर्गिक, निसर्गदत्त, निसर्गसिद्ध, उपजत, जन्मसिद्ध, स्वयंभू, स्वयंस्फूर्त, उत्स्फूर्त; *पाहा :* **सहज**
[adj] natural, spontaneous, inherent, inborn, innate, instinctive, genuine, unaffected, ingenuous; *पाहा :* **सहज**
स्वाभिमान (पु) *पाहा :* **अभिमान**
स्वाभिमानी (वि) *पाहा :* **मानी**
स्वामित्व (न) *पाहा :* **अधिकार**
स्वामिद्रोह (पु) *पाहा :* **द्रोह**
स्वामिद्रोही (वि) *पाहा :* **फितूर**
स्वामिनी (स्त्री), **स्वामी** (पु) *पाहा :* **अधिकारी, अध्यक्ष**
स्वायत्त (वि) *पाहा :* **स्वतंत्र**
स्वायत्तता (स्त्री) *पाहा :* **स्वातंत्र्य**
स्वार (पु) अश्वारोहक, घोडेस्वार, आरूढ झालेला, सैनिक *पाहा :* **आरूढणे**
(n) equestrian, mounted *पाहा :* **आरूढणे**
स्वारस्य (न) *पाहा :* **सौरस्य**
स्वारी (स्त्री) *पाहा :* **हल्ला, अतिक्रमण, नरश्रेष्ठ, मिरवणूक, परिवार**
स्वार्थ (पु) मतलब, स्वहित, आत्महित, स्वसुख, स्वहितपरायणता, कोरडा/नागडा स्वार्थ; आपमतलबीपणा, आत्मसंतुष्टता
[वा] आपल्याच पोळीवर तूप ओढणे, आपले घोडे पुढे दामटणे, माझे घोडे आणि जाऊ दे पुढे, आपला हात जगन्नाथ, तुंबडी भरणे, घर भरणे, तळीराम गार करणे, आधी स्वार्थ मग परमार्थ, तळे राखील तो पाणी चाखील, आप मेले जग बुडाले, ज्याचा त्याला जीव प्यारा, गव्हाणीतला कुत्रा, मागून पुढून बापच नवरा, असतील शिते तर जमतील भुते, मऊ सापडले म्हणून कोपराने खणू नये, घ-घा-ची बाराखडी, ताकापुरती आजी कामापुरता मामा, गरज सरो वैद्य मरो, भटाला दिली ओसरी भट हातपाय पसरी, आपला तो बाळ्या दुसऱ्याचे ते कारटे, आवळा देऊन कोहळा काढणे, ताकापुरते रामायण, दुभत्या गायीच्या लाथा गोड, घारीची नजर
(n) self-interest, selfishness, self-indulgence, self-love, self-regard
[i] dog in the manger, feather one's nest, take care of number one, give an inch and take an ell, to have an axe

to grind, to jump on the bandwagon

स्वार्थत्याग (पु) *पाहा :* **त्याग**

स्वार्थत्यागी (वि) *पाहा :* **विरक्त**

स्वार्थपरायण (वि), **स्वार्थबुद्धी** (वि) *पाहा :* **स्वार्थी**

स्वार्थी (वि) मतलबी, आपमतलबी, आप्पलपोट्या, स्वार्थबुद्धी, स्वार्थपर, स्वार्थपरायण, स्वार्थसाधू, संधिसाधू, कामसाधू, स्वहितपरायण (-दक्ष), आत्मपरायण, आत्महितदक्ष, आत्मकेंद्रित, आत्मनिष्ठ, आत्मसंतुष्ट, लोभिष्ट; उदरंभर, द्रव्यदृष्टी, गळेपडू, पोटभरू, पोटार्थी, घेऊपाशेऱ्या, घेवबा; *पाहा :* **स्वार्थ, धूर्त, अनुदार** (विरु) **निःस्वार्थी**

[वा] आतल्या गाठीचा

[adj] selfish, self-seeking, self-indulgent, self-centered; *पाहा :* **स्वार्थ, धूर्त, अनुदार** (विरु) **निःस्वार्थी**

स्वावलंबन (न) *पाहा :* **स्वातंत्र्य**

स्वावलंबी (वि) *पाहा :* **स्वतंत्र**

स्वास्थ्य (न) *पाहा :* **आराम, आरोग्य, उसंत, शांती, स्वस्थ, चित्तस्थैर्य, कल्याण, चैन**

स्वाहा करणे (क्रि) *पाहा :* **खाणे**

स्वाक्षरी (स्त्री) *पाहा :* **सही**

स्वीकार (पु), **स्वीकारणे** (क्रि), **स्वीकृत** (वि), **स्वीकृती** (स्त्री) *पाहा :* **अंगीकार, अनुमती, कबुली, अनुसरणे, घेणे**

स्वीकारार्ह (वि) *पाहा :* **ग्राह्य**

स्वीय (वि) *पाहा :* **खाजगी**

स्वेच्छ (वि) *पाहा :* **स्वैर**

स्वेच्छ (क्रिवि) *पाहा :* **मनसोक्त**

स्वेच्छा (स्त्री) *पाहा :* **इच्छा**

स्वेच्छाचार (पु) *पाहा :* **स्वैराचारी, अनाचार**

स्वेच्छाचारी (वि) *पाहा :* **स्वैराचारी**

स्वेच्छानिवृत्ती (स्त्री) *पाहा :* **निवृत्ती**

स्वेच्छामरण (न) *पाहा :* **मृत्यू**

स्वेद (पु) *पाहा :* **घाम**

स्वैर (वि) स्वेच्छ, अवखळ, स्वच्छंद, स्वच्छंदी, लहरी, मनस्वी, उच्छृंखल, उनाड, सैर, सैरट, सैराट, अशांत, चंचल, कलंदर, भटक्या, ओढाळ, बेबंद, बेताल, अनर्गल, भरमसाट, अनियंत्रित, अप्रतिबंध, अप्रशस्त, बाष्कळ, अशिष्ट, सैल, नीतिभ्रष्ट; *पाहा :* **मनसोक्त, मुक्त, स्वैराचारी, स्वतंत्र, अनाचार** (विरु) **बद्ध**

[वा] मन मानेल तसे वागणे, ताळतंत्र सोडणे, मन:पूतं समाचरेत्, ढुंगणाला हात पोचणे, नागवे नाचणे, नारा नाचवणे, हाताबाहेर जाणे

[adj] unruly, wild, unrestrained, wanton, wayward, restless, fickle, capricious, licentious *पाहा :* **मनसोक्त, मुक्त, स्वैराचारी, स्वतंत्र, अनाचार** (विरु) **बद्ध**

[i] to sow one's wild oats

स्वैरवर्तन (न), **स्वैराचार** (पु) *पाहा :* **अनाचार, स्वैर**

स्वैराचारी (वि) उनाड, उच्छृंखल,

उडाणटप्पू, दुराचरणी, दुर्वर्तनी, स्वैरवर्तनी, स्वेच्छाचारी, अनीतिमान, चारित्र्यहीन, व्यभिचारी, बदफैली, चवचाल, चंगीभंगी, स्वैरिणी (स्त्री); *पाहा :* **स्वैर, अनैतिक, अनाचार, भटकभवानी** (विरु) **चारित्र्यसंपन्न**

[adj] wayward, wanton, dissolute, profligate, licentious, adulterous; *पाहा :* **स्वैर, अनैतिक, अनाचार, भटकभवानी** (विरु) **चारित्र्यसंपन्न**

स्वैरिणी (स्त्री,वि) *पाहा :* **भटकभवानी, स्वैर, स्वैराचारी, कुलटा**

ह

हकनाक (क्रिवि) *पाहा :* **नाहक**

हकालपट्टी (स्त्री) *पाहा :* **अर्धचंद्र**

हकिकत (हकिगत) (स्त्री) *पाहा :* **अहवाल, बातमी, कथा**

हक्क (पु) *पाहा :* **अधिकार, वारसा**

हक्कदार (पु) *पाहा :* **अधिकारी, वारस**

हंगाम (पु) *पाहा :* **ऋतू, बहर, काल**

हंगामा (पु) *पाहा :* **धांगडधिंगा, अगाजा**

हंगामी (वि) *पाहा :* **तात्पुरता, अंतरिम**

हजर (वि) *पाहा :* **उपस्थित**

हजरजबाबी (वि) *पाहा :* **समयसूचक**

हजाम (पु) *पाहा :* **नापित**

हजामत (स्त्री) श्मश्रू, मुंडण (-न), मुंडंती, क्षौर, बोडंती, चप्पी, चकोट, केशकर्तन, वपन, केशवपन, चौल; *पाहा :* **फसवणूक, नापित**

[क्रि] केस काढणे/ कापणे, मुंडणे, भादरणे, बोडणे, डोई करणे/ तासणे, दाढी करणे/ घोटणे; गुळगुळीत करणे; *पाहा :* **खडसावणे**

(n) shaving, cropping, fleecing; *पाहा :* **फसवणूक, खडसावणे, नापित**

हजार (वि) सहस्र; *पाहा :* **अंक**

(n) thousand *पाहा :* **अंक**

हजारो (वि) *पाहा :* **अनेक**

हजेरी (स्त्री) *पाहा :* **अस्तित्व**

हजेरीपट (-पत्रक) (पु, न) *पाहा :* **यादी**

हटकणे (क्रि) *पाहा :* **टोकणे**

हटकरी (पु) *पाहा :* **दुकानदार**

हटकून (क्रिवि) *पाहा :* **खचित**

हटणे (क्रि) *पाहा :* **ओहटणे, ढळणे**

हटवाद (पु) *पाहा :* **हट्ट**

हटवादी (वि) *पाहा :* **हट्टी, कजाग**

हटेल (वि) *पाहा :* **हट्टी**

हट्ट (पु) हेका, आग्रह, दुराग्रह, हटवाद, अट्टहास, जिद्द, चिकाटी, अत्याग्रह, हट्टाग्रह, हेकेखोरपणा, हट्टीपणा; *पाहा :* **हट्टी, आग्रह**

[वा] आपले खरे करणे, हट्टास पेटणे, ओढून धरणे, ताणणे, धरून बसणे, न ऐकणे, खाईन तर तुपाशी नाहीतर उपाशी, कुत्र्याचे शेपूट वाकडे ते वाकडेच, कडू कारले तुपात तळले साखरेत घोळले तरी कडू ते कडूच

(n) obstinacy, doggedness, inflexibility, determination; *पाहा :* **हट्टी, आग्रह**

हट्टी (वि) हेकेखोर, आग्रही, दुराग्रही, हटवादी, हटेल, हेकट, अडमुठा, नाठाळ, एककल्ली, जिद्दी, हट्टाग्रही, चिकट, छांदिष्ट, खरखरमुंडा; *पाहा :* **हट्ट, आग्रह**

[वा] सुंभ जळला पण पीळ जळला नाही, ज्याचे करावे बरे तो म्हणतो माझेच खरे

[adj] obstinate, adamant, defiant, inflexible, self-willed, unreasonable, stubborn,

persistent, obdurate, rigid, headstrong, intransigent; *पाहा :* **हट्ट, आग्रह**

[i] pigheaded, stubborn as a mule, diehard, hard nut to crack, not yield an inch, to be a law unto oneself

हट्टी (स्त्री) *पाहा :* **दुकान**

हठयोग (पु) *पाहा :* **योग**

हडकणे (क्रि) *पाहा :* **कोरडा, कृश**

हडकुळा (वि) *पाहा :* **कृश**

हडप (वि), **हडपणे** (क्रि) *पाहा :* **गडप**

हडपा (पु) *पाहा :* **पेटी, पंखा**

हडसून-खडसून (क्रिवि) *पाहा :* **निक्षून**

हडहड (स्त्री) *पाहा :* **तिटकारा, दगदग**

हडळ (स्त्री) *पाहा :* **पिशाच**

हंडा (-डी) (पु) *पाहा :* **भांडे**

हडूक (न) *पाहा :* **अस्थी**

हडेलहप्पी (स्त्री) *पाहा :* **चाकरी**

हड्डी (स्त्री) *पाहा :* **अस्थी**

हणगोबा (पु) *पाहा :* **अजाण**

हत (वि) *पाहा :* **मृत, पराभूत, नष्ट**

हतप्रभ (वि) *पाहा :* **तेजोहीन**

हतबल (वि) *पाहा :* **अशक्त, अगतिक**

हतबुद्ध (वि) *पाहा :* **प्रभावित**

हतभागी (-ग्य) (वि) *पाहा :* **अभागी**

हतवीर्य (वि) *पाहा :* **अशक्त, तेजोहीन**

हताश (वि) *पाहा :* **निराश**

हतोत्साह (वि) *पाहा :* **निराश**

हत्ती (पु) गज, कुंजर, वारण, द्विरद, रदी, गजराज, ऐरावत, गजेंद्र, मतंगज, मातंग, भद्र, भद्रजाती

(n) elephant, jumbo

हत्तीखाना (पु) *पाहा :* **प्राणिसंग्रहालय**

हत्या (स्त्री) खून, वध, मनुष्यवध, मानवहत्या, नरमेध, नरसंहार, नरबळी, मनुष्ययज्ञ, मानवसंहार, शिरकाण, खूनखराबा, प्राणघात, घातपात, कत्तल, कंदन, कापाकापी, रक्तपात, हत्याकांड, हिंसा, प्राणिहिंसा, संहार, हनन, मातृ- पितृ- भ्रातृ- भ्रूण- बाल- हत्या, वंशच्छेद, वंशहत्या, ज्ञातिहत्या, जीवहत्या, प्राणिहत्या, प्राणिवध, राजहत्या, आत्महत्या इ.; *पाहा :* **ठार करणे** (विरु) **अहिंसा**

[वा] लांडगेतोड

(n) murder, assasination, manslaughter, homicide, pogrom, genocide, fratricide, infanticide, matricide, patricide, sororicide, uxoricide, regicide, suicide; bloodshed, butchery, massacre, carnage; euthanasia; execution; martyrdom; *पाहा :* **ठार करणे** (विरु) **अहिंसा**

हत्यार (न) *पाहा :* **आयुध, उपकरण**

हत्यारबंद (वि) *पाहा :* **सशस्त्र**

हत्यारा (पु) *पाहा :* **खुनी**

हत्यारी (वि) *पाहा :* **सशस्त्र**

हद्द (स्त्री) *पाहा :* **मर्यादा, कमाल, अखेर, अतिरेक**

हद्दपार (वि), **हद्दपारी** (स्त्री) *पाहा :* **अर्धचंद्र, बहिष्कृत**

हनन (न) *पाहा :* **हत्या**
हनवटी, हनुवटी, हनू (सर्व स्त्री) *पाहा :* **तोंड**
हपका (पु) *पाहा :* **अभिषेक**
हपाप (स्त्री), **हपापणे** (क्रि) *पाहा :* **हाव**
हप्ता (पु) *पाहा :* **भाग, लाच**
हबकणे (क्रि) *पाहा :* **चपापणे**
हबका (पु) *पाहा :* **आघात, अभिषेक**
हंबरडा (पु) *पाहा :* **आकांत, रडणे**
हंबरणे (क्रि) *पाहा :* **ओरडणे**
हबेलंडी (स्त्री) *पाहा :* **भीती, फजिती**
हमखास (क्रिवि) *पाहा :* **खचित, निःसंशय**
हमरस्ता (पु) *पाहा :* **मार्ग**
हमरीतुमरी (स्त्री) *पाहा :* **भांडण**
हमामा (पु) *पाहा :* **धांगडधिंगा**
हमाल (पु) *पाहा :* **भारवाहक, अनुचर, कष्टकरी**
हमी (स्त्री) *पाहा :* **खात्री, अनामत, आश्वासन**
हमीर (पु) *पाहा :* **राग**
हमेशा (क्रिवि) *पाहा :* **अखंड**
हय (पु) *पाहा :* **अश्व**
हयगय (स्त्री) *पाहा :* **आबाळ, उपेक्षा, दिरंगाई, अनवधान, कर्तव्यच्युती**
हयात (स्त्री) *पाहा :* **आयुष्य, जीवन**
हयात (वि) *पाहा :* **जिवंत**
हर (पु) *पाहा :* **शंकर**
हर, हरएक (सर्व वि) *पाहा :* **प्रत्येक**
हरकत (स्त्री) *पाहा :* **आक्षेप, अटकाव**
हरकाम्या (वि) *पाहा :* **अनुचर**
हरकारा (पु) *पाहा :* **अनुचर, हेर**
हरघडी (क्रिवि) *पाहा :* **पुन्हा**
हरण (न) *पाहा :* **नेणे, चोरणे**
हरण (पु, न) *पाहा :* **हरीण**
हरणटोळ (पु) *पाहा :* **साप**
हरणे (क्रि) *पाहा :* **निरसन, पराभव, पराभूत, नेणे, चोरणे, गमावणे, जिंकणे**
हरतऱ्हा (स्त्री) *पाहा :* **रीत**
हरताळ (पु) *पाहा :* **चळवळ, अटकाव, नाश**
हरदास (पु) *पाहा :* **आचार्य**
हरपणे (क्रि) *पाहा :* **गमावणे, जिंकणे**
हरप्रयत्न (पु) *पाहा :* **प्रयत्न**
हररोज (क्रिवि) *पाहा :* **अखंड**
हरहुन्नरी (वि) *पाहा :* **कसबी, चतुरस्त्र**
हरळी (स्त्री) *पाहा :* **गवत**
हरामखोर (वि) *पाहा :* **कृतघ्न, फसवा**
हरिजन (पु) *पाहा :* **दलित**
हरीण (पु) हरण, सांबर, चितळ, बारशिंगा, भेकर, मृग, चित्रमृग, कस्तुरीमृग, कुरंग, नीलगाय, चौशिंगा, चिंकारा, काळवीट, हरिणी, मृगी, कुरंगिणी, मृगशावक; सुवर्णमृग
(n) deer, stag, doe
हरिणाक्षी (स्त्री) *पाहा :* **सुंदरी**
हरिणी (न) *पाहा :* **वृत्त**
हरित (वि) *पाहा :* **हिरवा**
हरितक्रांती (स्त्री) *पाहा :* **शेती, क्रांती**
हरितगृह (न) *पाहा :* **उद्यान**
हरिप्रिया (स्त्री) *पाहा :* **लक्ष्मी**
हरी (पु) *पाहा :* **विष्णू**
हरेक (वि) *पाहा :* **प्रत्येक**
हर्ष (पु) *पाहा :* **आनंद**

हर्षध्वनी (पु) *पाहा :* **आनंद, आवाज**

हर्षभरित (वि) *पाहा :* **आनंदित**

हर्षित (वि) *पाहा :* **आनंदित**

हल (पु) *पाहा :* **औत**

हलकट (वि) *पाहा :* **अधम**

हलकल्लोळ (पु) *पाहा :* **अगाजा, गोंधळ**

हलका (पु) *पाहा :* **चर्मवाद्य**

हलका (वि) कमी वजनाचा, जड नसलेला, हलकाफूल, पिसासारखा, कापसासारखा, वायूसारखा, बुडबुड्यासारखा, फेसासारखा, तरंगता; वजनरहित; सौम्य, सह्य, कमी, कमजोर; सवंग, दिखाऊ, तकलुपी, तकलादू, पोचट, कावल, कमी दर्जाचा, कमी किमतीचा; तुच्छ, तिरस्करणीय, हलकासलका, कवडी किमतीचा; हलकाफुलका, नाजूक, तरल, विनोदी; *पाहा :* (विरु) **अवजड**

[adj] light, airy, feathery, buoyant, weightless; subdued, bearable; cheap, second-rate; mean, paltry; in a light vain, subtle, humorous *पाहा :* (विरु) **अवजड**

हलकासलका (वि) *पाहा :* **किरकोळ, हलका** (वि)

हलकी (-गी) (स्त्री) *पाहा :* **चर्मवाद्य**

हलगर्जी (वि) कर्तव्यच्युत, कर्तव्यपराङ्मुख, बेजबाबदार, आळशी, निष्काळजी, बेपर्वा, अनवधानी, ढिला, सैल, गाफील, अंगचुकार; *पाहा :* (विरु) **दक्ष**

[adj] negligent, remiss, careless, irresponsible, stack, lax, sloppy, slovenly, inadvertent; *पाहा :* (विरु) **दक्ष**

हलगर्जीपणा (पु) *पाहा :* **अनवधान, कर्तव्यच्युती**

हलणे (क्रि) *पाहा :* **ढळणे, डळमळणे, थरथरणे**

हलधर (पु) *पाहा :* **शेतकरी**

हलाखी (स्त्री) *पाहा :* **गरिबी, अवदशा**

हलाहल (पु) *पाहा :* **विष**

हल्या (पु) *पाहा :* **रेडा**

हल्ला (पु) चढाई, स्वारी, चाल, आक्रमण, दौड, धाड, मोहीम, मुलुखगिरी, घाला, दरवडा (दरोडा), आघात, प्रहार, घाव, मारा, छापा, एल्गार, परचक्र, घुसखोरी; टोळधाड; सागरी/हवाई हल्ला, हल्लाबोल, एळकोट, आत्मघातकी हल्ला

[क्रि] चालून जाणे, तुटून पडणे, डाव साधणे

(n) attack, assault, charge, aggression, invasion, onslaught, raid, blow, punch, suicidal attack

[i] to make the feathers fly

हल्लागुल्ला (पु) *पाहा :* **अगाजा**

हल्ली (क्रिवि) सांप्रत, सांप्रतकाळी, सध्या, अलीकडे, आताशा, चालू काळात, वर्तमानकाळात, आजकाल, आजमितीस, आज, अद्य, सद्यः, आता, तूर्त; *पाहा :* **अर्वाचीन**

[adv] nowadays, at present, today, *पाहा :* **अर्वाचीन**

हल्लीचा (वि) *पाहा :* **अर्वाचीन**

हल्लेखोर (पु) खुनी, मारेकरी, घुसखोर, आक्रमक, चढाईखोर

[वा] गिधाडे

(n) murderer, assassin, assailant, aggressor, attacker

हवन (न) *पाहा :* **यज्ञ, अनुष्ठान**

हवनद्रव्य (न) *पाहा :* **आहुती**

हवा (स्त्री) *पाहा :* **वायू, परिसर, कल**

हवाई तळ (पु) *पाहा :* **विमानप्रवास, अड्डा**

हवाईदल (न) *पाहा :* **दल**

हवाई पत्र (न) *पाहा :* **पत्रव्यवहार**

हवाईसुंदरी (स्त्री) *पाहा :* **सुंदरी, विमानप्रवास**

हवाईहल्ला (पु) *पाहा :* **हल्ला**

हवाबंद (वि) *पाहा :* **बंद**

हवामान (न) *पाहा :* **परिसर**

हवामानकाल (पु) *पाहा :* **ऋतू**

हवालदिल (वि) *पाहा :* **खिन्न, निराश**

हवाला (पु) *पाहा :* **खात्री, अनामत**

हवाली (वि) *पाहा :* **देणे**

हवाहवासा (वि) *पाहा :* **प्रिय**

हविर्द्रव्य (न), **हविष्य** (न), **हवी** (पु) *पाहा :* **आहुती**

हवे नको (न) *पाहा :* **उणखुण**

हवेली (स्त्री) *पाहा :* **इमारत**

हवेशीर (वि) *पाहा :* **आरोग्यदायक**

हव्यास (पु) *पाहा :* **असोशी, हाव**

हशा (पु) *पाहा :* **हसणे, हास्य**

हशील (न) *पाहा :* **किंमत, अर्थ, खर्च**

हंस (पु) मराल (-ळ), कलहंस, राजहंस

(n) swan

हंसगती (-गामिनी) (स्त्री) *पाहा :* **सुंदरी**

हसणे (क्रि) हास्य करणे, हसू येणे, स्मित करणे, स्मितहास्य करणे, मंदस्मित करणे, बारीक हसणे, खुखू हसणे, खुदुखुदु हसणे, गालांतल्या गालांत हसणे, खुसुखुसु/खुसकन/खुदकन हसणे, खदाखदा/गदागदा हसणे, खो खो हसणे, खिंकाळणे, खिदळणे, हशा पिकणे, फिदिफिदि हसणे, खीखी/ हिहिही/ हुदुदुसुदुदू करणे, फिदफिदणे, खदखदणे; *पाहा :* **हास्य, उपहास** (विरु) **रडणे**

[वा] खसखस पिकणे, पोट धरून हसणे, सातमजली/गडगडाटी हसणे, हसून हसून मुरकुंडी वळणे (पोट दुखणे, गडबडा लोळणे, डोळ्यांत पाणी येणे), लोटपोट हसणे, दात/बत्तिशी दाखवणे, दात विचकणे, ओठाची घडी मोडणे, हसून गोड करणे

(v) laugh, smile, grin, chuckle, giggle, titter, guffaw; beam, burst into laughter, roar with laughter; simper, snigger, snicker, smirk *पाहा :* **हास्य, उपहास** (विरु) **रडणे**

[i] split one's sides, a horse laugh

हसतमुख (वि) *पाहा :* **आनंदी**

हंसध्वनी (पु) *पाहा :* **राग**

हसरा (वि) *पाहा :* **आनंदी**
हसित (न) *पाहा :* **हास्य**
हसू (न), **हसे** (न) *पाहा :* **हास्य, फजिती, उपहास**
हस्त (पु) *पाहा :* **हात**
हस्तक (पु) *पाहा :* **अनुचर**
हस्तकला (स्त्री) हस्तव्यवसाय, हातकाम
(n) handicraft
हस्तकौशल्य (न) *पाहा :* **कसब**
हस्तगत (वि) *पाहा :* **मिळवणे, घेणे**
हस्तचापल्य (न) *पाहा :* **कसब**
हस्तपुस्तिका (स्त्री) *पाहा :* **ग्रंथ**
हस्तबंधन (न) *पाहा :* **शृंखला**
हस्तलाघव (न) *पाहा :* **कसब**
हस्तलिखित (न) *पाहा :* **ग्रंथ, लेख**
हस्तसामुद्रिक (न) *पाहा :* **ज्योतिष**
हस्तक्षेप (पु) *पाहा :* **चबढब**
हस्तांतरण (न) *पाहा :* **देणे** (क्रि)
हस्तांदोलन (न) *पाहा :* **अभिवंदन**
हस्ताक्षर (न) *पाहा :* **अक्षर, सही**
हस्तिदंत (पु) *पाहा :* **दात**
हळदिवा (वि) *पाहा :* **पिवळा**
हळवा (वि) *पाहा :* **भावनाप्रधान, कोमल**
हळहळ (स्त्री), **हळहळणे** (क्रि) *पाहा :* **दुःख, पश्चात्ताप, अशांतता, खंत**
हळुबाई (वि) *पाहा :* **मंद**
हळुवट (वि), **हळुवार** (वि) *पाहा :* **कोमल, सौम्य, अरुवार**
हळू (वि) *पाहा :* **मंद**
हळू (क्रिवि), **हळूहळू** (क्रिवि) *पाहा :* **सावकाश**

हाक (स्त्री) *पाहा :* **आरोळी, आमंत्रण**
हाकणे (क्रि) चालवणे, पिटाळणे, गती देणे, हाकारणे, रेटणे
(v) drive, propel, steer, start, set in motion
हाकलणे (क्रि) *पाहा :* **अर्धचंद्र, घालवणे**
हाकाक (स्त्री) *पाहा :* **आकांत, तक्रार**
हाकाटी (स्त्री) *पाहा :* **आकांत, तक्रार, अभाव, अगाजा**
हाकारणे (क्रि) *पाहा :* **हाकणे**
हाकाहाक (स्त्री) *पाहा :* **आकांत, अभाव**
हांजीहांजी (स्त्री) *पाहा :* **अनुनय**
हांजीहांजीखोर (वि) *पाहा :* **स्तुतिपाठक**
हाट (पु) *पाहा :* **दुकान**
हाटक (न) *पाहा :* **सोने**
हाड (न) *पाहा :* **अस्थी**
हाड (न), **हाडपेर** (न) *पाहा :* **अंगयष्टी**
हाडवैर (न) *पाहा :* **वैर**
हाडूक (न) *पाहा :* **अस्थी**
हाणणे (क्रि) *पाहा :* **मारणे, खाणे**
हाणामारी (स्त्री) *पाहा :* **मारणे**
हात (पु) हस्त, कर, भुज, भुजदंड, भुजा, बाहू, स्कंध, खांदा, दंड, बखोटा, बगोटा (-टे), बगल, काख, खाक, काखोटी, खाकोटी, बाहुटा, बाहुदंड, बाही, अस्तनी; कोपर, मणिबंध, मणगट (मनगट), पोची, पाणी, पंजा, करतल, तळवा, तळहात; बचक (-का); मूठ; *पाहा :* **कसब, मदतगार, थर, कर्मेंद्रिय**
(n) arm, hand; palm, fist; *पाहा :*

कसब, मदतगार, थर, कर्मेंद्रिय
हातउसना (वि) *पाहा :* **उसनवट**
हातकडी (स्त्री) *पाहा :* **शृंखला**
हातखंडा (वि) *पाहा :* **निपुण**
हातखर्च (पु) *पाहा :* **खर्च**
हातगाडी (स्त्री) *पाहा :* **वाहन**
हातगुण (पु) *पाहा :* **गुण, कसब**
हातघाई (स्त्री) *पाहा :* **घाई, धुमश्चक्री**
हातचलाखी (स्त्री) *पाहा :* **फसवणूक, जादू**
हातचाळा (पु) *पाहा :* **चाळा**
हातबळ (न) *पाहा :* **शक्ती**
हातभार (पु) *पाहा :* **मदत**
हातमिळवणी (स्त्री) *पाहा :* **मदत**
हातवटी (स्त्री) *पाहा :* **कसब, युक्ती**
हातवारे (पु, अव) *पाहा :* **अभिनय**
हाताखालचा (वि) *पाहा :* **गौण**
हातावेगळा (वि) *पाहा :* **पूर्ण**
हाताशी (क्रिवि) *पाहा :* **आजूबाजूस**
हातासरशी (क्रिवि) *पाहा :* **अविलंब**
हाताळणी (स्त्री) *पाहा :* **मांडणी, कारभार**
हाताळणे (क्रि) *पाहा :* **कुरवाळणे, कुसकरणे, स्पर्श**
हातोटी (स्त्री) *पाहा :* **कसब, युक्ती, उरक**
हातोडा (पु) हातोडी, घण
(n) hammer, sledge-hammer
हातोहात (क्रिवि) *पाहा :* **अविलंब, सहज**
हादरणे (क्रि) *पाहा :* **थरथरणे**
हादरा (पु) *पाहा :* **आंदोलन**
हानिकारक (वि) *पाहा :* **नाशक**
हानी (स्त्री) *पाहा :* **नुकसान, नाश, अकल्याण, अपाय**
हायहुय (न) *पाहा :* **कण्हणे**
हार (स्त्री) *पाहा :* **पराभव**
हार (पु) *पाहा :* **आवली**
हारा (पु) *पाहा :* **करंडा**
हाराकिरी (स्त्री) *पाहा :* **आत्मघात**
हारी (स्त्री) *पाहा :* **आवली**
हार्दिक (वि) *पाहा :* **मनःपूर्वक**
हाल (पु), **हालअपेष्टा** (स्त्री, अव) *पाहा :* **त्रास, अवस्था, छळ**
हालचाल (स्त्री) चलनवलन, व्यापार, चेष्टा, चेष्टित, चळवळ, वळवळ, चुळबुळ, चलन, चेतना
(n) motion, action, movement, activity
हालणे (क्रि) *पाहा :* **ढळणे, डळमळणे**
हालहवाल (स्त्री) *पाहा :* **अवस्था**
हाव (स्त्री) हपाप, हव्यास, असोशी, लोभ, इच्छा, आसक्ती, अभिलाषा, हावरेपणा, हावरटपणा, जिव्हालौल्य, खवखव, खायखाय, अधाशीपणा; हपापलेपण; *पाहा :* **अधाशी, आसक्त**
[क्रि] हपापणे; अधासणे, खाखावणे, धादावणे
[वा] हपापाचा माल गपापा, जिभल्या चाटणे, जिभेला/तोंडाला पाणी सुटणे, जीभ लालचावणे/ चटावणे/ सोकणे/ सोकावणे, दोन्ही डगरींवर हात ठेवणे, दोन्ही घरचा पाहुणा उपाशी, हातचे सोडून पळत्याच्या पाठीस लागणे, सोसमावशी, मऊ

सापडले म्हणून कोपराने खणू नये

(n) greed, avarice, avidity, cupidity, desire, gluttony; insatiability, voraciousness, ravenousness, hunger, gluttony, acquisitiveness, self-indulgence; *पाहा :* **अधाशी, आसक्त**

[i] have one's fingers itch to, to have an itching palm

हावभाव (पु) *पाहा :* **अभिनय**

हावरट (वि), **हावरा** (वि) *पाहा :* **अधाशी, आसक्त, हाव**

हासपरिहास (पु) *पाहा :* **करमणूक**

हास्य (न) हसित, हसू, हसे, स्मित, स्मितहास्य, मंदस्मित, सुहास्य, गडगडाट, हशा, हीही, *पाहा :* **हसणे, नऊ रस**

(n) laughter, giggle, chuckle, smile; *पाहा :* **हसणे, नऊ रस**

हास्यकारक (वि) *पाहा :* **मजेदार**

हास्यकारिका (स्त्री) *पाहा :* **चुटका**

हास्यचित्र (न) *पाहा :* **चित्र**

हास्यरसपूर्ण (वि) *पाहा :* **मजेदार**

हास्यवदन (वि) *पाहा :* **आनंदी**

हास्यविनोद (पु) *पाहा :* **करमणूक**

हास्यास्पद (वि) हसण्याजोगा, हास्यजनक, असमंजस, विपरीत, मूर्ख, वेडगळ, आचरट, बाष्कळ

[adj] ridiculous, laughable, farcical, ludicrous, comical, absurd, preposterous, fatuous

[i] to make a fool of somebody, laughing-stock

हास्योत्पादक (वि) *पाहा :* **मजेदार**

हाहाकार (पु) *पाहा :* **आकांत**

हाळ (पु) *पाहा :* **जलाशय**

हाळी (स्त्री) *पाहा :* **आरोळी**

हिकमत (स्त्री) *पाहा :* **युक्ती**

हिकमती (वि) *पाहा :* **युक्तिबाज, कल्पक**

हिंगुळी (वि) *पाहा :* **लाल**

हिजडा (पु) *पाहा :* **नपुंसक**

हिटलरशाही (स्त्री) *पाहा :* **दडपशाही**

हिंडणवारा (पु) *पाहा :* **उडाणटप्पू**

हिंडणे (क्रि) *पाहा :* **फिरणे**

हिडीस (वि) *पाहा :* **कुरूप**

हिडीसफिडीस (न) *पाहा :* **अपमान**

हिंडोल (पु) *पाहा :* **राग**

हिणकस (वि) *पाहा :* **निकृष्ट**

हिणवणे (क्रि) *पाहा :* **अपमान**

हित (न) कल्याण, शुभ, श्रेय, लाभ, फायदा, उपयोग, सोय, अनुकूलता; सुहित, समाजहित, लोकहित; *पाहा :* (विरु) **अकल्याण, घात**

(n) welfare, good, benefit, convenience; felicity, well-being *पाहा :* (विरु) **अकल्याण, घात**

हितकर (वि) हितकारक, हितकारी, हितप्रद, हितावह, कल्याणप्रद, श्रेयस्कर, लाभदायक, फायदेशीर, इष्ट, उपकारक, उपयोगी, अनुकूल, पथ्यकर (-कारक), आरोग्यदायक; *पाहा :* (विरु) **घातक**

[adj] beneficial, providential, salutary, helpful, advantageous, useful, conducive, wholesome *पाहा :* (विरु) **घातक**

हितगुज (न) *पाहा :* **रहस्य**

हितचिंतक (वि) हितेच्छू, हितैषी, हितान्वेषी, हितवादी, हितोपदेशक, हितकर्ता, हिताळू, कल्याणेच्छू, शुभचिंतक, मित्र, स्नेही, कनवाळू, सल्लागार; *पाहा :* (विरु) **द्वेषी**

[adj] well-wisher, beneficent, well-meaning, kindly, humane; *पाहा :* (विरु) **द्वेषी**

हितप्रद (वि) *पाहा :* **हितकर**

हितवाद (पु) *पाहा :* **उपदेश**

हितवादी (पु) *पाहा :* **हितचिंतक**

हितशत्रू (पु) *पाहा :* **वैरी**

हितसंबंध (पु) *पाहा :* **संबंध, मित्रत्व**

हितावह (वि) *पाहा :* **हितकर**

हितेच्छु (वि), **हितैषी** (वि) *पाहा :* **हितचिंतक**

हितोपदेश (पु) *पाहा :* **उपदेश**

हिंदकळणे (क्रि) *पाहा :* **डळमळणे**

हिंदोल (पु), **हिंदोळा** (पु) *पाहा :* **आंदोळा**

हिंपुटी (वि) *पाहा :* **खिन्न**

हिप्पी (वि, पु) *पाहा :* **कलंदर**

हिम (न) नीहार, बर्फ, गार, गारपीट, हिमनग, हिमनदी, हिमगिरी, हिमतुषार, हिमवर्षाव, हिमवृष्टी, *पाहा :* **अभ्र, पाणी**

(n) ice, icicle, frost, sleet; glacier, floe, iceberg, rime; *पाहा :* **अभ्र, पाणी**

हिमटा (वि) *पाहा :* **कंजूष**

हिंमत (स्त्री) धैर्य, धारिष्ट, धार्ष्ट्य, धमक, छाती, धाडस, धडाडी, धिटाई, धीटपणा, निर्भयता, हिय्या, उभारी, उमेद, निग्रह, अवसान, साहस, शौर्य, जिद्द, नेट, उत्साह, शहामत, टाप; *पाहा :* **धैर्य**

[क्रि] धजणे, धजावणे, धीर करणे, सरसावणे, जिवाचा धडा करणे

[वा] माय विणे, हिंमत मर्दा तो मदद खुदा, छातीवर दगड ठेवणे, छातीचा कोट करणे, तळहातावर शिर घेणे, धिटाई खाई मिठाई गरीब खाई लाथा, मांजराच्या गळ्यात घंटा बांधणे

(n) courage, grit, daring, pluck, boldness, fearlessness, gallantry, mettle, will-power, guts, verve, valour, resolution, dash; *पाहा :* **धैर्य**

[i] who never climb never fall, fortune favours the brave, to beard the lion in his own den, to bell the cat, to take one's life in one's hands

हिंमतबहाद्दर (-वान) (वि), **हिमती** (वि) *पाहा :* **साहसी**

हिमतुषार (पु) *पाहा :* **दव, हिम**

हिमसेक (पु) *पाहा :* **अभिषेक**

हिमांशू (पु) *पाहा :* **चंद्र**

हिय्या (पु) *पाहा :* **हिंमत**

हिरणमय (वि) *पाहा :* **पिवळा**

हिरण्य (न) *पाहा :* **सोने**

हिरमुष्टी (वि) *पाहा :* **निराश**
हिरमुसणे (क्रि) *पाहा :* **निराश**
हिरमोड (पु) *पाहा :* **निराशा**
हिरवट (वि) *पाहा :* **हिरवा, अजाण, अननुभवी, अपक्व, संतापी**
हिरवळ (स्त्री) *पाहा :* **गवत**
हिरवा (वि) हरित, सदाहरित, पोपटी, हिरवाकंच (-गर्द,-गार,-चार, -जर्द); हिरवट; *पाहा :* **अपक्व**
[वा] पाचूसारखा हिरवा
[adj] green, emerald green, lemon, bottle green; grassy, leafy, verdant; *पाहा :* **अपक्व**
हिरवाई (स्त्री) हिरवेपणा, गवत, वनस्पती, झाडेझुडपे
(n) verdure, greenery
हिरवाकच्चा (वि) *पाहा :* **अपक्व**
हिरहिरी (स्त्री) *पाहा :* **आवेश**
हिरा (पु) *पाहा :* **रत्न**
हिरावणे (क्रि) *पाहा :* **अपहरण**
हिरिरी (हिरीरी) (स्त्री) *पाहा :* **आवेश, चेव, ईर्षा**
हिरेमाणके (पु, अव) *पाहा :* **अलंकार**
हिलाल (पु) *पाहा :* **मशाल**
हिव (न) *पाहा :* **थंडी**
हिवताप (पु) *पाहा :* **ज्वर**
हिवसाण (स्त्री) *पाहा :* **गंध** (पु)
हिवाळा (पु) *पाहा :* **थंडी, ऋतू**
हिशेब (हिशोब) (पु) *पाहा :* **गणणे, गणित, जमाखर्च, अजमास**
हिशेबी (वि) *पाहा :* **काटेकोर**
हिंसक (वि) *पाहा :* **क्रूर, खुनी**
हिसकणे (क्रि) *पाहा :* **नेणे, घेणे, अपहरण**
हिसका (-डा) (पु) *पाहा :* **गोता**
हिसकावणे (क्रि) *पाहा :* **नेणे, घेणे, अपहरण**
हिंसा (स्त्री) *पाहा :* **अपाय, अपभाषण, क्रौर्य, हत्या**
हिंसाचार (पु) *पाहा :* **अत्याचार**
हिंस्त्र (वि) *पाहा :* **क्रूर**
हिस्सा (पु) *पाहा :* **भाग, अंग, भागीदारी**
हिस्सेदार (पु) *पाहा :* **भागीदार**
हिस्सेदारी (स्त्री) *पाहा :* **भागीदारी**
हिहिही (स्त्री) *पाहा :* **हसणे**
हीण (न) *पाहा :* **दोष**
हीन (वि) *पाहा :* **अधम, अपवित्र, क्षुल्लक**
हीनगंड (पु) *पाहा :* **चित्तभ्रम**
हीर (पु) *पाहा :* **रत्न, काठी**
हीरक (पु) *पाहा :* **रत्न**
हीरकमहोत्सव (पु) *पाहा :* **उत्सव**
हीव (न) *पाहा :* **थंडी, काटा**
ही ही (स्त्री) *पाहा :* **हास्य**
हुकणे (क्रि) *पाहा :* **चुकणे**
हुकमत (स्त्री) *पाहा :* **अधिकार, अनुशासन**
हुकमी (वि) *पाहा :* **निश्चित, शक्तिमान**
हुंकार (पु) *पाहा :* **अनुमती, आवाज**
हुकी (स्त्री) *पाहा :* **आवाज**
हुकी (स्त्री), **हुक्की** (स्त्री) *पाहा :* **लहर**
हुकूमशाही (स्त्री) *पाहा :* **दडपशाही, राज्यपद्धती**
हुकूमशाही (वि) *पाहा :* **जुलमी**
हुकूम (पु), **हुकुमनामा** (पु) *पाहा :*

आदेश, निकाल, अधिकार
हुकूमशहा (पु) *पाहा :* **राजा, कर्दनकाळ**
हुक्का (पु) *पाहा :* **तंबाखू**
हुक्की (स्त्री) *पाहा :* **लहर**
हुंगणे (क्रि) वास घेणे, आघ्रात करणे, सुंगणे, आघ्राण/ अवघ्राण/ मस्तकावघ्राण करणे
(v) smell, scent, inhale, sniff
हुच्च (हुच्चा) (वि) *पाहा :* **उडाणटप्पू, अधम**
हुजरेगिरी (स्त्री) *पाहा :* **गुलामगिरी**
हुजऱ्या (पु) *पाहा :* **अनुचर**
हुज्जत (स्त्री) *पाहा :* **वाद, घासाघीस**
हुज्जतखोर (वि) *पाहा :* **भांडकुदळ**
हुडकणे (क्रि) *पाहा :* **अन्वेषण**
हुंडणावळ (स्त्री) *पाहा :* **अडत**
हुडहुडी (स्त्री) *पाहा :* **थंडी, काटा**
हुंडा (पु) *पाहा :* **दान**
हुंडी (स्त्री), **हुंडीपत्र** (न) *पाहा :* **अर्थ, धनादेश**
हुतात्मा (पु) *पाहा :* **मृत, पराक्रमी, देशभक्त, मरणे**
हुताशन (पु) *पाहा :* **अग्नी**
हुतुतू (पु) *पाहा :* **धांगडधिंगा**
हुंदका (पु) *पाहा :* **उमाळा, रडणे, गहिवरणे, उसासा**
हुंदडणे (हुंदाडणे) (क्रि) *पाहा :* **करमणूक**
हुद्दा (पु) *पाहा :* **अधिकार, किताब, अभिधान**
हुद्देदार (पु) *पाहा :* **अधिकारी**
हुनर (हुन्नर) (स्त्री) *पाहा :* **कसब**
हुन्नरी (वि) *पाहा :* **कसबी**
हुप्या (पु) *पाहा :* **वानर**
हुबेहूब (वि) *पाहा :* **तंतोतंत, चित्रदर्शी, अनुकरण**
हुरहुर (स्त्री) *पाहा :* **अशांतता, चिंता, तळमळ, काचणी, काळजी, खंत, चटका**
हुरहुरणे (क्रि) *पाहा :* **तळमळणे**
हुरळणे (क्रि) *पाहा :* **भुरळणे**
हुरूप (पु) *पाहा :* **उत्साह**
हुर्यो (स्त्री), **हुर्रेवडी** (स्त्री) *पाहा :* **टर**
हुलकावणी (स्त्री) *पाहा :* **फसवणूक, गुंगारा देणे**
हुलहुल (स्त्री) *पाहा :* **घाई**
हुल्लड (स्त्री), **हुल्लडबाजी** (स्त्री) *पाहा :* **दंगल, गडबड**
हुशार (वि) तैलबुद्धी, बुद्धिमान, अष्टपैलू; चलाख, चतुर, कुशल, विदग्ध, तल्लख; शहाणा, चाणाक्ष, धोरणी, अट्टल; दक्ष, सावध, जागरूक; टवटवीत, ताजातवाना; *पाहा :* (विरु) **अजाण**
[adj] intelligent, brilliant, braing, quick, talented; alert, bright, smart; wise, clever, sharp; attentive, keen, astute; fresh, blooming *पाहा :* (विरु) **अजाण**
[i] a whizz-kid
हुशारी (स्त्री) बुद्धी, प्रज्ञा, समज, बुद्धिकौशल्य (-चातुर्य, -चापल्य); चलाखी, चतुराई, शिताफी, नैपुण्य; शहाणपणा, अक्कल, अक्कलहुशारी, ग्रहणशक्ती; दक्षता, सावधगिरी, खबरदारी; टवटवी,

तरतरी, उल्हास; टूक, कसब
(n) intelligence, brainpower, brilliance, genius, quickness, talent, comprehension; alertness, alacrity, finesse; wisdom, accumen, cleverness; attention, promptness; bloom, freshness
हुसकणे (क्रि), **हुसकावणे** (क्रि) *पाहा :* **अर्धचंद्र, बहिष्कृत**
हुळहुळणे (क्रि), **हुळहुळा** (वि) *पाहा :* **नाजूक, अधू**
हूड (वि) *पाहा :* **खट्याळ**
हूल (स्त्री) *पाहा :* **अफवा, फसवणूक**
हृत्कंप (पु) *पाहा :* **उत्कंठा**
हृत्कमल (न), **हृत्कोश** (पु) *पाहा :* **हृदय**
हृदय (न) मन, अंतःकरण, काळीज, कलिजा, चित्त, जिव्हार, दिल; छाती; हृत्कमल, हृत्कोश, हृदाकाश, हृन्मंदिर, हृदयकमल, हृदयपटल, रक्ताशय
(n) heart, mind, soul
हृदयंगम (वि) *पाहा :* **आकर्षक, आनंददायक**
हृदयद्रावक (वि) *पाहा :* **करुण**
हृदयपालट (पु) *पाहा :* **बदल**
हृदयवंत (-वान) (वि) *पाहा :* **चित्तसंपन्न**
हृदयशून्य (वि) *पाहा :* **क्रूर, कठोर, अकरुण**
हृदयस्पर्शी (वि) *पाहा :* **करुण, केविलवाणा, आकर्षक**
हृदाकाश (न) *पाहा :* **हृदय**
हृद्गत (न) *पाहा :* **अभिप्राय**
हृद्य (वि) *पाहा :* **आकर्षक, आनंददायक**
हृन्मंदिर (न) *पाहा :* **हृदय**
हृष्ट (वि), **हृष्टपुष्ट** (वि) *पाहा :* **आनंदित**
हेकट (वि) *पाहा :* **हट्टी**
हेका (पु) *पाहा :* **हट्ट**
हेकेखोर (वि) *पाहा :* **हट्टी**
हेंगाडा (वि) *पाहा :* **कुरूप, अजागळ**
हेटाळणी (स्त्री) *पाहा :* **निंदानालस्ती, टर, अवमान**
हेत (पु) *पाहा :* **उद्देश, उद्दिष्ट**
हेतुक (वि) *पाहा :* **इच्छुक**
हेतुकपण (न) *पाहा :* **इच्छा**
हेतुतः (क्रिवि), **हेतुपुरस्सर** (क्रिवि) *पाहा :* **मुद्दाम**
हेतुशून्य (वि) *पाहा :* **दिशाहीन**
हेतू (पु) *पाहा :* **उद्देश, उद्दिष्ट, कारण, अभिप्राय**
हेंदरा (बेंदरा) (वि) *पाहा :* **अजागळ**
हेम (न) *पाहा :* **सोने**
हेमंत (पु) *पाहा :* **ऋतू**
हेर (पु) गुप्तचर, चार, गुप्तदूत, गुप्त पोलीस, खबऱ्या, टेहळ्या, हरकारा, जासूद, बातमीदार, पंचमस्तंभी
(n) spy, detective, sleuth, secret agent, plain clothesman, informer, private eye, fifth columnist, double agent,

contact, informer, undercover agent, stool-pigeon, snooper

हेरगिरी (स्त्री) *पाहा :* **टेहळणी**

हेरफेर (पु) *पाहा :* **बदल**

हेराफेरी (स्त्री) *पाहा :* **फसवणूक**

हेल (पु) *पाहा :* **उच्चार**

हेलकरी (पु) *पाहा :* **भारवाहक**

हेलकावणे (क्रि), **हेलकावा** (पु) *पाहा :* **आंदोलन**

हेलकी (स्त्री) *पाहा :* **भटकभवानी**

हेलगा (पु) *पाहा :* **रेडा**

हेलपाटा (पु) *पाहा :* **खेप**

हेला (पु) *पाहा :* **रेडा**

हेलावणे (क्रि) *पाहा :* **आंदोलन**

हेवा (पु), **हेवादावा** (पु) *पाहा :* **असूया, चुरस**

हेवेखोर (वि) *पाहा :* **द्वेषी**

हेळ (स्त्री) *पाहा :* **जलाशय**

हेळसांड (स्त्री) *पाहा :* **आबाळ, उपेक्षा, दिरंगाई, अनवधान, कर्तव्यच्युती**

हैदोस (धुल्ला) (पु) *पाहा :* **थैमान**

हैबतीगैबती (वि) *पाहा :* **अजागळ**

हैराण (वि) *पाहा :* **त्रस्त**

हैराणी (स्त्री) *पाहा :* **त्रास**

हैवान (वि, पु) *पाहा :* **क्रूर, कर्दनकाळ**

होकार (पु) *पाहा :* **अनुमती**

होकारार्थी (वि) *पाहा :* **अनुकूल**

होड (स्त्री) *पाहा :* **पैज**

होडकी (स्त्री), **होडगे** (न), **होडी** (स्त्री) *पाहा :* **नौका**

होणे (क्रि) *पाहा :* **घडणे**

होतकरू (वि) *पाहा :* **पुरोगामी, उमेदवार**

होतव्य (न) *पाहा :* **अदृष्ट**

होता (पु) *पाहा :* **ऋत्विज**

होम (पु) *पाहा :* **यज्ञ, अग्नी, अनुष्ठान**

होमकुंड (न) *पाहा :* **कुंड**

होमहवन (न) *पाहा :* **उपासना, अनुष्ठान**

होमाग्नी (पु) *पाहा :* **अग्नी**

होयबा (पु) *पाहा :* **अनुचर**

होरपळ (स्त्री), **होरपळणे** (क्रि) *पाहा :* **धग, अग्नी**

होरा (पु) *पाहा :* **अजमास, अदृष्ट**

होष्यमाण (न) *पाहा :* **अदृष्ट, आगामी**

होळी (स्त्री) *पाहा :* **अग्नी**

हौतात्म्य (न) *पाहा :* **मृत्यू, बलिदान**

हौद (पु) *पाहा :* **जलाशय, कुंड**

हौदा (पु) *पाहा :* **आसन, क्रीडासंकुल, स्थान**

हौशी (वि) उत्साही, उत्सुक, रसिक, रसीला, खुशालचेंडू, परायण, तत्पर, इच्छुक; नवशिका, अननुभवी, प्रायोगिक, धंदेवाईक नसलेला

[adj] lively, enthusiastic, desirous, eager, passionate; experimental, not professional

हौस (स्त्री) इच्छा, आकांक्षा, उत्सुकता, उत्कंठा, आवड, गोडी, उत्साह, रसिकता, नाद, उमेद, उभारी, हुरूप

(n) desire, longing, passion, interest, enthusiasm, eagerness; heart, fervour

क्ष

क्षण (पु) निमिष (निमेष) पळ, क्षणावधी, अल्पकाळ, निमिषार्ध
(n) moment, instant, flash
[i] a split second
क्षणचित्र (न) *पाहा :* **चित्र**
क्षणप्रभा (स्त्री) *पाहा :* **वीज**
क्षणबुद्धी (वि) *पाहा :* **चंचल**
क्षणभंगुर (वि) अशाश्वत, अनित्य, क्षणिक, क्षणजीवी, भंगुर, नाशवंत (-शि-), नश्वर, विनाशी, क्षर, जड, विकारी, पार्थिव, मर्त्य, मृण्मय, अल्पजीवी, अस्थायी, अस्थिर, चंचल, लटिका, मिथ्या; *पाहा :* **तात्पुरता, ऐहलौकिक,** (विरु) **कायम, अमर**
[वा] अळवावरचे पाणी, पाण्यावरचा बुडबुडा, पाण्यावरची रेघ, काजव्याचा उजेड, अभ्रच्छाया, विजेचे चमकणे, दुपारची सावली, तृणाचा शेक, शिराळशेटाचे राज्य; औटघटकेचा, दोन दिवसांचा; तेरड्याचा रंग तीन दिवस, घटकेचे घड्याळ, नव्याचे नऊ दिवस, पेल्यातील वादळ
[adj] transient, transitory, evanescent, short-lived, impermanent, passing, temporary, ephemeral, fleeting, momentary, mortal, perishable, earthly, elusory; *पाहा :* **तात्पुरता, ऐहलौकिक,** (विरु) **कायम, अमर**
[i] meteoric, bubble, nine days' wonder, nip in the bud, flash of lightening, melt away, go up in smoke
क्षणभर (क्रिवि) पळभर, निमिषभर, अल्पकाळ, क्षणैक, किंचित्‌काळ
[adv] momentarily, for a moment
क्षणिक (वि) *पाहा :* **क्षणभंगुर**
क्षणिकबुद्धी (वि) *पाहा :* **चंचल**
क्षणैक (क्रिवि) *पाहा :* **क्षणभर**
क्षणोक्षणी (क्रिवि) *पाहा :* **पुन्हा, अखंड**
क्षत (न) व्रण, जखम, खोक, चट्टा, अपाय, दुखापत; क्षती; नखक्षत, दंतक्षत (-व्रण); *पाहा :* **टोचणे**
(n) wound, cut, scar, laceration; *पाहा :* **टोचणे**
क्षती (स्त्री) *पाहा :* **क्षत, नुकसान, फिकीर**
क्षत्रिय (पु) *पाहा :* **वर्णव्यवस्था, द्विज**
क्षपणक (पु) *पाहा :* **साधू**
क्षपा (स्त्री) *पाहा :* **रात्र**
क्षमता (स्त्री) *पाहा :* **शक्ती, अंग**
क्षमा (स्त्री) दया, कृपा, माफी, क्षमाशीलता (*पाहा :* **तितिक्षा**); *पाहा :* **पृथ्वी, अनुकंपा**
[क्रि] माफ करणे, गय करणे, सोडून देणे
[वा] अपराध पोटात घालणे

(n) pardon, forgiveness, tolerance (*पाहा :* **तितिक्षा**); absolution, amnesty, condonation, *पाहा :* **पृथ्वी, अनुकंपा**

क्षमायाचना (स्त्री) *पाहा :* **गयावया**

क्षमावंत (-वान, -शील), क्षमी (सर्व वि) *पाहा :* **दयावंत, सोशीक**

क्षमाशीलता (स्त्री) *पाहा :* **तितिक्षा, अनुकंपा**

क्षय (पु) राजयक्ष्मा, *पाहा :* **अधोगती, घट**

(n) tuberculosis; *पाहा :* **अधोगती, घट**

क्षयवृद्धी (स्त्री) *पाहा :* **चढउतार**

क्षर (वि) *पाहा :* **क्षणभंगुर**

क्षरणे (क्रि) *पाहा :* **गळणे**

क्षांत (वि) *पाहा :* **सोशीक**

क्षांती (स्त्री) *पाहा :* **तितिक्षा, शांती**

क्षात्रतेज (-धर्म, -वृत्ती) (न, पु, स्त्री) *पाहा :* **पराक्रम**

क्षार (पु) *पाहा :* **मीठ**

क्षारयुक्त (वि) खारट, खारकट, खारा, मचूळ, जड (पाणी)

[adj] salty, saline, brackish

क्षालन (न) *पाहा :* **धुणे**

क्षितिज (न) चक्रवाल, काळी धार, क्षितिजरेषा, दृष्टिमर्यादा, दिशाचक्र; *पाहा :* **मर्यादा**

(n) horizon, skyline, *पाहा :* **मर्यादा**

क्षिती (स्त्री) *पाहा :* **पृथ्वी, फिकीर**

क्षितीश (पु) *पाहा :* **राजा**

क्षिप्र (वि) *पाहा :* **गतिमान**

क्षीण (वि) अशक्त, दुर्बल, कमजोर, नि:शक्त, कृश, रोड, गलितगात्र; तेजोहीन, निष्प्रभ, मंद; *पाहा :* (विरु) **शक्तिमान**

[adj] weak, infirm, feeble; thin, lean, frail; pale, dull, dim *पाहा :* (विरु) **शक्तिमान**

क्षीणायू (वि) *पाहा :* **आसन्नमरण**

क्षीर (न) *पाहा :* **दूध**

क्षीरसागर (पु), **क्षीराब्धि** (पु) *पाहा :* **समुद्र**

क्षुण्ण (वि) तुडवलेला, ठेचलेला, चिरडलेला, चुरडलेला

[adj] trodden, crushed, mashed

क्षुद्र (वि) *पाहा :* **क्षुल्लक, गौण**

क्षुद्रघंटिका (स्त्री) *पाहा :* **घंटा**

क्षुद्रदृष्टी (वि) *पाहा :* **छिद्रान्वेषी**

क्षुद्रबुद्धी (वि) *पाहा :* **अनुदार**

क्षुद्रयोनी (पु) *पाहा :* **पिशाच**

क्षुद्रान्वेषी (वि) *पाहा :* **छिद्रान्वेषी**

क्षुधा (वि) *पाहा :* **भूक**

क्षुधाक्रांत, क्षुधातुर, क्षुधार्त (सर्व वि) *पाहा :* **क्षुधित**

क्षुधाशांती (स्त्री) *पाहा :* **खाणे, अन्न**

क्षुधित (वि) क्षुधाक्रांत, क्षुधातुर, क्षुधार्त, भुकेला, भुकेलेला, भुकेजलेला, बुभुक्षित, बुभुक्षू, वखवखलेला; *पाहा :* **भूक, अधाशी, उपाशी**

[adj] hungry, ravenous; *पाहा :* **भूक, अधाशी, उपाशी**

क्षुब्ध (वि) *पाहा :* **अशांत**

क्षुल्लक (वि) क्षुद्र, य:कश्चित, क:पदार्थ, किरकोळ, गौण, हीन, निकृष्ट,

चिल्लर, तुच्छ, कवडीमोल (कवडी किमतीचा), मातीमोल, कुचकामी, तृणतुल्य, कस्पटासमान, लुंगासुंगा, फाटका, ऐरागैरा, पोरकट, कमी दर्जाचा/किमतीचा, हलका, लहान, अल्प; *पाहा :* (विरु) **मौल्यवान**

[वा] दीडदमडीचा, वाटेवर पडलेला, असातसा, कोण्या झाडाचा पाला, टिनपाट, सूर्यापुढे काजवा, दर्यामें खसखस, नगाऱ्याची घाई तिथे टिमकी तुझे काय? कावळ्याच्या शापाने गाई मरत नाहीत, कोल्हा काकडीला राजी, सुतळीचा तोडा, पामर

[adj] insignificant, negligible, unimportant, inconsequential, minor, trivial, trifling, petty, paltry, small, unworthy, not worth a thought, worthless *पाहा :* (विरु) **मौल्यवान**

[i] drop in the ocean, mere joke, fiddlesticks, small fry, Tom Dick and Harry

क्षेत्र (न) *पाहा :* **शेत, स्थान, तीर्थ, प्रदेश, कक्षा, देह, रणांगण**

क्षेत्रफळ (न) *पाहा :* **विस्तार**

क्षेत्रज्ञ (पु) *पाहा :* **आत्मा**

क्षेप (पु) *पाहा :* **फेक, फेकणे**

क्षेपण (न) *पाहा :* **फेकणे**

क्षेपणास्त्र (न) *पाहा :* **आयुध**

क्षेपणे (क्रि) *पाहा :* **फेकणे**

क्षेम (न) *पाहा :* **कल्याण**

क्षेमकर (वि) *पाहा :* **कल्याणकारी**

क्षेमकुशल (न) *पाहा :* **परामर्श**

क्षेमालिंगन (न) *पाहा :* **आलिंगन**

क्षोणी (स्त्री) *पाहा :* **पृथ्वी**

क्षोभ (पु) *पाहा :* **अशांतता, संताप, आवेग**

क्षोभकारक (वि) *पाहा :* **प्रक्षोभक**

क्षोभणे (क्रि) *पाहा :* **अशांत, संतापणे**

क्षोभना (स्त्री) *पाहा :* **स्फूर्ती**

क्षोभवणे (क्रि) *पाहा :* **चिथावणे, चेतवणे**

क्षोभित (वि) *पाहा :* **अशांत**

क्षौर (न) *पाहा :* **हजामत**

ज्ञ

ज्ञपित (वि), **ज्ञप्त** (वि) *पाहा :* **जाहीर**
ज्ञप्ती (स्त्री) *पाहा :* **जाणीव**
ज्ञात (वि) *पाहा :* **माहीत, गोचर**
ज्ञाता (वि) *पाहा :* **तज्ज्ञ, ज्ञानी**
ज्ञातिबांधव (पु) *पाहा :* **भाऊ**
ज्ञाती (स्त्री) *पाहा :* **वर्ग**
ज्ञातृत्व (न) *पाहा :* **ज्ञान**
ज्ञान (न) समजूत, मनावरील संस्कार/ ठसा, जाण, जाणीव, उमज, आकलन, अर्थबोध, उद्‌बोधन, मनोविषय, गम्य, अभिज्ञान; ज्ञानदिवा (-दीप); ब्रह्मज्ञान, ब्रह्मात्मैकज्ञान, आत्मज्ञान, आत्मबोध, आत्मप्रतीती, आत्मानुभव, स्वात्मानुभव, स्वरूपज्ञान, दिव्यज्ञान, शुद्ध ज्ञान, चित्, उन्मेष, प्रबोध, परिज्ञान, दैविक/ आध्यात्मिक/ विशुद्ध/ पूर्ण ज्ञान, संवित्ती, चरम ज्ञान, अंतिम सत्य, तेजतत्त्व, वेदान्त, अध्यात्मविद्या, ब्रह्मविद्या, परमार्थ, त्रिकालज्ञान, ज्ञानप्राप्ती, विद्या, विद्‌वत्ता, विद्याधन, पांडित्य, व्युत्पन्नत्व; तत्त्वज्ञान, तत्त्वविद्या, तत्त्वदर्शन; भौतिक ज्ञान, विज्ञान, तंत्रज्ञान; स्वरज्ञान, रागज्ञान, इत्यादी; *पाहा :* **अंतर्दृष्टी, माहिती, अध्यात्म,** (विरु) **अज्ञान**
[वा] चार अक्षरे, रटफ, सरस्वतीचा दरबार, प्रकाश दिसणे, घरी पाणी भरणे, पुस्तकी विद्या
(n) knowledge, cognition, awareness, consciousness, understanding, grasp, intuition, insight; expertise, know-how, education; learning, erudition, pedantry, scholasticism, divine knowledge; *पाहा :* **अंतर्दृष्टी, माहिती, शास्त्र, अनुभव, अध्यात्म,** (विरु) **अज्ञान**
ज्ञानकोश (पु) *पाहा :* **कोश**
ज्ञानचक्षू (पु) *पाहा :* **अंतर्दृष्टी**
ज्ञानतपस्वी (पु) *पाहा :* **ज्ञानी**
ज्ञानतृष्णा (स्त्री) *पाहा :* **जिज्ञासा, कुतूहल**
ज्ञानदाता (पु) *पाहा :* **अध्यापक**
ज्ञानदान (न) *पाहा :* **शिक्षण**
ज्ञानदिवा (-दीप) (पु) *पाहा :* **ज्ञान**
ज्ञानप्रसार (पु) *पाहा :* **शिक्षण**
ज्ञानप्राप्ती (स्त्री) *पाहा :* **ज्ञान**
ज्ञानमूलक (वि) *पाहा :* **तात्त्विक**
ज्ञानवंत (-वान) (वि) *पाहा :* **ज्ञानी**
ज्ञानसंपादन (न) *पाहा :* **अध्ययन**
ज्ञानार्थी (पु) *पाहा :* **विद्यार्थी**
ज्ञानी (वि) ज्ञानिया, ज्ञानवंत (-वान), अभिज्ञ, विद्वान, विद्वांस, व्युत्पन्न, सारस्वत, अभ्यासक, विद्वत्तापूर्ण, विद्वत्ताप्रचुर, विद्वज्जड, विद्वज्जन, तज्ज्ञ, पंडित, उच्चविद्याविभूषित, बुद्धिमान, बृहस्पती, सुज्ञ, विद्यावंत (-वान, -संपन्न), जाणता, ज्ञाता,

ज्ञानतपस्वी, पारंगत, अनुभवी, अनुभवसंपन्न, माहीतगार, परिणतप्रज्ञ, वेदान्ती, तत्त्वज्ञानी, तत्त्वज्ञ, दार्शनिक, क्रांतदर्शी, द्रष्टा, सर्वज्ञ, सर्ववेत्ता, त्रिकालज्ञ, त्रिकालज्ञानी, त्रिकालदर्शी, दीर्घदर्शी, पूर्णबोध, ब्रह्मज्ञ, ब्रह्मज्ञानी (-विद्, -वेत्ता), बुद्ध, अंतर्ज्ञानी, अंतदर्शी, अंतर्दृष्टी, मंत्रद्रष्टा, साक्षात्कारी; यंत्रज्ञ, तंत्रज्ञ, इ. (*पाहा :* **तज्ज्ञ);** विदुषी (स्त्री) ; *पाहा :* **पंडित** (विरु) **अजाण**

[adj] erudite, learned, scholarly, enlightened, intellectual, aware, conscious, knowledgeable, cognizant, conversant, educated; experienced, familiar, well-informed; accomplished, wise, omniscient; *पाहा :* **तज्ज्ञ, पंडित** (विरु) **अजाण**

ज्ञानेच्छा (स्त्री) *पाहा :* **जिज्ञासा**

ज्ञानेच्छू (वि) *पाहा :* **जिज्ञासू**

ज्ञानेंद्रिय (न) डोळे, कान, नाक, जीभ, त्वचा; ज्ञानेंद्रियपंचक;

(n) organ receiving knowledge;

ज्ञानोपासक (वि, पु) *पाहा :* **भक्त, चिंतनशील**

ज्ञानोपासना (स्त्री) *पाहा :* **उपासना, अध्ययन**

ज्ञापक (वि) *पाहा :* **खूण, लाक्षणिक, गर्भित**

ज्ञापन (न) *पाहा :* **जाहिरात**

ज्ञेय (वि, न) जाणण्यायोग्य, ज्ञानाचा/जाणण्याचा विषय; *पाहा :* **त्रिपुटी**

[adj, n] fit to be known, that which is to be known; *पाहा :* **त्रिपुटी**

* * *